浙江大学中国语言文学研究书系

文化转型与文学的世纪嬗变

吴秀明 ◎ 主编

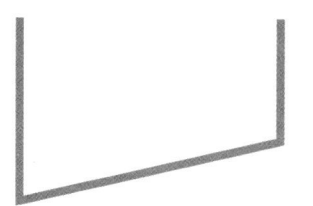

中国社会科学出版社

图书在版编目(CIP)数据

文化转型与文学的世纪嬗变/吴秀明主编. —北京：中国社会科学出版社，2022.12

（浙江大学中国语言文学研究书系）

ISBN 978-7-5227-0614-6

Ⅰ.①文… Ⅱ.①吴… Ⅲ.①中国文学—现代文学—文学研究—文集 ②中国文学—当代文学—文学评论—文集 Ⅳ.①I206.6-53

中国版本图书馆 CIP 数据核字（2022）第 134689 号

出 版 人	赵剑英
责任编辑	郭晓鸿
特约编辑	杜若佳
责任校对	师敏革
责任印制	戴　宽

出　　版	中国社会科学出版社
社　　址	北京鼓楼西大街甲 158 号
邮　　编	100720
网　　址	http://www.csspw.cn
发 行 部	010-84083685
门 市 部	010-84029450
经　　销	新华书店及其他书店
印　　刷	北京明恒达印务有限公司
装　　订	廊坊市广阳区广增装订厂
版　　次	2022 年 12 月第 1 版
印　　次	2022 年 12 月第 1 次印刷
开　　本	710×1000　1/16
印　　张	48
插　　页	2
字　　数	834 千字
定　　价	268.00 元

凡购买中国社会科学出版社图书，如有质量问题请与本社营销中心联系调换
电话：010-84083683
版权所有　侵权必究

目 录

前言 ……………………………………………………………（1）

一 问题与方法

当代文学研究应该与如何"及物" …………………… 吴秀明（3）
批评与史料如何互动 …………………………………… 吴秀明（21）
对20世纪以来中国文学与启蒙关系的一种反思 …… 姚晓雷（42）
新时期以来文学中非常态民间主体形象塑造 ………… 姚晓雷（61）
"公众之梦"与公共梦幻空间的建构 …………………… 盘 剑（76）
历史题材小说的道德抉择 ……………………………… 陈建新（93）
冷战、南来文人与现代中国文学 ……………………… 金 进（107）
从历史真实到现代消费的两度创造 …………………… 吴秀明（126）
论跨媒介叙事的版权冲突与调适 ……………………… 于 文（139）

二 思潮与现象

新时期启蒙叙事的师者形象衍变 ……………………… 陈力君（151）
从巴金及其信仰变化透视20世纪30年代的文学视界 …… 金 进（161）
小资产阶级原罪意识的诞生、规训与救赎 …………… 张广海（173）
再论后期创造社与福本主义之关系 …………………… 张广海（187）
论后期创造社与鲁迅对辛克莱文学宣传论的接受 …… 张广海（202）
"十七年"文学的矛盾性特征 …………………………… 吴秀明（217）
"十七年"历史文学的价值重估 ………………………… 陈建新（230）
论电视剧审美的道德化现象 …………………………… 郑淑梅（238）
印刷媒介数字化与文化传递模式的变迁 ……………… 陈 洁（245）

三　作家与作品

评格非《人面桃花》等三部曲中乌托邦叙事建构 ……… 姚晓雷(259)
胡适《上山》与鲁迅《过客》对照记 ……………………… 翟业军(274)
论《边城》 ……………………………………………………… 翟业军(285)
《湘行书简》与《湘行散记》合论 …………………………… 翟业军(295)
作为"美食家"的汪曾祺 ……………………………………… 翟业军(304)
论贾平凹改革小说中的男女关系 …………………………… 翟业军(318)
朱天文的文学创作精神流变 ………………………………… 金　进(334)
跨界行旅与温瑞安武侠小说创作的关系 …………………… 金　进(348)
评近年来的历史小说创作 …………………………………… 吴秀明(362)
"人的文学"理论基点与民国文论体系构架 ……………… 黄　健(375)

四　作家与作品（浙籍）

鲁迅与中国文化的现代转型 ………………………………… 黄　健(389)
论鲁迅在日本期间对尼采的接受与思想变化 ……………… 黄　健(401)
论鲁迅对海派文化的批判 …………………………………… 陈建新(412)
鲁迅与新时期文化小说 ……………………………………… 陈建新(424)
现代文学史中的鲁迅形象 …………………………………… 陈力君(435)
鲁迅启蒙意识中的视觉性 …………………………………… 陈力君(448)
鲁迅笔下日本形象之镜观 …………………………………… 陈力君(458)
鲁迅与早期"左联"关系考论 ……………………………… 张广海(469)
茅盾与革命文学派的"现实"观之争 ……………………… 张广海(480)
柔石小说：革命时代的启蒙 ………………………………… 陈建新(498)
江南文化与中国现代抒情文学 ……………………………… 黄　健(509)
"浙东学派"思想与精神对中国新文学发生的影响 ……… 黄　健(524)

五　影视与文学

论夏衍30年代的电影文学创作 …………………………… 盘　剑(541)
女性与现代海派电影中的性别叙事 ………………………… 盘　剑(556)
论中国电视剧的文学化生存 ………………………………… 盘　剑(574)

电视剧艺术本体论 ……………………………………… 郑淑梅(590)
论电视剧叙事之精神 …………………………………… 郑淑梅(599)
中国电视剧50年审美形态之嬗变 ……………………… 郑淑梅(607)
2015年历史题材电视剧述评 …………………………… 郑淑梅(614)
视觉文化观照下的周星驰"无厘头"电影 ……………… 陈力君(623)
冷战时期的星港两地电影及其互动 …………………… 金　进(630)

六　出版与文化

社群效应与图书出版产业新态 ………………………… 陈　洁(647)
数字出版赢利模式研究 ………………………………… 陈　洁(658)
出版社数字内容管理平台的构架与实施 ……………… 陈　洁(673)
数字出版人才培育的多维探讨 ………………………… 陈　洁(685)
数字阅读产业版权秩序的构建 ………………………… 于　文(696)
论融合趋势下的出版法制建设 ………………………… 于　文(704)
创意产业发展中的版权困境及解决路径 ……………… 于　文(712)
语言、阅读与出版变迁 …………………………………… 于　文(721)
上海《晨报》副刊《每日电影》的公共领域分析 ………… 盘　剑(730)

主要参考文献 …………………………………………………… (745)

后记 ……………………………………………………………… (756)

前　言

　　中国现当代文学，如果从 1917 年文学革命算起，迄今为止已逾百年矣。而作为中国语言文学学科名下的一门新兴学科，虽然在 20 世纪初的几十年间有过不少先驱为此作过筚路蓝缕的努力——如胡适的《五十年来中国之文学》(1922 年)、周作人的《中国新文学的源流》(1932 年)、李何林的《近二十年中国文艺思潮论》(1940 年)，以及朱自清的《中国新文学研究纲要》(即 1929—1933 年在清华大学等校的讲义)，但真正受到重视并被纳入新的学术体制，还是 20 世纪 50 年代，尤其是 1950 年教育部《高等学校文法两学院各系课程草案》规定"中国新文学史"是各大学中文系主要必修课程以后的事。在此之前，大学中文系的课程设置带有浓厚的尊古倾向，"所谓许（慎）郑（玄）之学仍然是学生入门的先导，文字、声韵、训诂之类课程充斥其间，而'新文学'是没有地位的"（参见王瑶《先驱者的足迹——读朱自清先生遗稿〈中国新文学研究纲要〉》，《朱自清全集》第 8 卷，江苏教育出版社 1993 年版，第 127 页）。中华人民共和国成立后，时代和政治意识形态的需要，上述现象随之得到根本改观。与之相适应，现当代文学学科，也从原先依附的古代文学学科范畴里剥离出来"自立门户"。于是，中国现当代文学就不期而然地成为大学中文一级学科下的一个重要分支，与文艺学、中国古代文学、比较文学与世界文学、语言学等一起，以知识体系形式进入现代大学教育，成为支撑中文系的核心主干课程。这种情况，与处于同一空间的台港澳的中文（或国文）教育及学科设计，是不大一样的。

　　浙江大学所属的中国现当代文学学科，与中国大陆高等学校所属的中国现当代文学学科在大的向度、脉络与方面呈同步状态。本学科创建于 20 世纪 50 年代，最早从事教学研究的有张仲浦、吕漠野等老一辈学者。1984 年，被批准为硕士学位授予点，2000 年，被批准为博士学位授予点。2009 年入选浙江省重点学科，并被批准为国家教学团队。现有在岗学术

前 言

骨干吴秀明、黄健、盘剑、姚晓雷教授，郑淑梅、陈力君、翟业军、陈洁、张广海副教授，以及浙江大学"百人计划"研究员金进、于文，共11人。其中1人为国家级教学名师和浙江大学求是特聘教授、1人为教育部新世纪优秀人才、2人为浙江大学百人计划引进人才。

说到浙大的现当代文学学科及其团队，似乎不能不提它的研究优势、特色与方向。这也是笔者在编选时颇感踌躇，而又不得不正视的一个问题。应该说，类似这样的文字描述，我们以前也做过，它看似容易，其实并非如此。这里的关键在于："一体化"必然造成大学办学的趋同化，在全国"一盘棋"的情形下，学科之间其实是很难甚至不大可能存在多少的质差。还有，就是受诸多因素影响，我们这里似乎对传统或已然的东西更为推崇，在这方面也更有优势和积淀。这在客观上对现当代文学学科造成了不少的"压力"。这一点，在中文系有过四十多年教职的我，是深有体会的。也因此故，笔者对为本学科作出贡献的张仲浦、吕漠野、郑择魁、陈坚和张颂南等师辈充满了敬意。最后，还要强调一下，所谓的优势、特色与方向不是恒定静态的，而是在不断变化，有不断的新组合。更何况，现当代文学（尤其是"现当代文学"中的"当代文学"）不同于古代文学，它只有起点而没有终点，其无限开放或曰"永远在路上"的学科属性，也为我们对它的观照和把握，平添了不少难度。

当然，在嬗变过程中，浙大的现当代文学学科也有相对比较稳定、前后承续的另一面。其中特别值得一提的，大致也有以下三点：（1）对所在地域的浙籍作家作品的关注，并将其融入学术肌体血液之中，作为自己研究的基本底色。（2）也许与浙大中文系（四校合并前为"老杭大中文系"）整体学科与专业规划及布局有关，自20世纪90年代以来，本学科除了原有的现当代文学（这当然是本学科的主体）外，还先后融涵了戏剧、影视、动漫、世界华文文学以及编辑出版学等其他学科，组成了一个颇为丰富立体、自然也不无繁复的学术共同体，某种意义上，它简直就是现有浙大中文系的"浓缩版"。（3）由于学科并置情况比较突出，与之相关，也给学科平添了互动对话的可能性，使之在研究方法与路径上注重文学与影视、文学与文化、域内与域外、文本与文献的互渗互融。

本次选编，笔者自然也循守上述的基本理路与构架，并且在编选时力求与过去概括对接，与我们近七十年的研究实践"及物"，但考虑所选择的文章基本是从"50后"到"80后"这批学人在最近一二十年刊发的实际情况，也是为了更清晰地展现他们最新的研究成果，根据学科同仁自荐的近60篇文章的内容，不妨将其归纳为以下六个方面或方向：

一是问题与方法。

主要是在整体把握现当代文学历史与现状的基础上，及时关注其知识、思想与学术的动态，以及有关的热点、难点、生成点等前沿问题，并作出自己的解读。这也是与时代保持"同构"关系的新兴学科所应该具有的品格，是衡量一个学人学术活力和敏感性、判断力的重要标准。当然，作为一种个人化的学术活动，他们彼此各有所见，各有所好，各有各的视角，甚至不妨相互砥砺。就我们这里所选的9篇论文来讲，有的侧重于问题，有的侧重于方法；有的偏向宏观整体的思想观念，有的更多聚焦于具体而微的文体、类型、形象、叙事。如《当代文学研究应该与如何"及物"》《批评与史料如何互动》，主要针对现阶段当代文学研究在走出"理论之后"所面临的新的状态，即存在的与文献或文本"不及物"以及将批评与史料简单对立等倾向，提出了自己看法；《对20世纪以来中国文学与启蒙关系的一种反思》则将文学与启蒙关系的反思，由当下推演至整个20世纪中国文学；而《历史题材小说的道德抉择》《新时期以来文学中非常态民间主体形象塑造》《"公众之梦"与公共梦幻空间的建构》《冷战、南来文人与现代中国文学》等，则从当代历史题材文学、非常态民间主体形象塑造、影视创作公共性以及南来文人与文学等维度，来具体地探讨现当代文学研究的有关问题与方法。

二是思潮与现象。

思潮与现象大体属于研究的中观层面，它介于文学史与作家作品之间，是连接文学史与作家作品的中介。再进一步，将其放在整个社会文化的大系统来看，思潮与现象还是文学连接外部周边的一个中介，这里容涵凝结着丰富复杂的文化信息，而成为现当代文学中研究领域最敏感、最活跃的组成部分。本卷所收的有关文章，从不同方面反映与体现了本学科在思潮与现象研究方面所取得的成果。其中，《新时期启蒙叙事的师者形象衍变》一文，主要从师者形象衍变的角度对新时期启蒙叙事隐遁现象作了考察；《从巴金及其信仰变化透视1930年代的文学视界》则通过对巴金的个案分析，来透视20世纪30年代的文学界；《小资产阶级原罪意识的诞生、规训与救赎》《十七年历史文学的价值重估》《论电视剧审美的道德化现象》等，都在各自选择的话题范围对左翼文学、历史文学与电视剧中有关思潮与现象作了深入的探讨，显示了较强的综合判断的能力和理性思辨的色彩。

三是作家与作品。

作家与作品是文学最基本、最基础的单元，对作家与作品的批评，自然，它也成为彰显现当代文学学科特点及其前沿地带，及时有效地进行自我补血和造血的一个前提条件。尤其是"当下"作家与作品的批评，因为数量庞大（仅长篇小说，不包括网络长篇小说，每年就有四五千部，据说2017年已达8200部），而又与我们靠得太近，更为艰难不易。本学科积极参与了这一基础性的工作，并基于对中国经验的认知及其审美感受和体验，将有关的作家与作品置于20世纪中国社会转型大背景下，从传统文化、地域文化、政治文化、大众文化、现代性、知识分子、文学体制等不同角度进行审视。如《评格非〈人面桃花〉等三部曲中乌托邦叙事建构》，基于对乌托邦及其知识分子精神思想嬗变的认知和理解，对格非的长篇创作提出了批评。《胡适〈上山〉与鲁迅〈过客〉对照记》《论〈边城〉》《朱天文的文学创作精神流变》，更多运用其所倾心的历史的、美学的批评方法，对胡适、鲁迅、沈从文等现代大师到朱天文等台湾的当代名家的作品作了颇为精准的分析。

四是作家与作品（浙籍）。

浙江是中国现代文学重镇，自五四新文化运动以来，浙江的新文学作家人才辈出。本学科凭借独特的地域优势，在以前取得丰硕成果的基础上，近些年来继续保持这样的优势特色。其有关研究成果，最集中也是最突出的，首先当推鲁迅研究，如《鲁迅与中国文化的现代转型》《论鲁迅在日本期间对尼采的接受与思想变化》《鲁迅与新时期文化小说》《鲁迅启蒙意识中的视觉性》《鲁迅与早期"左联"关系考论》等。不仅数量多，而且观照的角度与方法也颇为丰富。前二篇，主要侧重于文化转型与中外关系的考察；后三篇，则分别从视觉性、实证考论角度切入，在"新"与"实"方面都堪可称道。其他像茅盾、柔石等浙籍作家与作品批评，也都具有类似的特点。这自然与其长期积累尤其是对名师大家资料编纂以及浙籍作家全集的编纂，包括国家、省部等各个层面的项目研究前期投入和付出，而打下的扎实的基础有关。

五是影视与文学。

影视研究也是本学科不可或缺的一个重要方向和组成部分，并且还是其颇为醒目的"亮点"所在。当然，影视研究方向也是经历了一番变化的。大体说来，在20世纪八九十年代"老杭大"时，它的主体还是戏剧与影视，戏剧似乎占有更重要的位置，尤其是现代话剧研究曾经在国内占据很重要的地位；而90年代以后特别是21世纪之后，则主要偏重于影视与动漫，并逐步形成"双向视角"的跨学科、理论与实践结合这样两大研究特色。这种情形，在本次所选的9篇文章中也有明显的体现。如

《论夏衍三十年代的电影文学创作》《女性与现代海派电影中的性别叙事》，更多体现了跨学科交叉研究的特色，显示了论者开阔的学术思维与视野；而《电视剧艺术本体论》《论电视剧叙事之精神》《视觉文化观照下的周星驰"无厘头"电影》《冷战时期的星港两地电影及其互动》，则在理论与实践结合方面，显得更为突出。

六是出版与文化。

浙大编辑出版学始建于2001年，迄今已有17年历史。主要研究方向有：数字出版、出版产业、文学出版、出版史等。这里所收的文章，大体与之吻合，但也有所超越。其中，有讲"数字内容管理平台"的，如《出版社数字内容管理平台的构建与实施》；有讲"产业版权秩序"的，如《数字阅读产业版权秩序的构建》；有讲"社群效应"与版权"二元化"的，如《社群效应与图书出版产业新态》《论融合趋势下的出版法制建设》；甚至还有讲报纸副刊的，如《上海〈晨报〉副刊〈每日电影〉的公共领域分析》。彼此选题与内容不一，路径与方法也有差异，但都具有很强的现实针对性，融入了传播学、管理学、社会学、文化学、心理学、计算机科学、美学等跨学科的知识并与商品运行及市场对接，有的还有较浓的理性哲思的成分。这也从一个侧面反映了这门新兴学科的实践性品格，并预示它与包括文学在内的人文学科融合的可能性和必要性。

最后需要说明两点：一是本论文集各辑所收，只是在岗老师近些年的部分成果。其他如张仲浦、吕漠野、郑择魁、陈坚、张颂南、何寅泰、丁茂远、沈绍镛、李达三、张黛芬、吴晓、李力等我的师辈及稍年长我几岁的同事的研究成果，按此次选编的有关规则，只好暂付阙如。这是很遗憾的，希望将来有机会能够给予弥补。二是本论文集所收的自荐文章，从发表时间来看，除了《评近年来的历史小说创作》刊于1982年外，其余皆发表在近一二十年《文学评论》《文艺研究》《中国现代文学研究丛刊》《当代电影》等一些重要学术刊物上。虽因篇幅所限，难免挂一漏万，但仅此冰山一角，亦可见本学科同人近年治学的心血和劳绩。

今天，在现代文学历经百年、当代文学历经七十年之际，我们将其编选出来，主要着眼于现实与未来，希望在此基础上有进展，将它做得更好一些。故更为重要的是在编好以后，如何反思、检讨，使之在原有基础上有进一步的提升与拓展。希望同人和方家，一如既往地给予批评及指正。

吴秀明

2018年9月22日于浙大寓所

一

问题与方法

当代文学研究应该与如何"及物"

吴秀明

近年来，中国当代文学研究领域的一个显著变化，就是在追求立体多样的同时出现了如当年王国维所说的"扫除空想，求诸平实"[①]的某种态势。愈来愈多的研究者认识到，光是简单横移西方的理论不仅不接地气，而且也不利于自身学科的发展和建设。于是，当代文学应该与如何"及物"这个问题提出来了，它昭示我们现阶段当代文学研究在走出"理论之后"所面临的新的状态，新的抉择。

"及物"原本借用自英语语法概念（如"及物动词"），故而以语言学、语用学研究为主。但"及物"（或"不及物"）作为一个特定的学术概念，最早源于罗兰·巴特在1966年的一篇演讲词《写作：一个不及物的动词？》，该文认为，现代语言学背景下的动词"写作"在语态上是中性的，即不全是"及物"的，其"不及物"的表现在于写作不只是写故事，写人和物，写作也是作者参与其中的一个行为，因为他放置和安排词语，达到一定的效果，而且故事中的人和物离开了写作并不能够单独存在。请注意，罗兰·巴特在这里用了一个"问号"，意谓在此文中他的立场是比较中庸的，说写作不全是"及物"，也可以说不全是"不及物"的。而依据结构主义的一般观点，强调的是写作的"不及物"性：词语并不是现实世界，它与世界没有一对一的关系；强调写作的"不及物"性就是强调文学不是反映世界的，这里的"物"指客观世界。[②] 罗兰·巴

[①] 这是王国维对自己学术方向变化的一个概括，他在给沈曾植的信中说："国维于吾学术，从事稍晚。往者十年之力，耗于西方哲学，虚往实归，殆无此语。然因此颇知西人数千年思索之结果，与我国三千年前圣贤之说大略相同，由是扫除空想，求诸平实。"见王国维《致沈曾植》，《王国维全集》第15卷，浙江教育出版社2010年版，第68页。

[②] 《写作：一个不及物的动词？》是一篇演讲词，1966年巴特参加约翰·霍普金斯大学的一个研讨会的发言，迄今尚未见到中文翻译。在此，笔者要感谢徐亮教授，他根据英文原文《写作：一个不及物的动词？》（收录于《语言的喃呢》文集），作了一个中文摘要，使笔者借此对罗兰·巴特有关"及物"的理论有一个约略的了解。

一 问题与方法

特在其他著述中也都贯穿这一思想，不同的只是更突出，这一篇反而有所克制。这也是文学研究"及物"的本义吧。不过，就目前中国当代文学和文艺学研究来讲，我们更多使用的是它的引申义而不是其本义。前者，在诗歌研究领域居多，主要偏向于指称那些属意于现实的抒情风格，本意是说诗学研究要冲破语言的幽闭，关注"词"与"物"之间的密切关系，强调对此在、现时世界的关注，如罗振亚有关当下诗歌的研究[①]；后者，如有学者曾提出"文化研究在何种意义上是及物的"的命题，认为真正的文化批评在方法上要"包容社会学与心理学的双重视域，并在文化实践的具体性和历史性中生发问题意识、生成理论实践性"[②]，在"文学理论的创新与文论教学"及"文化批评"有关讨论时，都有较多的涉及，作为其中的一个重要问题或关键词提出。[③]

本文使用的"及物"，属于引申义的，带有一定的喻指性，具体包含"文献的及物"与"文本的及物"两层含义。所谓的"及物"，其意是指文学研究不能简单套用西方某个理论或概念，对它进行按图索骥的观念性评判，而是应该建立在"文献史料"和"文学文本"基础之上作合乎文学本义的解析。这与罗兰·巴特有关"及物"的解读有着不同的认知和角度，当然，毋庸置疑，罗兰·巴特强调"写作"在语态上是中性乃至倾向排贬的观点，也从现代语言学角度为我们评价和审思"词"与"物"的关系提供了方法论的启迪，昭示我们在讲"及物"时不能重返旧现实主义反映论和本质论的老路。当代文学迄今已近七十年，已有不少积淀，现在是可以而且应该进行历史化了，甚至不妨将其当作一门"学问"去做，就像从事古代文学、现代文学研究一样。而恰恰在这方面，我认为如今的当代文学研究存在着相当突出的问题，这就是受时代虚夸虚浮学风和西方理论存在的强制阐释观点的影响，不愿花功夫去接触文献和贴近文本，从事"实事求是"的研究与研究的"实事求是"，而是按照功利实惠的需要，多快好省地拼贴各种主义和复制大量空洞无物而又大同小异的文章。可以这样说吧，文学研究的主观随意与凌空蹈虚已经成为制约当代文学研究的一个重要因素。

[①] 参见罗振亚的文章《"及物"及其限度》，《当代作家评论》2010年第2期；《21世纪诗歌："及物"路上的行进与摇摆》，《天津师范大学学报》2005年第2期。

[②] 孙士聪：《文化研究在何种意义上是及物的——兼评张光芒的"人心文化"命题》，《探索与争鸣》2012年第3期。

[③] 参见曾军、苗田《探索接地气和及物的文学理论——2012年文艺学研究热点扫描》，《社会科学》2013年第1期。

上述种种，就构成本文写作的潜在背景。接下来，我想从当代文学研究应该与如何"及物"的角度展开探讨，希望通过有关实例和实证的分析，对目前学界盛行的泛化虚化现象有所警示和批评，为当代文学研究及其历史化提供的一些思考。每个学科都有自己的属性与特点，也有自己的"问题与方法"。对于由启蒙主义向历史主义转型的当代文学来说，如何借助文献回到现场，通过文本去触摸历史，达到文献与文本互证对话，或者说，如何打破文献与文本二元对立，借助于"文本间性"，有效地揭示它们彼此之间的深刻关联，这对于推进和提升其研究层次、规格与水平不无重要。

一 "文献的及物"：文学周边与实证性研究的三个方面

文献史料是学术研究的基础性工作，是基础的基础。傅斯年曾经讲过"史学便是史料学"，他说："史学的对象是史料，不是文词，不是伦理，不是神学，并且不是社会学。史学的工作是整理史料，不是做艺术的建设，不是做疏通的事业，不是去扶持或推倒这个运动，或那个主义。""假如有人问我们整理史料的方法，我们要回答说：第一是比较不同的史料，第二是比较不同的史料，第三还是比较不同的史料。"[①] 黄修己在《中国新文学史编纂史》导言中，则从整体结构的角度将文学史分为理论、主体、基础三个层次，所谓的基础层次就是文献史料研究。[②] 他们的话道出了文献史料的精髓。

可能是与学科的比较"年轻"有关，也与学界流行的"以论代史"的思维理念影响有关，尽管当代文学文献史料发掘、整理与研究也取得了一些成绩（主要在20世纪90年代以来），尤其是在编年、年谱、日记、书信、口述史编纂与研究方面颇成蔚然之态势，但就整体而言，应当坦率地承认对文献史料"及物"的重要性是缺乏认识的，迄今尚处于自发或自然状态，即缺乏像古代文学那样被大家共同意识到的学术传统和自觉遵奉的工作路径。在这里盛行并得到认同的是古代文学文献史料，"当代"方面的文献史料，正如胡适所批评的，因"不能脱离古董家之习气"，则以"不足研究"[③] 而在实际上是被排斥于研究视域之外，至少是与文献史料脱节分离的；做文献史料是不受人欢迎的，似乎也没有这个习惯，更没

---

① 傅斯年：《史学方法导论》，江苏文艺出版社2008年版，第1—2页。
② 黄修己：《中国新文学史编纂史》导言，北京大学出版社1995年版。
③ 胡适：《〈国学季刊〉发刊宣言》，《胡适文集》第3卷，人民文学出版社1998年版，第371页。

一　问题与方法

有形成一种赓续的传统。在有些人看来，当代文学只有六七十年历史，离今天太近，有的还与我们处于完全同构的状态，未经历史化，因此对其文献史料以及固有价值往往持怀疑态度，以致直到今天，认为"当代文学无文献史料""文献史料无用论"仍有相当的市场。其实，当代文学文献史料虽不同于古代文学、现代文学而具有自己的特点，但它作为当代生命轨迹的印记，对穿越历史、还原当代文学丰富复杂的存在具有重要意义。无论如何，强调对文献史料的尊重、基于文献史料的研究，这是古今中外学术研究的基本规律，也是当代文学进行学科自强、自我提升的必由之道。

那么，当代文学研究到底如何进行"文献的及物"，在这方面，我们当下最需关注的应该是什么呢？这当然比较复杂，也不可一概而论。下面，我想根据自己的有限接触，主要从类型、主体、对象三个方面试作概括与分析，以便为当代文学研究及其历史化寻找某种规律性的东西。

首先，是当代文学文献史料类型。这个乍一看本不应成为问题的问题，在进入研究实践时却并不如我们想象得这么简单，它直接关系到文献史料的定位，也是我们探讨文献史料"及物"的前提。关于现代文学文献史料类型，马良春在《关于建立中国现代文学"史料学"的建议》一文中曾有这样的"七类分法"：

第一类：专题性研究史料。包括作家作品研究资料，文学史上某种文学现象的研究资料等。

第二类：工具性史料。包括书刊编目、年谱（年表）、文学大事记、索引、笔名录、辞典、手册等。

第三类：叙事性史料。包括各种调查报告、访问记、回忆录等。

第四类：作品史料。包括作家作品编选（全集、文集、选集）、佚文的搜集、书刊（包括不同版本）的影印和复制等。

第五类：传记性史料。包括作家传记、日记、书信等。

第六类：文献史料。包括实物的搜集、各类纪念活动的录音、录像等。

第七类：考辨性史料。考辨工作渗透在上述各类史料之中，在各种史料工作的基础上可以产生考辨性史料著述。[1]

---

[1] 马良春：《关于建立中国现代文学"史料学"的建议》，《中国现代文学研究丛刊》1985年第1期。

相比于现有为数不少的古代文学、古典文献学的分类（他们大多将其分为文字学、训诂学、目录学、版本学、考据学、校勘学、辑佚学等几个部分），应该说，马良春上述分类是相当准确到位的，也很契合现代文学文献史料存在的实际，他已将其在 20 世纪出现的类型作了相当全面系统的概括。如叙事性史料中的调查报告、访问记、回忆录；作品史料中的书刊影印和复制；传记性史料中的传记、日记、书信；文献史料中的录音、录像等，这些为传统文献学所没有或忽略的形态，在这里均被纳入文献学视域中给予重视。不过，赞肯马良春的类型划分，并不意味着可以不加区辨地照搬。事实上，如同宏观整体的当代文学创作和研究一样，由于意识形态、文化制度、传播方式、语言规范、文学成规等原因，当代文学文献史料在赓续"现代文学"的同时，它的内涵到外延也发生了较大变化，出现了为"现代文学"所没有的新的形态。有些已不适合或不大适合于当代文学研究，有些则可以转换性地挪用（如文字学、训诂学、校勘学等）。与之相应，其文献史料形态及其存在方式自然也有不尽相同的呈现，有的则出现了意想不到的惊人嬗变。有关这方面，笔者十年前在与人合撰的一篇文章中，曾对此作了"七方面内容、六个特点与六点困难"[①]的概括，主旨内容讲的就是这个意思。近五六年来，在主持国家项目《中国当代文学文献史料问题研究》的同时，与团队同人一起，主编完成一套 11 卷、总计 600 余万字的《中国当代文学史料丛书》[②]，又进而作了一些探索，其意就是为了更好地呈现和还原当代文学文献史料的存在，在类型上对当代文学文献史料作更合乎"当代"实际的还原与呈现。因为按照马良春上述"七类分法"（也包括现今比较流行的"作家或文体分法"），像公共性、重要会议、民间与地下、戏改与样板戏、评论与评奖等很"当代"的内容，显然是无法安置的。适合"现代"的并不一定适合"当代"，毕竟它们生活在两个不同的时代。如果将其纳入"七类分法"（或"作家或文体分法"），它也必然与之形成"胀脱"之态。这也表明当代文学作为一个自律自洽的研究领域，应该要从古代文学或现代文学的知识框架和谱系下解脱出来，可以"自立门户"了。

[①] 吴秀明、赵卫东：《应当重视当代文学的史料建设——兼谈当代文学史写作中的史料运用问题》，《中国现代文学研究丛刊》2005 年第 5 期。

[②] 《中国当代文学史料丛书》分"公共性""私人性""民间与地下""台港澳文学""通俗文学""影像与口述文学""文学期刊社团与流派""文代会等重要会议""戏改与样板戏""文学评奖""文学史与学科"11 卷，浙江大学出版社于 2016、2017 年出版了其中 5 卷；还有 6 卷，由于种种原因，至今尚未出版。

一 问题与方法

当然，这是很初步也是很粗糙的，仅仅是开始。作为一种尝试，还存在着很多的问题与不足：包括在内容方面不能像古代文学、现代文学那样，有许多政治禁忌，也包括数量超多而存在如鲁迅、胡适等有过的无奈慨叹，只好有待来日；而最大的遗憾，就是少数民族文学、域外文学、电子化三种类型的文献史料，由于种种原因，尚未纳入视野进行编纂。较之王国维的"二重证据法"，当代文学文献史料的特殊性在于既有空间性的民族或国别的文献之隔，也有制度性的潜在与显在之分，却无"纸上"与"地下"之别。以空间理论观之，当代文学文献史料要想取得体系上的圆满，不能仅局限在大陆现代汉语文学文献史料这一空间范畴，还必须以开放的姿态接纳和处理好它与大陆少数民族文学文献史料，以及与台港澳文学及海外新移民文学等文献史料的关系。原因是：第一，大陆少数民族文学文献史料原本就属于当代文学文献史料的有机组成部分，研究当代文学文献史料，不涉及少数民族文学文献史料就不是完整的当代文学文献史料。第二，台港澳文学及海外新移民文学等文献史料原本就属于"文化中国"（杜维明语）的有机构成，更遑论港澳回归之后已理所当然地成为中国的一部分。第三，自一个多世纪以前中国进入"世界"体系迄今，文学生产（包括文学史料生产）不可避免地与世界其他国家的文学活动产生密切联系，因此，研究当代文学文献史料当须如陈寅恪所说，"取外来之观念，与固有之材料互相参证"。① 只有这样，才能在跨区域、跨文化、跨语际的互动对话中共同建构当代文学文献史料的廊宇。至于电子化文献史料，在现代传播途径与方式方法发生巨大变化以及网络数据资源凸显的情势下，它的重要性就不言而喻，其在网站、博客、视频、电子论坛、电子书等发布的丰富驳杂而又飘忽不定的文献史料（如十年前引起文坛和学界轰动的"韩白事件"，即韩寒与白烨围绕"80后"创作评价在网上展开的激烈争论），一方面提供了为传统纸质文献史料所没有的包容性、开放性、自由化，另一方面"也对史料研究者的学养和知识结构提出了挑战，要求我们不仅要很好地继承传统研究方法，而且还要将现代科技的开放性与优越性集合其间，达到传统与现代结合的有机化、最大化"。②

与类型有关而又不同的是研究主体，这是当代文学"文献的及物"需要正视的另一个问题，也是影响和制约其提升发展的枢机所在和核心的

---

① 陈寅恪：《王静安先生遗书序》，《金明馆丛稿二编》，上海古籍出版社1980年版，第220页。

② 吴秀明、李一帅：《电子化文学史料的内在形态与知识谱系》，《福建论坛》2016年第1期。

关键。尤其是"十七年",由于众所周知原因,它几乎将当时所有的作家都吸附进去,使其在"一体化"机制中沉浮的同时也对自己及他人带来了伤害,其中有的还身不由己地扮演了受害者与施害者的双重角色。这就使原本复杂的文献史料显得更加复杂,甚至平添了不少扑朔迷离的成分。此种情形在当代文学中相当普遍,可以说已发展成为一种带有吊诡特点和悖论性质的时代症候。它涉及一大批作家和学者,包括20世纪80年代初被平反、受到人们广泛同情的冯雪峰、胡风事件,也都可纳入此范围(如冯雪峰、胡风在罹难之前或同时,曾对萧也牧和《文艺报》进行"致命一击")。其所以如此,除了彼此的文学观念、存在的圈子与个人恩怨外,主要还是为大环境所决定,而非简单的个体伦理道德使然(当然这并非说个人没有伦理道德的责任)。所以,仅从伦理道德角度说事,将其指认为坏人或小人予以谴责,我以为就有失简单。钱理群在谈及现代文学研究"应该是学术、科学、理性的"时提出这样"三有"条件:一有努力收集,以至穷尽有关史料的功夫,二有敢于正视事实的勇气和科学态度,三有善于处理复杂问题的学术能力。[①] 所谓的"穷尽",就是要求研究者不仅尽可能全面占有文献史料(包括有利于自己观点的文献史料,也包括不利于自己观点的文献史料),同时还要用高于、大于文献史料对象的思维视野对此进行审思,尤其是将其还原到当时宏观大环境中进行审思,而不能满足或停留在当事人提供的文献史料及其思维视野范围。如果过分黏滞于这些文献史料,仅据此判断,偏听一面,很有可能以偏概全,以局部代替全部,得出不准确乃至错误的结论。前些年,主要是80年代"政治平反"时,我们曾从尘封的档案里"解密"了一些文献史料,但由于是"选择"性而非"常态"性,这就有意无意对"平反"对象作了夸饰和拔高,所以"政治平反"的结果,也给今天"及物"研究留下后遗症。就拿胡风来说,在他身上诚突出体现了现代知识分子独立不倚的宝贵品格,他遭受残酷政治打击的历史悲剧也令后人顿足扼腕痛惜无比,但作为个性执拗且长期受左翼思想影响浸泡的文人,他并不如我们想象那样抵制毛泽东文艺思想及其体制,相反对其忠心不改,与其政治对手周扬之间具有很大的同质性,有时候甚至有过之而无不及。诚如贾植芳所说:"胡风耿直,但太偏颇,爱憎太分明……范泉办刊物,约他写稿,他不理睬。他说:'他是什么东西!''三十万言书'中,他说范泉是南京特务,害范

[①] 钱理群:《"守正出新"——严家炎主编的〈二十世纪中国文学史〉对当下现代文学研究的启示》,《中国现代文学研究丛刊》2011年第9期。

泉为此挨整。"① 当年胡风集团案成员之一王元化晚年甚至说："胡风这个人我是不喜欢的，如果他当了文化部门的领导人，可能比周扬还更坏。"② 近些年来，胡风研究之所以出现一些"反弹"，均与之不无关系。

面对这种状况，有的学者运用"对抗"，实则"去政治""非政治"的方式进行解读，我认为不仅失之偏颇、没有搔到痒处，而且不符合当代文学文献史料存在的客观实际。李洁非指出："作家作品仅为当代文学史组成部分之一，且相对次要的部分，文坛政治大过文学创作。……政治是非文学因素，但对中国当代文学来说政治却非外在，而已内嵌其中，使它以政治方式运行。中国当代文学的政治化不是提法问题，不会因一个提法改变而改变。将当代文学说透，没法绕过政治这个字眼。不解政治而治当代文学，方枘圆凿；弃政治、另务玄说而以为高妙，则自欺欺人。"③ 对此我深表赞同。回到当代文学研究及其文献史料"及物"上来，这里关键不是"去政治"或"非政治"，而是研究主体与之对话，并将其纳入历史进程中给予合历史合逻辑的阐释，这才是最重要的。由之，它也自然对研究主体理性认知的水平和能力提出了要求。台湾著名经济学家刘进庆说过：政治不自由并不是学术与思想发展的唯一障碍，另一个也许更为根本的障碍是后进国的学者自己也接受了某种掩盖现实的理论与知识方法，即毫无批判地接受了从先进国所传来的，并不适合解释后进国社会经济与文化的所谓"现代化理论"。④ 这也提醒我们在文献史料研究时有必要调整自己的观念与尺度，知识与素养，不仅要破"人蔽"，而且也要破"己蔽"（戴东原语），在研究主体方面进行反思。在当下，尤其是要克服急功近利、急于求成的思想，面对海量而又不确定，且高度政治化乃至档案化的文献史料存在，要有作为人文学者的一种定力。当代文学"文献的及物"，没有独立健全的研究主体是不可思议的。

当代文学文献史料研究还有一种情况比较特殊，它不同于古代文学、现代文学等其他学科，即不少的研究对象还健在，他们作为当事人和经历者的叙述，包括这些叙述中所流露的思想情绪对我们今天的研究无疑是会产生影响，有时甚至会产生导向性与权威性的影响。这种情况，在"十七年"，主要是一批从"现代"过来执掌权柄的当时文坛领导如周扬、夏衍、冯雪峰、丁玲等，他们自觉不自觉地将历史旧账嵌入现实的"斗争"

---

① 参见李辉《和老人聊天》，大象出版社2003年版，第122—123页。
② 王元化、吴琦幸：《王元化谈话录》，《东方早报》2011年11月27日。
③ 李洁非：《文学史微观察》，生活·读书·新知三联书店2014年版，第176页。
④ 转引自赵刚《党国、知识分子与性：〈唐倩的喜剧〉》，载《现代中文学刊》2013年第6期。

之中，从而给文献"及物"平添了不少迷障和难度。而在20世纪90年代以降的这一二十年，随着社会文化转型，它更多表现在作家尤其是著名作家利用高度发达的现代大众传媒频频发声，通过访谈、讲演以及召开新作发布会、作品研讨会（往往以高校和科研院所，或彼此联合召开的名义和形式）等自述形式，不时地介入研究，积极主动地进行自我塑造和经典化，在对文学研究提供重要参照的同时，也有意无意地为之构设了如梁启超所说的"盖局中人为剧烈之情感所蔽，极易失其真相，即不尔者，或缠绵于枝叶事项而对于史迹全体反不能得要领"[①]的陷阱。这一点，只要翻看一下近些年报纸杂志上量大面广而又颇为时人所诟的访谈、创作谈等，就不难体味。

特别需要提及的是一些作家或学者的家属、亲友与学生，出于为贤者讳的心理，在文献史料编纂尤其是在作家或学者"文集""全集"编纂时，往往回避其有过的不那么"光彩"的历史——一个比较有代表性的例子，就是除郭小川等极少数作家外，已出的大多数的作家或学者"文集""全集"或"传记"，都拒绝将他们"十七年"时迫于政治压力所写的一些趋时违心之作如所谓的"检讨""交代"等材料收入。尤其是作家或学者有关的书信和日记，因牵涉到尚在世的名人及其有关隐私，加之家属的介入，一般都很忌讳，是不收录的；已出的，也作了颇多的删改处理。如王蒙在自传中，详细叙述了他在新疆伊犁生产队的"戴罪"生活，但对那个时期究竟写了什么文学作品则一笔带过，采取了回避的态度。[②]最具代表性的恐怕要数杨沫，她的《自白——我的日记》，诚如她的儿子老鬼所批评的："有一个致命的缺陷，就是与历史的原貌有异，欠真实"，掩盖了自己生命中的某些经历和一些不利于自己的东西（如与男秘书二十多年的密切关系，"文革"中与丈夫马建民相互写大字报揭发，对孩子缺乏应有的母爱等），而且，"还删去了不少政治上的表态"，从总体上看，存在着明显的"文过饰非""补写太多""自白太少"（被删除）等问题。[③] 不难想象，如果我们不加辨析地将这些"文集""全集""日记"中的追忆性叙述当作历史真实，那么从中得出的结论及其可信程度就可想而知了。

"文献的及物"是一种实证性研究而不是阐释性研究，它强调任何立

---

① 梁启超：《中国历史研究法》，上海古籍出版社2006年版，第74页。
② 参见《王蒙自传》第一部，花城出版社2006年版。
③ 参见老鬼《母亲杨沫》，长江文艺出版社2005年版，第273、277—278页。

论和观点都建立在丰富的、可征信的文献史料即事实的基础之上，而不是专靠对研究对象作逻辑推理运行和先验主义的分析判断。就当代文学研究来讲，强调文献"及物"，并不是要我们只去简单借鉴实证的具体方法（如归纳法、演绎法），它首先推崇的是其科学精神和实事求是的学风。因为按照罗兰·巴特的理论，作为动词的"写作"，即使实证，它已不是也不可能真正变成"物"意义上的还原和实指。从这个意义上说，本文所谓的"文献的及物"，最重要的，也许不在于引进文献史料以及文献史料的多少，而是在于确立一种基于事实说话的思维理念和话语方式。中国学术向来有义理、考据、辞章分合的说法。一直以来，当代文学研究缺乏的正是这种基于事实的科学精神和思维理念，而主要为义理（"十七年"主要是革命与阶级的义理，近二三十年主要是启蒙与现代性的义理）所掌控，所以，"我们的研究也许达到了某种理论深度，但却是空洞化的深度；我们引入许多'吓人而迷人'（钱理群语）的知识谱系，但却可能由越界而导致过度诠释；我们沉湎于思考和思辨的快乐，但却缺少发现和考证的愉悦。我们的研究成果缺乏的是丰富的第一手材料、绵密的实证、肌质感和细节"。[①] 现在该是到了全面反思和调整的时候了。这在后现代主义时代自然很难，颇有点逆流而上的味道，会遇到包括自身思维惯性和学术训练不足带来的诸多阻力，但只要"我们仍然信仰历史叙述的非虚构性，对真实、真相、本质仍存在不轻易放弃的信仰"[②]，那么就会竭尽全力予以克服。从当代文学学科建设和长远的角度来看，这也是必须要跨越的一道门槛。

二 "文本的及物"：文本细读与传统潜结构的发掘

如果说"文献的及物"的功能是文史互证，为当代文学研究及其历史化提供具体切实的根源性支撑，那么"文本的及物"的要义就是返回文学场或文学本体，对其存在和出现的非文学现象进行有效的调整。在一个不是把文学当作纯审美对象，并且日益明显地将其向影视、图像、广告、游戏转移的年代，提出研究"文本的及物"，这是否有点不切实际，与上文所说的"文献的及物"产生龃龉呢？

行文及此，有人可能要提出这样的质疑。我的回答是：只要不将作家

[①] 金宏宇：《朴学方法与现代文学研究》，《中山大学学报》2009年第3期。
[②] 洪子诚：《问题与方法——中国当代文学史研究讲稿》，生活·读书·新知三联书店2002年版，第24页。

创作的文本世界等同于经验世界（即将"词"等同于"物"），而是看成是与包括文献在内的其他文本的"互文"关系，我以为不仅无可非议，而且有必要坚守。须知，这是当代"文学的及物"而不是当代"历史的及物"，它是"以讲究艺术性为前提"，"文本的成功还得依赖诗艺自主性的建构"。① 因此，无论如何，它最后还是要回到文学那里去，从文学那里再出发，而不能疏忘或忽略了它作为文学的最主要也是最基本素质的那些东西，如形象、情感、语言、叙述、文体、结构以及创造性、想象力等。当代文学研究及其历史化能否经得起历史检验，从根本上讲，还是取决于这些要素。罗兰·巴特在谈文本写作时，曾将其分为"及物写作"与"不及物写作"两种，他从语言学的立场出发，完全否定文本与周边语境关联的观点自不可取，但他强调文本本身的独立性、超越性，却具有很大的合理性。与罗兰·巴特主要从语言学立场讲文本及其独立性、超越性，因而有意无意地用"语言本体论"代替"文学本体论"不同，中国学者则更多从文学审美角度讲文本，因而更多看到其为一般语言和历史所没有的灵性与诗性、个性与形象。如樊骏在谈唐弢先生极好的艺术感觉时就这样说过：文学史家与一般的史家不同，除了掌握尽可能多的史实资料，还需要以最大的力量透析作品的艺术形态、作家的创作个性以及各自的艺术特色和艺术成就。在这方面，唐弢先生比较喜欢"用事实或者形象说明问题，理论包含在形象中"："喜欢用事实说明问题"，形成了唐弢先生材料丰富、论证充实的长处；"喜欢用形象说明问题"，则决定了他总是从作品的艺术形象入手，研究文学及其历史。樊骏接着强调指出："从方法论上说，用'事实'还是从'形象'说明问题，基本上是一回事，'形象'是'事实'的一个组成部分；但在文学及其历史的研究中，更需要多从'形象'这类'事实'来说明问题。"② 樊骏斯话，不仅对唐弢先生有关现代文学研究的突出长处和特点作了准确的概括，同时也在治学的方法论上给人以启迪。它告诉我们，文学研究和文学史研究固然可以不纯粹以文学性作为唯一的标尺，而从史学和其他学科那里寻找和借鉴有关的资源，但因其研究对象是文学或者是文学的历史（主要是作家的创作活动及其演变的历史），所以有必要强化和突出"形象性"或"文学性"的元素，并将其作为有别于史学和其他学科的独特个性在研究中加

---

① 罗振亚：《"及物"与其限度》，《当代作家评论》2010年第2期。
② 樊骏：《唐弢的现代文学研究》，陈平原主编：《中国文学研究现代化进程二编》，北京大学出版社2002年版，第379页。

以体现；至少将"形象性"或"文学性"的坚守看作自己研究的天职，是整个研究的重要组成部分。

从发生学的角度讲，文学周边及其与之形成"关系"的文化体制固然很重要，然而正如李怡所追问的："这里有一个至关紧要却可能被人忽视的问题：我们的文学研究竟是以什么为基础的，或者说以什么样的基础为起点的研究才是有效的和可靠的，应该承认，无论我们可以获得多少的社会历史材料，可以浏览多少的正史野史，文学研究的出发点也只能是一个，这就是文学作品。一部文学史其实就是文学作品的历史，因为，只有语言文字所构成的作品才成为我们研究的最可靠的'实在'。连作家本人也不具有这样可靠性，因为人本身是一个自我封闭的存在，没有他外在的社会性活动的标识，我们是无从获得描述和评价的理由的。对作家的研究，归根到底其实就是对作品的研究。在这个前提下，我们应当指出的就是：文献史料的价值其实最终还是体现在它与作品认知、作品解读的关系中。也就是说，文献史料只有在它有助于文学作品意义把握的时候才是有价值的，否则就只能成为一堆垃圾。"[①] 就当代文学研究而言，诚如上文李洁非所言，毫无疑问，"文坛政治大过文学创作"现象的确存在并且直至今天还没完全消退，因而我们不能将目光拘囿于文学本身，但尽管如此，我还是要说，"文献的及物"即外证，最后还是要归结和落实在"文本的及物"即内证，也就是内在的文学作品分析上来。这是一个矛盾，也是当代文学研究"及物"的难度所在。谁叫我们研究的是文学呢？——当代文学无论如何"不文学"或"不那么文学"，但它毕竟还是"文学功能圈"范围的事，它的全部指向应是文学的。也就是说，当代文学研究可以不受任何边界的约束，展开对文学周边诸多要素和力量的分析，包括政策、体制、文件、档案、批评、社群以及前代作家的文本等，但在如此这般时，却不能也不应该用外围代替本体，用文献代替文本，用考证代替欣赏。这也是本文关注的另一个重要基点，当然它是充满矛盾、不那么好把握的一个基点。否则，就极易导致文学本体研究的空心化和泡沫化，就像近些年来人们经常批评的那样。

正是从这个意义上，我很认同陈晓明提出的在今天"观念性论述"占据主导的背景下，"重建文本细读的批评方法"的主张。陈晓明所说的

[①] 李怡：《何谓史料？何谓作为学术"行规"的史料？——中国新文学史料问题的一点反思》，载《中国现代文学文献学的理论与实践国际学术研讨会论文集》，长沙理工大学主办，2016年4月，第189页。

"文本细读",主要是指英美新批评、结构主义诗学、俄国形式主义等,它在近一个世纪的西方曾经历了由作者到文本、由文本到读者、再由读者向文本转移这样三次循环回复的过程。而中国当代由于长期以来社会主导意识所致,也是西方现代理论最新成果传播不力,迄今为止,文学研究还没有经历过"文本细读"的全面洗礼,新批评、叙事学等西方最为深广的基本方面在这里也没有真正扎下根;20世纪90年代转向文化研究以后,因为没有具体文本的支撑,文学研究还是流于空疏,观念化的问题依然没有解决,还是沿着原有的论述性、阐释性的轨道滑行。所以他认为不管面对多大的阻力,不管如何地不合时宜,文学研究都"迫切需要补上这一课"①。饶有意思的是,同样是强调文本和审美,与偏好和倚重西学的陈晓明不同,孙绍振在论及当代文学研究审美本体失落时,则更多将批评的矛头直指西方理论。他针对国内学界对西方理论狂热追随现象,尖锐地指出:西方理论虽然在总体上表现了"最高层次"的智慧,但"他们在文学审美价值方面(却)表现得极其软弱",其中比较突出的,就是号称"文学理论却宣称文学实体并不存在"。为什么出现这种状况呢?他认为与西方文论家们的理论视野、价值诉求以及研究方法等直接相关:"第一,西方文论家们几乎不约而同地宣称,对于具体文学作品的解读'一筹莫展'是宿命的,因为,文学理论只在乎概念的严密和自洽,并不提供审美趣味的评判。第二,一些西方理论家执着于从定义出发的学术方法,当文学不断变动的内涵一时难以全面概括出定义,便宣称作为外延的文学不存在。事实上,由于语言作为声音符号的局限性,一切事物和概念的内涵都有定义所不可穷尽的丰富性,并不能因此而否决外延的存在。第三,一般来说,西方理论家们的理论预设涵盖世界文学,可是他们对东方,尤其是中国古典文学和理论却知之甚少,他们的知识结构与他们的理论雄心并不相称。"②孙绍振如上概括当然可以讨论,并且主要是从外源性(而不是从内源性即中国文学自身)那里寻找问题之因,这与陈晓明所说似乎有矛盾,但他强调研究和理论不能离开文本,在这点上又与陈晓明的结论不谋而合,在某种程度上的确击中了当代文学研究的软肋,因此,自然引发了人们对文学"超理论性"的诸多思考。于是,如何以文本细读为基点来展开论述和阐释,防止研究在西方强制阐释绑架之下与本

---

① 陈晓明:《重建文本细读的批评方法》,《创作与评论》2014年第3期。
② 孙绍振:《反思西方文论审美缺失,重建文本解释学》,《中国社会科学报》2014年11月7日。

一　问题与方法

文脱节，就成为这几年学人的普遍"声音"，也成为他们反思和转型的一个节点。程光炜在谈及前几年文学研究时作过这样的自我批评："如果说，这几年的研究还有什么不足，我们可能会对问题阐释过度，或者在充分释放和扩大作品'社会周边'容量的过程中，作品文本内涵因为受到明显挤压而趋向减缩。所以，这学期我们把工作重心转向作品细读，试图想对之做一些调整。"① 程光炜在这里实际上向我们提出了文献"及物"的有限性问题，告知我们文献"及物"固然重要，但不能无限放大，只有将其与文本"及物"结合起来，切入文本内部，触摸和把握其中的文学内质，才有可能对之作出切实到位的评价和解释。而做到这一点，就应该在对西方文本主义理论进行系统的梳理和批判的基础上，构建符合中国历史和现实国情的"文学文本解读学"。

　　说到这里，我想提及一下张清华刊登在《文学评论》2014年第2期一篇题为《"传统潜结构"与红色叙事的文学性问题》的文章。他通过对"传统潜结构"的分析，为发掘当代革命文学或"十七年"红色叙事"有限度的文学性价值"，证明"革命文学并非是简单的文学"以及当代文学史的"文学性建构"，提供了一种可参考的研究思路。张清华所谓的"传统潜结构"，即指隐藏于红色叙事中的老模式与旧套路，作为民族根深蒂固的集体无意识，它们经过改头换面，又在时代与意识形态的装饰下再度复活，大量潜伏于这些叙事作品之中，成为支撑其"文学性"的关键性因素。如《林海雪原》中的英雄美人与奇遇历险，《红旗谱》中的家族仇杀与恩怨轮回，《青春之歌》中的才子佳人与三角关系等，它在整个"十七年"文学中都有相当广泛的存在，而成为我们今天文本重读需要关注的重要的叙事模型与母题要素。大家知道，由于"十七年"文学本身复杂，也由于研究者观念差异，迄今为止，关于"十七年"文学或红色叙事的"文学性"，仍是一个相当棘手而又充满歧义的问题。其中比较有影响，而在事实上更关注于外在的政治设计或红色釉彩的，是所谓的"新左派"与"自由主义"。张清华的研究值得称道之处在于：他不是站在"反现代的现代性"或"去政治的现代性"立场，对之作社会政治学的判断，或基于今天的某种义理和道德，对之进行居高临下、充满历史优越感的审判，而是抱持"了解之同情"的姿态，与之进行客观平等的对话。落实到具体的研究方法上，就是突破观念性的阐释思路，不是先设定了一个自己偏好的理论框架，然后强行在文本里面中摘取自己需要的内容，而

---

① 程光炜：《当代文学的"历史化"》，北京大学出版社2011年版，第226页。

是深入文本，借助内在潜结构的细读分析，来重新打开和还原"十七年"文学被遮蔽了的多维话语空间，使我们从这些看起来"简单和粗糙的文本"获得"可解析的深度"①。当然，他根据"传统潜结构"含量的多少，将红色叙事分为三类，并由此对《创业史》《红日》等较多贬抑而对《林海雪原》《青春之歌》《红旗谱》等颇多褒扬，似乎又失之简单。究其原因，是否与他所持的传统和民间原型"文学性"优越之观念有关，这也说明文本细读的复杂，还有一个层次和自律的问题，不是所有的文本细读都能回到文学现场，处理不当，它仍有可能沦为理论或观念的一种注脚。"文学批评大可不必采取高高凌驾于作家、作品文本之上的姿态，一旦从上而下'悲悯'、'俯视'地对待文本，难免不先就为理论先行、观念性批评，提供了水分、土壤和空气。很难想象，一个对文学没有敬畏之心、没有心怀有爱的评论家，能够在文本细读时正进入文本，能够作出好的文本细读的文章。"② 不必讳言，在近些年的当代文学研究中，包括"十七年"红色叙事，也包括莫言、贾平凹等作家作品评论和研究，尤其是批评性、颠覆性的评论和研究，这样的文本细读并非仅见。

值得指出的是，近十年来，像张清华这样用文本细读方式历史地、具体地看待"十七年"文学的研究日渐增多，以至演化为一种普遍的思潮。如董之林的《追忆燃烧岁月——五十年代小说艺术类型论》和《热风时节——当代中国"十七年"小说史论（1949—1966）》，孙先科的《叙述的意味》《说话人及其话语》等，他们摒弃了学界所普遍操持的理论模式，抱着对"十七年"文学的尊重和理解之心，锲而不舍地深入文本，其实也就是以别人不相雷同的阅读感受和角度，来诠释或钩沉其"文本潜结构"中被遮蔽了的文学性元素，对之作了辩护性解读。董之林说过，希望自己的研究能够"贴着作家作品以及批评家当时的批评，贴着那些被丢失或已经被'遗忘'得七零八落的历史碎片，去看它们究竟是怎样的，它们与艺术史的源流关系，与由于现代激变而产生的一种张力关系"③。然而，恰恰是这种深入"文本潜结构"的"张力"的发现，它在很大程度上弥合了"十七年"文学与新时期文学之间的"历史空白"，而这正构成了我们重评"十七年"文学和"文学文本解读学"的逻辑起点。它告诉我们：在当代文学尤其"十七年"文学研究问题上，仅仅作观念性的判

---

① 张清华：《"传统潜结构"与红色叙事的文学性问题》，《文学评论》2014年第2期。
② 刘艳：《文本细读：回到文学本体》，《文艺报》2016年7月27日。
③ 转引自董之林、叶立文《视角改变视界——董之林先生访谈录》，《新文学评论》2014年第4期。

断——不管是作"新左派"还是"自由主义"式的判断，是不够的，往往容易滑向简单、片面和极端，无法还原和呈现它原本固有的丰富复杂。

在当代文学尤其是"十七年"文学研究问题上，恕我冒昧和直言，我总感到难以掩饰地存在着一种从"观念"而不是从"文本"出发的倾向，它已对现有的文学研究包括文学史编纂产生了不可小视的影响。这种情形在20世纪80年代"重评文学史""重写文学史"中就明显存在，当时不少学者标举"艺术性"的标准，但由于时代环境和思维惯性所致，实际上还是"观念性"在起主导作用，文本、文本细读并没有真正受到重视；即便作了文本分析，还是服从服务于观念，（文学）文本本身并没有获得独立性。因此，才会出现如不少学者所批评的"评价标准"不一，抑或文献价值与文本价值错位的问题：对于《红旗谱》《创业史》等"红色经典"只字不提或基本不提，诸多贬抑；相反，对于文学价值不高，甚至不如"红色经典"的潜在写作、民间文学等却大谈特谈，给予过高的评价。显然，论者之所以对上述两种文学作如此贬褒臧否，主要不是基于文本的审美或艺术标准，而是看它是否符合自己内心早已预设好了的"革命压倒启蒙"观念。它说到底，还是观念优于文本、观念高于文本。有人在几年前曾指出当代存在着一个"不能公约"的精神生活"并置性"特点，提醒研究者注意：当我们把"地下小说"设置为一种历史界限和文学标准，又应该在哪种范围和层次上同时把其他公开发表的小说吸纳进来，并在同一个思想和学理层面上去评价和理解？① 也就是说，现实中虽然存在着"不能公约"的精神生活，但是作为文学研究者，我们确实又需要去辨析、包容和磨合它们不同的思想艺术观念，应该秉持统一的历史界限和文学标准。当代文学倏忽之间已走过半个多世纪的历程，随着公认的基础知识体系的确立，历史化和经典化的启动，随着档案开放和传媒发达不再成为主要困难的情况下，这个问题开始凸显出来，我们应该给予足够的重视，尽管这是今天认识"十七年"文学的"最困难的地方"。

文学文本是文学研究最富有的矿藏，也是文学研究的基础。按传统文献学观点来看，文本属于文献史料的第一层位，甚至比作家自传更真实、更可靠地传递历史信息，是可以而且应该需要纳入"文学本体论"范畴进行定位的。只有重视文本细读，才有可能穿越历史，重返文学现场，使当代文学研究真正成为一种文学的研究，而不是成为语言学、历史学、文化学或其他什么学的替代品，最大限度地还原历史褶皱中的本真面目，彰

---

① 程光炜：《"八十年代"文学的边界问题》，《文艺研究》2012年第2期。

显文学的个性特色和魅力所在。当然，强调文本细读并不意味可以切断它与外部的联系，将其封闭狭隘为"自足的文本"，彻底否定客观世界的一般存在方式。对此，我们的研究也有必要保持警惕。

三 简短的结论

以上我们分别从"文献的及物"与"文本的及物"两个维度，梳理和分析了当代文学研究的情况。可以归纳起来说，本文有关当代文学研究的"及物"主要探讨了以下几个问题。

（1）本文提出的"及物"，主要针对"观念性论述"盛行而带来的虚浮虚夸学风，不同于罗兰·巴特及西方其他结构主义的"及物"理论，它是中国化的一种学术表达，旨在强调一种"实事求是"的学术思维与理念。大标题中所谓的"应该"二字，是指它不仅合乎中国当代文学研究的实际，而且也合乎文学研究的一般规律。当代文学相比于古代文学等传统学科虽然尚显"年轻"，但它毕竟具有二倍于现代文学时长的经历和积累，现在是可以而且的确需要作触及肌理的深度反思了。胡适当年在"五四"后不久就反思，王国维在研究一段后也反思，他们对研究的反思都是从"及物"开始的，从这一"原点"出发成就大业。我们应该从中寻找借鉴，确立这样的"原点"意识，并将其上升为一种学术自觉和学术自律。（2）在如何"及物"的问题上，本文主要采用外证与内证两种方法进行分析。其中，"文献的及物"用的是外证，它通过归纳法、演绎法等对之作出评价和解释；"文本的及物"用的是内证，也就是深入文本，用有别于逻辑论证的直觉直观的方法从中寻找破解生命密码。两种方法各有自己的功能价值、运行机制，但又相辅相成、相互释证，它们在内外两个证据链互证互融中形成相对周圆的证据环，追求对当代文学立体多维也更加具体切实的把握。这与目前流行的"观念性"和"批评化"的解读是不一样的。（3）在讲"文献的及物"与"文本的及物"时，不可避免地涉及彼此关系处理。在这方面，本文自然推崇多样化、个性化而反对同质化、概念化，但从总体原则上讲，则强调传统文献学的外部研究与深层次的文本细读，也即书外与书里或外证与内证的结合。借用"文本间性"的理论来讲，就是超越一般语言学的逻辑框架，使文献与文本处于一种语义关系之中，彼此形成一种特殊的关联。其实，文献与文本是一对矛盾的统一体，它们貌似水火不容的背后，往往有着某种惊人的相似和一致之处。就拿开头提到的王国维由"空想"转向"平实"的后期研究来说，他的《殷卜辞中所见先公先王考》《萌古史考》《宋元戏曲考》等著述，就是将文献考证与审美鉴赏融会一体的很好例证。"王国维后期主要从事考据方面的研究，但王氏所考订的器物，在今天看来，又几乎都应该列入审美鉴赏的范围。……王氏的考订工作，同时又是审美工作。也就是重新确认文本的工作。"① 可见，对于文献与文本的关系处理，这里关键不在扬此抑彼或抑此扬彼，而是在于研究者在进行"及物"时是否秉持富有弹性的处理诗、史的立场和态度，是否建立具有"互文"关系的语义关联和对话原则。

最后，我想再重申一点，学术研究的"及物"也许不是一个全新的话题，但对当代文学研究来讲，它又是一个极具当下性而又别具难度的一个话题。某种意义上，它成为影响和规约当代文学研究的枢机所在以及支撑其学科生存发展的阿基米德点。尤其是在20世纪90年代以来，随着整体学术的转型，新的语境对文献与文本"及物"提出了不同于以往新的要求。中国原本有重视文献史料的传统，有汉学、朴学、乾嘉学派等丰厚的学术遗产；中国唐宋元明清也有基于文本评点批评，形成了不同于西方逻辑判断的经验直觉的话语体系。在当代，因诸多因素的促成，还平添了以审美鉴赏见长的文学批评。凡此这些，不仅构成了当代文学研究的丰沛的上游知识，更为重要的是为我们"迟到"的学术和学科发展提供了内源性资源。诚然，研究的"及物"是当代文学的一个弱项，在这方面我们还有大量工作要做，其中有的是属于补课性和抢救性的工作，尤其是文献史料工作，相对问题较多，任务也更重。但只要我们有效地发掘并做好与外源性资源的对接，实现古今交融与文本之间的对话，相信经过一段时间的不懈努力，现有的状况必有大的改观。至于能否达到人们所期待的理想状态，这就要看具体实践，看我们对学术自律和学术自觉的把握了。

（原载《文学评论》2016年第6期）

---

① 刘顺利：《文本研究》，博士学位论文，中国社会科学院研究生院，2002年，第6页。

批评与史料如何互动

吴秀明

一 从批评、史料与理论的"正三角"关系说起

在 2015 年的一次当代文学学术会议上,为强调和突出文学批评的"历史化"及其重要性,我曾参照韦勒克和沃伦《文学理论》有关文学批评、文学史与文学理论互为关联的观点,不无冒昧地提出了当代文学批评和研究应该具有如下"正三角"的知识构架:若将当代文学批评家和学者的学养与知识结构比作是由"作品解读""史料实证""理论思维"三者组成的"正三角",居于三角形顶尖的是"理论思维",其底线的两个端点则分别为"作品解读"与"史料实证",它们各自独立,合在一起又是一个相互补充的整体的话,那么,文学批评的主要功能就体现在"作品解读"上,它与"史料实证"相辅相成,共同支撑着"理论思维",成为当代文学批评家和学者重要而又必不可少的一个基本功。见图 1:

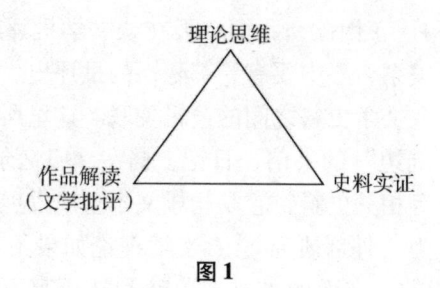

图1

我之所以将"文学批评"置于"正三角"构图中进行阐释,主要基于以下两点考虑。首先,是强调文学批评的特殊性及其功能价值,这就是对美的感知和评判,这也是诗学原则的核心,是批评个性和魅力的关捩所在。而这一切,是根植于"作品解读"尤其是"文本细读"的基础之上。

一 问题与方法

没有"文本细读"的功夫和能力,就像沙滩聚塔一样,所有一切美好的构想都等于白搭。其次,是强调从整体性和关联性的角度来看待文学批评,而不是就批评谈批评,将目光仅仅拘囿于"文本细读"层面不作超越和拓展,这也就是韦勒克和沃伦将文学批评、文学史与文学理论三者放在"文学本体"研究范围来探讨的主要原因。那样做,可以使文学批评所致力的"作品解读"与"理论思维"及"史料实证"之间形成一种相互对话碰撞而又相互制衡、相互建构的张力关系,避免批评走向偏至。这些年来,由于文学研究方法和边界的不断扩张,文化批评、意识形态批评、生态批评等风行一时,加之世俗功利和浮躁学风的浸渗影响,人们在从事文学批评时往往忽略了"文本细读"。在不少人那里,文学性是被悬置的,进入批评并占据主导的往往是大量庞杂无意义而又故作高深的理论和社会文化信息。它也不是来自具体的文学事实和文本阅读体验,而是主要基于某种先在的理论或观念。这样,久而久之,不仅造成了审美感受和判断能力的孱弱及贫乏,而且还招致了思维视野的封闭、狭隘和琐细,影响和制约了当代文学研究及其学科发展。

大量事实表明,文学批评从来不是"单独进行"的,它总是与文学史料与文学理论"相互包容"地联系在一起,以整体综合的方式在推进和运演。尤其是在现代语境下更是如此,更不要说我们这里所说的当代文学批评已经过了近七十年的积淀,已有一部属于自己的批评史,它正日甚一日受到纷纭杂沓社会文化的影响,并成为这种多元立体文化的表征和载体。这与"十七年"甚至与刚走出"文革"的 20 世纪 80 年代是不一样的(尽管 80 年代被称为"批评的年代",那时批评的活跃与活跃的批评至今令人难以忘怀)。正因此,我们今天在谈文学批评时,不仅要注意它与以往历史的赓续关系,心中要有一部隐性的批评史,而且还要注意它在横向上与文学理论及文学史料之间的逻辑关联。这里所说的文学史料,主要是指文学作品"周边"的书信、日记、档案、回忆录以及会议、运动、事件、传播、阅读等相关史料,它是构成文本生成发展与传播接受的外缘性元素,一般称之为"外部研究"。"文学理论如果不植根于具体文学作品的研究是不可能的。文学的准则、范畴和技巧都不能'凭空'产生。可是,反过来说,没有一套课题、一系列概念、一些可资参考的论点和一些抽象的概括,文学批评和文学史编写也是无法进行的。"[1] 韦勒克和沃

---

[1] [美]雷·韦勒克、奥·沃伦:《文学理论》,刘象愚等译,生活·读书·新知三联书店 1984 年版,第 40 页。

伦此话告诉我们，批评并不排斥理论，相反，要充分借重理论所固有的逻辑和概念的力量，但它必须返回文学现场，从文学作品的阅读感受和体验出发。否则，就有可能因理论与文本之间的疏离，而导致批评的失效和"不及物"。

　　本文限于篇幅，仅就当代文学批评与文学史料"互动"关系试作探讨。我知道，在一篇文章中讲清这个问题是很难的，而且"文学批评"与"文学研究"的界线也不易区分，不能简单化，尤其是在当代文学领域存在着不少"更偏向文学批评"，"从精神气质和论述方式也更贴近文学批评家"的"文学研究"[①]；再进一步，就是"文学批评"本身，倘若细析，它也还可分"历史性文本批评"与"即时性文本批评"两种[②]，这就更需审慎。但不能对其简单化，并不代表不能对其关系及其意义和内涵进行探讨，更不能成为裹足不前、放弃探讨的理由。这里对于我们来说，最重要的也许不在彼此概念的辨析，而在将其返回当代文学现场作历史的具体的考察，看批评与史料应该及如何进行"互动"，它们各自的脉络源流及其彼此融通的可能与可行、有效性与有限性，从中总结经验教训。越来越多的事实昭示，当代文学批评在经历了近七十年后的今天，因诸多"历史合力"的驱动，现又处在新一轮转型的一个节点上。我们只有顺应社会文化和学术发展的需要，立足文学而又超越文学，充分吸取包括史料在内丰沛的史学资源，才有可能推进和提升文学批评乃至整体当代文学研究及其学科"历史化"的层次、水平和境界。显然，这里所说的"互动"，是指批评与史料之间的互融互证、互读互释、相互促进、相互激发，它们看似矛盾龃龉实则相辅相成、互为主客，可以进行平等对话的。这既是跨界兼容的一种研究方法，也是开放开阔的一种思维理念，它

---

　　① 文学批评有广义与狭义之分，广义的文学批评包括文学研究甚至文学史研究。文学研究亦然，它在一定意义上也与文学批评重合。显然，这些概念的区分只是相对的，并无绝对的意义。本文所说的文学批评，主要是指具体作家作品分析品评的那种论说文体即狭义的文学批评，但按照本文论旨的需要，有时也将文学研究尤其是如陈晓明在评王德威文学批评时所说的"更偏向文学批评"，"从精神气质和论述方式也更贴近文学批评家"的文学研究也涵盖在内，具体情况要视上下文而定。陈晓明评王德威的文学批评，见陈晓明《重新想象中国的方法——王德威的文学批评论》，《中国现代文学研究丛刊》2016年第11期。

　　② 这里所谓的"历史性文学批评"，主要是指对已成历史或准历史的过去式文学作品的批评，如"十七年"文学、新时期文学等；所谓的"即时性文学批评"，主要是指对当下或离今较近出现的文学作品的批评。这两种批评与史料之间的"互动"关系是有区别的。一般来讲，前者更明显，存在问题也更多。本文所说的"文学批评"，更多讲的是"历史性文学批评"。当然，有时也根据论题需要，将"即时性文学批评"纳入视域，如第五节对"非虚构写作"批评的探讨。

是"文史互证"或曰"诗史互证"在审美评判活动中的一个富有意味的存在和表现。

二 批评与史料互动的内在逻辑及其学理依据

迄今为止，文学批评量大面广，不可胜数，一度还成为当代文学领域引以为傲的一个突出景观（如20世纪80年代），但将它与史料联系起来进行探讨的，却似乎很少。① 此处的难点在于：批评就其主体精神和论述方式而言，是比较强调才情天分，好的文学批评要求批评家深具个人洞见，对作家作品要有敏锐的艺术感觉，并将这种主观态度和才情融会于批评对象之中作为自己论述的起点；而史料实证则强调理性客观与严谨持重，有一分史料说一分话，它主要凭借丰富的积累和深厚的学养修炼而成，是带有很强专业性和知识性的一项工作。它们彼此似乎难以协调。那么，讲史料实证是否有违批评或反批评之嫌呢？这是首先需要辨析的，也是讨论的前提。毫无疑问，作为一种独特的审美实践，也是"正三角"关系结构中一个重要的基础性的存在，文学批评相比于"理论思维"尤其是"史料实证"，的确是比较个性化和主观化的。在这方面，古今中外名家和现有的教科书有大量的论述，人们似乎没有什么异议。80年代曾经非常流行的一句话——"我评论的就是我"，就非常典型地道出了文学批评这一感性形式的自身逻辑。这既是对批评家天赋能力的一个要求，也是西方文学批评在由作者到文本、由文本到读者，再由读者向文本转移这样三次循环回复的产物，是从社会历史批评到英美新批评再到接受美学等诸种批评范式演进而形成的一套批评话语系统。

按照罗兰·巴特的"及物"（或"不及物"）以及文本主义的理论，文学写作就是在现代语言学背景下的一种"词"的放置和安排，它与现实世界没有一对一的关系，"词"本身并不是"物"即现实世界，因此，文学写作是"不及物"的。② 尽管罗兰·巴特和文本主义切断文本与世界（即"词"与"物"）的联系，用语言学代替文学的观点不免偏激，但他

---

① 据笔者有限的视野，将文学批评与文学史料联系起来的，除程光炜的《"资料"整理与文学批评——以"新时期文学三十年"为题在武汉大学文学院的演讲》（载《当代作家评论》2008年第2期）外，别无他作。而程文这里所说的文学批评与本文所说的文学批评不是同一个概念，它是将今天对当代文学资料整理也当作一种文学批评，即一种"再叙述"或"再批评"，主要是讲史料整理本身所包含的批评眼光和选择，这与本文强调史文互动互渗互证的研究思路也不尽相同。当然，它为本文撰写提供了很多史料和思考角度。

② 参见吴秀明《当代文学研究应该与如何"及物"——基于"文献"与文本"的一种解读》，《文学评论》2016年第6期。

们强调文学及文学批评的独立性还是很有道理的，这也是西方新批评秉持的文学批评原理。从当代文学学科属性以及批评家知识结构的健全和批评的有效性角度讲，我甚至认为，当代文学学者最好是批评家，至少有过从事批评的实践活动，有一种文本细读的功夫和能力。否则，其批评或研究往往就大而无当，搔不到痒处，甚至出现误评，难以有效地还原丰富复杂的文本世界与文本世界的丰富复杂。中国原本有重视审美鉴赏的传统（从《文心雕龙》到唐以后的诗话词话尤其是小说评点批评），悠久而又丰厚的内源性的批评资源，形成了不同于西方逻辑判断的经验直觉话语体系。然而，由于受西方理论强制阐释和文化批评的影响，这种批评资源现如今虽不能说完全断裂，但至少处于严重的孤离隔膜状态。这样，不仅使文学批评和研究虚蹈凌空，难以有效地对对象作出解读，而且极易导致文学本体的空心化和泡沫化，它反过来影响和制约了文学批评的声誉和影响。在此情形下，如何回归文本细读的基点，防止批评和研究在某种理论或文化强制绑架之下与文本脱节，强调和突出其固有的文学性基本元素如形象、情感、文体、语言、结构、叙述以及创造性、想象力等，这个问题就显得不无迫切和重要，它也成为这几年人们反思当代文学批评的一个热门话题。《文艺报》之所以从2016年5月开始，延至2017年1月，连续不间断地用长达半年多时间开设"回到文学本体"笔谈专栏，发表了20多篇讨论文章，其意就在"吁请文学研究界重新思考文学批评的本业和职责"，为不无虚夸虚浮的当下论坛"提供'文学'地研究文学的范式和案例"。[1] 同样道理，孙绍振、陈晓明、张清华等之所以不约而同地关注"文本细读"或"文学审美"问题，甚至提出了"重建文本细读的批评方法"的主张（陈晓明），在这方面频频发声，主要也是对当下"观念性批评"占主导，用"观念性"代替"文本性"批评的不满，力图给予纠偏使之"及物"，从而重返"文学性"的现场。

然而，让批评从现有的虚夸虚浮那里走出来，使之与文本对象之间形成"及物"关系，是否就意味着它只能固守在纯文本世界里，而不能也不应该将其与包括文献史料在内的文本之外的世界进行互证参照和比较分析呢？或者说，是否就意味着文学批评作为"美的感知和评判"活动只能作纯艺术的分析，而与史料实证毫不相干呢？应该说，这是一个相当复杂乃至令人困惑的话题，在如今的学界是有分歧的。如有从事批评的业内同行，为了强调当代文学学科的特殊性，或痛感批评和研究远离文学，防

---

[1] 参见何平《"回到文学本体"笔谈（之一）"主持人语"》，《文艺报》2016年5月25日。

一　问题与方法

止出现某些方向性的迷误,就坚持认为,当代文学批评和研究不应成为一门实证性的研究和知识积累的部门,而是恰恰相反,"它必须是一门把'不规范'当成自己的规范的所谓'学科'"。① 有的还据此提出了"三不主义"的主张:"一是不做史料研究,二是不做文学史研究,三是不做作家年谱和作品版本。认为这些都是历史研究和考古研究,与文学原创无关,与文学本身无关。"②

出于对当代文学历史化、学科化、规范化而导致故步自封的知识生产的警惕,也是有感于当下其切入世界能力和评论研究活力的日渐匮缺的忧虑,反对当代文学批评对史料不加规约的滥用,提出批评不应成为一门追求实证性的知识系统与学科,对此我非常理解,而且从某种意义上讲,文学及其文学批评(甚至整个人文学科)究其本质是"主观"的,文学讨论的问题从根本上讲是不可验证的,它更多靠感受和体验才能品领。借用诗评家吴晓东的话来说,"文学的魅力之一就是无法实证性。文学研究的'科学性'和学术性必须先在地接纳和涵盖这种文学感悟,才称得上真正'科学'"。③ 这也是被古今中外大量文学实践反复证明了的一个规律和道理。我们甚至可以说,文学批评若是一味强调史料实证将与文学批评的最终目的背道而驰,它就会把具体感性的文学考证和分析得干瘪,使文学沦为饾饤之学。但这仅仅是一个方面,与此同时,我们还要看到,美虽然无法用史料来实证,或者反过来说,实证虽然无法品评美,但它却为我们认识和评价美提供了一个很好的参照或别具说服力的依据,这是其一。

其二,文学批评作为对美的一种认知和评判,虽然有它特殊的本体论范畴,不接触本体论层面的文学文本,就没有甚至就不是文学批评,但落实到具体的实践层面上,批评其实也很难真的能够直面文学文本,它同时必然面对承载文本信息的诸多文献史料及其各种各样的理论话语、概念和解释,而后者,则不可避免地会影响到我们欣赏和感知的本体论的那个东西。

其三,文学与历史并非如我们想象那样截然对立,而是如海登·怀特所说彼此之间还有"同一性",即"过去的实在是一种只能通过本质上具有文本性的作品才能指涉的东西"④,因此引进史料不仅在叙事层面上具

---

① 刘复生:《当代文学研究的历史危机和时代意义》,《文艺理论与批评》2008年第3期。
② 晏杰雄:《批评写作的行话与师承》,《文艺报》2016年11月25日。
③ 参见洪子诚、吴晓东《关于文学性与文学批评的对话》,《现代中文学刊》2013年第2期。
④ [美]海登·怀特:《形式的内容:叙事话语与历史再现》,董立河译,文津出版社2005年版,第279页。

有一定的审美性，而且它还具有重构历史的可能性。尤其是20世纪末，自进入了"新的文学时代"以来，一方面，传统的文学疆域在人们的犹疑中不断地径自扩大，另一方面，原有的纯文学因"虚构的异化"脱离了生活的母体而逐渐陷于日趋闭锁的私人化写作窘境中难以超逸，在这样情形之下，如何通过带有"间性"特征的"非虚构写作"来重续与外部社会生活关联，不仅对作家写作而且对文学批评也提出了挑战。因为自2010年在"国刊"《人民文学》的大力推动下，"非虚构写作"俨然已发展成为一股来势凶猛而又颇多歧义的浪潮。

其四，跳出文学批评的视角，从更长远的眼光来看，强调对史料的重视，也是当代文学学科建设的需要。一个学科发展到一定程度，必有史料建设，这可以说是中外古今所有学科发展的一个基本规律。当代文学亦然，它虽然在中文一级学科中相应显得比较"年轻"，但经过这么多年来艰行不已的努力，毕竟有不少积累，并逐步形成了自己的特色，作为一种资源或作为一种方法，它已对批评产生了能动的辐射和影响。当然，由于历史和现实的原因，它也存在着不少问题，需要加以辨析和清理。

说到这里，我想起了王彬彬在前几年谈及学界对陈寅恪"以史证诗"的误解，认为"以史证诗"只是通释诗的内容而不涉及诗之艺术价值有关观点时，他对此提出批评："陈寅恪的以史证诗，出发点固然主要不在诗的艺术价值。但是，如果认为以史证诗，全然与对诗的审美鉴赏无关，全然无助于对诗的艺术价值的评说，则又是颇为谬误的。实际上对文学的'内容''真相'的了解，与对其艺术性的鉴赏，往往是相关联的。对其'内容''真相'的了解越准确，对其艺术性的鉴赏就越到位。陈寅恪在以史证诗时，也决不只是'通释诗的内容，得其真相'。他常常在指出某种史实的同时，或多或少地引伸到对诗的艺术性的评说。"[1] 我还想起了韦勒克20世纪40年代在谈及文学史与文学批评时所作的一番忠告："一个批评家倘若满足于无视所有文学史上的关系，便会常常发生判断的错误，他将会搞不清楚哪些作品是创新的，哪些是师承前人的；而且，由于不了解历史上的情况，他将常常误解许多具体的文学艺术作品。批评家缺乏或全然不懂文学史知识，便十分可能马马虎虎，瞎蒙乱猜，或者沾沾自喜于描述自己'在名著中的历险记'。"[2] 这样的批评或忠告，我深以为

---

[1] 王彬彬：《中国现代文学研究与中国现代历史研究的互动》，《文艺争鸣》2008年第1期。
[2] ［美］雷·韦勒克、奥·沃伦：《文学理论》，刘象愚等译，生活·读书·新知三联书店1984年版，第38页。

一 问题与方法

然。这里需要补充说明,批评尽管是充满主观性的一种审美评判活动,但它并不像我们理解的那样一味地排斥理性,相反,好的批评总是能将主观的感性认识与客观的理性判断恰切地平衡在一起。更何况,就批评的对象即文本而言,"文本内的意义总是指向文本外的,对文本的理解,不仅取决于对文本本身的探索,艺术的魅力恰恰来自言外之意、韵外之旨。含蓄是文本的诱惑所在。深层的理解就是要探索文本之外的意义。而对文本之外意义的考察,就必须将文本放在作者的人生脉络里进行理解,考察文本形成的过程及其背景,让文本呈现在一个社会与历史的脉络之中"。[①]

再进一步追问:批评所倚仗的感受和体验,它真的就那么可靠、完全可以信赖吗?在当代的历史语境下,还有真的所谓的原初的、纯粹的艺术感觉吗?这是一个需要审慎对待的问题。如果不加规约地加以运用,很有可能事与愿违,将批评简化到文学爱好者的层次水平,反过来对批评本身造成伤害。至少,一味地躲避于文本之象牙塔,它极易造成批评的封闭性取向,影响其向复杂变化的生活世界敞开,更不要说在席卷全球的世俗化社会中,文学及其文学批评其实是很难坚壁清野,置身其外的。台湾批评家杨宗翰在近期发表的《论诗歌节如何"毁诗不倦"》一篇笔谈文章中,就尖锐地批评台湾2015年举办的诗歌节看似热闹无比,其实是"以各种伪装,逐步篡改诗歌的本体位置",而最终导致了"毁诗不倦"。[②] 这种情形绝非仅见,在大陆恐怕也存在。这也告诉我们,批评回归文学本体固然重要,需要引起重视,但它并不像我们所想象的那样简单,说回归就可以和能够回归得了的;它也不能简单归因于批评家的不作为,而是源于文学之外许多牵扯文学很难回归文学本体的诸多因素。此种情况在走出20世纪80年代意义狂欢尤其是在进入90年代亲眼目睹了市场经济的魔力后,对于中国当代批评家已有更为复杂的社会因素和心理因素,有时甚至隐藏着一颗规避社会历史语境的孱弱心智和顺应文化市场的世俗诉求。

在这一意义上,我很赞同马塞尔·雷蒙在分析了包括马拉美在内的象征主义诗歌之后对人们的提醒:"绝对的纯诗只有在人世间以外的地方才有可能想象。它只能是非存在……对于诗来说,这种非存在的诱惑是十分可怕的危险。"只是马拉美的继承者在好多年以后才明白,"诗赢得天使般纯净的同时,失去的是人情味和效率"。[③] 而就本文论旨而言,在这里,

---

[①] 刘毅青:《读者理论的重建——以〈锦瑟〉的阐释为例》,《文学评论》2013年第3期。
[②] 杨宗翰:《论诗歌节如何"毁诗不倦"》,《文艺报》2016年12月28日。
[③] [法]马塞尔·雷蒙:《从波德莱尔到超现实主义》,邓丽丹译,河南大学出版社2008年版,第20—21页。

批评能否与史料形成相互印证、相互激发的互动关系，通过"他者"找到自己或自我提高的资源和智慧，重要的不在对史料的迎拒褒贬，而在将其纳入诗学（而不是史学）体系中给予合历史合目的当然也是合情合理的阐释，而在从个人的角度通向对文学世界的认知，也就是詹姆逊和德里达在《政治无意识》《文学行动》中所说的个人化立场问题，即在对史料进行相互确认、相互建构时不忘批评主体的个性化呈现。

三　批评与史料缺乏互动的经验教训

文学批评与史料互动，不仅自有其内在逻辑与学理依据，而且还可从实践反证中找到合理的解析，它融含了人们"对美的感知和评判"的殷切期待和诸多经验教训。回顾中华人民共和国成立以迄于今的文学发展史，我们看到，正是因为缺少这样一种与史料互融对话的意识，它使不少当代文学批评在真伪和是非问题上出现了不应有的误评误导，从而在损及批评声誉的同时给整体社会和全民阅读带来负面影响，乃至流布于今还不能完全消除。当然，这是就总体而言，具体细述，它又带有明显的阶段性特征。在"十七年"，由于受特定政治文化和"以论带史""以论代史"思维理念的影响，人们往往习惯将批评对象纳入阶级斗争模式进行解读，但因违背了带有质定性特点的历史事实（史料），结果不仅造成了自身的尴尬，更为严重的是给作家作品的解读和评价抹上了虚假的痕迹。这种情况，在一些纪实性或准纪实性作品的批评中似乎表现尤为突出。

就拿稍年长的人们熟悉的"阿炳的故事"和"草原英雄小姐妹"来说吧，它们曾经影响和感动了当代中国好几代人。某种意义上，这两个文本的确也有不俗的感染力。然而，从近年来有关史料获知，前者所诉说的饱受苦难而又才艺超群的"瞎子"阿炳，其实是一个爱赌博、抽鸦片、个人私生活相当放纵的民间艺人，他的眼睛不是被日本宪兵用硝镪水弄瞎，而是花柳病所致，最后是毒瘾发作难控等原因而自杀身亡的；《二泉映月》也不是阿炳创作，而是源自风月场中的调情曲《知心客》。[①] 后者所叙述的20世纪60年代草原英雄小姐妹为抢救集体羊群与暴风雪搏斗的故事，据事隔三十多年后出版的《蒙古写意》等著作中披露，当年文艺作品如影视、舞剧、交响乐、连环画等所塑造的这一切是完全按照政治逻辑杜撰的，后来真正营救迷路而陷于绝境的小姐妹的是一位发配在此接受管制的"右派"（而不是所谓的铁路工人），而他因这一"身份"不仅在作品中被写成了

[①] 参见冬苗《陆文夫一生的"阿炳情结"》，《苏州杂志》2010年第2期。

一　问题与方法

"偷羊贼""反动牧主"和企图杀害小姐妹的"罪恶凶手",而且还因这些黑白颠倒的"艺术想象"在现实中遭受苦难,最后被关进监狱,直到1979年胡耀邦过问才得以平反昭雪。① 顺便提及,"阿炳的故事"至今仍有广泛的影响,其《二泉映月》称得上控诉旧社会的天籁之音和家喻户晓的"民间艺术经典"。仅近年,以阿炳为原型创作并演出的同名的《二泉映月》至少有辽宁芭蕾舞剧、空政音乐剧、无锡锡剧和浙江越剧四个,其中浙江越剧还是为庆祝小百花成立三十周年的庆典之作,可见影响之大。

上述两个例子,发生在特殊年代,也许不宜或不能一概否定,甚至不妨对之抱一点陈寅恪所说的"了解之同情";况且,作为一种独特的文本,它也可以存在,并自有其价值(这种情况在文学史上也并非绝无仅有,如《长恨歌》中所写的李杨情爱剥离了历史实存,审美泛化为超越时空的人类普遍情感,就具有某种类似的特点),我们不必非要将其从文学史、艺术史中驱逐出去。但是,毋庸置疑,它也不应剥夺我们对它提出质疑和批评的权力,剥夺我们根据史料提供的历史真实对它进行"重写"抑或推倒重建的权力。我一直在想,如果我们的作家和编导者在创作的当时获悉这些史料,并且相信这些史料的真实性,他们会怎样呢?是否还会进行这样的叙述呢?艺术真实作为一种"第二自然"的存在,虽然有其自身的独立性、自洽性,但它毕竟与历史真实具有某种内在的逻辑关联,借用徐复观一个形象化的比喻:就是"有如葡萄酿成酒后,酒虽然表达出来时,已经不是葡萄,但酒究竟是由葡萄升华而来,所以研究酒的人必须先知道它的原料"。② 而探讨这样一种复杂关联,也正是批评家应有的专业素养,否则批评就混同于一般的阅读与欣赏。回到本文的论题上,就是批评面对以往历史遗留的作品(尤其是"有问题"的作品),它不但要将其纳入历史进程中给予客观的评价,同时还有一个站在时代高度思考超越的问题,以此来彰显批评的主体意识和当代精神。也就是说,批评在利用史料对文本进行艺术评说时,它不只是关注过往已然的历史,同时还应着眼现实的这种超越性的重建。遗憾的是,我们很少看到这种超越性的重建,包括上面所讲的"阿炳的故事"和"草原英雄小姐妹",迄今为止,我们没有看到基于真实史料进行"重写"的作品。这也从一个侧面反映了当下艺术创造力的不足。有人在谈及陆文夫当年在了解了真实的阿炳,但因

---

① 参见巴义尔《蒙古写意·当代人物卷一》,民族出版社1998年版,第162—163页。
② 徐复观:《中国文学论集·环绕李义山(商隐)〈锦瑟〉诗的诸问题》,上海书店2002年版,第280页。

种种顾虑而未能写作《阿炳》时说过这样的话:如果陆文夫能"把'这一个'身处底层的瞎子阿炳写出来,一定会比《美食家》中的朱文治更具美学意义。依他扎实的文字功力,揣摩人物的深厚学养,真实地塑造瞎子阿炳,已水到渠成,呼之欲出。在世界文学长廊中,多一个瞎子阿炳独特的人物形象……将是不朽的艺术典型,会流传千古,亦许能问鼎'诺贝尔奖'呢?"[1]这虽然带有一定推测的成分,但其所蕴含的道理,值得深思。

如果说"阿炳的故事""草原英雄小姐妹"中的文本与文献处于紧张对立状态,那么下面所述的刘心武的《班主任》、徐迟的《哥德巴赫猜想》文本与文献,因为社会与个人诸多因素,这种紧张对立开始趋向松缓,呈现出了既矛盾抵牾又努力协调的复杂状态。这自然与"文革"结束初期乍暖还寒的特定历史语境有关。但即使是这样,如果我们疏忘或忽略了对事实(史料)的关注,而一味主观逞意,那也极易造成对作品的误读和误解。比如作为"伤痕文学"的发轫之作,刘心武的《班主任》所塑造的"思想僵化"的谢惠敏形象和作者借人物之口发出的"救救被'四人帮'坑害了的孩子"的呼声,致使至今人们在谈及该作思想艺术成就时,往往异口同声作出"前褒后贬"的结论。然而,据该文责编崔道怡晚年口述回忆,当年正是他传达了《人民文学》主编张光年和自己作为责编的意见,刘心武才强化了谢惠敏在小说中的地位,对原稿中的这位班团支部书记作了重要修改,从而有效地打破了当时的流行模式,提升了小说的艺术境界。至于该作中为人所诟的"救救被'四人帮'坑害了的孩子"的有关叙述,崔道怡告诉我们,其实不是刘心武所为,而是他出于政治等方面的顾虑,将刘原稿直接借用鲁迅《狂人日记》中的名言"救救孩子"所改写的,自然这也在客观上降解和窄化了该作原有的主题思想。[2]如果了解了这一切,再去阅读《班主任》,我们恐怕就会对他上述的描写多一分理解和同情,而绝不会简单武断地将其"贬斥"为是作者对《狂人日记》反封建思想的阉割;相反,它让我们看到,"三十年前的刘心武与'五四'时期的鲁迅先生在精神上是相通的"[3],从而对这个作品作出更客观精准的评价。

当然,在这方面,最具代表性的恐怕要数徐迟的《哥德巴赫猜想》(以下简称《猜想》)。谈及这部被称为报告文学发展史上具有"第二个里程碑"意义的作品,一般的批评往往都讲《人民文学》如何在"文革"

---

[1] 参见冬苗《陆文夫一生的"阿炳情结"》,《苏州杂志》2010 年第 2 期。
[2] 参阅崔道怡、白亮《我和〈班主任〉》,《长城》2011 年第 7 期。
[3] 李遇春:《文学史前史的建构——关于"编辑与八十年代文学"的思考》,《文艺争鸣》2013 年第 6 期。

一　问题与方法

结束之初的全国科学大会将要召开前夕选择了陈景润，讲这个广孚影响的"国刊"如何打电话到武汉邀请即将办理退休手续的徐迟来撰写，讲徐迟又如何得到其姐夫、解放军副总参谋长伍修权将军的支持，讲陈景润如何一直蜗居在仅仅六平方米的房间从事数学王国中的"哥德巴赫猜想"，讲他如何痴迷于科学而厌恶当时流行的政治，但并非是政治上的"傻子"，相反，具有相当的政治敏锐性，等等。所有这些，在当年该作责编周明的《春天的序曲》、王丽丽等的《陈景润传》以及五六年前程光炜教授组织的人大博士生的系列访谈文章中均有披露，相信读者尤其是圈内的同行们都会有所了解，限于篇幅就不再赘述。在此需要特别强调，这仅仅是一个方面而不是它的全部。据近年来史料披露，事实上，陈景润在"文革"中并非如徐迟所写那样，只受到迫害，而是在1973年3月新华社上报中央的内参上受到了江青的格外青眼。据说江青在内参上看了陈的材料后"含泪"批示，并上呈毛泽东，毛也作了相关批示。由之，陈景润受到了特殊的"爱护"，并被增补为人大代表，获得了一系列的政治待遇。也因此故，在"文革"结束初期陈一度紧张不安，直到后来被树为"科学的春天"的典型，这才松了一口气，并很快地成为新时期家喻户晓的"科学英雄"。而上述这一情况，在《猜想》中却被回避了，转而代之以隐晦而又抽象的所谓的"诗化"描述："他眩晕，他休克，一个倒栽葱，从上空摔到地上"等。徐迟那时影响很大的《关于报告文学问题的讲话》，在言及《猜想》创作过程中许多史料使用和尚未使用时（准备留待《猜想》续作使用），也未提此事。为什么呢？因为陈在"文革"中被政治征用的这些史料，已超越了徐迟彼时历史观和艺术观的极限，按照我的推断，所以他只好将其排拒于现代化、诗化的阐释体系之外。然而，正是这种"排拒"，恰恰从另外当然也是从否定性的角度，为我们打开了被遮蔽了的另一种阐释的可能性，并从中领悟他精心塑造的陈景润形象，其实并非是对历史生活的简单还原和反映，而是作者建构出来的，带有很强的主观性，甚至以牺牲历史生活的丰富性复杂性为代价。[①] 这也说明批评与史料

[①] 参见丁东《江青曾经帮助陈景润》，《文史参考》2010年第21期；黄平《〈哥德巴赫猜想〉与新时期的"科学"问题——再论新时期文学的起源》，《南方文坛》2016年第3期；吴秀明主编《中国当代文学史料问题研究》第十二章第一节《文学史料政治化与政治化的文学史料》，中国社会科学出版社2016年版，第353—358页。有关江青1973年对陈景润材料"含泪"批示并上呈毛泽东给予"爱护"一事，徐迟当年写作《猜想》时是否知道此事，现如今无法确认。但按一般常理推断，我以为他应该是知道的。因为此事惊动了毛泽东，并在中科院传达，在当时是一件大事，也是一个公开的"秘密"。徐迟为写作《猜想》深入中国科学院，为此花费很大功夫采访和收集材料，他不可能不知道此事。

的关系是动态的，随着新史料的不断发现，它将不可避免地会对原有的批评产生影响，这是一种双向对话与互动互建的关系。

需要指出，类似《班主任》《哥德巴赫猜想》情形的在新时期以降的文学中还有很多，如卢新华的《伤痕》、蒋子龙的《乔厂长上任记》、戴厚英的《人啊，人》、张炜的《古船》、张洁的《沉重的翅膀》、陈忠实的《白鹿原》乃至"十七年"的"红色经典"、"文革"之中"样板戏"的评价，都与史料有着直接或间接的关联。"历史研究对文学研究的意义，不仅仅是外部的，不仅仅只有助于我们全面、准确和深刻地认识文学作品的时代背景，对于我们领会作品的艺术价值，也往往有着直接的帮助。"① 从上述分析的情况来看，我们是可以这样结论的。不久前，在《学术月刊》杂志上读到复旦大学陈尚君教授撰写的一篇《李白诗歌文本多歧状态之分析》文章，该文通过对存世李白文集代表性善本和唐宋选本、古抄保存李白诗歌文本的详细校勘，令人信服地证实李白诗歌并不像我们所理解的是在醉酒的状态中一挥而就，甚至认为他写诗一喷而成，而是在不少情况下经过反复的修改才完成的，他向我们呈现了大诗人文学创作的另一面。② 陈尚君讲的虽然是高度历史化、经典化了的古代文学研究，但其所蕴含的"以史证诗"道理对当代文学批评同样是适合的。

四 "历史化"背景下呈现的新状态和新面向

指出批评与史料的问题，并不意味着否定我们在这方面所作的探索及其取得的成果。其实，当代文学批评无论作为一种独特的文体或言说方式，还是作为"正三角"构图中的一个子系统，尽管在吸纳史料参与艺术性评说方面问题不少，但由于文体自律性的作用，从批评活动开始的那天起就与史料之间形成了难以切割的互动关系。尤其是最近一二十年，随着整体学风"由虚向实"的转换和当代文学"历史化"的启动，这种互动较之以前更为明显。某种意义上，它构成了当代文学批评的一个潜在的向度，一个值得关注的新的生长点。当然，这里所说的互动只是批评的一个方面和向度，并且与古代文学和现代文学有所不同，而具有自己的特色。这就是不再像过去那样一味地"我评论的就是我"，即不加节制地夸大和放纵批评家的主观意志，而是返回当代文学现场，强调文里文外、书里书外的互证互融，努力实现内证与外证这两个证据链之间的交合、协调

---

① 王彬彬：《中国现代文学研究与中国现代历史研究的互动》，《文艺争鸣》2008 年第 1 期。
② 陈尚君：《李白诗歌文本多歧状态之分析》，《学术月刊》2016 年第 5 期。

一 问题与方法

与沟通。

比如在十多年前发生的那场引起爆炸性反响的顾城杀妻及自杀事件，当时有些媒体发表的文章对此作了不无主观偏激或世俗化的解读，曾一度引发了舆论的批评乃至公愤（所谓的"诗人难道有特权可以杀人？"）。吴思敬的《〈英儿〉与顾城之死》一文，根据自己与出国前顾城、谢烨交往的直接印象，顾城夫妇生前及其好友的回忆，尤其是根据带有强烈自传色彩的《英儿》一书中大量书信原件的引用以及大胆坦诚的心理直白，让我们看到1993年这场瞬间惨烈事件的深刻必然性。论者认为，"对顾城之死仅仅停留在感情层面上去叹惋或怒斥，是远远不够的。我们需要的是对顾城其人其作的全面考察与理性的审视"。[1] 在这里，吴思敬不仅依仗丰富的史料为载体营建自身逻辑，还原和触摸历史，重返已逝的历史现场，同时还通过史料与《英儿》文本的对比分析，富有意味地展现和揭示了这位心理年龄只有八岁的"童话诗人"，是如何蛰居在新西兰小岛上偏执地经营着不无荒诞乃至带有畸形性质的所谓的"天国花园"，模糊了幻想与现实的界线。所以，当两个心爱的女人英儿和谢烨出走或离开，加上个人心理、生理等原因，最终导致了悲剧不可避免地发生。尽管顾城之死有很大的特殊性和偶然性，也尽管论者据此得出的"文化失衡"的结论略显简单，但所有这一切因建立在具体切实的文献文本及其彼此互证比较的基础之上，故整体分析令人信服，具有相当的深度，与当时的一些浅薄无聊嚼舌头或简单将其看作一桩刑事案的批评，拉开了层次和距离。这也是我至今见到的探讨顾城之死最客观、最具学理性的一篇文章。

说到外部文献史料与内在作品文本的互动，还有必要提及程光炜近几年所写的有关陈忠实、贾平凹、格非等当代作家和作品评论，他较之吴思敬，似乎具有更为自觉的追求。如对贾平凹发表于20世纪70年代后期成名作《满月儿》的分析和评价，就突破了常见的审美、叙事、结构、语言、风格等"纯文本"分析的批评思路，而将思维触角投向文本以外与之具有内在逻辑关联的"文学周边"，结合作者初涉文坛创作不顺，驻队经历，与孙犁的《山地回忆》比较，与本家姐姐，烽火大队农科站姐妹等诸多人物原型，尤其是与当时热烈追求的女友韩俊芳这样内外"两层故事"串联到一起，"让我们对这部作品人物原型的意义有了新的理解"，至少知道，"没有韩俊芳与贾平凹两人刻骨铭心的人生故事，'满儿'和

---

[1] 吴思敬：《〈英儿〉与顾城之死》，《文艺争鸣》1994年第1期。

'月儿'的文学虚构故事是不可能这么情趣无限的"。① 在这里，论者巧妙地将与《满月儿》有关史料糅在一起，进行文里文外的互证融通，占据全文一半篇幅的是史料，最后又引王国维、蔡元培、胡适有关作品与作者关联，相当明显地表露了文史互证之理念；在方法上，将批评、研究、评传与史料几方面打通，这与一般的文学批评乃至与他本人早几年的批评文字还不大一样。它对我们如何真切精准地理解和把握文本及其艺术创造和转换，提供了为一般纯文本鉴赏所没有的东西，甚至觉得纯文本鉴赏嫌浅，味儿也嫌淡，感到不够过瘾，缺少历史实感和质感。程光炜之所以这样，自然与他"重返八十年代"的文学主张和实践以及其所秉持的当代作家"经典化""历史化"理念有关。他认为，像贾平凹这样等级的当代作家已具备了经典条件，而文学经典是可以而且有必要这样做的："古代文学早就有将文学作品与作者身世联系在一起的研究方法，这是该学科根深蒂固的学术传统。为什么当代文学再使用这种方法就遭人质疑，被说三道四呢？大概是觉得'当代'作品距离研究者的位置太近的缘故吧。但批评者忘了，《满月儿》从1978年发表到2016年已整整38年，距半个世纪也只差十多年，它已经是落满历史尘土的文学经典。"②

　　顺便指出，像吴思敬、程光炜这样的批评在当下中国并非个例，近十余年来，他们的思维路线和趋向已开始被批评界所认识和重视，并在李遇春、黄发有、张均、斯炎伟、付祥喜、李松等年轻或较年轻一代的批评家那里引起了一些反响，形成了某种气候。李遇春在前几年还由之提出了将"形证""心证"与"史证"三者融为一体的"新实证主义批评方法论"，认为只有这样才能避免批评的伪证或虚证，彰显其有效性，进而发现文本或文学现象中的真理。③ 而程光炜的批评与研究理念，更是对杨庆祥、黄平、白亮、杨晓帆等"80后"批评家（他们都是程光炜指导和培养的中国现当代文学博士）产生了明显的辐射和影响——他们虽然彼此个性和趣味不同，但有一点似乎是共同的，那就是突破单一的观念性、文本性的分析思路，赋予批评以丰沛的历史内涵，并将其落实到当代中国复杂的语境中。如黄平在"新时期文学之发生"系列研究文章《〈现代派〉讨论与"新时期文学"的分化》一文中，用程光炜的"描述＋史料"方式方法，围绕"风筝通信"和"现代化与现代派讨论"，将笔墨收放自如地伸向京

---

① 程光炜：《〈满月儿〉创作小史》，《当代作家评论》2016年第6期。
② 程光炜：《〈满月儿〉创作小史》，《当代作家评论》2016年第6期。
③ 参见李遇春《实证是文学批评有效性的基石》，《文艺报》2012年7月6日；《新实证主义批评方法论刍议》，《南方文坛》2012年第4期。

一　问题与方法

沪冯牧与李子云之间的矛盾及和解，高行健《现代小说技巧初探》与刘心武、冯骥才等人的通信，《外国文学研究》创刊与徐迟此前的《哥德巴赫猜想》及《文艺与现代化》发言等诸多新时期政治与文学"蜜月期"走向尾声的纷纭繁复的史料，逐步形成和呈现了某种带有师承、学缘关系的"批评的历史化"或曰"历史化的批评"之共同特点。"在今天的上海回顾往昔的北京岁月，我尤其认同程老师'论从史出'的学术态度，开阔的文学史家眼光，扎实沉着的'史家批评'，以及对于'当代'与'文学'内敛、深广的关切与同情"①；"越是了解新时期文学复杂的历史现场，笔者觉得越有必要从斩钉截铁的理论立场后撤，警惕'理论'凌驾于'历史'之上"。②黄平此说，从一个侧面道出了他们的批评由虚向实、由单一向多维嬗变的内在原因，它也说明批评本身正在出现"由当下性的批评格局向学院批评转化"③的客观事实。80后批评家崛起是近年来比较引人注目的一个现象。这一代批评家大多高学历，有硕博士文凭，受过系统的专业训练，思维敏捷，视野开阔，有较好的西学背景、外语水平和理论素养。但相似的学院和生活体验及经历，在凸显他们优势的同时，也导致了他们历史感的匮乏和文本解读能力的弱化，从而情不自禁地沉溺于所谓的理论深度的幻觉，将批评当作某种理论的跑马场或试验田。站在这样的层次角度反观杨庆祥、黄平等人的批评实践，就觉得颇难能可贵。这也反映了新一代批评家在赓续前人的基础上开始探寻到了适合自己的路径，他们有属于自己的新的状态和新的面向，当然也遭遇到了属于自己的新的困难和新的问题。

　　批评与史料的互动，从本质上讲就是历史逻辑与艺术逻辑之间的协调沟通，它是对过于主观化鉴赏的一种纠偏和校正，目的是为了更好地发现美和阐释美，赋予批评以历史感和准确性。上述所举的有关例子，也充分地证实了这一点。当然，如同在讲"艺术逻辑"时需要防止审美独断论一样，在讲"历史逻辑"时，我们也有必要对历史霸权主义给予必要的警惕。而后者，往往是学院派批评家易犯的一个通病。尤其需要引起注意，当代文学是"一体化"的文学，文学与外部社会政治之间具有一种特殊的"结构"关系。这种"结构"关系内化为一种强

---

① 金理、杨庆祥、黄平：《以文学为志业——80后学者三人谈（之一）》，《南方文坛》2012年第1期。
② 黄平：《"现代派"讨论与"新时期文学"的分化》，《扬子江评论》2016年第4期。
③ 张清华语，转引自《〈南方文坛〉改版20周年座谈会暨2016年度优秀论文颁奖纪要》，《南方文坛》2017年第1期。

大的政治逻辑，在批评实践中，它不仅优先于历史逻辑与艺术逻辑，而且还成为规约和决定历史逻辑与艺术逻辑的主导力量。此种情况，不独在"十七年"，就是在21世纪的今天还有相当的普遍性。这也就决定了我们上述所说的批评与史料的互动，它们必然被纳入强大的"一体化"体制中与政治"结构"性地纠缠在一起，难以割裂和分离。也就是说，除了历史逻辑与艺术逻辑之外，它还有一个政治逻辑的问题。像前文提及的"阿炳的故事""草原英雄小姐妹"以及新时期《班主任》《猜想》等有关批评，都明显具有这方面的意向。如对《猜想》中陈景润的"文革"生存状态，特别是对1973年江青对陈景润的"含泪"批示和转呈毛主席给予"爱护"的评价，到目前为止，都更倾向于将江青此举看成"别有用心的政治行为"，而不是作为"自然人"的应有的道德同情心的流露。① 凡此种种，它其实已远远超逸了艺术或审美的范畴，是很难用"反政治"或"我评论的就是我"或西方新批评可以和能够解释得了的。

至于像《乔厂长上任记》《苦恋》和朦胧诗，包括"十七年"的《保卫延安》《刘志丹》《青春之歌》的讨论，乃至近几年对梁鸿的《中国在梁庄》、乔叶的《拆楼记》、李娟的《羊道》、阿来的《瞻对》等"非虚构写作"的评价，因带有明显的政治意识形态性或纪实性的特点，它也存在着如上文徐复观所说的"酒与葡萄关系"的问题："酒究竟是由葡萄升华而来，所以研究酒的人必须先知道它的原料。"② 由此，它也昭示我们的批评不能只是停留在纯文本（即酒）层面赏析，而应该立足文本而又超越文本，努力借助原型对象（即葡萄）及其相关史料进行互证互读。这在某种意义上，即将葡萄的作用提到带有本体意义的重要地位加以认识和观照。于是，批评也就自然而然地具有福柯等西方谱系学所讲的"生成论"而非"本质论"的效果历史，即主要关注文本是如何生成其所是，它的动态变化的过程，而不是其恒定的、本质属性的抽象归纳和提炼，并将文学与历史的关系演绎得更为丰富复杂。

---

① 据黄平介绍，目前对此的评论，或者从具体的人事斗争出发认为江青是以陈景润来扳倒别的数学家，或者道德化地感叹江青虽作恶甚多，但也做过好事；而黄平自己则主要是从江青及其背后"文革政治"对陈的征用这个角度进行解读，这其实也是一种政治或准政治的解读。参见黄平《〈哥德巴赫猜想〉与新时期的"科学"问题——再论新时期文学的起源》，《南方文坛》2016年第3期；徐复观《中国文学论集·环绕李义山（商隐）〈锦瑟〉诗的诸问题》，上海书店2002年版，第280页。

② 谢泳：《中国现代文学史研究法》，广西师范大学出版社2010年版，第29页。

五　史料实证的"有限性"及其他问题

当然，在讲史料之与批评互动，发挥纯文本鉴赏所无法起到作用的同时，也要防止过分夸饰和拔高史料的倾向，对批评和研究中出现的被史料对象化的现象保持应有的警惕。有人说，"没有纯粹的文学史料，只有可以放在文学范围内来解释的史料"。①"文献史料的价值其实最终还是体现在它与作品认知、作品解读的关系中。也就是说，文献史料只有在它有助于文学作品意义把握的时候才是有价值的，否则就只能成为一堆垃圾。"②这是很有道理的。就当代文学批评而言，我知道，尽管至今仍存在着外在政治逻辑对历史逻辑尤其是对内在艺术逻辑的强制阐释，存在着相当严重的"以论代史"或主观随意的倾向，甚至连作品都不读就敢在研讨会上夸夸其谈的也不乏其例，因而我们不能置文本"周边"于不顾，作茧自缚地将目光停留在所谓的纯而又纯的"纯文学"本身，但我还是要说，史料实证及其对批评的作用，最后还是要落实到文本内证上，落实到文学作品本身的肌质、架构、叙事、语言上，从这些构成文学之所为文学的基本要素入手，彰显批评的"及物"和有效。"当代文学无论如何'不文学'或'不那么文学'，但它毕竟还是'文学功能圈'范围的事，它的全部指向应是文学的。也就是说，当代文学研究可以不受任何边界的约束，展开对文学周边诸多要素和力量的分析，包括政策、体制、文件、档案、批评、社群以及前代作家的文本等，但在如此这般时，却不能也不应该用外围代替本体，用文献代替文本，用考证代替欣赏。"③一句话，不能因为强调批评与史料的互动而走向"以史代文"的另一个极端，用历史逻辑或政治逻辑代替艺术逻辑，忽略了史料实证作为一种研究方法，它的功能作用在讲究精神、情感和审美的文学领域存在的有限性问题，而不能将其有效性无限夸大。

沿着这一思路，也是为了将批评与史料关系问题的探讨推向深入，行文及此，我想联系"非虚构写作"及其批评新状况的实际稍述一二。前

---

① 李怡：《何谓史料？何谓作为学术"行规"的史料？——中国新文学史料问题的一点反思》，载《中国现代文学文献学的理论与实践国际研讨会论文集》，长沙理工大学主办，2016年4月，第189页。
② 《中国现代文学文献学的理论与实践国际研讨会论文集》，长沙理工大学主办，2016年4月，第189页。
③ 吴秀明：《当代文学研究应该与如何"及物"——基于"文献"与"文本"的一种解读》，《文学评论》2016年第6期。

文已提及，也许是对纯文学"虚构的异化"和私人化写作偏至的反拨，加之《人民文学》的极力推动，当下中国出现了一股不可小觑的"非虚构写作"浪潮。不少批评家驻足关注，对此作出了自己的评价。其中最重要最值得关注的，我以为就是在讲"非虚构写作"介入性写作姿态时，不忘其文学属性和作为批评家应有的文学站位问题。因为常识告诉我们，只要写作是叙事，或只要你承认写作是叙事，就不可避免会有虚构，你也就不可能真正做到"非虚构"写作，这是一个悖论。在这个意义上，"非虚构写作"是不甚准确的一个概念，它在挑战传统写作伦理和审美趣味的同时，的确存在着"文体边界与价值隐忧"的局限，只有将其放在"文学谱系的节点上"进行考察，它的意义和价值及其引发的反响和争议才能得到充分理解。[①] 有的作品，如阿来的《瞻对》，虽然在"小说形式"上作了有益的探索，但正如批评家所指出："这种探索不具有普遍意义，它是一种突破，但这种突破的文学意义并不大，它不能发展成为一种小说模式，不能广泛地推广和运用。"[②] 因此不宜夸饰其辞，将其当作一种常态的模式加以推广和渲染，或者把"非虚构写作"理解成一种"反文学""非文学"写作。相反，唯其存在着"文体边界与价值隐忧"的局限，这就更有必要对之抱有一份文学呵护之心。毕竟，"非虚构写作"是属于文学（而不是史学）的一个部族，所以它的"非虚构"就有一个如何"化史入诗"，即徐复观所说的"酒与葡萄关系"的问题。这里对于批评来说，不是所有的"非虚构"都值得肯定。同样是"第一自然形态"的真人真事，哪些需要"写作"，哪些不需要"写作"；而需要"写作"的，又如何对之作增删隐显、贬褒臧否的选择处理，它写什么、怎样写，背后都隐含着一个无法回避当然也是妙不可言的"文学"问题。相应的，彼此在艺术水平、层次和质量方面也就有一个高低精粗雅俗区别的问题，是不可作简单一刀切的。这也是批评的一种责任，是我们对理想意义上的批评的一种期待，自然反过来，它亦对批评家的艺术眼光和审美内化能力提出了考验。不管怎样，文学批评是关乎审美创造、艺术个性与才情的一种实践活动，它总得给文学性留下可资阐释的空间和余地。

如果说上述说法有道理的话，那么以此来审视当下的文学批评，窃以为，我们不仅不能乐观，相反，应该有必要对之保持一种理智和审慎。因

---

① 孙桂荣：《非虚构写作的文体边界与价值隐忧——从阿列克谢耶维奇获"诺奖"谈起》，《文艺研究》2016 年第 6 期。

② 高玉：《〈瞻对〉：一个历史学体式的小说样本》，《文学评论》2014 年第 4 期。

一　问题与方法

为我们看到，这些年来，也许是与"后学"背景及学风心态有关吧，有的批评在向包括史料在内的历史敞开或进行文史互动对话时，程度不同存在"以文代史"的偏向。此种弊病表现在常见的批评中，往往是将"文学观念的开放与应有的艺术自律"混淆起来，从而造成了审美弱化和批评的失衡。反映在"非虚构写作"批评上，主要表现则是片面强调对生活逻辑与真实原则的恪守，对在场性与行动性的重视，而漠视其中的艺术逻辑和文学性之含量。这种状况相当普遍。即使是一些较好的批评文章也难以避免，在文学性方面，至多也只讲到中间性写作及其文体和理念求新为止，其所作的有关肯定性评价，基本都围绕题材或主题的"及物"展开；真正述及艺术质量和审美价值的似乎很少，要不就是三言两语，哗的一下就过去了，没有形成一种阐释的力量。而事实上，有不少自诩为"非虚构写作"的作品，同样可信性不高，而且文学性贫弱，粗糙化和粗鄙化现象相当突出，是可以而且有必要对之作文学性追问的。另外，与之相关而又不尽相同，是有的当代文学"本事"研究，几乎将全部的心力都用在"作品文本"与"生活本事"（作品中的人事描写与生活中的真人真事）虚实关系的勘比上，而很少去关注和探讨作者对"生活本事"的整体打碎重塑，即根据自己审美理想与作品主题情节的需要，进行合目的合规律的创造。这当然不能不使批评和研究显得简单粗疏和僵硬刻板，而缺少了文史互动对话所形成和呈现的丰厚张力及独特魅力。

正是从这个意义上，我认为上引的程光炜有关"将文学作品与作者身世联系在一起的研究方法"是需要辨析的，不能滥用，因为这里存在着文献学考索与文艺学阐释两种不同的路径。要知道，同样是重视历史背景与作者身世，中国传统文学批评，往往"认定文学作品等同于作者本身，将作品所描述之事与作者之经历等同起来"；而当代文学批评，主要"不在于为作品的作者提供直接的本事，而是为作品提供一个更为丰富完整的历史脉络，以便读者更为真实地进入作者的心灵与精神世界"。[①] 它们彼此存在着根本的区别。也正是从这个意义上，我认为郜元宝提出的"考据式的文学研究如今已成为中国大学'文学研究'的最高旨趣。中国大学的中文系没有从文学角度出发的中国文学之研究，殆可断言"的批评[②]，尽管与实际情况有所出入，但却自有其价值及警示意义。可以预

[①] 刘毅青：《读者理论的重建——以〈锦瑟〉的阐释为例》，《文学评论》2013 年第 3 期。
[②] 郜元宝：《"德、赛两先生"所遮盖的鲁迅的"问题"与"主义"》，《探索与争鸣》2015 年第 8 期。

见，随着学科"历史化"的逐步推进和深化，如何强化史料建设和科学合理地借鉴运用传统考据式的研究，避免乾嘉学派出现过的那种"说五字之义至于二三万言"烦琐学风，将成为未来批评和研究需要重视的一个"问题与方法"。

总之，在当代文学批评与史料关系问题上，我不赞成绝对超然混沌尘世的"纯文学"立场，也不认同完全置文学于不顾的"非文学"或"反文学"的观点，希望在它们彼此之间寻求一种动态的平衡，一种为批评家所具有的"徘徊于真实与虚构之间的权力"（黑格尔语）。借用较我年长和年轻的批评家赵圆、金理的话来说，就是"向史学学习而不失却文学研究者的面目"，"勇敢地跨出樊篱，而更丰富地回返自身"。①

（原载《文艺研究》2017 年第 12 期）

---

① 金理、杨庆祥、黄平：《以文学为志业——80 后学者三人谈（之一）》，《南方文坛》2012 年第 1 期。

对 20 世纪以来中国文学与启蒙关系的一种反思

姚晓雷

众所周知,以五四新文学为肇始的 20 世纪中国新文学,是在"启蒙"的文化思潮语境下庄严登场并派生出自己相应诉求的。启蒙诉求在 20 世纪文学史上几经沉浮,反复凸显,并以其鲜明的现代性价值取向对百年中国文学史的主题建构起到了无可替代的作用,但这并不意味着启蒙和文学之间的关系不存在悖论。事实上,面对迄今为止 20 世纪中国文学发展中出现的一些问题,已有不少研究者从二者关系角度做了不少探索。可在已有的反思范式里,主导型的倾向依然是将 20 世纪中国文学和启蒙看作一个同质范畴,似乎只要坚持诉诸启蒙,文学的问题也就迎刃而解了。这种研究范式固然对一部分由启蒙问题造成的文学问题的解答富有说服力,但由于回避了 20 世纪中国文学自身价值诉求和启蒙诉求诸多本体上的异质属性,其对 20 世纪中国文学发生发展过程中遭遇的一些价值问题的解答依然显得不尽可靠。基于此,本文企图厘清的是,启蒙诉求所派生的人性演绎话语和文学本体所要求的人性话语之间到底是一种什么关系,能否互相取代;启蒙嵌入 20 世纪中国文学的发展过程中的是是非非到底该怎么看待;中国文学要进一步向前发展该如何处理和启蒙的关系。

一 并非一体:中国启蒙话语的文学诉求与文学发展的内在诉求

在我看来,20 世纪的中国启蒙话语其实是特定社会历史语境下,出现的一个思想文化领域里有特定内涵的独立话语系统,其内在的价值诉求同文学审美话语系统的价值诉求并非等同,二者之间是一种交叉关系,而非一体关系。

启蒙本意是开导蒙昧,使之明白事理。世界史上启蒙运动是指 17—18 世纪欧洲爆发的资产阶级的民主文化运动,它是在近代科学发生发展的基础上，受其认知方式启发，将该时代派生出来的理性作为人们认知世界的旗帜，针对中世纪封建传统思想和宗教的束缚开展的一场思想解放运动。17—18世纪的欧洲，一些思想者基于对自身所拥有的理性的信仰，相信他们在对中世纪封建传统思想和宗教束缚的对垒中真理在握，可以"为自然立法""为道德立法""为历史立法"，并带领人们从黑暗走向光明，从蒙昧走向智慧，从而义无反顾地发起了这场在人类文明史上举足轻重的思想解放运动。欧洲启蒙运动中人们通过对社会、历史、科学、政治、道德等诸多领域的理性探索奠定了人权、自由、民主、平等、正义等一系列人类社会大厦的现代性基石，开启了历史发展的新走向，带来了巨大的社会进步，不过自身也充满许多悖论，其最大的不足在于过分迷恋人在那个时期理性达到的高度，把它看成完全可以解开一切矛盾直抵人类幸福之门的钥匙。中国的启蒙运动发生于20世纪初期，其时西方世界在享受启蒙运动带来的现代文明成果的同时也一定程度上开始了对它的反思。由于历史的错位，中国社会正面临的是隔离于现代文明大门之外的、半殖民地半封建的社会体制背景，促使社会政治体制现代转型成了当时中国启蒙者所面临的核心问题。面对当时社会上经历了一系列的政治革命而黑暗势力依旧非常顽固的现实，新文化运动的倡导者陈独秀总结道："其原因之小部分，则为三次革命，皆虎头蛇尾，未能充分以鲜血洗净旧污。其大部分，则为盘踞吾人精神界根深柢固之伦理，道德，文学，艺术诸端，莫不黑幕层张，垢污深积，并此虎头蛇尾之革命而未有焉。此单独政治革命所以于吾之社会，不生若何变化，不收若何效果也[1]。"基于这种认知，陈独秀积极呼吁先觉的知识界开展一场对民间的精神伦理改造运动，"今兹之役，可谓为新旧思潮之大激战。浅见者咸以吾人最后之觉悟期之，而不知尚难实现也。何以言之？今之所谓共和，所谓立宪者，乃少数政党之主张，多数国民不见有若何切身利害之感而有所取舍也。盖多数人之觉悟，少数人可为先导，而不可为代庖。共和立宪之大业，少数人可主张，而未可实现。人类进化，恒有轨辙可寻，故予于今兹之战役，固不容怀悲观而取卑劣之消极度态，复不敢怀乐观而谓可踌躇满志也"[2]。因为要对民众进行启蒙，他们需要找到一种能够被启蒙者有效连接起来的工具，文学由于在改造世道人心、影响民众方面"有不可思议之力"，于是被中国的启蒙先驱异乎寻常地重视起来，从而拉开了新文学的序幕。

---

[1] 陈独秀：《文学革命论》，《新青年》1917年第2卷第6号。
[2] 陈独秀：《吾人最后之觉悟》，《青年杂志》1916年第1卷第6号。

一　问题与方法

　　正因为启蒙运动先驱们完全是基于为建立新型的社会政治框架和促进中国社会现代转型的功利性目的发起了改造国民文化心理的五四新文化启蒙运动，所以其根本的着眼点在于社会政治问题，这一时代诉求奠定了20世纪初期中国社会文化史上"启蒙"理念有着许多先天的弊端。一方面，作为一场政治革命的补课去寻找文化依据，使得它无法以从容的心态在科学和哲学上全面承接西方启蒙的文化传统，从而为它的展开打下深厚的文化根基；另一方面，由于其在特定环境下所面临的主要任务是打破与传统的政治模式相表里的封建文化意识形态，这使它在运用一些启蒙所倡导的抽象概念同封建传统文化观念杀伐攻打时，过于迷恋它表面上的优势，没有充分正视其与现实生活对接的复杂性以及现代社会里已经产生的对启蒙的反思经验。当它闯入文学领域时，按照自己需要建立的价值法则和整体的文学所需要的更复杂意义上的审美价值阐释是有距离的。其所开辟的人性演绎内容在抽象地追求和捍卫自由、民主、公平、正义等现代公民社会政治权利方面，固然拥有比一般性文学审美更集中、更具体的现代性价值指向，但相对于社会人生和人性的全面深入发掘和表现为最高价值目标的文学本体伦理诉求而言，价值诉求依然过于偏至和表面化。

　　这种过于偏至和表面化首先表现在对文学表现题材和内容的选择上。对文学本体而言，文学作为人学，与人有关的社会、历史、文化、生活、人的意识和潜意识等都属于其正常的观照对象，文学应该把尽可能全面深入地表现出其参与人性建构的复杂性作为第一要义，如有论者所指出的："从根本上说，文学的问题就是'人的问题'，正是对人的不同言说构成了绚丽多姿的文学图景，这也正是文学与人、人的活动及其生存存在着密切关联的主要原因[①]。"而对中国现代启蒙意识的文学诉求而言，出于自身的目标，它在事实上有一个表现内容的筛选机制，即习惯于选择那些能比较直接地服务于当下社会变革的政治和道德文化意识形态为对象，特别是在启蒙意识观照下对社会历史的前进起阻挠作用的国民性的落后方面，而将距促进社会变革的功利性目标距离较远、在人性建构的社会历史文化链条中作用更为复杂微妙的诸多精神内容和意识内容都边缘化了，甚至无暇对民生的艰难性与多维性进行深层次的辩证体认。以鲁迅的《药》为例，因为要表达的主题是启蒙意识观照下民众的愚昧、麻木、落后，所以作者塑造了以浸透革命者夏瑜鲜血的人血馒头来为得肺病的儿子华小栓治病的华老栓，但华老栓一家走投无路的生存疾苦，以及在以原始本能的方

[①]　朱首献：《文学的人学维度》，浙江大学出版社2007年版，第1页。

式同残酷命运肉搏过程中所具有生命意志和爱子之情等方面深邃的心理内容，就被作者轻描淡写或有意忽略了。再看周作人的《人的文学》。这一时期还出现了一些看似在最高意义上深得文学与人性关系内在精髓的纲领性文章，如周作人《人的文学》中所理解的人性，从动物性和进化两方面着眼，"我们承认人是一种生物。他的生活现象，与别的动物并无不同，所以我们相信人的一切生活本能，都是美的善的，应得完全满足。凡有违反人性不自然的习惯制度，都应该排斥改正。但我们又承认人是一种从动物进化的生物。他的内面生活，比别的动物更为复杂高深，而且逐渐向上，有能够改造生活的力量。所以我们相信人类以动物的生活为生存的基础，而其内面生活，却渐与动物相远，终能达到高上和平的境地"。① 这的确属于振聋发聩的声音，迄今依然代表着我们对人性理解的最高深度。可事实上，这种本来可以导向对人类灵魂做出更辩证、更深厚人性演绎的认知灵光一旦要被纳入启蒙的范畴时，马上就变味了，它所认可的"人"，只是在社会政治权利意识以及对其他心理文化内容上符合他们抽象的现代概念要求的人。由此出发，大量的与之有违的，或者不一定有违但因为覆盖在传统文化形态下的同样具有复杂内涵的人性表现形态，在他这里不加辨析地成了"人荒"。一言以蔽之，启蒙的文学诉求在表现对象和内容上经过了"启蒙意识"的选择和淘汰，已经远远无法满足深入、全面和客观表现人生人性的需要。

其过于偏至和表面化接着表现在作者自我姿态的设定上。本来对文学本体而言，作者在面对复杂的自然、社会和人生时，可以有多元化的逻辑立场和态度，可以是理性的，也可以是情感洋溢的；可以是高傲的，也可以是谦卑和充满敬畏之心小心翼翼、如履薄冰的；可以是自信的，也可以是内心充满无法解答的疑虑而惶惶不安的。作者采取什么样的立场态度，取决于他的经历、修养、人生观、世界观和文学观，他只要忠诚于自我就好了。但对现代启蒙话语所派生的文学叙事立场来说，情况就不一样了。受机械进化论的影响，中国现代启蒙者以西方社会历史发展的链条为依据，尽管对西方社会的当下思想知识的最新状况及内在矛盾尚一知半解，但又在当时中国的社会历史语境下拥有真理在握的绝对自信，坚信他们在批判对象面前进行的是一种布道者理所当然的"解放叙事"与"真理叙事"。如陈独秀在为了方便对民众启蒙而附和胡适的白话主张时说"其是非甚明，必不容反对者有讨论之余地；必以吾辈所主张者为绝对之是，而

---

① 周作人：《人的文学》，《新青年》1918年第5卷第6号。

不容他人之匡正也"①，潜在的便是一种启蒙者的话语霸权心态。启蒙者的这种姿态固然使得启蒙者在使自己的主张得以迅速传播并战胜对手方面功不可没，也确保了由此派生的文学叙事不会偏离预定的主题轨道，但这种布道者高高在上的优越意识也往往会使得他们作为文学叙事者时，丧失了面对内在自我、面对自然、面对社会持之以恒的探索态度，并极大地阻碍和削弱了他们通过自己独立的生命经验来和他们所持之"道"进行深入对话的可能性。事实上，就中外文学史的发展实际来看，许多经典作品都非作者单纯布道式的产物，而是他本着真诚之心调动理性和非理性、意识和潜意识的各种机能在对自我、自然和社会的多重拷问和探索的结果，如曹雪芹"字字看来都是血，十年辛苦不寻常"的《红楼梦》，其价值恰巧不在于作者充满自信地要告诉读者某种真理或信条，而在于作者发自内在生命体验的一种探索和困惑；若作者只是采取一种真理在握的姿态向读者图解某种外在于他生命体验的观念，又如何成就里边及其复杂的、远远超出作者自己理性观念之外的丰富价值内容呢？

其过于偏执和表面化最后表现在其内在逻辑方式的使用上。启蒙话语所派生的文学方式有异于常态文学方式的地方，还在于斗争意识驱使下采用的二元对立逻辑模式。一般来说，现实生活中的人和事常处于中间状态，从不同维度看有不同的意义，常态的文学方式在对它们进行表现时未必一定需要在黑白对立的意义上设置矛盾冲突，做此是彼非的价值判断；启蒙话语则服从于借对对立面的批判来迅速普及和推广自我的斗争需要，摈弃了对中间地带以及含混成分的兼容性，以自我的单一价值维度为标准，将有意识地选择出来的表现对象不无简单化地分为是非分明的对立双方，进行彼是此非的毫不含糊的价值判断。正如伯林所指出的："启蒙运动，在反抗各种各样的蒙昧、压迫、不公正和非理性方面，其无与伦比的作用是毋庸置疑的。不过，也许是所有伟大的解放运动的共性。他们如果为了突破一般公认的教条和习俗的抵抗，就注定要夸大其词，面对他们所攻击的那些美德却视而不见。"② 陈独秀在《文学革命论》中，在高张国民文学、写实文学、社会文学的启蒙大旗之后，是对与之对应的贵族文学，古典文学，山林文学毫无协商余地的否定，"此种文学，盖与吾阿谀夸张虚伪迂阔之国民性，互为因果。今欲革新政治，势不得不革新盘踞于运用此政治者精神界之文学。使吾人不张目以观世界社会文学之趋势，及

---

① 陈独秀：《答胡适之》，《新青年》1917年第3卷第3号。
② ［英］以赛亚·伯林：《扭曲的人性之材》，岳秀坤译，译林出版社2009年版，第70页。

时代之精神，日夜埋头故纸堆中，所目注心营者，不越帝王，权贵，鬼怪，神仙，与夫个人之穷通利达，以此而求革新文学，革新政治，是缚手足而敌孟贲也"。① 周作人《人的文学》一文里，在设定了他以为的现代维度的人的道德标准后，将与自己目标相违的文学类型，一概打成"非人的文学"。即使体现在具体的文学创作中也如此，鲁迅"听将令"心态驱使下创作的《狂人日记》明确地指出封建社会"仁义道德"的历史实则"满本都写着两个字是'吃人'"，其发现固然惊世骇俗，其概括也力透纸背，拉开了挑战传统社会道德伦理的序幕，但未免也有将对方复杂内容一棒子打死的绝对化倾向；鲁迅的《阿Q正传》《祝福》中代表封建势力的赵老太爷、鲁四老爷等，也一无例外是毫无可取之处的反面对象；甚至阿Q、祥林嫂这些下层社会的民众，因为要肩负落后的国民性的原罪，也一律变成了愚昧落后的符号。这种以我为准、我是彼非的二元对立思维在20世纪中国启蒙主题里可谓有根深蒂固的情结，即便一些演绎启蒙主题的作品为了造成更复杂的效果，在人物形象和主题设置上组合了多种不同元素，但并没有在更高层次上改变其启蒙主张的价值维度与其反对面二元对立的思维定式。

总之，表现内容上要经过"启蒙标准"的选择和淘汰，以及"布道者"自我姿态、斗争意识驱使下设置的二元对立逻辑模式共同铸造了20世纪中国启蒙文学最大限度地服务于思想政治革命的工具性，也使其内在的价值诉求同文学自身话语系统的价值诉求不完全是一回事。正常的情况下，在启蒙之外，文学还应该存在着一条更为开阔、更为深邃的发展河道才是。

二 复杂纽结：20世纪中国文学史上启蒙与文学的关系审视

由于20世纪中国社会历史的特殊性，文学和启蒙不得不在相当长的时间内和相当深入的程度上一直在一条道上艰难跋涉。究其原因，不外以下两个方面：第一，20世纪以来中国社会的现代化转型依然未彻底完成，文化思想界的知识分子始终面临着以启蒙来建构中国社会现代转型的思想基础任务，故在特定社会历史语境下与社会文化现代性的价值取向捆绑在一起的启蒙，整体上占据着精英知识分子的主流话语位置，以至于包括文学在内的其他话语范畴长期以来不得不在同它的皈依中寻求自己的合法性。第二，20世纪中国新文学是在启蒙的社会文化语境里诞生和成长的，

---

① 陈独秀：《文学革命论》，《新青年》1917年第2卷第6号。

一 问题与方法

并在终极的价值诉求上,也和启蒙的现代性诉求有许多一致性。历史处境的特殊性以及终极诉求的诸多一致性使得20世纪中国文学史上启蒙与文学这两种各有独特内涵的价值范畴处于非常复杂的纽结中。

就文学史而言,一个必须承认的事实是,20世纪中国文学的高潮与衰退阶段,和启蒙思潮的高潮和衰退阶段大致是一致的、互为支撑的。大张旗鼓地将文学问题和启蒙问题一体化、用启蒙来支配文学并形成文学高潮的时期有二:一是从五四新文学运动到抗战爆发前这一时期;二是20世纪80年代以来。平心而论,如果没有以启蒙为核心的新文化运动,文学史就可能需要重写,中国新文学不会在短短的几年内迅速产生和壮大,也不会在黑幕层张、泥沙俱下的20世纪早期复杂的社会环境里找到自己的现代性价值核心,哪怕其初衷是带有工具性的。

不过,尽管20世纪中国文学其发生发展与启蒙有千丝万缕的联系,也正如我们前面所指出的,启蒙和文学毕竟并非一体,在价值诉求上还存在着异质成分,特别是相对于以对社会人生和人性的全面深入发掘和表现为最高价值目标的文学本体伦理诉求而言,启蒙的诉求尚无法完全覆盖,因而20世纪中国文学事实上还始终存在着许多质疑启蒙范式、挑战启蒙范式和逸出启蒙范式的探索。

文学创作思潮中的质疑启蒙范式的探索,较早是从怀疑启蒙者的"布道者"姿态能否有效地介入文学叙事以及人物形象塑造开始的。早在五四新文学刚刚兴起、启蒙正作为文学旗帜高高飘扬之际,一些被历史推到"启蒙者"位置上也身体力行地去履行启蒙职责的人,尽管其内心尚在坚持启蒙的合法性,但已经在文学实践中感受到一个不无尴尬的事实:没有进入文学之前,单纯做一个观念意识形态上的启蒙者容易,只要站在高处振臂一呼,大喊主张什么和反对什么就可以收获支持者的仰慕和掌声;可一旦进入文学创作活动了,这时不得不感到情况不一样了。文学是人学,这里不再是那些还可以比较有效地维护单纯意识形态概念合法性的社会政治领域,而是一个拥有人的全部复杂性的海洋,感性的与理性的、意识的和潜意识的、欲望的与人格的、事实的与想象的、社会的与文化的、已知和未知的种种东西都聚集在一起,构成了人生人性的不同层面、不同内容。这里太不平静了,这里的矛盾纽结太复杂了,要想维护自己启蒙者身份的真实可靠性,他就需要像一个无所不知的先知一样,必须对他遇到的所有问题有条不紊地进行解答;而单纯的观念意识形态上的启蒙者显然不可能有这种无所不知的力量的。于是在严峻的挑战面前,一些有自省意识的启蒙者变得动摇了,不敢完全自信自己所要承担的角色了,进而直接在文学叙述中表达自己的困惑了。鲁迅在这里又充当了再也恰当不过的例子。早在从事白话文创作之前的日本求学时期，他就开始思索国民性改造问题，深感"凡是愚弱的国民，即使体格如何健全，如何茁壮，也只能做毫无意义的示众的材料和看客，病死多少是不必以为不幸的。所以我们的第一要著，是在改变他们的精神"①。他曾和好友许寿裳经常探讨"怎样才是理想的人性""中国国民性中最缺乏的是什么""他的病根何在"三个相关的问题，② 并从启蒙者角度对其有了烂熟于心的答案。走上用文学改造国民精神的启蒙之途后，鲁迅企图将他对国民性麻木不仁、混沌无知、自私自利、欺软怕硬等思考所得的观念转化为文学形象，的确，在初期创造的阿Q这样一些观念性形象上，鲁迅是成功的，创造性地提出了"精神胜利法"这一影响深远的话题。而一旦鲁迅想要离开单纯的观念阐释要进一步寻找启蒙者与被启蒙者的真实精神对接时，鲁迅对启蒙者角色和姿态的怀疑以及由此带来的无力感也就相应产生了。生活里到底有没有掌握着各种真理的万能的启蒙者呢？鲁迅身为启蒙者的自信在与文学的深度对接中失去了，难怪在代表着他哲学的《野草》里，他困惑到要"抉心自食，欲知本味"。五四新文学的另一个代表、鲁迅的弟弟周作人的精神轨迹也有所类似，在《人的文学》中表达出的启蒙者"辟人荒"、反对"非人的文学"的自信，不久以后也转化为"自己的园地"里自我角色的彷徨，并提出"文艺以自己表现为主体""所以文艺的条件是自己表现，其余思想与技术上的派别都在其次"，③ 这就明确地从理论上消解了启蒙者"布道者"的外在姿态的必要性。新时期以来，许多作家更是基于现实生活中的生存体验抛弃高高在上的启蒙姿态，有意调整作家和民间的关系，如著名作家李锐在坚持"中国的文学只能沿着新文化运动所开辟的主动性道路走下去"的同时，又明确指出"中国要启蒙别人的新知识分子也同样的高高在上。这种不言而喻的精神等级，使他们常常无视卑微的生命。他们不能体会到所谓人道主义，是所有人自己的'人道'，而不是高贵者对于低贱者的施舍和赠予。自以为身居高位的俯视者，却也是精神的盲人""如果真的承认生命的平等，那么就该给卑微者同样的发言权"；④ 甚至获得诺贝尔文学奖的莫言在创作谈中也刻意否

---

① 鲁迅：《呐喊·自序》，《鲁迅全集》第1卷，人民文学出版社1981年版，第419页。
② 许寿裳：《我所认识的鲁迅》，人民文学出版社1978年版，第6—7页。
③ 周作人：《文艺上的宽容》，见止庵校订《自己的园地》，河北教育出版社2001年版，第9页。
④ 李锐、王尧：《本土中国与当代汉语写作》，《当代作家评论》2002年第2期。

认启蒙者的身份，声称作家是"作为老百姓的创作"。这些姿态的调整，其实是更接近文学创作本质的回归。

与之同时，更多在启蒙思潮中开启了文学之门、走上文学创作道路的人，基于自己的实感经验以及生活理解力，还在创作实践中自觉不自觉地探索一些突破启蒙范式设定的二元对立思维，以更公平地更深入地理解表现对象的道路。启蒙范式设置的二元对立思维逻辑模式固然可以在短时间内起到自我推广的效果，可许多作家是带着自己的生活经验走上创作之路的，即便他们的初衷是接受启蒙观念，可是一旦发现与从启蒙范式的二元对立逻辑里制造出的民间生活内容无法对接时，就在忠于自己经验认知的前提下进行了另外一种探索，这方面的成果最集中地体现在对批判国民性命题的反思和突破上。五四启蒙文学中派生的国民性主题，本意是让愚昧落后的国民性负担起中国社会连续几次革命失败、未能完成现代转型的主要责任，正如有论者总结的"自认拥有现代观念、现代知识的启蒙者把自己的优位意识绝对化，把认做启蒙对象的社会在特定状况下的一部分不好表现，看成为决定性规定这社会性质的因素"，这种僵化的认识时间一长只会演变成一种"真诚但虚妄的自我意识，实际上浅尝辄止的现实—社会认识，对自己置身其中的正在发生的历史进程中的很多部分不能有及时、准确的反应，有关时代现实的介入常常理解得非常狭隘且概念，在和社会互动时缺少学习自觉。而所有这些综合到一起，就是这么多聪明、热情、充满责任感的投入，最后却不仅不能取得他们所期待的历史介入效果，而且会造出很多和他们主观意愿背驰的思想、文化、现实问题来"。[①] 五四时期乡土作家徐玉诺在许多人都热衷于抒发启蒙理想和探讨一些大而无当的社会人生问题时，他已经开始把目光拉回了民间，写出了《一只破鞋》那样让人读起来痛感于民间本体生存命运欲哭无泪的作品。在这篇小说里他设置了"我"和"叔叔"这两个主人公形象的对比："我"是一个在外边学校的学生，和同学们一起每天靠打纸牌赌博无聊地鬼混，"叔叔"是个一字不识的农民，把出来买东西的仅有的一点钱都交给"我"怕我受苦，还怕"我"读书读累了，嘱咐"我"："读一读要休息休息，不要用心过度。"作为学生的"我"的境界和作为大字不识农夫的"叔叔"的境界，高下差距显而易见！在当时流行将青年学生塑造为"理想者""时代的觉醒者"的氛围下，他这样做就非常鲜明地流露出了一种

---

① 贺照田:《李泽厚的"启蒙与革命"缺乏反省检讨意识》, http://t.w.cn/wenhua/sixiang/1562947.html。

朴素的民间价值意识。首创"精神胜利法"的鲁迅，在后来的文章中也逐渐修正他对国民性的认识："我们自古以来，就有埋头苦干的人，有拼命硬干的人，有为民请命的人，有舍身求法的人……这就是中国的脊梁。"①抗战爆发后，文学对民众的表现主潮一改国民性的批判主题而变成了正面发掘，这也并非全是政治胁迫的原因，也与作家们在战争中亲眼看到了民众的伟大力量有关。新时期的许多作家汲取历史上的反思经验，在这一方面走得更远。20世纪80年代作家张宇创作了一篇非常有名的小说《活鬼》，塑造了一个"既大胆妄为又处世洞明，既泼皮无赖又不失义气，既精明能干又能屈能伸"②的侯七形象，这个非善非恶服从于生存原则的侯七完全逸出了国民性批判的范畴，作者曾在小说的题记中这样感慨："漫漫长长一生，飘飘零零一世；明明白白是一个人，又似似乎乎有一个'壳'。荒唐之中说荒唐，且又阴差阳错。人乎？鬼乎？鬼乎？人乎？"③李锐基于他的吕梁山生活经验总结道"你很难说老百姓这样一种生存，它是合理不合理的，是同情它，恨它，还是爱它，很难讲清楚的。对那样的生命，只讲批判是没有良心的"④。在20世纪末，把启蒙范式按照二元对立逻辑设置的国民性愚昧落后意象的颠覆达到一个前所未有高度的，是陈思和首倡的"民间"理念，他认为民间形态虽然藏污纳垢，有很多封建性的糟粕，但其中更蕴含着一种自由自在的生命意识，"民间的传统意味着人类原始的生命力紧紧地拥抱生活本身的过程，由此迸发出对生活的爱与憎，对人生欲望的追求，这是任何道德说教都无法规范，任何政治条律都无法约束，甚至连文明、进步、美这样一些抽象感念也无法涵盖的自由自在"⑤。在理念的推动下，文学创作中涌动起了一股强大的民间思潮，或阐释民间某种生存意志，或张扬民间某种道德理想，或挖掘某种民间智慧，从不同角度极大地开掘了对民间生存的理解深度。

当然，以新文化启蒙运动为逻辑起点的20世纪中国新文学在它的发展过程中，在启蒙的思想改造诉求之外，还本着观照和表现人性的自身诉求，汲取包括古代传统、现代主义、后现代主义等在内的其他中外文学及文化类型的探索经验，融合作家的个人思索，有意地开拓了许多新的审美

---

① 鲁迅：《且介亭文集》，人民文学出版社1973年版，第94页。
② 姚晓雷：《张宇论》，《文艺争鸣》2007年第8期。
③ 张宇：《活鬼》，河南文艺出版社2014年版，第1页。
④ 李锐、王尧：《本土中国与当代汉语写作》，《当代作家评论》2002年第2期。
⑤ 陈思和：《民间的沉浮：对抗战到文革文学史的一个尝试性解释》，《上海文学》1994年第1期。

领域，或指向对人性深层结构无关社会功利性的窥探，或指向对 20 世纪社会历史运行过程中个人经验和生存遭遇的忠实呈现，或指向对现代人生存意义的形而上思索，等等，使得 20 世纪中国新文学在题材和内容演绎上实际上走的也是一条远比启蒙范式宽阔得多的道路。如"五四"时期郭沫若有个小说《少年叶罗提之墓》，即汲取西方唯美主义、表现主义的方法及心理分析成果，表达一个恋嫂少年隐秘的情爱心理；中国现代文学史上的象征主义流派、新感觉派等流派作家许多作品的内容主导倾向，也和启蒙的诉求相距甚远。当代文学进入新时期后，随着文学环境的开放，超越启蒙题材诉求的对人性自身隐秘角落的探寻以及形而上思索的创作更是进入一个新阶段，数不胜数。像先锋小说对人性的形而上思索、部分"70 后""80 后"作家对私人经验的传达、新社会历史叙事中对传统文化的再阐释等，它们表达的主题尽管完全在启蒙的思想改造诉求之外，却自有其特殊的深度模式。

也就是说，20 世纪中国文学事实上也一直在探索着一条对启蒙范式有所超越的道路，以在审美意义上更深入、更丰富地呈现人生和人性。关于 20 世纪以来中国文学在启蒙范式之外进行的探索实践，这里需要补充一点的是，它们只是在打破启蒙作为一种旨在教育民众的功利性思想文化工具意义上而言的，而不是对启蒙背后的合理的现代性价值原则的否定。事实上，启蒙开辟的中国现代思想文化整体上的转型，决定了其后思想文化乃至文学的运行被它带到现代性的整体法则下，不同程度地承袭了它背后的价值元素。如 20 世纪末"民间"思潮中对民间自体所蕴含的"自由自在"生命本能诉求的认定，实际上承袭着启蒙所倡导的理性精神与平等、自由理念的一种对普通人认识的深化；20 世纪中国文学中许多启蒙范式之外的对人性的探索也是在对人的现代认知基础上的。之所以不把这些承袭了启蒙所带来的现代性的整体法则下的文学探索仍然都算作启蒙文学，是因为它们中许多已经不再有任何布道情结，不相信自己是某种外在真理的代言者，不是为了向民众灌输某种真理式观念。

三 重返启蒙：无法成为解决当下文学价值危机的出路

自五四新文学运动以来，中国新文学至今已经有了近百年的历程，尽管有斐然的成绩，但其并非行走在坦途上，至今仍是充斥着无数的激流和险滩。文学创作也在繁荣的表象下，遭遇到了一系列更为严峻的价值危机。危机的表现之一，是市场所显示出的巨大异化力量。畸形商业消费文化的过度侵蚀使得一部分作家投身商业写作的大潮中,为迎合一些低俗的欲望消费需要,而不惜违背一些被启蒙思想推崇的、已经经受历史检验的作为现代人的基本价值维度,将文学沦为本能的廉价宣泄,更不用说大量的渴望"天上掉馅饼"的白日梦意淫之作,致使欲望化、狂欢化、低俗化等种种价值乱象到处充斥。危机的表现之二,是人们在新文学经历百年经验积累后产生的审美大境界需求,与它实际上无法调动起这个时代所拥有的各种资源,建构出一些足以匹配这个时代的思想境界之间的矛盾已经充分暴露。是的,到了20世纪末,历史赠予当下文学创作的资源是如此的得天独厚:当下的中国作家拥有中华人民共和国成立后几代作家前所未有的开放氛围、获取古今中外思想文化资源的便捷渠道和自由阐释空间,亲历着20世纪中国历史大转型过程中积淀下来的丰厚社会历史及文化内容;而且对于当下的中国作家,经历了近百年艺术经验探索积累,已不存在着表现技术上的难题。机遇、资源和环境确实太青睐当下的中国作家了,这样的机会在世界文学史上也极为罕见。这样的时代,作家本应该创造出足以匹配这个时代的、立足于人类文明顶端的、具有巨大思想探索意义的巅峰境界的作品;事实上却不是这样。当下的文学创作尽管整体上已经基本达到了20世纪以来中国新文学的一个高峰,已经出现了诺贝尔奖的获得者以及一大批实际水平与之不相上下的作家,但整体而言一直存在着思想上的短板。当下中国作家不乏在现代文学那里已成经典的对民间的同情立场,不乏人格尊严和社会正义的诉求,但即使最优秀的一批作家进入社会历史进行把握和表现时,总是在思想层面存在着浅尝辄止、避重就轻、避实就虚甚至是装疯卖傻现象,缺少原创性的宏大思想探索。这一时期出现的一些最优秀的作品,通常存在着只习惯于把握过去维度、难有当下维度和严重缺乏未来维度的思想短板。具体地说,他们做的最出色的部分是用现代文明常识性的观念去同近现代革命史、五六十年代的中华人民共和国社会运动历史、"文革"以及改革开放早期过程等已经积淀了大量的反思成果,不具有太大理解难度的历史对话,如莫言的《檀香刑》、刘震云的《故乡天下黄花》、阎连科的《日光流年》等都是如此,在这里他们可以游刃有余地展现自己的才华,运用各种元素将相关艺术场景演绎得淋漓尽致。一旦要作家们运用思想原创力同正在行进的复杂现实对话,其创作就相形见绌了,且不说大量作家有意回避当下正在发生的主流现实,便是像阎连科的《炸裂志》这样旨在正面描述改革开放后乡土畸变的、引起重大社会反响的寓言性作品里,也没有找到真正切入当下社会畸变的思想切入点,只有不无取巧地极度放纵荒诞的感觉,将它夸大到笼罩一切

一　问题与方法

的程度。如果要他们展开宏大的思想性想象同未来对话，那对所有的人来说几乎都成了不可能完成的任务了。面对当下这种情况，一些人把原因归结为该时期启蒙思潮再度被边缘化，从而主张再度高扬启蒙旗帜，以思想文化的又一次启蒙运动来解决文学价值危机。

　　那么再度重返启蒙到底能否成为解决文学价值精神及审美境界的一服良药呢？我认为对这种意见，应该结合启蒙自身作为一个特殊价值范式的特点以及当下文学问题生成的具体背景慎重分析。

　　我承认，重新强调启蒙的价值诉求确实可以解决当下一部分严重丧失现代人学维度和社会历史认知维度基本立场的文学价值乱象。当下畸形商业消费文化的过度侵蚀诱使许多作家随波逐流，迎合市场欲望消费的敏感点去进行创作，严重丧失现代人学维度的基本立场的现象在当前的确突出，如《上海宝贝》《骚土》《骚天》《骚宅》《非常猎艳》《我这里一丝不挂》《出卖男色》等诸如此类的作品。它们或利用逐利的出版市场，或利用网络这个便捷的平台进行欲望宣泄，"本能与身体已经成为文学的两个关键词，女性用身体独白，男性用下半身狂欢，夸张的床上运动、尖锐的'下半身'啸叫、剧烈的肉体震荡渗入文学的所有角落。人在这些作品中成了'快乐的牲口'"。[①] 还有许多作品或以职场、官场、商场为背景，或以玄想的历史空间为背景，不顾社会历史发展的正常逻辑以及人性成长的内在逻辑，让主人公往往是凭借运气或巧合就可以东成西就，左拥右抱，处处逢源、名利双收，以至于充斥着"生命内容的粗鄙化和本能化，精神维度的浅薄化和平庸化，以及心理方式上爱做不切实际白日梦"的"猪气"。[②] 对这类作品的价值乱象，重提启蒙所强调的人格尊严和价值理想，不仅是可行的，而且是必要的，"启蒙哲学就其根本的旨趣与目标是要批判各种统治人的'神圣形象'和'非神圣形象'，确立起人的主体地位，但即使到20世纪'历史终结'这样一个目标仍然远未实现。在资本逻辑统治一切的时代，不但人们的思想而且人们的现实生活都面临异化的困境，各种神圣形象和非神圣形象对人的奴役有增无减；人的主体地位似乎并未真正确立，相反人成为失去了批判性、独立性的类似于客体的'单向度的人'"。[③] 启蒙运动的目标并没有完成，它对文学中人的价值异化的批判作用仍然存在。然而以上畸形商业消费文化过度侵蚀造成的价值

[①] 朱首献：《文学的人学维度》，浙江大学出版社2007年版，第11页。
[②] 姚晓雷：《莫让"猪气"成为一种文学时尚——从当前流行的一部网络小说谈起》，《当代文坛》2007年第3期。
[③] 彭文刚：《启蒙之后的启蒙》，博士学位论文，吉林大学，2013年，第2页。

沉沦尚属于表层问题；对于历经考验而凝聚成的中国文学主流而言，尚具有足够的判断力来警惕这种现象。20世纪中国新文学经历了近百年探索实践后所遇到的思想原创力不足的问题，若以继续诉诸启蒙的方式来寻求解决，恐怕就有些勉为其难了。

所以这样说，一方面原因是启蒙本体在当下处境的进一步捉襟见肘。20世纪末的中国社会面临的不仅是启蒙的问题，还有很多是启蒙后甚至是反启蒙的问题，它们交杂在一起的复杂性远远超出了固有启蒙范式的逻辑应对能力。再在经典意义上重返启蒙并引领时代精神，实际上已经在理论上是一件不可能的事。这是因为，第一，启蒙所强调的自由、个人权力等价值诉求，在经过近一个世纪的宣传后，人们已经不再陌生，不过在特殊的时代环境下，它起到的作用不是去积极塑造容纳所有人利益诉求的公共空间，而在很大程度上成了个体不择手段地追求自己私人利益的借口，为各种自私自利的欲望肆无忌惮的疯狂上演打开了方便之门。第二，启蒙所追求的现代化社会生活理想在本土政治社会实践过程中，目前也遇到许多前所未有的挑战。如在批判传统权力体制的同时，市场化和全球化本是早期启蒙者追求的目标之一，以为用了它中国社会的经济体制问题就迎刃而解了。这一目标在20世纪90年代以前的中国更多地停留在想象阶段，启蒙知识分子在对它赋予过多的正面期待之际，对它的负面作用还没有充分的心理准备。而到了20世纪末以后，尽管出现了许多被权力扭曲的因素，可它还是一定程度上已部分进入现实，进入了我们社会的日常生活细节中，在释放出巨大的创造财富能力的同时也带来了许多社会和价值问题，像权力和资本结盟而成的新利益集团对社会资源肆无忌惮的掠夺和对弱势群体的盘剥、资本的贪婪性和逐利性造就的新的社会鸿沟与阶层分化、全球化过程国与国之间弱肉强食游戏规则的不平等性等，太多超出固有启蒙图式期待的新情况、新因素已经使得原有的启蒙者失去了自己的话语优势，以至于有学者感叹道："在这样错综复杂的形势下，几乎任何一种处于特定目的而实行的政治路线、理论主张乃至行政措施，都可能在不同的情境中被利用、被扭曲，严重地偏离初衷，甚至发生相反的效用。"[①] 第三，随着思想文化领域探索的深入，过去启蒙所倚重的"无所不能"的理性的弊端也越来越被当下的人们体会到。早在马克思时代，西方启蒙主义将理性绝对化的现象就已经被质疑："观念的东西不外是移入人的头脑并在人的

---

① 王晓明：《半张脸的神话》，南方日报出版社2000年版，第6页。

头脑中改造过的物质的东西而已"①，过分迷恋一些抽象的形而上逻辑原则无非一种自以为是"理性的暴政"。后现代思潮崛起后，理性的非真理性、非本质性及非现实性更是被充分揭示，想依靠理性所建立起来从知识律到道德律到政治律三位一体的、具有普遍主义特质的启蒙，其合法性在形而上层面也被严重动摇，受此冲击知识界已经不可能再像"五四"时期一样建构出一种自足启蒙话语体系。种种原因都决定了中国的启蒙思潮是一个有特定内涵和边界的"历史的中间物"，它是站在中国社会转型的中间地带，扮演一个笼统地向前指路者的角色；而一旦行人跨过它所在路口要继续朝前，遇到更复杂的歧路，它目标虽在，却无力继续给你一个更具体的方案，这个时候再遇到的问题就属于新范畴了，就需要大家一起重新探索。

　　还有更重要的另一方面原因是，启蒙本身也是后来出现的文学问题的制造者。中国文学自身思想境界不足的问题，尽管有一部分是由于理性的误区，需要强化启蒙的价值诉求；但从根本上说，我认为一个长期被忽视的问题是，20世纪中国文学发展过程中所遭遇的一个最大误区并非在于启蒙是否存在问题，而在于没有充分兼顾对方的独立性，将并非完全同途的启蒙捆绑太紧，以至于让作家在心理上产生一种路径依赖，出现的任何价值问题都要从启蒙的现成概念中寻找答案，启蒙为文学本体的正常发展背上了它承担不起的包袱，文学也在对启蒙的过分依赖中丧失了进一步进行原创性、超越性思想探索的动力。毫无疑问，启蒙开启了20世纪中国社会思想文化的现代性的序幕，对它的正面价值怎么评价都不为过，但任何事情都是一分为二的，它的首创之功也使得自己有意无意地在中国语境中获得了对现代性终极价值的拥有权，形成了一种图腾。这一图腾力量的强大不仅仅体现在它理所当然地拥有对许多领域的最高价值解释权，而且体现在它还形成了一套完善的自我调整机制，在遇到一些外部的挑战和反思力量时，可以通过放弃或抛舍一些外围的或浅层的非核心东西，来确保自己对现代性终极价值的拥有权，诱使对方陷入一种"反启蒙"的"启蒙"的逻辑陷阱。这使得启蒙在20世纪中国特殊的社会文化背景下营造出了一张密不透风的网络，从正反两面牢牢地裹挟着20世纪中国的现代性实践。20世纪中国文学整体出现的思想性的短板与之有密切关系。正是启蒙话语在对现代性拥有最高价值解释权的霸权地位塑造了作家在意识深层里根深蒂固的代言者心态，虽然在文学实践过程中，出现了一些对启蒙范式要求的国民性之类具体表现内容、高高在上表现姿态以及二元对立

---

① 《资本论》第1卷，人民出版社2004年版，第112页。

思维方式的反思和调整，但大多数作家骨子里对它的深层价值的膜拜并没有消失。对作家来说，当他的思维个性受一种近似"最高真理"的东西的支配时，不管是有意还是无意，作家在思想创造层面就已经自认矮人一等，他要充当的角色充其量不过是二级思想市场的阐释者或代言者，所做的主要工作也不过是二级的概念层面或技术层面选择，诸如普及理念的思维辩证与否、手法完美与否、与现实的对接是否有说服力等。即使在具体的内容、程序和细节方面体认到了启蒙范式的某些弊端，也通常无法在更高、更深入的核心价值层面挑战它的合法性，并以具有巨大原创性的思想者姿态独立站在思想文化的风口浪尖与历史发展的十字路口，像司马迁写《史记》那样以"欲以究天人之际，通古今之变，成一家之言"，不依傍任何现成的概念来探索社会和历史奥秘。事实上，中外文学史上任何具有巨大思想性的作品，都不是靠作家对某种固定概念的阐释而造就的，作家们都必须在无所依靠的背景下运用各种资源进行独特的个人性探索，如曹雪芹"字字看来都是血，十年辛苦不寻常"写就的名著《红楼梦》正是他融合作家的生命经验独立探索并进行形而上升华的产物；列夫·托尔斯泰的《战争与和平》等也是因为体现了作者对社会、历史、生命、正义的个人巨大原创性思想探索而引人注目的。二级价值市场上"卫道"和"代言"角色的内在自我认同严重地压抑了作家们在更高的层面的思想原创力，并一定程度上形成了一种自我阉割，使其无法以纯然自由的姿态尽情地遨游于思想的殿堂。就拿鲁迅对陀思妥耶夫斯基的态度来说，我们已经可以充分地看出启蒙的内在思维定式对其作为一个文学思想家的阉割。陀思妥耶夫斯基是一个在人性阐释方面有着卓越思想的俄国作家，在世界文学史上有极高的地位，鲁迅对陀思妥耶夫斯基的论述主要体现在《穷人小引》和《陀思妥耶夫斯基的事》两篇小文章里。在这里鲁迅尽管从文学本体上敏锐地感受到了陀思妥耶夫斯基的伟大在于对人的灵魂的出色探寻和拷问，他用不无犀利之词点出了这种追寻和拷问的特点，诸如"这确凿是一个'残酷的天才'，人的灵魂的伟大的审问者"[1] "他把小说中的男男女女，放在万难忍受的境遇里，来试炼它们，不但剥去了表面的洁白，拷问出藏在底下的罪恶，而且还要拷问出藏在那罪恶之下的真正的洁白来"，[2] 但具体到鲁迅的个人态度却是"却常常想废书不观"。他在陀

---

[1] 鲁迅：《穷人小引》，《语丝》1926年第83期。
[2] 鲁迅：《且介亭杂文二集·陀思妥耶夫斯基的事》，《鲁迅全集》第6卷，人民文学出版社2005年版。

一　问题与方法

思妥耶夫斯基对人性的形而上思索面前止步了，给出的理由是"虚伪"，不利于反抗现实世界的不公，"陀思妥夫斯基式的掘下去，我以为恐怕也还是虚伪。因为压迫者指为被压迫者的不德之一的这虚伪，对于同类，是恶，而对于压迫者，却是道德的"。[①] 内在认知与现实态度之间的分裂的关键性因素就是鲁迅内在的启蒙情结所形成的路径依赖，它使得鲁迅把最核心的价值诉求止步于启蒙的道德律要求的现实世界的公平正义上，而对抽象的形而上探询本能地予以疏离。即便在鲁迅怀疑自己是否有资格承担合格的启蒙者身份的《祝福》《孤独者》《在酒楼上》《野草》等一系列充满孤独绝望情绪的作品里，鲁迅也是视角向下的，主要是基于此岸世界启蒙理想难以实现的伤痛而非完全独立进行的形而上探索带来的纯粹的理性思辨。鲁迅如此，20世纪历史发展过程中的许多作家更是如此。进入21世纪以来，许多作家在摸爬滚打过程中，基于自身的体验和文学史上的实践经验，本来已经对文学惯有的启蒙范式做出了许多合理化质疑和反思，可在他们超越了最初的体验性表达阶段而寻找更高层次的价值皈依时，心理意识上的路径依赖在这里又不由自主地复活了，他们依然又放弃了独立的思想性探索，他们没有勇气也没有力量以独立的人格精神去探讨理性和未来，推出一些在人类思想长河里真正具有先锋性和原创性的思想成果，而是回到已被固化的早期启蒙的价值图腾下避雨，即便获得诺贝尔文学奖的莫言。莫言在一次演讲中曾形象地把自己到目前为止的创作分成几个阶段：为一天三顿吃饺子的幸福生活而写作、为写出跟别人不一样的小说而写作、为证实自己而写作、为农民和技巧试验而写作、为讲故事而写作、为改变革命历史小说的写法而写作、沿着鲁迅开辟的道路向前探索。[②] 也就是说他探索来探索去，最终还是回归到鲁迅对中国社会历史的批判和国民性探索的启蒙文学老路上。当然这种回归也不是简单的回归，也提供了一些新内容，如《檀香刑》对刽子手赵甲的塑造就是一个独特的贡献，莫言曾说自己写这部小说是"在童年时期读鲁迅的《药》《阿Q正传》，知道鲁迅对这种看客非常痛恨。鲁迅最大的一个发现就是发现了这种看客心理。但是我觉得鲁迅还没有描写刽子手的心理"[③]，他因而借

[①]　鲁迅：《且介亭杂文二集·陀思妥耶夫斯基的事》，《鲁迅全集》第6卷，人民文学出版社2005年版。

[②]　莫言：《我为什么写作——在绍兴文理学院的讲演》，《传记文学》2012年第11期"莫言专号"。

[③]　莫言：《我为什么写作——在绍兴文理学院的讲演》，《传记文学》2012年第11期"莫言专号"。

此呈现一种更为复杂的国民性思考。可这毕竟也是在固有价值范式基础上引入民间量度的一种修修补补，属于二级思想市场的一种拓展。再以莫言的《生死疲劳》为例，借用六道轮回的叙事手法固然别出心裁，可其中表达的对20世纪后半期民间生存遭遇极大不公的揭示和悲悯等主题意识、对民间不同人物类型的性格和行为逻辑设置，许多方面即便不是早在同时期的文学叙事中成为常识，但也并非绝无仅有，所差的无非程度上而已。总之莫言的最大贡献是在呈现本土社会历史的各种艺术元素创造性集成、阐释的个性化发挥方面，而不是其立足于人类文明前沿面向对现实和未来的思想原创力，不是在当代社会思想的顶端添砖加瓦。不只莫言，许多其他作家这方面的问题更严重，这种情况恰巧暴露当下作家潜意识里对启蒙范式的路径依赖的严重性：他们事实上大都已经无力彻底改变自己骨子里的抽象启蒙价值原则的二级代言者角色，已经无力独立综合运用各种资源去让思想在时代上空自由翱翔。具体地说，假如把写作用建房子来比喻的话，思想好比建筑师的建筑，个人生存经验好比是建筑材料，个人的艺术才能好比是对建筑师在一定建筑思想支配下利用固有建筑材料设计和建造具体房子的能力，我们的作家所擅长的不是具有巨大个人原创性的设计思想，而是"利用已有的建筑思想来驰骋自己的设计和建造才能，争取把房子建造得美轮美奂"①；当抽象的启蒙价值诉求如现代化、自由、公正、人权、市场化等概念和复杂的现实对接出问题时，他们的创作也就紧跟着现出疲态了。

不能再简单地套用过去的启蒙范式来解决当下的文学问题，这固然对习惯于在价值建构意识上有了"路径依赖"的作家们来说是一种窘境，但又未尝不是一种契机，因为这个时候它把作家逼上了一个不得不选择的十字路口：要么在沿袭中衰退，要么在创造性的思想探索中浴火重生，高屋建瓴地审视和把握这个时代。也许李锐的这段话可以给我们以一种启迪："我们必须把他们已经达到的某些目的和成果，内化成为我们手下的过程，而不是去再造他们的目的和成果的复制品。我们只能在这个充满了创造的功能性过程中印证和完成自己"、"我们再不应把'国民性''劣根性'或任何一种文化形态的描叙当做立意、主旨或目的，而应当把它们变成素材，把它们变成血液里的有机成分，去追求一种更高的文学体现"②。

---

① 姚晓雷：《试论新世纪文学中当下乡村社会生活的主体呈现困境》，《学术月刊》2013年第11期。

② 李锐：《厚土自语》，《上海文学》1988年第10期。

20 世纪中国新文学和启蒙之间属于你中有我、我中有你却又并非同质的关系。启蒙催生了 20 世纪中国新文学,并奠定了 20 世纪中国新文学的现代性价值基础,但既无法、也不应该垄断中国文学的发展方向。20 世纪新文学的进一步发展,就需要在吸纳它内在合理元素的基础上摆脱启蒙依赖症,用独立的眼光认真观察和思索我们的时代和生活,寻找一条更能全面调动自己创造性的道路。也许,就眼下来说,让启蒙的回归启蒙,让文学的回到文学,不管对于启蒙还是文学,都是一种解放吧。

(原载《创作与评论》2015 年第 16 期)

新时期以来文学中非常态民间主体形象塑造

姚晓雷

新时期以来文学叙事中，人们逐渐企图超越主流话语以及现代启蒙话语的教条而从民间本身出发来建构民间人物形象的主体世界，即民间主体人物形象建构。在这一过程中，曾出于种种原因塑造出了大量逸出常态经验和逻辑的、有特殊力量和魅性、极大地冲击人们固有价值认知的人物，形成了非常态现象。平心而论，这其实是在特定背景下形成的一种关于民间本体生存的特殊言说方式。众所周知，20世纪的中国民间社会尽管拥有庞大的体量，但在社会历史进程中长期处于弱势地位，缺乏自我表达权力。20世纪的各种支配文学的主流话语方式，基本上都是以民间的代言人身份获得生存执照的，但又总是根据自己的需要对民间的真实身份和愿望随意进行曲解，"即便它有时也张扬民间的力量和地位，并且以民间的代言人自居，但它更需要的是一个唯命是从的、没有自己独立意志的民间"[1]，由此派生的文学形象也多成了对民间真实生存内容和生命状态的一种遮蔽。"文革"结束后，进入新时期的中国文学迎来了一个空前自由开放的发展良机。随着思想解放的深入，也随着作家自身对民间认知的深化，许多人转而探索一些基于民间主体生存内容的新型表达。作为对民间真实存在形态和利益诉求在其他话语体系中遭遇的巨大不公的反拨，部分人在塑造民间主体形象时，刻意选用一种偏至化策略，以最大限度地强调民间遇到的某方面问题，凸显以往文学书写中民间被遮蔽的许多生命欲求。基于此，他们在选择表现对象时，更关注那些在形态或存在方式上一定程度上脱离事物的本来状态或正常轨道的、作为主流价值秩序异己力量出现的对象。同时在表现方法上，他们多对表现对象的离经叛道的特质或

---

[1] 姚晓雷：《民间：一个演绎于主体与客体之间的价值范畴》，《文艺争鸣》2001年第1期。

行为进行了夸张式发挥，而非完全皈依于事实和精神生成逻辑。这样导致他们塑造出的形象在个性特征上往往既具有和这个社会历史进程中民间地位相一致的边缘、异质特质，有着自己独立复杂的生命系统，又无法依靠人的正常经验和逻辑来准确定位，很大程度上成了"非人化"的"人"或"人"的"非人化"的特殊形象，即我们所说的"非常态"。

新时期以来民间人物主体塑造的"非常态"形象非一而足，蔚然成潮。新时期之初作家在民间呈现过程中，已经开始探索甚至成功地创造出一些不同于正常审美形态的"非人化"的"人"或"人"的"非人化"形象；进入20世纪90年代乃至于新世纪后，这股潮流有增无减，特别是随着社会发展带来的地域分化、阶层分化，一些作家为了凸显民间被当代社会实践边缘化的处境并代表本土底层社会进行抗诉，在民间主体人物形象塑造方面愈加采取一种不按常理出牌的非常态化方法。"非常态"民间主体形象类型众多，具体形态各异；所具有的文学史价值是复杂的，不能一概而论。这里试根据这类人物形象所体现出的某些游离于常态的倾向，择其有代表性者进行分类分析。

一 游离于中心之外的"怪"类形象建构

所谓"怪"，包括古怪、怪诞、奇特等意义维度。《说文解字》将"怪"释之为"异也"，即与正常的事物不一样的地方。更准确地说，"怪"通常只是指一定程度上偏离事物的常规形态，并非完全否定前者。非常态民间主体形象建构的"怪"，即是指一定意义上显示了与主流秩序和价值方式的不尽一致的个性特征、但还没有足够成熟的主体力量来完全独立于对方、甚至一定程度上对主流有所承认而自居边缘位置的人物形象类型。"怪"容易成为人们在与主流社会秩序和价值方式进行对抗时的首选策略，这与"怪"在反抗方式系列里虽游离于主流社会秩序和价值方式中心，但相比较而言与中心距离最近、适合于冲突不太剧烈的局部对抗的特性。当作家还没有充足的自信和经验来独立建起一座全新的价值大厦时，往往选择这种方式。

借某种常规生活方式之外的特殊才艺寄寓自己价值追求、达成人格自我实现的"怪"，是非常态民间主体形象建构中经常出现的一种"怪"的表现方式。进入新时期后，一些作家在企图突破罩在民间外缘的偏见而尝试表达一种关于民间人物主体建构新的理解时，习惯借助某种特殊的才艺演绎民间人物的精神世界。如阿城的《棋王》中的下乡知青王一生，便被用"吃饭"和"下棋"这两个非主流的特征来建构他的生命系统，吃是为了维持物质生命的基本需要，他吃起东西来饥不择食且吃相极恶；下棋则代表其精神生存方式，他把自己的精神追求全部放在下棋生活里，一进入棋手的世界，他的淡定、旷达、超脱、执着的人格特质就淋漓尽致地体现出来。和《棋王》中王一生以棋为寄托相似，但写得比其更有历史复杂性也更有人性深度的一个民间怪人，是张宇《自杀叙事》中的主人公张老大。基于边缘群体常常遭歧视，作家对此持有一种逆反心理，张宇在《自杀叙事》有意赋予一个最底层的弱势者以特殊的技艺和内心。这里的张老大是一个从别处讨饭到这里的残疾人，寄住在寨墙边，靠在村头摆棋摊讨饭过活，自卑到对生活不敢有任何苟活下去以外的奢望，但他并没有被作者处理成一个阿Q或闰土类的可怜虫，而是被赋予一种以棋为寄托的自我生命诉求。棋之外，他是受施舍者，是叫花子，是受人轻贱者；一旦进入了棋局之中，他就进入了一个任何力量都无法压制住的状态，他只对棋局忠诚。小说里有声有色地描写他同日本人、同国民党军官以及同新中国成立后地方上的县委书记的三盘棋：抗战时期日本人进村，他因为身体残疾没能同别人一起跑掉，只好背水一战来和酷爱下棋的日本军官赌棋，并在进入棋的世界后克服了本来的恐惧，战胜了日本军官，同时也拯救了村子；在和国民党军官以及共产党的县委书记下棋时，他从现实利害关系考虑主观上想输客观上却做不到。特别是同共产党的县委书记下的那一盘棋中，他知道村干部要借此讨书记欢心，好为村里的学校多要点钱，也知道自己多年深受村人的照顾没有理由不通过输棋来报答，可作为一个棋手的内在精神还是不由自主地战胜了外部算计，任何人包括他自己都无法改变这一事实。在发现棋外的世界和棋内的世界激烈冲突无法调和时，他最后选择自杀这一捍卫自己棋内世界尊严的方式。张宇在塑造张老大形象的时候，已经不再是简单从概念入手，而是竭力运用心理辩证法来充分揭示出主人公多重人格的对立统一。

不一定依托某种特殊才艺，面对改革开放过程中居于绝对优势地位的时代主流生活方式，坚守一种边缘化的、不同流俗的自我本真世界的"怪"，是20世纪末以来文学里所经常出现的另一种"怪"的形态。此种"怪"的形态往往侧重对改革开放后不无畸形的现代化实践的伦理反思，如李杭育《最后一个渔佬儿》、张炜《九月寓言》、贾平凹《秦腔》中的一些人物塑造。面对传统渔民生活方式受到工业文明摧毁，《最后一个渔佬儿》福奎依然坚守着古朴的生存理想，拒绝处于主体、中心位置的"岸上"，甘做"最后一个渔佬儿"，甚至把葛川江视为他的"坟"；《九月寓言》作为最能代表作者张炜"融入野地"理想的一部小说，里边的

一　问题与方法

许多主人公都对大地、黑夜和流浪充满向往,以各自古怪的方式顽强地抵抗着现代文明的侵蚀;《秦腔》中的重要人物夏天义同样是现代生活中的另类,这位 21 世纪"中国大地上的最后一位农民"① 以对土地孤独的坚守对抗着城市化大潮中清风街的衰败,最后也"向土而死",在不合时宜的坚守中完成了自己悲情的一生。

曾有人谈论"怪"道:"我们可以指出古怪是多余的部分,是赘肉,但古怪是一种狷介,是情真意挚,是一种不与俗世俯仰的洁身自好""古怪的人往往有高贵的心灵,他们只听从内心的召唤,而不是其他"②。这样高的评价也许有些言过其实,但很大程度上也道出了其生命方式之所以具有反抗社会主流秩序和价值方式的力量的本质所在。其实,以"怪"的姿态对抗社会主流秩序不合理层面的方式在中外历史上都源远流长,文学书写中也不绝如缕,其根源就在于"怪"的背后往往有某种高于社会主流认知标准的内在品格。不过"怪"的本身对于文学形象塑造来说是把双刃剑,其固然能塑造出一些不同流俗的有深度的形象,可它的姿态意义通常大于实质意义,一旦把"怪"作为美学原则去规范人物时,往往会为了保持这种僵硬姿态而忽视了更细腻的内在精神肌理。这在阿城的《棋王》及张炜等人的一些小说里都可以看到。尤其是在进行长篇叙事时,它很难单独拓展出足够丰富的内涵。这也是仅仅以"怪"为审美核心的创作在当下的民间书写里总是难以走得更远的一个原因。

二　弱势处境下变态抗争的"活鬼"式人物塑造

《活鬼》是作家张宇的一部小说名,也是他对小说主人公侯七一生提炼出的一种评价。《活鬼》中的侯七的生活横跨中华人民共和国成立前后的漫长历史阶段,在新中国成立前做过土匪、在国民党军队混过,也做过投机生意等,经历非常丰富。中华人民共和国成立后他一度想洗心革面,做些扎扎实实的事情,却很快就碰了壁。生活的历练使他不再相信任何冠冕堂皇的话语,只相信"光棍不吃眼前亏,一千条,一万条,保住性命是第一条"。他以自己"既大胆妄为又处世洞明,既泼皮无赖又不失义气,既精明能干又能屈能伸"③ 的特殊生存个性为自己找到了一条独特的生存道路,即便在后来沦为牛鬼蛇神、成了每一次批判会上都少不了的靶

---

① 吴义勤:《乡土经验与"中国之心"——〈秦腔〉论》,《当代作家评论》2006 年第 4 期。
② 耿立:《张炜,是谁把他逼成了古怪和孤愤?》,http://www.shuku.net/novels/netters/zwbclgf.html。
③ 姚晓雷:《张宇论》,《文艺争鸣》2007 年第 8 期。

子，他都能游刃有余地利用聪明才智周旋在各派政治势力之间大获其利。如在"文化大革命"中他凭借涂抹几笔的特长到外边，赚得工钱；回去后又用自己是阶级敌人、挣的钱是臭钱、把钱交给谁就是和谁同流合污的借口，吓退了那些想来他这里收钱的造反派头头。他还利用村里几派造反派之间的矛盾，以及他们所遵循的"凡是敌人反对的，我们就要拥护；凡是敌人拥护的，我们就要反对"的二元对立逻辑，谁不给他记高工分就故意去拥护他们，结果使得各造反派头头不得不争着给他记最高工分。对这样一种特殊的存在，作者显然一开始也感到凭借常规的评判体系无以命名，曾在小说的题记中感慨："漫漫长长一生，飘飘零零一世；明明白白是一个人，又似似乎乎有一个'壳'。荒唐之中说荒唐，且又阴差阳错。人乎？鬼乎？鬼乎？人乎？小说将告诉你这一切。"不过作者创造出"活鬼"这一概念书名，实际上也是对主人公半鬼半人行为有了一个价值判断。

  我认为作者创造出"活鬼"这一名词对侯七进行概括，实在是既别出心裁又恰如其分。传统文化语境中，"鬼"是人的反面，是人到了阴间转化成的另一种形态。它尽管不得不受人的压抑，生活在见不得天日的阴暗处，和正常的人的生活方式严重对立，但又有一定的对人形成挑战和威胁的能力。侯七这样本来有着正常人的需求，却被主流的社会历史进程所排斥、所扭曲、所异化，并在异化和扭曲中形成了一种表面看似"非人"实则顽强地扩展着生存意志的人物，某种意义上不正是"活"的"鬼"吗？不妨把文学中似侯七这样的非常态民间主体形象建构的例子统称为"活鬼"式人物塑造。受到损害和压抑、有自主的生命系统、以邪异的手段应对主流秩序和价值方式，是该类人物形象兼具的三个特征。这类人物形象在新时期以来民间主体人物形象建构中异常丰富。乔典运的《刘王村》中的王二癞也属于这种类型，小说中有个细节：农业学大寨时期，为给老婆治病，王二癞装肚子疼从生产队请假后，私自到岭上打兔子卖钱，被发现后大队要开批斗会，去的路上他看见支书在树林里大便，就故意没脸没耻地凑上去，要嘬支书的生殖器，"支书，你前边的那个东西叫我嘬嘬吧！""我知道，你屁股上的舌头搭成了架，咱不够格也轮不上，叫我嘬嘬前边的吧！"说着就弯下了腰，伸长了舌头，以自己的恬不知耻把支书吓坏了，连斗争会都不开了，说"开这号人的斗争会，丢人丧德！"王二癞这种自我贬损的方式并非鲁迅笔下阿Q自欺欺人的精神胜利法，而是一种弱者无法用正常方式维护自己尊严时，反其道而行之的特殊生存术；他以自己的泼皮和下贱，巧妙地战胜了高高在上的支书。

  李佩甫在《羊的门》中对小偷孙布袋的形象塑造，更把这类人物的特质发挥到极致。面对呼家堡里说一不二的主宰呼天成,孙布袋有着不齿于人的"贼"字招牌,曾经猥琐到了不敢碰正常的女人而靠墙上的洞来解决自己生理需要的地步,还做出了把"脸"卖给呼天成供其批判立威的下贱之举,似乎是一个可被人随意践踏的蝼蚁。但这并不意味着孙布袋自我意识和反抗意志的丧失,"只是由于他的极端弱势地位,他的生存命脉被牢牢地掌握在人家手里,他的反抗才不可能是光明正大的。他的这种行为不是放弃自己的人格尊严,而是在所谓的'面子'被奴性意识所异化、成为权力者剥夺一般人正常生存需要的借口和操纵民众的手段时,他对生存权利的一种变相的维护"[①]。小说中孙布袋不仅能清楚地戳穿呼天成的本质,说出"你是大偷,我只能算是小偷""你看,我放了三十年羊,你放了三十年的'我',人也是畜生"之类入骨三分的话,而且以退为进,采取偷东西给呼天成制造难堪、在呼天成和他的女人幽会时故意招来全村的狗叫进行破坏等方式,来和呼天成进行不屈不挠的斗争。他甚至还故意唆使人献给呼天成讲究"童子功"的《易筋经》诱惑呼天成练习,使其最终丧失了性能力。

在新时期以来的文学史上,"活鬼"类人物形象往往具有身为弱者却秉持正义诉求的潜在内涵,比起那些单纯追求人物生存方式的"怪"的文学书写,民间主体形象已经初步呈现一种生命自觉意识,它不需要再在整个固有常态价值系统中自居边缘地位,而是对垒性质非常明显。此类人物塑造,体现了对民间主体生命形态在弱势生存过程中复杂存在方式体认的进一步深化,在一定意义上可以说是刺穿了罩在民间生存外缘的主流话语及传统精英意识启蒙话语的简单设定,将"人"的现代理念真正落实到对底层社会人们人格构成的理解上。以上列举的几个人物形象就其文学史价值而言,都是非常值得肯定的,体现了作者的问题意识和他身后生活功底的充分吻合。不过基于对中国社会历史上民间整体弱势地位的体认和同情,也为了唤起人们对这类人物的重视,作者也并不排除对某种成分有意强化和渲染,如张宇《活鬼》中对侯七形象塑造时,其弱势反抗策略被赋予无往而不胜的能力,这恐怕是单纯人物形象逻辑之外的东西在起作用了。

三 魅性观念演绎的"妖化"和"精化"类形态审视

新时期以来文学的非常态民间主体形象建构中,除了立足于从生活中

[①] 姚晓雷:《试论李佩甫笔下的反叛一族》,《杭州师范大学学报》(社会科学版)2002年第2期。

发掘出来的形象表达对主流社会秩序和价值方式的反拨，还有人选择观念演绎的方式。具体地说，就是以某种非主流的、有魅性的观念为中心，制造出相应的民间形态人物形象作弘扬这种观念的载体，从观念层面入手挑战社会主流秩序和价值模式。在这一过程中，塑造出来的民间形象不再是生活逻辑的产物，而有些像来历特殊却具有神秘魅性的超自然蛊惑物。这里不妨根据魅性观念的自身特征以及演绎中体现的一些特点，借用传说中"妖"和"精"这两种既有内在联系又有所区别的超自然蛊惑物的部分特质，将魅性观念演绎出的非常态民间形象分为"妖化"类和"精化"类两种。

"妖化"类形象在这里主要是指将某种反常的或超常的观念附在民间载体上进行演绎，而制造出的一些在自我生命的自主释放中对社会主流价值模式起到挑战作用的魅性形象。这也是基于"妖"的本义的一种延伸：《古汉语词典》里对"妖"的释义是"反常的、不祥的、怪诞的、蛊惑人心的人、物、事"，即强调其不同常态的生命形式和蛊惑人心的超常能力。这一解释里也隐约含有把反常与不祥联系起来的意思，当然这只是在捍卫固有秩序的道德视角下的理解而已，正说明它对主流秩序所具有的挑战性。"妖"通常还具有高度的生命自主性，《说文解字》释之为"地反物也，从示，和神同类"[①]，言外之意它在一定程度上已经像神一样摆脱了在对立面面前的弱势地位。莫言《红高粱》中，以自己的大胆、妖异的个性欲望绽放来挑战世俗道德的"我奶奶"戴凤莲可谓"妖化"类形象再恰当不过的例子。小说里戴凤莲是一个极端风流任性不拘一格的女子，主流社会的道德伦理以及现代启蒙者的国民伦理都与她无关，有着自己特殊的处世哲学，"她遵循传统却决不听天由命，追求生命本身的欢乐是她的理想。她虽为自己的小脚自豪，却坚决不为麻风病丈夫守寡；她虽渴望'上马金下马银'的好日子，但更渴望嫁给一个知书达理的好男人；她懂得为自己寻找庇护，却不会为权力而放弃自由；她继承夫家产业，深知金钱的重要，却又慷慨大度，得到乡亲们的认可"[②]，种种矛盾的生命内容都被她天衣无缝地融合在一起，不畏天，不信命，她的自由意志得以充分绽放，连她的临终独白也那样地惊世骇俗："天哪！天……天赐我情人，天赐我儿子，天赐我财富，天赐我三十年红高粱般充实的生活。天，你既然给了我，就不要再收回，你宽恕了我吧，你放了我吧！天，你认为

---

① 段玉裁：《说文解字注》，上海古籍出版社1981年版，第8页。
② 程鸳眉：《〈红高粱家族〉中英雄形象的变奏》，《中国艺术报》2013年6月26日第3版。

一 问题与方法

我有罪吗?""天,什么叫贞节?什么叫正道?什么是善良?什么是邪恶?你一直没有告诉过我,我只有按着我自己的想法去办,我爱幸福,我爱力量,我爱美,我的身体是我的,我为自己做主。"戴凤莲这种在内在精神上和外部行为上都突破社会常态规范的民间存在,显然超出了特定的现实可能性,是某些超前的现代个性观念演绎的结果。还有一种情况是作者在塑造自己心中的理想人物时,由于过多地赋予对方超越时代的精神能力,以至于也沦为"妖化"类,如陈忠实《白鹿原》里的朱先生。为了给混乱无序的现实社会树立一支理想的标杆,在没有现实基础的情况下,陈忠实凭主观理念把朱先生塑造为一个尽善尽美的完人,让他博古通今,淡泊名利,胸怀大义且充满智慧。他虽处斗室之中,但上自国家社会发展的动向,小到个人生活里琐事,都能洞若观火。但正应了鲁迅评价《三国演义》塑造诸葛亮形象时那句话"状诸葛之多智而近妖",作者企图赋予朱先生的形象太完美了,太博古通今了,太能预测吉凶了,以至于脱离了人而成了"妖"。尤为神奇的是他关于死后的安排里,已经清楚地预测到几十年后"文化大革命"中要发生的事,并留下了给后来掘墓者的警示与揶揄"天作孽犹可违""人作孽不可活""折腾到何日为止"。试想这不是被近乎"妖"化了又是什么呢?

"精化"类形象是基于"精"这一语汇的内在含义的引申。所谓"精",物之精华也。古人相信万物各有其灵,彼此在一定程度上是互通的,通过特殊修炼都能达到更高级的地步。"精"和"妖"有些类似,两个词经常在一起合用,但两个词所表达的意义也有细微的区别,"妖"重在强调"反常","精"则强调其自身作为生命系统演进结果的前列性。"精化"类人物形象有双层含义,一方面肯定此类民间人物主体特质所具有和平常的生命的区别,另一方面又是在其超过平常生命价值方式的进化性上看待其区别的,不是非要和一般的人物主体价值方式进行对立性区隔,甚至不排斥双方是一种共生和合作关系。这类民间主体人物形象的组成里,首先包括那些从某种边缘社会文化形态进行提炼和升华而成的、主流社会里所稀缺的另类善与美的生命呈现,汪曾祺的《受戒》中的主人公可谓这方面的代表。《受戒》旨在表达一种自然、通脱、仁爱的生活理想,主人公明海便被塑造成洋溢着这一理想的精灵,他汲取着纯朴的地方风土人情提供的生命养分,过着一种既充满了人间烟火气的温馨又有一种超凡脱俗的纯净生活,虽出家受戒却又不受任何违反人性的清规戒律束缚,顺从着人性自然成长。明海这种和自然混溶一体的生命特质反衬的是我们日常生活中人性的迷失。其次,它还包括一些汲取民间丰富的生活经验而历练出一种超越性境界的人物形态，如余华《活着》中的福贵。《活着》中的福贵是曾为先锋作家的余华在20世纪90年代转向新历史写作时塑造的一个影响深远的人物形象。小说安排主人公福贵的生活贯穿现当代多半个世纪生活历史，经历了中华人民共和国成立前后诸多充满苦难重要历史片段，每一个时期都在他和他的家庭身上烙下了浓重的苦难印记。在生活的历练中，早年是纨绔子弟的他逐渐形成了特有的认同苦难、忍受苦难的态度，平静而从容地化解着生活对他形成的一次次严重伤害。小说中围绕着他安排了密不透风的死亡，包括父亲掉进粪缸而死、母亲病死、儿子有庆因献血抽血过多而死、和他最亲的女儿凤霞产后大出血而死、伴他一生最理解他的妻子家珍病死、女婿二喜遇难横死、剩下外孙苦根也吃豆子撑死，他尽管悲痛但并不绝望和彻底悲观沮丧。他之所以能这样面对别人所无法忍受的绝境心平气和一如既往，是因为作者赋予他看透了生活的最高真谛：活着是为了活着本身而活着。作者自己还忍不住继续发议论道："他是我见到的这个世界上对生命最尊重的一个人，他拥有了比别人多很多死去的理由，可是他活着。"[1] 福贵这一形象所具有的主体生命系统，已经远远超出了一般的社会受难者形象，而被作者塑造成了一个天地间散发着存在意味的精灵。

"妖化"和"精化"类民间形象塑造都带有浓重的观念演绎色彩，其优势和劣势都缘此而生。优势是可以很容易地突破了经验逻辑的限制，凭借观念的逻辑表达自己的诉求，作家最前沿、最深奥的关于民间的观念成果都能够得到迅速的转化；劣势是缺乏现实经验足够坚实的支撑，人物形象容易流于观念化，作为特定时期的一个特殊文化符号的价值远远大于其文学价值。不妨还以余华《活着》中的福贵形象为例进一步审视。从先锋写作转向新历史写作后，余华的视野开阔了，看待社会、历史和人性的眼光多了一份凝重。他想探究民间生命并解答民间生存的奥秘，并企图以之颠覆其他话语方式笼罩在民间生命上的不平等，于是借福贵的"忍耐"苦心孤诣地演绎一种民间的生存诗学。但毕竟由于余华《活着》中的福贵形象不完全是从余华的真实民间体验中生发的，作者的真实经验尚不足以支撑，所以塑造的福贵性格形成逻辑流于薄弱，在多数时候遭遇着苦难的福贵无外乎"大都只有情绪、心理的本能化反应，大都是短暂的痛苦后迅速地遗忘和自得其乐。没有质的飞跃，没有了人格异化的过程，没有了内在心理逻辑从量变到质变过程的内在支撑，这不仅使主人公的性格显

---

[1] 余华：《我能否相信自己》，人民文学出版社1998年版，第210页。

得有点支离破碎，没心没肺，成了一个只是单纯地承担着汇集各种苦难功能的符号"①。福贵的那份通达平和虽然令人动容，但传达的恐怕更主要的是作者的声音，而非作为一个人物形象自己内在的声音。诸如此类的"妖化"和"精化"倾向的民间形象主体塑造，有时反而会影响了艺术形象的审美价值。

四 个人力量极度夸张的"神魔化"类型俯瞰

神和魔在神话传说里都是天地间的一方主宰者，广有神通，在修为和能力上达到了极致；在本土文化语境中，它们之间的区别主要在道义方面，大致说来，前者从善，后者为恶。人物形象的"神魔化"就是在塑造人物形象时基于某种特殊目的，对现实生活中的个人力量采取极度夸张的手法，使其超出了生活真实范畴，获得某种近乎神魔的属性和能力。

"神魔化"形象塑造也是新时期以来文学中"非常态"民间主体形象塑造的一种非常重要的表现形态，原因主要有二：一是基于人类天性中对力量的敬畏，认为那些拥有超强力量的个人，其力量释放方式能够对历史发展方向起更大影响；神魔化方式则可以将人的力量提升到极致，通过观察他们的行为更容易辨析历史发展的纹理，发现其中存在的问题。二是揭开外部话语遮蔽后，新时期以来一些作家们面对民间在20世纪中国社会现代转型过程所承受的极大历史不公，以及现实中正遭遇的一系列关系到存亡续绝的重大问题，发现无法借助一般方式来充分表达自己的思索和焦虑，就希望制造一种极限处境来传达。于是极度张扬人的某种力量和属性、将人变向"超人"的"神魔化"这一形象塑造策略，就成了他们选择的手段。

"神魔化"形态也分神化类和魔化类。神化类主要指那些被作者赋予正面道义价值的表现对象。作为站在民间立场上抗诉主流价值、秩序的一种方式，神化类形象在这里常常是有意区别于主流话语和现代精英意识正面人物认定方式的、充斥异质想象的民间特别人物。21世纪以来文学中塑造的神化类人物亦为数不少，《白鹿原》中的白嘉轩是这类形象的最出色代表：他被彻头彻尾塑造成一位在现实世界中荡妖除魔、充满阳刚之气的民间护法神形象。《白鹿原》在建构白嘉轩这一形象的精神主体时，既没有把他塑造成一位革命史意义上的英雄，也没有从现

---

① 姚晓雷：《余华，离大师的距离有多远》，《南方文坛》2007年第1期。

代精英知识分子的启蒙叙事里寻找价值灵丹，而是将守护中国古代宗法社会秩序的责任凝聚在他身上。作为村里的族长，他请人为同族制订《乡约》并身体力行。面对 20 世纪上半叶的风云变幻，他始终临危不惧、大义凛然。早年对官府的横征暴敛，他敢于参与策划反抗官府的交农事件，带领村人起来进行斗争；后来农村的农民运动，他在沉默中一如既往地坚持要求自己的儿子们"耕读传家"；在面临那场几乎可以毁灭整个白鹿原的大瘟疫而村人以为是死掉的小娥鬼魂作祟惶恐不已时，他毅然一把火烧了小娥的遗骸。他坚持原则，即便自己的儿子违反了规则也毫不留情地对其严厉惩罚；他宽宏大量，在黑娃改邪归正后，对其曾带领土匪打断他腰的事情全然既往不咎。正是有了白嘉轩这样在传统民间视角里刚强、坚毅、正直、仁义的守护神，白鹿原上才得以在动荡不已的乱世中长时期艰难维持。阎连科《日光流年》中以司马蓝为代表的几代村长都与白嘉轩类似，属于对所属群体有强烈责任和使命意识的民间神性人物；和前者不一样的是，后者精神主体的建构依托的是被张扬到极致的民间抗衡苦难的生存意志，行为事迹充满悲剧性。《日光流年》中作为故事发生背景的三姓村百年来一直生活在一个闭塞艰难的环境里，历史上同外界发生关系的主要方式是男人去城里"卖皮"（即卖掉身上某处表层皮肤供别人移植），女子去城里卖淫，且全村人都一直遭受着活不过 40 岁的厄运，几代村长都如同神话传说中的悲剧英雄，具有非同一般的意志和品格，带领村人为战胜宿命进行了艰苦卓绝的抗争，最后一任村长司马蓝的表现更为惊心动魄：他在少年时就敢于保护由于灾荒被抛弃的村里的老弱病残，16 岁时就有勇气到医院"卖皮"，显露了领袖的能力和气质；他有强烈的权力欲，也在追逐和使用权力的过程中运用各种权谋，但追逐和使用权力的最终目的却是为了共同利益。他小时候上城时，看见城外清泠泠的灵隐水，以为三姓村人活不过四十岁的原因是命不通，修通了灵隐渠命也就通了，所以当村长后为改变命运采取的方式是修渠引水。他的修渠工程先后两次，历时数年，中间备经周折，他也忍受常人所不能忍受的挫折、付出常人所无法付出的牺牲，终于修通了水渠，并在胜利的幻觉中死去，以自己的所作所为演绎了一场充满夸张的、轰轰烈烈的抗衡天命的传奇。似此之例，不一而足。总之，白嘉轩、司马蓝等这些神化人物都是自己生活圈中的挑战命运的超级强者，他们有常人不具备的精神、意志、手腕与魄力，不管其事业是成功还是失败，都不失超人式领袖本色。

"魔"本是来自梵文的音译，是邪恶的代表，佛经《大智度论》卷五:"问曰:'何以名魔?'答曰:'夺慧命、坏道法功德善本,是故名为魔'①。""魔"通常是自觉作恶,而且作恶的层次和本领都达到了极端的地步。新时期以来民间主体人物形象建构的魔化类,泛指那些心性被邪恶主导、有明确的作恶信仰且有巨大神通、在现实生活中危害极大的民间人物类型。比起其他一些也对常态社会造成危害的人物类型来说,魔化类危害社会的主观能动性更突出,显示的力量也更强大,能凭借肆无忌惮地操纵别人的命运,一定范围内影响历史的方向。这一类形象中塑造得最为成功的是李佩甫《羊的门》中的呼天成。李佩甫将河南中部平原地带地域文化特质和中国当代的政治权术文化的奥秘创造性地融通起来,并把它用到对呼天成形象的塑造上:呼天成是颍河平原这块土地上阴柔坚韧、充满权术的文化个性的深刻领悟者,并严格依赖此修炼自己的神通。尽管有着凌驾于村子里芸芸众生之上"做大"的野心,其处世策略始终是这块土地上孕育的"在小处做人"的生存术,"在这里,'绵羊地'里所提供给的'败处求生、小处做人'的文化个性,不一定是他们的自我认同,但成了一种从这块土地上获得的维护自己私利的生存智慧。它的一个功能是,用不务虚名的谦卑姿态应对来自外边各方面的冲击,把那些可能对自己权利地位形成威胁的东西不动声色地消解掉"②。与之同时,他还凭着自己的政治敏感经营"人场",用看似不起眼又令人容易认同的乡土人情姿态对有用的人进行人际关系投资,为自己结成一张牢不可破的关系网络,收到了永久的、百倍的回报。中国的传统权力建构大都是讲究治人和治心相结合的,呼天成还无师自通地运用这种方式来建立他在呼家堡的统治,"镇住了心就是镇住了人"这句被他反复言说的话可以说就是他营造自己统治秩序的总纲:在建立起了一个能使个人意志有效运转的强制性权力机构的同时,他还采取各种各样的手法来钳制人心,如从孙布袋那里"借脸"进行批斗来威慑村民、摆出一副同旧鬼神决战的姿态从而在村人面前为自己赢得了新神的地位等。呼天成为自己树立起的从政统到道统囊括为一的绝对权威的另一面,是整个村子和村民完全变成依附于他的、失去独立意志的傀儡,以至于爱听狗叫的他突然发病后,整个村子里的人立时陷入了一场面临灭顶之灾的大恐慌中,甚至不惜一起学狗叫给他听。阎连科《受活》中的柳鹰雀、《炸裂志》中的孔明亮等,更是一些在社会生活中野心勃勃、肆无忌惮地张扬自己欲望而不惜让别人付出任何代价的疯

---

① 王宝才:《生活中的佛教术语采撷》,兰州大学出版社2009年版,第379页。
② 姚晓雷:《绵羊地里的冷峻剖析——李佩甫小说的主题解读》,《文艺争鸣》2004年第2期。

狂之"魔"。《受活》中的柳鹰雀从小在社校里长大,在深受精通权力运行之道的养父的启迪下,他"没想到列宁的家庭竟是一般工人家庭,没想到这么伟大的人,家庭会一般得如山林中的一棵树。没想到斯大林家里是农奴,父亲是鞋匠""没想到毛主席比谁都伟大,可家里也靠种地打粮过日子"。在农民的实用主义、封建帝王意识以及时代乌托邦激情的化合作用下,他产生了一种"王侯将相宁有种乎"的欲望膨胀,"伟人们原也都是普通人,只要有努力、有奋斗,他也会成为和伟人一样的伟人呢"。他从小就认识到权力的重要性,在追逐权力的过程中一方面为了目的不择手段,如在当乡长的时候,就曾号召全乡人为了感动一个南阳商人出钱修马路集体给他下跪;一个新加坡商人的母亲死后为了赚取这个商人承诺的"孝子"费,让村民当"孝子"在其母亲的葬礼上假哭,还强迫全村人出去挣钱哪怕坑蒙拐骗。做县长后他更是胆大妄为,竟然想出了购买列宁遗体在自己家乡建纪念堂来赚全世界的钱这样的荒唐办法,特别是连打残疾人的主意、逼他们利用身体的残疾为自己敛钱这样寡廉鲜耻的事情都干了出来。另一方面他又非同一般以权谋私的官员,而是在身体力行地追求成为伟人的"理想",要在当下这个价值混乱的时代建立一个完全由他意志主导,从而使他体验到"伟人"至高无上感觉的乌托邦,尽管最后功败垂成,但却也一度声势浩大、风生水起。《炸裂志》中的主人公孔明亮的造城梦想及方式也和柳鹰雀的行为特征如出一辙,他们这些人在脱离常态社会秩序的同时却追求的是撒旦的事业,魔性越大破坏力就越大。

  需要补充的是,神化类和魔化类的界限在许多时候并非那么明显,往往是你中有我,我中有你;原因在于民间生活中的很多事物,其本真的道德属性并非那么泾渭分明。神魔化人物形象在新时期以来的非常态民间主体人物形象塑造中,是影响最大的系列之一。平心而论,这里神魔化形象塑造的最主要功能都不在于对人性和民间生活本体的客观阐释上,而在于借助形象塑造把背后的问题淋漓尽致地呈现出来,如白嘉轩形象背后显示的是主流话语和现代精英意识在当下已经失去了建立自己能和民间本体对话的正面英雄人物的能力问题;司马蓝等几代村长形象背后折射的是民间边缘群体已经被我们这个时代的主流社会遗弃问题,他们遭遇命运困境时只有靠自己的原始本能挣扎,这种挣扎越是惨烈,所显示的时代悲剧性就越深;呼天成形象背后提出的是当代政治权力和民间权术的结合对民间命运的钳制问题;柳鹰雀等形象提出的是民间权力政治的荒诞性和恶魔性问题……正因为其直接面对的多是当下中国民间社会的重大问题,所以也最引人关注,许多此类形象一出即被誉为某种社会文化形态的寓言。不排除这一类人物形象的塑造里边很多独到的发现和创建，像白嘉轩形象和呼天成形象都因在人性呈现上融入了作者对社会历史内容的诸多发现而显得丰厚和深刻，成为当代文学史上不可多得的范例。不过，"神魔化"形象的塑造在大多数时候，也是以忽视现实生活和人性的内在逻辑为代价的，作者常常满足于借此把问题凸显得惊世骇俗，而把其他的东西看得无足轻重，不再关注更精致的内在机理。从这个角度再拿《日光流年》的司马蓝等村长形象的塑造过程审视，问题就来了。尽管司马蓝等村长为实现让村人活过四十岁的目标进行了惊天动地的抗争，其形象也因而引人注目，可其光环的成就实在有太多的牵强：首先它剥夺众多村民的个人思考能力，村长们说生孩子就生孩子，说种油菜就种油菜，说翻地就翻地，说修渠引水就修渠引水，村民们除了做盲从的愚民不能有其他疑问；其次，故事发生的主要背景已被移植到现代社会，所有的人都不被允许产生求助于现代科学知识的念头；最后，作者还不得不牺牲了起码的生活常识，像司马蓝修渠是一个漫长的、浩繁的过程，少不了到水源地反复勘查设计路线，而水源地的污染又非一日形成，怎么会直到水通了才突然发现水质面目全非了呢？只能说司马蓝等村长是作者创造出的需要竭力维护、生怕有人用力碰撞的泥塑雕像①。至于《受活》《炸裂志》中的柳鹰雀、孔明亮那样的魔化人物形象，作者只是致力于荒谬行为和想法的大量堆积，却让其内心的深度极其苍白。甚至像《白鹿原》中白嘉轩和《羊的门》中呼天成那样颇为成功的神魔化形象，认真沉思的时候也让人禁不住会从纯粹审美逻辑的角度产生一定程度的困惑：在作为背景的那样一个社会、文化和个人命运都充满着风云变幻、多少人都不断陷入极度迷惘彷徨甚至绝望恐惧的时代，小说中白嘉轩面对各种大起大落的个人境遇一如既往的极度自信和刚强有足够合理的基础吗，是不是过于缺少了某种内在波澜，呼天成能够凭着对"绵羊地"里所提供的"败处求生、小处做人"的文化个性的领悟就获得了呼风唤雨的神通是符合规律的结果，还是作者因为要借此表达对一种对民间权术政治的忧思而夸张化了的结果。

新时期以来的非常态民间主体形象书写的表现形态还有很多，以上的分类难免挂一漏万，而且分类的标准也并非严谨，但在今天的背景下提出并思索这一问题无疑是有意义的。我非常理解"非常态"民间主体形象书写出现的背景，也非常理解其言说民间的苦心孤诣。的确，作为一种文学对民间既往认知的突围，这一创作潮流开辟了和民间主体对话的特殊途

---

① 姚晓雷：《走向生命苦难的乌托邦祭》，《河南大学学报》（社会科学版）2002年第1期。

径，把以往文学书写中民间进程被遮蔽的许多问题深刻地呈现了出来。另外，当作家们从"非常态"角度来触摸民间人物的精神主体时，还尽可能地接纳了 20 世纪末以来社会学、文化学、心理学等方面的诸多人文社会科学方面的观念成果，使之对民间主体的探索和思考也包含了大量的相关内容，产生了一大批具有高度社会文化概括力和审美创造力的艺术典型。但任何事物都是一分为二的。整体看来，尽管取得了诸多成绩，可其以民间存在的问题为导向而非以审美为核心的形象建构方式，在很多场合都带来不少严重问题，对其的认真反思在今天也许会更有价值。

  我不否认，反映时代问题对文学形象塑造来说在任何时候都极其重要，是其所不可缺少的职责之一，试看中外文学史上，有哪一种经典人物形象的塑造不具有深入反映他的时代问题的功能呢？可这并不意味着对时代问题的承担一定要以一定程度上压倒审美规律为代价。相反，文学史上愈是将问题呈现得深刻的人物形象，愈是尊重审美规律并在这方面做出深入开拓的。新时期以来文学中非常态民间形象建构过程中对后一方面的重视显然不够。一般说来，审美本身被策略化往往容易导致人在写作中走捷径，追求哗众取宠的效果，这样最终牺牲的不仅仅是审美，同样也是对问题的承担。既然要以文学的方式来承担它，就最终还要回到文学审美这个归宿点上来，把以审美平常心塑造出立体、丰富、最能深入地体现我们时代精神的人性内涵，当成自己的本质职责。我们可以用夸张手法，也可以扭曲变形，也可以采取其他各种不拘一格表现方法，但最终民间主体形象塑造目标应该是人性书写的某种延伸，是为了增加对以往被忽视的人性某方面内在品质的理解；某些层面和意义维度的极致化追求，却往往容易发展出一些有违深化人性认知这一初衷的非人化杂质，从而又走向自己所要反对的那一面。我愿意用这样一句话表达对民间形象的主体建构的进一步期望：我们不回避问题，但我们更需要用充分尊重艺术形象创造的规律的艺术来承担问题。

（原载《文学评论》2015 年第 2 期）

"公众之梦"与公共梦幻空间的建构

盘　剑

虽然我国的电影票房和观影人次每年都在上升，但与美国相比仍然有太大的距离，甚至与韩国、法国、英国、日本都相距很远。据统计，2007年度美国的人均观影次数为4.7次，韩国为3.14次，法国为2.97次，英国为2.73次，日本为1.25次，而中国（城镇）只有0.22次①——连上列最后一名的日本的零头数都没达到。实际上，中国还没计算农村人口，如果加上农村人口，无疑人均观影次数将会更低。

为什么在中国进电影院看电影的人会如此之少，其原因据说是多方面的，迄今至少有这么几种说法：一是"电视冲击说"。即电视普及以后大多数人吃过晚饭便舒舒服服地躺在家里客厅的沙发上看电视节目，懒得跑电影院了。二是"影碟替代说"。VCD、DVD的盛行，使得许多想看电影的人（包括一些影迷）习惯于买碟在家里看，花费既不高（尤其是买盗版碟），观看也自由（想什么时候看就什么时候看），省却了外出的不便和购票的麻烦——除非是非去电影院不能领略其特效的视听大片，一般也就不愿意去电影院"赶场"了。三是"票价过高说"。影院票价一般为每张20—50元，② 以一家三口计算，去电影院看一场电影至少需要花费60—150元，而买一张新片正版DVD才需30—50元（盗版D5仅6元，D9也只要9—10元）。生活还不十分富足的中国普通老百姓自然是会计算这其中的差价的——当然并不是花费不起，而是想图便宜，就好像每逢节日商场打折总有许多人（包括一些收入不低的人）前去"血拼"一样。四是"娱乐分流说"。谁都不会否定，当今社

---

① 参见不二《如何看待中国电影市场票价问题》，《中国电影报》2008年3月27日第11版。
② 《中国电影报》2008年3月27日第13版所刊登了"城市电影院市场票房排名信息（2月1日—2月29日）"显示：在全国票房排名前50名的电影院中，票价最高的为北京新世纪（51.17元），最低的为成都太平洋影城（19.45元），其余影院的票价都在20—50元之间。

会娱乐方式众多,"华灯初上,到处爆满的餐厅、酒吧、KTV,已清晰地告诉大家:人们的娱乐消费是非常丰富的,只不过大多数人选择的娱乐方式都不是电影而已"。① 五是"影片乏味说"。很多人都会说,电影院放映的影片好看的不多,尤其是国产影片大多令人失望。

  以上各种"说法"尽管都不无道理,但也似乎难以说明一切,因为美、韩、法、英、日哪个国家的电视业、娱乐业和DVD产业不比我们发达,为什么这些国家仍然有那么多人乐于走进电影院,因票价过高而对电影院望而却步其实也不是绝对的,在《中国电影报》2008年3月27日第13版所刊登的"城市电影院市场票房排名信息(2月1日—2月29日)"中,票价最低(为19.45元)的成都太平洋影城其观众人次排行仅列第四,前三位是武汉万达影城、武汉金逸影城、广州飞扬影城,其票价分别为29.32元、27.02元和48.37元,都比成都太平洋影城高,而且有的高了一倍多!至于说到影片乏味,那也是走出电影院以后的遗憾,问题是我们大多数人根本从来就没有走进过电影院!因此,实际上,导致人们不去电影院看电影的根本原因可能并不在于上述的各种原因,而是在于电影院没有让人们觉得"去电影院看电影"是他们生活中不可替代的日常需求。

一

  我们先不管前面所提到的美、韩、法、英、日等国观众热衷于进电影院是否出于一种生活的日常需求,也不提早在20世纪三四十年代的"摩登上海""去,看电影去!"曾经那么时髦、风行,就像进咖啡馆、去舞场一样。我们先来看看电影院在当代人的日常生活中能够扮演怎样的角色,或者说,"去电影院看电影"对于当代人的日常生活是否具有不可替代的作用、产生不可替代的影响。

  这一视点的确立和问题的提出基于西方传播学研究的一个比较成熟的理论:使用与满足理论。该理论"诞生于20世纪40年代早期,起初开展此类研究的目的简单明了,那就是要弄清流行广播节目吸引力的根源,弄清媒介内容的吸引力与个人和社会环境特点之间的联系"。"它包括这样一些研究内容:不同媒介获得的时间分配;媒介使用与其他时间使用之间的关系;媒介使用与社会判断和社会关系指数之间的联系;感知不同媒介

---

① 不二:《如何看待中国电影市场票价问题》,《中国电影报》2008年3月27日第11版。

一 问题与方法

或不同内容的功能;关注媒介的原因。"①

毫无疑问,电影也是一种大众媒介,如同广播、电视。但与广播、电视不同,电影的诞生离不开电影院,电影院不仅是和电影同时诞生的,而且是电影诞生的前提、必要条件和重要标志——所以世界电影的历史不是始于爱迪生的街头视镜而是始于卢米埃尔兄弟在巴黎大咖啡馆地下室里的银幕放映。因此,电影院是电影的有机组成部分,研究电影对观众的吸引力及其与个人和社会环境特点之间的联系,或运用"使用与满足理论"对电影的社会功能、作用和影响进行考察,绝不能忽视电影院,就像研究戏剧不能忽视剧场一样。实际上,电视与客厅的关系也与此类似,我们知道,"对于大多数人来说,看电视发生在丘比特(S·Cubitt,1985)所谓'客厅政治学'(the politics of the living room)的语境里"②,当客厅的家庭生活环境对电视观众的收视心理和行为产生了不可忽视的影响时,电视便将客厅纳入自己的运作系统,力求其栏目、节目的形式和内容的特点尽可能与客厅的语境保持一致。确定这一点非常重要,由此我们可以获得考察"去电影院看电影"与人们日常需求之间关系的最佳观测点。

关于人们是否需要去电影院看哪一部影片应该是另外一个问题——尽管某一部具体的影片可能也涉及是否需要去电影院看的问题——这里讨论的重点无疑应该放在"去电影院"这一行为本身对于观众的意义上。

回到世界电影史的源头。或许当时的观众没有明确地意识到——实际上也没有人会去考虑——他们在巴黎大咖啡馆地下室里看这种叫"电影"的东西对于他们来说究竟有什么意义,但是他们确实都被紧紧地吸引住了,都对此产生了浓厚的兴趣。原因是他们在那面被当作银幕的白墙上看见了一座工厂的大门,大门打开,许多工人进去了……再打开时,那些工人又出来了。工厂、大门和工人明明都是真的,他们中的某些人甚至知道那"工厂"在哪里,"大门"向何方,并可能与某个"工人"还相识(影片本来就是卢米埃尔兄弟在自己的工厂大门前拍的),但这些场景和人物只看得见,却摸不着。对于观众来说,"银幕"本身更像是一扇"大门","大门"开处,他们看见了许多他们看见过的东西,也看见了一些

---

① [美]丹尼斯·麦奎尔:《后知之明的益处——对使用与满足理论研究的反思》,见[英]罗杰·迪金森、拉马斯瓦米·哈里德拉纳斯、奥尔加·林耐编《受众研究读本》,单波译,华夏出版社2006年版,第162—163页。

② [英]戴维·莫利:《英国家庭收视行为的家庭关系框架》,见[英]罗杰·迪金森、拉马斯瓦米·哈里德拉纳斯、奥尔加·林耐编《受众研究读本》,单波译,华夏出版社2006年版,第251页。

他们从没见过的东西,还看见了他们想象中的、甚至想都想不到的东西……这些东西都是那么逼真,却又是那么虚幻:天上乌云密布,哗哗地下起雨来,有人连忙撑开伞,却哪里有雨点淋在伞上,众人哈哈大笑。火车进站了,轰隆隆地开过来,观众吓得"哇哇"大叫,起身就逃,一片混乱过后,惊魂未定的人们却并没有在现场发现火车,"火车"仍然在银幕上的车站里。于是,在"电影院"里,大家相互议论,对看见的东西互相证实,当然同时也免不了对自己或对方的失态自嘲或嘲笑。

分析上述在许多电影史著中被反复描述过的早期"电影院"放映电影的情形,并联系后来电影的进一步发展,我们不难发现电影对观众的吸引力所在,和观众在电影院里所获得的不可替代的满足。

人们在日常的现实生活中,对于客观对象一方面是体验、感受,而另一方面则是认识、把握。前者主要通过社会实践,后者则依靠科学、宗教、艺术等方式。在电影诞生之前,人类所有艺术或审美地认识和把握世界的方式都与其客观对象保持着一定的距离,显示出明显的区别:文学以口头或文字语言塑造不可直观的形象——这是一种用抽象符号建构、需要听众或读者在理解中完成的意象,而"意象"以"意"为主,"象"次之,乃至得"意"可忘"象";音乐则用音符创造意境、表达情感,"高山流水"只存在于人们的想象之中;美术(包括绘画和雕塑)虽然呈现了直观的形象,但这些形象不仅是静态的,而且在为表达而设计"构图"或"造型"的过程中,客观对象的信息被有意无意地遗漏和舍弃了许多,或改变了许多,只追求神似,而无须形似;戏剧是真人表演了,只是其夸张的化妆、动作,程式化的语调、唱腔,舞台有限空间中的象征性布景,以及始终暴露在观众面前的舞台本身,都无时无刻不在提醒着观众是在演戏,不可当真。因此,当"乃是对物象极度逼真地模拟和复写"[①] 的电影将与人们在日常生活中所看到的情景全无二致、完全消除了与客观对象的距离的画面展示在观众面前时,便彻底颠覆了人们既有的对世界的认知方式和审美经验:一段完整的时间和空间竟能被整体地"复制"和"转移",并重复显示!这当然让人吃惊,令人好奇。

更让观众着迷的是,作为客观对象"拷贝"的电影影像其性质、特征和功能都与人的梦境相似,正如伊芙特·皮洛所指出:"电影一经问世,人们就注意到梦与电影的相似。……我们还记得20世纪20年代的一些初阶练习,记得让·爱浦斯坦、杰尔曼·杜拉克和雷内·克莱尔的富于

---

① 周宪:《中国当代审美文化研究》,北京大学出版社1997年版,第130页。

一 问题与方法

诗意的实验，他们通过意料不到的影象段落，通过时空的自由转换，尤其是通过演员和事件的不可思议的迭印创造出古怪或神秘的似梦感受。纷杂的影象的凝聚性力量和只能从情绪上加以解释的可以引发联想的场景的奇特逻辑使观众想到变幻莫测的梦。"[1]

当然，看电影与人们通常的做梦又是有区别的，这种区别特别重要。一般来说，人们通常的做梦都是在家里，在一个绝对的私人空间，处于完全孤独和真正沉睡的状态，所做之梦更具有一种唯一性，因此，做梦人对梦和梦中的一切既毫无选择的余地，只能被动地全盘接受、独自承受，无人可以分担或分享；梦醒之后也无处可以印证，无人可以交流。而在电影院看电影，观众既不是真正的沉睡，所处的也是一个公共空间，能够时时感受到他人的存在，并且，大家所进入的是同一个"梦境"。这样，就不仅能够在事先对"梦"（即影片）进行选择，进入"梦境"之后（即观看影片的过程中）也可以随时闭上眼睛拒绝一些不想"梦"到的情景，或睁大眼睛、集中注意力而更多地获取希望得到的信息。同时，由于别的"做梦者"（其他观众）的在场，"恶梦"的可怕程度会被降低，而"美梦"的兴奋点则有可能提高。在以往关于电影院与戏剧剧场的比较研究中，二者的一个重要区别被特别强调，那就是：戏剧剧场充满着交流——既有观众与演员的双向交流，也有观众与观众的相互交流；而电影院里却缺乏交流——观众面对的影像是演员过去的表演，因此任何现场的反应（鼓掌、喝彩）都不可能得到像戏剧演员那样在舞台上的及时反馈，反而会干扰其他观众的视听，所以电影观众是在一个"伪集体审美场合"里独自默默地观看电影。毫无疑问，电影院跟戏剧剧场肯定是不一样的，电影观众与电影演员之间也确实不存在现场的交流，但观众与观众之间却不像一般所认为的那样毫无关系，恰恰相反，其关系不仅非常密切，而且意味深长。当银幕徐徐拉开、灯光逐渐转暗以后，影院便开始配合影片在制造一个巨大的集体梦境。在功能和效果上，灯光转暗与闭上眼睛是一样的；而银幕拉开、影像出现也如同睡觉者进入梦乡之程序和所见。从这一意义上说，电影的造梦离不开影院。更重要的是，正是因为影院，电影造了一个非同寻常的"梦"——一个众人同做的"梦"：大家不仅一同坐在黑暗里共同经历"梦"里的一切，而且因为能够意识到相互的存在而对"梦境"有了特别的体验，而又正是这种特别的体验给观众带来了一种不可替代的满足。

---

[1] ［匈］伊芙特·皮洛：《世俗神话——电影的野性思维》，崔君衍译，中国电影出版社1991年版，第130—131页。

"公众之梦"与公共梦幻空间的建构

由此可见，制造"众人共同进入的梦境"是电影独具的特点，也是电影吸引观众的独特魅力所在，而这一切必须在电影院里面完成——电影院因此在功能和效果上都不可能为戏剧剧场所替代（当然它也不能替代戏剧剧场）。实际上，电影及其电影院的不可替代性不仅是针对戏剧和剧场而言，电视与客厅也同样不可能替代电影和影院——这一点显然更加重要。

由于电视几乎全盘地继承了电影的影像语言系统，并模仿了电影的所有体裁、样式、叙事方法，又利用自己的媒体优势将其改造得更加适应大众的口味和要求，因此一时之间便造成了"电视冲击电影"的局面：一度相当繁荣的新闻纪录片、科教片没有了，取而代之的是大量的电视新闻节目和科教节目；进电影院看电影的观众明显少了，许多人晚上守在家里看电视连续剧，或电影频道播放的电影……这样的局面令不少电影人沮丧，电影业迅速滑坡，以致一些电影导演、编剧、演员改行从事电视剧创作，一些电影制片厂也不再出品电影，而依托或另外成立影视公司拍摄电视剧。当然，也有人认为电视不可能真正取代电影，因为大银幕的视觉效果是小屏幕所无法比拟的，至少那些强调视听的"大片"观众必须去影院观看。然而，且不说偌大的电影业不可能仅靠几部"大片"支撑，就是电视传播和电视工业的突飞猛进——卫星电视、有线电视、数字电视的出现，超大屏幕液晶电视的诞生，视听效果越来越好的家庭影院的普及，也使得电影寄托在视听效果方面的希望越来越渺茫。然而，电影真的注定要被电视终结吗？却又并非如此——事实上，电视确实不可能真正取代电影，这一点也没有错，只是并不依靠它的大银幕或视听效果，而是取决于其不可替代的制造"众人共同进入的梦境"或曰"公众之梦"的功能。

电视虽然沿用了电影的影像语言系统，也模仿了电影的所有体裁、样式和叙事方法，但如同前述，电视不能"造梦"，更不能制造"公众之梦"。这是因为客厅既不是公共空间，也不是做梦的环境。在这个被称为"客厅政治学"的语境中，灯光始终开着，电视播放各类节目包括电影的同时，家庭的日常生活并没有中断，即使有人守在电视机前看电视，"'如果镜头把我们带进去，那么家庭则把我们拉出来'，在客厅里，与你同居斗室的人，大有可能打断（甚至打破）你与'角落那个电视盒子'的神交".[①] 电视节目的内容也大多不具备梦幻性质：各类新闻、教学、

---

① ［英］戴维·莫利：《英国家庭收视行为的家庭关系框架》，见［英］罗杰·迪金森、拉马斯瓦米·哈里德拉纳斯、奥尔加·林耐编《受众研究读本》，单波译，华夏出版社2006年版，第251页。

谈话、纪实、竞技以及大众娱乐节目自不必说,即使是曾经被称为"小电影"的电视剧,也多以家庭日常生活为题材,或主要表现人物现实的日常关系,以致看电视剧就好像平常过日子一样,时间一长,剧中的人物甚至如同观众的亲朋好友。同样,电视节目的表现形式也令人无法进入特定的梦境:大量的人物语言,伴随着大量的特写、近景,让观众感觉角色是"对我们说话,向我们倾诉",而自己则是在聆听,并顺着话题思考,因而时时刻刻都觉得是处于一种清醒的语言交流之中,画面已显得不重要——实际上,在客厅明亮的灯光之下,即使有梦幻般的画面出现,观众也无法神游其中,像在电影院看电影时那样。总之,在作为私人领域的客厅里看电视,没有公众,只有家人;在作为日常生活空间的客厅里看电视,则没有梦境,只有现实。当然,这或许正是电视之不可替代的独特魅力与功能所在,但正因为如此,电影也不可能为电视所替代,客厅则不可能取代影院——不论看电视还是看影碟。由于电影和影院之不可取代,"去电影院看电影"便有可能成为人们不可替代的日常需求。

毫无疑问,确定"去电影院看电影"能够成为当代人不可替代的日常需求的还有一个非常重要的条件,那就是当今社会"梦"的匮乏和人们对"公众之梦"的实际渴求。

所谓"梦"的匮乏可能源于当代社会价值体系的失衡。这种价值体系的失衡主要由两个方面的原因所造成:一是经济快速增长,物质高度膨胀,人的精神受到严重挤压——这应该是任何一个社会在其发展的过程中都会经历的阶段和都会遇到的问题,或者是在资本主义原始积累时期,或者是在"社会主义初级阶段",抑或是在"后工业(或后现代主义)时代"。利益的追逐、残酷的竞争,导致人与人之间相互提防、感情隔膜、关系冷漠,再加上工作强度提高,生存压力增大,生活节奏加快,人们每天疲于奔命,神经高度紧张。在这种情况下,一切都是那么现实,一切都是那么实际,没有情感可言,也不容任何幻想。二是社会、时代变化,导致过去的价值体系崩溃,而新的价值体系又还没有(或不能够)形成,这在中国 20 世纪 80 年代中、后期以来表现得特别典型。1993—1995 年间,中国知识界开展过一次大规模的关于"人文精神"的讨论,讨论的发起便是基于知识分子对当时中国文化状况的一个基本判断:"当代知识分子,或者就更大的范围来说,当代文化人的精神状况普遍不良,这包括人格的萎缩、批判精神的消失,艺术乃至生活趣味的粗劣,思维方式的简单和机械,文学艺术的创造力和想象力的匮乏,等等,从这些方面都可以看到中国的知识分子、文化人的精神状况很差。"① 知识分子和文化人尚且如此，普通大众当然就更不用说了。讨论者认为，"最近二十年来，我们的社会在很多方面花了很大的精力，改革、投资，但是对那些无形的精神的领域却明显地忽略了，好像那都是不重要的事情，至少不是现在紧迫的事情，而是将来的事情，可以先放在一边去。这个偏向造成的后果，今天已经很明显了，我们的社会正在为这些"虚"的东西的恶化付出非常惨重的代价"。当然，"这种精神状况的恶化……背后有深刻的社会和历史原因，也不仅仅是在15年的改革当中才发生的，它其实是与中国整个现代的历史过程密切相关的"。也因此，"要想真正走出这种恶化的状态，绝不是一个短时期内可以做到的，它可能需要几代人的持续的努力"。所以，十多年前讨论的问题至今仍然存在，"非但没有消失，我甚至觉得它们在我们的现实生活中越来越重要"。②

表现为忽视精神领域的价值体系失衡不仅带来了社会整体文化水准的下降，也导致了公众个体的内心空虚与孤独。我个人认为，当下卡拉OK厅、酒吧、咖啡馆、茶馆的异常兴盛，一方面表现了社会物质的丰富和人们日常消费能力的提高，另一方面，其实也反映了大众潜意识里对排遣内心空虚、消解孤独情绪的追求。但这些侧重于感官和物质享受的娱乐消费除了将人们从通常"一梯两户"并以"防盗门"和"防盗窗"与外界隔离而可能使人更加感到孤独的封闭式的现代城市住宅中带出来以外，并不能真正地对公众精神层面上有所裨益。毕竟，侧重于感官和物质享受的娱乐消费太现实了，而公众当下更需要的实际上是对现实的超越，这种超越现实、能够暂时排遣内心空虚、消解孤独情绪的公众娱乐似乎只有以制造"公众之梦"为所擅长的电影和电影院——虽然电影和电影院也不能独立承担起重建社会价值体系或恢复价值体系平衡的重任。当灯光转暗，眼前影像浮现，观众不知不觉进入了一个梦幻世界。尽管游历在这梦幻世界中除了欢乐也有恐惧，但不论欢乐和恐惧都不是一个人独自承受，虽然不一定出声，但黑暗中大家都能够感觉到别人的存在——虽然在现实里这些人可能与自己毫不相干，但在这"公众之梦"中大家却都默默地相互支持、互相依靠，共同经历一场喜怒哀乐。这种感觉让人欣慰与充实。

---

① 王晓明：《为啥"人文精神"大讨论不该忘却》，原载《中国教育报》，www.people.com.cn，2006年3月3日转载。

② 王晓明：《为啥"人文精神"大讨论不该忘却》，原载《中国教育报》，www.people.com.cn，2006年3月3日转载。

二

由上可见，由于可以制造"公众之梦"，"去电影院看电影"便能够成为对"公众之梦"有着实际渴求的当代人的不可替代的日常需求：电影和电影院不可能为电视和客厅所替代，也不可能为餐厅、酒吧、KTV等各种时尚、流行的娱乐消费所替代。关键是如何让公众深刻认识并切身感受这种不可替代性而走进电影院并以看电影为日常生活之习惯。

在以往的讨论中，关于如何吸引观众去电影院看电影，更多的是从提高影片质量（包括艺术性和可看性）、加强影片宣传等方面考虑，这当然是没有问题的，但根据上面的论述我们不难发现，观众去电影院看电影其实并不仅仅是对影片的欣赏，同时也是对"去电影院看电影"这一行为本身的感受——这种感受对于观众来说绝非可以忽视，正如传播学者马丁·巴克凯特·布鲁克斯在采访了一群去电影院看电影的年轻人后指出："对于这些年轻人来说，去电影院看电影这件事，以及它带来的其他（性的）可能性，跟影片一样重要。它们实际上是不可分离的。""最重要的是，在所有而不仅仅是大多数'随机'观众中，我们发现有力的证据，影片和看电影的理想模式引导并推动个体的和群体的反应。"[①] 因此，在影片以外，我们还需要认真研究直接关系到观众看电影的理想模式选择和其过程感受的电影院的建设，也即如何建构公众不可替代的公共梦幻空间的问题。或者说，我们需要从使用与满足理论出发，去看看电影院应该如何运作和经营、具备怎样的特点，才能够引起公众的广泛关注，进而紧紧吸引他们并充分满足他们的日常需求。

首先应该是建立起电影院与日常生活的密切联系，或使去电影院看电影获得日常生活的特征。这不仅因为电影所制造的"公众之梦"必须满足人们的日常需求——只有日常需求才是经常性的需求，而且也因为只有日常生活化、"被整合进日常生活程序"，电影院才有可能最大限度地为人们所关注和使用——看电影才能成为一种生活习惯。电视之所以能在当代产生巨大影响，便是由于它"已内化为日常生活程序的一部分"，以致只有描绘出电视对"日常生活的实践"——仿照德塞都（De Certeau，

---

① [美]马丁·巴克凯特·布鲁克斯：《透视布尔迪厄的黑箱》，见[英]罗杰·迪金森、拉马斯瓦米·哈里德拉纳斯、奥尔加·林耐编《受众研究读本》，单波译，华夏出版社2006年版，第234、238页。

1984）提法——的作用才能更加充分地理解电视的角色"。① 当然，电影放映机不能像电视机那样作为家具摆设并成为家庭日常用具；电影院也不像客厅那样是家庭成员每天都会进出、使用的起居室，但这也并不意味着电影院无法找到进入"日常生活程序"的有效方式。实际上，追溯历史我们就会发现，早在20世纪二三十年代，在现代大都会上海，去电影院看电影就曾经成为人们日常生活的重要内容。据说当时著名女作家张爱玲几乎天天都要看电影，一天不看就会睡不好觉。新感觉派文人穆时英也经常"星期六……便去找个女朋友偷偷地去看电影，吃饭，茶舞"。② 施蛰存、刘呐鸥、戴望舒他们则是每天晚饭后就"到北四川路一带看电影，或跳舞。一般总是先看七点钟一场的电影，看过电影，再进舞场，玩到半夜才回家"③。杨小仲曾以一个普通观众的身份这样写道："自从电影钻进了我的生活范围以内，电影于是在我的日常生活中，就占了重大位置：几乎每天浸沉在影戏院里，不仅是为着消闷解愁，实在觉得电影有调剂生活陶养性情的效用。"④ 其实不仅是上海，附近的苏州也是如此："苏州人到了晚上，差不多当他（即看电影——引者注）一件正经事干。邀亲戚，请朋友，往往合着一大群。这种风气，到现在还保持弗坠。"⑤ 显然，在当时的上海（甚至上海附近的苏州），"走，看电影去"已经成了人们的一种日常习惯。"我们应该如何来看待这种看电影习惯？在这种'去，看电影去'的仪式里，我们可以发现什么样的社会和文化意味？"⑥ 李欧梵认为，上海人看电影的习惯是电影院及其所放映的电影和各种有关电影的出版物通过迎合和培养观众趣味合力打造的。

据史料记载，20世纪二三十年代上海的电影业就已经相当繁荣兴旺，不仅电影院数量众多，而且许多电影院设备先进、环境舒适："奥登是东方最宽敞最华美的电影宫殿。完美的构造和设计。一切为观众的舒适和健

---

① ［英］罗杰·迪金森：《现代性、消费与焦虑：电视观众与食品选择》，见［英］罗杰·迪金森、拉马斯瓦米·哈里德拉纳斯、奥尔加·林耐编《受众研究读本》，单波译，华夏出版社2006年版，第279页。

② 穆时英：《我的生活》，《现代出版界》1933年第9期。

③ 施蛰存：《我们经营过三个书店》，见《沙上的脚迹》，辽宁教育出版社1995年版，第12页。

④ 杨小仲：《出了影戏院以后》，《银星》1926年第3期（原文没有标点符号）。

⑤ 范烟桥：《电影在苏州》，《电影日报》1928年第3期（原文没有标点符号）。

⑥ 李欧梵：《上海摩登——一种新都市文化在中国》，北京大学出版社2001年版，第105页。

康着想。奥登首家为您提供最佳影像。"① 1933 年开张的大光明更加豪华，它"配有空调，由著名的捷克建筑师邬达克（Laszlo Hudec）设计，计有 2000 个沙发座，（1939 年后还配备了'译意风'，也即当地的一家英文报纸所谓的'中国风'Sinophone，可资同步翻译）宽敞的艺饰风格的大堂，三座喷泉，霓虹闪烁的巨幅遮帘以及淡绿色的盥洗室"。正是这些电影院"同时在物质和文化上给城市生活带来了一种新习惯——看电影去"②。

当然，电影院之所以能让"看电影"成为一句摩登口号或一种时髦行为，也得力于其所放映的影片。20 世纪二三十年代，上海绝大多数电影院都放映好莱坞影片，其豪华影院甚至放映好莱坞首轮影片。好莱坞电影之所以在上海电影市场占有极大份额，一方面固然是由于美国电影业对中国市场的大力推进，另一方面更是由于"在中国，美国电影比任何其他国家的电影都受观众的欢迎。除了美国电影的奢华铺张、高妙的导演和技术，中国人也喜欢我们绝大多数电影结尾的'永恒幸福'和'邪不压正'，这和许多欧洲电影的悲剧性结尾恰成对照"。③ 李欧梵认为这"证实了在好莱坞的叙事传统和传统中国流行小说中的永恒的程式之间是有某种亲和性的"。因此，他指出现代上海观众的流行口味实际上是美国电影和中国传统文学、戏剧共同培养起来的，而电影院和 20 世纪二三十年代的中国（上海）电影创作则在尽力迎合和不断地强化这一口味。

除了放映能够充分满足观众流行口味的具有传统中国流行小说叙事特征的好莱坞电影和运用好莱坞叙事模式加中国传统美学创作的现代海派电影，电影院还利用观众的流行口味出版电影杂志（当然这些电影杂志有的是电影公司主办的，有的则由其他出版社主办）和印刷电影说明书。电影杂志（后来影响到其他妇女杂志和画报，"在这些新近产生的《现代女性》形象和生活方式上，对电影的兴趣成了某种必不可少的礼仪"④）的封面刊登影星照片，其中的中国女明星往往既摩登又传统，与商业月份牌上的女性肖像在穿着和神情上非常相似。电影说明书不仅是中英文对照本，而且中文用的是半文言，具有鸳鸯蝴蝶派的小说美学风格。同样，许多好莱坞影片也有一个古典的中文译名。"对当时的中国电影观众来说，

---

① 连载在《良友》画报上的奥登影院的英文广告语。转引自李欧梵《上海摩登———一种新都市文化在中国》，北京大学出版社 2001 年版，第 98—99 页。
② 李欧梵：《上海摩登———一种新都市文化在中国》，北京大学出版社 2001 年版，第 99 页。
③ [英] C. J. 诺斯（C. J. North）：《中国电影市场》，转引自李欧梵《上海摩登———一种新都市文化在中国》，北京大学出版社 2001 年版，第 113 页。
④ 李欧梵：《上海摩登———一种新都市文化在中国》，北京大学出版社 2001 年版，第 101 页。

花几小时看场好莱坞的电影,即意味着双重享受:一边让自己沉浸在奇幻的异域世界里,一边也觉得合乎自己的口味,这口味是被无数流行的浪漫传奇和豪侠故事(包括那些被译成文言的读本)培养出来,经电影这种新的传媒而得到强化的。"①

毫无疑问,20世纪二三十年代的上海有其特定的文化语境,那样的文化语境在今天可能已不复存在,所以李欧梵从当时上海人"去,看电影去"的习惯和流行口味中所看到的"社会和文化意味"并不一定完全适用于我们当下(尤其是全国范围内的)电影和电影院的日常化建构(虽然也不是完全不适用,毕竟与海派文化有着许多相似和相通之处的现代大众文化已经席卷全球);然而,尽管如此,我认为,其中涉及的一些经营理念和具体做法却还是非常值得我们重视并借鉴的。例如打造"去,看电影去"的口号——其实就是包装"进电影院看电影"这一概念。或许这一口号当年在上海并没有谁着意提出,但当时围绕电影所开展的一系列经营(或文化)活动却有效地将这一概念深深地植入了人们的意识之中,甚至进而演变成了一种"集体无意识",从而带来了他们去看电影的日常自觉。在这些所谓的围绕电影开展的一系列经营(或文化)活动中,电影院既被置于非常重要的地位,也起着非常重要的作用。

不需要专门统计,我们都知道目前全国电影杂志、报纸寥寥可数;虽然有些地方的日报、晚报、早报上也安排了电影版面,但并不引人注目,刊登的只是几篇不痛不痒的影评,也似乎跟观众去电影院看电影没有多少关系。而在20世纪20—40年代期间,上海创办的大大小小的电影公司和电影院不计其数,电影刊物也为数众多,"在这近三十年的时间里,就现有资料统计,上海总共出版了二百多种电影刊物"。② 这还不算各种报纸的电影副刊——实际上,当时上海的大报、小报数以千计,而许多报纸都开设了专门的电影版或副刊。当然,还不仅仅是数量问题,更重要的是,这些众多的电影刊物和报纸都以各种方式引导观众去看电影。除了前面所提到的那些根据观众的流行口味出版的电影杂志和为吊起观众胃口而在电影院发行的像小报一样的"电影说明书",我们再以当时的国民党上海市教育局机关报《晨报》的副刊《每日电影》为例。在这份比它所依附的正刊影响要大得多的电影副刊上,不仅大量和大幅刊登影院的电影放映广告,而且在所有影评的标题处都特别注明所评影片正在放映的影院;不仅

---

① 李欧梵:《上海摩登——一种新都市文化在中国》,北京大学出版社2001年版,第107页。
② 方明光编著:《海上旧梦影》,上海人民出版社2003年版,第107页。

一　问题与方法

有详细的影片分析，也有简短的"影片小评"：

> ·巴黎的《司机老人》
> 爱好看郎却力的表演的，对于这张影片确实是值得去一看。依我的意见，它比《歌场魅影》来得有些意义。
>
> ·北京的《血溅情鸳》
> Helen Twelyetrees 还有些动人情感。不过，这片子里所能给你的刺激，似乎太浅薄一些，根本说起来，这样的一个故事，根本上就没有什么较好的意义。
>
> ·九星的《灵肉之爱》
> 还值得去看一看，但你也许以为 Elissa Landi 不能像珍妮盖诺那样的给你以满意的；不过，我告诉你，实在，Elissa 在花兰坞的地位，就是从这张影片里跳跃起来的，她未来的成功，也许还要比珍妮伟大得多哩！

以上摘自1932年7月22日《每日电影》的"今日影片小评"。对每一部影片都首先注明正在放映的影院，无疑是为了方便观众去看电影。影片评论虽然只有寥寥几句话，但却明确地指出了其好坏优劣之处，说明"值得去看"或"不值一看"，并用第二人称"你"直接向观众提供相应的建议。这样的点评在其他报纸、杂志如《民国日报》副刊《影谭》、《妇女画报》、《现代电影》等上面都可以看到，它们显然具有"观影指南"的性质与功能。这是对具体影片的"观影指南"。而在《影戏生活》杂志上刊登的《上海观影指南》①则是为了让观众能找到最适合于自己的电影院：

> 光陆：二白渡桥南逸。专映拍拉蒙的第一轮声片，观客以西人居多。有保险机和冷热气管的装置。容积虽不广，布置却很雅洁，装潢美备，座位舒适。座价最低一元。南京：爱多亚路中。专映环球联艺、福司的第一轮声片，与北京有连带关系，一度放映联华公司的国产片《银汉双星》。建筑以宏伟胜，装潢以富丽胜。座位最多，营业也最发达。座价最低六角。

---

① 蒋信恒：《上海观影指南》，《影戏生活》1932年第1卷第51期、第52期。所引文字原无标点符号。

百老汇：汇山路。选映拍拉蒙的第三、四轮声片，及名贵默片，有时间映明星的旧作。同为奥迪安影戏公司管辖下之戏院。建设尚佳。可以随时入座。座价最低二角。

该《指南》一共介绍了49家电影院，其中甚至有西海露天影场和正在停映中的大华电影院，因此应该囊括了当时上海的所有电影放映场所。对所有影院基本上都像上面所列举的那样介绍：地点；主要放映哪一类影片（国产片或者外国片，第一轮影片还是第二、三、四轮影片或旧片，有声片还是无声片）；设备如何；装潢怎样；座位多少；票价几何。显然，有了这份《指南》，就没有人找不到自己想看的电影和要去的电影院了。实际上，除了这样的文字"观影指南"，当时上海的一些报纸、杂志还发表过几幅"电影地图"，就像通常的城市交通图一样，非常详细地指示观众如何准确而快捷地到达要去的影院。

上述报纸、杂志对人们观影的指导、指引，充分表现了现代大众媒介对电影的热情关注和积极参与——这种关注和参与制造出一个"电影无处不在""电影院就在你身边""看电影是一种生活需要"的媒介环境，这样的媒介环境对于打造"进电影院看电影"的概念或在社会上形成"去，看电影去"的习惯无疑是非常重要的。不仅如此，当时上海的一些电影报刊还常常与电影公司、电影院合作，策划、举办一些发动广大读者和观众参加的活动。1932年8月6日的《每日电影》上便刊登了这样一则通告：

本刊举行佳片月选与年选　从本月份起，本刊每个月中举行"佳片月选"一次；每到年底，则举行"年选"一次。请读者注意下面的规例。（一）月选所选各片以该片月内在沪初映者为限。（二）分国片及西片两种。（三）每月选中之"佳片"，由本会赠以名誉纪念奖章。（四）月选举行期，在每月终了后两星期内。（例如"八月月选"于九月一日开始，至九月十六日发表。）［附则］凡投票者，本刊用抽签法抽出一部分人赠以其它新片观映券以佐余兴；其为本会赞助会员者，并另有纪念赠品。（本会赞助会员征求办法，可向晨报馆推广股索取）年选规例另订之。

1932年8月10日的《每日电影》又刊载了一则题为"本刊举行明星的推选"的告示：

一　问题与方法

电影演员之不是每个人都可称为明星，犹如社会上每个人不全能称为善人一样。在这里，我们来举行一次明星的推选，请每个读者在公正的诚意之下来扶助我们的进行。

以上两种活动都强调和鼓励读者参与，而参与选举则既必须订（或买）报纸，也必须先看影片，因此，这类活动既有利于报纸的发行，也推动了电影的票房；并且，在将报纸读者变成电影观众和将电影观众变成报纸读者的同时，便使人们将看电影也当成了像读报纸那样的日常活动。长此以往，就不仅读报纸是许多人的生活习惯，看电影也同样如此了。

对照现实，我们当下的电影院和各种现代媒体除了抱怨观众没有去电影院看电影的习惯以外，似乎还没有想到打造"去电影院看电影"这一概念；除了短视地宣传一些具体的影片、根据具体影片炒作某个电影明星，根本没有从长远的角度考虑如何建立看电影与人们日常生活之间的密切联系，并在此基础上使看电影成为人们的日常需求。许多人每天晚上待在家里看电视其实非常无聊和无奈，因此总是烦躁地将频道换来换去；很多人去KTV、酒吧或咖啡馆也是因为觉得没处可以排遣心中的郁闷，尽管去时郁闷回来也没真正轻松。这些人可能都没有想到去电影院看电影，因为他们完全没有这一概念，甚至从来不知道所住城市有多少电影院，这些电影院目前正在放映什么影片，这些影院是否值得去，这些影片是否具有可看价值，没有谁告诉他们，也没有谁让他们关心、关注这一切，而并不是因为他们根本拒绝电影和拒绝去电影院看电影——这是问题的关键所在。

除了建立电影院与日常生活的密切联系，打造"去电影院看电影"的概念，使看电影成为人们的日常需求，从而形成"去，看电影去"的生活习惯；作为"公共梦幻空间"，电影院还需要创建其特定的"公共性"。

前文曾经指出，在电影院看电影与在客厅里看电视的一个重要区别是，后者是在私人空间里进行现实交流，而前者则是在公共空间里游历梦幻世界。"公共梦幻"不仅将"看电影"与"看电视"区别开来，也与人们卧室里的做梦划清了界线。正是这些区别构成了"去电影院看电影"的不可替代的独特魅力。当然，电影院不仅仅是指放映厅，它应该是一个更大的公共空间，即使是以前只有一个放映厅的电影院，它也至少还包括售票处、一个大厅（观众可在此处休息、等候进场或查询信息、观看电影海报等）和一条过道。"20世纪80年代，一种新型电影院诞生，即多功能电影院，它展现为一种新的美国风格的娱乐广场，在那儿，电影院、比萨屋和保龄球馆摩肩接踵地挤在一起。这种新电影院很快成为旅游热点和吸引工人阶级的少男少女们炫耀、享乐的磁铁,他们认为那种环境是属于他们的。"① 这种"娱乐广场式"的多功能电影院在中国也已出现多年。毫无疑问,由于与其他日常餐饮和娱乐场所挨在一起或竟包括了这些餐饮和娱乐场所,因此这样的多功能电影院在建立电影院与日常生活的密切联系方面是具有不可忽视的作用的。但可能存在的问题是,多功能电影院(也叫电影城)除电影放映之外的其他功能实际上与电影并没有必然联系,这就使得这些附加的功能无法有效地创建真正电影化的公共空间,从而,也不能真正有助于观众对公共梦幻的体验,唯其如此它便只能"成为旅游热点"和普通的"娱乐广场",电影则被淹没于其中——在人们的意识中,去的只是"旅游热点"或"娱乐广场",而不是电影院,以致最终可能无法从电影院与日常生活的密切关系中真正养成"去电影院看电影"的生活习惯。

2008年我在美国访学期间,曾专门考察 Landmark Theatres,它是全美最大的一家专门放映艺术片和独立电影的连锁电影院,共有58个影城分布在美国各地;它既以培育艺术和独立电影而闻名,又以其独特的营销方式在电影产业中占有无可比拟的重要地位。Landmark Theatres 的每一个影城都"Not Just for Movies Anymore(不仅仅是放映电影)",同时还有其他服务,如为各种商务会议、新闻发布会、产品发行订货会乃至小孩生日聚会提供合适的场地以及所需的各种音响、影像设备,举办电影节和各种个人电影创作展映活动,为在这里举行的各种活动提供宣传从而使活动产生更大的影响力,提供放映机给个人在此放映自己最喜爱的电影与家人或朋友共赏,提供数字放映机和环绕立体声系统给游戏爱好者玩自己的游戏,等等。② 我个人认为,Landmark Theatres 建立了一种新型的多功能电影院,它超越了那种将与电影无关的餐饮、娱乐场所与电影放映厅简单地组合在一起的"电影城",因为它所有其他的日常服务都围绕电影而展开,强调附加功能的电影特色,这便不仅使电影院能够有效地建立起一个更大的、日常化的公共空间,而且这个公共空间因为与电影相关而能够从各方面强化电影放映的公共性和电影观众的公共梦幻感受,电影院也因此将会更加适应当代人对电影的日常需求,建构起不可替代的公共梦幻空间。

---

① [美]马丁·巴克凯特·布鲁克斯:《透视布尔迪厄的黑箱》,见[英]罗杰·迪金森、拉马斯瓦米·哈里德拉纳斯、奥尔加·林耐编《受众研究读本》,单波译,华夏出版社2006年版,第239页。

② 参见 Landmark Theatres 的对外宣传材料"Landmark Has 58 Theatres from Coast-to-Coast""Who We Are""What We Offer""Landmark Theatres: Not Just for Movies Anymore"。

一　问题与方法

三

在电影的产业链中，电影院居于非常重要的位置，但迄今我们只注重它的"票房"或赢利功能，还很少考虑其在打造"去电影院看电影"的概念，或培养人们"去，看电影去"的生活习惯方面的作用，更对打造"去电影院看电影"的概念、培养"去，看电影去"的习惯与提高电影票房之间的内在联系缺乏必要的认识。说实话，中国电影发展到今天，在每年数百部的电影作品中，并不缺乏值得一看的影片（事实上电影院也不只是放映国产影片）；在中国十三亿人口中，同样也不缺乏看电影的观众——其有观影需求的潜在观众群甚至可以说是极其巨大的。因此，目前我国人均观影次数远远低于美国、韩国、法国、英国和日本，问题的关键可能并不在于（或不仅仅在于）影片不好看，和人们因为各种原因不愿意去电影院看电影，而在于（或更在于）电影院没有精心打造"看电影"的概念、人们没有形成"去电影院看电影"的日常生活习惯。而要打造"看电影"的概念和培养人们"去电影院看电影"的习惯，则必须根据电影制造"公众之梦"的特点在电影院建构起不可替代的公共梦幻空间——正如本文的论述。

（原载《文艺研究》2009年第8期）

历史题材小说的道德抉择

陈建新

道德属于意识形态的范畴,是人们调整自身与他人及社会之间关系的行为规范的总和,所以,道德是社会生活的一个重要内容。当我们考察历史题材小说创作中的道德因素时,不仅要审视这些小说中的道德内涵,还要审视作家是持怎样的道德观来看待与表现历史生活的,我们特别关注二十多年来中国历史小说作家在这一问题上的观念的演变,以及这种演变与我们的社会生活发展的内在关系。

一 历史判断与道德判断的两难选择

粉碎"四人帮"之后,随着改革开放的不断进展,我国的社会生活发生了翻天覆地的变化,不仅物质生活有了较大幅度的改善,我们的生活方式乃至观念也与此前的日子有了很大的不同。如果用一二百年后的眼光看今天的中国,我们会发现,二十多年来的中国正处在一个社会的转型期中,这种转型,不仅使建立于20世纪50年代的计划经济体系向市场经济体系转化,而且推动着具有五千年文明历史的古国从农业社会向工业社会和信息社会转化。改革开放犹如飞流直下的激流,冲击着五千年农业文明,传统的道德、信仰、习俗和精神生活受到严重挑战。问题的复杂性还在于当新事物降临的时候,难免泥沙俱下,鱼龙混杂;而我们抛弃旧事物时,又可能泼脏水连带扔掉了婴儿。旧的道德、信仰、习俗等受到冲击时,并没有新的精神现象可以现成地取而代之,更有甚者,旧时代的一些精神糟粕会沉渣泛起,填补精神世界失衡出现的真空。所谓信仰危机,所谓精神价值危机,正是对转型期社会文化无序状态的一种恰当的概括。

我们的许多作家面对这样的社会现状,心情是非常复杂的。一方面,国强民富,仓廪实,衣食足,这是几千年来中国人的梦想,在今天的改革开放政策下终于基本实现,对这样的历史进步不支持、不赞颂,显然不是

一 问题与方法

一个正直的文学家的公正姿态，但是另一方面，对当前的人文精神流失、道德秩序混乱、人际关系虚伪、精神信仰缺席的现象视而不见，也是对号称"人类灵魂工程师"的文学家的社会职责的亵渎。这种复杂的心情，或公开或隐晦地表现在他们的作品中，造成了二十多年来中国当代文学的一大景观。在现实题材的小说中，因偏重的角度不同，作家们大致可分成两大阵营。

第一类作家，基本持历史进步观，他们比较侧重用理性的眼光观察社会，关注国计民生，欢呼社会进步，对那些阻碍社会发展的东西深恶痛绝，以笔为枪，口诛笔伐，必欲赶尽杀绝而快之。新时期以来风行一时的反封建题材小说和改革小说如《陈焕生进城》《爬满青藤的小屋》《井》《被爱情遗忘的角落》等，就是这种观点的代表。

第二类作家则对这种"历史的进步"持怀疑的态度，他们更注意这种进步给社会带来的负面效应。王润滋的《鲁班的子孙》、张炜的《秋天的思索》和《秋天的愤怒》、李杭育的《最后一个渔佬儿》等一批小说相继发表，作品的主题或多或少包含着对传统美德失落的惆怅乃至愤怒。也有的小说直接描写和歌颂传统道德，如汪曾祺的《大淖记事》《岁寒三友》，郑义的《远村》《老井》等，都可归入这一类。

我们如果把前一类小说称之为坚持历史判断的作家，后一类小说家可称为坚持道德判断的小说家。前一类作家坚持以是否推动历史进步为评价人物或事件的唯一标准，他们信奉老黑格尔那句"恶"是推动历史进步的动力的著名格言。后一类作家相对于物质层面来说，更看重精神层面的东西。所以，任何道德、习俗、文化层面的退化，都令他们不能忍受。这两类小说，对立而又和谐地存在于新时期以来的当代文坛中，它们代表了当代知识分子对转型期中国社会现实与道德的艺术性思考。

与现实题材的小说一样，历史题材小说创作中，同样存在着这样的思考。湖北作家杨书案可以说是历史题材小说创作中第一类作家的代表。他著有《九月菊》《长安恨》《秦娥忆》等近十部长篇历史题材小说，其中，《孔子》《老子》引起了我们的注意，作家的写作用意很显然，就是想借用中国古代这两位著名的思想家的学说与事迹，来反衬世风日下的现实社会。杨书案是一个有强烈现实关怀的作家，对自己创作历史题材小说的目的很明确，他这样说："历史小说家并不是想钻到故纸堆里，而是关心着国家和民族，关心着现实，是现实的感觉逼着我们去写历史。"[①] 这

---

① 温金海：《在历史与现实之间徘徊》，《文艺报》1995 年 8 月。

种观点可能代表了一部分历史小说作家的想法。但是，在实际创作中，作家完全站在传统道德的立场上来评价历史人物与历史事件的情况并不多见，较多的倒是小说家站在历史唯物主义或者历史进化论的立场来抒写历史，褒贬历史人物。如《李自成》《星星草》《戊戌喋血记》《庚子风云》《义和拳》《大渡魂》《白门柳》《少年天子》《曾国藩》《康熙大帝》《雍正皇帝》等作品，都是从这样的基本历史哲学立场出发评价历史的。

这样说，是否意味着大部分历史小说家都是站在历史判断的立场来进行创作的呢？不。当我们仔细阅读这些历史小说后发现，在这一问题上，事情要复杂得多。事实上，很多历史小说家都使用了历史判断和道德判断的双重立场来表达他们对历史的认识。凌力的《倾城倾国》《少年天子》《暮钟晨鼓》和二月河的《康熙大帝》《雍正皇帝》《乾隆皇帝》，就是这类小说的代表。

凌力和二月河的两组清朝系列历史小说，都是以清代皇帝作为小说主人公的。从思想立场上说，两位作家都持历史唯物主义的基本观点，对皇太极、顺治、康熙、雍正和乾隆等几位皇帝作了比较客观的评价，在一定程度上为他们翻了案。我们知道，清代皇帝在我国的文学作品中向来形象不佳。清末以来人们基本从两个角度对清代皇帝开展批判：其一是汉民族正统观，从这一观点看，清朝统治是外族对汉人的奴役，所谓非我族类，其心必异，作为这一外族入侵者的最高统治者，皇帝们自然会受到最激烈的攻击。其二是阶级论学说，从这一角度看，清朝皇帝是封建统治阶级的政治代表，当然也是受批判的对象。两位作家之所以能在这两种观点之外提出新的见解，与整个思想文化界的大气候有关，也是他们个人对历史进行了深入研究的结果。他们的思路显然是历史主义的，他们把清朝皇帝与明朝的最后三位皇帝作了比较，得出的结论是：清代前半叶的这几个皇帝的政绩，无论是对当时老百姓的生存还是对整个中华民族的发展，都要远远好于明代那几个末代皇帝！凌力在《暮钟晨鼓》的后记中，引用了台湾作家柏杨在《中国人史纲》中的一段话，很能够代表这两位作家的观点：

> 站在当时的民族感情上，由汉人组成的明王朝的覆亡，使人悲痛。但站在中国历史的高峰回顾鸟瞰，我们庆幸它的覆亡。明王朝本世纪（十七）的疆域已萎缩到三百余万方公里，而且仍继续不断萎缩，内政的改革根本无望，只有越变越坏。如果拖下去，拖到十九世纪，跟东侵的西洋列强相遇，我可以肯定地说，中国会被瓜分，中华

民族会成为另一个丧失国土的犹太民族，而且因为没有犹太人那种强烈的宗教感情作为向心力的缘故，将永远不能复国。至少，注意一点，二十世纪清王朝一再割地之后（总共割掉了一百五十余万方公里），中国仍具有一千一百四十万方公里，比明王朝要大三倍，使中国具有翻身的凭借。①

这话很有道理，但却透露出十分强烈的理性色彩。作为小说作家，凌力和二月河并没有停留在这样的理性判断上，因为理性判断常常只要用几句话构成推理与结论就可以了。例如二月河为雍正翻案，的确做了大量的资料查阅工作。他得出的结论是，雍正虽然以酷政闻名，但他在位17年，勤勤恳恳，事必躬亲，光御批就有几百万字，折合每天一千多字。清初所谓的康乾盛世，没有雍正王朝承前启后的17年，能"盛"得了吗？这道理倒也能服人，但并不能把人们心目中一个坏皇帝的形象彻底翻过来。所以，凌力和二月河几乎不约而同地从道德判断的角度为这些皇帝们翻案。例如在凌力的《倾城倾国》中，我们看到了两个皇帝的形象。一个是明崇祯皇帝朱由检，对他的描写，凌力与姚雪垠有很大不同。在姚雪垠看来，崇祯不像一般的亡国之君，他给人的印象是宵衣旰食、刚毅有为，力图做一个中兴之主，可惜明王朝到了末年，气数已尽，整个政权已经十分腐朽，无论经济、政治和军事的历史条件都为这个王朝决定了必然灭亡的趋势。作者把一个皇朝覆灭的责任，主要归咎于整个社会政治体制和统治集团的腐败，而不是亡国之君朱由检。《倾城倾国》对朱由检就没有如此宽容，我们在小说中看到，他刚愎自用，信任权奸、宦官，对真正忠于国家的官员却猜忌、排斥，貌似精明，实际上却昏庸得可以。他疼爱的田妃仅仅因为背着他弹奏《高山流水》，便令他对这个爱妃顿生猜忌，非搞个水落石出不可。这样一种不能容人的性格，如是常人尚可，若为人君，则肯定是大忌。处死袁崇焕、孙元化这样的国家栋梁之材，被皇太极的小福晋称之为"自毁长城"，也与朱由检的性格有很大关系。形成对照的是，在这样一位对下属异常严峻甚至有些刻薄的皇帝身边，他宠信的大臣周延儒、温体仁等人却钩心斗角、结党营私，生活也极度糜烂腐化。小说第六章第一节描写的周延儒家的宴乐，就是一个非常典型的例子。周延儒们深信，只要瞒住皇上一人，便什么事都可以干。这样的国君，焉能不亡国？

与此形成鲜明对比，作家为我们塑造了另一个皇帝形象，那就是清朝

---

① 转引自凌力《暮钟晨鼓——少年康熙》，十月文艺出版社1993年版，第891页。

开国之君皇太极。作品以十分简练的笔墨，既写出了这位皇帝的奸诈、诡谲的一面，又写出了他的雄才大略、宽阔胸襟。他敢于大胆任用汉官范文程，对自己的一位聪明的小福晋布木布泰（即后来的庄太后）也十分信任。他们的一些规劝的话，只要讲得有理，即使逆耳，他也勇于接受。与朱由检身居深宫统治国家的做法不同，皇太极常常身先士卒出现在前线，甚至还化装冒险深入明朝的腹地侦察。所以，朱由检常常一叶障目，作出错误的决策，而皇太极则能明察秋毫，令形势朝有利于自己的方向发展。凌力正是在这样的描写中，不仅完成了对这两位皇帝的历史判断，同时也完成了道德评判。

　　二月河对雍正的艺术塑造，可能是近二十年来对一位著名的历史人物进行的最大胆的翻案。而这位作家的这一翻案，也是历史判断与道德判断并进。二月河对雍正新形象的设计，缘起于他对这位皇帝的深入研究。他认为，雍正是一位对中国封建社会历史的第三个高峰作出过突出贡献的统治者，他之所以在后世被描绘成一个阴险、残忍、毒辣的坏皇帝，与当时皇族中争夺帝位的斗争激烈、他的政敌太多有关，也因为康熙晚年政纲松弛、政治腐败，他继位时不得不用重典治理，因而引起各级官员的抱怨。以这样一种理性认识为基础，二月河在《雍正皇帝》中为我们塑造了一个全新的雍正。然而，与凌力一样，在雍正这个艺术形象上，作者不仅使用了历史判断，同样也充满着道德判断。你看，雍正在《康熙大帝》中一出场，就是一个"冷面王"的形象，为了国家和皇族的利益，他不惜触犯那些有很硬后台的盐商，又与弟弟胤祥一起支持清官施世纶保护张五哥等小百姓，活脱脱是一个清正贤明的好皇子形象。在小说中，雍正虽然表面上冷，但心里却情感充沛，爱父亲，爱兄弟，爱百姓，一心为父皇、为社稷、为天下苍生，他不像太子胤礽那样荒淫无耻，连父皇的妃子也要奸淫，也不像八阿哥，正事儿不干，却结党营私，培植党羽，整天窥视着皇位继承权。雍正即位后，又大张旗鼓地推行改革，如摊丁入亩、清理亏空、火耗归公、改土归流等，从而为乾隆时期的鼎盛打下了坚实的基础。虽然作者也有意识地刻画雍正性格中阴毒的一面，例如在他继位之时，把帮助他夺取帝位的坎儿、性音、文觉等人秘密处死，就可见一斑。但这方面的描写总体上分量太轻，并没有受到读者的注意。倒是在有些时候，作者还有意无意地为雍正作道德辩护。例如雍正软禁十四阿哥后，又强行从这位政敌兼亲兄弟身边夺走他心爱的女孩子引娣。这件事从道德上说应该是雍正的一大污点，然而，作者却编造了一个纯情的故事，因为引娣与当年和雍正有一夜鱼水之欢的情人小福很像（其实引娣就是他和小福的女儿），才使雍正把引娣留在了身边，并对她言听计从，从而最终感动了引娣，自愿投抱于他。而当引娣的真实身份揭示出来后，这一对自感罪孽深重的父女最终都选择了死。在这个似浪漫非浪漫的故事中，雍正对引娣的情感，被作者描写得十分柏拉图化，从而掩盖了雍正强夺弟弟所爱的卑劣行径。

从上述分析中可以看出，在近二十年的历史小说创作中，多数历史小说作家并不直接标榜自己从道德判断的角度重现历史人物与历史事件，但在创作实际中，这种历史判断与道德判断交错重叠的现象，却相当普遍。

二　后政治道德化：道德与政治的疏离

所谓政治道德化，指的是文学上的政治判断与道德判断的重合和统一，作者依靠道德判断的力量来强化作品的政治判断，它与中国传统文化的泛道德化特色有关。中国是一个重道德的国家，从家族制度中产生出来的中国封建道德，一直是中国文化的核心。梁漱溟先生认为，中国是一个"伦理本位的社会"[①]，中国的道德在整个文化中的角色，相当于其他民族的宗教。中国传统文化中占据中心地位的是儒家学说，儒家推崇礼义，主张以礼治国，以礼区分君臣、父子、贵贱、亲疏之别。孔子把他的伦理原则与政治原则结合得很紧密，所以有学者称之为"伦理政治"，这开创了中国文化的一大传统，即泛道德化倾向。所谓修身、齐家、治国、平天下，就是从个体的道德修养开始，一直延伸到治理国家的政治事务，个体的道德修养成了参与政治事务的先决条件。这一文化传统，使中国人习惯于把道德与政治紧密地联系了起来。

20世纪的中国文学，受到时代的强烈影响，具有明显的宏大叙事的特征。从五四新文学、30年代左翼文学到解放区革命文学，其中一个重要走向，就是文学与政治的关系越来越紧密。特别是20世纪40年代毛泽东同志在《讲话》中提出的"文学从属于政治"的方针，更是把文学与政治的紧密关系变成一个基本原则。在确立"文学从属于政治"这一方针后，中国作家生产出来的文学作品，大致具备这样两个特点：第一，作家用政治视角认识社会、反映社会；第二，文学作品成为政治的宣传教化工具。但是，当我们在大量的文学作品中寻找和辨别这种政治视角时，我们发现，这种政治视角与道德视角很多时候特地重合在一起。当作家把某一个人物判定为政治上的反动派时，他同时必定是一个道德意义上的坏

[①]　梁漱溟：《中国文化要义》，学林出版社1987年版，第79页。

人；同样，当某人被界定为政治上的革命派时，他同时必定是道德意义上的好人。被树为解放区文学样板的《小二黑结婚》，就是一个典型的例子。从接受美学的角度看，文学作品中政治视角与道德视角的功用是不同的。政治视角通常诉诸读者的理性，而更能够激起读者情感涟漪的则是道德视角。在解放战争中，解放军战士高喊着"为喜儿报仇"的口号冲向敌人，激起战士们满腔义愤的，主要原因可能并不只是阶级压迫与阶级斗争这样的政治学说，还更是贯穿于这部歌剧中的道德视角。

在中华人民共和国成立后较长一段时期的历史题材小说的创作中，政治道德化的现象也十分明显，最有代表性的作品就是《李自成》。其实，李自成领导的这一场农民运动很有历史反思的必要，姚雪垠花费后半生的心血撰写的这部五卷本长篇历史文学巨著，对这场历史大悲剧有着较深入的探讨，有些观点很有历史价值和文学价值。但是，这部构思并开始创作于"文革"之前的历史题材小说，存在着明显的时代局限，其中较突出的，就是对主人公李自成的描写。应该承认，姚雪垠在那个时代氛围中，有意识地与"四人帮"鼓吹的"三突出"原则作了力所能及的斗争，但在这部小说的写作中，还是不自觉地流露出时代赋予的浓郁影响。许多读者都认为，作者把李自成描写得太完美了，把一个几百年前的农民起义领袖，写得像一个20世纪的共产党员。在这一完美化的写作中，从道德角度美化他，把他写成一位道德意义上的完人，正是造成读者这一印象的主要原因。

粉碎"四人帮"之后，在历史题材小说创作领域中，政治道德化的倾向仍然存在。如鲍昌的《庚子风云》中的地主白玉起、神父邓维廉、洋人老板洛克凯特、买办杨进财等人，在道德意义上都是坏人，而对李大海、杨二爷、李大山、义和团领袖李来中、朱红灯、王成德、张德成等人，小说从道德角度作了尽可能完美的描绘。其实，从现代道德的眼光看，农民道德有其固有的时代局限性，但作者基本上以肯定的态度表现农民道德，不敢正视农民身上存在的反道德因素，并从这种泛道德化的立场来评价中国近代史上这一有极其深刻的历史意义的事变，以之取代对这一历史事变的理性剖析，从而使这部小说的思想价值受到很大的损害。

张凤洪的《黄金贵族》则代表了另一种泛道德化倾向。这部小说写的是元太祖成吉思汗从一个破落的贵族青年成长为蒙古大汗，依靠武力统一整个蒙古族的故事。成吉思汗堪称一代天骄，在短短几十年间，他用武力统一了原本四分五裂的蒙古民族，进而灭了辽、金、宋等国，还一度把疆域扩展到了欧洲大陆。这样一个民族的发迹史，值得作家们去描写。然

一　问题与方法

而,《黄金贵族》在表现成吉思汗统一蒙古的历史时,不去挖掘蒙古族之所以能够从分裂走向统一的历史深层原因,对"历史之恶"——统一进程中残酷的战争作理性的分析和深入的描写,却把笔触放在表现成吉思汗的"仁"与"善"上。在小说中我们读到,每次战争成吉思汗似乎都是被迫的,他的对手,如札木合、桑昆等人,都是阴险毒辣、诡计多端、气量窄小、恩将仇报的坏人,而成吉思汗则如受过儒家文化长期熏陶的仁人义士,他仁慈、仗义、以德报怨、滴水之恩涌泉相报,总之,凡是我们汉人以为是优良道德的举止,在成吉思汗身上都刻意地得到表现。这样的描写,用道德判断代替了历史判断,结论虽然相似,但总让人感到虚假、不真实。这种状况,直到1985年左右,才逐渐得到改观。

从1985年前后开始,韩少功、阿城、李杭育、郑义、王安忆、扎西达娃等所谓的寻根文学作家的作品,令新时期文学创作峰回路转,他们对文学创作思维的激活效应远大于他们的创作成果。所以,寻根文学虽然在二三年之后就渐渐淡出文坛,但他们引导当代中国作家从单纯的社会政治视角中挣脱出来,投入更为宏大的社会文化心理中去探索,在道德与政治的关系上,则是倡导了两者的疏远与分离。反映在历史题材小说的创作上,便是迎来了后道德政治化时期。

后道德政治化时期的历史题材小说的创作,以《少年天子》《雍正皇帝》和《曾国藩》为代表,这些作品跳出了道德与政治紧密相连的藩篱,着重从文化的角度观照写作对象,尤其在描写封建帝王将相等政治人物时,以人为本,以广阔的社会文化为背景,展开立体的描写,从而展现了一种全新的文学气象。

曾国藩是一个长期受争议的近代历史人物。他在太平天国运动烧遍大半个中国,腐朽的清皇朝摇摇欲坠之时,崛起于湖南乡野之间,组织湘军与太平军对抗,几年中竟然扑灭了已成燎原之势的太平天国革命。站在洪秀全一边来看,这曾国藩十足是一个大魔头,十恶不赦。几十年来的中国进步文学中的曾国藩,都以这样的形象出现在读者面前。但在小说《曾国藩》中,呈现在读者眼中的曾国藩却是另一种形象。小说中他第一次出场,作家是这样描写他的:

> 走在前面的主人约摸四十一二岁年纪,中等身材,宽肩厚背,戴一顶黑纱处士巾,前额很宽,上面有几道深刻的皱纹,脸瘦长,粗粗的扫把眉下是两只长挑挑的三角眼,明亮的榛色双眸中射出两道锐利、阴冷的光芒,鼻直略扁,两翼法令长而深,口阔唇薄,一口长长

的胡须,浓密而稍呈黄色,被湖风吹着,在胸前飘拂。他身着一件玄色布长袍,腰系一根麻绳,脚穿粗布白袜,上套一双簇新的多耳麻鞋,以缓慢稳重的步履,沿着石蹬拾级而上。①

作者采用的是写实的手法,丝毫没有我们在这以前的文学作品常见的那种漫画化的丑化笔法。这并非只是艺术方法上的变化,我们从中看到的是作家对这位颇有争议的历史人物的重新评价。在同一章里,作家用几个细节刻画这位"曾文正公"的形象。例如在杨载福勇救洞庭湖中的落水女孩时,作者写道:

……又一个大浪打过来,小女孩被卷进了湖中。"不得了!"曾国藩喊了一声,放下茶碗,猛地站起。……只见那青年一个猛子扎入水底,刚好到排边又露出头来。他轻捷地游到手脚乱抓的小女孩身边,把她高高托出水面,游到排边。曾国藩到这时才舒了一口气。……曾国藩对那个年轻人见义勇为的品德和罕见的神力感慨不已,对荆七说:"你去请那位壮士来,我要见见他。"②

一个常人面对这样的情景,如此反应自然不足为怪,但是,一个在历史上"残酷镇压太平天国农民革命的刽子手",他的这一毫无修饰的反应,却不免引起读者的思索。

其实,这部出自一位研究历史的学者之手的历史题材小说,对曾国藩的态度是严谨而又较客观的。它不仅写活了一个封建地主阶级的政治代表,也写活了这个人物的另一面:作为中国儒家文化在封建时代晚期的忠实继承者,他的人格,他的人品,他的学识,他的才能。作家注意到,太平天国运动与以曾国藩为代表的湘军的搏斗,不仅是农民阶级与地主阶级的矛盾的反映,也是贵族文化、士大夫精英文化与农民文化之间的矛盾与冲突。作家以重彩浓笔刻画的曾国藩,在这样的多角度描写中,成为一个崭新的艺术形象。他不仅有着地主阶级的本质特征,对农民阶级的革命怀着本能的抵触情绪,在镇压太平天国运动的过程中不乏残酷的一面,但同时他又有着对皇帝的忠、对父母的孝、对兄弟的亲这样一些传统道德特征。虽然他适逢其会,在历史上扮演了一个善于用兵的统帅角色,但在本

---

① 唐浩明:《曾国藩·血祭》,湖南文艺出版社1990年版,第5页。
② 唐浩明:《曾国藩·血祭》,湖南文艺出版社1990年版,第8页。

质上，曾国藩是一个书生，一个饱读诗书的儒者，一个进入了官僚阶层的士大夫。如果我们只是从阶级斗争的观点去看待这个历史人物，无疑将看不到这一点。《曾国藩》对太平天国革命运动的描写乃至对清代中叶之后中国社会的描写，基本上也是坚持了这种文化的视角。凌力、二月河、唐浩明等作家之所以能够把道德评价与政治评价分离开来，以道德判断加强历史判断的说服力，正是得益于后道德政治化时期宽松的创作环境和文学艺术界写作视野的不断拓展。

三 "零度情感"与丑恶描写的道德评价

新历史小说出现于20世纪80年代中期，它与传统历史小说一样，都把历史作为故事展开的背景，但它往往不以还原历史的本相为目的，历史背景与事件在作品中完全虚化了，也很难找到某位历史人物的真实踪迹。但这类作品又始终贯注了历史意识与历史精神，它以一种新的切入历史的角度走向另一层面上的历史真实。新历史小说发端于莫言的《红高粱》和乔良的《灵旗》，随后格非的《迷舟》、叶兆言的《追月楼》、苏童的《妻妾成群》发表，形成了中短篇新历史小说创作的高潮。进入20世纪90年代后，长篇新历史小说佳作连篇，如陈忠实的《白鹿原》、苏童的《米》、莫言的《丰乳肥臀》、刘震云的《故乡相处流传》，都受到了文坛的关注。

新历史小说的一个重要特点，就是作者放弃对所讲述故事的价值判断，保持着所谓的"零度情感"，作家有意识地避免主体情绪和主体意向的流露，放弃对作品文本进行干扰、控制的种种可能，以保证生活形态的真正还原。比如在《迷舟》的结尾，主人公萧被他的警卫员枪杀，作者的语调就是十分平静的。作者清楚地知道，萧死得很冤，可是他丝毫没有流露出对萧的同情、惋惜等诸如此类的感情，他就像一个书记员，忠实地记录下这历史的一刹那。在《红高粱》中，作者描写罗汉大爷在日本兵的枪口下被活剥皮的情景，十分细致逼真，直让读者毛骨悚然，但作者写得却很冷静，不见丝毫主观情感流露。而《灵旗》讲述红军受到重创的湘江之战，采用了青果老爹的视角，又让二拐子来讲述这场大战中红军战士被虐杀的几个场面，几乎不带任何党派观念，同样显得非常客观冷静，即使从二拐子语调中隐隐透露出来的一点感情，也只是老百姓对弱者的同情。

后新时期文学中躲避崇高的审美特性，在新历史小说中表现得也很突出。《红高粱》的开头一句话，就十分惊世骇俗："一九三九年古历八月初九，我父亲这个土匪种十四岁多一点①。"虽然读完整篇小说，我们会知道这"土匪种"三字其实不假，但在中国这样讲究孝道的文化语境中，即使是事实也不能用如此口吻说话。莫言其实是在有意识地"顶撞"传统。在刘震云的笔下，这种传统更是被嬉笑怒骂得无半点尊严。在他那本《故乡相处流传》中，历史上的著名人物和他们的不朽功绩，竟被描写成一群目不识丁、稀里糊涂、不知天高地厚的草民的瞎折腾。曹操无半点文采，只是个"屁声不断""右脚第三到第四脚趾之间涌出黄水"的糟老头，他与袁绍的"官渡大战"也只是为一个"沈姓小寡妇"争风吃醋的缘故；明代开国皇帝朱元璋，竟是一个由一群小和尚们拥戴的大和尚，一个开万人大会作报告爱猴在树权上并喜好探听沈姓小寡妇怀孕隐私的猥琐小人；慈禧太后原来是穷光蛋"六指"的相好；太平天国英王陈玉成则是"瞎鹿与沈姓小寡妇那个生于瘟疫之中的麻儿子，几百年后成了精。小麻子一脸麻坑……长得有点像我——细长瘦小，说话有些张狂和不知好歹"。②《白鹿原》中，作者借小说中一个理想人物朱先生的口，把发生在白鹿原中的家族斗争、党派斗争、阶级斗争说成"白鹿原成了鏊子"③，仔细体会这句话，内涵很深，但也显示出了一种"化神奇为腐朽"的倾向，因为作家把历史教科书中的庄严变成了一件如此常见的事物。

　　日益泛滥的性描写，也是后新时期文学的一大景观。在中国的传统文化中，性是一个需要避讳的话题。虽然我们有《金瓶梅》《肉蒲团》这样的性文学作品，但通常的文学作品中还是不被允许有露骨的性描写。中华人民共和国成立后，这条禁令越来越严厉，发展到"文革"时，甚至连爱情两字都不准涉及。"文革"结束后，随着外来文化的冲击，这一禁令渐渐失效，但在严肃文学中，有关性的描写还是比较严谨的。然而，自20世纪80年代末以来，在许多后新时期作家笔下，性描写成了"文学热点"，新历史小说在这方面自然也不甘落人之后。《白鹿原》一开始讲述的就是主人公白嘉轩娶过七房女人的故事，那不厌其烦的叙述虽然让人有些意外，但基本上还是点到为止。但一写到田小娥的故事，作者的笔下简直有些"肆无忌惮"，写她与黑娃的偷情，写鹿子霖对她的诱骗，写她在鹿子霖的胁迫下勾引白孝文，都写得十分细腻逼真。还有鹿兆鹏媳妇的故事，白孝文的新婚日子，鹿兆鹏与白灵的恋情，都有或隐或显的性描写。

---

① 莫言：《红高粱》，《人民文学》1986年第3期。
② 刘震云：《故乡相处流传》，北京华艺出版社1993年版，第1、33、91、165、170页。
③ 陈忠实：《白鹿原》，人民文学出版社1993年版，第275页。

一　问题与方法

莫言的《丰乳肥臀》，书名就让人往"性"上面想，虽然读完全书就会发现，其实并不是那么一回事，但书中涉及性描写的内容还是不少。曾有文章在书中搜集了很多有关"性"的内容，作为批评这本小说的重要证据。苏童的《米》，讲述一个进入城市的淳朴农民怎样在城市的黑色染缸中蜕化成为一个恶霸，小说紧扣着"食"与"性"展开情节，其中的"性描写"也很有分量。除了新历史小说，在传统历史小说中，有关"性"的描写，比起20世纪80年代中期之前也明显开放得多。

怎样看待20世纪80年代中期以来部分历史题材小说创作中表现出来的上述特征呢？

上述现象的产生，有着深远的社会原因。

首先是文学与作家从社会的中心地位向边缘发生了位移。从19世纪末开始，文学在社会中的地位日益显赫，作家们被赋予一种救国救民、教育读者的重任，"或启蒙，或疗救，或团结人民鼓舞人民打击敌人声讨敌人，或歌颂光明，或暴露黑暗，或呼唤英雄，或鞭挞丑类……他们实际上确认自己的知识、审美品质、道德力量、精神境界、更不要说是政治的自觉了，是高于一般读者的"[①]。虽然有时有一些诸如"鸳鸯蝴蝶派""礼拜六派"的通俗作家混迹其中，但他们从不曾享受到与主流作家平起平坐的身份与地位，还受到过主流作家的毁灭性批判。中华人民共和国成立后，作家们坦然接受了苏联对作家的尊称——人类灵魂的工程师，精英意识更强了，创作，就是意味着教育读者，"写作的过程是一个升华的过程，阅读的过程是一个被提高的过程……作品体现着一种社会的道德的与审美的理想，体现着一种渴望理想与批判现实的激情"[②]。就是在"文革"结束之后的一段时间里，文学与作家仍然具有这样的光彩。然而，自20世纪80年代中期之后，文学的这种轰动效应便不再出现，作家的社会地位一落千丈。一些作家尤其是20世纪60年代及更后年份出生的年轻作家意识到，自己已不再是社会的宠儿，那神圣的"人类灵魂工程师"的金字招牌已悄然远去，必须重新在社会中寻找作家的位置。所谓"中心话语解体"和"价值体系崩溃"，便是对这一现象的描述。陈晓明对此这样评述："年轻一代的诗人、作家、艺术家、批评家，从事各项专业的青年知识分子在80年代后期寻找一种新的话语，新的价值立场和表达方式，这使得他们与80年代上半期奉古典人道主义为圭臬的那一代'文化英

[①] 王蒙：《躲避崇高》，《逍遥集》，北京群众出版社1993年版，第99页。
[②] 王蒙：《躲避崇高》，《逍遥集》，北京群众出版社1993年版，第99页。

雄'貌合神离，二者在基本的文化信念方面，基本的社会理想和文化道义责任方面并行不悖；然而年轻一代追求的艺术规范及学术规范，价值立场，所接受的文学艺术传统及思想资料，乃至语言风格与那一代'文化英雄'都相去甚远。他们适应了80年代后期'中心化'价值体系崩溃的现实，他们浮出文化的地表本身表征并加剧了'中心化'的解体。反权威、反文化、反主体、反历史，几乎一度成为这一代人的文化目标。"① 所谓"王朔现象"，所谓新写实小说，都可看作是文学离开中心话语的表征。稍后于新写实小说的新历史小说，从审美特征上看，也属于这一文化思潮。

其次，部分作家表现出来的反传统、反文化倾向，有其历史的进步意义和一定的合理性。中国传统文化对个人的思想束缚，是十分严重的，中华人民共和国成立后，在"左"倾思想的作用下，传统文化对思想的统制至"文革"时达到了登峰造极的程度。20世纪70年代末以来的思想解放运动和文化解构，对这种文化束缚的冲击十分巨大。部分作家在文学作品中表现出来的反传统、反文化倾向，正是这种文化解构的一个重要组成部分，有一定的进步意义。但是，我们在部分肯定反传统、反文化倾向时，也必须注意其负面效应。首先，传统中积淀着我们这个民族数千年的文化，这文化有糟粕也有精华，一概否定并非是唯物主义的态度。其次，我们也须提防某些人打着反传统的旗号，兜售假货。

被某些评论家反复强调的"零度情感"，在笔者看来只是一种叙述策略，它并不表明作家对所讲述的事真的没有价值判断。某些作家和评论家对这种叙述策略的强调，深层原因是他们对几十年来的进步文学中作者主观教喻色彩过浓的一种逆反。这种艺术手段上的选择是每一个作家的自由权利，但如果有谁天真地认为作家真的应该对生活持中立姿态，那却是十分可笑的。错综复杂的社会生活犹如一张大网，作家之所以选择这部分而不是那部分社会生活作为自己创作的题材，恰恰表明了他的态度。

关于文学作品中的"性描写"，也必须一分为二地看待。首先，我们不赞同传统道德对"性"的绝对禁忌姿态。部分历史题材小说中的"性描写"，正是对传统道德的"性压抑"状态的一种反拨。其实孔老夫子对"性"的态度是很平常的，所谓"食色，性也"，既不把它贬得很低，又不把它抬得很高，只不过是像吃饭一样的平常事。可不知怎么，后代的儒学家们尤其是宋代理学家会把此事看得如此严重。这种对待"性"的偏执观念，虽然五四时受到新文化的冲击，但在许多人的心中却是根深蒂固

---

① 陈晓明：《填平鸿沟，划清界线》，《文艺研究》1994年第1期。

的，所以到"文革"时又会严重泛滥，影响到我国社会的各个方面。当前整个社会出现的"性描写"热，正是对"文革"的一种反拨。同时应该看到，必要的"性描写"是文学作品塑造人物、表述主题的需要。"性"是人的生活中一个重要组成部分，在表现一个人的性格和内心世界时，围绕"性"展开的一系列活动常有超常的表现力，这一点，我们只要看看《红楼梦》的文学实践，就能够理解。因此，在文学作品中适当展开一些"性描写"，是应当允许的。

最后，我们反对在"性"描写上的泛滥倾向。"性"与"食"毕竟有所区别，对进入了文明时代的人来说，"食"具有较明显的公共性，"性"则是两个人之间的事，具有较强的私密性。过多过于详尽的性描写，引发读者的常常不是美感，而是性欲的挑逗。至于脱离作品表现主题、塑造人物的需要，以"性"作为招揽读者的手段，只想经济效益，不顾及社会效益，我们当然更不赞同。另外，在文学作品中描写"性"，还必须顾及对未成年人的影响问题。

总之，这类文学现象的出现，既有其合理性，但也必须注意它可能带来的负面效应。在笔者看来，即使全面进入市场社会，作家仍应考虑作品的社会效果。作家的社会良心是作家在进行文学创作时必须时时顾及的。

(原载《浙江大学学报》2000年第4期)

冷战、南来文人与现代中国文学

金 进

"二战"结束后,英国、美国、苏联的同盟国关系随之发生变化,在英国陷入战后经济危机的同时,美国和苏联这两个超级大国都试图控制世界。在1947—1948年前后,"冷战"这个词出现在 George Orwell 的政治谈话中,之后丘吉尔用了"铁幕"(Iron Curtain)。从此之后,冷战就成了战后共产主义和资本主义阵营之间的一系列斗争,其中涉及权力,政治影响和领土之间的局部战争。1947年美苏在柏林城开始了军事对峙。1949年4月,美国、加拿大、英、法、荷、比、意大利、卢森堡、葡萄牙、丹麦、冰岛、挪威组成了北大西洋公约组织(North Atlantic Treaty Organization,NATO)。1954年9月,美、英、澳、法、新西兰、巴基斯坦、泰国、菲律宾组成以抗击苏联和中共等共产集团的东南亚条约组织(Southeast Asian Treaty Organization,SEATO)。在新马地区一带,当马来亚共产党在全马武装暴动的时候,英殖民政府在1948年宣布马来亚进入紧急状态,这两个事件在那个特定的时代跟冷战(the Cold War)很自然地扯上了关系。相较起冷战两大阵营之间在亚洲爆发的一系列"热战",如韩战(the Korean War)、越南内战、美国介入菲律宾、泰国在老挝与越南的军事碰撞、缅甸(1948年独立)境内的内战频频等。马来亚地区所发生紧急状态(A State of Emergency)似乎更像是"冷战"(至于1963年发生的印度尼西亚和马来亚、新加坡之间的对抗,那是这个地区自治之后发生的事情)。

而新加坡南洋大学的存在正好体现着"冷战"时代下,新加坡族群政治的对抗和分裂的过程。这种分裂不仅是华人、马来人和印度人的分裂,也存在于华人族群之中,主要是英文教育背景和华文教育背景两者的

一　问题与方法

冲突。南洋大学自1953年1月16日由新加坡树胶商人、时任新加坡福建会馆主席的陈六使先生倡议举办，1956年3月15日正式开学。从一开始，它就是马来亚政府，包括新加坡自治政府的眼中钉。政府从开始就认定南洋大学是一所培养和隐藏共产主义分子的地方。李光耀执政期间，始终怀疑说华语或方言的群体都是有可能成为共产主义者。在他眼里"陈六使没有受过教育，是个家财万贯的树胶商人，他大力维护华族语文和教育，而且独自捐献的钱最多，在新加坡创办了一所大学，让整个东南亚的华校生都有机会接受高等教育。他很仰慕新中国，只要共产党人不损害他的利益，他愿意跟他们打交道"。至于取消陈六使的公民权一事，李光耀坦承："我们知道，陈六使这么做会方便马共利用南大作为滋生地。但是当时我们还没有条件加以干预，除非付出高昂的政治代价。我也把这件事记在心里——时机到来我会对付陈六使。"[①] 1968年之后的南洋大学进入了新加坡国家教育体系，慢慢变成一所与新加坡大学同质的英文大学，最终在1980年与新加坡大学合并成为新加坡国立大学，南洋大学由此走入历史。

一　南大中文系师资构成及与南洋社会的互动

南洋大学建校以来教师中一直以从台湾南来的为多。纵观南洋大学的师资组成（请参见附录一），我们会发现其中南来学者，特别是来自台湾和香港的学者占绝大多数。这一方面是因为新加坡与中国没有建交，台港和海外学者就成为主要的招聘对象，而且这些学者到了南洋大学就会互相推荐，如苏雪林推荐凌叔华来南大，[②] 凌叔华之后小说家徐訏继任，这种互相推荐的同道之谊使得台湾学者的数量越来越多。加上当时南大中文系和台湾各大学中文系的设置相近，这使得台湾学者很高兴来南洋大学任教。李孝定[③]曾这样描述"南洋大学是一间新创办的大学。抵星后，不止一次听到当地各界人士和南大师生津津乐道，一九五五年创校之初，富商巨贾，贩夫走卒，慷慨输将，奔走呼号，万众一心，热

[①] 李光耀：《李光耀回忆录（1923—1965）》，新加坡《联合早报》1988年版，第454、247、382—383页。

[②] 1952年苏雪林赴英国，当时凌叔华陪同她游剑桥大学。

[③] 李孝定（1918—1997），又名陆琦，湖南常德人，毕业于南京中央大学中文系、北京大学文科研究所。曾任台湾"中央研究院"历史语言研究所助理研究员、副研究员、研究员，"国立"台湾大学校长室秘书，并任教于台湾大学、新加坡南洋大学、新加坡大学、私立东海大学等校。为海内外所认可的中国文字学专家，著有《甲骨文字集释》《金文诂林附录集释》《读说文记》《汉字起源与演变论丛》等。

烈感人的故事，在流露中华文化在新加坡华人社会，植根之深，涵泳之广。当地华人社会，对中国语言文学系，尤其是爱护有加，寄望殷切。历任系主任，都是新加坡政府从台湾高等教育界遴聘担任；所订课程表，和台湾各大学中文系，如出一辙，除了将'国文'一辞，改为'华人'外，几乎连小异都不存在，只要看系的全名，和课程表的结构，任何一位中文系科班出身的人士，一眼便能看出，是从传统中国中文系全盘移植过去的"①。

另一方面，相较于台港两地，南洋大学的薪资还是很丰厚的。很多学者南来目的最明显表现为赚取多一些的薪资。苏雪林曾言台湾生活费用之高，而当时看到"汪家平日饮膳甚丰，又常请客，台湾生活昂贵，我们教书匠即尽以月俸供伙食，尚虞不给，不知汪家常请客，钱从何来？"②再如"闻继本校王德昭、钟盛标两家之后，李辰冬于星期一一家外出回来，房门大开，箱箧皆启，李太太数代珍饰及辰冬半辈子积蓄均被席卷而去，闻之大为惊愕。李以不得意于台湾，远来南洋，以为可以安居乐业数年，赚笔钱为养老计，不意竟将半年辛苦所积，来此送礼。今日世界，何处为安全之乡耶？"③这些都道出苏雪林经济上的困难，值得注意的是苏雪林的南大薪资大多数资助了中国大陆的亲人，还曾被台湾当局问话，这也足见冷战环境下的政治无所不在。苏雪林曾说："南大既给我一年聘约，成大又准假半年，我遂心安理得住下来。我的意思因觉星洲一切生活比台湾好，一半目的也为了钱。我是一个淡于名利的人，生平甚恶言金钱二字，因我素来生活简朴并不多需阿堵物。不过我虽不需，别人却需，而且事关生死存亡，安能坐视不救？"接着她讲述了众多侄儿侄女在大陆的遭遇，诚心想帮帮他们，"我还有几个侄辈，以前借祖产尚可温饱，共党一来，祖产和栖身之地都被没收了。都变成一寒彻骨的人了，我也只好量力扶一把。南洋大学教授的薪资高过台湾的数倍，我想做满这一年，把用不完的钱积蓄起来作为救济大陆亲属的基金，后果如愿。我那笔基金初由香港四妹转，后由侨美侄媳转，每年须费五六百美元，我补充了好几次，至今未替，虽是涓滴之助，对那边亲属果稍

---

① 李孝定：《逝者如斯》，台北东大图书股份有限公司1996年版，第106页。
② 苏雪林：《民国五十四年（一九六六）十月十七日（星期一）》，"国立"成功大学中国文学系编《苏雪林作品集·日记卷·第五册》，"国立"成功大学印行1999年版，第139页。
③ 苏雪林：《民国五十四年（一九六五）七月廿九日（星期四）》，"国立"成功大学中国文学系编《苏雪林作品集·日记卷·第四册》，"国立"成功大学印行1999年版，第398页。

一　问题与方法

有裨益"。①

　　还有一个原因跟首任校长林语堂有关，当年他从台湾请来了学者，后来虽然其中很多人随着他与陈六使闹翻而离开，但也无形中为从台湾招聘学者开了个头。皮述民就是一例，"皮老师（编者按：皮述民）是于一九六六年起到新加坡南洋大学任教，当时南大副校长到台湾招聘教员，皮老师就和一批教员应聘到新"，②这是目前我们能看到的一则台湾师资来南洋大学的历史记载。皮述民后来又有一段补述："廿五年前，我带着妻子和刚出世的孩子，从台湾受邀到本地的南洋大学来执教。当时已考获硕士学位，在台湾政治大学中文系也教了六年书。"③

　　1949年海峡两岸国共分治的政治格局的形成，在根本上决定了20世纪50年代两岸文学的总体风貌有着诸多的相似，这种相似性主要表现在政治斗争和军事斗争的紧张性，导致了国共两党对文学功能的认识上有着惊人的一致，都致力于将文学当作某种意识形态的宣传工具。这个时期的台湾文坛主要由大陆迁台的作家组成，他们都是带着国民党政治背景或者自由主义色彩的知识分子，包括张道藩、王平陵、陈纪滢、王蓝、纪弦、雷震、梁实秋、李曼瑰、夏济安等人。南洋大学的师资绝大多数都来自台湾，仅以中文系为研究对象，我们会发现这些教师有两个明显的特点，第一，年纪偏大，多是从中国大陆离散到台湾，多有大陆的生活经历（包括学习经历），而且他们与国民党文艺界颇有关系，如凌叔华（陈西滢之妻）、孟瑶（与梁实秋等人交好）、苏雪林（反鲁反共的名声），更有像涂公遂这种后来被发现是国民党员的文人。第二，从政治立场来说，他们有着或多或少的反共思想，政治立场上，他们更偏向国民党政权，对中共政权颇有敌意。不过因刚经历国共内战和大陆易帜等时代巨变，同时又在左翼学生运动风起云涌的新加坡，所以他们极少在公开场合表现出自己的政治立场。④下

---

　　① 苏雪林：《浮生九四——雪林回忆录》，台北三民书局1991年版，第225—226页。
　　② 《新加坡国立大学中文系第十届毕业班纪念特刊（89—90）》，新加坡国立大学中文系，第148页。
　　③ 黄家红：《轻舟已过——与皮述民老师的一席谈》，《新加坡国立大学中文系第十二届毕业班纪念特刊（91—92）》，新加坡国立大学中文系1992年版，第49页。
　　④ 从我对上过他们课的南大学生（如陈荣照、辜美高、李志贤等人）采访来看，南洋大学中文系的南来文人在课堂、私下都不谈政治，而且国民党、共产党都不谈。政治方面谈得多一点也只有苏雪林，不过她的政治观点多放在自己的日记中抒发，在南大的公开场合，她也没有跟学生谈论过。

面我选择曾在南洋大学中文任教过的凌叔华①、苏雪林②、韩素音③和孟瑶④为主要研究对象，同时参考其他教师的言论，如担任系主任十四年之久的李孝定，试图寻找南洋大学中文系教师应对南洋大学各时期所面对时代风云的方式；也试图从他们的作品中，梳理这些南来文人对中华文化的坚守，对新加坡华文教育的关心，以及各有个性，同时又有着冷战思维的一些精神特质。

首先，他们对南洋大学左翼学生运动及其新加坡左派政党的态度。南洋大学学生参与马共等左翼势力的活动情况我们在前面已经大致介绍过了。⑤ 李光耀后来也回忆到曾经遇到的学生抗争运动："1966年10月1日，我重申新加坡四大语言都是官方语言，地位平等。……五天后，我召集四个商会的全体委员，在电视摄像机前毫不含糊地告诉华族代表们，我绝不允许任何人把华语的地位问题政治化。他们争取提升华文地位的种种努力，至此终告结束。尽管如此，华文学府南洋大学和义安学院的学生依旧跟我们作对。1966年10月，200多名学生趁我为南洋大学（简称南大）的一个图书馆主持开幕仪式时示威。过了几天，义安学院的学生在

---

① 凌叔华（1900—1990），本名凌瑞唐，祖籍广东番禺，1907年从缪素筠、王竹林、郝漱玉学画，同时跟辜鸿铭学英语和古典诗词。1919年入天津北洋直隶第一女子师范读书，1921年入燕京大学外文系，1924年毕业，与周作人、胡适、徐志摩、陈西滢、丁西林交好。1926年与陈西滢结婚。1928年随夫去武汉大学，1931年受聘。1947年随夫去英国，定居伦敦。1956—1960年在南洋大学中文系任教。

② 苏雪林（1897—1999），本名苏小梅，字雪林，祖籍安徽太平，1919年入北京高等女子师范学校，1921年留学法国主修艺术，后改修昱文。1925年返回中国，开始文学创作。历任东吴大学、沪江大学、安徽大学、武汉大学教授，与凌叔华、袁昌英合称珞珈三女杰。1936年开始"反鲁"。1944年转而研究屈原，后赴台湾。1952年起，在台湾师范大学、成功大学任教，1973年退休。1964—1966年在南洋大学中文系任教。

③ 韩素音（1916—2012），本名周光瑚，生于河南信阳，中欧混血女作家，1933年入燕京大学医学预科，1935年比利时布鲁塞尔大学学医，1938年回国。1944年获伦敦大学医学学位，1948年获得医学博士学位。1952年南下马来亚，居住在马来西亚柔佛州新山，行医于新马两地，并在1960—1963年间任教于南洋大学中文系。

④ 扬宗珍（1919—2000），笔名孟瑶，湖北汉口人。1942年中央大学历史学系毕业。1949年赴台，执教于台湾省立台中师范学校，1952年开始发表小说，其著有长短篇小说共计七十多部，长篇代表作有《心园》《黎明前》《屋顶下》《斜晖》《乱离人》《杜鹃声里》《浮云白日》《太阳下》《孪生的故事》《这一代》《两个十年》等，其中《太阳下》创作于她执教南洋大学期间。另有《中国小说史》《中国戏剧史》和《中国文学史》三史行于世。前面两部陆续出版于1964—1966年，正是她任教于南洋大学期间。

⑤ 新加坡左翼学生运动以及马共活动的相关问题可参考：余柱业《浪尖逐梦——余柱业口述历史档案》，Petaling Jaya, Selangor：马来西亚策略资讯研究中心2006年版、方状壁《马共全权代表方壮壁回忆录》，Petaling Jaya, Selangor：马来西亚策略咨询研究中心2006年版、李光耀《李光耀回忆录，1965—2000》，新加坡《联合早报》2000年版。

我的办公室外面示威，跟警方发生冲突。随后在校园里静坐抗议。在我把参与两次示威活动的马来西亚籍学生领袖递解出境后，学生的骚乱便逐渐平息。"①

在这些南来文人的笔下，左翼学生的形象大致分为两种，一种是狂妄的无理形象。时任中文系主任李孝定这样回忆："我于一九六五年七月到南大履新，到翌年年底，是南大学潮闹得最厉害的时候，一连三次大学潮，后来新加坡采取了霹雳手段，警察开了镇暴车，半夜包围学生宿舍，逮捕滋事学生，据说宿舍里面，几乎十室九空。中文系学生，三次被开除的近两百人，确数我是记不得了。一年多的时间不算短，事情的发展，也是错综复杂、连绵不绝的。"②李孝定的回忆中，南大学生会是非常有政治功利性的，一次是李孝定在中文系学生会作完报告后，"我说完不久，作记录的同学，将会议纪录整理好，送请我签字，我当然一个字一个字的仔细看，这是我在台大校长室八年秘书的功力，同学们是望尘莫及的。我发现凡我批评政府的话，他一字不漏的全记下来了，关键所在，又加强了语气，足见这些学生也非弱者，是训练有素的；重要的是，我批评同学不对的话，却一切从简，或轻描淡写的一笔带过。我一一指出，要求他重新整理，我再签字。他们大概也感到我这顾问也并非易与，一时沉默了下来，气氛显得很尴尬。这时，我又开始讲话了，大意是受教育的目的，不仅是在求知，也要学做人，像这种会议记录的写法，就显得很不诚实"。③另一次是跟学生会干部李万千的接触。"一天上午，我正在办公室，外面是书记陈三妹女士的办公室，中文系有三位女同学谢月馨、戴纯如、黄南玫在那儿洽公，不久，我听到三位女同学和人辩论的声音，是男声，听不很清楚，似乎是政治性问题。他们的声音，先都还平和，渐渐地，男声高了起来，女声越来越低，我听得有点不耐了，走出去一看，竟然是那位风云人物正意气风发、眉飞色舞的高谈阔论，我平和地说：'这位同学，请你出去。'他当然被激怒了，心里一定在想：'你算老几，李总理我也敢和他拍台子。'他说：'李教授是否要干涉我的言论自由？'我淡淡的说：'我管不着你说什么，但这儿是我的办公室，你知不知道妨碍了我的公务？'我指着门说：'请出去。'他才悻悻然地走了。"④苏雪林赴新之前，对新加坡的不稳定社会还是蛮担忧的，如"看报，见新加坡马华冲突死

---

① 李光耀：《李光耀回忆录，1965—2000》，新加坡《联合早报》2000年版，第171—172页。
② 李孝定：《逝者如斯》，台北东大图书股份有限公司1996年版，第119—120页。
③ 李孝定：《逝者如斯》，台北东大图书股份有限公司1996年版，第124—125页。
④ 李孝定：《逝者如斯》，台北东大图书股份有限公司1996年版，第127页。

十九人、伤四百余人、逮捕千余人、华人汽车被毁百余辆,殊为可骇"。①"老蔡送来南大临时主席刘孔贵信,附来致英领馆一函,嘱余去办手续,启行赴校,盖南大为改组纠纷上课延期,八月底到尚赶得及也,余不由大起恐慌。"② 第二种南洋大学学生的形象是青春热血,但又有着政治上不成熟的稚气,如韩素音笔下的左派学生的抵抗运动。"1960年夏我身体垮了。2月,我去了柬埔寨,开始写一本新书《四张面孔》。……我和南洋大学左派学生联合会展开了一张激烈、长时间的争论。据说马来亚共产党渗透进了这个组织。引起争论的原因是我公开支持李光耀总理在南洋大学的讲演,激起了左派分子的愤怒,他们在报纸上发表了一封十分粗鲁的信反对我。我一度遭到排斥,后来有108名学生集会支持我,最后我在家里会见了学生代表,取得了和解。这增强了我作为无党派人士的地位,但却引起了人民行动党政府对我的愤怒。"③ 而同时韩素音也谈到南洋大学学生的抗争精神,"(1963年)接着就轮到南洋大学遭难了。警察在夜间袭击117名学生被包围,所有大学的刊物被禁止。除了男鞋从警察那里领到特许证的人,其他人一律不准进入南洋大学。1963年期间,我帮助几个学生悄悄离开绿色的新加坡。这些学生并不是共产党员,而是因为向被禁的刊物投稿而受牵连的人。我再也没有走进过南洋大学"。④ 这些都为我们了解20世纪五六十年代新加坡左翼学生运动留下了一些重要的历史材料。

其次就是对新加坡政府打压华文教育的政治形势的关心和反应。新加坡执政者从现实利益出发,在建国之初,为了华、巫、印三个种族的平等,在英校中引进华文、马来文和淡米尔文,同时在华文、马来人、淡米尔学校,引入英文教学,后来英校生越来越多。面对这种蚕食华文的政策,华人社团、华人报章和学生团体都有反对行动,如中华总商会的康振福、《南洋商报》总经理李茂成、高级社论委员李星可,都曾被政府警告和抓捕。而被视为中华文化堡垒的南洋大学,因为其华人社会资助的背景,它的立场也变得左派起来,"南大毕业生是另一股反对势力。他们在

---

① 苏雪林:《民国五十三年(一九六四)七月廿六日(星期日)》,《苏雪林作品集·日记卷·第四册》,"国立"成功大学印行,"国立"成功大学中国文学系编,第232页。
② 苏雪林:《民国五十三年(一九六四)八月三日(星期一)》,《苏雪林作品集·日记卷·第四册》,"国立"成功大学印行,"国立"成功大学中国文学系编,第235页。
③ 韩素音:《韩素音自传——吾宅双门》,陈德彰、林克美译,中国华侨出版社1991年版,第331页。
④ 韩素音:《韩素音自传——吾宅双门》,陈德彰、林克美译,中国华侨出版社1991年版,第459页。

一　问题与方法

1972 和 1976 年两届大选中都提出华族语言和文化的课题。当我尝试把南大的教学语言从华语改为英语时，南大学生会会长何元泰唆使同学不要使用英文而改以华文在考卷上作答，结果被校方革除了会长的职位。毕业后，他以工人党的身份参加 1976 年大选，指责政府扼杀华文教育，号召讲华语或方言的群众反对政府，否则就会丧失自己的文化。他知道我们不会在竞选期间对他采取行动。结果他只获得 31% 选票，一落败就逃往伦敦"。① 这些都可看到新加坡在冷战背景下，以及现实的族群关系冲突下，政府对华文教育的打压态度。这一点身为南大中文系主任的李孝定是亲历者，他得到学校以英语为教学媒介语消息后感到"错愕"，"我去看黄校长，请问作此改变的理由，他说主要是想提高学生英国语文的能力，我说我非常不赞成这种做法，这并非因为我不能用英语教学，而是想要借此加强学生英国语文的能力，那显然是南辕北辙；我又举《孟子》缘木求鱼的比喻，说这种改变，不但不能提高学生英国语文能力，而且必然大大的降低中文系的学术水准。出乎意外的，我的意见居然被采纳了，校方宣布：中文系、历史系的中国历史课程维持现状，其他课程和其他院系，通通改采英语为教学媒介语。……我相信其他各院系和我的想法是一致的，政府当局和黄校长一定也认同我的意见，不然我的看法是不会被接受的；但为什么仍然要做此宣示，除了政治上的考虑外，我实在想不出有其他的理由"。②

相对于李孝定的中肯态度，苏雪林似乎总是将南洋大学的学生运动与中国大陆的学生运动作了很多不必要的勾连，意识形态之争似乎在她的回忆中萦绕不去。她对南大学生运动的态度是不闻不问，其日记中有着很多关于校园内学生运动的记载，如"晚间八、九时，闻楼前马达声怒吼不绝，窥之则红色高层及黑色警车数辆停楼前，其中皆武装军警，又闻学生楼学生高声呼喊不止，知开除学生不肯离校，军警来拘捕，不然则押解登程也。余所阅学潮多矣，此次南大学潮则颇足令我同情，看来学潮尚须扩

---

① 李光耀：《李光耀回忆录，1965—2000》，新加坡《联合早报》2000 年版，第 173 页。
② 李孝定：《逝者如斯》，台北东大图书股份有限公司 1996 年版，第 149 页。值得一提的是，李孝定对当时新马政局的理解和认知是非常深刻的，像"新加坡的独立，据判断应是马来西亚政府的主意，原因当然是为了执政所需要的选票。说得明白点，在联邦政府中，马来人虽居多数，但和华人人口的差距，不是很大，假如让新加坡独立，少了新加坡一百五十万华人，相对的，马来西亚领域中，马来人在人口数量上的优势，就大大提升了，当时马来西亚总理东姑拉曼，将李光耀踢出了联邦，他在联邦的执政权就高枕无忧了"，这都是很重要的当时知识分子的看法，不过作为南来文人，包括几次与新加坡建国总理李光耀的碰面，他没有参与新加坡政治的讨论，足见其言行的谨慎小心。参见李孝定《逝者如斯》，台北东大图书股份有限公司 1996 年版，第 109、129、130 页。

大，数星期内将无课可上，余对南大兴致亦复索然"①，足见其冷漠。而对南洋大学被政府收编的危机，她也漠不关心，"今晨看报，见南洋商报社论有关南洋大学之议论，谓新课程实施后，南大程度将提高，可与世界任何大学媲美，但南大亦将失其中文大学特色，转而与新大、马大相等。余近来对南大已毫无趣味，希望明年改制后，不续聘我，送我旅费返台，即续聘，余亦不愿留矣"。② 在她的日记中，类似"今日阅报，匪区爆炸一颗原子弹，又闻苏俄赫鲁晓夫下台，乃毛氏所逼迫者云"。③ "今日看报毕，总商会组织贸易考察团下月赴中国访问，李光耀忽对美国数年前情报人员活动，及行贿事加以揭露，又说廿四小说可命英国基地军队撤退，其意当为何，难以捉摸，看来当是投向共产怀抱之先兆，看来余在此不能久矣。"④ 这样的记载很多，可见其意识形态方面的右倾姿态。

二 师者的传道授业与文学创作活动

作为大学教师，南来作家的文化活动也是值得我们关注的。首先，这些作家或多或少地参与了新马两地的文学活动。苏雪林、孟瑶两人曾经从新加坡到槟城，中经吉隆坡、怡保、太平等地，旅途中都由新马文友接待。苏雪林在马华文坛早就有了文名，当时马来西亚怡保"有个朱昌云君性爱文艺，办了一种华文刊物，凡台湾传到南洋刊物其上有我文字者，必尽量转载。他曾寄他办的那种刊物到台南，并与我通信。我抵星洲后，又有一位黄崖先生本与先到南大的孟瑶相识，偕同孟瑶来访我，说他办了一个文艺刊物名叫《蕉风》，约我投稿，又说他领导若干学校的学生，组织了一个文艺讲习会想邀我和孟瑶去讲演一次，我与黄君谈了一会，知道他思想纯正，并不是盲目跟着时代潮流跑的人，对他遂颇为契重"。⑤ 1964年12月18日跟孟瑶一起从新加坡出发，19日上午8点到吉隆坡，黄崖驾车来接，并带着他们游遍吉隆坡。之后，苏雪林和孟瑶于20日到怡保，游三宝洞，中午与朱昌云等八位怡保名流共进午餐，之后赴太平游湖并夜宿。21日上

---

① 苏雪林：《民国五十四年（一九六五）十月卅日（星期六）》，《苏雪林作品集·日记卷·第四册》，"国立"成功大学印行，"国立"成功大学中国文学系编，第444页。
② 苏雪林：《民国五十四年（一九六五）九月十三日（星期一）》，《苏雪林作品集·日记卷·第四册》，"国立"成功大学印行，"国立"成功大学中国文学系编，第422—423页。
③ 苏雪林：《民国五十三年（一九六四）十月十七日（星期六）》，《苏雪林作品集·日记卷·第四册》，"国立"成功大学印行，"国立"成功大学中国文学系编，第271页。
④ 苏雪林：《民国五十四年（一九六五）九月二日（星期四）》，《苏雪林作品集·日记卷·第四册》，"国立"成功大学印行，"国立"成功大学中国文学系编，第416—417页。
⑤ 苏雪林：《浮生九四——雪林回忆录》，台北三民书局1991年版，第218页。

一　问题与方法

午十时抵达槟城，休息于金沙酒店。22日两人有两场公开演讲，孟瑶讲自己的写作经验，苏雪林讲《从屈赋中看中国文化的来源》，听众多为中学生，"他们非常好学，把我讲稿借去连夜抄写，居然都抄成。这种精神，大陆及台湾的学生尚有所不及"。23日当地侨领温先生开车带她们游览槟城，景点包括极乐寺、升旗山，夜宿槟山酒店。24日下午与赵尔谦相会，之后黄崖做东，请苏雪林、孟瑶和赵尔谦吃晚餐。晚上渡海，坐晚上八点的火车返回新加坡。"计十二月十八日出门，二十七日回家，在外约九天。"① 之后苏雪林与马来亚文人有些来往，主要是与黄崖的交往，如"到图取信无所得，仅得黄崖寄回演讲稿一件，知黄已返吉隆坡矣。许云樵先生送书三本，一曰马来亚丛谈、曰马来亚地理、曰南洋文献录长编，余下午写信致黄崖，又写信与许先生，拟增以崑谜、天马集各一，看丛谈毕"。②

　　培养新马本地作家和学者也是这些南来文人的贡献，他们也努力帮助南洋学生的成长和传播中国文化。新加坡本土作家连士升就盛赞南洋大学聘请到凌叔华，"记得一九二七年的新秋，我从崇山峻岭的故乡抵达古色古香的北京的时候，同学们告诉我说，母校已经出了两位女文豪：一位是冰心女士，另一位就是凌叔华女士。……老实说，创办不久的南洋大学能够请到叔华那样素养深、能力强、气魄大的作家来指导一般聪明的学生，这倒是南大的福音"。③ 凌叔华曾回忆："一九五六年夏，我来南大执教《新文学研究》及《新文学导读》，发现这里青年学子爱好新文艺而且有写作天才的很不少。我调查他们看过什么书，确是出奇的少。但是他们偶然看到一本新书，便大家抢着买。前年我去港度假，为大学带回数百册新书，不到一周，抢借一光。听说如有关于新文艺理论之作，如《文学研究》《文学专刊》及《文学遗产》之类，在市上发现了，常常会加二三倍价钱被捷足先登者搜去。有一次我发现自己多了一本《文学遗产》，给了

---

① 苏雪林：《浮生九四——雪林回忆录》，台北三民书局1991年版，第221页。这次交往中的"温先生"有可能是温汝良。温祥英言："今天问了陈剑虹，问了麦秀以及叶蕾。叶蕾说当时还有位打金的温先生。那是我的世叔，温汝良，写旧诗词的。我们都年纪太轻，对讲座就没有印象。中学生可能来自槟城所有的华校，未必只是一间。（我是如此猜想）"参见笔者2014年10月20日与温祥英的通信。而另外一位同时期出身槟城的学者李有成，"一九六四年我在钟灵读书，但我没印象苏雪林和孟瑶到过钟灵演讲。除非他们演讲那天我不在学校，但不太可能"，他猜测这两场演讲可能是黄崖所办的文艺营，参加文艺营的多为文艺青年和中学生。参见笔者2014年10月16日与李有成的通信。

② 苏雪林：《民国五十四年（一九六五）一月五日（星期二）》，《苏雪林作品集·日记卷·第四册》，"国立"成功大学印行，"国立"成功大学中国文学系编，第309页。

③ 连士升：《连序》，凌叔华：《凌叔华选集》，新加坡世界书局1960年版，第1、3页。

一个学生,他高兴得流出眼泪来!"① 而韩素音更是与南大文艺青年交情匪浅,"在南洋大学,大批业余画家出现了。我及时举办画展,展览他们的作品,为他们写序言,为出版的书签名,……我买画,与其说为艺术,还不如说是为了帮助那些热切的画家。(他们多数很年轻,有一些人很穷困。)我努力发掘马来亚华人文学,取得了一些成效。南洋大学的学生来到我的门诊室,给我看他们写的短篇故事、诗歌,向我吐露准备写大部头小说的想法,有时也来向我借钱。尽管他们的处境艰难,多数能认真按时还钱。一种以中、长篇小说、短篇小说、短篇故事、剧本、诗歌表现民族意识的觉醒出现了。由我作序的一本马来亚中国短篇故事出版了"。②

另一方面,像苏雪林、孟瑶这类作家,她们在新加坡期间,精力倒是集中在自己的学术研究上,如苏雪林的楚辞、诗经、孟子的研究,孟瑶的中国戏曲史、小说史、文学史的研究,很多后来结集的专著都是完成于南洋大学执教任期内。③ 辜美高先生就谈到这一点:"扬宗珍老师开新文学概论(一年级)、中国小说(二年级)、中国戏曲(三年级)三门课,后两科她后来把讲义扩充成书,由台湾某书局出版,我们的笔记便显得不重要了,所以没有保存下来。记得苏雪林老师开诗经、楚辞两门课,前此她在成功大学讲学,有些课堂讲义用该校用过的讲义,请工读生重抄,后来她也把讲义整理成书,在台湾出版,我们的讲义也就没有什么用处。"④ 余大纲在给孟瑶《中国戏曲史》的序言中这样说:"两年前,孟瑶应南洋大学的邀请,去新加坡任教,我和梁实秋先生,不约而同的,劝她在讲学和写作之余,整理一下中国戏剧史。……孟瑶确能不负我们的期望,在两年之中,完成了这部长达四十万字的中国戏曲史。"⑤ 苏雪林也这样说过:"我从五十四年开始,要求学校开楚辞一课,以便教学相长。学校应许了。我于《诗经》《孟子》外,又增加三小时的功课,虽然劳碌了些,我倒乐意,

---

① 凌叔华:《后记》,《凌叔华选集》,新加坡世界书局1960年版,第259页。
② 韩素音:《韩素音自传——吾宅双门》,陈德彰、林克美译,中国华侨出版社1991年版,第271—272页。
③ 孟瑶曾言:"五十一年以后几年,我去了南洋,因为课业繁重,又适应新环境,创作较少,但由于教《小说》、《戏剧》,也趁空将所收集的资料,编著了《中国小说史》与《中国戏曲史》,其目的也不过为了教学方便,将讲义扩编成书而已,说不上有什么其他贡献。此二书先由文星书店出版,现改由《传记文学》继续出书。"参见孟瑶《孟瑶自选集·自传》,台北黎明文化事业股份有限公司1979年版,第10页。
④ 笔者与1966届中文系毕业生辜美高2014年10月15日的通信。
⑤ 俞大纲:《俞大纲先生序》,孟瑶:《中国戏曲史》,台北文星书店1965年版,第1页。

一 问题与方法

因可在海外宣扬我这人人听了摇头特别奇怪的屈赋研究。"[①] 可见，南洋大学对于这些台湾学者来说，也是一个整理学术思路和著书之处。

更值得一提的是，南来文人在旅新时期的文学创作，如苏雪林虽集中精力在屈赋和诗经的研究，但也留下了四首题为《狮城岁暮感怀》的律诗，另外中文系的老师多有诗作，这些诗作多收集在《云南园吟唱集》（南洋大学中国文学研究会1960年版）中。其中以凌叔华的散文、韩素音的长篇小说创作为其中杰出者。

凌叔华所著的《爱山庐梦影》共十一篇散文，她自言"这本薄薄小书是我在南洋后收集的一件纪念品。这里面描写了我近三四年的生活与思想——当然也充溢着我对云南园流恋的情绪。最使我欣幸的是在短短三四年中，我不但得以重温我'爱山'的旧梦，同时还遇到几位对人生对文艺工作有同样见识的真朋友。……因为几个我敬佩的同道的鼓励与劝说，我觉得出一本散文集作为来星马的纪念也是很有意义的工作"。[②] 开篇即是《爱山庐梦影》（1958），写的是自己爱山情结的来由，接着从新加坡南洋大学的云南园，重点回忆北京的西山、广东老家的无名山、武汉的珞珈山、新加坡的裕廊山，将在故国的人生经历贯穿其中，抒故国幽思之情，是一篇声情并茂的力作。开头和末尾部分前后呼应，写出了作家离散到南洋的虽孤独一人，但怡然自得的心境：

> "不识年来梦，如何只近山。"一次无意中听到石涛这两句诗，久久未能去怀，大约也因为这正是我心中常想到的诗句，又似乎是大自然给我的一个启示。近来我常在雨后、日出或黄昏前后，默默的对着山坐，什么"晦明风雨"的变化，已经不是我要看的了。我对着山的心情，很像对着一个知己的朋友一样，用不着说话，也用不着察言观色，我已感到很满足了；况且一片青翠，如梦一般浮现在眼前，更会使人神怡意远了。不知这种意境算得参"画禅"不！在这对山的顷刻间，我只觉得用不着想，亦用不着看，一切都超乎形态语言之外，在静默中人与自然不分，像一方莹洁白玉，像一首诗。不知为什么，我从小就爱山；也不知是何因缘，在我生命历程中，凡我住过的地方，几乎都有山。有一次旅行下客栈，忽然发现看不见山，心中便忽忽如有所失，出来进去，没有劲儿，似乎不该来一样。（《爱山庐

[①] 苏雪林：《浮生九四——雪林回忆录》，台北三民书局1991年版，第223页。
[②] 凌叔华：《自序》，《爱山庐梦影》，新加坡世界书局1960年版，第1页。

梦影》，第1页）

　　寓前阶畔新的栀子花，早上开了两朵，它的芬芳，令人想念江南。坡上的相思花开，尤其令我忆念祖国的桂花飘香，若不是对山的山光岚影依依相伴，我会掉在梦之谷里，醒不过来。

　　这时山下的鸟声忽起，它们忽远忽近的呼唤着，这清脆熟悉的声音，使我记起五个月前在伦敦的一夜，在我半醒半梦中，分明听见的一样。

　　这些鸟声，是山喜鹊鹧鸪和唤雨的鸠，飞天的云雀吧，除了在梦中，严寒的伦敦，它们是不会飞去。

　　想到这一点，我更觉得对面的山谷对我的多情了。（《爱山庐梦影》，第9页）

　　相较起凌叔华的轻松飘逸的散文，韩素音的长篇小说《餐风饮露》[①]可是一部来自西方左派知识分子的视角的作品。最早关于这本书的介绍是韩素音的回忆录，她说："通过阿梅及所有其他佣人，通过自己在马来亚的旅行和到'新村'去治病人，我开始认识马来亚。我把自己看到的都写了下来。我的书带着丛林和沼泽地的气味，也带着人体切片的气味，有瓦砾，有荒芜。该书于1956年出版，我给它起名为《……雨，我饮的水》。这本书至今还在重印，在美国一些大学里仍然被列为关于马来亚，关于紧急法情况最好的书。"[②] 小说中对南洋华人生存状况的刻画，让我们了解和认识到新马社会的不公平的一面。如英文版第七章"毒舌，小和角"（*Vipers, Litter and Horned*）中当我向马共嫌疑犯阿梅建议，让她谈到有人盗取清明节祭品的时候，在给政府报告中指出每个人要尊重别的民族的习俗的时候，阿梅回答说："我没有记录下那个人所说的，因为我想审判的结果不会因为我写什么而改变。他们根本就不相信她。在这里，警察是马来人，军队是英国人，他们惩治和对付我们华人。时下是没有公平可言的，韩医生"，而我也认识到："突如其来的恶心抓住了我，因为这种不可思议的事情在马来亚当下残酷和愚蠢的日子就这样频繁。……无知的糊涂的，仅仅只是基于种族的怀疑，就运用紧急法令来先行逮捕，不经审判，也无需证据，不需

[①] 《餐风饮露》本名"… and the Rain My Drink"，出版于1956年，共十三章。中文版为李星可所翻译，仅翻译了英文版的前六章，因此标注为"上册"。没有翻译完全或者出版全本的原因大体是其中对新马政治的描述，特别是对马共分子的同情式的描写不方便在当时刊行。参见我在本论文同一段落的引文。

[②] 韩素音：《韩素音自传——吾宅双门》，陈德彰、林克美译，中国华侨出版社1991年版，第86—87页。

要所谓的合理怀疑。就可以扣留任何人最少两年。"① 在这两段回答中，我们可以看出出身马共的阿梅对南洋社会中各种族之间的不平等状态的理解。另外，对阶级的刻画也是韩素音书写的内容："陆克四周围看了看，忽然觉得这个宴会场面变了样：它已经不是普通华人社会欢迎新到任的警察首长的宴会，像他们欢迎任何其他新到任的英国政府官员一样；它已经不是那种习见的英国式的予取予求，比日本人的赋课来得那么顺利圆润的取求方式；而是代表法律与秩序，财富与产业的整齐队伍，在展示着它们彼此之间的合作与相互依赖，企业东主及其保镖按照他们自己的方式在酬谢那些来保护他们的穿着制服的白种警务人员。"（《餐风饮露》，第88页）另外，小说中对马共分子的同情、对马来亚人民国民性的批判、对殖民者腐败的描写，都彰显着她左翼知识分子的写作立场。

四　结语

冷战时期的20世纪五六十年代，新马两地左翼政治势力强大，在马来西亚，马共采取的是武装斗争的形式争取民族解放；在新加坡他们采取的是华校学生运动（包括南洋大学）争取选票，以图在议会政治中取胜。新加坡左翼激进势力与以李光耀为首的务实派政府之间的斗争，一直伴随着南洋大学诞生和成长的过程。正是在这种情况下，南来文人先后来这个命运多舛的华校，或自由主义，或共产主义，或人道主义的立场，使得他们面对身边发生的政治事件时，或多或少地都有所表态，也体现着他们在特定历史情境中的心态。

南来文人返台后大多很少提到新加坡，提到之后多是没有多少赞语。有交往的如李孝定、凌叔华等人，如"今日南洋商报送到，共十六大张，李辰冬、巴壶天、王德昭、葛连祥、钱歌川，甚至远在英伦之凌叔华亦有文字"。② 对南洋大学不客气也有，如苏雪林，苏雪林返台后，提到南大不多，一次是在抱怨托运行李太慢，言"上午赴校上文学史一堂，讲得比昨日稍佳，行李连提单也未寄到，不知何日始到台湾？余之笔记均在行李中，若南大不害人，余早作归计，则当询赵海金授课至何处，而将一部分笔记由飞机带来矣"。③ 一次是记载到"今日赴中心望弥撒，将南洋旅

---

① Han Suyin: ...and the Rain My Drink, By Jonathan Cape, Ltd., 1956, pp. 103 - 104. （由笔者翻译）

② 苏雪林：《民国五十三年（一九六五）一月一日（星期五）》，《苏雪林作品集·日记卷·第四册》，"国立"成功大学印行，"国立"成功大学中国文学系编，第307页。

③ 苏雪林：《民国五十五年（一九六六）三月十八日（星期五）》，《苏雪林作品集·日记卷·第五册》，"国立"成功大学印行，"国立"成功大学中国文学系编，第38页。

居年半记交去"。① 最后一次是："今日，老蔡交王遇春、凌叔华信。王云：南大此次不续聘，又自动辞职者共廿八人。中文系不聘者，为蔡寰青、黄书平、葛连祥、王德昭，赴香港新亚；贺忠儒、杨光德，均于月内返台。南大本年二月间发给教职员聘约，均为半载，此次则自八月一日起至明年四月止，共为八个月，如此对待教职员，诚打破世界纪录。"② 究其原因可能是新加坡政治给他们的观感不好，特别是左翼社会运动、南洋大学的左翼倾向，都让奉行自由主义的他们有着极大的不适感。

无论如何，在年近（过）花甲之年，凌叔华、韩素音、孟瑶、苏雪林等人的南来还是为新马两地带来了"五四"文学的新气象，鼓舞和激励了南洋本地的青年作家，也通过南洋大学中文系这个平台，传道授业，培养了在地的知识分子精英，这对于文化相对落后的新马地区来说无疑是最大的贡献。历届南洋大学中文系毕业生中（请参见附录二），后来活跃在学术界和文艺界的有卢绍昌、吴天才、丘柳漫（1959 年毕业）；龚道运（1960 年毕业）；黄孟文、陈荣照、苏新鋈、叶钟铃、王慷鼎（1961 年毕业）；杨松年、区如柏（1963 年毕业）；周清海、辜美高、陈清德（1967 年毕业）；云惟利（1969 年毕业）；林纬毅、欧清池（1971 年毕业）；谭幼今、周维介、蔡慧琨、林万菁（1973 年毕业）；王介英（1974 年毕业生）；杜南发、姚梦桐（1976 年毕业）等。这其中还不包括其他科系受他们影响的学生，如梁明广（1959 年毕业于现代语言系）、崔贵强（1959 年毕业于历史系）、颜清湟（1960 年毕业于历史系）、杨进发（1961 年毕业于历史系）、李业霖、廖建裕（1962 年毕业于历史系）、饶尚东（1962 年毕业于地理系）、陈瑞献（1968 年毕业于现代语言文学系）、李元瑾、柯木林（1971 年毕业于历史系）等各个时代的南大学生，③ 不过稍微对新加坡社会和文艺界有些了解，便知这些南下文人的弟子在新马两地的文

---

① 苏雪林：《民国五十五年（一九六六）八月廿八日（星期日）》，《苏雪林作品集·日记卷·第五册》，"国立"成功大学印行，"国立"成功大学中国文学系编，第 113 页。

② 苏雪林：《民国五十五年（一九六六）九月十二日（星期一）》，《苏雪林作品集·日记卷·第五册》，"国立"成功大学印行，"国立"成功大学中国文学系编，第 122 页。

③ 根据我对这几位先生的采访，当时他们都可以选修中文系的课程。如陈瑞献说："梁明广乃南大现语第一届，我对当时现语课程内容不详。我晚梁好几届，记得现语第一年（1964）还得修一科中文，故选中文系葛连祥老师之课，在课堂温习有关中国诗歌发展之一般历史常识，对创作无甚影响。此外，其他课均为外文。至于中文系同学，因是本科，受教授之影响可谓必然。其他科系同学是否受中文系教授影响，则不得而知。"参见笔者与陈瑞献 2014 年 10 月 24 日的电子邮件。陈荣照也谈到"凌教授是有在南大开'新文学研究'、'新文学导读'两门课程"。参见笔者与陈荣照 2014 年 10 月 23 日的电子邮件。这些都可以看出南大中文系当时在传播中华文化上，颇有贡献。

化建设上的贡献是巨大的。

附录一　　台港学者在南洋大学中文系任教的大概情况

姓名	任职时间	职称	所授课程	其他事项
佘雪曼	1956—1961	教授兼系主任	中国文学史、楚辞	
凌叔华	1956—1959	教授	中文语法、中国新文学	
潘重规	1956—1959	教授	文字学	
贺师俊	1956—1959	副教授	中国通史	
王咏祥	1956—1959	讲师	国学导论、大一国文	
罗慕华	1956—1960	讲师		
闵守恒	1957—1959	副教授	汉学导论	
刘太希	1957—1961	副教授	中国诗词	
黄念容	1957—1959	讲师	大一国文	
涂公遂	1958—1960	教授兼系主任	中国哲学史	
嵇哲	1959—1960	讲师	中国诗词	
韩素音	1959—1961	兼任讲师	现代亚洲文学史	
邹达	1959—1960	助教		
祁怀美	1959—1960	助教		
史次耘	1959—1960	教授		
黄勖吾	1960—1974	副教授、教授	中国文学史、词曲、唐宋文选、词选、专书选读（三）：楚辞、中国文学专题研究：东坡词	
郑衍通（原名郑亦同）	1960—1971	讲师，1962年开始兼图书馆主任	文学名著、中国经学专题研究：易经、中国散文选读	
曹树铭	1960—1963	讲师	应用文	
李星可	1960—1961	兼任讲师	语言学	后去了澳洲
张瘦石	1960—1965	兼任讲师，1961年开始任副教授，曾任系主任	文学概论、语法、中学中文教材教法、应用文	原为新加坡中正中学教师
徐訏	1961—1962	教授	中国小说史	
高鸿晋	1961—1963年逝世于南洋	教授	文字学、钟鼎文、诗经、甲骨文	来自台湾师范大学

— 122 —

续表

姓名	任职时间	职称	所授课程	其他事项
钟介民	1961—1963	副教授	伦理学概论、荀子、中文、中国哲学史	
朱兆祥	1961—1965	副教授	语言学概论、华语发音学、声韵学、中文	
傅隶朴	1962—1965	教授	中国文学批评、修辞学、中文、专书选读（二）：左传、中国哲学史	
扬宗珍（孟瑶）	1962—1965	副教授	新文学、小说、戏曲、中文	
葛连祥	1962—1966	讲师	诗，中文，专书选读（五）：庄子、韩非子	
黄六平（向夏）	1963—1966	讲师	训诂学、中文、语法	
蔡寰青	1963—1966年9月日离职	讲师	中文	
刘延陵	1963—1964	兼任讲师		
陈铁凡	1964—1965	教授	文学名著	
李孝定	1964—1978年任满离校	教授兼系主任	文字学、四部概要、古文字学	
苏雪林	1964—1966	教授	专书选读（一）：孟子，专书选读（三）：诗经、楚辞	
皮述民	1966—1992	副教授、高级讲师	中国诗歌、中国文学批评、诗选、中国戏剧、红楼梦、宋词、中国古典小说	后返台，任教于文化大学
杨承祖	1966—1970	副教授	专书选读（二）：史记、专书选读（三）：诗经、中国散文选读	后返台，任教于东海大学
胡楚生	1966—1976	讲师	训诂学、修辞学、华历代文选、专书选读（二）：史记	南洋大学博士，后返台，任教于中兴大学

一　问题与方法

续表

姓名	任职时间	职称	所授课程	其他事项
蔡秀珍	1968—1976	副教授、讲师	现代中国文学、专书选读（二）：汉书、中国小说、马华文学	
谢云飞	1967—1976	副教授、高级讲师	声韵学、专书选读（五）：韩非子、中国声韵学、广韵研究	后返台，任教于政治大学
赖炎元	1967—1982	副教授、高级讲师	荀子、专书选读（一）：论语及孟子、中国校勘学、中国经学专题研究：礼记、说文研究	
王忠林	1969—1976	副教授、高级讲师	专书选读（四）：荀子、曲选、中国经学专题研究：左传、专书选读（三）：诗经、雅学研究	后返台，任教于高雄师范大学
周天健	1971—1972	讲师	中国诗歌及习作、中国历代文选及习作、专家诗研究	
钱歌川	1971—1974	助理教授	翻译	
王叔岷	1972—1981	讲座教授，新加坡大学和南洋大学合并后的国大中文系首任系主任	庄子、训诂学	
应裕康	1975—1981	讲师		后返台，任教于高雄师范大学

附录二　南洋大学所培养的学生（担任南洋大学中文系教职的）

姓名	任教时间	职称	所授课程	学历
龚道运南大本科	1965—1994	讲师、副教授	中文、荀子、专书选读（一）：论语及孟子、中国哲学史、中国近五十年思想史、中国近代与现代思想文选	1961年南洋大学文学士学位；1963年新加坡大学荣誉学士学位（第一级）；1977年新加坡大学哲学博士学位
苏新鋈南大本科	1965—2000	助教、讲师、副教授	中国哲学史、专书选（四）：庄子、中国哲学专题研究：先秦心性思想研究、论语与孟子、现代儒学	马来西亚人。1961年南洋大学文学士学位；1967年香港大学硕士；1977年南洋大学博士学位

— 124 —

续表

姓名	任教时间	职称	所授课程	学历
卢绍昌南大本科	1963—1971年8月2日出国研究	助教、讲师	中华历代文选及习作、语言学概论、	
林源河南大硕士	1963—1966	助教		后任新加坡文化部次长
尹瑞霞南大本科	1965—1966	助教		赴香港大学读硕士，未读完，嫁到马来西亚
罗先荣南大本科	1963—1965	助教		后任图书馆副馆长
翁世华南大本科	1963—1993	助教、讲师、助理教授	专书选读（三）：楚辞、高级华语、金文研究、文字学、翻译、训诂学	1959年南洋大学文学士；1967年英国德兰大学文学硕士；1975年南洋大学哲学博士
陈海兰南大本科	1971—1994	讲师	中国散文选读、中国小说、中国现代文学	1963年南洋大学中文系学士；1970年台大中文研究所文学硕士
杨松年南大本科	1971—2001	讲师、副教授	中国文学批评、新马华文现代文学、中国韵文选读	1963年南洋大学文学士学位；1970年香港大学文学硕士；1974年香港大学哲学博士

（原载《文学评论》2015年第2期）

从历史真实到现代消费的两度创造

吴秀明

本文所说的"两度创造",是指历史文学以历史真实为基点参与现代消费的一种能动的转换过程,其意相当于黑格尔说的"既真实而对现代文化来说又是意义还未过去的内容"或伽达默尔说的"效应历史",它是历史文学实践性很强而又非常重要的一个理论命题。但过去有关的历史文学研究,我们往往不是将它忽略就是用简单的机械还原论进行解释。因此,所得出的结论既有悖于创作事实,又缺乏理论的内在逻辑。实践表明,从原生态的已然历史到创作而成"为今用"的历史文学文本,这一整个的转换过程,对历史文学作家来讲,就是从"原生历史—心理历史—审美心理历史"的转换过程;而就文本创作的角度来看,则就是从历史真实到现代消费的"两度创造",即语言形式创造和题材内容创造的过程。所谓历史文学真实,严格地讲,是历史心理化与心理历史化的有机统一,是后(今)人以社会心理为中介、以自我实现为目的的对历史真实的一种富有理性的现代转换。

一

为什么作家的文本创作首先要在语言形式方面进行改变呢?因为他们选择的历史题材对象是历史文化的产物,而它所创造的艺术成品则属于现代精神文化消费的范畴,两者由于时间鸿沟的作用,彼此在语言表现方式乃至整个生活方式诸方面存在着很大的差异。过去耳语惯熟的用语,在今天听来可能稀奇古怪,十分生疏隔膜。譬如"冰人""致仕",除了少数的历史学家、人类学家、考古学家、文学史家外,现在能有几人知道它就是我们今天所说的"媒人"和"退休"。

古今表现形式上的这种差异,给历史题材的现代消费即古为今用设置了为现实题材所没有的特殊难度。很显然,如果我们的作家为了所谓的

"真"，让人物在作品中特别在舞台或屏幕上漫口说诸如"冰人""致仕"之类的"当时语"，那么读者和观众一定如堕云雾之中，他们只好用西方喜剧《锁》中人物芒戈批评摩里特里安人的音乐所说的那句话来对付作者："俺要是听不懂，就算听得见又有何用呢？"正是从这个意义上，我们对目前西方有人提出的在尊重原著的前提下将莎士比亚史剧适当浅显化现代化的主张作法原则上表示赞同。这倒不仅仅是一般观众文化水平不高，他们只接触语体文而对文艺复兴时代的无韵素诗感到陌生，更主要的是为莎剧能借此与缓缓有所变易的新时代的观赏者互通声息，焕发新的艺术美感。借用英国历史教授罗思的话来说，就是"我要让莎士比亚活在世上，而不能老是让人把他搁在冰箱里"。[①] 也正是从这个意义上，我们非常赞赏郭沫若、陈白尘早在半个多世纪前提出的历史文学不能使用真正的历史用语而只能采用"根干是现代语"[②] 来进行写作的艺术主张，认为他们总结的"历史（文学）语言＝现代语言，'减'现代术语、名词，'加'农民语言的质朴、简洁、'加'某一特定历史时代的术语、词汇"[③] 这样的语文公式，虽嫌简单但却具有一定的理论价值和重要的实践意义，可谓触到了问题的本质。

文学史上，对社会变更而造成语言形式变易规律有所察知的，历来都有。如我国唐代刘知几在《史通·言语》篇中，就曾鲜明地提出了作者应在书中运用当代语记事而不可"稽古"的主张，他说：

> 夫《三传》之说，既不习于《尚书》；两汉之词，又多违于《战策》。足以验氓俗之递改，知岁时之不同。而后来作者，通无远识，记其当世口语，罕能从实而书，方复追效昔人，示其稽古。是以好丘明者，则偏摸《左传》；爱子长者，则全学史公。用使周、秦言辞见于魏、晋之代，楚、汉应对行乎宋、齐之日，而伪修混沌，失彼天然，今古以之不纯，真伪由其相乱。故裴少期讥孙盛录曹公平素之语，而全作夫差亡灭之词。虽言似《春秋》而事殊乖越者矣。

刘知几此论主要是针对史书记载而发。史书崇尚实录、讲究科学性准确性况且也要反对语言"稽古"，那么作为艺术创造的历史文学就更不用

[①] 裘克安：《莎士比亚的现代化》，《读书》1985年第7期。
[②] 郭沫若：《历史·史剧，现实》，见《郭沫若论创作》，上海文艺出版社1983年版，第501页。
[③] 陈白尘：《历史与现实——史剧〈石达开〉》代序，《戏剧日报》1943年第4期。

一 问题与方法

说了：它怎么能够置当代读者现时精神文化生活方式于不顾，偏要"追效昔人"，给他们本来愉悦易解的审美接受人为地增设翳障呢？自然，在这方面说得最深刻的还是德国美学大师黑格尔。为什么历史题材向现代消费转换时必须要在语言表现形式上进行一度创造，包括刘知几在内的多数哲人都是从艺术的通俗化或质文代变的观点予以解释。黑格尔的深邃就在于，他认为这种创造主要还是为艺术自身的特有规律所决定的："艺术中最重要的始终是它的可直接了解性"，它可以破坏所谓"妙肖自然"的原则进行合目的合规律的虚构创造。他举例说，在特洛埃战争的年代，语言表现方式乃至整个生活方式都还没有达到我们在《伊利亚特》里所见到的那样高度的发展，希腊人民大众和王室出色人物也没有达到我们在读埃斯库罗斯的作品和更为完整的索福克勒斯的作品时所惊赞的那种高度发展的思想方式和语言表现方式。"但这种改变对于创作来说却是许可的，不能与"反历史主义"相提并论；只要表现品的内在实质没有变，它都属于正常的虚构范围而不应受到指责。为什么这样说呢？黑格尔极富见地地指出：这是因为"艺术作品之所以创作出来，不是为着一些渊博的学者，而是为一般听众，他们须不用走寻求广博知识的弯路，就可以直接了解它，欣赏它……它也必须是属于我们的，属于我们的时代和我们的人民的，也用不着凭广博的知识就可以懂得清清楚楚，就可以使我们感到它亲近，而不是一个稀奇古怪不可了解的世界"。①

实践雄辩地证实了刘知几、黑格尔上述道理的正确。它告诉我们语言形式的改变与否以及改变得当程度如何，不但对历史文学的本体价值起着巨大的制约作用，而且有时甚至还直接关乎它的成败毁誉。以英国 18 世纪初著名艺术家、考古家斯特拉特的历史传奇《奎因瑚大厅》为例，这部经西方历史小说鼻祖司各特续写润色的作品之所以花时甚多而又未能取得预期成功、受人冷遇，其中一个很重要原因——如司各特所说："那是因为那位有才华的作家使用了过于古老的语言，同时又过分地卖弄了他的考古学知识，因此它们反而成了他成功的障碍。"② 我国古典历史文学创作中类似的例子亦有不少，包括《三国演义》这样的名著，也都程度不同地存在这个问题。本来，早在晚唐时代，李商隐在他《骄儿》诗中描述他五岁的儿子"或谑张飞胡，或笑邓艾吃"，已经可以证明那个时代"讲史"的艺人高明到至少能惟妙惟肖地扮演数个角色以至于儿童也能以

---

① ［德］黑格尔：《美学》第 1 卷，商务印书馆 1979 年版，第 345—352 页。
② 参见《司各特研究》，外语教学研究出版社 1982 年版，第 291 页。

模仿这些角色为乐。但是到了《三国志平话》，作者虽然给了张飞以主角的身份，却没有利用他黝黑的皮肤或其他面部特征作取笑的材料。至于征服蜀汉的魏将邓艾就更差了，他充其量留下一个匆匆带过的名字而已。《三国演义》稍好些，编者毛宗岗在第一次提到邓艾名字时补充了他口吃的史料：新投诚的魏将夏侯霸告诉姜维，"艾为人口吃，每奏事必称'艾艾'。戏谓曰：'卿称艾艾，常有几艾？'艾应声曰：'凤兮，凤兮'故是一凤"。但是在此后的叙述中，毛宗岗仅依照罗贯中的原本，用一种简洁的文体把邓艾的话记录下来，毫无口吃之象。美籍华人夏志清曾经指出，中国古代历史小说的表现形式一直都有个与说话传统艺人对抗的问题，他们的作者虽然远比说话艺人有学问，但由于以所谓高雅古朴为鹄的，不从谈话人那里吸取艺术营养，因此在生动的写实上反不如说话人而显得刻板枯燥。他认为这是中国古代小说落后于西洋小说的一个重要原因。① 夏氏的结论是否公允可以讨论，但他所指出的现象则不容否定。这与刘知几、黑格尔以及三百多年前冯梦龙对文言小说所作"尚理或病于艰深，修词或伤于藻绘"，"不足以触里耳而振恒心"② 的"稽古化"的批评，应该说是颇吻合的。

在历史文学的表现形式上，可能是受崇史尊史思想观念的浸渗或文言文体的影响的缘故吧，我们历来总强调文要师古，辞要隐幽，语言"稽古化"的倾向一直是比较严重的。这种"稽古"，从历史文学本体论角度看，实际上就等于取消了以欣赏者易解为前提条件的语言形式的一度创造；而归落到语言学的层面审视，它的问题主要在于向读者输送构成形象的信息时，因语言"稽古"或"稀奇古怪"不可解达不到应有的阈值。唯其"达不到"，它当然也就不能有效地引发读者的心理感应，使他们借运语言信息来调动自己的感性经验去充实、构造鲜明生动的艺术形象。而一个作品本体一旦失去了感应，那么它的一切的"真"就将变得毫无意义，根本不可能转化为现代的精神文化消费，即使具有最大的"为今用"的价值也等于白搭。

也许正是出于这个缘故吧，文学史上那些社会责任感强、艺术经验丰富的历史文学作家才都那样殚精竭虑地在语言表现形式上下苦功。他们从不以维护历史真实性为由，向读者和观众大摆凛然漠然的"历史架子"，兜售深奥生冷的历史用语；而总是采用为现实人们能够轻而易举欣赏接

---

① 刘世德编：《中国古代小说研究》，上海古籍出版社1983年版，第8—14页。
② 冯梦龙：《醒世恒言》序。

受、感到近切生动的语言款式。为了实现这一点，有时候甚至不惜一而再、再而三地修改。郭沫若的《屈原》，初版本开头写屈原朗诵《橘颂》，作者开始曾让屈原直接从《离骚》中照读原文："后皇嘉树，橘徕服兮，受命不迁，生南国兮，深固难徙，更壹志兮。……"后来修改时，为了能使广大观众都能听懂理解，很快地进入审美享受，作者遂将它翻译成颇带现代意味的白话诗文："辉煌的橘树呵，枝叶纷披。生长在这南方，独立不移。……"郭老的剧作为什么能产生轰动效应，颇受大众的欢迎？语言表现形式上的随时就势，力戒"稽古化"而赋予新的美感形态就是其中一因。已故著名戏剧家焦菊隐曾称道郭老的历史剧创作，"是以科学家、历史学家在作渊博的准备，而以革命诗人在作丰富的构思，最后再以戏剧家的绚丽风格去落笔"。焦菊隐的话很值得玩味。我们的历史小说家在进行以语言表现形式为主旨的一度创造时，也应该像郭老那样把科学家和历史学家的禀赋发挥限制在"准备"阶段，而在"构思"和"落笔"时则不希望过多地显示科学家历史学家的渊博和细密。

当然，这是语言的一度创造，小说与戏剧、影视因文体形式的规范不同，彼此在运用时是各有所别的。小说是阅读的艺术，它可以细细咀嚼，可以反复玩味；可以随时放下，也可以随时拿起，这都无碍于读者的艺术接受。而戏剧与影视是临场观赏的艺术，它是顺流直下，一泻千里，以直观的、连续的形式直接显影于舞台和银幕，不能有半刻的停顿，所以它在语言方面与小说的要求也是有所不同的。李渔说："曲文之词采，与诗文之词采非但不同，且要判然相反。何也？诗文之词采贵典雅而贱粗俗，宜蕴藉而忌分明；词曲不然，话则本之街谈巷议，事则取其明言直说。凡读传奇而有令人费解，或初阅不见其佳，深思而后得其意之所在者，便非绝妙好词。"[①] 李渔说得太好了，他在这里实际上提出了小说（广义的诗文）与戏剧（那时还没有影视）的文体自觉问题，这对我们历史文学作家怎样"度其体宜"（曹雪芹语）地用好语言关系极大。郭老的《司马迁发愤》在写司马迁赶写《史记》末篇时与来访的益州刺史任少卿交谈一段情节，该小说结尾处，作者直接抄引了《史记·太史公自叙传》中一段颇有点长的文言文入书："昔西伯拘羑里，演《周易》；孔子厄陈蔡，作《春秋》；屈原放逐，著《离骚》……"作为文字，我们读到这里可能有点拗，但这无关紧要，你可以放慢节奏，细嚼慢品；更重要的是通过这段古味十足的文言，它给予我们以特有的历史感。这就是小说给我们的便

[①] （清）李渔：《闲情偶寄·贵显浅·演习部》。

利。所以，我们不仅不应责怪郭老，反要感激他。至于戏剧、影视一般就不允许这样。如果它们的作者为了求得历史感，简单效仿小说作法而不"直说明言"，那么只会令观众如坠云雾之中；真则真矣，但历史感也就在这莫名其妙中被化为乌有。由此可见历史文学语言形式的一度创造，它其实是涵盖着复杂的文体因素，所谓的"熟悉可解"，只有与各自的形式规范的特点联系起来，才是可行的、合理的。

二

历史真实转化为现代消费的一度创造表现在语言形式的改变上，二度创造则主要体现在题材内容的改变方面。

为什么题材内容要改变呢？这是因为历史文学创作如同"凡人做事，贵于见景生情。世道迁移，人心非旧，当日有当日之情态，今日有今日之情态，传奇妙在入情，即使作者至今未死，亦当与世迁移，自嗟其舌，必不为胶柱鼓瑟之谈，以拂听者之耳"。[①] 特别是考虑已然题材对象由于可以理解的历史原因，往往是非掺杂，美丑并存，随着时代社会的发展变化，有些内容或已失去了它的积极意义，或其消极落后的一面日渐突出，与现代人的思想观念和审美趣味截成抵牾，如封建伦理道德、迷信宿命思想、大汉族主义等。这就决定了作家在创作时不能简单照搬历史，据实而作，而只有根据时代精神的需求对题材内容进行有选择有分析的处理。同样一个赵贞女题材，从南宋《赵贞女蔡二郎》到元末的《琵琶记》、清朝的《秦香莲》，其间七百余年之所以被翻来覆去地改变，道理即此。同样一个诸葛亮故事，罗贯中在《三国演义》中把他写成唤风呼雨、神乎得有些"近妖"的超级智圣，而20世纪80年代李法曾主演并得奖的电视连续剧《诸葛亮》则将他处理为很具"人味"特点的古代智人，道理也正在这儿。不管怎么说，在现代的今天出现披发仗剑借东风之类的场面，总得有个契合时代、合乎情理的说法。我们总不能以"继承遗产"为由，像罗贯中那样抱着绝对忠信的态度和真挚的感情去宣扬封建迷信宿命思想（当然也不能置原著于不顾，将诸葛亮面目尽改，赋予他以现代人才有的新的天地鬼神观）。

大家知道，真的并不等于美的善的，作为一种价值存在，它只有经过美的统纳和善的同化才和它们凝结成一个有机的艺术整体。历史的价值不仅取决于自身，更取决于它与我们时代关系的功能特质。就是说，历史文

[①]（清）李渔：《闲情偶寄·贵显浅·演习部》。

一 问题与方法

本作为第一级存在,既有客观"范"式的一面,它并不随意听从后人的主观搓捏编派而更改自己的原生本体;而作为第二级存在,它又有主观"导"式的另一面,它的意义不仅仅在于为我们留下某种理性规范、某种行为模式,更重要的是为我们提供可资现时活动参照的文本对象。真正的历史是不会凝固的,美也永不凝固,它们的内容在时间的长河中会不断地被赋予新的内涵。我们固然可以说一部仅仅具有美的魅力和符合善的原则的历史文学作品未必就是好作品,但却可以说一部完全缺乏美的魅力和违背善的原则的历史文学作品必然不是一部好作品,尽管它的描写都来自历史,在真实性方面经得起历史的检验。

卢卡契在论述德国现代历史小说时讲过一个很好的意见,他说当时德国不少作家"常常沉溺于描写残酷的处死和用刑等场面,而忽视这一点:读者——正是在读一本历史小说时——极快地就'习惯'于这些残忍了,并且把它们理解为所描写的时代的必然的特点,这样就失去了任何效用,也失去了宣传反对过去阶级统治的非人性的作用"。他认为在这方面老一辈作家"把古老的阶级统治的非人性中发生的人性的冲突推到描写的中心点上去"的写人方法值得效仿,因为它弘扬了人性,"根本不需要有效地实现残酷的法则"。① 卢卡契的见解是深刻的,他无意道出了历史文学创作中一个带有普遍性的规律:这就是一切历史包括美丑善恶的历史都是当代史,作家写什么、怎样写,只能根据现实时代"对话"的审美需求;也只有根据现实时代"对话"的审美驱需,他才能对题材内容中美丑善恶的历史含义进行增损贬抑的处理,特别是对那些有悖于时代旨趣的丑恶的、非人性的东西进行必要的淘汰剔除。

古往今来的历史文学作家,为使自己的作品能畅通无阻地参与现实的精神文化消费,事实上也正是这样做的。剔丑抑恶,这可以说是历史文学内容转换的最基本的原则。这不是你愿意不愿意的问题,而是作为一个面向读者、面向时代的作家的起码的艺术良知和社会道德的问题。拿我国人民非常熟知的昭君题材来说,为什么除曹禺的《王昭君》外,迄今有关此类题材的作品一般都写到昭君被逼出塞或半途殉身(纯系虚构)为止就煞住了,这里分明就有这样的含意。即便是正面直笔昭君出塞后生活情景的《王昭君》吧,曹禺也只是写昭君与呼邪单于"长相知,长不断",维护了蒙汉之间的团结;至于单于死后的昭君如何"从胡俗",嫁给了单于前妻的儿子,就一概避而不述。因为这虽然是历史真实,如果不加选择

---

① [匈]卢卡契:《卢卡契文学论文集》(一),中国社会科学出版社1980年版,第148页。

地表现出来，那不仅有损于昭君形象的美，同时也为今人的伦理道德观念所难以接受；这毕竟是原始群婚制的余脉，愚昧落后的婚姻陋习。再比如勾践复国题材，为何历来的作家几乎无不抓住他的"卧薪尝胆"做文章，而没有听说有谁对他的"尝粪疗疾"进行刻意渲染。推究一下，其实也是这个道理。因为"尝胆"和"尝粪"尽管都是历史真实，都能表现勾践忍辱负重、委曲求全的精神品格，后者毕竟不雅不美，如果将它照实搬上舞台或银幕，就会使人感到不堪入目，恶俗至极，演员也觉得难以忍受。正如鲁迅先生所说："世间实在还有写不进小说里去的人。倘写进去，而又逼真，这小说便被毁灭。譬如画家，他画蛇，画鳄鱼，画龟，画果子壳，画字纸篓，画垃圾堆，但没有谁画毛毛虫，画癞头疮，画鼻涕，画大便，就是一样的道理。"① 历史文学终究是一种精神性、情感性的艺术，它不能背离现代人正常的人性和人情；也不能为了所谓的真，而置今天起码的伦理道德和审美特性于不顾。真要服从美，更要接受善的制导。难怪莱辛说："身体苦痛的情况之下的激烈的形体扭曲和最高度的美是不相容的。所以他不得不把身体痛苦冲淡，把哀号化为轻微的叹息。这并非因为哀号就显出心灵不高贵，而是因为哀号会使面孔扭曲，令人恶心。"②

　　自然，我们这样说并无意于将审美的"淘汰剔除"当作历史文学内容转换的全部。从实际的创作情况来看，它往往是与作家"扬善崇美"的追求联系在一起，而且它也可以通过逆向或视点转移的艺术方法，将丑的题材内容转化为人们公认的审美欣赏对象。这也就是说，面对丑的历史与历史的丑，作家并非消极无为的，它同样可以充分发挥自己的主观能动性、创造性。当代长篇历史小说《金瓯缺》中有关李师师与宋徽宗情感关系的描写，在这方面就很可佐证。本来，对这样一对名妓与昏君的风流艳事，我们当然无须称颂，不仅不值得称颂，如果不加剔除地正面展开，恐怕还会陷作品于自然主义泥沼，招致其思想艺术价值的不应有贬损。《金瓯缺》的内容转换，其成功主要就得益于富有意味的理性淘漉和逆向性、视点转换的表现手法。对于李师师，他一方面着意表现她以"冷美人"的态度处置与宋徽宗赵佶的关系，保持自己独立的人格和做人的尊严；另一方面又强化突出她思想性格中的深明大义、疾恶如仇以及强烈的爱国主义的精神情感，赋予善的内涵，还用诗化的语言和诗化的意境，极写她的外形美、内心美。这样，原型形态中的否定性内容就很自然地变成

---

① 参见鲁迅《且介亭杂文末编·半夏小集》，上海三闲书屋1939年版。
② ［德］莱辛：《拉奥孔》，人民文学出版社1979年版，第16页。

一　问题与方法

了艺术美，以致我们挑剔的评论家看了也止不住惊呼："李师师的描写是全书最美、最动人的篇章之一"，"是作者创造的一个在历史上也许不存在的、动人心魄的奇迹"。① 而对于与李师师有关的宋徽宗赵佶，作者对其昏庸无能、灵魂可鄙一面进行了必要揭露，但也腾出许多篇幅，同时描写赵佶对真正心爱的人不忍用强的涵养和苦心，以及写了赵的高度的艺术才能，特别是作为"丹青妙手"的精湛造诣。作者甚至还用描绘李师师的诗化笔调，描写赵为李师师作画的情景，让人在一种浓重的艺术氛围中感受到这幅堪称神品的画的意境之美。至此，丑的历史对象和历史内容经过作家富有意味的加工创造，不着痕迹地升华为第二自然形态的艺术美。

从这里我们可知，历史文学所谓的"逆向或视点转移"，其实就是作家按照善的原则和美的规律对否定性历史内容的一种对象化的认同，它是集客观的社会性和作家主体的审美理想于一体的。具体地讲，"逆向"即是依逆反性思维，化腐朽为神奇，从否定性对象身上发现美，创造美；而"视点转移"，则是变换艺术表现的角度，暗度陈仓，丑中见美。

从这里我们也可知，历史文学中的历史丑恶并非就不能写，关键在于怎样写：是以丑为美，嗜痂成癖，还是"用一种美的方式去想"②，"把具有全部戏剧性深度的心灵和自然纳入表现中"③。这才是最根本的。如果是后者，即使写到丑，那它不但不与现代人的思想观念产生龃龉，反而使他们在美丑对比的高反差中看到内中固有的丰富的思想含义，使人的情感得到升华。传统的现实主义或浪漫主义历史文学，此种情形就不乏存在。如司各特《米德罗西安的心》中的处决场面的描写，由于作者"第一用的是十分节省的篇幅，第二强调了人性的先决性和结果，强调了人性的特点，而不是处决的残忍的特点，不是把处决作为处决来强调"④，所以，能把世俗视为残忍丑恶的负价值转化为人性美好的正价值。当然，在这方面最典型也最极端的要数本世纪兴起的现代主义历史文学的审美造型。在此种形态的历史文学作品中，诸如此类的残忍丑恶场面描写不仅愈来愈多，而且被大大推向了极点。施蛰存写于 20 世纪 30 年代的《石秀》等几个短篇历史小说，那大段大段地描绘石秀的性变态心理，就很好地说明

---

① 徐缉熙：《历史与诗的结合——简评长篇历史小说〈金瓯缺〉》，《上海师范大学学报》1983 年第 1 期。
② 北京大学哲学系美学教研研究室编：《西方美学家论美和美感》，商务印书馆 1980 年版，第 114 页。
③ [英] 鲍桑葵：《美学史》，商务印书馆 1986 年版，第 516 页。
④ [匈] 卢卡契：《卢卡契文学论文集》（一），中国社会科学出版社 1980 年版，第 148 页。

了这一点。至于80年代中期出版的王伯阳的长篇历史小说《苦海》，其对明末清初历史和郑成功、施琅人性弱点、污点和人性恶的细致入微的放笔描写：如郑成功在刚毅果敢的同时又是怎样专断暴戾、多疑、寡信、杀伐无当，甚至借治长子之罪的名义挟杀董夫人。施琅在威武勇猛的外表下又是如何残忍冷酷、心狠手辣、心胸狭窄，为了达到个人复仇的目的，竟背信弃义地杀害千余名明军战俘；包括在新时期颇具影响的新历史小说《红高粱》《红蝗》等，无所顾忌地写杀人、写大便、写性，这更是以前历史文学所不可能有，也不敢想象的事。尽管这也许有一些夸饰、偏颇的成分，但从积极的意义上讲，它却可以通过这种强刺激的特殊方式而让丑恶的历史内容由自我曝光走向自我否定，并因此释放出震撼人心的审美价值。这大概就是鲍桑葵所说的"普遍知觉目之为丑的东西，往往是最高贵的艺术中十分突出的东西，深深地灌注着不可否认的美的品质，以致不能解释为只是同丑自身明确区别开来的美的要素的衬托物"。[①]

正是从这个意义上，我认为我们前面引用的鲁迅和莱辛的话又不够全面。看来，对历史文学有关残忍丑恶的描写，我们还是要把它放在历史的范畴中作全面的、具体的、辩证的把握才是。

三

作家将已然历史对象人化为现代真实形态的艺术成品，在这一转换过程中，语言和内容的"两度创造"尽管不可避免，起到了不可或缺的重要作用，但它仅仅是历史文学真实性的一个方面而不是全部，并不是说只要实行了"两度创造"就可以直抵成功的彼岸，创作出有分量的、能充分体现自我个性魅力的真实佳构来。历史文学毕竟不同于现实题材的文学，它取材于一定的历史故实，原本就与历史具有某种"异质同构"的联系，堪称真正的"戴着镣铐跳舞的文学"。因此，这就使其现代转换在总体上只能纳入"历史—现代"的特殊审美机制中加以表现，这也就是说，历史文学真实的现代转换是二维的，它的一端植根于特定的历史沃土，而另一端则维系着现实社会的思想心理，并受与之俱来的历史真实性的制约，是历史与现实之间的能动感应和对话。

大量事实表明，历史文学上述这种双向互动感应和审美复合，看似矛盾抵牾实则正常合理，它不但完全合乎历史文学独特的文学本义，而且也是历史文学有效凸显自我、避免不适当现代化的一个重要前提。就拿语言

[①] [英]鲍桑葵：《美学史》，商务印书馆1986年版，第516页。

一 问题与方法

来说,为了使历史文学消除不必要的审美阻隔,我们在这方面诚只能要求作家使用以现代汉语为基础的现代白话文,不过,这恐怕也只是一种非常笼统、原则的说法,并且主要还是站在纯现实立场的一种观照。如果将问题推进到历史文学本体论角度审思,即把历史文学看成是一种有限度的文学,认为它可以而且应该体现一定的历史质感和实感,那么就会感到以上所说的现代白话语体的采用又不免有失简单,需要充进历史内涵加以合逻辑合情理的改造。其所以如此,乃是因为现代语言包括语感、语态、语调、语势、语汇、语词毕竟是现代文化的产物,它和今天的精神思想不可分割地联系在一起并深受其规约;在传递、表达历史生活内容方面有时显得心有余而力不足,无法构建既使读者可以满意接受但又具有历史感的艺术意象。语言学原理告诉我们,语言作为一种思维和交流的符号系统,它是用来指称被反映的客体对象。语言符号虽不是客体本身,但由于它是意义的载体,而意义则是客体的反映,是客体的观念表现形式,所以它同客体之间存在着一定的联系,对客体具有特殊的价值指向。

正因为语言具有符号、意义和指称这样一种三元一体的关系,故作家在进行创作时,为使语言符号携带的信息能传递历史对象的意义,给作品以应有的历史真实性和真切感,那就不能主观随意地将一些具有特定价值指向的语言符号输送给读者。例如:我们在描写昭君出塞、贞观之治时,为使作品为现代人可欣赏了解,当然可以而且应该采用颇富现代意味的语言,但是无论如何,我们不可让王昭君、汉元帝、呼邪单于、李世民、魏征等人嘴里漫口吐出诸如"民族大家庭的利益高于一切""积极开展批评与自我批评"的现代新名词。道理很简单,这些词如果作为一种信号输送给读者,只能诱使人们将它和现代生活内容直接挂钩联系,从而使审美心理上积储起来的历史感顷刻崩溃倒塌,造成符号与意义、指称的截然分离。人们经常批评的历史文学现代化倾向所指即此。

大概是有鉴于此,迄今为止我们见的历史文学之作,特别是成功或较成功之作,都无不避开那些为现代所独有的、带有特定含义的名词术语,并在现代人能读懂的范围内,有意识地融进大量的诗、词、曲、赋、碑、铭等古代韵文和词汇。他们这样做,从审美感知上说,就可因此而给作品平添"熟悉的陌生化""远近的双重性"的特征:一方面能使人感到是亲切可解的,另一方面又让人觉得陌生奇异,从而在艺术欣赏时既能达到感情与共而又处处隐伏历史距离的特殊美感。高层次的历史文学语言就是这样,它从不为了现实而忘了历史。这也许就是阿尼克斯特为什么称道司各特作品虽然具有"传达出小说人物的民族性、地方性和历史性的语言特点",但他"并不滥用这种手法,他的小说人物说话所用的语言虽然包含某些表达出历史色彩的典型的字句,但仍为现代读者所了解"。①

　　历史文学真实的现代转换,不但语言表现形式有个历史感的问题,而且其题材内容的选择处理也要自觉接受历史可然律的必要规范。历史文学中美丑善恶的增损贬抑当然离不开作家现实性原则的参与乃至接受美学所谓的符号异化的处理,但作为一种客体对象,美丑善恶本身毕竟来自历史,它带有特定的历史气息和历史内涵。更为主要的是,在颇多情况上,它的古今表现形态虽然并不相同但彼此之间却存在着难以切割的深刻联系。历史辩证法告诉我们:历史的发展是以螺旋形的形式上升的,每一种社会形态都要在低级阶段和高级阶段重复出现,因而历史与现实是割不断的,它的美丑善恶的历史内容在不同的阶段,常常会发生惊人的相似之处,亦即"在高级阶段上重复低级阶段的某些特征、特性等等,并且仿佛向旧东西的回复"。② 按照系统论的观点,从人类社会发展的完整历程考察:美丑善恶的历史不是节节逝去的外在事物,而是作为类存在的、发展着的某种本质力量丰富和展开的过程,它们在精神主体上彼此具有内在的深刻继承和联系。今天是昨天的发展,不可能不留下昨天的痕迹;昨天是今天的由来,也必然能从中找到今天的某些渊源;甚至像菊池宽所说的德川时代"不记仇不报仇"思想与20世纪"人本主义和人道主义"③不期而合的现象,在历史上也不乏其例(菊池宽的历史小说《恩仇之彼方》表现的就是这样一种历史内容)。

　　正因这样,我们作家在进行内容转换时,就不应置其历史含义于不顾,将对美丑善恶的增损贬抑处理当作一种完全无干的纯现实的单项创造。须知,真虽然并非等于美和善,但它毕竟是美和善价值兑现的前提条件和基础。为什么传统历史文学《清宫谱》《赵氏孤儿》等虽有明显的封建糟粕,但却通体透出一股毕肖酷似的历史氛围和大气磅礴的正气,让人看了真实动情,悲怆不已。而20世纪五六十年代创作的《信陵公子》《窃符救赵》以及不少卧薪尝胆的新编历史剧一心想"为今用"但最终效果适得其反,竟遭人拒绝。这个中就是历史之"真"的功能价值在起作用:前者,它在实施内容转化的现实性原则的同时,也充分注意历史的质定性和客观"范"的一面;后者,则把美丑善恶的

---

① [英]阿尼克斯特:《英国文学史纲》,人民文学出版社1959年版,第362页。
② [俄]列宁:《辩证法的要素》,《列宁全集》第38卷,人民出版社1959年版。
③ [日]菊池宽:《历史小说论》,见《文艺创作讲座》第1卷,光华书局1931年版。

一 问题与方法

内容转化处理完全等同于作家文学主体的单向运作，而忽视了在这一转换过程中历史自身也能产生一部分能量。从社会学、发生学角度讲，就是只看到历史发展过程的变异性，而看不到它的连续性，是变异性与连续性的有机统一，互为因果。

（原载《文学评论》1998年第2期）

论跨媒介叙事的版权冲突与调适

于 文

作为"媒介融合"最具代表性的呈现方式,"跨媒介叙事"越来越成为全球文化产业最炙手可热的内容生产经营理念。借助新一代互联网所形成的泛在传播环境,文化在一定程度上摆脱媒介的偏向,实现了内容生成与表达的自由解放。内容叙事在不同媒介、不同主体间同步交互进行,构成全新的媒介生产景观。近年来在我国网络文学出版、影视动漫、网络游戏等文化产业领域兴起的"泛娱乐"战略和"IP"经营等商业实践,都是"跨媒介叙事"趋势在产业经营层面的具体体现。因此,一方面,"跨媒介叙事"成为推动我国出版、影视、动漫等传统媒体和新兴媒体融合发展,促进文化产业转型升级的重要途径,而另一方面,跨媒介叙事所形成的新型文化生产关系也对版权制度发起挑战,表现为版权制度对跨媒介叙事生产的不适应。因此,要推进跨媒介叙事的发展繁荣,需要从跨媒介叙事对文化生产的本质影响出发来分析矛盾所在,从而探索建立与之配套的版权制度环境。

一 跨媒介叙事:互联网时代的新型文化生产

"跨媒介叙事"(transmedia storytelling)最早于2003年由时任麻省理工学院比较媒介中心主任的亨利·詹金斯(Henry Jenkins)提出,用以指称一种综合运用多种媒介讲述故事的全新叙事技巧。[1] 此概念在詹金斯2006年出版的专著《融合文化:新媒体和旧媒体的冲突地带》中得到系统阐释和发展。[2] 詹金斯的理论跳出了传统"跨媒介叙事(narrative)"研

---

[1] Henry Jenkins, "Transmedia Storytelling: Moving characters from books to films to video games can make them stronger and more compelling", *Technology Review*, 2003 (1), pp. 17–24.

[2] [美] 亨利·詹金斯:《融合文化:新媒体和旧媒体的冲突地带》,杜永明译,商务印书馆2012年版,第153—206页。

一 问题与方法

究的文艺学理论框架,将跨媒介美学与跨媒介经营相结合,勾勒出一种崭新的内容创意经营理念。作为全新文化生产方式,跨媒介叙事具有诸多颠覆性特征,理解这些特征正是分析跨媒介叙事版权问题之症结的关键。

(一)协同叙事:从改编接力到互动合奏

媒介的偏向性使倚赖不同媒介而生的文学、影视、动漫、网游等各种艺术门类在形式美学上风格迥异,从而形成表达创作的专门化与专业化。虽然作品的跨媒介转换在 20 世纪已大行其道——一旦某部作品畅销,"配合默契"的文化企业就会通过版权转让与特许经营像接力赛般将作品制作成图书、影视、游戏、戏剧等系列文化产品——但转换过程多是在互不相干的艺术家和文化企业间依次完成,这个过程被冠以"跨媒体经营""衍生开发""特许授权"等名称,其本质是以"改编权"流转为中心,用不同媒介产品呈现相同内容。在詹金斯看来,文化产业这种"一源多用"(One Source Multi-Use)的产品延伸策略只是简单的跨媒介"重复",与跨媒介叙事本质不同。在跨媒介叙事中,"共同创造代替特许经营……不同公司间从一开始就通力合作,每种媒体都用其独特的优势为故事的叙述做出贡献,创造完整的叙事体验和更大的叙事体系"。[①] 也就是说,每种媒介产品都具有内容上的独特性,却又在同一主题和世界观下相互暗示、关联、延展,形成跨媒介内容的"互文指涉",从而给受众带来无处不在,无所不在的沉浸式娱乐体验。詹金斯用"叙事"(Storytelling)一词来指称概念就已表明跨媒介融合已深入到内容的叙事创作过程之中,而不仅仅是呈现形式的融合。可以说,"跨媒介叙事"既是一种全新的内容创作(故事讲述)方式,也是一种全新的文化生产经营理念。"为了创造完整的叙事体验,不同创作者运用不同的媒介形式和传播渠道同时参与同一故事的叙述,并根据各自媒介的优势发展出不完全相同却又彼此呼应推进的文本内容,从而共同构建出丰富而无边际的故事世界。"[②]

这种叙事方式的勃兴与第二代互联网的兴起密切相关。区别于门户网站为代表的第一代互联网,以社交性、移动性为特征的第二代互联网所创造的无时无刻、无所不在的泛在传播环境使跨媒介叙事的普遍开展成为可能。虽然互联网时代早期,就以出现诸如《黑客帝国》(1999 年,2003 年)这种由内容互不重复的电影、动画短片、漫画、游戏构成跨媒体叙

[①] [美]亨利·詹金斯:《融合文化:新媒体和旧媒体的冲突地带》,杜永明译,商务印书馆 2012 年版,第 169—170 页。

[②] Robert Pratten, *Getting Started in Transmedia Storytelling* (2nd Edition), Create Space Publishing, 2014, p. 2.

事的经典案例，但只有到互联网作为基础设施深深嵌入所有形式的艺术创作与所有人的日常生活之时，跨媒介叙事才真正成为颠覆艺术表达和产业逻辑的新力量。在同一互联网平台上，作家、编剧、导演、漫画师和游戏策划人围绕同一世界观和故事主题同时展开创作，数字技术消弭了媒介产品自由转换的物理界限，移动互联和云技术则让不同领域的奇思妙想能随时随地地碰撞和交流。在文艺理论看来，跨媒介叙事是一种全新的文学形态，有研究称之为"扩散性文学"；① 在产业实践看来，跨媒介叙事是一种全新的经营模式，在中国被冠以"泛娱乐战略"。② 其核心便是"表达的解放"，即故事讲述在不同主体、不同媒介中自由穿梭，同步交互进行。在跨媒介叙事中，跨媒介产品的开发不再是线性的商业接力，而是不同门类的文化企业和艺术家协同配合的交响合奏。

（二）社会化叙事：从集权到泛中心

互联网不仅消融了存在于文化生产中的行业区隔，也打破了文化生产中的中央集权。跨媒介叙事的颠覆性还体现在创作与接受、生产与消费的融合上。文化消费者不再是被动的受众，而是借助 Web2.0 和移动互联网平台以及智能数字设备的普及，广泛地参与到"跨媒介叙述"的大合奏中，从而动摇了大众传播格局下以文化企业为中枢的集中式生产模式。也就是说，作者不再是叙事的唯一主宰，故事本身亦在读者、观众和游戏玩家等受众的媒介消费过程中被不断丰富发展。消费者对文本的评论、改编与再创作——这种过去只限于私人领域的自娱自乐——不再是孤立分散的偶然行为，而是借助互联网连接成新型的跨媒介集体创作，从而使文本的消费过程也被纳入文化产业的主流叙事体系之中。生产消费过程合一不仅导致文化生产主体的泛中心化，也催生了产品内容形式以个体需求为中心的个性化与多元化。

在跨媒介叙事的成功案例中，具有能动性和参与性的消费者（也即媒介产品的粉丝）创作的模仿视频、粉丝小说（同人文）和游戏玩家中形成的热门话题，不仅本身构成跨媒介叙事的组成，也被职业创作者在后续创作中吸收发展。尤查·本科勒将这种分散主体因为共同主题而聚集的文化生产称之为"社会化生产"（social production），以区别传统文化工业中的"职业化创作"模式。③ 而社会化生产的基础便是克莱·舍基所言

---

① 周路鹭：《超越"改编模式"："扩散性文学"的当代特征》，《文艺理论研究》2014年第5期。
② 马化腾：《互联网+：国家战略行动路线图》，中信出版社2015年版，第191页。
③ Yochai Benkler, Sharing Nicely: On Shareable Goods and the Emergence of Sharing as a Modality of Economic Production, *Yale Law Journal*, 2004（114）：273–358.

的"认知盈余",即每个人用于休闲娱乐的零散自由时间被汇集在一起,成为重要的文化生产力量。① 所有爱好同一故事的人都是叙事主体,根据各自偏好与特长使用不同媒介参与叙事,文化生产借助互联网回归了前大众媒介时代的集体主义本质,文本由不特定的人共同完成,只不过这个过程从百年流传变成了实时互动。

生产消费过程合一不仅导致文化生产主体的泛中心化,也催生了产品内容形式以个体需求为中心的个性化与多元化。活跃的"参与文化"是泛娱乐战略区别于传统跨媒体文化产业经营的另一显著特征。在此背景下,"众包""众筹"等源于网民合作互助的生产组织形式,也很快被文化产业所收编,发展成为泛娱乐经营中常用的新型互联网商业策略。文化产业单向的供应链产业模式被网状的互动生产模式所取代,内容产品的固化成品状态不复存在,内容叙事在创作者、专业化制作者和网民粉丝的频繁互动中动态展开,生产与消费过程融为一体,难分彼此。例如,腾讯携手像素游戏与作家南派三叔共同从零打造的泛娱乐实践《勇者大冒险》于2015年推出后取得市场成功,主要原因就是项目一开始便在一个共通的世界观背景和设定下,并行同步推进各种产品,并借助腾讯多元社交平台,形成统一的粉丝圈,最终形成粉丝社区,从而推动各产品市场的融合与凝聚。"举例来说,《勇者大冒险》中的人物神荼在动画播出后获得许多粉丝青睐,并被粉丝赋予更丰富的形象和角色期待。鉴于神荼的高人气,《勇者大冒险》手游很快将其加入,使得动画粉丝和游戏产品产生交集,并进一步推动动画和游戏产品双方的热度,使这一IP的影响力得到巩固。"

二 跨媒介叙事中的版权法律冲突

作为调整作品的归属、使用和传播关系的法律制度,现行版权制度与跨媒介叙事中的全新创作行为存在极大不适应,从而导致版权制度失灵。因为较之传统作品创作方式,围绕跨媒介叙事所形成的创作者、使用者和传播者的新型社会关系是颠覆性的,有些新问题可以通过现行版权法进行解读和规范,但有些则是以集中生产和个人主义作品观为基础构造的现行版权制度所无法调整的。② 特别是在传统文化生产与新兴文化生产相交融的现实格局中,矛盾的化解往往因为多方利益的交织而顾此失彼,陷入困境。

---

① [美]克莱·舍基:《认知盈余:自由时间的力量》,胡泳、哈丽丝译,中国人民大学出版社2012年版,第5—6页。

② 于文:《创意产业发展中的版权困境及解决路径》,《出版发行研究》2013年第12期。

（一）协同叙事中的版权冲突

"跨媒介叙事"营造了由不同媒介创作者进行共时性协同叙事的全新文化生产景观，而有别于传统跨媒介经营的历时性"改编模式"。跨媒介生产从历时性向共时性的转变催生了全新的创作方式，也触及了版权法的基础法律构造。如同科斯将市场和企业视为资源配置的两种基本方式一样，[①] 在前互联网时代，版权的配置也基本通过"市场模式"和"企业模式"来完成。一般情况下，文化生产按照书刊、音乐、影视等媒介差异形成行业区隔，而版权的流转通过权利人与使用人之间的市场交易来实现。版权法也因此扩张了演绎权，即赋予权利人控制他人以不同表现形式改编作品的权利；而对更为复杂的文化生产，如电影等涉及导演、摄像、道具、作曲等多种创造性投入的创作活动，则是通过企业与所有创作者缔结劳动关系，来实现作品的内部合作生产，从而将版权的传播使用成本内部化。[②] 版权法也做出相应立法应对，通过合作作品和职务作品等特殊化条款来实现权利的集中归属，解决版权许可难的问题。

然而跨媒介叙事中的新型创作与传播行为是上述"市场模式"与"企业模式"都难以相容的。首先，市场模式无法适应协同创作中作品使用的变动性与交互性。在传统环境下，单个媒介产品一般是在生产周期结束后——多数在获得畅销后——才会被许可给其他类型的媒介企业与创作者进行演绎再创作，而且这种授权交易基本都是一次性和单向的。因此，交易的发生具有简单、明确和稳定的特征，所以即便每次作品使用都采取合同交易，也不会影响作品的创作与传播效率。而跨媒介叙事中不同媒介生产者之间的作品使用与改编则是在同步交互的创作中发生，作品使用的程度范围、权利类型和交易频次都存在极大的变动性，由此产生的交易成本必然导致市场模式失灵。其次，企业模式也难以适应跨媒介叙事的开放性与多样性。生产主体的多样性及媒介的专业性决定了大多数跨媒介叙事难以由单个媒介集团完成。相反，互联网可以让互不隶属的媒介企业以及独立艺术家和创作人自由结合，却又统一协调地共同完成故事讲述。企业模式的基础是合作作品的整体性与合作方式的稳定性，而跨媒介叙事则并不生产无法分割的合成作品，而是围绕同一故事主题产出一组跨媒介作品群，其中每部作品都是新表达与原表达融为一体的新作品。因此，跨媒

[①] [美]罗纳德·哈里·科斯：《企业、市场与法律》，盛洪、陈郁译，格致出版社、上海三联书店、上海人民出版社2009年版，第12—13页。

[②] [美]理查德·E.凯夫斯：《创意产业经济学》，孙菲等译，新华出版社2004年版，第82—83页。

叙事中作品使用与传播的复杂性已经突破了传统版权制度的配置能力。

(二) 社会化叙事的版权冲突

跨媒介叙事中更大的版权冲突来自社会化叙事的挑战。生产型消费者(Prosumer) 的广泛参与是跨媒介叙事的活力之源，也是版权冲突之源。詹金斯将能动的粉丝比喻为盗猎者，他们盗得媒介产品中的材料，加以挪用，制造出新的意义。① 这里的"盗猎"自然有"未经许可"之意，只不过这种古已有之的行为在互联网时代从私人范围的自娱自乐变成了公开传播并集体协作的众声喧哗，即从合理使用的法外之地进入版权的管控区域。起初，文化公司对这种盗猎有着条件反射式的敌意，如华纳兄弟试图打击哈利·波特迷创办的在线"预言家日报"，将其视为冒犯公司资产的大逆行为。② 然而随着参与式文化 (Participatory Culture) 的不断发展，粉丝的再创作因为其营销意义被越来越多的公司所重视，并通过隐蔽的控制将其引导到跨媒介叙事的大合奏中。媒介公司对版权的态度也变得游离暧昧。

跨媒介叙事因此成为不同媒介文化的冲突地带，"公司文化"与"草根文化"、"许可文化"与"自由文化"的博弈交融使作为"利益平衡器"的版权制度进退维谷。消费者作为生产极的崛起，不仅具备创作与传播能力，而且打破了文化产业中"公司主导"的一元生产模式，转而带来生产主体、生产动机、盈利模式的多元化。主体泛化并不仅是数量增长，而是结构的复杂化。较之企业和职业创作者，消费者无市场准入，身份模糊，分散不稳定等特征都给传统版权许可模式带来巨大挑战；消费者参与也使"共享经济""礼品经济"等基于精神愉悦和社会认同等多元生产动机兴起，对作为版权制度根基的产权化原则发起挑战。③ 此外，消费者在涉及版权法这类权属权项极其复杂的专业性法律时，缺乏必要的法律素养和承担专业法律服务的能力，也使版权法从原本只与专业人士和机构有关的专家法律变为日常法律，而且是"在日常生活中难以被执行的法律"。④

---

① Henry Jenkins, "Strangers No More, We Sing": Filking and the Social Construction of the Science Fiction Fan Community. //Lewis, L. A., Waldron, D., Fiske, J., *The Adoring Audience*: Fan Cultureand Popular Media, New York: Routledge, 1992: 146 – 157.

② [美] 亨利·詹金斯：《融合文化：新媒体和旧媒体的冲突地带》，杜永明译，商务印书馆 2012 年版，第 277—286 页。

③ [英] 詹姆斯·柯兰等：《互联网的误读》，何道宽译，中国人民大学出版社 2014 年版，第 87—96 页。

④ 吴伟光：《版权制度与新媒体技术之间的裂痕与弥补》，《现代法学》2011 年第 3 期。

三　发展跨媒介叙事的版权制度调适

跨媒介叙事对作品创作与传播方式的颠覆触及了版权法的基础法律构造，由此引发的版权冲突也成为制约跨媒介叙事的发展瓶颈。然而，冲突的化解却并非单纯依靠立法、司法和执法所能解决。虽然代表资本力量的媒介公司在跨媒介叙事的权力结构中居于主导，但代表市场力量的粉丝生产同样不容忽视。两者对独占与共享、许可与开放、产权化与去产权化的态度大相径庭，使制度层面的改革措施难以兼顾利益平衡而陷入困境。因此，在处理多元利益纠葛时，体现特定权利人意志的市场交易创新比法律制度改革更为实际而灵活，更能反映与平衡跨媒介叙事中具体法律关系的权利义务诉求。事实上，版权本质上是"一种交易型财产权，版权的实现不仅依靠法律，更主要依靠市场"。[①] 相反，版权法往往是对已有商业模式的确权与保障，是对市场失灵的弥补。所以，只有创新版权市场制度并辅之以配套的版权法改革，才能从根本上化解跨媒介叙事的版权冲突。

（一）版权许可制度创新

对产业界而言，可推动建立统一的在线版权交易平台。互联网的连接性使跨媒介协同创作成为可能，也同样能用以削减同步互动创作而生的交易成本。以英国的版权集成中心（copyright hub）为代表，当前主要发达国家都在推动政府牵头、产业界主导的一站式在线版权交易平台建设，目的之一就是应对媒介融合过程中所产生的"小权利"交易问题。[②] 参与跨媒介叙事的公司、创作者和粉丝均可将创作过程中的阶段性作品的权利信息以格式化菜单形式提交在线交易平台，而其他跨媒介使用者则通过"一站搜索"和"一键下单"便捷地获取版权许可。

对运营企业而言，可视情况充当企业性质的权利集中管理机构。权利的集中行使一直是版权制度降低交易成本的主要手段。跨媒介叙事的基础条件是统一互通的互联网平台，使如腾讯等平台性互联网企业越来越多地充当跨媒介叙事的运营组织者。而在此情况下，平台型运营企业可以通过信托代理建立统一的版权登记与集中管理，代表权利人向跨媒介使用者发放许可并分配收益，成为比公益性版权集体管理组织更高效的选择。例如，"谷歌图书"设立的非营利性图书版权登记处（Book Rights

---

[①] 李琛：《著作权基本理论批判》，知识产权出版社2013年版，第48页。
[②] 于文：《在线版权交易平台的创新趋势及评价——以英国"版权集成中心"（Copyright Hub）为例》，《编辑之友》2013年第7期。

一 问题与方法

Registry）和采取统一定价的苹果 iTunes 音乐商店都是此类机构，而跨媒介叙事的运营平台商同样可以扮演类似角色，利用自身的平台性提升版权许可效率。

对企业和公民而言，可进一步创新和发展开放许可制度。在一定范围内允许未经许可的使用是降低版权交易成本的另一主要方式。在线许可和集中许可一定程度降低了协同创作中的版权交易成本，但该成本对主体分散而不稳定的社会化"众创"行为依然过高。与合理使用和法定许可等权利释放机制不同，知识共享（CC）协议为代表的开放许可更能体现权利人意志，也因此具备了由公民共享运动转变为市场交易机制的可能性。消费者参与跨媒介叙事需通过社会化网络，而承担此功能的社交平台运营商可通过用户注册协议获得用户生成内容的开放许可，从而推进消费者参与生产的有序繁荣。具体做法可以是"选项合同"，用户在上传作品时根据服务商设定的选项，自助选择开放许可的范围，或者是"点击合同"，用户在注册时接受注册服务协议中的开放许可格式条款，将原创内容的相关权利以非专有且免费的方式许可给其他跨媒介使用者。

（二）版权经营制度创新

"知识产权在资本形态上表现为无形资产，在管理学上属于企业固定资产范畴。"[1] 因此，企业间的并购与投资是解决跨媒介版权流通效率的有效方式。企业通过兼并、收购，实现版权的集中。"与单项版权交易相比，版权资产并购由于其集中性、一次性，大大降低了版权交易的成本"，[2] 有利于并购企业开展跨媒介叙事的经营。2009 年，迪士尼以 40 多亿美元天价收购漫画业巨头"漫威公司"（Marvel Entertainment），从而拥有了包括"蜘蛛侠""钢铁侠""X 战警"在内的五千多个漫画角色资源，为其展开英雄主义世界观的宏大跨媒介叙事奠定了版权基础。而腾讯大手笔收购盛大文学和众多动漫、网游公司，也为《择天记》《勇者大冒险》等泛娱乐产品的开发扫除了版权障碍。

然而，跨媒介并购的资本门槛过高，且不利于跨媒介叙事的生态开放性与多样性。以商业协议开展"版权合作"等联营方式对跨媒介叙事的经营更为适用。各自独立经营的媒介企业与创作者，通过签署商业合作协议进行约定时间内的一揽子版权许可，明确各方的权利义务，从而在同一主题的跨媒介叙事创作过程中共享彼此创作的版权。特别是在

---

[1] 吴汉东：《知识产权的多元属性及其研究范式》，《中国社会科学》2011 年第 5 期。
[2] 徐棣枫：《版权并购交易的风险及其防范》，《中国出版》2013 年第 3 期。

跨媒介演绎改编中，许多相互使用的故事情节和人物形象有时尚不足构成著作权法上的作品时，或介于思想与表达的模糊地带时，采取商业协议的形式进行使用，既可以避免纠纷风险，也可使相关智力成果的经济利益得到合理分配。

（三）版权法配套改革

版权许可和版权经营机制的创新均属市场创新，新的市场制度必然存在市场失灵。这就需要政府根据互联网时代文化生产的新趋势，协同业界、公民推动立法部门进行版权法的修订完善，对创作传播活动中形成的新法律关系进行调整规范。

首先应当是简化版权法。"版权法属于财产法，当个人成为版权使用和传播主体时，为促进财产使用价值和交换价值的实现……"，[1] 法律简化应当并且已成为世界各国版权法改革趋势。但立法部门依然要将"简化"原则上升为修法宗旨，因为在新一轮版权法修订博弈中，媒介产业依然是主导势力，要防范因为产业利益博弈而导致版权法进一步复杂化。具体而言包括依照媒介融合趋势对版权的权项按公开传播权、演绎权等大类进行合并，对权利限制和例外规则加以简化，特别是对涉及个体转换性使用的挪用、戏仿等使用行为进行明确界定，以及对孤儿作品的使用进行简化等。

其次是对新型版权许可制度进行规制。在线版权交易平台、网络服务商的版权集中管理和开放许可等领域的创新在适应跨媒介叙事之版权制度需求的同时，也存在平台型企业滥用市场垄断地位的法律风险。因此，版权法及其配套法规应当做出相应规定，对交易平台、企业充当权利集中管理机构的服务协议进行规制，对要求权利人进行版权转让或专属许可的霸王条款进行限制，以及对使用公共许可进行跨媒介演绎改编新作品时必须保留并公示权利信息等行为责任进行明确的解释规定等，以保证利益分配的公平公正，发挥新制度的应有功能。

（原载《出版科学》2016 年第 2 期）

---

[1] 吴伟光：《著作权法研究——国际条约、中国立法与司法实践》，清华大学出版社 2013 年版，第 645 页。

二

思潮与现象

新时期启蒙叙事的师者形象衍变

陈力君

一 师者的形象功能

五四和20世纪70年代末开始的新时期成为我国20世纪启蒙精神的两大高潮期，文学启蒙叙事得以凸显，注重历史意义和社会价值成为启蒙文学的鲜明特征，而启蒙文学的审美价值则常为研究者所忽略。启蒙文学作为审美实践，其思想价值不可能悬空在文学审美规律之外，事实上，审美始终是启蒙文学文本不可或缺的内在规定。本文尝试深入启蒙叙事的审美空间，选择师者这一启蒙价值的承载者作为研究对象，从文学内部探寻启蒙话语的流变轨迹。

文学通过形象和情感解读社会历史，阐释抽象理念。20世纪中国文学的启蒙叙事不断演绎着启蒙者对被启蒙者进行精神疗救的情节模式，由于感受到中国文化环境的浓重黑暗和压抑郁闷，孤独、悲怆又坚韧成为启蒙者共同的精神气质。师者往往成为启蒙者对应的文学形象，成为启蒙叙事中启蒙价值的承担者和启蒙任务的实践者。但对于尊奉"师道尊严"的中国社会而言，师者形象并不是纯粹意义上的现代人物形象，他有着坚实的文化传统和丰厚的历史积淀，"师者，所以传道授业解惑也"，韩愈在《师说》中的概括，指出了传统为师者的职责承担，但未完全涵盖师者所有的文化功能。归纳起来，师者功能主要体现为以下几点。

其一，渠道沟通功能。师者在传统社会中属于中间权力阶层，中国传统社会向来注重"道"的传授而忽视业的掌握，传统社会中"道"的解释者就是知识的拥有者和权力的阐释者，因此，师者虽不能直接掌握权力，但通过解释权力而靠近权力核心，通过阐释权力的合法性获得观念上的文化特权。文化特权从属于现实政治权力，甚至可以超越或凌驾于政治权力之上。在上层社会，师者可以通过确证政治权力合理性而获得统治者的信任，也可以通过文化批判方式对过度扩张的政治特权构成限制和抵制；在民间，师者成为民众的代言者或者民众意愿的传输者。政治特权形成的尖锐对抗经由师者沟通可以得到舒缓，得以更持久的延续。渠道沟通功能成为师者存在的社会现实依据。

其二，价值预设功能。巫师是人类较早时期的师者形象，其文化功能主要体现在人类童年时期。蛮荒年代，人类对自身及世界知之甚少，经常因无知引起惶惑和恐慌，由此需要能够解释神秘的特殊阶层。巫师能够破译费解的上天意志，显示出超自然的力量，被人们视为掌握上天启示的先知。由于上天总是隐蔽于人们视域之外，人们的期许和渴望只有通过能够明白上天意旨的巫师来传递。巫师来往于天之意志和人的意愿之间，解读上天启示，从而使其蒙上了神秘色彩，因此在社会结构中地位较高。在印度、埃及和中国等古老文明的辉煌时期都曾经拥有庞大的巫师阶层。巫师凭借知识的优越拥有了垄断知识的特权，同时也拥有了由知识衍生的文化观念特权，他们按照上天的意志对人间已经发生的事情和即将发生的事情进行判断和预言，价值预设影响了人们的文化理想和价值观念，甚至影响了社会的进程。随着人类对世界认知能力的增强，巫师的阐释功能逐渐弱化、淡化，因知识而衍生的价值预设功能则被后代师者沿袭。

其三，精神导引功能。价值预设功能使师者获得精神优势，他们总是习惯性地运用文化特权为社会制定目标、确立价值理想，凸显师者的社会现实作用。理性思维构建的价值领域往往难以被未经过特殊训练的一般民众所理解，因此，师者经常通过教诲的过程使公众获得心灵启迪和精神导引，在实践过程中确立的价值准则。通过反复的施教过程，社会公众逐步接受师者所确立的价值理念，逐步实现师者的精神导引功能。所以在传统文化体系中，师者一直是受人尊敬的职业，传统知识分子最高理想是成为王者之师，即最高权力的诠释者，进而通过最高权力对自身身份的确证，成为全社会的精神导师。

近代启蒙观念的引入引发了对传统文化观念的强烈质疑。现代知识分子在拷问"道"的同时，对师者的身份和地位表示了普遍怀疑。五四新文化运动提出"打倒孔家店"口号，矛头直指传统的儒家学说，也包括因之而产生的教育体系，"尊师重道""师道尊严"等传统教育道德观念都遭到了批判和否决。传统教育方式成为现代教育的对立面而遭到否定，鲁迅对"三味书屋"晦涩黯淡的记忆只是"百草园"生趣盎然的衬托，后人对北大教坛上固守陈规的辜鸿铭的形象描摹也总是带着嘲弄讥讽。然而，从西土引进的民主思想、自由原则等现代价值理念和科学技术知识，对大多数中国民众来说普遍陌生和无知，启蒙精神的深入和拓展仍然需要专门的知识阶层进行阐释和解惑，师者这一社会角色在传统文化向现代文化转型过程中承担了启蒙重任。戊戌变法虽然在政治上以失败而告终，却沿用已设立的京师大学堂为后来新思潮的广泛传播留下了空间。当然，社会转型中的知识分子传输启蒙精神并非一路坦途，他们在承担启蒙任务和实施现代理念传输的过程中不断地受到旧势力排挤，如鲁迅小说中的许多知识分子形象，叶圣陶《倪焕之》中的倪焕之，柔石《二月》中的萧涧秋，他们都因为启蒙受挫而痛苦、迷茫和彷徨。然而，其中经历的曲折和痛苦只是荡涤他们灵魂的过滤器，只会使他们不断地反省是否能够承担现代启蒙的师者形象，而不会使他们对启蒙价值的合理性产生怀疑。师者作为一种社会角色，延续了传统的社会分工，难以舍弃传统的师者道德理念，而启蒙理念的输入带来了精神价值的观念转换，作为知识分子，师者又无可推卸地充当启蒙精神的阐释者和传输者，师者形象在行为和理智上出现了分化，这种矛盾和痛苦也体现在他们传输的启蒙精神中。

新时期文学启蒙精神的再度勃兴又一次突出了师者的功能，他们既与传统文化中的圣哲模式的师者道德相连接，激发了民族精神，又恢复了被压制多年的知识分子的身份意识和社会作用。知识分子的现代身份和古典色彩集中在师者形象上，沟通了政治意识形态、知识分子的精英意识及广泛的民间精神渴求，启蒙精神的传播激起社会共鸣。但社会共鸣只是代表了共同的诉求，而遮蔽了其内在的差异，事实上新时期文学中的师者形象存在着不同的类型。

二 新时期文学中的师者类型

在布施启蒙道义、呼唤国民灵魂改造的20世纪中国启蒙中，隐藏着一幅幅谆谆教导、循循善诱的"师者启蒙图"。有的师者形象直接出现在文本中，振臂高呼，大声呐喊，"铁肩担道义"；有的则不动声色地以精神的力量召唤着人们接近"启蒙之光"。新时期文学中师者形象的衍变与启蒙话语的嬗变密切关联。"实践是检验真理的唯一标准"大讨论的展开，在哲学、文化、政治、经济等众多领域确立了新的行动准则。经历了现代化的社会总动员后，启蒙从价值预设被阐释为人人参与的行动原则，文学以积极主动参与的姿态大力宣扬了这种行动者的形象。高行健引起广泛争议的作品《车站》，就是以默不作声向城里进发的形象来警醒贻误时机的空谈者；《乔厂长上任记》《花园街五号》《新星》和《沉重的翅膀》等作品都以改革者为榜样鼓舞人们行动。师者的作用在于传道和布道，虽然也鼓动人们行动，但实践和行动始终不是"师者"的特长，在改革展开后，师者的作用反而式微了，行动上的缓滞和道德上的犹疑一直成为20世纪90年代文学质询的重心。笔者在此试图通过对新时期文学中的师者形象的梳理，探寻他们的思想脉络、身份地位的变化及文本中的角色更迭与启蒙思潮演变之间的关联。

第一类是"标本式"的师者形象。现代启蒙理念在反抗传统文化中得以确立，对于长期浸染在传统文化价值中的中国民众而言，民主、科学、平等等现代理念都是陌生和抽象的，师者起到了传输启蒙理念的作用。"五四"新文化思想的传播与现代教育的发展有着密切的联系。20世纪初的许多启蒙者如陈独秀、胡适、鲁迅等现代先哲都是以学校或广场的讲台宣扬启蒙思想的导师。根据信息学原理，为了保证信源到信宿的信息有效，就要确定信息通道的畅通，而师者能够承担启蒙道义传输者角色的首要条件就是纯洁、通明和无杂质。这不仅要求师者本身与启蒙的理性、自由要求一致，而且还要保证师者道德高尚、人格无缺。新时期之初的文学作品中的师者形象往往成为公众认可的精神标示和道德榜样。

刘心武的《班主任》中的张仲石以师者角色承担了20世纪再度启蒙的重任，发出了"救救孩子"的呼唤，成为新时期文学中第一个启蒙者形象。他在急需信念和信仰的年代成为一个可信任和可依靠的师者形象，既承传了传统师者的道德激情和理想色彩，又具有鲜明的时代特色和勇于承担的品质，张仲石对宋宝琦和谢惠敏这类青年学生的思考和拯救超出了班主任的职责范围："他想到自己的职责——人民教师，班主任，他所培养的，不要说只是一些学生，一些花朵，那分明是祖国的未来，就是使中华民族在这九百六十万平方公里的土地上，强盛地延续下去，发展下去，屹立于民族之林的未来！"这段心理表白说明张仲石已经超出教师的职业限定，他用广阔的思突破了狭窄的言，高扬时代精神。在读完小说后，读者都深受感染，张老师的影响超越了文学世界而进入现实的精神启蒙。继张老师之后，新时期文学涌现了许多传播精神火种的老师或导师形象。如《从森林来的孩子》中的梁老师，他从艺术上滋养、精神上抚育了伐木工人的孩子，完成了"蜡炬成灰泪始干"的殉道者形象。梁老师给予孙长宁的不仅是艺术技能，还以言传身教的方式授予他生命的信念和为人的准则："你要尽自己的一生，努力地用它服务于人民。"他的高尚情操和无私精神对孙长宁及读者具有强烈的精神引导作用。

新时期初期启蒙叙事设立的"标本式"的师者形象与当时的启蒙任务直接相关。紧契政治诉求，新时期文学内蕴强烈的民族尊严表达，青少年既是当代政治运动的受害者，又是民族的未来和希望，首当其冲地成为需要拯救的群体，而能够有效地对青少年进行启蒙的启蒙者就是他们所信任的老师，因此，将教师塑造为道德标本和智慧代言者成为这一阶段文学的普遍现象。在这些文本中，教师构成了类型化的表达，他们大都具有规范化的行为、标准化的语言，成为理性原则的代言者，以精英的姿态、传统的道德完成时代使命。新时期初期启蒙叙事中的导师或者教师形象更多地表现为结构功能上的意义传输，而不是展示个性色彩。"精英话语与主导话语那样一种一体化的结构却没有变，真正存在的是主导意识形态的权力话语，精英形态的话语包括大众形态的话语往往是虚拟的，被悬置的，它们不过是提供了一个能指，而所指则由主导意识形态来规定。"[1] 作为道德模范的师者形象体现为一种象征符号，能够引起人们共鸣是他们的言语中所指责和贬斥的政治文化实体。有着强大政治意识形态的支撑，呈现美好启蒙前景的师者形象被无限拔高乃至被神化。然而，此时的师者作为现代知识分子，自身具有不断怀疑的精神气质，总在不断地叩询形象的"完美"，新时期文学中的《人啊，人》《古船》等作品逐渐舍弃了完美师者形象的塑造，不断地表达师者对历史和人性的质疑。

　　第二类是"艺匠型"的师者形象。在中国传统社会中，师者的传道和授业功能分别是由不同的师者群体来承担的：儒士确定了社会总体的文化理想和价值目标，由于靠近权力而地位较高；而授业被视为纯粹讨生活的技艺，在整个文化架构中的地位被忽略。旧时代的艺人和匠人在社会中的地位向来不高，艺人和匠人总是不自觉地将自身的行业标准、行为规范纳入主流的道德规范，来自底层艺匠的师者身份熔铸着民间的文化取向和精神诉求。从"标本式"的师者形象到"艺匠型"的师者形象，说明师者形象传道功能的式微和授业功能的强化。在民间社会，尤其是被现代文明所遗忘的乡村世界，教师被视为一种具有一定技能的谋生手段，通过执掌技艺而掌握文化话语权力。新时期文学在向民间社会寻求资源进行民族心理重塑时，"艺匠型"的师者承担了价值传输重任。

　　新时期之初政治变动中的师者形象自觉地充当了启蒙的宣谕者，而文化思潮涌动中塑造的师者形象则在授业中感受和体验着民间社会启蒙实践的艰难苦辛。《孩子王》《纪念》《凤凰琴》等作品中担负扫除愚昧任务的山区教师不再是高高在上的布道者，而是普通的教书匠，并且还得遵循民间道德准则才能得到认可。在贫瘠又封闭的乡村社会，现代民主理念的

---

[1] 吴秀明：《三元结构的文学》，春风文艺出版社1998年版，第33页。

灌输非常艰难，作为师者，他们只能以延续传统道德的形式来逐渐改变和塑造民族灵魂，有时在方式上不能直接宣扬现代教学理念，民间更易于接受融于民间的"艺匠型"的师者形象。《纪念》中的老骆校长成为乡村的道德规范，受到乡民的崇敬；《凤凰琴》中几位背负着生活重担的乡村教师，挣扎于窘迫和困顿中完成了浪漫人生的塑造，在困窘的生存境遇中挤压出师者的道德力量；《孩子王》中的老杆儿作为一个临时乡村教师，不再是一个明晰的、确定的师者形象，在看似淡然的叙述中，隐含着乡村民间社会传授现代理念的师者所担负的责任和义务。此时，师者沿用的话语模式和知识涵养并不重要，乡民们敬仰的是老杆儿的道德品质。这类民间社会认同的"艺匠型"的师者形象首先来自道德认同，而不注重传输的价值理念。"艺匠型"师者共同的特点是能在艰难中以苦行僧的姿态坚守品格信念，言传不是他们的特长，身教才是他们擅长和需要的方式，他们都是在实践过程中贯彻着自己的价值理念，感动感化着周围的人群。

民间的道德立场对于现代启蒙理念来说，最终不能完成内在精神的转化，当"艺匠型"师者以传统道德模式追求现代启蒙精神时，不断承受着两种价值差异所形成的压力。"艺匠型"师者的传道环境只能立足于传统的乡村社会，在那里，传统的道德力量依然具有广泛的号召力。与乡村道德的贴合使得"艺匠型"师者形象蒙上了传统色彩，但面对现代社会却感到诸多隔阂。以传统的道德文化模式实现对现代文明的反思虽然可以作为一种参照，但无法完成现代师者形象的构建。产生于知性哲学背景的启蒙思潮直接针对西方中世纪的神学体系，理性化和世俗化的双向运动轨迹既表现为建构逻辑严密的理论体系，同时也在努力寻找替代宗教神学的道德召唤。师者形象作为文化的继承者和传播者，与传统相连接；师者作为知识者，以参与文化批判显示其现代立场。缺乏现代土壤的社会现实又必须转换中国传统思维方式，这使得启蒙在本土化的过程中留下了很大的罅隙，且在"艺匠型"的师者形象上体现得尤为明显，师者承担的启蒙有效性在空间的安排上也无意间透露了作家的思考及隐忧。"艺匠型"的师者在日渐世俗化的趋势中成为一种中间状态，将边缘文化中心化的努力只能被视为美好的企望而缺乏现实依据，正如提出寻根文学一样，它只是感受自身文化的身份危机而应对全球化的权宜之计。

第三类是"职业型"的师者形象，这是应和着现代社会需要的新师者形象。20世纪90年代之后，现代传媒体系中的完善和完整，加速了授业和传道的师者的分化。传道任务由学者通过传媒向社会进行；授业的师者因掌握技能而成为现代大工业生产体系的一部分。世俗化社会语境中，人们不再视知识权威神圣不可侵犯，师者作为一种职业身份被整合到世俗化的社会环境中，与技术操作的社会功用直接对应，成为与众多社会分工并列的工种。现代教育按专业的分类方法是现代社会分科制的直接移植，它的可操作性直接消解了"师者"传道的神秘色彩，师者形象被纳入职业人的行列。

师者形象不再被视为高于物质生产的知识贵族，在利益的驱动下，不少师者不仅放弃了自己的职业操守，反而视师者身份为产生经济利益的资源。孙春平的《老师本是老实人》就是一幅为师者的沉沦图：于力凡从为别人填高考志愿的咨询中尝到了甜头，努力与省招办的侯处长挂钩以从中牟利，在暴利的诱惑下终于走上了不堪回首的犯罪道路。张者的《桃李》则记录了当前高校教师的生存状况，刻画了法律专业的教授邵景文从高校这座象牙塔中走出来步入世俗而堕落的过程，但邵教授的精英意识和道德观念又在深层次牵制着他，令他无法彻底和同随俗，摇摆、困顿又不可逃离，最后落得死于非命的悲惨结局。世俗化过程中，固有行为准则和性格禀性的坚持变得荒诞可笑，当人们以世俗标准将师者还原成普通人时，就发现教师职业给他们留下的深刻印记，与社会生存准则格格不入。话剧《同船共渡》中的方老师退休后，依然留存多年为师者的积习：善做思想工作，会背唐诗宋词，假清高、真酸腐，生活能力低下，残留了典型的老师职业病，饶舌、啰唆甚至傲慢自夸。《丁小丽》中的马奇是新时期师者心理探险的缩影。他曾经是一个具有强烈现代人文取向又充满了痛苦和矛盾的师者形象，最后他放弃师者身份，在商品经济大潮中经历人生，在世俗物欲中放浪形骸，在异国他乡逃避焦虑，经历了人世间沧桑获得真实的生命体验，以切实的行为方式表达对师者身份的否定。在新变的时代环境中，即使是坚守师者道德者，其行为方式与传统也大为不同。毕淑敏的科幻小说《教授的戒指》以医学专家陶教授治病救人和传授弟子为核心，塑造了完美理想的"鞠躬尽瘁、死而后已"的师者形象，呼唤着师者中的圣人再造。医生作为一种对人的生命进行技术处理的特殊职业，对技术和道德都提出了很高的要求，在医学领域中探讨师者的意义和价值是现实中的师者功能分化趋势的反向思考。师者身份、角色的自省成为师者在新的文化格局中拒绝诱惑、防止堕落和实现自救的精神支点和言说依据。

"职业型"师者形象的塑造是当下语境中知识分子心灵撞击的外化。此时的师者不再关注民众或者他者的精神困境，而是深刻地自我剖析，言说自身精神痛苦。20世纪90年代以来，世俗文化日渐扩张，对精英话语产生激烈撞击，作为精英角色的师者形象只能在价值跌落过程中茫然寻找精神栖息之地。正如对物的过分追求会抑制人的自主性造成异化一样，过分张扬知识理性而忽视基本欲求同样也会造成失衡，一贯只具备价值信念等知识理性的师者形象，当社会时代要求他们给出具体的行为事实时，当现实社会要求以个体定位而不是以群体的形象或者文化符号进行表达时，身份困境就会带来精神困惑。

三　师者形象的存在之思

五四启蒙精神的高涨为师者形象的衍变提供了契机，在"民主"和"科学"的原则下，由口授心传的个体或者小群体的教育方式转化为面对大众的现代教育方式。经由"五四"新文化运动后，传授传统文化的知识阶层已经转换为现代知识分子。近现代社会转型使师者这一传统社会角色的知识结构面临着新的转化，也带来了师者群体结构性的调整。启蒙需要用现代人性、人文理念驱除国民灵魂中的痼疾和习惯势力，新师者由此逐渐形成。20世纪中国文化语境需要启蒙精神的指引，而近一个世纪启蒙精神的传输改造了中国文化语境，也直接影响了新时期文学中师者形象的塑造。从"标本式"的师者形象到"艺匠型"的师者形象，再到"职业型"的师者形象，新时期文学中出现的师者经历了由整个社会政治道德的代言者至民间社会的精神文化的传承者，再到自身职业圈子的活动者的衍变过程，言说的范畴日渐受限，质疑声音日渐增强，得到的认同越来越少，而师者身上的技能越来越受到重视。

启蒙即祛魅，意味着扫除精神愚昧和黑暗，同时也具有光照未来的含义，掌握启蒙要义的现代师者以理性原则、自由、平等的观念帮助他人祛除黑暗，并以此为依据拟造了被启蒙者未来的精神世界。在人们对启蒙的价值预设深信不疑时，通过师者传播启蒙精神也就容易通畅。但是一旦过分扩大知识权力，就有可能走向启蒙的反面，价值预设一旦固化为规约，就有可能背离了原有的意义，受到质疑的价值预设在传输上也就易受阻。近代中国引入西方的启蒙思潮是忽略其资产阶级逐渐兴起的社会历史背景，将其作为一种超功利、超世俗的人文关怀。20世纪中国启蒙话语中的师者或"类师者"在阐释启蒙原则的同时，也在给世人描绘着启蒙后的理想社会，但是20世纪90年代的社会现实与80年代启蒙者所预料的启蒙结果并不相同，甚至引入启蒙理念后的社会演变使启蒙者自身都始料未及。师者曾经是启蒙价值的承担者，随着时代的衍变，却受到越来越强烈的质疑。作为文学作品中的一种形象类型，而且是承担着精神传承的形象类型，师者到底是时代的负重者还是时代的重负？

师者的身份对于任何一个鲜活的个体而言，都只是外在的标志。当过于执着于身份符号时，就会为符号所累。随着师者存在空间逐步分化，群像效应逐步丧失，缺少统一、规范的师者形象在抵制因身份道具带来异化的同时，是否也逐渐丧失了中心价值？"何以为师""对谁言师""如何为师"这三个问题直指师者存在基础、传授对象和立场姿态。

新时期文学启蒙精神的高涨给予师者形象以言说的现实基础。启蒙尊奉理性原则，以理智驱除对心灵世界的蒙蔽，使"人类脱离自己所加之以自己的不成熟状态"[①]。新时期文学的"伤痕文学""反思文学"和"寻根文学"等思潮存在着共同的前提设置，新时期之前的文化社会环境需要重新审视和定位，而重新认识和重新评定历史特别需要智慧，师者又被视为知识智慧的拥有者，在时代的呼唤中，理所当然地成为开启蒙昧的先行者，成为时代的英雄，拥有坚实的社会基础。随着无知状态和蒙昧领域被不断清理，师者拥有知识的优势在逐渐丧失，从"标本式""艺匠型"到"职业型"师者形象的流变中，也可以看出师者言说的范围在逐渐缩小，只能退回到自身的圈子内，当下提倡本位意识也是对师者存在现实基础缩减的反应。

师者价值实现基于接受者的接受程度、价值理解及行动上的体现。当知识被视为特权时，师者与传授者存在的知识梯度，也就造成了师者的精神优越，容易赢得接受者的信任。随着社会信息量的增大和信息传输速度的加快尤其是进入声像时代后，接受者获得信息的难度不断降低，知识不断地得到普及和稀释，师者对知识的解释作用不断降低，人们对师者形象的期望往往因此发生偏差。传统社会人们获得知识的渠道比较单一，保证了信息传递的权威和效果，师者在传授知识过程中获得精神权威，但现代社会知识渠道增多，不同渠道在传输过程中还会使知识发生损耗或异变，对于接受者来说，无论是知识还是观念都不再是由唯一渠道获得，这样就削弱了师者的传输效果。接受者知识结构、心理结构和社会传输渠道的变化影响了师者的社会作用。

师者有着深厚的历史基础和传统积淀，通过传授和言说的方式进行价值的传输，他们往往被视为静态的、恒定的价值理念的坚守者，驻足于价值理性领域。但是在现代社会工具理性的驱动下，社会价值的衡量标准疏

---

① [德]康德：《答复这个问题："什么是启蒙运动"》，何兆武译，《历史理性批判文集》，商务印书馆1990年版，第22—31页。

离了精神领域。立足于精神领域的探索又固守于话语言说的师者的价值实现方式而无法与现实合拍,行动上的矮子和思想上的巨人的固定形象模式隔阂了社会对师者的理解和认同,20世纪90年代后文学中改变了身份或言说方式的师者形象,在摸索过程中不断地表达了痛苦、踌躇和心理的煎熬。对于曾经被奉为社会价值的承担者和时代代言者的师者形象来说,现实的压力迫使他们面对自身所鄙夷、所批判的世俗世界时,其内心的激荡就可想而知了。然而,20世纪90年代后的文学事实表明,他们虽然没有找到出路,但是没有放弃寻求,或者正如鲁迅笔下的"过客"所展示的,他们的意义就在寻求意义的路途上。

师者形象本身的价值实现往往需要借助祭坛、讲台这些高于观众和受众的空间舞台才能完成,这些高于他者的空间位置造成了师者高于他人的姿态,甚至满足于对高台偶像的塑造。师者拥有地理位置是为了更好地完成意义的传输,而不能成为一种心理优势,因此,师者在履行自身责任的同时也应该不断地反省自身,自省是一种智者的理性行为。当下文化语境中,师者为了摆脱追问的焦虑,不断地寻找答案:是撤掉高台、融入世俗,还是继续面对空席,独自高引?

(原载《浙江大学学报》2007年第5期)

从巴金及其信仰变化透视 20世纪30年代的文学视界

金 进

巴金早年所受无政府主义的影响一直浸染在他的创作中,特别是克鲁泡特金的无政府主义理论。巴金因为接近克鲁泡特金进而接触到屠格涅夫、托尔斯泰等人,这些俄罗斯作家作品中的人道主义精神深深地影响着巴金。在小说《家》中,巴金自揭家族之丑以达到批判封建社会不合理制度的目的,同时对高老太爷、觉新的人物刻画却每每留有人道主义的温馨感伤,这种复杂的情感,在人性善恶的揭示上达到了20世纪30年代文学的一个高度。《家》中对于高氏兄弟的形象塑造上,明显带有对五四时期各种主义之争的影射,而联系起同时期的一些人道主义文学作品,如叶圣陶《倪焕之》、柔石《二月》,我们就能看出除了巴金,当时的中国文坛确实有很多的作品都在书写后五四时期的主义之争,表现着各自对五四运动及其理想的反省。这种主义书写为我们研究20世纪30年代文学提供了一个新的视角。

一 《家》的主义:觉慧(社会主义)高于觉民(个性解放)

巴金自称"五四运动的一个产儿",[①] 他在1929年1月创办了《自由月刊》,在发刊词中他认为自己的办刊是一次对十年前的五四运动的呼应。[②]

---

① "冰心大姊不过比我年长四岁,可是她在前面跑了那么一大段路。她是'五四'文学运动最后一位元老,我却只是这运动的一个产儿。"巴金:《〈冰心传〉序》(1988),《巴金全集》第17卷,人民文学出版社1991年版,第382页。

② "第一,我们声明:这刊物是模仿的,不是独创的。老实说一句,我们是看了开明书店的《开明月刊》后,才起了出版这个刊物的心思。"而在第1卷第2期上,巴金还言明(转下页)

二　思潮与现象

另外,《家》的一开头就是对五四时期北京、成都学生运动的介绍,可见他对五四运动的向往与追缅。巴金曾自述与五四的缘分:"一九二六年八月我第一次来北京考大学,住在北河沿一家同兴公寓。……在北京我只有两三个偶尔来闲谈的朋友,半个月中间始终陪伴我的就是一本《呐喊》。我早就读过了它,我在成都就读过在《新青年》杂志上发表过的《狂人日记》和别的几篇小说。我并不是一次就读懂了它们。我是慢慢地学会了爱好它们的。这一次我更有机会来熟读它们。……以后的几年中间,我一直没有离开过《呐喊》,我带着它走过好些地方,后来我又得到了《彷徨》和散文诗集《野草》,更热爱地熟读着它们。我至今还能够背出《伤逝》中的几段文字。我有意识和无意识地学到了一点驾驭文字的方法。现在想到我曾经写过好几本小说的事,我就不得不感激这第一个使我明白应该怎样驾驭文字的人。拿我这点微小不足道的成绩来说,我实在不能称做他的学生。但是墙边一棵小草的生长,也曾靠着太阳的恩泽。鲁迅先生原是一个普照一切的太阳。"[①]巴金早期信仰无政府主义,而且《灭亡》写的就是无政府主义者的革命活动,那么在小说《家》里,他是如何通过小说人物的命运展示他所追求的无政府主义信仰的呢?[②]

首先是《家》中对封建旧家族的批判精神,这里表现着"我要向一个垂死的制度叫出我的 *J'accuse*(我控诉)""我所憎恨的并不是个人,而是制度"的批判精神,这是五四时期的重要文化命题。[③]巴金在写《家》第六章时,大哥自杀身亡,这个意外事件激起了他对家族制度和封建礼教的愤怒,五四的"礼教吃人"观念得到强化,后续章节中激越的言辞和情感不断增强,两代人的冲突变得更为尖锐,于是在《家》中让人看到的是一个个年轻生命为一个垂死的制度而牺牲。

(接上页)第一期上《自由月刊》上的出版年份错写成1919年:"印局的经理先生拿出初校、二校的样子来看呢?我自己看了一遍,二遍,都没有把'一'字之差看出来,这又好怪谁呢?只得叹了一口气说道:'老了十年'",俨然暗示五四运动对自己及刊物的影响。参见《巴金全集》第17卷,人民文学出版社1991年版,第72—75页。

① 巴金:《忆鲁迅先生》(1949),《巴金全集》第14卷,人民文学出版社1990年版,第6页。

② 无政府主义和马克思主义与其他各种形形色色的社会思潮一样都是五四运动组成部分。无政府主义是社会主义众多运动中的一种,晚清民初之际,较之十月革命之后才传入中国的马克思主义,无政府主义的传播要早得多,大约是在1907年前后就开始了。吴玉章、李大钊、毛泽东都受过无政府主义的影响。在这里,笔者论述重点放在巴金的信仰与创作之间的关系。

③ 此语出自巴金《关于〈家〉(十版代序)——给我的一个表哥》,《家》,人民文学出版社1981年版,第344页。

如梅死后，觉慧愤怒地指责家族的罪恶："一些哭声，一些话，一些眼泪，就把这个可爱的年轻的生命埋葬了。梅表姐，我恨不能把你从棺材里拉出来，让你睁开眼睛看个明白：你是怎样给人杀死的！"《家》里的文字只要一触及高家，整个感情色彩就变得黯淡阴暗，如"夜死了。黑暗统治着这所大公馆。电灯光死去时发出的凄惨的叫声还在空中荡漾，虽然声音很低，却是无所不在，连屋角里也似乎有极其低微的哭泣。欢乐的时期已经过去，现在是悲泣的时候了""可是他一回到家，走进了大厅，孤寂便意外地袭来了。他好像又落在寒冷的深渊里，或者无人迹的沙漠上。在他的眼前晃动着一些影子，都是旧时代的影子，他差不多找不到一个现代的人，一个可以跟他说话的人"，这些都渲染着高家宅院的冷漠和黑暗形象。小说不断倾诉这个家族中的压抑气氛，如鸣凤感到"黑暗依旧从四面八方袭来。黑暗中隐约现出许多狞笑的脸。这些脸向她逼近。有的还变成了怒容，张口向她骂着。她畏怯地用手遮住眼睛，又坐了下去。风开始在外面怒吼，猛烈地摇撼着窗户，把窗格上糊的纸吹打得凄惨地叫。……这时候什么都没有了，两个大字不住地在她的脑子里打转，这就是大小姐生前常常向她说起的'薄命'。这两个字不住地鞭打她的心，她在被窝里哭起来"，小说将纯洁少女在苦难命运不知何时降临的恐惧渲染了出来。

其次是对觉慧追求自由、民主的理想主义信仰的肯定以及对觉民代表的个人主义追求的批判。在巴金的笔下，少年的青春叛逆和五四精神的影响纠葛在一起，共同展示着人和时代的青春激情。觉慧坚决反对觉新式的"作揖哲学"和"无抵抗主义"，他整日哀叹生活无聊，积极争取冲出家族禁锢："唉！这生活！这就是我底一天的生活。像这样活下去，我简直在浪费我底青春了。……我不能这样这样屈服，我一定要反抗，反抗祖父底命令，我一定要出去。"他一直批判着旧封建家族不合理的制度、觉新和觉民的生命哲学，最后在看透旧家族罪恶之后，成功离家出走。觉慧同音的词是"绝回"，巴金在塑造这个人物形象的时候，也是不断地设置种种让他绝望的事情。第一件就是鸣凤的死，觉慧与鸣凤之间的爱情颇似《雷雨》中的周冲对四凤的感情，不过觉慧比周冲行得更远，真正地走出去了。如果说表姐梅、大嫂瑞珏的死是一种恋母情结意义上的"母亲之死"，是一种他对家族亲情意义上的"绝回"，那么鸣凤的死亡则是宣告他对家族的爱情的"绝回"。小说正是在觉慧的成长道路上设置障碍，让这位高

二 思潮与现象

家的先进者承受着欢欣、痛苦,①而达致批判旧家族的写作目的。

觉民形象代表着五四精神中的个人主义信仰,在《家》中他的生活重点就是努力追求爱情自由。但他与琴之间的爱情,在觉慧看来是狭隘的个人主义,多有不屑:"他近来和我谈话,总是谈到琴姐的事,听他底口气好像琴姐是他一个人所有的。这也不必管。他对于这次学潮一点也不关心,似乎他底世界里面就只有一个琴姐。我看他太高兴了,将来会失败的。但是我并不希望他将来失败。"小说中觉慧对觉民一次次地批评,希望他能够走出家庭,走向社会,像他一样去参与改造社会的活动。在大家烧龙灯的时候,觉慧感到不人道,但觉民认为这种游戏只是"趣味的把戏",无须过虑,琴则认为"五舅他们得到了满足,玩龙灯的人得到了赏钱",一切很合理。后来,觉慧"热心地参加了周报的工作",觉民"白天忙着学校的功课,晚上按时到琴那里去教书,对于周报的工作并不热心赞助",两兄弟开始有了人生道路上的分歧。巴金对觉慧思想的肯定、对觉民的否定,代表着他对五四追求个人主义的批判,赞赏着五四运动中参与社会改造的信仰,所以说,巴金心里认为觉慧的信仰高于觉民的信仰。

二 巴金的主义:外来思潮与本土文化孕育出的人道主义

五四时期各种社会思潮纷纷传入中国,并且影响着中国知识分子,巴金是受五四教育的一代,有学者研究认为,巴金在20世纪20年代,基本上是一个无政府主义者,只是在某种方面一般地吸取民主主义的思想成分;在20世纪三四十年代,虽然无政府主义在政治舞台上失势,对社会的影响越来越小,但巴金的政治信仰始终没有变,并且也写过、译过不少宣传无政府主义的文章。但随着现实的反帝反封建的民主运动的发展,巴金从理想世界中清醒过来,特别是抗战后期,民主主义的要求基本上取代

---

① 早在《家》的第三章,巴金就有这么一段描写:"'匈奴未灭,何以家为?'这一句陈腐的话,虽然平时他并不喜欢,但这时候他却觉得它是解决这一切问题的妙法了!所以他用慷慨激昂的调子把它高声叫出来。这所谓'匈奴'并不是指外国人。他的意思更不是拿起真刀真枪到战场上去杀外国人。他不过觉得做一个'男儿'应该抛弃家庭到外面去,一个人去创造出一番不寻常的事业。至于这事业究竟是什么,他自己也只有一点不太清楚地概念",写出了觉慧潜意识层面感受到的事业与爱情之间的冲突。另一段"'还不如像大小姐那样死了好!'她悲苦地叹道。周围的黑暗向她抱围过来。灯光因了灯花增大而变得更微弱了",也通过鸣凤的心理活动,为她抗争而死的命运作了铺垫。鸣凤死后,觉慧这样地自省:"他还不能不想到鸣凤,想到鸣凤时他还不能使自己的心不颤动。但是这并不是说他一定要拉住鸣凤。不,事实上经过了一夜的思索之后,他准备把那个少女放弃了。这个决定当然是他非常痛苦,不过他觉得他能够忍受而且也有理由忍受。有两样东西在背后支持着他的这个决定:那就是有进步思想的年轻人的献身热诚和小资产阶级的自尊心",这段话中的内涵也值得我们去思考。

了他头脑中的无政府主义热情。① 1927年初，巴金循着理想前往巴黎求学，心想着进一步考察无政府主义运动。② 留学期间，巴金不仅翻译了克鲁泡特金的《伦理学》，继续从事无政府主义理论的研究，他还开始系统研究法国大革命史，伏尔泰、卢梭等思想家深深地影响着他。

克鲁泡特金是对巴金影响最大的无政府主义领袖。③ 克鲁泡特金是一位来自俄国的贵族，也是西方无政府主义思潮的重要代表。19世纪末俄国沙皇在农村进行资本主义改革，试图用资本主义来代替农奴制，这项政策对当时俄国的社会生活、伦理道德、文化心理都造成非常大的冲击，很多俄国作家都感到不适应，感到社会在变动中，但如果不是按照理想在变动，就会变得更坏。克鲁泡特金从民粹派出发，演绎出一套无政府主义的理论，这些理论与共产主义差不多，认为理想社会是没有阶级、没有剥削的社会。克鲁泡特金是一个生物学家，他从生物学的角度提出了与达尔文"进化论"相对立的"互助"理论。达尔文认为社会是强食弱肉，物竞天择，后来发挥成一整套的殖民主义理论。而克鲁泡特金认为生物群体要发展的第一个原则，不是靠竞争，而是互助。人类必须靠内部的互助，才能维持社会群体共同生存，推动社会的进步。另外，他认为支配人类社会的第二个原则是"正义"，这是人与生俱来的道德标准，是人性本身自然而然产生的。第三个原则是"自我牺牲"，这种自我牺牲就要讲分享，把所有的快乐分享。他通过"互助""正义""自我牺牲"这三个原则，规定人是有希望的，会

---

① 陈思和、李辉：《巴金和法国民主主义》，《文学评论》1982年第5期。在另一篇论文中，陈、李二人直接指出"从巴金的早期活动和著作来看，他的世界观是复杂的，有爱国主义、人道主义、民主主义等思想起着作用，但其中起主要作用的，仍然是无政府主义"。参见陈思和、李辉《怎样认识巴金早期的无政府主义思想》，《文学评论》1980年第3期。

② [法] Pierre-Jean Remy（雷米）：《巴金答法国〈世界报〉记者问》，李海宁译，原刊于巴黎《世界报》1979年5月18日，译文最初连续发表于香港《大公报》1979年7月1、2日。

③ 原话为："我在写《灭亡》以前和以后常常称自己为'无政府主义者'。有时候我也说我是一个克鲁泡特金主义者，因为克鲁泡特金主张无政府主义共产主义，不赞成个人主义。但是我更喜欢说我有我的'无政府主义'，因为过去并没有一个固定的、严密的'无政府主义者'的组织。在所谓的'无政府主义者'中间有各种各样的派别，几乎各人有各人的'无政府主义'。这些人很不容易认真地在一起合作，虽然他们最后的目的是一致的，那就是：各尽所能、各取所需的共产主义大同世界。其实怎样从现社会过渡到共产主义社会，任何一派的'无政府主义者'都没有具体的办法，多数的'无政府主义者'根本就没有去研究这样的办法。……我坦白地承认我的作品里总有一点外国'无政府主义'的影响，但是我写作时常常违反这个'无政府主义'。我自己说过：'我是一个中国人。有时候我不免要站在中国人的立场上看事情，发议论。'而且说实话，我所喜欢的和使我受到更大影响的与其说是思想，不如说是人。凡是为多数人的利益贡献出自己一切的革命者都容易得到我的敬爱。"巴金：《谈〈灭亡〉》（1958），《巴金全集》第20卷，人民文学出版社1993年版，第388页。

二 思潮与现象

导致出人类的理想生活，没有阶级，没有剥削，就是无政府主义。①

"正义""互助""自我牺牲"也是巴金所吸收的无政府主义精神。觉慧感到和鸣凤"中间立了一堵无形的高墙，就是这个绅士的家庭，它使他不能够得到他所要得东西，所以他更恨它"。这其中的"东西"，其实就是觉慧所要追求的人与人之间的"平等"。而在另两段对鸣凤的描写："她在享乐这种难得的'清闲'，没有人来打扰她，那些终日在耳边响着的命令和责骂的声音都消失了""'假使我的命跟小姐们的一样多好！'于是她就沉溺在幻想里，想象着自己穿上漂亮的衣服，享受父母的宠爱，受到少爷们的崇拜。后来一个俊美的少爷来，把她接了去，她在他的家里过着幸福的生活"，也体现着巴金对于人人平等理想的追求。

值得指出的是，巴金的无政府主义是有着自己特点的，并不是一味照搬外国经验。② 从《家》中所提到的文学作品，多是19世纪欧洲文学中的现实主义作品，它们都有着批判社会的人道主义关怀。巴金多次指出觉慧是人道主义者，如"'三弟素来害怕人说他坐轿子，他是一个人道主义者，'觉新笑着解释道""他又成了他的大哥所称呼他的，或者可以说嘲笑他的：'人道主义者'。大哥的第一个理由就是他不肯坐轿子"等段落，表明着巴金创作中潜意识层面对人道主义的关注。巴金也自我申明："我思想中爱国主义、无政府主义、人道主义都有。"③ 可见，在20世纪30年代前后，巴金的无政府主义实际上已经从"无政府主义者"发展为"人道主义者"，而《家》中也留着这种思想投射的轨迹。那么，从思想来源和文学影响，巴金的人道主义情怀从何而来呢？

首先是从母亲那里继承的仁爱，巴金曾言"她很完满地体现了一个

---

① 安那其 anarchy 这个词应该翻译成"无统治主义"，指的是没有人再统治别人，没有国家、强权。

② 王瑶先生这样理解无政府主义对巴金的影响："第一，小说是一种文艺创作，它的来源是生活，虽然与作家的思想有很密切的联系，但它绝不可能完全等同于某一种社会政治思想；第二，如巴金自己所说：'我虽然信仰从外国输入的"安那其"，但我仍还是一个中国人，我的血管里有的也是中国人的血。有时候我不免要站在中国人的立场上看事情，发议论。我们看问题不能过于简单化。作者信仰"安那其"，对作品自然不可能没有影响，在某些人物性格的塑造上和作品的思想倾向上，这种影响是存在的，虽然在不同的作品中也有不同的表现。但作为一位中国现代作家，如他所说，他有"中国人的立场"，他对生活中的爱憎是受着具体的时代环境的制约的。如前所说，他的思想主要表现为对旧制度的憎恨和对光明未来的追求，他的小说题材主要来源于现实生活。"王瑶：《论巴金的小说》，参见《中国现代文学史论集》，北京大学出版社1998年版，第169—170页。

③ 唐金海、张晓云整理：《巴金访问荟萃》，《巴金：从炼狱走来》，中国工人出版社2002年版，第27页。

'爱'字。她使我知道人间的温暖;她使我知道爱与被爱的幸福。她常常用温和的口气对我解释种种的事情。她教我爱一切的人,不管他们贫与富;她教我帮助那些在困苦中需要扶持的人;她教我同情那些境遇不好的婢仆,怜恤他们,不要把自己看得比他们高,动辄将他们打骂。……因为受到了爱,认识了爱,才知道把爱分给别人,才想对自己以外的人做一些事情。把我和这个社会联起来的也正是这个爱字,这是我的全性格的根柢"。①

还有一点就是五四时期各种爱国主义、人道主义思潮的影响,这一点我们前面已经涉及。巴金自己也谈到过五四时期多种思潮对他早期创作的影响:"那时,我信仰无政府主义,也读各种各样的书,受到各种思想和主义的影响。但我爱国的心一直很强烈,从年轻时一直到现在。我写作不是为了宣传,不是为了什么主义写作,那时只是为了发泄自己的感情,申诉自己的爱和恨。"②

再次是19世纪欧美文学,特别是受俄罗斯现实主义文学的影响。在这些作家中,托尔斯泰、屠格涅夫等俄罗斯作家对巴金的影响很大,如"我近来恰读完了托氏的名著《战争与和平》,很受感动,现在读到脱洛斯基的文章,觉得有些地方'实获我心',所以抽出一点时间翻译出来,一则作为我个人对于托氏百年纪念之一点表示,二则让那般'革命文豪'知道他们祖师之艺术的见解"。③屠格涅夫很多小说中男的是革命者,女主人公是出生贵族的妇人,这些女性为人善良、品德高尚,一旦爱上革命者,就会义无反顾,她们会自愿跟着丈夫去流放,这种自我牺牲在俄罗斯一直为人所歌颂。巴金《家》里的女性也都很善良,富于自我牺牲,男性就软弱些,如觉新就非常犹豫,虽然对社会不满,但终究未能抛弃知识分子的软弱个性。而女性很有自我牺牲精神,其中有着俄罗斯文学的影响,寄托了巴金对女性的理想。梅的牺牲、瑞珏的死亡、鸣凤的投湖等悲惨命运都能引起人们的强烈的同情和对旧制度的憎恨,这些女性都是极具母爱,如鸣凤:"一张少女的面庞又在他的眼前现出来。这张美丽的脸上总是带着那样的表情:顺受的,毫不抱怨,毫不诉苦的。像大海一样,它

---

① 巴金:《我的几个先生》,《巴金全集》第13卷,人民文学出版社1990年版,第15页。
② 唐金海、张晓云整理:《巴金访问荟萃》,《巴金:从炼狱走来》,中国工人出版社2002年版,第23页。
③ 巴金:《〈脱洛斯基的托尔斯泰论〉译者志》(1928),最初发表于《东方杂志》1928年第25卷第19号,参见《巴金全集》第17卷,人民文学出版社1991年版,第118—119页。"母亲并不是一个说教者,她的一生就是一个显著的例子:她永远是忘了自己地去爱人,帮助人的。因了她的好心我才能够在仆婢们的诚挚的爱护中间生长起来。仆婢们把她当作她们底一般地敬爱。在寒冷的冬夜里这爱也曾温暖了那些被幸福遗弃的人的心。"

二 思潮与现象

接受了一切，吞下了一切，可是它连一点吼声也没有"，在这里，鸣凤被镀上了母性牺牲的光辉。

最后一点是中国传统家族小说对他的影响。《家》通过具体一个家族的没落和分化来描写一个大家族内部的解体过程，在这一点上，巴金的《家》无意地接通了中国文学中家族书写的传统，特别是《红楼梦》。《红楼梦》的影子在《家》中处处可见，如第十三章的高家后辈行酒令，可以看到《红楼梦》中"排家宴"、"试才题"、"庆元宵"和"开夜宴"等情节的影子。《红楼梦》中借诗词、判词来影射大观园群芳的命运，《家》中有其遗风，觉慧、琴和觉民行的飞花酒令（第十三章），一个是"春风桃李花开日"，一个是"桃花乱落如红雨"，另一个是"桃花潭水深千尺"，都有"桃花"，暗喻此三人志同道合。觉新的"赏花归去马蹄香"，其中包含着他对往日生活的回忆；而瑞珏的"去年花里逢君别""东风无力百花残"，都暗藏着韶华易逝、命运未知的悲凉。而这一章中的宴后游园，似乎也仿写着《红楼梦》中的游大观园，不过，高家的花园的规模和精致小巧了很多。在第十七章中，《家》中有一段对新年焰火的描写，结束后的情景："在楼上的观众的眼前还留下一片金色灿烂的景象。但是过了一些时候，一切又归于平静了。前面还是那一片看不透的黑暗"，跟《红楼梦》中，元妃在薛宝钗生日赐灯谜的"娘娘所作爆竹，此乃一响而散之物"的情节异曲同工，一个是"看不透的黑暗"，一个是"制灯谜贾政悲谶语"，都暗示着旧家族正在往末路上走。另外，鸣凤在小说二十八章中幻影般的出现，同《红梦楼》晴雯托梦情节相似，连《家》中的陈姨太也颇似赵姨娘，饶舌挑拨令人讨厌。

巴金的人道主义在《家》中的表现主要在对高老太爷的保留性的描写、对书中女性人物的同情书写上，表现着"我的爱和恨、悲哀和渴望"。[①] 如对觉新形象的刻画，这是一个清醒的懦夫："你说得对，我的确怕听见人提起幸福，正因为我已经没有得到幸福的希望了。我一生就这样完结了。我不反抗，因为我不愿意反抗，我自己愿意做一个牺牲者。"——个典型的大家族长子、长孙的形象。他出生之后就备受瞩目，五岁多就被家人称为懂事的人，就在夜晚嗑着松子或者瓜子陪母亲谈话。这个时候，母亲就开始把自己做媳妇受的气告诉觉新，后来又把父亲的痛苦告诉他，小小年纪觉新的心智就已经早熟起来，家庭责任感迅速成长起来。而觉新

[①] 巴金：《关于〈家〉（十版代序）——给我的一个表哥》，《家》，人民文学出版社1981年版，第346页。

则"或者陪着她流眼泪,或者把她逗笑了才罢。我说我要发狠读书,只要将来做了八府巡按,妈也就可以扬眉吐气了。我此后果然用功读书。妈才渐渐地把愁肠放开"。在这样一个苦命母亲的形象的阴影下,觉新的生活态度变得更加消极,自承"为了妈我就是牺牲一切,就是把我的前程完全牺牲,我也甘愿。只要使弟妹们长大,好好地做人,替爹妈争口气,我一生的志愿也就实现了",长子性格中的忍气吞声的一面不断地发展。

觉新的悲剧不在于他愚昧、顽固或保守,他不属于父辈那个阵营的人,尽管他们挑选他作为继承人,但他是接受过新文化新思想的洗礼,他清醒地知道自己的地位和命运,他知道自己的生命是在一步步走向深渊,但他却无能为力或不想作为。他带给弟弟妹妹《新青年》等新文学期刊,当弟弟们在念《前夜》中的句子的时候,他显然受到了震动,但身陷在另一种更为强大的传统当中,他无法自拔。他颇为典型地象征了一种新思想落地生根的某种艰难性。他两面遭受指责,最后只好把痛苦拿来自己下咽,小说中有一个细节,写到觉慧挑衅性地问:不听爷爷的话能够怎么样?觉慧是以藐视一切的心态来说这个话,但在觉新的回答是:他当然拿你不能怎么样,只不过我要挨骂了。他一颗柔弱的心,要承受这么多他不该承受的东西。但他也绝不是拂袖而去就能解决问题的。小说一次次写到在强大封建制度下,觉新的无奈处境,如高老太爷病中全宅捉鬼的那一章,觉慧以非凡的英雄形象来痛斥他的哥哥和叔叔:"你还好意思说话?你真不害羞吗?""你也算读了十几年书,料不到你居然胡涂到这个地步!"英雄气概固然可嘉,问题是许多问题不是英雄振臂一吼就能解决的,克明和觉新也知道捉鬼不是办法,甚至对病人无利,但他们又不敢不做,他们更怕担了不孝的罪名,所以宁愿折腾一番。这里面其实隐藏着一个非常大的问题:启蒙的任务怎样才算完成,如果仅从明理而言,大家似乎都懂了,但一落入实际的场景中都变了模样,《家》通过觉新的形象实际在给五四以后的知识分子提出了一个非常重大的问题。看来,新与旧的交替,传统到现代的转型,绝非有一个坚定的信念和一点热情的行动能够解决。

三 转变的意义:从《家》等作品看20世纪30年代的文学视界

中国现代文学发生于五四时期,五四文学的基本特征是启蒙精神的高扬,启蒙包含着"民主与科学""人性至上""现实主义关怀",甚至还隐含着社会主义等方面的文学理想。但到了后五四时期的文学阵营分化,正如鲁迅所说:"后来《新青年》的团体散掉了,有的高升,有的退隐,有的

二　思潮与现象

前进,我又经验了一回同一战阵中的伙伴还是会这么变化,并且落得一个'作家'的头衔,依然在沙漠中走来走去,不过已经逃不出在散漫的刊物上做文字,叫作随便谈谈"①,各种知识分子都采取了自己的姿态,如鲁迅选择做叛逆的猛士、周作人选择退居苦雨斋、巴金从无政府主义走到民主主义、人道主义等。回头来看,从启蒙文学到革命文学再到左翼文学,这是五四启蒙文学发展的一个极端,而以周作人为代表的美文,一味追求作品的艺术价值,这又是一个极端。在这两个极端之间,启蒙运动本身有着自身的逻辑,它在后五四时期演变成人道主义,它基本上还是坚持启蒙主义,并且按照启蒙主义的理想来指导文学创作,类似于所谓的"民主主义"和"自由主义"作家,这是一种人道主义型的创作。这种人道主义至少有几个特色:首先,他们还是坚持对社会进行无情的批判,对于社会的阴暗面、对于人性的黑暗处给予充分的揭露。其次,五四时期的启蒙主义者,他在揭露社会的阴暗面和人性的黑暗的时候,都持有自己的信仰和理想主义,但持人道主义观念的作家,大多数心目中是没有一个明确的社会理想,但更多的是把社会理想转换为一种人性的因素,秉持着一种知识分子的良知而进行写作。在这个时候,作家背后所持的信仰和理想已经显得不重要了,重要的是他用人性的立场来对这个社会中的不公正问题提出抗议。五四运动之后,很多作品都带有这种浓浓的人道主义倾向,如丁玲《莎菲女士的日记》(1928)、柔石《二月》(1929)、巴金《家》(1932)、茅盾《虹》(1929)、《子夜》(1933)、曹禺《雷雨》(1934)等作品。

这些作品中有一个值得我们注意的问题,就是作品中的人物都有着五四文化的象征符码的意义,如较早的新文学长篇小说《倪焕之》(1930)就带着作家叶圣陶对五四运动的反思,"仿佛是一个'五四'小说的小结,同时开启了下一阶段"。②1930年前后出现了一些带着主义特征、思考五四的作品,塑造了一批影射五四新文化运动中各种主义的人物形象,如《莎菲女士的日记》中莎菲,《二月》中萧涧秋、陶慕侃、钱正兴,《虹》中梅女士,《子夜》中林佩瑶、雷鸣、范博文、林佩珊,甚至《雷雨》中周冲,这些作品保留了五四时期知识分子启蒙精神的某些思想余绪,如萧涧秋从都市来到乡村,明显是受了五四时期"到民间去、到民众中去"的民粹主义思潮的影响。

---

① 鲁迅:《〈自选集〉自序》,收入《南腔北调集》,《鲁迅全集》第4卷,人民文学出版社2005年版,第112页。
② 钱理群等:《中国现代文学三十年》,北京大学出版社1998年版,第348页。

更重要的是，这些作品同时也反映了五四落潮后知识分子的苦闷和彷徨。反抗家族的英雄觉慧，其实在面对很多事情的时候，一样会像克明、觉新等人感到茫然和无力。如鸣凤的死，从主观上讲与觉慧没有干系，觉慧没有救得了她，也是有缘由，因为两个人不是一个层面的人，没有共同话语或者理想是难成佳眷的。但仔细想一想，觉慧又怎么救得了鸣凤呢？他的对策不过是"我有办法，我要太太照我的话做，我会告诉她说我要接你做三少奶"，其实就算觉慧去说，又会有什么结果，一旦周太太、老太爷不同意呢？鸣凤不也向周太太求情吗，但周太太也帮不了她，照旧得按老太爷的意思嫁给冯乐山。除此之外，觉慧实在也做不出什么。鸣凤死去，他最多只能到湖边落点泪、做一个梦罢了。在这里，我们才感到批判觉新"无抵抗主义""作揖主义"、觉民"爱情至上"的英雄觉慧其实也改变不了任何现实情况。在觉慧的湖边的那个梦中，也有很多值得思索的地方，他除了表明父权的残酷剥夺了他们两个人的爱之外，还特意点到了两个人再次见面的基础，是鸣凤的父亲有了钱，他们平等了，可以门当户对了，原来前面两个人的恋爱一直是不平等，一直是少爷和丫头的爱，所以才有觉慧被当作救星，等于是他赐予鸣凤的爱，别忘了，是他做的这个门当户对的梦，那么他所宣扬的平等哲学又有多少虚妄呢？从这个意义上讲，《家》承袭了五四的话语，同时也暴露了这种话语中的很多矛盾和问题。

在时代的强大压力下，莎菲、萧涧秋、觉慧都行走在自己所希望的理想途中，他们在幻灭、动摇、追求中向往着光明，经历着烦恼和痛苦，他们的苦闷也是一代知识分子的苦闷，他们既承袭了五四一代的激情与梦想，又背负着现实对这种理想的挑战，同时也在孕育着新的蜕变和转化。随着"五卅"运动之后，救亡压倒启蒙的民族主义的迅速崛起，这种对五四的思考与反思精神开始退潮。[1] 但在文学的历史长河中，

---

[1] 陈思和认为20世纪30年代是20世纪中国文学的又一个"无名时代"。作家在这个时代各自有自己的选择，一簇分作家倾向于主流文学，参与当权的国民党政府的文人们高呼"三民主义"文学和民族主义文学，企图建立新的意识形态，以与五四以来的个性解放思潮和左翼文化运动相对抗，但终因强烈的意识形态色彩和单薄的创作成果难以服人。而左翼文化运动及其所倡导的"普罗文学"，在"红色的三十年代"虽对热血青年极有鼓惑力，但是30年代文学的主流还是有些夸张，这不仅在客观条件上，它们常处于半公开的状态中，而且从30年代一批非常有成就的作家与之谨慎得保持着距离就可以看出其不足以囊括一切。在这之间，还有着一批保持个人思想独立和审美倾向的作家，虽以其实绩在丰富着新文学的创作，你无法把他们描述为哪一种潮流，或许他们的个性和价值正因为不在这潮流中才产生的。这些知识分子的代表分别是巴金、周作人和鲁迅。参见陈思和《中国新文学整体观》，上海文艺出版社2001年版，第88页。

二 思潮与现象

这些对五四文学进行反思和思索的小说,虽然不一定是他们有意为之,但这些作品展现着在那个动荡的时代中国现代作家对未来路向的探索,他们其中的主义书写的符码式书写以及对五四的重新思考是值得我们注意的。

(原载《文艺争鸣》2012年第3期)

小资产阶级原罪意识的诞生、规训与救赎

张广海

在大革命失败后的中国文坛，小资产阶级问题在中国语境下获得第一次集中探讨。知识分子一般被认为是小资产阶级的重要组成部分，其对小资产阶级问题的思考，在其核心必然涉及对自我身份和意识的理解。通过对小资产阶级问题的探讨，左翼知识分子的自我认知机制发生重要变化，原罪感开始笼罩他们的自我理解，规训与救赎小资产阶级意识的寻求变得日渐普遍。本文拟以大革命失败后左翼知识分子对小资产阶级问题的讨论和反思为研究主题，透视知识分子的自我认知机制继新文化运动之后所发生的又一次重要转变。

一 小资产阶级"劣根性"话语的生成

新文化运动大大推动了中国思想意识及伦理领域的现代化进程，经过其洗礼，"人的解放"成为时代潮流，传统伦理观被冲破，意识领域的自主性成为最进步的追求，知识分子更成为独立个性的代言人。但随着革命思潮日渐普及，思想意识的纪律化开始成为20世纪20年代中期以后新的时代潮流。大革命之后，朱自清曾敏锐地总结了这一转变："在解放的时期，我们所发现的是个人价值。……个人是一切评价的标准；认清了这标准，我们要重新评定一切传统的价值。"而到了"革命的时期"，"'一切权力属于党'。在理论上，不独政治，军事是党所该管；你一切的生活，也都该党化。党的律是铁律，除遵守与服从外，不能说半个'不'字。个人——自我——是渺小的；在党的范围内发展，是认可的，在党的范围外，便是所谓'浪漫'了"。[①] 左翼知识分子对自我的认知和定位，遂由追求解放的自主个体，渐变至寻求自我规训的"小资产阶级"。大革命失

---

① 自清：《哪里走——呈萍郢火栗四君》，《一般》1928年第4卷第3期。

二 思潮与现象

败后,伴随着对革命失败原因的检讨,对"小资产阶级"问题的讨论在文坛迅速崛起,具有左翼倾向的知识分子普遍展开了对自我身份的反思。

在阶级革命话语中,知识分子的阶级属性常存在双重分类标准。一般来说,他们会被视作小资产阶级的重要组成部分,这主要由其在现代社会生产过程中的地位所决定,但由于他们又常被视作意识形态的代表阶级,所以其阶级身份又难免依据思想状况而游移。[①] 信仰马克思主义的作家因此也习惯于把知识分子划归为资产阶级和小资产阶级两种类型,这时,分类的标准便由生产方式转变为思想意识。比如苏俄文化干部列列维奇便曾把文坛派别定义为"资产阶级文学"一派和"小资产阶级作家""同路人"一派。[②] 通过这种分类,知识分子的革命或反动程度获得界定。不过,由于思想意识的不确定性,有时对某些知识分子该归入哪一类,并不容易确定。创造社的成仿吾在评论语丝派时就说:"他们是代表着有闲的资产阶级,或者睡在鼓里面的小资产阶级。"[③] 到底属于哪个阶级,并不让人十分明了。创造社的郭沫若对资产阶级和小资产阶级之间的区分也未在意,比如在同一篇文章中,他一边说"文艺青年们的意识都是资产阶级的意识",一边又说"我们同样的从小有产者意识的茧壳中蜕化了出来"。[④] 但这也不难理解,除非在强调小资产阶级进步性的场合,小资产阶级的"意识"和资产阶级的"意识"并不会有什么差别。小资产阶级,宽泛来讲,也难免是资产阶级,而且小资产阶级也被认为没有专属于自己的"意识形态",论系统性的思想或意识难免附属于其他阶级。

正因为以思想来划界充满不确定性,更通行的做法还是依据物质出身和特定的意识状态("根性")把知识分子统一视作"小资产阶级"。不过不管依据什么标准,小资产阶级文人还是可以被公认为知识阶级的主体。大革命失败后,倾向于革命的文人大都认为革命的失败源于小资产阶级领导者的劣根性发作;在中共的革命政策中,小资产阶级作为一个阶级整体也被认为丧失了革命性,从而被从革命队伍中排除[⑤]。受此影响,左

---

① 参见[英]麦克莱伦《马克思思想导论》,郑一明、陈喜贵译,中国人民大学出版社2008年版,第184页。

② [苏]列列维奇:《关于对资产阶级文学和对中间派的关系》,雷光译,《"拉普"资料汇编·上》,中国社会科学出版社1981年版,第6—7页。

③ 成仿吾:《从文学革命到革命文学》,《创造月刊》1928年第1卷第9期。

④ 麦克昂(郭沫若):《留声机器的回音——文艺青年应取的态度的考察》,《文化批判》1928年第3期。

⑤ 参见杨奎松《"中间地带"的革命——国际大背景下看中共成功之道》,山西人民出版社2010年版,第175—189页。

翼文人开始重点检讨小资产阶级意识的危害性，并展开猛烈批判。小资产阶级文人的原罪意识于是开始被重点强调。

郭沫若虽然对资产阶级意识和小资产阶级意识的区分未加措意，但大体上还是认为知识阶级被小资产阶级的意识统治，以至于认为，他们的"小资产阶级的根性太浓重了，所以一般的文学家大多数是反革命派"。① 可见，小资产阶级的"根性"在政治上即意味着反革命。虽然小资产阶级也有革命性，但显非"根性"。即是说，小资产阶级是个具有原罪的阶级，其出身即是不洁的，"根性"即为"劣根性"。认同阶级革命理论的作家，罕有人不持有类似的认识。成仿吾曾论断："浪漫主义与感伤主义都是小资产阶级特有的根性，但是在对于资产阶级（bourgeois）的意义上，这种根性仍不失为革命的。"但这种论述大体从属于提高前期创造社地位的意图，不能太当真。在同一篇文章最后，他呼吁文艺作者"克服自己的小资产阶级的根性"、获取辩证法的唯物论才更能代表自己的当下想法。② 小资产阶级的根性是什么呢？成仿吾以知识阶级为例做了说明，要言之，即踌躇不决、无行动力、无责任感："《波浪》描写革命时期的一部分知识阶级的踌躇不决与对于目前一切的不满。这是不觉悟的小有产者最困险的通病。他们对于外界一切的现象不满，但是又没有决心自己去干。不去革命吗，又觉得不可；去革命吗，又觉得目前的一切都不如意。于是对于什么都是 Laissez-faire（放任主义——引者），责任到了身上时，就只有一走了之。……不把这种成分克服，知识阶级是不能遂行他的历史的任务的。"③

太阳社的钱杏邨则以鲁迅为例对小资产阶级"恶习性"做了批判。在他看来，鲁迅不能跟上时代即源于其小资产阶级根性的作用："鲁迅把自己的小资产阶级的恶习性完全暴露了出来，小资产阶级的任性，小资产阶级的不愿认错，小资产阶级的疑忌，我们是在在的可以看得出来。"鲁迅之所以寻不到出路，正因为"是小资产阶级的脾气害了他！其实，具有这样习性，而葬送了他们的一生的，我们随时随地都可以遇到"。④

说到小资产阶级的习性，革命文学作家姚方仁（姚蓬子）的概括或许最为全面："虚荣，彷徨，畏怯，偷巧，浅薄，贪闲一时，无责任心，

---

① 麦克昂（郭沫若）：《桌子的跳舞》，《创造月刊》1928年第1卷第11期。
② 成仿吾：《从文学革命到革命文学》，《创造月刊》1928年第1卷第9期。
③ 厚生（成仿吾）：《编辑后记》，《创造月刊》1928年第1卷第11期。
④ 钱杏邨：《死去了的阿Q时代》，《太阳月刊》1928年第3期。

二 思潮与现象

意志薄弱，纵欲……"① 另一位革命作家孔另境则对小资产阶级的特性有更系统的认识：

> 小资产阶级的阶级性是怎样的呢？总说一句是懦弱而犹豫。因为它的经济地位是站在资产阶级与无产阶级之间，它没有独立的经济基础，它的意志往往以它的利害为前提，如果资产阶级给它一点利益，它就会帮助资产阶级，站到资产阶级那一边去，如果无产阶级给它一种刺激，它就会同情于无产阶级。不过唯物史观所昭示我们的，小资产阶级总是资产阶级的附庸。②

这便清晰不过地揭示了小资产阶级文人在道义上的趋炎附势性。即便他们投身革命，也是出于现实"利害"的考虑，难改"附庸"本性。孔另境因此特别强调了克服作家"小有产阶级的意识"的"思想改造"必要，并设计出一揽子规划。③

对于改造小资产阶级劣根性，左翼革命作家大都十分重视。后期创造社主力成员朱镜我重点申论了无产阶级专政之后扫除小资产阶级劣根性的艰巨性："比打倒大的集中了的布尔乔亚氾千倍万倍还困难的是数百万数千万的小所有者底劣根性，在过渡期内是不能一举扫净的，但不能一时地去扫净，而且这小商品生产者以小布尔乔亚的空气包围普罗列搭利亚，使它腐化，使它颓废起来的，所以，普罗列搭利亚特有牢守严格的阶级的规律而向小布尔乔亚做顽强的欺蒙的斗争之必要。"④ 虽然讲的是无产阶级专政之后的事情，但无疑，在专政之前这种斗争也绝不可少。

左翼革命作家对小资产阶级恶劣根性的攻击，是他们理论批判话语中重要的内容，而且也取得了十分理想的传播效果。后来，反对普罗文学的梁实秋便把他们所取得的最大战果归诸这一方面。在引用了"左联"的"理论纲领"之后，梁实秋说道：

> 据这"理论纲领"所昭示，所要反对的对象有三：一是封建阶级，二是资产阶级，三是小资产阶级。其实，前两个对象，普罗文学

---

① 姚方仁（姚蓬子）：《文艺与时代》，《文学周报》1928 年第 339 期；转引自《文学周报》第 7 卷合订本，第 454 页。
② 另境：《时代文学的修养》，《文化批判》1928 年第 5 期。
③ 另境：《时代文学的修养》，《文化批判》1928 年第 5 期。
④ 朱镜我：《德模克拉西论》，《文化批判》1928 年第 5 期。

家并没有能触动一根毫毛,因为一个是有势一个是有钱,拿笔做武器的人是奈何他们不得的。只有对于小资产阶级,既无钱,又无势,普罗文学家乃耀武扬威的不择手段的攻击了一阵。凡是不受普罗文学家的诱惑胁迫的文人,一古脑儿的被普罗文学家谥以小资产阶级的名义,从而掊击嘲笑辱骂诬蔑。①

显然,在梁实秋十分简单化的价值判断背后,是他完全没有意识到,普罗文学家的小资产阶级批判之所以能煊赫一时,在于众多小资产阶级本身就心怀忏悔。

二 对小资产阶级身份的忏悔及对规训方式的探求

小资产阶级身上既具有如此严重的劣根性,知识分子又从属于它,这对真诚信仰这样一种革命理论的知识分子,除非能给自己的思想意识寻找到一个更高的安置点,很难不对自己的阶级身份充满忏悔之情。冯雪峰写于1927年的一首题为《小资产阶级》的诗,便是对这种忏悔之情的坦率表白:

小资产阶级

小资产阶级这名词,
近来是屡次的挂在我们的嘴了。
我们无疑都是小资产阶级。

但是,这名词又带着怎样可耻的毒刺呵……
有一回,是喝了一杯白干之后,
不知为什么,我说 J 是小资产阶级了;
J 是即刻满脸迸红着,
拍着桌子道:"你侮辱了我了;"
而且虽经了百般的解释,
J 还说,要不是我是他的最好的朋友,
他定是和我打架了——
这名词是带着怎样可耻的毒刺呀。

---

① 灵雨(梁实秋):《普罗文学那里去了?》,《自由评论》1936年第7期。

二　思潮与现象

> 我们无疑都是小资产阶级。
> 就这样，这可咨（恣）骂的，使人赧颜的名词，
> 是屡次挂在我们的嘴上了。①

小资产阶级身份的耻辱性于诗中尽显。不过从起首的"近来"来看，对小资产阶级身份的忏悔，也是较新鲜的事物，其普及开来，还要归功于大革命对革命理念的深入传播。而中共采取的认为小资产阶级已经背叛革命，从而大力贬低小资产阶级革命潜能的政策，对知识阶级忏悔自己的阶级身份应该也起到了重要的推波助澜作用。

在冯氏名文《革命与智识阶级》中，他对那些既向往革命、又徘徊而痛苦的革命同路人（自然是小资产阶级）的深切同情，和他的自我认识是分不开的；而被冯雪峰视作这一类型知识分子代表的，便是鲁迅。他对知识阶级——即便是"革命的知识阶级"——只能成为革命的追随者的认识，更是和革命文学派所宣扬的知识阶级引领革命的观点完全相反。因而在他看来，创造社的行为只能是"狭小的团体主义"。②

那么，鲁迅又是如何体认自己的阶级身份的呢？在1927年11月所做的讲演《关于知识阶级》中，鲁迅以一种充满张力的叙述，把知识分子的缺点和所应具有的精神做了呈现。他首先借俄国的情形说明知识阶级应"能替平民抱不平，把平民的苦痛告诉大众"，在这里，评价知识阶级的标准在于是否站在平民的立场。然而因此也将暴露知识阶级的第一个缺点：一旦他们在民众的拥戴下地位上升，难免"变成一种特别的阶级"和"平民的敌人"。知识阶级的另一个缺点是，它的思想将影响集体行动的力量："各个人思想发达了，各人的思想不一，民族的思想就不能统一，于是命令不行，团体的力量减小，而渐趋灭亡。"③

可注意的是，在鲁迅的论述中隐藏着许多他自己未进一步提出的问题，而它们将直接影响到他对知识阶级的价值期待能否自洽。比如，正因为平民的利益取决于集团的存亡，知识阶级是否应该为了平民的利益而出让自己的独立性，集团为了自我生存从而压制知识阶级又是否正当，鲁迅未对这些问题给出答案，而是接着论说了真知识阶级的特性：

---

① S. F.（冯雪峰）：《小资产阶级》，《无轨列车》1928年第3期。括号勘误为引者所加。
② 画室（冯雪峰）：《革命与智识阶级》，《无轨列车》1928年第2期。
③ 鲁迅：《关于知识阶级——十月二十五日在上海劳动大学讲》，《鲁迅全集》第8卷，人民文学出版社2005年版，第224—225页。

> 真的知识阶级是不顾利害的，如想到种种利害，就是假的，冒充的知识阶级……他们对于社会永不会满意的，所感受的永远是痛苦，所看到的永远是缺点，他们预备着将来的牺牲，社会也因为有了他们而热闹，不过他的本身——心身方面总是苦痛的；因为这也是旧式社会传下来的遗物。①

既然如此，判断知识阶级的标准便内在分裂了：是永远站在平民的一边，还是永远"不顾利害"、坚持自我的独立性呢？鲁迅或许忘记了他早年对"个人"和"众数"关系的辨识，或者竟可说，追求个人自由的早期鲁迅和追求平民立场的晚期鲁迅发生了分裂。鲁迅并没能真正解决这种分裂，他以自己的方式回避了它，他寄望于一个新社会能够弭平这一分裂。新旧社会的差别同时也是集体主义和个人主义的差别。旧社会的知识阶级不顾"利害"，"心身方面总是苦痛的"，这种个人主义的执拗性是"旧式社会传下来的遗物"；而在新社会，环境的改变使得知识分子可能和集体取得一种和谐的状态，个人主义渐变至集体主义——他没有什么可以反抗的了，从而取消了自己"痛苦"阶级的命运："如在劳动大学一方读书，一方做工，这是新的境遇；或许可以造成新的局面。"②

坚守这种新旧之别，便需要让知识阶级变成行将灭亡的旧的"痛苦"阶级；通过让知识阶级感觉到痛苦、通过让他处于新旧交替的中间状态，个人主义找到了过渡到集体主义的路径，二者于是获得新旧混杂的存在形态。这种存在形态，以坚守个人意识的真诚性为原则，它集中体现在已跨入"大时代"的苏俄的叶遂宁、梭波里等人身上。虽然个人主义和集体主义在当下的关系，仍然未能解决，但它同时获得了解决——方法便是死亡，这批作为历史中间物的知识分子必然的死亡。正是苏俄的成立让鲁迅看到了问题解决的曙光，并给了鲁迅以安慰。

叶遂宁和梭波里的命运是鲁迅在倾心苏俄之后萦绕于心的一个问题，这无疑牵涉到鲁迅的自我理解。在鲁迅的论述中，一方面肯定他们坚持自我的真诚性，同时指出，正是这种真诚性使得他们在新时代面前无所寄身，只能选择自我毁灭：

---

① 鲁迅：《关于知识阶级——十月二十五日在上海劳动大学讲》，《鲁迅全集》第8卷，人民文学出版社2005年版，第226—227页。
② 鲁迅：《关于知识阶级——十月二十五日在上海劳动大学讲》，《鲁迅全集》第8卷，人民文学出版社2005年版，第227页。

二 思潮与现象

> 我因此知道凡有革命以前的幻想或理想的革命诗人,很可有碰死在自己所讴歌希望的现实上的运命;而现实的革命倘不粉碎了这类诗人的幻想或理想,则这革命也还是布告上的空谈。但叶遂宁和梭波里是未可厚非的,他们先后给自己唱了挽歌,他们有真实。他们以自己的沉没,证明着革命的前行。他们到底并不是旁观者。①

> 苏俄革命以前,有两个文学家,叶遂宁和梭波里,他们都讴歌过革命,直到后来,他们还是碰死在自己所讴歌希望的现实碑上,那时,苏维埃是成立了!②

在鲁迅看来,虽然从个人主义向集体主义的过渡,是旧知识分子向新知识分子转变的必经之途,但在这个过程中应该有内在一致的真诚性作为"桥梁":

> 志愿愈大,希望愈高,可以致力之处就愈少,可以自解之处也愈多。——终于,则甚至闪出了惟本身目前的刹那间为惟一的现实一流的阴影。在这里,是屹然站着一个个人主义者,遥望着集团主义的大纛,但在"重上征途"之前,我没有发见其间的桥梁。③

鲁迅又曾指出:"托尔斯泰正因为出身贵族,旧性荡涤不尽,所以只同情于贫民而不主张阶级斗争。"④ 其实所谓"旧性荡涤不尽",正是新旧交替期知识阶级的共通属性,也正由此决定了他们的现实与历史命运。面对"旧性",需要的是救治——虽然痊愈为新人不可能,但对自己没落运命的挽救意味着对自己及历史的负责。

鲁迅找到了救治自己的方式,那就是"自啮其身",使用唯物史观的"天火"烹煮自己:

---

① 鲁迅:《在钟楼上——夜记之二》,《鲁迅全集》第4卷,人民文学出版社2005年版,第36页。
② 鲁迅:《文艺与政治的歧途——十二月二十一日在上海暨南大学讲》,《鲁迅全集》第7卷,人民文学出版社2005年版,第121页。
③ 鲁迅:《叶永蓁作〈小小十年〉小引》,《鲁迅全集》第4卷,人民文学出版社2005年版,第150页。
④ 鲁迅:《"硬译"与"文学的阶级性"》,《鲁迅全集》第4卷,人民文学出版社2005年版,第209页。

从前年以来，对于我个人的攻击是多极了……但我看了几篇，竟逐渐觉得废话太多了。……我于是想，可供参考的这样的理论，是太少了，所以大家有些胡涂。对于敌人，解剖，咬嚼，现在是在所不免的，不过有一本解剖学，有一本烹饪法，依法办理，则构造味道，总还可以较为清楚，有味。人往往以神话中的 Prometheus 比革命者，以为窃火给人，虽遭天帝之虐待不悔，其博大坚忍正相同。但我从别国里窃得火来，本意却在煮自己的肉的，以为倘能味道较好，庶几在咬嚼者那一面也得到较多的好处，我也不枉费了身躯：出发点全是个人主义，并且还夹杂着小市民性的奢华，以及慢慢地摸出解剖刀来，反而刺进解剖者的心脏里去的"报复"。①

鲁迅不能对论敌的解剖和咬嚼感到满意，他选择了自我"解剖"和"烹饪"，借用从别国窃来的火，以便更透彻地自我理解。"咬嚼者"虽也可借此有所裨益，但这种裨益来自个人主义的"报复"。而对"个人主义"出发点的强调，既是对自己"旧性"不能除尽的声明，更是在真诚性意义上的一种自矜表达。需要对自己做这么一番深入骨髓的救治，前提是对自己沉疴和"罪"性的认识，唯物史观的治疗和救赎已迫不及待。

可以说，冯雪峰和鲁迅分享着一种在革命面前谦卑的知识分子观，而在这背后，是对自己以及整个知识阶级"罪"性的认识。这种罪性，在冯雪峰那里集中表现为小资产阶级劣根性，在鲁迅那里，则集中表现为一种更有深度的"中间阶级"历史罪性；而所谓中间阶级，其实也正是小资产阶级的别称。②

另一位对小资产阶级劣根性怀有深切认同感的是郁达夫。在大革命后期，郁达夫对革命前途屡次表示了担忧，原因正在于小资产阶级领导者劣根性的必然发作。他因此得出结论："真正彻底的革命，若不由无产阶级者——就是劳动者和农民——来作中心人物，是不会成功的。"③ 在郁达夫看来，知识分子的小资产阶级根性同样表现在不具有体验工农感情的能力上，因此发展为他们文学创作上的局限："曾受过小资产阶级的大学教育的我辈，是决不能作未来的无产阶级的文学的一点，我是无论如何，也

---

① 鲁迅：《"硬译"与"文学的阶级性"》，《鲁迅全集》第4卷，人民文学出版社2005年版，第213—214页。
② 参见拙作《论何谓小资产阶级及其与知识阶级之关系——一项从民国辞书出发所做的考察》，《汕头大学学报》（人文社会科学版）2012年第4期。
③ 日归（郁达夫）：《无产阶级专政和无产阶级的文学》，《洪水》1927年第3卷第26期。

不想否认的。"①

　　正因小资产阶级具有如此难以克服的劣根性，所以不论小资产阶级自身，还是企图利用小资产阶级者，都难免提出种种规训的计划，以便克服之，使其朝有利于革命的方向发展，起码不成为进步的阻碍。就如朱自清所恳切忏悔的："我们的阶级，如我所预想的，是在向着灭亡走；但我为什么必得跟着？为什么不革自己的命，而甘于作时代的落伍者？"②

　　在大革命失败之后，这方面的探寻日渐普遍，而最响亮的便是号召小资产阶级从个人主义走向集体主义、从不当留声机器到当一个留声机器的呼吁。太阳社的蒋光慈即指出，真正的出路在于由个人主义进至集体主义："我们的社会生活之中心，渐由个人主义趋向到集体主义。……现代革命的倾向，就是要打破以个人主义为中心的社会制度，而创造一个比较光明的，平等的，以集体为中心的社会制度，革命的倾向是如此，同时在思想界方面，个人主义的理论也就很显然地消沉了。"③

　　到郭沫若那里，善用譬喻的他马上拈出"留声机器"这一鲜明形象："文艺青年们应该做一个留声机器——就是说，应该克服自己旧有的个人主义，而来参加集体的社会运动。"④ 对集体主义的呼吁顿收点铁成金之效，生动了许多，也获得了更理想的传播效果。⑤

　　虽然克服小资产阶级劣根性的呼声响彻云霄，甚至获得知识阶级十分广泛的认同。但也并非所有有此认同的知识分子都决定洗心革面，投身无产阶级的革命阵营。比如朱自清，虽然也深切忏悔自己的小资产阶级劣根性，并决意有所克服；但他只能自信不在积极的意义上"反革命"，而深知不能走向革命的道路。朱自清打算固守一种小资产阶级的执拗："我是走着衰弱向灭亡的路；即使及身不至灭亡，我也是个落伍者。随你怎样批评，我就是这样的人。"⑥ 于是在对小资产阶级近乎完全负面的界定当中，朱自清寻找到了自我坚持的力量；这也并不奇怪，因为对小资产阶级劣根性的过分强调，必将导致一种宿命论式的自我坚持——自己确实并无革命的意志与力量，而彻底难免是一个小资产阶级："我在 Petty Bourgeoisie 里

---

　　① 达夫：《对于社会的态度》，《北新半月刊》1928 年第 2 卷第 19 号。
　　② 自清：《哪里走——呈萍郢火栗四君》，《一般》1928 年第 4 卷第 3 期。
　　③ 蒋光慈：《关于革命文学》，《太阳月刊》1928 年第 2 期。
　　④ 麦克昂（郭沫若）：《留声机器的回音——文艺青年应取的态度的考察》，《文化批判》1928 年第 3 期。
　　⑤ 参见程凯《当还是不当"留声机"——后期创造社"意识斗争"的多重指向与革命路径之再反思》，《中国现代文学研究丛刊》2006 年第 2 期。
　　⑥ 自清：《哪里走——呈萍郢火栗四君》，《一般》1928 年第 4 卷第 3 期。

活了三十年,我的情调,嗜好,思想,论理,与行为的方式,在在都是Petty Bourgeoisie 的;我彻头彻尾,沦肌浃髓是 Petty Bourgeoisie 的。……在歧路之前,我只有傍徨罢了。"①

朱自清给自己的坚持蒙上了太强的悲观色彩,这和小资产阶级的形象被过分负面化有直接的关系。在革命的理论体系中,小资产阶级并不具有自己的意识形态,而只能在资产阶级和无产阶级的意识形态之间徘徊犹疑,不革命则变为反革命。即是说,小资产阶级并无主体性可言,而只是一个依附和寄生阶级。不过,在朱自清的坚守中,已经可以看出一种较为有意识地赋予小资产阶级主体能动性的尝试。

茅盾也对小资产阶级给予了特别关注,表达出他对发挥小资产阶级主体性的强调;虽然其意图也在于引导小资产阶级为革命服务,但仍然导致被革命文学家大力批判。到了 1933 年,已经脱离了中共的前太阳社成员杨邨人,宣布认同"第三种人",撰文《揭起小资产阶级革命文学之旗》,意图高调张扬小资产阶级作为一个可以安身立命的自主阶级的特性:"我们是小资产阶级的知识分子,我们无论怎么样改头换面自欺欺人也不像无产阶级。我们只能做我们所能够做到的工作,我们不愿意伪善骗人去作那只有空架子的事。"②

杨邨人等对"小资产阶级革命文学"的张扬必然地遭到了"左联"作家的严厉批判。在左翼作家激烈的批判声浪中,已是"左联"领导的茅盾虽也曾匿名作文讥讽③,但大体选择了回避,并在私下对人讲:"排斥小资产阶级作家,'左联'就不能发展,批'第三种人'的调子,和过去批我的《从牯岭到东京》差不多。"④

三 阶级意识理论对小资产阶级身份的救赎

知识分子这个名词在输入中国的时候,曾包含专指社会运动领导者的意义。比如 1929 年出版的《社会科学大词典》便认为知识分子的含义包括"指导社会运动的知识分子,即指现在居于工会运动,社会主义运动之指导地位,而没有从事于肉体劳动者,如马克思,恩格斯等,皆属于此类之知识分子"。⑤据此则知识分子成为革命的领导阶级,而知识阶级作

---

① 自清:《哪里走——呈萍郢火栗四君》,《一般》1928 年第 4 卷第 3 期。
② 杨邨人:《揭起小资产阶级革命文学之旗》,《现代》1933 年第 2 卷第 4 期。
③ 茅盾的匿名作品为《第三种人的去路》,发表于《文学》1933 年第 1 卷第 4 期。
④ 夏衍:《懒寻旧梦录》,生活·读书·新知三联书店 2000 年版,第 142 页。
⑤ 高希圣等编:《社会科学大词典》,世界书局 1929 年版,第 337 页。

二 思潮与现象

为小资产阶级存在，十分符合后来革命政权的设计。但知识分子的这一含义并未能被广泛接受，在一般理解中，仍然把知识分子和知识阶级等量齐观，知识分子并未能够成为一个特殊的革命领导阶级。

然而在实际上，知识分子当中确实在不断分化出革命的领导阶层——一个近似于"牧师"的阶层。它一头联系着无产阶级或无产阶级的阶级意识，一头联系着背负原罪的小资产阶级，负责把后者救赎到前者那里去。这种末世救赎论的景观便集中体现在了后期创造社的阶级意识灌输理论里，只不过在其中，作为上帝而存在的并非实际的无产阶级，而是理想状态的无产阶级——以阶级意识的占有为标志；而阶级意识又只有革命的知识阶级才有能力去发现。一旦跻身于获取了纯正阶级意识的知识分子行列，则便与小资产阶级的劣根性断绝了关系，而且获得审查他人阶级意识纯洁度的资格。

李初梨在论述无产阶级文艺时，格外注重强调它应该是无产阶级的前锋的文艺，而前锋的意识截然不同于无产阶级自然生长的意识。革命的前锋——知识阶级——拥有比无产阶级更加先进的属性，并且完美克服了小资产阶级的根性；无产阶级因为生活与思想都局限于物质的生产过程之中，反倒身上有着种种"劣根性"：他们把"一分一文"，看得"要比全社会主义全政治还有价值"，他们只"为自己及自己的儿女，却不能为未来的 generation 斗争"。他们只能自然生长生出工团主义的反抗意识，"还没有意识着现在的社会制度对于他们的利益底不可和解的冲突，而且他们也不能意识"。而革命的知识阶级能够实现全生活的批判，革命成功的希望也在于那些资产阶级中"理论地能够了解全历史运动底布尔乔亚思想家的一部分，投到普罗列搭利亚里来了"，并把无产阶级的阶级意识灌输给无产阶级及小资产阶级。[①]

后期创造社其他主力成员对这种阶级意识灌输论也多有强调。[②] 这样来看，小资产阶级知识分子便被成功分割成至少两个部分。不过这种切割并没有做到十分清晰。这又涉及两个界限模糊的概念的区分，即普罗列搭利亚（proletarian，无产者）和普罗列搭利亚特（proletariat，无产阶级）。后期创造社曾专门对这两个概念予以界定，前者指具体的无产者，后者则

[①] 李初梨：《自然生长性与目的意识性》，《思想月刊》1929 年第 2 期。
[②] 参见彭康《什么是"健康"与"尊严"——〈新月的态度〉底批评》，《创造月刊》1928 年第 1 卷第 12 期；王独清《文艺上之反对派种种（在暨南大学讲演）》，《澎湃》1928 年第 1 期；克兴《评驳甘人的〈拉杂一篇〉——革命文学底根本问题底考察》，《创造月刊》1928 年第 2 卷第 2 期。这一理论当然主要来自列宁的著作《怎么办》。

指一个集合的"阶级"。① 一般来讲，这是两个难分彼此的概念，而后者包含前者，但对于以阶级意识理论为号召的后期创造社则并不完全如此。他们分别赋予了这一对概念以不同的含义，大体来说，无产者处于不完美的现实界；而无产阶级则既可能被理解为处于现实界，又更经常地被理解为一个处在非现实界的集合体。因此，无产者及其意识都是不完美的，甚至无产阶级也可能不完美，但无产阶级的意识是一种理想型的完美意识，即创造社反复强调的"阶级意识"。比如朱镜我曾论说道：

> 我们现在的无产者大多数还没有获得无产者应有的社会认识，这是事实，因为我们的无产者一方面为"无知"所苦，他方面还受传统思想的麻醉太深……但是，普罗列搭利亚特，尤其是他的先锋，因为他的社会关系上的特性，自有他的透彻的社会认识；这是布尔乔亚与小布尔乔亚所容易看过的。②

通过无产者和无产阶级的区分，朱镜我便视知识分子为无产阶级的一部分及其先锋，而"大多数"无产者都还不能属于普罗列搭利亚特，因而普罗列搭利亚特的主体将是革命的知识阶级。这虽然显得夸张，但从中确实可以看出朱镜我把革命的知识阶级归属于普罗列搭利亚特的努力。想必朱镜我也意识到了这一论述所隐含的夸张性，于是接着说："小布尔乔亚领导革命是很危险的。不过不问是小布尔乔亚，或是普罗列搭利亚，要紧的是要获得普罗列搭利亚的社会意识。"③

这似乎承认了知识阶级的小布尔乔亚身份，只不过立即又声明"社会意识"（或说阶级意识）才是最关键的衡量标准，表明获得了无产者"社会意识"的小布尔乔亚知识阶级，并不比无产者不足取。应该说，后期创造社的阶级意识理论确实提高了小资产阶级的历史作用，但它的意图并不在于赋予小资产阶级一种具有主体性的生活，而同样在于彻底摧毁小资产阶级的物质及精神世界。它重视的并非小资产阶级总体，而只在于把其中的一部分挽救出来，涤除这一部分的小资产阶级原罪，以使其负有引领革命的资质。

于是，一部分革命的知识阶级是无产阶级阶级意识的生成阶级，他们

---

① 参见《新辞源》，《文化批判》1928 年第 1 期。
② 钟员、愆（朱镜我）：《普罗列搭利亚特意识的问题》，《文化批判》1928 年第 3 期。
③ 钟员、愆（朱镜我）：《普罗列搭利亚特意识的问题》，《文化批判》1928 年第 3 期。

需要负责对不能自然开化的无产阶级进行阶级意识的灌输工作；另一部分知识阶级则身负有产者或小有产者意识的原罪，他们同样需要上一类知识阶级灌输给无产阶级的阶级意识，并主动加强思想的改造。后一类知识阶级和无产阶级的区别当然也存在，无产阶级获得阶级意识虽然靠的是灌输，但这似乎是一个自然而然的习得过程；而知识阶级获得阶级意识的过程则意味着漫长而曲折的思想改造，他们需要在无产阶级的生活和精神世界（不管是否"现实"的、必定是理想的）中获得净化，以避免痼疾的反复发作。

四　结语

在大革命失败之后，认同无产阶级革命路径的知识分子对小资产阶级软弱、动摇根性的认识几乎并无根本分歧，作为无可逃避的小资产阶级成员，各方都试图以自己的方式破解小资产阶级对自身属性的规定，但具体的反思和"破解"路径则难免大相径庭。或者"抉心自食"、深切忏悔，寻求救赎之道；或者在小资产阶级中抽离出无产阶级的代表阶级，负责向其他各阶级灌输无产阶级的阶级意识，作为革命的领导阶级，督促和指导小资产阶级克服劣根性；或者竟在小资产阶级的劣根性面前半"缴械投降"，自认没落的命运，但自信还有着不走向反动的意志，愿意在力所能及的范围内为无产阶级的革命事业做出贡献，所以干脆以"小资产阶级"互相号召。不过虽有这些差异，克服小资产阶级劣根性的要求则几乎是共同的呼声。固然有理论认为，投身于无产阶级的革命事业并获得无产阶级的代言资格，便有可能克服小资产阶级的劣根性。但对绝大多数左翼知识分子来说，小资产阶级的身份始终是他们挥之不去的心理阴影，在"罪"感中挣扎成为他们普遍的生存状态。正因此，克服小资产阶级劣根性的"思想改造"要求，与其说来自外部，不如说发自肺腑。对小资产阶级出身的忏悔，开始成为此后几十年间中国知识分子精神生活的重要内容。

（原载《文艺理论研究》2012 年第 4 期）

再论后期创造社与福本主义之关系

张广海

后期创造社作为中国左翼文学的重要开创性社团,与福本主义有十分密切的关系。学界对此问题已有较多探究,但是,对后期创造社,关注点多半集中于以李初梨为代表的文学思想;对福本主义,则集中于其"分离—结合"的组织理论,并以此解释后期创造社激进批判行为产生的原因。实际上,后期创造社的理论活动远不限于文学领域,福本主义亦有更丰富复杂的内容。① 笔者曾撰文揭示,后期创造社对作为福本主义理论源头之一的早期西方马克思主义有直接的接受。② 本文将进一步论述后期创造社与包含了列宁主义和早期西方马克思主义内容的福本主义之间的复杂关联。

一

后期创造社主力成员的学习活动有着颇多交集。1920 年,李初梨、冯乃超、彭康、朱镜我一起进入东京第一高等学校预科,李铁声则于次年进入。1924 年,李初梨、冯乃超、彭康又一起考入京都帝国大学,李初梨进入文学部德国文学科,冯乃超和彭康进入文学部哲学科(冯于次年 3 月在朱镜我劝说下转学到了东京帝国大学文学部社会学科),李初梨不久也转入了哲学科。当时创造社老成员郑伯奇正在京都帝国大学

---

① 关于后期创造社与福本主义之关系,两篇开创性的研究文献,在某种程度上均有这些不足。参见[日]斋藤敏康《福本主义对李初梨的影响——创造社"革命文学"理论的发展》,刘平译,程广林校,《中国现代文学研究丛刊》1983 年第 3 期;艾晓明《后期创造社与日本福本主义》,《中国现代文学研究丛刊》1988 年第 3 期。近年来,学者们开始更多关注福本主义的哲学基础以及后期创造社在哲学方面的理论活动,参见王志松《福本和夫的"唯物辩证法"与中国的"革命文学"——〈文化批判〉杂志及其周边》,《东亚人文》第 1 辑,生活·读书·新知三联书店 2008 年版,第 361—386 页。

② 张广海:《两种马克思主义诠释模式的遭遇——解读创造社和太阳社的"革命文学"论争》,《中国现代文学研究丛刊》2011 年第 3 期。

二 思潮与现象

读三年级,他回忆说,当时他们四人"几乎朝夕相见"。① 李铁声 1925 年也考入京都帝国大学文学部哲学科。朱镜我则在 1924 年考入东京帝国大学文学部社会学科,1927 年也进入了京都帝国大学,在研究院学习。郑伯奇还回忆,当 1927 年大革命还未失败时,这几个人就和刚返回日本的他一起酝酿创造社的"转变方向"。② 日本学者小谷一郎注意到这种共同的学习经历对他们的影响:"后期创造社同人包括五个主力在内,都以京都帝大文学部哲学科为起点,构成了一种人事联系。……可以认为,他们可能都具备'日本体验'式的素质,而且相互间还具有某种共同的氛围或倾向。"③ 1927 年 10 月,朱镜我和冯乃超先行回国;11 月,剩下的三人一起回国。除了朱镜我,他们当时都是大学二、三年级的学生,因而都放弃了宝贵的学业。这可见他们批判豪情之浓厚、"转变方向"意志之坚决。

五人的回国主要出于成仿吾的努力。成氏 1927 年 10 月去日本的目的就是吸纳新成员,"商谈今后创造社的方针"。④ 现实背景则是,伴随着大革命的失败,1927 年下半年的创造社内部已矛盾重重,丧失了凝聚力和前进方向,甚至已不堪维持。⑤ 成仿吾拉五人回国,自然是要给创造社注入新的生机。而在理论上或许也有因缘,郑伯奇回忆说:"我和仿吾谈过在日本的同志们主张提倡无产阶级文学的意见,仿吾很兴奋。"⑥ 成仿吾能够认同他们的新鲜理论应当也是促成因素之一,而在日本的两个月期间,成仿吾对他们的理论资源有了更深入的了解,这在他其后发表的一系列文章中有鲜明体现。⑦

---

① 郑伯奇:《创造社后期的革命文学活动》,饶鸿兢等编:《创造社资料》(下),福建人民出版社 1985 年版,第 870 页。

② 郑伯奇:《创造社后期的革命文学活动》,饶鸿兢等编:《创造社资料》(下),福建人民出版社 1985 年版,第 870 页。

③ [日]小谷一郎:《"四·一二"政变前后后期创造社同人动向——从与留日学生运动的关系谈起》,秋实译,刘柏青等主编:《日本学者中国文学研究译丛》第 2 辑,吉林教育出版社 1987 年版,第 208 页。

④ 郑伯奇:《创造社后期的革命文学活动》,饶鸿兢等编:《创造社资料》(下),福建人民出版社 1985 年版,第 874 页。

⑤ 参见咸立强《寻求归宿的流浪者——创造社研究》,东方出版中心 2006 年版,第 237—244 页。

⑥ 郑伯奇:《创造社后期的革命文学活动》,饶鸿兢等编:《创造社资料》(下),福建人民出版社 1985 年版,第 874 页。

⑦ 成仿吾去日本前对福本主义应该没有多少了解,其最初的计划是吸收人才发展戏剧运动,在被李初梨等新进成员否定后,才转向引进福本主义的批判理论。参见宋彬玉等《创造社 16 家评传》,重庆出版社 1998 年版,第 304—305 页。

福本主义在后期创造社新进成员回国之时已风靡日本思想界数年。其创始人福本和夫（1894—1983）1922—1924年间，曾在美英德法诸国留学，追随柯尔施（Karl Korsch，1886—1961）研究过马克思主义，并经其介绍结识了西方马克思主义另一开创人物卢卡奇（György Lukács，1885—1971）。[①] 回国后，福本和夫以其对马克思主义丰富而独到的认识，展开对日共前领导人山川均"折衷主义"的批判，掀起了日本知识界"方向转换"的潮流，并成为重组后的日共新领导人。福本和夫受到了柯尔施和卢卡奇的深刻影响，而福本主义的风靡也推动了二人著作在日本的传播。1927年，卢卡奇的《组织方法论》《阶级意识》（上二文均系《历史与阶级意识》中的单篇论文）、《列宁》在日本被翻译成书出版[②]，柯尔施的《马克思主义和哲学》则在1926年被翻译成日文出版，1927年又再版重印。[③] 后期创造社主力成员不仅研读了福本和夫的著作，也直接从卢卡奇和柯尔施那里获取了理论资源。比如，李初梨未指名地使用过卢卡奇的物化论，彭康则翻译出版了柯尔施的代表作《马克思主义和哲学》（上海南强书局1929年版）。而学界长期把彭康这部译作的作者认作考茨基。究其原因，一是译者署彭嘉生，著者署原名K. Korsch，研究者对彭嘉生尚不陌生，但对后者一般较生疏，易被认作在中国较知名的卡尔·考茨基（Karl Kautsky）；二是译作取名《新社会之哲学的基础》，与原著相去甚远；三则自然是因为这部书长期属于"异端"，其后的遮蔽行为难免产生。对照彭康译本和日译本即知，彭康的翻译系以日译本为底本。日译本基本是对原著的完整翻译，彭康虽然删去了不少长篇注释，且译笔晦涩，还是较完整地传达了原著内容。日译本的产生，明显受到福本主义风潮的激发，译者序言即揭示出，译著乃是为了配合正在进行的"理论斗争"。[④] 日译本的大小标题，应该均系日译者所加，多处可见福本主义的影响，最后一章便被命名为"理论斗争的意义"。彭康深受柯尔施此书的影响，其对柯尔施思想的最明显继承，体现在他批判后世马克思主义者排除了马克思主义的哲学内容、并强调意识形态批判的实在性，而这些主张正是后期

---

① 参见黎活仁《卢卡契对中国文学的影响》，（台北）文史哲出版社1996年版，第27页；[德]魏格豪斯《法兰克福学派：历史、理论及政治影响》（上），孟登迎等译，上海人民出版社2010年版，第22页。

② ルカッチ：『組織の方法論』，小林良正译，（东京）白扬社1927年版；ゲオルグ・ルカッチ：『階級意識とは何ぞや』、水谷长三郎、米村正一译，（东京）同人社书店1927年版；ルカッチ：『レーニン』，大井元译，（东京）白扬社1927年版。

③ カール・コルシユ：『マルクス主義と哲学』，塚本三吉译，（东京）希望阁1926年版。

④ [日]塚本三吉：「譯者序」，『マルクス主義と哲学』，（东京）希望阁1926年版。

二 思潮与现象

创造社意识形态批判理论的重要根据。[1]

卢卡奇和柯尔施均在1923年发表了各自的代表作——《历史与阶级意识》和《马克思主义和哲学》，这两部著作对西方马克思主义具有开创性的意义。二人理论虽然差异明显，但都格外强调黑格尔的辩证法与马克思主义的历史联系，强调批判理论与革命实践的辩证统一以及"成功的革命的主观前提"，反对思维和存在之间的二元反映论区分，因此不仅对第二国际的思想有激进批评，对恩格斯以及列宁的某些观点也有虽然隐晦但尖锐的批评。[2] 这两部著作发表后，俄国共产党在列宁主义的口号下开展了"一场使共产国际中所有非俄国党的意识形态'布尔什维克化'的运动"，于是在1924年，俄国的列宁主义和以卢卡奇、柯尔施等人为代表的西方共产主义之间展开了一场直接的哲学争论。[3]

1924—1925年间，福本主义在日本日渐风靡，当时后期创造社的主力成员大多在京都帝国大学学习，而此时的京都帝大有着福本主义的圣地——学生社会科学研究会。冯乃超自述受到过其影响[4]，很有可能参与过该研究会的活动。后期创造社另一成员王学文，则确定为该会成员。[5] 鉴于后期创造社成员之间有着密切的关系，其他主力成员很可能也参与过该研究会的活动，起码也曾受到其影响。

福本和夫的理论主旨在《社会进化论——社会底构成及变革过程》一书中有集中体现。该书是福本1925年11月在京都帝大的讲演大纲。其时，李初梨、彭康、李铁声都在该校读书。该书虽不具有很强的战斗性，却具有更加重要的意义。在书中，福本旁征博引马克思、恩格斯原著，并加以自己的独特阐释，对包括日本经济派在内的世界诸多马克思主义学派

---

[1] 因彭康更擅长哲学思考，在创造社的分工是哲学和意识形态的介绍和批判。参见郑伯奇《创造社后期的革命文学活动》，饶鸿競等编《创造社资料》（下），福建人民出版社1985年版，第876页。对彭康哲学思想及其与西方马克思主义之间关系的探讨参见张广海《论后期创造社的实践观及其实践之维的沦陷》，《海南师范大学学报》（社会科学版）2011年第6期。

[2] 参见［德］柯尔施《马克思主义和哲学》，王南湜等译，重庆出版社1989年版。柯尔施认为，他超越了卢卡奇在某些方面认为马克思和恩格斯的观点似乎完全不同的片面性。参见上揭书，第74页注20。

[3] ［德］柯尔施：《马克思主义和哲学》，王南湜等译，重庆出版社1989年版，第70—75页。

[4] 冯乃超在列举对他产生过影响的词条时，提到了"大学内的社会科学研究会"，参见冯乃超《我的文艺生活》，《大众文艺》1930年第2卷第5、6期合刊。

[5] ［日］小谷一郎：《"四·一二"政变前后期创造社同人动向——从与留日学生运动的关系谈起》，秋实译，刘柏青等主编：《日本学者中国文学研究译丛》第2辑，吉林教育出版社1987年版，第208页。

加以评点批判，系统地阐述了他对马克思主义的理解，这构成了他一系列理论实践的哲学基础。

在这部书中，福本和夫展示出他对马克思原典的娴熟理解，但在诠释马克思理论的方式上则受到了卢卡奇和柯尔施的很大影响。此书一开头，即表明福本接受了卢卡奇的物化（"事物化"）论：

> 日本无产阶级底"方向转换"——"战线底扩大"，已经不能再是仅仅机械的"转换"和"扩大"，所以这个过程、这个斗争过程，同时必须是一步一步地将所谓在资产者社会之下事物化了的意识（在所谓工会运动时代必然决定、反映、生产出来的意识形态——即自然生长性的观念，以排他的、对立的、分裂的方法来思维的部分与全体、抽象与具体、理论与实行等观念，之类的意知形态）来扬弃的过程，换句话说，必须是战取真正无产阶级的意识（即科学社会主义的意识）的过程。①

对于无产阶级如何摆脱"事物化"、脱离资本家商品世界的拜物教法则，福本和夫认为，只能靠无产阶级意识到了自己的历史使命，获得阶级意识。而只有靠辩证法，无产阶级才能把握自己的阶级意识和整个世界，福本进而把辩证法的唯物论设定为无产阶级的意识形态。② 于是辩证法和阶级意识便被提高到了首要的地位，意识斗争自然成了阶级斗争的第一条件。在福本和夫制作的两个重要表式"社会变革过程底表式"和"社会革命底表式"中，"意识的斗争"都是在唯物论总纲领之下的首要任务，排在"经济斗争"和"政治斗争"之前。③ 这些都鲜明体现出卢卡奇的阶级意识理论影响。同时，福本此书观察资本主义社会的重要方法——"上向综合"和"下向分析"相统一的方法，以及其中体现出的对媒介性、具体性和全

---

① ［日］福本和夫：《社会进化论——社会底构成及变革过程》，施复亮译，大江书铺 1930 年版，第 2—3 页。

② ［日］福本和夫：《社会进化论——社会底构成及变革过程》，施复亮译，大江书铺 1930 年版，第 142—156 页。

③ ［日］福本和夫：《社会进化论——社会底构成及变革过程》，施复亮译，大江书铺 1930 年版，第 218—219 页。

二 思潮与现象

体性的重视①，无疑是对卢卡奇的理念"具体的总体性"的具体阐发。② 至于书中不断强调的理论和实践的统一理论、无产阶级作为认识主体和认识客体的统一理论，更是直接采纳了卢卡奇以及柯尔施的观念。在此基础上，福本和夫还重点说明了旧的唯物论和辩证法的唯物论的区别。③

二

虽然尚不清楚后期创造社成员是否参与了"社会底构成及变革过程"这场讲座，但有一点毫无疑问，后期创造社成员对这次讲座的内容十分熟悉。朱镜我有一篇文章，其理论核心是对福本此书第二章《把这个问题到达能够依唯物辩证法来把握的根据—条件》的照搬。在论述了无产阶级既能够主张自己的阶级利益又能够扬弃一切阶级利益的特性之后，福本认为，从这一特性里，无产阶级可以——

> 生出他们底社会认识底特性。
> 因此，无产阶级：
> 第一——能够在媒介性（Vermittelung）上去观察事物，而且必须这样地去观察。
> 第二——能够在那生成（Werden）上去观察事物，而且必须这样地去观察。
> 第三——能够在全体性（Totalität）上去观察事物，而且必须这样地去观察。所以在这个阶级，他们底自己认识，同时便可以做全社会底客观的认识，而且必须是全社会底客观的认识。
> 第四——对于这种认识，这个阶级是认识底主体，同时能够做认识底客体，而且必须做认识底客体。那观念的辩证法论者黑格儿所企图的主客统一（思维与存在、理论与实行底统一底主张），有了这个阶级——无产阶级底出现，才能完成，才能实现。

"社会底构成及变革过程"到达能够依唯物辩证法来考察——不

---

① ［日］福本和夫：《社会进化论——社会底构成及变革过程》，施复亮译，大江书铺 1930 年版，第 26—33 页。

② 卢卡奇对"具体的总体性"、"中介性"（媒介性）的论述在《历史与阶级意识》中十分多见，参见［匈］卢卡奇《历史与阶级意识》，杜章智等译，商务印书馆 1992 年版，第 56—68、232—254 页。

③ ［日］福本和夫：《社会进化论——社会底构成及变革过程》，施复亮译，大江书铺 1930 年版，第 155 页。

能不做这样的考察的根据（条件），这种考察底历史的意义底根柢，我想实伏于这里。①

而朱镜我如此说道：

> 依照这个唯物论的见解，我们方才能够运用辩证法的方法，来研究社会，解决社会底问题。
> 唯物论的辩证法底具体的方法是怎样呢？
> 第一，在媒介性上去观察事物。
> 第二，在生成发展及没落底过程中去观察事物。
> 第三，在全体性上去观察事物。
> 第四，思考与存在，理论与实践底辩证法的统一。
> 在这种严密的方法监视之下，我们方能一步一步地去研究社会，方能理解社会底真正的基础，是什么东西；这东西底构成，究竟是怎样？得到了这种种的解答以后，我们才能够了解整个的社会。②

很明显，朱镜我对唯物论辩证法的内容及功能的理解是对福本的照搬。而从福本的理解中，也可看出他对卢卡奇辩证法的接受。因为在卢卡奇及柯尔施那里，辩证法并非可以适用于一切之物，它只适用于历史和社会现实，并因此对恩格斯的"自然辩证法"做出批判。③ 福本意识到用唯物辩证法考察社会的根据（条件）问题，这便表明了对卢卡奇的认同。福本也曾明确地表明："马克思底辩证法"不同于黑格尔的思维的辩证法，它是"社会关系底辩证法"。④ 然而，理论感觉良好的福本不会意识不到卢卡奇和柯尔施观点的激进性质。他无疑只是想综合卢卡奇的辩证法和正统马克思主义辩证法的代表——恩格斯的自然辩证法，因而立即澄清：

---

① ［日］福本和夫：《社会进化论——社会底构成及变革过程》，施复亮译，大江书铺1930年版，第26—27页。

② 朱镜我：《科学的社会观》，《文化批判》1928年第1期。

③ 参见［匈］卢卡奇《历史与阶级意识》，杜章智等译，商务印书馆1992年版，第51页注2；另参见［英］G. H. R.帕金森《格奥尔格·卢卡奇》，翁绍军译，上海人民出版社1999年版，第66—69页。柯尔施对恩格斯观点的类似批判，参见［德］柯尔施《马克思主义和哲学》，王南湜等译，重庆出版社1989年版，第17—18页注25、注26。

④ 福本和夫对恩格斯的自然辩证法有很直接的批判，参见贾纯《福本哲学评介》，《日本学论坛》1982年第3期。

二 思潮与现象

"决不是把自然及思维底辩证法排除于唯物辩证法之外。"[1] 在其他地方，福本也多次援引恩格斯《反杜林论》中对辩证法的经典论述。[2]

对自己曾经跟随学习马克思主义的柯尔施，福本和夫虽然吸收了他的一些基本观点，似乎并未表现出更多的兴趣，倒是和卢卡奇更为投合。而且，在《社会进化论》中，福本还对柯尔施的社会构成认识表达了非议。[3]

当然，不仅朱镜我曾经照抄福本和夫的理论，李初梨也对福本的理论有直接且重要的借用。在其一篇重要的文章中，李初梨几乎照原样模仿了福本的"社会构成过程底表式"——这幅图表可谓福本理解的马克思主义理论体系的纲要——而创作出自己的"社会构成过程图表"。[4] 但福本的这幅图表尚不能体现其理论的独特性，最能体现其理论特色的是"社会变革过程底表式"和"社会革命底表式"。在其中，"意识的斗争"排在"经济斗争"和"政治斗争"之前。而李初梨又几乎照原样截取了福本的"社会变革过程底表式"，制作出其对社会革命过程认识的图表，其中"意识过程"也紧邻"物质的生产过程（经济过程）"（物质基础），标示出社会革命将由"意识的斗争"率先开始的革命原理。[5]

成仿吾也在其一篇重要的文章中清晰推演过福本和夫以意识形态批判为出发点的"上向—下向"批判理论。他论述道："现在，社会的下部建筑的矛盾已经尖锐化……我们首先要就文艺的分野做一番批判的工作，但是最后我们的这种批判非沉入有产者社会的批判不可，就是，终非一度沉潜到经济过程的批判不可。在经济过程的批判之中，最初的批判才获得全面性的修正与深化而成为整个的。再上升经生活过程与意识过程的批判，这全体的内容才逐渐充实。"[6] 其分析路径完全来自深受卢卡奇方法论影响

---

[1] ［日］福本和夫：《社会进化论——社会底构成及变革过程》，施复亮译，大江书铺1930年版，第152—153页。

[2] ［日］福本和夫：《社会进化论——社会底构成及变革过程》，施复亮译，大江书铺1930年版，第168—172页。

[3] ［日］福本和夫：《社会进化论——社会底构成及变革过程》，施复亮译，大江书铺1930年版，第181页。

[4] ［日］福本和夫：《社会进化论——社会底构成及变革过程》，施复亮译，大江书铺1930年版，第179页；李初梨：《自然生长性与目的意识性》，《思想月刊》1928年第2期。

[5] 参见李初梨《自然生长性与目的意识性》，《思想月刊》1928年第2期。按，李初梨的这幅图表去掉了福本图表中的"纯经济过程——经济的斗争"的部分，应该是以为其设计的"政治过程"已经包括了经济领域的斗争，这可以从他的图表附注"政治过程"的表现为"工会主义的政治运动"看出来；而福本也是把"纯经济过程"和"政治过程"的斗争统一归纳入"工会运动时代"。

[6] 成仿吾：《全部批判之必要——如何才能转换方向的考察》，《创造月刊》1928年第1卷第10期。

的福本主义。①

在后期创造社成员的理论翻译中，辩证法问题也是重中之重，这当然要归功于福本和夫和西方马克思主义的影响。而在对辩证法的理解上，被他们重点译介的是德波林（Abram Deborin, 1881—1963）和布哈林（Nikolai Bukharin, 1888—1938），对恩格斯的原典缺少重视。尤其是德波林的辩证法对他们深有影响。有研究者依据1980年对李初梨所做的访谈，指出李初梨从德国文学科转入哲学科之后，才开始"较多地接触了马克思主义的学说"：

> 他听过河上肇博士的课，但是河上肇阐释马克思主义却只讲经济革命而不谈哲学问题，又使青年李初梨不能得到满足。当时在日本青年学生中流行着"左"的福本主义。福本和夫的著作成了当时风靡一时的读物，在一本小册子中福本开头引用马克思的一句名言："哲学家们只是用不同的方式解释世界，而问题在于改变世界。"这使李初梨豁然开朗，对马克思主义的哲学产生了浓厚的兴趣。当时日本介绍苏联，翻译马克思学说非常快，他读了不少宣传介绍马克思主义的书。其中苏联学者德波林的一本著作《战斗的唯物论者——列宁》给了李初梨很大的启示，以至后来回国后仍在从事着德波林著作的翻译介绍，在《文化批判》第五期上还登有德波林的《唯物辩证法精要》的译品，在《创造月刊》二卷五期上还登有李初梨翻译德波林的著作《辩证法唯物论入门》的出版预告。这些都说明了李初梨当时是从多种渠道来学习和吸收马克思主义的学说的。②

这里便首先需要辨清下面的问题：为何创造社的成员在他们的作品中大量照搬福本和夫的理论，却对福本和夫的名字几乎只字不提，也没有任何翻译？③ 又如，为何彭康深受柯尔施的哲学影响，甚至翻译了柯氏的代表作，在作品中也从未提及柯氏之名，对其译作没做过只字说明？而且不知是否故意，不译作者原名，也不直译书名，导致后世几乎不知这部书的

---

① 参见王志松《福本和夫的"唯物辩证法"与中国的"革命文学"——〈文化批判〉杂志及其周边》，《东亚人文》第1辑，生活·读书·新知三联书店2008年版，第373页注22。

② 宋彬玉等：《创造社16家评传》，重庆出版社1998年版，第302页。

③ 冯乃超略有例外，在列举影响过自己的词条时，提到过福本和夫的名字。参见冯乃超《我的文艺生活》，《大众文艺》1930年第2卷第5、6期合刊。另外，在其化名马公越编著的《日本社会运动史》（沪滨书店1929年版）中，依据当时日共的官方腔调，批判地介绍了福本主义。

二　思潮与现象

作者是谁。卢卡奇的作品1927年在日本被集中译介，以其对福本主义的重要性，后期创造社的成员也不太可能不找来阅读，不过也未曾见他们提及。不仅在20世纪二三十年代如此，到了20世纪七八十年代，他们依然对自己的理论来源有所避谈。原因也不复杂：因为福本主义在他们归国之时开始遭遇共产国际和日本共产党的批判，在共产主义阵营中丧失了合法性，福本和夫亦因此下台。[①] 卢卡奇和柯尔施则更早就被严厉批判。随着苏俄的强大，第三国际的控制力日增，任何试图在共产主义阵营中获得活动权利的人都不得不谨慎地与非正统思想保持距离。柯尔施因思想异端于1926年4月被开除出党，卢卡奇为了获取继续活动的权利，以柯尔施的命运为鉴，被迫检讨。[②] 所以当时的避谈不足为奇。

因此也便可以理解，当时正在积极向中共党组织靠拢的后期创造社成员，为何避开福本和夫，而主要选择立场更加平和的马克思主义理论家的作品进行翻译。不过，深刻影响了李初梨的德波林的辩证法思想，其实也并非马克思主义正统，而与西方马克思主义有内在一致的黑格尔哲学面向。虽然德波林曾经指责卢卡奇和柯尔施为唯心主义者，但他在20世纪20年代中后期苏联哲学界的辩证论者和机械论者论战中，是辩证论者的主要代表。1925年，恩格斯的《自然辩证法》在苏联发表，此后，围绕着对"自然辩证法"的理解，苏联哲学家展开了激烈论战。德波林一派致力于证明恩格斯不是机械唯物论者，而是辩证法家，反对机械唯物论者提出的取消哲学的主张，在这一点上，他和卢卡奇和柯尔施可以取得一致，但他没有卢卡奇和柯尔施那么极端，仍主张应该把辩证法运用到科学的领域，如此便也避免了对恩格斯的批评。虽然德波林在论战中取得了官方性的胜利，但到了1931年，他即被斯大林斥为"孟什维克的唯心主义"。[③] 从后世对德波林的批评中，也能清晰地看出德波林的辩证法与西方马克思主义内在的相通处："德波林在论战中表现出严重的黑格尔的唯心主义倾向，忽视马克思主义哲学同黑格尔哲学的本质区别，有时竟把马克思主义的唯物主义辩证法同黑格尔的唯心辩证法相提并论。……德波林

[①] 1927年7月共产国际通过《关于日本问题的决议》，福本主义遭到批判，日共于年底接受共产国际这一决议，开始大规模清算福本主义。参见刘柏青《日本无产阶级文艺运动简史》，时代文艺出版社1985年版，第60—61页。

[②] 参见［匈］卢卡奇为《历史与阶级意识》写于1967年的《新版序言》，《历史与阶级意识》，杜章智等译，商务印书馆1992年版，第26页。

[③] 参见［英］哈利迪《〈马克思主义和哲学〉英译本导言》，王南湜等译，《马克思主义和哲学》，重庆出版社1989年版，第20页。

把黑格尔的唯心辩证法当作他自己的方法，把一切争论的问题都套进黑格尔的范畴，甚至认为连黑格尔的唯心论体系也不需要做根本的改革。"①

在李初梨所翻译的德波林《唯物辩证法精要》中，德波林阐释唯物辩证法重点使用的是列宁《关于辩证法问题》一文中的材料。而列宁该文写作于1915年，1925年（德波林写作此文的前一年）才首次发表，具有较浓厚的黑格尔辩证法色彩，后收入列宁的《哲学笔记》（1929），成为其中论述辩证法问题的重要文字。后来卢卡奇能够完成对列宁主义的认同，《哲学笔记》中的一系列文章可谓中介："按卢卡奇的说法，列宁主义离开了形而上学的唯物主义，在《哲学笔记》中发现了对《唯物主义和经验批判主义》的遗弃。"② 德波林文章的重点在于强调"对立物的同一性"，对后期创造社重点提倡的具有浓厚西方马克思主义色彩的理论与实践的同一理论，也恰是一种证明。

自然，后期创造社新进成员同时吸纳了来源庞杂的思想资源——比如在政治经济学上，接受的便是苏联的主流理论；在文艺理论上，接受的也都是当时正统的列宁、卢纳察尔斯基、弗里契的理论，以及当时被视作马克思主义的辛克莱的理论。不过尽管如此，仍然可以把握住他们的主导理论倾向，正是这一主导倾向，使他们与太阳社的无产阶级文学理论鲜明地区别开来，并引发了激烈论争。③ 这一主导倾向的理论内核，便是对立于机械反映论唯物主义的、具有鲜明早期西方马克思主义色彩的辩证法。

比如，在后期创造社最重要的理论刊物《文化批判》第一期的"新辞源"栏目中，前四个词条都和辩证法有关，分别为："辩证法""辩证法的唯物论""唯物辩证法""奥伏赫变"。而对"辩证法的唯物论的"是如此解释的："这——辩证法的唯物论——虽是一种唯物论，但不是单调地主张物质先于精神，精神为物质的反映；也不像机械的形而上学的唯物论，视事物的运动为一方面的因果关系所发生的连续运动或循环运动。它——辩证法的唯物论——是以世界为一个无限的实在的总体，在这个总体之中，全体与部分及部分与部分之间，皆营着恒久不灭的交互作用。"④ 可见，后期创造社成员对反映论的唯物论是有着自觉的抵制意识的。这一

---

① 黄楠森等主编：《马克思主义哲学史》第五卷，北京出版社1996年版，第347页。
② [美]诺曼·莱文：《卢卡奇论列宁》，张翼星译，张翼星：《为卢卡奇申辩》，云南人民出版社2001年版，第282页。
③ 参见张广海《两种马克思主义诠释模式的遭遇——解读创造社和太阳社的"革命文学"论争》，《中国现代文学研究丛刊》2011年第3期。
④ 《新辞源》，《文化批判》1928年第1期。

二　思潮与现象

抵制最鲜明地体现在了对太阳社的批判中。

太阳社被视作反映论的唯物论的国内代表来批判，但被后期创造社作为该理论国际代表来批评的并不是列宁，而是遭到了马克思类似批判的费尔巴哈；批评的重点也在于费尔巴哈的唯物论忽视了实践的丰富内涵与重要性。而在列宁的论述中，费尔巴哈恰恰是"和马克思、恩格斯一样，在认识论的基本问题上也向实践作了在舒尔采、费希特和马赫看来是不能容许的'跳跃'"的人物，而且"把人类实践的总和当作认识论的基础"。[①] 后期创造社成员则反复援引马克思的《费尔巴哈论纲》（今译《关于费尔巴哈的提纲》），说明费尔巴哈对实践的忽视，《文化批判》第2期以格言的形式摘录了《费尔巴哈论纲（9）》："观照的唯物论，就是说，不能理解感性是实践的活动的唯物论所能得到的，至多也不过是各个个人及市民社会底直观。"[②] 彭康则主要据此论述道："费尔巴哈以为思维是物质在人类脑筋里的反映。物质的反映要通过感觉，然他却没有把握这是人类底主观的实践的活动，于是将人类在历史的地位完全视为被动的了。"[③] 在其中被重点强调的反映论批判旨趣，正与卢卡奇和柯尔施的理论主张一致。

三

在阶级意识问题上，后期创造社汲取的理论资源则显示出多样性，他们综合吸收了福本和夫、卢卡奇和列宁的论述——当然这些彼此多有矛盾的论述也大多含混地包含在福本主义当中。李初梨给无产阶级文学下的定义是："无产阶级文学是：为完成他主体阶级的历史的使命，不是以观照的—表现的态度，而以无产阶级的阶级意识，产生出来的一种斗争的文学。"可见，阶级意识在其中至关重要。但无产阶级的阶级意识，并不能"自然生长"，必须经过对资产阶级意识形态的批判工作，"牢牢地把握着无产阶级的世界观——战斗的唯物论，唯物的辩证法"。而这只是第一步，第二步是要把理论和实践结合起来，"我们的文学家，应该同时是一个革命家。他不是仅在观照地'表现社会生活'，而且实践地在变革'社会生活'。他的'艺术的武器'同时就是无产阶级的

[①] ［俄］列宁：《唯物主义和经验批判主义》，《列宁全集》第18卷，人民出版社1988年版，第143页。

[②] 《文化批判》1928年第2期。

[③] 彭康：《唯物史观底构成过程》，《文化批判》1928年第5期。

‘武器的艺术'"。①

　　而在卢卡奇那里，阶级意识被赋予了同样的重要地位。革命的命运，也是人类的命运，"取决于无产阶级在意识形态上的成熟程度，即取决于它的阶级意识"。而"无产阶级的阶级意识具有不同于别的阶级的阶级意识的特殊功能。同样，如果不废除阶级社会，无产阶级作为阶级就不可能解放自己。因此它的阶级意识，作为人类历史上最后的阶级意识，一方面必须要和揭示社会本质联系起来，另一方面，必须实现理论和实践的越来越内在的统一"。② 因而无产阶级的阶级意识不可能一蹴而就，必须在斗争—实践中发展完善。也可以说，任何实际状态的无产阶级意识都不是完善的，而必然带有"虚假"意识。机会主义的根子就在于："它混淆了无产者实际的心理意识状态和无产阶级的阶级意识。"③ 不仅在对"虚假"意识的强调上，李初梨和卢卡奇一致，更重要的是，卢卡奇所强调的，必须依靠理论与实践的统一来获致阶级意识这一基本理论逻辑，也被李初梨完全袭用了。

　　当然，在阶级意识问题上，更加显著地影响了后期创造社的是列宁的阶级意识灌输理论。李初梨的《自然生长性和目的意识性》是系统阐释后期创造社阶级意识观的作品。其篇名与青野季吉的《自然生长和目的意识》相近，两篇文章的基本主张也相似。李初梨此文自然受到青野文章的启发。青野该文发表于1926年9月，正是福本主义流行之时，虽然青野与福本的理论主张并不相同，这篇文章，以及他不久后发表的《再论自然生长和目的意识》，也主要依据的是列宁的《怎么办》，而且并没有较系统的理论性可言，但由于契合了福本主义"分离—结合"的理论批判诉求，对福本主义的流行起到了推动的作用。④ 李初梨的文章相较青野的两篇文章，理论系统性要强得多。不过他虽然借用了不少具有卢卡奇色彩的福本主义理论，主要也还是依据列宁的理论来论证阶级意识的非"自然生长性"。李初梨此前曾借用卢卡奇的物化理论说明意识斗争的必要性："而且在有产者意识事物化的现在，一切有产者的观念形态，事实上已成了社会发展的障碍，如果我们要企图全社会构成的变革，这些障碍

---

① 李初梨：《怎样地建设革命文学》，《文化批判》1928年第2期。
② ［匈］卢卡奇：《历史与阶级意识》，杜章智等译，商务印书馆1992年版，第129页。
③ ［匈］卢卡奇：《历史与阶级意识》，杜章智等译，商务印书馆1992年版，第134页。
④ 参见［日］山田清三郎『プロレタリア文学史』（增补改定版・下卷），（东京）理论社1966年版，第24—31页；张福贵《青野季吉的"目的意识"论与李初梨的"革命文学"观》，《吉林大学社会科学学报》1992年第2期。

物，是须得粉碎的。"① 虽然这篇文章没有继续使用物化概念，但对意识斗争的强调是一贯的。在该文中被李初梨作为论据的"全生活过程底批判"，即来自卢卡奇的"总体性"理论，其中更大量借用福本和夫的图表说明问题，不过由此引出的完全是列宁的阶级意识灌输论。李初梨直接引用了列宁《怎么办》中的段落，说明无产阶级的阶级意识只能由知识阶级从外部"注入"："劳动者绝不会获得社会主义的意识，这种意识，只有从外部才能注入。……以劳动阶级自身底力量，只能达到一种 trade unionism 底意识……可是社会主义底教理，是由于所有阶级底有教育的代表者，——智识阶级所从事的哲学历史经济底理论所发生。"② 列宁的理论重点强调的是自觉的政治斗争对自发的经济斗争的超越，并没有很强的卢卡奇式意识形态批判色彩，而在李初梨的理论中，同时强调了二者。列宁和卢卡奇理论在这一方面的表面的亲和性是对接能够顺利完成的重要原因，但二人理论体系内部的歧异则未能被后期创造社成员认识。卢卡奇的阶级意识理论立足于物化理论以及强调理论和实践统一的辩证法，具有形而上学的性质，和列宁的实用型的灌输论在内在逻辑上有着极大不同。而这也从侧面揭示出，李初梨对卢卡奇的理论并没有十分深入的认识。

四

综括而言，后期创造社从福本主义，以及与福本主义密切相关的列宁主义、早期西方马克思主义那里学到的主要是以下三种理论主张：（1）意识形态批判理论。主张意识形态批判在无产阶级革命事业中具有首要优先性，并由此引申出组织上的分离—结合理论。（2）辩证法理论。包括认识论上的中介和总体性方法，以及理论和实践的辩证统一理论（后期创造社的文学和实践统一论即植根于此），以及基于此的反映论批判。（3）阶级意识理论。后期创造社的阶级意识理论受到了卢卡奇的物化理论和方法论影响，但其外在表现基本上是列宁主义的阶级意识灌输理论。自然，这三个方面紧密联系，虽然内含龃龉，但大体上还是不可分割地互

---

① 李初梨：《请看我们中国的 Don Quixote 的乱舞——答鲁迅〈醉眼中的朦胧〉》，《文化批判》1928 年第 4 期。对此问题，可参见赵璕《"革命文学"论争中的"异化"理论——"物化"概念的发现及其对论争分野的重构》，《中国现代文学研究丛刊》2005 年第 1 期。日本学者斋藤敏康对李初梨的文学理论所包含的福本因素做了细致辨析，可惜未注意到李初梨其实也提倡了物化论。参见［日］斋藤敏康《福本主义对李初梨的影响——创造社"革命文学"理论的发展》，刘平译，程广林校，《中国现代文学研究丛刊》1983 年第 3 期。

② 李初梨：《自然生长性与目的意识性》，《思想月刊》1928 年第 2 期。

相证成。正是以这些理论武器为凭借，后期创造社在大革命失败后寂寞而又喧闹的文坛上展开了激烈的批判活动，"革命文学"论争由此拉开序幕，"无产阶级文学"的旗帜也被隆重展开。

（原载《汉语言文学研究》2016年第2期，《中国人民大学报刊复印资料·中国现代、当代文学研究》2016年第9期转载）

论后期创造社与鲁迅对辛克莱文学宣传论的接受

张广海

1928 年在中国文坛崛起的无产阶级文学理论，特别强调文学作为一种意识形态的革命效用，其论证在依据马克思主义阶级理论的同时，特别借重了一位美国作家——辛克莱。辛克莱的文学宣传论受到了当时左翼作家的普遍推崇，不仅是无产阶级文学最热忱的宣传者——后期创造社——大力推举他为革命文学理论家的代表，与创造社在诸多方面都有尖锐冲突的鲁迅，对辛克莱的文学宣传论也加以推崇。其他左翼文论家对辛克莱也多推崇备至，比如钱杏邨在其论文中就多次对辛克莱的理论表达了赞许。[①] 辛克莱的文学宣传论对中国文坛产生了十分广泛的影响，20 世纪 30 年代出版的一部辞典，便把"宣传文学"的发明权归之于辛克莱。[②] 探讨左翼作家对辛克莱观点的接受，因而具有着特别的意义。本文将集中于考察后期创造社与鲁迅对辛克莱文学宣传论的接受，以便更深入地探讨把文学归入宣传这一革命文学理论的重要面向的有效性问题。

一　后期创造社对辛克莱文学宣传论的接受

辛克莱（Upton Sinclair），生于 1878 年，卒于 1968 年，美国著名写实派小说家、社会主义活动家和理论家。一生出版了上百部著作（不乏长篇巨制），其中约 90 余部小说，十余部内容多样的批评作品，另有几部戏剧和自传作品。多数著作涉及揭露社会阴暗面和资本的罪恶，很多产

[①] 参见钱杏邨《艺术与经济》，《太阳月刊》1928 年第 6 期；《幻灭动摇的时代推动论》，《海风周报》1929 年第 14—15 期合刊。

[②] 邢墨卿编：《新名词辞典》，新生命书局 1934 年版，第 82 页。另一部辞典在解释"宣传文学"时，也主要以辛克莱的言论为据，参见顾凤城等编《新文艺辞典》，光华书局 1931 年版，第 192 页。

生了广泛影响。他还有著作专门为资本主义条件下的人生提供自处之道，因而也是当时青年的一个重要人生导师。除了写作，辛克莱还从事实际的社会主义政治活动。在中国的 20 世纪二三十年代之交，他被视作革命文学家的完美典型、社会正义和人类良心的代表，其地位足以与高尔基颉颃。从 1928 年开始，辛克莱在民国时期一直是位十分畅销的作者，有大量作品被翻译出版，同一作品常有多种译本，同一译作也往往被多家出版社重版。一项关于北平图书馆 1934 年读者阅读情况的调查显示，当年美国文学类被借阅最多的三部作品，作者全都是辛克莱。①

不过，1949 年之后辛克莱著作汉译本的出版便急遽减少了，前三十年大概是完全销声匿迹，1979 年之后才零星有译作出版；相关研究至今也是寥若晨星。辛克莱如此急遽的降温，原因当然不少，比如意识形态的因素（他毕竟不是高尔基式的共产主义作家②；政权对黑幕揭露都难免有本能的排斥）、辛克莱作品自身的因素（缺乏深度和艺术的可回味性）等，但对于这样一位对中国左翼思想的发展产生了不可低估影响的人，相关的研究仍嫌过于欠缺。

后期创造社在提倡无产阶级文学时，把文艺理解成武器，固然在很大程度上源于他们提倡的追求理论与实践相统一的马克思主义，同时有更直接的来源，即辛克莱的理论。

后期创造社的理论代表李初梨在其纲领性文章《怎样地建设革命文学》中，给他认为的"文学的本来面目"下定义时，便照搬了辛克莱对艺术的界定，仅把其中的"艺术"二字换成"文学"，于是变成："一切的文学，都是宣传。普遍地，而且不可逃避地是宣传；有时无意识地，然而常时故意地是宣传。"③ 发表该文的同期刊物上还发表了冯乃超翻译的辛克莱《拜金艺术》（Mammonart）一书的第二章《艺术家是何人的所有》。在译者前言中，冯乃超说辛克莱此书是"和我们站着同一的立脚地来阐明艺术与社会阶级的关系"，故而"不能不先为此书介绍"。④

在《拜金艺术》一书中，辛克莱不仅声言一切艺术都是宣传，更把艺术看作阶级"袭击的武器"，那么辛克莱观点的要旨到底如何呢？他自己的说明简单而明快：

---

① ［美］尼姆·威尔士：《现代中国文学运动》，文洁若译，《新文学史料》1978 年第 1 期。
② 在 20 世纪 30 年代，中国左翼文化界即对辛克莱加入民主党参选加州州长有了不少非议。参见王建开《五四以来我国英美文学作品译介史》，上海外语教育出版社 2003 年版，第 217 页。
③ 李初梨：《怎样地建设革命文学》，《文化批判》1928 年第 2 期。
④ 冯乃超：《（译者）前言》，《文化批判》1928 年第 2 期。

二 思潮与现象

> 这本书从阶级争斗的观点提出艺术的解释。本书对艺术作品的研究，把它看作宣传及压迫的工具，（社会的支配阶级所用的；）或看作袭击的武器，（见次得势的新兴阶级所用的。）研究受批评的权威所称许及赞扬的艺术家，究明他们到何种程度替支配阶级的安全作工具。也要考察不甘受其主人颐使的反逆的艺术家，究明他们对于反逆受了如何的刑罚。①

可以看出，辛克莱对艺术和艺术家的定义完全在对立的二元结构中展开，虽然艺术处于对立的结构之中，但是不论它处于那一极，都有着共通的性质，即：

> 一切的艺术是宣传。普遍地，不可避免地是宣传；有时是无意的，大底是故意的宣传。②

可见在辛克莱的定义中，宣传是个种概念，而艺术是个属概念，宣传的外延包含文学的外延。辛克莱在书中说明了何为艺术家（Artist），他们是"用一种方法——不论绘画，雕刻，诗歌，交响乐，歌剧，戏曲或小说——以想象力表现人生的人"。③ 这可见辛克莱心中的艺术在外表上并未显示出有何宣传性。那么，辛克莱是如何定义宣传的呢？他对宣传的定义，和他对"道德"的界定有着直接的关系。

辛克莱在批判认为艺术和道德无涉的观点时指出："所有的艺术都是讨论道德问题的，因为除此以外再没有别的问题。"那么辛克莱是说世间一切问题都是道德问题吗？确实如此。辛克莱做了补充说明，特意指出"道德这两个字不同于普通的意义，比如不许盗窃，不许淫人妻一套的规则"，其意指中的道德是"行为的科学（Science of conduct）；因为一切的人生既是行为，所以一切的艺术——不论是意识地或是无意识地——在讨论如何使人生幸福，及如何发展人类精神的能力"。道德既被泛化成了关于一切行为的科学，艺术又如何能不是处理道德问题的呢？辛克莱指出，既有"宣教师"作家，他们是"意识地"处理道德问题，也有一些唯美主义的艺术家，他们是"无意识地"处理道德问题——"有些艺术家以

---

① ［美］辛克莱：《拜金艺术（艺术之经济学的研究）》，冯乃超译，《文化批判》第2期。
② ［美］辛克莱：《拜金艺术（艺术之经济学的研究）》，冯乃超译，《文化批判》第2期。
③ ［美］辛克莱：《拜金艺术（艺术之经济学的研究）》，冯乃超译，《文化批判》第2期。

为艺术的目的在求美，他们制作美的艺术作品以证明这个主义的真确；当这样的艺术品完成的时候，它们是对这一事实的漂亮证明：艺术的目的是要具体化艺术家对真理和意欲的行为的理念"。① 根据艺术和道德关系可以对艺术做出如下的定义：

> 艺术是人生的表现，经过艺术家的个人性的修改，用以修改他人的个人性，促他们变换他们的感情，信仰和行为。②

可见道德性是艺术的本性，促成态度改变是艺术的任务，那么宣传处在艺术的什么位置呢？——正在其促进改变的传播效果上。可以说，辛克莱那里，艺术宣传性的普遍性立基于其对道德性的论证。而宣传效果的质量高低决定了艺术是否伟大：

> 富有生气而重要的宣传，用适宜的技巧，由所选的艺术发挥出来的时候，就是产出了伟大的艺术。③

可以看出辛克莱强调了两个方面：一，宣传需要是富有生气且重要的；二，宣传必须辅之以"适宜的技巧"。即是说，需要艺术家"自由操纵各种艺术的技巧，而适切的，生气活跃地呈现以上的宣传于他的同类，——这样，只有这样他才能创造真实的、永久的艺术作品"。④

不过，"富有生气"和自由使用艺术技巧两点，均不被后期创造社同人提及。他们所表露的，只剩下了"一切的艺术是宣传"。

要理解辛克莱的命题，还须了解辛克莱文本的语境。宣传话语之所以在近代勃兴，主要由于第一次世界大战中交战各国使用的宣传战，对战争的胜败产生了巨大的作用。大致的情形是，一战中，英国十分成功地利用了宣传战的心理打击能力，而德国则在宣传战中表现被动，大受损失。在战争初期，交战双方都对宣传战的合法性有所顾虑，并展开了辩论。"这是因为，1907年在海牙签订的陆战条约的附件陆战规则第二十二条上规

---

① ［美］辛克莱：《拜金艺术（艺术之经济学的研究）》，冯乃超译，《文化批判》第2期。上述译文据原文略有修正。参见［美］Upton Sinclair, *Mammonart: An Essay in Economic Interpretation*, Pasadena, C. A.: Published by the Author, 1925, p. 10。
② ［美］辛克莱：《拜金艺术（艺术之经济学的研究）》，冯乃超译，《文化批判》第2期。
③ ［美］辛克莱：《拜金艺术（艺术之经济学的研究）》，冯乃超译，《文化批判》第2期。
④ ［美］辛克莱：《拜金艺术（艺术之经济学的研究）》，冯乃超译，《文化批判》第2期。

二 思潮与现象

定：'交战者选择害敌手段的时候，不得享有无限的权利'，所以，散发煽动性传单就成为卑鄙怯懦的害敌手段，按骑士精神来衡量，是不能允许的。"① 但是借助现代的传播技术，激烈的宣传战还是不可避免地成为现实。不过，宣传战在一战大出风头的代价是，"宣传"这个词的名声被一战给毁坏了。"最初，'宣传'是一个非常中性的词，意思是'散布或宣传一个思想'，来自拉丁词'to sow'。但随着时间的变化，特别是自第一次世界大战以后，普通的用法往往赋予它以一种非常否定性的含义，至少在英国是这样。宣传信息被认为是不诚实的、操纵性的和洗脑子的。"② 这自然是由于宣传在一战中展示出了它巨大的对心理的蛊惑、控制和破坏的威力。一战结束后，对宣传的研究蓬勃展开，并催生出了传播学上的多部经典著作，其中最知名的一部是拉斯韦尔的《世界大战中的宣传技巧》。这部书在1927年甫一出版，即有批评家称其为"一本马基雅维利式的教科书，应当马上予以销毁"。③ 宣传所蕴含的"邪恶"能量，于此也可略见。

辛克莱大呼"一切的艺术是宣传"正处于这一时代背景之下。这体现了他对宣传功效的觊觎，但首先，他必须剥离宣传所内含的过分负面的意义，才能把它和艺术嫁接到一起。辛克莱所取的做法并不磊落，他认为他所在的协约国的"好战的热情，当然不是宣传，它是真理及正义"，宣传的名声被破坏是由于"所谓'德国的宣传'这个敌对的恶东西闯了进来，因此这个文字便蒙了不白的污名"，而辛克莱要把宣传"应用于某种可敬的教训"。可见他既要小心翼翼地不用"宣传"这个不光彩的词语触动政治正确的弦，又把宣传被污名化的责任推给德国，试图通过批判"德国的宣传"还原出一个可以使用的"宣传"来，以免被批评家认为他是不合理地"曲解字义"④。这样得到的宣传一词，辛克莱为了保证它的权威性，定义取自词典："为一种主张或行为的方向获取支持，有系统地指导的努力⑤。"明显这个定义是没有任何价值色彩的，但定义也指出了宣传具有直接的目的性和系统性。辛克莱只取对自己有利的部分，马上忽略了定义对宣传的规定。以致他后面对宣传的使用完全泛化，和他界定的

---

① [日]池田德真：《宣传战史》，朴世俣译，新华出版社1984年版，第54页。
② [美]罗杰斯：《传播学史：一种传记式的方法》，殷晓蓉译，上海译文出版社2002年版，第219页。
③ 参见[美]沃纳·赛佛林、[美]小詹姆斯·坦卡德《传播理论：起源、方法与应用》，郭镇之等译，华夏出版社2000年版，第106页。
④ [美]辛克莱：《拜金艺术（艺术之经济学的研究）》，冯乃超译，《文化批判》第2期。
⑤ [美]辛克莱：《拜金艺术（艺术之经济学的研究）》，冯乃超译，《文化批判》第2期。

道德变成了类似之物：如同道德是关于一切行为的表达，宣传变成了关于一切主张的表达。宣传、道德、文艺被混糅在了一起。

当然，辛克莱把一切艺术都归于宣传的范畴（后期创造社同人则倾向于理解成一切文艺应该是宣传），这也使得他必须对宣传作出泛化的定义，同时也需要对文艺中的宣传作出分类。辛克莱讲，对有些东西的"鼓吹"（advocacy），"我们不觉得它是宣传"，比如对人类自然情感和冲动的描述，然而在涉及需要人特别集中注意和努力意志的时候，艺术便像宣传了。辛克莱分别举例说明了这一点。但他也并未对这两种艺术的成就高低做判断，仅仅暗示它们都是"宣传"，尽管他无疑对后一种艺术更感兴趣。他直接反对的只是，不能否定后一种艺术的成就。辛克莱指出，在艺术中所做的等级区分和歧视，正如同在阶级社会中对阶层所做的区分和歧视一样。这种歧视性的观点让人愤恨："我们愤恨这种观念，同时也愤恨那些固执注入这种观念于我们心中的人们；这又说明如何正统派的批评家一方面要称耶稣及托尔斯泰为宣传人，他方面莎士比亚及哥德才算是纯粹而洁白的创造的艺术家；这些'艺术'与'宣传'的区别纯粹是阶级的区别及阶级的武器；这区别的自身即是支配阶级的一种宣传，欺瞒人心的手段，使人们奴役于种种虚伪的标准，艺术的与人生的。"① 可见辛克莱的批判重心其实落在了批评家在艺术和宣传之间所做的对立理解上，他认为这是一种欺骗，是对艺术纯粹性的幻觉，真正的艺术家不回避宣传。这一批判自然有其理据，一定意义上也是对马克思和恩格斯工作的继续："马克思和恩格斯还在青年时期就反对20世纪三四十年代那种把歌德和席勒对立起来的传统做法。"②

但是，辛克莱反对此一区分，却同时制造了另一区分。比如他也鲜明地宣称：文艺是支配阶级的"压迫的工具"，新兴阶级"袭击的武器"。文艺在阶级之间的分裂造就了工具论和武器论的艺术观，那么，既然辛克莱自己也明白并非所有艺术都是此类攻击性的，那么，又如何能够下出如此肯定的判断呢？那些没有斗争立场的艺术固然可以算作"宣传"，它们又是哪一阶级的工具和武器呢？辛克莱自己也未能对此作出回答。应该说他的文本内部互相抵牾：论点如此，而论证如彼，让人莫衷一是。

于此也可以见出后期创造社对辛克莱的接受有着很强的选择性，这种选择性，既基于自身理论体系的需要，也源于辛克莱本身的矛盾和含混。

---

① ［美］辛克莱：《拜金艺术（艺术之经济学的研究）》，冯乃超译，《文化批判》第2期。
② ［苏］乔·米·弗里德连杰尔：《马克思恩格斯和文学问题》，郭值京等译，上海译文出版社1984年版，第415页。

二　思潮与现象

如果只从辛克莱后面的论证来看，他呼吁的要点是提倡潜藏着优秀的行为和态度改变能力的艺术作品，但从他一开首提出的论点来看，艺术又只是斗争的工具。后期创造社诸人直接拿来了辛克莱的论点，即艺术武器说。而从论证方面来看，辛克莱的所谓"一切文艺都是宣传"的"宣传"，其实包含了广阔的范围，并不必然包含武器的攻击与毁灭性质。在此点上，后期创造社同人的"文艺武器说"和辛克莱的论证逻辑并不能相容，但他们却又合乎辛克莱的论点。这种吊诡的状况，只能归咎于源头那个逻辑混乱的作者。

即便我们只集中于辛克莱的论证过程，仍然能发现其中存在着问题，而且这些问题同样造成了接受的混乱。辛克莱虽然在使用宣传的词典定义时存在选择性盲视，但通过对道德和宣传所做的定义变换，辛克莱所论述的艺术的特性与功能只是在表面上显得激进和功利化，若透过他自己调好了焦距的透镜来观察，则与寻常理解中的艺术相差并不远。所谓宣传、所谓道德，都已被泛化至无所不包的境地，看起来不过是意欲呼唤一种积极介入世界的艺术观念，同时批判对艺术的宣传功能的偏见。对文学自身的特性，辛克莱也做了特别的强调；对描写人类自然情感的看起来不像宣传的文学，辛克莱也并未表现出歧视。辛克莱的文章，最有创见之处大概在于批判人们对艺术的宣传功能的狭隘认识。但问题的关键是，一旦一个概念被泛化到无所不包的境地，这一概念其实也就一无所包，丧失了它起码的界定能力，概念本身至此已然失效。如果一切关于行为的东西都是道德，一切言语的表达都是宣传，那么道德和宣传还有什么存在的意义呢？属加种差才能构成定义，已被如此泛化的道德和宣传实际已经既不是道德，也不是宣传，自然也不能在传播过程中被受众认可。

所以，如果只针对辛克莱文本的主体——论证过程，我们可以下判断说它无甚出格之处，但如果分析这一文本的传播环节，情形就大大地不同了。从后期创造社对辛克莱的接受即可看出，辛克莱对宣传的泛化界定完全不见了踪影，通行的对宣传的理解复位，文学终于顺利变成一种战斗武器。即便没有辛克莱自身的矛盾，我们也只能遗憾他并不具备变换词语通用含义的神通，经他泛化定义的那些词语，在传播过程中势必还将以通行的面目发挥效能。在辛克莱对宣传不恰当使用的情况下，在他自相矛盾的对文艺的界定中，在当时的社会情势下，误读实在不可避免。

二　鲁迅对辛克莱文学宣传论的接受

鲁迅对辛克莱的观点也是十分赞同的，并曾经和郁达夫一起，借助辛克莱的理论反击梁实秋对卢梭的批判。① 不过他并未直白地张扬文艺是阶级斗争的武器，而对辛克莱理论中不那么激进的部分——一切文艺都是宣传——表示了认同。列宁在 1915 年称辛克莱是"一个好动感情而缺乏理论修养的社会主义者"。② 尽管如此，鲁迅还是表示：

> 美国的辛克来儿说：一切文艺是宣传。我们的革命的文学者曾经当作宝贝，用大字印出过；而严肃的批评家又说他是"浅薄的社会主义者"。但我——也浅薄——相信辛克来儿的话。一切文艺，是宣传，只要你一给人看。即使个人主义的作品，一写出，就有宣传的可能，除非你不作文，不开口。
>
> 那么，用于革命，作为工具的一种，自然也可以的。③

鲁迅不惜做出对革命导师列宁略带挑衅意味的姿态（"我——也浅薄"），来宣称他对辛克莱的认同，可略见他对传达文艺的宣传性质的欲求的强烈。虽然他未直接宣称文艺就是阶级斗争的工具，但赞同以文艺作为革命斗争的工具，与之其实也并无区别。鲁迅所以如此说，其依据在于：

> 人被压迫了，为什么不斗争？正人君子者流深怕这一着，于是大骂"偏激"之可恶，以为人人应该相爱，现在被一班坏东西教坏了。……我是不相信文艺的旋乾转坤的力量的，但倘有人要在别方面应用他，我以为也可以。譬如"宣传"就是。④

既然要斗争，便得考虑武器的效力。从上面的话可见，他不认为文艺可以作为具有决定成败的意义的武器，但它还是可以成为"宣传"的武器。而文艺能否完成好"宣传"的角色规划，在于它能否坚持自身：

> 但我以为当先求内容的充实和技巧的上达，不必忙于挂招牌。……

---

① 参见鲁迅《卢梭和胃口》，《语丝》1928 年第 4 卷第 4 期；可参见葛中俊《厄普敦·辛克莱对中国左翼文学的影响》，《中国比较文学》1994 年第 1 期。

② ［俄］列宁：《英国的和平主义和英国的不爱理论》，《列宁全集》第 26 卷，人民出版社 1988 年版，第 282 页。

③ 鲁迅：《文艺与革命（并冬芬来信）》，《鲁迅全集》第 4 卷，人民文学出版社 2005 年版，第 84 页。

④ 鲁迅：《文艺与革命（并冬芬来信）》，《鲁迅全集》第 4 卷，人民文学出版社 2005 年版，第 84 页。

二 思潮与现象

一说"技巧",革命文学家是又要讨厌的。但我以为一切文艺固是宣传,而一切宣传却并非全是文艺,这正如一切花皆有色(我将白也算作色),而凡颜色未必都是花一样。革命之所以于口号,标语,布告,电报,教科书……之外,要用文艺者,就因为它是文艺。①

鲁迅因此生成了他独特的文艺宣传理念:一切文艺都是宣传,但它的"文艺"特性决定了"宣传"能否取得成功;而文艺的特性体现在"内容的充实和技巧的上达"上面。在这里,鲁迅的观点和辛克莱完全一致。不妨再温习一遍辛克莱的话:

富有生气而重要的宣传,用适宜的技巧,由所选的艺术发挥出来的时候,就是产出了伟大的艺术。②

所谓"富有生气而重要的宣传"正相当于鲁迅强调的"内容的充实",而鲁迅强调的"技巧的上达"和辛克莱强调的"适宜的技巧"也正符合。所以辛克莱所言的境界也必然是鲁迅所欣赏的:"自由操纵各种艺术的技巧,而适切的,生气活跃地呈现以上的宣传于他的同类,——这样,只有这样他才能创造真实的、永久的艺术作品。"③ 在这一方面,得了辛克莱真传的是鲁迅,后期创造社同人几乎把这方面的要求给完全忽略了。当然,鲁迅也接受了辛克莱对宣传的含义所做的泛化理解,宣称一切文学都是宣传。尽管他又强调"一切宣传却并非全是文艺",却丝毫无改于他已经承认的大前提,其意义只在于强调文学作为宣传话语之一种的特殊性。如前所论,如果承认辛克莱及鲁迅的界定,那么我们难免要接受一种含义泛化至无所不包的"宣传",宣传即与话语同义。所有话语都难免或隐或显的目的性,但是否都能被称作宣传?这要看对宣传如何界定。照一般的理解,宣传需要有较强的目的性,如果目的性不明显,而且意旨并不在于说服,则一般并不会被看作宣传。即便一切话语都是"宣传",在其间也有着类型的差异;而这种差异,对于正在使用极广义的宣传界定的文化人,应该预告给读者。不少时人都对宣传话语的独特性有过明白的表述,比如甘人(鲍文蔚)的言论便揭示出时人意识中"宣传"含义十分

---

① 鲁迅:《文艺与革命(并冬芬来信)》,《鲁迅全集》第 4 卷,人民文学出版社 2005 年版,第 84—85 页。
② [美]辛克莱:《拜金艺术(艺术之经济学的研究)》,冯乃超译,《文化批判》第 2 期。
③ [美]辛克莱:《拜金艺术(艺术之经济学的研究)》,冯乃超译,《文化批判》第 2 期。

狭窄："宣传这样东西，老实人是做不来的。那里面的主要手段，常要借用夸大，蒙蔽，捏造等等。"①

所以宣传存在着广狭二义，鲁迅和辛克莱的主张成立于广义的宣传界定之下。那么，鲁迅是否对这种区分有意识呢？未见鲁迅对"一切文艺都是宣传"有过特别的界说，不过在他公开接受辛克莱的观点之前，曾有一次如此谈到了宣传：

> 我一向有一种偏见，凡书面上画着这样的兵士和手捏铁锄的农工的刊物，是不大去涉略的，因为我总疑心它是宣传品。发抒自己的意见，结果弄成带些宣传气味了的伊孛生等辈的作品，我看了倒并不发烦。但对于先有了"宣传"两个大字的题目，然后发出议论来的文艺作品，却总有些格格不入，那不能直吞下去的模样，就和雉诵教训文学的时候相同。②

那么，如果依据鲁迅后来所言的"一切文艺都是宣传"，那么一切文艺作品也都是宣传品，则就并无"疑心"的必要，便与鲁迅上面的论说逻辑不一致。鲁迅在当时，显然还并不认为所有作品都是"宣传品"，或者可以说，他对宣传的狭义层面还是有意识的。只不过后来在接受了"一切文艺都是宣传"的理念后，为"宣传"计，便对宣传的界定都取了广义的用法。比如在几年后他又如此强调：

> 书籍的插画，原意是在装饰书籍，增加读者的兴趣的，但那力量，能补助文字之所不及，所以也是一种宣传画。③

这种宣传画想必也并非是一定要"疑心"的宣传品，只不过依据"一切文艺都是宣传"的理念，它也自然成了"宣传画"。鲁迅当然也能意识到有两种"宣传品"的存在，一种是把所有的符号表达都隶属于其中的宣传（宣传1），一种是旨在传播某一特定理念的宣传（宣传2）。其实可以发现，当鲁迅等左翼文学家在论证一切文学都是宣传、并批驳反对

---

① 甘人：《拉杂一篇答李初梨君》，《北新》1928年第2卷第13期。
② 鲁迅：《怎么写（夜记之一）》，《鲁迅全集》第4卷，人民文学出版社2005年版，第20页。
③ 鲁迅：《"连环图画"辩护》，《鲁迅全集》第4卷，人民文学出版社2005年版，第458页。

二 思潮与现象

观点的时候,他们使用的论证手段是"宣传1";而当他们真的在把文学当作宣传的时候,他们操作的又是"宣传2"。他们基本上没有对这两种宣传的界限予以必要的分疏,虽然他们确有这种意识。在他们那里,宣传是统一的,尽管它已然被分裂。

基于语词含义的多歧性,仍有必要对"一切文艺都是宣传"的命题进一步做语义层面的分析。当说"一切文艺都是宣传"时,所表达的含义可能有两种。一是认为文学作为一种类型从属于宣传,在其外延之内。二是把"宣传"看作一种属性,因而其所表达的准确含义是"一切文艺都是有宣传性的"。在这一种解释之下,作为名词的宣传是什么,以及其与文学有无隶属关系的问题都缺位,宣传性作为一种各种符号和行为所可以共享的属性而出现。从属于宣传的各种话语类型固然有宣传性,各种非宣传话语同样可以具有宣传性;正如人可以具有兽性,但并不必就是兽一样。可以确定的是,当左翼文人宣称"一切文艺都是宣传"的时候,有些人想表达的或许更是后者,而更多人想表述的可能是这两种含义的混合——尽管它们并不能被混合在一起。甚至可以推断,他们心中对后一种含义的确定性的认识,是他们提出这一命题的最坚实根据(就如鲁迅为了说明"一切文艺都是宣传"所举的譬喻为"这正如一切花皆有色"一样);而一旦提出这一命题,第一种含义就会僭夺第二种含义的"成果",于是便出现了类似于这样的表述:"一切宣传却并非全是文艺。"

三 从对辛克莱的接受出发辨析文学与宣传之关系

辛克莱在文艺和宣传之间建立了直接的隶属关系,他的这一认识被后期创造社同人及鲁迅等一大批左翼文人完全接受了下来;而同时,大概只有鲁迅,和辛克莱一样对"宣传文学"的"文艺性"有着特别的强调。但也并非所有的左翼文人,都对辛克莱"一切文艺都是宣传"的提法感到满意,甚至还有少数人对这一提法明确表示了反对。

在一篇文章中,胡秋原首先表达了对革命文学兴起的欣喜,随即援引布哈林提倡艺术自由竞争的论断,对革命文学派抹杀其他文学形式的存在,表达了非议。胡秋原指出他也赞同"一般革命文学批评家所崇拜的Upton Sinclair"说过的"文学是人生的表现",但同时指出,"人生的方面,是异样的繁多而复杂",故而抹杀其他文学的存在没有合理性。这似乎显示出胡秋原尚没有掌握唯物史观的基本原理,其实不然,胡秋原接着便批判了辛克莱的文艺等于宣传和武器的论述,其主要依据即在于藤森成吉和普列汉诺夫的唯物史观。在此之前,胡秋原在宣传和一般的理念表达

— 212 —

之间做了分别，并注意到了革命文学家和一般民众理解中的宣传概念都是"宣传2"，既然如此，便没有理由改用"宣传1"去证成"一切的文艺都是宣传"的命题：

  诚然，每个伟大的文学家，表现了他自己，忠实的描写了人生的真实，他的理想，幻想，也就透过了他的作品而诏示我们以"未来"了。莫泊桑也说他的每篇小说背后，都有 Something 存在。但是这说作家在他的作品中表现他的理想的这事实，恐怕是与我们文学批评家之所谓"宣传"是大异其趣。因为所谓"宣传"是要宣传某种"主义"以及"打倒""拥护"……之类，那么，艺术与文学不见得都为了某阶级"宣传"某种主张了。①

正因为有了对宣传的这种界定，而且根据"蒲列汉诺夫，马克思主义的文化批评家"的认识："一种政治上的主张放在文艺里面，不独是必然而且在某几个时期却是必要的"；胡秋原指出，只能说"艺术有时是宣传"，"而且不可因此而破坏了艺术在美学上的价值"。② 在他看来，辛克莱式的认识属于"误用唯物史观来说明艺术的结果"。③

创造社的沈起予则略微表达了对辛克莱理论的不满。他先赞扬了辛克莱对各种关于艺术谬论的批驳，但对于辛克莱"一切的艺术是宣传"的观点则表示："这个定义，仍然不是正确的辩证法的唯物论者底解释方法。"不过沈氏并未进一步解释，因为"这是属于本题以外底话，再此地当然不能详细的讨论"。④ 据沈氏全文，他的不满是由于辛克莱没有严格按照"辩证法的唯物论"来推论；辛克莱之所谓一切的艺术都是宣传和武器，也是他文章提倡的重点。这种不满其实提示了辛克莱最终将被不断共产主义化的左翼阵营抛弃的命运。

右翼文人梁实秋则秉持其保守的理性主义文学观，对"宣传文学"做了批判：

---

  ① 冰禅（胡秋原）：《革命文学问题——对于革命文学的一点商榷》，《北新》1928 年第 2 卷第 12 期。
  ② 冰禅（胡秋原）：《革命文学问题——对于革命文学的一点商榷》，《北新》1928 年第 2 卷第 12 期。
  ③ 冰禅（胡秋原）：《革命文学问题——对于革命文学的一点商榷》，《北新》1928 年第 2 卷第 12 期。
  ④ 沈起予：《演剧运动之意义》，《创造月刊》1928 年第 2 卷第 1 期。

二 思潮与现象

> 无产文学理论家时常告诉我们，文艺是他们的斗争的"武器"。……就是说把文学当做宣传品，当做一种阶级斗争的工具。我们不反对任何人利用文学来达到另外的目的，这与文学本身无害的，但是我们不能承认宣传式的文字便是文学。……以文学的形式来做宣传的工具当然是再妙没有，但是，我们能承认这是文学吗？即使宣传文字果有文学意味，我们能说宣传作用是文学的主要任务吗？①

在梁实秋看来，文学可以用来宣传，但做了宣传便不再是文学；宣传和文学在本质上互斥，宣传之作不能被称作文学。这也难免偏颇。不仅文学的边界不可能那么清晰，宣传的边界也是模糊的，二者出现交集实属难免②；给文学划定本质化的界限，也难免构成对文学的束缚。对梁实秋观点的最有力批判或许是由鲁迅做出的，但鲁迅在继续捍卫文学宣传论的同时，也指出了对其片面运用所可能导致的问题：

> 诚然，前年以来，中国确曾有许多诗歌小说，填进口号和标语去，自以为就是无产文学。但那是因为内容和形式，都没有无产气，不用口号和标语，便无从表示其"新兴"的缘故，实际上也并非无产文学。今年，有名的"无产文学底批评家"钱杏邨先生在《拓荒者》上还在引卢那卡尔斯基的话，以为他推重大众能解的文学，足见用口号标语之未可厚非，来给那些"革命文学"辩护。但我觉得那也和梁实秋先生一样，是有意的或无意的曲解。卢那卡尔斯基所谓大众能解的东西，当是指托尔斯泰做了分给农民的小本子那样的文体，工农一看便会了然的语法，歌调，诙谐。只要看台明·培特尼（Demian Bednii）曾因诗歌得到赤旗章，而他的诗中并不用标语和口号，便可明白了。③

---

① 梁实秋：《文学是有阶级性的吗？》，《新月》1929 年第 2 卷第 6—7 期合刊（愆期至 12 月出版）。

② 从文学史角度对文学与宣传之间关系所做的初步考察，可参见徐訏《牢骚文学与宣传文学》，《门边文学》，（香港）南天书业公司 1972 年版，第 76—92 页；[英] 乔治·奥威尔《艺术和宣传的界限》，《我为什么写作》，董乐山译，上海译文出版社 2007 年版，第 139—144 页。

③ 鲁迅：《"硬译"与文学的阶级性》，《鲁迅全集》第 4 卷，人民文学出版社 2005 年版，第 210—211 页。

亦可见鲁迅认为,宣传既有标语口号式的,也有更加贴近大众的理解能力的非标语口号式的,作为宣传的文学和前者并不相容,而应该追求后一种形式的宣传。这背后既有对文学与浅露直白的宣传性质不兼容的认识,也有对宣传的主要对象——工农大众——的接受能力范围并不限于标语口号,并应超越于标语口号的认识。而文学所以能充任宣传的作用,在于其文学的属性本身。宣传的理念正需要借助这种属性,将自己更有效果地传播到工农大众之中。在这里可以发现,即便承认鲁迅所欲施于读者的宣传理念的正当性,亦须承认,鲁迅的文学观亦有值得警惕的内容。以文学为手段传播特定理念,虽然在艺术创作过程中难免被创作本身的自律性质部分"遮蔽",或因作品的多声部特点而得到弱化,但毕竟有其限度,不管是"私货"还是"公理",都仍难免渗透于作品字里行间,并以隐蔽的方式注入读者的意识。从传播模式上来讲,宣传文学与广告本质上并无差异:它们大体上都要以诉诸人类情感的方式让人在不知不觉中松懈理性和情感抵抗的防线,借机把理念植入大脑;而在一种有限的意义上,越是精美的广告和精美的宣传文学越能让人放松警惕,理念的植入也就越能成功。但宣传文学并不以广告的形式示人,故而它就如同伪装成新闻的广告一样,可能具有更强大的意识植入能力。当然,问题的复杂性在于,文艺并不会那么容易地被利用。如果一部文学作品有足够的弹性和张力,则作者本欲悄然植入读者大脑的理念的排他性往往会被削弱,宣传反而难以成功。鲁迅所期待的显然并非后一种情形,他只是想以润物细无声的方式使宣传奏效。或许就如辛克莱在《拜金艺术》中所言:"各种宣传的目的在使这宣传的贯彻;主要之点,须在使读者不知道这是宣传而被感动,所以在宣传之上施一层新的装隐法 Camouflage 是必要的。"①

鲁迅曾翻译了日本学者岩崎·昶的论文《现代电影与有产阶级》,并把它罕见地放进了自己的文集中,这可见他的重视。在这篇文章中,岩崎氏发出了一段足以作为对大众的警语的话:"单纯的看客,是没有觉到陷于被那巧妙地布置了的宣传所煽动,所欺骗,然而对于那欺骗,还要付钱的二重欺骗的。"②

克服宣传文学所内含的这一困境的关键,在于意识到宣传旨在说理,理性说服是对它的伦理要求;而文学大体上并非一种理性说服的话语,其

---

① [美]辛克莱:《拜金艺术》,郁达夫译,《北新》1928年第2卷第16期。
② [日]岩崎·昶:《现代电影与有产阶级》,鲁迅译,《鲁迅全集》第4卷,人民文学出版社2005年版,第403页。

二 思潮与现象

目的通常在于激发情感的共鸣。故而文学固然能起到宣传的作用，但在文学中以意为之的宣传较难成为一种有伦理性的宣传。另一方面，宣传的伦理性也体现为对真实性原则的恪守。用现代的以虚构性为特征的文学来做宣传，是否能符合宣传的伦理也大可疑问。虚构性艺术固然亦有"真实性"可言，但其"真实"与现实真实似仍存在巨大鸿沟。鲁迅在《怎么写》中，曾针对国人难以接受艺术的虚构性理念、并时常混淆艺术"真实"与现实真实的界限提出过批评。[①] 这一提醒值得注意。而在鲁迅另一篇文章中，更直白地张扬了对宣传的真实性伦理要求：

> 而且宣传这两个字，在中国实在是被糟蹋得太不成样子了……所谓宣传，只是一个为了自利，而漫天说谎的雅号。
>
> 自然，在目前的中国，这一类的东西是常有的，靠了钦定或官许的力量，到处推销无阻，可是读的人们却不多，因为宣传的事，是必须在现在或到后来有事实来证明的，这才可以叫作宣传。而中国现行的所谓宣传，则不但后来只有证明这"宣传"确凿就是说谎的事实而已，还有一种坏结果，是令人对于凡有记述文字逐渐起了疑心，临末弄得索性不着。[②]

鲁迅提出了宣传的异化问题，并认为宣传之所以被污名化正在于官方力量的作假。而宣传的准则在于："是必须在现在或到后来有事实来证明。"不过如果要等待"后来"来证明，则宣传也无异于预测，对"宣传"的当下判断只能被悬置。但仍然可以确定的是，鲁迅所认可的真正的宣传，是必须以"事实"为依据的。那么，虚构性艺术能承担起这个任务吗？艺术所营造出的个体化的虚拟世界，能否用现实真实性的准则去规约，艺术"真实"如果与现实真实具有了同一性，则艺术也许就只是一种影射了。故而，艺术家固然难以完全逃避宣传的动机，艺术也难以避免宣传的效果，但艺术似乎很难成为鲁迅意中的真正"宣传"。

（原载《鲁迅研究月刊》2011 年第 2 期）

[①] 鲁迅：《怎么写（夜记之一）》，《鲁迅全集》第 4 卷，人民文学出版社 2005 年版，第 18—25 页。

[②] 鲁迅：《林克多〈苏联闻见录〉序》，《鲁迅全集》第 4 卷，人民文学出版社 2005 年版，第 435 页。

"十七年"文学的矛盾性特征

吴秀明

近些年来，随着认知的深化，中华人民共和国成立后"十七年"文学研究在经历了 20 世纪八九十年代的落寞之后又呈现出了明显的升温态势，并相继推出了一批引人注目的研究成果。如董之林的《旧梦新知："十七年"小说论稿》、程光炜的《文学想像与文学国家——中国当代文学研究（1949—1976）》、唐小兵的《英雄与凡人的时代：解读 20 世纪》、丁帆等的《"十七年"文学：人与自我的失落》、李扬的《抗争宿命之路》、贺桂梅的《转折的时代——40—50 年代作家研究》、蓝爱国的《解构"十七年"》等，也包括一些新编的教材，如洪子诚的《中国当代文学史》《问题与方法——中国当代文学史研究讲稿》，孟繁华、程光炜的《中国当代文学发展史》等。但这毕竟是初步的，它与此前的现代文学研究和此后的新时期文学研究相比，都有相当的距离。在"十七年"文学"是什么""怎么样"等基本问题上，存在着显见的歧义。也有的文学史著作和作家作品选（特别是现当代文学"打通"的文学史著作和作家作品选），出于各种考虑，索性压缩乃至抽去这一时段的文学，使之在现当代文学史上变成一种"空白"或"准空白"。这种情况，从一个侧面反映了"十七年"文学研究的滞后，同时也对"十七年"文学的总体评价提出了新的挑战。显然，在整体文学、文化研究不断走向理性与成熟的情况下，任何的仅从一个角度肯定或否定都是不合适的。事实上，"十七年"文学无论是作为一个独立的"短时段"文学，还是与"长时段"20 世纪文学之间的关系来看，它都蕴含着非常丰富复杂的内涵。如果我们的评论仍停留在原有的非此即彼的思维层次不予拓展，那它不但会降低"十七年"文学的研究水平，而且还由此及彼对 20 世纪文学整体研究带来不容忽视的影响制约作用。

以上种种，就构成了本文写作的主要动机和出发点。这里，我无意对

二　思潮与现象

"十七年"文学历史进行全面的分析和评价,而主要想探讨它内中凝聚积集的自我矛盾的特征。作为从现代向"文革"及新时期过渡的一个特定阶段的文学,我认为"十七年"文学尽管自有其基本的属性和本质的规定性,但它并非如我们所想象得那样简单、绝对和纯粹,而是呈现出极为矛盾复杂的状态:它既是高度"一体化"的,又是充满"异质性"的,是一体与异质的复杂缠结。只不过这种矛盾被当时的主流权威话语所遮蔽,而更多以历史的"另一副面孔"或"异端的声音"呈现出来罢了。完整的"十七年"文学或文学史,就是由这一体化与矛盾性所组成。只讲其中一面而不讲另一面,都有失偏颇。

一　矛盾性表现的三个层面:思潮、精神与文本

谈到"十七年"文学的矛盾性特征,不能不涉及与之相对应的一个概念:"一体化"。此所谓的一体化,即指延安以来逐步形成的"居绝对支配地位"的文学组织方式、生产方式,和因此建立的"高度组织化的文学世界"。[①] 这种一体化在"十七年"这样一个特定的历史阶段,它是"以国家的权力作为保证"的对文学的"一种强制性的规范要求",目的是为了"保证文学的题材、风格、主题,甚至人物、语言,达到一种统一化的要求"。[②] 这也是近些年来当代文学研究领域影响很大的一个观点。故而,概念的提出者洪子诚一时声名鹊起。然而正如有批评家指出的,由于洪子诚主要"从历史生成的演变的'大处'着眼",也由于他"比较倚重历史的观察而相对忽略文学的反观",因此,相应忽略了一体化背后的异质因素,及其不可思议的能量,并使其文学史叙述"凸显了当代文学比较阴沉的、'悲剧性'的一面,而对其中'喜剧性'的因而也是'明亮'的一面,可能昭彰不足……也许,这就是为什么,叙述'一体化'的生成和演变,他是那样环环相扣,严丝密缝;而讲述它的'解体',却相对涣散,多少给人以平铺直叙的感觉"。[③] 或许是悟出这层道理,洪子诚在后来的有关著述中对此作了调整和修正,强调指出一体化这个概念,"在某些地方很适用,但不是万能的,不能代替对一个时期的文学状况的具体研究",更不可将它凝固化、纯粹化,事实上在一体化的总体格局下

[①] 洪子诚:《问题与方法——中国当代文学史研究讲稿》,生活·读书·新知三联书店2002年版,第188、88、189、210页。

[②] 洪子诚:《问题与方法——中国当代文学史研究讲稿》,生活·读书·新知三联书店2002年版,第188、88、189、210页。

[③] 王光明:《文学批评的两地视野》,北京大学出版社2002年版,第91—92、45页。

面,"文化'分层'的现象,不同力量的矛盾冲突并没有消失"。①

不仅如此,由于观念与实践不可避免地存在着"错位",所以"十七年"尽管对文学有统一的规范和要求,有时甚至不惜借用国家政治权力强令推行,如批判萧也牧的《我们夫妇之间》,批判胡风文艺思想等。但它也不可能达到真正的"绝对"和"纯粹"。文学有其"规训"所不能规训的创作规律。从生活到艺术是十分复杂的,这之间不可避免地融入了作者个人的主观情感和非意识形态的因素。因此,这就常常导致了实践对理论的僭越。更何况,文学不同于政治,"文学家,似乎比政治家更多地看到这社会前进过程中的'反面',因为文学家有自己独特的感受世界的方式,他们总是把精神、感情看得重于物质生活",而且"在文学的历史性与非历史性,在文学的时代精神与它的超越时代的品格之间,存在着矛盾"。② 正是从这里出发,我们便不难理解那时的作家在热情讴歌现实政治的同时,又有自己的契入点,在对社会阶级偏执理解之中,又有一定的超越;从而无形之中拓宽了文本的内涵,使之程度不等地获取了与五四和新时期相似的超历史的一面。也正是从这里出发,我们便不难理解"十七年"文学乃至后来的"文革"文学中出现的这样一种相反相成的有趣现象:一方面,它往往有意识地表现出对现实政治的迎合姿态,另一方面,现实政治却对之仍表现出相当的不满;一方面,它竭力按照当时流行的政治标准批判所谓的资产阶级人性论和审美趣味,另一方面,潜在深处常常又自觉不自觉地流露了对这些人性和趣味的认同。这就出现了文学应有的"自我身份"与政治规定的"他者身份"相抵触、相混淆的现象,一个因政治权力无法化解的矛盾和悖论。有人在重读"十七年"革命历史小说时曾指出:"现实权力对小说和小说家的征服和改造的过程,但这个过程同时也是一个反抗化约、整编的过程,后者不仅以文学的'本能'和微小而不屈的坚持,限制了'历史大叙述'的虚妄,而且最终宣告了它的不可能性。"③ 这个评价同样适合当时所有的各种文学样式。我们所说的"十七年"文学的"矛盾性"特征,就是这个"过程"的后者表现。它是为文学"独特的感受世界的方式"所决定的,也是文学"独特的感受世界方式"的必然结果。而揭示这一点,从某种意义上讲,它反

---

① 洪子诚:《问题与方法——中国当代文学史研究讲稿》,生活·读书·新知三联书店2002年版,第188、88、189、210页。

② 刘纳:《嬗变——辛亥革命时期至五四时期的中国文学》,中国社会科学出版社1998年版,第47—53页。

③ 王光明:《文学批评的两地视野》,北京大学出版社2002年版,第91—92、45页。

二 思潮与现象

映了我们的当代文学研究开始超越了社会学、文化学研究的套式而真正返回到自身的"文学现场",它并没有因一体化就无视忽略其中存在的矛盾异质的成分,一概否定和抹杀其所作的努力和取得的成就。

那么,"十七年"文学的矛盾性特征到底是怎样表现的呢?从系统的角度考察,主要体现在以下三个层面:

首先,从文学思潮层面看,其内在矛盾性,既表现在周扬为代表的革命现实主义与胡风为代表的批判现实主义之间的冲突,也表现在周扬为代表的革命现实主义与江青为代表的实用现实主义之间的冲突。周、胡矛盾在 20 世纪 50 年代初一度占据主导地位,他们与现代文学史上左翼内部的宗派矛盾包括个人恩怨纠葛在一起,曾围绕文学与政治、理想与现实、主观与客观等问题产生过激烈的碰撞。最后,是体现当时政治文化规范并深受苏联日丹诺夫影响的周扬在毛泽东的支持下取得胜利,而胡风等则遭到了无情的打压和清洗,遂使革命现实主义成为独霸天下的"至尊"话语。然而,"螳螂捕蝉,黄雀在后",正当周扬按照自己的革命现实主义理念来整治文坛时,极左政治文化规范的新的代表人物又应运而生。江青等人以政治实用和庸俗社会学为武器,对周扬推行的革命现实主义发起了猛烈的批判,周、江之间的矛盾便突出了起来。20 世纪 50 年代后期至"文革"日趋升级的"阶级斗争""路线斗争"和"反修防修"的理论,为江青推行实用现实主义创造了条件。而周扬及其革命现实主义在经过一番博弈后,因"政治迷失"最终被江青等所取代。至此,当代文学的一体化也进入了一个封闭、单一、贫乏的年代,并慢慢地向"文革"发生全面的倾斜。

其次,从作家精神层面看,它的矛盾性特征,不仅表现在"非中心作家"在特殊环境中的"潜在写作"和"异端"式的探索,如《傅雷家书》《从文家书》、张中晓的《无梦楼随笔》、"火凤凰丛书"中的一些作品、萧也牧的《我们夫妇之间》、路翎的《洼地上的"战役"》等;同时也表现在"中心作家"在时代精神感召下所作的疏离式的"干预"和讽喻式的批评,如王蒙的《组织部新来的年轻人》、刘宾雁的《在桥梁工地上》等。前者,尽管有悖于当时主流文学规范而被批判或不准面世,更多是以隐性方式存在"地下"或"民间",直到 80 年代开放以后才有机会公开发表,但作为一种异质的精神文化,它不仅一直存在,而且对当时一体化的文坛产生了影响。它向我们显示,哪怕是在政治意识形态控制严格的"十七年",文学内部也会出现游离于主流规范之外、为政治权力算式无法除尽的"小数"。后者,它也许与苏联"解冻文学"的影响不无关系，但更重要的，还是作家精神世界中被高度激发的政治热情和理想主义所使然。所以，遇到合适的政治气候，他们就用年轻人特有的勇敢大胆对现实生活中出现的矛盾进行"干预"。"中心作家"笔下"革命"与"青春"的矛盾以及矛盾双方之间的颇难协调，说明他们思想上的"不成熟"，也反映了彼时精神现象的丰富性复杂性。

最后，从文学文本层面看，其矛盾性的表现就更明显，那时几乎所有作品特别是有艺术成就和特色的作品，都有类似情形。它们在权力无法统辖的文本的"缝隙"处，矛盾地融进了与主流观念相抵的有关的生存生命的省思。如郭小川的《深深的山谷》《白雪的赞歌》《一个和八个》特别是《望星空》等作。虽然诗人在理智上并不怀疑个体对于历史潮流的服从，并且往往在表达的同时将它当作虚无消极的东西加以批判，但"由于在情感上对个体价值的依恋，对人的生活和情感的复杂性的尊重，诗中并不完全回避、且理解地表现了矛盾的具体情景，而具有了某种的丰富性，使人的心理矛盾、困惑，他经受的磨难、焦虑、欢欣、不安，获得了审美上的价值"。[①] 作家思想情感上的这种矛盾，也必然导致作品内在结构的矛盾。于是，一方面，他努力保持与当时文学规范的同步一致，对大刘、"我"等知识分子软弱动摇进行谴责批判；另一方面，对个体意识、个体生命的独特感受和体验又使他情不自禁地逸出这种文学规范，用细致入微而又不无暧昧的笔触去展示其充满冲突和痛苦的内心世界，从而使作品成为"小资产阶级思想的顽强表现"。像郭小川这样的"自我矛盾"，在"三红一创""青山保林"等一批"红色经典"作品中都可找到。

虽然"十七年"文学存在如上种种的矛盾，有时候这种矛盾甚至不乏尖锐激烈，但它毕竟不是对抗性的矛盾而是对话性的关系；彼此也不是一个矛盾的等级，而且构不成真正对等的矛盾关系。即使矛盾，也是为了在维护现有主流思想观念的前提下进行修修补补，使之保持适度的平衡，不致在文学政治化道路上走得太远。这一点，即使最为"叛逆"的胡风也不例外。因为"在总体上，胡风并未也不会否定文艺是政治工具这一前提。他的发难，就理论意义而言，不过是想让文艺从属于政治的同时能保持其审美性。……显然，胡风用来测定建国初文艺困境的那把尺子，并不是以鲁迅创作为范本的五四'文学革命'为参照，而分明是以拉普派思潮流行的左联'革命文学'为参照的"。[②] 正因这样，我们在讲"十七年"文

[①] 洪子诚：《中国当代文学史》，北京大学出版社1999年版，第76页。
[②] 夏中义：《历史无可避讳》，《文学评论》1989年第4期。

二 思潮与现象

学矛盾性时不能将其不适当地过分夸大,也不应将过去的不幸或受难者过分拔高美化,当作"文化英雄"大加褒扬。在文学"从属于"政治的年代,与一体化相对立的异质的声音向来是受贬抑的,哪怕是在"规训"尚未健全的中华人民共和国成立初,以及在调整时期即环境相对比较松动的1956、1961年,都莫不如此。说实在的,在政治覆盖的高度整一的"一元化体制"之下,并不存在一种文学的"对抗体制"——相反,如彼得·伯格所说,对于后者的有效清除,正是社会主义国家文化体制的基本功能。①

"十七年"文学的这种情形,与现代文学特别是五四文学是不一样的。五四文学的矛盾性,不仅是在多元的、较为自然自由状态下呈现,而且也是在相对疏离于政治意识形态、政治权力监控下进行的。无论是鲁迅与梁实秋之间的论战,还是文学革命内部的争论,他们基本都局限于文艺思想领域。因此,五四文学如台湾学者张灏所说,虽也存在着一个思想"两歧性"的问题,但因建立在平等对话的基础之上,故彼此的矛盾和不同反倒促成了中国文化思想的"诡谲歧异的发展","也正反映了五四思想的开阔性和丰富性"。② 而"十七年"文学不仅被置于严峻的一体化的生态环境,而且辅之以严厉的批判、压抑、改造机制。所以,这就决定了它不可能产生真正的"对抗"性矛盾,而更多是以潜在的、弱势的方式存在。这也就是"十七年"文学与五四文学的一个重要区别,是笔者为什么不用"两歧性"甚至"双重性格"而用"矛盾性特征"作标题的主要原因之所在。

二 矛盾性存在的两个原因:文化本源与文化属性

"十七年"文学的内在矛盾,它的一体与异质的复杂缠结,是偶然的还是具有某种深刻的必然。对此,也似有必要作深入的探讨。

这个问题,情况当然比较复杂,非三言两语能讲得清楚。但从文化本源上考察,我以为无疑与中国文学现代性为西方所没有的特殊矛盾复杂这一特点密切有关。这里之所以特殊矛盾复杂,其中重要原因之一就在于中国文学由传统向现代转换的现代性,它不是从自身内部产生,而是从西方那里引进的(中国传统文化自身缺少这方面的思想资源)。在西方,到19世纪上半叶,现代性发生了分裂,导致了两种现代性及它们之间的紧张关系,就是社会现代性之外又出现了审美现代性。前者是一种中性或者褒义的概念,它指示着人类社会不重复地线性进步发展的轨迹,注重的是社会

---

① 参见〔德〕彼得·伯格《文学体制与现代化》,《国外社会科学》1998年第4期。
② 张灏:《幽暗意识与民主传统》,新星出版社2006年版,第224页。

效益；后者则带有否定和批判的色彩，它看重的是人文精神和审美内涵。而在中国，由于历史文化和现实国情等原因，它在将西方现代性文化资源进行空间转换时，则有意无意地把这两种矛盾对立的现代性整合为一体。这样，社会化、世俗化的"实利效益"与艺术审美的"价值判断"，一同被摆上现代性的平台；康德、黑格尔的人本主义与海德格尔、福科的解构理论的差异被忽略。但在实际上，它们是不能忽略的，也不应忽略；忽略了，只会造成现代性的内在矛盾和紧张。弄得不好，甚至连"现代性本身也成了'病源体'，它的西方强势话语和民族国家诉求之间的矛盾、它的个人和集体话语之间的差异认知、它的批判和建设之间问题处理，无一不使这个世纪元话语处于尴尬的境地，现代性为解决问题而生却因制造问题而死"。[①] 而恰恰在这点上，我们看到有的研究文章在相当程度上是忽略了的。因此，当它们拿西方现代性标准衡量"十七年"文学时，不是简单得出"十七年"文学就是现代性或反现代性的结论，就是对它的矛盾性特征感到困惑不解。事实上，正是现代性的这种矛盾和含混，它不仅赋予"十七年"文学以鲜明的"中国特色"，而且也使它比任何一个时期的中国文学都更深入地介入社会激烈紧张的矛盾冲突当中。

另外，从时间上看，中国的现代性要晚于西方几个世纪（西方的现代性起源于17世纪的欧洲，中国的现代性则延至晚清才启动）。当中国社会的现代性运动正沿着共和、民主、平等、自由的欧洲模式在缓慢推进之时，西方的现代性正在受到各方面的深刻质疑（审美现代性对社会现代性的质疑）。由于存在这样的一个"时间差"，也由于中国近现代有过饱受西方列强欺辱的惨痛历史，决定了中国在引进西方现代性之时，特别易于接受其中质疑西方文化的精神元素，并与马克思主义汇合，转换为以"反西方性"为出发点的具有强烈批判倾向的现代性理论。这里在西方历时性意义上呈现的两种完全不同和对立的现代性，到了我们这里却被抹平和整合在一起。然而恰恰是这种抹平和整合，才使中国现代性显得如此矛盾复杂；它也许不符合科学的定义，但正因此，才最能反映中国现代性的综合性、理想性特征。[②] 诚如阿瑞夫·德里克所说，此时的中国人一方面"跨入了一个广阔的文化和知识空间，这个空间是由欧洲两个世纪的现代性开拓的"，另一方面又被"抛入了动荡的旋涡中……陷入在两种不同的

[①] 蓝爱国：《解构"十七年"》，华东师范大学出版社2003年版，第9页。
[②] 杨联芬：《晚清至五四：中国文学现代性的发生》，北京大学出版社2003年版，第6—9页。

二 思潮与现象

现代性之间的夹缝之中,其中,一种现代性是霸权主义的现实,另一种现代性则是一种解放事业"。①"十七年"文学的矛盾性特征,正是这种现代性的矛盾与矛盾的现代性在文学中的折光投影。这看似不可思议,实则合情合理合逻辑,它反映了"后发展国家"对现代性的热切诉求以及所置身的尴尬境地。同时,也从一个侧面向我们解释为什么这一阶段文学不仅普遍具有反西方的倾向,而且在具体实践过程中往往政治批判大于艺术建构。

自然,以上还不是问题的全部。如果我们把思考的目光从一般的文化本源推进到对具体的社会主义文化属性考察,那么就会对"十七年"文学存在的矛盾理由有更深的认识。这里特别需要指出:社会主义文化理论本身的复杂性及其对彼时文学矛盾性格的潜在制约影响。一定意义上,我认为正是这种复杂性,它构成了"十七年"文学矛盾性特征的文化之源。众所周知,按照毛泽东的文化理论,社会主义文化源于"民族的、科学的、大众的"新民主主义文化,是人类有史以来最先进的文化体系。这种文化追求崇高和纯洁,有充沛的政治激情和丰富的革命想象力,并在批判与重构的思维导向下,逐步建立了一套适应社会整体发展的精神原则和文学规范。然而,一方面,可能是由于这些文艺思想、文学主张"内部本身也包括着许多矛盾性。内部的空隙,有可能使不同的人'钻自己的空子',发展各自的阅释空间"。比如精神与物质之间的关系,政治倾向性和真实性的关系,文学创作的艺术形式、语言运用与作家的政治立场的关系,还有典型问题,题材问题等。须知,"马克思、恩格斯、毛泽东等对这些问题的解释,并非都很明晰,有时候甚至是会含糊其辞的"。②"他们在理论上对文学社会效用的表达,与他们出于兴趣对具体文艺现象和作品的评价,是存在矛盾的。他们对人类文化遗产的热爱,和对无产阶级新文化期待之间的复杂关系,似乎是处于两难的境地中,这也是马列文论给我们留下的一道难题。"③ 另一方面,在具体的实施过程中,由于理论与实践的错位,特别是由于"十七年"文学的实际领导者毛泽东同志,尽管也承认社会主义社会和文化有矛盾,并且还写过《矛盾论》这样具有强烈现实指导意义的洋洋论著,但作为一个政治家,他并不喜欢文学与现实政治有抵牾,或游离于政治之外有太多的自由,他也不喜欢西方式的社

---

① [美] 阿瑞夫·德里克:《现代主义和反现代主义》,见萧延中等编《在历史的天平上》,工人出版社1997年版,第219—220页。

② 洪子诚:《问题与方法——中国当代文学史研究讲稿》,生活·读书·新知三联书店2002年版,第188、88、189、210页。

③ 孟繁华、程光炜:《中国当代文学发展史》,人民文学出版社2004年版,第16页。

会现代性与审美现代性。而是基于他的社会主义文化想象和"反西方现代性的现代性"的需要，将其纳入严格的规训。这就必然给"十七年"文学带来严重的"文学政治化"的消极影响，从而不仅导致文学内在的紧张和周期性震荡（在运动发动阶段往往比较"紧张"，而在运动结束之时则往往采取比较温和的措施，相对显得比较"松弛"），而且还造成了现代性的诸多压抑和遮蔽，教训应该说是深刻的。

　　社会主义文化重要特点之一就是强调意识形态性。在新的时代，执政党及其领袖将文学作为意识形态范畴来了解和把握，从方针政策的角度对它提出统一的要求也是可以理解的。但却不能也不应由此混淆文学与政治之间的界限，取消文学作为作者主体感受的艺术表现特征和应有的社会文化批判的功能。鲁迅在 20 世纪 20 年代就说过："我每每觉到文艺和政治时时在冲突之中：文艺和革命原不是相反的，两者之间，倒有不安于现状的同一。惟政治是要维持现状，自然和不安于现状的文艺处在不同的方向。"① 文学与政治的这种差异及其所"处在的不同的方向"，在没有夺取全国政权的现代文学史上，似乎表现得并不明显；而在中华人民共和国成立之后，这种差异反倒凸显出来，它们彼此的矛盾也日趋激化。显而易见，这种矛盾虽带有不少人为悖谬的成分，但不可否认，这之中的确也隐含着"不安于现状"的文学与"安于现状"的政治的冲突问题，具有某种深刻的历史必然性。

　　当然，换一个角度看，恰恰是这样两个方面构成了"十七年"文学的整体性格和面貌。这是社会主义文化在充满悖论的情况下所作的一次大胆而又艰难的探索。如果剥离了它的过分的政治功利性和较为封闭狭窄的思维而加以转换，那里显现的理想精神仍可视为值得重视乃至珍惜的历史遗产。

三　矛盾性特征与"十七年"文学整体研究的几点思考

　　归纳和分析"十七年"文学矛盾性表现及其存在的原因，最终是为了寻找一种解决问题的方法和途径，更好地评价这段历史，启迪现实和未来。这不仅是因为"十七年"文学曾经存在，而且也由于它现实还存在。而要实现这一点，根据现有研究的实际情况，我认为拟有必要注意以下几个问题：

　　一是在评价标准上，不仅要注意"十七年"文学与 20 世纪文学特别是五四文学的内在关联，而且还要区辨它与五四文学不同的阶段性的特

---

① 鲁迅：《集外集·文艺与政治的歧途》，《鲁迅全集》第 7 卷，人民文学出版社 1981 年版，第 113 页。

二 思潮与现象

点,不能用自己想象的所谓的五四文学的大一统的一个标尺(如五四文学就是"人的文学")包打天下。这样不仅有意无意地制造了一个五四神话,而且容易无视忽略了"十七年"文学的特殊性和复杂性而对它不加辨识地进行否定。"十七年"不同于五四甚至延安解放区,此时共产党成为执政党,它对文学文化的领导已由纯科学的理论进入了具体的"政党实践"阶段,带有明显的实践操作色彩,它较之纯理论思辨更复杂也更具探索性的特点。这亦是落后不发达的社会主义国家选择的不同于常规的西方资本主义的跨越式文化发展的新模式,是毛泽东不同马克思、恩格斯而与列宁更为接近的原因之所在。在这样的情况下,像有的研究那样用"人与文学的全面失落"来评价"十七年"文学,尽管这自有其合理性且提出的问题相当尖锐有力,在一定程度上的确也击中了问题的本质和要害,但从"十七年"文学存在的实际情况看,这样以单纯的人的标准的考察,我以为是存在批判性有余而同情性理解不够的问题,它回避忽略了"政党实践"阶段不可避免的文学与政治的复杂缠结。也就是说,存在着将文学与政治视为完全相斥、不可通约的两极对立的思想情绪。实际上,"人的文学"只是审视文学的一种标准或一个角度,它根本不足以涵盖包括五四文学在内的整个20世纪文学的全部,五四文学除了"人的文学"之外,还有"革命的文学""政治的文学"。不少学者也注意到了五四一代学人思想中的这种让人困惑的"内在矛盾",[①] 甚至认为在他们那里不仅构不成对立,相反倒是实践了真正的"辩证统一"。[②] 在此情况下,如果简单地拿它作为唯一的标准去衡量实则否定"十七年"文学,是否对榫就很难说了。正是从这个意义,我觉得于可训提出的旨在解决文学内部两种不同功能文学潮流之间关系的"二项互补""两极互动"原则值得受到重视,[③] 它至少为我们对"十七年"文学研究特别是如何寻求开放兼容、富有弹性的逻辑框架和评价标准,提供了一种思路。

二是在研究思路上,不仅要发挥各自知识谱系的优势及其在此基础上的创新,而且要注意知识谱系之间的对话、交流、沟通和整合。众所周知,最近几年有关"十七年"文学的研究在文学和文化两方面都出了不少成果,其中有的还颇具原创性的意义,对较为滞后的"十七年"文学起到了很大的推动作用。但或许是知识谱系限制吧,有关这方面的研究往

[①] 参见余虹《五四新文学理论的双重现代性追求》,《文艺研究》2000年第1期。
[②] 李杨:《文学分期中的知识谱系问题——从"当代文学"的"说法"谈起》,《文学评论》2003年第5期。
[③] 於可训:《当代文学建构与阐释》,武汉大学出版社2005年版,第56—59页。

往拘囿于具体问题而在总体格局上尚无大的改观。为此,我们有必要在知识谱系方面向异质的"他者"寻求借鉴。这里所说的异质的"他者"到底包括哪些方面,当然不是这篇短文所能回答的了。但我想在当下,是可以而且有必要对布尔迪厄、利奥塔、福科等西方后现代有关知识分子应该参与现实政治同时又要保持自己作为专门知识分子的独立性、自主性;有关知识分子如何进行重新启蒙,实行后现代语境下的话语重构等观点给予应有的重视。尽管他们的知识谱系颇多极端之处,并夹杂不少虚无和迷茫的成分,但它因源于欧洲经验和前苏联经验这样两个历史背景而又融入了当下西方生存现实的体验,因而对于我们重新审视被锁定在高度专业化知识场域的"十七年"文学研究,无疑是一个难得的补充,至少在认识论和方法论上为我们提供了启迪。经验告诉我们,任何的知识谱系都是有局限的,知识的单一只会导致思维的单一。为之,我们有必要打破现有壁垒森严的知识边界,寻求彼此之间的沟通。

三是在研究内容上,不仅要关注矛盾对立的双方及其一般的表现形式,而且还要重视它们彼此之间的中介系统及其特殊的存在方式。这里所说的中介系统,就本文的论题而言,主要不是指近年来已有人在研究的报刊、稿酬等制度研究(大多是具体个案的研究);而是指一体与异质冲突过程中连接双方并对它们进行上下沟通协调、起到缓冲和化解矛盾功能作用的特殊的"中介物",它具体由作协文联等准官方的机构和以周扬为代表的领导型的批评家组成。而这个"中间物",往往却被人们疏忽了。实际上,它的存在及其特殊角色功能的运用,曾对当时整体文学包括内在矛盾关系的调节都发挥了重要作用。当然,它在协调矛盾关系的过程中,自身也经常陷入难以自拔的怪圈,其荣辱毁誉与"十七年"文学息息相关,并成为整体矛盾的有机组成部分。在这方面,作为作协文联领导和著名批评家的周扬、冯雪峰、邵荃麟、林默涵、何其芳甚至郭沫若、茅盾是很具代表性的。由于特殊的中介角色身份,他们负有宣传和阐释国家政府文艺方针政策的任务,必须垂直服从最高决策层的领导,但同时各自厚重的文化素养,又使他们深谙艺术创作的基本规律,反对政治对艺术的粗暴干涉。这就决定了他们的领导者的"中介角色"与知识者的"中介角色"的抵触,一种因自我身份"认同"而产生的危机。为什么周扬在20世纪50年代初文坛能较顺畅进行平衡调节,而在20世纪60年代后则日趋明显地扮演一个上下不讨好的悲剧角色,将中介系统原有的上下沟通协调狭隘为主流政治意识形态信息的一次性转译,以致最终被江青等人所取代,原因即此。有人说,"每次运动之后",周扬"都要开许多会议,作一些

二　思潮与现象

内部讲话，调子与公开发表的文章不同，重在强调文艺发展的规律"。[①]这种自相矛盾的现象，在中介系统的其他人物身上也普遍存在，曾对"十七年"文学产生潜在而深刻的影响。它从一个侧面反映社会主义文学计划化、组织化的属性特点及其内在矛盾，应该成为我们研究的一个重要方面内容和很好的契入点。

　　四是在研究方法上，不仅关注具体的文本解读，展示它的"无法消泯的异质性"，而且还要重视超文本研究以及它们彼此的纠缠迎拒的互动关系。文本解读是这几年学术研究的亮点，不少学者根据解构主义有关文本"矛盾事物的同时并存"的理论和中国传统的感知体悟的批评原则，在呈现"十七年"文学遭受创伤的同时发现了不少被遗忘、遮掩和涂饰的多元复杂的内涵。这较之前些年"重评"时曾有过的用政治定性取代具体艺术分析，因而对"十七年"文学采取一概否定的简单化做法，无疑是一大进步，它表征了学界一次重要的理性回归。但是回到文本，并无意于将文学文本当作与外在社会文本毫不相干的纯粹语码。毕竟"十七年"的文学文本是受压抑的，它的显性乃至隐性层面都明显地烙上那个时代共有的印记。作家不可能真正排拒外部政治权力对它的控制和渗透，它的文本写作也不可能不具有现实的指向性。正是立足这样的事实和道理，我认为"十七年"文学的文本解读有必要强调语言与现实的"互文性"：即一方面深入文本纷繁复杂的内部世界，注意它的形象性、情感性和审美性；另一方面又要跳出文本，开放式地将它放回到特定的"历史情景"中去审察，包括作文献史料学意义上的辨析。这样，文本与超文本的融通，可使我们的研究少一点主观随意性，多一点历史质感和实感。"十七年"外部社会政治对文学文本的蛮横干扰，导致了人们对政治的不无情绪的逆反和对文学文本的珍惜，但这恰恰又使自己陷于另一种思想极端。开放式文本的解读，也许为"十七年"文学研究摆脱文学与政治的这种两元对立，在具体文本的敞开阅读特别是与外部社会文本关系上找到了一条道路，为文学研究反思政治文学，提供了方法上的支持。

　　五是在研究态度上，不仅要注意理性的批判和审视，而且还要对历史抱有应有的同情和理解。历史是以螺旋式阶梯的形式发展的，在今天，当社会由"政治中心"进入了"经济中心"，我们能否超越情感羁绊而理性地面对属于自己的这段历史，要知道"十七年"之离我们毕竟只有40多年的历史，它的许多思想艺术原则以及体制化的一套至今仍延续下来，与

[①]　周健明：《我所见到的周扬》，《忆周扬》，内蒙古人民出版社1998年版，第385页。

当下现实具有某种深刻的同构性。而且从第三世界的语境，特别是从处于现代化矛盾与选择中的中国现当代历史发展看，无论是把文学文本当作"民族寓言"（詹姆逊）来阅读，还是把它视为"工具合理性"（韦伯）来审视，我们在历史评价时没有理由对它采用一种轻慢俯视或崇拜仰视的态度，而是将它"调整到'互动'的、'同情'的和稍有'距离'的状态"。[①] 站在21世纪，我们没有理由将时代所赋予的在文化上的"在场"优势，当作自己高人一等、傲视一切的资本。无论如何，对历史的冷漠和无动于衷都是不可取的，它只会使我们的研究流于粗浅和鄙俗。从这个意义上讲，对"十七年"文学作怎样评价也许不是最重要的，重要的是要有与研究对象之间形成互动对话的开阔视野和豁达胸襟。如此，我们才有可能超越后结构主义式的非人文态度，以温婉、理性、从容的心境开展对"十七年"文学的研究，使之具有更加深广的历史包容度。

（原载《文艺研究》2008年第8期）

[①] 程光炜：《文学想像与文学国家——中国当代文学研究（1949—1976）》，河南大学出版社2005年版，第177页。

"十七年"历史文学的价值重估

陈建新

从20世纪中国文学的角度看,"十七年"传统历史题材文学创作或简称为历史文学创作相对于中国现代文学和"文化大革命"后的新时期文学,作品数量少,影响也不能和前后两个时期的历史文学创作相比。但是,在"十七年"时期还是出现了一批足可以载入史册的优秀历史文学作品,它们继承了鲁迅开创的中国现代历史文学新范式,虽然受到激进政治的压抑,但作家的主体意识总是有意或无意地在作品中顽强表现出来,从而使这一时期的传统历史文学叙事在与激进政治的矛盾冲突中充满了艺术的张力,并为"文革"后的中国历史文学创作的高潮奠定了基础。如何准确、充分地评价这一时期的历史文学创作,这是当代文学研究者面临的一项重要课题。

一

"十七年"历史文学创作数量并不多,主要是戏剧和小说,它们在主题上可以分为两大类,一类符合激进政治的要求,在"古为今用"的口号下为现实政治服务,或通过对历史上有为的政治家的歌颂来礼赞新政权和革命领袖,或采取直接讲述历史上的农民造反故事来表达对中国共产党和中国人民解放军的颂扬。前者当推郭沫若的《蔡文姬》和《武则天》为代表,后者以姚雪垠的《李自成》影响最大。

另一类则是在激进政治允许的情况下,表达知识分子的内心诉求。这一类作品也可再分成两类,第一类作品展示了作者积极入世的态度,他们笔下的历史人物,或为民请命,或与恶劣势力作顽强的斗争,戏剧《关汉卿》《谢瑶环》和《海瑞罢官》,小说《西门豹的遭遇》《海瑞之死》等可做代表;第二类作品则曲折表达了知识分子在恶劣的文化环境中萌生的洁身自好的情愫,《陶渊明写〈挽歌〉》《广陵散》《杜子美还家》和

《白发生黑丝》当为其中的佼佼者。当然这样的分类只有相对的意义。因为我们在后一类文学作品中，还是能够看到作家对社会的曲折批评。

历史文学从本质上说，是当代人对历史的现代阐释。中华人民共和国成立后，主流意识形态非常重视对历史的重新阐释，主张用马克思主义历史观重新阐释历史，并把这种新的阐释用文学的形式传输给人民大众，从而影响大众对历史的认知。

第一，大力宣传历史唯物主义和阶级斗争学说，并把肯定农民起义作为马克思主义占领中国史学领域的基本要求。任何别的对中国古代历史的理解和阐释，都坚决排除之。并以马克思主义思想改造知识分子，统一知识分子思想。

第二，大张旗鼓地开展对非无产阶级思想的批判。中华人民共和国成立后文艺界第一次思想斗争，是1951年开展的针对电影《武训传》的批判。这场运动的要害，就是要在知识分子群体中统一思想，用马克思主义史学观取代形形色色的旧的史学观。

第三，在文学创作上主张厚今薄古，提倡"大写十三年"，提倡塑造工农兵文学形象，反对帝王将相、才子佳人"统治"文艺舞台。早在延安时期，毛泽东就写信赞扬延安平剧团的《逼上梁山》让农民造反英雄和底层百姓成了文艺舞台的主人公。20世纪60年代京剧革命的主题，仍然是大力塑造工农兵底层百姓形象。20世纪60年代初，由于党的文艺政策的短暂宽松，曾引发了传统历史小说创作的一个短暂的井喷期，但随着1963年和1964年毛泽东两个对文学艺术的批示，随着"阶级斗争"的锣鼓声越敲越响，随着柯庆施提出"大写十三年"的口号，传统历史小说创作成了昙花一现的现象，很快陷入低谷。

应该说，"十七年"时期主流意识形态对历史文学创作的影响是卓有成效的，这不仅体现在这一领域中传统历史小说衰微而革命历史题材小说繁荣，而且，作家们在进行传统历史题材小说创作时，都自觉地以新的历史观作为自己的创作指导思想。姚雪垠在"文革"刚结束时说："伟大祖国的解放诞生了新的历史时代，给我这个旧社会来的知识分子提供了思想改造的条件，也提供了更多的学习马克思列宁主义、毛泽东思想的机会。随着我在新的条件下不断学习马克思列宁主义、毛泽东思想，我对接触过的历史资料获得了新的认识，从而形成了《李自成》的主题思想。""我在封建文化和资本主义文化中泡了半辈子，所走的道路是资产阶级的文艺道路。倘若用我原来的思想感情和遵循原来的写作道路去写农民革命战争小说，必然是南辕北辙。要用艺术笔墨拥护什么，歌颂什么，批判什么，

二 思潮与现象

揭露什么，必须先在我的思想感情中大破大立。"①

意识形态的约束内化为作家的自觉行为，这在"十七年"文学中是一个普遍现象。

二

余英时在讨论公共知识分子定义时说："美国已故的著名史学家霍夫斯塔德（Richard Hofstadter）认为现代的知识分子一方面固然与他们的专业知识或技术知识是分不开的，但另一方面仅仅具有专业或技术知识却并不足以享有（上述特殊意义的）'知识分子'（intellectual）的称号。一个科学家、工程师、律师，或报刊编辑在执行他的专业任务时，他只能算是一个'脑力工作者'。换句话说，他是以他的专业知识来换取生活的资料，而他所做的也都是他的职业本分以内的工作。如果他同时还要扮演'知识分子'的角色，那么他便必须在职业本分以外有更上一层楼的表现。"

其实，相对于大多数技术知识分子来说，作家更具有公共知识分子的特点。因为作家的写作需要他们关注整个社会，严肃的写作活动也要求作家具备高尚的道德情操，中国当代作家被誉为"人类灵魂的工程师"，所以他们更应该而且能够代表"社会的良心"。要强调的是，就"十七年"时期来说，与一般作家相比，历史文学作家的这一特性更为突出。这是因为，历史文学创作对作者有特殊的要求，即作者必须具有相当高的史识。史识包括丰富的历史知识以及对所描写的历史对象的理解和把握。文学创作本来是一种感性的创造，犹如严羽所说："夫诗有别材，非关书也；诗有别趣，非关理也。"② 但对于历史文学创作来说，书本知识的作用却是至关重要的。创作现实题材的文学作品，需要的是对生活的感受、体验和认知，即便是"十七年"时期的革命历史题材小说也如此（"十七年"时期的革命历史题材小说实际上并非传统意义的历史小说，因为作品所描写的这段历史，作者都是亲历的，无须传统历史小说创作所必需的广泛阅读相关历史书籍这一环节）。所以，革命历史题材小说的作者一般都来自革命斗争的基层，他们中的多数人在开始创作小说时，文化水平并不高，甚至有高玉宝这样从部队扫盲班出来的作者。相反，要创作传统历史文学作

---

① 姚雪垠：《李自成》，中国青年出版社1977年版，第1页。
② 严羽：《沧浪诗话·诗辨》，郭绍虞主编：《中国历代文论选第二册》，上海古籍出版社1979年版，第423—425页。

品，在历史材料的搜集上需要下很大的功夫。据姚雪垠自述，他为写《李自成》，从20世纪40年代就开始搜集有关材料，卡片做了好几箱。陈翔鹤也早在20世纪30年代就开始构思他的以12位古代文化名人为主人公的历史小说，搜集和阅读了相当多的相关历史材料。"十七年"历史文学作家如郭沫若、田汉、曹禺、陈翔鹤、冯至、徐懋庸、吴晗、孟超、师陀、黄秋耘、姚雪垠，都是中华人民共和国成立前成名的作家和学者。

如果说，作家因为天生的敏感和不安分，常常会对现实提出批评甚至否定的意见，那么，从事于历史文学创作的作家，因为其具有的这种更知识分子化的气质，他们的批评与否定会更激烈。因此，我们能够在对这一时期历史文学作品的考察中，感受到知识分子对现实社会的态度和立场。

三

从知识分子叙事的角度看，"十七年"时期历史文学的创作，继承了两种文化传统。第一种是中国古代知识分子批评现实政治的传统。余英时在讨论中国古代知识分子的社会作用时，曾指出中国知识分子有一个与西方知识分子相似的批评政治社会的传统。虽然在长期的政治权威压迫下，中国知识分子缺乏独立的精神，但他们在"道""势"分离时，能以"道"自任，指点江山，褒贬时势，成为与统治阶级的"势"形成抗衡的"道"的代表。[①] 这种知识分子传统在五四时受到激进的反传统社会思潮的冲击而衰落，代之而起的是西方式的现代自由主义知识分子的社会批评。随着中华人民共和国的成立，因为众所周知的原因，这种刚刚建立不久的现代知识分子批评机制很快被消解。

但是，作为个体的中国当代知识分子，并没有在"十七年"时期完全放弃对社会的批评权利。虽然传统的道统不复存在，但中国古代文人为"道"而献身的精神却不绝如缕，前面提到的马寅初、黄万里就是例子。当然，他们依据的已经不再是古圣贤的"道"，而是科学真理。

在现代社会中，公共知识分子的角色不可或缺，但也不能把他们神话化。任何人都生活在特定的现实社会中，无法拔着自己的头发离开地球。美国当代作家苏珊·桑塔格说："如果期望大多数知识分子都以反抗非正义的行为、保护受害者、挑战占统治地位的权威的信仰为己任的话，未免太乐观了。大部分知识分子就像多数其他从事教育职业的人一样因循守

[①] 余英时：《中国知识分子的古代传统》，余英时：《中国知识分子论》，河南人民出版社1997年版，第1—16页。

二　思潮与现象

旧……赋予知识分子制造麻烦者、良知的代言人这样美名的人一直是少数。有些知识分子旗帜鲜明，为了自己的信仰将生死置之度外，而更多的知识分子在公开言论中昧着良心欺骗别人，或者对所谈论的东西一无所知却厚颜无耻地说得头头是道……"① 如果把"十七年"时期的中国知识分子分为这样"少数"与"多数"两类，可能失之于简单化，起码本文所讨论的"十七年"历史文学作家就难以划入这样两类中，他们虽然还不能完全做到"旗帜鲜明，为了自己的信仰将生死置之度外""但也绝不是""在公开言论中昧着良心欺骗别人，或者对所谈论的东西一无所知却厚颜无耻地说得头头是道"的那一类知识分子。

由于中国现代化发展的特殊历程，中华人民共和国成立初期中国人民还无法认清极左的激进政治的真实面貌及其对中国社会进步的破坏性，在这样的背景中，"十七年"历史文学作家对现实社会的批评更多的是建立在他们固有的社会良知和文化素养之上。《海瑞罢官》如此，其他历史文学作品也同样具有这样的倾向。与《海瑞罢官》的"仗义执言""借古讽今"相似，田汉的话剧《关汉卿》突出的是"为民请命"的主题。《关汉卿》创作于1958年，是在反右扩大化的背景下创作的，借着对关汉卿、朱帘秀等正面艺术形象的歌颂，剧作描述的主人公对暴政的反抗，与邪恶势力的殊死斗争，那让人回肠荡气的情节，充溢着作家的激愤之情。与此相似的还有《杜子美还家》。黄秋耘在"文革"结束后曾这样回顾自己在创作这篇小说时的心态："解放后，一个政治运动接着一个政治运动，作家内心的东西，也不会容许你都写出来的。但我还是写了、发表了一些东西，例……《杜子美还家》"；"这些作品都代表了我的思想，表达了我的心声"；"文学创作有时是很曲折的，它并不是具体要写什么事件，而是作者心里头有了什么疙瘩总想把它说出来罢了"。"那时候我要直接写三堡村还不好写，我就只好写《杜子美还家》。实际上《杜子美还家》反映了我重访三堡村之后的思想感受。所以，你要是说《杜子美还家》有影射还可以，也不冤枉。刚才我说，文学创作这东西有时候是很曲折的。"②

在表达对现实社会的批评时，这一时期的多数历史文学作品都采用了塑造正面古代知识分子形象的方式。这些知识分子形象往往正直、正义，忧国忧民，身处陋室，心怀天下。如陈翔鹤、冯至、黄秋耘笔下的陶渊

---

① 《谁是公共知识分子》，《南方周末·人物》2004年9月8日第16—17版。
② 张慧文：《陈翔鹤两篇历史小说在六十年代的命运》，《中国现代文学研究丛刊》2001年第1期。

明、嵇康、杜甫等。作为特定时代的历史解读,这些形象有着丰富的现实意义。产生这种文学现象的原因,一方面是同为知识分子,同样处在恶劣的文化生态环境中,他们与笔下的人物发生了强烈的共鸣。另一方面,这也可能使他们对现实社会的批评表现得较为委婉,以免与激进政治发生不必要的冲突。

四

"十七年"历史文学继承的另一种传统,就是鲁迅开创的中国现代历史文学新范式。这种新范式,一反中国古代历史文学阐释正史的"历史演义"本质,以知识分子立场观照和审视历史,从而开创了全新的历史文学传统。

中国是一个重史的国度,由于没有世界其他许多民族那样的享有崇高地位的宗教,因此,历史成了我们的准宗教。无论是统治者还是文人学士,都渴望"青史留名",不愿做"历史罪人",所以,在许多时候,"历史"感召力比道德律令的影响更强。这样的文化背景使中国成了历史文学创作的大国。但是,中国古代历史小说主要只是作为正史的补充而存在。多数历史演义的创作者,都愿意把自己的作品变成正史的补充。

了解了这一点,我们才能充分认识鲁迅首创的中国现代历史小说范式的意义。鲁迅对待中国的历史记载,向来保持着警惕的怀疑姿态。他曾说:"'官修'而加以'钦定'的正史也一样,不但本纪咧,列传咧,要摆'史架子';里面也不敢说什么。据说,字里行间是也含着什么褒贬的,但谁有这么多的心眼儿来猜闷葫芦。……野史和杂说自然也免不了有讹传,挟恩怨,但看往事却可以较分明,因为它究竟不像正史那样地装腔作势。"① 又说:"在我们再看历史,在历史上的记载和论断有时也是极靠不住的,不能相信的地方很多,因为通常我们晓得,某朝的年代长一点,其中必定好人多;某朝的年代短一点,其中差不多没有好人。为什么呢?因为年代长了,做史的是本朝人,当然恭维本朝的人物,年代短了,做史的是别朝人,便很自由地贬斥其异朝的人物,所以在秦朝,差不多在史的记载上半个好人也没有。"② 这种读史的态度,与美国当代史学家海登·怀特的立场非常相似,在怀特看来,"历史,无论是描写一个环境,分析

---

① 鲁迅:《华盖集·这个与那个》,《鲁迅全集》第3卷,人民文学出版社1981年版,第138—147页。
② 鲁迅:《而已集·魏晋风度及文章与药及酒之关系》,《鲁迅全集》第3卷,人民文学出版社1981年版,第501—529页。

二 思潮与现象

一个历史进程，还是讲一个故事，它都是一种话语形式，都具有叙事性。作为叙事，历史与文学和神话一样都具有'虚构性'，因此必须接受'真实性'标准的检验，即赋予'真实事件'以意义的能力。作为叙事，历史并不排除关于过去、人生和社会性质等问题的虚假意识和信仰，这是文学通过'想象'向意识展示的内容，因此，历史和文学都不同程度地参与了对意识形态问题的'想象的'解决。[①] 怀特把历史记载和文学、神话在本质上看成是同样的东西，因为都是"叙事"，都具有"虚构性"，这就把历史记载从"信史"的高位上拉了下来。

历史既然有这么多的可疑处，文学家创作历史文学如果食古不化，死扣住史书写作，实际上就是放弃自己的独立创造权利。鲁迅作为中国现代小说第一人，在历史小说的创作上，完成了从古代到现代的飞跃。他的《故事新编》，不仅开创了"只取一点因由，随意点染，铺成一篇"[②] 的新的历史小说创作法，而且，这一历史文学领域里的创新，贯穿了反思历史，批判、怀疑与叛逆传统的主线，与中国现代文学的其他文体一样，它表征了中国现代知识分子对传统的文化反省和文化批判。

继鲁迅之后，郁达夫、郭沫若、郑振铎、茅盾、施蛰存、冯至、李人、李拓之、杨刚、谷斯范等都投入了中国现代历史小说的创作。从20世纪20年代的文化启蒙、30年代的阶级斗争一直到40年代的爱国主义主题，历史文学的时代母题不断变化，创作方法上也是百花齐放。历史剧的创作更是如火如荼，方兴未艾。总体上看，从历史观、题材到人物塑造，现代历史文学都呈现出与中国古代历史文学完全不同的面貌。而由于作家主体意识的强化，虽然"十七年"历史文学的作品（主要指现代意义上的历史文学作品，而非那一类带有通俗意味的传统历史戏曲）骤减数量，但鲁迅开创的现代历史文学传统，在这一时期并没有完全绝迹，而是以特殊的形态保留了下来。

"十七年"历史文学的创作大多不拘泥于历史考证，而是更注重于创作主体与所写历史人物的沟通。例如田汉在创作《关汉卿》时，因为相关史料的缺乏，他采取了"六经注我"的方式，把自己的心理和情感投射到主人公身上，创造出了一个光彩照人的艺术形象。作品紧紧围绕关汉卿创作《窦娥冤》的过程，突出他对受压迫人民的同情心和反抗暴政的决心。

[①] 陈永国、张万娟：《译者前言：海登·怀特的历史诗学》，[美] 海登·怀特：《后现代历史叙事学》，陈永国、张万娟译，中国社会科学出版社2003年版，第1—12页。

[②] 鲁迅：《故事新编·序言》，《鲁迅全集》第2卷，人民文学出版社1981年版，第341—344页。

不仅缺乏史料的创作如此，即使那些有较多史料的写作对象，作家们也决不亦步亦趋，受史料束缚。黄秋耘当年在评论《陶渊明写〈挽歌〉》时这样说："写历史小说，其窍门倒不在于征考文献，搜集资料，言必有据；他拘泥于史实，有时反而会将古人写得更死。更重要的是，作者要能够以今人的眼光，洞察古人的心灵，要能够跟所描写的对象'神交'，用句雅一点的话来说，也就是'心有灵犀一点通'罢。只有这样，才能真正体会到古人的情怀，揣摩到古人的心事，从而展示出古人的风貌，让古人有血有肉地再现在读者的面前。《陶渊明写〈挽歌〉》是做到了这一点的。"[1] 这不仅是黄秋耘对陈翔鹤历史小说创作的一种理解，也是作为一名历史小说家的黄秋耘的夫子自道。

正是这样的创作态度，使"十七年"历史文学创作与中国现代文学史上的历史文学传统联系了起来，并成为中国现代历史文学创作与"文革"后历史文学创作之间的桥梁。

（原载《文艺争鸣》2007年第4期）

---

[1] 黄秋耘：《〈空谷足音——《陶渊明写〈挽歌〉》〉读后感》，《文艺报》1961年第12期。

论电视剧审美的道德化现象

郑淑梅

黑格尔认为:"艺术是人的自我创造或自我发现,人要把内心世界和外在世界作为对象,提升到心灵的意识面前,以便从这些对象中认识他自己。"①

人类这种对于艺术化的人的观照的需求,在叙事审美中体现得最为明确。自古以来,人类之所以通过神话、史诗、戏剧、小说等形式,虚构出数不清的故事,就是要通过故事实现自我审美观照的心理需求。在我国,几千年封建社会,普通百姓因为少有机会接受正规的文化教育,一直被排斥在正统文化艺术的大门之外,但他们在劳作之余仍以自己的方式参与和享受审美娱乐。他们的娱乐方式就是千百年来大量流传于民间的以"说书"为形式的传奇演义和多种形式的地方戏曲,这些被正统文人视为"俗"文化的艺术形式在勾栏瓦舍,在社会的最基层,被广大百姓所喜爱和参与,并以旺盛的生命活力代代相传,成为世俗社会不可缺少的精神文化享受。一般说来,任何一个民族在其叙事母题的选择上都有其固执的偏爱,这是由它的审美主体所决定的。在我国源远流长的传统文化艺术中,同样形成了一种约定俗成的为民众所共同偏爱的叙事母题——在讲述世俗人生的恩恩怨怨、悲欢离合的故事中传达或品悟以人伦亲情为核心的道德精神,其中蕴含的审美方式和审美情趣作为一种传统文化心理积淀于我们民族的"集体无意识"中。

电视剧是现代高科技条件下伸入家庭的艺术,其面向大众、介入百姓生活的审美传播形式,既构成了它自身独具的艺术言说方式与本体特征,也使它成为现代社会一门具有民间性与世俗色彩的叙事艺术。在现代小

---

① [德]黑格尔:《美学》第一卷,商务印书馆1979年版,第40页。

说、戏剧有意识消解叙事的情况下，电视剧在极大程度上填补了叙事审美的空缺，承担了满足最广大民众审美需求的历史任务。可以说，我国电视剧与说书、戏曲等传统大众化艺术具有鲜明的文化传承关系，这种传承关系既表现于外在的作为叙事文本的形式上的联系，更体现为内在的审美意识的传承与发展。

我国电视剧的历史可以追溯到1958年，但其真正的兴起却是在1980年以后，在这二十多年的时间里，电视剧作为一门新兴艺术在世界许多国家以惊人的速度发展着，而我国的电视剧却一直没能产生应有的声势与影响。究其原因，除了社会经济的因素外，主要还在于当时社会政治一元化文化的制约，文艺从属于政治，新生的电视剧作为大众化传媒直接被当作图解政策的工具。我国第一部电视剧《一口菜饼子》即是为了配合当时"忆苦思甜""节约粮食"的宣传精神而改编制作的。这种抽空了审美内涵的政治服务工具显然与电视剧娱乐世俗的审美本体相去甚远。20世纪80年代以后，社会经济的发展以及人民物质生活水平的提高，激活了人们的消费观念与娱乐意识，也促进了文化艺术的转型。在港台流行歌曲、通俗电视剧的冲击下，面向大众、娱乐世俗的大众文化开始以旺盛的势头兴起于我国各大中城市。正是凭借这股文化态势的推助，我国电视剧开始走出单纯为政治服务的藩篱，寻求电视剧艺术本体的确立。80年代初，《武松》《蹉跎岁月》《上海屋檐下》《四世同堂》等作为第一批成功的电视剧作品，开始纳入世俗的视点，进入普通百姓的审美视野，我国电视剧终于进入了一个普泛性的电视剧受众狂热时期。由此也证明了电视剧只有契合世俗的、平民的审美期待，才能得到蓬勃发展。

电视剧的审美传播和接受的终端是一个个家庭，其审美主体应当是社会最广大的世俗民众。我国电视剧的发展历史，电视剧成败得失的艺术实践证明：电视剧应当是现代意义上的大众文化，它以"现代荧屏说书"的形式，在新的时代条件下，延续并发展了我国传统大众艺术的审美意识。1990年播出的50集电视连续剧《渴望》，在全国范围内引起极大的轰动，收视率之高达到了巅峰，对于刺激我国电视剧的兴盛，促进电视剧艺术的发展成熟，起到了至关重要的推动作用。虽然这部电视剧在表现手法上还存在不少幼稚之处，然而却成功地迎合了传统的审美意识，导演鲁晓威的创作初衷就是：

"让百姓爱看"，用"好故事、好人物、好曲调的传统方式来契

二　思潮与现象

合大多数观众的欣赏习惯。"[①]

全剧通过市井平民的家庭悲欢、人生命运的艺术演绎来满足广大民众由来已久的对于人伦亲情的道德审美需求，其故事讲述的是现代人的恩恩怨怨，所透露的却是千百年来恒久延续的我们民族的深层的人文品格和思维定式。

电视剧以"家"为审美中心，注重讲述"家"的故事，婚恋、伦理、家庭的盛衰荣辱、世俗人生的生活状态和情感纠葛，遂成为电视剧本体确认后荧屏演绎的一大主题。中国人向来注重"家"的观念，又由小家延伸为大"家"，发展为"家国意识"；传统的"修身、齐家、治国、平天下"的人格理想，以及慈悲孝悌、忠信仁爱的道德伦理规范都联系于这种家国意识。所以那些世代相传的传奇故事以及悠悠数千年的朝代更替、历史演进的故事，便是我们这个"大家族"共享的故事，电视荧屏上大量的历史故事、帝王系列、民间传奇和古装武侠剧之所以长盛不衰，就是因为这些题材中蕴含了丰富的民族生活情态和情感方式，它们极易契合世俗民众的审美情趣。法国一位服装设计大师在谈及电视剧和一个民族的审美情趣的关系时曾说道："服装是一个城市的表情，电视剧是一个民族的性情。"的确，电视剧最为生动地体现了一个民族的"性情"，是从形式到内涵、情致、意蕴等完全的民族化。这种善于表现民族的性情，以及凝聚其中的民族血脉延续的"根"的意识，是电视剧所独具的。虽然小说电影等艺术样式也强调对传统文化的承传，但同时又必然成为"世界文学"的一部分，往往越是民族的越能走向世界，成为世界各民族交流共赏的精神产品。相比之下，电视剧则有明显区别，不仅创作上与国外的电视剧在观念、总体形式、审美取向上有较明显的差异，而且在欣赏上，也不同于国内普遍存在的偏爱国外的文学名著及优秀电影作品的现象，电视剧观众在审美心理上大都偏向于本土的或港台的等同属东方文化体系的电视剧作品。

电视剧作为"民族和国家的私生活，是这个国家以外的任何人所不能理解的"。[②]

[①] 吴素玲：《中国电视剧发展史纲》，北京广播学院出版社1997年版，第391页。
[②] ［英］约翰·埃利斯语，引自［英］哈特立《看不见的虚构物》，《世界电影》1996年第3期。

电视剧正是在这种与传统的大众文化、传统审美意识的联系上确立了它作为独立艺术形式的本体意识。其叙述方式，叙事手法也作为社会审美心理积淀在民族的"集体无意识"之中，成为我们文化遗传基因的一部分。

在传统与现代对接的艺术链条上，电视剧因为独具的世俗化品格扮演了重要角色，而世俗文化在本质上就是一种审美道德化的文化。道德至善、人伦大义是传统伦理观念的最高范畴，而忠、诚、信、勇、仁爱、和平等道德理念则是中国普通百姓的行为准则和最基本的评判标准，是中华民族最为关注的生活层面，也是我国世代相传的传统艺术所表述和传达的主要内容。我国电视剧的创作实践表明，那些能够深深拨动大众感情神经的电视剧，常常是因其成功地贯注了道德化审美的精神，迎合了观众的审美取向。

世界上也许没有哪一个民族像我们的同胞这样重视人伦亲情，经过千百年的历史积淀，它已成为中国大众最为敏感的审美神经。电视剧《渴望》中设置了一个十分重要的"戏眼"——小芳的身世之谜。在剧中，小芳的身世之谜只是对剧中人而言，观众都是知情者，剧中人对于小芳的不同的情感态度，是观众对他们作出评判的重要标准，自私、狭隘的王沪生嫌弃小芳，而生性善良的慧芳对这个可怜的孤女却视如己出，疼爱有加，夫妻俩因为小芳不时发生冲突。王亚茹因为一直看不起平民出身的慧芳，加上她自身精神情感的创伤导致性情的褊狭、尖刻，在慧芳与王沪生的争战中常常火上浇油。由此，慧芳的无私、善良，她所有的付出和牺牲，便激发起观众加倍的同情；而"王沪生"则在很长一段时间内成为自私和无情的代名词，人们甚至把对这种道德欠缺的人的痛恨延伸到了角色扮演者身上。是剧中人物道德的冲突推动了剧情的发展，激发了观众的收视欲望，成为催动观众参与审美交流的催化剂。以小芳身世拨动观众世俗的伦理情感之弦，是《渴望》成功的一个重要因素。

电视剧作品往往着力展示人物道德完善的过程，塑造道德完善的形象以征服观众。以善为美、以情为贵是典型的中国式审美观，体现在电视剧的艺术实践中，表现为电视剧极力表现主人公的善，又以善良者的不幸、磨难来引发观众的情感投注，所以，在电视剧审美活动中，观众的情感体验首先是建立在对人物的道德情感的认同上。观众喜爱刘慧芳的善良、真诚和美好、贤淑，所以她成了观众关心、同情、期待的核心人物，成为观众审美心理上悬念的中轴线。尽管有不少观众，尤其是年轻的女性观众，可能并不赞成她的过于容忍、温顺和谦恭，但是"善良者的不幸"，以及同为女人的那份理解和关爱，使她们对这一人物同样投注着强烈的情感。

二 思潮与现象

在电视剧叙事图式中，女性主人公的"善"往往表现为贤惠、孝顺、勤劳、慈爱等品质，男性主人公的"善"则大多表现为坚忍、顽强、有责任心、重情义、奋发进取等品质；他们因为"善"而获得观众审美情感的认同——喜爱、同情、理解、崇拜等，从而牢牢地摄住了观众的收视欲望，并引发他们或爱或恨，或同情或仰慕等一系列情感体验与审美交流。观众在观看电视剧《牵手》的过程中，情感体验投注的对象是由钟锐、晓雪和丁丁组成的这个三口之家。电视剧开始时钟锐首先以他对事业的执着，他的理想主义色彩，成为一个非常富有光彩的人物，让观众一下子就在感情上认同他、喜爱上他了。随着剧情的发展，观众走进了他的家庭生活，走进了他与晓雪、丁丁的生活空间之后，观众又同样被晓雪所打动，并逐渐有了更为丰富而深刻的体验与触动。荧屏上这样一个外表柔顺，有文化、有气质，也有一些普通女人弱点的少妇被演绎得出神入化、楚楚动人，在观众心目中她同样是善和美的，她的善和美体现为她对家的热爱，对丈夫和儿子的爱。正因为男女主人公都以其各自的"善"打动了观众，引领着他们投入其中，获得一份醇厚浓烈的情感体验和对家庭、婚姻、情感的多重思考。

对于电视剧艺术而言，观看意味着体会与感受。塑造富有道德感召力的人物形象往往是电视剧成功的关键，也是引起观众情绪反应和情感投入的最重要元素，如果观众不能在感情上与人物取得沟通，他们的兴趣就难以持久。电视剧《水浒传》的缺憾主要在作品与观众之间的"感情错位"，而"错位"的原因关键就在于处理宋江"忠"与"义"的矛盾过程中，对形象"善"与"恶"的内在多重性挖掘和表现不够。文学作品中的宋江虽然也武功不佳无壮士气概，但他靠"及时雨"的仗义疏财、靠与梁山众好汉的肝胆相照、生死可托的兄弟情义而为众好汉仰慕，被推崇为众人首领。他既有"宁让朝廷负我，我决不负朝廷"的忠君思想，也有为众兄弟谋一条好出路的兄弟情义，并不是简单的一个"投降派"就可以概括他的。改编后的宋江，虽然是意欲表现出他精神情感的复杂性和局限性，但是由于情节编排以及形象刻画上存在的缺憾，导致了这一人物性格两重性的挖掘表现远远不够。剧中梁山聚义后情节择取的重心全落在表现他对朝廷的"忠"，加上最后几集《血洒陈桥驿》《征方腊》《魂系涌金门》中浓彩重抹的悲剧性画面的视觉冲击，使宋江成为断送梁山好汉性命的叛徒，成为观众切齿痛恨的投机小人，并因此造成整部作品意蕴传达与观众审美接受上十分强烈的情感错位，也因而缺失了作品应有的历史和社会的内涵，丧失了英雄悲剧的苍凉感只剩下悲哀和丧气。

电视剧在叙事模式和人物塑造上秉承的是积淀于民族文化心理深层的传统道德观念，体现了鲜明的审美道德化倾向。一部电视剧成败得失在很大程度上取决于是否具备应有的道德感召力。

艺术植根于特定的社会文化语境，真正优秀的艺术作品往往是时代生活的折射或预示，其艺术的活力与审美价值寓于和现实社会的互动与对话之中。由于电视剧特有的大众化、世俗化审美特征，使电视剧在表现现实的社会问题，反映文化观念的冲突时，也带有鲜明的道德化倾向。

> 电视剧"作为伸进每一个家庭内部，介入每一个家庭的日常生活的媒介，电视剧所传播的内容必须稳妥、平和，符合人们的日常心理节奏，符合社会当中最中庸的价值观点"。①

电视剧一般不采用激进的方式，在审美取向上它偏向于传达传统的道德价值观。22集电视连续剧《儿女情长》讲述的是发生在上海的一个家庭的故事，剧中年逾古稀的童家老夫妇有六个子女，且已各自成家立业，故事从童老伯不慎跌下楼梯从此瘫痪在床开始，其后不久母亲又被检查出患了不治之症。俗话说："久病床前无孝子"，该剧正是将童家子女置于父母相继患病的特定情景之下，极具生活化地表述儿女尽孝的主题，从普通人家的故事中发掘出传统伦理道德观念中的精髓，以张扬蕴涵其中的温情脉脉的东方美德。许多反映家庭伦理的电视剧表现了社会进步、文化观念转变下，旧的家族体系的解体以及对封建家长制的批判，但是，其着重点仍立足于发掘和表现几千年来沉积在中国人心底的美好的东西，从而赞颂呼唤人伦亲情，重建家庭伦理道德。近年来，有不少电视剧反映了婚姻家庭在现代社会所面临的冲击：夫妻矛盾、第三者插足、婚姻解体等。在对这些新的社会现象进行艺术表现时，那些优秀的电视剧作品不约而同地偏向于对传统的家庭秩序、婚姻的稳固、爱情的忠贞等的肯定，如《牵手》以"第三者"王纯的自动撤退来完成这一叙事；《好好过日子》的男主人公在离异后重组家庭，却由于得不到母亲的谅解，也由于无法摆脱对前妻和女儿的情感歉疚，而陷入深深的道德自遣，为新婚生活笼罩上了重重阴影；《来来往往》中则以康伟业同情人林珠的黯然分手，导致精神情感的双重失落为结局。

歌德在论述道德审美问题时指出：

---

① 周靖波：《电视剧的题材定位》，《人大复印资料·影视戏剧研究》1997年第1期。

二　思潮与现象

> 像一切美好的事物一样，道德也是从上帝那里来的。它不是人类思维的产品，而是天生的内在的美好性格。……道德方面的美与善可以通过经验和智慧而进入意识，因为在后果上，丑恶证明是要破坏个人和集体幸福的，而高尚正直则是促进和巩固个人和集体幸福的。①

20世纪90年代以来，面对着商品化消费话语逐步主宰社会文化生活，金钱物欲愈益侵蚀人情人性的文化危机，电视剧呈现出重述伦理话语的共同趋势：重新理解和认同传统伦理价值观念，建构社会精神文明，把社会和生活还予人性、正义和善。由赵宝刚导演的《东边日出西边雨》，通过现代都市青年的情感与生活的描绘，表述了一个冲出金钱"围城"的叙事主题。该剧以金黄、明亮的油画色彩来构筑主人公陆建平郊外生活的诗意和浪漫。这是一块远离都市的嘈杂，也远离金钱物欲的美丽圣洁的地方，它寓示着新的时代条件下年青一代对精神家园的追寻，不仅陆建平可以在这里创造出美的艺术品，而且走出感情误区、摆脱金钱附属品地位的肖男也在这里重新获得情感的寄托和精神的完满。10集电视连续剧《大学女孩》从青春美丽的独特角度来颂扬人的精神情感的力量。四个师大女生分别到四个家庭做家教，从而把校园和社会，理想和现实，精神的张扬和物质的追求扭结在一起，通过表现大学女孩们以校园学子特有的青春朝气、纯真心灵和积极的人生态度感染、化解四个家庭的矛盾和缺憾，来肯定和赞扬美好精神的力量和纯真心灵的魅力。1999年底播出的《一年又一年》是在世纪末回溯历史的大手笔。该剧以陈、林两个家庭为轴心，表现1978—1999年这20年间中国社会的大变革所带来的人们生活方式、生存方式及观念意识的巨大变化。在形象地展示剧中人的生活和人生追求的同时，其叙事的话语精神同样立足于：以人的精神价值的存在来重建真实人生的精神维度，肯定人的美好情感和道德的完善。

高尔基说过，美学是未来的伦理学。电视荧屏上真正成功的电视剧作品，是那些在正视新的社会现象，反映社会问题的时候，不会为了哗众取宠而盲目地追求时髦，而是力求站在对社会与人生的审视以及文化重建的高度，去表述伦理建构的道德话语，去传达人间善与美的精神理念。这也许正是这一类电视剧作品之所以能拥有如此众多的观众，获得艺术成功的根本原因。

（原载《文艺研究》2001年第2期）

---

① ［德］爱史曼：《歌德谈话录》，人民文学出版社1991年版，第127—128页。

印刷媒介数字化与文化传递模式的变迁

陈 洁

人类文明史上经历过多次重大技术变革,每种新技术对媒介发展都具有革命性的意义。手机报、数字期刊、电子书等诸多新媒介形式代表着印刷媒介数字化时代的到来。新媒体技术改变了报纸、期刊、图书的固有形态,同时也重新塑造并改变了人的交流方式、交流对象和文化传递模式。在研究新媒介对人们的诸多影响时,可发现它与人类学家玛格丽特·米德所述的社会文化模式之转变有着惊人的吻合。印刷媒介数字化的发展,使这一代人所经历的不同于前一代,这正体现了后喻文化的"反向社会化"过程。后喻文化之所以成为一种新的文化传递模式,在于推动世界变革的力量总是取决于具有颠覆传统思想和观念的人。文化传递模式的变迁影响着文化生产方式的转变,从而满足现代人的精神诉求,将一代人的价值观念传之后世。

20世纪,人类经历了多次重大技术变革,每种新技术都具有革命性意义。联合国教科文组织在《迈向知识社会》报告中,将信息和传播新技术革命称为第三次工业革命。文中写道:"几十年来,这些大规模技术变革一直影响着知识的创造手段、传播手段和处理手段,以至于有人认为,我们将迎来知识的新数字时代[1]。"当前,手机报、数字期刊、电子书等诸多新媒介形式的出现,无不预示着印刷媒介数字化时代的到来。新技术改变了图书、报纸、期刊的固有形态,使人们逐渐置身于数字化浪潮之中。

印刷媒介在人类文明发展史上的作用受到充分肯定:将纸张上的符号转变成一定意识的能力,乃是人类文明发展的基本动力之一。当人们在享

---

[1] United Nations Educational, "Scientificand Cultural Organization, Towards Knowledge Societies", "UNESCO World Report", UNESCO Publishing, 2005, p. 24.

二 思潮与现象

受数字化生存所带来的便利和舒适时,不禁会产生这样的疑问:当印刷媒介形态变化之时,相对于印刷文化和纸文明,数字媒介是否会产生新的文明?它会对固有的文化传递模式、文化生产方式产生何种影响?这些或许正是当前诸多现状背后亟待深思的问题。在文本内容、文本主体的互动与历史演变中,从新媒介和新媒介群体的技术与人文诉求中,可以看出印刷媒介转型的大趋势,以及后喻文化与新媒介形态、新文化生产方式与文化群体契合的大潮流。

一 印刷媒介数字化浪潮

出版是现代科技与文化结合的产物,纵观印刷媒介发展史,实则是技术发展和文化变迁史。数字化技术的发展使科学与文化的融会同样成为新世纪人类文化整合的重要部分。技术发展催生了媒介形态的变化,新的媒介具有独特的传播特点,这些特点背后又代表着不同的文化背景。媒介形态是阅读存在的基础,每一种媒介决定了每一种社会文化。

(一)技术发展与印刷媒介的变迁

印刷媒介是通过印刷复制手段在纸张上传播文字信息的传播媒介,其形态有图书、报纸、期刊等。广义的印刷媒介甚至还包括标语、传单、海报等印刷品。这种以油墨在纸张上特定分布的连续性符号,其诞生得益于造纸术、印刷术的发明和广泛应用。造纸术的发明突破了数千年人类简单利用自然物质材料记载符号与文字的方法,为印刷媒介的产生提供了载体基础。印刷术的出现促使印刷媒介诞生,使文化和文本能够大批量地制造与传播。之后,廉价纸张、蒸汽动力和机器排版又促使出版成了名副其实的产业。

近十余年来,以计算机技术、通信技术为代表的数字化技术使印刷媒介产生了革命性的变化。纸张自诞生之日起便有不可取代的位置,以往数次技术进步都没能动摇纸张的地位。而这次技术变革促成了数字出版的诞生,使沿用了数千年的纸张面临数字媒介的挑战。

显然,每一种新媒介的出现对印刷媒介都是一种挑战。电话、广播、电视在历史各阶段的相继出现曾使印刷媒介一度萧条,马歇尔·麦克卢汉等评论家甚至认为数字传媒的出现,必然导致印刷媒介的死亡。但印刷媒介并没有消失,甚至与以往相比仍显示出较为强劲的发展态势。对此,菲德勒作出这样的解读,一切形式的传播媒介都在一个扩大的、复杂的自适应系统以内共同相处和共同演进。每当一种新形式出现并发展起来时,它就会长年累月和程度不同地影响其他每一种现存形式的发展①。当网络、手机这些新兴的传播平台出现之后，印刷媒介的内容又逐渐转移到了新兴的平台之上，卷起了一股数字化浪潮。文本和传播内容复制不再局限于印刷的途径，手机图书、数字报纸、数字期刊纷纷涌现。但这股数字化的浪潮还没有从根本上颠覆印刷媒介，其原因在于：一方面，目前数字报、手机图书等形式仍然沿用和依托以文字为主的内容；另一方面，阅读主体的阅读习惯还没有发生根本转变。

（二）印刷媒介数字化概览及传播特点

从 20 世纪 80 年代开始，印刷媒介的数字化浪潮越来越强劲。早在 1987 年，美国《圣何塞信使报》首次将该报内容送入初创阶段的因特网，成为世界上第一家基于 Internet 的电子报纸。其后，美国 60% 的期刊纷纷推出在线期刊，欧美的一些报刊在数字化风潮下已决定停出印刷版②。在图书出版领域，传统出版社也正积极拓展数字出版业务。复旦大学出版社目前已经开始着手调研读者需求，设计一些适合于网络、手机阅读的新产品。方正阿帕比公司将数字出版平台推广至全国各大出版社，不仅将出版社所拥有的纸书数字化，还将这些内容广泛应用于数字出版平台，实现数字内容与纸书的复合式出版，或曰"全媒体出版"。韩国、日本正日益关注"泛在图书"，在泛在环境下印刷媒介数字化已是大势所趋。

较之传统纸媒介，数字化媒介在保留原有优势的基础上有着自身的传播特点，这也是印刷媒介数字化之所以有着强劲势头的原因所在。以手机阅读终端为例，其与传统报纸在传播过程中便有着显著的不同：首先，其传播内容包括文字、图片、音频、视频，既保留了印刷媒介的文字，又加入了数字媒介的视觉优势；其次，从传授关系上来讲，传统报纸对读者的反馈搜集及时性差、读者定位相对模糊，手机阅读不仅给用户发送他所需要的新闻，更可实现跟踪、调查、互动等各方面的功能；最后，从传播效果上来看，受者根据自身喜好订制不同版面的新闻，使其传播更加分众化、小众化。现代人的生活节奏越来越快，越来越习惯于信息的快餐式消费，相较于传统报纸，手机阅读终端更能体现出随身携带、反复阅读的便捷性，还能进一步解决在外出差时关注本地新闻的问题，如杭州日报集团的手机报订阅用户可在杭州地区以外看到杭州的报纸，且无须支付漫游费用。现今时代复合式传播悄然兴起，信息资源在新技

---

① ［美］罗杰·菲德勒：《媒介形态变化》，明安香译，华夏出版社 2000 年版，第 24 页。
② 查国伟：《数字化，中国纸媒的自我拯救》，《传媒》2006 年第 6 期。

二　思潮与现象

术下的融合是大势所趋，印刷媒介数字化正是多媒体融合进程中的现象之一。

（三）媒介所蕴涵的文化背景

人类传播史上经历了几次重大的媒介形态变革，从口传媒介、印刷媒介到数字媒介，每一种媒介背后都蕴涵着超越其自身工具性质的意义。媒介不仅决定人们对世界的认识，还决定人们怎样去认识世界。以梅罗维茨为代表的传播学者认为新媒介与旧媒介不同，它改变了依赖于早期传播手段的那些社会方面[1]。媒介技术发展对人类认识世界产生重要影响，进而与社会变迁之间存在一定联系。印刷数字化的过程正是印刷媒介和数字媒介融合的过程，体现了两种媒介所蕴涵文化背景的交织，展示了新旧媒介之间的汇合。

印刷媒介在人类历史上具有重要地位，在纸张上印刷出连续性的符号使人类的知识得以迅速传播。"这个知识炸药的冲击，便利性和持久性混合而产生的爆炸，无孔不入，在古今各种宗教中都可以感觉到它的威力。"[2] 在历时一千余年的过程中，反对罗马教会的各种声音不绝于耳，但却几乎没有影响力。而在印刷机出现后数以百万册的《圣经》的印制，使基督教新教在抗议教会的进程中得以形成。

印刷媒介在推动人类文明发展之时，使人类社会日益依赖媒介的存在，从而形成一系列传播规则。人们通过阅读形成对外界的认识，印刷媒介中的世界是理性、严肃而又明确的。各个国家通过白纸黑字来制定法律、创作文学和传播思想，可以说没有印刷媒介便没有世界文明。尼尔·波兹曼将印刷机统治思想的时期称为阐释年代："阐释是一种思想的模式，一种学习的方法，一种表达的途径。所有成熟话语所拥有的特征，都被偏爱阐释的印刷术发扬光大：富有逻辑的复杂思维、高度的理性和秩序，对于自我矛盾的憎恶，超常的冷静和客观以及等待受众反应的耐心。"[3]

数字化后的文本实现了非线性阅读，数字文本中的结构便是根据各单元文本内容将信息内容划分成的线性单元。数字化的各种印刷媒介以文字为主，逐渐和其他媒介融为一体。在这种混合媒介使用的过程中，人们的交流方式、交流对象和文化传递模式也日益受其影响。

---

[1]　[美] 约书亚·梅罗维茨：《消失的地域：电子媒介对社会行为的影响》，肖志军译，清华大学出版社2002年版，第65页。

[2]　[美] 保罗·莱文森：《思想无羁》，何道宽译，南京大学出版社2003年版，第167页。

[3]　[美] 尼尔·波兹曼：《娱乐至死》，章艳译，广西师范大学出版社2004年版，第83—84页。

二 印刷媒介数字化与米德的"三喻文化"

在研究新媒介对人们的诸多影响时,可发现它与人类学家玛格丽特·米德所述的社会文化模式的转变有着惊人的吻合。在其经典著作《文化与承诺》中,从文化传递的方式出发,将人类文化划分为三种基本类型:前喻文化、并喻文化和后喻文化。文化传递模式可以是从长辈到晚辈或是同辈之间平行传递,还可以是晚辈传递给长辈。文化传递模式的三个过程,正是从"前辈的过去就是他们的未来",到年轻一代自主创造符合自己的时代模式,再到年轻一代将知识文化传递给他们生活在世的前辈。文化传递的这种差异,与媒介的使用有着千丝万缕的联系。印刷媒介数字化技术的不断发展,恰恰使这一代人所经历的、所接触的不同于前一代,这正体现了后喻文化的"反向社会化"过程。

(一)前喻文化与口传媒介

前喻文化是原始社会的基本特征,在没有文本文字、碑文记载的社会中,口语传播是人们之间交流的主要途径。在这种典型的前喻文化中,文明的传播不附载于物质载体,而是存在于其社会成员的记忆之中,文明的历史、文化的传递均是通过口传媒介传播的。前喻文化的传递完全依赖于长辈向晚辈口耳相传,而对历史加以编纂的前辈们对历史的变迁进行或神话般的描述,抑或根本否认变化。在口语传播中,"那些能够详细描述发生在以往相对稳定时期的事情的人,谈起发生在近来的不甚稳定时期内的事却可能漏洞百出"[1]。为了保证口述历史的连续感,人们总是遗忘变化的细节和过程。

由于没有印刷媒介的文字符号,人们之间的传播不存在对文字的解读和释义。口语传播具有自身的权威性,生活在单一文化中的长辈很少对自身行为产生疑惑,晚辈将其传授的生活经验和各种知识看成理所当然的。在这样的族群中,人们有着绝对的忠诚,"这样孩子们就能够在成长的过程中毫无疑问地接受他们的祖辈和父辈视之为毫无疑问的一切"[2]。通过这种传播方式,年青一代的社会化过程全部在前辈的严格掌控之下进行,沿袭着传统的生活道路和生活方式。

---

[1] [美]玛格丽特·米德:《文化与承诺:一项有关代沟问题的研究》,河北人民出版社1987年版,第44页。

[2] [美]玛格丽特·米德:《文化与承诺:一项有关代沟问题的研究》,河北人民出版社1987年版,第47页。

二 思潮与现象

（二）并喻文化和印刷媒介

尽管并喻文化的产生与印刷媒介的使用并没有直接联系，但是并喻文化模式的发展却离不开印刷媒介。在各个国家的不同地区，以及世界不同地方人们的经验之间，同样存在着相互间的并喻学习。这种并喻学习离不开印刷媒介的广泛流传，图书、报纸等承载着人类智慧和知识，以超越以往的速度向各地传播。

促使并喻文化产生的因素也与印刷媒介有着密切的联系。科学技术的进步、宗教信仰的改变和自然资源的进一步开发均离不开知识的迅速传播，而知识的普及离不开印刷媒介这一传播载体。在前喻文化中，祖辈的智慧和权力是新一代所羡慕的，而当他们发现图书、报刊中所描绘和传授的另一种知识对当前生活更有助益之时，便会审视祖辈的生活，而不会完全沿袭其生活足迹。人们开始间接地接受关于自然、社会的知识，人与人之间的关系也不似前喻社会那样亲近。并喻文化存在的时间十分短暂，很快被前喻文化所涵化。因为，图书、报刊所承载的知识并不足以使每一代人都认为他们的行为不同于前一辈是天经地义的事。

（三）后喻文化和数字化浪潮

二战以来科技的迅猛发展，使世界几乎在顷刻间发生骤然变化，掌握新技术的人们置身于数字化沟通网络平台之上。在这个地球村落中，年青一代能够"互相分享长辈以往所没有的、今后也不会有的经验"[1]。印刷媒介的数字化，使人类知识的传播达到了前所未有的速度。而没能完全掌握新型介质使用方法的长辈们，无法知晓晚辈们所了解的世界。在信息急剧更新的时代，由于长辈和晚辈对新事物理解和吸收快慢不同，在长辈丧失教化的绝对权力之时，晚辈获得了前所未有的"反哺"能力，使文化知识改变了单向传递的模式。

梅罗维茨认为印刷媒介有利于形成社会场景之间的隔离，从而促成知识的垄断。数字媒介则倾向于打破隔离、融合社会场景，最终使权威消解。于是父辈不再是人生的向导，面对纷繁变化的世界，他们只能向年青一辈学习新的技术使用方法和面对未来的一些人生方略。在这全新的信息社会，前辈们的经验已逐渐丧失了"传喻"的价值。而新一代无疑引领了文化变革的时代潮流，将新技术、新媒介迅速融入自己的学习、生活与生存状态中，开辟了一个与以往完全不同的崭新时代。

---

[1] ［美］玛格丽特·米德：《文化与承诺：一项有关代沟问题的研究》，河北人民出版社1987年版，第75页。

后喻文化之所以能成为一种新的文化传递模式，就在于推动这个世界变革的力量总是取决于具有颠覆传统思想和观念的人，而且通常就是具有活力的"叛逆"精神或思想的年轻人。国内外印刷媒介数字化浪潮本身的肇始者，均是传统印刷媒介之外的、具有新"思维范式"的人。这一现实就给人如下启示：新的技术需要具有创新精神的人去创造，并由不受传统观念束缚的新群体去接纳和使用。伴随着计算机、互联网、手机等新阅读介质和文化交流平台出现而成长起来的新一代，是网络文化创造与传播的主体。相互间的交流使这一代的知识和信息获得了近乎几何级数式的增长，以一代人或一群人的形式与父辈交流。周晓虹认为，孩子们与同学或同伴的交往是子代获取各种新知识和新的价值观念的途径，这也成了向父母进行"文化反哺"的知识蓄水池[①]。于是，在这样的文化中产生了一批与下一代如同一代际的父辈，他们在新环境中以平等的心态与年青一代进行交流。

在这种新型的后喻文化中，代表未来的是晚辈，不再是父辈和祖辈。在信息高速发展的今天，已经没有任何学识渊博、懂得教育之道的人能够允诺，他们能保证将文化传递给下一代。目前的社会是多种文化传递模式并存，不能否认的是，文化传递和媒介之间存在互为影响的关系，后喻文化必将逐渐成为新时代的主导。

三　文化传递模式引发文化生产方式的改变

随着数字技术的广泛发展，印刷媒介的存在形态逐渐多样化。在新媒介的使用过程中，人与人、人与社会的关系随之发生转变。未来不再是当今的简单延续，而是现在的发展之果。新技术的变革使人们使用媒介的方式发生改变，阅读习惯的改变影响着文化生产方式。图书是印刷媒介古老而又主要的组成部分，是人类文明代代延续的工具之一。出版业不能无视新技术的发展带来的文化传递模式的变迁，要深思在新时期运用好新兴的科学技术，使传统出版业跟上时代发展的步伐，为新时期的人类文明尽绵薄之力。

（一）后喻文化形成过程中的阅读习惯对文化生产的影响

在印刷媒介数字化浪潮中，年青一代对新兴技术的熟练使用和对新文明的接受超过了前代。中国出版科学研究所公布的一项全国国民阅读与购买倾向抽样调查结果显示，六年来我国国民纸质图书阅读率持

[①] 周晓虹：《文化反哺：变迁社会中的亲子传承》，《社会学研究》2000年第2期。

二　思潮与现象

续走低①。这应引起业界、学界和政界各方的足够重视，因为国民阅读是文化生产发展的原动力，阅读率下降的直接后果是出版市场容量的下降，而这场下滑风波又源于新兴技术革命对阅读习惯的改变。于是在北京国际出版论坛上有专家疾呼："不是所有的问题都有资格关乎我们的未来，但是新技术却有足够的分量，它是我们必须面对的。"② 实际上，新技术的作用不只是在当前方得以凸显的，追溯人类文明发展史，每一次新兴科学技术的诞生，都使媒介的使用形态发生变化，并对人类文化传递模式产生重大影响。

另一方面，图像阅读、碎片化阅读、听觉阅读也是当下年轻人的阅读常态。从后喻文化的角度来看，现代生活的节奏越来越快，工作和生活的压力给予了年青一代巨大的精神负担。相比严肃而规范的文字阅读，图像、声音和片段的信息似乎更适合他们的行为方式——从夹缝中寻得身心休憩又不忘知识获取。这样看来，一味地指责他们对于阅读和文化的轻视就显得故步自封了。因此，更应当做的是以图像阅读、碎片化阅读、听觉阅读的方式引导年轻读者获取正确的资讯、知识和价值观，倡导其进行有益的深度阅读。文化生产如果不能适应社会发展的需要，不仅会使文化产业的发展停滞不前，而且在深远意义上会影响整个社会的进步发展。而今，阅读时代的热潮已经风光不再，在海量资讯中人们的兴趣逐渐分化。在阅读环境大为改变的情况下，轻松、轻快、轻灵的浅阅读逐渐占据主流。数字化的印刷媒介使阅读不再是精英文化的体现，谷歌的学术搜索与百度的国学搜索意味着引经据典不再是学者的专长，大众同样可以利用网络图书馆来搜索资料，其精确程度可达到具体的章节和段落。

面对这种由年青一代所引领的阅读方式的改变，《国家"十一五"时期文化发展规划纲要》明确提到了手机网站、博客、网络出版物和跨媒体物等词汇，实际上这是政府对社会新兴媒介的认可。在中国数字出版年会上，柳斌杰在题为《数字化带动我国出版业的现代化》的演讲中阐述了《国家"十一五"时期文化发展规划纲要》中关于数字化的问题，其中提及的复合出版系统便是新形势下文化生产的方向之一③。这一系统能使作者、编辑、发行、消费等协同工作，在终端呈现多种介质的载体，

---

① 中国出版科学研究所课题组：《我国国民阅读与购买倾向又有重要变化——2006 年全国国民阅读与购买倾向抽样调查有六大发现》，《出版发行研究》2006 年第 5 期。

② 参见 2006 年北京国际出版论坛主持人张福海的发言，后被收入《出版业正面临数字化竞争》，载《中国新闻出版报》2006 年 8 月 29 日第 1 版。

③ 参见柳斌杰于 2006 年 10 月 13 日在中国数字出版年会上发表的主题演讲。

实现跨媒体传播。在这样的形势下，出版界必须对未来的发展趋势有前瞻性的认识，随着数字技术和互联网技术的进一步推动和第二代互联网技术的应用，加之3G手机、4G手机纷纷上市，印刷媒介与这些新兴技术的结合将会愈加紧密，对人们的生活和社会文化也会产生更加深远的影响。

印刷媒介的数字化加剧了出版传播的速度，使某一国家出版的图书、期刊、报纸利用互联网技术能在瞬间传遍现代社会所能到达的每个角落。信息的流动加快了全球化的进程，网络的发展使人类传播活动突破了空间和时间上的种种局限，从技术上实现了信息传播的最大自由。为此，我们须大力加强出版业的数字化，加快后喻文化的建构。目前的数字出版市场让诸多出版机构既爱又恨，也有像日本航海者出版社那样的成功者，他们顺应时代，掌握着数字出版市场的主导权，并通过"扩张图书计划"吸引了广泛的读者[1]。当然，手机报、电子书和漫画书的产业化只是印刷媒介数字化的一种初步尝试，虚拟现实、人工智能、大数据等新技术因素又在向出版张开双臂，未来仍有一段漫漫长路需要探寻。

（二）数字化时代文化生产发展路径探微

数字化时代文化生产方式的转变前提，需要从数字内容产业的大格局来把握方向。数字内容产业亟待成为经济的新一轮推动力，它由影视制作、交互数字电视应用和内容制作、在线和交互式游戏、基于互联网的市场营销及设计和广告、在线教育内容研发、移动内容研发和出版、版权管理及其他软件应用相关的创意产业等组成[2]。数字内容产业中一大重要的组成部分便是数字出版产业，其产品形式有数据库、电子出版物、在线内容及各类增值服务等。数字出版无疑是近年来文化生产方式转变中备受瞩目的领域，并已列入国家重点发展规划。

数字出版的变革体现了后喻文化的主导地位，在文化传承中掌握新兴数字技术的晚辈代表着出版的未来。数字内容是数字出版产业的核心，数字出版产业的发展离不开整体产业链的流通和运行，包括从数字内容的市场需求、生产控制、版权保护到多种形式的产品流通等。尤其在全球化时代，文化生产不可能在某一国家或民族中处于封闭的状态，频繁的信息交流与文化融合要求文化生产须置身于国际社会之中。因为数字内容可通过

---

[1]　[日]长冈义幸：《出版大冒险》，国际文化出版公司2006年版，第99—112页。

[2]　Centre for International Economics, Australian Digital Content Industry Futures, 2005 - 05 - 11, http://www.thecie.com.au/content/publications/CIE - digitalcontentindustryfutures.pdf, 2009 - 05 - 04.

二 思潮与现象

手持阅读器、手机等阅读设备瞬间传遍现代社会的每个角落。

在这样的背景下，出版人须考虑内容、技术、市场三者之间的互动，明确自身最关键的作用在于对数字内容的获取、再创造和制作加工，实现内容的增值，不断探索包括生产、营销、赢利在内的特定商业模式。生产方式的变革为出版业带来了新的理念、新的发展思路和发展机遇。我国发展数字出版的"路线图"要从三个层面齐头并进，即出版社的数字内容生产、出版行业的发展和整合以及相关管理部门的推动和规范。出版机构发展数字出版可分三步走：一是根据自身情况自主或联合其他机构研发数字内容库，为以后进一步发展做好准备；二是全面建立和使用数字内容管理平台，将数字内容的生产、管理和控制纳入整合的系统之中[1]；三是明晰数字内容使用和改编的权利，在此基础上根据市场需求有选择性地重点研发若干项目。在三步走的同时勿忘根据出版机构本身的定位拓展相关业务，依托传统文化品牌，掌握数字出版主导权，培训数字出版的管理和使用人才。

在出版机构选择适合数字化的内容进行研发时，人们一般认为专业出版领域和数字技术契合程度是最高的，教育出版次之，大众出版则最低。尽管如此，在教育出版、专业出版和大众出版各自领域中，对于不同的出版主体而言，均具有自身优势，可对应不同的定位和可拓展的空间。教育出版适合发展信息服务模式，专业出版则是基于知识结构的定制模式，大众出版适合研发与相应市场互动的模式。选择要研发的内容之后，需要考虑获得数字内容版权及赢利模式。

在历届中国数字出版博览会及各类关于数字出版的主题论坛上，总是只有一些实力雄厚的大型出版社和报业集团的声音，绝大部分出版社仍是观望、探寻。在传统出版机构克服观念、管理、人员等各方面阻碍，认为赢利模式未明朗，犹犹豫豫涉足数字出版领域之时，一些网络公司、民营出版工作室却已默默实现收益。可见，文化生产机构亟待认清阅读方式、生产方式所引发的产业巨变，数字化时代的文化生产需要新技术，也需要宏观思维、想象空间，更需要后喻文化中那种颠覆传统的思想和观念。

（三）媒介数字化与现代人精神诉求的满足

在寻求文化生产发展路径之时，不能忽视生产方式的改变反过来又进一步加剧了数字化、后喻文化的进程。印刷媒介数字化的一个趋势便是将文本文字逐渐视觉化、立体化开发。如漫画书早已不是早期人们印象中那

---

[1] 陈洁：《出版社数字内容管理平台的构架和实施》，《科技与出版》2009年第1期。

样刻板孤立的形象，而是融入基于创意的整个动漫产业链之中。在数字化的环境里，当文字叙述不再是首要的选择，丰富的信息透过图像化的语言来阐述，纸媒介为新型阅读器所代替时，出版界不能忘记自身作为内容提供商的重要性。现代社会的多重压力使人们在现实生活中总想寻求一片虚拟的梦幻空间，宁愿沉醉其中久久不愿醒来。近年来，中国都市之中产生了这样一个群体，三十岁的年龄却只有未成年人的心理，他们自小到大没有脱离过对父母、对家庭的依赖。苏格兰作家詹姆斯·巴里笔下的彼得·潘正是这样一个代表人物，他永远都不想长大，生活在梦境一般的"永无乡"中。这些新一代的年轻人从长辈那里找不到人生的向导意义，只能通过新兴的数字化技术与同辈进行交流，甚至只能在虚拟的数字化媒介之中寻求人生真谛。手机报、电子书使印刷媒介更加生动化、虚拟化，给置身于虚拟的数字媒介中的现代人一种新奇的幻想、惬意的超脱和片刻的安慰。但不容置疑的是，数字化媒介内容是最核心的所在，担负着传承人类文明的使命。

在一个科学技术不断推陈出新、现实世界迅速变化的环境中，在一个现代人紧张忙碌且又面对令人目眩的海量信息的媒介环境中，人们不论在客观与主观上都力求获取信息和传递信息的快速、简洁、方便、高效。深层的诉求其实还有文本创作、传播，以及拥有话语权，要求参与、互动的民主化诉求。图像化仅仅是一个浅层次的诉求，正在兴起的参与式文化主张每一个人都能参与到社会文化的意见建构之中，表达自己的个性意志，并且得到文化生产者的反馈和回应。参与式文化或将引起数字出版以社群网络为创新基点，重构整个出版工艺流程，以及知识生产方式。开启知识共享，人人出版的时代。

正如《迈向知识社会》报告中所明确提出的，知识社会的核心是为了创造和应用生产、转化、传播知识的能力[1]。思想内容、印刷媒介的数字化无疑体现了这种能力。随着新媒介群体的不断扩大和阅读习惯的逐渐改变，随着向新文化传递模式、文化生产方式的转变，数字媒介作为思想文化的平台，其作用和影响将日益凸显。

（原载《浙江大学学报》2009年第4期）

---

[1] United Nations Educational, "Scientificand Cultural Organization, Towards Knowledge Societies", "UNESCO World Report", UNESCO Publishing, 2005, p. 27.

三

作家与作品

评格非《人面桃花》等三部曲中乌托邦叙事建构

姚晓雷

一

曾为先锋作家的格非在新世纪陆续推出《人面桃花》《山河入梦》《春尽江南》长篇小说三部曲，旨在对近百年中国社会历史进程进行个人审视。三部曲里价值视角的一个非常独特之处，是以"乌托邦"作为对近现代以来中国社会历史进程中一些现象的概括。

"乌托邦"是外来词汇"Utopia"的翻译，具有理想中的最美好社会形态和乌有之乡的双关意。作为乌托邦被人们惯常使用的第一层含义，即对理想中的完美社会形态的想象和憧憬，在人类文明的意识追求中源远流长。早在西方的古希腊时期，便有柏拉图设想的在哲学家统领下各阶层组织井然的"理想国"；进入近现代后，最为典型的便是托马斯·莫尔在他的《乌托邦》里设想的生产资料归全民所有、生活用品按需分配、人人从事生产劳动并过着幸福生活的理想社会。中国古代儒家的"大同世界"和陶渊明的"桃花源"多少也有类似的含义。但乌托邦一词被人们惯常使用的还有另一层意思，就是"乌有"的意思，即因为它在现实生活中则难以实现，又被用之来讽刺那些不现实的社会意识形态或制度。马克思在使用这一概念时就是从这个意义上入手；中国近代思想家严复也曾对乌托邦一词的内在寓意有专门注释："乌托邦，岛国名，犹言无此国矣。故后人言有甚高之论，而不可施行，难以企至者，皆曰此乌托邦制也。"[①]

其实，对乌托邦的探索与对乌托邦的消解是始终贯穿于乌托邦现象发展演变过程中的一组内在矛盾。一方面，追求更高的真、善、美永远是人类的

---

① 亚当·斯密：《原富》上册，严复译，商务印书馆1981年版，第387页。

天性，这就决定了不管在任何时期都有对超越现实之上的理想生存姿态的憧憬和探索，并拥有在特定社会历史条件下的合理性；另一方面，也因为所有的乌托邦理想都是基于一定条件产生的，当然也受到它所赖以产生的社会历史条件的制约，要随着社会历史实践的深入以及人类认识的深化而不断扬弃。历史上对乌托邦的探索与消解都不过是一个硬币的正反两面，是历史活动中否定之否定链条上的辩证一环。所以在对社会历史进程中的任何一个现象进行乌托邦特质的甄别时，对其优劣得失都不能简单地比附或一概而论，而要本着历史的和辩证的态度具体问题具体分析。

综观格非这三部小说，以乌托邦作为把握百年中国社会历史某些现象的话语方式固然有其意义所在，但也产生了严重的问题。这里既存在一个畸形乌托邦伦理滥用带来的历史认知偏颇的"历史之误"问题，也存在着一个它在文本中的机械植入造成文本审美价值受损的"文学之误"问题。

二

对乌托邦应有内涵率意曲解和使用带来的"历史之误"问题，是指作者用这一概念表达对近现代以来中国社会历史进程中一些社会历史特质进行思考时，先过滤了乌托邦概念自身也具有的想象未来的合理面，把乌托邦定位为一种纯粹个人欲望盲目冲动的产物，再把它简单地运用到了对中国20世纪一些极其复杂的社会历史现象的解释和定位上，将它们都看作虚妄的、完全缺乏历史内容和现实支撑的、值得警惕的欲望产物。

以20世纪初民主革命为背景的《人面桃花》是格非乌托邦三部曲的首部，旨在借乌托邦之名说明近代民主革命在良好动机之下的虚妄、空想属性。作者对此是通过革命者张季元、秀米等人物形象的塑造以及行为事迹的描写来体现的。张季元是普济村出现的第一个革命者，是在秀米的父亲出走后以表哥的身份突如其来地入住到秀米家的，这个革命党人曾只身怀揣匕首行刺湖广总督，并联络地方组织准备起义，可他尽管张口变法闭口革命，尽管标榜平等和自由，却认为革命成功后的理想境界完全是个人欲望的为所欲为，"一个男的，但凡看中了一个女孩，就可以走到她家里与她成亲"，[①] 谁不同意就杀掉他，这种境界难免散发着浓重的愚昧、血腥的义和团气息，一定意义上比鲁迅笔下阿Q的革命观还不如。张季元那里作者的叙述多少有些简略，人们还无法窥测人物的革命动机及详细的行为过程；在秀米的故事里，作者则进一步丰富了他所要表达的革命逻

---

① 格非：《人面桃花》，春风文艺出版社2004年版，第37页。

辑。作者让秀米从事革命，不是因为这个世界不完美，不是因为这个世界需要革命。秀米从事革命活动之前，除了相对封闭的青春期成长过程以及一些朦胧的爱情心理，唯一同社会发生较深联系的是被花家舍土匪的劫持经历，但似乎与要走上革命之路也没有多大关系，在这种情况下，革命的动机自然就只能是个人内心的一种非理性欲望的膨胀了。小说让秀米梦见了一个在花家舍进行乌托邦实验的王观澄对她说："我知道你和我是一样的人，或者是同一个人，命中注定了会继续我的事业""那是因为你的心被身体囚禁住了。像笼中的野兽，其实它并不温顺。每个人的心都是一个小岛，被水围困，与世隔绝。就像你来的这个岛一模一样"，① 这可谓对秀米其实也是整个历史上乌托邦运动的发生所试图做出的一种解释。除了动机的非理性设定，作者还以大量笔墨正面描写其革命行为的荒唐之处：她从日本回来后不无强制地"想把普济的人变成同一个人，穿同样的颜色、样式的衣裳；村里每户人家的房子都一样，大小、格式都一样"，② 结果不只聚集的是一群乌合之众，而且这一过程也是她正常人性沦丧的过程，连对儿子生死也极其麻木。所以入狱后的无所用心反而成了她反思革命、人性复苏的起点。在张季元和秀米的革命乌托邦叙事之间，作者还特意设置了花家舍的叙事来进行连接：厌倦官场的王观澄后来做起了土匪，在花家舍按照他的理想建立起世外桃源，"天地圆融，四时无碍，人人衣食丰足，谦让有礼，夜不闭户，路不拾遗，就连家家户户所晒到的阳光都一样多"，③ 可这样看似理想的生活图景背后有着比张季元的革命想象有过之而无不及的荒唐，"在花家舍，据说一个人甚至可以公开和他的女儿成亲"，④ 并终因抵不住内部彼此之间欲望相互冲突导致的自相残杀而瓦解。花家舍的乌托邦叙事是关于近现代民主革命虚妄性的另一种影射。

《人面桃花》这里用不安分的个人欲望来解读乌托邦，对近现代民主革命这一历史现象的误读是显而易见的，凡是有一定历史常识的人在读了这部小说之后，都难免发出一种由衷的质疑：这里到底是在企图揭示20世纪初民主革命的奥秘，还是作者的一种故弄玄虚。20世纪初的那场革命作为中国近现代史上最伟大的革命之一，它的发生发展是一个非常复杂的国家民族整体叙事，既包含民族救亡图存的现实要求，更包含社会历史现代转型的进步要求，是中国社会历史发展进化的必然产物，不否认在那

---

① 格非：《人面桃花》，春风文艺出版社2004年版，第99—100页。
② 格非：《人面桃花》，春风文艺出版社2004年版，第201页。
③ 格非：《人面桃花》，春风文艺出版社2004年版，第100页。
④ 格非：《人面桃花》，春风文艺出版社2004年版，第129页。

三 作家与作品

场革命中参加者的素质良莠不齐,其具体的演进过程也不尽如人意,许多人也都对之有过反思,不过在《人面桃花》这部小说中作者的目的不在于批判和反思具体的现象或个人,而是企图以其乌托邦内在逻辑的荒诞来说明那场革命的荒诞,实在是牺牲了太多不应该牺牲的内容。其一是牺牲了那场民主革命发生发展的基本历史逻辑。历史的演进是一种合力的结果,包括社会、历史、经济、文化、群体、个人等因素,这部小说的叙事逻辑则过于强调个人欲望冲动的作用,把它放到压倒一切的地步,对其他因素基本视而不见,必然影响判断的客观性。其二,格非用欲望的乌托邦指涉那场民主革命的意识形态时,还有意割裂了其中具有的符合人类进步的理性诉求属性,将它不无夸张地转化为一场闹剧,即"革命,就是谁都不知道他在做什么。他知道他在革命,没错,但他还是不知道他在做什么"。① 我们知道,近现代民主革命是中国社会由传统向现代转型的一个核心环节,即便它所依托的价值理念在传播与接收过程中还具有某些不成熟特质,即便它所催生的具体革命实践有很多藏污纳垢的成分,可这些杂质尚不足以影响到对其符合历史进步要求的总体定性,其中诸多社会实践所诉求的并不是义和团式的盲动,而是以现代理性为支撑的进步要求。如革命党秀米设置的育婴堂、书籍室、疗病所、养老院的最后失败并没有多少可笑的地方,这些都是现代文明的一种体现,一时的条件不具备并不意味着将来不可能实现,这已为以后的历史所证明。所以又如何能作为否定那场革命的证据呢?作者所设置的秀米理想中"每个人的笑容一样多,甚至连做的梦都是一样的"的一体化模式,恐怕更多是对古代"太平天国"之类农民起义"无处不均匀,无人不饱暖"纲领的一种嫁接,和近现代民主革命中追求个性自由、主张个人权利的核心理念很大程度上是背道而驰的,对那场革命的意识形态来说不具备多大代表性。

以中华人民共和国成立早期的社会建设生活为背景的《山河入梦》是格非乌托邦三部曲的第二部,同样企图用他的欲望逻辑来说明中华人民共和国成立初期社会主义建设实验的一些荒唐属性。作者对之是通过秀米的后人谭功达和当年王观澄的花家舍遗址上一个神龙不见首尾的人物郭从年等的形象塑造及行为事迹来体现的。梅城县长谭功达因为"与母亲秀米一样怀有乌托邦的梦想",强制性地做出修建普济水库等改造梅城的一系列行为。在修水库的过程中,他眼前浮现的只有"家家户户花放千树、

---

① 格非:《人面桃花》,春风文艺出版社2004年版,第196页。

灯火通明"的"社会主义新农村的桃源盛景",① 对现实中给人造成的灾难不予重视,如面对修水库过程中死人事件,他的内心反应是"梅城县建设社会主义新农村的步伐太慢了""饿死几个人怕什么?我们有六亿人,才死掉十来个,能算个什么事?"等等。② 谭功达欲望冲动的灾难性后果是水库决堤,导致了其个人事业的挫败,各种用以要求别人为其乌托邦冲动做出牺牲的美好许诺也因此沦为谎言。作为补充,也像《人面桃花》一样,格非这部小说里设置了另一个虚拟意象,一种假设前者实践成功后的样板,即一个神龙不见首尾的人物郭从年在当年王观澄的花家舍遗址上所进行的另一场乌托邦实验:这里从表面上看和乐完美,符合当时主流意识形态给人们的全部现代性承诺:公共食堂、剧场、保育院、工厂、学校、医务所等现代社会的职能部门应有尽有,重视科学,文明礼貌,人和人之间的行为不是依靠强制性的法律规则来规范,而是依靠人们的自觉能动性,但这些和谐完美的表象背后是无所不在的秘密监视和告密,是来自它背后说不清道不明的意识形态无孔不入的控制,它造就的是整个社会成了一个看似和谐的监狱,每个人幸福背后是严重的不自由及人性的严重异化。例如,一个篮球运动员因为在比赛时一时冲动赢了一场不让赢的比赛,这就成了严重的政治错误,尽管没有任何人批评他,没有给他任何处分,所有人、所有部门似乎都对他仁至义尽,可背后那种无形的、强制性的东西还是把他逼疯了。

比起《人面桃花》中对近现代革命者以历史文本的过度曲解,《山河入梦》的乌托邦营造中在对社会主义建设时期历史文本的对接上要可靠得多,这既来自作者对社会主义建设的历史有一定切身的经验,也来自20世纪后期人们对社会主义运动经验的检讨所取得丰富共识。20世纪五六十年代中国社会建设实践和20世纪初民主革命时期已经有了极大的不同,在极左政策主导下,一元化的国家权力体制所具有的极权、强制、唯领导意志、好大喜功、虚假宣传、压制个性等特征一度大行其道,《人面桃花》这里用不安分的个人欲望与乌托邦的逻辑对其中一些荒唐走板现象的解读,自有其特殊的价值。尽管如此,这种解释历史的方式仍过于概念化。根据唯物辩证法原理,社会存在对社会意识具有决定性作用。在社会体制形态和个人欲望的关系上,也应该是一定的体制形态制约着这个时期个人欲望的存在方式,前者居于主导地位,后者居于次要地位。由于作者设定的乌托邦

---

① 格非:《山河入梦》,作家出版社2007年版,第11页。
② 格非:《山河入梦》,作家出版社2007年版,第150页。

是一种个人欲望派生的东西，是一种服从于个别人善良欲望冲动的"无心之过"，所以不管是对谭功达失败的乌托邦实验还是对郭从年看似成功的乌托邦营造，全书在反思中都有意回避或淡化表现该时期国家、社会、民间和个人之间更复杂的深层矛盾，而刻意强调个人欲望的作用，这样给人的感觉是这一时期社会悲剧的原因并非其他更深层矛盾，而是个别人不安分的欲望。这种处理方式属于倒果为因，一定程度上把必然性的体制性的悲剧转化成了偶然性的人性欲望悲剧；作品所要表达的最高价值诉求，也无形中被转化成了对人性本身所具有的不安分欲望和行为的形而上拒斥。

以20世纪末以来社会生活为背景的《春尽江南》是格非乌托邦三部曲的第三部，旨在思索当下社会的乌托邦境遇。小说以谭功达的儿子谭端午的家庭生活为主线，串联出一系列遭遇精神危机并或在危机中苦苦挣扎的人们。小说是以一出人格沦丧的序曲拉开这个时代大幕的：以诗人自居的谭端午做了一件最没有诗性的事，他邂逅并引诱了少女秀蓉后，心安理得地弃高烧中的秀蓉于不顾，偷走了秀蓉口袋里所有的钱不辞而别。作者这一安排并非在谴责谭功达，而是提示人们历史从此进入了一个诗性消失、人格底线沦丧的极端功利主义和实用主义时代，到处弥漫商业气息；人们心灵和精神中残留的一些理想因素在这个实用的时代根本无处容身，不仅主人公时时刻刻处于矛盾和痛苦中，便是被谭功达由"秀蓉"改造成的积极迎合中个时代的"家玉"也心灵无可安置。作为乌托邦的寻找者，"秉性中的异想天开和行为乖张竟然与谭功达如出一辙"的谭端午同母异父哥哥王元庆，虽然在生意发迹后一度想重建一个"花家舍公社"，却沦为自己所建医院的精神病人；家庭条件优越的绿珠在灵魂躁动不安的游走漂泊中最终因上当而厌倦。

读这部小说，我曾有的一个强烈的疑惑是：不像前两部作品，这里并没什么可以称得上作为乌托邦支撑的政治理念和产生一定影响的社会实践，作者为什么要把它定位为书写乌托邦主题的收官之作呢？再思之，我才发现作者在这部书里还是有他的乌托邦主题的，只不过乌托邦的含义由前两部的政治隐喻到这里转向了精神隐喻，而且作者将乌托邦的准入门槛压低到了一个令人瞠目的地步：除了王元庆的重建"花家舍公社"的幻想，连曾经对爱情有幻想的秀蓉的爱情冲动、谭端午极端世俗化的生活中依然残留的一些诗性感觉、充满一种忧郁孤独气质的绿珠的不安分灵魂寻找都被置于受质疑的位置。也就是说，社会里每一个正常人都需要的对理想、爱情、正义、尊严等基本现代观念的诉求，在这里都被斥为不安分的欲望产物，即乌托邦。进一步追溯，这种倾向在《山河入梦》中已现端倪,《山河入梦》中作者即把为捍卫爱情而抗暴、流亡乃至被杀的姚佩佩的精神诉求也看作"有乌托邦倾向"。毕竟超越于动物生存的更高精神需求是人的本性,尽管对之过分的摈弃也导致作者内心不无痛苦,甚至一度也言自己也是"有乌托邦倾向"的人,但他最终的选择还是认同现实。《春尽江南》作者不仅让本来有诗人气质的谭端午一本正经地表态"别给我提乌托邦这个词,很烦",而且让将自己的寻找付诸行动的绿珠在对一对孪生兄弟的龙孜建造世外桃源项目失望后,终于认识到"在当今时代,只有简单、朴素的心灵才是符合道德的"①,也像《人面桃花》中的秀米一样选择过一种简单、朴实的生活,选择了一家幼儿园去做老师。乌托邦到了此时,越来越严重地混淆了现代社会并非虚幻的合理要求与根本不可能实现的荒诞之物间的界限;对乌托邦的拒斥也成了彻底放弃正常精神需求的绝望哀鸣。

由以上几部小说叙事的实际情况来看,格非所谓对乌托邦的持续思考,并不是在本体意义上探索乌托邦的存在可能及其特质,而是作为对社会历史发言的一个道具;在把乌托邦和不安分、非理性的欲望画上等号的同时,其所遵循的一个最高的逻辑理念是不加分析地拒绝那些企图挑战和超越现有秩序的东西,不管它是以革命的名义,还是以建设理想生活的名义,乃至于爱情、人格、尊严的名义。

三

乌托邦叙事内部语码的过于乖离,自然还会带来一个"文学之误"的问题。一般说来,文学对社会历史的表达并不一定要追求观点正确,作家尽可以以个人化的方式对待历史,但他的个人化表述、他的偏颇只有在某个层面上构成一种对社会、人性及人类文明进程的深刻理解,才能给作品带来相应的艺术深度。然而当格非企图从欲望角度来建立他的乌托邦叙事大厦时,势必受到欲望自身限度的困扰,其遵循的不安分的欲望即乌托邦应该否定的价值伦理逻辑不仅无法派生出比现实生活更高、更善、更美的价值目标,甚至由于对理性的拒斥而无法正确地理解社会、历史、人性的可能性与丰富性,乃至于无法正确理解欲望本身的不同类型和内部肌理;其价值的起点往往就是终点。这样的结果通常不仅伤害了其创作对人类社会历史及精神现象的主题建构能力,还扭曲了结构、人物等其他艺术审美要素。

---

① 格非:《春尽江南》,上海文艺出版社 2011 年版,第 372 页。

三 作家与作品

先看《人面桃花》。《人面桃花》中这种乌托邦话语方式的植入,给作品主题制造出来的是一种似是而非的伪深度。作者看似在反思那段社会历史形态,却找不到合适的价值落脚点,只有反过来乞灵于固有民间世界,于是拟想中的民间本体被赋予理智、务实、正常等种种正面品格,来反衬受不安分欲望冲动控制的革命者的不正常。如管家宝琛评价有着不安分欲望而出走的秀米的父亲时说"有点事,在心里想想,倒也无妨,您真去做它,那就呆了",[①] 以及姨娘翠莲也评论对陷入革命狂热的秀米"这都是她一个人在睡不着觉的时候自己凭空想出来的罢了。平常人人都会这么想,可也就是想想而已,过一会儿就忘了。可她真的要这么做,不是疯了是什么呀?"[②] 都刻意用来显示民间普通人的正常与理性。作者也明白民间世界不可能没有内部矛盾,为了保证这一典范的说服力,他为它找到的解释是"纷乱而甜蜜""杂乱无章而又各得其所"[③],里边所设计的教书先生丁树则和他的妻子赵小凤之间的关系成了这方面最好的例证:迂腐不堪而又自以为是的书呆子丁树则做了再荒唐的事,都是赵小凤眼里的宝,都能在赵小凤这里获得无条件的支持和认同;言外之意民间生活尽管有这样那样的不足,只要民间自身愿意心甘情愿地接受它就具有合理性,又何必要改变它,何况是通过革命的暴力改变它?只不过这一逻辑方式看似深刻,实则肤浅,不仅作者借书中人物之口繁复渲染的革命党人"疯癫""傻""胡闹"的评判没有深层的价值逻辑的支撑,而且其想竭力拔高的民间世界也潜在重重无法自圆其说的内在矛盾,作者既没有令人信服地写出它有一种能化解内在矛盾冲突的价值力量,也没有办法掩盖它内在的残酷,如当这里人们把秀米从日本回来后的改革举措定义为"疯"之后,在一起商量的结果是若到了不可收拾的地步,"花点钱,从外面雇几个人来,用麻绳勒死她便是"[④]。主题深度的不足又影响了它对情节和人物形象的统摄力,伤害了这方面的艺术完整性。本来,作为一个优秀的先锋作家,格非在对心理或情绪事件的感知、对细节的把握以及对某种局部性哲学观念的演绎方面向来有杰出的能力,并在关于秀米的叙述部分非常明显,如小说开始秀米在身体发育过程中遭遇初潮这一青春期生理事件的心理情绪波动、秀米遇到母亲情人张季元后那种由拒到迎、欲迎还拒到刻骨铭心的爱情心理过程、其被劫到花家舍土匪窝后的精神反应等无不被

[①] 格非:《人面桃花》,春风文艺出版社2004年版,第121页。
[②] 格非:《人面桃花》,春风文艺出版社2004年版,第201页。
[③] 格非:《人面桃花》,春风文艺出版社2004年版,第233页。
[④] 格非:《人面桃花》,春风文艺出版社2004年版,第164页。

刻画得惟妙惟肖。不过"欲望"话语由于自身逻辑的局限,无法在局部的生理心理细节和外部社会性宏大叙事之间形成强有力的思想整合,以至于整体看来很多时候人物的行为和事迹成为缺乏内在有机关联的拼图游戏。像从日本回来忽然成了革命家的秀米并非现实政治权力的拥有者,在包括国家权力在内的强敌环伺下,何以能在长时间内像一个真正的权力拥有者那样光明正大、从容不迫进行她的乌托邦实验,强制人们按照她的意愿生活,甚至能拥有让许多人望而生畏、对直接触犯国家法律权威的犯错的徒众的生杀大权呢?她从所谓的迷恋革命的"疯"到后来幡然觉悟的"不疯"也由于单纯依靠"欲望"话语而放弃了社会性心理的深度参与,缺乏性格逻辑的合理支撑,前后判若两人。另外,其他人物的个性表现是愚昧还是智慧,是愚钝还是深邃,是粗鄙还是高雅,是真诚还是虚伪,也大都全凭作者的不同情境下的观念需要,以至于读者看到的不是形象,而是一堆堆砌的观念。

再看《山河入梦》。就主题而言,畸形乌托邦话语方式的植入同样削弱了这部小说本应有的主题力度。格非小说中反思和批判那一段历史时,所依据的资源,不是向前看,而是向后看,主要是人们在传统社会里民间积累的一些保守、落后、消极的政治经验。例如谭功达的"修水库"事件,其实这本身也是一种现代化的要求,不能完全否定,错就错在其修建的过程对科学规律掌握得不够,若是从决策体制的反科学角度去反思自然有其意义,可这里主要是从其无风兴浪的不安分欲望角度进行指责的,作者借谭功达的挚友高麻子之口所进行的批评"本是苦出身,却不思饮食布帛,反求海市蜃景"[①]之类,所依据的就是传统社会里安分守己的小农意识。另外,由于作者对20世纪五六十年代社会生活的表现不是建立在对本土丰富的现象世界充分阐发的基础上,而是要表达一种别人已经在其他场合有所表现的流行观念,难免有主题原创性不足之嫌,如果我们把《山河入梦》和写于1948年的乔治·奥维尔的《1984》相比便可见一斑。在20世纪世界文学史上,伴随着乌托邦思想的流行,基于现代文明的自由、多元、尊重个性理念,还出现了旨在警惕以绝对化、一元化的某种价值方式对思想或生活进行垄断的反乌托邦叙事,其中乔治·奥维尔的《1984》便是其中的代表,他的乌托邦世界的营造汲取了前20世纪前期历史上极权社会的诸多体制特质,对其的反思基本上从思想控制、集权、谎言、强制、消灭个性、虚假的幸福等方面入手。格非《山河入梦》中

---

① 格非:《山河入梦》,作家出版社2007年版,第11页。

三 作家与作品

对我国社会主义建设过程中的一些现象的反思显然有太多相似，如《山河入梦》中郭从年在当年王观澄的花家舍遗址上所建立的乌托邦世界和《1984》中的大洋国都有一个受最高人物绝对操纵金字塔式社会结构；最高权力人物不管是《1984》中的老大哥还是《山河入梦》中的郭从年都具有万能的、神秘的特质，尽管几乎从不露面，却用一种无形的网严密监视和控制着下面臣民的一举一动；都有一套对民众的"洗脑"法则，将失去自我意识的屈从训练成一种民众自觉心态等。不过，就寓言的深度上说二者显然有差距，乔治·奥维尔的《1984》这部写于半个多世纪之前的小说通过对使人挨饿的富裕部、主管战争的和平部、对群众实行严密的思想控制仁爱部、负责造谣的真理部组成的国家机器的尖锐剖析，把极权社会内在机制运作的各个环节都完整系统地表现出来，使其内部见不得人的秘密再也无法掩饰地暴露在阳光下，对极权主义体制的反思也达到了深入骨髓的地步；而格非在半个世纪之后塑造的由郭从年主导的花家舍公社在涉及极权体制运作过程时则语焉不详，让人不得要领。《山河入梦》中乌托邦叙事语码的植入对情节结构以及人物形象塑造的影响也是负面居多。不像《人面桃花》的叙事结构整体由基于观念的想象主导，《山河入梦》的叙事结构板块基本上分为平分秋色的两个部分，即基于日常经验的生活叙事部分和基于观念的想象性叙事部分，其中凡是作者的乌托邦叙事理念浸入较少的日常经验的生活叙事部分，作者大都能够从容地发挥艺术才华，以细腻周密的笔法将事情过程以及人物心理叙述得有声有色，感人至深；凡是为了刻意传达作者的乌托邦理念而创作的观念叙事部分，都由于过分的概念化而虚弱不堪、捉襟见肘。不妨以姚佩佩、谭功达、郭从年这三个人物形象及分别围绕他们的相关叙事的比较来看。家庭出身不好流落梅城寄人篱下的姚佩佩柔弱、自卑而又自尊、认真，在受到富有恻隐之心的谭功达照顾并安排工作后，不知不觉地爱上了谭功达。她的爱情似乎都是超越于那个疯狂时代之外的东西，她爱谭功达仅仅是爱着个男人本身，而不是这个男人的身份、事业和梦想，并爱得是那样认真执着、不计得失，在谭功达丢官后以及稀里糊涂结婚后还一如既往，并为捍卫自己爱情不惜杀人、流亡，最终牺牲了自己的性命。作者对姚佩佩这一形象塑造主要是建立在对日常生活经验资源的充分利用和开拓基础上的，是脱离于时代大叙事的个人小叙事，较少受作者要表达的乌托邦的主题逻辑影响，甚至一定程度上对拒斥乌托邦的固有姿态有所突破，所以可以放纵艺术想象力，故事的叙述既有对小女儿心态的周到把握，又有跌宕的情节，并以个人小叙事里美的毁灭显示着时代大叙述的荒诞，构成了作品艺术感染力的最主要来源。和姚佩佩不一样，谭功达这一人物的塑造则是由基于乌托邦伦理的观念化叙事和日常生活化叙事双重方式合成的，一方面他要承担演绎作者政治乌托邦之思的功能，所以他在社会政治生活中从行为动机的设定到行为的过程和结果都被置于欲望逻辑的严格支配下；另一方面他又是姚佩佩的爱情故事叙事的对象，作者便不得不赋予他一种能和姚佩佩的爱情伦理对接的日常生活个性，并派生出了建立在日常生活资源基础上的性格特征。这两部分内容在量上基本平分秋色，因而谭功达这一人物形象可谓一半是比较成功的，一半是不成功的：由日常生活经验资源建造出的谭功达的这一半形象是比较成功的，他在日常生活的愚钝、粗心、不解风情而又单纯厚道、不失恻隐之心、容易被人有机可乘，给人一种生动可感的年轻干部形象；由乌托邦观念派生的叙事所建构的这一半形象是不成功的，关于谭功达理想主义的动机阐释过于肤浅，心理过程几乎只是一些当时流行的政治口号，看不到人物内心的深层活动，其主导的乌托邦实践过程也除了遇到一些肤浅的人际关系矛盾外，缺乏实质性的社会生活内容。郭从年这样一个人物则完全是服从于其欲望乌托邦的逻辑制造出来的，完全摈弃了日常生活的内容，完全变成了一个抽象的、让人摸不着头脑的空洞价值符号，就人物形象塑造的意义上是彻底失败的。郭从年在当年王观澄的花家舍遗址上所建立的王国也过于玄虚，主人公如何能在当时的时代背景下将此建立成一个在意识形态上与主流社会同构，而生活上却与当时的主流社会遍地饥馑相反的富足有序的乌托邦世界呢？我们只能知其然不知其所以然。

  最后看《春尽江南》。与前两部小说相比，这里乌托邦叙事就审美而言更是全面溃败。这里关于乌托邦书写内容的讨论焦点，已经不再是其有多少艺术价值，而是相对于小说主体审美建构来说画蛇添足到多大程度。就主题而言，这里乌托邦叙事的内部肌理已经衰弱到失去产生任何独立主题价值的可能性，更不用说去统领整部作品的主题了。里面与乌托邦勉强能发生些联系的场景，一个是王元庆重建一个"花家舍公社"的愿望，一个是绿珠在生活中的盲目寻找。可王元庆重建一个"花家舍公社"的愿望仅仅是一个基于灵魂缺乏皈依的模糊愿望，没有什么行动纲领，而且没有真正付诸实践；绿珠的灵魂骚动不安及到处漂泊寻找的行为更没有固定的理想目标，其所作所为只是如没头苍蝇乱撞，它们相对于整部作品的内容来说也居于边缘位置。既然缺乏经典的乌托邦场景，作者对乌托邦的反思主题只能建立在子虚乌有的现实基础上。在作者前两部小说中乌托邦追求之所以被置于否定地位，是因为它由不安分的个人欲望转化为一种社

三 作家与作品

会实践时给人们造成了现实灾难，如秀米的对民间平静生活秩序的破坏以及谭功达的修水库给人带来的灾难，可《春尽江南》这里，并没有哪一种乌托邦行为是其他人灾难的罪魁祸首。相反的是，与作者所要排斥的乌托邦诉求相对，里边的现实则处于极端物化的陷阱中，没有给任何人带来真正的幸福快乐，所有的人心灵都无可安置，这本是一个呼唤超越现实秩序的精神力量深度介入的时代，作者拒斥精神乌托邦的僵硬姿态恰巧是在助纣为虐，严重地背叛了其题材主体所应有的主题之义！这样的乌托邦叙事对整部作品结构的建构和人物形象的塑造只有破坏，难有帮助。就小说整体结构来看，它基本是以一些中产阶级或社会利益格局中多少能维持在温饱底线之上的社会群体为对象的写实小说，强加进所谓的一些乌托邦意象碎片，未免有游离文本主体之外布不成阵的感觉，就像新衣服上补了一些不必要的补丁，徒增其乱。如作者在处理王元庆想重建花家舍公社的情节时，本可以承袭前两部的手法继续展开新一轮的乌托邦建构想象，可功利时代世俗化的压力在这时已经摧毁了作者与之认真对话的信心与愿望，因而在任何具体内容都没有的情况下就迫不及待地让它成为牺牲品，王元庆也被迅速地送入精神病院，这样干瘪扁平的意象融入结构中属于叙事上的自曝其短，如同食之无味的鸡肋。在人物形象塑造上，已经荒唐走板到不堪一击的乌托邦话语逻辑已经难以有效派生出人物精神个性的核心特征，只能损害人物性格的完整性。例如小说不得不让表面上不断吟弄诗句但诗人灵魂早已死去、在生活中和家庭中处处逃避责任、精神猥琐心灵空虚的男主人公谭端午，来承担一种反乌托邦的角色，还赋予一种相对于乌托邦追求者绿珠的精神优势和智力优势，不仅成为绿珠孤独绝望时的心灵导师，还能在绿珠进行盲目的乌托邦追求时并代表作者居高临下发出"别给我提乌托邦这个词，很烦"的声音，看似高屋建瓴，实则如同一个为自己一贫如洗莫名一文而不断怨天尤人的乞丐，乍遇到有人在谈钱时大叫"别在我面前谈钱这个字，太脏"一样，唯剩下矫揉造作带来的滑稽。总之，说句不客气的话，针对《春尽江南》这部以对当下社会生活写实为主的小说的审美建构而言，相关的乌托邦书写内容恐怕只是在徒增其乱而已。

四

在反思乌托邦的名义下顽固地拒斥任何对固有现实秩序甚至是臆想中的现实秩序构成挑战、威胁和超越的东西，格非是出于什么原因做出这种姿态呢？理由其实不难理解。众所周知，自20世纪70年代末肇始的改革开放以拨乱反正为先声，一度给新时代的政治经济及文化意识形态都注入一种锐气和朝气。就精英知识分子阶层的整体精神取向来说，改革开放初期尽管对社会历史都充满反思精神，但一般抱有一种理想主义信念，即便像格非这样本着先锋、叛逆的姿态对人的生存意识进行探索的作家，挑战传统文学模式的背后也潜伏着探索新生存理想的激情。20世纪90年代以来，由于政治体制改革的滞后，中国社会沿着权力主导下的市场化路径，开始形成一种新的利益格局和社会矛盾。一方面，为了维持自身在新的利益格局中的特权地位，固有权力体制和新兴资本市场联手打造并竭力推广一种阉割了正常民主、自尊、自由要求等诸多现代个人权利内容的、以捍卫现有秩序为中心的物欲化意识形态话语，改革开放之初赋予时代精神的锐气和朝气已然颓丧；另一方面，权力体制也由中华人民共和国成立之初对精英知识分子群体的强硬姿态改为恩威并施，在控制舆论导向的同时也通过各种方式给他们一些物质实惠。在权力和市场的合谋下，一种旨在维持现有利益格局和秩序的信仰上的虚无主义、行为上的实用主义、精神上的犬儒主义构成了这个时代知识分子一种特殊的新意识形态盛行一时。一些知识分子尽管不是感受不到其中的弊端，不是内心没有挣扎和矛盾，但作为体制内的受益者他们不愿也无力打破这种意识形态的桎梏，甚至反过来将这种自欺欺人的意识形态内化为一种精神自觉，并不遗余力地予以推销。当他们基于这种立场对百年以来中国社会追逐现代性的实践经验乃至于人们的日常价值原则重新检讨时，一种流行的理论方式就是将许多与过去经验相关的、超越和挑战固有现实秩序的东西都不分青红皂白地冠以乌托邦的称谓而加以消解，格非这几部小说的逻辑即是如此。倘若我们借用卡尔·曼海姆的相关理论成果，就可以更清楚地看到格非消解乌托邦观念背后的意识形态实质。卡尔·曼海姆在阐述自己对乌托邦这一思想类型的理解时，特别注意考察它与一定意识形态类型的关系。在他看来，乌托邦是人类社会发展进步所必需的力量，有绝对不可能实现与相对不可能实现的不同类型，由于人们总是从某个现实阶段出发界定乌托邦，因此，今天的乌托邦变成明天的现实是可能的，乌托邦常常只是早熟的真理，"那种与这个世界的历史—社会状况有紧密联系的乌托邦，不仅将目的越来越置身于历史的框架之中，而且还把可以直接达到的社会和经济结构抬高和精神化"；[1]一些故意混淆不同类型的乌托邦概念而统统加以消解的人，通常只不过在

---

① ［德］卡尔·曼海姆：《意识形态与乌托邦》，姚仁权译，中国社会科学出版社2009年版，第230页。

三　作家与作品

推销一种维护他们所生活的秩序框架的一种意识形态，"这种不愿超越现状的态度，倾向于把仅仅在一定秩序下不可能实现的东西看成在任何秩序下都完全不可实现的东西，这样，通过混淆这些界限，人们便能够压制相对的乌托邦所要求的有效性。由于把现存秩序以外的一切都称为乌托邦，人们便平息了可能从相对乌托邦产生的焦虑"。[①]

格非的三部曲创作首先引发的是对乌托邦叙事和历史本体关系的思考。的确，中国社会在复杂的演进过程出现了很多有悖于正常逻辑的东西；即便如此，我们对之的审视和呈现也要有全面的、客观的、历史的眼光。我们不能回避其本身的一些虚妄特质，但也不能将其简单地概念化处理，以拟想的逻辑遮蔽其作为一种社会现象固有的复杂性。

不过，作为一种文学创作，格非的三部曲创作引发给我们更重要的思考，则是关于文学本体和乌托邦之间的关系。作为一种审美现象，文学本体不管反映现实还是表现历史，是不是真的能够做到彻底摈弃真正乌托邦精神而卓然自立呢？我认为这是不可能的。道理很简单，优秀的文学既然是一种直接体现着人类深层精神价值的意识形态，它必然要以开放性的姿态去接纳和探索生活里的已然和未然之境，必然要从更高、更善、更美的价值维度来建立自己的尊严，古今中外的文学史事实都证明了这一点。试想西方浪漫主义大师雨果心中如果没有那种高高翱翔在现实生活河流之上、在当时多少具有乌托邦性质的人道主义理想的执着，如何能够写出《悲惨世界》《巴黎圣母院》等一系列既有鲜明的现实关怀又有博大的精神境界的杰作？试想俄国文学家陀思妥耶夫斯基灵魂里如果没有对拥有绝对真善美的彼岸世界的宗教式的虔诚守望，怎么能在《罪与罚》等一系列作品里对此岸世界的人性做到如此惊心动魄的叩问？总之，一个优秀作家在表达一种对社会生活现象的思考时，内心深处都需要有一种真正的乌托邦守望，即便不一定要站在人类文明的前沿位置为社会历史设想出一种理性蓝图，内心深处至少要有能够抵制所有庸俗观念浸透的对自由、正义、爱等基本现代人文观念的深层坚守；以有意无意地维持现实利益格局和固有秩序为最高价值取向的作品，无论作者赋予它多么美好华丽的形式外衣，都不可能掩盖其本质的虚弱。周作人曾有一篇文章《贵族的与平民的》，里边对这个问题做了很精辟的论述。在周作人看来，"平民的精神可以说是淑本好耳所说的求生意志，贵族的精神便是尼采所说的求胜意

[①] [德] 卡尔·曼海姆：《意识形态与乌托邦》，姚仁权译，中国社会科学出版社2009年版，第187页。

志了。前者是要求有限的平凡的存在，后者是要求无限的超越的发展；前者完全是入世的，后者却几乎有点出世的了"，所谓"要求无限的超越的发展"的"贵族的精神"一定程度上便是乌托邦的另一种说法。他进一步谈到"我不相信某一时代的某一倾向可以做文艺上永久的模范，但我相信真正的文学发达的时代必须多少含有贵族的精神。求生意志固然是生活的根据，但如没有求胜意志叫人努力的去求'全而善美'的生活，则适应的生存容易是退化的而非进化的了"，"我想文艺当以平民的精神为基调，再加以贵族的洗礼，这才能够造成真正的人的文学"，[1] 是在正面肯定了优秀文学必然具有的精神乌托邦属性。即便文学史一些解构乌托邦的优秀作家，也不排除他们心里通常有一种自己的乌托邦诉求，只不过他们拿新的乌托邦标尺来衡量旧的乌托邦大厦而已。不能不说，似格非三部曲这样本着该时期权力和市场合谋所制造的、以现实秩序的维持为最高价值的主题倾向庸俗意识形态畸形地消解乌托邦的方式，难免陷入思想上的似是而非和艺术上的故弄玄虚。这不仅是格非个人的问题，也是我们这个畸形商业化时代许多作家共同的问题，足该引起大家的警惕。

（原载《文艺研究》2014年第4期）

---

[1] 周作人：《自己的园地》，岳麓书社1987年版，第35页。

胡适《上山》与鲁迅《过客》对照记

翟业军

生命无非是一段从母体到坟墓的不短也不长的旅程。在我们的想象中，这段旅程可以是一次快乐的郊游，让敏感的人们兴起一种"昼短苦夜长，何不秉烛游"的喟叹；可以是一次多舛、艰难的远征，让无畏的人们激起一股"万水千山只等闲"的豪情；可以是一次从此岸到彼岸的泅渡，让睿智的人们玄思、玩味："人不能两次踏进同一条河流"；也可以是一次朝向绝顶的不可能也无意义的攀登，让西西弗时时刻刻体验着荒诞。面对这段命定的、无法闪避更不能更改的旅程，我们这些"孤独的旅客"在上路之前，甚至在"在路上"的每一个瞬间，都应该问一问自己：我是谁？我为什么会分有这样的一段旅程？这段旅程通往一个什么样的远方？这样的远方是我想要的吗？问，还是不问，决定着我们是不是一个完整意义上的"人",[①] 而千差万别的回答以及由此导致的各个不同的行走姿态，则凝定出一个个绝对不容混淆的"这一个"来。

巧合的是，1919 年，胡适写作小诗《上山》，以登山者自况，六年之后，鲁迅写出诗剧《过客》，用过客的跋涉来自剖心迹，而不管是说登山还是写跋涉，都是一种以旅程的意象来想象、逼近和拷问生命本身的努力。顺理成章的追问便是：在登山或者跋涉的过程中，两位文化巨匠的行走姿态到底有哪些相契处，又有哪些本质上的疏离处。我想，只要厘清这一至关重要的同中之异，也就能事半功倍地把握两位行者各具活力的文化抉择和生命态度，并进而为当下思想界清理出两条发端于五四的、既相互交融又彼此排斥的精神源流了。

[①] 用胡适的话说，就是："请大家记得：人同畜生的分别，就在这个'为什么'上。"《介绍我自己的思想》，《胡适文集》第 5 册，北京大学出版社 1998 年版，第 510 页。

一 "我",还是"他"?

让我们先从最外围的体裁着手,因为体裁看起来只是一只承载内容的器具,其实对于内容有着一种基础、本质、隐秘到仿佛是本能,以至于我们可以理所当然地视而不见的强大规定——内容的形式为器具所赋,内容不得不以器具的物状来显现自身,并在显现的过程中一劳永逸地模塑了自己。

《上山》是一首叙事兼抒情的短诗,分而论之,叙事是在叙"我"拼命爬山,半途昏沉入睡,猛醒后蓄势前行之事,抒情则是在抒发"我"哪怕被树桩扯破了衫袖、被荆棘刺伤了双手,更哪怕一直坐到天明,也要在明天绝早跑上最高峰,"去看那日出的奇景"的豪情;合而观之,只有在详尽叙述攀登之难以及"我"不畏其难,步步前行的基础之上,"会当凌绝顶"的豪情才是可信的、有力的,而"我"在缕述勉力攀登的诸多艰辛细节,比如"头也不回/汗也不揩"的时候,胸中也一定会油然而生出一派舍我其谁的豪情来。所以,在胡适这里,叙事即是盈盈欲溢的一汪深情的打开、奔流,抒情也正是一段艰难旅程的点滴在心头的记录,叙事与抒情原来浑然一体,它们就是一回事。如此说来,这首短诗的叙事人就是抒情主人公,抒情主人公也正是叙事人,而这个二而一的叙事人/抒情主人公一定是"我",只能是"我",因为只有在"我"的时而激越时而委顿的独语中,叙事与抒情才能达成最完满的交融——"我"的独语既是对于"我"的攀登过程的绵密、透辟的叙述,也是"我"在大声宣誓自己决不放弃,一定能跑上最高峰的浓烈、壮丽的抒情。这一个"我"决不能置换成"他"或"她",因为"他"或"她"就算再切己些,与"我"也还是隔着一层的。也不能是"他们"或"我们",因为"他们"或"我们"的雄浑声浪,瞬间就会吞没"我"的独语。"我"的独语一定是纠结的、冲撞的、激越的,因为希望与失望、奋进与彷徨、明朗与晦暗总是联袂造访"我"的世界,"我"的独语又一定是安稳的、沉着的、明晰的,因为这是"我"一个人在细细捋清自己的心路历程,其他人不得与闻,更因为"我"是唯一的、绝对强大的叙事人/抒情主人公,"我"有能力、有余裕把那些相反、相克的纷乱因子,捋成一股股相生、相成,凝聚向一个生生不息的未来的创造性力量。一堆乱麻拧成一股绳了,"我"的独语就一定是看似杂乱实则有条不紊、明朗的。"我"从来不会怀疑"望上跑"的这个"上"本身,更是乐观的,哪怕天已经黑了,路已经行不得了,"努力"的喊声也灭了,"我"都绝不会怀疑"我"的目标一定能达到。更重要的是,"我"的攀登没有时间、地点,没有一般事件时时偶发从而决定性地改变事件进程的意外、惊喜,甚至没有关于"我"是一个什么样的人的任何说明和规定。于是,"我"的攀登祛除了任何一丁点的具体性、现实性,成了一种就像代数公式一样的,循着公理、定理,从一个结论笃定地走向下一个结论,绝对抽象因而绝对稳定的行旅。这样的行旅从胡适的经验世界里发生过无数次的行旅中抽象而出,却已不再是他的经验世界中的任一种,它比他的经验世界中的任一种都要圆满、永恒,只有它才是真正意义上的,因而也就是不可能现实化的胡适的"我"在行走,在攀登。"我"的攀登既然拥有了代数公式一样的抽象性和稳定性,"我"关于这次攀登的独语的明朗性也就有了保证,因为代数公式杜绝任何形式的枝蔓和荫翳,乐观性更得到了加强,因为就算推导的步骤再烦、再难,代数公式也会通往一个可以预期的确凿的未来。我想,胡适对于许多结论数十年如一日的坚守及其不可救药的乐观,正源自他对于抽象的攀登的信靠吧,因为任何经验层面的挫折对于抽象的攀登都不会造成一丝半毫的损伤。需要说明的是,抽象的攀登也不同于《过客》中"或一日的黄昏""或一处"的跋涉,因为"或一"所指向的时空虽然是任意的,任意的时空却总要落实到可以是这一个也可以是那一个但终究是要在某一个的具体时空上。所以,"过客"一定是鲁迅"或一"时空里的心迹,从来没有一个抽象的、一成不变的鲁迅存在过。

早在 1919 年,鲁迅便在《国民公报》连载了一组题为"自言自语"的散文诗,这组散文诗的某些篇目正是《野草》相关篇目的雏形,比如,《火的冰》之于《死火》,《我的兄弟》之于《风筝》,这一组"自言自语"的独语风,更直接影响了《野草》的运思和表达方式,以至于《野草》那些浓烈、缠绕的自言自语,开启出中国新文学的独语传统。不过,蹊跷的是,虽被称作自言自语、独语,《野草》却极少像《题辞》那样跳出一个"我"来直接抒情,而是更多地假借于"他",比如影子、死火、魔鬼,来间接地传情达意,鲁迅甚至要设置戏剧或拟戏剧的框架,比如《复仇(其二)》《过客》《狗的驳诘》《立论》,让两个乃至多个"他"相互辩难、冲撞,从而砥砺出一腔微妙难言的深情。那么,鲁迅为什么要舍"我"而就"他"?"他"这么一个疏远、异己的人称,如何能够曲尽鲁迅的心声?而且,戏剧化的冲撞真的能够化合出一个明晰、确凿的独语声吗?或许,鲁迅压根不会有所谓的独语,他的内心从来就是一座辽阔、冲撞的戏台,且看《过客》。

研究《过客》的人最关心的地方,莫过于下面的一段问答。过客问:

"老丈，你大约是久住在这里的，你可知道前面是怎么一个所在么？"老翁答："前面？前面，是坟。"女孩的回答迥异于老翁："不，不，不。那里有许多许多野百合，野蔷薇，我常常去玩，去看他们的。"而过客知道，前面的确有许多许多的野百合，野蔷薇，他更明确地知道，那些地方就是坟，但是，即便明知是坟，他还是要追问下去："老丈，走完了那坟地之后呢？"研究者习惯于根据三人回答的不同来推导他们各异的生命态度，喜欢辩证法的人又会相对审慎地辨析他们生命态度的异中之同：

> 一方面，我们可以看到……小女孩的天真热切与理想主义，老者的淡泊暮气与保守主义，过客的坚定清醒与现实主义。与之相对应的则是可以玩耍的布满"野百合"、"野蔷薇"的草地，坟，以及二者兼取的"走完了那坟地之后呢？"但另一方面……我们可以说过客是正在路上的过客，老者是停滞不前的曾经的过客，小女孩则是有好奇心的潜在过客。①

这里的"一方面"肯定有误，因为"走完了那坟地之后呢"的追问怎么可能是对于野百合、野蔷薇与坟的"兼取"？这一执著却又注定无解的追问又怎么可能是现实主义的，野花，或者坟，哪一个不是更大的，就连过客也都认可的现实？而"另一方面"则更站不住脚了，因为这样一来的话，人人都或是潜在或是正在路上或是曾经的过客，过客的特殊性就被毫不留情地抹杀了。我的看法是，他们根本不是三个人，他们就是同一个人，老翁和女孩都是扎根于过客体内的常人，过客也认可并时不时地沉迷于诸如野花和坟的常人、常识，但是，过客之为过客的独异之处，就在于他对于常识的怀疑和颠覆：那么，之后呢？迈出这一步是艰难到虚妄的，因为谁都不知道这个之后是什么，或许压根就没有什么之后存在，但这一步又是极有力、坚实的，把他从常人、常识中一下子振拔而出，他与他的命运猛然相对了。不过，常识从来都是甜蜜、稳妥的，从常识迈出哪怕一小步都是让人虚妄、疼痛的，于是，就在迈还是不迈出这一步，选择稳妥还是走向虚妄的反复拉锯中，过客的心绪一直在"徘徊""沉思"与"吃惊""惊醒""倾听"的两造之间过山车般地来回，由此体验着绝对的苦痛，并由苦痛享受到极致的狂喜。所以，过客从来不只是作为过客自身出现的，甚至就没有一个明确的过客自身存在过，过客一直处于与自己

---

① 朱崇科：《执著与暧昧：〈过客〉重读》，《鲁迅研究月刊》2012年第7期。

"争执"的过程中,他只在"争执"之中存在,"争执"一旦停止,他也就做回了常人。就算过客做出了"决断",也不会挣得永恒的澄明之境,因为新的"争执"又接踵而至,就像诗剧的结尾,过客向野地里"跄踉地闯进去",这不是"争执"的结束,而是"争执"的继起。从这个角度说,《过客》的诗剧体正是"争执"的必然结果,因为"争执"从来不偏袒于一端,也不可能凝结成一块晶体,鲁迅只能选择以既可入乎其内又能出乎其外的游离性的"他",来观察、体悟自己遭遇到的旋生旋灭又一再继起的"争执",并不断尝试性地做出"决断"。这样的"他"与胡适那个即便沉睡也能猛醒的牢不可破的"我","他"的永远在"争执"——"决断"——"争执"中循环的跋涉与"我"的抽象、稳定的攀登相比,真是虚妄但也深切了太多。

二 一个声音在召唤

有趣的是,《上山》和《过客》都有一个声音在召唤。在《上山》中,这个以直接引语的形式现身的声音一直在向"我"发出召唤:"努力!努力!/努力望上跑!""半山了!努力!/努力望上跑!""小心点!努力!/努力望上跑!""好了!上去就是平路了!/努力!努力望上跑!"而《过客》中的声音不是以独白、旁白抑或对白的形式直接出现,而是在过客与老翁的对白中间接地呈现的,比如,过客说:"况且还有声音常在前面催促我,叫唤我,使我息不下。"下文要问的是,这两个声音是同一个声音吗?它们到底在召唤些什么?直接和间接的不同现身方式本身是无关紧要的技术处理还是由声音的性质所决定了的不得不如此的逻辑必然?让我们先看声音本身。

声音在西方文化中具有超然的魔力。《申辩篇》中的苏格拉底说:"我服从神或超自然的灵性……我与之相遇始于童年,我听到有某种声音,它总是在禁止我去做我本来要去做的事,但从来不命令我去做什么事情。"① 神或灵性总是在声音中显现自己,没有声音的现出,神就是不在的。不过,神居于"欲说"的意向性结构之中,所以,神的声音不是公众性讨论、言不及义的交谈之类的外在性言说,而是一种内在的声音——神意居于"我"之本性? 在《圣经》的创世故事中,"地是空虚混沌;渊面黑暗",神"说":"要有光!"就有了光。世界原来是经由神"说"而

---

① [古希腊]柏拉图:《申辩篇》,《柏拉图全集》第一卷,王晓朝译,人民出版社2002年版,第20页。

被造的。而《约翰福音》开篇就说:"太初有道,道与上帝同在,道就是上帝。"这里的"道"(logos)即是一种声音在言说,用言说让某物现出。而"道"又是圣子,圣子"从太初就与父同在",只有圣子能够显现圣父的旨意,就像声音让思想现出一样,所以,约翰接着说:"从来没有人看见上帝,只有在父怀里的独生子将祂表明出来。"声音的神圣性一至于此。到了海德格尔那里,神退隐了,但声音犹在,良知的声音打断"共在"的嘈杂和烦扰,把此在唤到它最本己的可能性中。那么,召唤者为谁?海德格尔说,是此在的良知在召唤,"呼声出于我而又逾越我"[1]。再进一步问,此在的良知何来?这就可以沟通起中国的哲学了。孟子曰:"人之所不学而能者,其良能也;所不虑而知者,其良知也。"(《孟子·尽心上》)良知原来是本性,人皆有之,但本性每每为私欲所窒塞,所以,我们须要细细聆听它的召唤,并把聆听到的体现于自己本性之中的"良知之天理"推及于事事物物,这种聆听并推及于物的功夫,就是王阳明"致良知"的"致"。综上所述,我们可以知道,《上山》和《过客》中的声音既是神/绝对律令,也是胡适和鲁迅各自的良知所发出的召唤,或者说,绝对律令和良知原本就是一体的,当他们听到良知召唤的时候,也就发现了良知之中自有的天理,或者叫绝对律令,因为"心外无学",当他们服从绝对律令的时候,也就听从了良知的声音,因为天理无非人心。天理人心既相浑成,我们就正好借着它的外在显现——声音,来看看胡适和鲁迅的人心和天理各是什么样子,他们又是如何对待他们各自的人心和天理的。

在胡适这里,声音的召唤有如下几点值得注意。首先,声音出现四次,每次都以不得不用惊叹号标示出来的声调,极明确、极具煽动性地鼓励"我""努力望上跑"。如此斩决的召唤,一方面可以见出"努力"哲学在胡适心上的烙痕已是如此深刻,另一方面也能看到胡适竟是这样的清浅和执着——只有一个"努力"的喊声在复沓,在回旋,更无一丁点的杂音。其次,"我"对于声音的反应从来都是如应斯响的。声音第一次出现时,"我"开始拼命爬山,到了半山,没路了,声音又一次降临,在声音的鼓动之下,"我"手攀青藤,脚抵岩缝间的小树,一步步朝上爬,声音又接着打气,"我"便一鼓作气地打开了一线路,爬上山去。此时,声音最后一次浮现,这应该是担心"我"小富即安、鲜克有终而敲响的警

---

[1] [德]马丁·海德格尔:《存在与时间》,陈嘉映、王庆节译,生活·读书·新知三联书店 1987 年版,第 329 页。

三　作家与作品

钟吧,可惜"我"没有领会,到底闻着扑鼻的草香,昏昏沉沉地睡了一觉。我想,胡适自己也应该意识到第四次声音太不协调了吧,因为唯独这一次的召唤,"我"没有响应,于是,《尝试集》再版的时候,他便删去了此段,这样的删除,正说明声音之于他不仅仅是要听,更是要应、要从的神圣指令。所以,胡适从来不会到理论为止,他怀疑那些自诩能够"根本解决"的主义,更蔑视空谈主义的人:"空谈好听的'主义',是极容易的事,是阿猫阿狗都能做的事,是鹦鹉和留声机器都能做的事。"① 他一定要把他所信奉的实验主义推及万汇,否则主义就是无效的,而推及的过程中,哪怕遇上再大、再多的困难,他也会坚持一种詹姆士式的,由"实在论"所生发出来的"宗教":"我吗?我是愿意承认这个世界是真正危险的,是须要冒险的;我决不退缩,我决不说'我不干了!'"② 再次,当"我"醒来时,天已黑了,"努力"的喊声也灭了,怎么办?"我"就自己给自己加油:猛省,猛省!注意,这里的两个"猛省"明明是加油声,却没有引号,因为它们都是内在的声音。内在的声音来自良知,良知连通着绝对律令,这样一来,"我"就不会真正的孤单,更不会彻底的绝望,而会终其一生都在声音的激励下,以"坐到天明"的艰苦卓绝的方式,向最高峰努力攀登。

到了鲁迅那里,声音的风貌就大不相同了。首先,声音是间接呈现的,我们根本不知道声音在召唤些什么,甚至就连过客本人都弄不清楚这个在他耳边反复回旋着的声音的具体内容,否则,他怎么会不知道坟之后是什么?这个未明所以的声音还是那么的微弱、时断时续,以至于老翁都不确定了:"他似乎曾经也叫过我。"由此,我们可以认定,鲁迅从来没有一个像胡适的"努力"哲学、实验主义那样明确的,足以指导、支配自己一生的主义,如果有某种主义如洪钟大吕一样向他宣示,让他聆听了,那么,这种主义不是妄言就是谎话。不过,在勘破无数妄言和谎话之后,他还是依稀听见一个说不清道不明却又确确凿凿存在着的声音在前方召唤着他,于是,他"奋然"朝前走去。我想,这一个哪怕再困顿、再虚妄也要一直走下去的姿态,正是鲁迅毕生坚守的不是主义的主义吧。其次,由于声音的抽象性,鲁迅不会执着于某一主义,听令于某一政党,因为"某一"就是抽象性的具体化。他只能既坚定又虚妄地朝前走,与每

---

① 胡适:《多研究些问题,少谈些"主义"!》,《胡适文集》第 2 册,北京大学出版社 1998 年版,第 249 页。
② 见胡适《实验主义》,《胡适文集》第 2 册,北京大学出版社 1998 年版,第 227 页。

一个阻碍着他前行的人和事战斗，战斗才是他的唯一姿态，而不同的战斗对象也就暂时性地凝定了他的生命，甚至为他命了名，难怪过客说，他没有名字，一路上人们对他的称呼各式各样，"相同的称呼也没有听到过第二回"。再次，声音是模糊的，所以，"唯有能领会者能审听"。不过，没有谁生来就能领会，因为一次领会就是一次疼痛的"争执"，"争执"是要把你从令你惬意的在世之烦中"惊醒"并驱逐出去啊。所以，女孩未曾领会，老翁似曾领会如今彻底不再领会，而过客犹疑又被"惊醒"凡五次：第一次，老翁说，你不如回转，"因为你前去也料不定可能走完"，过客"沉思"："料不定可能走完？""忽然惊起"："那不行！我只得走。"第二次，老翁说，他听到过声音，不理他，也就不叫了，过客"沉思"："唉唉，不理他……""忽然吃惊，倾听着"："不行！我还是走的好。"第三次，女孩递来布片，他坐下缠裹，又"竭力"站起："但是，不行！"第四次，老翁让他休息，他欣然："对咧，休息……""但忽然惊醒，倾听"："不，我不能！我还是走好。"第五次，分手时，他与老翁互祝平安，平安的温暖让他"徘徊，沉思"，又"忽然吃惊"："然而我不能！我只得走。"多达五次的"惊醒"，充分说明了领会、聆听并接受召唤的艰难——树桩、荆棘、困倦之类的行路难都是可以克服的，而也许走不完的担忧，放弃聆听的冲动，布片及其表征着的现世安稳的诱惑（"皮面的笑容""眶外的眼泪"只会愈益地激发斗志，而布片这样的"心底的眼泪"才是致命的诱惑），却釜底抽薪式地解构了跋涉本身，过客必须一边抵御着一阵阵袭上前来的无法抵御却又不得不抵御的虚无，一边困顿地走下去。这真是一场绝望的战斗。

三　真有最高峰吗？

还是看声音。前面说过，声音是天理人心相浑成的外在显现，那么，声音的样态不就是人心的样态？于是，我们完全有理由根据《上山》《过客》中的声音，来推测、勾画出胡适和鲁迅各自心中的那个"我"来。

《上山》引号之内的呼声以及"猛省"的内在声音都是明确的、高亢的，所以，胡适的"我"当然是稳定的、坚实的，这个"我"与"努力"的喊声相互生长，彼此呼应，以至于"我"从来不会停下来想一想："我"是谁？"我"为什么要爬这座山？真的有最高峰吗？即便能爬上最高峰，就一定看得到日出？谁能保证日出一定是"奇景"，而不是我们所习见的寻常景象的延续？而且，就算看到日出了，之后呢？把这些问题搁置甚至删除了，摆在"我"面前的当然就是一条崎岖却必然会通往最高

三 作家与作品

峰的路,"我"要做的,就是一步一步地望上跑,并随之收获一步一步的欣喜——"上面果然是平坦的路/有好看的野花/有遮阴的老树。"这样的一步一步望上跑的精神,就是胡适素所强调、源自詹姆士的改良主义:

> 这种人生观也不是悲观的厌世主义,也不是乐观的乐天主义,乃是一种创造的"淑世主义"。世界的拯拔不是不可能的,也不是我们笼着手,抬起头来就可以望得到的。世界的拯救是可以做得到的,但是须要我们各人尽力做去。我们尽一分的力,世界的拯拔就赶早一分。世界是一点一滴一分一毫的长成的,但是这一点一滴一分一毫全靠着你和我和他的努力贡献。①

有了积跬步以至千里的改良的信念,《尝试集》便处处潜涌着小温。比如,"明年春风回/祝汝满盆花"(《希望》),再如,"在这欲去未去的夜色里/努力造几颗小晨星/虽没有多大的光明/也使那早行的人高兴!"(《晨星篇》)但是,一步一步望上跑的姿态固然动人,却也存在着致命伤,这一点从"果然"二字即可看出端倪。"果然"的含义颇暧昧。首先,"果然"表明,攀登的收获是可以预期、不出所料,也因而是极切实、可靠的,正是在此切实感的保证之下,"我"的"一点一滴一分一毫"才能细水长流下去。其次,"我"其实一直在担心自己的攀登会不会一无所获,或是走入死胡同,故而当真的得偿所愿时,便有了一份"果然"的欣喜和放松,不过,"果然"的庆幸不正说明希望多半可能落空?所以,"果然"既是胡适的乐观,亦是他的软弱和自欺,他不敢、不忍去想,前面或许是一条死路,虽然现世中所有的人、事都在这样告诫、教训他,他自己对此也是心知肚明的。从这个角度说,胡适强调"大胆的假设,小心的求证"的科学精神,他自己却有一个无法求证、不能求证的假设存在着,他一生之所为都建基、维系于这一假设——望上跑吧,你不会失望的——之上,而建基于假设的生命,说到底还是迷信和虚妄的,胡适终究未能把他的实验主义推行到底。

《过客》中的声音是抽象的、模糊的,由此声音召唤、呈现出来的"我",当然也是不确定的、虚幻的。过客之"我"的虚幻性,从他与老翁的一段对答中可以看得格外分明。老翁问,你怎么称呼,过客答,我不知道,翁再问,你从哪里来,客再答,我不知道,翁接着问,你到哪里

---

① 胡适:《实验主义》,《胡适文集》第2册,北京大学出版社1998年版,第226页。

去，客接着答，我不知道。其实，每一个本真的人都被"我是谁、从哪里来、到哪里去"这一著名的哲学三问质询着，被质询的自觉，正是"争执"的开始。有信仰的人是幸福的，因为他们所信靠的主对此问题有一个牢靠的回答："我虽然为自己作见证，我的见证还是真的。因我知道我从哪里来，往哪里去；你们却不知道我从哪里来，往哪里去。"（《约翰福音 8：14》）后来，上帝死了，人也就跟着死了，人死了之后，这三个问号那么触目惊心地横亘在我们面前，我们却无力给出答案，我们注定如此悬欠地存在着，就像高更那副名画里的无助的人们一样。鲁迅极敏感于这一悬欠感，他无法像胡适那样，把如此严重的问题搁置起来，更无力如主一般，给出一个笃定的回答，他只能把这三个问号描得更粗、更黑，让自己时时刻刻直面着根基处的虚无，并由此获取存在即是荒诞的领悟。要知道，领悟荒诞是战胜荒诞的根本前提，就像西西弗只有从一开始就洞达了自己的命运，他才有可能成为一位"荒诞的英雄"。所以，过客的三个"我不知道"不是向荒诞的命运投降，也不是以提问的方式把问题本身存而不论，而是对于"被抛"命运的提前洞达，洞达这一生命奥秘的他非常清楚，他的"我"被打上了斜杠，现成的、未经反思的"我"是不在的，而这样的"我"不在了，那个胡适发誓要登临的最高峰的现成性也就被取消了——没有"我"，哪来"我"必将登临的顶峰？于是，摆在过客面前的最迫切的任务，就是把"我"身上的斜杠抹去，从而赢获"我"的充盈性，而赢获充盈性的必由之路，就是不管前方是什么，也不问最终能不能抵达，只是听从那一个内在声音的召唤，"昂了头"朝前一直走下去。行走中的过客可以什么都不知道，对于走的姿态却一定是刻骨铭心的："我单记得走了许多路，现在来到这里了。我接着就要走向那边去，（西指）前面！"所以，走是过客的宿命，他不得不通过不断的走来与荒诞作战，他也不得不以极困顿、茫然的走来走出一个"我"来。不过，走又何尝不是过客的荣耀，他的不停歇的走正是对于虚无和荒诞的藐视，他在走的过程中远远地超越了自己早已被分定的那一份命运，我们甚至可以借用加缪的句式来描述他："应该认为，过客是幸福的。"[1] 说一句题外话：加缪对于西西弗的发现和重造，已是近二十年之后的 1943 年了。我们从来不缺少发现，但是，我们缺少发现的信心和虔心。

---

[1] ［法］加缪在《西西弗的神话》一书的结尾说："这块巨石上的每一颗粒，这黑黝黝的高山上的每一颗矿砂唯有对西西弗才形成一个世界。他爬上山顶所要进行的斗争本身就足以使一个人心里感到充实。应该认为，西西弗是幸福的。"杜小真译，生活·读书·新知三联书店 1987 年版，第 161 页。

三　作家与作品

胡适的"我"如此坚实，却可能是虚妄的，鲁迅的"我"原本虚妄，却反而那么的坚实，这是一重极诡异的辩证法。正是在此意义上，李泽厚说，胡适并不能充分理解他所钟爱的那一句易卜生名言——"世界上最有力量的人正是最孤立的人！"连"我"的真相都不敢直视，怎么敢孤立？不敢孤立，哪里来的力量？胡适的"我"终究只是一种必须汇入"大我"的"小我"而已。李泽厚紧接着说："只有鲁迅，才真正身体力行地窥见了、探求了、呈现了这种强有力的孤独。"[1] 唯能孤独者能强大，我想，过客就是最有力的证明。

还需要说明的是，登山或者跋涉是人们想象世界、思索生命的主要和基本的图式（不是主要和基本的图式，出现一些差异就说明不了什么问题），相关的创作自然极多。比如，徐志摩《他眼里有你》中的抒情主人公"我"与胡适的"我"、鲁迅的过客一样，攀登万仞的高岗，下潜无底的深潭，就是望不见、听不到"我"要的上帝。但是，"我在道旁见一个小孩：/活泼，秀丽，褴褛的衣衫/他叫声妈，眼里亮着爱——/上帝，他眼里有你"。徐志摩心中终究有一个磨不灭的上帝在，上帝栖息于每一份童真和母爱中。不过，因其意蕴的过度显豁，以及与本文所论对象形不成同中有异、异中有同的张力，故不及。

（原载《鲁迅研究月刊》2013 年第 6 期）

---

[1] 李泽厚：《胡适、陈独秀、鲁迅——五四回想之三》，《福建论坛》（文史哲版）1987 年第 2 期。

论《边城》

瞿业军

1933年秋,新婚不久的沈从文在一个小小院落中写作《边城》。秋阳从老槐树的枝叶间筛下细碎光影,布满方桌,洒满小院,他的心"若有所悟,若有所契,无滓渣,少凝滞"①,乃能孕育出"一颗千年不磨的珠玉"②。这颗珠玉已然成为经典,传诵既深广,论说亦纷纭。有人说它给人一种"山水画似的美感"③,有人说它是玲珑剔透的牧歌④,有人说它带有"弗洛伊德的气味"⑤,有人说它运用与现实格格不入的修辞,达成一种批判意图⑥,也有人说它表现出"受过长期压迫而又富幻想和敏感的少数民族在心坎里那一股沉忧隐痛"⑦,不一而足。《边城》的可能性仿佛已被穷尽。不过,经典拥有读千遍却宛如初识的魔力,而初识一样的新奇一定源于经典本身永远不会衰竭的丰富性。有此丰富性打底,何妨再说《边城》?

一 "一"的世界

沈从文以郁达夫式的啼饥号寒、自怜自恋起步,渐渐走回被记忆美化的湘西,而乐园一样的湘西,说到底是他置身于窘迫的现实处境中的代偿性想象。这种代偿性想象在被一次又一次书写过后,竟俨然成为一种真实存在,时时蛊惑着作者与读者的乡愁。在现实与想象的双向互动中,沈从

---

① 沈从文:《烛虚》,《沈从文全集》第12卷,北岳文艺出版社2002年版,第14页。
② 刘西渭:《咀华集》,文化生活出版社1936年版,第74页。
③ [韩]安承雄:《〈边城〉里河水的象征意义》,《中国文学研究》2000年第1期。
④ [美]夏志清:《中国现代小说史》,刘绍铭等译,复旦大学出版社2005年版,第146页。
⑤ [美]金介甫:《沈从文传》,符家钦译,国际文化出版公司2005年版,第216页。
⑥ [美]王德威:《中国现代小说十讲》,复旦大学出版社2003年版,第137—140页。
⑦ 朱光潜:《从沈从文先生的人格看他的文艺风格》,见刘洪涛、杨瑞仁编《沈从文研究资料》,天津人民出版社2006年版,第407页。

三 作家与作品

文越发坚定了自己的审美选择——做一个"乡下人"。"乡下人"的美学其实就是城里人自我认同时不可或缺的"他者",就是文明人不满于文明的整饬和光洁,稍稍放松、放纵一己心性的销魂窟,更是让过分踏实的、按部就班的生命重新取得"平衡"的传奇和诗。"乡下人"的美学当然颇有市场,沈从文很快功成名就:"我要的,已经得到了。名誉,金钱和爱情,全都到了我的身边。我从社会和别人证实了存在的意义。"① 新婚宴尔、功成名就的城里人沈从文,更加需要一种与"目前生活完全相反"的"乡下人"美学,来"平衡"自己太过稳定、文明的生命。此种心理机制,沈从文亦有自剖:"这种平衡,正是新的家庭所不可少的!"②《边城》的写作,原来是要完满一颗城里人的心。于是,茶峒的风物人情就不是一种自足的存在,而是一帧让城里人惊奇、神往的风景。风景美则美矣,却是不能也不会久居的。这一看风景的心态,《边城》一开始即有流露:

> 一个对于诗歌图画稍有兴味的旅客,在这小河中,蜷伏于一只小船上,作三十天的旅行,必不至于感到厌烦。正因为处处有奇迹,自然的大胆处与精巧处,无一处不使人神往倾心。

看风景的人,当然想看与自己的心情、境遇迥异的风景,就像城里的一定想看乡下的,平实的想看传奇的,一切都凑巧的想看"到处是不凑巧"的,圆满的想看悲剧的。要是跋山涉水看到的,无非还是日常所及,岂不"厌烦"之至?如此一来,《边城》这部充满了善和希望的动人小说,就注定是一个"不幸故事",因为唯有"不幸故事",方能"排泄与弥补"太过幸福的作者的憧憬和迷惘。

接下来的问题是,《边城》的故事是如何不幸的?

沈从文熟读《圣经》,对于巴别塔的故事当然不会陌生。《圣经》说,那时,天下人的口音都是一样的,他们彼此商量:"来吧,我们要建造一座城和一座塔,塔顶通天,为要传扬我们的名,免得我们分散在全地上。"那座建造中的城和塔,就是原初的乐园,就是永恒的相契和交融。人类原来一直是怀乡病者。但是,耶和华降临,变乱他们的言语,使众人分散在全地上。生命即是永罚,"巴别"(变乱)才是命定。不过,沈从文偏偏反其道而行之,一上来就在"边城"里牢牢矗立起一座城和一座塔:

---

① 沈从文:《水云》,《沈从文全集》第12卷,北岳文艺出版社2002年版,第110页。
② 沈从文:《水云》,《沈从文全集》第12卷,北岳文艺出版社2002年版,第110页。

论《边城》

　　由四川过湖南去，靠东有一条官路。这官路将近湘西边境到了一个地方名为"茶峒"的小山城时，有一小溪，溪边有座白色小塔，塔下住了一户单独的人家。这人家只一个老人，一个女孩子，一只黄狗。

　　有了城和塔，有了如此干净、安稳的叙述，"边城"不就成了一座乐园？乐园的特点有三。首先，乐园里一切皆静寂、安详，就像那条静静的河水，即或深到一篙不能落底，却依然清澈透明，游鱼皆可计数，也像爷爷在溪中央哑哑歌唱，仿佛热闹了些，"实则歌声的来复，反而使一切更寂静"。其次，乐园里无机心，人心皆洁白无纤尘，严肃、"狡黠"如孩童。你看，渡船为公家所有，过渡人不必出钱，却必有人"心中不安"，抓一把钱掷在船上，管船的必一一捡起，塞回那人手心，"俨然吵嘴时的认真神气"。最后，乐园既如此透明，就无须反思，也无法反思，因为反思需要由晦暗构成的纵深，甚至排斥反思，因为反思可能就是变乱之源。于是，每个乐园中人皆"从不思索自己职务对于本人的意义，只是静静的很忠实的在那里活下去"。当然，沈从文又说了："一分安静增加了人对于'人事'的思索力，增加了梦。"这里的思索力和梦，不内在于风景而是属于看风景的人的——如此安静的风景中，生命不是映现得格外分明？又安静又洁白又无须思索，到哪里去找这样美好的乐园，如此乐园中，"每件东西都潜在地含有它本体的内在的和谐，就如同每粒盐都含有它结晶的原型"。① 所以，我认为沈从文改写了巴别塔的故事——给你一个最单纯、完满的开头，看你能够得到一个什么样的结局。

　　如此乐园一定是一个完全静态的世界，没有大悲大喜、大开大合，甚至没有时间流过，因为时间的铺展就是静的终结和动的开始，用纪德的话说，就是"流过的时间凌乱了一切"。完全静态的乐园，就是"道生一，一生二，二生三，三生万物"中的"一"。"一"不再是玄而又玄、不可言说的道，也还没有铺展开去，开启出万物的具体性。"一"就是介于不可言说与具体化之间的抽象，就是介于"道"的玄而又玄与万物的动态之间的绝对安静。"一"可以揣想，能够追忆，却没有万物的枝枝蔓蔓，以及枝枝蔓蔓必会带来的欣喜和烦恼。（欣喜和烦恼是具体化世界里的孪生子，有欣喜必有烦恼，无烦恼也就无欣喜）所以，"一"的世界也无风雨也无晴，是无忧无虑的，亦无劫后重生的惊喜。沈从文强调："中国其

---

① ［法］安德烈·纪德：《纳蕤思解说——象征论》，卞之琳译，见《卞之琳译文集》上卷，安徽教育出版社2000年版，第306页。

三 作家与作品

他地方正在如何不幸挣扎中的情形,似乎就永远不曾为这边城人民所感到。""边城"原来就是世外桃源。桃花源里"不知有汉,无论魏晋",不就是放逐了时间、抽离了具体性的"一"?不过,"一"的世界虽然尽善尽美,却犹如几何学意义上的点,是抽象的、未发展的,没有深度、厚度和长度,没有面积、体积和方位,因而也就是无法真切触摸的。而且,没有具体的纸面上的点,几何学的点何以立?"一"的世界原来是非自足的,只有与万物并存时才能存在并被揣想。但是,万物又无法直通"一",只能靠抽象,靠想象性的飞跃。难怪人们想再次进入桃花源,却"寻向所志,遂迷,不复得路",具体世界里的"志"怎能通往几何学的点?难怪人们只有死去,取消了具体的身位,才能抵达彼岸,回归乐园,抽象的彼岸和乐园岂会让肉身栖居?也难怪沈从文会说,"边城"世界"即或根本没有,也无碍于故事的真实"①——几何学的点哪里真有?但即使没有,不也是真实的,甚至比纸上的点更真?在这个"一"的世界中,历史无从铺展,意义不会发生,生命也一定是不完全的,只是生物。狄尔泰早就把生命落实为历史:"生命是丰满的,多样的,是个人经验的种种相互关系。在它基本的质料上,生命与历史是一回事。"② 生命原来只能在万物中摇曳。于是,我们看到,翠翠"处处俨然如一只小兽物",与黄狗无异。有了风吹草动,它们"皆张着耳朵"。黄狗被越水掠山而来的蓬蓬鼓声激动,发疯似的乱跑,翠翠也跟着跑,"且同黄狗一块儿渡过了小溪,站在小山头听了许久"。小说更写到在一种极其动人的寂静中,"祖父睡着了,翠翠同黄狗也睡着了"。"睡着了"的陶然境界,就是对于思索的拒绝,就是自拘于生物性。何止翠翠,沈从文笔下的人物,大抵都只是生物。萧萧就是一株长在园角落里不为人注意的蓖麻,"大枝大叶,日增茂盛"。会明则是一株极易生长的大叶杨,"生到这世界地面上,一切的风雨寒暑,不能摧残它,却反而促成他的坚实长大"。阿金预备用值得六只牯牛的钱换一个身体肥胖胖白蒙蒙的妇人,妇人与牯牛之间亦可画上等号。"一"的世界即便有了"反动",似乎能打破抽象和寂静,就像《丈夫》结尾处男人的"觉醒",这一"觉醒"其实也是一种"原始人不缺少的情绪",原始人的情绪,还是生物性的,而不是人的反思。众人皆为生物,就无力安排自己的命运,只能"照例"生活下去,用《边城》的表述,就是"一切都为一个习惯所支配"。于是,做妓女的会"切切实

---

① 沈从文:《习作选集代序》,《沈从文全集》第9卷,北岳文艺出版社2002年版,第5页。
② 转引自张汝伦《现代西方哲学十五讲》,北京大学出版社2003年版,第107页。

实尽一个妓女应尽的义务",当兵的也"不便毁去作军人的名誉",至于为什么要尽这样的义务,名誉又为何不便毁去,则是生物们无力也想不起来追究的了。如此看来,"一"的世界中,妓女、军人乃至所有的人哪有什么不同,俱在惯例支配下生活着,根本无力措手于自己的命运,或者说,他们都是自己命运的旁观者。就像春日涨水,沿河吊脚楼必有一处两处为大水冲去,大家皆在城头呆望,"受损失的也同样呆望着,对于所受的损失仿佛无话可说"。大水就是命运,受命运播弄却无话可说就是没有反思的能力,就是在命运安排下老老实实地生活下去。在这个绝对寂静的抽象的"一"里,一切皆为同一,就算有"一"之外的具体的、能在历史的环环相扣的意义锁链中各就各位的人事传来,也会被解除掉所有的具体性,打入抽象的同一。这一具有强大吞噬力的同一性,最鲜明地体现于翠翠闲时哼唱的巫师迎神歌:"洪秀全,李鸿章/你们在生是霸王/杀人放火尽节全忠各有道/今来坐席又何妨!"洪秀全、李鸿章是何等具体的人,不过,你就是再具体,也会被"一"同化,甚至消融,成为翠翠、爷爷一般的生物,欢欢喜喜来坐席,"慢慢吃,慢慢喝/月白风清好过河/醉时携手同归去……"

所以,"一"的世界就算再动人,细细想来,还是让人窒息、令人悲伤,根本不值一过的。沈从文在别一场合说得更加简洁明了:"历史对于他们俨然毫无意义,然而提到他们这点千年不变无可记载的历史,却使人引起无言的哀戚。"[1]"千年不变",就是纯而又纯却又无比单薄、脆弱、凄婉的"一"字。此种悲伤,《长河》中亦有流泻:"过去一千年来的秋季,也许这一次差不多完全相同,从这点'静'中即可见出寂寞和凄凉。"纪德说,就连亚当也视乐园为囹圄,卑微地渴求改变,或者说变乱:"这种谐和也叫我气恼,还有它那种永远完整的调和。来一个动作!一个小小的动作,为的认识,——一点不谐和,总之!——好吧!一点意外。"[2]变乱开始了,乐园坍塌了,万物也就次第打开。那么,翠翠他们该如何走出"一",由"一"而二而三而万物地层层铺排开去,从而获取具体性,以形成自己的独特身位?从"一"到万物的变乱中,原本单纯、寂寞的生命会有何等遭际,又会有什么样的生命情态生成?种种问题,都是沈从文的兴趣之所在。所以,他倾注全力勾画出一个凝然不动、绝对的"一",然后让它猝然变乱,在此变乱中让"一"完满了自身。在此完

---

[1] 沈从文:《湘行散记·一九三四年一月十八》,《沈从文全集》第11卷,北岳文艺出版社2002年版,第253页。

[2] [法]安德烈·纪德:《纳蕤思解说——象征论》,卞之琳译,见《卞之琳译文集》上卷,安徽教育出版社2000年版,第304页。

三　作家与作品

满过程中，沈从文迎面撞见太多无法直面的晦暗，忍受了太多难以忍受的疼痛。但是，即使再触目、再苦痛，也是好的，因为那是具体化，是感性，是丰富，是各自真正的完满。疼，是因为"活"了，亦能反过来证明真的"活"了，不是吗？

二　"一"与万物的循环

时间是变乱之始，是一股春风吹得万物花开。只有引来时间，抽象的、绝对的"边城"才能具体化、相对化，翠翠也才能获致完整的生命。就像小说所言："不过一切皆得在一份时间中变化。这一家安静平凡的生活，也因了一堆接连而来的日子，在人事上把那安静空气完全打破了。"《边城》的叙事方式是紧扣时间的。小说以今年的端午始，让那迷人鼓声，把翠翠带回前年和去年的端午，然后再拉回到今年的端午，在短短的顺叙时段内插入长长一片回忆，一段已然过去却又仿佛"永在"的时光，从而尽显时间的错综迷离和深不可测。有了如此丰富的、有韧度的时间，"边城"也就挣出了单薄、透明的"一"，开启出万物，焕发出缭乱光彩。时间的变乱落实到个人身上就是长大。翠翠一天天长大了，"这女孩子身体既发育得很完全，在本身上因年龄自然而来的一种'奇事'，到月就来，也使她多了些思索"。"奇事"是时间变乱的具体化，变乱中的翠翠懂得了茶峒人歌声的缠绵处，也孤独了，爱向一片云一颗星凝眸，还常常想的很远，很多，却又不知道想的什么。缠绵是生命的密度，孤独是跃出抽象，把自己同他人区隔开来的生命的厚度，绵长的想则显出生命的深度和长度，翠翠一下子变化为新鲜灵动的人。成为人的翠翠就不再是餐风饮露的仙子，亦不是只会用眼睛"光光"地瞅人的小兽物。她会笑会哭，能活泼能沉默。更重要的是，她爱了。初次的爱的朦胧体悟，竟会有如此大的震动——二老一句"回头水里大鱼来咬了你"，就让翠翠生平第一次有了"属于自己不关祖父"的心事，并因此沉默一晚。"属于自己不关祖父"，正显出身位的唯一和不容混淆，沉默一晚又显出身位的纵深。人的具体性因爱而来，爱又因人的觉醒而萌发。如此说来，爱竟是变乱的最重要的环节。

在爱中长养的生命一定是具体的、唯一的，众多唯一聚合在一起，就会产生隔膜——唯一者[①]如何互通？隔膜产生于邻人、朋友、祖孙、爱人

[①] "唯一者"是施蒂纳的术语，他强调："一切其他事物对我皆无，我的一切就是我，我就是唯一者。""唯一者"是"高于一切的"。本文在生命的不容混淆的独特性、具体性的意义上使用"唯一者"，与施蒂纳的概念有联系，亦有区隔。见［德］麦克斯·施蒂纳《唯一者及其所有物》，金海民译，商务印书馆1989年版，第5页。

之间，无往而不在，我甚至要说，越深爱，越隔膜，隔膜总在最深爱的人们之间疯长。沈从文钟爱《雅歌》。《雅歌》是"我"对良人的呼唤："我的良人哪，求你快来，如羚羊或小鹿在香草山上。"但是，全诗又有一个谦卑的甚至绝望的哀求在反复回旋："耶路撒冷的众女子啊，我嘱咐你们，不要惊动，不要叫醒我所亲爱的，等他自己情愿。"这是最深爱者之间的隔膜——惊动才能知晓。也是对于隔膜的无可奈何的承认——等他情愿。有此隔膜在，良人一定来不了的。《边城》即如《雅歌》，就是翠翠对于二老的呼唤：我的良人，求你快来。也有哀求在回旋：请你们不要惊动他，等他情愿。深爱者的隔膜，原来古今皆然。海德格尔说，"在"即"共在"，却不成想，"共在"就是隔膜地"在"。既被因缘网络缠绕，又各个隔膜，生命之奇异，莫过于此。不过，更奇异的事情还在后面。沈从文说，《边城》想"借重桃源上行七百里路酉水流域一个小城小市中几个愚夫俗子，被一件人事牵连在一处时，各人应有的一份哀乐，为人类'爱'字作一度恰如其分的说明"。[①] "被一件人事牵连在一处"，就是"共在"的因缘，"各人应有的一份哀乐"，则显出哀乐的不可互通，就是隔膜。但是，隔膜不也是丰富性、具体性之一种？就算再隔膜，不也可以为"爱"字作恰如其分的说明？因为没有爱就没有生命，没有生命就只能打入抽象的同一，同一性中哪有什么通与不通之说。隔膜亦是爱的，亦是好的，这是一种什么样的诡异辩证？爱与隔膜的诡异关联，沈从文早有朦胧体悟。在带有自传色彩的小说《焕乎先生》中，他说："各把一堵墙，分开来各自生活，我们人类是原本不相通的。"这句话还嫌片面，《老实人·自序》则说得通达、明晰了许多："我所认识的是人与人永没有了解时候，在一些误解中人人都觉可怜的；可怜之中复可爱。"误解也是可爱的嘛，因为此中有人。

"一"在时间中打开成万物，万物就在时间中生长，也在时间中衰颓、死亡。死亡是万物的归宿，也是万物的最大主题。那么小的翠翠就有了可怕的恐慌，也是顿悟："假若爷爷死了？"爷爷也一直在对翠翠进行死亡教育："翠翠，爷爷不在了，你将怎么样？"仿佛只是恐慌，只是演戏，但爷爷真的死了，白塔倒了，一切归于寂灭。那么美丽的人事，就是不能在风光中静止，万物的世界究竟是可悯的。《长河》中，少不更事的夭夭说："好看的都应当长远存在"，老水手却言之凿凿地说："依我想，好看的总不会长久。"由"一"向万物铺展，竟是劫难的开始，那么，不

---

① 沈从文：《习作选集代序》，《沈从文全集》第9卷，北岳文艺出版社2002年版，第5页。

如没有时间，没有生命，一切归于"一"？这就是卜筮为阿育王所说的"眼无常相"法："凡美好的都不容易长远存在，具体的比抽象的还更脆弱。美丽的笑容和动人的歌声，反不如星光虹影持久，这两者又不如某种观念信仰持久。"① 不过，万物易朽，就真的归"一"，做回无欲无求的仙子或无知无识的兽物？时间的变乱带来意义，在意义中活着，然后消逝，不也是好的？而且，时间开始了，想回，回得去吗？如此说来，生不得不是"向死而生"，在生中提前抵达死，在"有死"中点滴体验着生，于此也可见出生命的韧性和庄严。用爷爷的话说，就是"不许哭，做一个大人，不管有什么事都不许哭。要硬扎一点，结实一点，方配活到这块土地上！"沈从文为什么会被死亡深深耸动，短短的《边城·新题记》一一交代：民十，入川，于棉花坡见路劫致死者数人，民二十二，于崂山见一"报庙"女子，民二十三，《边城》写作中，母亲去世。死亡原来是他心头积压已久的创痛，写出来，既是发泄，也是承受，在承受中，沈从文越发地硬扎和结实。

生命既是丰富的、具体的、独一无二的，就必定隔膜、有死。歉然原是命定。沈从文有个惯用词——全圆。比如，他在《灯》里说："那些破灭的梦，永远无法再用一个理由把它重新拼合成为全圆……"《高植小说集序》又说："他不自信当前月亮的全圆……"他甚至对张兆和说："我的月亮就只在回忆里光明全圆……"② 全圆只能存在于几何学的抽象里，画在我们的回忆中。所以，全圆就是乐园，就是"一"，一种抽象的完满，一种非时间性的充盈。万物的世界中，哪里去找这样的全圆，具体的圆一定是残破的，扭曲的。不过，全圆即便有，也是不值得也不可能拥有的，因为全圆之人还不是生命。全圆/乐园/之"一"，必得经由时间衍化成具体的万物，方能焕乎有光，而衍化的过程必然疼痛，结局又是如此残破，生命的两难莫过于此吧。那么，由"一"到万物，由白塔矗立着的绝对完满到白塔坍圮的残破、冰冻，就既是下坠也是飞升，既是失去也是拥有，既是堕落也是拯救，生命就这样完成了一个半是欣喜半是疼痛的循环。

《边城》结尾，到了冬天，那座坍圮了的白塔重新修好，一个新的循环即将展开，属于翠翠的这一环已然过去，但是，在风雨中默默等待的翠翠拥有了坚毅和明朗。结尾的点出，说明沈从文最关心的还是那个生生不

---

① 沈从文：《青色魇》，《沈从文全集》第12卷，北岳文艺出版社2002年版，第183页。
② 沈从文、张兆和：《从文家书》，上海远东出版社1996年版，第40页。

已的循环——由道（超越有无，常有常无，无法把捉，无以言传，故本文略过）而"一"而万物，再由万物返归道……小说还时时提及翠翠的母亲，比如，"在空雾中望见了十六年前翠翠的母亲，老船夫心中异常柔和了"，用意也在把翠翠这一环扣上母亲那一环，从而凸显循环的无情和丝毫不爽。生命不得不卷入循环，我们只能安时处顺，委心任去留，其实还是痛莫大焉的。因为这一茬生命过去了，就再也没有了，就像爷爷对二老郑重叮咛：

> 日头，雨水，走长路，挑分量沉重的担子，大吃大喝，挨饿受寒，自己分上的都拿过了，不久就会躺到这冰凉土地上喂蛆吃的。这世界有的是你们小伙子分上的一切，应当好好的干，日头不辜负你们，你们也莫辜负日头！

循环既非人力可以稍加更改，便处处可见一种可畏亦可敬的、不由分说的庞大的力。这种力可以叫上帝——"假若另外高处有一个上帝，这上帝且有一双手支配一切，很明显的事，十分公道的办法，是应当把祖父先收回去，再来让那个年青的在新的生活上得到应分接受那一份的"。也可以称作自然——"自然既极博大，也极残忍，战胜一切，孕育众生。蝼蚁蚍蜉，伟人巨匠，一样在它怀抱中，和光同尘"。沈从文所说的上帝或自然，就是巴别塔故事里的耶和华吧？就在上帝或自然的主宰下，时间流过，"一"铺展成万物，万物又重新回到"一"，循环竟是如此的具有生发性，如此的鲜亮、有力。但是，循环开启出的生命就算再有情、再生动、再美好，也不得不残损，乃至消失，而且，生命的荣枯恰恰是循环之有力的明证。自然终究太无情。对此，沈从文亦有总结："自然似乎永远是'无为而无不为'，人却只像是'无不为而无为'。"[①] 此句话的精义，其实就是老子所说的"天地不仁，以万物为刍狗。圣人不仁，以百姓为刍狗"。万物如此美好，却只是刍狗而已。我想，这就是"不幸故事"的不幸之所在吧。如此想来，人世间的故事，哪里有什么幸福可言呢？有此体悟，一颗太过文明、安稳的心稍稍得到"平衡"了吧！

余论 写作之"仁"

太过有情的沈从文当然不会在老子的结论处止步。他会进一步想：天

---

① 沈从文：《〈断虹〉引言》，《沈从文全集》第16卷，北岳文艺出版社2002年版，第340页。

三 作家与作品

地纵使"不仁",就没有无中生有地创造出"仁"的可能?万物纵使"无不为而无为",就不能强"无为"为"有为"?他的药方是打通"一"与万物,把抽象引入具体,在现象中凝望观念。于是,万物因为饱含了"一"的绝对因子而绽出永恒的花朵,"一"亦因为万物的流转得以显现并完满了自身,就像几何学的点与纸面上的点的相互印证。在"一"与万物的交融互通中,时间的罡风,其奈我何?下面的问题是,什么样的力量才能打通"一"与万物?沈从文强调疯狂、迷信、宗教,也许,只有非理性的"蛮力",才能打破森严壁垒,才能成为我们的自救之舟。那么,"蛮力"寓于何处?寓于一片铜、一块石头、一把线、一组声音里,具体到写作,即在文字中。沈从文对于文字的"蛮力"有过精妙总结:"智者明白'现象',不为'困缚',所以能用文字,在一切有生陆续失去意义,本身亦因死亡毫无意义时,使生命之光,煜煜照人,如烛如金。"[①]文学以及艺术,原来就是"仁"之始也。

不过,文字不也是万物之一种,注定会消散,要腐朽?写作不也是"无不为而无为"的徒劳?所以,沈从文又时时怀疑文字的功效:"凡能著于文字的事事物物,不过一个人的幻想之糟粕而已。"[②] 但是,不用此情来反抗无情,又能怎样?沈从文知其不可而为之,说到底还是有慈悲意的。

(原载《中南民族大学学报》2017年第1期)

[①] 沈从文:《烛虚》,《沈从文全集》第12卷,北岳文艺出版社2002年版,第10页。
[②] 沈从文:《烛虚》,《沈从文全集》第12卷,北岳文艺出版社2002年版,第26页。

《湘行书简》与《湘行散记》合论

翟业军

这是一次意味深远的孤独长旅。

1934年初,新婚不久的沈从文乘一艘小船,沿沅水上行,回乡探望病中的母亲。此次旅行不仅催生出了《湘行书简》和《湘行散记》,还改变了沈从文个人和他的创作世界,甚至完全颠覆了现代作家与乡土的关系。我感兴趣的是,在这一旅程中,究竟是一位什么样的旅人与一个什么样的湘西宛如初识般地重逢,重逢如何重构了旅人和湘西,令他们在一种崭新的共生关系中相互打开、生长,最终又会有什么样的神奇的东西结晶、永存?

一 "一个从城市中因事挤出的人"

沈从文是湘西的熟悉的陌生人。对此"古怪"关系,他早有自觉:"我爱这种地方、这些人物。他们生活的单纯,使我永远有点忧郁。我同他们那么'熟'——一个中国人对他们发生特别兴味,我以为我可以算第一位!但同时我又与他们那么'陌生',永远无法同他们过日子,真古怪!我多爱他们,五四以来用他们作对象我还是唯一的一人!"因为"熟",沈从文才能信手写下一个乐园一样的湘西,湘西在他的文字中永远地活色生香,因为"陌生",沈从文才会如此迷恋湘西,湘西就在一段由"陌生"抻开的神秘距离之外对他发出一种致命的蛊惑。正是这种既"熟"又"陌生"、既"在"又"不在"的"古怪"关系,使沈从文与湘西成为一对天成的佳偶——他为它倾心,反反复复地书写它、塑造它、称颂它,它为他打开,为他输送不竭的生命原力,并在输送的过程中水滴石穿地重塑了他。既是一对佳偶,就需要不断地在想象中和现实里邂逅、交融,交融增进了理解,也加添了爱意。1934年的湘行,就是这对佳偶之间最销魂的一次交融,销魂到让他们恍如重生。

三 作家与作品

顺理成章的追问就是：这一对佳偶中，谁是男的谁是女的？要想辨明雌雄，还得从这位旅人说起。母亲垂危，沈从文这才买舟湘行，奇怪的是，湘行中他的自我定位并不是儿子、游子，而是"一个从城市中因事挤出的人"。因事"挤"出，说明他是城市的零余者，零余者的地位使他不信任城市、厌倦城市，急于到湘西找到新的确认和均衡。不过，不管怎样被"挤"出，他都是一个"从城市"来的人，他的根在城市，不在湘西，湘行只是他和它的一次交融，他却不会真的成为它、就是它，交融甚至就是异己的明证——不是异体，谈何交融？回到湘西，沈从文当然会有别来无恙的欣喜，就像《一九三四年一月十八》中他与辰州的相遇："我来了，是的，我仍然同从前一样的来了。我们全是原来的样子，真令人高兴。你，充满了牛粪桐油气味的小小河街，虽稍稍不同了一点，我这张脸，大约也不同了一点。可是，很可喜的是我们还互相认识，只因为我们过去实在太熟习了！"但是，毕竟有十年的时间流过了呀，时时处处，沈从文都会"被'时间'意识猛烈的掴了一巴掌"。时间意识一定属于城里人沈从文，他的心灵在"十四年以前""十七年前"之类的过去与溯流而上的现在之间摇摆、撕扯。湘西人则在这一份时间中安详地顺流而下，却丝毫不曾领悟到时间的流转，他们生活在时间之外。体会到时间，也就拥有了意义，时间和意义原本就是双生子，就像沈从文所说："我不大在生活上的得失关心，却了然时间对这个世界同我个人的严重意义。"湘西人没有时间，他们就算发生过再雄奇、再美妙的故事，比如虎雏，也只有听故事的城里人才会明白"那些故事对于他本人的'意义'"。拥有了意义，沈从文也就在环环相扣的历史锁链中寻到了自己的那一环，并洞达这一环之于过去的责任以及之于未来的担当。所以，沈从文一定是一位历史的人，为历史忧心，也向历史倾心，他甚至就是历史本身，带着一种了然意义的骄傲，居高临下地融入置身于意义之外的湘西。即是历史的，沈从文就是这场交融的男性的一方，罗兰·巴尔特笔下的米什莱早就认定，历史的流动性是直线性的，所以是男性之物，男人"只有通过历史，通过心甘情愿地投入正义和仁慈之间的世俗的战斗，他才能在天地之间找到一个角色"[①]。高呼"女人陛下"的米什莱，当然会宣判历史/男性的脆弱性，不过，历史/男性就算再不完美，也是主动的、进取的、虎虎有生气的。湘行中的旅人对于历史所生发出来的"一点幻想，一点感慨"，一定既是伤怀，亦是自得——谁让他是历史中人、意义中人？

---

① ［法］罗兰·巴尔特：《米什莱》，张祖建译，中国人民大学出版社2008年版，第137页。

旅人在历史的光晕中走向湘西，不免会有"担心"："地方一切虽没有什么变动，我或者变得太多了一点。"如此"担心"，正是对于湘西的非历史性的坐实，难怪旅人会一再强调，"历史对于他们俨然毫无意义"，"他们这点千年不变无可记载的历史"，"这些人根本上又似乎与历史毫无关系"。非历史也就是自然，湘西人还没有能力更没有愿望挣脱出自然的囚笼，他们就是自然本身。所以，湘行所依赖的固然是船夫，"船夫的一切，可真靠天了"——以船夫为代表的湘西人一切受制于天，受制于自然，自然的规律和威严也以他们的猝然而来的生死得以彰显。既是自然的，他们就只是一些生物而已，就像《一个多情水手和一个多情妇人》中的夭夭，只是一个"美丽得很的动物"。这样说来，《鸭窠围的夜》中那只咩咩叫的小羊，就成了所有湘西人的隐喻："'小畜生明不明白只能在这个世界上活过十天八天？'明白也罢，不明白也罢，这小畜生是为了过年而赶来应在这个地方死去的。"在别一处，沈从文以相似的语式向湘西人发问："这人为什么而活下去？他想不想过为什么活下去这件事？"湘西人怎么可能想到这件事？他们终究是一些不辜负自然的人，"与自然妥协，对历史毫无担负，活在这无人知道的地方"。他们甚至是一些非生物，与生命没有任何干系，就像《箱子岩》所说："这些人生活却仿佛同'自然'已相融合，很从容的各在那里尽其性命之理，与其他无生命物质一样，惟在日月升降寒暑交替中放射、分解。"自然中的万事万物就在一种成规中"照例"地进行下去，没有逾矩，没有开创，更没有飞跃，代代相续原来只是丝毫不爽的复制而已，所以，自然即循环，循环才是自然的题中应有之义。循环的湘西一定会让沈从文产生今夕何夕的恍惚感，他就在十多年前甚至是亘古之前的过去与现在的惊人的相似性中失去了方向，就像《老伴》中他看到十七年前的那个女孩仍站在铺柜里的一堵棉纱边，双手反复交换挽棉线时的惊悚："难道我如浮士德一样，当真回到了那个'过去'了吗？"也像《箱子岩》里他由赛龙舟生发开来的感喟："从他们应付生存的方法与排泄感情的娱乐上看来，竟好像古今相同，不分彼此。这时节我所眼见的光景，或许就与两千年前屈原所见的完全一样。"湘西既是自然之物、循环之物，就一定是女性之物，因为"月经来潮使女人与同样处于调节作用下的大自然融为一体"[①]。自然与女性皆循环往复到凝然不动，迥异于直线的、咄咄逼人的历史与男性，那么，湘行就成了历史入侵自然、直线"切"向循环之圆、男性不由分说地占有女

---

① [法] 罗兰·巴尔特：《米什莱》，张祖建译，中国人民大学出版社2008年版，第137页。

性的过程。

入侵、"切"和占有,这样的动词本身就已暗含着尊与卑、高与下、主与次、动与静之间毫不苟且的差异,所以,旅人会如此地"忧郁"和"哀戚":"我认识他们的哀乐,看他们也依然在那里把每个日子打发下去,我不知道怎么样总有点忧郁。正同读一篇描写西伯利亚方面农人的作品一样,看到那些文章,使人引起无言的哀戚。"而"忧郁"和"哀戚",反过来又会拉大尊卑、高下、主次、动静之间的差异,巨大的、根本不可能弥平的差异让旅人再也无法平静,湘行注定成为一次五味杂陈的旅行。

二 真实与想象的旅行

不过,湘行不是旅人与湘西的交融吗,怎么成了单方面的占有,哪怕是占有,被占有者不会在被占有的过程中反过来占有占有者,从而瞬间倒换从属关系。其实,湘行既是真实的旅行,也是想象的旅行,真实与想象的交错、龃龉,粉碎了历史对于自然的单向度的入侵,湘行原来无比的丰饶和暧昧。

沈从文如此描述湘行:"我如今只用想象去领味这些人生活的表面姿态,却用过去一分经验,接触了这种人的灵魂。"想象势必凭借过去的经验,过去的经验又累积成了今日的想象,经验原本就是想象的同义反复,湘行不得不是一次想象的旅行。既是想象的旅行,沈从文就不是用眼睛而是用"过去一分经验"去揣测和推定湘西的现在,现在不是作为现在自己呈现,而是作为过去的事实和逻辑的必然结果被建构出来的。于是,"书简"和"散记"中处处可见"于是仿佛看到了……""我还估计得出……""我心中以为……""最后一句话,不过是我所想象的""一定""必"之类字眼,这些字眼正是湘行的想象性的明证。现在只是过去的逻辑之必然,只不过为了印证旅人的"过去一分经验",湘西便注定是循环之物,因为循环之物,所以又是自然之物、女性之物。自然的、女性的湘西既是想象的旅行的产物,对于这样的湘西的"忧郁"和"哀戚"便与真实的湘西无关,而是为了完满一颗自以为了然意义的想象者的心。比如,《鸭窠围的夜》中,旅人蜷缩在小船里,"估计"一些水手来到一家临街店铺,三堵木板壁上"必"有一个神龛,还"必"贴有连副、上士、主事、团总、催租吏、船主等人物的红白名片,成为近十年来经过此地若干人中一小部分的"题目录"。这些人或已淹死、被枪打死、被外妻用砒霜毒死,或已成为富人名人,名片却仍写着旧有的头衔,"依然将"好好地保留下去。无意义地生,莫名其妙地死,湘西人的生命图景就像一堆过了时的名片，一种空无一物却自以为充盈因而越发地显得板滞、愚蠢的符号，这样的自然状态当然让旅人"心中很激动"。让旅人"激动"的一切竟然是由"估计"得来的，想象的旅行竟然也能如此激动人心，世事的奇异，莫过于此吧。但是，问题也随之而来了：湘西怎会甘于被想象、被"哀戚"的位置？

罗兰·巴特分析神话时说，神话是一种特殊的符号学系统，此一系统根据先于它存在的符号系统而建立，前一个系统的"意思"到了后一个系统中成了"形式"，"形式并不取消意思，形式只是使意思变得贫乏，使意思移离，使意思听从自己的安排"。具体到湘行这一原乡神话，它的第一个符号系统是湘西人的衣食住行、生老病死，第二个符号系统是湘行本身，湘西人的生存状态之于第一个系统是"含有整个价值系统：一种历史，一种地质学，一种道德观，一种动物学，一种文学"的"意思"，到了第二个系统就"远离了所有这些财富"，成为"形式"。也就是说，湘西人的生存状态自有它的丰富处和动人处，甚至就是一个完整的价值系统，旅人的眼睛却毫不留情地忽略了它，掏空了它，使它贫乏化为一个服从于旅人的想象模式的"形式"。不过，"形式"榨取"意思"，不也就依赖于"意思"了？于是，"形式"对于"意思"就不是单向度的取消，而是一种"有趣的捉迷藏游戏"："形式必须不停地在意思中重新扎根，不停地在意思中提取实际营养；它尤其要能在意思中潜藏。"[①] 如此一来，作为"意思"的湘西人的生存状态就决不会被删除，而是潜藏在"形式"之中，并在遇到某种契机时骤然绽出。

湘行真是神奇，越往上行，越往深处走，就越多"意思"涨破甚至淹没、俘获"形式"的契机。借着这些契机，湘西作为"意思"而不是"形式"，作为自身而不是风景打开，并最终占有了看风景的旅人，旅人也就随之从想象的旅行进入了真实的旅行。旅人占有湘西，又在占有的过程中被湘西占有，我想，这才是最为郎情妾意的交融吧。诸多契机中最美妙的一个出现在一月十八日的下午。湘行之初，沈从文有点倨傲，有点不耐烦，他会抱怨自己不幸得很，"遇到几个懒人"，会说风景真美，自己却无做诗人的雅兴，"只想着早到早离开"，更会由一位长得像托尔斯泰的老纤手大发感慨："多数人爱点钱，爱吃点好东西，皆可以从从容容活下去。这种多数人真是为生而生的。"但是，就在那个天气太好了些的

[①] [法]罗兰·巴特：《今日神话》，见《罗兰·巴特随笔选》，怀宇译，百花文艺出版社1995年版，第102页。

三 作家与作品

下午，山头夕阳极感动他，水底各色圆石极感动他，他的心中透明烛照，无渣滓，"对河水，对夕阳，对拉船人同船，皆那么爱着，十分温暖的爱着！"爱，一种抛出自身、融化自身，看似主动实则被支配、被占有的动势。因为爱了世界，爱了人类，他就一定会"惆怅得很""软弱得很"，眼睛湿润成了什么模样。正是因爱而生的"惆怅"和"软弱"，软化了历史的刚度，旅人也由自信满满而自我怀疑、自我否定，以至于大声说出："不，三三，我错了。""我错了"的领悟，正是从想象的旅行穿越到真实的旅行的关节点。想象的旅行中，旅人由上而下地"哀戚"于湘西人的"可怜的生，无所为的生"，真实的旅行中，湘西人的生命图景徐徐开启，竟会如此的庄严和忠实，吸引着他由下而上地"来尊敬来爱"，他更会油然而生出一种使命感："我会用我自己的力量，为所谓人生，解释得比任何人皆庄严些与透入些！"就这样，历史谦卑，自然便恣肆绽放了，男性低首，女性才格外地千娇百媚起来，湘西甚至正因为它的循环不已——"对于寒暑的来临，更感觉到这四时交递的严重"——而拥有了无上荣光，就像"女性特征只有逢月经期间才是圆满的"[①]。从洞达历史的倨傲转而对自然低首，从男性中心转向女性崇拜，湘行原来是沈从文的自反、蜕变之旅。下面的问题是，如此情投意合的旅人与湘西交融到一处，会孕育出什么样的珍奇？自反之后的沈从文，又会走向何方？

三 声音与"抽象的抒情"

作为男性之物的直线的历史与作为女性之物的循环的自然交融起来，交融的每一个瞬间都有生机盎然的、带来无尽恩惠的东西在生成，这个东西不是男性的，也不是女性的，而是从男性和女性的交融、互渗的关系中"抽象"出来的，反过来又让男性与女性赢获了自身的完满。那么，这个东西究竟是什么？

让我们回到交融的一个个瞬间。在这样的瞬间，一定会有一种声音在反复回旋。早在一月十三日沈从文为张兆和画的一幅吊脚楼的草图上，他就题上了这样的文字："好听的声音！这时有摇橹唱歌声音，有水声，有吊脚楼人语声……还有我喊你的声音，你听不到，你听不到，我的人！"此时的声音掺杂着旅人的呼喊，又拉进了"你"，"我"与"你"的关系压倒了旅人和湘西的关系。慢慢地，声音沉淀了，净化了，只剩下满河的

---

① ［法］罗兰·巴尔特：《米什莱》，张祖建译，中国人民大学出版社2008年版，第139页。

号音、鼓点、滩声，特别是摇船人的促橹长歌："在充满了薄雾的河面，浮荡的催橹歌声，又正是一种如何壮丽稀有的歌声！"声音真美，糅合了庄严与瑰丽，"在当前景象中，真是一曲不可形容的音乐"。甚至不是音乐，沈从文说："这种声音说起来真是又美又凄凉，我还不曾觉得有何种音乐能够与这个相提并论。"如此美妙的声音让听声音的旅人感到无力，觉得羞惭，因为他根本没有办法把它移到纸上，所以，他一再地说："我这时真有点难过，因为我已弄明白了在自然安排下我的蠢处。人类的语言太贫乏了"，"我明白我们的能力，比自然如何渺小，我低首了"，"想用一组文字去捕捉那点声音，以及捕捉在那长潭深夜一个人为那声音所迷惑时节的心情，实近于一种徒劳无功的努力"。乡土之于现代作家要么是哀其不幸、怒其不争的对象，要么是失去了的"父亲的花园"，这样的乡土形象的建构，是要突显出批判者、伤悼者自身，现代作家的"我"就在批判和伤悼的过程中得以确认。只有到了1934年的湘行，无力感刺痛旅人，旅人不得不中止自身携带的意义系统对于乡土的不由自主的编码时，乡土才化作一股"壮丽稀有"的声音，在无声的、无力的旅人耳边持续飘荡。需要强调的是，无力感不是古典文论津津乐道的言不及义、得意忘言，也不是对于旅人身位的取消和剔除，而是旅人被不由分说地解除掉了自身的意义系统，去倾听、去汇入那一股声音。就在这样的倾听中，声音因为倾听而愈益壮丽，倾听者因为无力捕捉声音而自觉渺小，并在这种刻骨的无力感中被声音真正地充盈。旅人与湘西的相互对待、相互拥有，正是超越，也可以说是沉潜："摆脱事实的现实区分，从整体性中再来获得对于个体的把握。"[1] 这样的可以准确把握每个个体的整体性，正是一幕幕"圣境"。就在"圣境"中，旅人若有所悟："我感到生存或生命了。"我想，生命就是历史与自然交融的瞬间诞生出来的东西吧。生命不是活着，而是活着的人对于活着的领悟，并在此一领悟中分有了神性的辉耀："生命之最高意义，即此种'神在生命中'的认识。"[2] 感到生命，浴于神性光辉，历史与自然的现实区分就被打破了，它们也在被打破的过程中融入了对方，完满了自己。

声音不可捕捉，沈从文还是要强不可而为之地描述它："单纯到不可比方，也便是那种固执的单调，以及单调的延长……"单纯、单调，也就是超越了现象界的缭乱和杂沓的抽象。对于声音的抽象性，沈从文其后

---

[1] 赵顺宏：《〈湘行散记〉的审美意蕴》，《求索》2003年第4期。
[2] 沈从文：《美与爱》，《沈从文全集》第17卷，北岳文艺出版社2002年版，第360页。

三 作家与作品

还有更明晰的表述:"表现一抽象美丽印象,文字不如绘画,绘画不如数学,数学似乎又不如音乐。"[1] 张爱玲亦有类似的体认:"音乐永远是离开了它自己到别处去的……"[2] "别处"就是具体之外的抽象,肉身之外的精神,现象之外的观念。所以,把交融的"圣境"抽象化为一组声音,并让这组声音一再地涤荡自己和湘西,凸显出来的是沈从文愈益浓烈起来的观念崇拜:"美丽的笑容和动人的歌声,反不如星光虹影持久,这两者又不如某种观念信仰持久。"[3] 生命甚至就是抽象的、观念的:"生命与抽象固不可分,真欲逃避,惟有死亡。"[4] 于是,他作"抽象的抒情",为抽象发疯,纵身潜入观念的深渊。从现象界挣入观念界,把现象的鲜活、缭乱提纯为"固执的单调,以及单调的延长",需要决断,需要"狠心"。他甚至发了狠话:"要狠心到不怕中风不怕疯狂程度……"[5] 为抽象中风、疯狂时,唯有音乐能够成为他的救助,所以,他时时乞灵于音乐:"给我一点点好的音乐,巴哈或莫扎克,只要给我一点点,就已够了。"[6] 从这样的执着到偏执程度的声音中心主义和观念崇拜中,可以看到沈从文的神性企图——世界就是被上帝的"说"开启的,而苏格拉底也一直听到神的声音在"说"。不过,"圣境"哪里只是一组声音?真实的旅行可能还是另一种想象的旅行,想象才是唯一可能的真实。

更大的问题在于,湘行使沈从文向声音低首,为声音所攫的沈从文也就渐渐远离了小说,沈从文最终消失于文坛,既是时代的劫持,也是个人的抉择。个中原因有二:

一、"圣境"如果只是一组声音在轰响的话,文学、绘画、雕塑等音乐之外的艺术门类就彻底失去了合法性——几行文字、一把线条、一片铜,如何表现声音?在"书简"和"散记"中,沈从文试图把声音转化成图像和情感,并用文字来凝定和塑形。比如,《一九三四年一月十八》说到村中人家接媳妇的炮仗声、唢呐声、锣声,声音无法捕捉,他就摹写声音起时众人的反应:"锣声一起,修船的,放木筏的,划船的,无不停止了工作,向锣声起处望去。——多美丽的一幅画图,一首诗!"声音在

---

[1] 沈从文:《烛虚》,《沈从文全集》第12卷,北岳文艺出版社2002年版,第25页。
[2] 张爱玲:《谈音乐》,见《流言》,北京十月文艺出版社2006年版,第178页。
[3] 沈从文:《青色魇》,《沈从文全集》第12卷,北岳文艺出版社2002年版,第183页。
[4] 沈从文:《潜渊》,《沈从文全集》第12卷,北岳文艺出版社2002年版,第34页。
[5] 沈从文:《一个边疆故事的讨论》,《沈从文全集》第17卷,北岳文艺出版社2002年版,第466页。
[6] 沈从文:《绿魇》,《沈从文全集》第12卷,北岳文艺出版社2002年版,第151页。

众人的反应中，此种反应又被文字凝定为画图和诗，沈从文就此完成了声音的转换。不过，转换成画图和诗的声音还是声音吗？画图和诗是现象界的，它们的多元和灵动不会毁掉声音的单调，所以，在声面前，文学注定是无能为力的。

二、1932年写作《从文自传》时，沈从文强调自己是一个"……不想明白道理却永远为现象所倾心的人"。为现象倾心，他与世界相遇的方式就是"看"，就在他的永不厌倦的"看"中，宇宙万汇最美丽、最调和的风度慢慢舒展，这些风度被他编织成那么多的动人故事。到了湘行，沈从文被声音俘获，他与世界相遇的方式就转换成了"听"，"听"那些"壮丽稀有"的歌声，并在"听"的过程中窥见了神，倾听者也就如登"圣境"了。不过，"听"压倒了"看"，观念压倒了现象，抽象压倒了具体，神压倒了人，沈从文也就失去了编织故事的冲动，朝晦涩、艰深处一路走去——"抽象的抒情"能够为文，却不能为小说。

湘行之于沈从文的意义，如何估量都是不过分的。

（原载《中国现代文学研究丛刊》2013年第11期）

作为"美食家"的汪曾祺

瞿业军

汪曾祺好吃,胃口好到让人"生气",庞杂到"什么奇奇怪怪的东西都要买一点尝一尝"①。汪曾祺还好做吃的,他说,"这些年来我的业余爱好,只有:写写字、画画画、做做菜"②,做菜是他重要的"文章杂事"。就是到了"大去"前夕,因为食道静脉曲张,不能吃硬的东西,他还庆幸中国有"世界第一"的豆腐,自信能捣鼓出一桌豆腐席来,"不怕"!③ 汪曾祺更好谈吃,故乡的野菜、昆明的菌子、内蒙古的手把肉,种种四方、四时美食不断地涌现于他的笔端。"奉旨填词"的岁月里,他甚至闪现过撰写美食史的冲动:"我很想退休之后,搞一本《中国烹饪史》,因为这实在很有意思,而我又还颇有点实践,但这只是一时浮想耳。"④ 好吃、好做吃的、好谈吃,以至于文艺界"谣传","说汪曾祺是美食家"。不过,一个做来做去无非是大煮干丝、凉拌杨花萝卜、塞肉回锅油条等家常小菜,说来说去也不过是"肉食者不鄙"和"鱼我所欲也"之类上不了台面的喜好的吃客,怎么能算是美食家?对于这一点,他很有自知之明:"我不是像张大千那样的真正精于吃道的大家,

---

① 汪曾祺:《泡茶馆》,《汪曾祺全集》第3卷,北京师范大学出版社1998年版,第373页。汪曾祺在《吃食与文学》一文中讲过几则吃的轶事:其一,他去内蒙古体验生活,有位女同事闻到羊肉就恶心,看见他吃手抓羊肉、羊贝子,吃得那么香,"直生气";其二,在西南联大读书时,他跟同学吹牛,"说没有我不吃的东西",同学请他吃三个菜:凉拌苦瓜、炒苦瓜、苦瓜汤!他咬咬牙,全吃,从此,他也就吃苦瓜了。见《汪曾祺全集》第4卷,北京师范大学出版社1998年版,第54、57页。

② 汪曾祺:《自得其乐》,《汪曾祺全集》第5卷,北京师范大学出版社1998年版,第278页。

③ 汪曾祺:《〈旅食与文化〉题记》,《汪曾祺全集》第6卷,北京师范大学出版社1998年版,第279页。值得一提的是,江淮一带把办丧事所吃的饭叫作"豆腐饭",写作此文不到三个月,汪曾祺即死于食道静脉曲张破裂所引发的大出血,亲友吃了他的"豆腐饭"。

④ 汪曾祺:《致朱德熙(1973.2.1)》,《汪曾祺全集》第8卷,北京师范大学出版社1998年版,第160页。

我只是爱做做菜，爱琢磨如何能粗菜细做，爱谈吃。"① 正是基于此，我在汪曾祺的美食家头衔上打了一个双引号。本文要讨论的问题是：心心念念于吃，汪曾祺为什么到头来只是一位名不副实的美食家，"美食家"的尴尬处抑或是独异处究竟在哪里，这样的尴尬处抑或是独异处该如何在中国饮食文化史上刻写下自己，它们又是怎样与他的小说创作此呼彼应起来的？

一 吃的非艺术化

一开始，吃之于中国人不仅是生理需要，更是伦理规范的发源和教化的神圣仪式。《礼记·礼运》说："夫礼之初始诸饮食。其燔黍捭豚，污尊而抔饮，蒉桴而土鼓，犹若可以致其敬于鬼神。"② 向鬼神敬献饮食的仪式，原来就是礼之源头。礼不仅由吃所开启，更要经由吃的严明到丝丝入扣、壁垒森严的程序才能推行于万国、浸润于亿兆灵台，所以，《周礼·大宗伯》云："以嘉礼亲万民：以饮、食之礼，亲宗族兄弟；以昏、冠之礼，亲成男女；以宾射之礼，亲故旧朋友；以飨、燕之礼，亲四方之宾客；以脤、膰之礼，亲兄弟之国；以贺庆之礼，亲异姓之国。"③——饮、食，飨、燕，脤、膰，均是能够"亲万民"的"嘉礼"的重要组成。孔子更要躬行起吃的繁文缛节，以垂范于世人：

> 食不厌精，脍不厌细。食饐而餲，鱼馁而肉败，不食。色恶，不食。臭恶，不食。失饪，不食。不时，不食。割不正，不食。不得其酱，不食。肉虽多，不使胜食气。唯酒无量，不及乱。沽酒市脯，不食。不撤姜食，不多食。④

礼崩乐坏的直接后果，是伦理性吃的不可挽回的式微，又因为可吃之物种的贫乏以及烹饪方式的单调，吃的新形态一时便无从生成，就连吃本身都不再受到应有的重视，难怪汪曾祺感慨，"唐宋人似乎不怎么讲究大吃大喝"，"宋朝人的吃喝好像比较简单而清淡。连有皇帝参加的御宴也

---

① 汪曾祺：《〈汪曾祺散文随笔选集〉自序》，《汪曾祺全集》第5卷，北京师范大学出版社1998年版，第460页。
② 杨天宇译注：《礼记译注》，上海古籍出版社2004年版，第268页。
③ 杨天宇译注：《周礼译注》，上海古籍出版社2004年版，第279页。
④ 杨伯峻译注：《论语译注》，中华书局1980年版，第102—103页。

并不丰盛"。① 直至明清两朝，随着新物种的大量引入、烹饪方式的不断丰富以及人们对于养身的近乎病态的关注，吃的花样骤然翻新到精致、繁复和奢靡。吃之不足，文人们还要一再地玩味吃、思索吃、提升吃，从而开启出一种吃的崭新形态——作为艺术的吃。对此，王学泰有所总结："清代，江南一些士大夫承晚明之余绪把饮食生活搞得十分艺术化，超过了以往的任何时代。"② 作为艺术的吃不是为了鼓腹，用周作人的话说，就是要"喝不求解渴的酒，吃不求饱的点心"；也无关乎教化，《随园食单序》劈面就是"诗人美周公而曰：'笾豆有践。'恶凡伯而曰：'彼疏斯粺。'古之于饮食也，若是重乎"，袁枚的用意却只是在于引申出"圣人于一艺之微，其善取于人也如是"，从而为自己"四十年来，颇集众美"③地精研于吃下一个悠远的注脚。吃的艺术化体现在两个方面：一是食材的精挑细选和工艺的尽善尽美，董小宛"制豉"即可作一说明："制豉，取色取气先于取味。豆黄九晒九洗为度，果瓣皆剥去衣膜。种种细料，瓜杏姜桂，以及酿豉之汁，极精洁以和之，豉熟擎出，粒粒可数。而香气酣色殊味，迥与常别。"④ 二是对于吃本身的反动。大块吃肉、大碗喝酒纵然快意，说到底却是粗鄙的、动物性的，艺术化的吃一定要超逾于吃本身，舍形悦影，去跟自然与真气相悠游，这就像四月芳菲"闹"出满满生意，却终究是壅塞的、世俗的，君子、高士爱之不尽的还是繁花飘零之后安静地打开在陶篱的秋菊和"凌寒独自开"的数点梅花。吃非吃的理念，李渔的一句颂语可作剖明："陆之蕈，水之莼，皆清虚妙物也。"⑤ 往清、虚处走的吃，与中国哲学的"淡"的传统若合符节——"遗音"才是正音，"遗味"乃为大味。⑥ 作为艺术的吃的特点，一言以蔽之，就是"精微"。正如袁枚《杂书十一绝句》（其十）所云："吟咏余闲著《食单》，精微仍当咏诗看。"（写）吃竟如咏诗般"精微"，就必然导致"出门事事都

---

① 汪曾祺：《宋朝人的吃喝》，《汪曾祺全集》第4卷，北京师范大学出版社1998年版，第109页。北宋吕大防向宋哲宗所历数的祖宗家法，亦可为汪曾祺的论断提供支撑："至于虚己纳谏，不好畋猎，不尚玩好，不用玉器，饮食不贵异味，御厨止用羊肉，此皆祖宗家法所以致太平者。"见（宋）周煇《清波杂志》，刘永翔校注，中华书局1994年版，第16页。
② 王学泰：《中国饮食文化史》，广西师范大学出版社2006年版，第260页。
③ （清）袁枚：《随园食单》，别曦注译，三秦出版社2005年版，第1页。
④ （清）冒襄：《影梅庵忆语》，见宋凝编注《闲书四种》，湖北辞书出版社1995年版，第49页。
⑤ （清）李渔：《闲情偶记》，江巨荣、卢寿荣校注，上海古籍出版社2000年版，第265页。
⑥ 参见［法］余连《淡之颂：中国思想与美学》，卓立译，桂冠图书股份有限公司2006年版。

如意，只有餐盘合口难"的尴尬，因为仅能果腹的腌臜、粗糙的食物怎么合得了既精且微的嘴巴和灵魂？与吃的艺术化同步发生的，是对于吃的艺术化的自觉，自觉的结果和表征就是食谱的大量问世，并被当作艺术品对待："明清以后，食谱多出于文人之手，因而食谱之作转而与书画笔砚同著录于'谱录'类，被视为艺术的一种，《四库全书总目提要》即作如此的分类。"① 我想，只有在吃上面不厌"精微"且对此"精微"葆有充分自觉的食客，才称得上是美食家吧！

汪曾祺并不反对作为艺术的吃，谁不好一口更"精微"一点的吃食？不过，他意识到吃的艺术化容易走向偏至，流于为艺术而艺术，乖离了吃的本意，于是，他反对作为艺术的吃的流弊，从而与吃的艺术化谨慎地保持着距离，这样一种态度，我称之为吃的非艺术化。汪曾祺对吃如果真的持有一种非艺术化的态度的话，他的"美食家"头衔上的双引号也就加粗了、描黑了。汪曾祺所警惕的吃的艺术化流弊有三：

一是作为艺术的吃当然要求工艺的尽善尽美，工艺之尽善尽美也是"精微"的题中应有之义。但是，我们必须注意到，"精微"不是一个普通的形容词，它来自《中庸》："君子尊德性而道问学，致广大而尽精微，极高明而道中庸。"这里的"精微"与"广大"是二而一的关系：只有"尽精微"方能"致广大"，没有"致广大"的胸襟也不可能有"尽精微"的功夫，而"广大"与"精微"相激相荡出一片"中庸"构境。具体到吃，如果单是属意于"精微"，忽略了"要使清者配清，浓者配浓，柔者配柔，刚者配刚，方有和合之妙"（规律）、"吾虽不能强天下之口与吾同嗜，而姑且推己及物。则食饮虽微，而吾于忠恕之道则已尽矣，吾何憾哉"（境界）之类的"广大"，"精微"就一定会沦为穿凿和奇技淫巧，而穿凿正是《随园食单》所力戒的。穿凿之集大成者，要属工艺菜。工艺菜在餐盘中摆出龙、凤、鹤，或者"辋川小景"，装上彩色小灯泡，闪闪烁烁。面对这些奇技淫巧，汪曾祺怒不可遏："这简直是：胡闹！"② 他还直接宣判："工艺菜不是烹调艺术的正路，而是歪门邪道！"③ 汪曾祺当然不是一味地反对"精微"，就算是一些家常吃食，也要布置得有模有样，方能勾起人们的食欲嘛。比如，拌荠菜上桌要抟成塔形，红方要切得

---

① 逯耀东：《肚大能容》，生活·读书·新知三联书店2002年版，第228页。
② 汪曾祺：《作家谈吃第一集——〈知味集〉后记》，《汪曾祺全集》第4卷，北京师范大学出版社1998年版，第468页。
③ 汪曾祺：《多此一举·工艺菜》，《汪曾祺全集》第4卷，北京师范大学出版社1998年版，第280页。

三 作家与作品

方方正正,这其实就是袁枚所说的"做到家"了,足矣:"譬如庸德庸行,做到家便是圣人,何必索隐行怪乎!"①

二是一时一地的食材大抵是家常的、有限的,哪里经得起精挑细选,美食家便把搜寻的目光抛向非时非地,非时非地的食材之于一时一地的人们当然是异的,异甚至成了考量食材是否艺术和名贵的充要条件:越异越艺术、越名贵,同时也就越奢靡。冒襄说董小宛精于饮馔:"细考之食谱,四方郇厨中一种偶异,即加访求,而又以慧巧变化为之,莫不异妙。"② 一句话出现两个异字,说明冒襄对于异的迷信,他所谓的异一来说的是工艺之异,二来指的正是食材非时非地的异。汪曾祺在小说《金冬心》里开列出扬州头号盐商程雪门宴请两淮盐务道铁保珊的菜单,这里仅撷取一角:

> 甲鱼只用裙边。鲥花鱼不用整条的,只取两块嘴后腮边眼下蒜瓣肉。车螯只取两块瑶柱。炒芙蓉鸡片塞牙,用大兴安岭活捕来的飞龙剁泥、鸽蛋清。烧烤不用乳猪,用果子狸。头菜不用翅唇参燕,清炖杨妃乳——新从江阴运到的河豚鱼。

铁大人听完菜单,引了一句俗话:"咬得菜根,则百事可做。"他请金冬心过目,冬心先生想起了颜回的"一箪食,一瓢饮"。异到奢靡与清简到苛酷之间形成巨大反差,这一反差交代出汪曾祺对于异的警惕和敌意,正是在这样的情绪的驱策之下,惜墨如金的他才会不吝笔墨地报起了菜名——报菜名是呈现,更是揭露。冬心先生"尝了尝"(只能尝了尝,尝了尝才是品,是艺术)美食,想起《随园食单》把家常鱼肉说得天花乱坠,"嘴角不禁浮起一丝冷笑"。我想,汪曾祺是站在袁枚和家常鱼肉这一边的,他向冬心先生浮起了一丝冷笑。③

三是以异为高,吃的什么、好不好吃就不再重要,重要的是我吃到别人吃不到或者想不到去吃的东西,别人吃不到或者想不到去吃我却能吃到或者独出机杼地想着去吃,恰恰证明了我的身份之高贵和品位之不群。此

---

① (清)袁枚:《随园食单》,别曦注译,三秦出版社2005年版,第34页。
② (清)冒襄:《影梅庵忆语》,见宋凝编注《闲书四种》,湖北辞书出版社1995年版,第50页。
③ 袁枚有"戒暴殄"之说:"暴者不恤人功,殄者不惜物力。"见《随园食单》,别曦注译,三秦出版社2005年版,第371页。程雪门的宴席极暴殄之能事,食客们还只是"尝了尝",实在罪过。

一逻辑导致的后果,就是吃虚化成了吃的传奇——没有几则吃的传奇,算什么高人?比如,董小宛的饮馔与她的习书、作画、闻香、艺兰、玩月一道组成一个"木兰沾露,瑶草临波"的圣境,此一圣境与我们——一个与他和她的世界绝缘的庸俗群体——隔着两层,如"影"、似"忆",他们不是传奇,是什么?再如,梁实秋《雅舍谈吃》讲述了一则则类似于正阳楼吃蟹、"耗油豆腐"(徐悲鸿、蒋碧薇在座)的传奇,就算是写到沿街贩售的老豆腐,他也不忘添上一句:"天厨的老豆腐,加上了鲍鱼火腿等,身分就不一样了。"① 汪曾祺不是没有吃过传奇一般的美味,但他并不以为傲,反而会觉得"酒足饭饱,惭愧惭愧"②(吃"干炸鳜花鱼")、"这东西只宜供佛,人不能吃,因为太好吃了"③(吃"拔丝羊尾")。同样是写吃豆腐,他觉得北京豆花庄的豆花以鸡汤煨成,过于讲究,倒不如乡坝头的豆花存其本位,他更有失"身份"地认定,坐在街边摊头的矮脚长凳上,要一碗老豆腐,就半斤旋烙的大饼,夹一个薄脆,"是一顿好饭"④——他要的不是艺术,而是好饭。

说明一点:以上论述并不是要否定吃的艺术化,也不是以汪曾祺之所是为必是,而是以吃的艺术化为参照,逼视出这位"美食家"对于吃的基本态度来——吃的非艺术化。

二 吃满足需求,吃带来神圣快乐

吃的非艺术化就是要把吃跟馋、享乐以及通过吃的艺术化姿态来自我祝圣的企图毫不苟且地区分开,还吃以本来的面目。那么,吃本身是什么样子,有哪些功能?巧的是,汪曾祺讨论过专注于吃本身,严格甄别吃与馋的阿城的《棋王》。(这位"美食家"对好友陆文夫的名作《美食家》未赞一词,这应该不是疏漏,而是有意识的回避,因为那只是一个馋人的故事)关于《棋王》的吃,他总结:"《棋王》有两处写吃,都很精彩。一处是王一生在火车上吃饭,一处是吃蛇。一处写对吃的需求,一处写吃的快乐——一种神圣的快乐。"⑤ 这一判断意义重大,因为它不仅指向《棋王》,更是汪曾祺本人对于吃的功能的直接揭示:吃满足人的基本需

---

① 梁实秋:《雅舍谈吃》,文化艺术出版社1998年版,第114页。
② 汪曾祺:《鳜鱼》,《汪曾祺全集》第4卷,北京师范大学出版社1998年版,第188页。
③ 汪曾祺:《手把肉》,《汪曾祺全集》第6卷,北京师范大学出版社1998年版,第8页。
④ 汪曾祺:《豆腐》,《汪曾祺全集》第5卷,北京师范大学出版社1998年版,第386页。
⑤ 汪曾祺:《人之所以为人——读〈棋王〉笔记》,《汪曾祺全集》第3卷,北京师范大学出版社1998年版,第413页。

求,吃带来神圣的生之快乐。

作为现代派小说家的"早期"汪曾祺耻于言吃,他认定吃是低级的、动物性的:"人在吃的时候本已不能怎么好看,容易教人想起野兽和地狱。(我曾见过一个瞎子吃东西,可怕极了。他是"完全"看不见。幸好我们还有一双眼睛!)"[①] 拿瞎子说事,当然不是歧视残疾人,他的深意在于:吃,人畜皆需,是肉的、幽暗的,与排泄无异,而瞎子吃东西时,吃的人与所吃之物直接同一、彼此吞噬,于是,生命无非是进食—消化—排泄的生理过程这一丑陋、残酷的真相就被更加触目、粗暴地推到我们面前;眼睛的存在则是吃的人与所吃之物的有限度的分离,是人抽离自身、打量自身、超逾自身并进而挣脱自身之动物性的一点点可能。他还写过云南脚夫的冷淡的、毫不动情的,像是牛反刍一样的"慢慢慢慢的咀嚼",他说:"看这种人吃饭,你不会动一点食欲。"[②] 这句话透露出两重讯息:一是为吃而吃,了无生意,是丑的,令人发狂;二是食欲多好啊,它是主体朝向客体突进的渴望,是人被世界的五味所激发和开启,蓬勃而飞扬。由此可见,此时的汪曾祺已经萌生出乐于言吃的端倪。

到了"新时期",汪曾祺先是从大街小巷变魔术一般"欻"地铺展开来的吃食中觉出时代确实是在变的,欢欣之不足,他还要赋上一首打油诗:"十载成都无小吃,年丰次第尽重开。麻辣酸甜滋味别,不醉无归好汉来。"(《成都小吃》)——五味真是让人醺然啊。醺然的汪曾祺周身荡漾着吃的欢喜,以至于吃成了他打量世界的眼光,衡文论世的标尺。于是,我们看到,吃是他的"月令",在为电视片《梦故乡》所作主题曲中,他说:"八月十五连枝藕,九月初九闷芋头。"吃是他的度量衡,在《受戒》里,小英子震惊于善因寺的肃穆、魁伟,她想:"这么大一口磬,里头能装五担水!这么大一个木鱼,有一头牛大,漆得通红的。"(庵,叫菩提庵,叫讹了,成了荸荠庵,宗教场所被吃食世俗化)吃甚至成了他的创作的高标,他为《蒲桥集》撰写广告词,说自己的散文滋味"近似"(怎么可能达到?)于"春初新韭,秋末晚菘"。吃还是他的履痕处处,是他回不去的青春印记……

奇怪的是,汪曾祺乐此不疲地吃了又吃、写了又写的大抵只是一些寻常到卑贱、滋味也未见得惊艳的食物。比如,在《故乡的食物》一文中,

---

① 汪曾祺:《风景·堂倌》,《汪曾祺全集》第3卷,北京师范大学出版社1998年版,第34页。

② 汪曾祺:《背东西的兽物》,《汪曾祺全集》第3卷,北京师范大学出版社1998年版,第46页。

他写炒米,"炒米这东西实在说不上有什么好吃";写焦屑,焦屑是"我家乡的贫穷和长期的动乱"的印记;写茨菇,"我小时候对茨菇实在没有好感。这东西有一种苦味";写蚬子,"这种东西非常便宜"……故乡亦有"鳊、白、鲦"等名贵的鱼和极肥的蟹,却"以无特点,故不及"。但是,"不及"的借口实在太过牵强,我们当然可以反唇相讥:炒米、焦屑又有什么了不得的特点值得你大书特书?其实,大书特书的理由从本文开头所引之《板桥家书》的片段就可以看得分明:"天寒冰冻时暮,穷亲戚朋友到门,先泡一大碗炒米送手中,佐以酱姜一小碟,最是暖老温贫之具。"写它们,原来是因为是它们、只有它们,才是"暖老温贫之具",换一种说法,就是"小户人家的恩物"。这些家常食物满足了小户人家的基本需要,小户人家的基本需要也只能由家常食物来满足,这样一来,写家常食物就是在凸显吃的满足基本需要的功能,是感动于家常食物与小户人家的"心连手,手连心",是发现、淘洗小户人家再苦、再难也能稳稳地活下去的韧性,是赞叹天地到底是仁的,万物皆在一种奇妙的因缘和平衡中流转——这哪里是在写,分明是在咏、叹、歌和颂。他写了多少家常食物颂啊:马齿苋,现在少有人吃,三年饥荒时,"这是宝物";萝卜,一年到头都有,可生食、煮食、腌制,"萝卜所惠于中国人者亦大矣"①;豆腐,可老可嫩,宜荤宜素,"遂令千万民,丰年腹可鼓。多谢种豆人,汗滴其下土"……启明先生云:"人生一饱原难事,况有茵陈酒满卮。"诚哉斯言!不过,启明先生的境界真是高妙,"一饱"之外,他还要来上满满一杯茵陈酒,方能抵得"十年的尘梦"。汪曾祺笔下的小户人家一般无酒可喝,喝,也是像《露水》里的他,就着几条小鱼(他不忘注解:"运河旁边的小鱼比青菜还便宜。"),炒一盘咸螺蛳,喝二两稗子酒,一种又苦又上头的最便宜的酒。这样的喝酒是纯物质性的,与精神的升华无涉,他的太操劳、太紧张、太麻木的生命需要用劣酒打一打,松一松,然后就是无梦的酣眠,就像他的空虚的胃亟待小鱼小虾来填充一样。瞩目于吃的满足基本需要的功能,汪曾祺自然略过名贵的食物不提,他说:"我到海南岛去,东道主送了我好些鱼翅、燕窝,我放在那里一直没有动,因为不知道怎么做。"② 什么吃的都要尝一尝且熟读各路食单的老饕怎么会"不知道怎么做"?不会做就不能学一学?可靠的解释只能是,他不感兴趣,因为它们所满足的不是人的基本需要。袁枚亦鄙视燕窝者流,他的理

---

① 汪曾祺:《萝卜》,《汪曾祺全集》第5卷,北京师范大学出版社1998年版,第10页。
② 汪曾祺:《文章杂事》,《汪曾祺全集》第6卷,北京师范大学出版社1998年版,第86页。

三 作家与作品

由一定曾让汪曾祺粲然,因为他说,这些劳什子淡而无味,根本不好吃:"不知豆腐得味远胜燕窝,海菜不佳不如蔬笋,余尝谓鸡、猪、鱼、鸭,豪杰之士也,各有本味,自成一家。海参、燕窝,庸陋之人也,全无性情,寄人篱下。"① 不好吃,世人还趋之若鹜,是因为"贪贵物之名,夸敬客之意",这正是吃的艺术化的流弊。

家常食物满足了小户人家的基本需要,不过,满足是消极的,只是在保证生命的持存。小户人家的生命力可旺着呢,不过是一些粗茶淡饭,他们也吃得那么快乐,那么恣肆,他们仿佛在用最汹涌的吃的方式证明他们活着,活着真好,他们还会继续结结实实地活下去。这样的快乐是积极的、创生的、神圣的,快乐着的他们是有光的。比如,《大淖记事》中的挑夫们蹲在茅草房子的门口,捧着蓝花大海碗,大口大口"吞食"紫红紫红的米饭(《八千岁》说,紫红色的米是"头糙",也就是只碾一道,才脱糠皮的糙米),就着青菜小鱼、臭豆腐、腌辣椒。"他们吃饭不怎么嚼,只在嘴里打一个滚,咕咚一声就咽下去了。看他们吃得那样香,你会觉得世界上再没有比这个饭更好吃的饭了。"这哪里是什么好饭呢,但他们的胃口是这么好,汲取生命养料的渴望又是这么强,于是,就连糙米都在如此酣畅的流转中完成了自身,它们是有用的,它们真好啊。再如,北京人喜欢喝豆汁儿,豆汁儿是"贫民食物"。"豆汁儿沉底,干糊糊的,是麻豆腐。羊尾巴油炒麻豆腐,加几个青豆嘴儿(刚出芽的青豆),极香。这家这天炒麻豆腐,煮饭时得多量一碗米,——每人的胃口都开了②。"你能知道究竟是炒麻豆腐的"极香"(这玩意儿能有多香呢,但他言之凿凿地说:"极香。")打开了胃口,还是健旺的胃口把炒麻豆腐吃得"极香"?吃带来神圣的快乐,带来生之肯定,所以,每到一个新地方,别人爱逛商场、书店,汪曾祺则宁可去逛逛菜市,"看看生鸡活鸭、鲜鱼水菜、碧绿的黄瓜、彤红的辣椒,热热闹闹、挨挨挤挤,让人感到一种生之乐趣"③。

吃能满足人的基本需要,还能带来神圣的快乐,这样一来,什么样的人就会尽可能地选择什么样的最符合自己的口味和身份的吃食,从什么样的吃食也能反观出什么样的吃的人,此所谓:吃中有人,呼之欲出。汪曾祺当然不会放过以吃观人,让人与吃相互映照的机会,就像张爱玲痴迷于

---

① (清)袁枚:《随园食单》,别曦注译,三秦出版社2005年版,第31页。
② 汪曾祺:《豆汁儿》,《汪曾祺全集》第6卷,北京师范大学出版社1998年版,第463页。
③ 汪曾祺:《食道旧寻》,《汪曾祺全集》第4卷,北京师范大学出版社1998年版,第36页。

人物的衣着一样——真是性别决定兴奋点！于是，初二、十六的傍晚，人们常常看到王瘦吾拎着半斤肉或一条鱼回家，他正走了一点小小的红运（《岁寒三友》）；那对沉默的夫妻一天只能打到一点杂鱼，连两寸不到的"罗汉狗子"、薄得无肉的"猫杀子"都要，他们的日子一定饘粥不继（《故乡人·打鱼的》）；开米店的八千岁顿顿吃"头糙"，菜是一成不变的熬青菜，有时放两块豆腐，他当然是个吝啬鬼，这个吝啬鬼怎么能够理解宋侉子竟然喜欢吃卤麻雀（麻雀能有多少肉？），也只有认定卤麻雀是"下酒的好东西"的宋侉子才会在虞小兰身上花那么多钱，不会去想值不值得（《八千岁》）；季匋民一边画画，一边喝酒，"画一张画要喝二斤花雕，吃斤半水果"，他正是笔致"疏朗"、画风"飘逸"的大师（《鉴赏家》）；杨家大小姐吃的是拌荠菜、马兰头、虾籽豆腐乳，清淡到餐风饮露，她是董小宛一样的薄命人，早早得了噎膈症，死了[①]（《忧郁症》）……

三 火腿入画与韭菜花进帖——家常食物的再艺术化

不吃饭是会死人的，人活一世，草木一秋，要吃，要痛痛快快地吃，所以，汪曾祺荤腥不忌，上穷碧落下黄泉地吃。他写过一首打油诗："重升肆里陶杯绿，饵块摊来炭火红。正义路边养正气，小西门外试撩青。人间至味干巴菌，世上馋人大学生。尚有灰藋堪漫吃，更循柏叶捉昆虫。"一首小诗，汇集了多少令人胃口大开的饮食啊："玫瑰重升"酒，烧饵块，正义路的汽锅鸡，小西门马家的牛舌，干巴菌，灰藋，干爆豆壳虫。他的"七载云烟"竟是由吃来"铭刻"的。不过，他之于吃的趣味，会让美食家们齿冷的，因为真正的美食家有所吃、有所不吃，比如，李渔一生绝葱、蒜、韭不食，以其秽、臭也，而他却连豆壳虫都捉来干爆，还"恬不知耻"地说，好吃，有点像盐爆虾，还有一股柏树叶的清香。但是，他蛮可以振振有词地反驳：是真好吃啊，而且，眼睛都饿得发绿了，守着那么多豆壳虫不吃，等死？于是，他不拘一格地吃着各路美食，特别是那些家常食物，吃得忘乎所以，齿颊留香。有趣的是，某些时候，他对吃，特别是热衷于吃猪肘、猪耳、猪下水，又抱有偏见，甚至是生理性的

[①] 董小宛生性淡泊，每饭，"以芥茶一小壶温淘，佐以水菜、香豉数茎粒，便足一餐"。她二十八岁就去世了。说一个题外话：周作人说，日本人以茶淘饭，名曰"茶渍"，佐以咸菜和"泽庵"（福建的黄土萝卜），清淡、甘香。中国人也有这样吃的，却大都是因为穷或俭省，"殆少有故意往清茶淡饭中寻其固有之味者，此所以为可惜也"。周作人以"茶渍"厚日本薄中国，实在没有道理，董小宛淘饭之茶，可是中国第一名茶，岕茶。《喝茶》，见《知堂谈吃》，山东画报出版社2007年版，第11页。

厌恶。比如，《可有可无的人——当代野人》认定唱架子花脸的庹世荣是一个"野人"，一个未进化的庸俗的人，"野人"的主要标志，就是他爱吃猪下水，肠子、肚子、猪心、肺头，"吃起来没个够"。《唐门三杰》中的老大唐杰秀爱吃天福号的酱肘子，而且只归他一个人吃，孩子们干瞧着，"他觉得心安理得，一家子就指着他一个人挣钱"——他"叫人感到恶心"。《迟开的玫瑰或胡闹》里的邱韵龙在发愿"胡闹"之前，生活平静如一汪死水，死水的淤滞，正体现在他对于肘子的超常的沉溺，他好像吃啊吃啊，就要吃出猪的身形：

> 他不赌钱，不抽烟，不喝酒，唯一的爱好是吃。吃肉，尤其是肘子，冰糖肘子、红焖肘子、东坡肘子、锅烧肘子、四川菜的豆瓣肘子，是肘子就行。至不济，上海菜的小白蹄也凑合了。

《晚饭后的故事》是这样开头的：

> 京剧导演郭庆春就着一碟猪耳朵喝了二两酒，咬着一条顶花带刺的黄瓜吃了半斤过了凉水的麻酱面，叼着前门烟，捏了一把芭蕉扇，坐在阳台上的竹躺椅上乘凉。他脱了个光脊梁，露出半身白肉。

二两酒，不能多也不能少，少了，没有那种类似于冬日蒙头大睡的窒息的醺醺然，多了，滑出日常生活的边界，或者就一剑把它刺破了，不多不少，正好养出他的一身白肉，一种纯动物性的，腻滞的、带点腥气的身体。那么，问题来了：猪肉本是最家常的吃食，东坡居士《猪肉颂》曰，"黄州好猪肉，价贱如泥土"[①]，如此价贱物好的吃食不正是"小户人家的恩物"，汪曾祺何以重小鱼小虾而轻猪肉，庹世荣一干人等嗜吃猪肉，究竟罪在何处？

让我们从汪曾祺一再申说的家常食物谈起。他说：

> 家常酒菜，一要有点新意，二要省钱，三要省事。偶有客来，酒渴思饮。主人卷袖下厨，一面切葱姜，调佐料，一面仍可陪客人聊天，显得从容不迫，若无其事，方有意思。如果主人手忙脚乱，客人

---

① （宋）苏轼：《猪肉颂》，《苏轼文集》第20卷，孔凡礼点校，中华书局1986年版，第597页。

坐立不安，这酒还喝个什么劲！①

家常食物当然必须省钱、省事，倒是"有点新意"颇令人难解：每菜都要有出人意表的思路，这跟董小宛调鼎又有何区别，而影梅庵的饮馔恰恰是极费钱、费事的啊。其实，汪曾祺的重心不在"新意"而在"有点"。也就是说，他的家常食物不必"新"到"尖"的程度，尖新饮馔超尘出世，与日常世界格格不入，而他却是要跟日常世界若"即"若"离"的——没有"离"的冲动，"即"就是被日常世界彻底吞噬，被吞噬到醺醺然，就像庾世荣们没有羞耻的穷凶极恶的吃；没有"即"把吃牢牢锚定于日常世界，"离"就是尖新，尖新饮馔就像园林、书画，是让"韵人纵目，云客宅心"的，与口腹之欲无涉；若"即"若"离"就是既建基于日常世界之上，又葆有一点"离"的渴望，翻日常世界之腐朽为神奇。"离"体现在如下三个方面：一是食材不必名贵，却一定应时当令，应时当令的食材一来新鲜，二来在吃的当下仿佛可以与季节共流转，就像杨花满城时，拌一碟杨花萝卜，吃到嘴里，是整个春天的"细嫩"，也像李复堂的欣喜："大官葱，嫩芽姜，巨口细鳞时新尝。"（《题〈大葱鳜鱼图〉》）二是做菜时不为调鼎之劳所缚，有"若无其事"的淡定，有"从容不迫"的潇洒。陶渊明诗云："故人赏我趣，挈壶相与至。班荆坐松下，数斟已复醉。父老杂乱言，觞酌失行次。不觉知有我，安知物为贵。悠悠迷所留，酒中有深味！"（《饮酒·其十一》）"离"的核心就在一个"趣"字，得"趣"则"班荆坐松下"亦能"不觉知有我，安知物为贵"，又何必孜孜于吃本身？三是"'粗菜细做'，是制家常菜不二法门。"②这里的"细做"说的不是费工夫，而是指善体食材之性，让它发挥、生长、飞扬，于是，就连回锅油条都可以极酥脆，"嚼之真可声动十里"——"声动十里"的欢畅，不就是"鸢飞戾天，鱼跃于渊"？东坡居士赞曰："无一物中无尽藏，有花有月有楼台。"汪曾祺不喜欢参禅悟道，没有办法从无中生出有来，他必须从"粗菜"一样的日常世界点染开去，开创出属于他的"无尽藏"。

与日常世界若"即"，就是尊重仅止于"六平方米"的局促的现实，若"离"，就是哪怕只有"六平方米"也要操持成一个"郁厨"，

---

① 汪曾祺：《家常酒菜》，《汪曾祺全集》第4卷，北京师范大学出版社1998年版，第192页。
② 汪曾祺：《文章杂事》，《汪曾祺全集》第6卷，北京师范大学出版社1998年版，第87页。

让家常食物以最本真的样态来与我们相见,这就是"美食家"汪曾祺的尴尬处,更是独异处。于是,在"美食家"汪曾祺的手中和笔下,淘洗、创造出多少与日常世界若"即"若"离"、既家常又飞扬的吃食啊,胪列数则如下:一是裘盛戎生活清简,请客时,菜不过数道,但做得讲究,比如,吃涮肉,涮的不是羊肉,而是一块极嫩的牛肉,不要乱七八糟的调料,只一碟酱油,切几个蒜片,这正是"淡而能浓,存本味,得清香"①。二是《吃饭》中的靳元戎好吃,也会做,有一次煎几铛鸡肉馅的锅贴,用的是大骟鸡,撕净筋皮,用刀背细剁成茸,加葱汁、盐、黄酒,其余什么都不搁,"那叫一个绝!"三是《故乡人·钓鱼的医生》里的王淡人先生钓得鱼来,刮鳞洗净,就手放进锅里,不大一会儿,鱼就熟了,他一边吃鱼,一边喝酒,一边甩钩再钓,这叫作"起水鲜"。② 王淡人先生"大其心",故能体物之性,当"物吾与也"的时候,自然就"民吾同胞"了,正是有了"民吾同胞"的体认,他才会扁舟一叶,颠簸于惊涛骇浪,救孤村之人于时疫的魔爪。③ 他真是一个孤胆英雄。小说结尾说:"一庭春雨,满架秋风。你好,王淡人先生!"瓢儿菜在春雨里疯长,扁豆花在秋风中翻飞,它们是它们自己,它们又超越了它们自己,它们是艺术的,就像一个普普通通的医生也可以"如光风霁月",他真好啊!

就这样,在与日常世界既"即"且"离"的微妙距离中,家常食物实现了自身的再艺术化。再艺术化了的它们,比如火腿,是可以入画的,就像汪曾祺为友人作画,画了青头菌、牛肝菌、大葱、蒜,外加一块很大的宣威火腿——"火腿是很少入画的"④;也如韭菜花,为什么不能进法帖,就像五代杨凝式的《韭菜花帖》一样?——汪曾祺说:"我读书少,觉韭花见之于'文学作品',这也是头一回。"⑤ 其实,何止火腿、韭菜

---

① 汪曾祺:《难得最是得从容》,《汪曾祺全集》第6卷,北京师范大学出版社1998年版,第199页。

② "起水鲜",即袁枚所谓"戒停顿":"不过现杀、现烹、现熟、现吃,不停顿而已。"见《随园食单》,别曦注译,三秦出版社2005年版,第36页。

③ 从"大其心"到"体物"再到"民胞物与"的逻辑,张载阐释得明明白白:"大其心则能体天下之物。物有未体,则心为有外⋯⋯圣人尽性,不以见闻梏其心。其视天下无一物非我,孟子谓尽心则知性知天以此。"《张载集·大心篇第七》,章锡琛点校,中华书局1978年版,第24页。

④ 汪曾祺:《金岳霖先生》,《汪曾祺全集》第4卷,北京师范大学出版社1998年版,第145页。

⑤ 汪曾祺:《韭菜花》,《汪曾祺全集》第4卷,北京师范大学出版社1998年版,第373页。

花，只有到了汪曾祺这里，挑夫、锡匠、卖熏烧的、和尚、药店相公等贩夫走卒者流，才不再是"毫无意义的示众的材料和看客"，不再是"蚯蚓们"，不再是"个人主义的末路鬼"，也不再是即便脚上沾着牛粪都比知识分子还要来得干净的革命生力军，他们就是他们自己，他们是美的，是可以入画、进帖，写成一首首《受戒》《大淖记事》一样的诗，让世人传唱的。

谨以此文纪念汪曾祺先生逝世二十周年
2017年4月24日，玉泉

（原载《文艺争鸣》2017年第12期）

论贾平凹改革小说中的男女关系

翟业军

《周易》第三十八卦"睽"卦，其"序卦"曰："睽者，乖也"；其"象辞"说："天地睽而其事同也。男女睽而其志通也。万物睽而其事类也。睽之时用，大矣哉！"① 也就是说，天乾地坤，男阳女阴，万事万物只有被分裂成相互排斥、彼此乖离的两半，才有感通、化育并进一步开创出生生不息的世界的可能。这样一来，摆在每一位生而为人者面前的首要任务，就是处理好男女关系，从而达成情感的满足、欲望的排泄和物种的存续。而如此根基性的问题也就必然地成了古今中外的文学所关注的母题，一个既你侬我侬又剪不断理还乱的母题。值得注意的是，男女关系问题的根基性一来使得任何作家都回避不了它，他们必须描述它、思索它；二来又使它显得若有若无、可有可无，只会在社会急剧转换的某些节点凸显成一个凝重的时代命题，这就像只有在气压陡变时我们才会真切领会到空气的"在"。20世纪中国有三个至关重要的转换节点：五四、四九建政和改革开放。五四让无数痴男怨女痛悟他们一直以来安之若素的男女关系竟是苦痛而不是爱情，这样的领悟反映到文学领域，就是婚恋自由主题的勃兴。四九建政掀起一股不爱红装爱武装、工装、农民装的新潮，男女关系不再是它自身，而是阶级关系最直接的体现，选择谁、拒绝谁，是阶级立场的自我剖明，与"发乎情"没有多少关系，情甚至是立场的天敌，立场的宣示与对于情的剪除净尽是二而一的关系——你能想象梁生宝是个情种，他在痴痴地等着改霞的归来吗？改革开放如一股春潮冲开淤塞的河床，旧的秩序被重组，新的生态在生成，男女关系随之发生深刻的变迁，这样的变迁也一定会被作家收纳于笔端。本文以贾平凹改革小说中的男女

---

① 贾平凹在《妊娠》中对于"睽"卦有详细解读，胡河清在《贾平凹论》一文中对此解读又有所发挥。见《当代作家评论》1993年第6期。

关系为例，试图探讨如下问题："四人帮"倒台后十年的文学里的男女关系想象模式与"十七年""文革"文学发生了哪些显著变化，存在什么样的藕断丝连？这样的男女关系模式倒映出一个什么样的改革开放，在与别的作家的平行比较中又可以逼视出贾平凹创作的哪些特质和局限？需要强调的是，男女关系成为问题未必意味着对于这一关系的重视，人们也许只是通过它、穿越它来抵达自己所要抵达的对象，只有当它不再作为凝重乃至峻切的问题而是作为它本身吸引或质询着我们的时候，我们才能真正品尝到它的苦与甜。

一 "要我嫁给你吗？你衣襟上少着一枚奖章"

贾平凹的成名作是写于 1977 年 12 月、荣获 1978 年首届全国优秀短篇小说奖的《满月儿》。那个时候，十一届三中全会还未召开，贾平凹让满儿立志拿出多项科研成果，为生产队两年建成"大寨队"作出贡献，当然无可厚非，因为人人笃信"堵不住资本主义的路，迈不开社会主义的步"，没有理由苛求贾平凹先知先觉到为一年后才会揭开帷幕的改革开放提前铺路搭桥。可是，他竟然让胜文梦见满儿培育出新麦种，麦浪滚滚，他在麦穗上跳啊、蹦啊，怎么也掉不下来，就未免令人瞠目了，因为这是彻头彻尾的大跃进狂想、新民歌运动美学。由此梦境可知，此时的贾平凹还是"十七年"精神和趣味的忠实信徒。对于"十七年"文学的迷恋更直接地体现于 1978 年的短篇小说《书》。《书》开宗明义："我爱杨朔的散文。"单单一本《杨朔散文选》，就足以让"我"在精神上绝对优越于忙着看《少女的心》和《虹南作战史》的弟弟、妹妹。迷恋杨朔散文在贾平凹身上产生两点直接后果：首先，他的散文创作大抵继承了杨朔散文的遣词造句、谋篇布局的方式。比如，大量使用叠词以形成缠绵、荡漾的"美感"，你看，短短一篇《月迹》，就先后出现玉玉、银银、粗粗、疏疏、累累、袅袅、淡淡、痒痒等现成或是生造的叠词。再如，《夜在云观台》《白夜》《雨花台拣石记》《访兰》和《太阳路》等散文的结构如出一辙：于写景或是叙事中交代"我"遇上困难、困惑，结尾则跳出一位"老泰山"式的老者，以"耐过寂寞的，才是伟大哩，同志！"之类格言警句，为"我"拨云见日，同时让全文一下子明朗、乐观、灵动起来。其次，如此织构出来的作品只能是一首首诗篇，在贾平凹及其身后的杨朔看来，我们的幸福生活怎么可以是散文——散文的诗化哪里只是美学追求，它从来是、更加是政治律令。诗篇如果潜伏着困境，困境的尽头一定是豁然的开朗；诗篇如果微带着忧伤，忧伤也只是为了让甜蜜更绵长。破

三 作家与作品

译了贾平凹身上的杨朔基因,我们自会醒悟:《满月儿》令人称道的"诗情画意",其实只是"杨朔风"的遗泽;小说结尾的"Sure to be successful!(一定会成功!)",只是对于杨朔惯用的卒章显志、曲终奏雅手法的亦步亦趋。[①] 1984 年,贾平凹在日记中记道:"刮黄风,不得出门。四个小时写好一篇散文,又撕了。苦恼的是没个好的表现形式。老在尾巴处引出一个什么哲理来,我已经腻透了。"[②] 此则日记透露两重信息:第一,他"老"是在玩卒章显志之类杨朔花招;第二,杨朔模式让他发"腻","撕了",就是告别。我想,只有"撕了"杨朔模式,贾平凹后来才会"浮躁"起来,奔腾出一条泥沙俱下的浩渺的河。

以杨朔为不祧之祖,《满月儿》就不太愿意涉足男女关系,因为杨朔散文严格删汰掉生活的阴暗面,而男女关系甜蜜的背后即是苦涩,诗篇也许直通囹圄,如何摘得出绝对光鲜的一面来?于是,外来者"我"一定是女人,被月儿误会为满儿男友的胜文也只是满儿革命事业的"帮手",这一群同性、无性的人们(写成女性,并不着意于女性的性别特点,而是要撷取一点女性的柔美以点染诗意)亲密无间地纵身于建设"大寨村"的事业,由此造就一幅不染半点尘埃的秀丽画卷——画卷画的是现在,指向的却是两年后乃至更遥远所以更值得期待的未来,或者说,只有有了必将实现的远景打底,画卷才是圆满具足的。有趣的是,画卷中出现了两个书目:满儿抱着的《英汉对照小丛书》和"我"承诺寄给月儿的"有关测量知识的书"。这里的书目当然迥异于庸俗的《少女的心》、僵死的《虹南作战史》,呈现出饱满的求知欲。但是,贾平凹所强调的求知欲一定不是"哥德巴赫猜想"一类漫无涯际因而"百无一用"的纯粹爱智,外语单词只有与小麦、燕麦、授粉之类农科词汇——对应才是合法的、美好的,测量知识只有服务于"队里搞人造平原"的规划也才是正当的、喜人的。也就是说,书目本身并无意义,甚至有引人走上"白专"道路的危险,书目只有在它所服务的社会主义建设实践的加持之下才会粲然生辉,于是,爱书目说到底就是对于社会主义事业的不尽之爱。这一点,中篇小说《白莲花》(1977 年 11 月初稿,1979 年 10 月完稿)有更直接的挑明:公社推荐西韦上大学,面临着外语还是农学的选择时,他毫不犹豫

[①] 贾平凹在《满月儿》创作谈中说,"描绘要细腻,叙述要抒情。产生诗的意境",分明就是杨朔的声口。见《爱和情——〈满月儿〉创作之外》,《贾平凹散文创作全编·商州寻根》,时代文艺出版社 2015 年版,第 262 页。

[②] 贾平凹:《关于散文的日记》,《贾平凹散文全编·旷世秦腔》,时代文艺出版社 2015 年版,第 219 页。

地进入农学院，因为外语充其量只是通往农田、水利知识的一座桥，哪里值得终身托付，农学才是他的战场和归宿。

杨朔诗篇美则美矣，却是静态的、逼仄的，贾平凹必须把他的人物卷入旋涡，让他们翻滚起来，冲撞起来，如此才能吐纳瞬息万变的时代风雷，而冲撞的最佳方式莫过于不回避男女关系，让人物于爱谁、为什么爱、如何爱的选择中尽显自己的品性。《白莲花》里有一本《水利测量初级知识》，与《满月儿》中的书目一样，它不是一本简单的科普读物，而是一部社会主义建设的宝典。不同之处在于，《白莲花》中的人们并不都在渴望分有宝典的辉耀，在那些有眼无珠、心灵朽坏的人们那里，宝典与废纸无异。就这样，书目成了试金石，西韦对它爱之若命，鄢夷做大立柜、大橱斗，养黄狗、小白鸽的"小日子"，所以他才是俊儿的意中人。西韦兴冲冲地把圣器献给羊英，羊英却弃之如敝屣，她这种只操心自己的"小日子"、罔顾社会主义建设伟业的俗人，哪配得到他的心？从一个书目就能判断一个人是否值得爱，听起来就像不是天分、汗水而是手中的秘籍决定了一位侠客武功的高低一样匪夷所思。这一貌似匪夷所思的思路其来有自，"十七年"文学中它已是理所当然、怎么可能不如此的——《青春之歌》里，十九世纪经典文艺像一缕阳光镶在余永泽身上，他带着梦幻金光，不由分说地走进林道静的心里；卢嘉川手上的《国家与革命》瞬间照穿十九世纪文艺的苍白、怯懦和虚伪，他是道静当仁不让的新主人；江华则抛弃了作为桥梁的书目，与革命事业本身合而为一，他才是无招胜有招的绝世高手，道静不爱他，爱谁？[①] 江华的胜利还可以引导我们再朝深处想：书目只是表象，革命和建设伟业才是本质，对此本质的迷恋一定会催生出我爱你是因为你爱革命、爱劳动、爱集体的男女关系模式。此一模式根深蒂固，在解放区文学中即有肇端，试想：小二黑虽然生得好，但他如果不是"青抗先"队长，反扫荡打死两个敌人，得过特等射手的奖励，他能俘获小芹（三仙姑曾是"前后庄上第一个俊俏媳妇"，小芹"比她娘年轻时候好得多"）的芳心？到"十七年"文学已是蔚然成风，周立波《山那面人家》中的新郎官从婚礼上消失，去查看社里的地窖，可是没有人会指责他的"落跑"，一心向公的他才是社会主义时期最重情重义的情郎；闻捷的"种瓜姑娘"更是纵情唱出那个时代的择偶观："枣儿汗愿意满足你的愿望/感谢你火样激情的歌唱/可是，要我嫁给你吗/你衣襟上

[①] 关于林道静情爱之路的讨论，可参见李杨《成长·政治·性——对"十七年文学"经典作品〈青春之歌〉的一种阅读方式》，《黄河》2000 年第 2 期。

少着一枚奖章。"其实，往民族文化传统追溯，可以看到清代文康的《儿女英雄传》已在宣扬"儿女无非天性，英雄不外人情"，儿女和英雄统一于礼教之道。到了无产阶级革命时期，儿女英雄又谱新传，新传之"新"在于，统摄之道成了革命事业，只要你须臾不违背此道，你就既是最铮铮的英雄，亦是最柔情的儿女。

社会主义伦理全方位重造了情，此情不单指爱情，也指亲情，只有在血缘关系这一传统伦理的根基处爆发革命，社会主义伦理才算取得完胜。于是，贾平凹写出中篇小说《姊妹本纪》（上、中、下三部都初稿于1977年，完稿于1978年）。三姊妹的父亲张三在治河工地上意外坠崖身死，咽气前把未竟之业托付给三个未成年的女儿，也许，贾平凹是想说明，时代不同了，男女都一样，谁说新时代就不会涌现几个女大禹？不过，贾平凹设问了："花儿都一样，谁知道哪朵花儿结的桃儿甜呢，酸呢……"如此设问的用意在于：第一，否定血缘关系的正当性、有效性，强调果实的酸甜由自己决定——其实，自己哪能决定，衡量的标准还是在于自己对于社会主义建设事业的奉献度和忠诚度。第二，果实一定会有酸有甜，就像人群必须分出敌我，只有砸烂旧的血缘纽带，新的同盟或对立才能生成。果然，贾平凹用一个细节试出三姊妹的酸甜：队里往大堤运石头，沙滩结冰，驴车过不去，大家二话不说，解下衣服铺上冰面，二姐盼儿却舍不得她的新衣服，大姐水儿"狠狠"抽了她一耳光。千万不要把这一耳光简单理解成姊妹斗气，这是对于刚刚露出苗头的敌对势力的坚决镇压，是我方立场的义正词严的宣示，其威力不亚于小说结尾三妹兴儿给已经贵为县委副书记的盼儿贴出并由母亲第一个联署的绝交书。如此剧烈的分化和斗争，一定会体现于男女关系，男女之间的吸引和排斥反过来也会对于分化和斗争产生催化作用。于是，水儿和大胜恋爱、结婚了，他们在一起时谈的是丹江河、梨花村，他外出当兵，她就在信中"向他报告村子里的事情"，他还要放弃排长的职位，回村和她一起改造丹江河。此种深情无以名之，只能称之为同志情。作为同志情的爱情不会发生任何冲撞，只会留驻永恒的和谐和不断的彼此扶持——可是，永恒的和谐不是不可能的，因为它无非意味着僵死？升了官的盼儿一定会抛弃她的德民哥，因为他竟然一心只想着劳动和集体。贾平凹更加诡异的设计在于，他还要让兴儿迅速接过盼儿视若粪土她却看作金子的德民，结成一对与水儿夫妇一样的同志式伴侣——敌人的敌人，不就是我的同志？这样的同志哪怕试炮炸瘸了腿，她也不离不弃，因为肉身的美或丑、健全或残缺无关乎爱与不爱的考量，爱你只是因为你对于社会主义建设事业的不尽之爱。

无独有偶，1978年出版并获首届茅盾文学奖的周克芹的《许茂和他的女儿们》也在姊妹关系上大做文章。四姑娘许秀云被郑百如抛弃，郑百如眼睛"闪烁着鬼火似的蓝光"，显然是蛇蝎一般的毒物，被他抛弃不正是另一种人以群分？所以，她是平静的，双眸如一泓秋水，她更有一份未来可以展望，眼神里"分明含着希望的光芒"。果然，她爱上鳏居多年、把整个身心扑在葫芦坝建设事业上的大姐夫金东水。七姑娘许贞是另一个盼儿，怎么甘心把美貌埋没于乡土，怎么情愿把命运和那个土得掉渣、整日泡在试验田里的吴昌全拴在一处？往本质上看，浑浊的她又怎么有胆量去正视他的"透彻的目光"？所以，与其说是她抛弃了他，不如说是她被山乡巨变的伟业所抛弃，而献身于伟业的他不会真的零余，九姑娘许琴迅速向他敞开了怀抱。许琴可不是那种"把青春和精力都花费在俗气的恋爱生活里的女子"，她有着"油黑"的皮肤和红亮的心。双重的你抛弃来我接纳，比《姊妹本纪》还要来得纠结，不明就里的后世读者倒要莫名惊诧了：20世纪70年代中后期中国年轻人的男女关系竟是如此开放和混乱？这真是冤枉了好人，他们哪里混乱，从来都是秩序井然的，因为真正的混乱一定源出于每个人发自内心的不可捉摸的爱慕和厌弃，而他们的男女关系则统一于一种新型的绝对准则之下：建立劳动和战斗的夫妻生活。也许是因为所设计的男女关系过于复杂，周克芹对于他的人物如何劳动、怎样战斗倒有点语焉不详，不像贾平凹那里有个现成的丹江河可以随时与之搏斗。于是，他也乞灵于书目，与战斗和劳动密切相关的书目：吴昌全看的是巴甫洛夫的《遗传学》，金东水则买回来一堆《土壤学》《水利工程学》和《植物生物学》。书目如此神圣，以至于可以颠倒父子关系，小小的长生娃就承担下家务，懂事地对父亲金东水说："不，你要看书……"书目里栖息着整个葫芦坝的未来，某一个孩子的未来有什么要紧，这一思路颇契合于《姊妹本纪》里德民的觉悟："我想，个人再大的事也是小事。"

没有理由假设张家和许家姊妹的故事存在相互影响，它们的惊人雷同只能说明，这个脱胎于传统文化、于解放区文学中获得新生机的男女关系想象——你的衣襟上有了勋章、奖章，我才爱你或嫁你——早已成为宰制性的模式，小说家只要想铺陈男女关系，就必须按照这一模式运行，别无其他合法路径可走。这一时期，贾平凹的小说还未涉足改革开放，但请注意，这个模式正是他后来讲述改革故事的标准套路：通过男女关系问题来写改革开放，爱你一定是因为你是改革能手、开放标兵。

三　作家与作品

二　"古代的好人"与"好的正是时候"的

　　1983—1984年,贾平凹集束性写出"改革三部曲"(《小月前本》《鸡窝洼人家》和《腊月·正月》)。汪政认为,正是从"改革三部曲"开始,"贾平凹的小说没有了以前的清新明快,而变得缓慢滞重,并渐起苍凉雄浑……"[①] 其实,清新明快的未必可喜,因为那只是在一个既定轨道中顺畅滑行,大抵是不及物的;缓慢滞重的倒可以是另一种飞扬或沉潜,因为旧的轨道已经朽烂,作家不得不体露于时代的"金风",时代如是泥沙俱下的,作品当然也就是浑浊的,因为浑,所以雄。如此一来,论述贾平凹这一时期的创作,就必须从改革开放对于既有的社会心理和结构的巨大冲击说起,这一点,贾平凹也看得分明:"《小月前本》、《鸡窝洼人家》、《腊月·正月》是风雨初至时各层人的骤然应变,其文化结构、心理结构出现了空前的松动和适应调整。"[②] 而松动、调整得最厉害的领域,莫过于人们的婚恋结构、择偶标准——多少年来,姑娘、小伙子们第一次在工农兵装和各式各样红装之间迷惑了,他们不知道应该把自己的感情天平倾向哪一方。

　　《小月前本》开头,月色下的丹江河一片柔和、幽静,小月生平第一次赤条条跃入水中,她讶异于自己身体的曲线,波浪的冲击又使她有了麻酥酥的快感,她想唱歌,她觉得她成"人"了。不过,姑娘的成熟怎么少得了小伙子目光的打量?于是,小月的娇媚和性感尽收于门门的眼底——这不只是偷窥,更是小月成长的一次确认,一种完成。未成"人"之前,小月的婚姻由父亲王和尚做主,她是才才的未婚妻,成"人"之后,她开始渴望把捉自己的命运,在才才与门门之间左右为难起来。小说有一个处理得潦草实则意蕴丰厚的细节:无人过渡时,小月就横了船,看爱情小说。小说没有点明具体书目(与之前一定会罗列农田、水利书目形成有趣的反差。小说也说到门门在商君县城买了《电工手册》和《电机修理》,但只是一笔带过,因为这些书目不再是圣器,而是门门发家致富的辅助手段),或许是因为三十多年来中国人就没有写出什么像样的爱情小说,而古典或者外国的又不符合农家女的身份,但这一细节足以表明,小月不再是满儿、水儿那样的生产队的女队员,她有了属于自己不关

[①] 汪政:《论贾平凹》,《钟山》2002年第4期。
[②] 贾平凹:《我的追求——在中篇近作讨论会上的说明》,《贾平凹散文全编·土门胜境》,时代文艺出版社2015年版,第81页。

任何他人的心思——只有有心思的人才会出现选择的两难，女队员的选择则是早已派定的。小月的选择看起来应该并不为难。才才忠厚、勤劳，没日没夜在地里死受，土地是他的命、他的魂，他的目光绝不会跳出土地向地平线处眺望。这样的农民落伍了，因为土地不再是财富的主要来源，更何况土地哪里公正，一分耕耘未必等于一分收获。门门脑子活，闯得开，地种得心不在焉，却撑着柴排挣了不少活钱，这样的弄潮儿才应该是新时代春风得意的情郎（也许不算是题外话：从《小月前本》开始，丹江河、州河不再是社员们与之战斗的恶自然，而成了壮阔、澎湃的改革开放运动的隐喻）。不过，贾平凹看得更深、更透也更矛盾。才才是时代的弃儿，弃儿的被弃却是因为对于农耕文明太过有情。小说特意安排了死牛割出牛黄，王和尚放声痛哭的情节，贾平凹想说明的是，效率可能并不是王和尚、才才的优位原则，是人与土地相对时的宁静和充实，让他们觉得稳妥，应该设想，他们是丰收的。新政策让门门如鱼得水（门门是村里唯一订阅《人民日报》的人，他离政策最近，《腊月·正月》中的王才也爱看报纸，一篇报道翻过来覆过去地读，这些细节表明，贾平凹有做新意识形态代言人的自觉），不过，只有他占得政策的先机却可能是因为他骨子里的滑和狠。这一点，小说处处皆有提示，却不忍心挑得太明：小月说门门是"小赖子""好坏人"，王和尚则认为他到底是个"不安分的刺头儿"。"好"不过就是窝囊，"赖"的、"坏"的才能成事，才是"当代英雄"，改革开放的动力源中竟然有一股"赖"的精神。这段隐秘，《浮躁》阐述得更加透辟，此处暂且不表。我们已能领会的是，小月的举棋不定有着深远的时代根源。是王和尚的一顿暴打把小月最终推向了门门一边，小月这才发现"小赖子"的阳刚之美：

> 小月看见他胳膊上，胸脯上，大腿上，一疙瘩一疙瘩的肌肉，觉得是那样强壮，有力和美观。那眼在看着天，双重眼皮十分明显，那又高又直的鼻子，随着胸脯的起伏而鼻翼一收一缩，那嘴唇上的茸茸的胡子，配在这张有棱有角的脸上，是恰到了好处，还有那嘴，嘴角微微上翘……

请注意，这段描写并不包含多少性欲成分，这是在借小月的眼睛来确认改革开放的雄性本质，在雄性的改革开放的逼视之下，农耕文明就只能是、一定是柔软的雌性了——才才幼时穿花衣，留辫子，被小月打得直哭，是个"假女子"，"假女子"就算被门门抢走了未婚妻，一双拳头也

三 作家与作品

一定不会打在门门身上，而是砸了自己的头。不过，阳刚的固然虎虎生风，阴柔的不也温情缱绻，时代的演进如何离得开这一对琴瑟的和鸣？所以，小月虽顺时而动，离开"古代的好人"才才，选择了"好的正是时候"的门门，但她的心却在祈愿："如果门门和才才能合成一个人，那该是多好啊！"我想，勇猛与有情的结合正是贾平凹对于改革开放未来走向的期待，或者说是忧心，因为合的不可能正是最无奈、冰冻的现实。

也许是敏感到徘徊于传统的阴柔之美有可能拖住"当代英雄"披荆斩棘的脚步，仅过了两三个月，贾平凹便写出《鸡窝洼人家》。这是一个"换妻"故事，题材听起来有些耸人听闻，可是，张、许两家不也发生过类似的故事，而且他们抛得那么必然，接得如此理直气壮，何曾有过一丁点猥亵之感？其实，在那个时候的人们看来，猥亵是对于身体的单向度垂涎，当然是低级的。在健康、高尚的男女关系中，身体之上还有精神和理念，理念错位了，就必须抛，对头了，则当然接，没有必要面红耳赤，面红耳赤的倒有猥亵的嫌疑了。鸡窝洼里的"换妻"事件的主导者同样是女性。婚恋的选择改由女性操控，女性地位看起来大为改观，男权意识实则笼罩得更深、更密了，因为只有男性才拥有所谓的理念世界，并因而拥有了被衡量的可能、被挑选的权利。烟峰对禾禾说，"要说过日子呀，这鸡窝洼里还是算麦绒"，麦绒托回回给自己再找一个男人，她说，"人才瞎好没说的，只要本分，安心务庄稼过日子"。通过这些对话可以看出，麦绒要的是"古代的好人"，来跟她过安稳的庄稼人日子，她跟老实巴交的回回过到一起是必然的。"浪子"禾禾则是这种日子的天敌，他一次次把麦绒抛向未知的旋涡，于是她不得不向他扔出一把干草火——干草火是驱鬼的，"浪子"正是乡土中国的鬼。烟峰爱笑，咧一嘴白牙，喜欢吃零食，有事没事嚼几颗黄豆，"奶子一耸一耸"，性感得招摇，她也是乡土中国的异数。更要命的是，她烦透了没完没了拐石磨的日子，她想："人就是图个有粮吃吗？"——对于乡土中国，这是釜底抽薪的反问，因为乡土中国单是让人有粮吃尚且艰难，又遑论人的发展和完成？作为异数的她一定会抛弃回回，投入禾禾的怀抱，因为禾禾向乡土中国发起一浪高过一浪的冲击，他才是"好的正是时候"的。有趣的是，她向他示爱，这么水到渠成的好事，他竟"压根儿没有想到"，这就进一步证明了他们的结合与肉的吸引无关，而是源于理念的相契。同理，烟峰的奶子在公公面前挺得高高的，到了禾禾那里，她的性诱惑力却出人意表地敛去了锋芒，这是因为性诱惑力之于乡土中国是叛逆、是示威，之于乡土的"浪子"却有可能沦为猥亵。就这样，猥亵的"换妻"故事瞬间转化为光明和神奇。

比《小月前本》来得决绝的地方在于,《鸡窝洼人家》不给"古代的好人"任何出路,贾平凹不仅要把他们赶尽杀绝,还要压榨出他们灵魂里的"小",从而确立"好的正是时候"的"好"的唯一正确性。小说设置了一个挪用自《多收了三五斗》的情节:麦子丰收,麦绒粜麦子,麦价却从三角五大跌至二角五。不过,原本一个"谷贱伤农"的社会批判故事,现在却被用来指认被伤之农纯属活该:谁让你们抱残守缺的,自作孽,不可活。麦绒舍不得贱卖麦子,旁人笑她"八成是疯了","疯了"正是贾平凹对于"古代的好人"的无情判决,他们要么追上时代的步伐,要么就此万劫不复。其实,判决已是多事,因为烟峰生不出孩子竟因为回回是个"没本事的男人",嫁给禾禾很快就怀上了。"古代的好人"已丧失生殖能力,他们真是完了。

1984年3月,贾平凹写作《腊月·正月》,聚焦改革开放对于乡土权力结构的重组,因为它较少着墨于男女关系,此处不赘述。我感兴趣的是,在1984年的《九叶树》和1985年的《西北口》这两部中篇小说中,贾平凹借着女主人公对于意中人的选择,表达出他对于城市、现代性以及改革开放运动本身的刻骨怀疑,这是前进途中一次必然的反复,还是一位农民作家对于现代性与生俱来的恐惧和排斥?这两部小说依旧写一个鳏夫领着一只美丽孤雏生活在与世隔绝的村落(叙事模式仿佛来自《边城》,实际上了无干系),村子里有憨厚的小伙子深爱着孤雏。但城里的男子来了。城里的一切都没来由地迷人,他们有神奇得令人自卑的照相机(还记得《哦,香雪》中香雪紧攥住的铅笔盒吗?),有让人不明就里却无端觉得高级的词汇,比如"改革",就连《西北口》中的老鳏夫毛老海都知道:"平原上兴一个新名词,叫改革家,是光耀的事!"这样的城市自上而下地入侵乡村,乡村就只能既是被提升也是被摧毁,正像《西北口》所言:"他们的到来,把文明带到了雍山,也把不安分带到了雍山。"奇怪的是,城里人给乡村送来假树种(顺便害死了现代性迷狂者毛老海,这是小说精心设计的一记对于现代性迷狂者的当头棒喝),又在孤雏体内种下了真人种,可他们就是摧毁不了她们坚贞的心。她们确实慌乱过,却只是一些微波在荡漾,最出格的时候,也不过是《九叶树》中的兰兰在城里帅气男人的光晕中,"心理上得到了一个青春少女的一种自己也常常莫名其妙的满足"。城里人的诱奸、强奸只会激起她们对于城市的极度仇视以及对于乡土的死心塌地的归属感,更何况不管她们走了多远,村里的那个小伙子都在等待着她们的归来。难怪兰兰会立下这样的誓言:"要死,就死在生我养我的山里,死在九叶树下!"这样一来,两个始乱终弃

三 作家与作品

的故事所倾诉的竟是她们与乡土之间不离不弃的绵绵情思，情比金坚的乡下人狠了心要"镇倒了城里那文明人"。需要警惕的是，此处城乡关系的剑拔弩张既是对于现代性发轫以来以乡下人美学对抗城市文明的审美路径的继承，更是在质疑改革开放的合理性、有效性，贾平凹又站到了他刚刚反对过的才才和回回的立场。贾平凹的尴尬在于：首先，他想象中的乡下人的凯旋只能以含污忍垢、反求诸己的方式达成，就像他在论《天狗》时所说："人在这个世界上，不仅仅是征服着外界而爆发出光辉，而出奇的是在征服着自己本身时才显示了人的能量。"[1] 于是，凯旋只不过是完败的一块遮羞布而已。其次，乡土以开发旅游和抢救刺绣、泥塑等民间工艺的方式来对抗城市，可这两者不都是城市对于乡土的收编？贾平凹在《他回到长九叶树的故乡》一文专门倾诉"他"的九叶树情思，又在小说《古堡》写到九叶树，被一再描绘的九叶树是乡土的圣物，到了《九叶树》的结尾，圣物却意外地成了"服务社"的名号。也许，贾平凹已经无奈地意识到，他所钟爱的乡土只能被城市收编，并以保持一种虚伪的差异性的形式来苟延残喘，除此已无路可走。

三 "人敬菩萨，人爱小兽"

到了1986年，改革开放已行进到第九个年头，对于该不该改，已无太大争议，争议的重心落在如何改、改了以后怎样上。于是，于此年问世的长篇小说《浮躁》就不需要借助女性对于意中男性的选择来对他们所秉持的生命态度、政治立场进行选边站，男女关系的想象模式发生了质的翻转。

金狗是中国当代文学史上第一个"大赖子"。前文已述，门门是个"小赖子"，但是，他除了追小月时脸皮有点厚，庄稼种得潦草、一门心思做生意，做生意又不太讲人情而外，基本上还是一个受苦的乡下人，翻不起太大的浪。金狗就不同了。他出生时即有异象：怀着身孕的母亲在州河淘米时落水，母死，米筛有一男婴，随母尸漂浮，将婴捞起，尸沉，打捞四十里，不见踪影。参禅悟道的胡河清从此异象出发，大力阐扬贾平凹的"知其雄"："这种奇特的身世暗示着男性的残忍。真正的男性的诞生往往是以脐带情结的彻底断裂为标志的。这使男性与母体之间存在秘密的敌意。"[2] 这个说法显然求之过深、过偏，因为金狗不单克死了母亲，不

---

[1] 贾平凹：《说〈天狗〉》，《贾平凹散文全编·土门胜境》，时代文艺出版社2015年版，第96页。

[2] 胡河清：《贾平凹论》，《当代作家评论》1993年第6期。

也把父亲矮子画匠克得懦弱、猥琐，走不到人前。贾平凹的真实用意在于提示读者，一个赋有超霸悍的生命元力的"大赖子"必得从母体（包括父体）汲取母体所无法提供的巨大能量以至于吞噬掉母体才能够横空出世。浴血而生的金狗就连身体发肤都异于常人：顶上双旋，"男双旋，拆房卖砖"，他就算不是败家子，"也绝不是安生人"；胸有青痣，形如"看山狗"（商州的怪鸟，声如犬吠，如豹吼），"看山狗"转世的生命自有一股抗邪之气——毒还要以毒来攻。种种犹如双手过膝、五岳朝天的"异秉"预示他必将成长为一个"要穿就穿皮袄，不穿就光身子"的"大赖子"。他的对手，巩、田两家齐声骂他"是活鬼，是恶魔，是一个乱世奸雄"，这是诅咒，也是吃了亏还不得不心服口服的赞叹，更是对于"大赖子"本质的最终确认。他与英英一起望月，脱口而出："我如果有月亮那么大一枚印章，在那天幕上一按，这天就该属于我了！"世界无非在我，这样的胸襟比起"王侯将相，宁有种乎"还要来得恢宏，难怪英英狂喜："你金狗是个野心家！"——"大赖子"的"赖"之所以可谓"大"，就在于无论如何都要把自己的印章摁上天幕的匪夷所思的野心。其实，金狗的野心也正是贾平凹本人所有的。在1980年的散文名作《月迹》中，他说月亮倒映在叶上、盆里、水中，他跟金狗一样"顿悟"了："我们有了月亮，那无边无际的天空也是我们的了。那月亮不是我们按在天空上的印章吗？"他们的"顿悟"来自佛家和理学皆有阐述的"月映万川"。不过，"月映万川"说的是月始终只是那个月，但万川分有月的原型，就像太极不生不灭，不增不减，却又在万物中千姿百态地显现自身，印章（请注意，这不是书画的钤印，而是权力之印）的比喻则反客为主，以"我"为主宰，月/太极无非是"我"之意愿的充盈。这不是哲学上的唯我论，而是实践层面的自大和向上爬的野心。还须仔细厘清的是，贾平凹和金狗的自大和野心不是来自自身的完满，而是源于根基处的绝对匮乏，因为匮乏，所以一定要征服。于是，正是因为自小"受人白眼，受人下贱"[1]，贾平凹才一定要打出去，成为"出生的地方如同韶山"，不讲普通话因为"普通话是普通人说的话"[2] 的不普通的人；金狗进州城，也是"在强烈的自卑中建立起自己的自尊"："我金狗现在也来了，瞧着吧！"——就是

---

[1] 贾平凹：《初中毕业后》，《贾平凹散文全编·旷世秦腔》，时代文艺出版社2015年版，第64页。需要注意的是，屈辱、苦难的童年一半是真实，一半出于他的渲染和塑造。证据很多，比如《浮躁》中小水和福运卖猪的绝望经历，他在散文中一再追忆，但是，《初中毕业后》和《祭父》都说是父亲带着"我们"兄弟，而《初人四记》却成了干爹带着"我"和花子。

[2] 贾平凹：《说话》，《贾平凹散文全编·时光长安》，时代文艺出版社2015年版，第26页。

三　作家与作品

在异乎常人的"赖"字上，作家与他的人物隐秘地连通起来。

金狗之"赖"，小说多有表现。比如，为了进州城报社，他和小水走英英的后门，托英英跟她叔叔田中正说情，由此种下他与英英的一段孽缘。为把东阳县的贫困真相捅出去，他学会用不正当手段制服不正之风的"妙着"。他更会"机智"周旋于各种势力之间，从而达到阻止河运队现场会的召开和营救雷大空的目的——他为此痛苦，因为油滑毕竟是一个农民的儿子、一个正派人所不为的，但他"不得不忍受自己的油滑"，因为油滑是大干一场的必然方式。不过，贾平凹怎么忍心把自己精神上的对应人物写得太"赖"？于是，金狗之"赖"大抵被处理为技术性的、枝节的，他甚至有着与自身所为并不相称的乡下人的道德洁癖。"赖"到极致反送了卿卿性命的是雷大空。雷大空"光身子"时可以沿街叫卖假鼠药，但他就是有一股天王老子都不怕的邪气，敢剁掉田中正的脚趾，能跟背景神秘的"州深有限公司"扯上关联，买空卖空，从而穿上"皮袄"，暴发成到处撒钱的慈善家，最终因假树种案事发入狱（又是假树种，但这次的假树种不是城市塞给乡土，而是源出于乡土自身的，城乡之间可疑的对立关系至此得到大幅缓解），被灭口于狱中。在道德上，贾平凹对他是排斥的，单是因为从他口袋里掉出五个避孕套即可宣判他的不洁。但此时的贾平凹已经意识到，不能光用道德眼光评判人，否则"只能导致黄世仁和白毛女模式"，雷大空是坏人、恶人，"但从历史角度来讲他又有一定的进步性"。① 这里是理性判断，谨慎的贾平凹不得不多有保留，到了金狗为雷大空所拟祭文中，他则可以戴着人物的面具无所顾忌地抒发：

可敬你虽明知是火，飞蛾偏要赴焰，雄雄之气，莽撞简单，可叹你急功近利，意气侠偏陷进泥潭。你是以身躯殉葬时代，以鲜血谱写经验。呜呼，左右数万里，上下几千年，哪里有这样的农民？固有罪有责，但功在生前一农夫令人刮目相看，德在死后令后人作出借鉴。

《红楼梦》中宝玉为晴雯作《芙蓉女儿诔》，这里则是金狗也是贾平凹本人为改革开放大业中"出师未捷身先死"的悲情壮士作"男儿诔"，如此炽热的景仰、锥心的痛惜分明在昭告世人，只有他雷大空活出了时代的精气神，也为金狗活出了他所不敢活出的自己，同时又承受了无以承受

---

① 贾平凹：《与王愚谈〈浮躁〉》，《贾平凹散文全编·土门胜境》，时代文艺出版社2015年版，第163页。

的创痛。脂砚斋说,"晴有林风,袭乃钗副",我想,金狗为"副"雷大空才为"主",是雷大空而不是金狗更典范地代表了一个虎虎生风的大时代。很少有人注意到金狗名字的确切由来。小说交代,因为他胸前青痣形同"看山狗",故名须有"狗"字,行"金",便叫金狗。不过,《商州初录》就已说到贾家沟有三大土匪头子,分别叫金狗、银狮、梅花鹿,这三个诨号原封不动地借用到了《浮躁》,而《浮躁》中的金狗、银狮、梅花鹿恰恰都是改革开放的排天巨浪中的"浪里白条"。这种下意识的借用说明,在贾平凹看来,如果没有点匪气、蛮力或者说"大赖子"精神,改革开放根本没有可能打开局面。七老汉说雷大空是露牙狗,金狗才是好狗。他哪里明白,不露牙怎么可能是好狗,一个不管不顾地把时代朝前推进的好狗?其实,不管是露牙狗还是金狗,他们都是"大赖子",正是这些"大赖子"表征着一个"泥沙俱下,州河泛滥而水大好行船,浮躁之气,巫岭弥漫而山高色壮观"的时代,浮躁的时代反过来又催生出形形色色的"大赖子"来为自己代言、立命。需要着重指出的是,"浮躁"是贾平凹对于改革开放的时代精神的天才概括,这不是一次价值判断而是一种中性描述,对于各种声音都在喧腾,各种人物皆有胜场,万事万物全在一个不可抗之蛮力的裹挟之下席卷向前的壮阔时代的描述。如果说贾平凹和他的金狗是在极度自卑中升腾起一定要征服的野心的话,那么,他们所代言的改革开放本身也必定走过近似的演进轨迹:正因为落后挨打、阶级斗争日日抓,所以一定要改革、不得不开放,这样的改革开放就像一架推土机,蛮横、笃定、只争朝夕地朝前掘进着,掘进距离的短长才是"硬道理"。可惜的是,我们的小说家总是抓不住改革开放的脉搏,他们笔下的时代人物不是正了点,就是软了些,直至新世纪余华《兄弟》(下)问世,才以它的粗鄙美学接续上《浮躁》所开创的"大赖子"传统。贾平凹感慨:"最当下的生活是难写的,既要写出鲜活,又要写得没有光气。"① 这里的"光气"指新瓷器、玉器所散发出来的过分鲜亮、失之虚浮的光。贾平凹想说的是,当下书写往往被当下生活牵着鼻子走,有甚说甚,缺少一个提炼的过程,这样一来,写出来的东西倒是鲜活的,却终究是一些一打眼就犯"贼"的假古董。我想,《浮躁》和《兄弟》(下)不为人知的重大意义就在于,它们正面强攻改革开放,却不拘泥于对象的枝节,径直抽象出"浮躁""大赖子"精神、粗鄙美学之类若有似无、用心

---

① 贾平凹:《在〈秦腔〉首发式上的讲话》,《贾平凹散文全编·顺从天气》,时代文艺出版社2015年版,第76页。

三 作家与作品

体察则确实绵绵密密地笼罩着、支配着我们的时代本质。

"大赖子"以身殉时代，他们就不再是女性能够权衡、取舍的潜在的意中人，她们根本走不进他们的心灵世界，她们如果深爱着他们，也只能像小水一样，"过着一种将痛苦炮制成幸福的单相思的日子"。他们毕竟有太旺盛的力比多在骚动、要喷涌，喷涌的方式却是不择路径的：既可以是女性的躯体，也可以是他们要建的功、想立的业，而且，相比较而言，还是在改革的战场上闯一程、杀一阵来得更带劲些，他们如此才能获得炸裂的快感，得到略带忧愁的宁静。这一点，下面的情节交代得很直接：金狗要小水而不得，他觉得遗憾，感到悯然，他发现他们原来是不能互通的，但大空一来拉他倒腾生意，他的脑子就又热了，"似乎刚才在小水身上未能发泄的热情在这里以另一种形式爆发"。所以，他们的力比多不是单纯的情欲，而是一种无名目的生命元力，必须随物，才能赋形。获得形体的元力之于所随之物可能是摧毁，比如女性，就像金狗背叛了小水，抛弃了英英，石华在他那里更只是泄欲工具，欲泄了，还觉得她脏，她就算用她的脏救了他，就算为了他不得不脏时她还要用吃安眠药昏睡过去的方式对他保留一份干净，她终究还是脏的，不可救药的脏；也可能是心甘情愿的付出，以至于被粉碎、被吞噬。比如改革开放，就像雷大空瘐死狱中空留遗恨，也像金狗被打回不静岗，他又从不静岗向州城发起新一波的冲击。由此可见，在"大赖子"的价值序列中，改革开放远高于女性，他们甚至不必像从前那样通过与她们之间选择或被选择的关系（如今的她们哪里还有选择权？）来抵达改革开放，因为他们原本就与改革开放同在，她们如果不是冗余，也只是可有可无的调剂而已。于是，在男女关系问题上，金狗只遇到过一次两难："小水是菩萨，英英是小兽呀，人敬菩萨，人爱小兽，正是菩萨的神圣使金狗一次次逼退了邪念，也正是小兽的媚爱将金狗陷进了不该陷的泥淖中了。"不过，两难一点都不难，因为菩萨哪会真的来到人间，菩萨只是用来高高、远远地供奉的，供奉菩萨就是供奉一点念想，正是这点念想让"大赖子"更加肆无忌惮、心安理得地与小兽（关于性感女性，金狗还有一个比"小兽"来得更肉欲的称呼："雌兽"）交媾，交媾了，只要对菩萨还心存一些愧疚、悔意，污垢也就算涤清了。所以，"敬"就是驱逐，驱逐了才能长长久久地"敬"下去（如果不是因为福运横死，金狗遇祸，小水如何喊出那声压抑心头多年的"金狗哥"？）；"爱"才是真真切切的要，一种近些、再近些，恨不得即刻爆炸、马上消散却绝不跟灵魂发生一丁点关联的占有。至于雷大空，就更不会在男女关系上劳神了，他兀自是一股磅礴元力，至性所以无性，至情所以无情，五只避孕套式的男女关系只是元力必要的排泄和转移。"新时期"初期文学涌现出一大批男性改革家形象，如罗群（《天云山传奇》，1979年）、乔光朴（《乔厂长上任记》，1979年）、李向南（《新星》，1984年）①，他们都需要在女性对他们的绝对忠贞和崇拜——罗群的"她"叫"周瑜贞"，乔光朴的"她"叫"童贞"——中确认自己的雄性本质和改革家身份，对比起"大赖子"的无性、无情，他们真是娘娘腔了许多。

当男女关系凸显成凝重的问题时，时代可能正处于有问题的非正常状态，比如从"四人帮"倒台到改革开放艰难起步的矛盾重重的过渡时期，这样的时代必得经由有关男女关系问题的书写来梳理、疗治自己的问题，宣示、强化自己的价值导向，而男女关系本身倒是被压抑的。当男女关系问题变得可有可无，甚至压根不成问题时，时代这才走到日复一日的常态。诡异的是，正是在常态中，男女关系开始作为它自身而不是作为问题来吸引并折磨着人们，它不说明什么，不代表什么，它自身就是如此凝重，就好像庄之蝶在诸多妇人之间无休止的、疲惫的追逐和躲避。于是，当改革开放步入正轨，贾平凹小说中的男女关系问题随之消失，他终于有余裕来处理男女关系自身了。

2016年6月9日，绩溪。

（原载《文艺争鸣》2017年第6期）

---

① 贾平凹说："《浮躁》中的金狗这个人物，还有对一些干部的描写，如果没有前一段出现的《新星》，就不可能出现现在的情况，我写这些人物时就有意识地站得高一点。"见《与王愚谈〈浮躁〉》，《贾平凹散文全编·土门胜境》，时代文艺出版社2015年版，第158页。

朱天文的文学创作精神流变

金 进

朱天文是台湾当代文坛不可忽视的重要作家，其代表作《世纪末的华丽》《荒人手记》和《巫言》不仅是她自己创作的三座高峰，也是台湾当代文坛不可忽视的经典作品。朱天文出身文学世家，其父朱西宁、其妹朱天心、朱天衣，一门文坛俊才。更重要的是，朱天文师承胡兰成，胡兰成的文化理论成为萦绕其创作的精神内核，胡腔胡调，萦绕着她，也成就着她。朱天文与侯孝贤的合作，给了她自我突破的契机，经过二十多年的小说、散文与剧本的多种文体实践，朱天文酝酿出了《巫言》这部长篇小说，自谓"还愿胡兰成"，同时也超越着自己的创作局限，进入她的创作顶峰。

一 设限与沦陷：花忆前身，还愿胡兰成

朱天文曾说自己对胡兰成的理论"全盘接收"，[①] 的确，朱天文太爱胡兰成，她的早期创作亦步亦趋地践行着胡兰成的文化理论。朱天文认为胡兰成予她最大的影响是视野，一种"目送归鸿，手挥五弦"，"写小说也是一样：你就是写写写，但却注意着小说之外的世界。我想这样的视野是胡兰成留给我们的最大资产"。[②] 就连胡兰成因汉奸之名流亡日本，其因卖国而人人可诛之的下场也被朱天文置换成一个高调的"革命"："胡老师住日本三十年，未入日本籍，始终自视为亡命。一九六四年在

[①] 朱天文：《黄金盟誓之书》，参见《朱天文作品集6·黄金盟誓之书（散文集1981—2000）》，台北印刻2008年版，第186页。在《阿难之书》中，朱天文言及胡兰成对她的影响之大，"或许我将用后来的一生不断在咀嚼，吞吐二十五岁前的启蒙和成人礼"。朱天文：《阿难之书》，《朱天文作品集6·黄金盟誓之书（散文集1981—2000）》，台北印刻2008年版，第214页。

[②] 白睿文：《文字与影像——访谈朱天文与侯孝贤》，《朱天文作品集5·有所思，乃在大海南（杂文集1980—2003）》，台北印刻2008年版，第291页。

一本橘色封皮的簿子上题书《反省篇》，开笔即反省亡命。他体会日本人似乎极少亡命的经验，如源赖朝早年，是谪居而非亡命。他说，亡命一则要有他国去处，如五霸之一的晋文公曾亡命狄国、齐国、楚国，辗转住了十九年，殆如现代国家的承认政治犯。日本历史上有大名诸国，但不够独立，难以保朝敌。二则，亡命者要有平民精神，如刘邦曾亡匿在民间，与之相忘，日本却是武士战败逃走，即刻被百姓或町人发现，不得藏身。他认为，谪君者除了源赖朝后来起兵打天下，其他只能产生文学。如韩愈、苏轼，如管道真，如杜思妥也夫斯基，皆因流放而诗文小说愈好，屈原也是谪居而作《离骚》。然而从亡命者当中出来的是革命，如刘邦、孙文、列宁，及欧洲新教徒逃亡新大陆，后来都创造了新时代。谪居是服罪被流放，被限制行动范围。亡命却是不承认现在的权力，不服罪，亡命者生来是反抗的。一样的忠臣，他爱西乡隆盛，不爱屈原，屈原太缺少叛骨。而因为是反叛，亡命比谪居更难安身立命。"①胡兰成的自我文化期许非常大，这一点影响到早期朱天文的创作，如散文集《黄金盟誓之书》中动不动就是文化、台湾气质等，再如"台湾的这三十年来绝对不是偶然的，为了我们民族将来更大的事业，台湾的存在便是人事之上更有三分天意。以我办出版社的切身体验，这是极艰辛不易，然又是自助天助的幸运和喜气的。因此，我们不做荆轲的慷慨悲歌，而宁是效法国父的浩然之气。今日在台湾，我是不生此身生何身？不生今世生何世？我就是这里了"。（《春衫行》，1981）类似这种写作很多，很多时候带有"卒章显志"的效果，但更多的时候有点言不及义，内涵也少了很多。

　　胡兰成自曝"我是直接传承得五经与庄子"，②纵观其著作，他的文化理论涉及基督的神道、佛教的禅宗、《诗经》的国风、四书五经、《离骚》和老庄的楚文化等影响，试图弘扬汉文明，并让其与西洋文明、印度文明、日本文明竞争与对话。朱天文曾称自己的小说集《传说》是对逝世的胡兰成的献礼："我不能亲至兰师灵前哭拜，兰师仙灵有知，不忘金秋的约定，仅以这本《传说》奉上。所集的二十一篇文章，有七篇兰师读过批评了的，我承教铭记在心。……知音不在，提笔只觉真是枉然啊。今我是以伯牙绝琴之心操琴，因为兰师的文章是这样最最中国本色的

---

① 朱天文：《狱中之书》，《朱天文作品集 6·黄金盟誓之书（散文集 1981—2000）》，台北印刻 2008 年版，第 160—161 页。

② 朱天文：《忘情之书》，《朱天文作品集 6·黄金盟誓之书（散文集 1981—2000）》，台北印刻 2008 年版，第 232 页。

三 作家与作品

文章，因为我是从兰师那里才明白汉文章原来是这样的。"① 一直到《弥撒之书》(1996年)，朱天文回忆自己姐妹受教于胡兰成，"天心是坏学生，我是好学生。胡老师说'从旁门入者是家珍'，反而旁门左道不按他胡氏教义来的，是珍宝。又说'见于师齐，灭师半德'，见解跟老师一样的话，倒成了老师的罪人。何况好学生，其实是无趣跟平庸的代称。是坏学生，才写得出《击壤歌》，……我很羡慕她行文之间不受胡老师影响，我则毫无办法的胡腔胡调"。②

那么朱天文受到胡兰成怎样的影响呢？一方面，她的小说中有着强烈的驻守今日现实的倾向，即入世情怀，一如她自言："佛去了也，惟有你在。而你在亦即是佛的意思在了，以后大事要靠你呢。你若是芙蕖，你就在红泪轻露里盛开吧！"③ 这种对胡兰成及其文化理论的崇拜被内化为朱天文创作的习惯，《传说》中有很多地方有着这种表达，每每放在篇尾，卒章显志。像《青青子衿》末句"雨继续的下着，落在塑胶瓦上，是一支秋天的小歌，唱在每个人的现世里——唱不完此生此世的多少忧患啊"；《子夜歌》中眷村生活的童年回忆，"那年夏天，我比哥哥姊姊他们知道了什么。因为，因为星星的孩儿从天上下来了，以后我们在的地方要起来许多事情。彩虹横在天空中，荷花八月整整开，世界也要整整的开了，开了呀"；《五月晴》末句"那是一株栀子花。一潮一潮的花气袭人，像是在酝酿着一个盛夏的来临"；《剪春萝》末尾道"婉卿登时已热泪如倾。太阳是这样的大，风滚着阳光哗哗的吹起来，而她只能是这样挥一挥手，这样走了过去，连回头都不能，也不想再回头了"等。另一方面是通过小说人物的塑造、故事的编排，朱天文表现出对"士"使命的自觉。《传说》中的很多文题都带有浓厚的中华文化气息，如《五月晴》《腊梅三弄》《剪春萝》，以及"罗敷自有夫""白蛇娘娘""青蛇妹妹""龙王三太子""翡冷翠""盗仙草""那古老美好黄金的时代""水仙花"等一连串文学典故的运用，展示着才女本色，也表达着她对中国古代文化的尊敬。《春风吹又生》中刻画了一个投机的归台留美学生，小说借他的口表现着此人的学识与境界肤浅，篇末"这样的好天气里，你觉得没有什么

---

① 朱天文：《绿杨三月时》，《朱天文作品集6·黄金盟誓之书（散文集1981—2000）》，台北印刻2008年版，第116页。
② 朱天文：《弥撒之书》，《朱天文作品集6·黄金盟誓之书（散文集1981—2000）》，台北印刻2008年版，第203—204页。
③ 朱天文：《〈传说〉再版自序》，《朱天文作品集1·传说（小说集1972—1981）》，台北印刻2008年版，第190页。

事情不可以做的,也没有什么事情不可以被原谅的",自我安慰中坚定着自己的文化追求。

> 你看看,士大夫的象牙塔是怎么样的。月落乌啼霜满天,江枫渔火对愁眠——我的天,渔火,你知道,这渔火是什么?渔民捕鱼点的灯哪!你想到他的艰苦吗?想到他们必须晚上出来工作,换一口饭吃,而你这时候在睡觉!in sentimental!王维,王维他又是个什么东西,独坐幽篁里,弹琴复长啸,这是多少劳苦大众服侍出来的闲情。我跟你打赌,他这种有闲阶级,如果连三餐都混不饱肚子,还有心情去弹琴长啸!

长篇小说《荒人手记》是一部朱天文还愿胡兰成的经典作品,"写完《荒人手记》我跟天心说,是对胡爷的悲愿已了,自由了"。[1] 写到最后,她自己也发现"《荒人》也边写边知道是在回答当年胡兰成老师去世时在写着的《女人论》,虽然小说呈现的完全不是那一回事"。[2] 此语一出,黄锦树、邱妙津等人撰文应和,朱天文也很同意他们的论点。[3] 这本书展示着朱天文对同性恋、幽闭症等社会问题的思考,小说中涉及的文化名人有弘一法师、李维史陀、罗丹、麦可·杰克逊、小泉今日子、傅柯、宫崎骏、三岛由纪夫、尼金斯基、泰戈尔,文明史上的阿波罗神殿的肛交、日本伊势神宫祭祀的天照大神、源氏物语、刑天舞干戚、拜底比斯阿蒙神庙、海兹佩苏女王墓殿、拉美西斯二世、托勒密犹发知提三世、图坦卡蒙、史芬克斯、北印度拘尸那城、雅典娜神庙、特洛伊旧址、底比斯的先知泰、释迦渡尼连禅河,宗教有基督教、佛教,同性恋者小韶、阿尧、永桔、费多、施、杰、金,这一切都让《荒人手记》这本书中充满着大量的文化评价,凸显出一种知识分子写作的倾向。

朱天文如何还愿呢?其实,"荒人"之义直通胡兰成自居的"谪居""亡命"之自喻。胡兰成说他于文学有自信,但唯以文学惊动当世,心终

---

[1] 朱天文:《忘情之书》,《朱天文作品集6·黄金盟誓之书(散文集1981—2000)》,台北印刻2008年版,第223页。

[2] 朱天文:《舞鹤对谈朱天文》,《朱天文作品集5·有所思,乃在大海南(杂文集1980—2003)》,台北印刻2008年版,第266页。

[3] 邱妙津:《中国传统里的乌托邦——兼论〈荒人手记〉中的情色与色情乌托邦》,《联合文学》1995年第131期;黄锦树:《神姬之舞:后四十回?(后)现代启示录?——论朱天文》,《中外文学》1996年第24卷第10期。

三 作家与作品

有未甘,"我亡命日本不事生产作业,靠一二知己的友谊过日子,我的人果有这样的价值么?是不是做做厨子与裁缝的华侨还比我做人更有立脚点?"①比较起朱天文的个人表述:"一介布衣,日日目睹以李氏为中心的政商经济结构于焉完成,几年之内台湾贫富差距急骤恶化,当权为一人修宪令举国法政学者瞠目结舌,而最大反对党基于各种情结、迷思,遂自废武功的毫无办法尽监督之责上演着千百荒唐闹剧。身为小民,除了闭门写长篇还能做什么呢?结果写长篇,变成了对现状难以忍受的脱逃。放弃沟通也好,拒绝势之所趋也好,这样的人,在这部小说中以一名男同性恋者出现,但更多时候,他可能更多属于一种人类——荒人",②我们可以看出两人师徒之间的神似之处。

其次,胡兰成的女人创造文明的观点。胡兰成在写《山河岁月》的时候,每每把文章寄给已经分手的张爱玲,"他自比是从张爱玲九天玄女那里得了无字天书,于是会来用兵布阵,文章要好过她了",胡兰成认为"太初是女人发明了文明,男子向之受教,所以观世音菩萨是七佛之师"。③胡兰成还称"若不得张爱玲的启发,将不会有《今生今世》的文章写法。由此可见张爱玲确是开现代中国文章风采的伟人"。④《荒人手记》中小韶形象其实是一个被置换了的阴性形象:"我跟守财奴一样,攒着眼前的运气眼前人,一点一点挥霍我们相处的时光。永桔离开我去做他事情时,不成文默契,我们决不留恋,吻别,最稀松平常的仿佛他不过是到街头超商买些食物马上回来,或他在浴室暗房冲洗照片而我去办公室和学生谈话。我们甚至回避眼光,害怕看见了自己的软弱。别离前夜,我们不做爱,因为,因为那真是太惨了。我们会提早一天两天,且故意草草,严防伤别所掀起的恐怖肉欲将我们歼灭。前夜,我们会去有家庭的朋友家度过。根据经验,切忌族以类聚,言不及义的逗嗔逗笑逗讥,或泡吧泡KTV,酒精声光,轻易便瓦解情绪,搞到一塌糊涂",在这里,我们完全可以把小韶看作一个女性角色。小说后面"当男人们不再见异思迁,睹色心动,因为麻烦?太累?没时间?没办法就是不想?女人们于是都沉寂

---

① 朱天文:《狱中之书》,《朱天文作品集6·黄金盟誓之书(散文集1981—2000)》,台北印刻2008年版,第161页。

② 朱天文:《附录之四·得奖感言·奢靡的实践》,《荒人手记》,台北时报1998年版,第237页。

③ 朱天文:《忏情之书》,《朱天文作品集6·黄金盟誓之书(散文集1981—2000)》,台北印刻2008年版,第167—168页。

④ 朱天文:《优昙波罗之书》,《朱天文作品集6·黄金盟誓之书(散文集1981—2000)》,台北印刻2008年版,第172页。

了"的表达,也再次标志着小韶的阴性角色。而换一个角度去看小韶与杰之间的爱情,何尝又不是印证着"始乱终弃"这个古老的爱情命题。而另一方面,朱天文认为在日本文化中嫉妒是美人之德,吃醋是另一种形式的沟通,传达着"我真的非常非常在乎你"这一意念,这一点放在小韶身上,可见另一番意思。①

综观《传说》《荒人手记》,运用着胡兰成的文化理论,明显有着"理论先行"的特征,足见胡兰成对朱天文的影响之大。1976年秋天胡兰成返日后,因各种原因不能来台,他在给朱西宁夫妇的信中言,三三发展得很好,若他回来,虽只住十天半个月,仍会影响到三三,这封信中,胡兰成还以不为罗马人所容的耶稣、保罗,不为雅典人所容的苏格拉底自喻,自我感觉良好,俨然一世之师。另外,其父影响也不能忽视,朱天文早期的作品文必给朱西宁审查,"爸爸看完把稿子给我,我连好坏还不敢问,尽管把错别字或技术犯规的地方,一一订正。订正完,没话,那就是这篇完蛋了,自己叹一声:'好烂喔!'见爸爸温和的笑笑,仍不言,就够我去几天闭门思过了。如果不错,爸爸就会指出缺点说明。如果很好,爸爸倒会先不好意思起来,我才敢问:'怎样啊?'通常爸爸只是笑笑,说:'好啊。'好在哪里,也不说,却够我喜欢的去读了一遍又一遍觉得真的是好的"。(《给爸爸的信》,1983)两位文坛大家对她的创作影响是巨大的,朱天文早期创作是处在双重的强大阴影之下的,幸运的是,她自己的艺术感悟,特别是她文笔之细腻、刻画之深刻,使得她的作品能够在阴影下保留着艺术作品最本真的部分,"不幸"之处反而造就了她的艺术成绩。

二 自我沉底与超脱:平凡与华丽并行的人生书写

《乔太守新记》是朱天文第一部小说集,初版于1977年,这部小说今天看来确实"青涩"。《仍然在殷勤地闪耀着》(1972)讲述大学里面一段朋友情谊,一个略显木讷的我,一个性格乖张的李,一个校园故事被朱天文写得颇有张力,小说中的姐妹情谊使人怦然心动,但因性格不合终至陌路,又给这篇小说镀上了一层淡淡的忧伤。《强说的愁》中的骤听同学出车祸、《怎一个愁字了得》中慧兰对男老师的情窦初开、《缘》中的同乡之缘、《女之甦》中小蓝的初恋故事、《丽人行》中的少年心事、《陌上花》中早婚青年的艰辛度日、《乔太守新记》中莎莎的爱情故事以及《蝴

---

① 朱天文:《关于吃醋》,朱天文等《下午茶话题》,台北麦田1992年版,第40页。

三　作家与作品

蝶记》中返台任教的留学生的心绪，这部小说集中的故事虽然都是青春题材，而且有着"文题不对"（小说内容与题目关系有些牵强）的毛病，但朱天文对平凡人生的生存和情感的把握，初露锋芒。

朱天文在二十六岁之前，生活单纯，主要是在编同仁杂志《三三集刊》、三三杂志、三三书坊，单纯的朱天文遇见颇带平民色彩的侯孝贤，其创作也开始有了新的内容。她的剧本创作颇有平民色彩，基本上都是以平民的视角切入历史或者当下。朱天文步入编剧生涯的第一篇小说《最好的时光》，讲述的就是小毕一家的平凡日子，真实而富有温情，《恋恋风尘》里以阿远、阿云为代表的台北打工青年，结局也是那人世风尘中的情感脆弱。朱天文与侯孝贤合作的"台湾三部曲"，其中《悲情城市》围绕着林焕雄及其"小上海酒家"发生的种种故事以及林焕清身边的"二·二八事件"历史，展示着台湾民间社会中"山头势力"和"派系"的黑社会生活，还有《好男好女》中围绕梁静发生的当代台湾（现实）和戏中的20世纪50年代白色恐怖（历史）。综合考量这些，我们会发现朱天文所编写的剧本，着眼点都在人的命运之上，通过人的命运书写，带动着自己对整个台湾历史的反思。

其次，与剧本创作同期的小说及散文创作也带有浓厚的平民色彩。小说集《最想念的季节》《炎夏之都》《世纪末的华丽》中一系列的城镇人物的书写，以及后来辑在《有所思，乃在大海南》《黄金盟誓之书》两本集中的散文亦然。《世纪末的华丽》写的是都市人的"颓废"，朱天文自承"是为了一句话而写：'有一天男人用理论与制度建立起的世界会倒塌，她将以嗅觉和颜色的记忆存活，从这里并予之重建'"。① 不过，我却认为她又犯了套"胡说"的老毛病，我更相信她另一句话："拙作《世纪末的华丽》，借的是20世纪末奥地利的画家克林姆（Klimt）的画。当时的首善之都维也纳，是什么光景呢？我认为，米兰·昆德拉在他的小说《不朽》（Immortality）里做了最好的描述。他说：'羞耻心和恬不知耻在势均力敌的地方相交，这时色情处在异常紧张的时刻，维也纳在世纪的转换期经历了这一刻。这一刻一去不再复返。鲁本斯属于这个养成羞耻心的环境中长大的最后一代欧洲人……'羞耻心如果是旧的好东西，恬不知耻就是新的好东西。我从恬不知耻着手，写出来这本《荒人手记》。我反省我这一代在台湾长大的人，我们属于这个养成羞耻心的环境中长大的最

---

① 《舞鹤对谈朱天文》，《朱天文作品集5·有所思，乃在大海南（杂文集1980—2003）》，台北印刻2008年版，第266页。

后一代台湾人。羞耻心和恬不知耻在势均力敌的地方相交。这时色情处在异常紧张的时刻。台北在世纪的转换期,经历了这一刻。"①《世纪末的华丽》中,"米亚是一位相信嗅觉,依赖嗅觉记忆活着的人","米亚也同样依赖颜色的记忆",而最后一句"年老色衰,米亚有好手艺足以养活。湖泊幽邃无底洞之蓝告诉她,有一天男人用理论与制度建立起的世界,她将以嗅觉和颜色的记忆存活,从这里并予之重建",可以看出这篇小说是典型对胡兰成《女人论》的回应。米兰每次都召集着年轻的朋友,可当她退出朋友圈之后,朋友们也云消雾散,小说中以米亚为模特,用她的穿着串起台湾青年的服饰流行过程,在这时女人就是历史:

> 那年头,脱掉制服她穿军装式,卡其,米色系,徽章,出入西门町,迷倒许多女学生。十五岁她率先穿起两肩破大洞的乞丐装,妈妈已没有力气反对她。尽管当年不知,她始终都比同辈先走在山本耀司三宅一生他们的潮流里。即使八四年金子功另创一股田园风,乡村小碎花与层层荷叶边,米亚让她的女友宝贝穿,她搭矿灰骑师夹克,树皮色七分农夫裤底下空脚布鞋,双双上麦当劳吃情人餐。宝贝腕上戴着刻有她名字的镀金牌子,星月耳环,一双在宝贝右耳,一双在她左耳。三一冰淇淋那一年出现,三十一种不同口味色彩缤纷结实如球的冰淇淋,宝贝过山羊座生日,两人互相请,冰天冻地,敞亮如花房暖室,她们编织未来合伙开店的美梦。……八九年秋冬拉克华推出豹纹帽,莫斯奇诺用豹纹绳边,法瑞综合数种动物花纹外套,老虎,斑马,长颈鹿,蛇皮。令人缅怀两百年前古英帝国,从殖民地进口的动物装饰品像野火烧遍欧洲大陆。……人造毛皮成为九〇年冬装新宠,几可乱真,又不违反保护动物戒令。

《柴师父》中,柴师父(柴明仪)是外省人来台,即使到今天,"他去安和路替钟小姐家人看治,啤酒屋霓虹招牌投影下的热带莽林中,奇花妍草异色,形如他第一次看到孔硕无比的香蕉,和头颅似的滚满了狰狞狼牙钉的凤梨,样样欺他生,摆出夸张的脸色"。年老后的柴师父不明白自己的孙辈们每天在看什么想什么,小说中,柴师父想念着一位青春的少女,"等待女孩像等待知悦的乡音","等待女孩像等待青春复活","等待

---

① 朱天文:《废墟里的新天使》,《朱天文作品集5·有所思,乃在大海南(杂文集1980—2003)》,台北印刻2008年版,第256页。

女孩像等待有缘师徒"，少女成为年老的柴师父的精神寄托。《尼罗河女儿》则俨然台湾新生代宣言，林晓阳自言："我的小档案啊，我是 AB 型，双鱼座，所以我有四重个性，B 型的 Seiko，A 型的晓阳，天真有着自然卷头发的凯罗尔，以及艳情的尼罗河女儿用冰凉的青铜液把眼线长长描进头发里。白色灰蓝色是我的幸运色，血石和风信子石是我的幸运石，我的花则是叶子和种子都很毒的曼陀罗。我没有崇拜的偶像，我崇拜我自己，因为我不要做别人，我只要做我自己。"《肉身菩萨》则是朱天文第一公开写同性恋的故事，主人公小佟先是被贾霸鸡奸，一步步堕落的他，自认是一个不要命的渣子，对自己的身体也索然无味到反胃的地步，直到遇到钟霖，让他摆脱了长期的精神创伤。《带我去吧，月光》是一种民主政治风云和都市男女情感困惑，小说开头就展示着台湾民主运动兴起的图景，抗议队伍导致东西大衢完全瘫痪，满街一片戾气怨腾。在这个充满情感变化的时代，男女之情成了"一种口味上的出轨"，女主人公佳玮在理想中的情人夏杰甫和现实中男友李平两者之间徘徊，经历着物质与精神的取舍与纠缠，这个故事明显延续着丁玲《莎菲女士的日记》、张爱玲《倾城之恋》的精神谱系。《红玫瑰呼叫你》把都市人的力必多表达了出来，《恍如昨日》反映的是文化界的喧嚣，其主旨都在刻画一个光怪陆离的新都市色彩。

综上所述，在勤耕于剧本创作的时期，朱天文的创作内容发生了质的变化，开始摆脱对胡兰成文化理论的简单模仿，将其继续内化于自己的生命之中，寻找着与自己心灵契合的那部分。《荒人手记》中满浸着朱天文的生命感悟与生活经验，实是她第二阶段作品的高峰，这阶段的作品将外省心态、平凡人生和文化底蕴三者合一，朱天文终于走出自己的文路，"朱因为过分一本正经而显现的天真，未尝稍减，也因此与祖师爷爷或奶奶极有不同。亏得这一脉天真，她终于走出自己的路来"。[①]

三 自我救赎与化境：物的情迷，边缘人的姿态与声音

仙枝谈到对朱天文的印象："清明那天偕你去看牛，两排牛妈妈蹲下身子来有城墙高，我们在夹道间喂牧草，日色倾得一地斑斑驳驳，牧草的野膻味淹着满屋子都清明粗犷起来；见你闪闪跳跳躲着牛妈妈的长舌舔你裙角，……听你亮着大眼睛对牛说'牛啊，牛、牛牛'，我忽然奇怪自己

[①] 王德威：《从〈狂人日记〉到〈荒人手记〉——论朱天文，兼及胡兰成与张爱玲》，《朱天文作品集 4·世纪末的华丽（小说集 1988—1990）》，台北印刻 2008 年版，第 207 页。

竟从来都不曾叫过它们。你每次和单单说着'天语',我就会觉得单单真不是狗了,它听懂你话,你又和它有那么多话可说,至少单单来世不再会是狗了",这是目前最早彰显朱天文个人气质的记录,颇有同巫的灵性。①另外,"巫"的形象也是经常出现在朱天文的笔下,如:

1. "米亚却恐怕是个巫女。他养满屋子干燥花草,像药坊。老段往往错觉他跟一位中世纪僧侣在一起。她的浴室遍植君子兰,非洲堇,观赏凤梨,孔雀椰子,各类叫不出名字的绿蕨。以及毒艳夺目的百十种浴盐,浴油,香皂,沐浴精,仿若魔液炼制室。所有起因不过是米亚偶然很渴望把荷兰玫瑰的娇红色和香味永恒留住,不让盛开,她就从瓶里取出,扎成一束倒悬在窗楣通风处,为那日日褪暗的颜色感到无奈。"(《世纪末的华丽》)

2. "巫扮演着非社会的角色。他是一种神召,和某些灵,不管邪恶的或强力的,订了契约。他会医病,预知未来。灵守护他,同时也监视他。灵借他的身体显形,全身痉挛,不省人事。他跟灵结在一起,不知谁是仆谁是主。他明白自己已然被召唤,其征兆,体内一股恶臭,他逃不掉了。无从选择,不能改变。正如大多数被征召的,号啕起来,为什么会是我!"(《荒人手记》)

3. "是的国民美少女。波浪发泻到腰,渔夫帽覆住大半脸以掩避公众耳目,混搭的多层次衣裙迤垂脚踝,若非美少女,此种装束必沦为一名扫帚女巫灭顶于布堆里。但美少女!全场,唯全场她一人敢目视自己的镜中影,挑衅又爱恋。"(《巫言》)

如果说《荒人手记》是荒人所作,那么《巫言》中继续选用边缘人(或者说是社会边缘人)的角度去探索人生与社会意义,《巫言》实际上可以看作"巫人手记",实则就是"巫人之语"。朱天文享受着"一个女人如果要想写小说一定要有钱,还要有一间自己的屋子"的自足精神空间。② 2003年在一次采访中,朱天文言"巫之为巫,也许是在能够动员到那未知无名的世界,将之唤出,赋予形状和名字。这动员的状态,令人怯步,总以自己还没准备好准备够做理由,四处晃荡当白痴,料不到一晃十年。再提笔,你问我欲望是什么,是瘾吧,巫瘾。动机呢?我觉得白痴岁月应该结束了,否则,我会真的成了一个无用的人"。③

---

① 仙枝:《〈乔太守新记〉旧版代序》,《朱天文作品集1·传说(小说集1972—1981)》,台北印刻2008年版,第8页。
② [英]伍尔夫:《一间自己的屋子》,生活·读书·新知三联书店1992年版,第2页。
③ 《舞鹤对谈朱天文》,《朱天文作品集5·有所思,乃在大海南(杂文集1980—2003)》,台北印刻2008年版,第265页。

三　作家与作品

女巫是男性给女性的一个定位,也是当下女作家很感兴趣的身份,"因为她们使受压抑的形象得到复活,据说这些形象是巫婆和歇斯底里患者;这些不缚绳索的女性所带来的灾难,在于她们将成为父权文化语境中的不祥之物"。[①] 而朱天文的"巫"不太像森林阴森角落中的"女巫",倒更像日本神社中的"巫女"。《巫言》可看作朱天文半生经验(社会生活、文章笔法等)的融合,如《巫言》中很多篇章所涉及的内容,其实早在1990年12月她在《自立早报》的"女性频道"专栏中,就已经初见端倪。其中《女人与衣服》《再谈日本》中"我要骄傲的宣布,女人就是败在衣服上"与《巫看》(第一节)中购物女狂人相同,《从来不是上班族》《做家事》《特殊朋友》中自称有业游民,变成"一个所谓的自由撰述"的我,不就是《巫时》中那个隐身于室的"巫"吗?而《文学的童年》中的父女之情,那种"当时我并不知道谁是张爱玲,谁是沈从文"的感觉,也与《巫言》中第四章《巫途》中父女之情殷殷相通。

第一章《巫看》讲的是菩萨低眉,入世看人的现代版故事。小说中菩萨即"我","我"即菩萨,入世的菩萨被置换成塔团旅游的不结伴的旅行者,世间人皆笑话我,第一群人是"那伙比我小十岁,出校门工作了数年薪水三万元上下的女孩们,红酒族",她们的时尚追求让我出局;第二个会笑我的是乔茵、王皎皎之辈,他们住父母吃父母,可眼见的未来似乎不嫁亦不娶,一年勤勤恳恳,储够了休假日便结伙出游,掷尽千金回国,他们是典型的酷儿一族;第三个会笑我的是老同学陈翠伶,她嫁给了一名长荣航空公司的高级主管,阔太太坐着长荣头等舱飞到维也纳听三大高音的演唱会,定会笑搭团去香港看歌剧的我;第四个笑我的是搞小剧场的阿卡,追求先锋艺术实践,认为听歌剧的我太堕落了;第五个笑我的是我自己,飞到香港看歌剧《歌剧魅影》,只为圆自己幼年人鱼公主的梦想;第六个笑我的是我的家人,我只好撒谎说自己的机票是公司免费套券。这一切的一切让我只感是那低眉的菩萨,一旦堕入红尘,"是这样不自由啊,活在众人眼光之中"。堕入红尘的我并不想与同宿女伴多说话,"'谢谢','回来了'。或者'我先洗澡了','好的你先'。'钥匙你拿','没问题'。诸如此类稀少的发言,绝非人语,倒是符咒。符咒把我们团里为两件互不干扰的物体,窄促斗室,运行得毫不擦撞"。展示着现代人之间的不易亲近和冷漠。接着,旅行者变换成兽医江医生,面对饶舌的动

[①] [美]桑德拉·吉尔伯特、苏珊·格巴:《镜与妖女:对女性主义批评的反思》,《当代女性主义文学批评》,北京大学出版社1992年版,第281页。

物主人，他选择"把眼帘放下，目光唧在帘间"，做一个"似瞑非瞑，如笑未笑，坛座里一位拈花人"。再接着，江医生变成了马市长，面对着政治综艺化的台湾政坛，他眼睛低垂，变成了浪迹人间的菩萨幻身。最后，菩萨再变，成为退休在家的前社长，孤零零的老年，他最喜欢的是等待着收报纸的跛汉每月来临，"重新支起的和谐关系里，施与受，施的一方前社长变得很低很低，兼之受者跛脚，施者也许又更低了一些。施比受有罪，他得弯腰更多，低眉垂目。收废纸的跛汉呢，他得站稳另一个支点。惊惧于平衡状态之脆弱易毁，低眉垂目，唯恐一抬眼世界就崩裂了"。从中我们可以看出朱天文执着于现世，再现《世纪末的华丽》的精神。菩萨低眉的慈悲情怀又加注在王皎皎身上，让他战胜了自己的同志迷狂，这个时候的王皎皎，身在异国他乡，心恋着跟最亲的人联络，想来想去，他最想通话的居然是自己去世的父亲，想问他："你那里现在几点？"小说中堕入红尘已久的男同性恋，最终战胜了自己，成为健康的正常人，恍恍惚惚中，让我们想起了《荒人手记》中的中年小韶。

  第二章《巫时》回到朱天文本身，她思考着世人的喧嚣和文明的内涵。一开头就玄思着东方文明高于西方，一开场讲的是奥古斯都时代葛里森炼金得瓷的历史，"他找到坯体的配方，但釉色距东方瓷器的清澄明艳还远得很，釉下蓝和彩釉仍未开发。他苦苦试验用来创造颜彩的金属混合物，不知四百年前中国景德镇人已用氧化钴制作釉下蓝，他的难题才开始"，言语之中已经透露出胡兰成理论中那些东方文化优越感的理论。接着讲的是中文之美，认为他"不过是印证了他之前的成见歪见，就是说，他为什么要去读一位念完英美文学硕士的中国人到美国后以英文写的小说，而这些描写大陆生活的小说现在又被别人翻译成中文出版？"还言"哈金的英文著作可以译成不论哪一国文字，就是不好译成中文。一句话，中文版会见光死，得五个灯，不，五个国家书卷奖也救不了它"，连"哈金震撼台湾文坛"也被认为是文字贬值世代的综艺表达，质疑哈金的"中性的英文"的说法。文中"本来创作就是在跟自己对话，整理自己，自问自答"的文中自语，充分地表现出朱天文对东方文化的自信。

  第三章《巫事》恢复到《世纪末的华丽》的"颓废"笔调，《巫事（1）》一节中漫溢着台湾政治的综艺特色，那士林夜市中的小店铺老板的宣传策略、公司老板夫妇自腌的酱菜、在政党演讲空挡中出现的国民美少女、第三党党魁的理性而又富有煽动性的雄辩术、忙于竞选立委的老板，还有热情万丈的妹妹，都把竞选里里外外地烘托得热腾腾的，华丽颓废。

第二节《Email 和 V8》讲述的一对都市男女的苦恋，前半节照录着自己发给自己的 Email，讲述着当下自己与男友胡丁尼的恋爱琐事，后半节描述着 V8 摄像机在 1997 年 2 月 13 日摄制的初次相识，小说中 V8 摄像机中不断出现的"声音说"，是在用男孩的视角回溯她们之间的恋爱。两段故事中间多次互相印证，互文的效果非常明显。第三节《荧光妹》延续这对青年男女的恋爱故事，绚烂而奢靡，一如《好男好女》中的阿威梁静。第四节《巫事（2）》中继续描写着参选的公司老板，喧嚣异常，但现场我遇到的，第一个是车狂崔哈，第二个是夜游女，第三个是时髦女，明显凑着热闹，最后，参选助选诸人皆迷茫，奉行堂·吉诃德主义的老板面对的是"日常的永远无效性里"，他把"自己变成为目的，战斗都在他身上踏过，直到他自己也成为路径"。政治参选究竟是救赎的努力，还是人类的戏梦，还是毫无意义的徒劳？这是这一部分留给读者的思考。

　　第四章《巫途》显然是朱天文有意地为切题而作，第一节《巫途（1）》讲的是自己与马修的见面，接着是与波赫士的交往，又回到马修处，在一个轮回中想象着纽约之行，整个小说犹如一本纽约地理图志。第二节《不结伴的旅行者（4）》药学博士郝修女来访的时候，讲述的是郝修女的炼药之术。紧接着的第三节《巫途（2）》，郝修女成了炼药的女巫，研究的是抗癌之药。而第五章《巫界》回应着第二章第三章，第一节《二二九》，辩论着中西年历的区别。第二节《二二九，浣衣日》把现实中台湾两党的对垒写了出来，背景是台湾本省民进党的"四百年来第一战！"回应着前面巫人认定的"四百年来这一天，倾国与倾城，佳日难再得"的新气象。小说中，谈到自己的文化的自觉，"那是，台风把树兰整个吹到对邻始终密闭的廊窗外，二楼我窗前遂空掉一大块好像亚马逊雨林又消失了一块。而雨林里每死去一名巫师，就像又烧掉了一部文库"。认为唯有"巫"（巫女）保留着历史，"只有会被火烧毁但仍存留的，是的自火中救出的，才能让人学习到某种必要性，某种可能永远失去无法取代之物的必要性吗？神圣之书"。

　　朱天文开始开口演说，认为"巫言，巫的文字语言，巫师这门行当最重要的工具或说技艺，唤醒万事万物的灵魂，改变现实的面貌。"[①] 她自觉过往的创作"太恃才太率性，缺乏责任感也没有纪律，这是暴殄天物。……我但愿像你无言闭居淡水十年，出来后便说话说个不停。我应当要有这个作为巫者身份的自觉。它是一个命定，所以它是一个责任，不容

---

① 唐诺：《关于〈巫言〉》，《朱天文作品集 8·巫言》，台北印刻 2008 年版，第 351 页。

逃避"。① 长篇小说《巫言》通过一个边缘的"巫"的平凡人生,去关怀世界,感悟众生,终于摆脱了围绕她头上的"胡张"的阴影,走出了自己的特色,终成大家。

四 结语

随着《巫言》的诞生,我们可以看出朱天文逃离"张腔胡调"的努力与成功,平凡人事、人生哲思、文字技巧和苍凉文风完美结合,使之成为华文文学的经典作品。但这部小说也暴露出朱天文创作上的一个重大问题:她的长篇小说名为长篇,实为短制,小说的衔接全靠作者的意识连接,读她的长篇小说完全可以以中短篇小说对待之,而且文字技巧运用得让读者喘不过气来。② 换而言之,如果把她的代表作《荒人手记》《巫言》中的"水分"减掉(如插入作者的临时感受、对周遭意境的渲染、朱天文特有的"掉书袋"等),朱天文的长篇小说并不"长篇"。唐诺认为她已经逃出张爱玲的影响,也直言朱天文有一种极特别的书写危机,那就是她过大的目标和她太从心所欲的书写(文字)技艺,而"《巫言》作为她连续三次长篇书写叩关(包括不成降为短篇的《日神的后裔》)的终底于成,于是有着多一点点的不祥——想想这的确是够长的一趟路,一个目标,三鼓不衰,消耗的已不只是心力了,也包括体力"。③ 这也是朱天文写作中绕不开去的缺陷。

(原载《当代作家评论》2013 年第 2 期)

---

① 《舞鹤对谈朱天文》,《朱天文作品集 5·有所思,乃在大海南(杂文集 1980—2003)》,台北印刻 2008 年版,第 280—281 页。

② 朱天心曾经赞扬道:"我一直钦羡姊姊天文的文字技巧。"参见朱天文、朱天心、朱天衣《下午茶话题》,台北麦田 1992 年版,第 198 页。

③ 唐诺:《关于〈巫言〉》,参见《巫言》,台北印刻 2008 年版,第 362 页。

跨界行旅与温瑞安武侠小说创作的关系

金 进

　　温瑞安十四岁创办绿洲诗社，后创立拥有十个分社的天狼星诗社，名噪一时，可谓马华现代文学的一次高潮，其本人的诗歌、小说中对中华文化的追慕与形塑，在那个马华社团内讧严重、马来人特权凸显的时代，无疑是为马来西亚华人作家坚守着华族文化的时代楷模。1974年借着台湾侨生政策，他入学台湾大学中文系，本来以为自己来到中华文化中心的温瑞安，一厢情愿地为中华文化张目，与当时的"三三集刊"社团同以捍卫和坚持中华文化形象风行于台湾文坛。但生不逢时，20世纪70年代末台湾政治文化中的本土意识兴起，高谈阔论"中国"，成了政治上很敏感的问题。1981年初，温瑞安因被社团内部成员告密，被台湾情治机构冠上"为匪宣传"的罪名而逐出台湾。在金庸先生的帮助下成为《明报》职员，政治的威权和友人的背叛成了他最大的精神创伤，在同样政治环境复杂的香港，温瑞安从金庸和古龙身上找到了自己文学灵魂栖身之处——武侠小说。一方面他学习两位前辈作家，如小说故事放在乱世纷争的历史中，如小说中北宋末年徽宗时代（《四大名捕》的蔡京）、明代中期武宗时代（《布衣神相》中的刘瑾），努力塑造庙堂与民间夹缝中的侠客形象，如诸葛小花和四大名捕、方振眉和李布衣；另一方面，他出色地将马来西亚的热带地景、台湾冤案的经验教训和香港殖民历史背景以及武侠文学的商业需求进行了糅合，使得他的武侠小说成为创作本体（"侠"的自我意识、精神创伤的自我疗救）和跨界行旅（马来西亚的压制华族、台湾政治中的"中国"内涵、香港殖民地文化）结合的独特文学风景。本文试图在冷战文化的格局下，讨论这位地跨三个地区，文学风格变化多样的作家的创作心理的变化过程，还原他的创作和跨界行旅的关系，挖掘出温瑞安武侠小说的深层文化意义。

一 马来西亚华族的反抗意识：温瑞安早期作品中的中国文化

马来西亚华人的政治困境由来已久，特别是建国后，因为英殖民者对马来族群的偏袒，加上马来族群种族意识的增强，华人处于二等公民地位。在族群政治的高压之下，特别是1971年新经济政策实行之后，马来人特权社会走上台面。华人社群的失根感越来越强烈，接续中华文化之根，寻找自己族群安身立命的精神支柱更成了迫切的目标。这正印证了法侬所说的"民族文化是一个民族在思想领域为描写、证实和高扬其行动而付出的全部努力，那个民族就是通过这种行动创造自身和维持自身的生存"。[①] 除了温任平、温瑞安兄弟俩创立的天狼星诗社，还有从香港南下办刊的《蕉风》编辑群，他们以文化中国对抗政治中国，以文化书写以反拨当时大陆和台湾地区服从主流意识形态的图解式作品。不过因为南来文人多持不同的政治立场，所以同是颂扬中华文化，天狼星诗社似乎更单纯和执着。正如温瑞安在《绿洲》第二十期《我们的话》曾这样写道："二十期了！只有辛辛苦苦看着绿洲二十次成长的人，才能拥有这份欢欣和痛苦。你知道沙苇是怎么样的以他们的每一寸根，去抓紧沙粒，去守着孤独了一千万年的孤独吗？你知道一些十七八岁的青年空负万里长城的痛苦吗？你知道他们是怎么样地仰首望星，怎么样孤独地在陌生的嘲笑声里，怎么样的镜片下愤怒的眼神！历史会不会把龙种旱死，还是每一笔都仔细描绘？有次大家在小楼编着稿，厅内回荡着贝多芬的'命运'，我们只觉得，我们只觉得，有一些人，笑的时候比不笑寂寞；更有一些人，就连蹲着的时候，也比别人高大；而这一些人，实在不太多，可幸的也不太少。"[②]

温瑞安对中华文化的崇拜之情开始于大马时期积极参与的文学活动，这些文学活动的回忆在温瑞安的很多文章中都可以找到，如《天下人》（1978），其中有句"我在十三岁那年办'绿洲社'，想在侨居地辟一维护中华文化的园地"（《细看涛生云灭》，台北：皇冠出版社1979年版，第70页），看得出他对中华文化浓烈的崇敬之情。这个时期温瑞安的作品，很多都有着为赋新词强说愁的创作痕迹，如《美丽的苍凉》（1973）的开头一段："猛抬头，竹风瑟瑟，柳丝摇曳在悲凉的秋夜：这竟是中国的秋！离马来西亚如斯遥远的故土！我是谁？为何我在这里，极目一片空

---

① ［法］法侬：《民族文化》，巴特·穆尔-吉尔伯特等编：《后殖民批评》，杨乃乔等译，北京大学出版社2001年版，第177页。
② 温瑞安：《代序：天荒地老的走下去》，《天狼星诗刊创刊号》（1975年8月4日），台北天狼星诗社1975年版，第1页。

茫！我是谁呢？一头旱龙，仍在此地呜咽。天旱地旱年旱，只没有那一声春雷，震醒我恍惚中的意识！"(《龙哭千里》，第87页) 另外，对中华文化的图腾式的描写和"空对空"的情感抒发，也让读者感觉到作者有意为之的痕迹，如"合上你手抄的散文集，是十月天晚秋的入暮，我走出了振眉阁，自试剑山庄的纱窗里望出去，天色灰蒙，万里苍穹，我忽然想到一些楚辞以前的南方歌曲"(《龙哭千里》，第164页)，之后温瑞安在一段的篇幅中，谈到延陵季子悼徐君、孔子游楚听儿歌、屈原汨罗投江等经典文化故事，有着给大马读者补中国文化知识的嫌疑。

温瑞安创作武侠小说动因有二：一方面是因为他的性格，温瑞安自小就善于讲故事。"进入初中后，……当有空节或下课时，你周遭总围着一大群同学，看你摊开一张白纸，手上的笔洋洋洒洒只几下就勾绘而成故事人物的轮廓和他们闯荡的武林。然后你把大家放入那多难的江湖中共浮沉"；[1] 另一方面是因为需要赚钱，为补贴诗社而为。武侠小说的创作贯穿温瑞安整个写作生涯，他把办社的经历变成自己的创作资源，其小说多灌注着其人生经历，所以读起来很有实在感。如温瑞安曾在小说后记中谈到自己在各分社之间奔走的经历："稿于一九七〇年于马来西亚霹雳州美罗埠中华中学念高中一，受黄因明（女）师重用宠信，一年内，办十数本文学期刊、歌唱比赛、音乐奖、绘画大赛、演讲会、辩论赛、征文大奖、旅行团、远足队、文学讨论会及成立绿洲文社、刚击道兄弟帮，在家乡山城竭力推广中华艺术文化活动"；[2] "稿于一九七一年由中华中学转至L、S、S、英（巫）高中学校，环境时势难展抱负，但仍办书展、创作比赛、期刊、习武中心，并联络设立了美罗'绿洲文社'、宋溪'绿原分社'、北干拿督'绿田分社'、吉隆坡'绿湖分社'、巴力'绿林分社'等五大分社，并在一年后成为十大分社当时当地最有号召力的中文文艺社团"。[3] 社员交流、人际变化、行旅过程都极大地丰富了他的待人处事的能力，也为他打造自己的武侠世界提供了丰富的创作资源。

1970年，温瑞安以"温凉玉"的笔名在香港《武侠春秋》发表处女作《四大名捕震关东追杀》，时年仅16岁，次年又发表了《四大名捕震关东亡命》，"'四大名捕'的故事意念始自一九七零年的时候，武侠小说读多了，发觉大多数都写侠侣、义盗、隐者、刺客、武林中独来独往的狷

---

[1] 温瑞安：《〈白衣方振眉〉序二：仗三尺剑・管不平事》，《白衣方振眉（上）》，香港敦煌出版社1994年版，第10页。
[2] 温瑞安：《四大名捕震关东之一：追杀》，香港敦煌出版社1997年版，第94页。
[3] 温瑞安：《四大名捕震关东之二：亡命》，香港敦煌出版社1997年版，第329页。

狂之士，我想：在当时一个维持秩序的衙差、捕快、巡役等在实质上会比前述人物更重要，为何很少人写他们的故事？于是我就在高一、高二学年间写下了《追杀》与《亡命》（即是后来成书的《四大名捕震关东》上集），不过那只是'四大名捕'的雏形"。① 两部小说讲的是冷血、追命、北城主周白宇、白欣如、青衫十八剑等人一起，保护官府托风云镖局押解的赈灾巨款，与断魂谷无敌宫主及其手下、施国清及其长笑帮手下等黑道势力的战斗。这个时期的温瑞安，作为一个只在书上读到过中国的文学爱好者，早期小说中除了符号化的人物/情节之外，因为创作主体的个人局限，他也用到了很多马来西亚的地景，将马来西亚的地理风貌（如《追杀》中的热带雨林背景）置换到小说中，如在小说中，"百丈高木，树皮布满了厚厚的青苔""这里是森林的另一边，大树和野竹间隔林立""远处是重重的丛林"，等等。从阅读的效果来看，温瑞安这种异域风景和地理的描写，成了吸引读者的一个特色。②

《白衣方振眉》则是温瑞安早期武侠小说代表作，得高信疆的推荐，1975年刊于《消遣》杂志的《白衣方振眉》（长安一战/落日大旗合集，这两部写于1975年初），这部小说中凸显了温瑞安对新派武侠小说前辈金庸、古龙的学习。以学习金庸为例，其中淮北武林领袖龙在田统领的抗金义军，手下有算盘先生包先定、金算盘信无二、宁知秋、铁胆大侠我是谁、太湖神钓沈太公、长清剑不同道人、长乐剑化灰和尚、飞镖陈冷、石虎罗通北等一众干将，这与《神雕侠侣》中郭靖黄蓉率领南宋武林抗击蒙古大军的情节相似，他们身边有的是丐帮和南宋武林高手，相较起来，两部小说中同样有绝世高手相助，前者是方振眉，后者是杨过小龙女。小说中的中原武林和外族武林的擂台也相似，前者是北宋武林对金国太子沉鹰和他手下的异族高手，后者是南宋群侠对蒙古国师金轮法王及其他地区的高手。在擂台的描写中，杨过曾经拿霍都寻开心的"小畜生"一词，被温瑞安借用成沈太公戏谑喀拉图"畜牲"。而受古龙影响，最明显的就是方振眉那"衣白不沾尘、救人不溅血"的形象，跟古龙笔下的楚留香并无二致。"我最早撰写金庸小说的评论文章，是在1974年，……而那段期间，也是我最迷金庸小说的时候，为他书中人物痴迷颠倒，为他笔下世

---

① 温瑞安：《后记：四部小说，四种元素》，《四大名捕大对决》，作家出版社2012年版，第651页。

② 金庸曾经婉转劝说温瑞安风景的描写不要太多，"写风景不必只写风景，可以写书中人物所见的风景，在情节里引入，这样会自然一些"。参见温瑞安《后记：四部小说，四种元素》，《四大名捕大对决》，作家出版社2012年版，第655页。

界沉醉徘徊,真到了'饭可以不吃,觉可以不睡,金庸小说却不可不看'的地步。那时,无论跟人谈琴、棋、书、画、剑、电影、聚会、活动、服装、考试,都离不开金庸那自书山字海里虚构出来的武侠世界。"[1] 而"古龙是第一位把现代笔法引入武侠小说创作世界的宗师,尤其在《神州奇侠》系列里,我受他的精神、文风影响颇深。……我非但一再公开承认我受过他人的影响和启发,也再三的对这些启蒙我的前辈表示致敬和感恩",[2] 也道出了他对古龙的崇拜。再如神州诗社中有着各自的排行,如老二黄昏星(外号"神经刀客"),老三蓝启元,老四周清啸,老七殷乘风(外号"长气神君"),其中周清啸和殷乘风是两大护法。另有组员王美媛、李玄霜(李光敏)、戚正明、郭秋风、许丽卿、黎玲珠、林金樱、洪文庆、黄素娥、黄忠天、陈剑谁、阮秀莉、张秀珍、何永基、陈奕琦、黄振凉等人。[3] 因为温瑞安喜欢将周围的人事入他的小说,所有上述社员很多都为《神州奇侠》系列和《四大名捕》系列提供了一个个武林人物的原型。

二 "四大名捕"的"神州奇侠"路:文化中国的武侠小说实践

温瑞安赴台留学一方面是因为马来西亚族群政治中华族地位低下,华文生存环境恶劣,当时马来西亚和中国之间尚未建交,志在传承中华文化的他只能去台湾。温瑞安1967年创立绿洲社,到他1976年创立神州诗社这段时间,马来西亚经历了1969年的华、巫族群冲突的"五·一三事件"、1971年马来民族主义者上台、保护土著经济权益的"新经济政策"的实施等时代的剧变,同时,马来西亚教育部于1961年10月21日颁布《一九六一年教育法令》后,全国72所华文中学当中,有55所在当年改制为国民型中学。马来西亚在1971年后实施按族群人口比例安排高等教育入学的固打(Quota)制度,华族子弟入学受限,而冷战大格局下,海外华裔子弟没办法回中国大陆升学。这些都使得华族学子转赴台湾求学。久慕中华文化,并且浸濡颇深的温瑞安从受迫害的大马来到自由的中国台湾之后,其内心对中华文化的狂热追慕开始发酵并膨胀,开始了自己的"神州"之旅。

温瑞安1973年入学台湾大学,不过不到一个月,他就退学返回马来

---

[1] 温瑞安:《前言》,《谈笑傲江湖》,台北远景出版事业公司1984年版,第1页。

[2] 温瑞安:《她本身就是一个传奇》,《英雄好汉(上集)》,香港敦煌出版社1994年版,第12页。

[3] 温瑞安:《试剑山庄》,《风起长城远》,台北:故乡出版社1977年版,第187—201页。

西亚。从马来西亚去台湾是1974年9月29日,进入台湾大学中文系读书,1976年初创立"神州诗社"。在台期间,他的创作演绎着"文化中国"[1]的理念,但正是因为他创作中挥散不去的"中国情结",使得他被台湾情治机构赶出台湾。[2] 1998年9月写的一篇序言中,他仔细回顾了神州时期的人际关系:"大概在1978年间,那时候我正在台湾办'神州诗社',从六个侨生开始,结合了各校学子,台湾本土学生、各路侨生,不过一、二年间即行号召了逾四、五百人,由二、三十位社内精英领导,大家相聚相守,勤奋创作,文武兼修,出版发行,唱歌(不是卡拉OK、KTV,真的是作曲编歌写词)跳舞(不是迪斯科开舞会,而是演出诗剧、排练古舞和现代舞),非常热闹,非常刺激,非常开心,也非常有意义。"[3]可见当年温瑞安及其兄弟们的意气风发。

神州诗社延续着天狼星诗社的管理方式,以义气为上,重组织管理。如社员笔名这一点上,像黄昏星(李钟顺)、方娥真(廖湮)、余云天、叶遍舟(欧亚荀)、吴超然、周清啸(周聪升,原笔名休止符)、廖雁平(这些人中余、叶和吴三人为天狼星社员)、曲凤还、戚小楼、李玄霜、陈剑谁(陈素芳)、秦轻燕、林雪阁、楚劲秋、陈非烟、陈悦真、胡福财、林新居这些组员的笔名,很多都是温瑞安取的。这些名字足以看出温瑞安对中华古典文化的熟稔和热爱。另外,在管理方式上,延续着天狼星

---

[1] "文化中国"一词,最初来自20世纪70年代末以温瑞安为代表的马来西亚"华侨生"。首次使用"文化中国"这一概念,并在随后开始逐渐为其他学界同人所沿用,是台湾学者韦政通和傅伟勋。其中后者曾于80年代五次以"文化中国与中国文化"为主题,在中国大陆发表演讲,对当时的中国大陆学界产生了颇具震撼力的影响。而美国哈佛大学杜维明则是"文化中国"论说在英语世界的宣扬者,当然也是海内外学者中用心最深、同时也是理论建树最多的一位。自1990年开始,他先后在美国夏威夷东西文化中心、普林斯顿中国学社等西方学术重镇,围绕"文化中国"这一话题进行过数次演讲,大力宣扬"文化中国",在英语世界引起了热烈反响。

[2] 这个时期他的作品有:小说集《凿痕》(台北:四季,1977年,绝大多数是大马时期的旧作)、评论集《回首暮云远》(台北:四季,1977年,不过收的都是大马时期的作品)、散文集《龙哭千里》(台北:言心,1977年,所收绝大多数是大马时期的旧作)、诗集《山河录》(台北:时报,1979年)、散文集《中国人》(台北:皇冠,1980年);编有《坦荡神州》(台北:长河,1978年)。另外,神州诗社社员结集包括「丛刊」,有《风起长城远》(神州丛刊第一号,台北:故乡出版社1977年版);文集包括:《满座衣冠似雪》(神州文集第一号,题目来自辛弃疾的词,方娥真主编,台北:皇冠,1978年)、《踏破贺兰山缺》(神州文集第二号,题目来自岳武穆词句,台北:皇冠,1979年)、《一时多少豪杰》(神州文集第三号,苏东坡词句,台北:皇冠,1979年)、《梦断故国山川》(神州文集第四号,陆放翁词句,台北:皇冠,1979年)、《今古几人曾会》(神州文集第五号,陈同甫词句,台北:皇冠,1979年)、《细看涛生云灭》(神州文集第六号,台北:皇冠,1979年)、《虎山行》(神州文集第七种,台北:皇冠,1979年)等。

[3] 温瑞安:《自序:莫把后事作前言》,《两广豪杰》,台北风云时代出版社有限公司2005年版,第2—3页。

三 作家与作品

的家长制度,如"在家庭中,长兄向来是如父的。父亲的威严、父亲的观点,甚至父亲的一言一行,都是不容许冒犯、违逆或质疑的。在神州,温瑞安是大哥,也是最威权的父亲,以下依次序列,井然有条,像煞了《书剑恩仇录》——这是后来入神州者的必读书——中的'红花会',而且,入会之后,对兄弟是不可背异离弃的。'神州'对这点有异于一般文学性社团的坚持,最痛恨的就是'背叛'。先是殷乘风,再来是周清啸,都曾因言语龃龉而导致向心力的离散。1978 年,温瑞安以'神州结义'为主干,撰写了'神州奇侠·萧秋水系列',社里兄弟,一一化身为书中的英雄豪杰,奋力坚持的就是'义气'二字。但到 1980 年的'为匪宣传'事件发生后,神州内哄,温瑞安于此耿耿在怀,自《英雄好汉》以下,将一干叛社诸子,几乎已是指名道姓的口诛笔伐,意气甚是激烈"。①从这些社团内部秩序和体制的描述,我们可以看出温瑞安坎坷而丰富的遭遇,而一旦他的个人丰富的经历和写作的想象力结合起来,这些就成了写作武侠小说的素材。

好友郭耀声曾对温瑞安说:"我们都喜欢《神州奇侠》的你,豪气万丈,情怀激越,日后的作品可能更好,但那里面的武林太复杂、人物也太多面了,我们都喜欢《神州奇侠》的快意恩仇,侠情风骨。"② 毋庸置疑,《神州奇侠》系列是温瑞安留学台湾时期最重要的作品。不只是因为它的长度、完整性,更重要的是,这个系列完整地表现出温瑞安的创作状态,特别是"文化中国"影响下的现实与小说的互文关系,让我们更感兴趣。"神州奇侠系列"共八部,各部写作时间和重要的内容,可以看出这个系列对于台湾时期温瑞安的重要性:1.《剑气长江》(完稿于 1978 年 10 月 17 日台北办神州社八部六组时期)③。2.《两广豪杰》(完稿于 1979 年 7 月神州社弟妹空群接待父母来台行前后)④。3.《江山如画》(完稿于 1979 年 10 月 23 日在西门町与社友弟妹街头为一受欺者抱不平而与一群(数十人)太保大打出手)⑤。4.《英雄好汉》(完稿于 1979 年岁末 12 月 27 日第五届少年游"杜庆游"前夕)⑥。5.《闯荡江湖》(初稿于只好持

---

① 林保淳:《"神州"忆往》,《文讯》杂志 2010 年总 294 期。
② 温瑞安:《自序:前流》,《英雄好汉》,台北风云时代出版社有限公司 2005 年版,第 2 页。
③ 温瑞安:《两广豪杰》,台北风云时代出版社有限公司 2005 年版,第 290 页。
④ 温瑞安:《两广豪杰》,台北风云时代出版社有限公司 2005 年版,第 290 页。
⑤ 温瑞安:《江山如画》,台北风云时代出版社有限公司 2005 年版,第 388 页。
⑥ 温瑞安:《英雄好汉》,台北风云时代出版社有限公司 2005 年版,第 367 页。

对大势之无法挽回,"人忘我,非战之罪"这悲伤想法之时期)①。6.《神州无敌》。7.《寂寞高手》(台北神州出版社 1980 年版)②。8.《天下有雪》(完稿于 1980 年 8 月 25 日明远版《神血》十二书交印后)③。

从八部小说的内容来看,小说中的主要人物萧秋水在各部中经历的事件一方面看得出文化中国理念对温瑞安的影响,另外,我们也能读到其中相关情节与温瑞安自身经历的关系。仅以第一部《剑气长江》为例,一开场就是四川成都的"文化风景":杜甫草堂、锦江、百花潭、崇丽阁、吟诗楼、诸葛武侯祠、刘备墓,联系温瑞安的生平,这些地方都是他没有亲历过的,小说中的洋洋洒洒,都是一种想象中的"文化中国"。小说中成都浣花剑派掌门人萧西楼三儿子萧秋水(17 岁的时候剑术就自成一家),带着唐柔(蜀中唐门的外系嫡亲)、邓玉函(南海剑派高手)、左丘超然(鹰爪门人,精通各种擒拿)三位好朋友,这四个人就是现实生活中的温瑞安、方娥真、黄昏星、周清啸、廖雁平和殷乘风的影子。讲述了这四个人从成都去湖北襄阳隆中凭吊卧龙岗,一路上行侠仗义的事迹。四个人旅行的过程,一边是一个一个的文化地景,在一个一个地景上,四个人行侠仗义。先是出三峡,到秭归,江边打败劫匪——"长江水道天王"朱顺水手下的几大高手,特别是"三大恶人",这个情节里还被设计在五月初五端午节这一天。后来,又遇到权力帮旗下的"金钱银庄"。这些文化景点被"编织"到一个个路见不平拔刀相助的武侠场面里,在大陆与台港地区相对隔绝的时代,确实能够吸引很多读者的眼球。虽然这种描写未必真实贴切,但从隔绝的时代背景下,这也是温瑞安武侠小说中的文化魅力。篇末萧西楼感叹:"张老前辈剑合阴阳,天地合一。康出渔剑如旭日,剑落日沈。南海剑派辛辣急奇,举世无双。孔扬秦剑快如电,出剑如雪。辛虎丘剑走偏锋,以险称绝……。只可惜这些人,不是遭受暗杀,就是中毒受害,或投敌卖国,怎不能一齐复我河山呢!"(《剑气长江》,第 197 页)小说中是情节的需要,但联系温瑞安个人遭遇,其中不乏对大马时期天狼星诗社内讧的影射。从第一部分的创作内容和作者的经历,我们可以看出意气风发、众人中心的温瑞安的影子,看出文化中国、少年任侠、快意恩仇这些文化因子的明显存在。

而第六部《神州无敌》、第七部《寂寞高手》和第八部《天下有雪》

---

① 温瑞安:《闯荡江湖》,台北风云时代出版社有限公司 2005 年版,第 271 页。
② 温瑞安:《寂寞高手》,台北风云时代出版社有限公司 2005 年版,第 277 页。
③ 温瑞安:《天下有雪》,台北风云时代出版社有限公司 2005 年版,第 273 页。

三 作家与作品

都写于温瑞安在台湾入狱时期。小说中萧秋水经历了武林同道（唐肥、邓玉平、林公子）、好友、亲兄弟（萧易人）的背叛，整个故事中危机四伏，人性在巨大的现实利益和武侠理想的挤压中变得无比脆弱。而写就于不同时期的后记，也在在勾勒着温瑞安的苦闷心境："本章完，全文未完，1980年3月19日悉黄等反目暗算神州自家人"，[1]"完稿于1980年3月26日，第六届少年游宜兰行返复一天"，[2]"稿于1980年4月2日，台视拍摄'神州社'后三天"，[3]"完稿于1980年4月9日神次庚申过年后苦难期间"[4]，"稿于1980年6月26日，试剑山庄/林云阁自军中回山庄急援"，[5]"稿于1980年7月8日，马来西亚美罗、怡保、吉隆坡等地旅次中"，[6]"稿于1980年7月12日，香港九龙中兴酒店与晓天、复谐同时创作中"，[7]"稿于1980年8月4日，第二届神州社员'天方夜谭'之旅：汐止梦湖行前周"，[8]"1980年8月16日基隆仙洞岩游后二天"，[9]"1980年8月23日，九弟自军中返庄"。[10]

值得指出的是，就算在神州奇侠后三部的创作中，温瑞安身陷囹圄，但笔下的英雄人物还是气魄不凡，梁斗、孔别离、孟相逢以及年轻朋友邓玉函、唐柔、左丘超然、唐方、铁星月、邱南顾、大肚和尚等人的生死相随，特别是小说中的英雄人物参与到抗金的保家卫国大业中，表现出温瑞安不屈的精神特质，这些都是他日后重返文坛的重要精神轨迹。正如温瑞安所说："《神州奇侠》八部，始撰于1977年末，于1980年8月完成，故事人物主要是依据我身边朋友的性格和遭遇而写的。这套书出版后一个月，我出了事情，之后我的生活起了极大的变动，老友各散东西。1977年至1980年是我办'神州诗社'的全盛期，由数人至百数十人，这本书可以说是为'神州'而写的。写完后，诗社也烟消云散。"[11]

总体而言，台湾时期的温瑞安的确是声名鹊起，春风得意，当时他及

---

[1] 温瑞安：《神州无敌》，台北风云时代出版社有限公司2005年版，第33页。
[2] 温瑞安：《神州无敌》，台北风云时代出版社有限公司2005年版，第82页。
[3] 温瑞安：《神州无敌》，台北风云时代出版社有限公司2005年版，第169页。
[4] 温瑞安：《神州无敌》，台北风云时代出版社有限公司2005年版，第291页。
[5] 温瑞安：《寂寞高手》，台北风云时代出版社有限公司2005年版，第57页。
[6] 温瑞安：《寂寞高手》，台北风云时代出版社有限公司2005年版，第123页。
[7] 温瑞安：《寂寞高手》，台北风云时代出版社有限公司2005年版，第167页。
[8] 温瑞安：《天下有雪》，台北风云时代出版社有限公司2005年版，第81页。
[9] 温瑞安：《天下有雪》，台北风云时代出版社有限公司2005年版，第146页。
[10] 温瑞安：《天下有雪》，台北风云时代出版社有限公司2005年版，第247页。
[11] 温瑞安：《自序：过去现在未来》，《天下有雪》，台北风云时代出版社有限公司2005年版，第1页。

神州诗社的文学成就被台湾文坛所瞩目。他们与朱天文、朱天心发起的"三三集刊"互动频繁，同时他们与台湾文坛知名作家的联络也是非常频繁的，如乐衡军、柯庆明、齐邦媛、痖弦、张默、张汉良、高信疆、蒋芸、洛夫、颜元叔、余光中、林耀德等人。联系神州诗社的一时之盛，温瑞安这一时期作品多有少年英雄气魄，纵横捭阖，指点江山，由此也孕育出像《四大名捕》《神州奇侠》这两部华语武侠小说的经典之作。但也正是台湾时期，温瑞安对政治威权（大马和台北）的反感以及人在政治高压下的命运特别关注，赴港之后的他开始通过大量的武侠小说创作来疗救自己的精神创伤。

三 精神创伤的疗救：武侠小说中的冷战阴影

赴港用笔讨生活的温瑞安，虽然在不同的场合言明自己不计较兄长和文友背叛，[①] 但天狼星诗社的兄弟反目、神州诗社的叛徒出卖、"通匪"的莫须有罪名，在在都让温瑞安背负了极大的精神创伤。弗洛伊德对"创伤"是这样解释的："一种经验如果在一个很短暂的时期内，使心灵受一种最高度的刺激，以致不能用正常的方法谋求适应，从而使心灵的有效能力的分配受到永久的扰乱，我们便称这种经验为创伤的。"[②] 温瑞安生性洒脱，他将自己一生经历的兄友背叛（如两大诗社的办社经历）、情感经历（与方娥真、百灵的爱情经历）、冤狱事件（因"为匪宣传"入狱）、三地游历的经历（大马、台湾和香港的复杂经历）以及其中经受的痛苦都倾注到武侠小说的创作中。

继续"四大名捕"系列创作的动机有三：一是因为习武、尚武精神是温瑞安幼年便养成的气质；二是因为稿费是他主要经济来源，而这些稿费主要用于学费与诗社的活动经费，温瑞安自言："完成了《落日大旗》之后，《白衣方振眉》暂告一段落，笔锋一转，致力写《四大名捕》故事去了"，[③] 而更重要的原因是"有差不多30年时间他都因为稿费的支撑而

---

① 如"本书献给我的兄长温任平先生"，参见《四大名捕震关东·第一部·追杀》，香港敦煌出版社1997年版，内页。再如"我'逆徒'、'叛徒'、'出卖者'大作文章，大事鞭挞的，大多数都是在一九七五至一九八一年间写成的，那时候，我还在台湾大搞'神州诗社'，如火如荼，大家团结得不得了，感情也大抵十分融洽——大家、读者、评论家们可千万不要太『事后孔明』！错把后记当前言了！"参见温瑞安《自序：莫把后事作前言》，《两广豪杰》，台北风云时代出版社有限公司2005年版，第4页。

② ［德］弗洛伊德：《精神分析引论》，高觉敷译，商务印书馆1984年版，第867页。

③ 温瑞安：《后记：我正在写（1984年3月21日）》，《白衣方振眉（下）》，香港敦煌出版社1985年版，第375页。

过得很好"①；三是大马、台湾两地的威权政治为他构筑自己的武侠小说背景和故事提供了绝好的素材。温瑞安剑走偏锋，以北宋末年赵佶为创作背景，未提及历史兴亡，意识形态模糊，但极为暧昧地描述政治腐败，民不聊生。因此未与台湾当局形成对峙冲突，且小说刊行在政治环境较为宽松的香港，故温瑞安得以创作。他塑造的"四大名捕"（无情盛余崖、铁手铁游夏、追命崔略商、冷血冷凌弃）隶属神侯府，听命于皇上，所以四大名捕在执行公务中使用武力具有合法性。因此温瑞安创作"四大名捕"系列可谓是对台当局未经审讯即对他判刑的不满，同样，也是通过"四大名捕"构建乌托邦式的理想开明政治。

在神州诗社的全盛时期，温瑞安曾秉持坚定的文化中国的理念："为将来中国的大计谋求出路，我们必须要建立或者重建一个民族的文化。民族的文化就是主体的文化，不受外来文化所左右的、有时代意义、民族色彩的文化。一个受外来文化的摆布的文化，可以显示出人民心理建设不足和失去自信，也等于是政治缺憾的另一流露。我们都知道，中国数千年文化的命脉落在我们的手上，我们才能代表正统的承接人，所以我们必定要有泱泱大国文化的气态和风度。"② 这种文化中国式的表现在"四大名捕"系列作品中描写了大量的公共空间和民间日常生活，如神侯府、客栈、衙门、青楼等，他试图让读者感受到文化中国的魅力。同时，他在小说中不断穿插各地地名和标志性建筑，让从未踏足过大陆的港台华人陌生又熟悉。如："对这些人而言，长安一尾蜻蜓逆风而飞，唐山便会发生大地震；襄阳城里的周冲早上左眉忽然断落了许多根眉毛，洛阳城里的胞兄周坠便突然倒毙在茅厕内；乌苏里江畔一只啄木鸟忽然啄到了一只上古猿人藏在树洞里的指骨，京城里天子龙颜大怒又将一名忠臣腰斩于午门。"③ 除此以外，因温瑞安的侠客情怀，对笔下人物，如四位名捕有特别强烈的认同感，所以移情人物内心，借以抒发感慨。因此，古典意象也自然地融入对公共空间或自然环境的描写，以衬托人物主体情绪，画面层层递进，别有深意。"三人冒着雨，先后窜入后街废园的芭蕉林里，他们头上都是肥绿黛色的芭蕉叶，雨点像包了绒的小鼓槌在叶上连珠似的击着，听上去声音都似一致，但其实每叶芭蕉的雨音都不一……仔细听去，像一首和谐的音乐，奏出了千军万马。"（《四大名捕

---

① 施雨华：《温瑞安转危为安》，《南方人物周刊》2011 年第 9 期。
② 温瑞安：《建立民族的文化——几个感想一个呼声》，《青年中国杂志》1979 年第 1 卷第 3 号。
③ 温瑞安：《四大名捕骷髅画》，作家出版社 2012 年版，第 282 页。

震关东之一：追杀》，第95页）雨打芭蕉，典型的古典意象。芭蕉象征着孤独忧愁，常暗示着离别情绪。在这段描写中，三人在雨中以芭蕉叶为遮挡潜入神威镖局，自是凶多吉少，暗示着前途困难重重。然前途渺茫但他们并没有放弃昭雪沉冤，倒似充满希望。这一点同样与温瑞安1980年的经历有关。热血男儿本就充满狭义豪情，又深深体验过冤屈之苦，因此，三地的迁徙经历不仅使温瑞安对中华文化有更深的了解与体会，通过他的描述使读者对缥缈的想象中国更加亲近，更因他对"侠"有比常人更深刻的理解，所以他笔下的"四大名捕"系列作品充满血肉。

《四大名捕逆水寒》是温瑞安"四大名捕系列"中最重要的长篇小说。这部小说从1984年开始写起，1986年1月写完。连云寨主戚少商认识"绝灭王"楚相玉，楚相玉为抗金义军领袖，留下了关于当朝皇帝僭越皇位的秘密。奸相蔡京怂恿与诸葛小花有国师之争的常山九幽神君及其门下九个徒弟（孙不恭、独孤威、鲜于仇、冷呼儿、狐震碑、龙涉虚、英绿荷、铁蒺藜和泡泡）参与狙击计划，当年诸葛小花由兵部侍郎凤郁岗、御史石凤旋、左右司谏推荐，常山九幽神君靠山是蔡京、傅宗书，加上两人比武中，诸葛小花半招之胜，使得两人有着化之不去的恩怨。蔡京等人生怕四大名捕介入追杀戚少商的事情，又命令"捕神"刘独峰及其六个部属（云大、李二、蓝三、周四、张五、廖六）。刘独峰对自己的处境颇有自知之明，他曾对戚少商说："有四件事，你有所不知。你不知道皇上多宠信于傅丞相，此其一。我曾欠傅相之情，不想做违背他的事，此其二。皇上不是个可以接纳忠言的人，我不想因此牵连亲友，此其三。皇上其实也有意让九幽神君保持实力，以制衡诸葛先生与我。此其四。"（《逆水寒》，第五十九回）但戚少商面斥："你顾全情面，不想得罪小人。你怕别人说你争宠，清高自重。你眼见昏君自以为是、自作聪明，将你们势力划分，互相对峙，但又不图阻止，不敢力挽狂澜，便由错误继续下去……想你这等独善其身、贪生怕死的人，我倒是高估了你！"（《逆水寒》，第五十九回）足见温瑞安对人格复杂性的洞见。

如果说在香港时期创作的"四大名捕系列"是温瑞安将自己个人痛苦经历的文学化，那么"李布衣系列"则体现他追求"文化中国"文人理想的执着精神。《布衣神相》以"舒侠舞"（即是"武侠书"）的笔名出版，旨在讲述相士这一知识分子群体的形象，"以武侠作为它的形式，凑巧的是从武侠和相理都可以找到中国古典的芬芳、文化的色彩，以及中

三　作家与作品

国人的独特精神、智慧与幻想"。① 在"杀人的心跳"中，朋友的背叛，如飞鱼山庄弟子孟晚唐面对黑道天欲宫强敌时，对傅晚飞、楚晚弓、沈绛红的同门背叛。不过他在写作这一情节的最后，又一转，让孟晚唐保护同门离开，显得很牵强，似乎看得出温瑞安在对人性善恶之间的一些困惑，不过，最后还是让孟晚唐现出叛徒的本相，这个写作过程，可揣摩出温瑞安的心理创伤依旧。

而在接下来的系列中，温瑞安借小说人物之口发声："当今之世，豺狼满街，官宦佞臣当道，武林之中，真正匡扶正义、行侠天下的人，尽被收罗，助纣为虐，这个布衣神相却是难得的清正之士，这些年来，锄强扶弱，不知活了多少人命，行善之时，素不留名，人们只知一位布衣相士，不知其生平来历。他这些年来在江湖上除死还生险恶护善的事迹，真是说三天三夜也说不完。"（《布衣神相·杀人的心跳》，第109页）"如果父母双亲作的是坏事，做人儿女的是不是也支持无异？如果君主昏聩残暴，视黎民为刍狗，做子弟的是不是也效忠无议？这就各人有各人的看法了，认为应当尽忠至孝者，便当作是忠能孝子，认为不应盲目愚昧瞎从者，便说是昧孝愚忠。"（《布衣神相·叶梦色》，第185页）"李布衣和赖药儿，虽是好朋友，却也不常相见。平素两人很少相见，李布衣去找赖药儿，是因为白青衣、枯木道人、飞鸟大师、叶楚甚、叶梦色兄妹都在赖神医处，李布衣必须要去见他们。"（《天威》，第17页）这些关于李布衣的描述，在在体现着他对文侠人格的追求，也正是这种追求，让他慢慢地疗救着自己的精神创伤，在不停行走的人生行旅逐渐释然。

结　语

不得不指出的是，温瑞安后期的作品中加入了大量的商业化因素，并借着这些商业因素来吸引读者，如1981年开始重拾的"白衣方振眉"的第五个故事《小雪初晴》，这离他1977年完成《试剑山庄》已经时过境迁。在这部小说中，一开场就是套用了恐怖小说的悬疑恐怖效果。唐十二、习劲风都死状吓人。当习劲风跟增援的帮众会面，"只见那一干兄弟的眼神，又露出极之畏惧的神态。习劲风还想再说，忽觉自己头上有湿湿的东西滴下来，便用手去抹，就这一抹之下，手心便抓了一大堆东西，他一看，原来是整块带血的头皮和半只耳朵、一大绺头发，不知怎么的，都

---

① 温瑞安：《序：天意从来高难问》，《布衣神相故事之一（上）：杀人的心跳》，台北万盛出版有限公司1982年版，第2页。

抓在手心里了。习劲风不敢相信自己眼睛所见,不禁用手揉揉自己的眼睛,迄此他便什么都看不到了,只发出一声惨呼",场面恶心。在这部续作有很多的悬疑因素,如蛊术、盗墓、"打小人"等民间恐怖因素渗透到作者笔下,显得暴力和血腥,而有意加入其中以意念杀人、茅山术士、"化蝶大法"。后期,《四大名捕之风流》中过于写实,文笔缺少节制,加上小说中类似对于一些奸杀、性器官、血腥屠杀的直接描写,[①] 都让读者感受到温瑞安性格中过于阴暗的一面,缺少了文学作品中应有的节制,也使得他这样的作品有情色化的鄙俗倾向。我们期待温瑞安能够改变一下自己的创作姿态,重返自己的写作理想。

(原载《中国比较文学》2017 年第 4 期)

[①] 参见温瑞安《风流》,香港敦煌出版社 1996 年版,如第三回"无耻之徒"、第四回"丢!"。

评近年来的历史小说创作

吴秀明

一

近年来，历史小说的创作成就是相当可观的。据笔者不完全统计，自粉碎"四人帮"以来，发表和出版的中长篇历史小说达四十多部，短篇历史小说也足有一百篇以上。题材广阔，内容丰富，阵容壮大，都是前所未有的。数量上也远远超越新文学六十年的总和，并且还产生了不少在思想艺术上有较高水平、颇有影响的好作品。

然而，前进道路上不平坦。回顾近年来历史小说的创作历程，大体可划分两个阶段。

第一个阶段是粉碎"四人帮"后的头两年。同其他艺术品种相仿，这期间历史小说创作步履艰难，进展缓慢。继《李自成》后，出现的作品仅仅有三、四部历史长篇，中短篇作品几乎是一片空白。就说这几部历史长篇吧，也大都写于"文革"期间，在选材上，拘囿于农民起义和抵抗外来侵略，反映的生活面不深、不广，有的还明显残留着有违于历史真实，有碍于人之情理的公式化、简单化、现代化的痕迹，思想上、艺术上都比较简浅粗糙。尽管《李自成》这时已成为誉冠文坛的佼佼者，但就整个历史小说领域来说，由于"左"倾思想禁锢的严重束缚，还处于冷落不景气的徘徊状态。

从1979年开始，历史小说创作进入了第二个阶段。这是一个迅速发展、成绩显著的阶段。党的十一届三中全会所倡导的思想解放运动，犹如一夜春风，催发了历史小说园地里千树万树梨花开。在许多文学期刊和出版部门的支持下，从年初开始，面貌就大为改观：短篇新作一时间冒出了不少，长篇小说更加广泛地与读者见面，中篇小说也开始出现了。此后便日趋活跃，勃兴之势不衰。与前两年相比，产量上翻了几番，艺术质量也在不断提高，更可喜的是一批"名不见经传"的青年作者的崛起，给历史小说领域带来了无限生意。凌力《星星草》问世，引起了文坛广泛重视，成为新时期历史小说中不可多见的力作。刘亚洲、冯骥才继《陈胜》《义和拳》后，又接连写出了《秦时月》《秦宫月》《神灯》等好作品。与笔墨拘谨的前作相比，它们在思想性、真实性、艺术性等方面都有长足的进展。这是新时期历史小说日益兴盛的象征，也是我国历史小说创作队伍后继有人的标志。于是，历史小说就顺理成章地开拓出一个五彩缤纷，绚丽多姿的艺术新天地。

短篇历史小说是近几年历史小说活跃兴盛的不可或缺的组成部分。虽然出现的时间较晚，并且也没有产生震惊文坛的名篇佳作，但它一经露面，便扬鞭催马，奋起直追，不愧为快速的"轻骑兵"。我做了一点调查，1979年上半年发表的短篇不上十篇，过了一年，1980年上半年，数量上竟猛增到五倍之多。从生活内容上看，这些作品大体可分为两类：一类是反映封建时代文学家、科学家不幸遭遇，如《司马迁下狱》《华佗恨》《南陵秋晓》《泰娘歌》《辛弃疾挂冠》《热泪洒青词》《磨难曲》《雨落京师》《潇水行》等，它们通过司马迁、华佗、李白、刘禹锡、辛弃疾、龚自珍、蒲松龄、沈括、徐霞客等善良耿直的知识分子无故遭厄、怀才不遇的描写，在爱与恨的明镜中，为我们展现了一幅幅用血和泪凝结而成的艺术画面。另一类是反映封建时代劝谏、执法、举贤斗争的作品，如《三个独生子》《秦宫月》《强项令》《张衡相河间》《长安五月天》《佛骨疏》《朱洪武执法》《海瑞巧办胡公子》《左光斗与史可法》等，它们在愤怒鞭挞封建恶势力的同时，热情地赞扬了腹黄亨、秦始皇、董宣、张衡、李世民、魏征、韩愈、朱元璋、海瑞、左光斗等明君/清官唯才是举、执法如山、敢讲真话的高风亮节。上述两类作品，自然有高低、深浅、粗细之分，但大多比较好地发挥了短篇历史小说的艺术功能，具有较强的思想性和时代感，其中如《佛骨疏》《秦宫月》等还有较高的思想深度和艺术感染力，开始引起了人们的注意。此外，还有写韩信、肃顺、李固冤案的《冤斩韩信》《秋去冬来》《李固之死》等，也都具有相当的深度，又引人思索，很值得一读。

中篇历史小说创作与近年来现代题材领域内迅速崛起的中篇小说相比，显然比较薄弱。不过，如果我们从五四以来我国整个历史小说的进程来看，它第一次结束了五四以来我国中篇历史小说的荒芜局面，预告了它的新的前景的到来，所以，我们同样感到欣喜。马昭的《醉卧长安》为近年来中篇历史小说的发展立了头功。作品以清新畅达的文字，历历如数地展示了封建时代知识分子的失意痛楚和宫廷的腐朽丑恶。到了 1981 年，中篇小说逐渐增多，先后发表的有杨书案的《斯文劫》《丹青误》，李晴的《天京之变》，宋词的《京华梦》，郁雯的《李清照》，马昭的《风雨草堂》等。在这十多部中篇中，《天京之变》尤令人注目。作品在相当宏大广阔的环境中，展示了太平天国英雄们在定都天京以后所发生的内讧和蜕变。这是个大悲剧。昔日患难与共的亲密战友，竟然在功成之日，剑拔弩张，你死我活。作品的可贵之处在敢于把农民革命运动的局限性如实揭示出来，并努力发掘其内在的历史规律。读来新颖，深刻，不同凡响。

长篇历史小说成就令人欣喜。近年来，先后发表和出版了二十多部。从总体上看，它们有思想，有生活，艺术修养也较好。无论就其概括社会生活的广度和深度，总结和发掘的历史经验教训来说，抑或就其风格的鲜明多样、人物的繁复生动、创作队伍的坚实壮大来说，都值得赞叹，并且还创作了一批好的或比较好的作品，如：《李自成》《曹雪芹》《戊戌喋血记》《星星草》《风萧萧》《金瓯缺》等。

首先给历史小说赢得很高声誉的是姚雪垠的《李自成》。从已经出版的前三卷看，笔力雄健，结构宏伟，画面壮阔，几乎囊括了三百多年前农民战争和明、清两民族的整个"现实关系"，而且"一下子是鼓角雷动，气吞河岳，一下于是箫笛轻吹，柔情如水。使人获得一种既惊心动魄，又能低回吟味的感受"（秦牧语）。《李自成》前两卷问世于刚刚粉碎"四人帮"的 1977 年年底，这对于当时沉闷冷落的文艺界以及无书可读的广大读者来说，无疑是一件大好事。

在《李自成》之后，接着便有一批表现农民起义的长篇小说跟着出现。如刘亚洲的《陈胜》《秦时月》，凌力的《星星草》，蒋和森的《风萧萧》，杨书案的《九月菊》，顾汶光、顾朴光的《天国恨》等。它们以各自的旋律和音调，伴随着《李自成》，谱奏了一组农民起义的交响曲；而《星星草》和《风萧萧》尤其蜚声夺人。《星星草》以富于传奇色彩的动人情节，豪放而细腻的笔墨，反映了太平天国失败、革命低潮时期捻军英雄们的抗清斗争。大多数人物性格写得鲜明生动，很多地方富于艺术感染力。专事文学研究的蒋和森所著《风萧萧》，是描写王仙芝、黄巢起义的《冲天记》的第一部。作品熔历史真实与艺术想象于一炉，力求根据史料来再现唐末社会生活。文笔清丽雅淡，饶有民族韵味。

端木蕻良的《曹雪芹》是继《李自成》之后的又一部"工程浩大"、颇负声誉的力作。不仅线索交错迷离，事物千头万绪，而且囊括了江南织造府，北京平郡王府，乃至宫廷和乡野市井等各阶层的形形色色的社会生活;其中的环境、世态人情,风物习俗,又写得那么逼真、细腻、有气派,颇能引起读者的兴味。历经坎坷的老作家萧军的《吴越春秋史话》用遒劲、隽永的艺术风,对吴越春秋的许多史事分回作了描述,栩栩如生的人物,跌宕多姿的情节,鲜明传神的语言,说明了作者的功力不减当年;任光椿的《戊戌喋血记》第一次艺术地展示了戊戌变法运动的风云际会和基本的历史教训,全书对科学和民主的歌颂,对封建主义、官僚主义的剖析和抨击,闪耀着灼人的思想光辉。同题材的还有周熙的《一百零三天》,作品写得严谨凝练,脉络清晰,但人物塑造略显单薄。徐兴业的《金瓯缺》准备分四册写完。在前两卷中,作者以一管细腻而富于哲理的笔触,深入宋、辽、金各民族内部的政治、军事、宫闱和社会各个角落,行文走笔,幽默洒脱,其间不时穿插如丝如缕的心理剖析,读来新颖别致,独具艺术魅力。此外,还有表现义和团运动的《义和拳》(冯骥才、李定兴),《神灯》(冯骥才),《庚子风云》(鲍昌),反映祖国北疆各族人民反抗沙俄、保家卫国的《永宁碑》(张笑天),《历史的回声》(李克异),《雅克萨》(谢鲲、王飞沙),《猛士》(王盛农),以及表现西汉初期潜伏在升平乐章下的宫廷内部斗争的《未央宫》(海风)等。仅从上面所举的这些作品,就可以看出,我们的作者在历史长篇中所付出的辛勤劳动了。

历史小说所以在近年间兴盛起来,并不是偶然的,而是与时代的政治、哲学等有着密切相关的缘由。马克思指出:"任何真正的哲学都是自己时代精神的精华。"[①] 我们这个"时代精神"的精华何在? 就是粉碎"四人帮"以来,特别是十一届三中全会所倡导的思想解放运动以及在文艺事业中坚决贯彻"百花齐放""古为今用"的方针。中央领导同志在第四次文代会、剧本创作座谈会等一系列会上所强调的历史题材创作的重要性和必要性,为历史小说的繁荣发展扫除了历史烟尘,开辟了灿烂的前景。"文革"前十七年,我们也出了一些历史小说,如姚雪垠的《李自成》第一卷,陈翔鹤的《陶渊明写挽歌》《广陵散》,黄秋耘的《杜子美还家》等,但不幸的是作者连同作品累受折腾。社会思潮和文艺方针对于历史小说的兴衰起落,具有极大的制约作用。"左"的社会思潮和文艺方针,不仅难以产生历史小说;即或产生了,也随时都有被扼杀的可能。中华人民共和国成立后相当长的一段时间内历史小说之所以冷落沉默,其

[①] [德]马克思:《第179号"科伦日报"社论》,《马克思恩格斯全集》第1卷,人民出版社1961年版,第121页。

三 作家与作品

源盖出于此。而近年来历史小说所以一改旧观,勃兴而起,根本原因在于我们今天的社会思潮和文艺方针不是"使人觉得写过去的就不光彩"(胡耀邦语),而是从精神到物质,同样受到党和人民的支持和鼓励。近年来历史小说的兴盛,还跟作家灾难忧患的生活经历有关。狄德罗说:"什么时代产生诗人?那是经历了大灾难和大忧患以后,当困乏的人民开始喘息的时候。那时想象力被伤心惨目的景象所激动,就会描绘出那些后世未曾亲身经历的人所不认识的事物。……而在那样的时候,情感在胸怀堆积、酝酿,凡是具有喉舌的人都感到说话的需要,吐之而后快。"① 在一定意义上,这个道理也适用于近年来历史小说的创作。我们许多作者所以具有难以抑制的创作欲,并写出了好作品,重要原因之一就是他们投入大灾难大忧患的时代生活深处,对自己描写的题材有着一定的生活经历和深切的感受。有的作家还来不及将多年积累的历史素材加以提炼,有的原先简直还没有把兴趣移到艺术创造上来,谁知命运一下子就将他们打入生活的底层。这种不幸遭际使他们的"情感在胸怀堆积、酝酿",而当时政治气候又不允许他们直抒胸臆,开诚布公地发表自己的思想见解,于是,他们中的不少人就将目光投向了历史题材,或悄悄地动起笔来,或默默地酝酿、构思着未来的作品。凌力的《星星草》创作便是如此。凌力出身于革命家庭,十年浩劫时期,她目睹父母惨遭林彪、江青的迫害,"陷于极大的痛苦、矛盾和忧愤之中"。为了从"历史发展的辩证法"中得"安慰",看到"光明",寻找"我们这一代青年应该往哪里去"的道路问题,作者就选择了捻军起义历史题材。这一方面固然是父辈的叮嘱和共产党员的天职,另一方面也是出于情感抒发的需要:在捻军将士身上,"我当时忧郁愤懑的情怀得到了寄托。'四人帮'横行时,不允许我用更为直接的方式说出我心中的一切,我只好借助于捻军将士的英灵,借助于捻军苦斗的历史,来歌颂已经长眠于地下的和仍在人间坚持战斗的人民英雄们。《星星草》就这样诞生了"。② 我们似乎可以这样说,像凌力这样专事理工研究的、三十出头的女青年,写起历史小说来,不能说同她的坎坷经历和郁结的情怀无关。这是历史对"四人帮"一伙及其极左路线的嘲讽。

二

近年来历史小说的可观成就,不仅表现在数量上的众多,而且也反映

---

① [法]狄德罗:《戏剧艺术》,《文艺理论译丛》1958 年第 1 期。
② [法]狄德罗:《戏剧艺术》,《文艺理论译丛》1958 年第 1 期。

在质量上的提高，思想上艺术上的许多新突破。首先，题材广阔多样从各个角度反映了丰富多彩的历史生活，许多长期无人问津的"禁区"和"死角"都相继打开，艺术视野变得空前开阔。农民起义，反抗外来侵略，科学文明与愚昧落后的斗争，为民请命的"脊梁"与贪官污吏的交锋，嫡庶之间争夺君权的冲突，农民义军内部的纠讧，封建知识分子的失意痛楚、深宫闺阁的儿女之情，民族矛盾的烽烟尘硝，焚书坑儒的流血事件，戊戌变法的惨痛结局……上述种种题材，在中华人民共和国成立后的历史小说创作中，有些是我们早已见到过的，有些则是首次闯入我们的眼帘。如近代史上的戊戌变法运动，由于极左路线的禁锢和康生、"四人帮"把它诬为"卖国主义"而大加讨伐，在过去的一段时间里是个危险的"禁区"，大家要么避开这个题材，要么把它作为义和团运动的简单陪衬，用肯定的态度正面予以描写，则从未有过。现在，泼洒在这一历史事件身上的污水，被《戊戌喋血记》和《一百零三天》两部长篇小说大胆地擦净了。它们以如实的描写和形象的塑造表明，戊戌变法是冲破封建主义束缚、拯救中华的爱国主义运动，是顺应世界科学民主先进潮流的壮举。这个案翻得好，既正本清源，恢复了戊戌变法固有的历史功绩，又为历史小说创作开拓了一个新时期题材领域。

　　作为"禁区"闯开的还有一个帝王题材，这是中华人民共和国成立以来禁忌最大的题材，也是当代作者最难把握并且无法把握的题材。这倒不是我们的作者对于这个题材缺乏驾驭的知识和本领，而是我们过去随心所欲的政治责难使得他们左右为难，无所适从；你写某一昏暴的帝王或某一帝王的刚愎忌刻吧，就说你是"影射"；你写某一励精图治的帝王或某一帝王的开明政治吧，又说你是"歌功颂德"。在持此论调者看来，封建帝王既然是地主阶级的总代表，就应该一概予以否定，臭骂一顿，不能有丝毫的肯定。这种理论乍听起来挺"革命"，其实是违背辩证唯物史观的，这是用贴阶级标签的办法来取代对历史人物作历史的具体的分析。毋庸置疑，任何清明的封建帝王从根本上说是为地主阶级利益服务的，但我们之所以肯定赞扬他们，那是因为他们实施了某些有益于人民的政治主张。马克思主义从来不抹杀包括帝王在内的统治阶级人物的历史作用。恩格斯在《致约·布洛赫》一文中阐述"合力"论时，就曾明确指出个人历史作用中的"单个的意志"不仅是指被统治阶级中的人物，也包括统治阶级中的人物；认为"各个人的意志……融合为千个总的平均数，一个总的合力"，"每个意志都对合力有所贡献，因而是包括在这个合力里面的"。[①]

----

① 《马克思恩格斯选集》第4卷，人民出版社1961年版，第478页。

三　作家与作品

道理是显而易见的，正如否定克伦威尔、罗伯斯庇尔、拿破仑的历史功绩，便无法解释欧洲资产阶级革命发展史一样，将秦皇、汉武、唐宗、宋祖等杰出帝王从中国封建社会的发展进程中抹去，将会使我们数典忘祖，割断历史，走向唯心主义。我们高兴地看到，近年来的一些历史小说作者在思想解放运动的推动下，大胆地闯进了这个"禁区"，多方面地对这个题材进行了开垦。从上古时代的大禹到近代的光绪，从西汉初期的吕后到清末的慈禧太后；有骑马打天下的开国皇帝，有纵情声色的末代亡国之君，有苦心经营的中兴之主；或赞扬，或批判，或二者兼而有之。以短篇小说而论，专门描写帝王生活的就有几十篇之多。题材领域之深广，人物形象之丰富，表现手法之多样，是五四以来所仅见的。

其次，坚持政治倾向性和历史真实性的统一，充分发挥"古为今用"的作用，使人们从中得到启发，受到教育和鼓舞。

古往今来的历史题材创作，逢场作戏的作品是有的，但真正有艺术生命力的作品，都是有感而发，有为而作的。对于一个严肃的作家来说，选取什么样的历史题材以及怎样写，总是和他现实的思想有联系的。离开现实的"发思古之幽情"，是不可能创造出激动人心的好作品来的。从五四以来的历史题材创作看，举凡优秀的作品，如鲁迅的《故事新编》，郭沫若的《屈原》，乃至田汉的《谢瑶环》，吴晗的《海瑞罢官》等，也都是"古为今用"的。这是先辈作家的优良传统。问题是我们过去往往把"古为今用"这个唯物论的方法"当作现成的公式，将历史的事实宰割和剪裁得适合于它"（恩格斯给爱因斯坦的信），单纯地用来配合政治运动，搞实用主义的以古喻今，牵强附会的类比。

我们当然不能说近年来的历史小说不复存在这样的弊病。某些题材和主题都很有意义，艺术上也有一定特色的作品，由于简单、片面地强调"今用"而忽视历史面貌的真实描绘，结果大大损害了作品固有的现实教育作用。但是，从总的创作倾向看，从艺术追求看，以历史真实为依据，以形象生动的描写为特征，既向人们展示深邃的思想内容，又为现实提供可资借鉴的历史辩证法，毕竟是它的主流。1979年下半年后兴起的一大批反映封建时代劝谏、执法、举贤等短篇作品在这方面表现得尤为突出。它们在描写历史的时候，不是"对过去时代谨守纯然客观的忠实"的刻板记录，"不重要的外在事物上也要做到极端精确"，而是力求站在时代的制高点，从历史事件的内部联系中挖掘出有益于今天的经验教训，因而虽然写的是古代清廉君主、官吏的纳忠言，严执法，举贤才，但今天读来，仍然具有强烈的时代感和现实教育作用。它启迪我们：封建时代的统治者尚且能够做到不畏权势，不徇私情，刚正不阿，敢讲真话，我们无产阶级难道不应该做得更好吗？这对党风民气的改变，法制的健全，才路的开辟等都有一定的警策和借鉴意义。

再次，形象塑造方面，不少作品不仅多种多样，性格各异；作为单个的人，也刻画得复杂而不单一，鲜明而有立体感，从而大大增强了作品的真实性和深刻性。

我国古典历史小说中的人物，往往是善恶分明、美丑判然的。鲁迅在评《三国演义》等作品时，多次表示不满。道理很简单，既然人的本质不是单个人所固有的抽象物，而是复杂矛盾社会关系的总和，那么作为社会关系反映的文艺作品却去写简单极致的人，当然，"在事实上是不对的，因为一个人不能事事全好，也不能事事全坏"。① 这种"事事全好""事事全坏"的形象一度占据过我们的文坛，最突出的是"评法批儒"那阵子写下的所谓的"法家""儒家"的历史故事。那时谁要是把人物性格写得复杂一些，就会被扣上"人为地制造精神分裂"，"歪曲人物的阶级本质"等帽子。"现实主义深化"的正确主张之所以备受挞伐，其原因也在于此。

这种"左"倾思想的禁锢，在近年来的历史小说创作中，理所当然地被冲破了。在历史小说人物画廊里巡礼，我们随时都可看到这样一种全新的景象：复杂而不单一，鲜明而又丰富多样的人物，无论数量还是质量都有明显的进展；其中有些形象开掘到思想性格的深处，包含丰富复杂的内容，达到了上乘的艺术境界。被人们交口赞誉的崇祯形象就是突出的一个。姚雪垠以无比真实的典型化细节，准确逼真地刻画出他刚愎、自信、容易受蒙骗又自作聪明、专断、多疑、悲观、凶暴、残酷、歇斯底里等矛盾复杂的性格，给人留下了极其深刻的印象。在新版的第三卷中，姚雪垠又以精湛的描写艺术，为我们塑造了洪承畴这样一个复杂而深刻的汉奸典型。洪承畴并不是一被捕就投降的。据《清史稿》记载，他被捕后，先是"科跌漫骂"，后来皇太极寻其弱点，投其所好，洪"乃叩头投降"。姚雪垠以充分史实为依据，按照生活本身的复杂性，在《辽海崩溃》《燕辽纪事》等单元，纤毫毕现地展示了这个"汉奸"的复杂心理。他一会儿"牵挂"留在北京公馆中年轻貌美的小妾，一会儿思念俊秀温柔的仆人；一会儿"求生"的欲望应运而生，一会儿又被"死节"的意念压了下去；一会儿要写

---

① 鲁迅：《中国小说的历史的变迁》，《鲁迅全集》第9卷，人民文学出版社2005年版，第333页。

三　作家与作品

绝命诗，闭目不看敌人，一会儿又凄然欲绝，对前途充满猜测。当最终决定剃发降清时，但"心中感到惭愧、辛酸、隐隐作痛"，有时"还感到羞耻，不禁发出恨声，不断长叹"，内心深处激起波澜起伏的思想感情，矛盾、痛苦、惭愧、羞耻达到了饱和的程度。黑格尔讲得很深刻："理智爱用抽象的方式把性格的某一方面挑出来，把它标志成为整个人的唯一的准绳。凡是跟这种片面的统治的特征相冲突的，在理智看来，就是始终不一致的，但是就性格本身是整体因而是具有生气的这个道理来看，这种始终不一致正是始终一致的、正确的。因为人的特点就在于他不仅担负多方面的矛盾，而且还忍受多方面的矛盾，在这种矛盾里仍然保持自己的本色，忠实于自己。"[①] 不难想象，如若作者只写洪承畴汉奸的"本色"，而不写其担负和忍受"多方面的矛盾"，让他心安理得地笑跪在新主子的脚下，那么，无疑将使洪承畴形象的真实性和深刻性大打折扣。

　　近年来历史小说在艺术手法上也有创新、突破，主要表现在借鉴西方作品所擅长的心理描写的手法，打破时空观念，写感觉、写联想、写意识的流动和变幻。尽管这样的作品数量有限，也尽管对这种尝试性的创新可能毁誉不一，评价其成败得失还为期过早，但我以为，只要有助于更深刻地反映丰富多彩的生活，有助于思想的深刻性和艺术完美性的统一，有助于人们更好地认识历史和得到美的享受，这种艺术手法的采用，都应该得到支持和鼓励，而不应粗暴加以呵责。

　　五四以来的历史小说创作中，一些有卓见的先辈作家在这方面早就有过可贵的实践。20世纪30年代茅盾写《豹子头林冲》，施蛰存写《石秀》等，就是十分明显地运用了心理描写的手法。相比之下，近年来历史小说在心理、意识的追求上就更自觉、更明朗了。如《戊戌秋》（载《红岩》1981年第2期），作品所反映的时间可谓短矣，从三更写到黎明；故事情节也十分简单，谭嗣同在临刑前夕写遗嘱，然后坦然从死。如果循守着中国传统的用行动显示其思想性格的准绳的话，恐怕是很难展开艺术描绘的。《戊戌秋》借鉴了写意识的手法，顺着谭嗣同变幻流动的心理活动，不时地穿插了他的速隐速现的回忆、联想，使我们从这些意识的自由流动中，探求谭嗣同的心灵奥秘和戊戌变法失败的前因后果。此外像《最后的恩赐》《热泪洒青词》等也有一些尝试，它们开拓了作品的艺术容量，也一定程度地深化了主题思想。总的说来是成功可行的，而不是用凌虚蹈空来代替务实求真。

---

① ［德］黑格尔：《美学》第1卷，商务印书馆1979年版，第298页。

三

仅从上面这些简略的回顾，就可以看到近年来历史小说创作取得的成绩和初创的经验，是多么令人高兴。我们的历史小说作者，包括驰骋文坛的老将和头角崭露的新兵，用自己创造性的劳动促进了新时期历史小说的兴盛。这是党所领导的思想解放运动的丰硕成果，是我国历史小说发展到一个崭新阶段的标志。但是，应当看到，这短短五年只能是历史小说的一个良好开端和序曲，它还不能满足时代的要求和人民的期望，还存在着许多不足之处亟待提高。

比较普遍的毛病是艺术锤炼不够，典型化程度不高。不少作品不注意剪裁和提炼，不肯花费艰苦的劳动，结果篇幅冗长；结构松散，平铺直叙，情节缓慢，再加上语言啰唆，写法陈旧，常常使人难以卒读，长篇中拉长的趋势比较突出，动辄上、中、下，一、二、三部。短篇中万字文以上的绝不是少数；也有的剪裁不精当，焦点不集中，与其说是短篇，倒不如说是更像"压缩"了的中篇。这种状况的出现，从客观上看，可能是十年浩劫中断了正常的学习而带来的艺术修养不高的后遗症；从主观上看，可能是急于求成，未能精益求精。

最大的不足是有些作品缺乏历史的真实性。虽然讲究历史真实性已经成为这几年历史小说的主要特征，但我们也不能不遗憾地看到，只讲艺术而不讲历史，为了艺术而忘了历史的现象，在不少作品中也是相当程度地存在着的。这种情况比较复杂，表现形式也颇为多样。有的是时代环境错乱颠倒；有的是在古人身上赋予了现代人的思想、行为、语言；有的是对历史上有定评的、尽人皆知的重大事件进行随心所欲的改写；有的是细节描写失真；也有的作者"高明"一点，自知对历史钻研不够，把握不准，就对应该描写的时代风貌和生活环境一概回避，结果写成的作品时代难辨，环境不明。凡此种种，在各种题材、各类作家中均有存在。甚至像姚雪垠这样功力高深的老作家，在他的《李自成》中也间或出现一些失真的败笔和现代化的疵点。相比之下，刚刚尝试历史小说创作的新人新作，自然就表现得更明显一些。譬如冯骥才、李定兴的《义和拳》和刘亚洲的《陈胜》。这两部作品都是在十年动乱之际写就，出版于1977年年底的。从作品涉及的历史内容以及所作的详细注解中，看得出这三位青年作者是付出了辛勤的艺术劳动的；更可贵的是，他们在"儒法斗争"口号叫得震天价响的当时，能够坚持唯物史观的立场而不随波逐流，这种胆识很令人钦佩。但是由于受当时极左思潮的影响，也由于写作过于匆促而未

三　作家与作品

能对历史作更全面、更深入的了解，因而势必给这两部长篇在历史真实性方面带来了这样那样的问题。《义和拳》主要表现在对义和拳的几个领袖特别是对张德成的描写，从思想到行为过于理想化了。在他身上我们几乎很难找到小生产者所难以超脱的狭隘性、保守性，有的只是远大的目光，恢宏的心地，周密深刻的思考，非凡超人的本领，无论就政治思想、策略水平，还是就军事部署、人才使用等，无不都是英明正确、完美无缺的。《陈胜》中塑造的陈胜，比起张德成来，理想化现代化的问题更突出。最典型的例子是虚构陈胜有板有眼地指挥造墓工匠胜利"突围"，赋予他以卓越的领导组织能力和军事指挥才能。此外"陈胜斗兽"的情节描写，也是有悖于历史生活真实的。历史记载告诉我们，秦二世之前或之后，确也有过人兽搏斗的事例。如《列子传》中有秦王把魏人朱亥投进兽圈的记载，《汉书》中有窦太后令辕固"入圈击彘"、李禹被"悬下圈中"刺虎的记载，但此处的人兽搏斗，乃是古代君主惩罚臣下的一种偶然性举动，并未形成一种用以"娱乐"的社会习俗。秦汉时作为"娱乐"的是"角抵"，即是一种技艺表演，大约同现代的"摔跤"相似。秦二世在赵高的怂恿下，也非常贪恋这种表演。据《史记·李斯列传》云："二世在甘泉，方作角抵优俳之观。李斯不得见，因上书言赵高之短。"像这样涉及社会人情风俗的东西，我以为是不应随意夸大虚构的，还是尊重历史为好。可能这是作者从外国历史小说《斯巴达克斯》中借鉴来的。但是应当指出的是，秦末社会和古罗马社会的人情风俗是并不相同的：从公元前三世纪上半叶开始，古罗马大剧场和公开场所经常举行"角斗"这种娱乐，是古罗马的风俗；而秦末社会则不然，它不存在这种颇具规模的、用以"娱乐"的斗兽风俗。至于细节描写，诸如典章制度、衣冠服饰、生活习俗等方面的失真，在一些历史小说中就更为常见。如有一作品描写秦代青年男女相爱诉恋时，赋予了现代人才有的方式。失真最多的是短篇《斩庄贾》（载《边疆文艺》1980年第5期），其中所写的呷茶、躺椅子、以燕窝为肴馔、使用青花瓷、屏风上挂的肖像画等细节，都与史实不符。如呷茶是隋唐以后的事，春秋时代没有把茶作为饮料的习惯，秦汉以后，也只把茶作为药物使用。又如桌椅的出现始于唐代晚期和北宋之初，东汉中期有绳床、胡床等为坐具（古代床兼坐、卧二用），这以前古人皆席地而坐，只有几、案，并无椅子，让春秋时代的人"呷浓茶""躺在椅上"，这就违反了历史生活的实际。

　　类似的例子还有不少，由于篇幅所限，恕不一一列举。这里需要指出的是，上述种种失真，追根究底，都可从艺术虚构中找到答案。历史小说是艺术作品，不是历史科学，它当然可以而且应当虚构。没有虚构就没有艺术，也就不会有历史小说。这是艺术创作的本质所决定的。从创作实践来看，古今中外的历史小说，包括优秀的历史小说在内，有哪一部能离开艺术虚构呢？仅此一例，就可以把"人人考据，事事有出处"的说法驳倒。正是在这个意义上，茅盾同志认为，"艺术真实"这个用语并不确切，改为"艺术虚构"较易理解，即历史真实与艺术虚构的统一，这样也突出了艺术虚构在历史题材中的重整性。但是，艺术虚构并不是凭空捏造，主观杜撰的。诚如茅盾同志所说，在进行艺术虚构的时候，"有一个条件，即不损害作品的历史真实性。换言之，假人假事固然应当是那个特定时代的历史条件下所可能产生的人和事，而真人真事也应当是符合于这个历史人物的性格发展的逻辑而不是强加于他的思想或行动。如果一部历史题材的作品能够做到这样的虚构，可以说它完成了历史真实与艺术真实的统一"。① 近年来一些历史小说所以没有完成历史真实与艺术真实的统一，其根本原因就在于：第一，虚构的假人假事不是"可能产生的"，如"陈胜斗兽"从艺术上看，写得险象环生，颇为引人入胜，问题是这种用以"娱乐"的流血游戏，秦末社会是不存在的，所以虚构也就失去了历史依据。第二，真人真事的思想或行为是"强加"的，张德成是历史上实有其人的义和团领袖，为什么到了《义和拳》中则给人以不亲、不信之感呢？这是因为作品在虚构之时，偏离了时代、阶级的局限及其人物性格发展的逻辑而"强加"给他们一些思想或行为。如果一部历史小说所虚构的假人假事不是"可能产生的"，真人真事的思想行为是"强加"上去的，那么，即使艺术性再高，也难以为人们所接受。试想：倘若有一历史小说在写赤壁之战时，把战争地点从长江移到钱塘江上来；倘若《李自成》在写"谷城夜会"时，把李自成与张献忠两人写成坐在沙发上，抽着"大前门"的香烟密谈，我想也是不会有人赞赏的。历史小说虽非专为传布历史知识而作，但无论如何，历史小说不应当传布错误的历史知识。"情况既然如此，作家们在取用历史题材的时候，怎么能不抉择、分析史料？在进行艺术虚构的时候，怎么可以把艺术作为护符而悍然改写历史、捏造历史、颠倒历史呢？"②

  这里还要指出的是，这些问题的出现也不是近年来历史小说创作中所

---

① 茅盾：《关于历史和历史剧：从〈卧薪尝胆〉的许多不同版本说起》，作家出版社1962年版。

② 茅盾：《关于历史和历史剧：从〈卧薪尝胆〉的许多不同版本说起》，作家出版社1962年版。

三 作家与作品

仅有的,而是一个古老而长新的艺术通病。综观中外古今的历史小说创作,都程度不同地存在这个弊病,如数量惊人、风靡欧洲文坛的司各特、大仲马的历史小说即是。据培厄森的《司各特传》中记载,司各特在写《古董家》时,曾请出版商约翰·巴兰丁代找一段引文,约翰找了好久没找到,司各特最后不耐烦地说:"去你的,约翰,我相信我自己创造一句格言,也要比你找一句快多了。"此后,他只要一时找不到合适的引语,就自己动手创造,伪称引自《古剧本》或《古歌谣》。大仲马也曾坦坦荡荡地宣称:"什么是历史?就是钉子,用来挂我的小说。"[①] 他们没有想到,写历史小说要下苦功对历史本身作精细的研究,因而使他们并不总能准确把握历史人物和事件,造成某些作品不应有的失真。无以匹敌的司各特、大仲马的历史小说尚且如此,更不待说其他作品了。当然,我们也不能把今天的标准降低到前人的水平上。无产阶级文艺应当在艺术上精益求精,超越前人。否则,就有负于时代对我们的要求。我们指出上述几部作品的某些失真,也正是从这点出发的,决不是对它们的全盘否定,如何使历史小说在现有的基础上进一步提高艺术质量,达到历史真实与艺术真实的有机统一,以致造成"较大的思想深度和意识到的历史内容,同莎士比亚的情节的生动性和丰富性的完美的融合"(恩格斯语),是一件十分艰巨的事,需要更多的同志在总结经验的基础上进行深入探讨。本文不过是对它的一个粗略的回顾和评述,将静待作者、读者和批评者的批评和指正。

(原载《文学评论》1982 年第 2 期)

[①] 张英伦:《大仲马》,见《名作欣赏》1981 年第 3 期。

"人的文学"理论基点与民国文论体系构架

黄 健

蔡元培在为《中国新文学大系》撰写总序《中国的新文学运动》一文中，曾将民国兴起的新文化、新文学与近代西方的文艺复兴相提并论，指出："我国的复兴，自五四运动以来不过十五年，新文学的成绩，当然不敢自诩为成熟。其影响于科学精神民治思想及表现个性的艺术，均尚在进行之中。但是吾国历史，现代环境，督促吾人，不得不有奔轶绝尘的猛进。吾人自期，至少应以十年的工作抵欧洲各国的百年。"[①] 胡适也持同样的观点，他指出中国的文艺复兴运动"首先，它是一场自觉的、提出用民众使用的活的语言创作的新文学取代用旧语言创作的古文学的运动。其次，它是一场自觉地反对传统文化中诸多观念、制度的运动，是一场自觉地把个人从传统力量的束缚中解放出来的运动。它是一场理性对传统，自由对权威，张扬生命和人的价值对压制生命和人的价值的运动。最后，很奇怪，这场运动是由既了解他们自己的文化遗产，又力图用现代新的、历史地批判与探索方法去研究他们的文化遗产的人领导的。在这个意义上，它又是一场人文主义的运动"[②]。无论是蔡元培，还是胡适，他们都认为中国新文学是"人"的"复兴的开始"。其实，鲁迅早在《文化偏至论》一文中就明确提出了"立人"的思想主张，指出："是故将生存两间，角逐列国是务，其首在立人，人立而后凡事举，若其道术，乃必尊个性而张精神。"同时，鲁迅还进一步提出要建立"人国"："国人之自觉至，个性张，沙聚之邦，由是转为人国。人国既

---

① 蔡元培：《〈中国新文学大系〉总序》，赵家璧主编：《中国新文学大系》，上海良友图书印刷公司1935年版，第11页。

② 胡适：《中国的文艺复兴》，欧阳哲生、刘红中编，外语教学与研究出版社2001年版，第181页。

三　作家与作品

建，乃始雄厉无前，屹然独见于天下。"① 而在民国之初，周作人更是鲜明地提出了"人的文学"的观点，他指出："我们现在应该提倡的新文学，简单的说一句，是'人的文学'。应该排斥的，便是反对的非人的文学。"② 高高飘扬着"人"的旗帜，可以说，正是民国兴起的新文学的核心价值理念，也是民国文论体系构架生成的理论基点。

一

周作人倡导的"人的文学"，反映在民国文论体系构架的整体建构上，显示出来的是一种理论自觉精神，其特点也即是要以自觉的历史理性批判精神，反对旧文学，提出新文学，以开辟中国文学的新局面，并由此形成中国文论的新格局，以推动传统文学、文论由古典形态向现代形态的全面转型。他指出："妨碍人性的生长，破坏人类的平和的东西，统应该排斥。"并强调："我们立论，应抱定'时代'这一个观念，又将批评与主张，分作两事。批评古人的著作，便认定他们的时代，给他一个正直的评价，相应的位置。至于宣传我们的主张，也认定我们的时代，不能与相反的意见通融让步，唯有排斥的一条方法。"③ 站在"破"和"立"的价值取舍立场上，民国之初兴起的新文化、新文学、新文论，无论是提出反对旧文化，提倡新文化，反对旧道德，提倡新道德，反对旧思想，提倡新思想，还是在文学上倡导白话文，提倡"人的文学"理论建构，都展示出在新知识和新理论谱系中的一种新的人文精神。反映在文学创作和理论建构上，也无论白话诗歌的尝试，小说、戏剧等新形式的创造，还是从域外介绍各种近现代文学思潮和创作方法，都首先是要论述其与"人"理论相关的迫切性和文化的合法性，以便确立新文学的正宗地位，建构民国富有理论思辨气息的"大文论"体系构架。在这里，所指的"大文论"，当然不是指有关文论内容与篇幅的大与小，而是指整个民国文论的建设理念和体系构架，在顺乎时代发展中所应具有的新的理论基点、价值原则和逻辑结构，也就是要强调"人"的文学的理论基点、价值原则和逻辑结构的确立。因此，对于民国文论而言，无论是胡适的白话文学论和新诗创作，陈独秀的文学革命论，鲁迅的"立人"思想和"为人生"的文学观，周作人的"人的文学"观，茅盾提倡的自然主义文学，郭沫若、郁达夫、

---

① 鲁迅：《坟·文化偏至论》，《鲁迅全集》第1卷，人民文学出版社1981年版，第57、56页。
② 周作人：《人的文学》，《新青年》1918年第5卷第6号。
③ 周作人：《人的文学》，《新青年》1918年第5卷第6号。

成仿吾等创造社同仁提倡富有个性自由的浪漫主义文学,及其后来形成的"革命文学"论争、左翼文学与自由主义文学论争、京派文学、海派文学、民族主义文学、"战国策"派等,都为民国新文学、新文论的建设与发展,开辟出广阔的新天地,筚路蓝缕,展现出民国文学、文论先驱者们鲜明的使命意识和崇高的责任感。正如鲁迅所说的那样"自己背着因袭的重担,肩住了黑暗的闸门,放他们到宽阔光明的地方去"。① 这些先驱者的理论勇气、开拓性、创新性和自觉性,在民国文学、文论的建设中,都是十分鲜明的。

建构民国文论的体系构架,在确立了"人"的文学理论基点之后,需要的是在逻辑层面上确立总体的价值取向和发展路径。在经历多种论争和思潮交融之后,民国文论逐步确定了在批判性承继传统文论的基础上,借鉴近代以来西方文论的理论内涵、体系框架和逻辑发展理路,致力于打造以"人"的文学为理论核心的,同时又具有现代的"中国气派"和"中国风格"的文论体系。如同胡适在倡导"文学改良"和"文学革命"时一开始所明确指出的那样:"有了这种'真文学'和'活文学',那些'假文学'和'死文学',自然会消灭了。所以我望我们提倡文学革命的人,对于那些腐败文学,个个都该存一个'彼可取而代也';个个都该从建设一方面用力,要在三五十年内替中国创造出一派中国的活文学。"② 然而,究竟什么是民国文论所要追求的"中国气派"和"中国作风"?以及如何去建构?这涉及民国文论如何展现自身理论自觉的根本问题。尽管明确提出这组文论概念发生在20世纪40年代,③ 但自民国建立以来,各种文论的主张尽管不同,流派不同,也有过激烈的"全盘西化"的讨论,有过"不读中国书,或少读中国书"④ 的激进观点,但总体发展趋向基本上还是沿着"人的文学"和建构"中国气派""中国作风"这一逻辑理

---

① 鲁迅:《坟·我们现在怎样做父亲》,《鲁迅全集》第1卷,人民文学出版社1981年版,第140页。
② 胡适:《建设的文学革命论》,《新青年》1918年第4卷第4号。
③ 有关"中国气派"和"中国作风"的正式提法,应是时任中共主席毛泽东在1938年10月12日至14日在中共六届六中全会上所作的政治报告《论新阶段》的第七部分提出的,后编入《毛泽东选集》第2卷。原题为《中国共产党在民族战争中的地位》,目的是要求中共全体党员应明确地知道并认真地负起中国共产党领导抗日战争的重大历史责任。在1942年的延安文艺座谈会上,毛泽东再次强调了这一观点和提法。王任叔(巴人)在1939年9月1日的《文艺阵地》第3卷第10期上,发表题为《中国气派与中国作风》的文章,着重从文论的角度强调了这一观点和提法。
④ 鲁迅:《华盖集·青年必读书》,《鲁迅全集》第3卷,人民文学出版社1981年版,第12页。

三 作家与作品

路的体系构架的建构、演化、发展而来,在中国文论发展史上逐渐地建构起了极其富有现代性价值内涵的文论体系。

二

围绕"人的文学"理论基点,建构文论体系构架,民国文论显示出了一种高起点、高品格的形态和整体性、系统性、全面性的特点,其主旨是要在新文化催生"人"的觉醒当中,如何在文的层面上获得以"人"的主体自觉为前提的"文"的自觉。周作人明确指出:"我所说的人道主义,并非世间所谓'悲天悯人'或'博施济众'的慈善主义,乃是一种个人主义的人间本位主义。"① 这也就是说,倡导"人"文学,不是单纯地以同情、悲悯、博爱(尽管这也十分重要)等情感为导向,而是重在以"灵肉一致的人"为导向,充分地肯定人在世俗生活中的合理性与合法性,这样才真正地凸显出人的生命之"力",同时也使新文学具有生命的力度、广度和深度,从而写出有血有肉的生命文章。鲁迅也明确指出:"文艺是国民精神所发的火光,同时也是引导国民精神的前途的灯火。这是互为因果的,正如麻油从芝麻榨出,但以浸芝麻,就使它更油。倘以油为上,就不必说;否则,当参入别的东西,或水或碱去。中国人向来因为不敢正视人生,只好瞒和骗,由此也生出瞒和骗的文艺来,由这文艺,更令中国人更深地陷入瞒和骗的大泽中,甚而至于已经自己不觉得。世界日日改变,我们的作家取下假面,真诚地,深入地,大胆地看取人生并且写出他的血和肉来的时候早到了。"② 胡适在《文学改良刍议》一文中则认为,新旧文学的不同点在于:新文学能够自由地表达人的思想和情感,而旧文学的主张只是"文以载道",所以新文学及其理论建构,就应紧随时代发展,用现代"活的语言"自由地表达现代人的思想情感。他表示:"吾惟愿今之文学家作费舒特(Fichte),作玛志尼(Mazzini),而不愿其为贾生、王粲、屈原、谢皋羽也。其不能为贾生、王某、屈原、谢皋羽,而徒为妇人醇酒丧气失意之诗文者,尤卑卑不足道矣!"③ 强调以个人、个体为本的"人"的观念建构,反映在"文"的建设上,就是充分地展现出"文"的自由性,能够真正地传达出人的心灵情感,故周作人严厉地批评传统文学,指出:"中国文学中,人的文学,本来极少。从儒教道

---

① 周作人:《人的文学》,《新青年》1918 年第 5 卷第 6 号。
② 鲁迅:《坟·论睁了眼看》,《鲁迅全集》第 1 卷,人民文学出版社 1981 年版,第 240 页。
③ 胡适:《文学改良刍议》,《新青年》1917 年第 2 卷第 5 号。

教出来的文章,几乎都不合格。"① 陈独秀同样持这种观点,他指出:"吾人今日所不满于昌黎者二事:一曰,文犹师古,虽非典文,然不脱贵族气派。寻其内容,远不若唐代诸小说家之丰富,其结果乃造成一新贵族文学。二曰,误于'文以载道'之谬见。文学本非为载道而设,而自昌黎以讫曾国藩所谓载道之文,不过抄袭孔孟以来极肤浅极空泛之门面语而已。"他强调:"今日吾国文学,悉承前代之敝。所谓'桐城派'者,八家与八股之混合体也;所谓'骈体文'者,思绮堂与随园之四六也;所谓'西江派'者,山谷之偶像也。求夫目无古人,赤裸裸的抒情写世,所谓代表时代之文豪者,不独全国无其人,而且举世无此想。文学之文,既不足观,应用之文,益复怪诞。碑铭墓志,极量称扬,读者决不风信,作者必照例为之。寻常启事,首尾恒有种种谀词。"② 从发生学的角度来看,民国文论以反传统的姿态出现,强调"大文论"的体系构架建构,一开始就被置于了一个多重交织、冲突、叠加和融合的张力场域之中。在这种情况下,如果不强调体系构架的建构,一些新的思想,新的观念,新的主张,只仅仅是以碎片化形态呈现出来,就很有可能随时被扼杀在摇篮之中,或消失,或终结。事实上,民国文论之所以能够开辟中国文论新的发展路径,也就是在"人的文学"理论基点上,获得了一种全新的价值理念和自身理论形态的新编码、新元素。当然,在这当中,民国文论已深深地内含着受外来影响和自身发展演化的双重逻辑结构。或者说,民国文论在现代转型的特殊语境中生成,其理论体系构架的建构理路和形态编码和元素组合是双重的,既有近现代西方文论的外来因子的编码和元素,也有自身传统因子转化的特殊编码和元素。正是在这种境况和场域中,民国文论创造了中国文论的一种新的理论模态和体系构架。

三

民国文论在初始阶段,存在着较为明显的外倾性现象。由于传统文论较注重经验性表述,往往是针对创作中出现的具体问题,进行分析评述,具有较为鲜明的感悟、点拨和论道的特点,其体系构架一般不是那种宏大性的、思辨性的、体系性的外显性结构,而是微观性的、体验性的、解读性的内化性结构,其表意性特征比较鲜明,但却也存在着论述较随意,不够清晰,比较模糊、笼统的特点。进入民国之后,受近现代西方文学影

---

① 周作人:《人的文学》,《新青年》1918 年第 5 卷第 6 号。
② 陈独秀:《文学革命论》,《新青年》1917 年第 2 卷第 6 号。

响，民国文论注重理论体系的建设，强调将个人的认识和体悟纳入理论体系中予以表达，甚至有的是主张直接模仿近、现代西方文论的理论建构，表现出比较明显的"欧化"或"西化"的特点。像傅斯年在《怎样做白话文》一文所直言的那样："照我回答，就是直用西洋文的款式、文法、词法、句法、章法、词枝（Figure of Speech）……一切修词学上的方法，造就一种超于现在的国语、欧化的国语，因而成就一种欧化国语的文学。"[①] 但在实践中，这种全然"欧化"的方式，显然举步维艰，难以适应民国文学、文论的发展。胡适后来提倡"多研究一些问题，少谈些'主义'"，也包含着这层意思。他说："空谈外来进口的'主义'，是没有什么用处的。一切主义都是某时某地的有心人，对于那时那地的社会需要的救济方法。我们不去实地研究我们现在的社会需要，单会高谈某某主义，好比医生单记得许多汤头歌诀，不去研究病人的症候，如何能有用呢？"[②] 成仿吾在论述新文学的使命时则尖锐地指出："民族的自负心每每教我们称赞我们单音的文字，教我们辩护我们句法的呆板。然而他方面卑鄙的模仿性，却每每叫我们把外国低级的文字拿来模仿。这是很自相矛盾而极可笑的事情，然而一部分人真把他当做很自然的事了。譬如日本的短歌我真不知何处有模仿的价值，而介绍者言之入神，模仿者趋之若鹜如此。一方面那样不肯努力，他方面这样轻于模仿，我真不知道真的文学作品，应当出现于何年何月了。"[③] 从文论的体系构架建设上来说，如何克服这种全然"欧化"或"西化"的现象，需要一个整体建构的思路，从民国之初的思想启蒙和文化价值导向上来看，"人的文学"的倡导，为民国文论的整体建构，既确立了理论的基点，同时也在整个体系构架中确立了四个方面的建构维度，即现代性、科学性、民族性和实践性的理论建构。其中，现代性是确定"人的文学"理论的价值内涵，科学性是建构"人的文学"的发展逻辑，民族性是展示"人的文学"特性的文化底蕴，实践性是指导"人的文学"创作实践的实际功能。

"现代性"（Modernity）是民国新文学、文论建构中价值基础。就民国社会、文化发展境况而言，晚清以来渴望摆脱被动挨打和贫穷落后的困境，迈向民族的独立、解放和建立新型国家的意识，不仅是确立现代性主体不可或缺的要素，而且它本身几乎就是现代性意识的唯一标记，由此生

[①] 傅斯年：《怎样做白话文》，《新潮》1918年第1卷第2号。
[②] 胡适：《多研究一些问题，少谈些"主义"》，《每周评论》1919年第31期。
[③] 成仿吾：《新文学之使命》，《创造周刊》1923年第2号。

成的民国文学宏大叙事（Grand narrative），就一直都在为现代性建构构筑最基本的认知空间。李欧梵认为，晚清以来，梁启超提出的有关"中国国家新的风貌的想象"，对民国文化、文学的现代性建构，作出了重要的贡献，产生了深远的影响。他指出，梁启超的一个非常重要贡献就是"提出了对于中国国家新的风貌的想象"，把新的民族国家风貌的想象，"从文学的意义上来说，最重要的是叙述问题，即用什么样的语言和模式把故事叙述出来"。① 因为文学是语言艺术，用什么样的语言和模式叙述故事，不单是一个文学技巧问题，而是一个通过文学如何赋予新的人生意义的问题。如果说旧的文学已经不能承担新的人生意义的功能，那么，民国通过新文学来寻求新的人生意义，赋予新的思想内涵，乃是呼之欲出的历史必然，就像成仿吾指出的那样："至少我觉得除去一切功利的打算，专求文学的全 Perfection 与美 Beauty 有值得我们终身从事的价值之可能性。而且一种美的文学，终或它没有什么教我们，而他所给我们的美的快感与慰安，这些美的快感与慰安对于我们日常生活的更新的效果，我们是不能不承认的。"②

民国文论在体系构架上对新文学"现代性"价值内涵的建构，体现了晚清以来民族生存危机中的文化转型和发展的基本思路，其特点也就是以民族生存与发展为基点，以现实层面中"富国强兵"的民族国家理念为主导，以追求个性解放为核心的个人主体的觉醒和对新的民族国家共同体的道义承担，展开文学对新的民族国家共同体的想象。正如本尼迪克特·安德森所指出的那样，任何迈向现代化的民族国家，其"想象的共同体"都是由一系列文化符号所构成的，而它之所以是一种想象的、"虚幻"的共同体，原因就在于它是全民族成员的一种文化认同和情感的凝聚。民国文论对"现代性"的关注，鲜明地表达出了全民族成员对新的民族国家共同体的文化认同和情感趋向。因为自晚清以来，文学的发展总是得益于渴望建立新的民族国家为主导的思想意识发展的强力驱动，也就是说，它几乎是强制性地与整个民族国家建构现代性的思想文化诉求而紧密地联系在一起的。其中，之所以被赋予诸多的思想文化启蒙的意识形态功能，并强调个人主体的确立必须获得民族国家主体的对应，就在于它被认为能够通过民族国家想象的共同体，将有关现代民族国家进入现代化历史进程所萌发的现代性价值的诉求，成功化地转化成人们的共识。如茅盾

---

① 李欧梵：《中国现代文学与现代性十讲》，复旦大学出版社 2002 年版，第 9 页。
② 成仿吾：《新文学之使命》，《创造周刊》1923 年第 2 号。

所强调的那样，新文学应有"三件要素：一是普遍的性质；二是有表现人生指导人生的能力；三是为平民的非一般特殊阶级的人的。唯其是要有普遍性的，所以我们要用语体来做；唯其是注重表现人生指导人生的，所以我们要注重思想，不重格式；唯其是为平民的，所以要有人道主义的精神，光明活泼的气象"。① 用施蛰存的话来说，就是"现代人在现代生活中所感受的现代的情绪，用现代的词藻排列成的现代的诗形"。② 正是在这个意义上，民国文论在体系构架的建构上，整体地显示出了一种现代性的理论思考精神，表现出了一种鲜明的理论自觉性。

受民国之初倡导"民主"和"科学"文化的影响，民国文论的体系构架非常注重自身的科学性建构。如果说传统文论多是一点感悟式的评点，呈"点状"的结构模态，一些概念还缺乏清晰的理论界定，科学理论的思辨性和逻辑性有所欠缺，如《小说月报》进行改革发表宣言所指出的那样："我国素无所谓批评主义，月旦既无不易之标准，故好恶多成于一人之私见"，③ 那么，民国文论的体系构架建构，就非常注重科学逻辑精神的培育。胡适在谈到民国文论借鉴西方经验而形成自身特点时指出："据我个人的观察，新思潮的根本意义只是一种新态度，这种态度可叫做'评判的态度'。评判的态度，简单说来，只是凡事要重新分别一个好与不好。"④ 这种"评判的态度"，实际上指的就是科学的态度，强调要用科学的精神建立民国文论的理论体系，坚持实事求是，坚持真理的标准，主张理论和实践相结合、相一致，正确把握民国新文学的发展规律，把握其精神价值的诉求和艺术发展的特点。正如西谛（郑振铎）指出的那样："文学是人生的自然的呼声。人类情绪的流泄于文字之中的，不是以传道为目的的，更不是以娱乐为目的。而是以真挚的情感来引起读者的同情的。这种新文学观的建立，便是新文学的建立的先声了。不先把中国懒疲的'读者社会'的娱乐主义与庄严学者的传道主义除去，新文学的运动，虽不至绝对无望，至少也是要受到十分的影响的。"⑤ 用科学理论和精神审视新文学的建立和发展，民国文论注重从思想观念到创作实践的全方位建构，如沈雁冰（茅盾）在写《文学与人生》《社会背景与创作》等文章时，就注重从社会、人种、环境、时代、人格（作家人格）等多

---

① 茅盾：《新旧文学评议之评议》，《小说月报》1920年第11卷第1号。
② 施蛰存：《又关于本刊的诗》，《现代》1933年第4卷第1期。
③ 《〈小说月报〉改革宣言》，《小说月报》1921年第12卷。
④ 胡适：《新思潮的意义》，《新青年》1919年第7卷第1号。
⑤ 西谛（郑振铎）：《新文学观的建设》，《文学旬刊》1922年第37期。

个维度来探讨新文学发展问题。他指出:"中国向来文学作品,诗,词,小说等都很多,不过讲文学是什么东西,文学讲的是什么问题的一类书籍却很少,讲怎样可以看文学书,怎样去批评文学等书籍也是很少。刘勰的《文心雕龙》可算是讲文学的专书了,但仔细看来,却也不是,因为他没有讲到文学是什么等等问题。他只把主观的见解替文学上的各种体格下个定义。诗是什么,赋是什么,他只给了一个主观的定义,他并未分析研究作品。司空图的《诗品》也没讲'诗含的什么'这类的问题。从各方面看,文学的作品很多,研究文学作品的论文却很少。"在他看来,民国文论建设就应注重科学理论的建构,他以近代西方文学为例指出:"近代西洋的文学是写实的,就因为近代的时代精神是科学的,科学的精神重在求真,故文艺亦以求真为唯一目的。科学家的态度重客观的观察,故文学也重客观的描写。因为求真,因为重客观的描写,故眼睛里看见的是怎样的一个样子,就怎样写。……老老实实,不可欺人。"① 他强调要将"文学和别种方面,如哲学和语言文字学等",划出"清楚的界限",并注重对文学与人生的关系进行科学的考察,民国文论的科学理论体系构架就会真正的建立起来。纵观整个民国文论的发展历程,可以说,沿着科学理论的轨道行进,是民国文论与传统文论拉开距离,形成自身独特性的一个重要因素。

所谓民族性内涵,指的是在借鉴近、现代西方文论的基础上,民国文论在整个理论话语体系构架中,主张充分尊重中华民族的特性,特别是应具有中华文化的精神元素,如同王任叔指出的那样:"什么是'气派'?什么是'作风'?'气派'也就是民族的特性;'作风'也就是民族的情调,特性是属于作品内容的,这里有思想,风俗,生活,感情;情调是属于作品的形式的,这里有趣味,风尚,嗜好,以及语言的技巧。但无民族的情调,不能表现民族的特性;没有民族的特性,也无以表现民族的情调。中国作风与中国气派,在文艺作品上,是应该看作一个东西———一种特征。"他还指出:"但新文学发展到今天,我们的文学的作风与气派,显然是向'全盘西化'方面突进了。这造成新文学与大众隔离的现象,大众没有可能把新文学当作他们精神的食粮。"对于新文学而言,如果作家是"不懂得旧的历史的传统的人,也无法创造新的历史。中国旧文学的遗产,是否全部都应该抛弃呢?不,我们可以坚决的说,其间有很多的优秀的作品,是值得我们学习的。简劲、朴素、与拙直的《诗经》的风

---

① 沈雁冰(茅盾):《文学与人生》,《松江第一次暑假学术演讲会演讲录》1922年第1期。

三 作家与作品

格；阔大、壮丽与放浪的《庄子》与《离骚》的想象，自然、和谐而浑然的汉魏六朝的古诗，杜甫对社会的关心与诗的格律的谨严，《西厢记》的口语运用的泼剌，《红楼梦》《水浒》《儒林外史》描写人物的逼真与记述的生动……这一切是否都是我们应该继承的遗产呢？我说，是的，是我们应该继承的遗产"。① 从民族性的维度，建构与中华民族特性和具有中华文化精神的文论体系，这无疑也是民国文论理论自觉的体现。因为民族性作为文论的一种内在的文化底蕴，是将具有"中国气派"和"中国作风"理论话语作为基础，表现出既是对传统的扬弃，也是对现实的创新。从民国文化的发展取向上来说，在文论体系建设中注重民族性内涵，也就是历史发展的必然要求。因此，在王任叔 1939 年撰写《中国气派和中国作风》一文中，对有关如何进行民族化的问题，进行了一个较为详细的分析论述，也可以说是有了一个正式的提法。

针对新文学创作中所出现的种种问题，民国文论体系构架的建构，注重实践性的功能和功效作用，而不是躲在"象牙之塔"里做纯粹的理论研究与探讨，也绝非将其变成少数精英人士的理论。作为中国历史上的一个全新形态的共和制国家，民国在展现"民主""科学"文化的现代性精神特质中，要求文论体系构架的建构应紧紧与新文学的创作实践相对应，相结合，旨在及时地总结新文学的创作经验，更好地进行指导新文学的创作。受西方文学的"反映论"思想的影响，沈雁冰（茅盾）指出，要克服传统文学粉饰现实，逃避现实的状况，就应该将文学与人生紧密的结合，"人们怎样生活，社会怎样情形，文学就把那种种反映出来。譬如人生是个杯子，文学就是杯子在镜子里的影子。所以可说'文学的背景是社会的'"。② 如果说现代文论是现代文化和现代思想在文学理论上的反映，那么，民国文论的体系构架建构沿着这种路径而发展，其重点就必然是要用现代文化和现代思想来指导新文学的创作实践，解决新文学创作实践中所产生的新问题，如郁达夫在提倡"日记文学"时指出的那样："日记文学，是文学里的一个核心，是正统文学以外的一个宝藏"，"因为日记文学里头，有这样好的东西在那里，所以我们读者不得不尊重这一个文学的重要分支，又因为创作的时候，若用日记体裁，有前面已经说过的几个特点，所以我们从事于创作的时候，更可以时常试用这一个体裁。或者有人要说，我们若要做自叙传，那么用第一人称来做小说就行了，何以必

---

① 王任叔：《中国气派与中国作风》，《文艺阵地》1939 年第 3 卷第 10 期。
② 沈雁冰（茅盾）：《文学与人生》，《松江第一次暑假学术演讲会演讲录》1922 年第 1 期。

要用日记体裁呢？这话也是不错。可是我们若只用第一人称来写的时候，说：'我怎么怎么，我如何如何，我我我我……'的写一大篇，即使写得很好，但读者于读了之际，闭目一想，'你的这些事情为什么要这样写出来呢？''你岂不是在小说吗？'这样的一问，恐怕无论如何强有力的作者也要经他问倒（除非先事预防，在头上将所以要做这一篇自叙小说的动机说明在头上者外）。从此看来，我们可以晓得日记体的作品，比第一人称的小说，在真实性的确立上，更有凭借，更有把握"。① 可见，新文学在创作实践中出现的新现象，新问题，民国文论在体系构架建构中都予以了充分的关注，强化了文论的实践性功能。

在新文化和新文学运动二十年之际，由赵家璧主编的《中国新文学大系》②问世。为什么要进行这项编纂工程呢？一是为了显示"文学革命"的"实绩"，二就是为了对应、对接新文学创作实践，全面打造一种全新文论体系。赵家璧说："我国的新文学运动，自从民国六年在北京的《新青年》上由胡适、陈独秀等发动后，至今已近二十年。这二十年时间，比起我国过去四千年的文化过程来，当然短促不值得一提。它所结的果实也许及不上欧洲文艺复兴时代般的盛体美满，可是这一群先驱者开辟荒芜的精神，至今还可以当做我们年青人的模范，而他们所产生的一点珍贵的作品，更是新文化的至宝。"③ 从新文化发展的视域来审视新文学创作所取得的实绩，可以说，民国文论的体系构架建构在其中发挥了重要作用。在新文化先驱者看来，民国兴起的新文化、新文学运动，就是中国的文艺复兴运动。虽然只短短二十年的光景，但显示出了破坏旧世界，创造新世界的精神气质，给整个中国文学的发展增添了新的思想和艺术的动力，所以，站在文学理论体系建设的高度，分别对民国文学的各个方面所取得的成就及时地进行总结，也就为打造全新的民国文论体系构架，创造了良好的条件，就像蔡元培在总序中所写到的那样："所以对第一个十年

---

① 郁达夫：《日记文学》，《洪水》1927年第3号第32期。
② 《中国新文学大系》由赵家璧主编，1935—1936年间由上海良友图书印刷公司出版。全书分为10卷：①《建设理论卷》，胡适编选。②《文学论争集》，郑振铎编选。③《小说一集》，茅盾编选。④《小说二集》，鲁迅编选。⑤《小说三集》，郑伯奇编选。⑥《散文一集》，周作人编选。⑦《散文二集》，郁达夫编选。⑧《诗集》，朱自清编选。⑨《戏剧集》，洪深编选。⑩《史料·索引》，阿英编选。由蔡元培撰作总序，各卷编选者分别就所选内容写了长篇导言（第十卷为《序列》）。特别是《建设理论集》《文学论争集》和《史料·索引》选辑近200篇理论文章，系统地反映了民国兴起的新文学运动和新文学理论建设，从无到有、初步确立的历史过程。
③ 赵家璧：《〈中国新文学大系〉前言》，赵家璧主编：《中国新文学大系》，上海良友图书印刷公司1935年版，第1页。

三 作家与作品

先作一总审查,使吾人有以鉴既往而策将来,希望第二个十年与第三个十年时,有中国的拉飞儿与中国的莎士比亚等应运而生呵!"[①] 总结民国新文学的创作经验和成就,这部大系共收小说81家的153篇作品,散文33家的202篇作品,新诗59家的441首诗作,话剧18家的18个剧本。值得注意的是,大系所编选的作品,均是在新文学的建设与发展过程中产生了积极作用,同时在艺术上也有很高成就的名作。蔡元培撰写的总序和各卷主编撰写的导言,都从理论的高度对新文学的发生、发展、理论主张、活动组织、重大事件、各种体裁的创作,进行了认真的审视和总结,既指出了民国新文学在创作上成就与不足,也勾画出民国文论体系的整体构架,为后续的发展奠定了坚实的基础。

(原载《华中学术》2016年第2期,中国人民大学书报复印中心《中国现代、当代文学研究》2016年第11期全文复印转载)

---

① 蔡元培:《〈中国新文学大系〉总序》,赵家璧主编:《中国新文学大系》,上海良友图书印刷公司1935年版,第11页。

四

作家与作品（浙籍）

四

原本序文（漢譯本）

鲁迅与中国文化的现代转型

黄 健

作为"后发外生型"迈入现代化的国家,中国文化现代转型是在近代全球化进程引发中西文化冲突、交汇及其时代发展演化等多重合力下而发生的,其中既有外来文化冲击的压力因素,也有自身文化发展逻辑的推力因素。其中,对传统文化的反省与批判,对未来中国及其文化发展的审视和企盼,都是近现代中国知识分子所关注的中心。林毓生强调指出,导致中国文化的全面转型,其中一个最根本的原因就是"西方文明以各种不同的形式逐渐破坏了传统文化的稳定性和连贯性,而且在总的方面影响了中国思想和文化的发展方向"。[①] B. 史华慈(Benjamin Schwartz)也指出:"无论20世纪中国反传统冲动如何真实,有力,也不管过去的政治文化秩序结合的如何实在,……对传统文化的复杂性以及它内部的多样性特征,正在进行富有成果的探索。"[②] 出于强烈的民族文化复兴和对建立现代民族国家的热情企盼和想象,现代中国的知识分子以近现代西方文化为参照系,对中国传统文化的历史语境、价值理念、知识谱系、结构范型、话语方式等都重新进行了全面的梳理与厘清,为中国文化的现代转型进行全盘性的策划,并由此开展现代中国文化发展的思想启蒙工作。

在中国文化现代转型的历史进程中,面对痛苦的文化冲突和意义危机,鲁迅对以儒道两家为主导的中国传统文化进行了激烈的批判,但整个批判的重心还是落在对传统文化不适应现代文明的思考方面。其鲜明的思想认识特点是,不再是单纯地在传统文化的诸多概念和构架内去反复地论证,小心地推论,而是自觉地面对现代文化建设的整体构架,探究在转型

---

① [美] 林毓生:《中国意识的危机》,穆善培译,贵州人民出版社1986年版,第14页。
② [美] B. 史华慈:《中国意识的危机·序》,穆善培译,贵州人民出版社1986年版,第3页。

四 作家与作品(浙籍)

中的现代文化全部的逻辑结构和历史进程,从中发掘出能够迅速改变落后的中国传统文化的机制,选择其所不拥有的新因子、新质料,以便在重新认识传统,改造传统当中,能够以新的面貌来创造"中国历史上未曾有过的第三样时代"。[1]

一

  近代全球化进程促成了不同文化范型的生成,而不同文化范型对中国文化的现代转型,具有重要的影响和相应参照与规约。鲁迅提出"立人"的文化诉求和定位,其文化实践就不再是建立在政治、伦理等外在层面上的道德实践,而是一种高扬了人的主体性、个体性,具有现代文化觉悟的新型独立人格实践。鲁迅的这种文化立场和价值取向,为中国文化的现代转型提供了一种建设性的现代性价值理路和逻辑构想。
  晚清以降,中国知识界在"学习西方"中形成了一种共识,认为近现代西方社会的发达,关键的还在于整个国家和人民在思想文化上享有高度的独立与自由。如严复,他对西方与中国的差距的解释,并不是将其归结为"强者"与"弱者"的差距,而是将其解释为"智者"与"愚者"、"贤者"与"不肖"的对立和差异。在严复看来,所谓"强者""智者""贤者",也就是人在摆脱自身的蒙昧当中走向了文明,建构了以"自由"为核心理念的知识谱系,为人类社会和文化的发展,奠定了坚实的价值基础。因此,推动中国文化的现代转型,就必须在"学习西方"中,大力开启"民智",重建"民德"。如同 B. 史华慈所指出的那样:"假如说穆勒常以个人自由作为目的本身,那么,严复则把个人自由变成一个促进'民智民德'以及达到国家目的的手段。"[2] 进入民国之后,随着第一代先进知识分子的价值隐退,第二代先进的知识分子则更是整体性地从现代西方文化的价值体系中,引进"民主"和"科学"的价值学识,以求藉此一揽子解决中国社会和文化发展所遭遇的问题。陈独秀就指出,唯有"德先生"(Democracy)和"赛先生"(Science)"可以救治中国政治上道德上学术上思想上一切的黑暗"。[3] 胡适也由此提出"全盘性西化"主张。1929 年,他为英文《中国基督教年鉴》撰写题为《文化的冲突》一文时,就主张要对中国文化进行"Wholesale Westernization"和"Whole-

---

 [1] 鲁迅:《坟·灯下漫笔》,《鲁迅全集》第 1 卷,人民文学出版社 1981 年版,第 213 页。
 [2] [美] B. 史华慈:《寻求富强:严复与西方》,叶凤美译,江苏人民出版社 1995 年版,第 133 页。
 [3] 陈独秀:《本志罪案之答辩书》,《新青年》1919 年第 6 卷第 1 号。

hearted modernisation"。①

不可否认，在中国文化现代转型中，鲁迅的价值立场与陈独秀、胡适是有共通之处的，然而，所不同的是，鲁迅则是更多地将"破"和"立"置于同一维度来进行双向的考量。具体地说，也就是要以激进的"批判"方式来获取推动中国文化现代转型的建设性思路。他既不赞同晚清以来有关调和中西文化的做法，也不完全采纳民国以来主张全盘依据西方理论的观点，而是力求完整地表达出自己对于中国文化及其现代转型的独特认识和理解。

在鲁迅看来，既然近代西方之强"根底在人"，那么，要使整个中国摆脱近代落后的窘况，在文化建设方面，就必须要做到"其首在立人，人立而后凡事举，……国人之自觉至，个性张，沙聚之邦，由是转为人国。人国既建，乃始雄厉无前，屹然独见于天下"。② 他认为，由于受长期的封建专制主义文化的思想禁锢，"中国人向来就没有争到'人'的价格，至多不过是奴隶"，整个中国的历史也不过是"想做奴隶而不得"和"暂时做稳了奴隶"时代的交替循环，而要打破这种"超稳定"的历史循环，创造中国历史上未曾有过的"第三样时代"，就必须站在"立人"的思想高度，改造国民性，重铸民族魂灵，以便使近代中国能够在克服传统文化弊端，"矫 19 世纪文明之弊"当中，进入"深邃庄严"的"20 世纪文明"之中，③ 中国人也能够以一种新型的现代人格，跻身于"世界人"的行列。④

确立以人的解放，特别是人的精神解放，为推动中国文化现代转型的价值依据和逻辑起点，鲁迅的用意是多方面的：其一，强调近现代西方文化中的"人"的观念，不仅能够充分弥补中国传统文化中"人"的观念的不足，而且重要的是能够更有效地来改变国民思想观念和精神面貌，做到"群之大觉"，进而使整个"中国亦以立"。⑤ 其二，传统文化按照血

---

① 胡适后来在《充分世界化与全盘西化》一文中，重新解释并修正了"全盘性西化"的提法，强调说："这个名词的确不免有一点语病。这点语病是因为严格来说，'全盘'含有百分之一百的意义，而百分之九十九还算不得'全盘'。……至少我可以说我自己的原意并不是这样。我赞成'全盘西化'，原意只是因为这个口号最近于我十几年来'充分'世界化的主张；……所以我曾特别声明'全盘'的意义不过是'充分'而已，不应该拘泥作百分之百的数量的解释。"

② 鲁迅：《坟·文化偏至论》，《鲁迅全集》第 1 卷，人民文学出版社 1981 年版，第 56—67 页。

③ 鲁迅：《坟·文化偏至论》，《鲁迅全集》第 1 卷，人民文学出版社 1981 年版，第 49、55 页。

④ 鲁迅：《热风·三十六》，《鲁迅全集》第 1 卷，人民文学出版社 1981 年版，第 307 页。

⑤ 鲁迅：《集外集拾遗补编·破恶声论》，《鲁迅全集》第 8 卷，人民文学出版社 1981 年版，第 24 页。

四　作家与作品（浙籍）

缘等级伦理来规定"人"的位置，这样虽"有贵贱，有大小，有上下"，然而却往往会陷入"自己被人凌虐，但也可以凌虐别人；自己被人吃，但也可以吃别人。一级一级地制驭着，不能动弹，也不想动弹了"的境地，① 并由此恶性循环，强化国民的"奴性"心理，使现代的中国人永远也不可能迈进富强之国的大门。因此，倡导人的解放，是与追求中国历史未曾有过的"第三样时代"——一个摆脱了封建专制和异族侵略的，高度繁荣与文明的"人国"时代价值取向是一致的。其三，选择近现代西方文化中的"人"的观念，也是更深层次确定寻求人的解放，走向主体自觉的逻辑程序，是张扬个性，追求个性解放的必要前提。在鲁迅看来，"人各有己""朕归于我"② 的精神独立和个性特征，才是最终促使"群之大觉""中国亦以立"的内在动力。如果现代中国的社会文化发展，能在这个层次上进行转型，特别是能够使整个国民由此成为具有深刻自我意识能力的独特个体，那么，现代中国也就必定能够真正地摆脱一切内外在的、强制性的政治与伦理规约，获得民族的独立和社会的进步，进而也能够在一种总体超越的位置上来进行符合历史潮流的选择，推动整个民族一道走向现代的文明，进入以"人国"为主导中国社会文化发展的历史新纪元。

　　美国学者 J. 列文森（Joseph R. Levenson）在评价梁启超时曾指出："如果一人拥有能打开他所在囚笼的钥匙，那么他早已不在他的囚笼之中。"③ 这句话同样适合于对鲁迅所作的文化选择的评价。因为他在价值理念的现代转换中，早已"跳"出了"囚笼"，并拿到了打开束缚中国人精神"囚笼"的"钥匙"。他大声地说道："孔孟的书"读得最早，但"与他不相干"。④ 他深知，以儒家文化为主导的中国传统文化已不再适用于现代中国，必须对其进行彻底的批判，这样才能使整个中国社会迈入"沉邃庄严"的"20 世纪之文明"世界，⑤ 成为现代文明世界的一员，"在当今的世界上，协同生长，挣一地位"。⑥ 显然，在中国文化的现代转

---

　　① 鲁迅：《坟·灯下漫笔》，《鲁迅全集》第 1 卷，人民文学出版社 1981 年版，第 215 页。
　　② 鲁迅：《集外集拾遗补编·破恶声论》，《鲁迅全集》第 8 卷，人民文学出版社 1981 年版，第 27 页。
　　③ ［美］J. 列文森：《梁启超与近代中国思想》，刘伟等译，四川人民出版社 1986 年版，第 2 页。
　　④ 鲁迅：《坟·写在〈坟〉后面》，《鲁迅全集》第 1 卷，人民文学出版社 1981 年版，第 286 页。
　　⑤ 鲁迅：《坟·文化偏至论》，《鲁迅全集》第 1 卷，人民文学出版社 1981 年版，第 55 页。
　　⑥ 鲁迅：《热风·三十六》，《鲁迅全集》第 1 卷，人民文学出版社 1981 年版，第 307 页。

型中，鲁迅的思考和认识，是极具世界性的眼光和见识的，具有相当的广度和深度。

二

受近现代西方文化和五四新文化兴起及提出文化重建诉求的影响，中国文化的现代转型，其现代性的价值建构，多是围绕着现代民族国家的建立，人的解放、个性解放，及其如何迈向民主、科学、自由等文化目标而展开。鲁迅对中国文化现代转型的思考，同样离不开这种语境的制约，其现代性理路与他的"立人"文化理念与主张紧密相关，不过，与同时代人相比，他重点则是思考如何在追求卓越的个体与启发民众觉悟之间，找到一种切实可行的道路，在对国民性（民族性）进行持之以恒的探索之中，力求为现代中国人寻找到真正的解放，特别是精神解放，心灵自由的归宿。

在鲁迅看来，现代民族国家的建立，离不开关于人的解放、个性解放的文化精神和价值意义的支持。他指出："人立而后凡事举，若其道术，乃必尊个性而张精神。"① 正是在这个意义上，"立人"就不仅仅只是将人从社会物质文化的压迫中解放出来，关键的则是要使人（也即整个国民）能够从一切内外在的精神禁锢和束缚中解放出来，获得人对自我的认识，对精神解放、个性解放的确认，获得主体意识的自觉。他强调，"立人"就是要获得"人各有己""朕归于我"式的现代人格的独立，最终目的是要能够实现"群之大觉"，实现"中国亦以立"的民族复兴的文化理想。② 基于这种文化价值理念，鲁迅始终把人的现代化作为中国文化的现代转型，也即推动中国文化的现代化的前提，同时也将其作为进行广泛的"社会批评"和"文明批评"的逻辑起点与思想认识基础，并由此设计出以人的现代化（也即人的解放，特别是精神解放、个性解放）为终极目标的有关民族独立、社会发展的文化蓝图。

鲁迅一再强调，"立人"是以人的个性、个体性为基点的，而不是纯粹的或泛道德意义上的"人"及其人的德性、德行、善性、善行等一类文化符号的认定。他指出，人的"思想行为，必以己为中枢，亦以己为终极；即立我性为绝对之自由者"。③ 这个"己"就是对人的个性、个体

---

① 鲁迅：《坟·文化偏至论》，《鲁迅全集》第1卷，人民文学出版社1981年版，第57页。
② 鲁迅：《集外集拾遗补编·破恶声论》，《鲁迅全集》第8卷，人民文学出版社1981年版，第27页。
③ 鲁迅：《坟·文化偏至论》，《鲁迅全集》第1卷，人民文学出版社1981年版，第56页。

四 作家与作品(浙籍)

性的精神认定,也是对具有独立人格意志的强调,旨在摆脱封建的依附人格的惯性缠绕,使每个获得解放而具独立的个体"有限"的肉体生命,能够自觉地去追求具有价值与意义支持的"无限"的精神生命,建立起属于自己的精神领地,也即"立我性为绝对之自由者",这样才是真正的人的解放和自由。鲁迅始终认为,认定人的个性、个体性的精神特征,是对人摆脱一切内外在强制性规范,如封建的政治、伦理规范的压迫和禁锢的关键,也是确立卓越的个体与对国民进行思想启蒙和改造国民性的关键,是现代人获得以"自由"为核心价值的文化精神支持的关键。基于这种认识维度,鲁迅激烈地批评了传统文化中"以众虐独""灭裂个性""灭人之自我"的思想主张,而强调作为独立的个体的人,应具有个性鲜明的独立人格意志,做到"独具我见""人各有己""不和人嚣""不随风波"①,进而在这个基础上,展开现代民族和国家的想象,完成民族独立、社会解放和人的自由,特别是精神自由的价值与意义的建构。

从"立人"的逻辑起点出发,鲁迅由对"此我"(独立的个体性)的特别强调,而进一步地引申出他对人的主体性、主体意识的自觉性的高度关注。鲁迅认为,在中国文化的现代转型中,应特别注重人的"内曜"②(主体世界)的功能与作用及其建设,也即主张把人的个性、个体性、主体性、主观性的精神要素,提高到至尊的文化位置,既把它视作一种自由的存在,同时又规定了自由的人必须要有自身的"形上之需求"。他认为,只有构筑了人的这样一种新的终极关怀系统,人的解放,个性解放,人的精神解放和心灵自由,才能得到真正的实现。他指出,人的"主观之心灵界,当较客观之物质界为尤尊"。在他看来,人的"内部之生活强,则人生之意义亦愈邃,个人尊严之旨趣亦愈明"。③ 把人的"内曜"——主体性、主观性,与人的个性、个体性有机地结合起来考察,目的也就是要求"此我"("己"、独立的个体),能够真正地领悟到人的存在价值和意义,以此来摆脱一切内外在的强制性规范对人的精神压迫和心灵禁锢,获得人的主体意识的自觉和精神的自由与解放。为此,鲁迅要求人能够做到"去现实物质与自然之樊,以就其本有心灵之域",④ 也就

---

① 鲁迅:《集外集拾遗补编·破恶声论》,《鲁迅全集》第8卷,人民文学出版社1981年版,第25页。
② 鲁迅:《集外集拾遗补编·破恶声论》,《鲁迅全集》第8卷,人民文学出版社1981年版,第27页。
③ 鲁迅:《坟·文化偏至论》,《鲁迅全集》第1卷,人民文学出版社1981年版,第55页。
④ 鲁迅:《坟·文化偏至论》,《鲁迅全集》第1卷,人民文学出版社1981年版,第54页。

为中国文化的现代转型及其发展，标明了一种有关人的发展，实现人的现代化的价值尺度。

在对中国文化现代转型的审视中，鲁迅注重把人的个体卓越性，置于文化发展和人的现代化的中心位置，强调了卓越的个体在历史上的特殊作用。中国文化的现代转型，也同样离不开卓越个体的思想引领作用。鲁迅列举尼采的"大士天才""大士哲人"思想，予以高度的评价，对浪漫诗人拜伦的"一剑之力，即其权利，国家之法度，社会之道德，视之蔑如"的精神，也予以高度的认同。在他的眼中，个体的卓越性及其特殊作用，也是人的现代化的一个具体指数。通过这种个体卓越性的建立，倡导对众多的还在"绝无窗户"而"万难破毁"的"铁屋子"里"昏睡"的国民进行"呐喊"式的启蒙，也应该是中国文化现代转型的重中之重。他认为，卓尔不群的独立人格，是成为"叛逆的猛士""真的猛士"的前提，每个独立的个体一旦完成人格的现代转变，就能够真正做到"敢于直面惨淡的现实"和"惨淡的人生"，[①] 并勇于面对人生给予个体的无数自由的选择。所以，鲁迅不是像尼采那样，将卓越的个体与普罗大众决然对立，简单地将他们视作"庸众"，而是要促使众多的不觉悟者能够以此为目标，实现对自身蒙昧的超越。在这里，鲁迅使中国文化在现代转型过程中，确立了一种新的伦理法则：以卓越的个体目标去引导、改造众多的不觉悟者，使之能够在同一思想文化观念的高度来承担改造国民性，重铸民族魂灵的历史重任，以便在"群之大觉"的基础之上，实现"中国亦以立"的目标。

将人的解放，个性解放，作为"立人"的重要内涵，使之成为中国文化现代转型的价值指向和精神引领，鲁迅给自己规定的任务就是要为中国文化在现代转型的过程中构建起一种新的人文精神。如果说人文精神指的是人对于自身生存境况、命运前途的认识、理解和把握，表现出对人的存在意义和终极关怀的审视与思考，那么，鲁迅为中国文化现代转型所确立的新人文精神及其内涵就是：通过对人的高度关注，特别是通过对人的个性、个体性、主体性、主观性的关注，充分地展现中国文化在现代转型过程中对改变国民的精神状态，培养人的现代人格，熔铸人的新的精神品格的积极作用，表现中国文化追求人的精神自由与解放的新的人文价值理想。鲁迅认为，只有这样，"中国人"才不会被挤出"世界人"的行列，

---

① 鲁迅：《华盖集续编·记念刘和珍君》，《鲁迅全集》第 3 卷，人民文学出版社 1981 年版，第 274 页。

四　作家与作品(浙籍)

并获得自身"思虑动作,咸离外物,独往来于自心之天地"① 的精神解放和心灵自由。显然,在这个意义上,鲁迅为中国文化的现代转型,在精神价值的尺度上就显示出了一种充分尊重人、理解人、肯定人、开掘人的价值和潜能,发挥人的主观能动性,特别是给予每个觉醒的、独立的个体的人,以更多自由选择和自由创造的精神空间,体现出了与20世纪人类文化发展主流和方向相吻合、相一致的思想特征。

三

晚清至民国时期,在认同现代性的普世目标和价值的前提下,为应对西方文化的冲击,中国文化在现代转型过程中,也需要在对本民族的传统文化进行批判的同时,对其中仍然具有重要价值和意义的文化因子进行"创造性的转化"（creative transformation）,② 以便能够在保持民族传统的血脉当中,使传统文化因子成功地排列组合在新的文化框架与系统中,继续发挥着重要的功能和作用。

与同时代人不同,鲁迅在中国文化现代转型中,在对传统文化进行激烈批判的同时,也仍然对如何转化传统文化因子进行了认真的探索,而不是主张"全盘性西化"。尽管他早年在南京和日本求学,接受了近现代西方文化的影响,也对传统文化的批判持激进的立场,但是,经过对中国历史、文化和社会、现实的认真体察,他确立了对于中国文化现代转型的基本策略,这就是要为中国文化的现代发展探索一条"外之既不后于世界之潮流,内之仍弗失固有之血脉"③ 的发展道路。林毓生对此予以高度的评价,指出:"鲁迅的伟大之处就在于,在全盘性反传统的情况下,他能辩证地指出中国文化传统中某些遗留成分具有知识和道德的价值。尽管他也献身于全盘性反传统主义,但他的精神力量经受住了他不同意识层次上的复杂而未解决的冲突,他对中国文化和社会现实有深刻的理解,对形式主义采取了拒绝的态度,所有这一切都使他能在传统社会解体后正确对待并明确指出中国古老文化成分的知识和道德意义。"④

根据中国文化现代转型的实际状况和发展需要,鲁迅重点是对宗教、美育（艺术）和道德的特殊功效进行了认真的考察。

---

① 鲁迅:《坟·文化偏至论》,《鲁迅全集》第1卷,人民文学出版社1981年版,第53—54页。
② [美]林毓生:《中国意识的危机》,穆善培译,贵州人民出版社1986年版,第259页。
③ 鲁迅:《坟·文化偏至论》,《鲁迅全集》第1卷,人民文学出版社1981年版,第56页。
④ [美]林毓生:《中国意识的危机》,穆善培译,贵州人民出版社1986年版,第252页。

如果西方文化在现代转型中，新教伦理改革为走向现代化的世俗社会提供了一种精神信仰的支持，"因信称义"（sola fide）的精神法则普遍受到人们的欢迎，那么，在中国文化的现代转型过程中，也同样需要重视包括宗教在内的精神信仰的建构。尽管在中国社会世俗文化力量仍然是过于强大的境况下，鲁迅认为，宗教乃是一种超越"物质之生活"的"形上之需求"，是"向上之民，欲离是有限相对之现世，以趣无限绝对之至上者也"。① 在他看来，宗教在荡涤精神，陶冶情操方面，有着理性所不能替代的功效。他以西方为例指出："盖中世纪宗教暴起，压抑科学，事或足以震惊，而社会精神，乃于此不无洗涤，熏染陶冶，亦始嘉葩。二千年来，其色益显。"② 如果说世俗理性终不能破译心灵的密码，不能最终支撑起人的精神信仰，获得心灵的皈依，那么，世俗理性的局限就只能由终极关怀之类的精神信仰来予以弥补了。而在这方面，宗教自然有着其特殊的功效。托克维尔指出："人要是没有信仰，就必然受人奴役；而要想有自由，就必须信奉宗教。"③ 鲁迅也同样看到了这一点，他指出："人心必有所冯依，非信无以立，宗教之作，不可已矣。"④ 当然，鲁迅对宗教的高度重视，并非要在中国文化现代转型当中提倡宗教，真正的用意还在于通过对宗教特殊功效的探讨，来强调在人获得解放的同时，还必须确立自己的信仰级态，以便能够在博大的精神世界里，保持人生的进取心和强大的人格力量，超越世俗功利性的纠缠和理性的局限，以求真、求善、求美为最高目的，保证思想探索的纯正性、严肃性和神圣性，进而更进一步地促进人性的纯洁和人心的向上。鲁迅确信，独立的人、自由的人，一旦拥有这样自由的精神超越，有这样崇高的精神信仰，也就是真正地拥有了抗拒世俗的诱惑和进行自由选择的权利，整个文化的现代转型也就能够得以真正的完成。

倘若宗教的精神功能有限，尚不能完全助力于世俗性非常强大的中国文化的现代转型，完成现代中国人对于新的人生价值和意义的建构，那么，鲁迅还主张对通过美育（艺术）的方式来陶冶和纯化人的心灵、性

---

① 鲁迅：《集外集拾遗补编·破恶声论》，《鲁迅全集》第8卷，人民文学出版社1981年版，第27页。
② 鲁迅：《坟·科学史教篇》，《鲁迅全集》第1卷，人民文学出版社1981年版，第28—29页。
③ ［法］托克维尔：《论美国的民主》，董果良译，商务印书馆1988年版，第539页。
④ 鲁迅：《集外集拾遗补编·破恶声论》，《鲁迅全集》第8卷，人民文学出版社1981年版，第27页。

情，由此打通新的"内圣外王"之道。早在这之前，王国维、蔡元培都曾提出"美育"的设想，主张通过美育来弥补宗教缺位的现象。王国维指出："美术者，上流社会之宗教也，"① 蔡元培则更是提出要"以美育代宗教"②。鲁迅深受前人的影响，指出美育（艺术）的功效在于"移人性情"，使人能够向"诚善伟美强力敢为之域奋进"，并且可以"美善吾人之性情，崇大吾人之思理"，可以"涵养人之神思"，③ 甚至还"可以表现文化"，"可以辅翼道德"，"可以救援经济"。④ 虽然他对美育（艺术）功效的认识，表现出了一种"超功利"的美学思想，但是，他充分地注意到了美育（艺术）能够陶冶和纯化人心、人的情感的独特功能。在这个意义维度上，美育（艺术）同样是人获得内心自由、精神解放的重要方式之一，是避免现代转型过程中出现价值虚无和精神颓废的重要方式之一。他指出，美育（艺术）还能够改变人的精神状态，强调当年他之所以"弃医从文"，其中一个重要原因就是看到这种特殊的功效。他说："我们的第一要著，是在改变他们的精神，而善于改变精神的是，我那时以为当然要推文艺。"⑤ 把美育（艺术）纳入人的精神价值、信仰一类的终极关怀系统，并加以大力的倡导，鲁迅实际上也就为每一个独立个体的人，最终摆脱精神奴役，从愚昧、麻木的不觉悟状态中走出来，成为"明哲之士""精神界之战士"，指明了中国文化现代转型的方向。

与中国文化现代转型中的核心价值建构相关，鲁迅对于道德的功效给予了认真的考察。他认为，道德在构筑人的价值和意义世界，确立终极关怀当中，具有高扬人的主体性的重要功效。受章太炎的影响，鲁迅高度称赞农夫的道德是"气禀未失"，而"士夫"的道德则是"精神窒塞，惟肤薄之功利是尚"。⑥ 深究鲁迅对于道德论述的精神意蕴和价值内涵，不难发现，他对农夫淳朴道德的赞美，其真正的含义还在于察觉到了由现代转型而带来的工具理性猖獗的现象，例如，他对中国文化在现代转型过程中所出现的那种"遂其私欲，不顾见诸实事，将事权言议，悉归奔走于进之徒"，那种"假力图富强之名，博志士之誉，即有不幸，宗社为墟。而

---

① 王国维：《王国维文集》第3卷，中国文史出版社1997年版，第25页。
② 蔡元培：《蔡元培全集》第3卷，浙江教育出版社1997年版，第58页。
③ 鲁迅：《坟·摩罗诗力说》，《鲁迅全集》第1卷，人民文学出版社1981年版，第69页。
④ 鲁迅：《集外集拾遗补编·拟播布美术意见书》，《鲁迅全集》第8卷，人民文学出版社1981年版，第47页。
⑤ 鲁迅：《呐喊·自序》，《鲁迅全集》第1卷，人民文学出版社1981年版，第417页。
⑥ 鲁迅：《集外集拾遗补编·破恶声论》，《鲁迅全集》第8卷，人民文学出版社1981年版，第28页。

广有金资,大能温饱"之士,以及那种"虽兜牟深隐其面,威武若不可陵,而千禄之色,固灼然现于外"之人,① 都予以道德上的强烈谴责和抨击。在他看来,唯功利是图的道德观,有悖于"立人"的价值原则的确立与实践。既然"立人"是为了追求人的解放,个性解放,是追求人的精神和心灵的自由,要求每个独立的个体都能够成为具有深刻自我意识和能力的人,那么,强调人的道德建设,也就必然是要求每个独立的个体,能够超越一切功利心的束缚,摆脱一切世俗性的纠缠,以便能够以更加充实的精神状态,更加坚定的精神信仰,充分地发展人的个性,保持精神世界的丰盈和内心的充实,在进入心灵自由的境界中,体现出"至高之道德"的品格风范。因此,鲁迅把建立与"立人"主张相一致的新道德准则纳入新的价值和意义世界的建构领域,纳入终极关怀系统,其真正意图就是要求独立的个体,时刻保持思想的纯正,人格的独立,精神的充实,道德的纯洁,生命意义的丰盈,能够与种种的世俗形态拉开距离,并由此担负起批判现实,改造国民性的历史重任,完成历史赋予个体的神圣使命,充分体现个体对于社会所具有的崇高责任感。

面对中国文化的现代转型,鲁迅对于中国文化新的价值和意义系统的建构,所关注的是对人的生存和发展境况,以及整个民族和人类发展前景等诸多问题。其思想特色在于:在构筑传统向现代转变的"桥梁"中,首先是以整体的反叛传统态势,获得一种完全不同于传统观念,并"喊出一种新声"。② 同时,又积极地与传统保持血脉联系当中,以鲜明的"文化寻根"意识来进行新的文化创造和建设,正如他后来所明确的那样:"新的阶级及其文化,并非突然从天而降,大抵发达于对于旧支配者及其文化的反叛中,亦即发达于和旧者的对立中,所以新文化仍然有所承传,于旧文化也仍然有所择取。"③ 在鲁迅看来,推动中国文化的现代转型,也就是要赋予传统的某些认知符号以新的意义,将其转化为新文化的因子,使之排列组合在新文化序列之中,这比单纯地反传统,或割断任何联系地建构新文化,要更富有创造性和建设性。因此,他虽然认定借助近现代西方文化的价值观可以拯救和医治落后的中国,但却并不主张将它当

---

① 鲁迅:《坟·文化偏至论》,《鲁迅全集》第1卷,人民文学出版社1981年版,第51—55页。
② 鲁迅:《坟·写在〈坟〉后面》,《鲁迅全集》第1卷,人民文学出版社1981年版,第286页。
③ 鲁迅:《集外集拾遗·〈浮士德与城〉后记》,《鲁迅全集》第7卷,人民文学出版社1981年版,第355页。

作具有终极关怀价值的新偶像，以避免此类工具理性范畴的价值关怀，由于无法满足现代中国人的"形上之需求"而引发新的价值和意义的震荡，引发现代文化的存在性失望，导致新的意义危机的发生。同时，在创造性转化传统文化因子当中，也不主张恪守单一的道德本体的终极关怀建构，而是主张在回归人的本体价值的意义层面上，追求人的解放，个性解放，使人能够真正领悟到生命的价值与意义，开拓出富有现代意义的新的人生境界，建构与现代化历史进程相一致的中国现代文化。在中国文化的现代转型中，鲁迅的见识是极其富有远见和智慧的。

（原载《长江学术》2014年第2期，中国人民大学书报复印中心《中国现代、当代文学研究》2014年第8期全文转载复印）

论鲁迅在日本期间对尼采的接受与思想变化

黄 健

如果说鲁迅在南京求学期间通过接受进化论思想的影响，获得了他思想发展的第一次重大飞跃，使他与现代世界、现代文明相遇，大大开阔了他的思想视野，那么，1902年东渡日本求学之后，鲁迅在广泛涉猎近代西方文化和思想的基础上，对尼采的学说发生了强烈的兴趣，进而通过对尼采思想的接受，完成了他思想发展的第二次重大的飞跃。最显著的变化特点是，他由此逐步完成由传统的知识结构向现代的知识结构、传统的思想谱系向现代的思想谱系，传统的依附型人格向现代的独立型人格的历史性转变，同时，也表明他的思想发展开始真正地与现代文明、现代思想谱系相对接、相对应，进而在现代中国历史、社会和文化的转型当中，能够全身心地为现代中国探寻一条"外之既之不后于世界之思潮，内之仍弗失固有之血脉"①的文化发展策略，以创造"中国历史上未曾有过的第三样时代"。②

虽然有学者认为鲁迅在日本接受尼采的影响，主要是接受了一个所谓"日本化"的尼采的影响，与真正的尼采思想具有较大的差异，③但无论如何，鲁迅对尼采思想的接受，则是他拥抱现代文明、对接现代思想谱系的一个新的起点。一般来说，以"进化论"为代表的近代文化思潮凸显了理性主义思想的主导作用，而以尼采思想为代表的现代主义文化思潮则

---

① 鲁迅：《坟·文化偏至论》，《鲁迅全集》第1卷，人民文学出版社1981年版，第56页。
② 鲁迅：《坟·灯下漫笔》，《鲁迅全集》第1卷，人民文学出版社1981年版，第217页。
③ 参见［日］北冈正子《〈摩罗诗力说〉材源考》，何乃英译，北京师范大学出版社1983年版；潘世圣《鲁迅的思想构筑与明治日本思想文化界流行走向的结构关系——关于日本留学时期鲁迅思想形态形成的考察之一》，《鲁迅研究月刊》2002年第4期。

四　作家与作品(浙籍)

具有较浓厚的非理性主义思想元素。① 鲁迅在日本通过对尼采思想的接受，改变了他原先以理性主义为主导的单一思想结构。换言之，进化论和现代主义的两种思想元素，同时交织在鲁迅的思想意识结构之中，使他的思想充满悖论，但同时也获得了一种独创性，使他的思想发展总是能够迅速地与现代文明相对接和相对应，展现出一个现代的知识分子所特有的独立性和批判性的价值立场和思想风采。鲁迅坚持以理性主义作为思想基点，同时又广泛吸收现代主义及其所包含的非理性主义思想元素，作为对理性主义局限的拨正，使自己在现代中国发展的特定历史时期，总是能够以一种总体超越的思想态势，"对于中国的社会，文明都毫无忌惮地加以批评"。②

一

在日本求学接受尼采思想的影响，鲁迅思想发展的一个突出的标志，就是他开始认识到转换知识谱系，建立全新的知识结构的重要性，正如他后来所指出的那样："孔孟的书我读的最早，最熟，然而倒似乎和我不相干。"③ 相对现代文明的知识谱系来说，中国传统的知识谱系具有以内陆性农耕文明体系所规约而形成的一种整体性、体悟性和经验性的特点。与西方不同，中国传统的知识谱系在基本的文化机制、知识结构、体系和话语及其表述上也都与其相异。尤其是在现代西方文明的知识谱系占据主导地位的时代，中国传统的知识谱系遭遇了强有力冲击。这种冲击是整体性或曰全面性的，它有可能导致一个传统体系、体制的全盘崩溃，除非传统体系、体制能够成功地完成自身整体的创造性转化，完成体系性的革命转换。换言之，一个有着自身千年发展历史的知识谱系，将面临如何由传统走向现代，由封闭走向开放，以及如何完成自身整体转换的问题，因为这一问题已成为现代中国面临如何生存与发展的首要问题。

受日本"明治维新"成功并走向现代文明的影响，当时大批的中国

[①] 非理性主义不等于非理性。非理性主义作为一种哲学思想学说，其特点是主张通过对人的直觉、本能、潜意识的重视来探讨理性所不能穷尽的认识领域，故非理性主义思想学说通常含有"为理性所不能理解的""用逻辑概念所不能表达的"含义。非理性主义思想学说既是对现代工业文明社会的一种认识和反思，也是对人类未来发展的一种时代的呼唤和预言。它改变了以往西方哲学以理性主义为中心的单一发展模式，开创了新的哲学思维方式，为现代哲学的发展开辟了广阔的前景。

[②] 鲁迅：《华盖集·题记》，《鲁迅全集》第3卷，人民文学出版社1981年版，第4页。

[③] 鲁迅：《坟·写在〈坟〉后面》，《鲁迅全集》第1卷，人民文学出版社1981年版，第285页。

论鲁迅在日本期间对尼采的接受与思想变化

留学生来到日本求学，鲁迅是其中一员。来到日本之后，鲁迅的眼界大为开阔。以往相信进化论，使他对中国所面临的问题形成了自己的价值判断立场和标准，新的知识结构也开始建立，但对于近代中国生存与发展所遇到的深层次问题，依然找不到解决的答案。譬如，接受进化论思想影响，鲁迅相信科学能够救治中国，并一生也都坚持这一信念，但同时他对科学及其知识谱系的绝对功能也表示了深深的忧虑。他曾指出："为当防社会入于偏，日趋而之一极，精神渐失，则破灭亦随之。盖使举世惟知识之崇，人生必大归于枯寂，如是既久，则美上之感情漓，明敏之思想失，所谓科学，亦同趣于无有矣。"① 从思想发展上来说，鲁迅之所以会产生这种忧虑，与他在日本接受尼采思想影响，认识现代主义及其所包含的非理性主义思想学说不无关系。

西方自进入工业文明以来，强调理性为人类社会发展的知识学说谱系一直占据思想界的主流。在被称作"理性的时代"的 18 世纪，启蒙思想家在以"理性之光"反抗"上帝之光"时，指出万物皆应服从理性法则，因为理性是衡量一切事物的唯一标准，同时也是每个人的天赋，具有威力无比的力量。在他们看来，建立一个永恒正义的理性王国，应是人类的神圣使命。黑格尔更是把理性主义发展到极致，认为人类所有的精神形式只有在理性的顶峰（绝对知识）上才能得以完成。随着工业革命的兴起，近代西方唯科学主义盛行，人们把科学看作是知识、智慧和真理的唯一合理形式，把理性的崇拜推到一个新的高度。理性由此一举成为"全知全能的人类救世主"，并主宰着整个世界。

理性在工业文明时代逐渐演化成为技术理性，形成了一种准宗教的信仰形式，进而构成对人性的奴役。这种情形引起了西方思想界的反省，康德受卢梭的影响，展开了对理性的反思。他认为必须要为人的道德理想、精神信仰、自由意志立法，将它与知识、科学、理性区分开来。到了 19 世纪，现代主义哲学更是展开了对理性主义的全面批判。叔本华的唯意志论学说就对"人本质上是理性的"观点给予了强烈的批判，指出"意志是第一性的，最原始的"，理性、知识只是"作为意识"满足因维持他的多种需要而有的复杂的目的的工具"。② 尼采也将非理性的本能看作人性的本质，而不再把理性看作是生命的根本力量。他用浪漫抒情的语言向世

---

① 鲁迅：《坟·科学史教篇》，《鲁迅全集》第 1 卷，人民文学出版社 1981 年版，第 35 页。
② ［德］叔本华：《作为意志和表象的世界》，石冲白译，商务印书馆 1986 年版，第 401—402 页。

四 作家与作品(浙籍)

人发出了惊世骇俗的言论:"上帝死了""重估一切价值",并大力宣扬"强力意志""酒神精神""超人"等主张。他以音乐为例指出,音乐艺术以其"非理性的本质"直接诉诸生命的内核,唯有这种源自生命本体的意志和精神,才能展现生命力的强大,生命的意义将在自由意志的流淌、狂喜和迷醉中,与世界万物融为一体。因此,他宣称要"心情激动地叩击现代和未来之门"。[1]

现代主义的兴起,引发了西方知识谱系的又一次更新。鲁迅正是在日本求学通过对尼采思想的接受,接触到这种更新的西方知识谱系,进而开始调整他以往"相信进化论"的知识结构。在日本弘文学院,鲁迅便开始阅读尼采的著作。他逐渐发现尼采所倡导的"非物质""超人""权力意志"等学说,与他以往所接受的进化论学说有很大的不同,像尼采认为具有"坚定个性"的人才能立足于世,把艺术看作"权力意志"的表现形式,艺术家"即高度扩张自我、表现自我的人"等观点,都为他所关注。显然,尼采的这种建立在桀骜不驯的人格与个性意志之上的思想学说,给鲁迅以新鲜而强烈的心灵刺激和思想震撼。在《文化偏至论》《摩罗诗力说》《破恶声论》等文章里,他就大力推崇尼采,指出尼采"不恶野人,谓中有新力,言亦确凿不可移",[2]并将尼采定为"个人主义之至雄桀者"。在他看来,西方个人主义思潮的发展以斯契纳尔为开端,经勖宾霍尔(即叔本华)、尼采,达到了一个新的高峰。这种建立在"个人"亦即"权力"的主张,使鲁迅对整个现代主义思潮发生了强烈的兴趣,他由此深深地感到转换知识谱系,建立新的知识结构的重要性。[3]

二

知识谱系的现代转换,知识结构的不断调整和建构,使鲁迅的思想发展进入了一个全新的境地,其特点是现代主义及所包含的非理性主义思想开始植入鲁迅的思想意识结构之中。

作为两种不同性质的思想学说,进化论与现代主义在对世界的总体认识、评判和把握方面存在重大差异。进化论致力于世界总体秩序的维护,

---

[1] [德]尼采:《悲剧的诞生》,周国平译,北岳文艺出版社2004年版,第61页。
[2] 鲁迅:《坟·摩罗诗力说》,《鲁迅全集》第1卷,人民文学出版社1981年版,第64页。
[3] 由于与尼采的共鸣,鲁迅进而扩展到对整个德国文化深感兴趣,在作出"弃医从文"的决定来到东京后,他就将学籍转入东京独逸语学会所设的德语学校,打算能够更好地利用德文阅读和翻译德国作品,其中也包含着将来有机会赴德国留学深造的愿望,只是后来由于周作人在日本结婚,母亲与三弟生活也需要他来负担,他才不得不放弃了留学德国的愿望。

强调稳定性（渐进式演化）、谐和性和统一性，而现代主义侧重于世界的差异性，注重对象性的主体感知和把握，关注个性、差异性、矛盾性或对立性特征。现代主义通常将世界看作一种流动的、不断变化的过程，冲突、对立是它的显象，源自主体的"力""意志"则是它的本质。鲁迅通过尼采的影响，认识到了现代主义这种认知世界的方式，指出"盖五十年来，人智弥进，渐乃反观前此，得其通弊，察其黡暗，于是浡焉兴作，会为大潮，以反抗破坏充其精神，以获新生为其希望，专向旧有之文明，而加掊击扫荡焉"。①

在现代主义看来，理性不能作为世界的标准，因为理性最高精神支柱——"上帝已经死了！"上帝也同样要接受审判。尼采大胆地质问："上帝到哪里去了？"他还借一个狂人之口大声地喊道："我老实对你说，我们杀了他——你和我！"② 杀死了上帝，摒弃了理性，尼采将宇宙视作源源不断地创造卓越的生命个体的"永恒之流"，指出世界就是要在这种永远奔腾的生命之流中，展现卓尔不群的生命个体的意志。在他看来，生命不会因为个别生命的消失而中止，因为生命意志展现的是生命力的意志，这就是真正的"权力"或曰"强力意志"，它无坚不摧，无往不胜。他指出："一个生命体首先想要发泄其力量——生命本身就是权力意志——自我保存是它的间接的通常的结果之一。"③

鲁迅赞同尼采的思想学说，在《摩罗诗力说》中，他就认为"平和为物，不见人间。其强谓之平和者，不过战事方已或未始之时，外状若宁，暗流仍伏，时劫一会，动作始矣"。④ 在他看来，世界发展的永不枯竭之动力，就来自生命之"力"和"意志"。他高度赞扬拜伦的"一剑之力，即其权利，国家之法度，社会之道德，视之蔑如"的精神，指出"权力若具，即用行其意志，他人奈何，天帝何命，非所问也。若问定名之何如？则曰，在鞘中，一旦外辉，慧且失色而已"。显然，生命之"力"和"意志"，已成为鲁迅洞察和评判世界的一个新的视角，尽管他并没有完全放弃进化论的世界观，但通过对尼采的接受，则开始用另一种方式和标准，也即现代主义的视角、方法和标准来认识和评判这个世界。

鲁迅在尼采的"超人"学说中，获得了重新审视中国国民性的启示，

---

① 鲁迅：《坟·文化偏至论》，《鲁迅全集》第1卷，人民文学出版社1981年版，第49页。
② ［德］尼采：《快乐的科学》，余鸿荣译，中国和平出版社1986年版，第139页。
③ 转引自［德］尼采《善恶的彼岸》（纽约现代丛书《尼采哲学》英文版），1886年，第14页。
④ 鲁迅：《坟·摩罗诗力说》，《鲁迅全集》第1卷，人民文学出版社1981年版，第64页。

四　作家与作品(浙籍)

提出了"精神界之战士"的主张,并规定其是一种独异性、强力型的人格指向。他指出:"人必发挥自性,而脱观念世界之执持。惟此自性,即造物主。惟有此我,本属自由;……自由之得以力,而力即在乎个人,亦即资财,亦即权利。"① 在五四时期,鲁迅又明确将其定性为"个人的自大",也即"独异",是"对庸众宣战"。他说:"中国人向来有点自大。——只可惜没有'个人的自大',都是'合群的爱国的自大'。这便是文化竞争失败之后,不能再见振拔改进的原因",并一针见血地指出,"合群的自大""爱国的自大",是"党同伐异,对少数的天才的宣战,……他们毫无别的才能,可以夸示于人,所以把这国拿来做个影子"。如果说在尼采的"超人"学说里,"超人"是具有充分展现生命力和生命意志的人,那么,鲁迅则是将"超人"与建构全新的中国国民人格联系到了一起。他明确指出"个人的自大","大抵有几分天才,……也可说就是几分狂气。他们必定自己觉得思想见识高出庸众之上,又为庸众所不懂,所以愤世嫉俗,……但一切新思想,多从他们出来,政治上宗教上道德上的改革,也从他们发端"。②

不同于基督教人格,尼采的"超人"学说,彰显的是一种新型的人格理想。他认为"超人"是具有充分的生命意志的人,具有旺盛的生命创造力,是人生强者,是"权力意志"的体现者。而"权力意志"则是个体生命的自我全面肯定和不断升华。他指出:"我们要成为我们自己——新颖、独特、无可比拟、自我立法、创造自我的人!"并强调"凡是想要获得自由的人必须先成为完全的自己"。③ 他还具体规定了"超人"的特性:既是超越自我的,又是超越一切的。在他看来,"超人"本质上就是追求更为强劲的生命力量。生命的价值大小,取决于"超人"权力意志的大小。"超人"在张扬"权力意志"当中,展现生命意志,实现自我价值。鲁迅在尼采的"超人"学说里获得了巨大的思想启示,使他早年在日本弘文学院所确立的探讨中国人的人性(亦即国民性)的思路得到了大大的拓展。④

在鲁迅看来,如果只是单纯地寄希望于人性(国民性)的理性进化,并不能真正而彻底地解决中国的问题,因为群众"永远是戏剧的看客",

---

① 鲁迅:《坟·文化偏至论》,《鲁迅全集》第1卷,人民文学出版社1981年版,第51页。
② 鲁迅:《热风·三十八》,《鲁迅全集》第1卷,人民文学出版社1981年版,第311页。
③ [德]尼采:《快乐的科学》,余鸿荣译,中国和平出版社1986年版,第139页。
④ 许寿裳在《亡友鲁迅印象记》中回忆道:鲁迅在日本弘文学院与他经常讨论的问题是怎样才是最理想的人性,中国国民性中最缺乏的是什么,它的病根何在?

导致了"中国太难改变"①的历史与现实境况。如何寻找那根彻底改变国民性的"鞭子",使"绝无窗户而万难破毁"和"不肯动弹"的中国"铁屋子"有所震动,鲁迅从尼采那里得到了启示,这就是要彰显"个人的自大",个体的"独异",向愚昧麻木的"庸众"宣战,进行现代文明的思想启蒙。鲁迅与尼采一样,扬起了"反抗""反叛"的旗帜。与尼采反叛基督教所采取的策略基本相同,鲁迅对传统文化进行了激烈的批判,将"仁义道德"的历史比作"吃人",将传统文化看作"吃人"的文化,整个历史只不过是"人肉"筵席的厨房,而"中国人向来就没有争到过'人'的价格,至多不过是奴隶"。中国的历史也是在"做稳了奴隶的时代"与"想做奴隶而不得的时代"中交替循环。②无疑,在鲁迅的这些思想言论中,都不难看出尼采影响的痕迹。尼采对苏格拉底以来的西方文化进行了整体的颠覆。在《善恶的彼岸》《道德的谱系》《反基督》等系列著作中,就对基督教进行了彻底的否定。尼采认为基督教是禁欲主义的,违反生命意志的,是虚伪的。他渴望出现一个全新的,基于人的生命意志的人类道德体系,使人的本性得以真正的升华。同样,鲁迅的否定、反抗和反叛,将矛头对准主导中国文化的"儒道"两家,批评"儒道诸公"造成了中国历史的"一味捣鬼不知人事的恶果","使国人格外惑乱,社会上罩满了妖气"。③鲁迅和尼采的反传统,其文化策略乃是要彰显生命意志,颠覆理性所强调的既定秩序,创造出全新的自我,促使国民人格完成现代文明的转型。在他们看来,只有这样,新的文化才会获得无限活力。所以,尼采宣称:"我们涌向一片尚未开发的领域,没有人知道它的界限,其中充满了华丽、诧异、疑难、怪异和圣洁,使我们的好奇心和欲求有如脱缰之马,不可驾驭。"④鲁迅也告知国人:"内部之生活强,则人生之意义亦愈邃,个人尊严之旨趣亦愈明,20世纪之新精神,殆将立狂风怒浪之间,恃意力以辟生路者也。"⑤

三

通过接受尼采的影响而认识现代主义,让进化论与现代主义两种思想

---

① 鲁迅:《坟·娜拉走后怎样》,《鲁迅全集》第1卷,人民文学出版社1981年版,第163—164页。
② 参见鲁迅收录在《坟》中的系列杂文。
③ 鲁迅:《热风·三十三》,《鲁迅全集》第1卷,人民文学出版社1981年版,第301页。
④ [德]尼采:《快乐的科学》,余鸿荣译,中国和平出版社1986年版,第295页。
⑤ 鲁迅:《坟·文化偏至论》,《鲁迅全集》第1卷,人民文学出版社1981年版,第56页。

四 作家与作品（浙籍）

元素同时交织在一起，这势必会在鲁迅的思想意识中形成一种悖论式的张力，并导致精神人格的相应变化，使鲁迅真正地开始获得一种孤独的生命体验。鲁迅曾引用尼采的话说："吾行太远，孑然失其侣，……吾见放于父母之邦矣！"① 李泽厚在论述鲁迅的独特性时指出，由于"早期接受尼采哲学作为人生观"，鲁迅形成一种类似于存在主义的思想特征，使之"一贯具有的孤独和悲凉所展示的现代内涵和人生意义"，而"这种孤独悲凉感由于与他对整个人生荒谬的形上感受中的孤独、悲凉纠缠融合在一起，才更使它具有了那强有力的深刻度和生命力的。鲁迅也因此成为中国近现代真正最先获有现代意识的思想家和文学家"。②

尼采的一生都是孤独的，正如他所说的那样"孤独者的岁月悠悠过去，他的智慧与时俱增，终于因着过多的智慧而感到痛苦"。③ 在尼采的眼中，孤独乃是强者的生命属性，是智者的人生智慧。换言之，强者的生命必定是孤独的。尼采说："在整个人类生命的漫长岁月中，没有比感觉到自身的独立无依更叫人害怕的了；要独行，要感觉那份自主，既不能使谁，也不受谁的指使，只是单纯地去代表个人——对任何人来说，那不过是一种惩罚，而无乐趣可言，他注定'要成为一个个体。'"④ 面对孤独，尼采向世人呼吁道："孤独者啊！走向你自己的途程！……走向创造者的路上！以你的爱与你的创造，走向你的孤独吧！"⑤ 尼采用孤独的生命体验来审视人生和历史，认为人生是一场悲剧，而人类的历史（主要是指西方的历史）也是一个不断下滑和堕落的历史。因此，每个生命的个体，对人生、对历史必须具有责任感。他指责神学家只知道打着上帝的旗号，利用人性的弱点来宣传教义，他说："基督教与一切柔弱的和卑下的东西携手，与一切失败者携手；它把一切与坚强生活本能相矛盾的加以理想化以自保；它教人们相信精神的最高价值是有罪的（sinful）东西，是陷入错误的东西——是魔道，它用这种方式在精神上甚至腐化最强者的理性。"⑥ 尼采在孤独中反省与开拓思想的领地，强调要不断提升自我，完

---

① 鲁迅：《坟·文化偏至论》，《鲁迅全集》第1卷，人民文学出版社1981年版，第49页。
② 李泽厚：《中国现代思想史论》，东方出版社1999年版，第112页。
③ ［德］尼采：《查拉图斯特拉如是说》第2卷，转引自陈鼓应《悲剧哲学家尼采》，生活·读书·新知三联书店1987年版，第71页。
④ ［德］尼采：《快乐的科学》，余鸿荣译，中国和平出版社1986年版，第133页。
⑤ ［德］尼采：《查拉图斯特拉如是说》第1卷，转引自陈鼓应《悲剧哲学家尼采》，生活·读书·新知三联书店1987年版，第72页。
⑥ ［德］尼采：《反基督教》，陈鼓应译，《悲剧哲学家尼采》，生活·读书·新知三联书店1987年版，第377页。

成精神人格的再造。

尼采的孤独同样感染了鲁迅。由"幻灯片事件"而做出"弃医从文"的选择之后，鲁迅在日本的一系列活动并不顺利，"独有叫喊于生人中，而生人并无反应，既非赞同，也无反对，如置身毫无边际的荒原，无可措手的了，这是怎样的悲哀呵，我于是以我所感到者为寂寞"。① 现实事件只是引发鲁迅孤独的导火线，敏感、寂寞和孤独的气质是其内源性的要素。将鲁迅的孤独置于近代中西文化冲突的语境来考察，不难发现，他的孤独是一种先觉者的孤独。少数的先觉者与众多的不觉者的悲剧性对立与冲突，加重了鲁迅对孤独人生和文明衰落的人生感悟与生命体验，使之成为鲁迅心灵世界的一种常态。然而，也正是在这种孤独的生命体验当中，鲁迅获得了一种思想空间的开拓。他将思想的基点确立在对中国文化、历史和社会人生的反省层面上，从中构筑起了"改造国民性"，重铸民族魂灵的思想意识结构与体系。

在现代主义思想视域中展开对人、人生、生命，对国民、国民性（人性），对历史、文化冲突的深入思考，鲁迅在孤独意识构筑的思想领地里，展现了他对以个体主观精神独立与自由为中心内容的终极价值的深入思考。受尼采的影响，鲁迅认为，一个处在转型之中的中国，贸然倡导所谓的"众制""大群"，实际上与君主专制一样，会对人的个性带来严重的束缚，其结果将是"灭人之自我"，而"人丧其我，谁则呼之兴起？"在少数的先觉者与众多的不觉者仍处在尖锐的对立和冲突之中，"众昌言自由，而自由之蕉萃孤虚实莫甚焉"。② 在他看来，人是具体的、真实的而非普遍的存在，是"独立的个体"，其本质特性在于能够"发挥自性"，即具有能够保持自身的独立性和自由的能力，也即"思想行为，必以己为中枢，亦以己为终极：即立我性为绝对之自由者"。他坚持认为，只有个体的人，独立而自由的人，在面对现实和历史的思考时，才会真正地拥有自身无限自由选择的权利，才能真正做到"思虑动作，咸离外物，独往来于心之天地"。因此，鲁迅反对"以众虐独"，反对"灭裂个性"，认为人必须"独具我见"，具有"不和众嚣""不随风波"③ 的个性特征，只有这样，才能面对众多的不觉者去大声地呐喊，最终达到"群之大觉"

---

① 鲁迅：《呐喊·自序》，《鲁迅全集》第1卷，人民文学出版社1981年版，第417页。
② 鲁迅：《集外集拾遗补编·破恶声论》，《鲁迅全集》第8卷，人民文学出版社1981年版，第26、28页。
③ 鲁迅：《坟·文化偏至论》，《鲁迅全集》第1卷，人民文学出版社1981年版，第53—54页。

的理想目标。

在孤独的思想领地里，鲁迅展现了改造国民性和寻找人的真正出路的思想激情和精神风采。不论是主张"尊个性而张精神"，还是倡导"人各有己""朕归于我"，面对千百年来专制文化的禁锢，造成中国传统文明与现代文明的脱节，背离世界发展的主流，以及形成愚昧、麻木、无知、落后的国民劣根性的事实，鲁迅从尼采的思想中获得启示，强调把个体的精神独立和自由置于思想启蒙的首位。他建构了关于个人、个体，特别是卓越的个人、个体，乃至天才——"精神界之战士"的思想学说："是故非不可公于众，公之则果不诚；政事不可公于众，公之则治不郅。惟超人出，世乃太平。苟不能然，则在英哲。"[①] 鲁迅并非看不起仍在昏睡的国民，而是坚持认为，个体的独立性和自由意志，乃是最终能够唤醒众多的不觉者的出发点和核心价值观。在鲁迅的眼中，这是一种关于人的自由和解放，民族国家独立的价值目标和基本尺度。为此，鲁迅格外注重人的内部生活状况，也即精神生活状况。他指出："内部之生活强，则人生之意义亦愈邃，个人尊严之旨趣亦愈明"，而人的精神也就能够做到"去现实物质与自然之樊，以就其本有心灵之域；知精神现象实人类生活之极颠，非发挥其辉光，于人生为无当；而张个人之人格，又人生之第一义也"。[②] 在孤独的生命体验中，鲁迅强调了独立的个体对于一切物质与精神之藩篱的冲决，大胆地追求人的精神独立和自由解放的重要性，其哲学意义也就在于像现代主义所强调的那样，必须把对世界的认知基点置于人的主体意识之中，这样才能赋予无生命意义的世界以生动、活跃和无限的生命价值和意义。鲁迅高扬人的主体性旗帜，把人的个体解放作为改造国民性，重铸民族魂灵和追求人的精神自由与解放的思想和行动的指南。

孤独的生命体验给鲁迅带来了深刻的自我反省，使他的思想、精神和人格不断地升华。他不止一次地说："我的确时时解剖别人，然而更多的是更无情面地解剖我自己。"[③] 痛苦的自我反省，赋予了他以"独异"（或"特立独行"）和"自成品格"的精神和人格立场，使他获得了"跨越式"的思想发展，形成了同时代人所无法比拟的超前意识，也使他总是能够站在一种总体超越的思想制高点上，清晰地认识和洞察现代中国所遭遇的困惑和问题的症结，并完成由传统文人向现代知识分子的身份转

---

① 鲁迅：《坟·文化偏至论》，《鲁迅全集》第 1 卷，人民文学出版社 1981 年版，第 52 页。
② 鲁迅：《坟·文化偏至论》，《鲁迅全集》第 1 卷，人民文学出版社 1981 年版，第 54 页。
③ 鲁迅：《坟·写在〈坟〉后面》，《鲁迅全集》第 1 卷，人民文学出版社 1981 年版，第 284 页。

换。鲁迅从未将自己看作是高高在上的"救世主",也没有把自己看作"旁观者""局外人"。在反省"吃人"历史的同时,也将自己算作是其中的一个,予以认真的剖析和自省。在批判历史的同时,也剖析了自己:"有了四千年吃人履历的我,当初虽然不知道,现在明白,难见真的人!"他深知,作为历史的"中间物",自己的灵魂里也深藏着"毒气"和"鬼气",①"自己却正苦于背了这些古老的鬼魂"。② 他不像前辈那样,如严复、梁启超、章太炎,勇于探索却苦于找不到真正的出路和归宿,也不像同时代的人,如陈独秀、胡适,敢于叛逆、反抗却又无法清晰地确立自身的目标来完成新的意义的建构,而是善于用自己的方式,用自己独立的"思"去认识历史,解构传统,去不懈地探寻新的价值世界和意义世界。特别是他"在"而"不属于"的两个社会、两种文化的历史"中间物"的身份,使他始终是在东方和西方、中国与世界、传统与现代、光明与黑暗之间,探寻中国新文化发展的方向,获得他一贯推崇的现代知识分子所特有的精神解放、思想自由和人格独立的崇高品格。

鲁迅在日本接受尼采的影响,是他思想发展的一个重要里程碑。然而,必须指出的是,鲁迅并非接受尼采全部的思想学说。美国学者 B. 史华兹就曾指出,鲁迅所接受的"并不是他(指尼采)的思想的全部,而只是一些受人欢迎的感动力"。③ 的确,尼采思想的激情飞扬,浪漫抒情,深深地吸引了鲁迅,使之发生共鸣,但更重要的是在思考和探寻中国出路当中,鲁迅主要是接受尼采有关生命力、生命意志,有关"惟大士天才"和相关的卓越个人,独特个体的思想学说。鲁迅的目的非常明确,就是要致力于中国新文化的建构,致力于国民性的改造,创造中国历史未曾有关的"第三样时代"——"人"的时代的到来。从这个意义上来说,鲁迅接受尼采影响后的思想变化,主要体现在创造性转化传统和建设新文化两个层面上。

(原载《厦门大学学报》2010 年第 2 期)

---

① 鲁迅:《书信集·240924·致李秉中》,《鲁迅全集》第 11 卷,人民文学出版社 1981 年版,第 431 页。
② 鲁迅:《坟·写在〈坟〉后面》,《鲁迅全集》第 1 卷,人民文学出版社 1981 年版,第 285 页。
③ 转引自陈鼓应《悲剧哲学家尼采》,生活·读书·新知三联书店 1987 年版,第 8 页。

论鲁迅对海派文化的批判

陈建新

鲁迅生命的后九年，是在上海度过的。他在这里完成了思想的最后转变，成为一名共产主义者。鲁迅在上海写成的杂文，是他以前创作的三倍，其中有许多是和国民党反动派及其爪牙斗争的产物，但也有一部分杂文继续着五四时期的社会批评，与旧文化以及种种社会阴暗面进行斗争，给我们留下了许多宝贵的精神财富。当前，处于社会主义现代化建设的我国面临着文化的重新建构，旧的文化已经不适应新的时代，如何建设一个新文化，建设一个怎么样的新文化，这个问题严肃地摆在我们面前。探讨鲁迅对海派文化的认识和批判，对正处于文化转型期的中国社会，有着很强的现实意义。

一 什么是海派文化

海派文化这一概念，至今没有一个统一的定义。20世纪30年代的"京""海"之争和80年代关于海派文化的讨论，虽然把人们对这个问题的思考引向深入，但讨论中对"海派"的界定，却是仁者见仁，智者见智，其中不乏感情用事的成分。相对来说，我更同意杨东平的观点："我们通常用'京派'和'京味'这两个不同的语词来描述北京文化的上下两层。京派知识分子精英文化与京味民间民俗文化构成大雅大俗的强烈对比和反差。我们却只有'海派'这样一个词汇指称上海文化。不同社会阶层、职业角色的上海人，生活在由高度社会化和一体化的城市社会造就的大致相仿的生活方式之中，笼罩在由市场和大众趣味导向的市民文化的氛围中——它造成了一种雅俗共赏的高品位的通俗文化。"[①] 确切地说，海派文化产自19世纪与20世纪之交我国最大的对外通商口岸上海，它

[①] 杨东平：《城市季风：北京和上海的文化精神》，东方出版社1994年版，第7页。

以中西文化的交融为背景，以商业文化、消费文化、市民大众文化为主流，包含有较明显的江南地域文化成分，因而是一种混合型的杂交文化。从历史发展的宏观角度看，我赞同吴福辉的看法：海派文化是"一种新兴文化"，"是向前看的民族文化"①，但是，相对本文所要论述的20世纪30年代来说，我以为还须在中心词前面加一个"畸形发展"的定语。

海派文化产生的重要条件是租界制度。现代意义的上海诞生于鸦片战争之后，它是在清政府签订《南京条约》，实行五口通商后的1843年11月7日正式开埠，1846年英国人首先占据外滩以西的一片土地建立英租界，才发展出以浦西为中心的新上海城。在二十年左右的时间里，上海的外贸出口很快超过了中国最早的通商口岸广州，还形成了中国历史上特有的租界制度。租界是孕育海派文化的主要土壤，正是凭借了这种"国中之国"，传统文化的影响和清政府的权力才在我们这个古老的大陆第一次失去作用。当时有人写过一首洋泾竹枝词描绘租界的"盛况"："香车宝马日纷纷，如此繁华古未闻。一入夷场官不禁，楼头有女尽如云。"《南浔志》也有记载："自兵燹时，富商大贾避地上海，习染繁华，尚利忘义。而于平等自由之新学理，又复窃其似而昧其真，因无惑乎礼教之防一转瞬而溃败至此也。"朱维铮这样描述说："成为租界居民的华人，不论原来的籍贯、出身、教养、职业、财产、信仰等等，差别有多大，但自踏入这个'国中之国'起，便似乎都消失了。衡量的尺度，只是本人的钱袋大小和能力强弱。尽管多数人只能为苟活而挣扎，但幸运之神似乎随时都会照应每个市民，使店伙变成巨富，穷士变成大班，小工变成老板，乃至使瘪三变成大亨，在机会面前人人平等。因而中世纪统治赖以延续的命定论和学阶制，到了这里似乎都已失灵。"② 美国学者梅尔·戈德曼也认为："在上海的外国租界里，尚有若干自由，尚可发表一些不同政见。大革命失败后，大批进步知识分子集聚上海，除了这里文化事业发达，信息货源丰富之外，很大一个原因，就是租界的社会生活相对稳定，思想统治也比别的地方宽松，国民党当局还不能在此毫无顾忌地胡作非为。③

然而，有一利必有一弊。古老的中国是一个以道德立国的国家，儒教是我们的国教。在租界这个道德约束最薄弱的化外之地，许多为传统所不

---

① 吴福辉：《都市漩流中的海派小说》，湖南教育出版社1995年版，第57页。
② 朱维铮：《音调未定的传统》，辽宁教育出版社1995年版，第21页。
③ ［美］梅尔·戈德曼：《五四时期的中国现代文学·前言》。

四 作家与作品(浙籍)

容的言行在这里却可以堂而皇之地说,堂而皇之地做,绝对不用害怕舆论的指责和官府的干涉,这必然造成一种畸形的文化景观,正如杨东平所指出的:"二三十年代海派文化地无所不包与当时社会发展的庞大芜杂、鱼龙混杂相对应。五光十色固不失为一种特色,却缺乏文化积累的方向性或文化整合的凝聚性,以及在商业社会中文化的健康发展必不可少的、藉以保持其尊严的自律性。"[1] 周作人指责上海文化"是买办流氓与妓女的文化,压根儿没有一点理性与风致"[2],并非只是京派文人的过激之词。

产生海派文化的另一个重要原因是市场经济的建立与发展。西方列强用炮艇作先导,在上海登陆占地为王后,立即把自己那一套市场经济模式搬入租界。如果把西方列强比作蚂蟥,租界犹如插在古老中国身上的吸管,源源不断地把鲜血般的财富吸走。但是,从客观上说,租界制度也刺激了上海经济的发展。短短数十年时间,上海迅速崛起,成为亚洲地区的第一大都市,被人称为东方的巴黎,其中市场经济模式的引进功不可没。但是市场经济也有其严重的负面效应,它仿佛一个巨大的加速器,绝大多数人进入其中,立即便会受其左右,变成追逐金钱的机器人。所以周作人批评"上海文化以财色为中心,而一般社会上又充满着饱满颓废的空气,看不出什么饥渴似的热烈的追求"[3]。朱维铮也指出"从泛文化研究的角度来看,经过半个多世纪的殖民统治,上海的居民在不同程度上染上了商人习气。包括人身在内,一切都当作商品来估量其价值,甚至知识和能力也商品化了"[4]。

市场经济的确立伴随着道德约束的松弛,又没有相应的法制法规的建设,这令海派文化笼罩上一层浓浓的颓废色彩。在旧上海,金钱成了所有人成功与否的唯一标准,而不管他采用的是何种方法,这种方法符不符合道德规范。在这种海派文化的投射下,上海人普遍成了精于算计和追求实惠的"理性经济人",被人喻为"中国的犹太人"。物质财富成了人们生活的唯一目标,精神则是可有可无的东西,这大约是二三十年代海派文化的一个突出的重要特征。

综上所述,我认为,海派文化实际上是一种在19世纪末形成于上海地区的畸形发展的新型文化。

---

[1] 杨东平:《城市季风:北京和上海的文化精神》,东方出版社1994年版,第134页。
[2] 岂明(周作人):《上海气》,见《语丝》第112期。
[3] 岂明(周作人):《上海气》,见《语丝》第112期。
[4] 朱维铮:《音调未定的传统》,辽宁教育出版社1995年版,第27页。

二　鲁迅与海派文化：文化思想与文化现实的对峙

大革命失败后，像大多数进步知识分子一样，鲁迅选择了上海作为继续战斗的阵地，一住就是九年。然而，我们细细考察鲁迅对上海的看法，得出的结论却是：鲁迅不喜欢上海。他在与亲人朋友的通信中屡次这样表示："这里（指北京——引者注）的空气真是沉静，和上海的烦扰险恶，大不相同，所以我是平安的。"①"上海是势力之区……"②"旧友对我，亦甚好，殊不似上海之专以利害为目的，故倘我们移居这里，比上海是可以较为有趣的。"③"稚气的话，说说并不要紧，稚气能找到真朋友，但也能上人家的当，受害。上海实在不是好地方，固然不必把人们都看成虎狼，但也切不可一下子就推心置腹。"④鲁迅曾几次萌生离开上海的念头，但实在找不到既相对安全，又不远离文化斗争中心这样一个地方，才不得不作罢。看起来这很像一个悖论：一位曾经在五四时期激烈主张反传统的文化革命主将，却对我国最"全面"、最"彻底"地引进西方文化模式的城市表现出那样的厌恶。有人简单地从工业文明和农业文明对立的角度立论，认为鲁迅在感情上尚站在农业文明的立场上，没有能够充分认识"恶"在历史发展上的巨大作用，所以会对海派文化持这样一种相对保守的看法。我以为这是一种皮相之见。

鲁迅在他五四以来撰写的文章中，站在科学和理性的角度，把进化论和马克思主义作为思想武器，对建立在农业文明基础上的中国传统文化进行深入的批判，其立场世人皆知。而他对海派文化的批判，恰恰体现了他的思想的辩证色彩。他并不因为批评了传统文化，就无原则地认同所有建立在工业文明上的文化。其实，鲁迅对资本主义早就有深刻的认识，在留学日本时期，他就撰写了《文化偏至论》《摩罗诗力说》等文章，抨击资本主义工业文明给人类带来的弊害。正如美国学者哈雷特·密尔斯在介绍鲁迅思想发展的历程时所说："工业革命带来了空前的繁荣，并使人们对物质文明产生了无限的信念。然而这场革命也释放出一股力量，它可能会窒息人们的精神与艺术创造力，而正是这种创造力酝酿了这场革命。鲁迅认为，到了19世纪末，物质文明的'弊果益昭……灵明日以亏蚀，旨趣

---

① 《两地书·一二一》，《鲁迅全集》第11卷，人民文学出版社1981年版，第293页。（本文所引《鲁迅全集》均出同一版本，下不另注）。
② 《书信301206致孙用》，《鲁迅全集》第12卷，第31页。
③ 《书信·321126致许广平》，《鲁迅全集》第12卷，第126页。
④ 《书信·341112致萧军、萧红》，《鲁迅全集》第12卷，第562页。

四　作家与作品（浙籍）

流于平庸'。对精神生活失去兴趣而一味沉溺于物质之中的社会必然会停滞，枯萎。鲁迅说，如果认为物质是人类文明的唯一基础，'则列机栝，陈粮食，遂足以雄长天下欤？曰惟多数得是非之正也，则以一人与众殊处，其亦将木居而茅食欤？此虽妇竖，必否之矣。'"① 对此，鲁迅开出的药方是"掊物质而张灵明，任个人而排众数"。虽然这个时期的鲁迅在思想上受尼采、叔本华的影响较大，但对物质与精神的关系的考察还是有相当深度的。即使后期鲁迅接受了马克思主义，接受了阶级斗争学说，他对物质文明淹没精神文明的危险仍然保持着高度警惕，对物欲泛滥给人类社会带来的危害保持着高度警惕。虽然鲁迅从日本留学回国后，没有再像上述文章那样完整地表述过他心目中的理想文化形态，但从五四开始一直到他逝世，鲁迅所发表的社会批评杂文看，鲁迅的文化理想应该是社会和谐，个性张扬，物质文明和精神文明平衡发展的社会状态，而30年代的海派文化虽然是一种不同于中国传统文化的新型文化，但它表现出物质文明淹没精神文明的倾向，从传统文化中挣扎出来的人性又被束缚于金钱与物欲之中，这正是鲁迅所蔑视的，所以，30年代的上海绝不是鲁迅心目中的理想社会，30年代的海派文化也不是鲁迅心目中的理想文化。

三　鲁迅对海派文化三个方面的批判

考察鲁迅所有批评海派文化的言论，大约可以分为三个方面。

第一，是对海派文化中来自西方文化的糟粕部分的批判。应该承认，作为一座连接世界文化的桥头堡，海派文化融合了部分西方的优秀文化。然而，在二三十年代的大环境中，涌入上海的西方文化有许多当属文化糟粕，而在那个法律和道德的约束力几乎降到零的30年代上海，这类文化糟粕造成的坏影响却是十分巨大的。上海当年被称为冒险家的乐园，鲁迅曾一针见血地指出这一点："其实上海本地人倒并不坏的，只是各处坏种，多跑到上海来作恶，所以上海便成为下流之地了。"② 这类到上海来进行人生赌博的"坏种"，既包括国内的，也包括国外的，尤其是来自西方帝国主义国家的"冒险家们"，正是他们带来了西方腐朽文化。

海派文化中最令鲁迅反感的，就是人们毫无顾忌地逐利。他曾经这样对友人说："上海到处都是商人气（北新也大为商业化了），住得真不舒

---

① ［美］哈雷特·密尔斯：《鲁迅：文学与革命——从摩罗到马克思》，《国外鲁迅研究论集》，北京大学出版社1981年版，第6页。
② 《书信·341226致萧军、萧红》，《鲁迅全集》第12卷，第620页。

服,……"①"生长北方的人,住上海真难惯,不但房子像鸽子笼,而且笼子的租价也真贵,真是连吸空气也要钱,古人说,水和空气,大家都有份,这话是不对的。"② 他批评上海人做生意不择手段:"今年在上海所见,专以小孩子为对手的糖担,十有九带了赌博性了,用一个铜元,经一种手续,可有得到一个铜元以上的糖的希望。但专以学生为对手的书店,所给的希望却更其大,更其多——因为那对手是学生的缘故。……"③ 上海人的精刮甚至到了利用国难做生意,鲁迅在《沉滓的泛起》里严厉地抨击过这种现象:"……只可惜不必是文学青年,就是文学小囡囡,也会觉得逐段看去,即使不称为'广告'的,也都不过是出卖旧货的新广告,要趁'国难声中'或'和平声中'将利益更多的榨到自己的手里的。"④

重利轻义造成了上海人的势利相。鲁迅曾多次称上海为"势利之区""势利之邦",这种势利,最典型地表现在上海人的以衣帽取人的社会风气。鲁迅写道:"在上海生活,穿时髦衣服的比土气的便宜。如果一身旧衣服,公共电车的车掌会不照你的话停车,公园看守会格外认真的检查入门券,大宅子或大客寓的门丁会不许你走正门。所以,有些人宁可居斗室,喂臭虫,一条洋服裤子却每晚必须压在枕头下,使两面裤腿上的折痕天天有棱角。"⑤ 势利的另一种表现是无同情心乃至损人利己的社会心态。鲁迅曾愤怒地在信中对朋友说:"……而沪上人心,往往幸灾乐祸。冀人之危,以为谈助。大谈陆王〔黄〕恋爱于前,继以马振华投水,又继以萧女士被强奸案,今则轮到我之被捕矣。"⑥ 鲁迅还在《推》中描写过街上的某种上海人:"我们在上海路上走,时常会遇见两种横冲直撞,对于对面或前面的行人,决不稍让的人物。……一种就是弯上他两条臂膊,手掌向外,像蝎子的两个钳一样,一路推过去,不管被推的人是跌在泥塘或火坑里。这就是我们的同胞,然而'上等'的,他坐电车,要坐二等所改的三等车,他看报,要看专登黑幕的小报,他坐着看得咽唾沫,但一走动,又是推。……推了的结果,是嘻开嘴巴,说道:'阿唷,好白相来希呀!'"⑦

---

① 《书信·290820 致李霁野》,《鲁迅全集》第 11 卷,第 684 页。
② 《书信·341117 致萧军、萧红》,《鲁迅全集》第 12 卷,第 567 页。
③ 《三闲集·书籍和财色》,《鲁迅全集》第 4 卷,第 161 页。
④ 《二心集·沉滓的泛起》,《鲁迅全集》第 4 卷,第 325 页。
⑤ 《二心集·上海的少女》,《鲁迅全集》第 4 卷,第 563 页。
⑥ 《书信·310204 致李秉中》,《鲁迅全集》第 12 卷,第 37 页。
⑦ 《准风月谈·推》,《鲁迅全集》第 5 卷,第 195 页。

四　作家与作品(浙籍)

旧上海的物欲横流造成道德领域的严重失衡,鲁迅有许多文章涉及这一内容,其中最有名的,要算《阿金》了。一个外地的小保姆,一到上海,就迅速"海派"化了:"她有许多女朋友,天一晚,就陆续到她窗下来,'阿金,阿金!'的大声的叫,这样的一直到半夜。她又好像颇有几个姘头;她曾在后门口宣布她的主张,弗轧姘头,到上海来做啥呢?……"① 这上海简直是一只黑色大染缸了,传神的文字写活了典型化的形象和社会环境,我们不难在文章中感觉到鲁迅的深深忧虑。

市场经济的勃兴和道德规范的失衡,造成了部分上海人行为上的无特操。鲁迅曾说过:"在上海,如果同巡捕,门丁,西崽之类闲谈起来,他们大抵是憎恶洋鬼子的,他们都是爱国主义者。然而他们也像洋鬼子一样,看不起中国人,棍棒和拳头和轻蔑的眼光,专注在中国人的身上。"② 这种情况在流氓身上尤其突出:"然而为盗要被官兵所打,捕盗也要被强盗所打,要十分安全的侠客,是觉得都不妥当的,于是有流氓。和尚喝酒他来打,男女通奸他来捉,私娼私贩他来凌辱,为的是维持风化;乡下人不懂租界章程他来欺侮,为的是看不起无知;剪发女人他来嘲骂,社会改革者他来憎恶,为的是宝爱秩序。但后面是传统的靠山,对手又都非浩荡的强敌,他就在其间横行过去。……"③ "无论古今,凡是没有一定的理论,或主张的变化并无线索可寻,而随时拿了各种各派的理论来作武器的人,都可以称之为流氓。例如上海的流氓,看见一男一女的乡下人在走路,他就说,'喂,你们这样子,有伤风化,你们犯了法了!'他用的是中国法。倘看见一个乡下人在路旁小便呢,他就说,'喂,这是不准的,你犯了法,该捉到捕房去!'这时所用的又是外国法。但结果是无谓法不法,只要被他敲去了几个钱就完事。"④ 这类流氓却正是帝国主义者统治中国人民的有力帮手,自然会受到他们的恣惠和撑腰:"殖民政策是一定保护,养育流氓的。从帝国主义的眼睛看来,惟有他们是最要紧的奴才,有用的鹰犬,能尽殖民地人民非尽不可的任务:一面靠着帝国主义的暴力,一面利用本国的传统之力,以除去'害群之马',不安本分的'莠民'。所以,这流氓,是殖民地上的洋大人的宠儿,——不,宠犬,其地位虽在主人之下,但总在别的被统治者之上的。上海当然也不会不在这例子里。巡警不进帮,小贩虽自有小资本,但倘不另寻一个流氓来做债主,

---

① 《且介亭杂文·阿金》,《鲁迅全集》第 6 卷,第 198 页。
② 《准风月谈·揩油》,《鲁迅全集》第 5 卷,第 254 页。
③ 《三闲集·流氓的变迁》,《鲁迅全集》第 4 卷,第 156 页。
④ 《二心集·上海文艺之一瞥》,《鲁迅全集》第 4 卷,第 295 页。

付以重利,就很难立足。……"① 因此,流氓横行,便成了旧上海的一个特色,鲁迅在《"吃白相饭"》等文中对这类流氓进行了深入的剖析。

第二,对海派文化中封建文化成分的批判。海派文化并不纯粹是西方文化的翻版,其中仍然包含着一部分传统文化的成分,所以,在鲁迅对海派文化的批判中,也包括对海派文化中传统文化糟粕的清算。鲁迅敏锐地发觉上海人中也有许多阿Q的"同党",尤其表现在面对洋人的压迫时:"我们也真是善于'忍辱负重'的人民,只要不'落浦',就大抵用一句滑稽化的话道:'吃了一只外国火腿',一笑了之。"②"在上海,'吃外国火腿'虽然还不是'有面子',却也不算怎么'丢脸'了,然而比起被一个本国的下等人所踢来,又仿佛近于'有面子'。"③ 这简直就是一付阿Q相。上海也有《朝花夕拾》中那类爱在人前背后叽叽喳喳说人闲话的小市民:"小市民总爱听人们的丑闻,尤其是有些熟识的人的丑闻。上海的街头巷尾的老虔婆,一知道近邻的阿二嫂家有野男人出入,津津乐道,但如果对她讲甘肃的谁在偷汉,新疆的谁在再嫁,她就不要听了。……上海的有些介乎大报和小报之间的报章,那社会新闻,几乎大半是官司已经吃到公安局或工部局去了的案件。但有一点坏习气,是偏要加上些描写,对于女性,尤喜欢加上些描写;这种案件,是不会有名公巨卿在内的,因此也更不妨加上些描写。……"④ 这种小市民风气,已经传染给了大众传媒,其害人的程度,自然千百倍地增加。鲁迅还在上海人对孩子的教育上,找到了中国传统文化的特色,他在《从孩子的照相说起》一文中,对此进行了尖锐的批评:"中国和日本的小孩子,穿的如果都是洋服,普通实在是很难分辨的。但我们这里的有些人,却有一种错误的速断法:温文尔雅,不大言笑,不大动弹的,是中国孩子;健壮活泼,不怕生人,大叫大跳的,是日本孩子。"他指出:"驯良之类并不是恶德。但发展开去,对一切事无不驯良,却决不是美德,也许简直倒是没出息。"⑤ 这篇从上海社会生活中找到的例子写成的社会批评,令我们想到鲁迅在五四时期写的一系列类似的文章。他虽然是以中外对比的思路结构文章的,但其中包含着对海派文化的批判。

---

① 《二心集·"民族主义文学"的任务和命运》,《鲁迅全集》第4卷,第311页。
② 《准风月谈·踢》,《鲁迅全集》第5卷,第245页。所谓"落浦",就是该文论述到的两个在码头乘凉的中国人被巡逻的俄捕踢入黄浦江中的事。
③ 《且介亭杂文·说"面子"》,《鲁迅全集》第6卷,第128页。
④ 《且介亭杂文·论"人言可畏"》,《鲁迅全集》第6卷,第332页。
⑤ 《且介亭杂文·从孩子的照相说起》,《鲁迅全集》第6卷,第81页。

四 作家与作品(浙籍)

第三,对上海文坛中海派文化特色的批评。地域文化对文学的影响,丹纳在《艺术哲学》中就曾给予充分肯定:"要了解一件艺术品,一个艺术家,一群艺术家,必须正确的设想他们所属的时代的精神和风俗概况。这是艺术品最后的解释,也是决定一切的基本原因。"①鲁迅在论及文坛上"京派"与"海派"之争时也持同一观点:"所谓'京派'与'海派',本不指作者的本籍而言,所指的乃是一群人所聚的地域,故'京派'非皆北平人,'海派'亦非皆上海人。……但是,籍贯之都鄙,固不能定本人之功罪居处的文陋,却也影响于作家的神情,孟子曰:'居移气,养移体,此之谓也。'北京是明清的帝都,上海乃各国之租界,帝都多官,租界多商,所以文人之在京者近官,没海者近商,近官者在使官得名,近商者在使商获利,而自己也赖以糊口。要而言之,不过'京派'是官的帮闲,'海派'则是商的帮忙而已。"②(近年来有人认为,30 年代海派文学应包括左翼文学、新旧言情小说家和现代派诗人、小说家等三类五种作家群③。但从鲁迅上述言论看,显然没有把左翼文学包括进去)文化环境对作家创作的影响是显然的,在一个商业气氛浓郁,世俗化倾向非常强烈的地方,如果没有崇高的精神追求,是很容易一头栽入商业泥淖中去的。鲁迅对海派文学最不满的,一是把文学当作商品来生产和推销,二是媚俗倾向。他刚到上海不久就著文批评说:"上海滩上,一举两得的买卖本来多。大如弄几本杂志,便算革命;小如买多少钱书籍,即赠送真丝光袜或请吃冰淇淋——虽然我至今还猜不透那些惠顾的人们,究竟是意在看书呢,还是要穿丝光袜。"④他对张资平之流专以媚俗作品取悦大众的做法深恶痛绝,多次著文抨击,指出他的小说除了三角恋爱,再没有什么内容了。更等而下之的,是上海文坛上一些所谓"作家",像小市民一样专在背后叽叽喳喳,以搬弄是非造谣中伤为能事。他多次说:"……最长久的是造了谣言去中伤他们所恨的文人,说这事已有了好几年,我想,是只会少不会多的。洋场上原不少闲人,'吃白相饭'尚可以过活,更何况有时打几圈麻将。小妇人的叽叽喳喳,又何尝不可以消闲。我就是常看造谣专门杂志之一人,但看的并不是谣言,而是谣言作家的手段,看他有怎样出奇的幻想,怎样别致的描写,怎样险恶的构陷,怎样躲闪的原形。造谣,也要才能的,如果他造得妙,即使造的是我自己的谣言,恐怕我也会

---

① [法]丹纳:《艺术哲学》,傅雷译,人民文学出版社 1963 年版,第 7 页。
② 《花边文学·"京派"与"海派"》,《鲁迅全集》第 5 卷,第 432 页。
③ 参见李振国《"京派""海派"文学比较研究论纲》,《学术月刊》1988 年第 9 期。
④ 《三闲集·革命咖啡店》,《鲁迅全集》第 4 卷,第 116 页。

爱他的本领。"① "我与中国新文人相周旋者十余年，颇觉得以古怪者为多，而漂聚于上海者，实尤为古怪，造谣生事，害人卖友，几乎视若当然，而最可怕的是动辄要你生命。"② "上海所谓'文人'之堕落无赖，他处似乎未见其比，善造谣言者，此地亦称为'文人'；而且自署为'文探'，不觉可耻，真奇。"③ "上海的文场，正如商场，也是你枪我刀的世界，倘不是有流氓手段，除受伤以外，并不会落得什么。"④ 字里行间透露出鲁迅对这类堕落文人的极大愤慨。

上述鲁迅对海派文化的批判，一直被人们看作鲁迅一生中始终坚持的"国民性"批判的一个重要组成部分，这其实是没有注意到传统文化与海派文化之间的差异性。海派文化固然与中国传统文化有着割不断的联系，但它毕竟是在西方现代工商文化的影响下生长出来的新型文化，所以，鲁迅对海派文化的批判，不能简单地认作是对传统文化的批判，而是他对资本主义工业文明时代物质文明淹没精神文明倾向的忧虑和失望，具有很强的前瞻性，对我们今天的文化建设同样有着重要的指导意义。

四 鲁迅批判海派文化的现实意义

鲁迅对海派文化的批判，闪耀着人文理想的光芒。纵观鲁迅战斗的一生，从留学日本、投身五四文化运动到30年代奋战于十里洋场，为寻求祖国富强和人民幸福，他始终高举启蒙主义大旗，以人文精神照亮蒙昧者，用知识和理性使其摆脱迷信与偏见。五四时期鲁迅与绝大多数启蒙主义者一样，渴望中国人民能够冲决封建传统文化的束缚，同样，30年代鲁迅对海派文化的批判，也正是渴望人们能摆脱金钱与物欲对人性的束缚。所以，我认为，对海派文化的批判，是鲁迅后期生涯中文化斗争的一个重要组成部分，是值得处在改革开放之中的中国人民珍视的一份重要文化遗产。

当前，我国的改革开放正处于一个重要阶段。市场经济的确立使我国社会充满活力，尤其是沿海开放地区，为我国的社会转型和经济发展立下了汗马功劳。但是，市场经济的发展和西方腐朽文化的大量涌入也带来了一定的负面效应，物欲的极度膨胀导致了道德领域的大幅度滑坡，人们的价值观出现混乱，金钱成了许多人唯一追求的目标，党风政风不正，社会

---

① 《准风月谈·归厚》，《鲁迅全集》第5卷，第369页。
② 《书信·330708致黎烈文》，《鲁迅全集》第12卷，第194页。
③ 《书信·331027致郑振铎》，《鲁迅全集》第12卷，第247页。
④ 《书信·340920致徐懋庸》，《鲁迅全集》第12卷，第517页。

风气颓败，权钱交易，制假贩假，偷摸骗抢，嫖娼客三陪女等社会现象，已非个别存在。在文学界，文学创作中的商品化、功利性倾向，文学作品的媚俗化和快餐化，文学事业的神圣和崇高的消解，等等，也都是我们有目共睹的。有人认为我们正处在一个"整个人文精神的衰竭"状态，并非危言耸听。因此，在今天重温鲁迅批判海派文化的论述，有着特殊的意义。

在80年代中期的那场关于海派文化的大讨论中，有些同志从种种原因考虑，把海派文化当作我国改革开放的样板，我以为这种看法有失偏颇。我们承认，从打破传统文化的坚硬壁垒看，我国沿海地区最早与海外通商的城市都起到过重要作用，上海尤甚。但是，这并不意味着海派文化就是我国新文化建设的榜样。的确，30年代的上海西化程度最高。但是，西方文化并不等于现代文化，而且，任何一个国家的现代化，都必须也只能建立在本国文化的基础上，所以，仅仅以西化程度的高低来评价一个国家现代化的成功与否，显然是行不通的。况且，上海自鸦片战争以来所接受的西方文化成分非常复杂。已故的上海青年学者胡河清在评论海派文化时，提出了一个"卑微的犬儒主义"的命题。认为"最先长驱直入上海以至对上海下层人民的精神世界产生了深刻影响的，是罗马天主教。而与上海中产阶级口味极为相合的，则是基督教"。"基督教和天主教之所以能在上海立足生根，我认为主要是由于这两种宗教文化与儒家文化具有某种内在的一致。""可以说，对近百年来上海文化在深层结构上影响最大的，实际上就是这一仅仅代表西方文化某一重要侧面的罗马天主教——基督教新教文化。西方著名的哲学家和思想家经常把这一文化的伦理道德系统称之为'犬儒主义'。"[①] 应该说，这一看法还是有一定道理的。此外，如前文所说，自鸦片战争开始的海派文化，是在失去了中国传统道德和行政机构的约束的情况下产生和发展起来的，而多数西方人到上海来，并不是来帮助我们进行新文化建设，他们只是来中国做发财梦的。缺乏相应法制和道德建设的商业文化和大众消费文化，是30年代海派文化的主要成分。我们不无忧虑地看到，30年代在上海出现过的许多文化现象今天也出现在我们一些商品化程度较高的地区，它们显然并不是大多数中国人所希望看到的。因此，鲁迅对海派文化的批判，值得今天在改革开放中进行新文化建设的中国人民认真学习和借鉴。如果说，在20世纪二三十

---

① 胡河清：《上海文学创作中的"海派"文化品格》，《胡河清文存》，上海三联书店1996年版，第109页。

年代，面对文化的颓废和精神的堕落，左翼作家只能依靠手中的笔与之斗争，那么，今天的中国人民应该有更好的方法来处理这类事。这样做，绝不意味着我们要停止改革开放，恰恰相反，正是希望改革开放的大船更顺利地开航。

总之，重温和正确理解鲁迅30年代批判海派文化有助于处于社会文化转型期的我国人民认清当前的文化现状，有助于我国建设适合中国特色的社会主义新文化。

（原载《中国现当代文学研究丛刊》1997年第2期）

鲁迅与新时期文化小说

陈建新

什么是文化？英国学者爱德华·B. 泰勒认为："文化是一个复合的整体，其中包括知识、信仰、艺术、道德、法律、风俗以及人作为社会成员而获得的任何其他能力和习惯。"① 苏联美学家 M. C. 卡冈认为："文化是人类活动的各种方式和产品的总和，包括物质生产、精神生产和艺术生产的范围，即包括社会的人能动性形式的全部丰富性。"② 文化可分成物质层、制度层和心理层，恰如美国学者 C. 克鲁克洪和 W. H. 凯利所说："文化是历史上所创造的生存式样的系统，既包含显型式样又包含隐型式样；它具有为整个群体共享的倾向，或是在一定时期中为群体的特定部分所共享。"③

在文化与艺术的关系上，卡冈认为，艺术对文化有两种主要功能，一是成为文化的自我意识，二是成为每种具体文化在同其他文化交流过程中的"密码"，"'代表'它所归属的文化，并向其他文化的代表'揭示'这种文化"。④ 艺术要完成这两项任务，必须拓宽眼界，把整个文化作为自己的描写对象，我把这称为"进入"文化。作为艺术重要组成部分的文学进入文化，将会给文学自身带来以下三点变化：

第一，大大拓宽所反映的生活广度，摄入生活的无限丰富性。过去我们的一些作品，由于只注重急功近利的宣传效果，限制了自己的视野，致使思想价值和艺术价值大大降低，削弱了作品的感染力。文学一旦进入文化，它不仅会反映经济、政治等层面的社会生活，还将描绘出几千年的民族文化积淀及其在现实生活中的变化发展，从而使作品的内容更接近生活

---

① 《文化与个人》，浙江人民出版社 1986 年版，第 3 页。
② ［苏联］M. C. 卡冈：《美学和系统方法》，中国文联出版公司 1985 年版，第 185 页。
③ 《文化与个人》，浙江人民出版社 1986 年版，第 6 页。
④ ［苏联］M. C. 卡冈：《美学和系统方法》，中国文联出版公司 1985 年版，第 186 页。

的本质。

第二，真实地写出一定文化氛围中的人，立体地刻画人物形象。文化是人创造的，反过来又制约着人的行为。从文化的角度描写人，深入人的文化心理，写出文化在人们身上的历史积淀，将避免简单地用政治标签区分人物，把人物写成扁平的"好人"或"坏人"，从而写出人物的复杂灵魂。

第三，扩展作品主题的涵盖面。过分迫近现实生活，惯作近距离描绘的作品，有时虽具有轰动效应，但也容易短命；而为艺术而艺术，以放弃中国作家的历史责任为代价的艺术创作，也难有较长的艺术生命力，文化小说则能避二者之短，涵盖文化的各个层面，其社会效益不致昙花一现，这种主题内涵的丰富性，带来了作品艺术生命的延伸。

文学必须进入文化，才能获得较大发展，这已经被许多作家和评论家意识到。近几年来在这类日益注重文化的小说中，我们可以大致看出两种倾向。第一种小说，以尽可能提高小说自身的审美价值和减弱作品的社会政治伦理方面的功利效益为特征。大部分"寻根文学"皆可归入这一类型。另一种倾向的小说在追求较高的审美价值时，仍然不放弃作品的社会作用，把这视为文学的主要职责之一。这两类小说的另一个区别，在于前者把文化只看成传统文明的代名词，因此寻根便成了寻找初民文化，或寻找残留于人们心灵风俗中的儒道风骨，并把表现甚至赞颂这种文化看作提高作品审美价值、增加作品文化色彩的主要手段。后者则具有大文化观念，他们仍然面对现实生活，但对生活的理解却与以前不一样了，视野超越政治伦理层面，全方位认识生活，反映生活，侧重于挖掘批判民族文化的腐朽的一面，在对大文化的反映中让读者深思，从而促进整个社会的进步。本文所要论述的文化小说，就是后一类小说。

新时期文化小说的滥觞出现于70年代末，高晓声的《李顺大造屋》《陈奂生上城》和叶之蓁的《我们建国巷》，都以沉痛、悲愤的笔调描写了传统文化在国民心理中的积淀，揭示这类传统文化心理的消极面对社会进步的阻碍。但是，在当时这类小说犹如凤毛麟角，大多数作者的视野还停留在对"文革"和"十七年"的反思中。即使是高晓声，开始时对文化的反思也不自觉，只是在创作过程中，才进一步认识到，"象李顺大这样的人是否也应该对这一段历史负一点责任。……我不得不在李顺大这个'跟跟派'身上反映出他消极的一面——奴性"。[①]

[①] 高晓声：《〈李顺大造屋〉始末》，引自《新时期作家谈创作》，第45页。

四 作家与作品(浙籍)

1984年之后,文化小说逐渐占据了文坛的主流,贾平凹的《商州初录》、韩少功的《爸爸爸》、阿城的《棋王》、王安忆的《小鲍庄》称雄一时,刘心武的老北京人和陆文夫的小巷人物南北呼应,王蒙也走出他新时期创作的第二阶段,把注意力放在对传统文化的反思中。文化,几乎吸引了所有当代中国小说作家。

文化小说作家,致力于对传统文化的反思,渴望在批判与扬弃中,重建我们的文化。正是这种文化的热忱,使这类小说超越了以教化为主要功能的政治小说,达到了把握人类生活的新的高度。正是在这一点上,我们看见了鲁迅小说对当代文化小说的巨大影响。

二

鲁迅的两本薄薄的《呐喊》《彷徨》,虽然向来被奉为进步文学的典范作品,但自30年代以来,实际上只被当作政治小说的楷模。我这里所说的政治小说,是这样一种文学作品,它们旨在描绘社会政治斗争的现状,描绘压迫者的凶狠残暴和被压迫者的不堪忍受的痛苦,呼吁人民揭竿而起,并揭示未来理想社会的光辉灿烂。30年代兴起的"革命文学",大多数属于这个类型。由于政治小说对现实生活主要采取政治的视角,因而它们看人看事都用政治的标准衡量,现实生活中的人和事往往都成了政治人物和政治事件,这容易使复杂的社会生活在作品中简单化、概念化。很长一段时间里,鲁迅小说就被当作这样一种小说,人们看重鲁迅对"吃人"的历史的痛斥,对辛亥革命不彻底性的批判,用毛泽东的关于中国农民身上有四条绳子的束缚的理论分析《祝福》,不管这种分析是否符合作者原意。鲁迅小说是中国现代政治革命的一面镜子,这就是这段时期鲁迅小说研究的最终论断。只是在进入思想解放的新时期后,人们才从"思想革命"的高度,从东西方文化的碰撞中,重新发现鲁迅小说的更为博大的内涵。我认为,用我们的标准衡量,《呐喊》《彷徨》是名副其实的文化小说,这也许是现代文学史上其后的许多有建树的社会政治小说无法超越这两本篇幅不大、内涵却异常丰富的小说集的重要原因之一吧。鲁迅是把小说当作改良人生、改良社会的"论文"来写的,但是,在现代文化意识的观照下,他能够从文化的角度认识、描写社会,高度凝练地、本质地描绘出辛亥革命至五四时期中国传统文化与西方现代文化撞击、融合的"完整性、独立性的形象"。[①] 毫无愧色地成为中国传统社会向现代

---

① [苏联] M. C. 卡冈:《美学和系统方法》,中国文联出版公司1985年版,第277页。

社会过渡时期的百科全书。

新时期文化小说主要在这两个方面受到鲁迅小说的影响。

第一，以国民性批判为中心，将文化批判的锋芒深入广泛的社会领域。

中国传统文化是一个高度的一体化的整体，系统各部分之间的关系是密不可分的，经过几千年的演进，它们相互适应，组成了一个紧密的结构，虽然经过多次改朝换代，它仍然是稳定的，你要改变这个文化的任何部分，都会引起文化整体的抵抗。正如 C. 克鲁克洪所说："每一种文化都是一种结构，它并不是信念和行动的所有在物质上可能、在功能上有效的模式杂乱无章的搜集，而是一种有相互依存性的系统，并且具有按某种感到合适的方式分隔和排布的形式。"① 与其他民族文化相比，中国传统文化有超稳定性。如果说，在过去漫长的历史时期中，这种超稳定性帮助中华民族生存了下来，那么，在新的历史时期中，它却阻碍了中华民族的现代化步伐，这种阻碍，在帝国主义列强林立的世界环境中，甚至可能使中华民族遭到被开除"球籍"的危险，要继续生存，必须对传统文化进行总体改革，修修补补，无济于事。五四新文化运动，正是这种总体文化更新的运动，鲁迅遵循着新文化运动的"将令"，用小说对传统文化进行整体否定的形象描绘，也写出了当时新旧文化的激烈冲突，从而使他的小说获得了广泛的文化性。当然，小说反映文化，并不意味着一定要对社会文化形态进行总体的形象描绘，尤其短篇小说，往往只是刻画"一鳞阑一画础"，以小见大。

鲁迅创作小说的一个重要动机是改造国民性，他自称创作《阿Q正传》是要"写出一个现代的我们国人的灵魂来"。② 目睹辛亥革命打倒了皇帝，变君主专制为共和政体，但整个社会未见好转的现状，他甚至愤激地喊出"所以此后最要紧的是改造国民性"。③ 他的确用他那支"金不换"给我们画出了几十个浸透中国传统文化精神的灵魂，以精神胜利法著称于世的阿Q将永远存在于世界文学画廊中。但是，鲁迅并没有只限于写"魂灵"，而是把它放在传统文化的氛围中描写，写出了文化与文化心理及其双向影响。阿Q虽然不识字，但懂得尊卑贵贱这种传统社会中的等级差别，他看不起王胡、小D，却要和赵府认本家；他近乎本能地具

---

① 《文化与个人》，浙江人民出版社1986年版，第30页。

② 鲁迅：《集外集·俄文译本〈阿Q正传〉序及著者自叙传略》，《鲁迅全集》第7卷，人民文学出版社1981年版，第81页。

③ 鲁迅：《两地书·八》，《鲁迅全集》第11卷，第31页。

四 作家与作品（浙籍）

有排外思想，他也懂得"不孝有三，无后为大"。阿Q的思想"其实是样样合于圣经贤传的"。鲁迅这句话并非只为了幽默，实际上指明了阿Q主义的文化根源。阿Q自始至终生活在传统文化氛围中，传统的行为规范模式积淀于他的心理中，成了他的自觉意识。我们在鲁迅的描绘中看到，阿Q精神并非阿Q一人独有，整个未庄到处弥漫着阿Q精神。在我们今天看来很可笑的精神胜利法，在未庄是不足怪的，未庄人以为可笑的倒是"假洋鬼子"没有辫子。在鲁迅笔下，未庄是一个封闭式的传统社会，是旧中国的一个缩影。如果把《呐喊》《彷徨》所描绘的世界看成一个整体，我们也可以清楚地看到这种文化与文化心理的双向影响存在于这个世界中，鲁迅小说的文化批判锋芒触及当时社会生活的许多层面，政治、法律、道德、宗教、婚姻、教育乃至文化风俗习惯尽收笔底，在浓郁的传统文化氛围中刻画国人的"魂灵"，从而表现出对传统文化的严峻批判。

新时期文化小说初期的作品，如高晓声的《李顺大造屋》《陈奂生上城》，吴若增的《翡翠烟嘴》《盲点》等，由于对鲁迅原著理解的褊狭，也由于当时整个文坛的文化反思刚刚兴起，因此这些小说虽较早致力于民族文化心理的揭示与批判，但理念化倾向过重，也缺乏鲁迅小说博大精深的文化感。直至文化反思热潮兴起，人们对传统文化的认识进一步深化，把国民性问题与传统文化联系起来思考，文化小说的创作才进入了新的阶段。

随着"文化热"的兴起，在仿佛"变新"了的鲁迅小说的启发下，许多作家都日益注意开拓艺术反映的文化视角，对被以往忽略了的各个文化层面表现出越来越浓的兴趣。从陆文夫的《美食家》《井》，邓友梅的《烟壶》，刘心武的《立体交叉桥》《钟鼓楼》，冯骥才的《神鞭》《三寸金莲》，到稍后的张炜的《古船》，文化小说蔚然成风，作家们步鲁迅之后尘，笔触涉及社会生活各个层面，虽然不能说他们对传统文化的看法完全一致，但其中绝大部分作家都是为改造传统文化、促进民族的现代化而创作的。

文化变迁最小的是农村和边远地区，那里远离现代文明，较少受到外来文化的冲击，从贾平凹的古老商州土地，到郑义的贫瘠太行山区，从矫健、张炜的胶东半岛，到郑万隆的东北大森林，传统的生活方式没有多大改变。在王安忆的《小鲍庄》和李锐的《厚土》中，时空都仿佛凝固起来了，传统文化像连绵的大山包围着生活于其中的人们。作家们开始致力于描摹浓郁的传统文化氛围和人们的文化心理。

王兆军的《拂晓前的葬礼》或许算不上典型的文化小说，但是小说刻画的被王权思想、人治观念、家长专制、闭关自守等典型传统文化意识盘踞着脑瓜的大队支书田家祥的漫长精神发展史，是如此令人惊心。这位当过兵的党的基层干部，满脑子是怎样向前任书记夺权，成为本村的最高统治者，他的精明头脑和政治手腕，只是加速他的堕落。而那个宗法观念浓厚、几乎是全封闭的大韦塘村，为他实现政治美梦提供了天然条件。虽然时代背景不同，但田家祥的精神历程，和封建时代任何一位取得政权的农民起义领袖都有惊人的相似。究其原因，是相同的文化机制在起着作用。如果说，《葬礼》揭示了传统文化怎样促使一个被压迫者转变为自己的对立面，那么，矫健的《天良》则揭示了传统文化怎样使一名被压迫者在忍无可忍之下，铤而走险。忍，是道家学说的精髓，也是中国传统文化心理的基石。当然，逆来顺受要善化解，鲁迅的《阿Q正传》，就形象地表现出中国人是如何"忍"的。也有不会忍、不能忍的，《天良》中的主人公便是其中之一，虽有道士莫大叔的从小教诲，天良仍不能忍，终至铤而走险，从而走向他的悲壮的结局。矫键把天良的盲目反抗与他的祖先的行为联系起来，意在表现其中的历史渊源，形象地点明了天良是传统文化的产儿。正如香港学者孙隆基所指出的："在正常时期，这种'逆来顺受'以及'多吃一点亏也无所谓'的态度，却是专制主义的基础。因为，一群连自己的权利也不清楚的人，是可以随便让外来的意志加在自己身上的。"①"'和为贵'这条'文法'规律可以导引的最后的可能性，就是它的对立面——那就是'乱'。一个'逆来顺受'惯了的人，一旦在忍无可忍的时候，就会一发而不可收拾地迸发出来。而且，既然平素不善于利用合理的渠道来完成自己的攻击性，因此当这种攻击性终于迸发出来时，是不受理性控制的、盲目的、破坏性的，而且是没有游戏规则的，是斗死方休的。"②《天良》中的莫大叔和天良，代表了"忍"和"乱"的两极，是传统文化心理的不同表现形态。善忍的莫大叔代表了这个小说世界中的大多数民众，这构成了一个文化氛围，使那位土皇帝似的公社书记可以为所欲为。天良的反抗走向另一个极端，但却不可能改变现存社会秩序，这是天良的悲剧，更是传统文化的悲剧。从题材上看，这两部小说与一些社会问题小说很相似，但由于作者站在文化的角度观照现实生活，因此小说留给读者的不仅仅是政治与经济层面的思考。

中国传统文化也存在于城市中。陆文夫用一种沉痛悲愤的语调向我们

---

① 孙隆基：《中国文化的"深层结构"》，香港壹山出版社1983年版，第229页。
② 孙隆基：《中国文化的"深层结构"》，香港壹山出版社1983年版，第229页。

讲述了一个女知识分子的悲剧。使我对《井》感兴趣的，是寻思谁是徐丽莎自杀悲剧的负责者。作为元凶的封建余孽朱世一？徐丽莎单位的负责人？街坊里弄舆论的创造者和传播者？徐丽莎的"情人"童少山？谁都是，谁都不完全是。我认为，长期受传统文化禁锢的徐丽莎的深层心理也该负一部分责。正是周围的人群——小社会和徐丽莎的文化心理，一起制造了这个悲剧。蒋子龙的《阴差阳错》对文化环境与文化心理综合批判的意向更明显。为什么在国内显得老实得有点窝囊的马弟元在美国这一文化环境中会显得那样才华横溢，会有那样大的成就？小说形象地告诉我们，正是中国传统文化特有的"妒嫉"和内耗牵制了人们发挥其才华。在科研手段不比西方差多少的这个科研所，正是人们的文化心理构成的文化环境，限制了先进的科学仪器和技术手段的充分发挥，要实现四个现代化，必须实现文化与文化心理的现代化，这是读这部作品必然会得出的结论。

为了祖国的现代化事业，我们的以文化心理为核心的传统文化必须进行彻底的变革，这是新时期小说作家继承鲁迅，用形象向国人发出的呼吁。

第二，从文化的角度刻画人物。

从社会学的观点看，《呐喊》《彷徨》中的人物可分成农民阶级、地主阶级和知识分子三大类，以前的研究者大多从这个角度分析鲁迅小说中的人物。但从文化学的角度看，这些人物可分成这样两类：一类人物始终生活在传统文化氛围中，他们或没有接触过现代文化，或虽接触过现代文化却对之深恶痛绝，他们是英格尔斯所说的"还没有从心理、思想、态度和行为方式上都经历一个向现代化的转变"的"传统人"，[①] 其标志是缺乏个性意识；另一类人物在现代化潮流的影响下，在中西文化撞击的旋涡中，接受过现代文化的洗礼，高扬过个性意识，但是，在强大的传统文化面前，他们最终都失败了。鲁迅通过这两类人物的刻画，揭示了传统文化的巨大影响，揭示了中华民族现代化进程的长期性和艰巨性。

第一类人物包括小说中所有的农民、小市民、部分旧知识分子、地主及其政治代表。这一类人物又可分成两部分，祥林嫂、阿Q、闰土、单四嫂、老栓和孔乙己等人，处于社会的底层，鲁迅怀着"哀其不幸、怒其不争"的心情描写他们，既同情他们的悲惨遭遇，又痛恨传统文化对他们心理和行为规范上的束缚，痛恨他们的不觉悟。鲁四老爷、赵太爷、七大人等是这类人物的另一部分形象。对于他们，鲁迅从不同情，他们也是个性意识的缺乏者，但他们具有传统文化维护者的本质特征，他们与传统

---

① ［美］英格尔斯：《人的现代化》，四川人民出版社1985年版，第4页。

文化共存亡，正是依赖于传统文化的超稳定结构，他们才能累世过着寄生虫的生活，作威作福，鱼肉人民。他们对任何危及传统文化生存的言论行为都很敏感，必以卫道者的身份加以扼杀。赵七爷对剪了辫子的七斤的恐吓，七大人对爱姑装模作样的威压，康大叔在茶馆对革命党的大骂无不体现了这类本质。

第二类人物包括狂人、夏瑜、"N"先生、吴纬甫、疯子、魏连殳、涓生、子君以及几篇小说中的"我"。他们的共同特征是，在中外文化的大交汇中，受到现代文化的影响，思想意识和传统文化产生抵牾，他们的个人行为模式也偏离了传统规范模式。C. 克鲁克洪认为："行为模式和规范模式两者相合与否，这是衡量一种文化的连贯以及文化变迁的强烈程度的灵敏指数。"① 鲁迅通过狂人的"狂"、夏瑜和疯子的"疯"，魏连殳的"怪"，以及涓生和子君遭人白眼的自由恋爱，写出了现实生活中悄悄发生的文化变迁，通过这些人物的悲剧性失败，写出了传统文化对现代文化剧烈、顽强的抵抗，写出了文化变迁的反复曲折。在传统文化压迫与打击先觉者的时候，所有囿于传统文化的传统人都站到了先觉者的对立面，这使鲁迅感到愤怒。赵太爷们作为传统文化的维护者，反对现代文化乃是情理中事；阿Q们受赵太爷的压迫，匍匐在地上生活，却也对任何改变现状的行为竭力反对，几乎本能地和赵太爷们组成统一战线，参与对先觉者的集体扼杀，面对这一事实，鲁迅把《呐喊》《彷徨》中的人物形象分成两大类描写是有道理的。

鲁迅这种刻画人物的文化视角，也深刻地影响了当代文化小说作家。他们笔下的人物许多都站在传统文化一边，这和鲁迅小说很相似。在这群人物中，我们看到了李顺大、陈奂生、万岁爷、天良、田家祥、朱世一、韩玄子等，说他们是"传统人"，毫不过分。陈奂生被人称为第二个阿Q，从精神状态到行为规范，的确与阿Q所差无几。在新时期文化小说中，出现的更多的是一幅幅"传统人"群像，在《古堡》《鸡窝洼人家》《我们建国巷》《井》《厚土》及许谋清的《死海》、李贯通的《洞天》等小说中，作家雕塑的群像有时连面目都不清楚，作家们这种不约而同的写法，透露出他们的共同感觉：在目前的中国社会里，传统文化体现在作为群体的绝大部分中国人的行为规范和文化心理中，多数人仍是地地道道的传统人，这显示传统文化的强大，要改造它，不是一朝一夕之功。

与五四时期相比，20世纪70年代以来的新时期，现代文化对我国的

---

① 《文化与个人》，浙江人民出版社1986年版，第21页。

四 作家与作品(浙籍)

影响要大得多,绝大部分新时期文化小说对传统文化的批判,都以现代文化作为参照系,因此它们对任何现代文化的影响都很敏感,在这些作品中出现一些充满现代文化感的形象,也是顺理成章的事。作为这类人物的雏形,高晓声1981年发表的《水东流》中的淑珍颇引人注目。虽然小说只写了她违反父亲的意愿,买收音机,自由恋爱,而做父亲的最后不得不在事实前面默认等情节,小说的调子亦过于乐观,但却显示了现代文化正不以人的意志为转移地冲击着农村。其后,从陕西黄土高原走向城市的高加林,用他的奋斗,表现了新一代农民对现代文化的追求,可惜作者尚缺乏自觉的文化意识,且对主人公行为的价值判断模棱两可,小说留下了太多的缺憾。从总体上看,由于批判传统文化是作品的重心所在,因此,作为参照系的"现代人"形象,往往不及"传统人"塑造得好。《井》中的高莉莉,无疑是整部小说灰暗色调中的一抹亮色,但也仅仅是亮色而已。与此相似的有《拂晓前的葬礼》中的田永顺,《死海》中的"我"和"妻子",贾平凹笔下的禾禾和王才们(当然,后几位形象并不完全是"现代人",其中有些人如禾禾只具有部分"现代人"特征),《老井》中的赵巧英在小说中的位置,自然比高莉莉重要,但从整部小说来看,毋宁把她看作现代文化的象征更合适。

我觉得,文化小说塑造得较成功的,还是那些处于传统文化与现代文化激烈冲突的中心旋涡的形象,《老井》中的孙旺泉就是一个突出例子。从文化学的角度分析《老井》,颇有意味,孙旺泉在文化变迁中的地位,与吕纬甫、魏连殳等很相似,他一方面经历了现代文化的洗礼,一方面又与传统文化有着割不断的联系。小说中,万岁爷与孙旺泉不仅有血缘关系,他的刚烈强悍的性格和以集体为重的强烈责任感、使命感也深深影响了孙旺泉。作为小说中传统文化代表的万岁爷,希望自己的孙子能忍辱负重,为村人发奋打井;为家庭放弃自己的追求,与村里的一位富裕的寡妇结婚。但是孙旺泉毕竟不同于万岁爷,他愿意为村人舍命打井,但却不愿放弃追求应该属于自己的爱情和幸福。孙旺泉对赵巧英的爱恋,是他追求现代生活方式的体现,是他内心追求个人幸福和个性解放的外化。但是,在万岁爷的压力下,更准确地说,是在外在文化规范和内在的文化心理双重压力下,他最终放弃了自己的追求。他犹犹豫豫向现代文化跨出的一步,最终退了回来。小说中,孙旺泉打井的执着、坚定、勇猛与爱情上的懦弱、妥协,是那样的决然相反,却又那样融洽地统一在他的身上,究其根柢,都是传统文化影响的结果。因篇幅关系,我不可能把近几年出现的文化小说逐一进行分析,鲁迅对新时期文化小说的影响,也绝不限于本文提到的两个方面，但我相信，至少这是新时期文化小说受到鲁迅小说启迪和影响的最重要的两点。

虽然鲁迅小说对新时期文化小说产生了巨大影响，作家们自觉继承鲁迅批判传统文化的战斗精神，但他们比之鲁迅，尚有许多不足，分析起来，主要有以下三点：

第一，文化修养不足。鲁迅是从旧营垒中杀出来的，对传统文化有充分的了解和把握，青年时代赴日留学多年，对世界现代文化的造诣也非常人可比。鲁迅小说不是一面被动的文化镜子，鲁迅在对传统文化进行批判的同时，用小说对传统文化进行了富有创造性的历史整合，这充分体现了鲁迅的文化修养和主体意识。要完成这一点，没有博大精深的文化修养是不可能的。许多作家已经意识到这一点，都在积极补救，但从总体上看，文化修养不足是新时期文化小说作家的一大弱点。

第二，新时期文化小说作家绝大部分是从创作政治和社会问题小说开始其创作生涯的，业经形成的创作心理定式一时无法摆脱。例如《井》，读了之后总觉得朱世一和他的母亲的形象过于丑化，容易给读者一种错觉，似乎徐丽莎悲剧的大部分责任应由他们来负，从而弱化了对传统文化的批判力，而在鲁迅的《祝福》中就很难找到造成祥林嫂悲剧的直接肇事者。鲁迅在介绍自己的创作经验时说过，他写小说往往不指明地方背景，人物的姓名也用最普通的，有时甚至是拉丁字母，"我的方法是在使读者摸不着在写自己以外的谁，一下子就推诿掉，变成旁观者，而疑心到像是写自己，又像是写一切人，由此开出反省的道路"。① 我想，鲁迅在创作《孔乙己》《药》《明天》《故乡》《祝福》等悲剧性小说时，是否也采取了类似的方法，以避免读者把悲剧的主要责任推诿在一二个主要反面人物身上，从而增加小说对传统文化的批判力度，扩大主题涵盖面？新时期文化小说大多没有注意到这一点，类似《井》的缺陷，在《拂晓前的葬礼》《阴差阳错》《天良》等小说中程度不同地存在着。这一缺陷还容易造成主题的直露。

第三，部分作家对传统文化价值取向上把握不准。一些作家在批判传统文化时，把握不住现代文化价值取向，导致批判焦点不准，批判力度不足。例如《人生》，虽然作者对高加林想脱离农村走向象征着现代文明的城市的努力表示了某种程度的理解和同情，但写到高加林进城工作后抛弃农村的恋人，便表现出谴责的意向，以旧文学批判陈世美的态度对待他。

---

① 鲁迅：《答〈戏〉周刊编者信》，《鲁迅全集》第6卷，第146页。

这种以道德判断（严格说，是传统道德的判断）代替历史判断的写法，虽可能取悦一时的读者，却无法取悦历史。贾平凹的小说也有类似倾向，《鸡窝洼人家》中的禾禾和烟峰的结合，也非得延宕至回回和麦绒结婚后，创造各种条件，把他俩逼到一起，才最后完成。虽然，他们各自婚姻的破裂和重新组合皆由禾禾而起，作家让禾禾如此仁至义尽，使这形象与传统文化不致有太大的冲突，这虽体现了作家不让主人公遭受读者过多的道德指责的苦心，但是否也表现了作者深层心理中的文化理想的保守性呢？贾平凹的小说对传统文化有批判，如《山镇夜店》用一个孩子的眼光批评农民的愚昧落后、对权势谄媚和精神上的自足；如《古堡》对乡民们平均主义思想和妒忌心理的抨击，都有一定力度，但是他笔下的正面形象个个都有天下为公的儒家色彩，禾禾、王才、张老大、天狗、《人极》中的光子几乎无甚差别。有时为了理想人物的完美，他不惜牺牲作品的真实性，例如《古堡》中的张老大为何一心要村人共同富起来，虽然遭到村人的误解，家破人亡也不改初衷，支撑他这样干的精神支柱是什么，小说都没有交代，因此给读者一种虚假感。

五四运动距今已70年了，但是，五四新文化先驱们猛烈抨击过的传统文化的消极面，至今还在阻碍着我国的现代化进程。新时期文化小说作家继承鲁迅遗志，正在从事着具有历史意义的伟大事业。我相信，在鲁迅小说的启示下，新时期文化小说将会更趋成熟。

（原载《绍兴师专学报》1989年第4期，《人大复印资料·中国现当代文学研究》1990年第1期）

现代文学史中的鲁迅形象

陈力君

鲁迅是 20 世纪标志性的文化意象和民族精神资源。长篇累牍的鲁迅研究形成了丰富浩繁的意义之林，承载着建构现代学术框架和知识谱系的重担，成为 20 世纪文学史、文化史和学术史的重要内容。新旧世纪之交，鲁迅研究的新增长点和新突破日渐减少，也日显"疲惫"，几次激烈的论争，或是肆意谩骂或是坚决捍卫，终致寥寥的无奈状态。不断遭质疑的鲁迅及鲁迅研究使许多人面对鲁迅形象时深感陌生和隔膜，这种状态显然背离了鲁迅研究的初衷。"鲁迅热"的消长固然与文化生态变迁密不可分，但也直接受制于学界阐发的鲁迅形象的内质。因此，有必要从学理上进行反思：学界曾经塑造了怎样的鲁迅？在新的历史境遇中，鲁迅构成的精神资源是否会失落？当深入鲁迅形象内核时，可以发现：不同话语模式中的鲁迅形象不尽相同，甚至还有抵牾和碰撞，试图给鲁迅形象赋值的多方努力造成了意义层累，模糊、遮蔽甚至改变了鲁迅的初始面貌，变得迷离和不定，难以认知和把握。20 世纪文学史以专业化的知识和体系化的组织将作家、作品、思潮、流派等诸多文学现象整合在一起，集中连续地描述饱含差异和充满矛盾的文学状态，形成确定而统一的历史意识。在颇具自信的文学史叙述中，鲁迅形象既表达了浓厚的意识形态色彩，也显现了强烈的价值冲突，成为现代知识谱系中架构与改造的前沿地带。本文试图通过搜检和解读各种现代文学史中的鲁迅形象，透过累积的意义库存，探寻潜藏的价值评判体系，期冀在这缝隙间勾连起某种历史流脉，为今后研究提供可资借鉴的思路。

通观中国 20 世纪现代文学史作，鲁迅似乎成为史家绕不过的标的。虽然不同文学史依据自身的价值评判标准给出不同的鲁迅形象，详略有别，褒贬不一。但是，几乎所有文学史都给鲁迅留出了相当分量的篇幅和相当注目的位置，只要体例允许，都有专门章节的论述，而且，往往是现

四　作家与作品(浙籍)

代文学史上的首席作家。就目前出版的文学史而言，大致可以分为四种话语体系进行鲁迅形象的构造和改写。

一　革命话语中的形象设计

第一种是1949年中华人民共和国成立之前逐渐形成的，革命话语逐渐强化的文学史中的鲁迅形象。革命文学初萌时期，"革命"话语带有浓厚的浪漫色彩，虽然受阶级论影响，依然激情洋溢；这个阶段的文学史写作虽然受到了20年代至30年代盛行的革命思潮的影响，依然充满了个性化的表述。其中影响较大的有王哲甫的《中国新文学运动史》。这部史著深受进化论影响，始终强调社会变革对于文学流变的制约和主导作用。王旗帜鲜明地表达了自己对文学规律的认知："本来从事文艺的人，在气质上说来，多是属于神经质的。他的感受性比较一般人的要较为锐敏。所以当着一个社会快要临着变革的时候，就是一个时代的压迫阶级凌虐得快要铤而走险，素来是一种潜伏着的阶级斗争，快要成为具体表现的时候，在一般人虽尚未感受得十分迫切，而在神经质的文艺家却已预先感受着。先把民众的痛苦抖喊了出来。所以文艺每每成为革命的先驱，而每个革命时代的革命思潮，多半是由于文艺家或者由于文艺有素养的人滥觞出来的[①]。"在此基础上，王哲甫倡导重视文学的自主性和文学家能动性，认为"在外形上，新文学要用明显优美的文字，艺术的组织，自然的声韵表现出来，在内容里要有真挚的情感，丰富的想象，超乎时代的思想，反抗腐烂社会的精神"[②]。在人文精神和文学形式双重标准下，王专门安排了新文学作家略传，鲁迅是新文学史上作家第一人。在王哲甫设定的文学史视角中，鲁迅无疑是将历史价值和艺术追求两方面成功结合的典范，由此，王对于鲁迅的生平和创作经历、论著、翻译及相关的文学活动都有比较详细的记载，勾勒出作家鲁迅在不同文学空间的立体形象，这是较早给出的多维而丰富的，甚至还未能完全剔除、删减和统一在单一话语模式中的鲁迅形象。

此后的鲁迅形象就日渐凸显"革命气质"。李何林的《近二十年中国文艺思潮论》（以下简称《思潮论》）出版于40年代，这是以思潮为线索构筑的文学史，其中涵纳了历次影响较大的文学论争和各种代表性创作观念。自然，在思潮史的线性发展为唯一主线的编撰体例中，无法突出个体的创作成果，但对鲁迅研究已经颇有造诣的李何林还是在此书中突出了鲁迅的

[①]　王哲甫：《中国新文学运动史》，北平成杰印书局1933年版，第13页。
[②]　王哲甫：《中国新文学运动史》，北平成杰印书局1933年版，第14页。

作用和影响：在《序》中，他设立了鲁迅在新文学的领袖地位，"我们可以说，埋葬鲁迅的地方是中国新文学界的'耶路撒冷'，《鲁迅全集》中的文艺论文也就是中国新文学的《圣经》。因此，本书引'经'甚多，以见我们的'新中国的圣人'在近二十年内各时期里面中国文艺思潮的浪涛中，怎样尽他的'领港'和'舵工'的职务"①。与王著相比较，李在《思潮论》将马克思的唯物史观和阶级论观点贯彻得更为彻底，他把二十年文艺概括为两种思想的支配，"由一九一七到一九二七年是资产阶级文艺思想较多和无产阶级文艺思想萌芽的时代；由一九二八到一九三七年是无产阶级文艺思想发展的时代"②。这种历史时段的划分在中华人民共和国成立后的革命史叙述中不断得以沿用。从此后的文学史写作来看，依据阶级论描述文学史为中华人民共和国成立后文学史论著的倾向和框架提供了思想资源和有效的学术准备。与20世纪二三十年代大多偏重印象解读的鲁迅研究相比较，借用革命系统理论建构文学史描述鲁迅形象，既拥有了较为明确的定位，又缩减了阐释的可能空间。著述于中华人民共和国成立前的文学史表达的日渐纯化的"革命"话语，虽然还没有达到中华人民共和国成立后的文学史中的鲁迅形象的政治标准，在革命话语中还是有限度地提供鲁迅形象的丰富性，却也逐步确立鲁迅在新文学中的不可替代的地位，同时，这种形象设计为中华人民共和国成立后浓厚政治意识形态改写、神化和遮蔽鲁迅奠定了基调。

二　阶级论中的价值定位

尽管中华人民共和国成立前的中国现代文学史家们毅然以社会承担和民族救亡的姿态来界定新文学性质，在同时代的文学史观中显得相当激进，然而，在中华人民共和国成立后日渐浓郁的政治氛围中，此前的历史叙述却被视为保守或者过时而受到贬抑。李何林在1950年就对《思潮论》进行了自我否定："《思潮论》对于抗战前二十年中国新文学的性质，没有明确的指出从开始到末了都是统一战线的反帝反封建的新民主主义文学。对于五四时代的领导思想问题，又认为是资产阶级思想占优势，没有看见无产阶级思想从开始就在领导着了。以上二者不过是《思潮论》在两个大的方面的缺点或错误，其他大的小的错误或缺点还很多③。"李何

---

① 李何林：《近二十年中国文艺思潮论1917—1937》，陕西人民出版社1981年版，第14页。
② 李何林：《近二十年中国文艺思潮论1917—1937》，《序》，陕西人民出版社1981年版。
③ 李何林：《近二十年中国文艺思潮论1917—1937》，《自评》，陕西人民出版社1981年版。

四 作家与作品（浙籍）

林的自我检讨折射了社会体制和文化思潮对文学的压迫，中华人民共和国成立之初的文学努力确证新政权的合法性，史家们把著述现代文学史的学术冲动与对阶级意识的强烈认同联系在一起。文学史写作也有了努力的方向，即以阐释毛泽东的新民主主义论中的鲁迅意义为最终目的。力陈新文学的革命性和阶级立场的写史风格就成为不可逆转的述史潮流。在无产阶级文艺的框架中，毛泽东在延安文艺座谈会上的讲话成为所有文学史中对鲁迅定位和评判的唯一标尺，所有的阐述和解读都朝着这个既定目标努力，在著名的"文学家、思想家和革命家"的三大家的定论中，确立了革命文艺的先驱者和领导者的鲁迅形象，作为中国新文学史中的旗手，鲁迅形象成为一个文化标志、权力话语的集中表述地带。

丁易的《中国现代文学史略》是以阶级分析理论为圭臬对现代文学现象进行选择、辨析的典型文学史作。全书前面四章自觉运用毛泽东的新民主主义理论追寻中华人民共和国成立前的文艺运动和各种文艺论争，在现代作家阵营内部进行从未有过的严格的阶级分层。在新型的国家话语的文学史中，能够被接纳的作家并不多，鲁迅承荷了政治意识形态的重负。此书名为"中国现代文学史"，从章节题目的设置中读者完全能够领会作者对鲁迅地位的推崇，只要是鲁迅的有生之年，文坛上的一切活动都离不开鲁迅的领导。而且，这部史书还安排了整整两章的篇目来谈鲁迅，没有一位作家能与之相较。在所有篇目中，差不多有四分之一的比重与鲁迅的文艺活动直接相关，如第一章中，第二节论述了"鲁迅对于文学革命理论建立的贡献及初期文学革命理论"，第三节又探讨了"鲁迅对于这一时期的文学革命运动的领导以及文学研究会和创造社的文学主张"，在第二章"左翼文学运动（上）"，作者给它的界定是"以鲁迅为旗手的中国左翼作家联盟的活动"。为了树立完全符合当时意识形态理念的鲁迅形象，整部文学史不仅向读者介绍鲁迅，还在不断地解释和阐述过程中对鲁迅的言行进行辨析，以此来消除人们记忆中的疑虑；"鲁迅对革命文学始终没有反对过，在创造社攻击他的时候，他虽然也曾经写过文章来反驳，但他的态度并不是反对革命文学，正如画室所说：'我们在鲁迅的言行里，完全找不出诋毁整个革命的痕迹来，他至多嘲讽了革命文学的运动（他并没有嘲笑革命文学本身），嘲笑了追随者中个人的言论与行动。相反地，鲁迅这时对革命文学的认识，较之那些革命文学提倡者还要认识得深刻彻底'"[①]，"这次论争却推动了鲁迅更进一步深入研究马克思列宁主义的文

[①] 丁易：《中国现代文学史略》，作家出版社1955年版，第65页。

艺理论，……他由进化论走向阶级论，无条件地接受了马克思列宁主义的思想和文艺理论，并坚决为之奋斗，终于成为'无产阶级和劳动群众的真正友人以至于战士'"①。作者以坚决捍卫鲁迅的姿态论证鲁迅的革命者身份，全力剔除了鲁迅本人气质中与坚决的、果断的革命行为并不完全契合的犹疑的心态，也使得鲁迅丰富复杂的内心世界和精神空间不断压缩，而在一次次的"鲁迅保卫战"中，这种"为贤者讳"的好心举动和努力阐释倒成了可以延续的传统。

以新型国家话语整合新文学发展的史著还有王瑶的《中国新文学史稿》（以下简称《史稿》），这部近60万字的力作顺应着体制的需要，试图把新民主主义理论和毛泽东文艺思想等政治话语糅合在五四以后的文学史中，以文学现象作为意识形态的表征确证革命文艺历史演进的规律。努力迎合新中国话语模式的《史稿》更进一步扩张了鲁迅形象的符号化和象征功能，鲁迅不仅仅是一个具体的个案，其作用不只是在与其他作家的对比参照中得以呈现，鲁迅成为整个新文学史的方向，具有普泛意义和普世价值，"'鲁迅的方向'的意义并不仅指鲁迅一个人的方向，而是指从'五四'开始的'文化新军'的整个队伍的"②，鲁迅在新文学史上的作用似乎冲破了文学创作成果和文学相关活动的局限，甚至超出了其生命的限度和作品的形式，成为在鲁迅之后的新文学和未来文学的"朝圣之都"，成为需要延续的支柱性的精神资源。王瑶在面对文学史实时不断地感受到运用这种先验的理论的力不从心，捉襟见肘，比如，全书体例安排中，鲁迅的创作成果并不十分突出，只是在第三章的第一节论述了鲁迅的小说，第五章的散文第一部分中论述了鲁迅的杂文，第八章的第七部分中谈到了鲁迅的《故事新编》，第六章标题设置为"鲁迅领导的方向"，在具体的章节目录中却不能突出鲁迅的卓尔不群的地位。不过，当鲁迅形象被抽离出来成为"'五四'革命文学的优良传统"的代表时，鲁迅在新文学中是否参与那些论争，其具体的观点，或者其创作中是否存在与无产阶级文艺思想疏离的具体现象已经不重要了。作为精神领袖，鲁迅在这部文学史中不仅已经成为完美的文化意象，政治理论框架下最有力的例证，甚至初步定型为"文化圣贤"的形象，在此之后，鲁迅的政治神话和英雄传奇色彩都只是继续和更大程度上的夸张，而"文革"中鲁迅形象所承受的造神境遇也就不是匪夷所思的了。

---

① 丁易：《中国现代文学史略》，作家出版社1955年版，第67页。
② 王瑶：《中国新文学史稿》，上海文艺出版社1981年版，第6页。

三　政治解禁思潮中的意义重估

20世纪70年代末80年代初，在学人的激情涌动中鲁迅形象的代言功能再次得以体现。应和着"文革"的结束和社会变革的展开，鲁迅成为学术界研究的热点，也成为冲决政治桎梏和封闭思想的一大突破口，这是在新的历史境遇中再度铸造鲁迅形象的学术运动。周扬在《坚持鲁迅的文化方向，发扬鲁迅的战斗传统》的长篇报告中，强调要把学习鲁迅与建设高度的社会主义精神文明密切结合起来。① 与剧烈变化的时代脉搏声气相通，1981年唐弢的《中国现代文学史》（三卷本）中将"现代文学"定位于"中国现代复杂的阶级关系在文学上的反映"②，表明现代文学史返回文学现场的努力。虽然《绪论》中也设定了现代文学的政治性质，论述现代文学与中国社会历史的关联，但是它显示出现代文学史写作中尽量放松政治唯一的遴选标准的倾向，而代之以宽容的态度。既提出居于主导地位、占有绝对优势并获得了巨大成就的，是"无产阶级领导的人民大众的反帝反封建的文学"③，又提出现代文学的"复杂的文学成分"。全书依然突出鲁迅在现代文学史上的重要地位，与20世纪五六十年代文学史不同的是，主要落实在鲁迅的创作实绩中，一共有两章分别论述了鲁迅的小说创作和杂文创作，而鲁迅的文艺贡献仅占一节。很显然，如此编排的目的表达了编者对鲁迅形象的定位。在文学史著中，确立鲁迅在现代文学史上的地位是因为鲁迅的文学贡献，而不是文艺活动。至于对鲁迅形象的塑造，表面上是退缩，事实上却表达了编写者在文学史上对鲁迅形象的坚守，也体现了文学史编写者的专业眼光和本位意识。与前面提到的文学史的编写方式不同，这部文学史是采取集体编写的方式进行的。

对鲁迅形象的再度锤炼在《中国现代文学三十年》中这部文学史中更为明显。用现代文学三十年来概括中华人民共和国成立前的中国文学史，本身就说明了编著者对现代文学的理解。三十年仅仅是一段时间，无形中冲淡了多年沿用的现代文学这一概念积淀的浓厚的政治意识形态色彩，同时也形成了现代文学与中国历史现代化间的内在联系。"在这本书的历史叙述中，'现代文学'同时还是一个揭示这一时期文学的'现代'性质的概念。……这样的'文学现代化'，是与本世纪中国所发生的'政

---

① 张梦阳：《中国鲁迅学通史》，广东教育出版社2001年版，第544页。
② 唐弢：《中国现代文学史（一）》，人民文学出版社1979年版，第7页。
③ 唐弢：《中国现代文学史（一）》，人民文学出版社1979年版，第8页。

治、经济、科技、军事、教育、思想、文化的全面现代化'的历史进程相适应，并且是其不可或缺的有机组成部分，而在促进'思想的现代化'与'人的现代化'方面，文学更是发挥了特殊的作用，因此，本世纪中国围绕'现代化'所发生的历史性变动，特别是人的心灵的变动，就自然构成了现代文学所要表现的主要历史内容①。"以现代性替代中华人民共和国成立后的中国现代文学史中的政治权力话语成为这本文学史的核心理念，因此，文学史的框架有了重大的调整，"吸收最新的研究成果，力图显示本学科已经达到的水平"，重点落实在"对作家（特别是足以显示现代文学已经达到的水平的高峰性作家）的文学成就的论述"②，在这样的编撰理念下，增添了许多新的作家和重要的作品，鲁迅在文学史上的地位依然稳如磐石，但是鲁迅形象的内涵已经发生了重大变更。鲁迅在现代文学史上的"文学家、革命家和思想家"的三大家定论开始松动，《中国现代文学三十年》对鲁迅的介绍是"鲁迅是 20 世纪中国伟大的思想家与文学家"，这事实上也包含了在新的理念中对鲁迅形象的新的期待，新的信仰价值和精神寄托。章节的安排上，既保留了鲁迅小说和杂文创作成果，而且以往文学史属于附属地位或者忽略不谈的《野草》《朝花夕拾》和《故事新编》也有了独立的一节。这种更进一步回归文学史本位的读解引起学术界的共鸣，鲁迅形象的神话色彩逐渐淡化，这部文学史以两章的分量论述鲁迅所有的文学创作成果，并没有粉碎鲁迅形象的偶像定位。《中国现代文学三十年》将鲁迅形象的阐释压缩到文学场域，对此后的文学史写作具有引导作用，鲁迅的政治符号化倾向逐渐弱化的时代，置疑、反思鲁迅形象的声音越来越强烈，鲁迅在文学史上的分量和比例逐渐缩小，多元文化语境中，话语权的切割和分享不断地挑战、整合和修改着鲁迅形象，却始终无法绕过鲁迅形象。

四　海外汉学界的他者解读

在中国大陆不断建构鲁迅形象经典意义的同时，域外，鲁迅的神化升级也是热火朝天，"鲁迅是一个很理想的偶像和旗帜"③，但是因为社会环境和认知观念的不同，海外的中国现代文学史写作出现分化，或是表达着鲁迅与大陆的主流意识形态间的差别，夏志清就是其中的代表；或是表达

---

① 钱理群等主编：《中国现代文学三十年·前言》，北京大学出版社 1998 年版。
② 钱理群等主编：《中国现代文学三十年·后记》，北京大学出版社 1998 年版。
③ 王润华：《华文后殖民文学：中国、东南亚的个案研究》，学林出版社 2001 年版，第 59 页。

四 作家与作品（浙籍）

对政治意识形态的摒弃，试图以此来抗衡或者颠覆过于强劲的对鲁迅的造神行为，瓦解鲁迅形象的政治道德力量，试图将鲁迅形象设定在文学本体进行考察，其中司马长风的文学史引起了普遍的关注。

夏志清的《中国现代小说史》深受另一种意识形态的影响。他把鲁迅置于现代小说的第一人，然而，他介绍鲁迅生平时带有明显的倾向性："鲁迅是中国最早用西式新体写小说的人，也被公认为最伟大的现代中国作家。在他一生最后的六年中，他是左翼报刊读者心目中的文化界偶像。自从他于一九三六年逝世以后，他的声誉更越来越神话化了。他死后不久，二十大本的'鲁迅全集'就立即出版，成了近代中国文学界的大事。但是更引人注目的是有关鲁迅的著作大批出笼：回忆录、传记、关于他作品与思想的论著，以及在过去二十年间，报章杂志上所刊载的纪念他逝世的多得不可胜数的文章。中国现代作家中，从没有人享此殊荣[1]。"此番略带调侃和嘲弄的口吻为作者论述鲁迅定了基调，令读者在阅读之前先有思想准备：夏的论述立足于瓦解鲁迅形象的精神内聚力，似乎论者已掌握充分的事实基础，有足够的自信遵循公共理性原则进行鲁迅形象的再造。然而，《中国现代小说史》难以做到不偏不倚地批评，具备了西洋文学专业知识的夏志清在观照中国现代文学时，习惯以西方文学的精神价值来要求中国现代文学，认定中国现代文学由于缺乏西方宗教意识又"摒弃了传统的宗教信仰，推崇理性，所以写出来的小说也显得浅显而不能抓住人生道德问题的微妙之处了"[2]，再加上作者对1958年的中国文坛深有抵触，因此，鲁迅生平介绍之前添加的那一段神来之笔也足以显示其好恶了，这种评价态度与他自己所否定的研究立场一致，"犯了大陆学者同类的狭窄观点的错误"[3]，他对鲁迅小说的推崇和对鲁迅杂文的不屑一顾也并非全是出于文学研究的中立立场。在这部现代小说史中，读者一方面将会对著者对鲁迅小说鞭辟入里的分析而赞叹，另一方面也不禁为著者难以掩抑的不平之气的干扰而遗憾。

与夏志清不同，司马长风在《中国新文学史》中则尽量剔除社会道德的标准，单纯从艺术标准重估文学运动和文学创作。司马长风在论述新文学的萌生及日后的流变时就表明了自己对文学的评判标准。"我们反对文以载道，是从文学立场出发，认为文学自己是一客观价值，有一独立天

---

[1] 夏志清：《中国现代小说史》，香港友联出版社1979年版，第27页。
[2] 夏志清：《中国现代小说史》，香港友联出版社1979年版，第27页。
[3] 古远清：《台湾当代文学理论批评史》，武汉出版社1994年版，第173页。

地，她本身即是一神圣目的，而不可以用任何东西束缚她，摧残她，迫她做奴婢做侍妾。因此把文学监禁起来，命令她载孔孟之道固然不可，载马列之道也不可。无论载什么道，都是把她贬成了手段，都是囚禁文学，摧残文学，坚持下去必然造成文学的畸形发展，终至于气息奄奄。"[1] 在文学史的编写体例上，则以纵向变迁为主脉，以作家作品为史实概述现代文学状貌。鲁迅形象和其创作在这部文学史中的位置虽然重要，但不占绝对优势。在这部文学史中，鲁迅被描述为中国新文学运动的领袖之一，中国新文学史上的伟大文学家之一，关于鲁迅的创作成果和其文艺思想也被零散地安排在不同时段和不同的主题中。司马长风在解读文学作品时，也倾心于个人好恶而非公共的评判标准，评述鲁迅的小说创作时，他指出其中多篇小说，"掂在手里都沉甸甸的有分量，都有独立的生命，值得流传。他把小说当作服务人生的手段，这一点虽然减损了作品的成色，但是他在这自设的障碍下，写出了这样声光颇人的小说来，实更显出他拔群的才能"[2]。但是当编写者以文学的纯粹性来审视鲁迅的创作时，便有诸多的倾覆性的表述，他将郁达夫和鲁迅两种不同风格的小说进行比较，"在文学的浓度和纯度上，鲁迅不及郁达夫"[3]；进而还对鲁迅在文学史上的地位进行降格评定，"30年代的文学代表作，应是曹禺的戏剧，……绝不是鲁迅、瞿秋白等人的杂文，当然更不是官方御用的'民族主义文艺'作品"[4]。司马氏的文学史以实现文学的纯粹性和评判的个性化试图对浓厚意识形态中的鲁迅形象解构和还原，希望树立中性的客观的艺术评判旗帜，但是司马氏遵循的艺术标准本身只是另一种权力话语，这种写作姿态将导致文学史的零散化倾向，鲁迅形象的普遍规律和代言者身份自然弱化乃至迷失在众多所谓的个性化丛林中。

五　多维视角下的整合与透视

作为与时代社会背景直接相关的专业领域，中国现代文学史的流变和时空差异自然无法脱离与时代社会的诸多瓜葛，而且撰写者的时代背景、知识结构及价值立场直接形成了文学史著的风格，另外还牵涉到现代文学学术史的变迁。而鲁迅形象在文学史中的嬗变与鲁迅研究有着密切的关系，诸多文学史中的鲁迅形象可能千姿百态，但就目前出版的文学史而

---

[1] 司马长风：《中国新文学史》（上卷），香港昭明出版社1980年版，第5页。
[2] 司马长风：《中国新文学史》（上卷），香港昭明出版社1980年版，第106页。
[3] 司马长风：《中国新文学史》（上卷），香港昭明出版社1980年版，第159页。
[4] 司马长风：《中国新文学史》（中卷），香港昭明出版社1980年版，第21页。

四　作家与作品(浙籍)

言,都是从如下三个维度进行鲁迅形象造型设计的。

首先,关于鲁迅的身份定位。任何关于作家的研究都需要对作家进行定位,相当多的学术研究只是把定位隐含在材料和论证过程中,而文学史中出现的作家、作家的排序都包含着与其他作家的参照对比,排序意味着对作家进行进入文学史的合法性论证,事实也就为作家创作的作品或者文艺活动进行价值评定提供基础和依据。涉及鲁迅形象,在多种中国现代文学史中,大致有三方面的重点表述:一是在文学自身的范畴内设计鲁迅形象。这是几乎所有的文学史都无法缺省的表述,在文学史上界定和评价现代作家,鲁迅是无法省略和跨越的。二是在文化史中评定鲁迅的价值,探讨由文学而延伸的文化领域的鲁迅形象。三是在激烈的意识形态中认定鲁迅的立场,这也是当今受指责最多的鲁迅形象塑造方式。20世纪中国大陆出版的中国文学史对鲁迅形象的描述,经历了从单一专业领域向多方领域扩张而后又逐渐收缩的过程。较早出版的现代文学史,如陈炳堃的《最近三十年中国文学史》中的鲁迅,"一般人认他为现代中国文学的写实大家,和短篇小说的名手"。① 而到了王哲甫的《新文学运动史》中的鲁迅形象就承担了超越作家的社会职能,"总之,鲁迅是新文化运动的健将;他也是天生的激进主义者。不管反对他的人如何攻击他,他在中国文坛上的地位,将永不会动摇的。在我们这暗无天日的国家里,凡事都是守旧落后的,要找几位头脑清晰,思想激进如鲁迅的革命家真不容易啊!"② 再看50年代王瑶的文学史,鲁迅不仅以他的作品代表了新文化的成就,而且还指引了未来文学的方向,他走过的道路更成为中国现代作家的榜样。鲁迅形象从作品所产生的精神价值到实践活动都赋予功能价值。但到了钱理群等主编的《中国现代文学三十年》介绍鲁迅时,"鲁迅是20世纪中国伟大的思想家和文学家"③。这对于运用了中华人民共和国成立后的鲁迅浓厚的意识形态化后,已经是较为中性和理性的表达了。世纪之交出版的朱栋霖的《中国现代文学史1917—1997》中对鲁迅的定位更为简略,"鲁迅,是现代小说的奠基人"④。与大陆现代文学史中鲁迅形象相比较,海外文学史对鲁迅形象的设置比较单纯,但是也不能排除意识形态的干扰,如夏志清对鲁迅的质疑和批判大多来自意识形态的评判。

其次,关于鲁迅创作成果。在取得鲁迅是现代文学大家的共识前提

---

① 陈炳堃:《最近三十年中国文学史》,上海太平洋书店1989年版,第270页。
② 钱理群等主编:《中国现代文学三十年》,北京大学出版社1998年版,第37页。
③ 王哲甫:《中国新文学运动史》,北平成杰印书局1933年版,第297页。
④ 朱栋霖等主编:《中国现代文学史》,高等教育出版社1999年版,第29页。

下，不同文学史对其作品的评价存在很大差异：首先是鲁迅创作的哪些作品成为现代文学典范的问题。80年代之前的大多数文学史，特别是以唯物史观和阶级论为主导思想编写的文学史看重鲁迅的小说，尤其注重其前期的小说，即收录在《呐喊》《彷徨》中的小说。绝大多数文学史都视《阿Q正传》为鲁迅最杰出的作品，如《中国现代文学三十年》、唐弢的《中国现代文学史》都有专门的一节，而司马长风的《中国新文学史》却颇有微词，如谈到《阿Q正传》时，他独辟蹊径地提出，"总括来说，鲁迅如不把阿Q当做一个人物，一开始就以寓言形式，把他写作民族的化身（那篇序自然要砍掉），那么会非常精彩，并且可取消以上所有的批评"①。值得注意的是，20世纪80年代后的文学史吸收了大量关于《野草》和《故事新编》的研究成果，在增添鲁迅创作成果的过程中也逐渐改变了鲁迅作为文学家的形象，而这两部作品在中华人民共和国成立后的文学史中几乎是被忽略的，最多也只是轻描淡写地带过。其次，是关于鲁迅作品题材的差异和分级。鲁迅创作成果中有两大题材，一是小说，二是散文。鲁迅的杂文与惯见的散文有较大差别，在大陆的现代文学史中，大都首肯"杂文"的称号，这也成为鲁迅对于现代文学又一贡献的有力证明。在具有鲜明政治色彩的文学史著中，杂文的重要作用要更为突出，它直接面对社会现实进行社会批判。在相对理性和多元的文化语境中，小说更为史家所关注。因为它进行社会观照时保持距离，并对社会现实进行过滤和提升。而海外出版的文学史则往往不能认同鲁迅杂文，夏志清就表达了对杂文的轻视："作为讽刺民国成立二十年来的坏风恶习来看，鲁迅的杂文非常有娱乐性，但是因为他基本的观点不多——即使是发挥得淋漓尽致——所以他十五本杂文给人的总印象是搬弄是非，罗罗嗦嗦"；司马长风则通过艺术标准否定了鲁迅杂文的价值，"其实在那个时代，他绝无意趣写什么散文，也更无意写什么美文，反之对于埋头文学事业的人，他则骂为'第三种人'，痛加鞭挞。在这里我们以美文的尺度来衡量他的杂文，就等于侮辱他了"②。对鲁迅作品迥然不同的评判和遴选结果，一则说明鲁迅作品内在的矛盾和丰富，二则也体现了阐释者本身所持的价值立场和审美标准间的差异。

最后，关于鲁迅的文学实践活动在文学史上的地位和价值。对于关注文学史的演变发展的文学史著，文艺实践活动催生了思潮的涌动和社团流

---

① 司马长风：《中国新文学史》（上卷），香港昭明出版社1980年版，第111页。
② 司马长风：《中国新文学史》（中卷），香港昭明出版社1980年版，第148页。

四　作家与作品（浙籍）

派的兴起，这些材料很容易成为文学史的节点，因此，在此类史著中所占比重较大，而更关注文学内部结构调整和规律发展的文学史往往比较淡漠实践活动。因此，各种关注运动、思潮演变的文学史，追寻历史发展的线性脉络的文学史中，鲁迅的文艺实践活动较为丰繁。如李何林的《近二十年中国文艺思潮论》中不仅把鲁迅确定为现代中国两大文艺思想家，而且还在第二编的革命文学的论争中，特意突出了"鲁迅的态度"。而丁易的《中国现代史略》中多处突出了鲁迅在现代文学发展的每一阶段的文艺主张。司马长风的《中国新文学史》将鲁迅称之为"为人生的艺术"的大旗手，"所建理论较通顺，影响也广大"[①]，专门梳理了鲁迅文艺思想的演变过程。相反，更注重文学实绩来形成观点的文学史著对这一方面的评议就比较少，因为这类史著更倾向于把鲁迅视为文学家，更强调鲁迅在现代文学上独特的创造才能而不是"窃火"功能，而后人承传鲁迅的思想也该因作品而产生。就目前发掘的文学史材料而言，鲁迅在现代文学上的实践活动主要体现为三种方式，一是参与文艺论争，二是参与文艺理论建设，三是翻译域外文学。在许多情况下，前两类活动是相互缠结交织在一起的，尤其是20世纪30年代后鲁迅在上海的活动。鲁迅的文艺活动作为鲁迅本人的社会历史实践和话语实践，在文学史中的不同待遇都与各史家具体的写作动机有关，也体现了文学史的话语权力和借用此权力进行操作的叙述规则。

文学史叙述隐含着话语权威。鲁迅形象的身份地位、文学创作和文学实践的三层次体例设置体现了现代文学史特定的历史情境，写作主体的活动方式。按照时段顺序排列的中国现代文学史的写作多呈"总分"的写作方式，先有一章这一时段的文学概况，文艺思潮和文学流派的全面和整体的呈现，然后是分类题材创作成果的作家作品。凡是采用此种体例编排的文学史，无意间就设置了文学史上作家遴选的标准和价值尺度，隐含着对现代价值理念的认同，甚至以潜在的价值理念设定题材之间的等级、不同风格流派之间的差别。鲁迅处于新文学萌生期，并以小说这种典型的现代文学样式的创作成果著称于世，因此，在中国现代文学史上的地位就不言而喻了，同样，现代文学史中"前话语"的设置也为今后的读者和论者阐释和解读鲁迅设置了话语的范畴和界线。

中国现代文学史著中的鲁迅形象的变迁来自鲁迅研究的丰富和深化，但是文学史写作中的"不虚美、不隐恶"的史家传统使得观点和立场的

[①] 司马长风：《中国新文学史》（中卷），香港昭明出版社1980年版，第238页。

表达上更中性和克制，而中国现代文学史承担的高校教学的任务又使之更趋通识性，注重在接受主体中的影响。当我们回顾整个20世纪文学的史著时，鲁迅作为不断产生新意义的文化原型，将带来研究之研究后的冷静和思考。当古远清的《台湾当代文学批评史》和董健等的《中国当代文学史稿》把鲁迅分别置于1949年以后的台湾和大陆的文化场景中进行考察时，不仅仅只是对鲁迅形象的想象和对鲁迅精神资源的开拓，更说明鲁迅及对鲁迅的研究跨越了多种疆域和界限，已经构成20世纪文化的完整和独立的体系，不断延展的意义空间和精神源头。

（原载《鲁迅研究月刊》2007年第1期）

鲁迅启蒙意识中的视觉性

陈力君

20世纪视觉文化进入了前所未有的快速增长期,极大冲击了各种传统文化形态和艺术样式。直观和形象的视觉文化被纳入通俗文化的范畴,从而与以文字为载体的语言文化有了巨大分野。鲁迅作为现代文学的开拓者和奠基者,放弃了沿用千年之久的文言文,成功地转换为现代汉语的表达,发出了现代知识分子悲怆的启蒙呐喊。鲁迅小说被视为现代精英文化的典范而迥别于大众审美趣味的通俗文化,视觉文化现象又常被纳入鲁迅否定的"海派"文化系统中。文字文化中心意识延宕了人们对视觉文化的认知,遮蔽了鲁迅强烈的视觉意识,也忽略和漠视了鲁迅对视觉文化的关注和思考。幼年时代的鲁迅热衷于绣像小说;青年鲁迅看到中国人被屠杀同胞却麻木不仁的幻灯片,颇受刺激,放弃医学救国道路,走上文艺救国道路;甚至有学者提出幻灯片事件促使鲁迅转向文学创作,内化在他的视觉化创作中[1];晚年鲁迅又置身于影像最为红火的上海文化圈,亲身参与电影的消费和评价,视觉文化的发展与鲁迅的文化实践始终息息相关。

尽管直至20世纪下半叶视觉文化理论才逐渐系统和成熟,但是视觉文化、视觉艺术、视觉思维和视觉语言一直存在于人类文化历史的沿革中。观看和凝视等人类行为不仅仅停留在感官层面,而是与知识理性等现代文化权力紧密相连,凝视的心理变化直接关涉到人性的自觉状态,视觉现象背后潜藏着"谁在看""看什么"和"怎么看"等文化权力设定。19世纪末20世纪初在中国社会发生的思想启蒙运动与"看"的行为有着深层关联,林则徐被形象地比喻为"睁眼看世界"的第一人,晚清时期的严复等思想家从西方引进新思想的文化行为都被后人称之为"开眼",

---

[1] 参见周蕾《视觉性、现代性与原始激情》,《视觉文化读本》,广西师范大学出版社2003年版,第258—278页。

这些视觉化的形象都喻指中国近现代的启蒙运动。在鲁迅为启蒙者呐喊的小说叙事中，启蒙思想以语言文字为载体，交织着视觉语言的思维方式，构成强烈的反思来探寻权力对人性的扭曲和异化。

一

鲁迅深入思考中国历史文化，尖锐批判传统观念和旧有定见，在中国近现代的历史情境中，其价值意义广为人知，人们也容易切入精神领域与之对话，忽视或淡漠了言说形式和语言载体。鲁迅作品不仅在形式上具有丰富意义[①]，语言载体的运用也颇具深意，然而，文字文化时代，视觉思维和图像呈现并未引起广泛重视。随着视觉艺术在现代生活中的扩张，视觉文化的地位日渐突出。鲁迅参与了不少视觉文化实践，他曾经热诚地倡导木刻、连环图画等视觉艺术，身后留下了许多珍贵照片，移居上海后，电影既是他的娱乐方式，又是他实施文明批评的新领地。他一生先后接触了三种视觉文化形态：绘画、摄影和电影，这次序和过程完全吻合中国视觉文化的发展路径，符合传统的视觉现象向现代视觉现象演化的过程。

视觉文化现象中，绘画是鲁迅最早接触到的视觉艺术，通过绣像小说中的民间绘画鲁迅承接了传统视觉艺术的滋养。作为其时流行于民间的艺术样式，这些线描图像显示了视觉艺术对文字信息的辅助功能。视觉文化具有直观性和形象性的特点，可以拆解因知识形成的阻隔获得传输优势。从这些字画共存的文化空间中，鲁迅注意到图像启蒙大众的切实效用。他向读者评荐了不少图文并存的书籍，有识字启蒙的《看图识字》，有《死魂灵百图》《〈城与年〉插图本》等；他评介和勉励过陶元庆、司徒乔等青年画家，他还大力倡导连环图画、木刻和漫画等适合大众认知水准的视觉艺术；鲁迅认为通过绘画塑造的视觉形象"第一件紧要事是诚实，要确切的显示了事件或人物的姿态，也就是精神"[②]，他不仅仅把绘画看成现实社会的反映，还认同通过绘画机制，包括线条、色彩和结构给出的世界阐释方式。当上海的文艺家们改造了绘画的内在成规时，他就讽刺为"是漫画而又漫画"（《漫画而又漫画》），鲁迅尊重绘画视觉形象内在规范，也表明他对绘画作品背后的画家眼睛的尊重，对画家们审视世界的方式的尊重。当然，这也为他接受现代视觉文化提供了物质基础。

如果说绘画仍具有某些"传统气质"的话，那么摄影就与从属于印

[①] 叶世祥：《鲁迅小说的形式意义·导论》，作家出版社1999年版，第1—3页。
[②] 鲁迅：《漫谈漫画》，《鲁迅全集》第6卷，人民文学出版社1981年版，第233页。

四 作家与作品(浙籍)

刷文化的绘画艺术有了根本差别。它借助近代工业技术手段,与语言文字的差异更为明显。摄影不仅模仿眼睛视觉功能,甚至改写了传统视觉模式,鲁迅敏锐地捕捉视觉幻象带来的心理"震撼"。在杂文《论照相之类》中,鲁迅向读者提供了照相这一现代技术对中国百姓的观念震荡及留在自己内心深处的童年记忆。他通过摄影这种衔接于传统与现代的视觉文化样式,提供了照相机镜头前人们强烈的仪式感,折射了其时时尚——摄影带来的心理震惊,又记录了在新的技术前对传统的留恋心态。通过面对摄影机的中国人的不同寻常的表现,鲁迅注意到摄影这种视觉艺术带来的空间限制和在镜头前个体情感表现的聚焦功能。而在另一篇杂文《从孩子照相说起》中,他谈到了相片与原形间的背离。同样的一个孩子,在不同氛围中表现出不同情绪,从而形成不同影像,通过不同相片,深刻揭示了文化环境对孩子的异化。鲁迅通过摄影产生的氛围和摄影视角的引入,通过映像的差异比较得出文化环境及话语压抑人性的结论。面对摄影机,鲁迅的主体审视无意间与拉康的"镜像"理论相契合。"摄影叙述的是我们缺席时世界的样子",①,通过被摄对象在照片上的呈现来寻求灵魂内在隐秘信息,鲁迅在新的视觉感官中获得崭新感知模式,得出了主体在趋向"想像界"的认同中,既实现了"镜像我"的转换,从此也走上了无可回归的异化之路。

现代技术在文化领域扩张的另一重要成果是影视艺术。电影不仅通过影像复制了单个物体的原形,而且还模拟了整个世界。20世纪前半叶,电影开始在中国都市空间蔓延,作为现代知识分子的鲁迅有幸接触到新兴技术的文化产品。上海期间,鲁迅以观看电影为自己仅有的娱乐方式②,书信日记中留下不少他与家人及朋友观看电影的记载,"如果作为挥霍或浪费的话,鲁迅先生一生最奢华的生活怕是坐汽车、看电影"③。成为现代生活一部分的电影具备公共祭典的仪式性,在视觉文化的现代化过程中持有难以舍弃的古典气质,鲁迅接纳电影并不十分困难。但是,作为启蒙知识分子,鲁迅对电影的商业性保持着足够的警惕,以清醒的理性的姿态介入电影批评。他敏锐地指出电影的意识形态色彩和欺瞒性,提出"梦幻工厂"好莱坞电影对人心的迷惑,指出这类型电影不过是"近五六年

---

① [法]让·鲍德里亚:《消失的技法》、《视觉文化读本》,广西师范大学出版社2003年版,第83页。
② 鲁迅:《鲁迅书信·360318致欧阳山、草明》,《鲁迅全集》第13卷,人民文学出版社1981年版,第329页。
③ 许广平:《鲁迅回忆录》上册,北京出版社1999年版,第390页。

来的外国电影，是先给我们看了一通侠客的勇敢，于是而野蛮人的陋劣，又于是而洋小姐的曲线美"①。鉴于此，他还特意翻译了日本人关于电影的文章，借此来警醒和加深中国人对电影的思考和认知。除了关注中国电影的生存和走向外②，他还表达了对其时中国电影的忧虑，虽然数量众多，"而可惜很少有好的"③，这是鲁迅试图将电影艺术纳入公共领域的文化生活发出的感慨。电影作为一种视觉现象，其价值和意义都在不断展示中得以显现的，鲁迅涉足这一新的文化公共空间时，已经意识到视觉文化与文字文化一样，传输过程中大量渗透意义价值。通过视觉形象，可以折射现实，开拓视界，并尝试建构新的意义体系。

视觉文化的图像符码迥异于文字符码，20世纪视觉文化的逐步兴盛改写和重塑人们的记忆和经验，冲击语言文化传统，现代文化场景中的鲁迅不自觉受到了渐次展开的视觉实践的影响。连缀于鲁迅文化实践中的绘画、照相和电影三种视觉文化现象，恰好应和着20世纪中国视觉文化的演进路径，从阐释性的图像到机械模拟的拟像再到全景性反观的镜像。

二

"眼见为实，耳听为虚"，自古以来，所有感觉器官中，视觉在获取知识认识世界时，始终占据尊崇地位。启蒙时代，理性原则被视为最高原则，启蒙要开启民众心智达成祛魅。由此，在启蒙者看来，视觉为打开幽闭空间通向理性之路的当然通道。人们信任眼睛，因为眼睛摄取到的物体形象和整体图像，比抽象的符号能更全面更直观地契合世界本来面目。图像和图示是人类童年时代传输信息和交流情感的常用符码，随着人类情感的丰富、思维的复杂和交流的扩展，图像符号生产显得过于复杂和烦琐，无法满足日渐增长的沟通需要。人类在简化图像过程中创造了更为简易直接的语言文字符号。随着文字符码表征的强化，图像在日常交流中的运用率降低。直至印刷术的发明运用，图像又一次得以广泛传播，隋唐时期，佛教推广得益于印制大量佛教图像达到解说佛教教义的目的。现代科技催生了摄影、电影、电视等现代艺术形态，更大地缩短图像生产和传播时间，使图像转化为新的语言体系——影像语言。现代社会以来，随着图像的生产过程加快，传输壁障不断被拆解，图像言语运动也日渐广泛，作用

---

① 鲁迅：《"小童挡驾"》，《鲁迅全集》第5卷，人民文学出版社1981年版，第446页。
② 鲁迅：《中国文坛上的鬼魅》，《鲁迅全集》第6卷，人民文学出版社1981年版，第156页。
③ 鲁迅：《鲁迅书信·360318致欧阳山、草明》，《鲁迅全集》第13卷，人民文学出版社1981年版，第329页。

越来越凸显。图像给人类带来最为丰富和全面的外部信息，帮助人们综合信息做出准确判断，避免因信息不通或误传而造成的闭塞和蒙蔽，图像传输的物质基础——眼睛的作用也就越来越重要。

鲁迅生活在图像表征不断增强的时代，强烈地感受到图像语言带来的心理震撼，开始反省文字语言符码的文化传统，集中体现在传统礼教上。礼教以规范的语言和呆板的律例禁锢了人们的思想，约束了人们看世界的自然行为。使他们不敢面对事实，导致了愚昧和闭塞，"屏息低头，毫不敢轻举妄动。两眼下视黄泉，看天就是傲慢，满脸装出死相，说笑就是放肆"（《忽然想到·五》）。为了解除蒙蔽状态，他觉得应该充分发挥"眼睛"的作用，"中国的文人，对于人生，——至少是对于社会现象，向来就多没有正视的勇气。我们的圣贤，本来早已教人'非礼勿视'的了；而这'礼'又非常之严，不但'正视'，连'平视'也不许"。（《论睁了眼看》）鲁迅通过批判传统礼教，不仅否定了礼教所包含的精神内涵，也否定了文字符号所抽象出的教条。这些礼教律例从现象中抽离出来时舍弃了情感，过分倚重条例造成对现象事实的肢解和误导。鉴于此，鲁迅提出应该充分信任视觉，信任视觉图像，批判了欺瞒和虚幻的人生，鼓励人们要用自己的眼睛去看，这样才能看到真实，才能获得真正的新知，才会有行动的勇气。"我们的作家取下假面，真诚地，深入地，大胆地看取人生并且写出他的血和肉的时候早到了。"（《论睁了眼看》）在20世纪30年代，他还预见性地提出"用活动电影来教学生，一定比教员的讲义好，将来恐怕要变成这样的"（《"连环图画"辩护》），鲁迅的预言在当下的中国社会大为普及，并有与语言文字争夺阵地的势头。

鲁迅对眼睛功能和图像价值的信任直接影响到他的文学创作，在语言文字为载体的文学作品中不断显露其视觉思维。这种陌生化的手法使鲁迅作品更富于现代气质，不仅建构了立体化的叙事空间，还因连续画面的出现更富于动感，更贴近世界真实。

能在视界内为"眼睛"感知的文化现象，首要条件是具备形体条件，具有空间形态，空间存在成为视觉现象的第一要素。鲁迅的作品注重空间因素，而且在他的笔下，空间不只是事件发生或者人物活动的外在环境，而是为情感、氛围所包围的空间形象，以体积、色彩和形状构成视觉特质。隐喻成为他形塑空间的常用手法。由此，活动在"有意识"空间中的人物、行为及物体的位置和摆设都是经过预先安排的，"鲁镇""未庄""故乡""巷弄"都是中国文化渗透和显示权力分配的集中地带。这些场所是鲁迅根据多年的体验和思考从社会大背景中截取的图像，具有愚昧、闭塞、落后等共同特征，此类空间具备了培养麻木、自欺欺人的国民劣根性的一切基础，也是文本中"铁屋子"这一意象的具体化表达。展示在读者面前是清晰可见的、又是充满了丰富色彩和具体的风土人情的，且能吻合鲁迅理解世界的空间场所。对于读者来说，这些虚拟又具体的空间场域既是鲁迅意念的集中和概括，还能以生活化的形态呈现，既符合作者的传输意图，又契合读者心目中的社会事实。

鲁迅作品的文学魅力与他传神的表达分不开，而能够让读者获得鲜活感觉并留下深刻印象又与他重视"眼睛"的机制分不开，面对不同文学体裁，鲁迅运用的观视方法也不相同。

鲁迅小说的视觉性元素主要体现在各种镜头的运动和跳接上，他既提供新视点给读者带来全新感受，又通过不断地调度视点全面观照被看对象。鲁迅的小说出现不少令人难忘的场景渲染，通过画面营造视觉化效果，用文字载体进行图式言说。为读者所难忘的《故乡》中对少年闰土的刻画，那段短短几百字的片段，运用了不同景别的变化，从全景到中景再到特写，而后定格到少年闰土的矫捷身形上，再加上运动镜头的穿插，使场景鲜活地存在于人们的大脑中。而鲁迅擅长的人物刻画，同样是吻合镜头运动带来的震撼和冲击。鲁迅尤其擅长对眼睛的刻画，《祝福》中祥林嫂的"眼睛间或一轮"，就是利用运动图像的快速切换来描摹人物神貌，长时间的沉寂间杂着迟缓的动感，其间的停歇和断续更使人难熬。而且，鲁迅还在文学创作中运用大量闪回，模拟幻象，如《白光》中陈士成落榜后回到寓所神思恍惚的场景，《故乡》中听到闰土信息脑海浮现出少年闰土看瓜场景的想象，都是借助现实和幻象的切换形成交错的视觉空间。鲁迅擅长设置场景唤醒读者的视觉感官，而后娴熟地运用各种跳接串接各种场景中的震惊事件。鲁迅的小说留给读者的是大量的近距离的细节描写和场景刻画，快节奏的叙事流程类似于电影剪辑中的蒙太奇思维。在叙事态度上，他尽量避免抒情色彩的流露，而近乎摄影机或者摄像机的对象呈现。

鲁迅的杂文称为现代文学史上富有意味的新文体，知性的光芒能够穿透世俗和平凡获得鲜活的感觉，与他对概念和名词的视觉刻画是分不开的，其视觉性特征主要体现在"特写"的运用中，鲁迅用感性和形象的语言以图像化抽象的符码。他在描摹对象上充分挖掘其视觉性，丰富地运用各种形体语言、神态语言、色彩语言，以此建立感官与思想间的联系。如他对"国粹"的譬喻[1]，充分调动了视觉感觉，达到了形色俱神的境

---

[1] 鲁迅：《热风·随感录三十五》，《鲁迅全集》第1卷，人民文学出版社1981年版，第305页。

界。他还通过呈现在各种书籍上和现实中的肖像，概括了脸上所显现的精神内质①，使读者充分品读其人物内在心理，通过放大表情的注目和凝视才有的视觉效果。为了充分体现认知主体的感受，他大量地运用了视觉成规，强化读者的眼睛位置。他通过设置视点，引导读者观看，渐次展开声画场景，完成对世界的阐释或观念的接受。如在《现代中国的孔夫子》，文章从现有的孔庙中的孔子画像入手，而后亮出流传日本的孔子画像，再想象自己心目中的孔子形象，通过再现不同历史时空的孔子画像，从不同视角解读孔子，提供了言说背后隐蔽的现代中国的历史境遇及各种权力话语的生产机制。在不少杂文中，鲁迅都提供各种艺术形象，使读者获得了阅读情境，这样获得的理性认知比单纯的逻辑论证更易为心理内化。鲁迅杂文的成功不仅在其思想的深邃，也在于它能将深邃的思想以不寻常的形象传达出来，既获得理性认知又引发心理震撼的阅读效果。

鲁迅文学创作和文明批评中的视觉思维不仅表达了中国近现代知识分子"睁眼看世界"的启蒙要求，同时也表明"看"的视觉思维模式已经内化于启蒙者心理，与文字文化的思考、认知联系在一起，使人类对世界的把握能力更为丰富和全面。

三

鲁迅作为以启蒙为己任的现代知识分子，面对不断增生和繁衍的视觉形象，面对不断强化的视觉表征，再难以保持"静观"这一传统的审视方式，"凝视"成为理解世界的新视觉行为。鲁迅洞察了视觉行径的变化，他感知到特殊的"看"的行为与文化生产机制直接相关，整个世界都在有意味的"看"中产生意义，也在"看"的过程中分配权力。而且，启蒙的效用只有通过清醒地"睁眼看"才能获得，才能烛照"欺"和"瞒"的传统文化，唤醒被蒙蔽的心灵，"看"成为鲁迅透视权力关系的切入点，也成为理解启蒙叙事中观看者和被看对象的关系基础，建构了启蒙文学的基本情节模式，也提供了启蒙价值的反思机制。

首先，启蒙叙事的情节中，"看"的行为构筑了故事场景和人物活动的环境。《药》中有华老栓看到夏瑜行刑的围观场景；《阿Q正传》中阿Q的杀头场景成为路人眼中的景观；《故乡》中的"我"与儿时伙伴闰土再见面的场面；《狂人日记》中狂人时刻感受到被窥视和监禁的压抑；

---

① 鲁迅：《略论中国人的脸》，《鲁迅全集》第3卷，人民文学出版社1981年版，第412—415页。

《孔乙己》中孔乙己穿长衫而站着喝酒时总是被围观取笑……，其中有启蒙者对被启蒙者的审视，也有看客对受难者的冷眼旁观，还有被启蒙者对启蒙者的反观。这些产生"震惊"效果的画面，始终让人感受到各种目光的交织，锐利的，诡异的，呆滞的，描绘了各种各样"看"的情态，展示了各种制度化和压迫性的"看"，在目光投射和承接中，隐含着各种压抑、限制和禁忌，以缺席的惩罚透露着权力的残暴和酷虐。鲁迅的启蒙叙事中，人物的"看"既受限于外在条件，也受限于内心情感经验。"看"到什么，怎么"看"，人们的眼球运动最终都取决于先在观念。陈旧思想和传统观念束缚了人们的精神自由，使中国人丧失了主观能动性。因此，在目光关系网中，启蒙者的清醒认知和精神救赎成为推开沉重和黑暗的希望。

　　其次，在启蒙叙事的结构中，"看"的行为成为确立人物关系的基础。其中看者、被看者还有旁观者组成了启蒙叙事的形象类型。"看"不仅显示权力的压迫和控制，也是造成受虐者痛苦的源头。"铁屋子"中，"狂人"被监控、孔乙己遭受冷眼、祥林嫂的悲苦被漠视……通过"看"投射出的威力，集中展示了受虐者的种种遭遇。"看"这种看似无关痛痒的行为，因多股"看"的力量的凝聚汇合而产生了"看客"群体。在鲁迅看来，"看客"的"看"不是纯粹客观的中立的看，而是携带着权力的压迫、观念的束缚甚至剥夺客体存在权力的伤害，置身于目光聚焦中心的受虐者们不断地承受精神折磨、心理变异，导致悲惨结局。由此，鲁迅特别反感看热闹的"看客"。他在《野草》的《复仇》中特意设置了在荒原中互相对峙着的赤裸男女，他们既不对抗也不拥抱，终于使看客们无聊了。他认为，面对着受虐者的身心折磨和不公待遇，"看客"们自身无须直接承受痛苦，面对他人甚至同伴的身心折磨和不公待遇，"看客"反而表露出把玩心态。在鲁迅看来，"看客"对受虐者不仅没有伸出援助之手，他们的无力无能状态加上无谓的态度反而助长了施虐者的气焰，使施虐者的酷虐行为不能受到抵制反而更为猖狂，这样，"看客"也就间接地成为帮凶，这些"看客"的冷漠和麻木态度致使受虐者遭遇更为悲惨的命运。让人痛心的是，这些精神麻木的不知觉醒的"看客"，在启蒙叙事中麻木不仁亟待启蒙的被启蒙者的地位，在不断地承受着各种痛苦和不公待遇，他们通过观看其他人的痛苦聊以自慰，成为彻底丧失了思想和行动而沦为永恒的奴仆，看客的"看"放弃了行动上反抗臣服于强权，反而使弱者更弱。

　　再次，"看"的行为机制也提供了启蒙价值的反思基础。对于正常人而言，90％的信息直接由视觉感官获得，"观看"是人类感知外部世界的有效手段，然而，"观看"并不具备行为能力。鲁迅把中国社会喻为"铁屋子"，五四启蒙者的权限在于观看"铁屋子"。"铁屋子"中，被启蒙者处于被"看"的地位，他们什么都不"看"也不愿睁眼"看"世界，也不可能获得新知。这种状态接近于电影观看者。观赏电影时，观看者并不直接接触被看对象，只是通过态度来控制被看对象，观看者在行为上是无能的，因此也无力改变影视作品中的角色命运。在启蒙情节模式中，启蒙者充当被启蒙者的引导者，而不是具体行为的操作者。"看"的流程在心理和眼睛间循环，它是一种心理反映，可以形成清醒的认知，但不能代替勇敢的行为。启蒙者对施虐者行为抵制和谴责只能停留在话语层面，不能有效地抵制施虐行为。即使启蒙者将"看"的功能发挥到极致，也只能关注而无力拯救这些贫弱的处于"被看"位置的深受痛苦的人群，在行动上则无力改变施虐者的意愿和行径。通过启蒙的人群可以获得清醒认知，而挽救其悲苦命运则需要受过启蒙后的受虐者自身的努力。早年鲁迅的科学救国和医学救国的人生之路遭受了"看"不清楚而行动的苦闷，而他的文艺救国之路则又承受着看得很清楚却又无力拯救的痛苦。"铁屋子"中即将窒息而亡的需要清醒地认知，又需要切实的行为，但是启蒙者能做的只是呐喊，这也预示了中国启蒙者的尴尬地位和无力状态。鲁迅在不断地为启蒙呐喊助威的同时只能清醒地保持对启蒙的怀疑。《故乡》《祝福》《在酒楼上》《孤独者》《一件小事》等作品都给出了"看"到现实却又对其悲惨状态无力改变的启蒙者的心理挣扎和痛苦。

鲁迅生活的年代，视觉文化现象正处在一个逐步加速的阶段，知识分子们欣喜地看到日渐丰富和清晰的世界给人们带来的崭新感受，以此来扫除模糊和混沌的文字文化产生的遮蔽，将视觉文化视为进步的工具。作为现代中国的启蒙者，鲁迅信任视觉作用，将自己的启蒙心态与逐步强化的视觉意识相连接。然而，鲁迅毕竟处在印刷文化时代，其时的文化实践中，语言文字的作用远强于图像符码，视觉文化对国民灵魂的强大形塑远未显现，视觉文化的负面作用仍未充分暴露。鲁迅并不特别怀疑看见东西的真实，只是强烈怀疑启蒙者"看"的效用。一世纪后，当视觉提供了琳琅满目的文化现象，由信息不足导致新的不公平不平衡现象逐渐减少，而过量信息和信息误传导致错误逐渐增加时，视觉感官的可信度受到了强烈质疑，鲁迅当时认为只要开眼就可以看到真相，而当下的人们发现即使开眼，有可能得到的只是"半张脸的神话"。有意强调精英意识，拒绝视觉文化，思想的启蒙在选择有效的形式和提供效能的载体上陷入了困顿。回顾现代启蒙者鲁迅的启蒙之路，认真检讨视觉文化在中国现代启蒙之路上的作用，或者能够给当下寂寞而艰难的启蒙提供一些有效的启迪吧。

（原载《文学评论》2009 年第 3 期）

鲁迅笔下日本形象之镜观

陈力君

鲁迅启蒙思想的形成与西方现代性内涵中的视觉意识有着深层的联系。受近现代"睁眼看世界"的启蒙思维影响,他选择海外留学,在"看"的过程中接受西方现代观念,遭遇日本仙台的幻灯片事件,无意间撞见了现代视觉文化带来的心理震撼,开始人生的重大转变,弃医从文从事文化启蒙活动。日本形象的构建映射了鲁迅丰富的精神世界和中国现代启蒙思想的复杂性。

成长于中华帝国的鲁迅自小接受中国传统教育,大量典籍阅读形成的知识体系是纯然东方的,其中自然也包含了中华帝国强大形象的自我文化认同,在此知识谱系中的日本始终是作为大中国的"倭夷"形象而存在。然而,伴随近代中国的民族危机和被迫的社会文化转型,中国知识分子也被迫转向认同西方价值观念,接受西方现代的思维方式。在大量汲取西方文化资源的过程中,日本因其比邻的地缘关系、亲近的语言文化、悠久的历史交往和迅速崛起的现代经验成为西方文明的中转站,也成为一代知识分子留学最为热门的国度之一。鲁迅在日本获得新的视觉经验、遵循新的价值诉求从而建构日本形象的心态是丰富而复杂的。一方面,经历过家道兴衰痛苦体验的鲁迅渴望洗脱民族耻辱,雪耻报仇的越文化传统也使他易于亲近日本的"耻感文化",认同其"复仇心态";另一方面,作为现代启蒙者的鲁迅因深感被迫"开眼"的视觉压迫,虽然倾心于日本成功的经验,但又强烈感受到强大压制,陷入了受诱惑和拒绝的矛盾。鲁迅依赖视觉感官建构丰富层次的各类日本之"像",表达中国近现代知识分子通过新的再现模式建构了自我(中国形象)和他者的关系,在虚设和事实间不断体验反复参照的曲折的文化实践过程。

一 景象

鲁迅乍到日本首先关注到的是日本自然景象。景象是人类区别和独立自然界，确立人的主体意识后对进入自身视野中的客观自然景物的指称。因此，这一景象既是鲁迅得到的最初日本印象，也是鲁迅已有的文化心理及审美方式的自然延续。景象作为具有视觉意义的图像承接于传统绘画艺术，风景画通过画框和画面结构形成了深层的价值意义体系。中国山水画是通过特定的绘画语言传达中华文化内涵和审美方式的具体表现，它体现了中国文化既重视视觉感官也不忽略心理内化的特有艺术表达。深受中华文化熏陶的鲁迅，沿袭了传统艺术审美心理，沿用传统认知世界的方式来感受和认知日本，日本景物成为自己外化情思寄寓感情所在。1902 年 4 月至 1909 年 7 月，青年鲁迅东渡日本游学，共计七年有余，这一经历正是鲁迅这一代知识分子普遍的人生选择，也契合中国近现代知识分子"睁眼看世界"的启蒙思想获取路径。二十多岁的鲁迅，正值感受力极其丰富的青春岁月，身在异国他乡，经常睹物思情，日本风物成为他建构日本形象的基础。

但是，日本毕竟不是中国，鲁迅怀着"拜师"的心态来到日本，赴日之前，就认定"日本是同中国很两样的"[1]，以陌生人身份介入日本生活，对之缺乏情感亲近和文化认同。再加上此时日本已经迅速完成由传统向现代社会转型，成为东方的强国，它努力摆脱中国传统文化的影响，与依旧负荷着传统枷锁的中国文化的亲缘性在减少，差异则不断增多。有着浓郁的乡土情结的鲁迅远离热土，既需要克服对原有生活习惯和文化理念的依恋，又需要克服适应新环境和认同新价值的犹疑，既暂时摆脱束缚又找不到确切目标和方向，充满了惆怅与飘零之感。面对异域地理环境和自然景象，间离的姿态令他格格难入现实生活，拒绝对日本风物的欣赏，他备感远离家乡亲人的愁苦。在《戛剑生杂记》中提到，"行人于斜日将堕之时，暝色逼人，四顾满目非故乡之人，细聆满耳皆异乡之语，一念及家乡万里，老亲弱弟必时时相语，谓今当至某处矣"[2]，身居日本，心系故国，虽然"离中国主人翁颇遥，所恨尚有怪事奇闻由新闻纸以触我目"，却备感孤独和寂寞，"所聊慰情者，厪我旧友之笔音耳"[3]。他在信件中以

---

[1] 鲁迅：《朝花夕拾·琐记》，《鲁迅全集》第 2 卷，人民文学出版社 1981 年版，第 297 页。
[2] 鲁迅：《戛剑生杂记》，《鲁迅全集》第 8 卷，人民文学出版社 1981 年版，第 467 页。
[3] 鲁迅：《书信·致蒋抑卮 041008》，《鲁迅全集》第 11 卷，人民文学出版社 1981 年版，第 321 页。

客居他乡的旅人口吻向好友介绍自己在日本的起居生活,言辞间不断地显现不见容不介入的客观和冷然:"此地颇冷,晌午尚温。其风景尚佳,而下宿则大劣。……现拟即迁土,此亦非乐乡,不过距校较近,少免奔波而已","仙台久雨,已放晴,遥思吾乡,想亦作秋气"①,敏思善感的鲁迅漂泊异乡,在他的心目中,日本始终只是暂时寄居地,他欣赏眼前景象,却寄情于遥远的故乡,造成情景空间的错位,日本自然景象中只能增添他的思乡之情别离之苦了。

这样一种他者心态,使日本景象在鲁迅构建的艺术世界中一直处于匮乏空缺状态,鲁迅的作品少见日本景象,对于他七年的日本生活,作品中也较少表现,而描写日本自然风光的作品只在他《藤野先生》的撰述中,开头寥寥数语:"东京也无非是这样,上野的樱花烂漫的时节,望去确也像绯红的轻云,但花下也缺不了成群结队的'清国留学生'的速成班,头顶上盘着大帽子,顶得学生制帽的顶上高高耸起,形成一座富士山。也有解散辫子,盘得平的,除下帽来,油光可鉴,宛如小姑娘的发髻一般,还要将脖子扭几扭。实在可爱极了。"这是鲁迅作品中最集中描述日本景物的文字,它非常准确地传达了鲁迅在日本的心态。他感受到富于日本特色也孕育了日本民族性格的樱花节美景,通过简练而概括的文字传神地表现了赏花盛况,而自己却成为无法融入的旁观者,冷眼瞧着缤纷落英中的来来往往的人群,以"众人皆醉我独醒"的旁观者神态自我设障,在热闹沉醉的场面中他不能感同身受,却在其中发现了与之不协调的杂音:"清国留学生"作为樱花节的踏春者,以特殊的标志——大辫子显现自己身份角色,却在行为上淡忘职责和使命,尽情沉迷于樱花节的热闹,俨然把日本当中国,显得滑稽怪诞,丑态毕现。鲁迅之所以将"清国留学生"同胞形塑成活跃在樱花节上不合时宜的小丑形象,因为这些人不符合他对日本形象的设定。在他心目中,日本应该是奋发向上、努力学习和不断崛起的他国形象,而非"清国留学生"毫不设防地迷恋和沉迷的心向往处,他们不应该耽溺于樱花节的烂漫春色。作为一名中国人,鲁迅自觉表现出对日本的樱花节盛况的拒绝,固守于中国人身份意识。作为"清国留学生"之一的鲁迅,带着诊治国家民族痼疾的目的来到日本,被包围于时代危机感、耻辱感,轻松的心情、逍遥的姿态全都成为奢侈,急切、焦虑构成他的主导精神状态,怎么还会有心情来游山玩水,体验他国美景呢?

---

① 鲁迅:《书信·致蒋抑厄041008》,《鲁迅全集》第11卷,人民文学出版社1981年版,第321页。

日本留学时期，鲁迅在理智上视日本为师者，强烈的民族尊严却使他无法排遣深重的羞辱感，对自己的祖国反而表现出强烈的文化归属和角色认同。日本景物在鲁迅笔下，拥有了强烈的历史承担和文化批判意识，替代为"他者"和"他乡"的具体表现。作为一名日本的"清国留学生"，他始终难以舍弃自己的使命感和责任感，对日本的寂寞和隔阂总是横亘于心。然而，鲁迅能够深刻理解日本文化，能够深切地感受到日本人钟情风月、易感自然景物的变化、感慨人生的无常和悲凉的命运意识和悲剧心理。他在日本"弃医从文"的举动也表明了他认同日本的"耻感文化"和与因"耻感"而产生的对抗甚至"复仇欲念"，表明了鲁迅对日本的情感和理智无法统一的深层次矛盾。

二 印象

与自然空间景象相比较，印象则是更进一层视觉社会化的体现，是对某一人群的行为习惯、性格特征和文化心理的归纳概括后的"象"的集结。鲁迅接触日本人后各种视像形成鲁迅对日本人的总体印象。这些印象表现了鲁迅对日本社会认识的拓展和深入，已跨越初级的表层的日本形象开始构建更深层次的日本形象。

鲁迅对日本人的印象形成是逐步积累深化的过程。在日本，鲁迅坚守自己的身份归属，他在对日本人群像认知基础上体现了鲜明的民族立场，他有保留地亲近日本人，有选择地接受日本人。鲁迅在日本生活了很长时间，但他笔下的日本人却依旧陌生又疏远。在他的文学世界中，故乡绍兴一直是他魂牵梦萦的精神归宿，中国人的民族性格和精神痛苦也始终占据他思考的核心。他的作品较少提到在日本的生活起居，也少见他在日本交往的日本人。他在仙台给朋友的信中，表明自己并不看重日本青年："近数日间，深入彼学生社会间，略一相度，敢决言其思想行为决不居我震旦青年上，惟社交活泼，则彼辈为长。以乐观的思之，黄帝之灵当不馁欤。"[1] 日本青年在鲁迅青春记忆中是沉重而充满耻辱的，他在仙台学医时受到的歧视让他深切感受到具有强烈民族主义立场的日本所谓爱国青年强烈的排他情绪，这给鲁迅造成了很大的伤害；而日后鲁迅在《呐喊·自序》中提到的对中国新文学肇端有着"神喻"般作用的幻灯片事件，更是彻底地划断了鲁迅与日本同学间的民族文化界限，印证了鲁迅被拒绝

---

[1] 鲁迅：《书信·致蒋抑卮041008》，《鲁迅全集》第11卷，人民文学出版社1981年版，第321页。

四 作家与作品(浙籍)

和被歧视的"他者身份"。

然而,回到中国后,鲁迅反而更亲近日本人,他要好的日本朋友大多是归国后开始交往的。20世纪30年代鲁迅从北京南下,曾在厦门、广州等地逗留,最后选择了上海为其长期的寓所,不少人对他为何选择嘈杂纷扰的大都市颇感费解,而忽视了鲁迅生活的虹口区为日本侨民聚居地的事实,这一区域空间有他熟悉的日本语言及日本朋友带来的情感认同。其时中国文坛纷争不断,处在文化矛盾中心的鲁迅备受困扰,身心俱疲,心力交瘁。那时的鲁迅时常出入内山书店,并与内山完造交往甚密。据鲁迅的日本朋友回忆,"要是想要会见鲁迅,4点左右到内山书店就可以碰到","由于内山夫人是京都宇治人,经常以从宇治寄来的玉露茶,请鲁迅喝"①。鲁迅通过自己的文笔深刻地表达了对中国文化、对中国人精神痛苦的极大关注,却愿意让自己在日本朋友的书店享受生活情趣,得到精神放松。在生活的最后十年中,在心灵承受最大强度的压力的情况下,他在上海通过内山书店结交了不少日本友人。1935年鲁迅为镰田诚一所写的墓记②情感真挚,令人感喟。为一位初显才干、品质优良的英年早逝的惋惜和悲悼,流露出鲁迅细腻、敏感又真诚的珍惜生命的真挚情感。这篇墓记体现了鲁迅对日本文化的深层体悟。这份发自内心超越国家民族疆界的情感符合鲁迅对爱的高境界的理解和定位。他感慨和心痛生命易逝人生无常,但又赞赏死者抓住瞬间体现生命价值的精神气质。30年代寄居上海的鲁迅遍观中国人性的"丑"和"恶",而日本人则可以成为改造国民性的现成榜样,他不吝以溢美之词来缅怀一位年仅二十八岁就不幸离世的日本青年,这样就理解鲁迅与内山完造间的友谊了。虽然鲁迅一直与不带民族偏见的日本友人保持着良好关系,但是他坚守自己的民族立场,充分表达了民族气节和尊严。鲁迅得知中日关系紧张后,即便他重病在身,依然对日本持有足够的警醒。据他儿子海婴的回忆,"父亲去世前,曾提出要赶紧搬离虹口,并嘱咐幼弟周建人到租界去租赁新房,只要他相看中意,不必让父亲复看,定租便可"③,这种戒心和警惕也源自他对日本的"异心",对日本的有意识确立的"他者"心态。面对日本政府企图归化中国而虎视眈眈中国领土,鲁迅表达了坚决反对的态度,认为中国决不能交给日本管:"那可不行。这在日本看来即使很有利,但对中国却是绝无好处的。我们

---

① [日]清水安三:《终生对日本人的亲密情感》,《日本经济新闻》1976年第10期。
② 鲁迅:《镰田诚一墓记》,《鲁迅全集》第6卷,人民文学出版社1981年版,第307页。
③ 周海婴:《鲁迅与我七十年》,南海出版公司2001年版,第117页。

的事，要由我们自己来做！"① 这番话表明鲁迅面对日本具有强烈的民族自我意识，鲜明的角色意识和身份归属，对日本的扩张意图保持着坚决拒绝的清醒头脑。

　　鲁迅对中国和日本，对待中国人和日本人的复杂矛盾心理与近现代中国国情、时代环境及文化观念有着内在关联。作为五四新文化的斗士，鲁迅曾经强烈地抨击中国传统教育制度，而充满感情地塑造了他的老师藤野先生。他从内心深处一直沿袭着出国留学的初衷，本着强烈的民族责任感学习日本的文化优长和民族性格以拯救国民，也正是这份学习姿态，使他以师者规范来寻找他所接触到的日本人，藤野先生成为符合这一身份又满足鲁迅心理期待的最好人选，是他留学日本留下的唯一人物印象记，也成为鲁迅笔下最为成功也最具温情的日本人形象。作为日本医学教授，藤野先生在与鲁迅交往过程中体现了现代社会中理想的师生之谊，完全符合现代意识的师者道德规范，吻合鲁迅对理想的日本人的期待。

　　首先，藤野先生的科学理性精神铸造了他的人格特征，在为人处世上处处都体现出"真的人"具备的基本素质，契合鲁迅所追求的现代人性标准。"藤野先生朴素的人格与日本学生造成的丧失良知的事件之间，浮现出了鲁迅所确信的超越国籍的'真的人'的关系。这种关系的反面，就是等级观念和围着被枪毙的'犯人'喝彩的群众的关系。"② 这段话说明鲁迅一以贯之的理想人性表达在藤野先生身上得到了体现，作为接受自由民主观念的现代知识分子，鲁迅崇尚"个性张扬"的理想的人性状态，强调提升个体的存在价值，尤其反对文化、历史、社会和民族等群体意识。藤野先生与当时仙台医专的具有强烈民族情绪的日本青年人形成鲜明的对比，在鲁迅面前显现了真正现代知识分子的普遍人性意识。

　　其次，藤野先生也确立了现代师者的道德规范。当鲁迅作为一名异族留学生出现在他面前时，藤野先生全然不顾他是来自弱国他族的子民，充分尊重鲁迅的人格，以平等友善的态度与鲁迅进行真诚交流，悉心教导，在学业上使他确立自信。藤野先生对鲁迅的爱护，充分体现为一位以"学术"为职责的现代"师者"的高尚情操，他是鲁迅对日本人形象期盼的范本。藤野先生作为鲁迅人生道路的启蒙者和引路人，他对鲁迅的影响是深远的，对中国来说也是意味深长的。由此，他的相片长久成为寂寞鲁

---

　　① [日]儿岛亨：《精通日语·鲁迅回忆录（散篇）》下卷，北京出版社1999年版，第1573—1574页。
　　② [日]伊藤虎丸：《鲁迅与日本人——亚洲的近代与"个"的思想》，河北教育出版社2002年版，第7页。

迅的可资温暖的精神伴侣，成为鲁迅七年留日生活中最为鲜明的记忆，成为鲁迅在所有接触过的日本人中最可钦佩的人。

在鲁迅的生活经历和文化实践中，他面对日本民族的"师者"心态和"他者"意识是如此的鲜明地对立。他愿意接近显露充分人性色彩的日本人，与许多日本个体建立了较为亲密的情感交往，不断感受到日本人的可贵和可亲，他们都给鲁迅留下了许多美好的印象，不断表达视其为"师友"的倾向。然而，鲁迅一以贯之当年弱国子民的求学日本的启蒙心态，在面对带有强烈符号色彩的日本民族时依然保持足够的距离，自觉和被迫中不断表现出强烈的"他者"意识。日本文化、鲁迅人格和中国近现代启蒙意识都是如此充满尖锐矛盾又错综复杂地交织在一起！

三　映象

映象是客体投射在反映主体心理后再通过反省而成总的形象，是主体经由视觉感官、基于自身的认知基础知识框架对客体作出的总体把握，具有高度抽象性和普遍性的特点，较少保留形象性而较为接近符号特质的像型。鲁迅通过视觉机制总体和全方位把握日本文化和日本民族并对照中国民族性格的表达，也是他在建立起日本形象的本质意义后得到的更深层面的认知。鲁迅长期留日，接触大量日本人，积累了许多日本民族性的感性认知，他又从旁观角度理性把握和洞透日本人民族性格。归国后，鲁迅在目睹了中国社会的大量文化现象之后，通过与中国民族性格的比照，反观日本的社会现实和文化现象，开始形成对日本整体形象的把握，从历史和文化的视角刻画日本民族性格。在鲁迅看来，日本人较之中国人更显自然本真，更显其真性情："中国和日本的小孩子，穿的如果都是洋服，普通实在是很难分辨的。但我们这里的有些人，却有一种错误的速断法：温文尔雅，不大言笑，不大动弹的，是中国的孩子；健壮活泼、不怕生人，大叫大跳的，是日本孩子。"① 孩子身上体现了中日两国文化和教育的不同结果。而鲁迅在比照中国人与日本人的脸时发现，中国人"渐渐成了驯顺"②，日本人则保持着人性中必需的"野性"。由此，与日本人相反，中国民族性格的劣根性正在于过分的顺从和软弱，在于不能正确对待自己的奴性心理，宁肯在"瞒"和"骗"中生存，因此，在改造国民性问题上，中国人应该向日本人靠近，"像日本那样的喜欢'结论'的民族，就是无

---

① 鲁迅：《从孩子的照相说起》，《鲁迅全集》第6卷，人民文学出版社1981年版，第81页。
② 鲁迅：《略论中国人的脸》，《鲁迅全集》第3卷，人民文学出版社1981年版，第414页。

论是听议论，是读书，如果得不到结论，心里总不舒服的民族，在现在的世上，好像是颇为少有的"①。日本人的认真性格也决定了他们在人类社会的现代化进程中的成功和崛起，鲁迅看到了现代医学和现代科学对日本现代社会的进步和发展起到的关键作用，"新的医学对于日本的维新有很大的助力"②，但是，现代科学观念和技术在传输到中国时，却受到了严重阻隔，甚至扭曲和异化，"'科学救国'已经叫了近十年，谁都知道这是很对的。并非'跳舞救国'、'拜佛救国'之比。青年出国去学科学者有之，博士学了科学回国者有之。不料中国究竟自有其文明，与日本是两样的，科学不但不足以补中国文化之不足，却更加证明了中国文化之高深"③。日本人严格地尊重各种规定和规范，也吻合了西方文化中的科学理性原则，这与中国文化的不确定形成鲜明对比："在这排日声中，我敢坚决的向中国的青年进一个忠告，就是：日本人是很有值得我们效法之处的。譬如关于他的本国和东三省，他们平时就有很多的书——但目下投机印出的书，却应除外，——关于外国的，那自然更不消说。我们自己有什么？除了墨子为飞机鼻祖，中国是四千年的古国这些没出息的梦话而外，所有的是什么呢？"④两相比较，在现代社会中，日本民族性格的优长明显，中国人改造国民性重构民族性格时，日本民族性格的范本作用不言自明。

鲁迅也深刻地看到，日本人的认真性格与他们的"耻感文化"紧密相关，"日本人一旦有追求重大使命的远景，厌倦情绪就会消失，不管这个目标多么遥远"⑤，而这种求真的性格正是中国人所欠缺的，也是在长期沉重的苦难中的中国人所规避的历史责任。在此，鲁迅表达了对日本人"认真性格"的矛盾心态，一方面，他觉得中国人应该加强国民性的改造，提出中国人需要在真实的人性中反思自身，检讨自己，面对外部世界时始终持有清醒和警惕，"凡受辱必报复"。就此而言，鲁迅欣赏他们认真坚忍的性格，将他们视为中国人可以效仿的对象，但另一方面，鲁迅又将他们视为异族，对他们觊觎中国领土怀有足够的戒备和防范，面对占领

---

① 鲁迅：《内山完造作〈活中国的姿态序〉》，《鲁迅全集》第6卷，人民文学出版社1981年版，第266页。
② 鲁迅：《俄文译本〈阿Q正传〉序及著者自序传略》，《鲁迅全集》第7卷，人民文学出版社1981年版，第83页。
③ 鲁迅：《偶感》，《鲁迅全集》第5卷，人民文学出版社1981年版，第479页。
④ 鲁迅：《"日本研究"之外》，《鲁迅全集》第8卷，人民文学出版社1981年版，第320页。
⑤ [美]鲁思·本尼迪克特：《菊与刀》，商务印书馆2000年版，第113—114页。

东三省的侵略行径，鲁迅就一针见血地揭示了它的后果和趋势，"这在一面，是日本帝国主义在'膺惩'他的仆役——中国军阀，也就是'膺惩'中国民众，因为中国民众又是军阀的奴隶；在另一面，是进攻苏联的开头，是要使世界的劳苦群众，永受奴隶的苦楚的方针的第一步"①。他还在杂文《友邦惊诧论》中，公开表达了对日本侵略行为的愤慨和强烈抗议。面对日本民族性格，反思中国国民性格弊病，鲁迅大力提倡"学习"，学习日本民族的"真实"和"认真"的性格来改造中国国民性的鄙陋，日本民族的"师者"形象得以确立。但是作为整体中华民族的"师者"不能寄寓道德和情感上的期待，从中日邦交角度，鲁迅提出应该警惕日本人对中国的野心，不能忘却他们的"他者"身份。

四 象与形

鲁迅笔下的日本形象源于鲁迅眼中的日本，丰富复杂的形态和层次与鲁迅所处的时代语境、身份角色及复杂矛盾的心态密切关联，又与日本民族本身的矛盾、丰富和不确定直接相关。鲁迅笔下构建的不同层次的日本象映射了鲁迅启蒙心态，反映了启蒙心态驱动下的视觉机制作用。

首先，鲁迅以"师者和他者"设定日本形象，本身隐含着以中国为出发点的希望从中寻求启蒙资源传递文明薪火的精神渴求。作为历史上有过悠久交往历史的邻国，地缘文化相近，日本对中国现代知识分子具有天生的亲近感，加之日本在明治维新后的崛起并快速摆脱西方工业国的强权控制的历史经验，无疑更增添了强劲的吸引力，因此，由日本中转传输西方思想成为捷径。其时的日本大量又快速地介绍世界他国的文明成果，对此，鲁迅深有感触，"他们的介绍之速而且多实在可骇"②。五四时期，大量的西方思想都是经由日本再传到中国，其时不少知识分子都自觉地将日本视为"师者"，留学日本寻求民族振兴的出路。留学日本归国的知识分子从日本借鉴了大量的现代文明成果。鲁迅接受的苏俄和欧洲的文艺观都是通过日本的转译获得的。

其次，鲁迅对日本这一客体的认知，经历了景象、印象和映象三个层次。自然风光、风土人情所构成的景象相对应目力直击的表象；日本人的印象为鲁迅开始投注情感积累经验形成的知性层次，而对日本民族性格的

---

① 鲁迅：《答文艺新闻社问——日本占领东三省的意义》，《鲁迅全集》第4卷，人民文学出版社1981年版，第310页。

② 鲁迅：《马上日记之二》，《鲁迅全集》第3卷，人民文学出版社1981年版，第342页。

把握则表明鲁迅对日本人的认识已经上升到理性层面，这样逐渐明晰逐步深入的过程吻合启蒙理念下渐次深入的视觉规律，符合视觉感官为基础的客观反映论获得真实的过程。同时也表明视觉要达成的最高层次为日本民族文化性格的理性认识，即对日本民族这一客体进行类的抽象和概括，最终通过理念的方式把握其精神实质。所以，鲁迅能够精练准确地概括日本民族的性格特征。

但是，鲁迅对日本形象构建的启蒙心态所表现出的理性精神始终受制于民族尊严的强大压力。近现代被迫"看"的屈辱和不甘总会在不经意间冒出，在他构建日本形象时呈现出不可弥合的情感裂缝。中国知识分子的责任感和使命感使得在接受日本文化的影响时，总是表现出强劲的本国角色意识，日本只是他完成自身文化职责的暂时栖息地。鲁迅与当时留日的学生普遍感受到弱国子民的飘零感，郁达夫笔下的"零余人"形象就是敏感于这种"在又不属于"状态的典型表现，没有身份归属，不同文化的碰撞都使他们具有强烈的不安定、焦虑和茫然之感。面对无法真正融入的日本社会和日本文化，他们也只能在拒绝和被拒绝间确立自己在日本的角色定位。在日本这样一个有着等级传统的国家，中国知识分子不断地感受到民族自卑感，也不断地体味着现场角色和身份归属间的分裂痛苦，强烈地感受到受排挤和歧视的苦闷，内心期待和现实状况间的落差。不少留日知识分子共同表达了强烈的爱国主义思想，为国家民族的落后而痛苦，鲁迅、郁达夫等在日本都不断地表达自己作为中国人的痛苦，他们身在日本反而强化了自己的中国身份，表达了对日本国的自觉隔离。

日本的师者和他者形象矛盾地统一在中国近现代知识分子的内心世界，这种理念使他们在面对日本文化和日本政府时表现出无法弥合的裂痕，无论是作为中国留日的知识群体还是个体的内心世界，就如鲁迅在面对日本的文化和民族时表现的两面性，以及共同留学日本的鲁迅和周作人的不同人生选择一样充满了矛盾、歧义，留下了不少令人费解的现象。

随着中国接受现代文明的日渐增多、中国的自我意识的逐渐加强，也随着日本对中国企图日渐明显，日本与中国的关系日渐紧张，这些知识分子对日本国的情感矛盾也日渐凸显，日本形象呈现的缝隙也日渐加大。在留日归国的知识分子群体中，不仅他们个体内心充满了痛苦和抉择的困难，而且，他们作为群体也产生了不可调和的分化，抗日战争中，不少留日归国的知识分子成为抗日斗士，而另外一些知识分子则成为投靠日本的汉奸便是这一分化最为剧烈的体现。

"世界上不同国家民族的自我想象与自我认同，总是在与特定他者形

四 作家与作品(浙籍)

成的镜像关系中完成的。"[1] 鲁迅笔下的日本图景,隐含在他对现代中国的想象和设定中,成为中国自身反思的"镜子"。近现代中国社会在西方列强的武力侵略中被迫"睁眼",逐渐放弃传统的中华帝国意义原则中的日本形象,根据现实的需求对日本进行新的视觉聚焦,通过各种"象"的呈现,构筑了中国人需要学习和效仿的日本形象。但是,传统文化所惯有的静默审思方式形成的"大中国"形象中的日本定位又使得他无法舍弃民族尊严,在构建日本形象过程中始终保持着足够清醒的"他者"意识,形成了丰富而复杂的"师者和他者式"的日本形象。鲁迅笔下的日本形象既充分感受了日本民族矛盾、分裂和极端的性格特征,又契合中国现代知识分子的精神需求,表达了中国知识分子在民族落后和被动状态下,目光投向西方和外族的学习姿态,但又不断地体现出不甘于被迫转变的痛苦表达,也说明中国近现代接受西方启蒙思想的矛盾和不彻底,中国自身文化传统不断牵扯着深受传统影响的启蒙者的步伐。而鲁迅正是在这样的矛盾中睁眼看世界,他对日本的态度表达了被迫割断古老传统纳入他者的强势文化中,弱者急于变强的无奈又不断奋争的不屈心理,诚如他强调的在绝望中抗争一样,带着屈辱又有强烈自尊的悲剧意义。

(原载《学术月刊》2010 年第 7 期)

---

[1] 周宁编:《世界之中国:域外中国形象研究·前言》,南京大学出版社 2007 年版,第 1 页。

鲁迅与早期"左联"关系考论

张广海

鲁迅与"左联"的关系问题，学界已有极多深入论述。但具体到鲁迅与早期"左联"的关系，则尚未给予足够重视。比如"左联"因何以及如何团结鲁迅、鲁迅与早期"左联"盟员的关系到底如何，论述均较为薄弱，且给人以事实已然十分清楚的错觉。实际上，鲁迅与早期"左联"的关系问题，既牵涉中国共产党早期文艺政策的变动，又关联于鲁迅后期思想的转变，兹事体大，而既有论述多有陈陈相因、习焉不察之处，故而实有进一步详加探究之必要。本文尝试引入更丰富的史料，对鲁迅与早期"左联"的关系重新勘察。

一 团结鲁迅何以可能？

"左联"约于1929年底开始筹建，其最初筹创之时，也并未定名为"中国左翼作家联盟"。最后名为"左翼作家联盟"，实际上是"无产阶级作家联盟"的降格，体现出合法活动的欲求以及某种程度上的"统战"倾向。冯乃超曾回忆："最初我们原是想组织无产阶级文学同盟，后来觉得不适合中国实际，改为组织左翼作家联盟，我们同鲁迅商量，鲁迅认为可以。"[①] 这便揭示了"左联"在筹建伊始，存在一个主动模糊政治立场的过程。而倘若确实一开始的计划是筹建"无产阶级文学同盟"，则基本上可以确定，团结鲁迅的政策并非"联盟"筹建一开始便决定下来的。那么，"左翼作家联盟"是何人所命名呢？冯雪峰回忆说，这一命名来自李立三，李立三委托潘汉年请冯雪峰邀鲁迅加入，"左翼"二字的用否也取决于鲁迅：

[①] 参见《访问冯乃超谈话记录——关于三十年代初期文学运动的点滴回忆》，上海师范大学中文系鲁迅著作注释组编《鲁迅及三十年代文艺问题》，1977年，第22页。

四 作家与作品(浙籍)

我即去同鲁迅商谈。鲁迅完全同意成立这样一个革命文学团体;同时他说"左翼"二字还是用好,比较明确,旗帜可以鲜明一些。①

显然,命名权实际上是最高权力的表现,命名之变则是决策变动的表征。而由名称中计划使用"无产阶级"到连"左翼"二字都可以不用,则充分揭示出其时中共试图联合鲁迅、建立统一组织的底线之低。② 鲁迅之于这一组织的重要性,中共联合鲁迅的决心之大,均于此清晰可见。而促成这一转变的关键人物,为李立三。

当拟议中的"左联"决定以鲁迅为"领袖"时,成功团结鲁迅无疑成为创办"左联"的最重要前提。至于是哪位中共领导下达了团结鲁迅的命令,目前学界说法不一,但主要集中在周恩来、李立三和李富春三人身上。或许是由于周恩来德高望重且富有统战经验,学界较普遍地认为,团结鲁迅的最高命令由周恩来发出,李立三和李富春倘若曾下达相关命令,也是负责传达。周恩来要求团结鲁迅的说法主要来自楚图南听人转述,据其回忆:

一九二八年秋,党的六大在莫斯科闭幕后,一部分代表经西伯利亚,在绥芬河附近昼伏夜行,秘密过境,并陆续到达哈尔滨,由组织安排,分别住在一些同志的家里。安排住到我家的是王德三同志……

当时在哈尔滨和王德三同志碰头商量的有周恩来等同志,还有罗章龙。王德三也要我向他介绍和汇报国内情况,文化界,尤其是上海文化界的情形,我即将我所知道的情况作了汇报,并着重讲了鲁迅和任国桢通讯中所反映出来的问题。据王德三说,恩来同志的看法是,如果事情真是像鲁迅在来信里所讲的那样的话,围攻和责怪鲁迅是不对的,应该团结、争取他。鲁迅在国内文化界及青年学生中有相当影响,鲁迅对社会现实不满,又一时找不到正确的出路,要把他争取过来,为革命斗争服务。并说,回到上海后,对鲁迅的工作是会有考虑和安排的。③

关于周恩来要求团结鲁迅的说法基本都以楚图南为据。现在可查到的

---

① 冯夏熊整理:《冯雪峰谈左联》,《新文学史料》1980 年第 1 期。
② 参见《冯雪峰同志关于鲁迅、"左联"等问题的谈话》,鲁迅研究室编《鲁迅研究资料》(2),文物出版社 1977 年版,第 167 页。
③ 楚图南:《鲁迅和党的联系之片断》,《鲁迅研究月刊》2000 年第 12 期。

楚图南最早表达此说法是在 1977 年 6 月 28 日，公开出版在 1980 年 5 月。① 但钱杏邨在 1977 年 2 月 10 日（公开出版在 1980 年 2 月）即有此表述："革命文学论争之后，我们常听中央来的同志说（来人是为了调和创造社、太阳社与鲁迅的关系），周恩来同志说，我们要同鲁迅团结，搞好团结，象小孩成长，不摔跤是不可能的，一下子希望成熟是不可能的。"② 这倘为钱杏邨的独立回忆③，则两人说法互相印证，周恩来曾过问团结鲁迅的可能便大大增加。④

但即便周恩来曾过问团结鲁迅一事，力度也很小，否则当事的众多左翼文人不可能不详加回忆。笔者曾考证推断，要求团结鲁迅、策划成立"左联"的党内领导人主要是李立三，其他若干位领导人，即便对此曾有所贡献，也完全不能与李立三相提并论。⑤ 那么，有必要进一步追问，李立三为何愿意主动团结鲁迅？

其实，李立三自 1928 年下半年开始负责中共中央及中宣部工作后，就常和文学界人士交往。而此前的中共高层领导，对文学活动不仅不重视，反而颇多轻蔑。比如蒋光慈便因放弃党内活动，而专事文学创作，为党内高层所不喜。⑥ 因此，李立三对文学活动的重视具有特别的意义。笔者亦曾考证推断，后期创造社五位主力新成员的入党极有可能和李立三有直接关系。⑦ 创

---

① 参见复旦大学《鲁迅日记》注释组《访问楚图南同志》，北京鲁迅博物馆鲁迅研究室编《鲁迅研究资料》(5)，天津人民出版社 1980 年版，第 169—171 页。

② 吴泰昌记述：《阿英忆左联》，《新文学史料》1980 年第 1 期。

③ 此一可能极大。可确定的是，楚图南的说法在 1980 年 5 月前并未公开发表，这因为 1976 年 1 月周恩来去世后，由鲁迅研究室撰写的长文《敬爱的周总理与鲁迅》（《光明日报》1977 年 1 月 15 日）对此只字未提；1978 年由北京市第二商业局七二一大学语文班等编辑出版的《周总理是捍卫毛主席革命文艺路线的光辉典范》，内含《关于鲁迅》专章，对此亦未涉及；1979 年 6 月由上海鲁迅纪念馆编辑出版的《纪念与研究》第 1 辑，为"周总理与鲁迅"专号，对此也只字未提。这也说明，其时社会各界对楚图南有此信息知者甚少，否则不可能不去专访。

④ 1967 年 8 月，冯乃超接受访问时曾表示周恩来可能过问团结鲁迅（当时未发表），在其后来的回忆中也多次提到这一点。但冯乃超的推断逻辑是，郭沫若反对批判鲁迅，是他可能获得了周恩来指示。参见陈漱渝整理《冯乃超同志谈后期创造社、左联和鲁迅》，《鲁迅研究月刊》1983 年第 8 期。冯乃超的推断逻辑自然难以成立。1977 年 7 月 20 日，阳翰笙在接受访问时也曾说，周恩来可能指示李富春团结鲁迅，但他也强调："只是我的推测"。参见复旦大学《鲁迅日记》注释组《访问阳翰笙同志》，北京鲁迅博物馆鲁迅研究室编《鲁迅研究资料》(5)，天津人民出版社 1980 年版，第 172—173 页。明确表达周恩来曾过问团结鲁迅的当事人，似乎只有楚图南和钱杏邨。

⑤ 参见张广海《"左联"筹建问题的史料学考察》，《文艺研究》2014 年第 7 期。

⑥ 参见郑超麟《郑超麟回忆录》（上），东方出版社 2004 年版，第 188—189、286—287 页。

⑦ 参见张广海《创造社和太阳社的"革命文学"论争过程考述——兼论后期创造社五位主力新成员的入党问题》，《社会科学论坛》2010 年第 11 期。

造社成员冯乃超虽然在忆及李立三时语气多有不屑，但也多次提过李立三常去找他们谈话，并派中央宣传部的潘东周和吴黎平指导他们活动、意图拉拢，并且"同意"创建"左联"。① 作为刚入党的党员，能获得如此高的待遇，是完全不同寻常的。

创造社元老、当时负责创造社总务工作的郑伯奇，虽然不是党员，但也受到过李立三的接见：

> 我自己与党的一些负责人的关系，曾见过李立三、瞿秋白和李富春。总理那时没见过。当时李立三分批召集左翼作家谈话，鲁迅可能也在内。我是和田汉一起去的，在一家旅馆里见到了李立三。谈话内容已经无法回忆，只记得总的精神是鼓励我们，要我们继续同国民党斗争，并未提到攻击鲁迅的事。这次谈话是在"左联"成立以前，这点我还记得很清楚。李富春同志我是在王独清家里见到他的，他俩都是法国留学生，当时好像来往较多，这次见面谈了些什么也已记不起来了。与瞿秋白见面则是在"左联"成立以后……②

据会谈中"并未提到攻击鲁迅的事"，可判断约发生在1929年底至1930年初。此时的李立三，在政治领域正积极筹划实践其革命高潮理论，与此前的中共领导不同的是，他同样积极地谋求宣传部门——尤其是文学界——的配合。对鲁迅，李立三尤有兴趣。在"革命文学"论争极大紧张了鲁迅与中共关系的背景下，李立三主动向鲁迅伸出橄榄枝，固然服从于中共文艺发展的目标，仍然需要面临不小的党内压力。这一决策的制定，可能同样植根于李立三较深层次的个人志趣。据1946年任李立三秘书的蓝漪回忆，李立三当时曾向其表示，特别喜欢鲁迅《二心集》中的作品，其中《关于左翼作家联盟的意见》《中国无产阶级革命文学和前驱的血》《黑暗中国的文艺界的现状》等篇，"从前我都能背出来"。③ 而《二心集》所收，正为1930—1931年间鲁迅的作品。

确如郑伯奇所推断的，鲁迅也被李立三约见了，而且也是在"左联"

---

① 冯乃超：《革命文学论争·鲁迅·左翼作家联盟——我的一些回忆》，《新文学史料》1986年第3期；冯乃超：《左联成立前后的一些情况》，李伟江编：《冯乃超研究资料》，陕西人民出版社1992年版，第41页。

② 郑伯奇：《郑伯奇谈创造社、"左联"及其他》，《郑伯奇文集》，陕西人民出版社1988年版，第1339页。

③ 蓝漪：《李立三二三事》，《大公报》（香港）1980年3月31日。

成立前夕。据李立三回忆,鲁迅在"左联"成立大会上讲话的大意便是二人商谈过的。①"左联"的命名,当然也可说是李立三和鲁迅协商的产物。在"左联"成立后不久的5月7日,李立三又再度约见了鲁迅,据参与会见的冯雪峰说,谈话持续了四五十分钟,李立三期待鲁迅发表宣言拥护他的"'左'倾机会主义那一套政治主张",被鲁迅婉拒。② 现在已经很难判断,李立三之所以会对鲁迅发表宣言抱有期待,是否也缘于自己曾有"功劳"于他了。③

那么,为什么会选择鲁迅执"左联"之大旗呢?除开李立三个人志趣的因素外,或许还有客观的原因。

"左联"的成立,源自"合法主义"在党内的抬头。"左联"的盟主,因此必须既有声望、又有公开活动的能力。考察"左联"名单可以发现,其所拥有的享有声望的资深作家,只有鲁迅、郭沫若、茅盾和郁达夫(后被开除)。郭沫若固然卓有声望,也一直和革命文学家处在同一战线,按理该是"左联"的首领人物,但当"左联"筹创之时正在日本,且被政府通缉,难以公开活动;随着兴趣转移,他也正逐渐淡出文学圈。而茅盾,虽然与革命文学家之争已逐渐平息,其时也正在日本休养,而且也被通缉,又常被革命文学家视作第三党在文学领域的代表,既难以服众,也难以替"左联"公开活动。而鲁迅,虽与革命文学家产生了激烈论争,但其在1929年转向马克思主义的趋势十分明显,且与革命文学家共同狙击梁实秋,创办以宣传马克思主义为重心的刊物,如此与时俱进,在青年中的影响力自然倍增,当然会引起中共文化宣传部门领导的注意。而且,鲁迅不是党员,为"左联"公开活动有难得的便利。能够直接参与"左联"工作、为"左联"公开活动的鲁迅,几乎是文坛扛起"左联"大旗的最佳人选,其被中共选中实不在意料之外。事实也证明这一选择极为正确,鲁迅立即将所主编的刊物转型为"左联"机关刊物,并连续为"左联"阵营编杂志编书,出席"左联"活动,讲演授课、捐资助款,以其锐利的文字对"左联"的敌人予以痛击,也以其对青年的号

---

① 参见唐纯良《李立三全传》,安徽人民出版社1999年版,第149页。
② 冯雪峰:《在北京鲁迅博物馆的谈话》,《雪峰文集》第4卷,人民文学出版社1985年版,第496页。
③ 李立三在党内是一位无背景和根基的领袖,在其掌握最高权力的短暂时期,亦无最高领导的名分。大概正因此,他才特别重视文化领域的工作,意图从中招揽人才、寻求舆论支持。当然,李立三对文学知识分子的重视也不能过度解读,其时他的精力仍然集中于军事和政治工作上,关注文学知识分子,更多也是政治宣传的需要。

召力给"左联"增加了巨量文化资本。确如要求团结鲁迅的中共领导李富春在"左联"筹办阶段所言:"请你们想一想,像鲁迅这样一位老战士、一位先进的思想家,要是站在党的立场方面来,站在左翼文化战线上来,该有多么巨大的影响和作用。"①

正因主客观两方面条件同时具备,团结鲁迅才能最终落实为中共的文艺政策,获得实行。

二 风起于青蘋之末——鲁迅与早期"左联"盟员之关系

以李立三为代表的中共最高领导层对鲁迅确实是重视的,"左联"在筹建及最初运行的过程中,均充分尊重了他的意见,并隐然将领袖的位置交给了他。但鲁迅与"左联"最初的关系却不见得十分融洽。

在"左联"中期(1933年),鲁迅曾因为反对辱骂战而遭同道中人攻击,以致长期难以释怀;到了"左联"后期(1935年)又说:"以我自己而论,总觉得缚了一条铁索,有一个工头在背后用鞭子打我,无论我怎样起劲的做,也是打。"② 这自然针对的是以周扬为核心的"左联"领导层。研究常认为1933年周扬任"左联"党团书记后才出现对鲁迅"公开的挑战和放暗箭",同道中人开始"公开对鲁迅的攻击"③。其实,公开攻击或放暗箭早在"左联"初创之时便展开了。当"左联"筹建之时,虽然中共连续派出多人争取鲁迅、并安抚之,"左联"刊物上数篇重头文章对鲁迅的评价也有明显转调,鲁迅也为"左联"出力甚多,但即便在"左联"初期,"左联"刊物上对鲁迅或隐或显的嘲讽和警诫都不鲜见,"左联"盟员也常对接纳鲁迅这个"落伍分子"表达不满。虽然当时未被鲁迅形诸笔墨,但被"同志"打"鞭子"的感受,以其敏感,必在当时即有所体察了吧。

据阳翰笙回忆,在决定与鲁迅停止论争、由创造社和太阳社成员参加的党内会议上,即有人并不表态赞同,"说鲁迅是一个激进的民主主义者,不是马列主义者,为什么不可以批评呢?"④ 另据冯雪峰说,"鲁迅在

---

① 阳翰笙:《风雨五十年》,人民文学出版社1986年版,第134页。
② 鲁迅:《350912·致胡风》,《鲁迅全集》第13卷,人民文学出版社2005年版,第543页。
③ 王宏志:《鲁迅与"左联"》,新星出版社2006年版,第148页。
④ 阳翰笙:《风雨五十年》,人民文学出版社1986年版,第135页。另据李立三在1960年回忆,在党主持的创造社会议上,为了达成一致,"也费了不少力量"。参见《李立三的谈话纪要》,收入许广平《鲁迅回忆录》,长江文艺出版社2010年版,第219页。

左联成立大会上发表这讲话的当天,到会的人中就有不重视和抵触的现象,例如我记得会后就听到有几个人说过这类意思的话:'鲁迅说的还是这些话'"①。但他并未透露更多情形。据查,最早公开发难的或许是原创造社成员、"左联"执委周毓英。② "左联"成立不足两个月,他就在托派刊物上以实名表达了对"左联"右倾接纳鲁迅的严重不满:

> 闹了几年的普罗文学运动,结果还是由资产阶级"移交"过来的文学作家执掌着大旗,撑持着普罗文学运动的外场面,青年英勇的斗士拥上来,他老先生提着双腿朝后踢。他自己向统治阶级投降和乞怜,但他偏会说青年英勇的斗士的指摘他是帮助了敌人,是反动!③

其中"青年英勇的斗士",当然主要指的是包括自己在内的后期创造社成员,在一老一少的对比中,凸显了鲁迅之过时和反动。周毓英讽刺的对象虽然不止鲁迅,还有创作革命"才子佳人"小说的蒋光慈,也难免包括郁达夫,但主要还是以鲁迅为目标。在他看来,接纳鲁迅这批老作家,是革命组织方面的根本错误,是"中国过去的和目前的注册的普罗文学运动者"所犯的"滔天的错误":

> ……因他的把戏玩腻烦了或者阿Q死得实在不能再活了而要换换口味,抱着玩玩的意思,假装正经的和注册的左翼作家应酬应酬,说他觉悟过去的错误了,愿意参加你们的集团,撩着胡子执"鞭"——错了,是"笔"——效劳,卖"我"的老招牌养你们……但他老先生终究是玩玩的,没有革命的自觉,自然没有革命的意识,表现不出真正的革命的行动,于是虚伪的克己主义的行动也就算是革命的行动

---

① 冯夏熊整理:《冯雪峰谈左联》,《新文学史料》1980年第1期。另外,在左联成立大会选举产生的7名常委中,鲁迅在常委名单已提前确定的情况下,得票数仅居第4,排在夏衍、冯乃超和钱杏邨这3名青年之后。参见吴泰昌记述《阿英忆左联》,《新文学史料》1980年第1期。
② 周毓英系"左联"执委的证据来自其本人回忆,参见周毓英《记后期创造社》,《申报月刊》复刊1945年第3卷第5期。这一回忆的真实性可能有问题,因为在左联还未成立的时候,周毓英就已经被潘汉年严厉批判。参见潘汉年的两篇文章《内奸与周毓英》,《现代小说》1930年第3卷第4期;《新兴文学运动与自我批评》,《拓荒者》1930年第1卷第2期(愆期至本月25日之后)。但在没有确切的反证出现前,且认定其为事实。潘汉年的批判虽然严厉,名义上还是称呼周毓英为"我的朋友",周毓英也是在一年后(1931年5月2日)才被"左联"开除。
③ 周毓英:《中国普罗文学运动的危机》,《洛浦》1930年第1卷第1期。

了。创作不出东西来,其实是不诚心作,于是翻译,翻译也不是真心,他始终是玩玩的,他的翻译是糟蹋外国作家欺骗中国读者,死译硬译,一古脑儿来了,"读不懂吗?你再读一遍!"……青年的热血钱被他骗去了。……书店是欢迎偶像的,管你是反动的陈腐的,总是展开两臂嚷"来!来!来!"

这样的为着少数人私阀植力关系,牺牲了主义,曲解误用着真理,收容了寡廉鲜耻的资产阶级"移交"的文丐,挤去了青年英勇的斗士的革命原子,陷害,断送了中国整个的普罗文学运动,那也算是一个策略吗!……这显然是犯了严重的错误,否则就是预备若干人的植阀的反动的策略。①

不难发现,虽然其中只字未提鲁迅,但几乎句句针对鲁迅。尤有意味的是,周毓英愤怒地谈到了"策略"的问题,可以推想,这必然是"左联"领导层安抚激进盟员的一个说辞——吸纳鲁迅不过是一种"策略"。虽然身为"左联"执委的周毓英并非"左联"特别核心的成员、文章也发表在非"左联"系统刊物上,但他的想法在"左联"盟员中是有代表性的。在"左联"机关刊物上,有位作者在批判笔社每周聚餐不过是"饭桶集合"、执行"他们那一阶级的走狗"的任务之余,举出反例"左联"来:

于是,我们不得(不)感佩作为一革命斗争的一翼的左翼作家联盟诸同志们的艰难困苦奋斗精神,左联诸同志开会时,除第一次大会时鲁迅先生提起过"牛油面包"的话以外,聚餐是做梦也不曾想到过的。②

作者所言是否符合实际且不说,其中隐含的文意显豁,即只有鲁迅还残存着"吃喝"的阶级意识。"左联"一位重要盟员陶晶孙对鲁迅的讽刺则直白得多了,他在自己主编的刊物上化名表达了对鲁迅文艺大众化观点

---

① 周毓英:《中国普罗文学运动的危机》,《洛浦》1930 年第 1 卷第 1 期。值得一提的是,冯乃超很快在鲁迅主编的刊物上公开批驳了周毓英的观点,参见冯乃超《中国无产阶级文学运动及左联产生之历史的意义》,《新地月刊》1930 年第 6 期。

② 戎一:《笔社与聚餐》,《巴尔底山》1930 年第 1 卷第 5 期。引文中括号为引者勘误所加。戎一或为李一氓笔名,一因《巴尔底山》由李一氓编辑,刊物篇幅很小(每期仅 10 页左右),其中不少他的作品;二因"戎一"和"一氓"略具相似性。

的不满,并把他和托派王独清一起做了批判:

> 大众文艺要在找大众。这岂不是看了题目做文章。原来大众是在找自己的文艺。可惜支配大众的一阶级不许看,先问鲁迅所说,"就必须政治势力的帮助"。到底是大众自己发展的政治势力呢?还是现在压迫着支配着大众的政治势力,如果是指后者,那么未免是在做梦了。鲁迅很重视了识字运动,这是忘却(?)了大众在找自己的文艺,而变了要使普罗学捕罗,使大众的麻醉再麻醉下去也是没法的话了。①

其中对鲁迅不乏诛心的嘲讽,试图麻醉大众更是严厉的指控。而给"忘却"二字加上问号的讽刺意义更是显豁的,即鲁迅根本就不曾记起,暗讽其出身之不洁。钱杏邨在当时曾创作了重新评价鲁迅的名文《鲁迅》②,这也在"左联"盟员中引起了不满,并在另一种"左联"机关刊物上对鲁迅做了直白的批评:

> 杏邨兄的《鲁迅论》,没有提及以前自己的文章,容易使读者误会我们的态度。在我们,自然知道我们写文章作批判已不是站于私人的立场,但声明是必须要的。看见第三期的萌芽,鲁迅虽已隐约表示了唯物史观的立场,但态度还是老样子的,这种态度,也不能不给以相当的纠正。③

其中多次运用的与鲁迅对举的"我们"也足以让人玩味,指明了鲁迅在"左联"中身份的异己性。而钱杏邨也意识到了自我的"分裂",又专门作文为自己的新文章辩解。表明自己以前是用文学批评家的眼光看鲁迅,而现在用的是文学史家的眼光,新的《鲁迅》只"稍微修正"了以前的内容,并非否定过去的结论,而是充实了以前的判断④;对鲁迅也不是"拉拢",而是彼此主张合一的"意识的结合",并饶有意味地

---

① 李无文(陶晶孙):《"文艺大众化"批评(评前期的"大众化问题")》,《大众文艺》1930 年第 2 卷第 4 期。引文中括号为原有。
② 钱杏邨:《鲁迅——〈现代中国文学论〉第二章》,《拓荒者》1930 年第 1 卷第 2 期(愆期至本月 25 日之后)。
③ 建南(楼适夷):《文艺通信·建南的信》,《拓荒者》1930 年第 4—5 期合刊。
④ 钱杏邨:《一个注脚》,《拓荒者》1930 年第 4—5 期合刊。

四　作家与作品(浙籍)

指出：

> 至于过去犯了错误的人，只要他们能够悔悟，革命的集团也仍然是欢迎他们在一道工作。①

而郭沫若也表达了几乎相同的意见。虽然他呼吁鲁迅与创造社不要再视对方为"眼中钉"，但在具体评价上，认为后期创造社对鲁迅的批判是完全正确的，进而主张鲁迅"超克"此前的阶段，与革命文学家携手作战。② 这种评价，与其说是在包容鲁迅，不如说是在提醒鲁迅不光彩的过去，告诫其彻底克服旧观念、采取新立场。盟员眼中如此形象的鲁迅，与中共所意图塑造的"左联"持大旗的领袖，反差不可谓不大。而在鲁迅这边，私下对"左联"诸盟员的评价也很是不堪，在致友人的信中他说："除自由同盟外，又加入左翼作家连盟，于会场中，一览了荟萃于上海的革命作家，然而以我看来，皆茄花色，于是不佞势又不得不有作梯子之险，但还怕他们尚未必能爬梯子也。哀哉！"③ 以上情形都让人想起中国著作者协会的命运。但"左联"的酝酿毕竟有着更缜密的计划和有力的支持，它幸运地没有重蹈覆辙。

三　结语

鲁迅之所以能够加入"左联"，李立三扮演了重要的角色。正是李立三的个人志趣与主观需要，与其时的客观形势变化相契合，于是中共的文艺政策才会产生调整，才会决定团结鲁迅，成立以鲁迅为旗手的"左联"。但鲁迅与许多左翼文人的矛盾，既有意气之争，更有理论逻辑的根本对立，在"革命文学"论争中已然充分暴露，虽然论争已然缓和，但分歧并没有那么容易就消弭于无形。"左联"初期，包括一些"左联"领导在内的盟员，对鲁迅屡加嘲讽警诫，甚或明确表达对接纳鲁迅的不满，便是明证。

当然，强调鲁迅与早期"左联"的紧张关系，无意于挑战鲁迅已然与左翼文人达成合作，在同一战线奋斗的基本事实。其目的一是要说明，鲁迅与一般左翼文人，并非纯如通行论述所强调的，在"左联"成立前

---

① 钱杏邨：《一个注脚》，《拓荒者》1930 年第 4—5 期合刊。
② 郭沫若：《"眼中钉"》，《拓荒者》1930 年第 4—5 期合刊。
③ 鲁迅：《300327·致章廷谦》，《鲁迅全集》第 12 卷，人民文学出版社 2005 年版，第 226—227 页。

夕或稍后，已然冰释前嫌甚至缔结了友谊①；另外，也是为了在鲁迅与早期"左联"和与中后期"左联"的关系之间，接续必要的逻辑链条。若不厘清鲁迅与早期"左联"的紧张关系，则不易理解后来冲突的集中爆发。自然，彼此的合作亦关系重大，不容忽视；而合作与冲突的交错，或最显明地折射出"左翼"在现代中国的复杂面向。

（原载《中国现代文学研究丛刊》2017年第1期）

---

① 比如常为学界津津乐道的鲁迅与成仿吾的和解，实际情况恐怕也复杂得多。参见阎焕东《成仿吾晚年谈鲁迅——一种既往的文化现象或心理现象的回顾》，《鲁迅研究月刊》2009年第8期。像成仿吾这样，实际上始终没有改变"革命文学"论争时期对鲁迅看法的左翼文人，绝非孤例（另外可参见周海婴对李初梨和成仿吾的回忆，周海婴《鲁迅与我七十年》，南海出版公司2001年版，第294—309页）。而这，或许才更接近人性之常态，今日自然已无必要对此再加以意识形态化的批评。

茅盾与革命文学派的"现实"观之争

张广海

作为新文学的奠基者之一，茅盾（沈雁冰）曾较深度地参与了中共早期的政治活动。他曾长期担任中共中央的对外联络员，国共合作之后，曾任上海特别市党部宣传部长、国民党中央宣传部秘书，到武汉又主编当时重要的宣传机器《汉口民国日报》。茅盾虽然是中共早期重要领导成员之一，然而在汪精卫1927年7月"分共"之后，他逐渐疏远了与共产党的关系，并和当时的许多人一样，选择了自动"脱党"。

还在"革命文学"的风潮初现之际，茅盾即已在《文学周报》发表《论无产阶级艺术》[①]，较系统地介绍论述"无产阶级艺术"的情况。虽然这篇文章的观点基本来源自波格丹诺夫，但他对文章的观点及立场应该是认同的。文章就论述的系统和深入性而言，其后很久都堪称独步。那么，在大革命失败之后，当沈雁冰变成了茅盾之时，他对无产阶级革命文学的理解有没有发生新的变化？他又为何与革命文学派爆发激烈的冲突？冲突的要点和根源又在哪里？本文便以这些问题为考察重点。但在进入之前，需要对一些关键的历史细节有所辨明。

一　茅盾庐山行迹考

欲了解茅盾在大革命失败之后的思想状态，须对他蛰居庐山时期的实际处境有所了解，然而学界多半还只能依据其在20世纪80年代初所撰写的回忆录来认识。然而由于写作的具体情境，茅盾娓娓道来的叙述不免在许多地方都存在疑点，尤其是其中所暗置了一个对其"自动掉队"行为自辩的主题。他反复强调他如何由于一系列客观原因才没能赶上参加南昌

[①] 沈雁冰：《论无产阶级艺术》，《文学周报》1925年第172—196期。

茅盾与革命文学派的"现实"观之争

起义,如何在发现交通不通后仍不忘打探路径,可惜终因腹泻卧床。① 而卧床的日子大体在 7 月 27 日至 8 月 1 日,恰成为不能前去参加南昌起义的有力理由。大概正因为如此写作动机,导致其回忆中不免出现失实之处。像茅盾所回忆宣称其在牯岭卧床不便于行的日子里,朱其华却发现他和宋云彬住在九江的宾馆,正准备上庐山游玩。而且,茅盾的回忆也和他其后不久的文章有所冲突,和其同伴宋云彬的回忆也不尽一致。下面笔者参证各种资料,试图列表呈现茅盾从 7 月下旬到 8 月中旬最接近事实的活动历程。编例及说明如下:

1. 有冲突而不能确定之事实前标＊。
2. 依据种种材料而推断之事实及分析前标＊＊。

为避烦琐,凡来自茅盾《一九二七年大革命》[收入《我走过的道路》(上),人民文学出版社 1997 年版]一文和朱其华《九江与南昌》(收入《一九二七年底回忆》,上海新新出版社 1933 年版)一文的内容均不具注。前者简称"茅盾回忆录",后者简称"朱其华回忆录"。

7 月 23 日

晚茅盾与宋云彬、宋敬卿从武汉乘船去九江。

比茅盾一行稍晚,朱其华、恽代英、廖乾吾、黄琪翔等从武汉乘军用船去九江。

7 月 24 日

早茅盾等至九江。因身负共产党的任务,茅盾持共产党的两千元支票去找接头人,见到董必武、谭平山,二人告诉茅盾其目的地在南昌,可试买火车票前往,但票未购得。

下午朱其华、恽代英一行亦至九江,宿庐山脚下烟水亭。

＊茅盾回忆录云:出火车站后遇到许多熟人,告之可从牯岭翻山至南昌,并云昨日恽代英已翻山而去。遂决定去牯岭。二宋以为茅盾要去游玩,定要跟从。(可与"7 月 30 日"对观)

＊＊茅盾与二宋均系共产党员,亦同遭南京国民政府通缉。如果茅盾曾向二人隐瞒去南昌的意图,可见他清楚南昌之行的重要性。

7 月 25 日

茅盾与二宋上山,投宿牯岭庐山大旅社。

晚茅盾在牯岭作《云少爷与草帽》,对云少爷(宋云彬)的事迹及

---

① 茅盾:《我走过的道路》(上),人民文学出版社 1997 年版,第 377—378 页。

— 481 —

四　作家与作品(浙籍)

当下情形有所描述，并透露了自己的幻灭感。当晚，茅盾因种种原因而失眠。①

＊茅盾回忆录云：在牯岭大街见到夏曦，夏告诉茅盾：昨天恽代英就是翻山走的，但山路已不通，郭沫若上午就下山回九江了。夏告诉茅盾住址，让其次日再去找他。（可与"8月3日"对观）

7月26日

下午茅盾同二宋游庐山，晚上作《牯岭的臭虫》，打算次日"专诚"去黄龙瀑洗澡，且隐然流露出长居牯岭的想法。②

＊茅盾回忆录云：下午再去见夏曦，夏告之以"这地方不宜长住，你还是回去吧，我也马上要走"。晚上回到旅馆后突然腹泻，"来势凶猛，一夜间泻了七、八次"。（可与"8月4日"对观）

下午朱其华从九江回武汉。

7月27日

＊茅盾回忆录云：此日开始，卧床不能行动。

7月29日

约于此日，宋敬卿下山离开九江。

＊茅盾回忆录云：此日，宋云彬见其"三五天内尚不能行动"，故先回了上海。

＊＊约在29日早上，茅盾与二宋再回九江。茅盾试图去南昌或上海，宋云彬则欲回上海，但二人因故未能成行；宋敬卿则离开了九江。茅盾与宋留宿大东旅馆。

7月30日

早朱其华返回九江，发现恽代英"昨日"刚离开九江前往南昌，即赴大东旅馆探访熟人。

＊朱其华回忆录云：早上在大东旅馆发现茅盾和宋云彬正准备上庐山游玩，于是在二人房间聊天。

＊＊朱其华告诉茅盾恽代英"昨日"已前往南昌，由于尚不清楚恽离开的方式（恽于29日乘火车离开），所以推测是从牯岭翻山而去。茅盾深信之。

＊＊茅盾和宋又回到牯岭，继续投宿庐山大旅社。宋云彬可能主要是

---

① 茅盾：《牯岭的臭虫——致武汉的朋友们（二）》，《茅盾全集》第11卷，人民文学出版社1986年版，第51页。

② 在《牯岭的臭虫》中茅盾说："我相信游泳不是一件难事，如果我在此一个月，天天去学习，总能学会了罢?"《茅盾全集》第11卷，人民文学出版社1986年版，第52页。

由于茅盾力邀其上山作伴而未归（可确定茅盾在 8 月初曾力邀宋留在庐山），游玩或许也尚未尽兴；又或者由于交通问题暂时也无法回上海。（若茅盾曾邀宋留下，则说明他去南昌的意志较为薄弱。）

晚朱其华被廖乾吾、高语罕叫醒，被告已遭通缉，三人赶往火车站近旁的大东旅馆投宿，打算次日一早离开。

据朱其华回忆录，郭沫若此晚仍宿在烟水亭。

＊朱其华回忆录云：他入住的正是茅盾和宋云彬白天退掉的房间。

8 月 1 日

郭沫若等人上牯岭（也可能在前一日）。

下午张发奎通知李一氓，让他去叫郭沫若下山。①

＊茅盾回忆录云："又躺了三四天"（如以宋云彬离开后为起点计算即躺到 8 月 1、2 日），"能起床稍微走动了"。"一天"，在大街上见到范志超，范告之以南昌起义事，以及国民党要人要来庐山开会，嘱其少走动。

＊＊茅盾与范交往一事可信，但可能稍晚。

8 月 3 日

郭沫若与李一氓一早下庐山，之后二人与阳翰笙、梅电龙一起持张发奎手令离开九江，前往南昌。

＊＊茅盾在牯岭大街遇到夏曦，夏言郭沫若"今天""上午"已"匆匆下山回九江了"，山路已不通。同时告之以南昌起义事，并给茅盾留下了自己的住址，让茅盾次日再去找他。

8 月 4 日

＊＊茅盾再去见夏曦，"看还没有别的办法"（去南昌），夏告之以"这地方不宜长住，你还是回去罢，我也马上要走"。夏曦是直接即劝告茅盾"回去"（上海），还是在发现茅盾无意去南昌后才如此劝告，不得而知。夏曦此时，正准备从水路赶往南昌；而茅盾对夏曦赶往南昌的方式似也了解②，但最终未随其同行。

8 月初

茅盾受到神经衰弱和失眠症的困扰。

＊此段时期，国民党要人开始云集牯岭，宋云彬发现后向茅盾商议："我们回上海去罢，此地不可以久留。"但"雁冰对于那个小房间发生了

---

① 李一氓：《李一氓回忆录》，人民出版社 2001 年版，第 84 页。
② 茅盾晚年在谈到和夏曦的交往时曾说："他后来用别的方法到南昌了。"叶子铭：《梦回星移：茅盾晚年生活见闻》，南京大学出版社 1991 年版，第 216 页。

四 作家与作品(浙籍)

兴趣,不想立刻走,我就决定一个人回上海"。

山上人殆走尽,茅盾拉住宋云彬作陪。过了些日子,宋离去。据宋云彬回忆,他在牯岭待了"约莫二十天"之后才离去。①

**若以宋待了二十天推算,他当在 8 月 13 日左右离去;这和茅盾所叙述相去甚远。8 月前离去的当是宋敬卿,宋云彬也称,在他意欲离去之时,"另一位姓宋的早已下山,到别处去了"。②《牯岭的秋》中透露的云少爷被老明(原型茅盾)拖住作陪,归期延迟了许多时日,当为事实。

8 月 12 日

茅盾作新诗《留别》,对一个多半是虚拟的"云妹"留别,表达了自己归去的想法及"深深"的"幻灭"感。

**《留别》的创作很可能受到了宋离开的激发,宋当在 8 月 12 日或稍前离开。

8 月 17 日

约于此日,茅盾离开九江。③

由上可见,上文的重要改动是把茅盾见夏曦的时间推迟到了 8 月,因夏所说的内容,基本不可能发生在 8 月前。夏曦应未参加南昌起义,在起义产生的"革命委员会"中,他未有任何职位,依其身份(中共湖南省委书记),足以证明之。据一位南昌起义参与者回忆,8 月 5 日他奉命出南昌城坐小船沿江北上,船行了四五个小时,天黑时分靠岸时,从下游划来两只轻舟,一人下船和他们攀谈。此人即自称夏曦,正急于"追赶部队"。④依此来看,夏曦当是从九江而来,大概 8 月 4 日即已出发。倘如此,茅盾和夏曦在 8 月 3 日和 4 日的两次见面,必然包含对奔赴南昌方式的商讨;而茅盾,最终放弃了同赴南昌的计划。

从上述细节不难推断出,虽然茅盾当时前往南昌确有困难,但他也并无坚强的奔赴南昌的意志。在 7 月底和 8 月初,茅盾也并不缺乏前往南昌的机会,但他还是选择了停止跟随其他共产主义友人前行的步伐。

---

① 宋云彬:《沈雁冰》,《人物杂志》1946 年第 8 期。
② 宋云彬:《沈雁冰》,《人物杂志》1946 年第 8 期。
③ 余连祥:《逃墨馆主——茅盾传》,浙江人民出版社 2006 年版,第 117 页。
④ 陈涛:《参加南昌起义的回忆(1981 年 10 月 30 日)》,《南昌起义》,中共党史资料出版社 1987 年版,第 369 页。

二 大革命失败前后茅盾的现实认识及心理转变

那么茅盾为何放弃了去南昌呢？云少爷也曾追问老明为何滞留牯岭，老明想道："吵嘴总比发空议论乱讲什么'革命形势'来得不肉麻些。"于是决定正式回答他："一点理由也没有，就不过太疲倦了……用不到什么解释。"①

茅盾无疑也是太疲倦了，但为什么疲倦才是关键。茅盾表达了对"发空议论"的反感，他晚年的回忆重复了这一点，并对"疲倦"的原因做了更详细说明：

> 一九二七年大革命的失败，使我痛心，也使我悲观，它迫使我停下来思索：革命究竟往何处去？共产主义的理论我深信不移，苏联的榜样也无可非议，但是中国革命的道路该怎样走？……在一九二七年的夏季，我发现自己并没有弄清楚！在大革命中我看到了敌人的种种表演——从伪装极左面貌到对革命人民的血腥屠杀；也看到了自己阵营内的形形色色——右的从动摇、妥协到逃跑，左的从幼稚、狂热到盲动。在革命的核心我看到和听到的是无止休的争论，以及国际代表的权威，——我既钦佩他们对马列主义理论的熟悉，一开口就滔滔不绝，也怀疑他们对中国这样复杂的社会真能了如指掌。我震惊于声势浩大的两湖农民运动竟如此轻易地被白色恐怖所摧毁，也为南昌暴动的迅速失败而失望。在经历了如此激荡的生活之后，我需要停下来独自思考一番。②

在茅盾晚年看来，大革命的失败既由于右的错误，也由于"左"的错误；另外存在一种敌人"伪装"的"极左面貌"。同时他还表达了对两湖农运和南昌暴动的认可。这样的教训总结和正统历史叙述并无不同，但它和茅盾刚退出政治舞台后的叙述却不完全相同。而且因为茅盾表达了对南昌起义的认可，所以他便把对南昌起义失败的反思当作了暂停革命步伐的一个原因。但实际上，在南昌起义之前，他已经停了下来。

无疑，大革命时期中共的革命活动没能给茅盾继续革命的动力，于是在共产主义革命力量开始新的集结之时，即便肩负任务，他仍选择了滞留

---

① 茅盾：《牯岭之秋》，《茅盾全集》第 8 卷，人民文学出版社 1985 年版，第 450 页。
② 茅盾：《我走过的道路》（上），人民文学出版社 1997 年版，第 382—383 页。

四 作家与作品(浙籍)

庐山，并"深深的领受了幻灭的悲哀"①；回到上海后，虽夫人仍是党员，仍选择了脱党。但也确如茅盾所叙述的，在大革命的武汉时期，中共的政策是在"左""右"两端不断摇摆。② 当时的中共，已在两湖农村开展了土地革命，并经常有激进的打击"土豪劣绅"的举动，在激起国民党军队叛变及武汉政权不满后，又难免压制过激行为。茅盾掌管着宣传工具，难免有更强的无所适从感。革命原则的神圣性随着投机式的多变而消解，这当然足以导致幻灭。只不过，在左与右之间，茅盾是否有所偏倚？是否如他晚年所叙述的，他当时即站在正确的"左"的一边，认同两湖农运和南昌暴动？

茅盾对共产主义革命政策的疑问，在脱党后不久就通过小说和文学批评的形式表达了出来。回到上海之后，他闭门创作了《幻灭》《动摇》和《追求》三部曲。小说成为茅盾纾解内心矛盾的有力工具，通过小说创作，他对自己在大革命时期的观察给予了反思，从而确立了自我选择的合理性。

《幻灭》和《动摇》发表之后，钱杏邨便撰写了两篇书评，分析了茅盾的写作技艺及小说中的意识形态内容。在评论中，钱把茅盾的创作视作"革命文艺创作坛"上"很重要"的作品，"能在里面捉到革命的实际"③，可见把茅盾看作自家人。对两部作品，总体上钱杏邨都给予了相对较高的评价。然而，茅盾并未对表扬领情。这主要源于钱杏邨无所不在的意识形态批判。钱氏虽很注意地未把茅盾所表现的小资产阶级"劣根性"和作者做任何联系，但他对作品中小资产阶级"劣根性"的密集攻击，和茅盾的创作意图可谓截然相反。所谓"病态"和"可笑"的小资产阶级心理和习性，在茅盾看来，却是"可爱"。④ 钱杏邨此时尚未能对二人思想的巨大差异有足够意识。

茅盾在1928年7月抵达日本后，很快就撰写了《从牯岭到东京》的长文，系统表达了他对"革命文学"和革命现实的理解，并暗中回应了钱杏邨的批评。茅盾的论述，表面上是无产阶级革命文学的问题，背后则植根于他对革命形势的理解。具体来说，他质疑了共产党的暴动政策，以及对小资产阶级革命潜能的否定。文中，茅盾有着与晚年回忆表面看来一

---

① 茅盾：《留别》，《茅盾全集（补遗）》（上），人民文学出版社2006年版，第257页。
② 参见杨奎松《"中间地带"的革命——国际大背景下看中共成功之道》，山西人民出版社2010年版，第144—157页。
③ 钱杏邨：《〈动摇〉》，《太阳月刊》1928年第7期。
④ 茅盾：《从牯岭到东京》，《茅盾全集》第19卷，人民文学出版社1991年版，第179页。

致的描述：

> 《动摇》的时代正表现着中国革命史上最严重的一期，革命观念革命政策之动摇，——由左倾以至发生左稚病，由救济左稚病以至右倾思想的渐抬头，终于为大反动。……人物自然是虚构，事实也不尽是真实；可是其中有几段重要的事实是根据了当时我所得的不能披露的新闻访稿的。像胡国光那样的投机分子，当时很多；他们比什么人都要左些，许多惹人议论的左倾幼稚病就是他们干的。①

《动摇》正发生于武汉政权时期，也正在此时，茅盾丧失了继续革命的动力。所谓"不能披露的新闻访稿"，据茅盾晚年讲，主要是当时一些"过左行动"，但在《蚀》中，对"过左行动"其实并无多少表现，小说渲染的残酷暴力行为，来自土豪劣绅的反动报复。即便如此，茅盾仍要谨慎地表明，"过左行动"很多是投机分子，而非真正的革命家干的。② 茅盾的意图明显，即宣示极左和极右为一丘之貉。那么，他所欣赏的是中间道路的革命路线吗？在《动摇》中，这一路线的代表是方罗兰。但方的性格是典型"小资产阶级"式的，对恋爱和革命都不能拿出有效的解决方案。在《幻灭》中，这种态度体现在静女士身上。静女士满怀热忱投入革命工作，但她很快就发现自己不能适应单调无聊的宣传工作、随意侵占他人财物的共产观念以及疯狂追求肉体刺激的恋爱风潮，于是不断"幻灭"。③ 但方罗兰的妻子陆梅丽是小资产阶级队伍中较有决断力的一位女子，也是一位有着新思想的青年，不过在嫁给方罗兰后，她成了专职的家庭主妇。在别人为之感到可惜的时候，她提出了这样的理由：

> "近来连家务也招呼不上，"方太太怃然了，"这世界变得太快，说来惭愧，我是很觉得赶不上去"。④

而当方罗兰在受到革命女性孙舞阳的诱惑、对妻子日感不满的情形下，陆梅丽再次表白：

---

① 茅盾：《从牯岭到东京》，《茅盾全集》第19卷，人民文学出版社1991年版，第183页。
② 叶子铭：《梦回星移：茅盾晚年生活见闻》，南京大学出版社1991年版，第150页。
③ 茅盾：《幻灭》，《蚀》，开明书店1930年版，第89—93页。
④ 茅盾：《动摇》，《蚀》，开明书店1930年版，第41页。

"我果然变了么?罗兰,你说的很对。我是变了,没有从前那么活泼,总是兴致勃勃地了。……实在这世界变得太快,太复杂,太矛盾,我真真的迷失在那里头了。"①

方罗兰虽劝解她"认明了方向,然后不消沉",但并未能挽救陆梅丽的消沉,陆梅丽有着她内心的坚持:

"何尝不是呢!罗兰,大概我是赶不上了。可是——并未绝望。"……

"并未绝望,"方太太重复说一句,"因为跟着世界跑的,或者反不如旁观者看得明白;他也许可以少走冤枉路"。②

这让人不可避免地联想到茅盾。茅盾让陆梅丽重复了他在大革命之后的人生选择,并让陆梅丽表达了应该也是属于他自己的想法。而方罗兰不久后也完全认同了妻子的想法。这源于身处日趋激进的工农革命旋涡的方罗兰,越来越无所适从了。③ 但茅盾确实未能完全认同他小说中的任何一个人物。他对陆梅丽所取的做一个清醒旁观者的做法虽会同情,但他仍不免希望如方罗兰一样跟随时代活动。他会认同方罗兰对极端革命行动的抵制,但又不能赞许以中庸的姿态来处理革命问题。当过激的革命活动终于导致了残酷反扑时,方罗兰内心响起了一个"低微的然而坚强的声音":

——正月来的账,要打总的算一算呢!你们剥夺了别人的生存,掀动了人间的仇恨,现在正是自食其报呀!你们逼得人家走投无路,不得不下死劲来反抗你们,你忘记了困兽犹斗么?你们把土豪劣绅四个字造成了无数新的敌人;你们赶走了旧式的土豪,却代以新式的插革命旗的地痞;你们要自由,结果仍得了专制。所谓更严厉的镇压,即使成功,亦不过你自己造成了你所不能驾驭的另一方面的专制。告诉你罢,要宽大,要中和!惟有宽大中和,才能消弭那可怕的仇杀。现在枪毙了五六个人,中什么用呢?这反是引到更利害的仇杀的桥梁呢!④

---

① 茅盾:《动摇》,《蚀》,开明书店 1930 年版,第 52 页。
② 茅盾:《动摇》,《蚀》,开明书店 1930 年版,第 52—53 页。
③ 茅盾:《动摇》,《蚀》,开明书店 1930 年版,第 91 页。
④ 茅盾:《动摇》,《蚀》,开明书店 1930 年版,第 218—219 页。

不能完全确定方罗兰的革命反思在多大程度上可为茅盾认同，但所谓"宽大中和"的条律，必定不是茅盾能欣赏的。在形式层面，茅盾对这一条律的呈现，出之以标语口号式的绝对语气，难掩叙述中的反讽意味。在革命原则方面，这也正是"由救济左稚病以至右倾思想的渐抬头"的表现。

　　方罗兰式的"中和"路线在《追求》中大体被王仲昭继承。《追求》的主人公们在从"革命场"上退下来后，同样面临着改造社会、实现自我的"追求"。王仲昭决意采取"半步"改革路线，失败后又将之"降为半步之半步"①。在不断妥协后，终于获得微小成就。然而改革步伐又被打断，仲昭依靠从爱情中汲取的力量，在妥协中继续其微小的改革，并从中获得内心的满足。小说最后，目睹同伴一个个追求失败，仲昭不禁感到得意，且俨然以成功者自居了。② 茅盾没能允许这样的乐观主义存在，他在结尾以车祸结束了仲昭的爱情期盼，希望以此断绝他的力量之源。不过自然突发事件和"追求—幻灭"的逻辑必然性叙事缺少有机联系，茅盾显然尚缺少必要的思想力量来否定仲昭的路线，只好以突变终结了它。茅盾确实也并不能确定"追求"的路径该如何设计，而只能选择徘徊和试探。最终，他难免像陆梅丽一样停下来"旁观"，像静女士一样爬上庐山度过一段世外桃源般的"蜜月"生活。然而，庐山终究要下来，甚至当有可能继续这种生活时（静女士的男友强连长已决定放弃组织要求的战争生活③），继续革命的冲动还是压倒了旁观的欲望（静女士克服自我，要求强惟力重上战场④）。茅盾的内心最初是被决意离开战场的强连长支配，但他内心深处静女士的要求并未消失，并逐渐重新支配了他。显然，在创作《幻灭》时（1927年8—9月），茅盾已在内心完成了自我的救赎。

　　《从牯岭到东京》的一项重要内容便是作者透露了对创作《蚀》这一段时期的革命现实的理解。此时中共的革命路线被所谓盲动主义支配，以烧杀为特征的暴动频仍、失败亦紧随之，知识分子被普遍地从革命队伍中清除，革命力量在进入高潮的想象中损失惨重。茅盾自述这种革命形势直接影响了《蚀》的创作，比如《追求》中"极端悲观的基调"便是其表现：

---

　　① 茅盾：《幻灭》，《蚀》，开明书店1930年版，第52页。
　　② 茅盾：《幻灭》，《蚀》，开明书店1930年版，第264页。
　　③ 据考证，强连长被要求去参加的战斗正是南昌起义。参见[美]陈幼石《茅盾〈蚀〉三部曲的历史分析》，社会科学文献出版社1993年版，第98—102页。
　　④ 茅盾：《追求》，《蚀》，开明书店1930年版，第126—134页。

四　作家与作品(浙籍)

  我承认这极端悲观的基调是我自己的,虽然书中青年的不满于现状,苦闷,求出路,是客观的真实。说这是我的思想落伍了罢,我就不懂为什么像苍蝇那样向窗玻片盲撞便算是不落伍?……我就不能自信做了留声机器吆喝着:"这是出路,往这边来!"是有什么价值并且良心上自安的。我不能使我的小说中人有一条出路,就因为我既不愿意昧着良心说自己以为不然的话……人家说这是我的思想动摇。我也不愿意声辩。我想来我倒并没动摇过,我实在是自始就不赞成一年来许多人所呼号呐喊的"出路"。这出路之差不多成为"绝路",现在不是已经证明得很明白?①

  茅盾对革命"盲动"政策给予了坦率的批评,并把作品中人物的没有出路归结为"良心上自安"的要求②。在当时的茅盾看来,南昌暴动也难免属于已被证明为"绝路"的盲目尝试之一。虽然在写作《从牯岭到东京》时,中共已放弃了全面暴动的路线,革命的高潮理论被"波谷"的提法取代,但苏维埃革命的暴动政策并未取消,对小资产阶级革命性的否定也一如既往③,中共也并未号召对瞿秋白路线进行公开反省。茅盾公开批评盲动主义,并为小资产阶级的革命性辩护,当然会引起中共不满,并招致共产主义作家的批判。

三　新写实主义的引入及"现实"的分裂

  在《从牯岭到东京》发表之前,茅盾并未对革命文学的提倡有过非议,革命文学派对他的创作也未表现出过多兴趣。甚至在《从牯岭到东京》发表后不久钱杏邨给《追求》写的书评中,仍然认为茅盾值得期待。但值得注意的是,钱杏邨开始有意识地借用藏原惟人的理论来评价茅盾的创作。④

  藏原是日本无产阶级文艺理论家,1928年5月,他在日本"纳普"机关刊物上发表了《到无产阶级现实主义之路》一文,阐述了无产阶级

---

  ①　茅盾:《从牯岭到东京》,《茅盾全集》第19卷,人民文学出版社1991年版,第180—181页。

  ②　到1936年后,茅盾解释之所以未能在《动摇》中表现革命出路,原因即成了自我检讨。参见茅盾《茅盾小传》,《茅盾全集》第21卷,人民文学出版社1991年版;《〈动摇〉法文版序》,《茅盾全集》第1卷,人民文学出版社1984年版。

  ③　参见杨奎松《"中间地带"的革命——国际大背景下看中共成功之道》,山西人民出版社2010年版,第190—196页。

  ④　钱杏邨:《〈追求〉——一封信》,《泰东月刊》1928年第2卷第4期。

现实主义的内容。在 7 月 1 日出版的《太阳月刊》上，这篇文章即被翻译了过来，题为《到新写实主义之路》。新写实主义遂成为藏原氏无产阶级现实主义在中国的通行名称。

藏原的新写实主义由两条必然走向对立的主线构成。一方面，它强调严格的写实主义手法："普罗列搭利亚作家对于现实的态度，应该是彻头彻尾地客观的现实的。他不可不离去一切主观的构成来观察现实，描写现实。"① 另一方面，又强调以无产阶级的"前卫"眼光（即采用"唯物辩证法"）对"现实"做选择，舍弃偶然和表面，撷取必然和本质，从而与旧现实主义划清界限。②

钱杏邨早在对《动摇》的书评中，就提出茅盾"采用的完全是旧写实主义的方法"，这种方法"于我们是不适宜的了。表现这个时代，新写实主义的方法，我们觉得是有采用的必要"。③ 在之后对《追求》的书评中，钱氏对茅盾要求道："在以前，我们希望作者抛去写实主义的技巧，从这一部去看，我们是要更进一步的希望他根本抛弃'写实主义的立场'了！"钱而且表示，不只有茅盾的幻灭现实，同时有勇敢向上的现实。④

对茅盾的第一篇长篇批判文章，是来自创造社的傅克兴写作于《从牯岭到东京》发表后一个月。不过文后编委会说明在认为茅盾的文章"与普罗列塔利亚文学尖锐地对立着"之外，也称其提出了许多具体问题，"克兴的文章，还有充分讨论的必要"。⑤ 对茅盾似尚无全面批判的计划。不过到了 1928 年底，李初梨、钱杏邨、潘梓年等便纷纷撰写长篇论文，对茅盾的创作施以侧重于政治层面的严厉批判了。对茅盾的批判显示出一定的组织性，或许傅的批判还属自发，其后的行为多半受到了政治组织的要求及推动。

对茅盾的批判包含两项核心内容：第一是对"现实"描写的要求，背后涉及对革命"现实"的认识；第二是对小资产阶级在文学及革命中作用的认识。可见，争论表面是文学的，其实高度政治化。这由于《从牯岭到东京》固然重点阐释了革命文学理论，依其内核更应被视作茅盾的政治立场宣言书。革命文学派作家对茅盾的第一项批判，在政治层面，植根于对革命现实的不同认识，而之所以能跃升为一个文学问题，则主要

---

① ［日］藏原惟人：《到新写实主义之路》，林伯修译，《太阳月刊》1928 年第 7 期。
② ［日］藏原惟人：《再论新写实主义》，之本译，《拓荒者》1930 年第 1 卷第 1 期。
③ 钱杏邨：《〈动摇〉》，《太阳月刊》1928 年第 7 期。
④ 钱杏邨：《〈追求〉——一封信》，《泰东月刊》1928 年第 2 卷第 4 期。
⑤ 《创造月刊》1928 年第 2 卷第 5 期。

源于藏原氏新写实主义文学理论的引入，这种新写实主义成为革命文学家对抗茅盾"旧写实主义"的利器。①

是否反映出新写实主义视野下的"现实"图景，是革命文学派作家批判茅盾的立足点。因此在傅克兴看来，茅盾所声言的对现实的客观描写便失去了合法性："也许他所描写的是客观的现实，但是单描写客观的现实是空虚的艺术至上论，是资产阶级的麻醉剂。……对于无产阶级是根本反对的。"于是，纯然的现实描写成为反动的资产阶级文艺主张，"反映工农的意识"的"新写实主义也许是客观环境所要求"。②

李初梨则指出《从牯岭到东京》是"政治上的中间党"在文学领域的反映。③ 对于文学描写现实的方法问题，李初梨同样以新写实主义为批判的条律。他大段复述了藏原惟人的理论，呼唤克服资产阶级和小资产阶级的写实主义，而新写实主义所采取的"客观的态度"，"决不是对于现实—生活的无差别的冷淡的态度。也不是超越阶级的态度"。④ 不难发现，对现实的发现和阐释权，被收归入持有特定政治立场的人群。现实被一分为二：有代表正确的阶级立场和历史发展方向的现实，也有代表没落阶级立场的即将被历史淘汰的现实；而只有前一种现实，才是真正且有意义的现实，是并非反动的作家应该致力于把握的内容。现实，本来在马克思主义理论体系中是意识形态的发源地，是不以人的意志为转移的客观存在，现在成为意识形态最富争议性的一部分。

而茅盾，其实也以"现实"作为自我证明的手段。他说道："我只注意一点：不把个人的主观混进去，并且要使《幻灭》和《动摇》中的人物对于革命的感应是合于当时的客观情形。""合于现实"是茅盾证明自己创作的重要途径。正因为有"现实"的依托，茅盾才获得了批判革命盲动主义的底气。⑤ 但这种"现实"，正是革命文学家致力于解构的"现实"。

潘梓年也看出了《从牯岭到东京》中的政治意味；同时，他也对现

---

① 对双方围绕小资产阶级问题的争论参见拙作《论茅盾与革命文学派围绕小资产阶级问题的论争》，《浙江大学学报》（人文社会科学版）2011年第6期。

② 克兴：《小资产阶级文艺理论之谬误——评茅盾君底〈从牯岭到东京〉》，《创造月刊》1928年第2卷第5期。

③ 李初梨：《对于所谓"小资产阶级革命文学"底抬头，普罗列搭利亚文学应该怎样防卫自己？——文学运动底新阶段》，《创造月刊》1929年第2卷第6期。

④ 李初梨：《对于所谓"小资产阶级革命文学"底抬头，普罗列搭利亚文学应该怎样防卫自己？——文学运动底新阶段》，《创造月刊》1929年第2卷第6期。

⑤ 茅盾：《从牯岭到东京》，《茅盾全集》第19卷，人民文学出版社1991年版，第178—181页。

实持一种二元论的认识,他劝诫茅盾说:"我们出路之是否为绝路,只能到历史的进程中去找根据,不能到成功或失败的现实中去找证明。"作家应该"能立在这历史所指示的立场上去观察事实,构成文艺,用以指引大众的迷惘苦闷……我们绝对不需要起兴于云小姐,推波于'会见了几个旧友,知道了一些痛心的事',只看孤独的'不能披露的新闻访稿'而不见整个的历史的人"。① 依据个人经验的现实成了无关紧要的低级现实,由历史必然性所生成的现实取代了前者,成为规约与指引个体行为的合法性来源。

把这种现实观发扬光大的是钱杏邨。钱也注意到了"现实"原则在茅盾理论体系中的重要性,他批判的重点正是解构茅盾声言的现实真实性:"茅盾先生所说的'客观的真实',不是我们所说的客观的真实。"原因在于阶级立场决定了何为"真实":"他所说的'客观的真实',只是站在他自己的阶级的立场上所看到的真实!"②

革命文学派对茅盾的批判产生了"积极"作用,茅盾很快就认同了他们观点中最核心的部分,从而舍弃了自己的现实观,他对文学的现实真实性问题所持的态度与共产主义文人渐趋一致。在1929年发表的《读〈倪焕之〉》中,茅盾对文学提出的要求,正和不久前共产主义文人对他的批判内容相同,尽管他宣称:"我是素来不护短,也是素来不轻易改变主张的。"不过,茅盾仍然对革命文学派作家给予了严厉批判,这集中体现在他对创造社转向行为真诚性的否定上。但这并未妨碍他接受了革命文学派的要求,即以历史发展的必然性来约束文学中的现实呈现;茅盾并且主动使用这条纪律检查了五四以来文坛的创作。

据此,茅盾认为:"新文学的提倡差不多成为'五四'的主要口号,然而反映这个伟大时代的文学作品并没有出来。"一年半前被他高度评价了的鲁迅的作品呢?——"当时最有惊人色彩的鲁迅的小说……不能不说是表现了'五四'的精神,然而并没有反映出'五四'当时及以后的刻刻在转变着的人心。"为了协调文学的新纪律与他此前的鲁迅评价之间的紧张关系,茅盾使用了历史性的标准:

现在我还是坚持我从前的意见,我还是以为《呐喊》所表现着,

---

① 潘梓年:《到了东京的茅盾》,《认识》1929年第1期。
② 钱杏邨:《从东京回到武汉——读了茅盾的〈从牯岭到东京〉以后》,《文艺批评集》,神州国光社1930年版,第141页。

四 作家与作品(浙籍)

确是现代中国的人生,不过总是躲在暗陬里的难得变动的中国乡村的人生……如果我们能够冷静地考虑一下,便会承认中国乡村的变色——所谓地下泉的活动,像有些批评家所确信的,只是最近两三年以来的事……①

所谓"地下泉的活动",显然主要指共产党发动的土地革命及一系列暴动。可见,本认为暴动已成"绝路"的茅盾,这里大大扭转了立场。正因为有了对文学表现时代进步精神的要求,茅盾不得不强调鲁迅的历史局限性:"《呐喊》是很遗憾地没曾反映出弹奏着'五四'的基调的都市人生",《彷徨》"也只能表现了'五四'时代青年生活的一角;因而也不能不使人犹感到不满足"。在这里暗含的要求是:鲁迅等必须在当下改换面貌,表现那些体现了时代精神的新事物了。

茅盾在《倪焕之》中看到了时代精神的转变,然而它也并非理想的创作,主要便由于其中没能更好地表现新时代。② 茅盾对《倪焕之》的要求,也正是革命文学派对他的要求。革命文学派用以规约茅盾的新写实主义信条被茅盾深深信服了:

所谓时代性,我以为,在表现了时代空气而外,还应该有两个要义:一是时代给与人们以怎样的影响,二是人们的集团的活力又怎样地将时代推进了新方向,换言之,即是怎样地催促历史进入了必然的新时代,再换一句说,即是怎样地由于人们的集团的活动而及早实现了历史的必然。在这样的意义下,方是现代的新写实派文学所要表现的时代性!③

依此来看自己的作品,茅盾便为它们未能表现时代的前进做了一番全新的辩解。对于钱杏邨的评价:"在全书里是到处表现了病态……一切都是不健全。作者在客观方面所表现的思想,也仍旧的不外乎悲哀与动摇。"茅盾认为:"钱杏邨的观察是不错的;《追求》是暴露一九二八年春初的智识分子的病态和迷惘。"他的辩解是,首先如钱杏邨所言,这是"暴露",而且——

---

① 茅盾:《读〈倪焕之〉》,《茅盾全集》第19卷,人民文学出版社1991年版,第199页。
② 茅盾:《读〈倪焕之〉》,《茅盾全集》第19卷,人民文学出版社1991年版,第208页。
③ 茅盾:《读〈倪焕之〉》,《茅盾全集》第19卷,人民文学出版社1991年版,第209—210页。

如果在他们中间插进一位认识正路的人，在病态中泄露一线生机，那或者钱杏邨要满意些罢。我应该尚能见到这一点，可是我并不做；因为我相信《追求》中人物如果是真正的革命者，不曾在一九二八年春初还要追求什么，他们该是早已决定了道路了。这就说明了《追求》何以全是黑暗的理由。①

依茅盾的逻辑，1928年春初已不存在新的革命者产生的可能性。这虽然夸张，却可以看出，茅盾仍试图依据现实真实性来证明自己的创作。不过当他发现自己的创作未能表现出历史进步的必然性时，便不免修正现实了。其实，没有"真正的革命者"不过是从武汉急流勇退的茅盾的精神世界的真实外化，由他安抚内心矛盾情绪的需要决定。它并不需要从历史发展的必然性上来寻找自我证明的依据，否则只能导致自我否定，当不能否定彻底时便自我矛盾。

茅盾的转变也为革命文学派部分注意到了，如钱杏邨便指出《读〈倪焕之〉》"确实是进步了不少"，"已稍稍修正他的错误了……对小资产阶级的热心减了不少了"。②但因茅盾同时辅之以对革命文学派的猛击，且坚称一以贯之，这便极大遮蔽了自己的"转向"。所以即便茅盾已宣称转向了"新写实主义"，革命文学派仍认为"茅盾是自始至终的站在旧写实主义的理论家的立场上在说话"，继续对其"旧现实主义"进行批判。继续批判的主力是钱杏邨，但也并未激发出新问题，仍不过在反复责问"现实"到底是哪个阶级的"现实"。钱氏并撰写了题为《茅盾与现实》的文章，特别强调了"现实"观在茅盾思想体系中的重要性。③在其后一篇文章中，钱氏大段扩充了《茅盾与现实》的内容，展开了更系统的茅盾"现实"观批判。批判文字大量援引藏原惟人的新写实主义规定，以至于被鲁迅讥为"搀着藏原惟人，一段又一段的，在和茅盾扭结"。④文中，钱氏表白了无产阶级"现实"观的核心内容：

> 普罗列搭利亚作家所要描写的"现实"，是这样的"现实"，"是握着进行中的这社会，把它必然的向普罗列搭利亚脱的胜利方向前进

---

① 茅盾：《读〈倪焕之〉》，《茅盾全集》第19卷，人民文学出版社1991年版，第216页。
② 钱杏邨：《从东京回到武汉——读了茅盾的〈从牯岭到东京〉以后》，《文艺批评集》，神州国光社1930年版，第181—184页。
③ 钱杏邨：《茅盾与现实——读了他的〈野蔷薇〉以后》，《新流月报》1929年第4期。
④ 鲁迅：《我们要批评家》，《鲁迅全集》第4卷，人民文学出版社2005年版，第246页。

四 作家与作品(浙籍)

的这事,用艺术的,就是形象的话描写出来。"决不是像那旧的写实主义,像茅盾所主张的,仅止是"描写"现实,"暴露"黑暗与丑恶;而是要把"现实"扬弃一下,把那动的、力学的、向前的"现实"提取出来,作为描写的题材。这样的作品,才真是代表着向上的,前进的社会的生命的普罗列搭利亚写实主义的作品,这样的被茅盾所"否定"了的"现实"才是普罗列搭利亚作家应该把握的"现实"。①

总之,无产阶级的"现实"需要"舍弃了对于普罗列搭利亚解放的无用的,偶然的东西,而采取其必要的,必然的东西"②;与之不能符合的"现实",皆为无意义的反动现实。

四 结语

正因为无产阶级革命文学诉诸现实的改变,唯物史观又把现实视作确定性和意识形态的发源地,所以它对"现实"问题保持着高度的敏感。但是,不仅在与论敌的论争中,"现实"丧失了确定性;即便在革命文学派作家的理论体系内部,一部分"现实"也被视作无意义之物遭到排除,能够进入真正的"现实"之序列的只有那些符合了历史发展必然规律的现实。不具备历史进步意义的"现实",则与幻影并无区别。

在进步主义的意识形态之下,以历史发展的必然规律来规约现实,给现实的确定性分类,并不仅仅存在于革命文学派作家那里。在1902年,梁启超在他的名著《新史学》中,秉持进步主义的历史意识,便有着和革命文学派作家十分相似的努力。在认定"历史者,叙述进化之现象也"的前提下,梁启超便得出这样的结论:"则知凡百事物,有生长有发达有进步者,则属于历史之范围。反是者,则不能属于历史之范围。"这因为人类的大量事实毫无进化的意义:"夫人类亦不过一种之动物耳,其一生一死,固不免于循环,即其日用饮食,言论行事,亦不过大略相等,而无进化之可言。"那些无关人群及进化的事实,"虽奇言异行,而必不足以入历史之范围也"。③ 梁启超用进化的规律对人类的"事实"做等级的分类,后世之革命文学家用历史必然性的规律对现实进行等级分类,二者实植根于相同的历史进化论信条;只不过在革命文学家那里,历史进化论的

---

① 钱杏邨:《中国新兴文学中的几个具体的问题》,《拓荒者》1930年第1卷第1期。
② 钱杏邨:《中国新兴文学中的几个具体的问题》,《拓荒者》1930年第1卷第1期。
③ 梁启超:《新史学》,《饮冰室合集·文集之九》,中华书局1989年版,第7—9页。

版本更趋细密，历史进步的动力和机制也有了全新规定。于是，一部分"现实"便只能被打入冷宫，丧失了参与历史进化和揭示"现实"的功能。茅盾，作为一个进步主义意识形态的坚定信仰者，且谨慎地避免与无产阶级的现实政治处于相反对的地位，在革命文学派所施与的压力下步步退让，或许也可说是宜乎其必然。①

（原载《中国现代文学研究丛刊》2012 年第 1 期）

---

① 在促成茅盾转变的因素中，还值得一提的是其胞弟沈泽民所委婉施与的压力。参见罗美（沈泽民）《关于〈幻灭〉——茅盾收到的一封信》，《文学周报》1929 年第 8 卷第 10 期。但沈泽民的劝说应放到 20 世纪 20 年代末期整个社会思潮急速左倾的背景下来理解。

柔石小说:革命时代的启蒙

陈建新

柔石的文学创作,从1923年开始,到1930年创作长诗《血在沸》,前后只有短短7年,而他真正成熟的作品直到1926年才出现。1928年后,他连续发表《人鬼与他的妻的故事》《旧时代之死》《三姐妹》《二月》《为奴隶的母亲》等小说,成为当时左翼文坛的一匹黑马,受到读者的关注。然而,有意味的是,柔石的这些小说,无论是主题还是题材,都与左翼文学初期的主流作家如蒋光慈、洪灵菲等人的创作有很大的差别,在他的笔下甚至没有一篇小说与当时革命加爱情的流行小说模式相似。我们认为,柔石的小说代表作品从写作尤其是发表的时间来看,已进入中国现代文学的第二个十年,但是从这些作品的思想与艺术形态看,却与五四启蒙文学有很明显的血肉联系。这一特点,正是形成柔石小说创作独特的思想文化意义和审美价值的重要因素。

一

柔石的小说从题材上区分,主要有两种类型,一类展示处于新旧文化冲撞与交融时期的青年知识分子的生态与心态,另一类真实描写下层劳动人民的悲惨生活现状。但是,不管哪一种题材,柔石的创作视角与五四作家普遍采用的文化视角基本一致。

20世纪初的中国开始进入文化转型期,正如一些学者所指出的那样,从鸦片战争开始,中国人从无奈被迫到主动接受西方先进文化,期间经历了十分痛苦的磨合。陈独秀在《新青年》创刊号《敬告青年》一文中,把"世界的而非锁国的"作为对青年的六点希望之一郑重提出来,标志着中国的先进知识分子对西方文化已经具备了自信的开放心态。以《新青年》创刊为标志的新文化运动,仿佛打开了一扇通过西方文化的窗户,加速着古老中国的文化转型。我们注意到,在这场文化启蒙运动中崭露头角的新文学作家,通常都是从文化的视角展开对现实生活的描写,着眼于文化启蒙或表现青年人的文化觉醒。鲁迅的小说揭示了长期处于封建蒙昧中的人民大众的国民劣根性,以及新生代知识分子如何在新旧文化的夹缝中徘徊的情景;郁达夫、郭沫若的小说通过主人公性的苦闷和生的苦闷的展示,重在表现觉醒了的知识分子如何挣扎在封建文化的如磐黑夜中。考察柔石的小说创作,在创作视角上与上述五四作家非常相似。

《旧时代之死》是柔石唯一一部正式出版的长篇小说,它描写一位名叫朱胜瑀的青年,在守寡的母亲艰苦支持下,勉强读到大学二年级,终于失学就业。后来又受不了老板的专横气势,辞去了C社书记的职务。对社会的强烈不满与放纵狂饮,加重了他原来就有的肺病。而他的母亲,又早为他说下了一门亲事,正逼着他回家完婚。小说就在这样的氛围中展开情节。我们看到,失学、失业、包办婚姻、信念危机等,这些在五四小说中常常出现的小说题材,构成了《旧时代之死》的主要小说要素。这部小说描述的重点是主人公的心理,是主人公遭受一系列的生活打击之后的心理反应,那种颓废、狂放的知识分子形象特征,与郁达夫、郭沫若的小说主人公形象有许多相通之处。柔石在小说的《自序》中这样说明他的创作目的:"这部小说我是意识地野心地掇拾青年的苦闷与呼号,凑合青年的贫穷与忿恨,我想表现着'时代病'的传染与紧张。"① 柔石所谓的"时代病",是指五四高潮过去之后,由于个性解放的理想化成泡影,又找不到反抗黑暗社会的有力武器和出路,在青年知识分子中普遍产生的一种苦闷和彷徨。这样的写作动机,我们可以在很多五四作家中找到,郁达夫就是其中极具代表性的一名作家。抒发主人公的苦闷情怀,表现他们由此而生的颓废和变态的心理言行,从而揭示出一种"时代病",是郁达夫抒情小说的基本特征。郁达夫对柔石的影响很大,郑择魁先生就指出过这一点:"柔石当时对郁达夫等作家十分崇拜和仰慕,他写成《生日》后,就寄给郁达夫请求教正,他的作品明显受了'身边小说'这一流派的影响。"②

柔石的另一部名著《二月》,虽然创作的时间要比《旧时代之死》更晚,但仍然与五四启蒙文学有着明显的精神联系。这部由于在20世纪60年代初被改编成电影《早春二月》而家喻户晓的小说,其艺术成就为广大读者所公认,但如果拿30年代革命文学的标准去衡量它,你却可以在

---

① 转引自郑择魁、盛钟健《柔石的生平和创作》,浙江文艺出版社1985年版,第153页。
② 转引自郑择魁、盛钟健《柔石的生平和创作》,浙江文艺出版社1985年版,第104页。

四 作家与作品(浙籍)

作品中找到很多"不足",如作家没有为主人公找到正确的革命道路,主人公人道主义的软弱无力,作品没有反映 20 年代中期后中国广大乡镇风起云涌的农民运动和日益激烈的政治斗争,等等(由谢铁骊导演的《早春二月》1963 年刚摄制完成,就被作为"大毒草"遭受批判,其重要原因是小说在上述方面的"先天不足",它明显存在不符合革命文学基本要求的"不良"倾向)。20 世纪 50 年代中期,就有人这样评价:"由于他(柔石)的小资产阶级的立场还没有得到根本的改变,对于革命也没有深刻明确的认识,因此在《二月》中留下了不健康的东西,这主要表现在对于人物的态度上。柔石不能比自己的主人公站得更高,尽管他认识到萧涧秋的道路是错误的,但是他对于这样一个人物的风度、情调、姿态……是偏爱的,他自己在感情上和这个类型的知识分子有共通之处。因此,他不能对萧涧秋的性格采取更严格的批判态度,对他性格中消极的一面:如软弱、悲哀、虚无之感……也往往是抱着欣赏的甚至是玩味的态度。"[①]这样的观点在左倾思潮横行时很有代表性,但《二月》受到这样的批判是极其不公正的。如果我们把这部小说放到与五四启蒙文学的精神联系中去考察,上述种种指责便都将无法成立。在我们看来,这部小说表现的仍然是文化转型过程中新旧文化的冲撞与交融。与早期五四启蒙作家相比,柔石似乎更关注新文化从大都市向小城镇和乡村的濡染与扩散。远离大都市的芙蓉镇,仿佛一口平静的池塘。萧涧秋和陶慕侃的同学李先生参加北伐英勇战死,在这小镇上也只是激起一点小涟漪。然而,曾在杭州、北京、上海等都市生活过的萧涧秋的到来,却在这座小镇中激起了大波澜。首先兴奋的是陶岚,这位对生活充满着浪漫的渴望、任性、大胆的女性,被萧涧秋的谈吐、阅历、学问和见识所折服,特别是萧涧秋的大都市生活与学习的经历,在文化学意义上对陶岚有很强的震慑力。萧涧秋对文嫂的真诚的援助,在小镇中也引发了不小的震撼。虽然文嫂丈夫的牺牲以及此后孤儿寡母的凄惨前景,引起过镇里人的同情,但似乎并没有人给予她多少实质性的帮助。充斥着小镇的,还是鲁迅揭示过的国民性弱点,愚昧、自私、麻木、人与人之间的冷淡,甚至有咀嚼他人的痛苦为消遣的,至于用淫秽的想象去探索别人的隐私,更是一些人酒足饭饱后的余兴。所以,萧涧秋的无私帮助,让文嫂一家获得了继续生活下去的勇气,但也引发了对萧涧秋不利的小镇舆论。这种舆论,可能有一部分来自钱正兴(谁让萧

[①] 见北大中文系 1956 级鲁迅文学社《柔石的创作》,转引自杨东标《柔石二十章》,宁波出版社 2002 年版,第 241 页。

涧秋"横刀夺爱"呢),但大部分来自鲁迅所深恶痛绝的面目不清"庸众"。中国自古就有"寡妇门前是非多"的"格言",你在大城市可以实行"人道主义",可以自由恋爱,在芙蓉镇却必须遵守祖宗创下的规矩!在小说中,流言蜚语犹如风刀霜剑,把孱弱的文嫂逼上了死路,也把异己的萧涧秋赶出了芙蓉镇。萧涧秋在这个小镇上成了众矢之的,面对的是整个传统社会的挑战。这简直就是一幅文明与愚昧的搏斗图!在强大的传统文化的压力下,他不落荒而逃才怪呢。虽然有陶岚这样的同盟军,但最终失败的,仍然是势单力薄的萧涧秋。鲁迅评得准:"他仅是外来的一粒石子,所以轧了几下,发几声响,便被挤到女佛山——上海去了。"①

《为奴隶的母亲》是柔石短篇小说创作的高峰。这篇小说创作于1930年1月,这时候,左翼作家已经开始对标语口号式的"革命文学"进行反思,例如潘汉年1929年就在《现代小说》三卷一期上发表题为《文艺通信》的文章,说:"与其把我们没有经验的生活来做普罗文学的题材,何如凭各自所身受与熟悉一切的事物来做题材呢?至于是不是普罗文学,不应当狭隘的只认定是否以普罗生活为题材而决定,应当就各种材料的作品所表示的观念形态是否属于无产阶级来决定。"② 决定一部文学作品是不是革命文学,不是题材,而是作品的主题。其实,早在两年前,鲁迅就说过这样的话:"我以为根本问题是在作者可是一个'革命人',倘是的,则无论写的是什么事件,用的是什么材料,即都是'革命文学'。从喷泉里出来的都是水,从血管里出来的都是血。"③ 四年后,他在回答沙汀、艾芜关于小说题材的提问时,又一次表达了同样的看法。鲁迅与潘汉年的观点,实际上是对初期革命文学的批评。柔石创作《为奴隶的母亲》时,与鲁迅已经有了很紧密的接触,同时又参与了组建左联的工作,在思想上易于与党的领导干部(潘汉年当时在中共江苏省委宣传部工作,左联是他代表党中央竭力促成下创建的)相一致,所以,把《为奴隶的母亲》列入革命文学的范畴是不成问题的。柔石的战友林淡秋曾经有一段回忆,有一次,柔石对林淡秋说:"过去我的作品不是革命的,现在我决计转换内容了。"④ 从这个材料推测,柔石显然对自己以前的创作与左翼文学的差异有了一种新的感悟,他是把《为奴隶的母亲》作为革命文学来创作的。

---

① 鲁迅:《柔石作〈二月〉小引》,见《鲁迅全集》第4卷,人民文学出版社1981年版,第149页。
② 转引自夏衍《懒寻旧梦录》,生活·读书·新知三联书店1985年版,第140页。
③ 鲁迅:《革命文学》,见《鲁迅全集》第3卷,人民文学出版社1981年版,第544页。
④ 参见杨东标《柔石二十章》,宁波出版社2002年版,第156页。

四 作家与作品(浙籍)

的确,这篇小说突出地表现了作家挣脱知识分子的一己悲欢,把创作视野转向底层劳苦大众的努力。小说发表时,《萌芽月刊》在《编辑后记》中这样写道:"柔石先生的《为奴隶的母亲》,作为农村社会研究资料,有着极大的社会意义,请读者们不要忽视此点。"其实编辑的担心有点多余。在革命文学方兴未艾之际,作品又发表在左翼色彩浓郁的刊物上,读者是不会忽视这篇小说的社会学意义的。我们以为多年来被忽视的,恰恰是小说的文化学意义。与其他同时期的革命文学相比,柔石的这篇小说具有鲜明的个人色彩。作家仍然采用了与他以前创作一致的文化视角,小说的情节主线是当时普遍存在于浙东地区的一种野蛮风俗——典妻。所谓典妻,就是穷人为生活所迫,把妻子像物品一样典当出去,租借给他人生育孩子。在这一过程中,女性只是一种生育工具,完全失去了"人"的独立与尊严。许多学者指出,这种社会畸形现象在旧中国的很多地方存在着,尤其以浙东地区最为严重。五年前,同为浙东作家的许杰就写了《赌徒吉顺》予以揭露,只不过柔石这篇小说写得更生动、更详尽罢了。郑择魁先生曾指出:"作者通过'典妻'这一事件,揭露了封建制度和封建道德的罪恶,并展示了造成悲剧的社会原因。在黑暗时代的浙东农村里,'典妻'这种残酷的人肉买卖公开'合法'地进行着。人们司空见惯,不以为怪。在'不孝有三,无后为大'的思想影响下,没有子嗣的中农也会做'典妻'这样的事。正如小说中所写的那样:媒婆、轿夫以及探头张望的妇人,都把这看作是极平常的事。"[①] 在这篇小说中,造成春宝娘悲剧生涯的原因,首推经济的重压,但也不能忽视文化的作用。这种文化的作用,既来自中国传统封建道德的影响,如郑择魁先生所指出的"不孝有三,无后为大"的封建道德,也包括区域文化的因素。越地远离儒家文化的发源地,女性的贞操观相对薄弱,在人的生存发生危机时,出卖女性的身体换钱养家便成了天经地义的事。有意味的是,这类行为在当地逐渐演变成了风俗,成为一种合法合理的事,所以小说中几乎所有人物都不以此为异。把这篇小说的主题归结为表现当时中国农村的阶级压迫自然不算错,但总让人觉得有些粗疏,没有完全说到点子上去。从客观上说,这篇小说的确反映了当时农村中贫苦农民破产的惨象,但是考察作家的写作动机,我认为柔石是站在以人为本,尊重人,重视人,特别是尊重女性的现代文化的立场上,揭露与批判"典妻"这种反人性的地方文化恶习。在这篇小说中,我们能看到鲁迅《祝福》的深刻影响。与鲁

[①] 郑择魁、盛钟健:《柔石的生平和创作》,浙江文艺出版社1985年版,第130、277页。

迅一样，柔石既同情女主人公，但对她不思反抗的心态，也有着"怒其不争"的批判的一面。

二

从文化的视角展示生活，有利于更全面、更深刻地写好"人"。鲁迅的《呐喊》与《彷徨》就是以现代文化为武器，从文化的角度认识、描写社会，高度凝练地、本质地描绘出辛亥革命至五四时期中国传统文化与西方现代文化撞击、融合的完整性、独立性的形象。所以，鲁迅创作小说虽然有很强的社会功利目的，即他所说的"不过想利用他的力量，来改良社会"①，但我们今天读来仍然觉得韵味无穷。柔石的小说也是如此。

柔石的创作正处于中国现代文学从第一个十年向第二个十年的过渡期，几位激进的年轻作家与文学理论家已经在为"革命文学"摇旗呐喊，为了显示自己的"革命"与"进步"，作为五四文学的代表作家鲁迅与郁达夫也受到他们的无情批判与否定。写过《莎菲女士的日记》的丁玲，在革命文学的热潮中创作了《水》这样的"速写"式小说，以表现底层人民行将爆发的革命热情。蒋光慈更是这种革命文学的代表作家。然而，这种文学作品，存在着严重的缺点。茅盾在为阳翰笙的《地泉》写的序《〈地泉〉读后感》，就借批评《地泉》说了他对这类革命文学的看法：一是"缺乏社会现象全部的非片面的认识"，以致"严重的拗曲现实"；二是"缺乏感情的去影响读者的艺术手腕"，而没有用那种"精严而明快的形象的言词来表现那'深入''转换''复兴'"，作品"只是'深入''转换''复兴'等三个名词的故事体的讲解"。② 在茅盾看来，早期革命文学的突出缺点，一是作家对生活缺乏正确的把握，二是表达上的公式化、概念化。

柔石并没有赶这个时髦，他仍然按照自己对生活和文学的理解扎扎实实地创作着。他的小说难以让人一眼就读出慷慨激昂的革命主题，他尊重生活的逻辑，不为宣传自己的政治观点随意拔高人物，不塑造突变式的英雄，也不去寻找或编造革命、反抗的故事。柔石以自己熟悉的生活为题材，真实地表现着人生。所以，他的萧涧秋只能从芙蓉镇落荒而逃；春宝娘生了秋宝后，也会产生在秀才家多留一些日子的念头。这种写法，在当

---

① 鲁迅：《我怎么做起小说来》，见《鲁迅全集》第4卷，人民文学出版社1981年版，第511页。

② 转引自赵遐秋、曾庆瑞编著《中国现代小说史》下册，中国人民大学出版社1985年版，第21页。

时颇为一些革命文学理论家所不屑,但是,隔半个多世纪后读这些小说,我们却能够感觉到作品中人物的鲜活和内涵的丰富。就如鲁迅为《二月》所写的小引中所说:"我从作者用了工妙的技术所写成的草稿上,看见了近代青年中这样的一种典型,周遭的人物,也都生动,……大概明敏的读者,所得必当更多于我,而且由读时所生的诧异或同感,照见自己的姿态的罢?那实在是很有意义的。"① 何止当时的读者能够照见"自己的姿态",就是今天的读者,也能够从中照见自己。因为小说中的人物并非作家观念的产物,他们来自奔流激荡的生活,有着时代与文化的鲜明印记;也因为传统文化与现代文化的撞击与交融,至今仍在进行着,小说中的人物与故事,仍然能够激起我们的共鸣。

除了表现新旧文化的冲突与交融,柔石小说的另一个重要主题,就是继承鲁迅先生的国民性批判。柔石在1923年2月16日的日记中这样写道:"军阀专横于朝,贪吏欺诈于市,而一部分人民有愚焉不敏,甘心于自苦,辗转于水深火热,互相嘲弄,全不知自拔!"② 芙蓉镇的流言和春宝娘的忍辱偷生,正是柔石这段日记的形象写照。我们可以在柔石的许多小说中找到有关这个主题的证明。如在《三姐妹》中,柔石对男主角章先生的讽刺性的描写;《希望》的主人公李静文为换一个美艳的新夫人,竟然希望家父的来信内写有"汝妻不幸,一产病故!"在《人鬼和他底妻的故事》中,人鬼的妻的悲剧,一半来自人鬼,另一半来自村里的流言蜚语。她死后,天赐和人鬼同去送葬,竟然"路旁有人冷笑说,'她倒有福,两个丈夫送葬'。"《没有人听完她的诉说》里,在北风中乞讨的老婆子面前,所有人在满足了他们的窥私欲之后,无一人肯对这位可怜的老妇施以援手,这种人性残忍的描写揭示了人们普遍性的卑污阴暗的心理。

三

柔石文学创作中的文化视角十分明显,构成了他的小说思想与艺术的基本特点。要探讨的是,作为一名坚定活跃的左翼作家,柔石如何能够在革命文学逐渐成为主流文学的20年代末坚持和发扬了五四作家的文化视角呢?我们认为,造成这种创作现象的原因有三点:

第一,五四新文化运动的影响。《新青年》发动新文化运动时,16岁

---

① 见北大中文系1956级鲁迅文学社《柔石的创作》,转引自杨东标《柔石二十章》,宁波出版社2002年版,第241页。

② 见《柔石日记》,山西教育出版社1997年版,第53页。

的柔石刚进浙江省立第一师范学校读书。这所学校的校长经亨颐，当时正着手进行教学改革，在夏丏尊、李叔同等著名教员外，增聘了陈望道、刘大白、李次九等具有革新思想的教员。"一师风潮"后，继任校长姜琦又聘请朱自清、俞平伯、刘延陵等新文学作家担任国文教师。整个五四时期，浙江一师校内的空气极为活跃，不仅《新青年》《星期评论》《新潮》等刊物在同学中间广泛传播，省内新办刊物《浙江新潮》《钱江评论》等刊物也拥有很多读者。在当时，浙江一师就是浙江的"北京大学"。一师校内学生中有很多是文学爱好者，他们于1921年10月成立"晨光文学社"，潘漠华、冯雪峰负责，除柔石外，汪静之、魏金枝等人都是重要成员，他们还聘请了叶圣陶、朱自清、刘延陵为顾问。生活和学习在这样的氛围中，青年柔石与五四新文化运动的关系十分密切。虽然当时柔石一心想做学问家和文学家，对政治活动不怎么热心，但以文学革命为中心的文化启蒙运动对他的影响应该是不言而喻的。

第二，鲁迅的身传言教。鲁迅与柔石同是浙东人，柔石在浙江一师读书时就很崇拜鲁迅，阅读过鲁迅的许多作品。1925年在浙江一师毕业后，柔石曾去北京大学做旁听生，选修过鲁迅的"中国小说史"和"文艺理论"，亲聆鲁迅的教诲。"据吴文钦回忆，柔石在北大读书时，曾经写信向他述说了鲁迅讲课后的兴奋心情：真是平生之乐事，胜过了十年寒窗！"[①] 1928年柔石离开宁海到上海，不久就与鲁迅联系上了，他此后的文学创作与文学活动，都在鲁迅的关怀下进行。鲁迅自打发表《狂人日记》后，在他的身边总是围绕着一些热爱他、崇拜他的青年作家。如五四时期的许钦文、台静农、许杰、孙伏园、川岛等，左联前期的冯雪峰、柔石、殷夫，左联中后期的张天翼、沙汀、艾芜、巴金、胡风、萧红、萧军等，这些青年作家在成长过程中，都受到过鲁迅的关心和帮助，他们也自觉把鲁迅作为学习的榜样。有学者曾把这批作家命名为鲁迅派，柔石就是鲁迅派作家中的重要一员。鲁迅派作家与鲁迅的交往经历，有的通过书信（如鲁迅与沙汀、艾芜之间的著名文艺通信），更多的是用回忆录的形式（鲁迅逝世后上述许多作家撰写了回忆与鲁迅交往的文章）保存了下来。然而鲁迅与柔石之间因为交往密切，并无书信交流的必要，又因为柔石先于鲁迅逝世，他也不可能写下与鲁迅交往的回忆文章。幸运的是，柔石写了有关日记，让我们约略知道一些两人交往的情况。另外，鲁迅在柔石壮烈牺牲后，也曾有几篇文章写柔石（如《为了忘却的记念》《柔石小

[①] 郑择魁、盛钟健：《柔石的生平和创作》，浙江文艺出版社1985年版，第29页。

传》等),冯雪峰等人也写过回忆鲁迅与柔石交往的文章,从中我们知道,柔石敬重鲁迅,鲁迅也很看重柔石的为人与才华,他们在1928年至柔石被捕前交往十分密切,情同父子。① 因此,可以推断,在这段日子里,柔石曾多次当面向鲁迅讨教过文学创作的问题,鲁迅也一定像回答沙汀、艾芜的提问那样,细致深入地与柔石探讨过这类问题。柔石开始文学创作较早,但是他的真正成熟的作品,均发表于1928年之后,这与鲁迅的影响是分不开的。

第三,越文化的熏陶。青少年时期所受的文化熏陶对一个作家的深远影响,已经越来越受到学术界的重视。而在这种文化熏陶中,区域文化的作用十分重要。鲁迅在《为了忘却的记念》里回忆柔石时说过一句很有意味的话:"他的家乡,是台州的宁海,这只要一看他那台州式的硬气就知道,而且颇有点迂,有时会令我忽而想到方孝孺,觉得好像也有些这模样的。"② 鲁迅指出柔石的性格是硬气而又有点迂,而造成柔石这种性格特点的主要原因,则是区域文化即越文化的影响。自从20世纪80年代文化热以来,学术界对越文化的研究已经相当深入。越地因为处于东南沿海,与中原主流文化存在着相当多的差异。与以"仁义"为核心的中原文化相比,越地重"智",重商,重变通。近代以来,其面海的地理位置和相对发达的交通,又使其成了文化革新的重镇。浙江人重文化革新,而非政治革新,这是清代三百多年来浙江学术发展的成果,也是清末民初浙江与两广、湖南等地知识分子之间的最大差别。这种思想文化上的特点,自浙东学派——章太炎、王国维、蔡元培——鲁迅、周作人、钱玄同等人代代递传,形成越文化的一个强大的文化传统。③ 正如越文化的"石骨铁硬"的性格特征对柔石有强大的影响,越文化重思想文化革新的思路对柔石的影响也是很大的。柔石在1928年12月23日的日记中记载了自己与鲁迅先生的谈话,他这样写道,"以后又谈起中国人素来没有信仰的,从来没有宗教的战争,道士和和尚,会说三教同源,哪里有什么信仰。都是个人主义,要个人活下去就是。中国革命之失败,就在这一点"。④ 这

---

① 关于这方面的情况,郑择魁、盛钟健的《柔石的生平和创作》上编第六、七、八节有比较详尽的介绍。

② 鲁迅:《为了忘却的记念》,见《鲁迅全集》第4卷,人民文学出版社1981年版,第482页。

③ 关于这一点,可参看彭晓丰、舒建华《"S会馆"与五四新文学的起源》,第一章、第二章,湖南教育出版社1995年版。

④ 见北大中文系1956级鲁迅文学社《柔石的创作》,转引自杨东标《柔石二十章》,宁波出版社2002年版,第106页。

一话题，显然是鲁迅从留学日本开始就一直在思考的中国国民性问题在第二个十年的继续，即探讨如何在文化上改造中国社会。从柔石的日记中可以看出，他与鲁迅在这方面见解完全一致。其实，柔石重思想文化革新的思路早在浙江一师时期就显示了端倪。他虽然来自农村，对当时的社会有十分强烈的改革欲望，也对俄国十月革命表示欢迎。但是，对"当时以政治斗争为主要内容的学生运动，并不特别热心"。"尽管他在五四运动里接受过各种新思潮的影响，对社会问题有自己的思考和评价，但对于具体的政治活动，却并不积极参与，而把全部精力放在攻读学业上。据魏金枝回忆：'那时，柔石拼命读书，弄得两眼非常近视，他的目的是想成为一个学问家。'"[①] 不能把他的这种表现简单视为小资产阶级知识分子的通病，这也不是个人的兴趣好恶问题，从深层意义上看，这都与越文化的思想传统有关。

四

重视柔石小说与五四启蒙文学的精神联系，对于认识柔石的作品和20世纪30年代的中国现代文学创作，都是一件很有意义的事。

就柔石的小说来说，这样的研究视角，有助于去除笼罩在作品之上的意识形态遮蔽，还柔石小说以本来面貌，使我们的阅读能更切近作者的创作初衷。同时，也有助于揭示，为何柔石的小说要比当时许多所谓的"革命文学"更有艺术魅力。

对于中国现代文学来说，这样的定位，让我们能够更真实地认识和审视文学发展的历史。近年来，学术界对这一点基本上达成了共识：新文化运动是一个不彻底的文化启蒙运动。由于北洋政府的压迫以及20年代政治形势的迅速变化，以《新青年》为中心的文化启蒙运动在五四反帝爱国运动之后就走向低潮，在第一次国共合作开始后，国内的革命中心从北方转移到南方。中国现代史把此时界定为五四时期的结束和第一次国内革命战争时期的开始。然而，当时实际的文学创作并没有如此简单地转型。在30年代，左翼作家之外但深受五四新文化熏陶的一部分进步作家，仍然延续着五四启蒙文学的轨迹进行文学创作。老舍、巴金、曹禺、王统照、许地山的作品，就闪耀着文化启蒙的光辉。在左翼作家内部，也有类

[①] 郑择魁、盛钟健：《柔石的生平和创作》，浙江文艺出版社1985年版，第12—13页。郑择魁先生认为这是柔石身上的小资产阶级知识分子思想上的通病所致，我则认为这与越文化对他的影响有关。

似的创作出现，如张天翼、沙汀、艾芜、萧红以及稍后的路翎等人的作品就呈现着同样的色彩。当然，这些作家的作品与五四时期的文学创作有着一定的区别，但我认为这种区别主要是时间性的，在文化启蒙的创作内在动机与作品艺术效果上，两者却有着惊人的相似。柔石正是这些作家中的重要一员。

文学史在宏观地描述文学历史方面，有其必不可少的功绩。但是，这种描述，往往化复杂为简单，突出作家们的共性而遮蔽他们的个性，从而多少歪曲了历史的真实。所以，我们必须认识到，任何一个时期的文学现象都是复杂的，30年代的左翼文学运动也是如此。柔石，就是一个十分典型的例子。

综上所述，我们认为，柔石是中国20世纪30年代一位英勇的无产阶级革命作家，但他的小说创作，从作品主题到创作视角，既深刻体现了新的时代特点，又与五四启蒙文学有着深刻的精神联系。不注意这一点，恐怕难以完全读懂柔石的文学创作。

（原载《浙江学刊》2004年第6期，《人大复印资料·中国现当代文学研究》2004年第11期）

江南文化与中国现代抒情文学

黄 健

　　从文化审美的角度来看，江南文化不仅具有特定的文化内涵，而且还具有丰富的审美内涵，"江南好，风景旧曾谙。日出江花红胜火，春来江水绿如蓝，能不忆江南？"白居易既道出了江南自然景观的审美意义，同时又道出了江南文化"越名教而任自然"的超功利、顺乎自然的文化审美特质，其特点是以杭州为蓝本为江南进行了诗意的定位：秀婉、柔美、华贵、精致、伤感……。古代作家对江南的感受和体验之纯美与独特，赋予江南这个特定地域空间饶有深味的美学意义，使江南在中国人的心灵层面上获得永恒的定格：她是"日出江花红胜火，春来江水绿如蓝"中的江南，是"春风又绿江南岸"中的江南，是诗人们寄情山水、放浪形骸的江南，也是"君到姑苏见，人家尽枕河。古宫闲地少，水巷小桥多"中的江南。古代诗词对江南的描写，传达出中国人对诗意栖居的美好憧憬，传达出一种独特的文化审美信息：江南不仅是一个纯粹的地理概念，同时也更是一个文化和美学概念，体现了一种对人生终极性的追求，也即人的心中那挥之不去的"天堂情结"。江南是心灵的家园，是人生的理想。"上有天堂，下有苏杭"，非常精湛地道出了中国人的一种美好愿望，即江南既是理想的居住地，也是令人神往的心灵空间，是无数中国人，特别是中国文人的精神原乡，代表着中国人对美好生活的极致向往。哲学家总是把诗意地栖居作为人类理想生活的福祉所在，缺失"彼岸"宗教情感的中国人则把"诗意"与"此岸"结合起来，在被称为"神州"的疆土上找到了秀水江南。从此，"江南"就成为中国人所寻到的被神灵浸染的心灵天堂，表现出中国人对心灵自由的向往。繁华可过之，富贵可过之，但是，江南在心中的位置，虽经百转千回，却无可替代。江南是诗性之美的象征，是心灵自由的象征。

　　以历史的维度而言，在中国现代转型当中，江南文化特有的诗性审美品格给予了中国现代抒情文学的生成与发展，以巨大的文化审美资源方面的强有力支持。换言之，江南文化审美意识是建构现代抒情文学的重要美学元素。江南那独特的精细坚韧、柔美飘逸，而又略带颓废、浪漫、唯美主义的审美气质及其诗性审美意识，所对应的是现代中国人渴望心灵自由、精神解放，追求民族独立、社会文明，迈向现代化的心灵世界，现代抒情文学由此反映出了现代中国由文化冲突而引发意义危机的精神境况，抒发了由文明失落而带来的民族苦难情怀和建构新的价值世界与新的人生意义的心理情感。在中国现代文学史上，江南文化承历史积淀演化而来，又不断地糅合时代发展的情愫，进而成为整个中国文化现代化进程中一种独特的心灵映象，成为中国现代文学发展进程中一道独特的审美风景线。

一

江南一开始并不是中国文化的中心，但自西晋"永嘉之乱"，大批中原士族南迁，形成历史上第一次大规模的区域文化交汇之后，江南文化特色开始形成。在这之后，中国历史上较大规模的社会变动，广袤的江南区域往往是北方士族迁徙的首选对象。《晋书·王导传》记载："中州士女避乱江东者十六、七。"随一户南迁的往往有数千家之多，人口达数万之众。据史料记载，东晋初年南迁的就达90余万人，如琅琊王氏、颍川庾氏、陈郡谢氏、谯国桓氏，无一不是从中原南迁的故家，成为当时江南文化人的大家族。后来的"安史之乱"和"靖康之难"，大批北方人士也迁徙江南，给当时处在边缘的江南带来了先进的中原文化，并在与江南原有的地域文化碰撞与交汇当中，一度使江南成为当时的文化中心，奠定了它在中国文化史上的地位。即便是在封建社会处在整体下滑阶段，如明清之际，江南文化亦是当时最先进的文化。

相对以中原为代表的北方文化来说，江南文化具有一种"精细坚韧"和"柔美飘逸"的诗性审美品格。在中国文化、文学、艺术的审美视阈里，关于江南的认知、感悟、体验和想象，总是能够轻易地触动人的内心最柔情、最敏感、最细腻，同时也是最脆弱的神经——"江南忆，最忆是杭州。山寺月中寻桂子，郡亭枕上看潮头，何日更重游？"（白居易），"春风又绿江南岸"（王安石），"东南形胜，三吴都会，钱塘自古繁华。烟柳画桥，风帘翠幕，参差十万人家"（柳永），江南总是因其独特的自然与人文景观——浓妆淡抹总相宜的西子湖，三吴都会，自古繁华的钱塘，精美绝伦、精致典雅的苏州私家园林，以及小桥流水的运河人家，烟波浩渺的鉴湖倩影，修林茂竹、曲水流觞的兰亭风光……，无一不烙上诗人所赋予的"柔美""精致""优美""典雅"色调，极具诗性意味的江南审美印象和人文情怀，让人产生柔情似水、意境深幽，乃至无限伤感、沉郁的诗性遐思。在中国现代文学史上，这种从历史传承而来的江南文化，同时又被注入具有时代精神特征的审美情愫。任何一个阅读过具有江南独特意象和审美情怀的现代文学作品的读者，在心灵深处都会产生一种相对应的心理情感，留下一种令人难以忘怀的深刻印象：鲁迅的坚韧、深邃、深刻，表现出了他特有的对历史、对现实、对人生的那种刻骨铭心的感触和内心体验；茅盾的细腻、精明、精湛，尤其是他对时代女性多愁善感、矛盾矜持、彷徨而又不甘沉沦心态的描绘，充分展现出现代历史进程在时代女性的心灵刻下的印痕；郁达夫的放浪形骸，自然率真，浪漫抒情，他笔下的"零余者"，不单单只是个人的"自叙传"，而是与迈向现代化所遭遇的时代痛苦息息相关，表现出了对历史前进的曲折性和艰难性进行深邃思考的特点；徐志摩的新诗创作，无不透露着江南才子之气，潇洒飘逸，秀丽缠绵的诗风，成功地提升了白话新诗与古典诗词意境相媲美的新的审美境界；戴望舒则是善于用现代的语言，抒发现代人的"现代情绪"，其"雨巷"意境的刻画，借用古典诗词的唯美映象与伤感意境，将一个"彳亍彷徨"，苦于找不到出路，又不甘自我堕落的现代知识分子复杂而又敏感的心灵，形象和象征性地展现出来，凸显"江南意象"的细腻、绵长、柔美和隽永；还有丰子恺的散文也极具禅意，处处都透露出博大精深的人生哲理。在平静如水的艺术叙述中，透过那"人散后，一钩新月，天如水"的文字表述，其背后不就深藏着一种柔美、柔和的智者情怀么？显然，江南文化不只是表现出它在与北方正统文化相对应中，总是处于弱势、边缘和配角的态势有关，也不只是和它善于在风花雪月中，品味、玩弄香消玉殒的物哀和渲染、感怀男欢女爱的情殇有关。在构成其独特的文化审美意识当中，除了江南那得天独厚的自然与人文环境的特殊元素之外，更重要的还在于江南文化能够作为母文化的基因成分，将其诗性审美品格深深地融化在现代作家的精神血肉之中，孕育了他们一种极具区域性特征，又具有与中心文化产生审美性对应、对接的文化性格、审美心理和审美态度，构成了他们认识世界，表现人生的一种最基本的，也是极具个性特征的思维方式、审美方式和艺术表现方式，从而使现代抒情文学总是能够反映出中国文化、文学、艺术的最感性、最唯美、最抒情的一面，同时也使江南的自然景观和人文风情，以及所形成的独特审美气质和审美意识，总是能够对深受中华文化、文学、艺术和美学熏陶的人士，形成一种永恒的心理召唤和审美感知。"白马秋风塞上，杏花春雨江

四　作家与作品(浙籍)

南。"不同于北方中心文化的政教伦理化的正统、厚重、沉稳的特点，江南文化明显地带有柔婉、轻盈、秀丽的审美风格。正是这样，江南文化对于文学、艺术而言，往往就是以它特有的以诗性——叙述、抒情为特征的审美品格呈现在人们的面前，并与其他区域，特别是与以中原为代表的北方文化、文学、艺术那种以伦理——叙述、抒情为特征的审美品格，形成一种对比鲜明的对应性与互补性的审美存在。

当现代中国步履艰难地跨过20世纪门槛之后，中西文化冲突加深了整个民族的危机。从文化视阈上来看，由此形成的"意义危机"贯穿了整个中国现代文学的发展过程，如谢冕所指出的那样，中国近现代历史就是充斥着这样的悲哀，中国文学也就是在不断地描写和传达着这样的悲哀，而这就是中国百年来文学发展的大背景，也是现代抒情文学生成的一个重要因素。[①] 可以说，20世纪中国文学是在苍茫的忧患、悲郁的语境下，裹挟着20世纪的血泪和世纪之交的茫然，卷入了一场声势浩大的文化震荡和文学革命之中。在这场社会与文明的转型中，扛起思想启蒙和民族救亡大旗的中国现代文学，需要激进地抛弃旧传统、旧理念，以唤起整个民族的觉醒。然而，在文化转型的特定时代，旧的传统被全盘否定，新的文化价值系统一时又难以建立时，如何为现代中国人找到心灵的依托，这就往往成为现代文学创作的一种意义的诉求、一种情感的诉求。在这当中，抒情——抒发长期被压抑的情感、被束缚的情感，抒发渴望摆脱贫困、渴望富强、迈向自由之路的时代情感，就往往成为现代抒情文学的情感动力。正是这样，自现代文学诞生以来，从江南区域走出来的现代作家，造成了一种"井喷"态势的创作现象，其中最直接的表现就是江南区域为中国现代文学贡献了一批重量级的作家：鲁迅、茅盾、周作人、郁达夫、徐志摩、朱自清、丰子恺、戴望舒、柔石、施蛰存、夏衍、艾青、穆旦……，他们的创作丰富和繁荣了中国现代文学的创作，并且深刻地影响了中国现代文化和现代文学发展的历史进程。在文化转型的历史时期，深受江南文化熏陶的现代作家，从文化边缘地带向中心区域进发，并以带有浓厚的地域文化和诗性审美特征的艺术感知和艺术表现方式，传达出了现代中国置于世界性冲击当中所萌生的现代性诉求，同时也传递出了现代中国人渴望自由，追求精神解放和民族独立，迈向现代化，建设富强的现代民族国家的时代心声。可以说，来自江南区域的现代作家在一个特定历

---

① 谢冕：《百年中国文学总系总序——辉煌而悲壮的历程》，山东教育出版社2002年版，第2页。

史时刻的集体涌现，乃是中国现代文学史上的一种独特景观。从文化与文学的关联意义上来说，区域文化对于作家的文化性格与文学品格的锻铸，显示出在作为母文化的江南文化影响下，现代作家的创作总是蕴涵着整个民族文化的复兴所需要的巨大情感力量。这种情感力量在文化转型的特定时期，起到了支撑着民族精神的一种特殊作用，并展示出古老中国在传统文化的倾颓中，仍然是执着地穿越历史阵痛的迷雾而不断地迈向现代文明的执着精神。

二

抒情文学是一种泛指的文学概念，除了针对特定的文学体裁和特定的文学作品类型而言之外，还重在指一个时代文学所特有的审美情怀，以及所形成的文学观念和创作方式，及其与之相对应而生成的特定文本形态及其内在艺术结构与表现方式。简言之，抒情文学在突出文学的抒情本质的同时，还重点强调文学的抒情态势、方式、语言和结构等，使抒情本身也成为文学的一种质的规定元素，如同列夫·托尔斯泰在谈论艺术本质时所指出的那样："艺术是这样一项人类活动：一个人用某种外在的标志有意识地把自己体验过的感情传达给别人，而别人为这些感情所感染，也体验到这些感情。"[1] 在中国文学理论中，早已有"缘情"之说。《乐记》在描述艺术情感发生情景特点时指出："凡音者，生人心者也。情动于中，故形于声，声成文，谓之音。"陆机在《文赋》中曰："诗缘情而绮靡。"刘勰在《文心雕龙》的《情采》篇中也强调："昔诗人什篇，为情而造文，辞人赋颂，为文而造情。"汤显祖也提出了"主情"说的文学观。作为艺术的一种重要形态，文学本质上是以情感为中心的，是一种抒发情感的艺术创作与传达活动。中国是抒情文学的大国，许多学者都视抒情为文学之正宗，《毛诗序》中有关"诗者志之所之也，在心为志，发言为诗，情动于中而形于言"的说法，道出了中国文学抒情的本质特点，也促成了中国抒情文学的生成。西方文学自进入主情主义时代以后，也将抒发情感看作是文学的基本原理，如威廉·华兹华斯在论述诗的本质特征时所强调的那样："诗是强烈情感的自然流露。"[2] 进入20世纪以来，许多文论家仍然坚持艺术（文学）主情之说，如韦勒克、沃伦等人，在从语言角

---

[1] [俄] 列夫·托尔斯泰：《列夫·托尔斯泰文集》（第Ⅳ卷），漓江出版社1995年版，第122页。

[2] [英] 威廉·华兹华斯：《〈抒情歌谣〉序言》，《十九世纪英国诗人论诗》，人民文学出版社1984年版，第22页。

四 作家与作品（浙籍）

度分析文学特征当中，就特别强调了情感态度的表达，指出文学"具有表现情意和实用的一面"，并强调指出："如果将所有的宣传艺术或教喻诗和讽刺诗都排斥于文学之外，那是一种狭隘的文学观念。我们还必须承认有些文学，诸如杂文、传记等类过渡的形式和某些更多运用修辞手段的文字也是文学。"[①] 美学家苏姗·朗格也认为："所谓艺术品，说到底也就是情感的表现"，"艺术品是将情感……呈现出来供人欣赏的，是由情感转化成的可见的或可听的形式"。[②]

在中国现代文学生成之初，周作人就对抒情性较强的艺术性散文倍加推崇，认为"小品文是文学发达的极致，它的兴盛必须在王纲解纽的时代"。[③] 而对于那些注重结构，技巧的小说等叙事性较强的文学，在周作人看来，它们往往不能够充分地展现由时代大变革而引发的人的解放，个性解放思想，抒发由此所产生的时代情感和个人情怀。他在介绍国外"抒情诗的小说"时指出："小说不仅是叙事写景，还可以抒情……这抒情诗的小说，虽然形式有点特别，但如果具备了文学的特质，也就是真实的小说。内容上必要有悲欢离合，结构上必要有葛藤，极点与收场，才得谓之小说：这种意见，正如十七世纪的戏曲三一律，已经是过去的东西了。"在五四时期，文学研究会同仁在提倡"为人生"的写实主义文学时，也同样重视文学的抒情性。郭沫若及"创造社"同仁则将抒情文学思潮，称之为"主情"文学。因此，正是基于文学的这种本质特性，我认为，现代抒情文学思潮的表现及其特征，往往具有四个方面的维度：一是审美情感的维度，指的是现代文学创作特定生成的审美情感特征；二是创作理念的维度，指的是现代文学抒情的特定审美理念；三是创作方法的维度，指的是现代文学在创作方法上所形成的抒情性特征；四是文本结构与艺术表达方式的维度，指的是现代文学在文本结构类型和艺术表现与艺术传达方面所生成的诗化意象和诗化特征。

从中国文学发展上来说，在打破古典文学的传统观念之后，现代文学在总体上抒发了现代中国人对心灵自由、精神解放，以及建设富强的现代民族国家的强烈情感。正是在这个意义上，现代文学整体性地呈现出了一

[①] ［美］韦勒克、沃伦：《文学原理》，刘象愚等译，生活·读书·新知三联书店1984年版，第13页。

[②] ［美］苏姗·朗格：《艺术问题》，滕守尧、朱疆源译，中国社会科学出版社1983年版，第121、24页。

[③] 周作人：《〈近代散文抄〉序》，高瑞泉选编：《理性与人道——周作人文选》，上海远东出版社1994年版，第339页。

种富有时代抒情性的美学特征，而这也是现代抒情文学思潮生成的根本原因，是现代抒情文学思潮的质的规定性。在文体上，它包含了小说、诗歌、戏剧（电影）和散文等多种文类，在创作方法上，显示出现代抒情文学强烈的抒情、表现性的审美特性和艺术功能。

从现代抒情文学思潮和审美风格特质生成的文化关联上来看，它与江南文化及其诗性审美品格有着千丝万缕的联系。江南文化的诗性审美内涵及其内在的规定性，作为一种抒情的诗意元素，具有一种"刚"（精细坚韧）和"柔"（柔美飘逸）并济的美学特征和审美风格。像鲁迅的创作，在"逃异地，走异路，寻求别样的人"而走出会稽（绍兴）那座古城，汇入开放的文化洪流，并获得思想观念的现代转换之后，他对现实异化的高度关注，以及从中引发对整个民族的生存境况、前途和命运的高度关注，反映现实异化对人的压迫，展现人的解放、个性解放的情感诉求，就成为他创作的中心。基于"立人"思想，鲁迅总是善于将现实异化、人的异化与历史异化联系在一起，完整地展示了"弱中国"的古老世界，在最广泛的人生意义探寻中，通过对国民性的剖析，构筑了他关于人的生存、发展和命运的诸多精神命题。他的创作目的很明确，就是要在对国民性的深刻剖析当中，完成对国民、对民族，乃至对整个人类精神的富有深度的探寻和最广泛的思想文化启蒙。他所展现的"立人"和民族生存主题，对于落后民族在如何接受新兴文明冲击、挑战、应对和改造等方面，都具有深刻的思想启示价值。鲁迅形象地描绘出了整个民族在新旧交替、变革时代，由必须变革旧的生活（存）方式而产生的内心恐惧和苦痛的精神状态，展示出了两种文明冲突在旧式的家庭（族）里所引起的极度恐慌和惶惑，让人看到潜藏在喧嚣而混乱背后的是一种愚昧麻木的状态，揭示出了"老中国子民"在文明更替中的矛盾困境，其广谱意义则是在于揭示出了一个在长期封闭环境中演化而来的农耕文明，其实并没有为接纳一种新的文明而做好从容准备的心理与文化根源，在历史表象的背后，仍然是千百年来亘古不变、习惯成自然的文化心理性格。在近代中国被迫开放而置于世界性冲击之中，国民也就显得更加的无奈、张皇，尽显愚昧、麻木、无知的劣根之状，加上新与旧的强烈碰撞，则更显国民这种劣根性的沉重。这是人与社会、历史和文化在国民心中存留的永恒矛盾。鲁迅就是这样将火一样的激情裹挟在冰一样的冷静当中，写出了一个民族、一块大陆的整体惶惑，整体性地呈现出古老民族对现代文明的极其不适应性及其社会发展的严重滞后性。尽管他的创作并非历史事件的真实记录，或历史真相的再现，但他对于整个历史的精到评判，整个国民性的文化反

四 作家与作品(浙籍)

省,对于现实异化的深刻揭示和对长期被压抑和束缚的情感的真诚抒发,则深刻地阐释出了他对于一个民族、一块大陆,以及对整个人类的生存历史、精神心理及命运的寓言意义:"你们立刻改了,从真心改起!你们要晓得将来是容不得吃人的人!"这沉重的呐喊声,裹挟着一种深刻的思想启蒙情感,在历史与现实的空谷里长久地回荡,震撼着每一个国人的心灵。在这个意义上,鲁迅"改造国民性"的主题,作为现代文学的基本主题指向,关联着现代中国文化泛文本中最基本的语义内容——"心灵自由""个性解放""精神解放""民族独立""社会文明"等相关的文化元素和文明因子。不言而喻,鲁迅在创作中构筑了一个完整的、具有启蒙意义的象征世界。在冷静的叙事和抒情的背后,凝聚着他对整个民族心理、性格结构、历史沿革、文化风范的深切体察和内心感悟,从中抒发出了一种渴望包含着民族独立与社会开放内涵的人的解放,一种追求心灵自由和精神解放的时代情感,从而使他的创作在叙事层面上,一开始就超出了有限的表层叙事的意义范畴,兼具有叙事与抒情的双重功效,即通过人物形象的塑造和性格心理揭示,以及流淌在字里行间的深厚情感,展现出了整个民族在动荡的历史过程中痛苦的心灵律动,包孕着对千百年历史形成的"集体无意识"在民族心理中积淀及后果的细腻分析。鲁迅的这种以主体情感直接渗透创作的艺术表现方式,使现代文学的抒情氛围更为浓厚,更具情感张力。也可以说,鲁迅直接开辟了中国现代抒情文学的创作源头,正如沈雁冰所评论的那样,读鲁迅的作品"只觉得受着一种痛快的刺戟,犹如久处黑暗的人们骤然看见了绚绝的阳光",[①] "在他的著作里,也没有'人生无常'的叹息,也没有暮年的暂得宁静的歆羡与自慰(像许多作家常有的),反之,他的著作里却充满了反抗的呼声和无情的剥露。反抗一切的压迫,剥露一切的虚伪!老中国的毒疮太多了,他忍不住拿着刀一遍一遍地不懂世故地尽自刺"。[②] 鲁迅的这种抒情风格,在他称之为"自言自语"体的散文诗《野草》创作中表现得更为突出。他以自我审视,直逼心灵的抒情方式,展现了他的"全部哲学",[③] 抒发了处在人生最低谷时期的"苦闷心绪",以"独语"的艺术结构,诗化的语言表述,彻底地摆脱了单纯的写实性创作的束缚,以充分的抒情、空前的想象,借助于幻想、联想、象征、变形、夸张、戏剧性的变格和跳跃等修辞

[①] 沈雁冰:《读〈呐喊〉》,《时事新报》副刊《学灯》1923年10月8日。
[②] 沈雁冰:《鲁迅论》,《小说月报》1927年第18卷第11期。
[③] 章衣萍:《古庙杂谈(五)》,《京报副刊》1925年第105号。

手段，融自我心灵世界、神话传说、主观意象于一体，创造出了现代抒情文学的一种全新的艺术样式。

　　茅盾的创作风格与鲁迅不同，虽然他善于以宏大而严谨的艺术构思和艺术结构来进行长篇小说创作，用写实主义手法塑造出个性鲜明、性格复杂的人物形象，注重讲究细节的真实，善于将所塑造的人物置于急剧变化的社会历史发展的洪流之中来进行形象的展现，注重在典型环境中刻画典型性格，但是，茅盾的审美气质、审美风格，则是偏柔婉的，与他气势恢宏的艺术认知和理性叙事相得益彰。而构成审美互补的是他那种浸染着江南气质，具有柔美、婉约特征的审美气质和审美风格。最突出的是他笔下的那群时代女性，要比他塑造的民族资本家典型更为形象、生动，更少有概念化痕迹，也更具精细和深婉的艺术匠心，对应了处于大变革时代的人们的情感世界。从处女作《蚀》开始，无论是居住在北部江南小镇的小家碧玉，还是来到上海殖民地大都会的交际花，无论是初涉人世的女学生、青春少女，还是半老徐娘的孤媚、家庭主妇，在他的笔下都是那么鲜活：静女士、方太太、慧女士、孙舞阳、章秋柳……，虽分属不同性格类型，①但是都具有一种共同的心理气质：敏感、精细、纤柔、多情。像《蚀》中的章秋柳，时代女性的那种"既不依恋感伤于'过去'，亦不冥想'未来'"②特点，表现得十分突出，深藏在其背后的是女性特有的矜持、脆弱和敏感，而不是所谓的"在精神实质与民族资本家的男'英雄'们是相通的"③"刚性"性格特点。像章秋柳，每一次寻欢纵欲之后，那种尽情宣泄之后的负疚、懊悔、自责的心理，所传达出来的则是受五四新思潮影响而觉醒了的那群时代女性所特有的忧郁、忧伤、彷徨，苦于找不到出路，又不甘自我沉沦的矛盾心理和情感，显示出社会重压之下的时代女性独特的心路历程，令人感到哀婉、伤感和悲凉。从对时代女性的敏感气质的艺术把握上来看，茅盾对时代女性的心理刻画，手法娴熟、精湛。没有一种擅长于对时代女性独特气质的心理对应和阴柔之美的艺术描绘与传达技巧，是很难将时代女性那敏感、矜持而又新潮、时尚的性格特征刻画得如此细致入微的。应该说，这与茅盾长期受江南文化审美的纤细、婉

---

　　① 茅盾自己将他笔下的女性形象分为两种类型，他说："女子虽很多，我所着力描写的，却只有二型：静女士、方太太，属于同型；慧女士，孙舞阳，章秋柳，属于又一的同型。"茅盾：《从牯岭到东京》，《茅盾全集》第19卷，人民文学出版社1991年版，第179页。
　　② 茅盾：《写在〈野蔷薇〉的前面》，《茅盾全集》第9卷，人民文学出版社1985年版，第522页。
　　③ 钱理群等：《中国现代文学三十年》（修订本），北京大学出版社1998年版，第231页。

四　作家与作品（浙籍）

约和柔美之风的孕育有着密切的关系。吴组缃就曾指出茅盾的艺术风格是善于采用"一种抽丝似的'娓娓'的谈法，不是那种高谈阔论；声音文静柔和，不是那种慷慨激昂的"方法，其特点是"眼睛里含着仁慈的柔软的光"，"一点似有若无的笑"，[①] 给人以恰似温柔的艺术审美感受。另外一位来自江南区域的现代作家郁达夫，他的那种大胆、炽热、真诚的自我抒情，不仅彻底地揭穿了封建礼教和道德的虚伪本质，而且也充分地展现出迈向现代社会的那种沉甸甸的历史负重感，抒发出了由文化冲突、文化转型而带来的意义失落的心灵苦痛，并且创造出了以"自叙传"为特点的自我抒情小说文体，从而形成了现代抒情文学创作的第一个高潮。

江南文化"刚""柔"并济的诗性审美品格，使现代作家进入新文学的行列时，往往能够以一种全新的审美姿态出现在文坛上，与传统伦理道德的重重压抑和层层屏蔽下的陈腐创作及文风形成强烈的对比，进而能够以白话作文这种新型的创作方式和文体形式，充分显示新文学的"实绩"。他们的创作不仅真实地反映了"中国人向来就没有争到过'人'的价格，至多不过是奴隶"[②] 的痛苦状况，而且也真诚地抒发了现代中国人对"爱"和"美"的热烈向往和追求的情感。尤为突出的是，在文化转型的特定时期，现代抒情文学往往是从现代性的角度，以重新书写中国历史、社会、文化和人生的一种独特的审美方式和艺术表现方式，抒发现代中国人的心灵情感，使之成为中国文学由古典意象向现代意象转换的一个鲜明标志。现代作家从江南诗性文化的审美维度来审视现代中国的种种变化，反而能够避开中心区域的正统文化的重重束缚，思考传统文化的内在隐喻，发现被历史裹挟着的中国人的精神苦痛，精细地传达出现代中国人由意义危机而产生的心灵困惑，以及不甘于滞后的心路历程，抒发了由传统迈向现代的时代心声。可以说，现代抒情文学不仅拓展了现代文学深广的抒情空间，而且也展露了整个中国在现代化演进中所生成的那种宏大的精神脉流。正是从这个特定的文化审美维度出发，现代抒情文学的生成与发展，使现代文学更加具有指引 20 世纪中国由乡土社会走向现代社会，由封闭形态转向开放形态，由古典审美意识转换为现代审美意识的时间迁移路径与空间结构模态的强大功能。

---

① 吴组缃：《为中国现实主义文学祝贺》，《新华日报》1945 年 6 月 24 日。
② 鲁迅：《坟·灯下漫笔》，《鲁迅全集》第 1 卷，人民文学出版社 1981 年版，第 240 页。

三

面对 20 世纪急遽变化的社会动荡，现代作家在感受新文化的律动当中，表现出了一种积极、主动、进取的精神状态。从创作情形上看，江南文化对现代抒情文学的影响，主要有以下两点突出的特征：

其一，现代作家善于以深沉的抒情方式，精细的艺术表现手法，描摹和刻画人性，挖掘蛰伏在国民心理——性格中那种严重不适应现代文明的劣根性，展示国民长期受封建专制压迫所造成的精神疾苦，抒发长期以来被压抑的一种苦闷情感，以及对以"自由"为核心价值理念认同和追求的心灵情感。注重从人与文化融合的角度探讨人性，展开对国民劣根性的批判，从中营造出一种对人的解放、心灵自由强烈渴望的精神氛围。像鲁迅的创作，其目的就是要执意地写出现代的"沉默的国民的魂灵"苦痛，[1] 集中地"暴露国民的弱点"。[2] 鲁迅不是采用一般的写实主义手法，单纯地描写、反映中国人在物质上的贫穷，也不是单纯地关注现代中国在政治、经济层面上的变动，而是着重探寻人的异化，特别是心灵异化及其引发的精神疾苦问题，抒发由此而长期被压抑的内心情感。居于鲁迅意识中心的，是思考如何使人从封建专制的精神奴役中解放出来而获得真正的解放，获得人的主体性的价值确立，如何抒发现代人对心灵自由、精神解放的情感渴望。作为现代文学第一篇白话小说的作者，鲁迅一开始就显示出了他那种"特立独行"的思想深刻性和情感深沉性的特点。他形象地将具有"四千年"而一直标榜"仁义道德"的历史比作为"吃人"，这是迄今为止通过文学文本所揭示出来的最深刻、最形象的认识结论。鲁迅把深藏在内心深处、经过反复思考和生命体验的思想认识，化作一个个鲜活的文学形象，从中展现中国人的生存境况、心理性格和历史命运，由此揭示出"病态社会"和"病态人们"的疾苦，希望引起全社会"疗救的注意"，达到改造国民性的目的。鲁迅的创作集中地体现了他作为 20 世纪中国最杰出的思想家，通过文学而展示出来的关注人的生存境况、心理发展和前途命运，寻找人的精神归宿，建构人的精神家园的思想激情和精神风采。有人说鲁迅的创作有思想大于形象之嫌，其实，这完全忽视了对他的创作动机和创作理念的深刻理解。鲁迅的那种对现实人生所特有的生

---

[1] 鲁迅：《集外集·俄文译本〈阿Q正传〉序及著者自叙传略》，《鲁迅全集》第 7 卷，人民文学出版社 1981 年版，第 82 页。

[2] 鲁迅：《伪自由书·再谈保留》，《鲁迅全集》第 5 卷，人民文学出版社 1981 年版，第 144 页。

四　作家与作品(浙籍)

命感悟,特别是对人生苦楚所怀有的刻骨铭心的生命体验和心理情感,使他的创作在达到空前思想高度的同时,也深沉地流露出只有先驱者才有的那种时代的伤感,那种特立而超前行进中的孤独感,而这才是他创作的真正本色。鲁迅不是那种用什么概念或术语就可以盖棺定论的作家,而是一个真正展现生命本质和人生意义的现代思想型作家,抒情型作家。在鲁迅那里,他所关心是诸如人生是否有一种意义,又怎样或应该怎样具有意义的问题。对这些问题的思考,更能展现他对现实人生的关注之情,以及从中所展现出来的新的人文理想。所以,阅读鲁迅的文本,得到的是情感的冲击,心灵的颤动和人生的启示,所记住的不是有关抽象的人生大道理,而是能够不时地感受到他那种彻底超越了生与死的纠缠,以及从中透露出来的人生睿智,那种"其实地上本没有路,走的人多了,也便成了路"的人生启示,以及像西西弗斯那样,明明知道将巨石推到山顶便会滚回原地,但仍要永不停息地劳作,推着巨石向上艰难行走的坚强意志。看,那明明知道前面是"坟",仍然放不下,仍要向前走的过客,不也是在说:"我还是走的好!""走",乃是人生的本质所在,生命意义的终极所系。所以,海德格尔说:"思最恒久之物是道路",是"'诗意的'言说"。尽管"思"本身"至多不过是一条田间小路",但它可以"穿过田野,它决不轻言放弃"。① 不停地走在漫漫的征途上,那么,生命的价值,人生的意义,也就尽显其中。因此,在鲁迅的创作当中,思想与形象是紧紧地糅合在一起的,叙事与抒情是紧紧地糅合在一起的,对现实人生的本质思考与精细、缜密的艺术表现也是紧紧糅合在一起的。在这个意义上,鲁迅的创作代表了中国现代抒情文学诗性审美品格中的"深刻""精细""坚韧""沉郁"的风格类型。

其二,现代作家善于以主体对现实人生怀有深切感悟的抒情方式,突出主体的一种精神状态,真切地表现主体在受到外在的压迫,作出心理情感反应的感受。在现代文学的初始阶段,现代作家就倡导以"我"——第一人称的叙述口吻,鲜明地表达自己的立场,抒发自己的主观情怀。鲁迅的《狂人日记》,就是以"狂人"这个"我"的视角,来表达他对历史与现实的看法。在这方面,比较突出的是郁达夫。他以其特有的艺术敏感,用细腻而抒情的笔触,描绘出了现代知识分子不放弃五四理想,却又与历史主流发生脱节而产生严重的心理失落感。郁达夫是最早将艺术视角

---

① [德]海德格尔:《人,诗意地安居》,郜元宝译,上海远东出版社1995年版,第48、39页。

对准"自我",对准心理世界,把小说的主人公形象与自我形象融为一体的现代作家。从艺术表现上来说,郁达夫改变了现代文学初期"社会问题"小说创作,单纯地从社会现实外部取材而加以艺术再现的方式,转而注重强调展示人的内心世界,传达在历史变革时期人的心理感受和情绪变化。在他看来,小说不单是客观反映的再现对象,而且也是主观情绪的表现对象,是"认识的要素F"与"情绪的要素F"的相加,用来"赤裸裸地把我的心境写出来",以求"世人能够了解我内心的苦闷"。[①] 因此,在郁达夫的小说理念中,小说就是作家的"自叙传",是以"自我抒情"为中心的。在小说这种以再现、叙事为主导的艺术范式中,郁达夫首创了现代文学以表现心理情绪、抒发心理情感、展示心理世界的"自我抒情体"小说,强调凸显"柔性"抒情性的审美元素,使小说也能以"诗情画意"来展示自我心境,抒发情感,从而形成了现代抒情文学创作的第一个高潮。郁达夫对小说意象进行了独具匠心的艺术营构,十分娴熟地营造了现代小说的"柔性"审美意境。如在《沉沦》里,郁达夫描写"我"在大自然里的心理感觉时,就凸显"我"只有在大自然的怀抱里,才能感受到自然本性的体贴。这与"我"在人群当中的格外寂寞和孤独形成了强烈的对比,从而将一个身在异国他乡的游子的心灵情感和心理世界展现得细致入微。不难看出,郁达夫笔下人物的情绪状态是建立在被遗弃、被放逐的孤苦伶仃的主观感悟境遇之上的。对自身不幸遭遇的哀怨性抒情,以及由此产生的飘零感、漂泊感和孤独感,是他的小说阴柔之冷色调抒情风格的美学根源。在抒情式的叙事中,郁达夫打破了写实主义小说那种依据事件发展的线性叙事惯例,在将小说的重心置于抒情链条当中,构筑了以"柔性"抒情审美元素为主导的自然、流动的艺术结构,在使小说的主人公染上一种忧郁情感色彩的同时,也形成他的小说所特有的伤感之美。与郭沫若所展现的雄奇之美不同,它更加凸显了现代化进程中的历史艰难性和复杂性的特点,折射出了时代的负面因素在人们心灵中所投下的重重阴影。此外,还有像徐志摩那些"从性灵深处来的诗句",[②] 其特点是以江南才子之灵气,英国绅士之风度,凸显了白话新诗优雅、浪漫的审美意境。他的那种顾影自怜、风流倜傥的自我形象:清秀鲜活、跃动飘逸、柔美细腻、空灵清澈。在审美意象的择取上,大凡星辰明月、云霞彩虹、白

[①] 郁达夫:《新生日记》,《郁达夫文集》第9卷,花城出版社、三联书店香港分店1983年版,第83页。

[②] 陈从周:《徐志摩年谱》(影印重印本),上海书店1981年版,第70—71页。

四 作家与作品(浙籍)

莲梅花、飞萤流泉、杜鹃黄鹂……，经过他的艺术提炼，都是以清秀、潇洒、活泼的形象出现在白话新诗史上，从而代表了中国现代抒情文学诗性审美品格中的"柔美""浪漫""飘逸""婉约"的风格类型。

四

江南文化及其诗性审美品格，以及对现代抒情文学创作的深刻影响，与整个中华民族的历史记忆、情感基调和审美心理，特别是与20世纪中国文化转型的特定历史境况有着内在的关联。

从历史的维度上来看，江南文化总是具有一种与以中原为代表的北方文化相对应的历史感怀和伤感情愫，一种浸染着南迁人士饱经社会动荡和人生磨难之情，及其所怀有的强烈的思乡、寻根情感，一种强烈的自尊心而又无可奈何的内心忧伤情怀，一种怀着乡愁的冲动到处寻找家园的心灵情感。从审美的维度上来看，这种由历史变动和文化移位而生成的审美品格，是"生命在巨大的悲剧和苦难经验中的产物"，[1] 是"对人生、生命、命运、生活的强烈的欲求和留恋"的审美表现。在艺术传达上，它更加追求物象的明丽，情感的细腻，追求诗性精神的唯美色调和感伤情怀。正如李泽厚所说："重点展示的是内在的智慧，高超的精神，脱俗的言行，漂亮的风貌；而所谓漂亮，就是以美如自然景物的外观体现出人的内在智慧和品格。"[2] 江南的自然景观与人文情愫在成为审美的能指对象中，也往往成为人在遭遇人生挫折时，通过自然美景的咏怀和主观情怀而感悟人生、抚慰心灵所生成的一种独特的审美方式，其特点往往是使主体对外部物象，总是具有极其敏感的审美意识特征和诗性的审美品格，从中展现出生命自由的情怀。

江南文化及其诗性审美品格，作为一种历史"集体无意识"，深深地积淀在现代作家的精神血脉之中。因此，在文化转型时期，从江南文化圈内走出来的现代作家，也往往是能够以其敏感的主体感知，以一种深沉的民族忧患意识，以及一种全新的紧密关注社会和主动参与现实的文学态度，在中国文学史上引发了一场声势浩大的文化震荡与文学革命，并为整个现代文学推出阵容强大的作家群，抒发了文化大变革时期现代中国人的心灵情感，谱写了中国文学新的篇章。值得指出的是，如果说"20世纪

---

[1] 刘士林：《江南轴心期与中国古典美学精神的生成》，《浙江学刊》2004年第6期。
[2] 李泽厚：《美的历程》，中国社会科学出版社1984年版，第114页。

中国文学是在一种充满了屈辱和痛苦的情势下走向世界文学的",① 那么,在遭遇空前的意义危机中,强烈的危机感也就迫使现代作家,无法一味地认同江南意识中那种悠然自得的闲适心态,那种不受约束的个人情感,以及那种将民族危机和苦难转化为个体伤感,或在苦难背后低吟与独自咀嚼个人悲欢的哀婉之情,而是要求能够自觉地承担起唤醒民众摆脱危机和苦难的思想文化启蒙的重任,尤其是要求关注民族的苦难,关注民众的精神痛苦,抒发迈向现代化的那种独特的生命自由情感和对个性解放、精神解放的渴望之情。这样,现代抒情文学受江南文化的影响,其表现就不只是停留在单纯的自然景观和社会现实表层现象上,而是要求对国人的精神特质进行深入探讨,寻求更广泛意义上的现代人性的建构。置身于新文化的语境中,现代作家推崇"力之美",推崇苦难精神价值的叙事和抒情,力求构成现代抒情文学表现人性的深广和反映社会现实的博大,展现"一种最新的理想的追求"。② 在这个意义上,现代抒情文学承接了江南文化审美的遗风古韵,同时又对此进行了新的阐释、发展和建构,呈现出新时代的进取、开拓的精神风采,牵动并对应着对现代化、对心灵自由、精神解放有着热烈企盼的现代中国人的心灵世界。可以说,满怀着对新的文化、新的理想、新的生活的热烈憧憬,现代抒情文学的诗性审美品格的生成、成型和发展,表达出了现代中国人对新时代、新思想的真切感受和全部接纳,真实地展现了古典威权式叙事和抒情对精神生命全方位的扭曲和苦痛之情,真诚地体现了五四的青春骚动,展现出了蛰伏在现代中国人的心灵深处的那种诗性本体,那种浪漫和唯美主义的理想情怀。现代抒情文学把青春的苦闷、愁情和对理想的企盼、生命意义的追寻紧紧地糅合在一起,充分地体现出现代中国新文化所特有美学理想与人文精神,并为中国现代文学发展作出了独特的历史贡献。

(原载《江汉论坛》2015 年第 9 期)

---

① 黄子平等:《论"二十世纪中国文学"》,《文学评论》1985 年第 5 期。
② 郁达夫:《文学概说》,《郁达夫全集》第 5 卷,浙江文艺出版社 1992 年版,第 377 页。

"浙东学派"思想与精神对中国新文学发生的影响

黄 健

中国新文学的发生受到多方面的影响,有来自近现代西方文化、文学的影响,也有来自中国古代思想、文化和文学的影响,周作人在《中国新文学的源流》中作了认真的梳理和论述。然而,从发生学上来审视中国新文学的生成,"浙东学派"的思想和精神的影响,却是最不应该被忽视的。从中国思想史、文化史的维度上来看,在以理学占主导地位的宋元明时期,来自"浙东"区域的文化人就认为,道德的实现不仅仅只是个体的伦理完善,而更在于增进全体社会成员普遍的道德自觉,这样才能更加凝聚社会共识。因此,在此理念基础上形成的"浙东学派",[①]就主张培养有道德自觉意识的经世之才,倡导"知行合一","经世致用",以实现国富民强的理想宏图。从价值理念上看,"浙东学派"所认定的道德价值准则,所强调的学术现实功能,都有着其自身独特的思想理念,富有一种原创的文化精神,在中国思想史、文化史上产生了广泛影响,享有崇高地位,尤其是对浙东历史文化传统的形成,对推动"两浙"文化的发展,以及对"两浙"区域的文化心理性格的影响和价值理念的历史积淀,包括在近现代转型时期的文化对应、变革、转换等,都起到了重要的支撑作用。同样,至晚清至民国之初,"浙东学派"的思想与精神对中国新文学的发生也产生了重要的影响。

---

① 明末清初的浙东著名学者黄宗羲在《移史馆论不宜立理学传书》一文中,就提出"浙东学派"之说。清代学者章学诚在《文史通义》的"浙东学术"篇中云:"浙东之学,虽出婺源,然自三袁之流,多宗江西陆氏,而通经复古,绝不空言德性,故不悖于朱子之教。至阳明王子,揭孟子良知,复与朱子抵牾。"晚清著名学者章太炎、梁启超等人也多次论述了"浙东学术""浙东学派"及其特点。

一

儒学发展到宋元明阶段，理学为主导的价值学说，其特点就是要为世俗社会设定一个使人确信无疑，同时又具有普遍价值关怀的形上本体。然而，与程朱理学不同，"浙东学派"则提出了富有独创的见解，最突出的是明代浙东学者王阳明对"心学"的建构。

王阳明强调"心"的本质乃是一种直觉和感应，并提出了著名的"四句理"之说，即他在《传习录》中所提出的"身之主宰便是心，心之所发便是意，意之本体便是知，意之所在便是物"的主张。相对于被神圣化了的程朱理学而言，王阳明的"心学"主张则是富有原创精神的，影响甚广，正如海外学者所指出的那样："王（阳明）的教导被证明是极其有号召力的，而且确实广为流传。"① 王阳明改造了程朱理学，使"浙东学术"成为宋代以来新儒学"相对独立思想潮流的发展"，② 成为"与朱熹同时但反对占统治地位的朱熹理性主义学派的小学派"，③ 其特点是否定人必须恪守和遵循神圣不可逾越的，人为设立的外在之"理"，而主张通过内在的"心性"修养，将所有的外在规范均落实在主体的"心"之中，以获得个体的道德自觉。王阳明认为："心之本体即天理"，"理也者，心之条理也。是理也，……千变万化，至不可穷竭，而莫非所发于吾之一心也。"他把"心"看作超越"理"的终极本体，指出"为学须有本原，须从本原上用力"，而从本原上用力，也就是"于心体上用功"④，同时，他又把"心"当作一切"物"的精神主宰，认为"心也者，吾所得于天之理，无间于天人，无分于古今"，⑤ 强调"所谓汝心，亦不专是那一团血肉。若是那一团血肉，如今已死的人那一团血肉还在，缘何不能视听言动？所谓汝心，却是那能视听言动的，这个便是性，便是天理"。⑥ 这样，在一系列的价值主张上，他的"心学"就突破了程朱理学条条框框的束缚。在认识论方面，王阳明的"致良知"说，突破程朱理学的"格物致知"说。朱熹所强调的是格物是"即物穷理"，是由外向内，而

---

① ［美］狄百瑞：《东亚文明——五个阶段的对话》，何兆武等译，江苏人民出版社1992年版，第65—66页。
② ［法］谢和耐：《中国社会史》，黄建华等译，江苏人民出版社1995年版，第376页。
③ ［美］费正清等：《中国传统与变革》，陈仲丹等译，江苏人民出版社1996年版，第191页。
④ 《王阳明全集》（吴光等校编），上海古籍出版社1992年版，第14页。
⑤ 《王阳明全集》（吴光等校编），上海古籍出版社1992年版，第809页。
⑥ 《王阳明全集》（吴光等校编），上海古籍出版社1992年版，第36页。

四　作家与作品(浙籍)

王阳明的致知则是"即心穷理",是由内向外。他指出"若鄙人所谓致知格物者,致吾心之良知于事事物物也。吾心之良知,即所谓天理也。致吾心良知之天理于事事物物,则事事物物皆得其理矣。致吾心之良知者,致知也;事事物物皆得其理者,格物也。是合心与理而为一者也"。① 这也即从"心"固有之良知出发,扩充到万物,通过不待虑而知的直觉,返身达到对良知的自我体认,从而形成对程朱理学求理之法的一种反动。由此,王阳明提出了著名的"知行合一"之说,即知即行,注重道德实践的知行合一,以获得人生的真知真行,从而强化了"心学"的世俗意义,将不可知的形上之本体,具体地化为可感、可知、可行的人生信念和实践准则,并具体地落实在人的社会实践,尤其是道德实践上,突出了身心践履在人的道德品性建构中的重要功能,使人走出僵化的教条主义"理学"的规约,进而在人生境界建构方面,突破程朱理学"圣人气象"之说,主张不以圣人言论而定是非,定乾坤,一再强调"人要随才成就"。② 这对于破除圣人权威,解放思想,构建新的人格境界来说,是具有积极的意义的,对于当时社会思想体制来说,乃是一种"变革的主体性思想"。③

明末清初另一位浙东著名学者黄宗羲,与王阳明一样,也是富有原创精神的。在黄宗羲看来,如果只是像程朱理学那样仅靠建立在道德理性基础上的"内圣",就可完成大至对君主皇权的有效制约,小至对每个个体成员进行人生规范,那是不现实的空谈。如果不经历丰富的人生社会实践,最终将会导致如同后来顾炎武所描述的"神州荡覆,宗社丘虚"现象的发生。他提出"有治法而后有治人"的思想,指出:"论者谓有治人无治法,吾以谓有治法而后有治人"④,明确指出要先有"治法"而后才有"治人",这在当时的体制内,是闪烁着一种原创精神的近代民主思想的。更难能可贵的是,黄宗羲还善于从人性的本体范畴来进行思考。他认为,所谓君主皇家法度与规制都是人性自私的产物。他指出,由于"三代以下无法",后世的皇家法度均是企图将"天下之利尽归于己"的"非法之法",至多不过是"一家之法而非天下之法",由于没有行之有效的"天下之法"来进行制约,所以,历代君主都可以任性妄为,"视天下人

---

① 《王阳明全集》(吴光等校编),上海古籍出版社1992年版,第45页。
② 《王阳明全集》(吴光等校编),上海古籍出版社1992年版,第245页。
③ [日]沟口雄三:《中国前近代思想之曲折与展开》,陈耀文译,上海人民出版社1997年版,第29页。
④ (明)黄宗羲:《明夷待访录·原法》,中华书局1981年版,第7页。

民为人君囊中私物",使天下成为"一家之天下"。他在此基础上提出了一系列带有近代民主主义思想色彩的改革措施,如提出"置相"(类似近代国家首相、总理之类的行政首长)、"学校"(类似近代国家议会性质的议事机构和教育机构)等设想,都是带有原创性的。此外,像著名的"黄宗羲定律",就是他对封建社会历代统治政权的"费改税"问题的思考结论。他以翔实的数据、实例,论证了封建朝廷"费改税"的弊端,认为统治者制定政策的基点,不是为人民谋利益,故不但没有减轻农民负担,反而是加重了对农民的剥削。

黄宗羲提出"经世致用"的主张,与王阳明"知行合一"互为一体。他指出:"受业者必先穷经,经术所以致世,方不为迂儒之学。"① 由此,他进一步提出"通今致用"之说,反对空谈,强调身体力行,坚持在实践当中建功立业。无疑,这种"经世致用"思想,几近成为浙东学人普遍遵守的原则,并对近代学人、革命家的思想、人格和人生实践都产生了重大的影响。如被称为"维新致强最有力的导师"朱舜水,在受"经世致用"影响中,就提出了"圣贤之学,俱在践履"的口号,号召人们为学、为人均重在实践,反对坐在书斋里空谈。又如史学家万斯同提出"经世之学,实儒者之要务",大儒学者全祖望主张治学"先穷经而求证于史",都可以说是"经世致用"思想的直接翻版。正是在这个意义上,整个"浙东学派"的学术思想"不仅把学问极大地扩展了,而且还提出了许多新的综合问题,开辟了新的视野"。②

二

作为一种文化资源,"浙东学派"的系列思想主张、价值学说,对处在转型之中的"两浙"文化,乃至对整个中国文化变革与发展,都提供了直接的价值支持。对于现代"两浙"文化人来说,更是在文化对应方面弥补了自身的诸多不足,尤其是在整体的中心文化遭遇近代西方文化的冲击而出现空前的"意义危机",出现整体失落的时期,更使"两浙"文化人在文化储存和底蕴方面获得了一种独特的文化"豪气"和"勇气",使他们在接受近代西方文化影响当中,能够更为直接地找到相对应、相对接的文化感悟和文化体认,从而引发对自身的不足和对整个文化变革的认

---

① 《黄宗羲全集》第12册,浙江古籍出版社1994年版,第93页。
② Struve, Lynn, *The Early Ching Legacy of Huang Tsung-his: A Reexamination*, Asia Major, 1 (3).

四 作家与作品(浙籍)

真思考。①

从文化精神传承上来看,"浙东学派"的文化理念、思想主张及其思想启示,最直接的表现就是在现代中国变革时期,给予"两浙"文化人以富于原创精神的启迪和独特的文化感知,使他们能够以敏锐的意识,开阔的视野和独到的文化体悟,对中国历史、社会、文化和现实人生,迅速地作出深刻而独特的文化反应,诚如鲁迅所指出的那样:"于越故称无敌于天下,海岳精液,善生俊异,后先络绎,展其殊才。"② 地域文化在给予该区域人们的精神关怀方面也表现得尤为突出,成为支撑和稳定该区域人的心理和整合区域社会的精神支柱,成为该区域人民创造自身历史,丰富整体文化的精神动力。蔡元培在《越中先贤祠春秋祭文》中曾这样赞美"越文化":"经论云雷,实维大禹。服教畏神,礼义之府。后王尝胆,任侠竞翘。……儒林大师,余姚肇祖。千祀不祧,授经图谱。新昌朴学,翼左程朱。良知证人,大启堂庑。文苑之英,盛哉典武。"③ 像当年留学日本的"两浙"学人,许多都成为近现代中国著名的领军型人物,他们对中国社会和文化的发展作出了独特的、卓越的历史贡献。如章太炎,虽然他的思想形成源流是多方面的,但"浙东学派"则是重要来源之一。梁启超在《清代学术概论》中就指出,章太炎"少受学于俞樾,治小学极谨严,然故浙东人也,受全望祖、章学诚影响颇深"。章太炎也曾高度评价"浙东学派"的"六经皆史"的主张。

在治史方面,"浙东学派"的"经世致用"思想,提出了"史学经世"的主张。章学诚在《文史通义》中开宗明义地指出:"六经皆史也。古人不著书;古人未尝离事而言理,六经皆先王之典政也。"在《文史通义·浙东学术》篇中又明确指出:"浙东之学,言性命者必究于史。"在章太炎看来,这种将史书提高到经典地步的学术主张,为史学注入了一种哲学的精神,一种文化的理念,一种思想的视野,使人能够在历史典籍的

---

① 像当年由"两浙"学人创办的《浙江潮》,在第4期的扉页上就印有王阳明的像,并称之为"中国道德实践家王阳明"。可以说,王阳明、黄宗羲等著名的"浙东学派"代表人物,是近代"两浙"学人的精神领袖和文化变革的领路人,正如公猛在《浙江潮》(第1期)上撰文所指出的那样,"乃读夫先贤哲学士大夫之遗书,其理想之高超,出乎天,天而入乎人,人发为章,云蒸霞蔚,光怪陆离,我浙人以干政治界、哲理界、文艺界,其位置固何等乎?"匪石在《浙江潮》(第4期)上发表的《浙风篇》也曾明确指出:"明清之际凡兵江上而身殉以死者,大半出王学之门。"

② 鲁迅:《集外集拾遗补编·〈越铎〉出世辞》,《鲁迅全集》第8卷,人民文学出版社1981年版,第39页。

③ 蔡元培:《蔡元培全集》第1册,中华书局1984年版,第59页。

浏览中，与历史人物进行跨越时空的精神对话，从而充分地领悟到历史的精髓，从而获得思想的智慧，而不仅仅只是单纯地知晓和编辑历史事件。在博采众长中，章太炎形成了他"依自不依他"的哲学思想。① 实际上，这种独具个性特征思想的形成，或多或少地都烙印着"两浙"文化的胎记。他提出的两个极有号召力的口号："用宗教发起信心，增进国民的道德"和"用国粹激动种姓，增进爱国热肠"，以及在《訄书》里所表现出来的慷慨激昂精神，都与他从"两浙"先贤那里获得思想的启迪，精神的领悟和气质的感染分不开。他在《张苍水集·后序》中就坦承："余生后于公二百十四岁，公所挞伐者益衰。然戎夏之辨，九世之仇，爱类之念，犹湮郁于中国。雅人有言：'我不见兮，言从之迈'，欲自杀以从古人也。余不得遭公为执牧圉，犹得是编丛杂书数扎，庶几明所向往。有读公书而犹忍与彼虏终古者，非人也。"在晚清留日的"两浙"学人当中，章太炎的影响非常大。1906 年 6 月，他出狱后流亡日本，就受到当时许多革命派人士的热烈欢迎。在当年 7 月的一次演说中，"到者七千余人，座无隙地，至屋檐上皆满，为的来看革命伟人，中国救星"场面的出现。许寿裳在《论章太炎》一文中记载："是日至者二千人，时方雨，款门者众，不得遽入，咸植立雨中，无隋容。"②

在现代"两浙"作家中，鲁迅是受章太炎影响最大的一位。他在逝世前几天所作的《关于太炎先生二三事》一文中指出："我以为先生的业绩，留在革命史上的，实在比他在学术史上还要大。"鲁迅高度称赞章太炎为"革命之志，终不屈挠者，并世亦无第二人：这才是先哲的精神，后生的楷范"。③ 实际上，在鲁迅思想意识构成中，他的许多思想见解、主张，均受到章太炎的启发。譬如，章太炎一向对"代议制"表示怀疑，指出："要之代议政体，必不如专制为善。满洲行之非，汉人行之亦非，君主行之非，民主行之亦非。"④ 同样，鲁迅在《文化偏至论》一文中指出，在中国贸然实行"代议制"，只会产生借"众治的名义"来"遂其私欲"和"托言众治，压制乃烈于暴君"的效果。⑤ 还有像对农夫道德的赞赏，鲁迅也是直接受到章太炎的影响。

---

① 参见李泽厚《章太炎剖析》，《中国思想史论》（中），安徽文艺出版社 1999 年版。
② 许寿裳：《论章太炎》，《民报》（东京）第 6 号。
③ 鲁迅：《且介亭杂文末编·关于章太炎先生二三事》，《鲁迅全集》第 6 卷，人民文学出版社 1981 年版，第 545、547 页。
④ 章太炎：《代议然否论》，《章太炎全集》第 4 册，上海人民出版社 1985 年版，第 304 页。
⑤ 鲁迅：《坟·文化偏至论》，《鲁迅全集》第 1 卷，人民文学出版社 1981 年版，第 56 页。

四　作家与作品(浙籍)

与章太炎一样，鲁迅身上的"两浙"文化烙印也十分鲜明。在思想主张，在人格气质方面，鲁迅都带有"浙东学派"精神影响的痕迹。如他注重实践性的"立人"思想，就与"浙东学派"倡导的"知行合一"和"经世致用"思想主张有内在关联，同样富有原创精神。他认为，对于落后的中国现实社会来说，"其首在立人，人立而后凡事举"。在他看来，"立人"就是要"国人治自觉至，个性张，沙聚之邦，由是转为人国。人国既建，乃始雄厉无前，屹然独见于天下"。① 在受到以非理性主义为主导的现代主义思潮影响中，他之所以还执着于实践层面上的改造国民性，重铸民族魂灵的理性主义思想主张，这在很大程度上与他从"浙东学派"思想主张上受到启发有着内在关联。如王阳明的"心学"，就要求以"心"为本，但不把"心"看作是纯主观经验性的绝对自在物，也不是所必须遵循的教条式的、冷冰冰的自律令条，而是与作为主体存在的人的躯体和心体是紧密相连的，是人生的一种主导力量的"良知"。所谓的"天理"也包含着人世伦常，与人的主体性情和血肉之驱，与活着的人生实践紧密相连。王阳明说："良知是天理之昭明灵觉处"，"我的灵明便是天地鬼神的主宰"，并强调："喜、怒、哀、乐、惧、爱、恶、欲，谓之七情。七者俱是人心合有的。"② 由此，他的"心学"便有了世俗的人间情怀，体现出一种特有的人文关怀，开始显露出肯定人、尊重人的思想风采。同样，鲁迅的"立人"思想，其特点也是落实在改造国民性，重铸民族魂灵的实践层面上，旨在使每一个作为个体存在的人都能够通过思想启蒙而获得觉悟，并通过丰富的人生实践而获得从一切内外在的束缚中解放出来的能力，获得个性解放，精神自由和心灵超越。因此，鲁迅自始至终都将"立人"作为他进行"社会批评"和"文明批评"的出发点和理论依据，并由此设计出有关人的解放、个性解放和民族独立、社会解放的文化蓝图。在"立人"的思想主张里，所注重的是人的思想观念的改变和更新，是人的主体素质的提高和强化，确切地说，就是致力于人的主体性的建立，并在实践的层面上充分地显示出尊重人、关心人、肯定人、理解人的价值和意义。鲁迅不遗余力地探寻人的存在意义，予以人的生存境况和前途命运以充分的人文关怀，他真正目的就是要寻找人的现实异化根源，寻找人的精神家园，建构新的人文理想。可以说，从王阳明的"心学"到鲁迅的"立人"，其中贯穿着一条思想红线，这就是充分肯定

---

① 鲁迅：《坟·文化偏至论》，《鲁迅全集》第1卷，人民文学出版社1981年版，第57页。
② 《王阳明全集》（吴光等校编），上海古籍出版社1992年版，第111页。

人的现实欲望,强调人的主体精神的自觉。

作为中国新文学的开创者,鲁迅的思想主张不仅对他的文学创作产生了重大影响,同时也对中国新文学的生成和发展产生了重要影响。他的"改造国民性"的文学主张,就成为整个中国新文学的基本思想,关联着现代中国文化、文学泛文本中最基本的语义内容和主题思路。在新文学的作家队伍中,由于来自"两浙"的作家居多,[①]许多重要的文学主张都由"两浙"作家提出来,最著名的有周作人的"人的文学"和沈雁冰("文研会")等的"为人生"的文学主张,其背后都有着"两浙"学术、特别是"浙东学派"思想影响的印痕。

周作人在1918年提出"人的文学"主张。学术界认为,他所依据的是近代西方自文艺复兴以来的人道主义、人本主义思想与理论,要求新文学必须以人道主义为本,观察、分析、思考和对待社会"人生诸问题",尤其是社会底层人的"非人的生活",必须对改造社会,改造人生持积极的态度,而非"游戏的态度",要求新文学能够充分地展示人的"理想的生活"。他指出:"中国文学中,人的文学,本来极少。从儒教道教出来的文章,几乎都不合格。"从宏观的文化背景上来说,周作人的"人的文学"思想主张,自然是受近代西方人道主义思想的影响,但是,如果忽视他接受这种思想影响的文化对应机制和心理动因,也即从微观的文化动机上来说,忽视他所具有的"两浙"文化孕育和影响因素,也很难说明他提出"人的文学"的深层动因。其实,只要细细地品味他写的《故乡的野菜》等小品散文,就不难感受到"两浙"那些最感性的文化在他心底里所烙下的印痕,他自称"我的浙东人的气质终于没有脱去。……这四百年间(指周氏家族)越中风土的影响大约很深,成就了我的不可拔除的浙东性,这就是世人所通称的'师爷气'"。[②] 在《地方与文艺》一文中,他历数"近三百年"的"两浙"文人的成就,其中就有"浙东学派"的健将,并称其是"异端"思潮,指出这种思潮是"文学进化上"的"很重要的一个时期"。[③] 可见,在周作人身上,"浙东学派"影响的

[①] 据浙江文学学会的不完全统计,五四至1949年这段时间,活跃在中国现代文坛上较为知名的"两浙"作家(不包括一些主要是在政坛、教育界的知名的"两浙"人士,如蔡元培等)就多达130余人,参见浙江文学学会编《浙江现代文学百家》(陈坚主编),浙江人民出版社1988年版。

[②] 周作人:《〈自己的园地〉自序二》,高瑞泉编:《周作人文选》,上海远东出版社1994年版,第218页。

[③] 周作人:《谈龙集》,开明书店1930年版,第12—14页。

四 作家与作品(浙籍)

印痕是十分清晰的。

新文学初期重要的文学社团——"文学研究会",虽不能说是"两浙"作家社团,但来自"两浙"的作家,特别是一些著名的作家,像周作人、朱希祖、郑振铎、沈雁冰(茅盾)、蒋百里、孙伏园等人均是研究会的中坚。在文学观念上,"文研会"注重文学的社会功利性,强调文学对于人生的社会影响功效,并提出"为人生"的文学观,认为"将文艺当作高兴时的游戏或失意时的消遣的时候,现在已经过去了。我们相信文学是一种工作,而且又是于人生很切要的一种工作"。[①] 在创作上,提倡以人生和社会问题为题材,尤其是注重对人生的丑恶现象和社会黑暗的揭示批判,表现新旧人生观的冲突,在艺术手法上主张采用现实主义的创作方式,重视并强调实地观察和如实描写。显然,从文化精神传承上来说,这些主张虽不能说全是来自"浙东学派",但其内在精神与"浙东学派"的"知行合一""经世致用"是一致的。

三

在整个中国处在历史大变动的格局中,一本极具象征色彩的地域性文化刊物《浙江潮》问世了。[②] 这本以"忍将冷眼,睹亡国于生前;剩有雄魂,发大声于海上"为宗旨的地域性文化刊物,从域外向整个中华大地表达了一群来自"两浙"的文化人强烈的忧国忧民之情,对处在中西文化激烈碰撞,传统文明遭遇前所未有的冲击而急遽变化的中国社会,作出了"两浙"知识分子鲜明的文化反应。蒋百里执笔的《浙江潮》发刊词就以激情澎湃的语言表达了这种思想情感,标志着"两浙"文化人主体意识在近代中国文化的冲突和碰撞中被充分地激活,率先获得了整体性的觉醒和觉悟。

从域外向国内发出强烈的呼喊,传达自身鲜明的主体意识,固然是受到域外新思潮的影响,但与他们所受的地域文化影响也有密切的关系。尽管邻国日本现代化的成功,大大刺激了这批留日的学生,使之在两国鲜明的对比当中,看到了祖国的落后,从而激发了他们强烈的爱国心和民族自

[①] 《文学研究会宣言》,《小说月报》第 12 卷第 1 号。据茅盾在《〈中国新文学大系·小说一集〉导言》中披露:"这个宣言,是公推周作人起草的。"

[②] 《浙江潮》是由浙江籍留日学生蒋百里、许寿裳、周树人、周作人等于 1902 年在日本东京创办的。该刊在《发刊词》中这样写道:"岁十月,浙江人之留学于东京者百有一人,组织一同乡会,既成,眷念祖国,其心恻以动,乃谋其众出一杂志,题曰'浙江潮'。""浙江潮"就是蔚为壮观的"钱江潮",故以此为形象背景,极具象征意义。

尊心。但是，如果没有"两浙"文化人的心理对应和主体感知，日本的富强和现代化的成功，也难以真正地引发起他们的激情和强烈的忧患意识的。在近代中国社会急剧动荡和文化遭遇空前的困境当中，"两浙"文化人脱颖而出并不是一种偶然的现象，其中就有着被人们称作为"内源性"文化的自觉因素，从地缘文化影响上来说，"浙东学派"的思想与精神的传统与影响最大，理由至少有以下两点：

第一，晚清以来，作为"大传统"的整体文化或曰中心文化及其意义失落所带来的冲击，加上日本现代化成功所带来的强烈刺激，使得"两浙"文化人特别敏感，聚集在他们身上那种骚动不安的精神因子开始"波澜日肆"，由此开始强烈地感受到传统文化对人的束缚，特别是精神上的束缚。鲁迅后来谈到这种感受时就指出："孔孟的书我读得最早，最熟，然而倒似乎和我不相干。"① 在中西文化的对比中，鲁迅率先感受到了传统文化的落后及其对国人的精神束缚。他之所以作出"弃医从文"的决定，与这种切身的感受有着内在的联系。

从占据中国文化主导地位的儒家文化在近代遭遇空前困境来说，它的危机归根结底是一场价值信念的危机，同时，在文化对于社会发展的功效方面，它也无法在近代中国遭受西方冲击中，为继续推动中国社会的发展提供新的文化动力。除非对整个文化体系进行革命性的改造，儒家自身的一整套有关人的信仰、信念、价值观、意义取向、终极关怀及文化发展机制等，都难以再适应现代中国社会发展的需要。近代中国所出现的一连串令人啼笑皆非、离奇而发人深思的现象，绝非是个别的偶发现象，像有近代大学者之称的王闿，在甲午战争失败后竟会发出铁甲船炮是"至拙至愚之器"的迂腐言论。晚清士大夫顽固地恪守所谓儒家的正统，对真正至关民族国家主权利益一类的关税、领事裁判权等近于无知，相反，对洋人公使觐见同治皇帝应否行三跪九叩之礼而大肆争论不休。这说明晚清以来，儒家文化缺乏一整套应付外来文化冲击，应付自身内部危机的措施与能力，其自身的一系列主张也缺乏适应现代社会的原创性文化理念和价值学说，对国民也缺乏一种稳定的、至高无上的道德权威和价值信念，无法形成它所一贯倡导的"刚健有为，厚德载物"的国民精神。简言之，也就是在近代中西文化碰撞当中，儒家文化无法唤起国人的主体自觉，促使国人的精神觉醒。正如历史学家所指出的那样："近代儒家文化缺乏一种

---

① 鲁迅：《坟·写在〈坟〉后面》，《鲁迅全集》第1卷，人民文学出版社1981年版，第285页。

四 作家与作品(浙籍)

在西方挑战面前进行自我更新的内部机制,难以实现从传统观念向近代观念的历史转变。从而只能继续以传统的自我中心的文化心理和陈旧的认识思维框架,来被动地处理种种事态和危局。换言之,在十九世纪后半期这样一个国际时代,人们仍然习惯于用传统的排斥旁门左道的方式,来实现民族自卫的目标。由于观念与现实的严重背离,从而使近代儒家文化陷入自身难以摆脱的困境。"①

儒家文化的近代遭遇和困境,使留学海外的"两浙"文化人深有感触,如周作人所说:"中国人近来常常以平和耐苦自豪,这其实并不是好现象。我并非以平和为不好,只因中国的平和耐苦不是积极的德性,乃是消极的衰耗的证候,所以说不好。譬如一个强有力的人,他又迫压或报复的力量,而隐忍不动,这才是真的平和。中国人所谓爱平和,实在只是没力气罢了,正如病人一样。这样的没气力下去,当然不能'久于人世'。"②在感受到"大传统"的整体文化意义的失落当中,"两浙"文化人同近代"先进的中国人"一样,反倒是从域外探求"救国救民的真理",不再是单一地认同儒家伦理价值,而是大力倡导新道德、新思想、新文化,如鲁迅说:"他的任务,是在有些警觉之后,喊出一种新声;又因为从旧垒中来,情形看得较为分明,反戈一击,易制强敌的死命。"③这种意识的产生,表明"两浙"文化人的主体觉醒和文化觉悟。

第二,美籍华裔学者张灏认为,遭遇世界性冲击的中国文化出现了前所未有的"意义失落",并导致中国人价值取向的危机:传统的终极关怀——以儒家基本道德价值为核心的人生价值观发生基础性动摇;精神价值取向——传统的意义世界不足以再支持现代人生,传统文明的失重引发了文化认同上的深刻危机。④儒家文化意义系统那种原本就不言而喻,不假思索的东西,在中国现代化进程中统统发生了问题,使得其原有的价值取向和意义象征,不再闪烁着昔日的光芒。"意义危机"在中国现代化进程中蔓延开来,导致了现代中国人终极关怀的无所依凭。杜亚泉说这种失落使"吾人之精神的生活,既无所凭依,仅余此块然之躯体,蠢然之生命,

---

① 萧功秦:《儒家文化的困境》,四川人民出版社1986年版,第3—4页。
② 周作人:《新希腊与中国》,高瑞泉编选:《周作人文选》,上海远东出版社1994年版,第27页。
③ 鲁迅:《坟·写在〈坟〉后面》,《鲁迅全集》第1卷,人民文学出版社1981年版,第286页。
④ 张灏:《中国近代思想史的转型时代》,《21世纪》(香港)1999年第4期。

以求物资的生活,故除竞争权利,寻求奢侈以外,无复有生活的意义"。①在由社会变迁和文化转型带来的"价值真空"和"意义迷失"中,现代中国人的精神世界无所凭借,心灵世界得不到意义的抚慰,现代人所特有的人生失落感、苦闷感、虚无感、孤独感、焦虑感,不断地向人们袭来,挥之不去,形影相随。失去终极关怀支持的现代人生,显得格外的虚无缥缈,缥缈得让生命不可承受。因此,在整个传统文化意义的全面失落中,如何获得新的意义的支持?这是摆在现代知识分子面前的一个十分紧迫的问题。

"两浙"文化人对此作出的反应是,在作为"大传统"的中心文化及其意义不再足以支持现代人生时,就力图从作为"小传统"的地域文化角度,寻找支撑人生意义的价值资源,其中就包括"浙东学派"等地域文化资源的支持。因为这些被称作为"小传统"的地域文化,在文化原型意义上始终都是给予该区域内人士精神抚慰的一种原动力,是促使他们获得"内源性"文化自觉和更新的精神动力。② 当年包括鲁迅在内的绍兴留日学生,曾集体写信给绍兴同乡表示:"我绍郡古有越王句践、王阳明、黄梨洲煌煌人物之历史。我等宜益砥砺,以无先坠前世之光荣。"③这实际上就是从地域文化的原型中,寻找支撑人生精神力量的一种文化自觉。还有,鲁迅曾大力推崇客死他乡的明末"遗民和逆民"——朱之瑜(朱舜水),对大禹治水"劳身焦思,居外十三年,过家门不敢入"精神的赞赏,以及晚年他对故乡先贤王思任的那种"报仇雪耻之乡"精神也十分推崇,都是这种寻找意义支持的表现。从日本回来之后,鲁迅又曾邀请"同志数人","集资刊越先正著述,次第流布",后又参与办区域性报纸《越铎日报》,亲自撰写《〈越铎〉出世辞》,赞扬越地民风:"无敌于天下,海岳精液,善生俊同,后先络绎,展其殊才;其民复存大禹卓苦勤劳之风,同句践坚确慷慨之志,力作治生,绰然足以自理。"④ 这显然也

---

① 杜亚泉:《迷乱之现代人心》,《东方杂志》1918 年第 15 卷第 4 号。
② 在《浙江潮》这类地域性文化刊物上,常刊登的就是地域性的领袖型人物,或地域性的名胜古迹,如《浙江潮》第 4 期扉页就刊印了王阳明的头像;第 8 期还刊印了张煌言,钱肃等人的头像和张煌言遗著《北征录》。"两浙"区域的名胜如大禹陵、西泠桥等,也曾被作为地域性文化标志刊印在刊物上。这种现象说明在整体性文化出现意义危机时,作为"小传统"存在的地域文化,反倒是能够给予人们以心灵的慰藉和人生意义支持的文化源泉之一。这种现象也不仅仅只是发生在"两浙"区域的文化人身上,其他区域的文化人也是如此,像来自广东、湖南区域的文化人也十分推崇本区域的文化先贤。
③ 薛绥之主编:《鲁迅生平史料汇编》,天津人民出版社 1981 年版,第 215 页。
④ 鲁迅:《集外集拾遗补编·〈越铎〉出世辞》,《鲁迅全集》第 8 卷,人民文学出版社 1981 年版,第 39 页。

四 作家与作品(浙籍)

不仅仅只是对乡土风情的单纯赞赏,更重要的是要在这种乡土精神的肯定当中,获得人生意义重建的精神源泉。在《杂忆》一文中,鲁迅指出,当时有一部分人"则专意搜集明末遗民的著作,满人残暴的记录,钻在东京或其他的图书馆里,抄写出来,印了,输入中国,希望使忘却的旧恨复活,助革命成功。于是《扬州十日记》《嘉定屠城记略》《朱舜水集》《张苍水集》都翻印了"。这种从地域文化典籍中寻找资源的做法,除了具有直接的现实作用,如排满反清之外,对于在"大传统"出现意义失落,使心灵世界陷入无所凭依境地的文化人来说,则是一种获得精神支持的最好途径。所以,鲁迅指出:"待革命起来,就大体而言,复仇思想可是减退了。我想,这大半是因为大家已经抱着成功的希望,又服了'文明'的药,想给汉人挣一点面子,所以不再有残酷的报复。"从作为"小传统"的地域文化中获得精神支持的目的,在鲁迅看来,是为了"激发自己的国民,使他们发些火花,……更进一步而希望点火的青年的,是对于群众,在引起他们的公愤之余,还须设法注入深沉的勇气,当鼓舞他们的感情的时候,还须竭力启发明白的理性;而且还得偏重于勇气和理性,从此继续地训练许多年。这声音,自然断乎不及大叫宣战杀贼的大而闳,但我以为却是更紧要而更艰难伟大的工作"。① 鲁迅的意思很明白,从地域文化中挖掘有用的东西,即便是"发思古之幽情",也"往往为了现在"。② 事实上,他在后来所做的辑录《会稽郡故书杂集》工作,除了个人的兴趣爱好因素之外,从精神需求上来说,都是从"小传统"的地域文化中寻找精神资源支持的表现,并非有人所指责的那样,"鲁迅在精神苦闷的时候,就去搜集植物标本,荟集古书","借以排遣自己的精神苦闷",而恰恰相反,是从地域文化中寻找有用的文化因子和资源,并进行新的文化创造。这是地域文化作为文化原型的孕育结果,也是一种文化觉醒的表现,是主体走向高度自觉的表现。

周作人在1918年撰写《爱的成年》一文中借勃来克的话说:"'勃来克承认力(Energy)是唯一的生命;理(Reason)便是力的外界。力是永久的悦乐。'……他的希望,是在将来社会上,成立一种新理想新生活。"③ 其实,这何尝不是"两浙"文化人的主体觉醒,精神觉醒的自我写照呢?

---

① 鲁迅:《坟·杂忆》,《鲁迅全集》第1卷,人民文学出版社1981年版,第221—225页。
② 鲁迅:《花边文学·又是"莎士比亚"》,《鲁迅全集》第5卷,人民文学出版社1981年版,第571页。
③ 周作人:《爱的成年》,高瑞泉编:《理性与人道——周作人文选》,上海远东出版社1994年版,第3页。

从自然现象的"钱江潮"到文化现象的"浙江潮",汹涌澎湃的"潮"之涌动,也是文化"力"的跃动,是一种新文化创造的象征,预示着"两浙"文化人在新文化高潮中,将是一股势不可挡的"文化新潮",是一支敢为天下先的"文化新军""文学新军",推动着中国新文化、新文学的生成与发展。

(原载《浙江社会科学》2015年第10期)

五

影视与文学

论夏衍 30 年代的电影文学创作

盘 剑

将左翼无产阶级革命文艺与资本主义商业经济结合起来考虑似乎是不可思议的事情，但中国现代历史上却不可思议地发生过一次革命文艺与商业资本的合作，这次合作有力地推动了中国电影和中国新文学、新文化的发展，直到今天仍不乏现实意义——因此不论是研究中国电影还是研究中国现代文学文艺运动都不能不重视这一历史现象。而要研究这一历史现象，又不能不首先提及夏衍，因为夏衍不仅直接参与促成了合作，而且以自己的一系列电影剧本创作将合作成功地付诸文学艺术实践：这是夏衍对中国革命、电影、文学、文化的独特贡献——迄今为止我们还从未从这一角度认识夏衍的意义。

一

与中国现代文学史上许多从文学走向革命的作家不同，夏衍是从革命走向文学，或为革命而从事文学活动。1932 年夏末秋初，当明星公司邀请夏衍、阿英和郑伯奇三人去做"编剧顾问"时，夏衍还只是中共所任命的"左联"主要领导人之一，虽然已经翻译过高尔基的《母亲》等文学名著，并在艺术剧社执导过《炭坑夫》一剧，但却从来没有自己创作过作品。他之所以接受明星公司的邀请，与郑伯奇、阿英一起去做"编剧顾问"纯粹是出于党的安排和"左联"工作的需要。"党对电影事业的关注，可以说是从 30 年代初开始的。一九三一年九月，在党的领导下，在左翼剧联通过的《最近行动纲领》里，就提出了电影战线上斗争的纲领和方针，到一九三二年夏秋之间，党的地下组织更抓住明星公司面临困难，要求左翼文艺工作者给予帮助的机会，由瞿秋白同志主持会议，对电影界的形势进行了分析和讨论。会议决定由阿英、郑伯奇和我三人一起参

五　影视与文学

加明星公司，担任编剧顾问。"①党之所以在此时（此前由于电影界声誉不好，名声不佳，进步文艺界一直不屑插足其中，不愿与之为伍）开始关注电影事业，可能有两方面的原因：一是继20年代新文学阵营讨论"民众文学""方言文学"，提出"到民间去"的口号之后左翼文坛又重申文艺大众化问题，并正式展开了一场大众文艺运动。"左联"决议中强调大众化问题是"第一个重大的问题"，指出"只有通过大众化的路线"，"才能创造出真正的中国无产阶级革命文学"。而电影是最大众化的艺术，是实现文艺大众化从而建设真正的中国无产阶级革命文艺的最有利的形式和最有效的途径。二是苏联的影响。因为不仅列宁说过"在一切艺术中，对于我们最重要的是电影"，联共（布）第十二次和第十三次代表大会更有关于电影的决议，决议中明确提出："电影必须经党之手，使之成为社会主义的启蒙及煽动的有力武器。"②唯其如此，所以夏衍在30年代作为明星公司的编剧顾问显然是一次政党行为、是代表党和"左联"出于特定的政治目的对中国电影的有意识的渗透，他为明星公司以及为后来的电通公司创作的十余部电影文学剧本所表达的也必然都是"配合当时革命的政治斗争"的左翼话语，"可以说，反帝反封建，鼓吹抗日，鼓吹革命斗争，暴露国民党反动统治下的社会黑暗，是他这一时期电影剧作的总主题"③。

饶有兴味的是，此时的电影界前所未有地表现出了对左翼话语的极大兴趣。这并不是说电影商人已开始向左转，或"左联"已经有效地控制了电影，而是因为随着时代的发展，左翼话语开始具有商业效应。同样作为舶来品，电影与话剧在中国登陆的时间相去不远，但此后的发展却截然不同。话剧在文明戏阶段由于与商业资本的结合而迅速衰败，后经"爱美剧"运动极力倡导非职业因而也是非商业化的演剧才使话剧得以复兴。而电影则一直是商业化的，正如明星公司老板娘、张石川夫人何秀君回忆："上海的电影事业，从一开始就落在投机商人的手掌里。到一九二八年间，大家明争暗斗，达到白热化的程度。那时拍片子是很有油水的生意。一部母片不过几千元成本，印一部片子才五六百元。一家公司只消出上五七部片子，扣去成本，至少可赚一半利钱。因此，各家公司只要预算决算没有抵触，就可以大出特出，坐收厚利。投机成性的电影公司老板们

---

①　夏衍：《中国新文学大系1927—1937电影集序》，上海文艺出版社1984年版，第4页。
②　参见鲁思《关于"剧联"影评小组》，载《左联回忆录》（下），中国社会科学出版社1982年版，第738—739页。
③　程季华主编：《中国电影发展史》第一卷，中国电影出版社1963年版，第438页。

见有这等好处，哪个不往前赶？"① 这样的商业化倾向虽然难免会产生一些跟风抢拍、粗制滥造的作品，但却又是中国电影内在的动力机制，"即一，没有这种商人的投资和投机，中国的电影业何以能繁荣和发展？二，没有这种竞争和繁荣，中国电影的规模如何形成？三，更重要的是电影业的竞争看似商家的明争暗斗，实质上有其市场规律在起作用，何种影片的兴盛，并非取决于商家，而是取决于市场，及市场的消费者——观众"②。电影与话剧的上述区别显然与它们各自不同的特性有关：戏剧起源于宗教祭祀仪式，与生俱来一种神圣和庄严，这种神圣和庄严与商业操作往往是相互矛盾、难以统一的；电影则源于一种视听游戏，因而其与生俱来的不是神圣、庄严，而是商业娱乐。正因为这样，所以话剧直到今天都没有真正解决大众化的问题，而电影从一开始大众化就不是什么问题。当然，电影的商业化属性及其操作也使得中国电影业不能像话剧那样迅速融入五四新文化的主潮之中，在20世纪30年代以前一直与新文学、新文化保持着一定的距离，其作品有许多不仅是非新文学、非新文化的，甚至是反新文学、反新文化的。如《憨大捉贼》《呆婿祝寿》《得头彩》《赌徒装死》《店伙失票》之类内容纯属滑稽无聊，《猛回头》《李大少》《拾遗记》等则是宣传封建传统观念，与时代精神完全背道而驰。瞿秋白曾在《普洛大众文艺的现实问题》一文里抨击过《火烧红莲寺》一类"影戏"，说它们的"意识形态"里"充满着乌烟瘴气的封建妖魔和'小菜场上的道德'——资产阶级的'有钱买货无钱挨饿'的意识"③。那时的电影之所以如此，并不一定是资本家有意要对抗新文学和新文化，更大程度上是出于商业牟利的目的。因为虽经新文学、新文化的猛烈冲击，几千年的封建旧文化并没有完全消失，尤其是在新文学难以企及的大众阶层，旧文化、旧道德、旧观念仍然根深蒂固，极有市场。对于商业资本家来说，最重要的是市场，而不是意识形态。所以，进入20世纪30年代以后，当忠、孝、节、义，才子佳人那一套眼见得对最广大的观众群不再具有吸引力时，电影业马上将注意力转向了代表着历史发展趋向、为几万万中国人民心所向的左翼文坛。

如果说电影界最初对左翼文坛和左翼话语产生兴趣是出于商业牟利的目的，那么当时能让电影资本家赖以获取利润的广大民众对左翼话语的普

---

① 何秀君：《张石川和明星影片公司》（肖风整理），载《文化史料》（丛刊）第一辑，文史资料出版社1980年版。
② 陈墨：《中国早期武侠电影再认识》，《当代电影》1997年第1期。
③ 《瞿秋白文集》第3卷，人民文学出版社1953年版，第856页。

五　影视与文学

遍认同则是由于"九一八"事变后民族矛盾的急遽尖锐化。在民族面临生死存亡的时刻，救亡成了各行各业、各个阶层人们共同关注的焦点。与此相联系，那些有利于救国救民的理论、思想和言行能够极大地激活人们的兴趣，并迅速地为大多数人所接受；反之，则会遭人唾弃，至少暂时不再引人注目。中国几千年的封建旧文学、旧文化虽然根深蒂固，难以在短时间内被新文学、新文化扫除，为新文学、新文化所取代，但其在民族救亡的大潮中不仅软弱无用，而且根本是不合时宜的。相反，新文学、新文化及作为其延伸和发展的左翼文艺则充分表现了时代的特点和精神，从而成为社会的主流意识，有力地主导着当时的社会心理。夏衍在《从事左翼电影工作的一些回忆》中写道："一九二七年我在上海地下党领导下搞工人运动，那时白色恐怖很厉害，只要稍微有一点不注意，让别人看出你是共产党，是搞工人运动的，不仅警察要追捕，连住的房东也要去告密。当时，有些'左'派'左'得很厉害，戴着大红领带，留长发，房东一看样子不对，就要报告。而'一二八'以后，上海老百姓的情绪变了，假如知道你是干革命的，不仅不会去告密，反而还会想尽办法保护你。这点我是感受最深的。抗日爱国的民族革命战争将民族感情点燃了。"[①] 在这种形势下，作为"一二八"炮火之后虽然幸存下来却难以维持下去的上海三家大电影公司之一的明星公司，在斥巨资拍摄《啼笑因缘》票房失利后终于认清了所处的现实，开始试探着向左翼文坛寻找摆脱困境的出路，于是才有了夏衍等三位左翼作家的被聘。

实际上，明星公司（尤其是具有最终决策权的公司老板张石川）出于政治上的保护和经济上的支持与国民党政府关系更为密切（1933年4月，张石川曾奉命率领摄影队去江西摄制反共"围剿"的纪录片；当国民党当局发出警告、并以不再贷款相威胁，特别是当蒋介石亲自召见，明令查处公司内部的左翼分子时，张石川更对拍摄左翼电影有所顾虑），如果不是为票房所逼，不是从商业利润上考虑——张石川毕竟是个商人，"他从小在洋行当奴仆，听惯、看惯了外国资本家那一套唯利是图的生意经。因此，在他的心目中，拍电影就是天公地道的赚钱的买卖"。[②] ——他们决不会轻易与左翼作家合作的。但与左翼作家的合作很快便让他们尝到了甜头。夏衍帮助明星公司"三巨头"之一的郑正秋在其拍摄的影片

[①] 夏衍：《从事左翼电影工作的一些回忆》，《电影文化》1980年第一、二辑。
[②] 何秀君：《张石川和明星影片公司》（肖风整理），载《文化史料》（丛刊）第一辑，文史资料出版社1980年版。

《姊妹花》中加入了阶级关系的描写，公开打出反帝反封建反资本主义（所谓"三反主义"）的旗号，结果取得了巨大的成功：影片前后在十八个省、五十三个城市和香港、南洋群岛十个城市上映，票房价值达二十万元，创下了当时的最高记录。"这部片子神话一般，扭转了明星公司危在旦夕的命运。"①《姊妹花》的票房成功，使"明星"的老板们喜出望外，从而进一步确立了与左翼作家的合作关系，他们不仅为夏衍、阿英、郑伯奇三人的政治背景保密，而且不惜"烧香"（行贿）使左翼作家写的剧本顺利通过租界工部局和国民党市党部的检查。正是采用这样的合作方式（后来虽然迫于国民党当局的强大压力，明星公司表面上解除了夏衍等三人的编剧顾问职务，但私下里仍然保持着联系），夏衍在1933—1936年间，一举创作了《狂流》《前程》《春蚕》（改编）、《上海二十四小时》《脂粉市场》《时代的儿女》（合作）、《同仇》《女儿经》（合作）、《风云儿女》（合作）、《压岁钱》等十余部电影文学剧本，既为电影公司创造了高额利润，也充分而有效地表达了左翼无产阶级革命话语。正如夏衍自己所说："我们一方面替资本家赚钱，一方面尽可能通过自己剧本和帮助导演修改剧本，在资本家拍摄的影片中加进一点进步的和爱国的内容。②"

二

尽管在30年代随着民族矛盾的尖锐化左翼话语开始具有商业效应，但这只是一种潜在的商机，具体到一部作品将这种潜在的商机转变为现实的票房则还需要在形式上作一些商业化处理，仅凭赤裸裸的左翼宣传并不一定能够有效地吸引观众。除此之外，当时电影的左翼话语表达也缺乏自由，这是因为"一方面国民党、租界工部局把住了思想政治关，另一方面，资本家掌握了经济关"③。资本家虽然主动与左翼文艺界合作，但其目的主要是赚取高额利润，他们并不想得罪执政党及其政府。因此他们不仅千方百计隐瞒左翼作家的身份，而且要求尽量用商业娱乐手段将左翼话语"包装"起来，以此掩人耳目——当然，商业娱乐包装越好左翼话语的票房价值也越高。而左翼作家由于当时的环境所迫也只能努力按照资本家的要求去做。"在当时复杂的情况下，我们的一切工作必须十分得体、

---

① 何秀君：《张石川和明星影片公司》（肖风整理），载《文化史料》（丛刊）第一辑，文史资料出版社1980年版。
② 夏衍：《中国新文学大系1927—1937电影集序》，上海文艺出版社1984年版，第5页。
③ 夏衍：《中国新文学大系1927—1937电影集序》，上海文艺出版社1984年版，第4页。

五　影视与文学

恰当,稍过一点,就会适得其反。现在回想起来,在对待艺华公司上,也有些缺点,就是有点'左'。一来就讲话啊,辩论啊,宣传啊……之后,就发生了一九三三年十一月十二日上午,蓝衣社特务捣毁艺华影片公司的事件。"① 艺华公司本是田汉和阳翰笙开辟的左翼电影的另一个阵地,情况与明星公司非常相似,结果却由于不注意隐蔽、"包装"而毁于一旦:公司老板严春堂在威胁利诱下投入了国民党的怀抱,进步电影工作者被迫退出,"艺华"变成了"软性电影"的巢穴和反共公司。这是一个惨痛的教训,因此"秋白同志要我们记住当时所处的环境,假如我们的剧本不卖钱,或在审查时通不过,那么资本家就不会采用我们的剧本,所以要学会和资本家合作,这在白色恐怖严重和我们的创作主动权很少的情况下,是不能不这样做的"。② 正因为如此,所以夏衍30年代的电影文学创作是左翼话语与商业化表达的有机结合。

夏衍电影剧本左翼话语的商业包装或商业化表达主要表现为在情节安排、细节处理和人物关系的设置上极力寻找、制造并强调商业卖点,强化影片的商业娱乐特征。《狂流》是夏衍创作的第一部作品,也是明星公司摄制的第一部左翼影片,被誉为"中国电影新路线的开始"③ 和"中国电影界有史以来的最光明的开展"④,不仅在中国电影史上第一次正面展示了农村的社会生活和农民的深重苦难,而且表现了与此前《人道》之类影片截然不同的政治倾向和立场。正如当时的一篇影评所指出:"《狂流》的题材和以前轰动一时的《人道》颇相类似,而作者的态度则和《人道》恰恰相反。《人道》是一部旧伦理的说教;《狂流》却是新时代的动向的写照。《人道》替权利辩护,硬说荒旱是天灾;《狂流》却站在勤劳大众的立场,指明水灾是人祸。《人道》拥护封建社会,捏造出'琴瑟'式的节妇来骗大众的眼泪;《狂流》却暴露封建余孽的罪恶,描画农民斗争的苦况,指出大众应该争取的出路。"⑤ 作品以"九一八"事变后长江流域所发生的波及十六省、灾民七千万的大水灾为背景,围绕修筑堤坝、堵御洪水的事件,设置并成功地塑造了两组尖锐对立的人物形象:一组为傅庄首富傅柏仁、县长儿子李和卿——代表地主和统治阶级,他们的联姻既是情节的具体化,也是地主、统治阶级相互勾结、狼狈为奸的象征。另一组

---

① 夏衍:《从事左翼电影工作的一些回忆》,《电影文化》1980年第一、二辑。
② 夏衍:《中国新文学大系1927—1937 电影集序》,上海文艺出版社1984年版,第4页。
③ 芜村:《关于〈狂流〉》,上海《晨报·每日电影》1933年3月7日。
④ 苏凤:《新的良好的收获》,上海《晨报·每日电影》1933年3月6日。
⑤ 席耐芳:《〈狂流〉的评价》,上海《晨报·每日电影》1933年3月7日。

为小学教师刘铁生、傅庄农民王三爹以及外乡逃难女子素贞等,他们是被压迫、被剥削阶级的代表。铁生与秀娟虽相爱却无法结合,表现了两个阶级矛盾的不可调和;在洪水面前,阶级矛盾更趋激烈、尖锐:全乡农民为了活命筑堤抗洪,而傅柏仁、李和卿则不仅在洪水到来之前顾自携家眷迁至汉口躲避水灾,而且以"请赈代表"的名义将五千元赈款据为己有,根本不顾老百姓的死活。乡里抗洪急需赈款购买筑堤材料,刘铁生和王三爹多次上门交涉都没有结果,最后导致江堤决口,乡民们无奈之下只好去搬傅家后园的水泥、木料,由此引发了两个阶级的武力冲突。作品结尾,傅柏仁和李和卿被决堤的狂流淹没,这"狂流"既是自然的洪水,更是被压迫被剥削者奋起反抗的怒潮!这样一部灾难片,虽然其试图表达的有关阶级压迫和阶级斗争的左翼话语有可能赢得观众的共鸣,却毕竟题材过于沉重、严肃,娱乐性不够,也容易引起当局检查机构的注意。为此,夏衍便安排了一条极具商业卖点并贯穿影片始终的爱情线:刘铁生与傅家小姐秀娟的自由恋爱。这对恋人的不能结合既表现了自由恋爱的阶级限制和阶级矛盾的不可调和,如同前文所述;同时其类似于《西厢记》等"穷小子爱上了大家闺秀"的传统爱情故事模式也在大多数普通中国观众的审美经验范围,比较适合中国观众的审美习惯,因而能够有效地激活他们的兴趣——尽管其结局不是张生终于考上状元(提高穷小子的社会地位,在符合统治阶级价值标准的前提下调和了阶级矛盾),而是铁生在洪流中救起秀娟(让大水将大家闺秀的身份降低,以满足被压迫阶级的平等要求)。更具有商业卖点的是这条爱情线上还交织着能令普通观众着迷的多角关系:李和卿追求傅秀娟,并企图调戏素贞;而素贞又深爱着刘铁生。对这样的多角关系的渲染很容易将观众紧紧地吸引住,让他们不停地为李和卿依仗权势强行阻隔在铁生和秀娟之间并追逐、调戏素贞而感到愤恨,为铁生、秀娟相爱却不能结合而感到遗憾,又为素贞对铁生强烈而无望的爱恋不住地唏嘘!设置这条爱情线并将李和卿挂在上述多角网上还有一个非常重要的作用,那就是通过这位县长儿子表面上的个人行为巧妙地暗示了地主阶级与反动统治阶级的相互勾结、狼狈为奸,却没让县长直接出面,从而使得国民党检察机关和租界工部局无法抓住任何把柄。在细节的处理上,《狂流》也非常注意含义的深刻性与表达的娱乐性的有机结合,如傅柏仁将女儿许配给县长儿子举办定亲宴会时,乡人派代表来傅家讨要征收的捐款购买修堤材料:"柏仁皱眉,不悦,挥手。乡人代表五人已鱼贯而入,有王三爹、铁生及其他三人。鼓乐手以为是贺客,急奏乐。(大写)五双沾泥的脚(四双草鞋,一双破旧皮鞋)。鼓乐手见状狼狈地停奏。"这

— 547 —

五　影视与文学

里显然揭示了阶级与阶级之间的矛盾，而特写镜头的运用和鼓乐手的行为表现却极具喜剧色彩。又如：宴席上，"一女客正从汤中取一最大的鸽蛋"。这时，姨太太说：（字幕）"不来道喜，反来要钱；这姓刘的小子是镇上第一个坏蛋！"女客突然听到"坏蛋"二字，"急将鸽蛋放下"。

《时代的儿女》也将对时代发展的描写、对无产阶级革命的讴歌和对个性解放的反思包装在具有商业卖点的爱情故事里。作品以轰轰烈烈的五卅反帝爱国运动为背景，在描写赵仕铭等许多知识青年参加抵制洋货的宣传和检查、并进一步与工农群众相结合的同时，着重叙述了两个爱情故事：一个是仕铭与秀琳的故事，另一个是淑娟与西仲及别的男人的多角故事。前者通过仕铭与秀琳从自由恋爱到思想分歧、最后分道扬镳的"情变"，让观众在为这对有情人没成眷属而追究原因的思考中自然而然地接受了一个客观的事实：五四新文化运动的过去和无产阶级革命运动的到来。同时也说明，无产阶级革命运动既是新文化运动的延伸，更是新文化运动的发展。淑娟同时跟几个男人（有的还是有妇之夫）的多角"自由恋爱"故事则将对妇女问题的探讨和反思与更为强烈的商业娱乐效果有机地结合在一起。这一时期，夏衍创作了一系列妇女题材的作品，在这些作品中，夏衍从提倡妇女解放和个性解放的立场出发，着重表现了在现实社会中妇女解放的艰难和个性解放的变调。妇女解放之所以艰难，一方面是因为许多妇女根本没有意识到自己地位的可悲，满足于被男人供养的笼中小鸟般的生活，并将被男人抛弃归因于缺乏笼络或控制男人的有效手段。如《女儿经》中靠使手段笼络、控制男人从而使男人服服帖帖地做自己的靠山的严素，周旋于众多男人中过着纸醉金迷的堕落生活的交际花徐莉，以及表面上做着妇女解放的工作、喊着妇女解放的口号，而实际上"不过是那位徐先生的玩物，不过是演讲稿的传声筒，不过是那个大皮包的魔术家"的高华，还有《前程》中抱着"一个女人总得有一个终身依靠"的想法抛弃舞台生活而嫁给银行高级职员姚君杰的著名女伶苏兰英，等等，她们之所以如此，显然又是由于长期的封建思想的毒害——这种毒害已经深入中国妇女的骨髓和灵魂，成为她们的一种集体无意识。妇女解放之艰难的另一方面原因是社会的黑暗和环境的恶劣。《脂粉市场》叙述的便是一个职业妇女的悲剧：百货公司女店员陈翠芬虽然有一份工作，自食其力，但却不断地受到人们的玩弄和侮辱，受着同事的讪笑和倾轧，更受着上司林监督和小开张有济不怀好意的追逐，使她难以维护自己"清清白白的良家女子"的身份。《女儿经》中的朱雯所承受的社会压力更加巨大。这种黑暗、恶劣的社会环境无疑是封建制度和半封建、半殖民地制度所造成的。因此，夏衍电影通过对妇女题材和妇女问题的表现，不仅有力地揭露和批判了封建思想和封建制度，具有强烈的反封建精神，而且由此自然地将妇女解放与社会革命结合起来："妇女的解放是以整个社会的解放作为前提的，妇女要获得自己的解放，必须投身于整个社会解放的群众斗争的洪流中。只有和争取社会解放的群众斗争密切结合起来，才是妇女争取自身解放的出路。"① 这一超越五四、"社会问题剧"和"社会问题小说"认识境界的左翼无产阶级革命意识，夏衍不仅通过陈翠芬最后走出百货公司大门、投入广大群众的人流含蓄地表达出来，而且通过《女儿经》中的人物对话明确地说了出来："平等平等，男女平等，到现在还是空口说白话。我们女人要在男人手里求解放是靠不住的，只有自己解放自己。""求人不如求自己，我们要自由平等，我们不要让人家玩弄，不给人家牺牲，我们就不能尽依赖男人过生活。第一要紧是自立。""要求自立，要自己解放自己，这都是不错的。不过大众不得解放，什么自由平等都是不彻底的……"夏衍还特地将《女儿经》里人物聚会的时间安排在"双十节"，社会革命的寓意就更加鲜明、突出。与妇女解放相联系，夏衍电影也对五四以来的个性解放进行了深刻的反思，反映了个性解放的变调，这主要体现在《时代的儿女》中淑娟形象的塑造上。从表面上看，淑娟的放浪形骸是她个人对个性解放的误解和极端化，而实际上却是一种较为普遍的时代病——当个人不能与先进阶级及其革命斗争相结合时，便必然会迷失在时代的浪潮之中（郁达夫小说中的人物就常犯这样的"时代病"）。当然，夏衍不像五四作家们仅仅局限于描写这种时代病——顶多再抒发一点时代的苦闷；而是通过仕铭（使命？）的最后成为工人，成为先进阶级的一员，开出了疗治时代病的唯一有效的"药方"。这样，在对个性解放的反思上，夏衍也充分地表达了左翼无产阶级革命话语。由此可见，夏衍所描写的爱情乃至多角恋爱故事不仅对普通观众具有极大的诱惑力，而且具有极其深刻的思想性。

上述深刻的政治思想性与强烈的商业娱乐性有机结合的特点也表现在夏衍本时期的抗战作品中。如果说《春蚕》反对的是帝国主义的经济侵略，那么《同仇》和《风云儿女》则是描写对帝国主义军事侵略的抗击。《同仇》中的青年军官李志超虽然对家庭不负责任，背叛怀孕的妻子与交际花同居，但在国难当头之时，却不肯做背叛大众的民贼，毅然率领士兵出关杀敌，成为抗击日寇的勇士，受到同胞的赞誉和拥戴，妻子殷小芬也

---

① 程季华主编：《中国电影发展史》第一卷，中国电影出版社1963年版，第229页。

因此原谅了他对自己的无情。作品通过这一看似家庭纠葛（家庭、伦理向来是商业娱乐电影的重要卖点）的故事，巧妙地宣传了同仇敌忾、团结抗日的思想。抗战主题在《风云儿女》里表现得更加充分：当华北风云日亟，热河失守，日寇的铁蹄踏进长城之时，热血青年梁质夫一走出反动派的监狱，便立即北上抗敌。而他的英勇牺牲，又极大地震动了好友辛白华，促使其舍弃了与富婆史夫人的浪漫、逸乐生活，前赴后继地走上了抗日的最前线。在作品中，辛白华与史夫人的缱绻相伴、浪漫情怀和逸乐生活虽说是为了反衬时代风云的急骤变化，为了表现辛白华毅然奔赴抗战前线的难能可贵和救国救民对于每一个热血青年的巨大召唤力，但这个暴风雨时代中的温柔梦境毕竟也让人难以忘怀，还有那牵引着辛白华离开史夫人而北上的小凤，她与辛白华之间的似有若无的情愫更为观众构筑了一个迷人的"三角"陷阱。

如果说《狂流》《时代的儿女》以及《风云儿女》《女儿经》（徐莉的故事）、《同仇》《前程》等是以爱情、两性关系或浪漫情调作为卖点进行商业包装的话，那么《上海二十四小时》的商业卖点则在对买办及其太太的个人隐私的揭秘。《上海二十四小时》描写的是都市的贫富悬殊与阶级对立，被认为是1932年关于电影文化运动方针任务的讨论所提出的"赤裸裸地把现实的矛盾""摆在观众的面前"的创作主张的"富有成绩的实践"。① 在剧本里，夏衍运用对比的手法，将30年代买办资产阶级的荒淫腐败与工人、城市贫民的困顿、挣扎一一直观地呈现在观众面前——"世界原只有一个，生活在这世界上的人却被不可知的命运支配在两个绝对不同的圈子里"：一边是童工受伤，无钱请医生；另一边是买办太太一头叭儿狗的医药费就花了三十块大洋。一边是工人（老赵）失业，山芋充饥；另一边是买办资本家及其太太、情妇以及太太的情夫在西餐室挥霍、调情和在赌场、舞厅纵情狂欢。一边是老陈被无辜抓进班房、受伤的童工——老陈的弟弟无钱疗伤悲惨地死去；另一边是"买办太太又起了床，喝着鸡汁，心里想着怎么狂欢地消磨这一夜？"……巧妙的对比凸显出阶级的矛盾和社会的黑暗，以致国民党电影检察机关认为"其暗示、引诱乃至宣传解决此种（按：指劳资利益）冲突的现象或趋势之方法不合于人情，不合乎国势"②，对其大加删剪——这恰从反面说明了该片强烈的阶级意识、鲜明的政治倾向和革命性质。令人感兴趣的是，如此强烈

---

① 程季华主编：《中国电影发展史》第一卷，中国电影出版社1963年版，第217页。
② 蒋振：《国产影片的评价》，《中央时事周报》1934年第3卷第26期。

的阶级意识、鲜明的政治倾向和革命性质的表现却与商业娱乐化的隐私描写相辅相成。虽然夏衍描写隐私是为了揭露买办资产阶级的荒淫腐败，并与下层贫民的苦难形成对比，从而表现阶级的对立，如同前文所述，但这种描写本身却能满足人的"偷窥"本能，对观众具有不可抗拒的感官刺激，尤其是作者对包括买办及其太太隐私在内的"各种淫靡佚乐的生活"细节的强调。这里，或许可以见出夏衍30年代电影文学创作"左翼话语"与"商业手段"的一种更加天衣无缝的结合。

在30年代创作的十余部电影剧本中，夏衍不仅充分地表达了左翼无产阶级革命话语，而且为了适应环境、满足资本家的要求，在话语表达的商业化包装方面也做得非常成功——这对于一个职业革命家，一个刚刚开始文学创作、此前从来没有写过电影剧本的人来说是非常不容易的。据史料记载，早在第一次世界大战期间，美国电影就开始大量输入我国放映，此后一直占有着中国电影市场的极大份额，对中国观众和中国电影创作界的影响不可忽视。30年代初期，左翼文艺界又展开了对苏联社会主义电影及其理论的宣传和介绍，从而为中国电影界带来了另一种重要的外来影响。从夏衍30年代的电影文学剧本来看，尽管其创作主旨与苏联社会主义电影创作理论保持一致（这当然是"左联"的要求），是"电影必须经党之手，使之成为社会主义的启蒙及煽动的有力的武器"的思想的坚定不移的实践，但其表达方式却更多地借鉴了美国电影——这应该是商业资本家的要求，更具体地说，是"明星"老板张石川的要求。因为不仅美国电影的商业性极强，而且"石川一向崇拜美国人，什么都是美国的好"。[①]有意思的是，作为一个左翼作家，作为革命文艺与商业文化结合的实践者，夏衍在其30年代的电影创作中，刚开始时对左翼话语的商业化表达还比较勉强，处处小心，也处处可见被迫的痕迹；越到后来，则商业化表达方式的运用越自觉、越大胆，当然也越娴熟。如果说上文所分析的诸作品的商业化包装主要表现在对美国商业电影的一些票房策略（即寻找、制造和强化商业卖点）的无可奈何地悄悄运用（当然夏衍总是尽可能地将这些商业策略与其所要表达的左翼话语有机地结合）的话，那么在1935年原为电通影片公司（这是在党的电影小组直接领导下成立的电影制片公司，完全属于左翼阵营，主要为革命斗争服务，较少商业气息）创作（后因"电通"关闭，影片改由明星公司摄制）的《压岁钱》里，

---

① 何秀君：《张石川和明星影片公司》（肖凤整理），载《文化史料》（丛刊）第一辑，文史资料出版社1980年版。

五　影视与文学

夏衍不仅沿用商业电影一贯的票房策略，而且公开模仿好莱坞类型片。如所周知，30年代的好莱坞出了一位红极一时的小明星：秀兰·邓波儿，她那天真烂漫、载歌载舞的天才表演倾倒了全世界的观众，从而以巨额票房挽救了"二十世纪"和"福克斯"两家濒临倒闭的电影公司。显然是出于对票房的追求，夏衍在《压岁钱》里也设置了一个秀兰·邓波儿式的角色——何融融，让她像秀兰那样穿着打扮，像秀兰那样稚气地唱歌，并像秀兰那样跳"踢踏舞"，甚至公开称她为"中国邓波儿"，给了她很大的戏份儿。这样直接、公开地模仿好莱坞，更宛如张石川商业片的做派了。当然，夏衍的模仿自然而巧妙，他抓住了当时好莱坞（包括秀兰·邓波儿）对中国观众的巨大影响，以反映这种影响而利用这种影响，所以并无任何不妥，相反，在时代环境和人们时代心理的表现上倒显得更加真实。其票房的成功就更不用说了。

三

从上面的论述我们可以得知，发生在20世纪30年代的左翼作家与电影资本家的合作实际上是革命文艺与商业文化的一次双向选择。由于是双向选择，所以双方各有其预期目的：资本家的目的是借左翼文学（包括左翼话语）来创高额利润；而左翼文坛则是希望通过电影（需要资本家投资）传播左翼话语，宣传无产阶级革命。作为这次合作的直接参与者和艺术实践者之一，夏衍在他的电影文学创作中，巧妙地寓左翼话语于商业化表达，同时达到了双方的目的。

但夏衍30年代电影文学创作的意义决不仅止于此。承上所述，资本家与左翼作家合作虽然是为了赚取高额利润，他们主观上并不存在"左转"的意识，然而随着左翼作家的深入渗透和左翼话语的不断表达，却在客观上造成了电影界"左转"的趋向，从而真正开始了中国电影的一个新的历史时期——这个时期不只是政治上的"左"，还有文化上的新，因为左翼文艺运动虽然存在着左倾路线的错误，但总体上仍是五四新文学和新文化运动的延伸和发展（这在前文已有充分的说明、论证），正是通过与左翼文艺的合作，中国电影迅速跨越了与新文化之间的"断裂带"，正式踏上了现代文化和现代艺术的发展历程。从"左翼"这一方面看，一开始对于与资本家合作许多人都觉得不能接受，都反对："左翼作家怎么能跟张石川那种人搅到一起？"[①] 对于电影的商业化操作更是感到不习

[①] 参见陈坚、陈抗《夏衍传》，北京十月文艺出版社1998年版，第161页。

惯，甚至反感，只是出于环境的无奈才勉力为之，但结果却是，经过商业化包装，左翼话语更有票房，更有市场，自然也更有影响力！这可能是夏衍后来自觉运用商业化表达甚至不惜在《压岁钱》里公开模仿好莱坞类型片的一个非常重要的原因。这里涉及电影的特性，在与资本家合作的过程中，夏衍对"电影这种复杂的新兴艺术的特性"有了深刻的了解，以致他在几十年后回顾这段经历、总结经验时明确指出："从事电影工作，一定要认认真真、切切实实地掌握这门艺术的特有规律"，"任何时候都要实事求是，从实际出发，必须时刻记住电影是最富群众性的艺术，写一句对话，拍一个场景，都要考虑到群众的喜闻乐见，都要考虑到千千万万群众的接受程度，都要考虑到电影的社会效果。不这样做，是必定要失败的"。① 正是由于电影是最富群众性的艺术，商业化便不可避免，关键是如何利用电影的商业化来为进步文艺的创作和进步思想的传播服务。在这方面，夏衍不仅以他深刻的感受，也以他丰硕的创作成果给了我们——不论是过去还是现在——非常有益的启示。另一方面，群众性也是大众化的前提和基础，当时"左联"提出关注并参与电影，其中便有着探索文艺大众化之路的原因，如同前文所述。但对于电影来说，大众化又离不开商业化，因为不仅电影观众（当时主要是城市市民）需要商业娱乐，电影制作也需要商业利润的支持——"电通"的倒闭除了国民党政府的破坏以外，由于商业化不够而导致的经济困难也是不可否认的重要原因。"电通"倒闭后，左翼电影还得由张石川这样的资本家及其商业公司拍摄。所以，尽管电影是最大众化的艺术，但如果离开了商业性，它也难以真正大众起来。正是从这一意义上，我们不难对与资本家合作于左翼文艺界探讨文艺大众化问题之重要作用作出实事求是的评价：如果我们能够考虑大众有城市和农村之分，城市大众与农村大众存在着很大的区别；同时，我们也能够承认30年代的左翼电影既延续和发展了五四新文学和新文化，也最大程度地发挥了电影的商业特性，那么，我们是否可以说，在40年代毛泽东《讲话》解决文艺的农村大众化问题之前，左翼文艺运动已通过左翼电影、通过左翼作家与资本家的合作、通过左翼话语的商业化表达初步解决了文艺的城市大众化问题。并且，比较起来，前者由于实际上偏重于对民间文艺的借助，指导思想上更存在着对民间——小农意识的过分肯定，所以很容易与五四精神发生矛盾，在不知不觉中走向现代化的反面；而后者所操作的是现代大众文化的主要艺术形式，其文化形态具有现

---

① 夏衍：《中国新文学大系1927—1937电影集序》，上海文艺出版社1984年版，第8页。

五　影视与文学

代化性质，尽管现代大众文化并不意味着意识形态的绝对大众化——不仅在 30 年代以前电影曾经沦落为封建思想的载体，即使在二十一世纪的今天，高度发展的文化工业产品也有不少在炒作陈旧的思想观念以满足世俗的需求——但毕竟，现代大众文化与五四所倡导的现代文化精神存在着更大的亲和性和方向的一致性。也唯其如此，左翼文艺与商业文化的这次成功合作，以这样的方式不仅解决了文艺的大众化问题，同时也以大众艺术的载体和操作方式充分地表达了现代艺术文化精神，这无疑还可以为我们当下正确处理大众、精英、主流三种文化形态的关系提供一种历史借鉴，既有利于当代大众文化艺术品位的提高，有利于精英艺术走出万分困窘的境地，也有利于主流意识形态的艺术表达。遗憾的是迄今为止我们对此却一直置若罔闻。

当然，除了对中国电影和中国新文学、新文化发展的重要贡献，夏衍 30 年代的电影文学创作对他后来成就更大的话剧创作也具有十分明显的影响。众所周知，夏衍的话剧以表现都市下层小市民的普通、平凡生活见长，"贴近现实，忠实地刻画人生"，"从平凡琐细的现实题材中发掘时代的底蕴"[①]，如《都会的一角》《上海屋檐下》等，这种取材特点和严谨的现实主义创作方法在他 30 年代的电影文学剧本如《上海二十四小时》《压岁钱》里已可见端倪，特别是《压岁钱》，其对各种类型的小市民的生活、行为及心理的描写都达到了相当的火候，已接近他此类话剧的成就。对妇女问题的思考和对女性命运的关怀是夏衍话剧的又一重要内容，而任何涉及剧作家这一部分内容作品的研究者都无法不将他的话剧与电影联系起来。正如陈坚先生所指出："纵观夏衍的全部文艺创作，我们就很容易发现，作为一位革命现实主义作家，夏衍对于中国女性命运的思考是一贯的[②]。"这种"一贯性"就开始于他 30 年代的电影创作，对此我们已在前文作了详尽的分析。夏衍话剧在整体风格上表现为轻轻的幽默和淡淡的哀愁，不管故事背景如何阴沉郁闷，人物命运怎样不幸悲惨，夏衍总忘不了他的幽默。他说过："我对喜剧有兴趣（《都会的一角》就是写的喜剧），《上海屋檐下》最初也想写成喜剧，但后来却写成悲喜剧了。"[③] 正是喜剧的幽默冲淡了悲剧的哀愁，使其作品"哀而不伤"，让人深入思考，并给人以前进的力量。这种话剧的艺术风格我们同样也可以在他 30

---

① 陈坚：《夏衍的艺术世界》，中国戏剧出版社 1993 年版，第 1 页。
② 陈坚：《夏衍的艺术世界》，中国戏剧出版社 1993 年版，第 84 页。
③ 夏衍：《谈〈上海屋檐下〉的创作》，《夏衍研究资料》，中国戏剧出版社 1983 年版，第 184 页。

年代的电影文学剧本如《狂流》《上海二十四小时》和《压岁钱》等中看到。夏衍电影与他后来话剧的如此密切的关系和如此相似的特点表明了二者之间的一致性和连贯性,由此便不难明白 30 年代的左翼电影不仅是五四新文学、新文化的延伸和发展,同时又是其后中国现代文学、文化发展的重要源流之一:中国电影从 30 年代开始已经上承下接,完全汇入了中国现代文学、文化的滚滚长河!

虽然夏衍电影对其话剧的上述影响可能与跟资本家合作、与商业化操作或表达并无直接联系,但如果不是明星公司相邀、诚聘,夏衍或许不会从事电影文学创作;如果不是运用商业化的操作或表达方式,夏衍电影的左翼话语无疑不能产生如此巨大的影响——不论是对观众、对社会,还是对中国电影、对现代文学文化的发展——如果没有电影上的成功,当然也不可能有其电影对话剧的影响;如果没有 30 年代成就显著、影响巨大的电影创作实践,夏衍后来的话剧又会是怎样的呢?

(原载《文学评论》2001 年第 3 期)

女性与现代海派电影中的性别叙事

盘 剑

上海的现代都市形态是在作为"外国飞地"的租界的影响下建立起来的。"尽管租界是帝国主义强加于中国的产物,是中国肌体上的一个'赘疣',但尊重史实的历史学家也不得不承认:'在清代社会还处于中世纪状态时,当清朝统治系统内还没有出现近代城市的管理体系时,上海城市的近代化,就从租界移植西方近代城市的发展模式开始,逐渐完备起来。随着上海城市近代化的拓展,由租界肇始的这套近代化城市模式的影响不断地延伸。'从而使上海改变了旧城厢的面貌,过渡到近代化的,事实上在相当大的程度上也是资本主义化的城市。"[1] 从这一意义上说,上海的现代化过程充分表现出了资本主义城市现代化的一般发展特点:既有现代商业的高度繁荣、现代娱乐业的蓬勃发展、现代城市建筑——"英式的新古典主义建筑"和"代表着美国工业实力的更具现代风格的大楼"[2] 的竞相崛起,也有现代传媒的广泛运用以及现代市民阶层的诞生。这其中,经济繁荣和商业化都市的建设为上海现代传媒业的兴起提供了必要的物质条件,也提供了相应的文化语境。接受和利用现代大众传媒成为一种新的都市生活方式,这种新的都市生活方式反过来又规训大众传媒"传播着必要的价值标准……提供了效率、意志、人格、愿望和冒险等方面的完整的训练"[3]。由此,"一种新都市文化"[4] 逐渐成熟起来,新的都市市民——现代大众诞生了。在上海步入现代大众社会之际,它的海派文化也获得了大众文化的性质与特征。电影作为其中的文化载体,一方面形

---

[1] 李今:《海派小说与现代都市文化》,安徽教育出版社 2000 年版,第 8—9 页。
[2] 李欧梵:《上海摩登——一种新都市文化在中国》,北京大学出版社 2001 年版,第 11 页。
[3] [美] 马尔库塞:《爱欲与文明》,上海译文出版社 1987 年版,第 68 页。
[4] 参见李欧梵《上海摩登——一种新都市文化在中国》。李欧梵所说的"新都市文化"实际上就是现代大众文化。

成了空前的大众文化热潮,另一方面影像的视觉操控力度也前所未有地增强了。倘若说大众文化的媒介化在相当程度上表征了现代性潮流,那么代表中国现代性的海派电影也具有同样的特点。

中国电影虽然诞生于北京,但第一次发展高潮出现在上海。据史料记载,"电影在上海的娱乐生活中占一位置,自1903年(清光绪二十九年)始。此项新兴的艺术,实能引起极多数人的爱好与欣赏,所以电影商业随时俱进","到1928—32(民国十七至二十一年)年间,电影院的生长,有非常可惊的速度。单就第一流的电影院说,即有光陆、大光明、南京、新光、兰心、国泰六家……其第二流以下的电影院,在这五年间起建者更有十余所之多","这种膨胀,并无已时,到了1933年(民国二十二年)百万金重建的大光明和八十万金造成的上海,又复先后在上海租界的中心点矗立起来。上海有了这样奢费的建筑、布置和设备的电影院,市民对于电影的享受更为起劲了",以致"影剧无敌地在上海市民的娱乐生活中占了最高的位置"。[①] 海派电影的现代发展不是偶然的,因为作为工业社会和现代科学技术的产物,电影是在上海殖民化所推动的现代化的基础上发展起来的。然而,若说沪上电影业吸引市民走进电影院的只是电影院建筑的豪华和设备的先进,只是一种作为现代性文化形式所具有的吸引力,那显然是忽视了海派电影作为都市文化的内在魅力和社会表达功能。

一

与海派电影作为都市文化的内在魅力和社会表达功能相关的是海派电影中的女性和性别操作。在现代海派电影中,女性化的片名占有很大的比例,其中又可分如下几种情况:一是直接以女性专用称谓命名,如《上海一妇人》《歌女红牡丹》《麦夫人》《采茶女》《弃妇》《乡姑娘》《天涯歌女》《难为了妹妹》《谁是母亲》《标准夫人》等,这类片名在以女性命名的影片中占了绝大多数;二是片名中虽然没有直接出现"妇""女""母""夫人""太太""奶奶""姑娘""美人""姐/姊""妹"等字眼,但一看就知道与女性有关,如《春闺梦里人》《媚眼侠》《春宵曲》《舞宫血泪》《玫瑰飘零》等;三是片名中有男有女甚至只有男人而强调的却是女性或男女关系者,如《唐伯虎点秋香》《三雄夺美》《哥哥的艳福》等;四是片名没有明显的性别特征,但内容往往以女性为重点,或女性在其中占据着重要地位,如《孤儿救祖记》《小城之春》《一江春

---

① 参见上海通社编《上海研究资料续集》,上海书店1884年版,第532—538页。

五　影视与文学

水向东流》等。值得注意的是，不只是普通的商业影片多以女性称谓命名或在片名中强调女性及男女关系，左翼电影和一些有着明显的艺术追求的影片也是如此，如《女性的呐喊》《脂粉市场》《女儿经》《孤城烈女》《慈母曲》《神女》等。阿英和李萍倩联合将日本作家菊池宽的小说《绿珠》改编成电影时，也将片名改成了《三姊妹》。电影片名的女性化不仅出现在歌舞升平的和平时期，即使在抗战中的"孤岛"上海，突出女性的片名在各影业公司出品的影片中仍然比比皆是：据不完全统计[1]，新华影业公司在1938—1942年间，共计拍摄了约39部影片，其中片名与女性有关的影片就有19部，占49%；艺华影业公司更是在其拍摄的54部影片中有32部片名与女性有关，占59%；另一家小公司光明影业公司1938—1940年间一共只拍了3部影片，就有2部以女性命名，占66%。片名的女性化或性别化无疑昭示了影片内容对女性的"趋重"。不管影片中的女性是以怎样的社会角色出现，她总是处于情节的中心，既作为编导思想、情感表达的载体，也成了观众目光的聚焦之处。

作为媒介文化的一部分，当时沪上还发行了大量各种各样的电影期刊。据现有资料统计，在从1921年至1949年不到三十年的时间里，上海总共出版了二百多种电影期刊[2]。另外，一些重要的报纸都办有专门的电影副刊，如《申报·电影专刊》《时报·电影时报》《晨报·每日电影》《中华日报·电影新地》等，而且大多是日刊，内容极其丰富。与电影片名的女性化密切相关，在"没有一个妇人的照片大概是编不起一个电影刊物的"[3]的现代上海滩，几乎所有电影刊物的封面人物都以女明星为主，多热衷于以多姿多彩的女体吸引读者的眼球，如《影戏杂志》《电影艺术》《电影·漫画》《明星月报》，乃至左翼电影公司——"电通"公司编辑出版的《电通》半月画报等，像《电影与妇女图文周刊》这样本身就将电影与女性结合在一起的杂志就更不例外了。电影期刊以更便捷的形式进一步地将电影延伸到人们的日常生活。

以《电影·漫画》为例。这本1935年出版的电影刊物几乎各期都有女明星的照片，有的甚至是与电影没有直接联系的日常生活照片。第二期的刊内插页是阮玲玉、黎莉莉和徐来的私生活照，这些照片对女明星们的日常生活表现得非常全面、具体和细致，如阮玲玉的照片分"阮玲玉的

---

[1] 参见程季华主编《中国电影发展史》(2)的附录"国民党统治区（包括香港和上海'孤岛'）的故事片、戏曲片、动画片"，中国电影出版社1980年版。
[2] 参见方明光编著《海上旧梦影》，上海人民出版社2003年版，第107页。
[3] 姚苏凤：《妇人之恩宠——电影》，《妇人画报》"电影特大号"1935年第31期。

私生活""娇媚的阮玲玉""阮玲玉在化妆室"等几组，每一组由数张相关的照片构成，合在一起如同一部静态的纪录片，将现实中的阮玲玉真实而生动地呈现在读者面前；黎莉莉和徐来的照片也是一样，所不同的是她们两人还有在卧室甚至在卧床上的各种姿态，"卧室里的黎莉莉"和"徐来在卧床上"令人在"偷窥"中浮想联翩。第三期的内页图片是"黎灼灼的消夏生活""好莱坞明星的游泳热""珍妮麦唐纳的美容术"等。这里有一些饶有兴味的东西：一是外国影星的照片，它们的出现当然毫不奇怪，在很长一段时期里首轮影院只放映外国影片，好莱坞电影在市场上一直占有很大的份额，好莱坞明星不仅是现实中人们观赏的对象甚至成了作家在小说中塑造人物的摹本[1]。只是，这些在影响力上显然超过国产明星的外国影星（包括好莱坞巨星）很少能出现在当时上海电影期刊的封面上，除非是电影院为某部影片的放映特别编辑出版的"特刊"或"说明书"。封面上几乎是清一色的国产女星，这是有点奇怪的，也不知是出于什么原因。《妇人画报》1935年8月出版的"电影特大号"上有一篇文章可能提供了一点思路。这篇作者署名"柳絮"的文章，题目叫《现代女性心目中的银幕对象》，实际上内容主要是六位小姐分别给她们的男友、爱人或兄弟的回信，信中按要求说出自己最喜爱的外国男明星，并陈述理由。有意思的是，所有女性都有她们所喜爱的外国男星，但其中好几个人最后又说："话是这说，但究竟他们还是影相上茫渺的人"，"故与吾辈二九少女已无关系，故妹亦置之而已。于此可知妹之方寸之中，已无外国男明星之存在"，"让美国的娘儿们去争夺吧！"[2] 虽然只是女性谈男明星，但却道出了中国观众对外国影星的共同感受，距离感使得人们可以非常喜爱、极力模仿，却不会热切追求外国影星，而对于国产明星却没有这种距离。当时的海派电影期刊的编者们显然非常清楚观众/读者的感受和要求。另一令人饶有兴味的是，第三期的《电影·漫画》有两组插页照片，一是过"消夏生活"，主角是国产影星黎灼灼，二是"游泳热"，主角则是好莱坞明星。这一中一外的对比或相互映衬倒是不甚紧要，重要的是这期刊物出版于6月，正值盛夏，照片所反映的季节与人们看照片时的季节被巧妙地统一了起来，从而观众/读者的感受与明星的感受也被奇妙地沟通了，观众/读者在日常生活中实实在在、真真切切地感受着明星们的日常感受。"珍妮麦唐纳的美容术"栏目介绍外国女星的驻颜之法，这

---

[1] 参见李今《海派小说与现代都市文化》，安徽教育出版社2000年版，第152—153页。
[2] 柳絮：《现代女性心目中的银幕对象》，《妇人画报》"电影特大号"1935年第31期。

是所有女性观众/读者在目睹了明星如花似玉的容颜之后所渴望了解和掌握的。同样提供这类生活中的实用美容、美体技法的还有第四期中的"貂斑华之美容术"和第五期里的"明星们的脚揭晓"等，当然，这些美丽之容和美丽之脚除了让女性们羡慕以外，也无疑会撩动男人的一颗凡心。《电影·漫画》第一期虽然没有女明星们的私生活照片，但其中的"明星动物观"却可能在更深层次上表达了人们对电影明星的日常趣味。类似的图片在《现代电影》上也出现过，题为"动物园"。这些图片所涉及的明星不全是女性，却都是将某一个明星与一种动物联系在一起。至于如何联系，有的只是与名字有关，如蝴蝶——胡蝶，乳燕——陈燕燕；有的显然与长相、体形不无关系，如肥猪——刘继群；有的则可能缘于明星本人或曾饰演的人物的为人、性格和作风了，如野猫——王人美、黎灼灼、艾霞，蛇——谈瑛，瘦皮猴——韩兰根，老虎——郑君里。把明星当动物实际上涉及一种潜在的社会心理：对于寻求娱乐的现代大众来说，电影明星的"公共性"有如动物园里那些供公众观赏的动物，喜爱一个明星与宠爱一种动物其区别在哪儿呢？

但明星在电影期刊里绝不仅仅是供公众在日常生活中"玩儿"——娱乐、消遣的，1935年9月20日出版的《电影艺术》第一期的封二就非常严肃地以"教育工具"为题，将七位女明星的玉照与《晨报》《申报》《时事新报》《新闻报》《中华日报》《时报》《民报》等七份沪上著名大报放在了一起，还特别加了"编者按"式的说明文字：

> 是的，新闻纸与电影，同样是教育工具，但是，我们今日的电影与新闻纸是仍须继续努力的。
>
> 这里，我们从电影界的"众星"中选出七位与七份大报有若干类似的"明星"；请你们先自己对一对，那一位与那一份类似。最好请你们把所猜的寄来，但我们并不预备赠品。
>
> 在七位明星中，有着至今仍保持着卖座最高纪录的"皇后"，有表演优越据说是以媲美玛丽特列溅 Marie Dressier 而不能号召广大观众者，有风流香艳使你蚀骨销魂者，有老板娘，有善于活动者，有演技优良为一般知识分子所赞赏者，有内容并不佳妙而"形式"颇为壮观者……
>
> 请读者先猜一猜，下一期我们再来揭晓。

肯定甚至强调电影的教育功能，这是中国电影人的共识，即使在商业化、娱乐化的海派文化语境中，即使是"软性电影"论者，也从来没有否定过电影的教育作用：作为"软性电影"大本营的《现代电影》在其发刊词里就曾明确地提出"……电影不止是一种消遣品，它是艺术的综合——包括着文艺、戏剧、美术、音乐以及科学——电学光学等，形成一种现代最高级的娱乐品；同时也是最普遍的教育和宣传的利器"。[①] 然而，用女明星来讨论电影的教育问题，而且还跟报纸结合起来，这却是有点出人意料的。但编辑或策划者显然是严肃的、非娱乐更非哗众取宠的，因为他们要求读者参与却"并不预备赠品"，就是希望参与者像他们一样是出于一种社会责任感，而不是为了得到一份礼品——如同参加其他娱乐活动一样。从图片和文字的内容来看，刊物旨在批评中国电影和报纸在作为"教育工具"方面所存在的问题：七位女明星各有其特点，或卖座率高，或演技好却不卖座，或风流香艳，或是老板娘，或善于活动，或只为知识分子所欣赏，或内容不佳徒有形式之美，这些特点可能恰恰与所列举的七份报纸的特点一一对应，都是要么过分商业、娱乐化，要么过分艺术、专业，并不能发挥应有的民众教育作用，所以，"我们今日的电影与新闻纸是仍须继续努力的"。

令人感兴趣的是，对电影和报纸的民众教育这个极其严肃的问题的提出无疑表现了策划者和编辑的一种传统的社会责任感，这种沉重的责任感与现代大众文化消费性的轻松、娱乐显然是矛盾的，但这种"矛盾"在海派文化语境中却客观地存在着——这大概与海派文化"中西合璧"、现代与传统交融的特点有关：不仅电影刊物如此、电影创作如此——如同前述，如果我们能翻翻商务印书馆在1912年出版的那套"共和国教科书"和1923—1934年间出版的那两套同样具有教科书功能的"东方文库""万有文库"，我们更能感受到一种似乎与大众文化格格不入的知识分子的精英意识与启蒙立场，然而，尽管我们不能怀疑所有注重民众教育者的个人真诚与严肃，另一个事实却也同样不能忽视，那就是在日常生活中大众对接受现代教育的普遍需求，以及由此带来的巨大的商业效益——在海派文化或现代大众文化语境中，教育也进入了消费领域，成为人们的消费对象。而从满足消费的角度出发，在商务印书馆出版"教科书"和"文库"的精英意识与启蒙立场后面，可能就隐藏着一种有效的商业操作——电影创作和电影期刊的"民众教育"当然也是如此。这样，我们看到的便不只是

[①] 黄嘉谟：《〈现代电影〉与中国电影界——本刊的创立与今后的责任、预备给予读者的几点贡献》，上海《现代电影》1933年第1期。

五　影视与文学

"中西合璧"、现代与传统交融，还看到了精英意识、启蒙立场与商业目的、手段的不可思议的结合。可能只有看到并理解这种不可思议的结合才能真正接近和认识海派文化，以及海派文化语境中的电影。

众多的电影院、大量的电影报刊以及"在城市各处、电车和公共汽车上张贴的海报和宣传画，霓虹灯以及其他的电招牌，新片预告邮件"[①]，海派电影有效地建立起一种电影媒介环境，将人与影像的关系扩展/延伸到日常生活，直接操控市民的日常情感和社会心理。突出女性或强调男女关系的片名，以女体为卖点的电影明星期刊，当然可以引起男性观众"看"的欲望，由此印证了女权主义的电影理论："女人作为形象，男人作为看的承担者"，"女人作为影像，是为了男人——观看的主动控制者的视线和享受而展示的"；"按传统，被展示的女人在两个层次上起作用：作为银幕故事中的人物的色情对象，以及作为观众厅内的观众的色情对象"；"观看癖的本能（把另一个人作为色情对象来观看的快感），以及与之对比，自我里比多（形成认同过程）起着这类电影所利用的造形、机制的作用"[②]。当然，具有"观看癖的本能"的决不仅仅限于男性，"性视角"（包括男女关系、以及任何有女人的电影中都不可能缺少的男性、甚至女性）同样在吸引着众多的女性。事实上，"我问过许多男人的影迷，他们所最爱看的明星常是那些妇人明星。我也问过许多妇人的影迷，而她们所最爱看的明星，却并不是男人明星而同样提出了嘉宝、珍妮盖诺、瑙玛希勒等等妇人明星的名字来"[③]。当女人作为女人自身"看的承担者"时，或女人作为影像，是为了女人——"观看的主动控制者的视线和享受而展示的"时候，被展示的女人对于作为观众的女人（除非同性恋者）来说，便不再是性的对象，而成为模仿的对象，也就是说，影片提供的是一种虚幻的模仿对象。期刊的女明星图片，既是艺术的，可供模仿的是情感和美；又是生活的，提供了诸多的模仿内容，包括实用技巧、时尚潮流乃至生活方式、社会教育。女性和男性同时成为电影和电影期刊的看者本身，从一个侧面说明了，海派电影文化的影响力覆盖了整个的日常生活，成为或潜在或公开地操控性与性别的社会意义的有效机制。

[①]《电影在中国》，载《贸易信息公报》第 722 期；转引自李欧梵《上海摩登——一种新都市文化在中国》，北京大学出版社 2001 年版，第 98 页。

[②] [英]劳拉·穆尔维：《视觉快感与叙事性电影》，参见李恒基、杨远婴主编《外国电影理论文选》，上海文艺出版社 1995 年版，第 567—574 页。

[③] 姚苏凤：《妇人之恩宠——电影》，《妇人画报》"电影特大号"1935 年第 31 期。

二

海派电影中有大量表现家庭题材或以家庭成员尤其是女性成员如女儿、女友、妻子（太太、夫人、少奶奶）和母亲为核心组织情节的作品。女权主义者认为，将女性"放逐到家庭生活中而轻视她们"[①]是电影"象征性地歼灭"女性的重要手段，但对于海派电影来说，确定女性的家庭角色、围绕家庭成员的伦理关系展开情节，可能是一种比较有效的叙事方法。

尽管海派文化整体上迥异于中国传统文化，属于现代的大众文化，但这并不意味着海派文化与传统文化的完全隔绝，恰恰相反，在现代海派文化中还保留着相当多的中国传统文化因素。这些传统文化因素在海派文化中与现代大众文化的性质并不是相互对抗和冲突的，而是相互利用、相互交融的。这一点至少构成了海派文化的一个重要特点。正如许道明所说："申称上海的近现代文化以西方为范本，当然是正确的，当认识到上海的近现代文化既以西方为范本，而同时又保留了诸多本土性征，兼并了现代与传统、前卫与保守，无疑更为深刻。"[②] 由此而言，海派电影中的"家庭叙事"既有民族审美传统的渊源，也与"艺术日常化"的现代大众文化特征有关。当然，指出"家庭叙事"的审美渊源和"艺术日常化"的大众文化语境，并不意味着否定女权主义的基本观点。实际上，在海派电影的"家庭叙事"中，女性确实经常处于被动的地位——不是艺术结构或情节安排上的"被动"，而是人格或精神上的"被动"。这种"被动"固然是真实生活的反映，但如果作品具有相应的批判立场，本可以构成对女性的另一种态度，但一些影片不动声色或不加辨识，直接导致了女性作为女儿、女友、妻子乃至母亲的被轻视和被放逐。

《劳工之爱情》虽用了"爱情"之名，但故事讲述的其实是两个男人——祝医生与郑木匠之间的一次"交易"，交易品则是祝医生的女儿，或郑木匠的"女友"。影片一开始的字幕"本剧事略"就特别强调祝医生对求婚者所开出的"以女妻之"的条件："能使我医业兴隆。"这一条件是影片结构和情节发展的关键，同时也决定了片中"爱情"的性质。第一组镜头中，郑木匠水果摊后边的大汽油桶上贴着的"招财进宝"几个大字的正面近景渲染着一种商业气氛，或暗示着后面情节发展的商业趋

[①] [美]塔什曼（G. Tuchman）：《大众传媒对妇女的象征性歼灭》，转引自[英]多米尼克·斯特林纳提《女权主义与大众文化》，见陆扬、王毅选编《大众文化研究》，上海三联书店2001年版，第200页。

[②] 许道明：《海派文学论》，复旦大学出版社1999年版，第38页。

五 影视与文学

向。当然，郑木匠与祝女的"爱情"也不乏"自由"甚至"浪漫"色彩，他们每天隔街相望，掷果结缘。当祝女在小茶馆里被无赖调戏时，郑木匠又挺身而出，"英雄救美"。但一谈及婚嫁，祝女还是将自己的终身交给她父亲做主："这件事体要问我爹爹的。"而其父嫁女考虑的是"生意"。于是，郑木匠与祝女的之间"爱情"便自然转化为祝医生与郑木匠两个男人之间的"商业交易"。当郑木匠带着一捆甘蔗和两只西瓜来到诊所说明来意后，祝医生道（字幕）："呵！你拿水果换老婆，不可以。"郑木匠则问（字幕）："老伯伯！为什么不可以？"祝医生当然是觉得这样交易不合算，他的要求是（字幕）："你能使我生意发达，我把女儿嫁给你。"影片属于喜剧/滑稽类型，但在看似荒唐、搞笑的打闹之中却透露了一些值得注意的信息。从祝女可以与男人自由交往却不能为自己的婚姻做主，我们不难看到现代都市文化的新、旧夹杂。更复杂的是，这里的"父母之命"又不仅出于一种封建观念，还有着不乏"现代性"意义的市民的商业意识和商品交易色彩，而在祝医生将女儿作为"交易品"的后面，则是都市平民或"劳工"阶层可能几个月"生意全无进账"的生存困境。因此，特定的文化语境、封建的思想观念、现代的商业意识和艰难的生存境况，合力将作为"女儿"和"女友"的女性——祝女推到了"交易品"的地位。到这里，影片似乎只在客观地反映一种社会现实，但后面的情节设置，即全片最精彩的部分：郑木匠通过控制被改装的楼梯摔伤了一伙赌徒（由于是赌徒，理应受到惩罚，所以郑木匠有目的的伤人行为可以摆脱道德谴责——其实需要负"故意伤人"的法律责任），从而成功地制造了大量"患者"，为祝医生的诊所提供了充足的"病员"，满足了他所提出的要求。这样的情节设置，从表面上看是成全了青年男女的"自由恋爱"，让"有情人"终成了眷属，而实际上是肯定了这种"交易"的可行性和合理性。于是，影片就在编导可能并没有明确意识到的情况之下实施了女权主义者所抨击的对女性的轻视和放逐。

当然，这里的"放逐"和"轻视"并不完全同于女权主义者所谓的"放逐到家庭生活中而轻视"，而是将女性的家庭身份转换成一种可供"交易"甚至"出卖"的物品，通过"非人化"或"物化"的过程体现对女性的社会放逐和人格轻视。显然，这比仅仅是"放逐到家庭生活中而轻视她们"更加严重。而这种对女性的"非人"或"物化"的放逐和轻视在现代海派电影中并不是仅此一例，《西厢记》《美人计》等影片都表现了如此的意味。《西厢记》是崔莺莺的母亲以女儿交换张生的退兵之策，而《美人计》则是孙权用妹妹向刘备交换荆州。需要指出的是，作为中国古典文学作品的改编之作,《西厢记》和《美人计》将女性当作"交易品"的情节设置完全来自原作,而且是原作中的关键或核心情节,并一直为人们所津津乐道,从未有人对此提出异议。由此可见,中国传统文化对女性的基本态度,也可见海派电影通过"非人化"或"物化"的方式"放逐"和"轻视"女性的文化渊源。

这种女性被"象征性地歼灭"的家庭叙事在电影《太太万岁》中表现为另一种情形。《太太万岁》主要讲述了这样一个故事:少奶奶思珍是一个相貌端庄、打扮时髦、气质优雅、温柔善良且极会做人的女人,在家里跟婆婆、小姑甚至用人都相处得非常好,对丈夫志远就更不用说了。但这个贤淑的妻子、儿媳或嫂子却喜欢说谎。她几乎对谁都说谎,无时无刻不在说谎。当然她的所有谎言都是善意的,都是为别人考虑、为别人着想。譬如她丈夫乘飞机去香港,她知道婆婆向来害怕飞机失事,就骗她说丈夫乘的是"海风"号轮船,却偏偏这天"海风"号沉没了,让婆婆虚惊了一场。又如丈夫做生意想向岳父借钱,岳父怕他无钱归还而不愿意借,她便在回娘家时故意向父亲提起,一次婆婆生病,以为不久于人世了,将家里保险柜的钥匙交给了她,她看到柜里有很多金条、证券什么的,骗得父亲放心地将钱借给了丈夫。这类小小谎言或欺骗倒也没有什么,关键是,当她的丈夫在外面有了别的女人,她还要替他在婆婆面前掩饰,自己也在丈夫面前掩饰着自己内心的痛苦,不敢跟他说破,怕说破了丈夫会干脆公开与情妇同居。她还背着家人独自去找丈夫的情妇谈判,为的是要讨回自己的男人。电影表现这些应该也没有什么问题,因为生活可能正是这样的。问题是,当一切矛盾都被揭开以后,思珍本来要跟丈夫离婚,结果在签订离婚协议时,受丈夫感动而回心转意,与丈夫和好如初了。《太太万岁》通过对思珍的肯定企图树立一个"贤妻良母"的楷模,也向观众说明,只有在任何情况下(不管用什么手段、不论受何种屈辱)都能维持"家"的和平、幸福的太太才——万岁。

《太太万岁》的编剧是著名女作家张爱玲。显然,这样的结局是作者所希望的。为了促成这样的结局,张爱玲颇费苦心地设计了一个志远为了从情妇手里要回思珍喜欢的胸针而被抓伤的情节,用这一情节来感动思珍,同时说服观众。观众从作者所特意给出的这个结局里,可能会像作者那样认同思珍对男人的依附和低声下气,并同作者一样认为:女人不仅是这样的,而且也应该是这样的。从对自我轻贱的思珍的肯定似乎可以肯定张爱玲对女性的轻贱。女人作品对女人的轻贱当然比男性作品中女人对自我的轻贱更加意味深长。

五　影视与文学

　　作为一位女作家,张爱玲为什么要轻贱女性呢?应该说,张爱玲不是一个容易受某种思想左右的人。问题的复杂性正在于此。实际上,在张爱玲看来,女权主义所谓的女性被"放逐""轻视"等可能根本不存在,或者无关紧要,因为她向来所关注的与其说是女性的形而上的精神追求,毋宁说是女性的世俗生活和世俗情怀。这与她对人性和人的认识密切相关。张爱玲认为人性"去掉了一切的浮文,剩下的仿佛只有饮食男女这两项"①,而"人之所以为人,全在乎高一等的知觉,高一等的理解力"②而已,人的第一需要和最高目标就是生存——或者"饮食",而后"男女",人只为这样的世俗目的而争斗,其他都是可以去掉的。唯其如此,"张爱玲的小说基本上是围绕着人性的问题,人究竟是世俗的这一看法展开的,这是张爱玲的小说和散文中最深层的意义的内核与凝聚点。因而,她的故事尽管'传奇',但最终都会暴露出世俗的内容;她的人物尽管'传奇',但最终也都会归于世俗的属性。在她的笔下,人的形象在具有人性和具有兽性、原始性之间移动,其行动的价值,为之奋斗的目标超越不了'利'的或'性'的世俗目的。那些具有较多的人性,讲求实效和世俗的算计,能够为了自己的利益或性的目的而奋斗的人构成了张爱玲小说世界中的城市俗人群"③。这样的"城市俗人群"在崇尚实用、充分世俗化的海派文化语境中应该极具典型性,《太太万岁》中的思珍显然也是这"俗人群"中的一员。而如果从张爱玲所认定的人性的特点出发,思珍说谎也好,依附男人也好,甚至低声下气,都只是一名作为"城市俗人"的女人为追求自己世俗目的而采取的方式和策略,并不存在"自我轻贱"的问题。同样,张爱玲对她的肯定也不过是像她的小说那样表达了自己的一种人生观而已,并不"涉嫌"对女性的"轻贱"。于是,我们便发现,海派电影中关于女性的家庭叙事绝不仅仅表现了女权主义者所认定的对女性的放逐和轻视,哪怕是看起来好像轻贱了女性的作品。作为一种有效的叙事方法,它的表达其实具有多种可能,相当复杂。

　　海派电影中的"母亲片"也是家庭叙事复杂性之一种表现。所谓"母亲片"指的是以母亲为主角的影片,这类影片在沪上的女性题材电影中所占的比例相当大,也具有重要的地位。第一部"母亲片"《孤儿救祖记》就由于"遍映南北,到处轰动",不仅在声誉上而且在商业上拯救了

---

① 张爱玲:《烬余录》,载《张爱玲散文全编》,浙江文艺出版社1992年版,第59页。
② 张爱玲:《造人》,载《张爱玲散文全编》,浙江文艺出版社1992年版,第107页。
③ 李今:《海派小说与现代都市文化》,安徽教育出版社2000年版,第251页。

当时的明星公司，甚至拯救了整个中国电影[1]。以母亲为主要角色的影片在当时之所以深受观众欢迎，具有重要的商业和社会效应，主要就是因为表现了"母爱"或"母子之爱"。当时的影评者这样分析道："欧美情节剧之足以感动观众者，惟二端，一曰男女之爱，一曰母子之爱。男女之爱，在中国描写，以现在中国男女社交之多障害，故颇属不易。斯剧能避难就易，以母子之爱动人，其术甚智。"[2] 实际上，《孤儿救祖记》的成功还不只是因为表现了"母子之爱"，更在于在表现这种"母子之爱"时所体现的海派文化的意识形态特征。

《孤儿救祖记》片名虽为"孤儿救祖"，也有"富翁兴学"的内容，但实际上最感动观众的却是"贤母教儿"，"以母子之爱动人"。母亲是真正的主角。作为20年代由既坚持"戏剧必须有主义，无主义之戏剧，尚非目前艺术幼稚之中国所亟需也"[3]，强调电影的教化功能，又认为"照中国现在的时代，实在不宜太深、不宜太高，应当替大多数人打算，不能单为极少数的知识阶级打算"，因而主张"把一本戏的主义，插在大部份情节里面，使得观众在娱乐当中，得到很深刻的暗示"[4] 的著名编剧郑正秋和主张"目前的中国电影，主要是要抓住观众，有了观众才能灌输"[5]的明星公司老板张石川联袂创作的影片《孤儿救祖记》的思想性和娱乐性是有机结合的。但在思想表达方面，由于主张"不宜太深、不宜太高"，"第一步不妨迎合社会心理"，所以其体现的道德、文化观念不仅是通俗、浅显的，甚至是有些陈旧的。显然，这种迎合社会心理的思想表达其功能有如曲折、生动的情节，也是影片"抓住观众"的重要手段。这或许是郑、张两人一个主张"不可无正当之主义揭示于社会"[6]，一个要"处处惟兴趣是尚，以冀博人一粲，尚无主义之足云"[7]，看起来好像意见分歧，却能够长久合作并共同为中国早期电影做出巨大贡献的重要原因。

《孤儿救祖记》观念之"旧"是显而易见的，主要表现为对人物——尤其是女性——的塑造和评价主要依据的是中国传统的道德标准。例如，

---

[1] 参见明星来稿《明星影片公司十二年经历史——和今后努力扩展的新计划》，《中国电影年鉴》，中国教育电影协会1934年版。

[2] 肯夫：《观〈孤儿救祖记〉后之讨论》，《申报》1923年12月19日。

[3] 郑正秋：《我所希望于观众者》，《上海—妇人》1925年第3期。

[4] 郑正秋：《中国影戏的取材问题》，《小朋友》1925年第2期。

[5] 张石川语，见沙基《〈残春〉导演张石川》，转引自陈墨《影坛旧踪》，江西教育出版社2000年版，第5—6页。

[6] 郑正秋语，转引自陈墨《影坛旧踪》，江西教育出版社2000年版，第5页。

[7] 张石川语，转引自陈墨《影坛旧踪》，江西教育出版社2000年版，第5页。

影片中的余蔚如就是一个方方面面都符合传统道德标准的"完美女性"：在家孝敬父母，出嫁侍奉公婆，为妻以夫为"纲"，夫死后守身如玉，并忍辱负重、含辛茹苦、立志抚孤成名。作为"良母"，她的"母子之爱"主要表现在对儿子的良好教育上。通过这位女主人公的刻画，影片强调了中国传统文化中非常注重的"家"的秩序及其维护和延续。也是从这一观念出发，影片还安排了一个"堕落妇人"金媛媛，与"良母"余蔚如形成鲜明对比。金媛媛之所以被称为"堕落妇人"是因为她"乃杨道培（余蔚如丈夫的堂兄弟）之外遇"，或今天所谓的"第三者"。她不仅已经破坏了一个"家"的秩序，而且又与杨道培一起在毁灭另一个"家"。因而二人被影片编导憎恶地斥为"一对狗男女"（字幕）。其实，在很多海派影片——尤其是鸳鸯蝴蝶派电影中，破坏家庭的"第三者"和有可能成为"第三者"的"交际花"都被称为"堕落妇人"或"荡妇"，这些影片对妓女反而多抱同情（具体原因下一节详述）。由此可见现代海派电影饶有兴味的价值取向。

尽管余蔚如在某些行为和遭遇上与充分表现了女性"自我轻贱"的《妇道》中的瑞芝有点类似，如侍奉公婆、丈夫，教育儿子，被迫离开夫家最后又复回来等，然而余蔚如并不是瑞芝那样完全丧失了个人人格和自尊、可以被女权主义者视为"被象征性地歼灭"了的女性。二人的区别在于：余蔚如与丈夫原是恩爱夫妻，她被驱出杨家是由于杨道培和金媛媛设计诬陷，而且在真相大白之前她宁愿受苦受穷也不愿与公公相认，在意识底线上维护着自己的尊严；而在沉冤昭雪之后她又能用所承袭的家产兴办义务学校，推崇社会教育，并通过办学从家庭走向社会。于是余蔚如又不仅是中国传统美德的化身，同时也是编剧"主义"的载体。实际上，这是一个以"旧"为主体又点缀了一点点"新"的形象，这种形象显然最能迎合"似新实旧，又在旧中求新"的海派市民的社会心理。

三

实际上，作为现代大众文化的海派文化本身就是一种以都市化、工业化、商业化为机制并具有"多元"特征的文化形态，不仅现代与传统同在、前卫与保守兼容、深刻与肤浅共存，而且其商业与艺术、艺术与政治、政治与商业也相互渗透、表达、利用——正是这种"多元而杂糅"的文化特性导致了海派文化语境中的电影在性别操作或女性表达上的矛盾统一和错综复杂。

除了上述"家庭叙事"，海派电影中还有许多利用女性的社会身份如妓女、侠女和"女权主义者"等进行表达的影片，尤其是其中的"妓女片"更以艺术、政治与商业的矛盾统一进一步表现了海派文化的"多元而杂糅"特征。

由于与大众难以抵御的性诱惑直接关联，或能直接激起人们对性的想象，选用妓女形象及其生活作为表现对象常常成为电影公司迎合大众趣味的一种有效的商业操作。中国第一部长故事片，也是中国第一部涉及妓女题材的影片《阎瑞生》就是这种商业操作的产物。影片以"阎瑞生"为片名，取材于轰动整个上海滩的"阎瑞生杀人"的新闻事件。但如果阎瑞生杀的不是一个妓女——一个曾经在 1917 年获得上海妓女花榜选举第四名的"花务总理"，其杀人事件不可能那么轰动。影片《阎瑞生》的策划者们真正看中的不仅是一个杀人事件，更看重的是被害者王莲英的妓女身份，也就是说，他们真正要给观众看的是这位"大牌妓女"。结果，影片在夏令配克影戏园上映，"一日所售，竟达一千三百余元"，"连映一星期，共赢洋四千余元"①，如预先所估计的那样取得了商业上的巨大成功。类似的商业操作还有万籁天编导、神州影片公司 1927 年出品的《卖油郎独占花魁女》。该片充分借助了原"话本"的影响，而"话本"显然迎合的是大众对"花魁"——一位美艳绝伦的妓女的兴趣。令人饶有兴味的是，两部影片奇妙地从"杀害"和"占有"两个反向的角度表达了人们对妓女的一种共同的社会心态和文化想象。两位妓女，一为"花务总理"，一为"花魁"，类似的"桂冠"出自坊间，流传于世，"花魁"远近闻名，"花务总理"则登上了报纸杂志，妓女也像电影明星一样成为公众人物。将妓女打造成"公众人物"，无疑是海派文化娱乐机制的一种功能。在这种娱乐机制的作用下，1917 年上海妓女的"花榜选举"像后来的电影界选美和选电影皇后一样，成为社会上的一大"盛事"，人们交口谈论，报纸纷纷报道。上榜的妓女如同电影和杂志上的明星，成为人们公开"审美"和想象的"性"对象。正因为这样，"花务总理"王莲英被害等于粉碎了许多人的"白日梦"，令他们震惊和悲伤。当时报上发表了不少"哀莲英""伤莲英"之类的文章，有的文学作品还用"枪毙阎瑞生"为题直接表达对毁灭他们梦想的刽子手的愤怒，而电影《阎瑞生》对王莲英的同情和怜惜在相当大的程度上抚慰和宣泄了大众的伤痛。如果说《阎瑞生》抚慰和宣泄了大众的"失"的伤痛，那么《卖油郎独占花魁女》则让大众通过对卖油郎的认同感受了"得"的兴奋和满足。这一

---

① 徐耻痕：《中国影戏之溯源》，《中国影戏大观》第 1 集，1927 年 4 月上海出版。

"失"—"得",不仅在客观上满足了观众的娱乐需求,获得了不错的票房收入,而且也让我们看到了海派电影利用娱乐机制对大众欲望的构建和表达。

有关文献显示,我国的娼妓史可以追溯到上古时代①,而到唐代得以昌盛,唐代以降,娼妓业一直盛行。"从某种意义上来讲,娼妓的盛行与经济、文化的高度发展有着一定的关联。"因此,在经济空前繁荣、商市极度繁华的老上海娼妓业不仅具有迅速发展的前提,而且随着租界的建立,"由于管理上的西化,娼妓业是属于一种被鼓励的行业"②,并逐渐形成了"笑贫不笑娼"的海派文化特征。据上海公共租界工部局正俗科1915年春的一次调查,当时上海的"长三"妓女(仅限于缴花捐者)有1229人,"么二"妓女505人,"野鸡"4727人,"花烟间"妓女孩子1050人③,可见该"行业"的规模。"行业化"必然会带来"从业者"的"社会职业化"("登记""注册""交税"),"职业化"又导致了职业的"层次化"(如"长三""么二""野鸡"的划分)——通过"行业化""社会职业化""职业层次化"的"规范",娼妓被纳入现行的社会体制当中,从而消解了与社会秩序的矛盾,因此娼妓与伦理道德在"破坏"和"维护"社会秩序方面的冲突自然淡化了许多。从有关文学和电影作品中还可以看到,在海派文化语境中,尽管也存在着对妓女的社会歧视,如《神女》和《娼门贤母》中都有做妓女的母亲身份暴露后其子女被迫退学的情节,但通常情况下,妓女并没有遭到世人的切齿痛恨,并没有像"交际花"那样被称为"荡妇""堕落妇人"——伦理道德对"交际花"似乎比对妓女更为严厉。这是意味深长的。其原因一方面可能与妓女的"职业化"和"从业者"有许多是为生活所迫有关——职业的体制化使一部分"色艺双全"的名妓"合法"地成为公众"性追求"或"性幻想"的对象,而为生活所迫的下层妓女又会得到人们的同情;另一方面也有可能因为职业妓女的"服务性社会行为"一般不会影响家庭的稳定、不会导致家庭的破裂,也就是说,妓女不会轻易介入嫖客的夫妻之间做"第三者",而"交际花"就不同了。如鸳鸯蝴蝶派影片《富人之女》中的康凤珠就公开引诱结婚还不到三个月的以前的同学吴素君的丈夫章湘荪抛开妻子投在她的石榴裙下。刘呐鸥《两个时间的不感症者》中的女人、穆

---

① 参见珠泉居士《雪鸿小记·总跋》中的有关论述。
② 胡根喜:《老上海四马路》,学林出版社2001年版,第63、64页。
③ 《中华新报》,转引自胡根喜《老上海四马路》,学林出版社2001年版,第6—7页。

时英《被当作消遣品的男子》中的蓉子,以及黑婴《不属于一个男子的女人》中的女主人公,在跟男子交往时都是毫不顾忌对方家庭的。在海派电影中,"交际花"经常被斥为"荡妇""堕落妇人",而妓女反而会得到"欣赏""赞美"或同情。由此可见,海派文化的娱乐机制在处理娱乐与伦理道德关系时,除了维护社会秩序以外,维持家庭的稳定是另一个基本出发点。按照海派商业娱乐业的游戏规则,似乎道德的"底线"在于家庭和社会的稳定,只要在这"底线"之上,娱乐就不会受到道德的制约。

海派文化对妓女的"宽容"和对"交际花"的"严厉",更在于男人逛妓院、嫖妓女时处于绝对的支配地位:要谁,不要谁;何时来,何时走,完全由男人决定。女人只能服从、服侍,被男人享受,讨男人欢心,让男人高兴。这可能是更重要的,其中可能包含了娱乐机制的另一个重要原则:娱乐男人。虽然不能说只要是男人娱乐的就是道德的,但至少这时道德可以被暂时"悬置",而同样的娱乐被女人"享用"便是"大逆不道"。如"交际花"对男人的控制、支配和任意玩弄,不仅鸳鸯蝴蝶派文人忍不住要破口大骂,连新感觉派作家都会因为难以承受而患上"女性嫌恶症"。因此,从电影和文学作品对妓女和"交际花"的不同态度不难看到海派文化隐含的男权倾向,这种男权倾向无疑也是以封建意识为底蕴的。

海派电影中"妓女"的复杂性还在于她们被作为"非性对象"的描写。所谓"非性对象",并不是指所描写的妓女本身不再从事"性交易",而是指创作者塑造这一形象的目的不在于为观众提供想象性的"性对象",如《阎瑞生》和《卖油郎独占花魁女》等影片那样,而是用以表达性之外的某种情感和思想,但这种表达又是与性和性别密切相关的。吴永刚的《神女》把女性、妓女和母亲各种不同的社会身份赋予了影片中的"母亲"。"母亲"希望自己的孩子能够接受正规的学校教育,以便将来能像普通人家的孩子那样"立足于社会",但由于她的妓女身份,孩子被学校开除了,就连想为她主持正义的校长也被迫辞职;当她想带着孩子去一个别人不知道的地方重新开始生活时,好不容易积蓄的钱却被长期霸占她的恶霸偷去赌博输光了,她一气之下用酒瓶砸向恶霸,不想击中要害,以致将恶霸打死而自己被关进了监狱。作为母亲,尽管她所从事的是令人屈辱的"职业",但对自己的孩子她也像世界上所有的母亲一样充满着爱和责任,为了表达对孩子的爱和责任——不仅要养活他,而且还要让他接受学校教育——她忍受屈辱,但妓女身份却被社会所排斥,流氓恶霸乃至社会制度把她逼入绝境。在这部片子中,即使不乏"性交易"的暗示,但

五　影视与文学

由于所有的性交易被母爱所笼罩，反倒唤起一种来自人性深处和人生边缘的对整个社会的反思和批判意识。

《马路天使》中的小云与《神女》中的母亲有所区别。《马路天使》是左翼电影工作者与明星公司"第二次合作"的产物。1936年6月明星公司改组，改组后的"明星"分别建立了一、二两个制片厂，一厂为明星公司的原班人马，二厂则主要由"电通"转过来的袁牧之、应云卫、陈波儿、吴印咸、贺绿汀等主持拍片，有一定的独立性。作为一部典型的"左翼电影"，《马路天使》通过对当时处于社会底层的妓女、歌女、吹鼓手、报贩、失业者、剃头师傅、小贩等"小人物"的描写，表现了一个阶级的生存状况和命运。作品将"无产阶级"可能受到的最残酷、最沉重的"阶级压迫"和由此引发的强烈反抗都放在了妓女小云身上：被逼为娼、被警察追赶、被恶势力欺侮，最后为帮助妹妹小红逃脱而惨遭黑帮毒手。将"神女"和小云比较，可以清楚地看到，虽然都是处于社会底层并被作为"非性对象"描写的妓女，但前者表现的是"人性"，而后者则是"阶级性"的表达。为了将"阶级压迫和反抗"表现得更加充分，影片不仅安排了小云的最后死亡，而且将其性格写得非常抑郁、阴暗，既自卑消沉，又刚烈、暴躁，对压迫者（如控制并想出卖她妹妹小红的琴师）敢于拿出剪刀进行"战斗"。影片结尾，随着小云的死，小红和少平逃脱恶势力的魔掌，从黑暗中出走，和朋友们一起以坚强的意志迎接新的生活，这样的结局无疑表现了编导对阶级命运的选择和阶级前途的坚信。

这里需要指出的是，尽管左翼电影比较充分地表达了阶级意识，但商业特征并没有淡化。恰恰相反，它们在"无产阶级革命"和"资本主义商业"的结合上做得非常完美。李欧梵认为："到目前为止，大陆电影学家马宁对左翼电影的研究是最有洞见的，他的文章《激进在文本和批评上的差异：重构30年代的中国左翼电影》本身提出了一个与以往论述相对'激进'的观点。通过细读电影《马路天使》（1937），马宁提出电影的左翼模式深受好莱坞通俗剧影响，且比它们走得更远，因为左翼模式包含了'超视角侵入和明确的社会指涉'。此外，它还合并了两种不同的话语——马宁称之为'新闻'话语和'流行'话语——这些电影中的新闻话语以新闻的形式出现，比如报纸标题和历史画面，因为它们的准客观性质和对个人权利及法律至上的强调，可以被视为是中国式资本主义的产物。另一方面，流行话语则通过流行民歌、皮影戏、双关语和魔术表演这些文化形式表现出来，这种话语因为它的大众性以及对激进行为的倡导，可以被视为是无产阶级的……某种意义上，你可以在'资产阶级'和

'无产阶级'的口味间区分阶级的不同。但这种本土口味经常和那个时期城市观众的生活方式混杂在一起。"①《马路天使》从片名看重点应落在街头游娼小云身上，小云也确实承载着影片主要的意识形态表达，但在具体的情节安排上，编导却更强调小红和少平的爱情线索。这样的结构处理也充分表现了袁牧之在"阶级革命"和"商业娱乐"结合上的匠心独运。在左翼电影中，出于无产阶级意识形态的表达，妓女只能是"阶级压迫"的象征，不可能像《阎瑞生》中的"花务总理"和《卖油郎独占花魁女》中的"花魁"那样作为大众娱乐的对象，而小红和少平的爱情故事却可以同时满足"资产阶级"和"无产阶级"的"流行口味"。所以影片在赋予了小云以特定的阶级意味之后，便将重点放在了小红和少平的爱情上，并着力于迎合大众流行口味的商业卖点的制造：不仅采用了曲折而最后"有情人终成眷属"的经典爱情叙事模式，和流行民歌、魔术表演等大众文化形式，而且，片中跟随周璇的歌唱旋律在字幕上有节奏地跳动的指示节拍的白色小光点也极像当下流行的卡拉OK影像伴唱带上的歌词引导——这种表现着歌词内容、融合了人物情感并呼应观众听觉的视觉形态运动感和形式感极强，使人印象非常深刻。

由于海派文化的深刻影响，上海电影或中国早期电影表现出了强烈的女性意识，在性和性别的操作中，我们既可以清楚地看到女性与电影以及女性与现代大众文化之间的内在联系，也可以发现海派电影和海派文化自身的运行机制。把握这些联系和机制，无疑有助于我们对海派电影的评价，也有利于我们今天在同样的大众文化语境中进行电影文化的反思和批判。

（原载《文艺研究》2006年第3期）

---

① 李欧梵：《上海摩登———一种新都市文化在中国》，北京大学出版社2001年版，第122页。

论中国电视剧的文学化生存

盘 剑

一

诞生于20世纪50年代末的中国电视剧一开始就与文学有着密切的联系：从1958到1966年间出现的为数不多的电视剧虽然还只是一种电视直播的舞台小戏，所遵循的基本上是戏剧的美学原则，甚至大多是一些现实政治和政策"宣传品"而非真正的"艺术品"，并且由于都是"直播"而没有一部作品保存下来，流传于后世，但这其中仍有30%改编自文学作品，更有一批作家如张天翼、马烽、李季、李准、梁斌、柯岩、浩然、黄谷柳、罗广斌、杨益言等参与了创作。[①] 况且，早期电视剧的"宣传品"特征除了源于电视媒体作为政府舆论工具的性质以外，可能也正是当时"为政治服务"的文学总方针的体现。在经过"文化大革命"的十年空白之后，1978年重新恢复创作的中国电视剧尽管从室内走向了室外，从舞台走向了生活空间，从遵循戏剧原则转而遵循电影的美学原则，又进一步地寻找到了电视艺术自身的内在机制和规律，即完成了从电影化的单本剧到电视化的连续剧的基本类型的转换，由此获得了独立的艺术品格，成为继电影之后的又一门新兴艺术，然而其与文学的关系不仅没有丝毫疏远，反而更加紧密。究其原因，可能是因为回归电视本体的电视剧比作为"小戏"和"小电影"的电视剧更加适合于文学，其发展也更加离不开文学。

虽然同样都是科学技术发展的产物，同样都是通过摄（影/像）、录（音）、制作，以音像方式存在的视听艺术，并且在许多情况下被作为一个整体——以当代大众文化为母体和语境的"影视艺术"共同区别于传统艺术形式，但电视剧与电影其实有着很大的不同，尤其是在连续剧出

[①] 参见钟艺兵、黄望南主编《中国电视艺术发展史》，浙江人民出版社1994年版，第16页。

现、电视剧完全成熟之后。首先，作为视听艺术，电视剧的"视""听"关系及其具体内容与电影截然不同，甚至相反。在电影，所谓"视"，是指纯粹的画面，包括画面的构图、用光、色彩、景别、摄影机的角度及其变化、摄影机的运动效果，等等（但不包括字幕，字幕一般被认为是外在于画面的"附加物"，只在默片时期用于代替有声语言和影片在非母语国家发行时帮助观众"听"懂人物的对话——实际上属于"听"的内容，且是不得已而用之），其情节的推进、人物的塑造、含义的表达，及其对观众视觉和情感的冲击多依赖于此；相比之下，"听"一般处于相对次要的地位，而且，内容也主要不是人物对话（对话在电影中向来被认为不宜过多，甚至越少越好），而是场面和背景的音响效果，这种音响效果作为画面的辅助或通过画面而对观众发生作用。电视剧当然也有画面，但画面不是其"视"的全部内容，"视"的内容中还包括大量与人物对白同步的字幕——通观成熟期的中国电视剧，几乎无片不用字幕。并且，这些字幕的运用显然既不是为了代替人物的有声语言，也不是不同语种的翻译，而是供观众"阅读"的。这种"阅读"的需要可能源于电视画面的局限。当然电视的画面局限绝不是其表现力的不够，在有线电视已经普及、高像素及多功能数码摄像机、大屏幕、高清晰度彩电甚至等离子、数码电视机已经问世的今天，仍持电视的画面表现力不够或不如电影的观点无疑不再能够令人信服。电视画面的局限更主要是指其由于特定的收看环境、方式所导致的画面创造在构图、用光、色彩、景别、镜头角度的选择及其变化、摄像机的特殊运动等方面的限制。不妨举例说明。《橘子红了》是一部制作相当精致的电视剧，其情节的从容舒缓、情感的缠绵激荡、风格的典雅怀旧以及演员表演的张弛有度使其不愧为上乘佳作。但这部电视剧却有一个让观众难以忍受的缺陷，即色彩过于浓烈：从头至尾大红大紫——显然，导演李少红（也是著名的电影导演）是用电影的方法在创造画面的视觉冲击力，然而这一可能会使电影观众感到震撼的色彩渲染却令电视剧观众觉得腻烦。正如一位观众所说："张艺谋的《红高粱》也是同样以色彩的冲击力来吸引观众。但《红高粱》是部电影，它的画面色彩可以处理得很通透，因为电影是有时间限度的。而《橘子红了》是部长剧，它的浓烈色彩在一、两集内可以吸引观众，久了就会让人觉得腻烦。我就是其中腻烦了的一个。"[①] 还有两部由电影导演创作的电视剧也同样存在着过于强调画面表现而影响作品整体效果的问题：一是陈凯歌的《吕布

[①] 刀锋：《〈橘子红了〉色彩太浓》，《都市快报》2000年3月3日第16版。

五 影视与文学

与貂蝉》，一是吴子牛的《天下粮仓》。前者在人物造型、场景设置、画面布局和摄影用光方面都非常讲究，几乎到了唯美的程度，但却因此削弱了电视剧叙事的连贯性，电视机前的观众虽然没有被同一种浓烈的色彩所烦扰——像看《橘子红了》那样，却无法不为导演只顾"玩"画面而不管故事进展以致不仅时常中断情节而且一个晚上也没理出任何头绪而感到恼火。后者除了在因画面而影响叙事方面与前者类似以外，更有一些画面为追求视觉冲击力而令处于日常生活环境中体验着客观真实的电视观众感到胆战心惊，不忍卒睹，如用长镜头和特写惊心动魄地直观呈现"下油锅"——将一个活生生的人丢进滚沸着的大油锅的过程，和将一支用一个活生生的聪明、美丽的少女所做成的巨大的人形蜡烛惊心动魄地置于荧屏的中心！由此可见，电视画面并不是不具备电影画面的表现力，并不是不能创造电影画面那样的视觉冲击力，而是过分的画面渲染不一定适合具有充分长度和纷繁复杂的电视剧叙事，不一定适合心理体验、审美感受与影院观众不同的电视剧观众的接受。当然，指出电视剧画面的限制性绝不意味着否定其画面的应有功能和独特效果，毕竟电视剧还是一种视听艺术，只是和电影相比，电视剧似乎更像连环画——当然是一种活动的连环画：虽有画面展示，但其每个画面下方的文字描述同样具有非常重要的作用，其叙事及含义不是单独存在于画面之中，而是存在于画幅和文字的相互解释与补充之中。电视剧用以解释和补充画面的"文字"就是字幕，包括人物有声语言的视觉化、故事叙述者（如果有）穿插于情节发展中的画外旁白，以及对某些跨度较大的时空转换或被省略事件的说明。如同连环画的叙事和表达，电视剧的艺术张力和魅力也存在于相互解释、补充的画面与字幕（当然还有有声语言及音响效果）的有机结合之中，"我们希望在电视剧中欣赏到的，不应该只是画面的美，还应该包括语言的美"。[①]正因为如此，所以作为视听艺术，电视剧不像电影那样侧重于"视"，"视"又主要指画面，而是"视""听"相对平衡，且"视"和"听"中语言——包括有声语言和文字语言——居于非常重要的地位，这除了以上反证，还可以从场景不多，画面变化较少，主要靠人物语言形成冲突、推动情节、吸引观众的《渴望》《编辑部的故事》《我爱我家》等一批引起轰动的"室内剧"的巨大成功中得到正面的说明。

实际上，在上述对电视剧不同于电影的视听内容及其关系的原因分析中已经涉及了电视剧与电影的另外两点不同：一是连续的形式，巨大的篇

---

① 贺仲明：《论加强电视剧的文学意蕴》，《中国电视》2002年第1期。

幅，时空无限，容量无限；二是家庭收看，在生活中进行私人化或个人化的艺术审美——虽然由于影碟机的普及，现在很多人也经常在家里看影片，但家庭影院永远不可能创造电影院的集体审美效应，因此家庭中的电影观众也难以领略电影的真正魅力，如同戏剧观众看电视的现场直播演出无法领略作为剧场艺术的戏剧表演的真正魅力一样。令人饶有兴味的是，至此我们所论及的电视剧与电影的所有不同点却恰好是电视剧与文学的相同或相通之处：电视剧视听结构中的语言因素自不必说，其连续的形式、巨大的篇幅和容量本质上又与长篇小说何曾有异？——实际上，电视剧的时空存在形态呈多级性，除了长篇连续剧，至少还可分成三个时空级次：短剧（含小品）、单本剧和中篇连续剧。① 如果说长篇连续剧可以对应于长篇小说，那么另外三个级次的电视剧类型显然可以分别与微型小说（或小小说）、短篇小说和中篇小说相对应。而其家庭的私人化收看则在审美环境和接受心态上都类似于文学作品的个人日常化阅读。可能正是因为这样，所以电视剧也比电影更加适合于文学，或者文学更加适合于电视剧，"有些小说即使不加改编，也可以拍成电视剧"，甚至"未必不能拍成精品"。②

电视剧与文学的相互适合加上电视剧发展迅速而原创力相对不足便导致了电视剧对文学名著的大量改编，而名著改编正是考察中国电视剧与文学关系，或讨论其文学化生存的一个重要切入点。

二

中国电视剧虽然迄今只有四十多年——去掉"文革"十年空白，实际只有三十多年的历史，任何一门传统艺术、甚至同为新兴艺术的电影都要比它历史悠久得多，但其发展速度却远远超过它的所有前辈艺术。"文革"前八年的"直播小戏"阶段创作量还非常有限，电视剧的真正发展是从1978年以后开始的。据统计，1978年中央电视台共播出8部电视剧；1979年翻了一番：19部；1980年播出131部，是1979年播出量的7倍；此后电视剧的年播出量和创作量都是成倍地增加：1983年是428部集，1984年达到了740部集，1985年则逾1300部集，1992年约5000部集，1998年为9864部集，现在每年的创作量早已超过10000部集。③ 如

---

① 参见路海波《电视剧美学》，江苏文艺出版社1989年版，第75页。
② 蔡骧：《从小说到电视剧》，《电视剧艺术文论集》，中国电影出版社1988年版。
③ 参见钟艺兵、黄望南主编《中国电视艺术发展史》和《中国电视》《电视研究》刊载的相关文章。

此的年创作量和增长速度并不是盲目的，因为创作量增长的前提是电视台、电视频道和电视机数量的同样快速的增加，在全国电视台数以千计、家庭电视机超过3亿台、每台电视机都可以收看几十个频道的今天，没有上万部集的电视剧根本不能满足电视台的播放需求和作为占全国人口百分之九十以上的中国电视观众日常生活内容的集消闲、娱乐、审美于一体的电视剧收看需求。而如此大的创作量和如此快的增长速度对于历史短暂、几乎没有任何艺术积累的中国电视剧来说，仅靠其自身的原创是绝对不可能实现的，因此，改编文学名著便成为中国电视剧创作的重要内容。迄今为止，《红楼梦》《三国演义》《水浒传》《西游记》《聊斋志异》《儒林外史》等古典文学名著；《子夜》《春蚕·秋收·残冬》《家·春·秋》《四世同堂》《雷雨》《围城》《上海屋檐下》《南行记》等现代文学名著；《蹉跎岁月》《今夜有暴风雪》《新星》《寻找回来的世界》《上海的早晨》《平凡的世界》等当代文学名著都已被搬上了电视屏幕。事实上，不仅在各个阶段电视剧创作的最高成就往往由改编作品所取得，而且，艺术总体水平或同类作品的平均水准，原创电视剧显然也不如改编自文学名著的电视剧高。几乎可以这样说，如果没有名著改编，中国电视剧创作的质和量都不可能达到今天的水平和规模。

　　考察中国电视剧的文学名著改编，可以发现在改编过程中存在着几种不同的现象，而这几种现象的存在又显示了电视剧与文学的复杂关系及其关系的微妙变化。

　　从总体上说，改编自文学作品的电视剧大多坚持忠实于原著的原则，即力求在思想内涵、表现形式和艺术风格等方面都尽可能与文学原著保持一致。由于电视剧与文学有着重要的相同和相通之处——如同前文所述，这种"忠实性"原则在改编中基本上都能够具体落实。例如根据梁晓声同名小说改编的《今夜有暴风雪》，采用的就完全是原小说的结构：以一个晚上发生的事件为情节主线，而此主线又由三条在三个不同的地点平行发展的线索所构成，每一条"线"上都有各自的中心人物，三条线的人物之间又具有错综复杂的联系，通过人物的现实行为和内心活动——回忆，作品不仅揭示了人物之间的联系，从而使得三条平行发展的线索同时相互交织，形成因果关系，而且带出了过去十年中所发生的一系列事情。正是以原小说的独有结构，加上视听艺术常见的"闪回"手法，并配合充分文学化的人物内心独白，用情绪作为结构情节的纽带，电视剧得以像语言艺术那样自由地转换时空，自由地表现人物的外在行为和内心世界，从而成功地塑造了裴晓芸、郑亚茹、曹铁强以及小瓦匠等人物形象，准确地表达了小说"歌颂一场'荒谬的运动'中的一批值得赞扬和讴歌的知青"[1]，并表现极左思潮泛滥时期"人的价值"的迷失与追寻的主题。又如电视连续剧《围城》。应该说，小说《围城》是更加语言化而非视觉化的文学文本，因为其最大的特点就在于语言幽默睿智，书中随处可见精妙的譬喻、广博的典故、深刻而辛辣的揶揄嘲讽、机智而一针见血的议论，以及触及灵魂的人物心理刻画。正如著名影视评论家王云缦所说："《围城》是一部为人公认，也是我一贯认为纯属文学所独有的作品。"[2] 而电视剧《围城》却几乎"原汁原味"地将一部本来只属于文学的名著呈现在电视观众面前。毫无疑问，《围城》的"还原式"改编成功，正是由于改编者孙雄飞和黄蜀芹充分利用了电视剧"视听——动态连环画"的特点，既保留了小说以方鸿渐留学归来辗转于各地求职谋生为主线引出各类人物从而描摹社会（主要是知识分子）众生相的结构特点，又不仅在人物的对话中尽量运用原著语言，而且还在每集的首尾和重要段落共四十四处采用了一种代表作家视角的"旁白"自由插入剧情，既参与叙事，又夹叙夹议，这种贯穿全剧的"作家旁白"更加保存了钱锺书先生精粹、幽默、冷峻、耐人寻味的语言风格和对人生讽刺与感伤并存的复调色彩。

当然，忠实于原著或还原式的改编并不是对原著毫无改动，也不是忽视电视艺术的独特规律，抛弃其镜头、画面的特殊功能，将电视剧这一注重语言因素的视听艺术完全等同于作为纯粹语言艺术的文学，事实上，《今夜有暴风雪》《蹉跎岁月》《新星》《围城》《红楼梦》《三国演义》《西游记》以及所有被认为完全忠实于原著的改编作品都既对原著进行了相应的改动，也绝不忽视电视镜头、画面的巧妙运用，只是其改动不是改变原著的旨趣，而是遵循原著的思维逻辑对原著的进一步挖掘和深化；其镜头、画面运用也是为了更好地再现原著文字描述的内容，并与"对白"或"旁白"相结合准确地还原原著的意境、意蕴。仍以《今夜有暴风雪》为例。其中的小狗"黑豹"，小说对它着墨不多，它虽曾一度被托付给裴晓芸喂养，但不久就物归原主了，从此也与裴晓芸不再有多大关系，只是最后当裴晓芸冻僵在驼峰山上时，"黑豹"为她去团部报了信。而电视剧则用了很多篇幅来表现它与裴晓芸的关系：大年三十的晚上，它陪伴在孤独的裴晓芸的身边，和她一起守岁；裴晓芸给它系上一条丝带，并点燃了

---

[1] 梁晓声语，转引自蔡骧《从小说到电视剧》，《电视剧艺术文论集》，中国电影出版社1988年版。

[2] 王云缦：《王云缦荧屏艺术文集》，中国广播电视出版社1991年版，第156页。

五　影视与文学

蜡烛，小屋里也有了一种温馨，一种节日的欢快，接着，小狗躺在裴晓芸的怀里睡着了，裴晓芸轻轻地搂着"黑豹"，轻轻地哼着"催眠曲"，两行泪水也轻轻地流下双颊。隆冬还没过去的早春时节，裴晓芸带着"黑豹"在积满白雪的荒原上戏耍——导演在这里特地用了一组慢镜头，描写少女与小狗在大自然的怀抱中互相追逐，诗化般地展示了裴晓芸的天真烂漫及其对美好生活的向往……这样的改动无疑比原小说更加充分地表现了裴晓芸的孤独、屈辱和人性被压抑的程度。编导甚至还改变了"黑豹"的"命运"，没有让它等到裴晓芸死后去报信，而是在裴晓芸最快乐的时候就被一辆火红的拖拉机活活地轧死了！这既是现实对裴晓芸残酷的另一种表现——剥夺了她生活中仅有的温馨和安慰，也是极左思潮或"荒谬的运动"虐待生命的象征。《围城》将小说的九章内容改为十集电视剧，尽管结构没有大的变动——如同前述，其中却也不乏必要的添补和增删。更突出的是电视剧中的"旁白"，虽然基本上来自小说的"作者议论"，但有的被调换了场合，有的则被用于解释特定画面的含义，都丝毫没有改变原著的题旨，而其效果由于视听结合却比原著更好。如"事实上，一个人的缺点正像猴子的尾巴，猴子蹲在地面的时候，尾巴是看不见的，直到它向树上爬，就把后部供大众瞻仰……"的作者插话本来是出现在小说第六章，当方鸿渐和赵辛楣在三闾大学议论导师制连带也议论到校长高松年地位高了人反倒糊涂的时候，电视剧则把这段著名的议论移到了后面一场：赵辛楣与汪太太散步回来，不巧被高松年和汪处厚碰见了，高松年帮着汪处厚逼迫赵辛楣交代自己与汪太太的"不正当关系"，汪太太气不过狠狠地回敬了高松年一句："高校长，你又何必来助兴呢？吃醋也没有你的份儿呀。咱们今天索性打开天窗说亮话，嗯？高先生，好不好？"听到这话，高松年像泄了气的皮球一样颓然地坐到椅子上，这时，"事实上，一个人的缺点正像猴子的尾巴……"的旁白声起。这样的作者插话——旁白"位移"无疑能够更形象、生动也更深刻地揭示高松年"猴子尾巴"的实质，能够更加突出地表现钱锺书式的讽刺的辛辣与意味深长。又如方鸿渐家的那座"陈年老钟"，电视剧中先是多次作为背景出现：景深处，一个仆人在拨弄着它；最后当方鸿渐与孙柔嘉关系破裂，身心疲惫地回到家里，万念俱灰地倒在床上的时候，钟声响了六下，镜头转向老钟，一个大特写：老钟时针所指正好是六小时前方鸿渐第一次回家路上决心好好对待柔嘉的那一刻——钟声、画面与"这个时间落伍的记时机无意中包含的对人生的讽刺和感伤，深于一切语言，一切啼笑"的旁白不仅使小说的题旨不言自明，而且让人回味无穷。

忠实于原著的改编原则的盛行显然反映了电视剧创作者对文学和观众既有的文学审美经验的尊重，正是在这种双重尊重中可能存在着文学与电视剧关系的一种状况：文学处于主导地位，电视剧从属之。实际上，20世纪90年代以前，特别是70年代末、80年代初，电视剧基本上是跟着文学走的。不仅"伤痕文学""反思文学""知青文学""改革文学"在电视剧领域都有几乎完全对应的表现，而且文学界的进一步的即有关艺术本体论、方法论的思考电视剧界也同样广泛吸纳，力求保持与文学同步。正如黄健中在1988年所写的一篇文章中所指出："近年来文学的一个进步表现在文学家的审美观点由单向转为多向，即由单一的、单纯从哲学的认识论或政治的阶级论角度来观察生活转变为从美学、心理学、伦理学、历史学、人类学、精神现象学等多种角度观察生活，把文学作品看作复杂的、丰富的人生整体展示。用多面的、多维联系的思维代替单向的、线性因果联系的思维。""青年电视导演向文学学习了这项武器。"[1] 其表现不仅仅在于以忠实于原著的原则大量改编文学作品，同时还有一些优秀的、与文学同步的原创电视剧问世，如王宏的《走向远方》、张光照的《新闻启示录》、石零和张绍林的《太阳从这里升起》等，它们都尝试着从历史、文化、伦理的角度，运用各种艺术方法来探视人的复杂的内心世界，反映我们这个特定的时代。毫无疑问，当文学处于主导地位，影响电视剧创作、引导电视剧方向、决定电视剧性质的时候，电视剧便成为文学的一种补充和延伸，它对文学的发展所起的不是阻碍而是推动作用，如更广泛地传播文学名著、有效地扩大文学思潮和运动的影响等；而观众也不会远离文学，相反，他们既依靠文学的审美经验选择和理解电视剧，同时又通过电视剧发现新的文学世界，或重温曾经阅读的作品以验证自己的审美想象，并回到文学阅读以进一步拓展电视剧鉴赏所必需的文学审美经验。

然而，80年代中、后期以来迅猛发展的大众文化却在人们不知不觉中改变了文学与电视剧原来的主从关系——随着大众文化时代传播媒质由语言文字向音像符号的全面转变，作为语言艺术的文学的主导地位自然也被作为视听艺术的电视剧所取代，这一重要变化在文学名著的电视剧改编中则表现为对原著的不忠实。

最初的"不忠实"出现在对老舍的《四世同堂》的改编中。应该说，从总体上看电视剧《四世同堂》并不是没有保持老舍小说的基本结构和

---

[1] 黄健中：《开掘人的内在深层世界——评孙周、王宏、张光照三位青年导演的作品》，见《电视剧艺术文论集》，中国电影出版社1988年版。

五　影视与文学

机智、风趣、幽默及充满北京味儿的独特的艺术风格——也正因为如此，一些人充分肯定了电视剧对文学的重要贡献："小说《四世同堂》出世后，文学界对它的待遇是不公平的。这部小说是他（老舍——引者注）从1944年开始写的，在解放前已出了两部。讲现代文学史的除了偶尔提一下外，基本是不讲的。那么电视连续剧《四世同堂》是立了一大功的，它在群众中产生了影响，让没看过小说的人们引起对这部小说的兴趣，同时也带给了文学史研究界对这部作品进行重新认识、重新评价的一个群众心理的基础。"[①] 然而，与上述忠实于原著的电视剧改编不同，这部电视剧在表面的"忠实"后面，却通过一些局部的改动削弱乃至消解了作家的创作宗旨和深刻的思想追求。本来，老舍创作这部小说虽然也如他自己所讲是要为抗日战争留下一点纪念品，但他实际上只是选取了抗日战争这样一个特定的历史阶段和特殊的历史环境，他真正的目的并不是表现抗战本身，而是解剖国民复杂的社会心理以探究民族灾难的根源，具有强烈的反思性。从这样的创作意图出发，小说原著不仅表现了人们的爱国思想和行为，更突出地描写了北平普通中国人苟安、麻木、落后的一面，深刻地揭示了国人封闭、愚昧、势利、无聊、自私、软弱等陈腐的社会心理。而在电视剧里，所有对人物消极面的表现都被删除或改变了，如小说中祁老人在瑞宣被捕前还存着只要家里有粮有老咸菜，即使日本人来了也不怕，也照样能过太平日子的想法，当查户口的便衣上门时他恭敬相待，韵梅打了日本孩子他也曾想登门道歉，瑞丰当了伪教育局的科长他还感到过欢喜，而电视剧完全删掉了这些消极心理的描写，并将祁老人在便衣面前的唯唯诺诺改成义正词严地怒斥汉奸走狗。与此相同，作家笔下的小羊圈胡同的居民在日寇入侵后的惶惑偷生在电视剧里也变成了同仇敌忾，常二爷受辱后的悲愤弃世竟变成了豪迈就义，而钱默吟的一种中国传统知识分子的文化觉醒则变成了加入地下抗日活动的自觉行为……这样的改动显然不像《今夜有暴风雪》和《围城》的改动，它不仅没有突出原著的题旨，甚至与小说作家的创作初衷大相径庭。

促使电视剧改编者对《四世同堂》原著如上不忠实的可能有两种力量：一是来自政府的意识形态导向；二是来自电视观众由媒介所培养、引发的当下心理需求。而决定两种力量共同定位的则是一个特定的时间概念——世界反法西斯战争胜利50周年。在大众文化时代，政府与大众媒

[①] 蓝翎：《民族性、北京味及其他——电视剧〈四世同堂〉随想》，《电视剧艺术文论集》，中国电影出版社1988年版。

介之间存在着一种互利互助的"共谋"关系：前者充分依赖媒介控制大众思想，而后者则借助于政府支持在社会上占据了大众意识引导者的地位，二者前呼后应，可以将任何一个普通人物、任何一件平凡小事或原本只有少数政治家和政治、历史研究者才会重视的政治、历史事件"炒作"成一个具有时尚性质的生活"热点"，短时间里为大众所热切关注。由于大众媒介的巨大影响力，大众关注事件的视角和评价事件的标准无疑都是媒介的同时也是政府的。可见，电视剧《四世同堂》对原著的"不忠实"恰恰是对电视剧正在逐步形成的大众文化性质的忠实反映。但这种形式的反映显然是对文学的背叛。因为文学思潮虽然也曾与政治思潮同步，如"伤痕""反思""改革"等都同时是中国当代文学史和政治史上的概念，然而在过去所有带有强烈政治色彩的真正的文学作品中，作家个人的独立意识并没有丧失；而电视剧《四世同堂》里却完全不见了老舍对国民弱点的揭露、批判和对民族灾难根源的深刻思考——作家的主体意识消失了，缺乏作家主体的创作文本只能沦为单纯的舆论传播载体和大众文化"快餐"。

如果说电视剧《四世同堂》对原著的不忠实还不是明目张胆的——它至少还保留了小说的基本结构和风格——对文学的背叛也不是显而易见的——毕竟文学与政治的关系也非常密切，那么《雷雨》的电视剧改编便完全"明目张胆"地不忠实于原著和"显而易见"地背叛文学了——当然，不论《雷雨》还是《四世同堂》，其所"背叛"可能仅仅是一种文学的传统。

由李少红执导的电视连续剧《雷雨》不仅将曹禺原著中在幕后处理的"过去的戏"全部放到了"台前"来表现，也不仅完全改变了故事的结局：四凤和周冲都没有触电而死，四凤去医院做了"人流"，随后跟母亲到济南去了，周冲则参加了新四军；周萍也没有自杀身亡，而是接替周朴园到矿上当了董事长，并成为爱护工人的"新一代"资本家；周朴园突发中风，成了废人，而鲁大海则放弃了跟周朴园的斗争，转而做了后者病后的护理者；一声枪响，死去的竟是具有"雷雨"性格、充满"雷雨"精神的繁漪。由此可见，在电视剧中，人物性格及其之间的关系或由此形成的剧情、冲突，都不再具有"雷雨"的性质和特征。不仅如此，电视剧更是将曹禺原著所表现的社会、历史悲剧完全处理成了一个世俗娱乐化的家庭情节剧：它强调、突出的不是人物的精神追求，也不是事件的深刻内涵，而是女人和男人、三角恋爱、乱伦之情本身的刺激和趣味。当然，也许正因为这样，才会有前述结局的改变。

三

尽管毫无疑问地冒犯甚至亵渎了经典作品并因此背叛了传统意义上的文学——观众无法通过电视剧接近真正的原著，但《四世同堂》和《雷雨》的改编不忠实于文学原著却并不意味着电视剧与文学脱离关系，而只是表明电视剧已从亦步亦趋地跟随文学、尽心尽力地表现文学转而以新的艺术观念运用文学和改造文学——把文化产品（包括经典文学、艺术作品）材料化正是当代大众文化的基本特征。

有意思的是，在不忠实于原著的《四世同堂》和《雷雨》问世的同时和后来，忠实于原著的电视剧改编作品仍然大量存在，只是，这些电视剧所"忠实"的"原著"许多已与钱锺书的《围城》、曹禺的《雷雨》、老舍的《四世同堂》有了原则上的区别：它们可能不再具有"经典"性质，而与电视剧所代表的当下文化语境不谋而合。如《北京人在纽约》据以改编的曹桂林的原著表现的本来就是处于一种时尚潮流——"出国潮"中的当代大众的出国梦、发财梦，其主题"美国是天堂也是地狱"（电视剧中作为全剧"题记"置于片首）则既引导着渴望出国的大众的想象，并能在一定程度上满足他们的想象性追求，也与政府立场相符合、与要求广泛传播的主流意识形态相呼应。作为《过把瘾》原著的王朔小说更以"痞子文学"向来被排斥在"经典"之外。另外如池莉的《来来往往》和刘恒的《贫嘴张大民的幸福生活》，金庸的《笑傲江湖》《射雕英雄传》等被电视剧乐于并完全"忠实于原著"地改编的作品也是一种用普通平民的眼光和价值标准表现当代大众日常生活的所谓"新都市文学"，或帮助大众想象性地超脱日常工作的单调、乏味，冲破现实存在的各种约束、限制，为所欲为地放飞自我、放纵自我的大众文化时代流行的主要文学类型——武侠文学。如果从电视剧与文学的关系来看，《北京人在纽约》等的忠实于原著与《围城》等的忠实于原著的重要区别还在于，后者是电视剧力求表现原著的文化特征，而前者则显然是原著首先具有了电视剧的文化特征，所以后者是电视剧忠实于文学，而前者却实际上是文学忠实于电视剧。

或许正是因为电视剧更多地倾向于选择符合其文化特征的文学作品进行改编，所以近年来更出现了一批可能是专门为电视剧改编而创作的文学作品，如二月河的《康熙大帝》《雍正皇帝》《乾隆皇帝》，张成功的《黑冰》《黑洞》《黑雾》等，它们明显迎合了当前电视剧创作风行一时的"清宫（皇帝）戏""公安（警匪、黑帮）戏""反腐戏"热潮，被迅速地搬上屏幕,并达到了同类电视剧创作的高峰。这应该是文学忠实于电视剧的进一步发展。

必须指出,虽然电视剧改编不忠实于文学原著和文学反过来忠实于电视剧具有某种历史的必然,然而忠实于原著的经典文学作品的电视剧改编至今并没有成为过去,除了已经推出的《我这一辈子》《日出》,还有一批经典名著如《原野》《李自成》等也拟以忠实于原著的原则进行改编。这种体现着文学与电视剧不同关系的改编现象的存在无疑既说明了我们正在经历的时代的复杂性和文化多元性,也说明了观众审美需求的多样性和能够兼容多元文化并满足大众多样需求的时代的开放性——从这个意义上看,经典文学时代一直所缺乏的"文化生态平衡"或许有可能在大众文化时代获得。即"我们过去往往在强调一种价值观念的时候,有意或无意地避讳承认其他价值观念存在的合理性,因而承认和推举一种声音成为时代的主旋律,却忽略或排斥不同价值观念合力所形成的文化生态环境"[①] 以致造成失衡,这种失衡状态通过电视剧改编忠实于原著与不忠实于原著并存、忠实于经典原著与忠实于非经典原著并存显然可以得到有效的纠正。

事实上,在一种文化生态平衡的境况中,由于地位的转换原本依附于文学的电视剧取得了与文学平等"对话"的权利,以致二者的相互影响、融合、改变更加深入、全面。电视剧方面,大量的文学名著改编——尤其是忠实于原著(不论是经典还是非经典原著)的改编在提高电视剧创作质量的同时,更强调了电视剧艺术本来所具有的文学特征、强化了它的文学性,而且这种文学性经过由经典改编到反经典、非经典改编再到非经典改编与经典改编并存的发展已取得了一种自身的"生态平衡",由此辐射到整个电视剧创作,便导致了一些电视剧编导的着意的文学追求和一些非常文学化的原创电视剧问世。如《大明宫词》和《大法官》。这些电视剧的"非常文学化"特征至少表现在以下方面:一是不仅语言在作品中占有十分重要的地位,而且所运用的语言分明是典型的文学语言。以《大明宫词》为例。该剧除了大量的人物对白,还穿插了许多旁白、画外音和解说——全部配打了字幕。这些有声语言和文字语言不仅在全剧的比重上决不输于画面,更重要的是,它们直接参与叙事并决定着作品的感情基调、结构特点和表现风格。全长四十集的电视剧是从一段"旁白"开始

---

① 董之林:《"价值重建"与当代文学的历史检索——兼谈人文学科的"一种志业人格"》,《文艺新观察》2001年第1期。

五 影视与文学

的:"据你奶奶讲,我出生的时候,长安城阴雨连绵。一连数月的大雨将大明宫浸泡得仿佛失去了根基,甚至连人们的表情也因为多日未见阳光而日显苍凉伤感,按算命先生的理论,这一切主阴,预示着大唐企盼的将是一位公主的临世。"这种第一人称的旁白在几乎每一集的开头和结尾都出现,贯穿全剧始终,有效地规定了作品独特的叙事角度,而以第一人称展开的个人化和主观情绪化的叙事无疑是属于作为语言艺术的文学的,至少本为文学艺术所擅长。不仅如此,剧中其他人物语言(对白)在内容、句式、遣词等方面还表现出了一种书面化而非口语化倾向。请看第十集突厥王子与李治、武则天的一段对话:

  王　子　如果这就是陛下要问的问题,那我可以不假思索地轻松回答。请陛下及皇后尽管放心我对于这门婚事之诚意。它犹如突厥谚语所言雄鹰之于苍天的向往,请陛下及皇后切勿将我视作一满腹外交智慧的邻国王子,而能施恩首先将我看作一位普普通通然而却不幸陷入未知爱情的痴迷青年。自从凯旋大典上一见钟情于君临头顶的贵国公主雍容高贵的美丽身影,我已同无数屡见不鲜的爱情故事中忧郁的男主角毫无二致,终日茶饭不思心情忐忑地等待爱情之神的裁决!至于我国对于和平的诚意,我想其浓烈也不亚于我对公主的爱情!
  武则天　那王子如何解释李大人复述的不幸战事?
  王　子　我只能在此表示深深的遗憾及歉意!我自幼旅居长安,对于本国朝政业已生疏。我能做的唯一解释在于,如诸位所知,突厥属游牧民族,各部落皆流动游移,所结联邦虽对外号称统一,但实际仍政构松散,甚至各自为政,不像大唐帝国四海归一,中央集权,长安的旨意可一贯而下达至海角天涯。因此,一两个部落的唐突不义之举,远不足以代表可汗的真实旨意。贵国得以富甲天下,得以威震四海,要点在于政体结构紧凑合理,这是我多年寄居贵国的心得,也是我学成归国、重兴国业的要义!

这些对白首先是长:篇幅长——长篇大论,句子也长——结构复杂,通常为口语所忌讳。其次如"它犹如突厥谚语所言雄鹰之于苍天的向往"之类句式,"犹如""所言""之于"以及"政构""要义"之类词汇更是多见于书籍、文章,而罕见于口头交流。无独有偶,这类长篇大论且书面化的人物语言在《大法官》中也比比皆是,如其开篇就有周士杰的7分钟独白，王杏花律师的辩护词则长达11分钟，杨铁如与孙志二人更有17分钟的长谈。"《大法官》中的台词量非常大，而我努力追求的是台词的节奏、韵律、美感以及更多的文学性，努力让剧中的台词恢复戏剧——甚至是古典戏剧中的仪式美，从而就尽可能抛弃了世俗俚语和目前演艺界普遍追求的所谓'生活化'语言。"① 剧中人物语言不仅长而典雅，而且用了许多专业术语。毫无疑问，这样的对白能为观众所接受，完全得力于字幕。反过来说，上述书面化人物语言的运用也将电视剧的字幕的功能、"活动连环画"或文学的语言艺术特点发挥、表现得淋漓尽致。

"非常文学化"电视剧文学特征的第二方面表现是创作者自觉的诗性追求。《大法官》的编剧张宏森在创作《西部警察》《车间主任》等电视剧之后认识到："一切的艺术表达都必须是诗性的表达，一个艺术家的立场和情操也必须是真正意义上的诗人的立场和情操，而艺术追求的最高境界也必须要达到诗的境界。"② 而《大法官》正是他追求诗性表达的一部作品，"我不敢说作品具有了诗性品格，但这是我意识到自己已怀抱了诗人之心，积蓄了诗人之情之后的一次表达，一次创作"。③ 不论是《大法官》还是《大明宫词》，创作者的诗性追求首先便表现在人物语言——台词的节奏、韵律和美感上。以此为基础的浓郁的抒情性显然是作品诗性表达的进一步表现。《大明宫词》由第一人称的旁白所确立的叙事角度本身就是非常主观和情绪化的，而剧中人物的诗化语言无疑更加强了这种抒情性。《大法官》则将剧作者强烈的忧患意识渗透在对一个原本非常理性的法律题材的深刻的挖掘之中："当我深入这个题材深处，目睹了其中的生与死、血与泪、财产与名誉、自由与生命诸多大起大落的重大命题时，必然会想到对这些命题的最高审判。这不仅仅是法律的审判，同时是灵魂的审判，生命的审判。我那么渴望着审判的公平结论，渴望审判过程的公正和公开。于是，我便不由自主地渗透出对审判者——法律和法官光明正大的理想化寄托，对现代司法文明的真理性追求。看起来，我周旋于枯燥而刻板的法律条文之间，但由于审判的对象是一个个鲜活的生命实体，因此，我又把它看作是灵与肉的思与吟、痛与喊，看作是我人生历程中一次

---

① 张宏森：《我思故我在——电视连续剧〈大法官〉创作后记》，载《电视研究》2000年第2期。

② 张宏森：《我思故我在——电视连续剧〈大法官〉创作后记》，载《电视研究》2000年第2期。

③ 张宏森：《我思故我在——电视连续剧〈大法官〉创作后记》，载《电视研究》2000年第2期。

五 影视与文学

诚实而饱满的抒情。"[1]

"非常文学化"电视剧文学特征的第三方面表现是作家地位的强调和作家个性风格的完整保持。本来,影视艺术一般被认为是导演艺术、表演艺术和剪辑艺术,而绝不是写作艺术,在最后完成的、呈现在观众面前的作品中,作家在剧本中形成的个人风格往往在导演、演员和剪辑师的"二度""三度"创作中被削弱、消解或转化为特定的导演、表演和剪辑风格。然而,由于长期而大量的忠实于原著(包括经典和非经典原著)的文学名著改编,在尊重原著的同时作家个人的风格也受到了尊重,导演、演员包括后期制作的剪辑都努力模仿、还原文学原著的特点和作家个人的风格,这样,作家的地位便自然"浮出了水面"——提高了。例如人们在电视剧《围城》中看到了钱锺书的风格,在《过把瘾》中看到了王朔的风格,在《来来往往》中看到了池莉的风格,在《忠诚》和《至高利益》中看到了周梅森的风格,等等。这种对作家地位和个人风格的强调因为改编剧在整个中国电视剧创作中的巨大影响而自然延伸到原创领域,使得那些"非常文学化"的电视剧在追求文学化的同时也最大限度地保留了作家——剧作家的个性特点和风格。事实上,只有在剧作家的个性、风格得以完整保持的情况下,《大明宫词》《大法官》的文学语言和诗性追求才有可能留存和充分表现于作品之中。据说,张宏森在拍摄《大法官》时始终跟随剧组,坚决不让导演或演员改动他剧本的一句台词。郑重、王要虽然不一定像张宏森那样做,但李少红能够充分理解和尊重他们在《大明宫词》中所追求的"莎士比亚化"。除了《大明宫词》和《大法官》,还有一些电视剧其编剧(往往是著名作家)更是亲自进入镜头、画面,在自己的作品中出任一个特殊角色,直接引导观众按照自己的意图、方式欣赏作品、理解作品,如黄宗英的《小木屋》、扎西达娃的《巴桑和她的弟妹们》、白桦的《今年在这里》。这类电视剧被称为"作家电视剧"。

当电视剧不仅具备了文学特点,而且作家可以成为其创作主体,那么这种电视剧便无疑能够充当一种"泛文学",或一种非纸质媒介的文学形式——事实上,"中国当代文学在 20 世纪末期进入了一个媒质转换的时代"[2],现在许多作家在"换笔"(用电脑写作)之后也"换纸"了,即

---

[1] 张宏森:《我思故我在——电视连续剧〈大法官〉创作后记》,载《电视研究》2000 年第 2 期。
[2] 宋炳辉:《文学媒质的变化与当代文学的转型》,《文艺理论研究》2002 年第 3 期。

把电视剧创作当成了一种新的文学创作，在电视荧屏上任意抒写自己的社会观察、人生体验和感世情怀。与此同时，文学也会因为电视剧的"泛文学化"而"电视剧化"，这不仅仅表现在非纸质媒介文学的电视剧特性上——它仍然还是一种电视剧，也表现在一大批与电视剧发行同时出版的文学剧本或从电视剧改编的同名小说中。其实，现在非常流行的由出版社、报刊编辑以市场畅销为目的策划出版、发表的系列和栏目连载小说在内容、形式和发行机制上也往往具有电视或电视剧特征，因为策划式创作本是电视和电视剧创作的基本特点。需要指出的是，电视剧的"泛文学化"和文学的"电视剧化"一方面基于文化生态平衡环境中两种艺术门类的相互影响和作用，另一方面显然又有利于相对平衡的文化生态环境的建设，因为在"泛文学化"的电视剧创作中经典艺术、文学（不论是作品还是精神）依然存在，而在"电视剧化"的文学创作中过去则一直遭到蔑视、忽视乃至排斥的非经典文学得到了应有的重视和发展。从这一意义上说，在视听——大众文化时代，电视剧虽然表面上取代了文学的主导地位，但实际上并没有真正危及文学，文学也并没有走到绝境——像一般人所想象的那样，相反，在经典文学的地盘相对缩小、纸质媒介作为文学唯一媒质的界限被突破以后，文学可能获得了更大的生存和发展空间。

（原载《文学评论》2003年第5期）

电视剧艺术本体论

郑淑梅

在古典艺术走过数千年的历史之后，伴随着现代科学技术的发展，到19世纪末和20世纪中叶，人类又为自己创造出了新的现代"科技性艺术"——电影和电视剧。电影是什么？电影是"继文学、音乐、舞蹈、戏剧、绘画、雕塑之后的第七艺术"[1]，是一门以现代科技为前提的活动影像的艺术。

那么，电视剧又是什么呢？电视剧是否就是电影的变体，还是电影之后又一新兴的艺术类别？我们应如何界定电视剧？电视剧的艺术本体应当确立于什么样的基石之上？

一 关于电视剧本体的不同观念

电视剧是一门十分年轻的艺术，它诞生于20世纪30年代，发展于20世纪50年代以后。与发达国家电视剧发展进程相比，我国电视剧的发展步伐更为迟缓，是在20世纪80年代以后才真正发展起来的。

由于电视技术飞速发展，电视剧的观念形态总是处在不断的发展变动之中。回溯我国电视剧发展的历史，可以清晰地看到它所经历的三个阶段：第一个阶段为直播剧阶段，是电视剧诞生的初期，因技术条件的限制采用的是一种与演出共时态播出的电视剧形态。这时期电视剧遵循戏剧的模式进行创作，几乎就是舞台剧的电视转播。第二个阶段是单本剧阶段，这是随电视录像设备出现后电视剧新的发展阶段，因"文革"延迟到20世纪70年代末80年代初才跨入新阶段。这一阶段的重要标志就是电影观念开始进入电视剧，使电视剧的创作越来越靠近电影，样式上也有了很大的改观。第三个阶段是连续剧阶段，这是电视剧艺术自觉和走向成熟的阶

---

[1] 《中国大百科全书·电影》，中国大百科全书出版社1991年版，第125页。

段，这一阶段的起点从 20 世纪 80 年代中期开始，电视剧在形态上以连续剧为主，但呈现为多元化的发展态势，短剧小品、单本剧和长篇连续剧（包括系列剧）共存；而在艺术观念上，则出现了电影的、戏剧的、小说的和电视的多种创作观念多元交融的状态。

数十年来，电视剧艺术迅速地发展并渐趋成熟，进而上升为当代社会最具渗透力和影响力的审美样式。但电视剧的理论研究却严重滞后于实践，直到今天，理论界对于电视剧的本体和观念的认知还处在摸索之中，电视剧的界定和规范也相当混乱。

从世界范围来看，"电视剧"的名称界定不同国家之间也不统一。

> 比如在美国，"将我们通常所说的'电视剧'再进一步细分为'TV Play'（电视戏剧）和'TV Film'（电视电影）以及'TV Radio Play'（电视广播剧）等三大类"。①

在苏联，有"电视艺术片"和电视剧之别。在日本则又有"电视小说"之称。我国虽然从 1958 年第一部电视剧起就定名为"电视剧"，以后一直沿用这一概念，但对这一概念的规范和界定并不统一，归结起来主要有两种几乎完全对立的观念：

一种是戏剧观念，认为电视剧主要是运用戏剧观念和戏剧表达方式、手法进行创作的艺术。如 1987 版和 1999 年新版的《辞海》都把电视剧界定为电视上的戏剧艺术。

> 认为电视剧是"一种融合舞台剧和电影的表现手法，运用电子技术制作，在电视荧屏上播映的戏剧"。②

电视剧的确有很大的戏剧艺术的成分，尤其是诞生期电视剧，几乎都发轫于舞台剧，从剧本到创作手法都直接源于戏剧，是舞台剧的翻版。发展到今天，虽然有电影观念的介入，但戏剧的创作观念、戏剧式的结构方式和叙事技巧对电视剧尤其对电视连续剧创作仍然起着支配性作用；但并不能因此将电视剧界定为戏剧，前者是影像的艺术而后者是真实的三维时空的艺术，二者的差别是不言而喻的，戏剧性构成了电视剧创作特性之

---

① 吴辉、张志君：《电视剧社会学》，北京广播学院出版社 2002 年版，第 43 页。
② 《辞海》，上海辞书出版社 1999 年版，第 3897 页。

五　影视与文学

一，但不是唯一，电视剧的艺术本性也并不确立于戏剧性。

另一种是电影观念，这种观念在电子录制设备出现以后逐步成为电视剧创作的主导观念，尤其是在大屏幕、高清晰度电视出现后更有人提出了影视剧的合流说。如中国广播电视出版社出版的《二十一世纪中国影视艺术系列丛书》的序言中这样写道：

> 80年代以来，由于电子技术，尤其是计算机技术的迅猛发展，使得电影和电视剧的技术制作手段逐渐趋于一体，而且这种趋势，使二者的传播途径和观赏方式也逐渐合二为一，划分二者差别的两大天然障碍逐渐消融。通过电视看电影，已经成为不争的事实，电视剧导演拍电影，而大量电影从业人员涌入电视剧创作行列，这已经成为当今影视界的一道亮丽的风景线，这一切都说明了影视艺术已经合流。①

"通过电视看电影"其实早已有之，在电视机刚刚普及之时，电视剧的创作远远跟不上需要，大量的经典电影在电视上播映。另外，这两年来，在我国也确实出现了专为电视拍摄的小电影，确有越来越多的电影界人士加盟电视剧创作。但这并不能说明"影视艺术已经合流"，难道可以在电视上看电影或拍摄电视电影，电影和电视剧的根本差别就消融了吗？"二者的传播途径和观赏方式"就合二为一了吗？果真如此的话，电视业一兴起，就可以关闭电影院了。事实上，我们不仅可以在电视上看电影，还可以在电视上看戏、看画等，那么它们之间的差别有没有消融呢？

二　电视剧与电影

电视剧和电影的确有许多的共通之处。

第一，它们都是"在现代人眼皮底下诞生的"（乔治·萨杜尔语）的现代艺术。

第二，它们都是以科技为前提的艺术，它们都诞生于科学家的实验室，同样的"既是技术的产物，又是人类精神的产物"（路易·德吕克语）。

第三，也是最为关键的，它们都是以影像为媒介的艺术，都采用动态的画面与声音的组合手段通过复原物质现实来反映生活，其艺术符号系统可直接诉诸人的视听感官，是直观的运动状态的形象化符号，所以，它们都是融合了"视与听""时间与空间""动与静""造型的与节奏的"艺

---

① 宋家玲、袁兴旺：《电视剧编剧艺术》，中国广播电视出版社2002年版，第1页。

术元素的综合性艺术。也正因为如此，电影和电视剧被视为姐妹艺术，常被合称为影视艺术或影视剧艺术。

电影和电视剧都姓"电"，都以源之于电的声画影像为媒介。但若是追根溯源，我们会发现两者的"影像"是不同的。

电影的影像是"照相的延伸"。[1]

其影像是定格在胶片上，制成拷贝，再送到电影院进行审美交流的"完整图像"；而电视剧的影像则是经过电子技术处理，远距离传送的"信息编码"，需要借助电视发射塔和光电变换系统还原在千家万户的电视荧屏上。所以，电影和电视剧的影像符号在成像原理和传送方式上存在着本质性的区别：前者以照相为母本，而后者则是"广播的延伸"，是现代化电子传播载体上的信息艺术。二者虽同属影像艺术的范畴，但如同小说与诗都以语言文字为媒介，但两者却各有其自身的本体特性和美学价值，在这里，如果我们借用生物学的划分标准，就不难发现，电影和电视剧是同门但不同种的艺术。

电视剧是电影之后诞生的又一科技化的现代艺术。如果说电影以其现代化的媒介形式和艺术精神突破了传统艺术的美学原则的话，电视剧则实现了高科技条件下的再次突破，达到了更高意义上的融合，其突破与融合主要体现在以下两大方面：

一是电视剧将电影的影像审美与电视传播相结合，在"影像神话"的基础之上又创造了当代"电子缪斯"。电影的拷贝和影院审美环境多少还保留有绘画、戏剧等传统艺术的审美形态，电视剧则完全改变了传统艺术的审美方式，同时兼具媒介传播与审美艺术两大系列的特性，也就是说，电视剧既属于电视的系列也属于艺术的系列。首先，电视剧以电视为载体，从根本上说它只是电视上的一档节目，电视剧归属并服从于电视体系，是电视"拼贴式"节目流的一个板块，是电视艺术的一个分支。其次，电视剧属于"美的艺术"的范畴。在外延上，电视剧属于电视艺术体系，但在内涵上，电视剧艺术并不等同于传播学意义上的电视艺术。尽管电视剧从传播而来，但它的主要功能是审美而非信息传播，电视剧与社会生活之间是一种审美的联系，其审美主体以艺术思维的方式把握客观世界，并诉之于审美欣赏主体的想象力和创造力，它所达成的是新的时代条

---

[1] 参见［法］安德烈·巴赞《电影是什么？》，中国电影出版社1987年版，第6—15页。

件下新的审美活动、审美形式和审美行为。

二是电视剧是在向其他艺术的学习、借鉴中求得自身的发展的,在电视剧本体,同时融合了电影、戏剧、小说和电视的艺术优势,并在这种优势的融合中日益呈现出"我之为我"的艺术特质,确立了其独立的艺术地位。我们知道在电影的镜头中融合了文学、戏剧、雕塑、绘画和音乐这五大传统艺术的元素,电视剧则在镜头组合的基础上进一步兼容了多种艺术样式的优势。例如,电视剧融合了小说篇幅的自由和不受时间限定的叙事特征,电影一场一般是 90 分钟,戏剧也不过几个小时,电视剧则可以像小说一样,篇幅可长可短,小说有长篇、中篇、短篇,电视剧则有长篇电视连续剧、系列剧、单本剧及电视小品。另外,电视剧逐日分集演绎故事,可以和小说一样多线索地展开人物命运故事,可以以戏剧艺术的技巧来精心编织戏剧冲突,设置情节、悬念和高潮。电视剧还可以和广播剧一样,直接进入观赏者的家庭。电视剧不仅融合了电影的影像特性,它还同时兼容了戏剧、小说和电视传播的特性,正如德国文艺评论家诺伊豪泽所说,

> 电视剧是最具现代化意识的"20 世纪所特有的最新艺术体裁"。[1]

三 电视剧的内在规定性

艺术一旦失去了本体,便也同时失去了独立存在的价值。几十年来影视剧的艺术实践证明,电影不会因为电视剧而消亡,电视剧也并不附属于电影。电视剧虽然同时融有电影、戏剧、小说和电视的艺术特性,其蓬勃的艺术活力和对当代社会文化生活的影响力,都向我们证实了:电视剧就是电视剧本身,它是一门独立的艺术。

> 在中国,"人们通常将电视剧理解成是一种有故事、有情节、有人物的电视屏幕艺术的统称"。[2]

不管将电视剧冠以何名,实际上大家指认的电视剧就是"电视"上的"剧",这里的"剧"即演剧。

---

[1] 参见宋家玲、袁兴旺《电视剧编剧艺术》,中国广播电视出版社 2002 年版,第 7 页。
[2] 吴辉、张志君:《电视剧社会学》,北京广播学院出版社 2002 年版,第 42 页。

电视剧是电视与演剧的结合：其一，电视剧是由演剧进行审美的艺术。演剧指的是一种在导演的指挥下，在一定的场合或载体上由演员扮演角色，运用多种艺术手段表演故事情节的综合艺术，演剧包容了编、导、演等艺术创作群体，其艺术形式主要是通过矛盾冲突去展开故事情节和塑造人物，剧中角色以动作和语言为基本的表演手段，演剧类艺术以搬演事件的方式实现审美目的，属于叙事艺术的大体系。舞台演剧的戏剧是演剧艺术最早完善的形式，其后又有电声广播演剧和银幕演剧的电影，电视剧是演剧类艺术的后起之秀。其二，电视剧是电视演剧的艺术。电视剧伴随着电视而诞生，它是以荧屏为媒介进行演剧审美的新兴艺术，正是荧屏的媒介特性使电视剧在创作、传播和接受的过程中获得了许多质的规定性，而和舞台、银幕或空中的电声演剧区别开来，使其成为一门可以独立存在和发展的艺术样式。

电视荧屏与演剧的结合决定了电视剧审美创造的本体特征。首先，"剧"的属性，即演剧艺术的"类"属性将电视剧与其他电视节目区别开了；其次，"视"的特征，即电视剧视听兼备、时空共存的影像又将电视剧与戏剧、小说和广播区分开来。相对来说电视剧与电影的差别最小，两者都是以连续的画面和声音构成的镜头语言为媒介，在时空的呈现上都是二维平面在线形的时间上的延续，在形象的呈现上都是人与物的活动影像。然而，"电视"媒介的特性最终使电视剧获得了区别于电影的本体属性，所以，电视剧自身的艺术媒介是决定电视剧不同于其他艺术门类的重要标志，构成了电视剧在艺术本原上种种质的规定性。

我们可以从以下几方面进一步说明：

第一，从艺术形象的存在方式上来看，艺术可以分作时间艺术和空间艺术两大类，音乐、舞蹈和诗是时间的艺术，建筑、绘画和雕塑是空间的艺术，而戏剧、电影、电视剧则是将时间和空间结合在一起的艺术。电视剧的符号载体和制作流程构成了其画面时空表现形态上的特征。一方面，电视剧拥有与电影相同的影像符号，电影和电视剧的画面时空与戏剧舞台的三维时空不同，影视剧在屏幕上展现为二维时空，它的三维空间只是活动着的二维空间在观众头脑中引起的幻象。影视剧的影像符号既具有时间艺术的叙事功能又有空间艺术造型功能，呈现为时间延续中的空间艺术，又是空间展现中的时间艺术。另一方面，虽同为时空综合艺术，电视剧的时空形态却不同于电影。其区别主要在于电影的优势在空间，而电视剧的优势在时间。电影的大银幕、宽银幕、环形银幕等比电视剧的电视荧屏更便于展现空间中的人与物的外在运动，展现人物与外部环境的联系。此

五　影视与文学

外,电影银幕以及观影场所,使得电影拥有电视剧无法比拟的视觉冲击力。但电视剧却拥有电影无法比拟的时间优势,"时间"是理解电视剧艺术特性的一个十分重要的概念,电视剧的结构形式、叙事方式与审美特征都与时间相联系。这里的"时间"包括了播映时间、剧情时间和观看感受时间,构成了三组电视剧所特有的时间对立关系:

其一,播映时间的限制与非限制:电视节目一方面以不同时间段的时间序列播出,电视剧作为电视上的一档节目,其播映限定于电视节目表的安排;另一方面,电视节目的播映又是"日常的""家庭的"和"连续的",这又带给电视剧以电影所不具有的"日常性",带给电视剧逐日连续播映的非限制性,使得电视剧可以随编者的意愿编排故事,可长可短,灵活多变,甚至可长达几年、几十年地不断编排下去。

其二,剧情时间的断与续:连续剧是现今电视剧最普遍采用的结构形式,由于播映时间的自由与限制,电视剧运用分集的方式对叙事进程进行阻断,每一集相对独立,同时又整合于"连续"之中,从而形成了剧情断与续的双重结构。另外,在制作上电视剧还可以利用电子录制、编辑手段的简便,采取边编、边播、边看的方式,根据观众的收视反馈随时改变创作构思,体现了连续性所具有的艺术活力。

其三,观赏时间非连续性的连续性:电视剧的欣赏进入家居的日常生活空间,虽分集播出但其日复一日的观赏模式,使得成功的电视剧实现了一种审美感知的"连接",在非连续的状态中获得审美体验上的连续性。电视剧还可以发挥电视的传播特性,运用同时空表现剧情,如情景喜剧,常以最具生活实感的家居环境来营造欣赏的真实感和认同感。

正是时间的优势带给电视剧以小说的魅力,跌宕起伏的情节,复杂的人物关系都可在电视剧中得到同样精彩的体现,加上电视剧影像的直观生动,使电视剧成为取代小说、满足现代人叙事审美的最主要的艺术样式。也因此,在改编上,唯有电视剧最适于改编长篇小说,我们从四大古典名著的改编可以发现,电视连续剧以其内容的完整性最大限度地保持了原著的面貌和精髓。

第二,从艺术感知的方式来看,艺术可以分作视觉艺术和听觉艺术两大类。一般来说,雕塑、绘画、舞蹈和诗是视觉的艺术,而音乐是听觉的艺术,作为演剧类的戏剧、电影和电视剧则都是视听兼备的艺术。舞台和影像区分开了戏剧与电影、电视剧,就电影与电视剧而言,两者在视听上同样有区别:电影主要是画面影像的艺术。我们知道,电影诞生于1895年，电影诞生后的最初三十多年间一直是纯视觉的无声电影，直到1927年声音才进入电影。电影成为艺术、电影叙事的基本模式以及电影的蒙太奇法则都是在无声电影时期确立的。声音进入电影后才使电影从单一的视觉艺术转变为视听综合的艺术，但就视听感知来说，电影始终是以画面为主，电影中的声音主要配合画面，除非风格化的需要，电影最忌讳喋喋不休。而电视剧则不同，电视源于广播，"听"是它的老祖宗，这同电影源于照相的"形与像"大不一样。广播，再加上传真的画面——"视"，便成了电视，"听"在电视中始终占有不可忽视的地位。所以，电视剧是真正视听兼备的艺术，"听"对于电视剧而言十分重要。

其一，在电视剧的镜头语言中，画面带有更多的随意性，所以必须注意发挥言语、声响的功能，以增强画面的生活实感、空间实感。其二，电视剧的小屏幕，其单个画面的信息量远不如电影，所以，需要增大语言、声音的信息量。其三，电视剧家庭化的欣赏环境和欣赏方式，决定了观众需要借助声音来加强注意力，而像日本的"清晨电视小说"，观众常常是一边做家务一边"听"电视剧的。

第三，从艺术的存在形态来看，艺术又可以分为动态艺术和静态艺术两大类。建筑、雕塑和绘画是静态艺术，音乐、舞蹈和诗是动态艺术，而电影和电视剧则是融合了动与静、造型的与节奏的艺术。然而，从两者的表现形态来看，电视剧同样有别于电影。一般说来，电影擅长表现宏观动作、长于动态场面的表现；电视剧则擅长表现微观、心理。

> 正如美国电视剧理论家 D. 索尔本所言"电视剧所有的动作都可归结为面部表情"。[1]

多用特写、近景，善于挖掘静态场面的表现力是电视剧最显著的特征。电影是以浓缩人生的方式、诗化地表现人生；电视剧则以小说的方式，多采用多线索的情节展开人物命运故事，倾向于细致展现世俗人生的恩怨情仇，表现平凡的日常生活的情绪状态。在情节发展上，电影强调"突变"，即在镜头的瞬间产生爆发力、强调视觉的强刺激和冲击力，电视剧则适宜于"渐变"，即在积累中产生感染力。电影更看重造型因素、视觉表现力，电视剧看重叙事因素、语言表现力等。

---

[1] ［美］D. 索尔本：《电视情节剧》，载《世界电影》1997年第7期。

五 影视与文学

总之，正是上述电视剧所具有的特性，决定了电视剧在结构形式、叙事方式和审美特征上的种种本质属性。所以，电视剧概念的界定应当是：一种运用电子技术化的视听符号和传播途径，融合电影、戏剧等多种艺术表现手法，在电视荧屏上演剧审美的新兴影像艺术。

（原载《中国电视》2003年第4期）

论电视剧叙事之精神

郑淑梅

　　电视剧作为讲故事的艺术，属于叙事艺术的大家族。叙事艺术从上古神话、传奇，到戏剧、小说，再到现代的电影、电视剧，始终都是介入百姓生活、由广大民众参与的世俗化艺术，它面向普通人的生活和心理，通过故事的形象化的艺术形式来满足大众精神、心理层次的审美化需求，而这也正是叙事艺术自古以来一以贯之的艺术使命。

　　相对于表现手段，叙事作品的故事是内容；而相对于应达到的审美目的，故事只是形式的一部分。故事所内含的审美意蕴、所传达的精神价值、美学意义，构成了这里所说的叙事精神。作为文化精神产品，一部叙事作品的叙事精神是丰盈深刻还是浅薄错失，不仅直接决定着作品本身的优劣成败，还最终体现为它对社会所提供的审美价值上的差异。电视剧借助电视传媒的优势，无疑已是当代社会最具影响力和渗透力的艺术样式，所以，电视剧叙事的审美价值和精神意义更不容忽视。

一 "独角神兽"与"面具歌咏队"

　　在28集电视连续剧《大法官》中，有一个篆刻在法院门厅大墙上的大大的古体文字"法"，据说这个字主要取形于我国古代神话传说中主持裁决、代表公平与正义的神——"独角神兽"的形象。这个在剧中不时出现的独角神兽——"法"的形象就如同这部电视剧的"点睛之笔"，是故事的灵魂，是全剧叙事的精神要义之所在。

　　由"独角神兽"我想到了古希腊戏剧中的"面具歌咏队"。在古希腊的露天广场上，戏剧演出是民众共享的娱乐盛事，戏剧表演除搬演神话中的人物、故事外，还往往加上一戴面具的歌咏队，以朗诵、吟唱的方式参与表演，故事表演吸引着观众投入，歌咏队的吟唱则好似给表演加注脚，赋予直观形象的故事表演一份更深层的教化启迪大众的力量。戏剧是叙事艺术中最早完善的艺术形式，古希腊戏剧是人类幼年时代的审美实践与审美观念的典范代表，也就是说，在人类幼年心智尚未成熟之时，他们首先学会的是用表演的方式来品味生活、感悟人生，这种方式的娱乐给幼年人类带来了莫大的心智愉悦与发展的满足。从那以后，艺术伴随着人类的成长，尽管艺术的形式不断发展完善，趋于多样而复杂，但艺术的本质和使命是一贯的：那就是人类用艺术来关注表现现实人生、来体悟感受人类生活，以实现人自身不断发展完善的终极目标。所以，任何艺术从一开始就不同于一般的感官娱乐，而是渗入精神、心理层面的更高娱乐。叙事艺术从神话、戏剧中繁衍发展而来，它所满足的并不仅仅是讲述故事，而是要通过故事告诉人们一点什么，通过艺术形象使观赏者得到一份感悟或体验的心理愉悦与精神快感，这也正是艺术创造之生生不息的魅力所在。

让我们再回到《大法官》中的"独角神兽"。这部电视剧在中央台的黄金时段首播结束，很快又在多家电视台重播，观众反应热烈。它的成功不仅取决于剧情故事的魅力，更取决于故事和人物所内蕴的叙事精神的强大感召力。这部电视剧从吴西江案、王杏花案到金城县农民状告县政府案，再到市、县政府官员的贪污受贿案，始终以"法"——公正、公平、公开的法治精神为统领全剧叙事的核心，贯穿着这一叙事精神，杨铁如、林子涵、陈默雷等人物形象也个性鲜明、极具魅力地走向了观众。在全剧的结尾部分，陈默雷回家探望生病的老父亲，老人操琴，陈默雷唱起了京剧《赤桑镇》中包龙图的唱段，沉郁苍凉的唱腔回荡在茫茫夜空、回荡在天地之间。荧屏上叠化处理的镜头，仿佛穿越了时间隧道，将自古至今中华血脉中流贯的正义之精魂连成了一体，灌注进今天的社会。"法"不仅赋予了剧中故事高扬的精神意义，也赋予杨铁如、陈默雷等形象普罗米修斯般的人格力量，在他们身上不仅有独角神兽公正、正义的精神力量，还有崇高执着的理想精神和责任心使命感所构筑的人格魅力。

叙事艺术的内涵，在文化层面上体现为叙事的精神，即故事所表述的思想观念、道德意识和价值取向等，这些因素有机地融为一体，建构着作品对于社会的文化效能。电视剧借助现代化电子传媒深入到千家万户，直接把艺术的欣赏演化为百姓的日常生活，所实现的社会文化效能大大超过了其他任何艺术形式，因此，电视剧创造者不能不考虑其作品对社会所起的作用，及其对于公众的精神导向。但遗憾的是，直到今天，电视剧的叙事精神似乎并未得到应有的重视，不用说仍有不在少数的电视剧作品被观众恨称为"荧屏垃圾"，就是一些制作精良的电视剧，也或多或少地存在着对作品所体现的精神价值的忽略。

一个典型的例子就是《大宅门》，这是一部从编、导、演阵容到作品本身都可称得上是近期荧屏大手笔的作品。历史的变迁、家族的兴衰、特定时代的世相百态都在这部剧作中得到了较为生动的演绎，情节、节奏、人物以及声画、色彩和镜头的艺术处理也都算精致。可惜的是在该剧叙事的价值体现上存有不少偏误，成了这部电视剧无法抹去的硬伤。最明显的是剧中最核心的两个人物白文氏和白景琦，母子俩在世事沧桑中苦苦支撑着白氏家族，可创作者为他们设置的，在持家和发家中每每用以力挽狂澜的一大法宝却是"行贿"。尤其是白文氏，她的精明、干练，很大程度上竟然都表现在她如何善于用钱财运动当权者以打通门路上。有论者将这一现象归结为"文化错位"。

纵观整部戏，种种大灾大难都以"花钱运动"而轻易了之。当代观众不禁要问：在腐败成风、"钱权交易成灾"的当今时代播出，将会产生怎样的文化导向？对当代社会生活、观众心理将会产生怎样的影响？[①]

不仅如此，由这部戏所产生的副产品———则由白文氏的扮演者所做的广告此后频频在荧屏上出现，情节仍是借用这部电视剧的："某某牌阿胶"买来了，买来干什么呢？进宫，送礼去！一方面，它似乎说明了这部电视剧的影响力，商家欲借以推销商品，然其不良观念却也随之被进一步推销了；另一方面，它又从一个侧面说明，我国电视剧对作品精神指向的严重忽视，实在堪忧！

二 《雍正王朝》与《康熙王朝》

《雍正王朝》和《康熙王朝》是两部有许多共同点的电视剧作品，通过对它们的比较，我们不难发现，当前我国电视剧创作上存在的又一严重问题：电视剧内在审美意味的缺失。

电视剧的叙事精神，在艺术层面上主要表现为作品的审美意味，或曰美学品位，它是叙事作品在故事、情节或人物形象之中所蕴含的审美信息，是决定一部电视剧作品艺术价值高低的关键。

"艺术品表现的是关于生命、情感和内在现实的概念"，是"情感

[①] 桂青山：《〈大宅门〉中的文化错位》，载《中国电视》2001年第10期。

五　影视与文学

的形式或是能够将内在的情感系统地呈现出来以供我们识认的形式"。①

电视剧虽是面向大众的、讲故事的通俗艺术，但它所内含的审美属性才是其艺术本性获得的根本。

我们知道，戏剧起源于远古祭奠的仪式或民间的自娱活动，无论古希腊戏剧还是我国古代戏剧，都来自民间生活与民俗，兴起于广大民众的参与。而从远古至今，戏剧之所以能成为人类重要的审美活动，一直在世界各民族舞台上演出，其根本原因并不是它有戏剧性的人物、动作和冲突，而是内含于这些人物、动作和冲突之中的审美意味，或者说是蕴含于其中的"诗"意。正如苏珊·朗格所说：

"戏剧是一种诗的艺术，因为它创造了一切诗所具有的基本幻想——虚幻的历史。戏剧实质上是人类生活——目的、手段、得失、浮沉以致死亡——的映象。"②

叙事艺术，从戏剧、小说到电影，都曾走过了从稚嫩到成熟、从低级向高级的不断发展和完善之路。电视剧是叙事艺术家族的后起之秀，到今天它还处在从稚幼迈出的过程之中，它的艺术形态还未完备、更未成熟。但戏剧、小说和电影的发展之路，为电视剧的发展提供了有益的启示：电视剧决不能只满足于编织故事，囿于情节的曲折离奇，画面的打打杀杀和哭哭闹闹。不错，观众看电视剧，大多是想图个放松，获得消遣、娱乐；但观众需要从电视剧中获得的娱乐，是不同于打扑克、下棋或唱卡拉 OK 等消遣方式的审美化娱乐，是能够深入到情感、心灵深处的精神娱乐。所以，电视剧娱乐应当是一份能够深入到情感心灵深处的认知、感悟、或宣泄、共振……③而且，随着电视剧艺术的成熟和电视剧观众的成熟，对作品审美内涵的追求会越来越重要。

然而，时至今日，我国为数不少的电视剧作品依然是只有故事，而少有内涵；只有情节的热闹，而少有令人品味深长的审美信息。像《大宅门》已算得上是倾注心力之作了，它的问题是忽略了叙事意旨中正确的价值取向。而更为严重的是，有不少的电视剧干脆就毫无内涵，徒剩生编

---

① 马以鑫：《接受美学新论》，学林出版社1995年版，第112页。
② ［美］苏珊·朗格：《情感与形式》，中国社会科学出版社1986年版，第354页。
③ 参见吴秀明《论电视剧的娱乐性》，《中国电视》2001年第4期。

硬造的故事，如不久前播出的《迷侠》《温柔陷阱》《江山儿女几多情》等，可以说都不同程度地存在这一问题。我国电视剧的发展历史已证明，真正受到大众欢迎的电视剧从来就是那些能够释放或更新观众的审美体验和审美感觉的作品，那些能够给予观众一份现实观照或心灵净化、陶冶的作品，也就是那些"好看又有意味"的作品。随着我国电视剧艺术的成长，"好看"已不再是难以企及的峰巅，但忽略电视剧应有的内在审美意味的现象仍然十分普遍。在这里，我们可以通过《雍正王朝》与《康熙王朝》的比较，来进一步说明这个问题。

《雍正王朝》和《康熙王朝》都改编自二月河的小说，且都以历史正剧的风格呈现于荧屏，两部作品都是集中了当时最优秀的编、导、演人才的精心制作的电视剧。然而，若是将这两部作品来作一番比较的话，无论是专家学者还是普通观众，都会轻而易举地掂量出两者分量的不同。很显然，前者要厚实许多，后者则显出单薄，其差异正是源于作品内含"意味"上的落差。《雍》剧的成功，在于它在一定程度上赋予了故事以人性的内涵与人生的思考。其故事，从前半段的"八子争嫡"到后半段的"雍正治国"，始终蕴含着激烈的人格与智慧的较量，整部戏力求在一代帝王的丰功伟业中去展现人格的力量、人性的丰富内涵和人的生命体验；其人物，由于编排者把着重点落在展现人格与人性，所以这部电视剧侧重刻画的几个主要人物，不仅有鲜明的个性，而且有丰富的性格内涵。剧中老年康熙的形象塑造得尤为成功，加上焦晃炉火纯青的演技，使得荧屏上这位"千古一帝"的形象出神入化，似乎举手投足、一言一行都能给观众以心灵妙悟的快感，从几番废立太子到临终前的继位安排，既表现了他作为帝王治国安邦、企求江山永续的睿智谋略与远见卓识，也表现了他作为一个有血有肉的人老之将至、英雄暮年的寂寥心境。雍正形象的塑造，同样是既有君臣、兄弟、父子间一波接一波的矛盾冲突，又有十分细腻的细节化描述，令观众不知不觉间为之投注情感。

相比之下，《康》剧就多少缺失了这种引动观众情感投入的魅力。我想，原因主要在于这部剧基本上淹没在了康熙帝一生几个重大的历史事件之中，从擒鳌拜、平三藩到收复台湾、攻打准噶尔汗国，一件件相继而叙，虽然情节发展的节奏也较快，矛盾冲突的安排也有张有弛，主要人物的塑造也还个性鲜明，然而因为只满足于用影像演绎历史故事，而未去深入挖掘这些故事中所蕴含的历史的或人生的意蕴，所以，它缺失了《雍》剧那份由人格、人性的魅力所构筑的张力与吸引力。《康》剧中的孝庄也好，康熙也好，似乎都少了《雍》剧中康熙与雍正身上那种令人咀嚼回

五　影视与文学

味的精、气、神。《康》剧中斯琴高娃和陈道明的演技应当说是无可厚非的，问题就出在编创者对作品整体叙事精神的把握失当，这部剧中的康熙，只是建立了一代盛世的皇帝，他一件件丰功伟业的创建，他与大臣、儿子及他身边的女人的冲突，所体现的仅仅是他帝王霸业的实现过程，很难释放出撼人心魄的艺术力量，也缺少让人去深深体味和细加咀嚼的审美内涵，这不能不说是这部电视剧的重大缺憾。对此，我们从这两部电视剧的收视情况也可见一斑。当年，《雍》剧是在荧屏内外一片"历史剧太多、太滥"的呼声中推出的，它在很大程度上由观众口碑相传终至形成社会性轰动效应，并得到了学术界的广泛认可。《康》剧则不然，虽然前有《雍》剧的潜在号召力，又有声势浩大的传媒造势，却没能形成轰动效应，相反，观众的批评意见却不少——且不仅仅是来自"历史"方面，有不少观众都觉得看《康》剧时，很难再找回当年看《雍正王朝》时那份与剧中人物共进退的情怀。可见，电视剧作品内在意蕴的丰盈与否直接决定着电视剧艺术审美价值的高低，所以，注重电视剧作品的审美意味，以推动我国电视剧走向艺术的成熟，应当成为电视剧创作者的共识和追求。

三　《不要和陌生人说话》——"国内第一部家庭暴力片"？

不久前，荧屏上推出了一部号称"国内第一部家庭暴力片"的23集电视连续剧《不要和陌生人说话》。剧中演员的表演也许不无过人之处，但其在叙述精神方面存在的缺失却同样显而易见。

电视剧的叙事精神，在形式技巧上，表现为电视剧叙事的主题。从成功电视剧的"好看又有意味"的标准来看，电视剧叙事应当有一个双层结构：即表层的故事情节，深层的叙事主题和审美内涵。叙事主题指涉着一部作品的思想性，电视剧是通俗化的艺术，它无疑与概念化的"主题先行"格格不入，但这并不等于说电视剧只能是无聊造作的无深度的"叙事游戏"。相反，电视剧审美价值的创造，一个很重要的方面就体现在作品所达成的对特定历史时空中的现实关系的某种理解和思考，这份理解和思考以故事的形象化的形式传达给观众，使观赏者在获得审美愉悦的同时更新对于外部现实和自身内部现实的感知认识，并获得看待事物的新的方式和经验。

《不要和陌生人说话》作为一部社会问题片，其问题就在于丧失了叙事的主题思想。该剧导演在谈到作品的立意时，曾说："我原以为家庭暴力大多发生在文盲身上，但通过调查发现知识分子中也存在着这一现象，这类人们难以启齿的问题其实有着广泛的社会代表意义，因此，我决定拍摄这部电视剧。"的确，有数据统计，在我国由于家庭暴力每年造成10万个家庭解体，而生活中有些暴力行径比电视剧中反映的还要残暴。所以，作为"国内第一部家庭暴力片"，这部电视剧的制作和推出，显然具有深远的社会意义，该剧播映前的宣传也始终围绕着这一"意义"大做文章。然而，非常令人遗憾的是，最终真正拿到观众面前的电视剧却并非如此。

归纳起来，该剧明显的不足在于：首先，这部电视剧没有从"问题"出发、循着"问题"的思路来完成整部剧的创作。剧中在展开矛盾、把"问题"摆出来之后，却偏离了"问题"，也就是偏离了所要反映的家庭暴力这一叙事主题，而改用大量的篇幅去展示男主人公安嘉和怎样动手杀人，又如何为掩盖罪行再次行凶，其弟安嘉睦怎样破案，也就是说电视剧在不知不觉中将叙述主题从家庭暴力转向刑事案件的侦破，成了一部不伦不类的侦探片。其次，由于叙事"主题"的偏离，两位主人公命运遭际中所负载的社会文化内涵也大打折扣。剧中的安嘉和是一位颇有名望的外科大夫，妻子梅湘南是一名中学教师，两人都是受过高等教育的知识分子，他们的"问题"又出现在衣食无忧、和平开放的今天，在这两个人物身上出现的"问题"，原本可以有许多值得去深入挖掘和思考的东西，但编创者却轻易放过或避开了。在剧中，安嘉和之所以暴打妻子，被简单地归因于受过伤害而导致的心理变态，也就是说，安嘉和其实是一个病人，他对妻子的残暴行为是他自己所不能控制的病态发作，以此推理，安嘉和的暴力问题其实已失去了家庭暴力本身的普遍意义了。而实际上，在这个"问题"上，不仅有封建意识、传统文化心理等方面的因素，也有现代社会关于婚姻、家庭和两性关系，包括人生观、价值观等多方面的因素。这部电视剧，正是由于这些原本应当、也可以进行表现和思考的"问题"的错失，而失之浮浅了。

由此可见，创作者对社会人生的认识和思考的深入与否将决定作品主题是深刻还是浅白。《不要和陌生人说话》之所以会出现这样的情况，主要在于它一味追求作品的故事性，而忽略了作品的思想性。故事性与思想性的融合统一是我国电视剧至今未能有效把握的一个问题，尤其是表现社会问题型的电视剧常常是走极端：有故事性便无思想性；或者反过来，有思想性就无故事性。有的电视剧图解问题、图解政策，只有主题，干巴乏味；但也有相当数量的电视剧，只注重情节故事，而无主题、无思想意蕴。

那么，对于电视剧而言，是否故事性与思想性不能相容呢？回答当然是否定的！因为，成功电视剧的审美实践告诉我们，这主要还是创作者的

五　影视与文学

审美意识问题，并非电视剧艺术本身存在这样的束缚。经典的艺术作品应当是恩格斯所指出的：

> 较大的思想深度和意识到的历史内容，同莎士比亚剧作的情节的生动性和丰富性是完美的融合。[①]

恩格斯的这一名言不仅适用于戏剧，也应当适用于一切艺术，包括电视剧。所以，要提高电视剧的艺术品位，需要电视剧创作者关注作品的艺术内涵，既超越"故事"的单一层面，也超越"问题"的单一层面，既要有情节的生动和丰富，又需要从情节故事中深入到社会或人生的深层，从具体的社会现象上升到对历史、人生的哲理性思考，力求对主题作诗意的提炼，从而给予观赏者一份深切的感悟、一份美学的启示。

（原载《中国电视》2002 年第 8 期）

[①]　[德] 恩格斯：《致斐·拉萨尔》，《马克思恩格斯全集》第 29 卷，人民出版社 1972 年版，第 583 页。

中国电视剧 50 年审美形态之嬗变

郑淑梅

今年是中国电视剧诞生 50 周年。50 年栉风沐雨，50 年孜孜以求，经过一代代电视剧艺术工作者的不懈努力，这一新兴的艺术样式绽放出夺目光彩，取得了令世人瞩目的成就。在这特殊的日子里，回望中国电视剧 50 年来走过的发展历程，无疑具有重要的意义。

就美学形态而言，中国电视剧自诞生之日起，就一直"在历史地变化着，同新生活和艺术经验发生相互关系"，也同其他非艺术经验发生联系，并由此使自己"获得新的性质"。[①]

透过中国电视剧半个世纪的艺术进程，我们可以从中探析在电视剧艺术成长和美学进程的不同阶段，所蕴含的艺术审美特性，取得的成就与存在的不足，能够帮助我们更深入、更准确地认知电视剧的艺术审美规律，为中国电视剧的大发展、大繁荣奠定基础。

一　初创期的直播剧阶段（1958—1966）

1958 年 5 月 1 日，中国第一座电视台——北京电视台（中央电视台的前身）开播。一个半月后，即 1958 年 6 月 15 日，北京电视台播出了我国电视剧的开篇之作《一口菜饼子》，并将这种在演播室演出、在电视上播出的新兴艺术样式命名为"电视剧"。不久之后，上海、广州、天津、武汉、长春等各地电视台也先后开播电视剧节目。从 1958 年到 1966 年"文化大革命"之前的 8 年，全国各电视台共播出电视剧约 180 多部。由

---

① 路海波：《电视剧美学两题》，载陈汉元主编《电视剧论集》，人民出版社 1993 年版，第 83 页。

五　影视与文学

于受制作条件和技术条件等限制，这时期的电视剧只能在演播室中进行直播，这种直播方式，使屏幕上的电视剧更像是舞台剧转播，这一阶段是我国电视剧的初创期。

直播电视剧，因其制作方式的特殊，给初生的电视剧带来特有的艺术局限和美学特质，主要体现在：

（一）时空的局限。电视剧秉承了电影以视听兼备的影像语言为艺术载体的特点，然而，由于受直播的限制，初创期的电视剧难以脱开舞台框架的局限。直播剧不仅不能像电影那样让剧情自如地在不同时空中穿插跳切，甚至不能够自如地展现现实真实的场景，而且，在镜头运用、角度转换、场面调度等方面都有诸多的局限性。这些制约因素使直播剧逐步形成了单一固定的创作生产模式：

> 一条主线，两三个景，四五个人物，七八场次，六十分钟，二百个镜头。内景为主，近景居多。[①]

直播剧大都剧情单一、矛盾冲突集中，人物关系简单，场景变换少，是名副其实的"电视小戏"，其美学形态带有浓重的舞台剧痕迹。

（二）制作与欣赏的共时性。电视剧虽然直接秉承了电影的影像语言，但它的母体却是电子广播。直播剧采用的其实就是戏剧的创作手段加上电视的传播手段，达成了创作与欣赏的同步（虽然两者分别在不同空间），类似于"可视的"广播剧。也正是因为直播剧与广播戏剧的直接联系，早期电视剧创作人员大都来自广播和戏剧两个行业。八年直播剧的创作，为我国培养了第一代的电视剧编、导、演、摄、录、美专业人才队伍。

（三）舞台剧因素与新闻纪实性之间的对立统一。直播电视剧的创作遵循戏剧的模式，有着很强的舞台假定性。所以，直播剧直接借用了戏剧的创作经验，采用戏剧化的结构，按照冲突律设计情节和人物。然而，直播剧的电视直播，带给它其他艺术门类所无法比拟的反映现实的速度和同时段的广泛传播，赋予它突出的"新闻性"和宣传功能，构成了直播电视剧鲜明的舞台假定性和新闻纪实性的复合交融。

总之，这一时期由于电视媒介的发展在中国还刚刚起步，由于电视机尚不普及，电视还没有能够成为大众文化，对当时社会现实没有产生广泛影响。此时的电视剧似乎属于新闻广播的一个分支，内容大多是对中央的

[①] 仲呈祥主编：《大学影视》，武汉大学出版社2002年版，第269页。

政治经济文化政策的宣传性演绎，其美学形态更多地表现为一种宣传品而非艺术品。

1966—1976年的十年"文化大革命"时期，是中国历史的一个非常时期，是整整十年的文化大浩劫时期。这十年中国电视剧几乎处于完全停滞状态。

二 成长期的单本剧阶段（1978—1984）

"文革"结束后，中国进入了改革开放、发展经济、实现现代化的新时期。随着电视事业的发展和电视机的迅速普及，电视剧逐步走入大众生活。一批外来电视剧如《安娜·卡列尼娜》《大西洋底来的人》《加里森敢死队》等在中央台的播出，更是带给人们对电视剧这一新型艺术样式的崭新认知。1977年，电视首先以媒介的优势参与到中国社会政治的大舞台，电视剧的复苏尚处于准备过程。

新时期本土电视剧的复兴，以1978年的《三家亲》为起点，它是我国第一部全部在实景里录制的彩色电视剧。这一阶段，随着便携式摄录设备、彩色录像机和各种电子编辑机的普遍使用，电视剧制作由室内走向了室外，由演播室搭景走向了实景拍摄。这一时期电视剧呈现的是一种完全不同于直播剧的电视剧艺术形态，是中国电视剧发展的第二个阶段。虽然从1981年2月中央台推出第一部电视连续剧《敌营十八年》（9集）起已有不少连续剧出现，但这时期电视剧的主流艺术样式是依据电影的方式拍摄的单本剧，故而，这一时期被称为"电视单本剧"时期。

单本剧是指长度1集到2集（每集长约45分钟）的电视剧样式，一部单本剧的时间长度大约与一部电影故事片相当。这时期的电视剧，由于技术手段的突破，在制作方式上与电影有了更多的相似性，电视剧走出演播室，走入现实生活。不同于直播剧时期的"戏剧观"，单本剧时期的电视剧艺术观念转向了"电影观"，电影蒙太奇语汇开始运用于电视剧，制作方式、艺术样式包括艺术技巧、表现手法都有了很大的改观，在美学面貌和审美内涵上更是与前期不同。六年的单本剧阶段，恰是十年"文革"浩劫之后的一个文化大复苏的时期。中国电视剧在停滞了十年之后，经历了从创作的恢复到艺术的转型和发展的演进。虽然，由于电视业和电视剧艺术本身发展的条件尚有不足，这时期电视剧在本体观念和美学样式上仍处于混沌和单一的状态，但一批优秀的单本剧的涌现使这时期电视剧体现出某些极为可贵而又独特的品质，也使这六年成为中国电视剧发展历程的一个十分重要的衔接和转型的阶段，主要体现在：

五　影视与文学

（一）审视和批判的文化精神

单本剧时期是中国电视剧的复苏阶段，这个阶段的电视剧应和了粉碎"四人帮"后中国文化和文学事业的整体复兴，电视剧的复苏与"伤痕文学""反思文学""改革文学"的总体文艺思潮的更迭相呼应。这时期优秀电视剧作品贯穿着一条清晰的时代现实的发展脉络，积极主动地融入时代文艺的主流之中，是当时社会文化反思和批判的一个重要分支。部分优秀单本剧呈现出生动的艺术个性，闪耀着灵动的思想光辉，达到了较高的美学境界。

（二）审美意味的开掘和艺术形式的探索

电视单本剧和直播剧一样都体现出与现实的密切联系，不同的是，直播剧更多地表现为一种新闻宣教性质，而一批优秀单本剧创作则表现出鲜明的向艺术本体回归的努力。从《有一个青年》《新岸》到《女记者的画外音》《走向远方》《新闻启示录》，电视剧以一种越来越自觉的艺术创造意识来达成对现实生活的观照、表现和审美思考，使电视剧的审美样式和社会文化的内涵日益丰富，对社会现实和社会文化审美作用也不断提高。

单本剧时期是我国电视剧走向审美意识的自觉时期。从单本剧开始，我国电视剧作为一种"小电影"，开始了它自身艺术探索的旅程。单本剧形式短小精干，在文化艺术观念上也还未受到连续剧时期的大众通俗艺术规律的影响，便于"营造一个和谐、统一、完美的艺术整体"。从这时期的《大地的深情》《女记者的画外音》到《走向远方》《新闻启示录》再到后来更为成熟的单本剧精品《巴桑和她的弟妹们》《希波克拉底誓言》《太阳从这里升起》《秋白之死》等，这些作品在——

> 电视剧的造型、节奏、技巧和整个电视语言的使用方面做了一些开拓性、探索性的实验。[1]

可以说，这些单本剧的精品所表现出来的严谨执着的艺术追求，以及对电视剧语言和形式的大胆变革和创新，是推动我国电视剧艺术不断发展的一份可资借鉴的宝贵经验。

---

[1] 尹鸿：《电视单本剧的劣势与优势》，载陈汉元主编《电视剧论集》，人民出版社1993年版，第240—241页。

三 成熟期的连续剧阶段（1985年至今）

1984年是中国电视剧艺术发展的又一转折点，这一年，中共十二届六中全会通过了"关于经济体制改革的决定"。随着社会向商品化转型，人们的心理、观念乃至生活节奏随之发生了一系列变化，大众文化开始以旺盛的势头蓬勃兴起，我国开始进入了一个普泛性的电视剧受众狂热时期。在八年直播剧的基础之上，经过成长期六年的蕴蓄，我国电视剧终于走过了初创期的艰难，积累了相当的经验并培养了一批优秀的专业人才。电视剧的载体特征、艺术属性在审美实践中不断被发掘强化，电视剧从"服务论"回归审美论，电视剧艺术的重心不再是认识功能和教育功能而是审美娱乐功能。本体回归和审美观念觉醒给我国电视剧的发展注入了勃勃生机，优秀之作不断涌现。之所以将1985年定为连续剧阶段的起点，这是因为1985年连续出现了三部引起极大轰动的连续剧作品：《四世同堂》（28集）、《寻找回来的世界》（12集）和《新星》（12集），并且以此为起点，我国电视剧创作的主流样式开始转向了连续剧的创作，连续剧开始成为主宰荧屏的电视剧体裁样式，中国电视剧进入了一个新的发展阶段——连续剧时期。

连续剧是指长度在4集和4集以上，分集播出，主要人物和情节有一定贯穿性的电视剧样式。连续剧作为主流样式的确立，是在电视机进入寻常百姓家的大背景下逐步形成的，也是在我国电视事业大发展、满足电视播出的连续性以及这种连续性给观众带来的观赏满足的双重需求下形成的。进入连续剧时期，也随之进入了一个电视剧创作和欣赏的双向活跃时期，进入了一个日益繁复多样的电视剧艺术时代，电视剧艺术表现和美学形态呈现出极为丰富的面貌：

（一）艺术本体的自觉

连续剧样式的出现和成熟，不仅带给电视剧一种新的创作体裁，更是对电视剧观念的一次重大更新。这种更新，不仅扩大了"电视剧"观念本身的范畴，更重要的意义还在于：创造了最具电视剧特征的新样式，促成了"电视剧"自身独特的本体意识。电视连续剧在艺术手法、播出方式等方面所显示出的全新特征，推动了人们对电视剧艺术观念的思考和突破，从创作上确立了电视剧作为一种独立艺术的地位。连续剧是最具有也是最能发挥电视剧艺术特质的电视剧体裁样式。单本剧在时空构成方式上拉开了电视剧与古典戏剧的距离，连续剧则在时间上疏远了电视剧和电影艺术的联系。电视剧发展到连续剧阶段，证明它终于跨越了模仿戏剧、模

五　影视与文学

仿电影的历史阶段，开始在自身的艺术发展历程中找寻它自己，连续剧阶段是我国电视剧本体自觉和艺术成熟的时期。

（二）创作的繁荣

电视剧创作的繁荣首先表现在创作数量的剧增和艺术表现手法的日益丰富和成熟。随着电视剧产量的逐年增加以及优秀的连续剧作品的大量涌现，一支日渐成熟的电视剧编创队伍开始形成。进入 21 世纪以来，我国已成为名副其实的电视剧生产大国和播出大国。电视剧以日益宏阔的叙事视角和叙事结构创作出了一批批能够与改革开放时代多姿多彩、丰富多样的现实生活相对应的荧屏演剧艺术。1987 年，王扶林导演的 36 集长篇电视连续剧《红楼梦》开启了我国四大古典名著的电视剧改编工程。此外，根据现当代优秀长篇小说改编的《子夜》《围城》《贫嘴张大民的幸福生活》以及由历史小说改编的《雍正王朝》等，这些优秀的文学作品在很大程度上提升了电视剧创作的艺术水准，有助于提高电视剧的叙事手法和表现技巧；而电视剧广泛的影响力，也带动了文学作品在新的形式下新的审美效应，构成了影视和文学互动的文化景观。

电视剧创作的繁荣，还表现为电视剧题材和类别的日益丰富。随着电视剧创作数量的增加，我国电视剧题材类别也日益多样化，按取材年代有历史题材和现实题材之别，按题材内容有家庭伦理、反贪廉政、军旅警匪和都市言情等类型的不同，按风格样式又有诗化电视剧、纪实电视剧或情景喜剧、青春偶像剧的区别，而且，各种不同类别的创作中都涌现了为数不少的受到观众喜爱的电视剧艺术精品。

（三）审美形态的多元融合

进入连续剧阶段，中国电视剧体现的是一种审美文化形态多元并存的创作面貌。在弘扬主旋律、注重电视剧创作的"思想和精神"的同时，电视剧创作又体现出鲜明的通俗化趋向。1985 年《四世同堂》的热播既开启了我国电视剧的连续剧阶段，也同时开启了一个通俗电视剧的探索阶段。1990 年"第一部长篇室内电视连续剧"《渴望》的轰动性效应，标志着我国通俗电视剧进入了一个快速发展的阶段。1992 年中央电视台出资 350 万元购买连续剧《爱你没商量》的首播权，成为中国电视剧走向市场化的一个标志。电视台的经济运作体制开始出现多样化趋势，电视剧的生产和流通也越来越受到市场规律的支配，中国电视剧呈现出多元化发展的态势。一面是对思想性和艺术性的追求，另一面是电视剧商品属性和娱乐功能的凸显；一面是弘扬时代精神和表述国家意识形态的主旋律，另一面则是世俗化、平民化和市场化的叙事策略和运作模式的逐步确立，中国电视剧由此表现出特有的雅俗整合的审美特质。

　　连续剧阶段是中国电视剧创作数量和审美形态的快速发展时期。不过，我们也应当清醒地看到，在年产超过万集的电视剧作品中，优秀和相对优秀的作品与大量粗制滥造的作品并存，严肃的艺术创作与急功近利的浮躁心态并存，精品化的艺术追求与为赢利的纯商业运作并存。反映在创作上，一方面是电视剧制作水平、叙事能力以及审美内涵的提升，另一方面，则是一些电视剧审美创造力的匮乏、艺术追求的迷茫。可喜的是，中国电视剧正在呈现出多元开拓和进取的格局和趋势，五十年耕耘，五十年探索，我国电视剧艺术积蓄了巨大的创作动力，必将不负众望，绽放出更新更美的艺术之花。

（原载《中国电视》2008 年第 5 期）

2015年历史题材电视剧述评

郑淑梅

2015年,对于历史题材电视剧来说是个不同寻常的年份,受"一剧两星"等政策规定和各卫视频道编排策略调整等多重因素影响,一方面,卫视黄金时段电视剧播出总量明显下降,全年为25609集,较2014年的34289集下降了25.31%,平均每个频道减少约6部电视剧的播出量,历史剧的播出量随之受限。以央视平台为例,除了年初央视八套跨年播出的《大清盐商》及年末播出的《班淑传奇》,历史剧几乎从央视平台销声匿迹。但另一方面,这一年,在所有题材类别的电视剧中,最引人瞩目的恰恰是历史剧:上半年,年初跨年播出的《武媚娘传奇》余热未了,又有《封神英雄》《少年四大名捕》《神探包青天》等继之而起,引动追剧族热捧;下半年,历史剧不仅播出数量增加,更涌现出《琅琊榜》《芈月传》《大汉情缘之云中歌》等多部高收视率作品。尤其是《琅琊榜》《芈月传》引发全民追剧热潮,形成近年来少有的轰动效应。

正是因为一批年度标杆级作品的出现,2015年的历史题材电视剧从前期制作到审美传播,都呈现出有别于往年的特质,特别是在题材选择、审美把握、影像语言运用、传播媒介融合等方面取得的突破与创新,令人振奋,引人回味。

一 视域拓展与经典重构

2015年历史题材电视剧的一个显著特点在于历史视域的拓展。中国作为有着五千多年历史的文明古国,林林总总的正史、野史、民间传说浩如烟海,灿若繁星的历史人物各领风骚,为历史剧编创者提供了取之不尽、用之不竭的创作素材和广阔的叙事空间。但回首历史剧数十年的发展历程,漫漫历史长河中,唯有汉、唐、清三朝的风云变幻似乎最受创作者青睐,汉武帝、武则天、康雍乾等当政的故事,成为反复书写的题材,导致国产历史剧创作长期存在题材取向单一、类型发展高度集中、艺术创新推进缓慢的问题。可喜的是，这种状况在 2015 年有了显著突破，仅和上年度相比就可见一斑。2014 年历史剧的取材除《金玉良缘》历史背景为宋朝外，其余几乎都集中于汉、唐、清三个朝代（见表 1）。而 2015 年历史剧的取材则远至上古传说，近至清宫秘史，取材范围遍及商周传奇、战国轶事、秦汉风云、三国演义等（见表 2）。同时，题材分布大体均衡，即使取材于同一朝代，也分属不同时期。比如，同是汉朝时代背景，《大汉情缘之云中歌》取材于西汉汉昭帝时期，《相爱穿梭千年》则以西汉末年王莽篡汉为大背景，《班淑传奇》讲述的又是东汉时期三班家族传人班淑的故事。

表 1　　　　　　　2014 年主要历史题材电视剧朝代背景

朝代背景	剧目
汉朝	《卫子夫》《风中奇缘》
唐朝（或隋唐）	《武媚娘传奇》《美人制造》《隋唐英雄 3》《隋唐英雄 4》《舞乐传奇》《少年神探狄仁杰》《薛丁山》
宋朝	《金玉良缘》
清朝	《钱塘传奇》《宫锁连城》

表 2　　　　　　　2015 年主要历史题材电视剧朝代背景

朝代背景	剧目
上古	《大舜》
商朝	《封神英雄》
春秋战国	《神医传奇》《芈月传》
秦朝	《秦时明月》
汉朝	《大汉情缘之云中歌》《班淑传奇》《相爱穿梭千年》
三国	《曹操》《半为苍生半美人》
南北朝（梁）	《琅琊榜》
唐朝	《隋唐英雄之薛刚反唐》
宋朝	《大宋传奇之赵匡胤》《少年四大名捕》《神探包青天》
明朝	《神机妙算刘伯温》
清朝	《多情江山》《大玉儿传奇》《大清盐商》《末代皇帝传奇》

除了取材视域的拓展，2015 年历史剧还在题材类别上有所开拓。《大清盐商》不仅全景式展现了乾隆时期扬州盐商在经济领域举足轻重的地

五　影视与文学

位、影响力和历史贡献，也形象地再现了清朝扬州的社会状态、民俗风情，被认为填补了中国电视剧史上的三个空白：

> 表现了中国历史上曾经盛极一时的扬州盐商，塑造了汪朝宗这样一个亦官亦商的人物形象，在国际视野下通过盐政揭示了乾隆年间的官场腐败和弊政。[①]

《大舜》将目光投向遥远的上古时期，首次以电视剧为载体，讲述华夏文明产生之初的历史脉络，尝试从中华民族的文明之源发掘民族之精魂。《陆贞传奇》姐妹篇《班淑传奇》（又名《女傅》），讲述了草原孤女班淑千里寻亲遭族人嫌弃后，进入宫中，卧薪尝胆，经历重重磨难，最终修炼成为一代辅佐皇家女傅的故事，堪称别具一格的古代"职场励志剧"。《琅琊榜》不是简单地描绘历史，而是"模拟历史"，在架空的历史框架中追寻和彰显魏晋时代的风骨与人文情怀，突破了帝王宫斗剧的类型模式，糅合了帝王、宫斗、武侠、复仇、权谋等多种题材特质和多元类型，是历史剧题材类型突破的一次创新性尝试。《秦时明月》则是另一类题材类别开拓的代表，改编过程中融合了原著小说、同名动漫、游戏等多种元素，实现了从虚拟动漫到真人表演的转型，所讲述的荆轲之子荆天明、墨家巨子之女高月与楚国项氏少主项少羽三位少年的传奇人生，以及诸子百家的历史故事，大胆融入玄幻及3D动漫等高科技元素，为历史剧类型拓展提供了新的路径。

2015年历史剧在取材方面的另一个突出特征，是着力表现"历史与人"，以电视剧为媒介去书写历史进程中那些"大写"的个体，凸显历史人物传奇。《大舜》中的舜被尊为"五帝"之一，其品行与事迹在《中庸》《尚书》《史记·五帝本纪》等古籍中均有记载，但皆留存于远古的传说，该剧在原有史料的基础上，对舜的家庭境况、童年遭际、感情经历等作了合理想象，从而缩短了上古传说与现实生活的距离。《神医传奇》取材于电视荧屏少有表现的中华神医扁鹊的历史传说；《半为苍生半美人》则描述了东汉末年一代名医华佗的传奇人生。《芈月传》和《大玉儿传奇》以历史上的后宫奇女子为描写对象，讲述她们从后宫到一代女性政治家的传奇人生……所有的历史都是由"人"的活动构成的，上至天

[①] 陈超英：《历史正剧创作的品质追求——电视剧〈大清盐商〉研讨会综述》，《中国电视》2015年第5期。

子下至布衣，对历史人物的艺术演绎，对历史人物"复杂性"的艺术探究，无疑是历史剧创作的内核；而历史剧的成功也许就在于，即使时光流逝，那些曾经在荧屏上陪伴过我们的历史人物，依然会被记起、被评说。2015年的历史剧在某种程度上做到了这一点。

"新"意迭出的2015年历史剧，也不乏经典重构，其中透露出新的气韵、新的风度。武侠小说《四大名捕》曾被改编为多个版本搬上荧屏，2015年的《少年四大名捕》，在原著基础上融入了魔幻元素，红眼獠牙的狼人与为爱痴狂的九尾狐等全新的设定，让一部经典历史剧焕发出别样的光彩，不仅原来的错综奇案、道义柔情得到彰显，在后期特效的帮助下，更提升了视觉享受。《神探包青天》融合了悬疑剧和武侠剧的元素，以悬疑题材作为创作主线，融入了《三侠五义》的故事情节，并在剧情设计上另辟蹊径，讲述了包铁山与展昆仑、包拯与展昭两代人的故事以及包拯的身世之谜，这些内容在之前的影视版本中从未出现过。《末代皇帝传奇》以全景视角展现末代皇帝溥仪跌宕起伏的人生经历，从晚清到伪满洲国再到中华人民共和国成立，其横跨三个时代的一生作为一面镜子折射出中国社会的变迁，揭示了历史演进的真谛。《曹操》则力求重构诸多三国剧中"尊刘贬曹"的经典情节模式，不仅改变了家喻户晓的《三国演义》小说以及传统戏剧舞台经典的白脸曹操形象，同时用诸多笔墨来"毁灭"和"重建"刘备的形象，令人耳目一新。

历史视域的拓展、题材类别的开拓、形象建构的突破，显现了创作者的开放心态，呈献给观众的是更加丰富、更加宽广的历史图景和艺术画卷。2015年的历史剧，无论是从取材的宽广度来看，还是从艺术上所达到的高度来看，都是近年来少有的历史剧"丰收年"。

二 古典审美与现代影像语言

回眸2015年的国产电视剧，最令人难以忘怀的也许就是《琅琊榜》引发的轰动效应。然而，在《琅琊榜》播出前期，收视率并不尽如人意，东方卫视和北京卫视首播收视率均未进入全国前十。但很快，随着口碑持续发酵，《琅琊榜》实现完美收视逆袭，网络点击率、同名话题阅读量、网友讨论数量迅速攀升，成为又一"现象级"电视剧。《琅琊榜》"低开高走"取得的成功，除了题材别具一格以及演员的爆棚演技之外，最重要的制胜法宝，也许就是贯穿全剧的古典审美品格。

《琅琊榜》的古典审美是一种美好情怀的回归，很传统、很旧式，但却是古装剧该有的风骨和质感。①

该剧叙事的着力点不在于描述历史，而是"借古说意"，以细节的真实还原历史时空的真实感，在一个个被观众反复咀嚼的剧情细节中，去捕捉和展现魏晋时代言、行、礼特有的神采、风韵。那种很旧式、很传统的"审美情怀"是其最内在、最感人的精髓和灵魂。十三年前梅岭的千古奇冤，与十三年后步步惊心的筹划雪冤；主人公梅长苏的智谋与隐忍，忠贞坚定与善于应变，以及剧中所展现的赤焰军的赤胆忠心，靖王的赤诚执拗，言阙的铁骨铮铮，无不恰如其分地体现了"忠诚义，赤子心"的情怀。古典审美品格，用该剧制片人的话说就是"回归审美的常识和本质"。而所谓审美常识、审美本质，既是历史剧创作的基本要求，是历史剧应有的审美内核与品格，也是需要创作者苦心孤诣追求的艺术境界。

《琅琊榜》的巧妙之处在于，庙堂之高与江湖之远，内收与外放，儒法与侠义，以"赤子心"的联接，融合到了一起。②

人们为全剧瑰丽的想象、飘逸的情致、扎实厚重的格调所陶醉，为主人公深藏内心的生死情义和魏晋男儿的傲然风骨击节叹赏，正是由于编创者的潜心努力、苦心经营，才使得无数的观众在不知不觉间被《琅琊榜》传递的审美意蕴所折服。

电视剧自诞生之初，就从未停止过艺术表现形式上的探索，2015年历史剧创作的新趋向还表现在对影像语言的推重。一直以来，"大银幕，小荧屏"的观念在人们心目中根深蒂固，不少人认为，电影是以导演为中心的艺术，是"影"的艺术，电视剧则是以编剧为中心的艺术，是"剧"的艺术，电视剧审美普遍定位于主题、剧情和人物，观众包括创作者很少注重电视剧的影像语言，这一思维定式在2015年有了明显的改观。不仅有《末代皇帝传奇》《芈月传》等尝试以电影的摄像技术去谋求形式突破，还有像《秦时明月》这样融合游戏、动漫等3D科技荧屏视觉语言的新尝试，更有《琅琊榜》对镜头语言的极致追求。《琅琊榜》的两位导演皆出身于摄影师，构图、运镜、布光堪称专业，为了配合该剧的正剧风

---

① 楚飞：《〈琅琊榜〉：古典审美的胜利》，腾讯娱乐专稿"公子看剧"专栏第十一期，http://ent.qq.com/a/20151013/。

② 浮云：《评论：〈琅琊榜〉品相与格调兼备》，中国青年网，http://fun.youth.cn，访问时间：2015年10月12日。

格，在拍摄之初就确立了影像偏古朴的格调。比如，除非是宫殿内，美术和服饰的用色都尽量不用艳色，用光也尽量偏自然，偏柔和，以此确立作品基本的视觉效果以及色调上的水墨意趣、画面意境，从而极大提升了全剧审美格调、审美意味。其之所以被观众誉为"业界良心剧"，还在于编创者对于细节的近乎苛刻的追求。

> 这部电视剧"一反电视剧工业时代'快''工整'的制作态度和效率，强调慢工出细活儿"。①

正是细节的考究和精美的制作，成就了这部电视剧的审美质感。

随着观众审美意识与欣赏能力的提升，历史剧仅靠大投资、大制作已不能满足观众的审美需要，"有意味的形式"与精良的制作同样是观众的收视诉求。除了《琅琊榜》，本年度多部历史剧在追求精良制作方面可圈可点。如《秦时明月》，剧中诸多细节设计令人称道，以高渐离击筑这一场景为例，此前的电视剧均以"古琴"或"古筝"代"筑"，而该剧则邀请考古学家，复原古时"筑"的样貌，并让演员参考汉墓壁画上的演奏方法模仿练习。此外，该剧男主角入朝束发，行走江湖时头发披散，在体现出原著武侠风味的同时又不失历史真实。《大清盐商》被称为"学者型"电视剧，剧中的各种情节设计也都科学严谨。其他如《曹操》《大宋传奇之赵匡胤》等也都展现出高水准的制作。相比之下，《大汉情缘之云中歌》中身处汉朝的刘弗陵，却手持绘有宋代《清明上河图》的扇子，女主角云歌竟用现代的钢质菜刀做饭……此类细节上的疏忽，无疑会疏离观众的审美体验。

三 网台联播与"IP剧"风行

2015年，在电视剧领域，新兴互联网媒体与传统电视平台的融合进一步加快，首先是题材来源渠道，加速向互联网扩展，出现了多部"IP剧"。"IP"是"IntellectualProperty"的缩写，意即"知识产权"或"智力成果权"。它可以是一个故事、一种形象、一件艺术品，也可以是一种流行文化。只要有一定的粉丝基础，可开发成电影或电视剧的热门小说、歌曲、网剧等，都可以称为IP。近年来，IP剧大有方兴未艾之势。先是2011年驰骋荧屏的《步步惊心》奠定了网络小说改编电视剧的市场地位，

---

① 程喆：《〈琅琊榜〉：工业时代的手工慢活》，《中国民航报》2015年10月14日第7版。

五　影视与文学

后有 2012 年《甄嬛传》引发的收视狂潮。有人认为，2015 年是"IP 改编剧的井喷之年"，这一说法不无道理。有关数据显示，截至当年初，有 114 部网络小说被购买影视版权，其中，90 部计划拍成电视剧，24 部计划拍成电影。2015 年亮相荧屏的历史剧中，《琅琊榜》《大汉情缘之云中歌》《芈月传》《秦时明月》等均可列入此类。

　　网络小说改编电视剧之所以炙手可热，很重要的原因就在于，热门网络小说拥有高人气和高关注度，能为电视剧带来收视保障。如今，大部分的"80 后""90 后"都是在网络环境中成长起来的，其中更有不少是网络文学的忠实读者，这些"原著粉"是最容易转换为"追剧族"的群体。据相关调查，在网络小说读者中，有 79.2% 的人愿意观看根据小说改编的电视剧。《琅琊榜》最初在起点中文网连载时，就引发了超高点击量，网络影响力很快辐射到电视荧屏，带动了收视率快速提升。《大汉情缘之云中歌》的收视佳绩，同样印证了"原著粉"的巨大能量。该剧的原著小说拥有强大的粉丝基础，因此一亮相就拔得收视头筹。湖南卫视首播当天，同时段收视排名第一，其中，33 岁以下年轻人占观众构成比达 51%，首播前两天网络播放量高达 4.09 亿。从一位网友的话也许可以窥见"原著粉"的追剧热情：

　　　　《大汉情缘之云中歌》等待了快两年……今晚即将开播！无比激动和兴奋，甚至不惜请假回家，只为你，云歌。①

　　当然，并不是所有的"原著粉"都会毫不吝啬地为改编电视剧送上掌声，但即使对改编、导演、演员不完全认可，依然对电视剧给予高度关注。

　　　　毕竟是读了那么多遍的小说，毕竟里面还有将我秒成渣渣的看一遍心痛一次还是忍不住一遍遍看的孟珏孟石头……心底还是对剧本的《云中歌》抱着些许的期待。②

　　众多"原著粉"通过网络发帖、跟帖、微博、微信等参与电视剧传播，无论是心悦诚服地欣赏，还是满含怨怼地吐槽，都为收视作出了不容忽视的贡献。这在《芈月传》的收视表现上，体现得也非常明显。

---

① 瓜田网：《大汉情缘之云中歌》评论，http://www.guatian.com/gc/dhqyzyzg64281。
② 豆瓣网：郁郁葱兰的影评，http://movie.douban.com/review/7600077/。

《芈月传》共81集，根据小说《大秦宣太后》改编，作者最初曾在晋江文学网上试写了几万字，后来由于其他原因，网络更新中断。该剧导演、女主角等主创人员都是《甄嬛传》班底。与《甄嬛传》架空历史不同，《芈月传》则是以战国时期为历史背景，其中的大量人物和剧情都有史实可依，围绕主人公命运的起伏变迁以及与其生命相交织的政治、战争和浪漫爱情，展现了芈月如何从一个小女子，成长为一个有着强烈家国情怀的太后的人生历程。"中国历史上第一个皇太后的迷人传奇""《甄嬛传》的主创班底"……《芈月传》未播之前已是先声夺人。然而，开播之初的《芈月传》让众多翘首以盼的粉丝有些失望，剧情略显拖沓，情节有点粗糙，细节更是让粉丝吐槽。不过，挑错的热情越高，也意味着追剧的热度越高，《芈月传》收视率高开高走，开播首日就以1.87的收视率击败同档期其他剧集。其后，收视率节节攀升，口碑、关注度等也是一路领先。特别是自50集之后，随着剧情推进节奏加快，人物关系更加明晰，矛盾冲突张弛有度，收视率屡屡破3，最终不负众望，荣登年度"剧王"宝座，继《琅琊榜》之后，成为2015年又一"现象级"历史剧。同时，《芈月传》还释放出极强的IP爆发力，拥有独家版权的乐视，除了推出秦汉服饰元素的商品外，还推出"芈酒""芈月版定制电视"和手机。"双十二"当天，乐视"芈月版超级电视""超级手机"及其他衍生品，总销售额达5.1亿元，足见这部历史剧非同寻常的影响力。

不可否认，扑面而来的IP剧正在改变电视剧生态，特别是在吸附年轻观众、发掘历史剧商业价值方面的作用不可小觑。但是IP开发对电视剧而言是把双刃剑，如果过分依赖IP，势必会降低或削弱电视剧的原生创造力和审美力，而且长此以往观众也会出现"审美疲劳"。一项调查显示，尽管有64.2%的受访者喜欢看热门IP改编的影视作品，但56.1%的受访者觉得IP靠噱头制造泡沫，47.2%的受访者表示产生了审美疲劳。由此可见，IP不可能是无往不利的制胜之道，也不可能成为粗制滥造者的救命稻草。

新兴媒体与传统平台的融合带来的另一个显著变化，是电视剧正在摆脱其原始平台属性，加速向互联网延展。如今，随着互联网的高速发展，传统的电视台播映已无法充分满足当下观众的收视需求，取而代之的是网台联播，即一部电视剧除了在电视台播出之外，还会在一个或几个网络平台上播放。这一趋势虽然数年前就已初露端倪，但2015年，这种"分流"的速度明显加快。受益于此，电视剧提升影响力增加了新的渠道，但对电视台而言，观众的分流、流失在所难免。有人甚至大胆预言，5—8

年后，80%的电视剧将不再在电视台首播，而是先网络或在线支付点播，再放到电视台播出，也就是说，电视台或将"沦落"为电视剧二轮播出平台。有预测显示，2016年卫视首播的电视剧数量，将比2015年减少15%。此消彼长之间，也许预示着，电视剧传播、电视剧市场、电视剧产业链、电视剧生态圈等，都将面临前所未有的调整和挑战。但就历史剧而言，有了2015年《琅琊榜》《芈月传》等取得的成绩、达到的艺术高度，对于来年的收获，我们有理由也有信心满怀美好期待。

(原载《中国电视》2016年第4期)

视觉文化观照下的周星驰"无厘头"电影

陈力君

香港影星周星驰自 1992 年出品电影《赌圣》开始，在华语圈内确立了特有的"无厘头"表演风格：《逃学威龙》《审死官》《鹿鼎记》《武状元苏乞儿》《唐伯虎点秋香》《九品芝麻官》《大话西游》《食神》《少年足球》《功夫》《长江 7 号》等几十部独具特色的爆笑电影，在导演为中心的电影机制中，独树一帜地突出演员的价值功能，成为模式化运作中的中国大众文化的典型文本。

周星驰影片的"无厘头"风格通过活跃在底层社会的无赖痞子形象，以无明确指向和莫名其妙的行为、到处耍小聪明的刁滑举动、玩世不恭和不成调调侃的嬉皮士态度，凭借离经叛道的恶搞方式反叛正统社会的价值标准和行为秩序，深层次契合了社会转型期中国大众文化精神价值和审美需求。

一 颠覆"看"与"被看"权力关系

近现代以来的历史危机萌蘖了启蒙思想，面对深受传统道德影响的中国民众，启蒙知识分子鲁迅以"被看"对象替外族当间谍遭枪毙的悲惨境遇和周遭"看客"们面对苦难和屈辱麻木的精神景观涵盖了中国亟待启蒙的社会现实。这一极具概括力的社会图景中，那些获得"看"的权利的围观者，被视为不具备认知差异的统一整体，他们的境遇等同于受苦受难的任人宰割的"被看"对象。在中国启蒙知识分子设定的"看"与"被看"的启蒙图式中，通过启蒙者—"看客"—"被看"对象的三层视觉功能圈的设定，形成了在精神价值上外围的"看"高于内圈的"看"，并且逐层递减的"看"与"被看"的关系设定。最为内核的"被看"对象人生境遇最为悲惨，无论精神还是物质，他们属于被剥夺被蹂躏的奴隶；处于中间层的"看客"略优于"被看"对象，但是他们精神

五　影视与文学

麻木，依然属于需要灵魂拯救的对象。处在这一功能圈外围的是启蒙者，他们最为清醒最理性，精神地位最高，他们能够对"看客"进行启蒙，唤醒"看客"获得清醒的认知，从而实现社会的根本转变。

通过启蒙认知功能圈的设定，中国近现代启蒙思想确定了对知识权力的价值认定和启蒙者的合法性基础。无论是"被看"对象还是"看客"，他们都是沉默的，没有自己的见解，更不具备认知世界的自觉意识。在世纪末的大众文化浪潮中，周星驰的"无厘头"电影通过银幕提供了另一"看"与"被看"的充满喜剧色彩的社会景观。

（一）置换"被看"对象的社会角色

周星驰"无厘头"电影中的"被看"对象不再是启蒙图式中被压抑被伤害的底层民众，而是一群激情洋溢地展示人生风采的社会小人物。这些"装疯卖傻"的下里巴人从不妄自菲薄，也不自轻自贱，而是在他们的圈子中自得其乐，如鱼得水。无论是有着特异功能称雄赌场的赌徒（《赌圣》《赌侠》），还是有着灵敏嗅觉细致入微辨认各种口味的食客（《食神》），抑或落草荒漠称霸一方的盗匪（《大话西游》），又或是才华横溢却深藏身迹卖身为奴的才子（《唐伯虎点秋香》），更或是身藏绝技却藏匿市井的武林高人（《功夫》），他们在正统正规正面的社会体制边缘，在被冷落和漠视的社会"灰色地带"，却充满自信、潇洒自如。这些被主流意识形态否定贬抑的边缘形象系列，反倒拥有相对自由的生存空间和宽松的心态。

（二）改写"被看"对象的生存境遇和精神面貌

作为活跃在社会边缘银幕中心的"被看"对象，他们时常游离于规范和刻板的社会生活，却深谙生存规则，显示出非凡和超常的技艺本领，最大限度地证明自身价值。《赌圣》中的左颂星利用与生俱来的特异功能，打败了赌场上的恶霸，为长期受压的底层小人物出尽恶气；《大话西游》中尽受窝囊气的斧头帮帮主原来是孙悟空的肉身，几经受挫和磨难，终于换得真身，踏上保护唐僧西天取经的漫长道路；《武状元苏乞儿》中的苏乞儿虽然目不识丁，却神功盖世，在关键时刻得以天助，荣立大功。这些表面边缘化的人物形象，虽然不为主流意识形态和精英知识分子认同，却有着别样的人生形态，他们不时有传奇表现，还能充满自信地享受属于自己的人生舞台，获得人性最大满足，再无启蒙图式中可怜可悲的"被看"对象的悲惨众生相，而这些超常表现远非主流意识形态和传统道德观念能够涵盖。

由于"被看"对象社会角色的改变，无论"看客"还是启蒙者，不再具备任何道德优势和心理高度。面对"被看"对象和"看客"间关系的大众文化图景,"看"与"被看"价值功能圈层间的等级关系无法成立,加之大众文化功能圈中的"被看"对象或者"看客"都成为活跃的而非沉默群体,处于功能圈层外围的启蒙者不再具有精神高差,而是不断地感受大众文化的强劲冲击,在启蒙话语式微的同时带来了大众的狂欢表达。

二 奇观化的世俗神话

周星驰影片不仅打破了中国现代化进程中启蒙话语中的"看"与"被看"既定秩序,打破了启蒙话语所建构的"被看对象"与"看客"之间固有意义链,将小人物从遭抑制被漠视的状态中释放出来,以颠覆理性的反常规手法纳入琳琅满目的图像、影像的场景中,使他们灰色的生活变得多彩灿烂,平凡的人生遍布各种偶遇奇遇,以充溢的想象力挖掘都市生活和平民社会的传奇性,在日常生活中缔造着奇观化的世俗神话。

首先,周星驰电影题材的神喻性,造成奇观效果。周星驰电影有两类题材,一是古装传奇,这种类型的电影采撷传统的民间轶事或者深入人心的传奇故事,《大话西游》《唐伯虎点秋香》《武状元苏乞儿》等都属于此类题材,以现代价值观念进行改写和置换。这些流传于民间的神话传奇本身虽有强烈的传奇色彩,但是由于已固定的意义阐释模式限制了对神话的丰富内涵的阐发。周星驰电影以现代观念改写这些老故事,以现代意识填补和润饰传统神话苍白空洞的概念,再度铸造了现代社会中的新神话传奇。如《大话西游》使石缝间迸出来无性的孙悟空经历情感的折磨;在《唐伯虎点秋香》中给予民间传说中风流倜傥的唐伯虎不断遭受情感拒绝的挫折……于观众而言,传统神话的时空条件和传输神话的历史语境被改写,造成了强烈心理震撼,也就意味着恢复了神话自身的假定性,与现代人的心理对接达成了艺术的真实性,造成视觉再造神话的奇观效果。

二是现代社会传奇现象。这种题材的传奇性在于无法以现代科学知识进行解释的各种自然生理现象。周星驰电影挖掘现代社会中吻合世俗趣味的传奇性,淋漓尽致地进行夸张和变形,铸造现代市民社会中的传奇色彩,如《赌圣》中的透视特异功能,《食神》中的辨味特异功能,《功夫》中的超常武功本领。现代社会中,科学成为人们理解世界和阐释世界的强大工具,但依然无法解释某些自然现象和生命感受。事实上,这本是人类社会在远古时代产生神话传奇的缘由。神话和传奇表达了对无法掌握和解释的自然界的一种朦胧和混沌的心理反应。周星驰电影通过影像语言建构的现代社会契合了人类远古时代沿袭下来的集体无意识心理,也提

五　影视与文学

供了现代社会人类幻化个体神性力量的不可压抑的神话心理。

其次，周星驰电影在选取神话题材的基础上还以现代人的理解建立了神话的叙事模式。电影中的现代世俗神话的演绎往往需要经历"神性的发现—神性的锻炼—神性确证"的过程。

周星驰电影神话实施的第一步为陡然出现社会底层名不见经传、其貌不扬、平凡无奇的人物身上的神性力量和传奇色彩。影片总给定主人公平凡庸常形象的初始设置，与之相匹配的局促空间和寻常环境都难以适应其身上的神奇光芒，而后出现因突如其来的巨大差异造成的荒诞、离奇的喜剧效果。《赌圣》中来自大陆的寒酸青年身上的透视功能，《食神》中主人公辨味的味觉功能……

第二步为神性的锻炼。由于主人公身上的神性与主人公的寻常身份及周遭环境是如此格格不入，在周围人看来这些异人所表现出来的是不可思议和匪夷所思的，于是导致对神性的考验过程。小人物就在人性与神性、异常与寻常间反复历练和挣扎，如《大话西游》中的孙悟空经历痛苦的匪气人欲蜕变过程最后跟随唐僧走上取经之路；《食神》中的食神特异辨味功能被人指认作假只得流落街头巷尾。主人公的神性与既有的条件和环境难以对应，已凸显的神性力量仍需要经历磨炼。

第三步是神性的确证过程，经过痛苦的神性"祛魅"和主人公磨难，神性终究是神性，最后这些"神人"得以确认。这些传奇人物经历了曲折过程实现平民化的回落，融入都市社会，代表了底层民众的意志和精神之维。周星驰电影使神话真正成为衍生于民间的神话，通过大起大落的人生经历、出其不意的情节设置和不断超出预期的行为方式充满激情地实现了心理和心灵的回归。

在周星驰影片中，颇具神秘气质的世俗神话的叙述伴随着对理性主义的规避和绕道，不过是在现代人类的匮乏感和焦虑症的驱动下，实现了艺术思维的假定性和神话原型的集体无意识共谋，完成了现代艺术的奇观化过程，为现代人留下了可资逃避和躲藏的想象空间。

三　表演的视觉化

在中国社会现代化进程中，文字文化以其极具概括力和抽象性的符号占据文化主导地位，受其影响，以视听语言为载体的影视艺术未能获得足够的艺术独立性。囿于强大的理性意识和传统道德观念的蕴藉风格，压抑了视觉艺术对视觉感官的挖掘，影视的表演从属于理念的强调和传输，形成了低调克制的表演风格。

但是，周星驰放弃了这种从属于意念的体验式表演风格，通过彰显身体的动感释放了被压制的身体，以夸张的表情、大幅度的肢体语言、极度松弛的肌体状态、充满快感的运动节奏突出了表演的地位。这种突出假定性的表演风格有意区分了表演与真实的差异，不管是喜怒哀乐的表情，还是举手投足的形体，都夸大动作幅度和有意扭曲体态，展示了高于生活和超越现实的明确的演员角色意识。在这种快节奏大幅度的肢体动作和语言风格中，以高密度高强度的表演模式，使观众在演员的表演冲击中眼花缭乱、应接不暇，不知不觉中放弃了对意念、叙事的注意，把注意力集中在演员极富表现力的表演，也形成了以角色表演为中心的影片类型。《大话西游》《审死官》《武状元苏乞儿》等影片的导演都不同，但是周星驰都以其亮丽多彩的表演遮蔽了电影导演的主导位置。周星驰影片使得观众感受到通过演员的外部表情和动作就可以感受和触摸到人的丰富情感，哀愁忧喜一切尽入眼底，人与人之间的多重障碍被撤去，人与人之间的沟通交流变得顺畅，表演对身体的解放带来自然、清新和透明的交流。

周星驰的表演选择了与神话假定性相一致的游戏风格。放弃了对观众在体验方面的要求，放弃了对形象塑造能力上的要求，放弃了追求逼真的努力，有意突出其失真的效果。如《长江7号》中作为反面形象的曹主任，当周小迪帮他捡起掉在地上的钢笔时，他不仅要小迪放回到地上，还用一张雪白的餐巾纸小心翼翼地包在外面才捡起来，通过这种细节的夸大突出了他对小迪势利眼般的偏见。周星驰通过形体有意强调了角色的外部动作，放弃了对角色内心世界的体验和感受，也拒绝观众的直接参与而导致移情和忘我。这样，观众对演员的表演既不完全排斥，也不完全融入，演员获得了不受限于角色、生活的最大表达空间。由于角色外部生活环境的移植和错位，其内部世界的表达也被顺利置换。周星驰在影片里时常沉浸在自我陶醉和自我享受中，以热情似火的夸张表演丰富甚至扩展角色内涵，在获得表演满足感的同时，充溢的情绪常常感染观众，形成表演场域内的共鸣状态，从而使得他的表演一直处于充满自信和自足状态。

虽然影视表演不同于戏剧表演，要求避免虚假、过火的表演，要避免程式化、脸谱化的表演，要拒绝表演中的"演戏感"，但是周星驰饰演的类型片本身就是不拘泥于现实的神话题材，对要表现的主题和内容都是众所周知的虚假时，以假演假反而拥有了说谎者勇于承认谎言的真实效果，使得表演风格与其影片的题材、叙事的内在审美倾向保持一致。通过偶在的冲动表演动作割裂了表演能指和影片能指间的固定关系，凸显了现代社会边缘状态的世俗神话的传奇性，加上他在表演过程中对传统形象塑造模式的突破，起到彰显了现代世俗神话中的反常性，给观众带来"震惊"效果。银幕上的变形、夸张的荒诞喜剧表演，即使表现的是社会的旮旯角落，依然呈现鲜活的生命状态，高调展示了民间草根文化。

四 充满魅惑和冲击力的声像语言

与影片的审美风格相对应，充满魅惑和冲击力的声像语言又强化了周星驰的表演风格。

周星驰的喜剧电影不仅强调镜头的真实感，还强化了镜头的逼真和冲击力。《食神》中为了强化食物的色欲，运用大量特写镜头，通过光影的修辞功能，从不同角度对食物的色、香、味、体进行塑形定格，将获得的强烈刺激诉诸人的视觉感官。《唐伯虎点秋香》中将书法创作的过程转化为身体的书写过程。

这些影片通过扩大被摄对象和物件在银幕上的比例，使用近景镜头和特写镜头，造成占满银幕空间的视觉感受，强化某些有特殊功能的形象，甚至形成强烈对比。如在《长江7号》中，先是奔驰轿车的徽标持续了好几秒钟，而后才是逐渐显现的奔驰汽车的车身，接着就是一双打满补丁的皮鞋在银幕上延续了很长时间，然后是穿着这双鞋子的小男孩。这一组镜头组接的含义通过时长和画面内涵不言而喻；压缩镜头的焦距，强化短焦距镜头，减少镜头纵深度，造成强大的心理压迫感。为了突出画面的神奇效果，周星驰电影还通过将神奇效果定格的手法使观众扩大从一些画面中获得的"惊颤"感受。

在镜头组合中，通过大幅度、快频率的切割形成快节奏的运动镜头，通过拍摄视角的转化，大幅度地变换视角、大量跳接转接镜头造成的快节奏和突兀，形成强烈的视觉冲击。电影在关键人物出场或者故事发生转机的关键时刻，将大量的短镜头组接在一起，从而形成强烈的视觉冲击，牢牢地吸引观众注意力，制造动人心弦的镜头叙事效果。如《功夫》中运用了快切镜头和有意延长感受的慢镜头组合，凸显深潜市井的江湖高手的高超本领，使观众感受到场面转换很快。在《赌圣》的猜牌较量中，在《食神》的厨艺大赛中，观众都能感受到在较短时间内通过集中和提炼制造强烈的刺激和兴奋。这种快速高效的影像效果符合商品经济高度发达的日常生活中的视觉经验，满足了观众庞大的视觉容量。

另外，周星驰电影还运用浓烈的色彩、对比反差明显的光影和混杂的声音制造强烈的观影效果。周星驰电影在光色的选择上是浓烈和抢眼的。如《食神》中对食物的色香味的形塑，《赌圣》中赌场各种彩色灯光的快速切换强化了赌桌上的紧张氛围，《大话西游》中用大块统一的橙色构成荒滩戈壁环境，《唐伯虎点秋香》中用大幅的中国画为底色形成氤氲感觉，《武状元苏乞儿》背景放大了的中国古典建筑亭台楼阁色彩造成的历史沧桑和洞透人生的空旷感，《长江7号》中破烂屋子里各种杂乱物品和晕眩灯光潜藏的底层关怀和温暖……周星驰电影通过特定内涵的光色元素给出了影像背后的隐喻，也框定了影片的价值取向。这些纷繁亮丽的色彩诉诸观众直接的视觉感受，唤起感官化的欲望表达，在视觉语言上构筑了狂欢风格。与镜头语言相匹配，周星驰电影的声音语言也形成了自己的特定风格。它肯定和强化了画面内涵，使画面的存在意义获得时间长度而得以延续。为强化影片的"无因反抗"和"无厘头"表演风格，周星驰电影的声音丰富甚至杂乱。即便是日常生活中平实的对话交流，也往往被处理成大声喊叫、欢呼等与激烈情绪一致的强烈表达，加之环境混响的共同作用，体现了颠覆和反抗"理性"中心正统秩序的涌动激情。加之，多元混杂的声音形态符合瓦解中心的等级意识，代之以取缔中心的平等姿态，解构了"看"与"被看"、台上台下间的话语权力关系，形成了多种声音并存的狂欢氛围。

周星驰电影将语言元素的选择和运用转化为其影片的大众的文化趋向、对主流意识的规避和颠覆的具体实践，从而在观影过程中悄无声息、潜移默化地以"快乐"的方式有效避开了主流意识形态的控制和限制。

周星驰饰演的类型电影折射了世纪之交中国社会大众文化浪潮的涌动和由此衍生的都市社会中大众狂欢心理，以"无厘头"的反叛姿态隐去价值追求，从知识权力结构的改变、内容的表达、表演主体性的强调和影像语言的直观化建构了新的喜剧片模式，为20世纪中国大陆喜剧片的创作和变化提供了交互平台，与张建亚的影片和冯小刚的贺岁片共同铸就了当代喜剧电影的辉煌。

（原载《当代电影》2013年第5期）

冷战时期的星港两地电影及其互动

金 进

1947年美国杜鲁门（Harry S. Truman, 1884—1972）在国会提出杜鲁门主义外交政策，展开对外经济援助的马歇尔计划，正式拉开了东西方冷战的序幕，也启动了"文化冷战"（Cultural Cold War）[1]。中国大陆被西方铁幕包围，冷战时代，中华人民共和国的文化出口与对外交流仅剩下香港一地，"长凤新（笔者按：长城、凤凰、新联）在香港从新中国建国初期开始，在周总理、夏衍、廖公等老领导的关怀下逐渐发展起来，对香港的爱国电影事业贡献巨大，发掘了一大批香港的电影界人士，培养了一大批优秀的艺术创作人才和管理人才，同时拍了一些优秀的片子，对于扩大祖国的影响，在海外宣传祖国，让海外观众了解祖国做出了贡献"[2]。中华人民共和国政府直接参与和支持左翼文化阵营的成长，"在香港电影界，左派的势力主要来自几家电影公司如长城电影制片有限公司、凤凰影业公司、新联影业公司，并由专门代理苏联、内地影片的南方影业有限公司及其管理的院线组合而成"[3]。左派影业接受新中国政府指令行事，在它们的周围团结这一批南来知识分子，其中代表如李萍倩、陶秦、朱石麟、韩雄飞、廖一原、程步高、岳枫、刘琼、陈静波、胡小峰、鲍方、林欢（金庸）、朱克、罗君雄、陆元亮、舒适、沈鉴治、任意之、朱枫、夏梦、石慧等人。另外，一些中间偏左

---

[1] 冷战及冷战文化方面的参考资料有 Stephen J. Whitfield, *The Culture of The Cold War* (Baltimore, Maryland: The Johns Hopkins University Press, 1990); Christina Klein, *Cold War Orientalism: Asia in the middle Imagination*, 1945 - 1961 (Berkeley, los Angeles, London: University of California Press, 2013).

[2] 《"银都"六十感怀》，《当代电影》2011年第1期。

[3] 李培德：《左右可以逢源——冷战时期的香港电影界》，《冷战与香港电影》，香港电影资料馆2009年版，第84页。

的影人也是左派影业招揽对象，如吴楚帆、白燕、张活游、李清、容小意、梅绮、紫罗莲、黎灼灼、南红、冯奕薇、李月清、李铁、李晨风、秦剑、王铿、左几、刘芳、卢敦等人。① 同时期，东南亚地区（主要指新、马两地）民族自治之后，在英殖民者的布局下，因马来人特权的影响，加上整个马来土著的敌视和防范，新马华人的在地身份出现了历史性的尴尬。新加坡商人陆运涛（Loke WanTho）与邵逸夫（Run Run）因此先后北上香港开拓电影事业，他们以雄厚的资金、开放的姿态，吸引了大批亲台、亲美的右派和第三势力知识分子，如钟启文、易文、宋淇、秦亦孚、唐煌、张爱玲、汪榴照、李翰祥、邹玉怀、张彻等人。经过多年经营，也先后让一些左派影人转入右派阵营，代表如岳枫、陶秦、袁仰安、严俊、文逸民、张森、胡心灵、龚秋霞、乔庄、江扬、刘克宣、林黛、李丽华、陈思思、陈云、珠玑、乐蒂、关山、高远等人。当时这些南来知识分子的关系千丝万缕，互相提携、互相交流的文坛轶事很多，频繁交流有时候把左、右的对立与界线模糊了许多。总体而言，当时的香港政府对左派的影响力非常敏感，1951年5月15日，港英政府单方面关闭内地与香港边界，1952年初先后两次将十名左派影人驱逐出境②，1956年台湾政府操纵的"自由总会"的成立，③ 以及台湾势力争夺左派影人的政治手段，如李丽华事件④以及梁醒波、萧芳芳、许鞍华、李翰祥等人面对过的台湾当局的刁难。这林林总总让我们不能不直面香港电影界的左、右派之争。

20世纪60年代初的上海，就曾有"千方百计为'一计'，三日三

---

① 参见石悟言《左派影人向王元龙磕头——这一个恭喜新年的头磕下去，显然不怀善意，中共要拆散自由影人阵线的工作，已经愈来愈紧了》，《新闻天地》1956年总第419期。

② 1952年1月10日，香港政府驱逐司马文森、刘琼、舒适、齐闻韶、杨华、马国亮、沈寂及狄梵八位电影工作者，5天后驱逐白沉、蒋伟。另外，同期驱逐的有楼颂平、刘法、欧阳少峰、麦河志、麦耀全等左派政治人物。参见陈丕士《大批左派人士被递解出境》，《文汇报》1952年4月22日。

③ 1956年，王元龙、胡晋康、张善琨等影人正式成立"港九电影从业人员自由总会"，翌年改称"港九电影戏剧事业自由总会"，所有电影若要在台湾发行，拍戏之前都要跟"自由总会"登记，没有他们的证书，台湾方面不会通过，影片便不能在台湾发行。除了"长、凤、新"等直属左派系统的影人外，其余大部分人都要参加"自由总会"，包括当年的邵氏、电懋/国泰等大公司的工作人员。

④ 据廖一原回忆，台湾方面让邵邨人用加倍酬劳争取李丽华，"她就过去了。那时香港有个叫《今日中国》后来改名叫《今日世界》的，第一版大字标题是李丽华小姐投奔自由。用李丽华的名字，说自己摆脱了共产党的魔爪，现在投奔自由了"。参见朱顺慈访问，冯洁馨整理《访问廖一原》，香港电影资料馆口述历史访问计划，1997年10月15日，第12页。

五　影视与文学

夜为'一夜'"①的流行说法。"一计"指的是陈思思主演的《美人计》，而"一夜"便是夏梦的《新婚第一夜》。从1959年到1962年，上海共放映香港左派影片29部，"1960年放映2,015场，占全年总场次数的0.96%，观众182.2万人次，占全年总人数的1.3%；1961年放映7,233场，占3.6%，观众638.3万次，占5%；1962年放映8,953，占5.7%，观众7,062万人次，占7.4%"②。而当时的"东南亚电影节"③对新中国政权的排斥，有着明显的冷战色彩。之后香港左派电影与电影节无缘，旗下电影在大陆以外地区发行只能借力邵氏的买片而拓展海外业务。电懋、邵氏影片的发行地区只限于香港、台湾和东南亚（主要是新、马一带）三地。天地玄黄，风云际会，全世界冷战格局让各种权力实体和意识形态在香港交锋和碰撞，当时"港英政府在各种政治势力竭力维持一种微妙的平衡，其宗旨只是为了维护大英帝国自身的政经利益。港英政府透过警察总部政治部（政治部）来管辖各派政治力量。在50年代初期对于政治活动，是不分左右，一律禁止的。它的政治部里有部分人专门处理国民党的问题，另一部分专责对付共产党活动。有时对左抓得紧些，有时对右抓得紧些，总的目的是维持香港均衡，不使某一方面坐大。英国人运用的是平衡术，对左右派在香港的力量都采取各种手段控制，但是都没有予以取缔"。④回首冷战时代的香港，20世纪五六十年代的华语电影界见证过电懋影业的繁荣和衰落，拥有过光艺的青春与魅影，经历过邵氏兄弟的艰难和成功，也目睹过长城凤凰新联的左派风采，那是冷战氛围弥漫的特殊时代，也是新、旧意识形态碰撞出时代经典的文艺时代。

---

①　很多观众为了看《美人计》（1961），一家影院门口排队达六天六夜。参见上海卢湾区人民委员会文艺科《关于香港片上映情况报告》，上档A-22-2-1093，1962年12月25日。

②　《香港电影在沪发行情况》，上海市人委文教办公室综合编《关于文教系统调整精简工作情况简报》1963年第18期，上档B3-2-215-282。

③　"东南亚电影节"：1953年，日本大映电影公司董事长永田雅一邀请邵氏老板邵逸夫等人联手创办"东南亚电影制片人协会"，并策划举办一个定期的电影展映活动。目的不言而喻，无非想拓展大映在东南亚的市场，找个理由让当地观众更好地了解他们的新片。将东南亚视为票房大后方的邵氏，对这个建议欣然接受。活动章程随即确定，最开始的成员国包括日本、英属香港、中国台湾、韩国、新加坡、马来西亚、缅甸、菲律宾和越南等九方为会员。1954年5月，首届"东南亚影展"在东京举办，随后各届则由各成员国轮流主办。之后慢慢更名为"亚洲电影节"和"亚太电影节"，由于"亚太电影节"早期一直使用会员国制度，非会员国影片禁止参赛。中国内地以及香港左派电影很长时间缺席"亚太影展"，又一冷战影响的体现。

④　罗海雷：《我的父亲罗孚》，香港天地图书有限公司2011年版，第72—73页。

一 南下与北上：新加坡老板与香港电影[①]江湖的形成

1945 年后，中华大地经过对日寇惨胜后，又经历了国共内战和大陆政权更迭，很多知识分子选择南下香港，或者是纯粹的避难，为求一处避风塘；或者是有政党背景，进行政治化的文艺宣传，但在香港的重商环境中，他们因着文人身份，手痒之际也卖文为生，直接或间接地参与着不同意识形态所操持的文化活动。20 世纪 50 年代初香港这弹丸之地，鱼龙混杂，各种势力聚集于此，电影界也经历了公司林立、竞争激烈的乱世之象，直到 1955 年后开始变化。1955 年邵氏设立了粤语片组，1957 年邵逸夫亲自北上香港；1955 年光艺在香港设立制作公司，培植新人谢贤、嘉玲、南红等人，并拉走了中联的秦剑、陈文；1957 年"旧长城"支柱张善琨东京去世，同年，国际电影懋业有限公司（简称"电懋"）成立，从此影响香港电影的主要势力由上海派转为南洋派。

当时香港最大的右派电影公司——电懋和邵氏——都是来自南洋，陆运涛、邵逸夫秉性不同，但在政治上的右倾却是一样，他们及所经营的影业一方面成为香港电影史中的奇葩，为华人历史和华语电影艺术留下了光辉灿烂的银幕形象。另一方面，其老板及旗下知识分子也不可避免地卷入到"左"（亲共）、"右"（亲台和"第三势力"）意识形态的冷战氛围中，人事运用和影片内容方面或多或少地打上了冷战时代的印记。虽左右逢源，但总体上难脱左、右意识形态的阴影，电懋表现都市中产阶级的生活，邵氏则是走文化中国的路子。一个走当代时尚片，一个拍中国文化题材，大体走的是规避左翼政治的路子。不过对于电懋、邵氏的右派身份，也有当时的左派影业领导提出商榷，如新联负责人廖一原就说"不反共不反华便是朋友，因此团结面很广。我们认为邵氏不是右派，他的出品几乎没有反共的，不可由他每年带团去参加双十节及去祝寿而拒绝他，……我们从作品去看，邵氏没有配合'反攻大陆'。只是有些作品迎合落后观众"。[②] 但我们不能否认他们的拍摄内容与文化选择就是一种对新中国政权主流文化话语的政治抵抗，其中有着挥散不去的冷战思维。

电懋、邵氏和长城、凤凰为代表的左右阵营的对立，也营造出 20 世纪五六十年代香港电影江湖，电懋和邵氏的总公司均设在新加坡，东南亚

[①] 当时香港的中小电影公司很多，如 1952 年成立的新联电影公司、中联电影公司，1954 年成立的山联公司，1955 年成立的新华影业公司和亚洲公司，1957 年四维公司等。

[②] 1987 年 8 月 19 日，廖一原接受李以庄采访，转引自周承人《冷战背景下的香港左派电影》，《冷战与香港电影》，香港电影资料馆 2009 年版，第 34 页。

五　影视与文学

遍布着他们的院线网络，他们都拥有制片—发行—放映一体化的行业产业链，两公司一直保持着香港和东南亚的行业垄断地位。如邵氏在1958年"已经拥有一百多家戏院，覆盖马来亚、新加坡、北婆罗洲、越南、泰国、香港和台湾各地，且与200至300家戏院建立了合作关系。香港和新加坡的制片厂分别制作各类国语、粤语以及其他东南亚流行的方言电影"。① 1959年坐落在新加坡的大世界游艺场的环球戏院竣工，此时邵氏属下戏院总数已经有124家，而且在整个东南亚，邵氏的员工有4500多人。从生存策略上看，电懋、邵氏属下影片不承担过多的政治教谕功能，是一种在商言商的文化商人形象，也跟当时革命话语绝缘，以一种对政治的超脱姿态，寻找一条中间路线，以时尚娱乐和文化传统为艺术表现对象而求生存，② 前者受好莱坞影响，以中产阶级为目标，出产的电影以时装片、歌舞片、都市喜剧为主；后者秉承文化中国为创作主题，③ 出产大量历史片、武侠片，以一种对中国的文化想象来满足花果飘零的离散华人的情感需要。

除了发展理念与左派电影完全不同之外，电懋和邵氏在电影的娱乐性上狠下功夫。拿旗下女演员来讲，它们不但在各自创办的画报④上宣传，而且在对女演员的消费上不遗余力，这一切都在营造一个新的电影江湖。如电懋粤语组主推当家花旦白露明，与邵氏粤语组的林凤分庭抗礼。林翠之名初始是希望日后能与林黛匹敌。林凤的《玉女春情》针对葛兰《曼波女郎》而拍。电懋力捧尤敏，而长城旗下有石慧，一敏一慧，相互竞争就心照不宣了。电懋旗下林黛（黑色）、葛兰（蓝色）、叶枫（红色）、

---

① 《南国电影》1958年总第2期。

② 陆运涛曾言："我对影业如此费尽心力，不仅因为我对这种事业具有浓厚的兴趣，我最终的目的是要（通过新颖、精致的娱乐产品）为东南亚每一个角落每一个人，带来（新形式的）欢乐。"可见他的文艺范。参见傅葆石《现代化与冷战下的香港国语电影》，黄爱玲编《国泰故事》（增订本），香港电影资料馆2009年版，第51页。

③ 邵逸夫也谈过他的制片方针："我生产电影是为了满足观众的需要和愿望，核心观众就是中国人。这些观众都喜欢看耳熟能详的民间故事、爱情故事……他们怀念远离的祖国大陆，也怀念他们自己的文化传统。"参见《南国电影》1964年总第82期。作为海外华人代表，邵逸夫对文化中国有着强烈的认同感，文化民族主义不时影响他的营销策略。而邵氏兄弟公司的目标就是"把中国文化和艺术传统通过影像介绍给不同语言和种族的人"。参见邵逸夫和美国 Life Magazine（亚洲版）访谈, The World of Run Run Shaw, 曾翻译成中文在《香港影画》1967年第1期发表。后者参见《远东最大的娱乐供应库：邵氏》，见《南国电影》1961年总78期。电影中文化中国的印记很多，如《江山美人》（1959）开头长达10分钟的江南美景介绍，让海外华人可以过过瘾。

④ 邵氏创办《南国电影》和《香港影画》；电懋创办《国际电影》；长城创办《长城画报》；中联创办《中联画报》；光艺创办《光艺电影画报》；亚洲影业创办《亚洲画报》。

林翠（绿色）、丁皓（白色），可谓人如其名，花红柳绿，为20世纪五六十年代那壁垒森严的冷战环境平添了很多生气。加上右派旗下明星的私人关系和情感纠葛的影人绯闻也是精彩，如尤敏和葛兰的妯娌关系，雷震与乐蒂实为亲兄妹，乐蒂与陈厚的失败婚姻，秦剑对林翠的绝恋，林黛与严俊、李丽华的情感纠葛以及后来婚后的负气自杀，张扬与叶枫的婚变及叶枫的婚外恋，再加上将林黛与玛丽莲·梦露、尤敏与赫本、林凤与娜塔利·伍德（Natalie Wood），这种与好莱坞明显并称共举的炒作行为，还有"七公主""七兄弟""八牡丹""九大姐""十二金钗"的明显绰号，①在在都有着消费明星的倾向，极大地满足了影迷的窥私欲。不过也正因为此，我们才能得到一幅生气勃勃的20世纪五六十年代香港电影版图，而这其中南洋老板的开放心态可谓厥功至伟，岳枫曾言"邵逸夫有脑筋、有意见，他还有一个好处，就是不干涉你导演怎样导、摄影师怎样拍，这个很好"。② 而左派影业似乎在演员内外形象，甚至阶级属性上的要求会更严格，如李丽华的八卦绯闻让长城公司对其形象塑造有所保留，林黛因其父程思远的"旧官僚"形象而被公司雪藏，石慧、傅奇夫妇与港英直接斗争，这些在保持政治正确的前提下的规则，确实让左派电影圈少了些生动，但他们以一种坚守现实主义传统的正面力量，戏里戏外给香港电影带来了不小的影响力。③

二　文本的细读：香港左、右派影业的意识形态之别

相较起电懋和邵氏的右派电影，左派电影坚持社会写实为创作主导。"长城"公司制片方针是"内容方面，最低限度的要求是健康的、有益的，为社会大众所需要的。今天新的问题、新的事物，都等着一切艺术形式来反映。题材是无所限制，只要是现实的、有启示性的、有教育意义的，或者合乎社会现实的、伦理的，都可以采取，予以灵活的运用"。④

---

① 林凤就是八牡丹之一。"八牡丹"包括凤凰女（红牡丹）、邓碧云（蓝牡丹）、罗艳卿（银牡丹）、余丽珍（紫牡丹）、吴君丽（白牡丹）、于素秋（黑牡丹）、南红（绿牡丹）、林凤（黄牡丹）。

② 何美宝撰录：《枫骨凌霜映山红——岳枫导演》，《香港影人口述历史丛书①：南来香港》，香港电影资料馆2000年版，第68页。

③ 夏梦曾回忆："我是'长城'的第一个新人，所以大家会叫我'大公主'。'长城'是一家作风正派的电影公司，当初家人对于电影这一行印象不是很好，'长城'的老板就在我的合约中写清楚，'夏梦只拍摄电影，其他应酬概不参加'。"参见《"银都"六十感怀》，《当代电影》2011年第1期。

④ 袁仰安：《谈电影的创作》，《长城画报》1950年第1期。

五　影视与文学

左派电影代表作有《禁婚记》(1951)、《方帽子》(1952)、《儿女经》(1953)、《寸草心》(1953)、《花花世界》(1954)、《大儿女经》(1955)、《新寡》(1956)、《新婚第一夜》(1956)、《佳人有约》(1960)、《白领丽人》(1966)等都是高水准的社会写实影片。他们的努力也受到新中国政权的认同,如"香港的进步的电影工作者在各种困难艰苦的条件下,摄制了许多有意义的影片,在国内放映时获得广大观众的欢迎;现在决定给予《珠江泪》《绝代佳人》《家》《一年之际》《一板之隔》等五部影片以荣誉奖"。[①] 此后"长城""凤凰"的创作集中在历史故事和民间故事的改编上,开启了多元化的发展道路,以对抗右派电影,如《绝代佳人》(1963)、《欢喜冤家》(1954)、《三恋》(1956)、《抢新郎》(1958)、《生死牌》(1961)、《杨乃武与小白菜》(1963)、《董小宛》(1963)、《三笑》(1964)、《尤三姐》(1966)、《小忽雷》(1966)等戏曲片;文学名著改编也成为新方向,产生了改编自新文学作品的《日出》(1956,改编自曹禺同名话剧)、《鸣凤》(1957,改编自巴金《家》)、《阿Q正传》(1958,改编自鲁迅同名小说)、《雷雨》(1961,改编自曹禺同名话剧)、《故园春梦》(1964,改编自巴金《憩园》)等优秀影片。在20世纪五六十年代的戏曲电影的热潮中,除了粤剧、黄梅戏、江南小调和越剧等戏曲片,左派电影还借用旗下"长城三公主"江南出身[②]的先天优势,让她们出演"越剧片"与电懋、邵氏的"黄梅调戏"一较高下,代表作有《王老虎抢亲》(1961)、《三看御妹刘金定》(1962)、《金枝玉叶》(1964)、《烽火姻缘》(1966),都在香港影坛盛极一时,也可见冷战氛围下左、右派争夺电影话语的激烈程度。

与左派电影的秉承现实主义不同,右派电影形成了一种特有的"新加坡派":电影产业受商业利益驱使,讲求电影中人性的复杂性,不排除经典情节的模式化和改写,用"文化中国"的意识重整华人的民族记忆,以对抗和应对国共隔海对峙之后的冷战文化思维。从1956年至1965年,电懋一共出产了一百零二部国语片,其中有获得第五届亚洲影展最佳影片奖的《四千金》(1957)、金勋奖的《情场如战场》(1957)、金鼎奖的《龙翔凤舞》(1959)、《空中小姐》(1959)等,尤敏因《玉女私情》(1959)和《家有喜事》(1959)两度在亚洲影展中封后,王天林凭《家

[①] 茅盾:《创作出更多更好的社会主义的民族新电影——文化部沈雁冰部长在优秀影片授奖大会上的讲话》,《中国电影》1957年第4期。

[②] 夏梦,原名杨蒙,祖籍江苏苏州,1933年生于上海。石慧,原名孙慧丽,祖籍浙江湖州,1934年生于江苏南京。陈思思,原名陈丽梅,祖籍浙江宁波,1938生于上海。

有喜事》获最佳导演奖；另外，《星星·月亮·太阳》（1961）在第一届台湾金马奖中得到最佳剧情片，女主角尤敏同时得到第一届金马影后；电懋影片在金马奖中得到优秀剧情片的还有《小儿女》（1963）、《深宫怨》（1964）、《苏小妹》（1967），其余出色的影片还有《曼波女郎》（1957）、《啼笑姻缘》（1964）等，其中《爱的教育》（1961）更在威尼斯影展中获得好评。作为右派影业代表，电懋在20世纪50年代初，曾接受台湾政治组织的拉拢，获得不同方式的资助，为的是将台湾风光及军容，透过银幕介绍到海外，以维持自己正统的政治形象，如《空中小姐》导演易文国民党背景深厚，电影借主角之行介绍宝岛风光，结果获台湾"行政院"的国语影片优等奖。而《星星·月亮·太阳》（1961），包括邵氏的《蓝与黑》（1965），也是台湾政府开的绿灯，其中的战争场面皆在台湾用实景拍摄。

随着越剧《梁山伯与祝英台》（1954）、黄梅戏《天仙配》（1955）在中国内地的成功，为了争夺电影市场，电懋、邵氏和长城、凤凰各支电影队伍，纷纷推出戏曲电影，代表作有黄梅调电影《江山美人》（1959，邵氏）和《梁山伯与祝英台》（1963，邵氏），也经常发生抢拍同一题材电影的事情，如《三凤求凰》（电懋1960年版，凤凰1962年版）；《聊斋志异》（电懋1965年版，《画皮》凤凰1966年版）。这种竞争电懋和邵氏之间有很多，如《红楼梦》（邵氏1962年版，电懋弃拍，张爱玲的《红楼梦》剧本遗失）、《梁山伯与祝英台》（邵氏1963年版，电懋1964年版）、《七仙女》（1963）、《啼笑因缘》（电懋1964年版，邵氏1964年版，邵氏版名为《故都春梦》），其中大多数情况是邵氏抢在电懋之前推出影片，导致电懋蒙受损失。本人以不同版本的董小宛题材电影为例，可以摸索出左、右派电影在同题材影片拍摄上的一些差异。

先看看电懋1964年版《深宫怨》，这个版本上映于1964年10月8日，曾获得1965年第三届台湾电影金马奖优等剧情片、最佳剪辑和最佳录音三奖项。一开始就是腹黑洪承畴（乔宏），以我不入地狱谁入地狱的牺牲精神来说服董小宛（尤敏），还以皇帝老师的身份表扬皇帝的恭俭好学，但受多尔衮的压迫，劝董小宛牺牲自己去色诱并劝服多尔衮还政顺治皇帝（赵雷），进一步为了让董小宛听从这一建议，洪承畴以江南士人（包括董小宛情人冒辟疆的生死）相胁迫。多尔衮本想迎娶董小宛，不料被太后设计将董小宛送入宫中。太后让董小宛认董鄂硕为义父，改姓董鄂，让她入旗，有满洲身份。洪承畴在背后一力帮助董小宛上位，用合欢酒助董小宛得子。因顺治册封董小宛为贵妃，并要立其子为太子，多尔衮

五　影视与文学

担心汉人干政而设计害死其子，在这里影片将顺治与多尔衮的矛盾激化。顺治与洪承畴联合，以多尔衮暗杀皇子为由，再由董小宛出言刺激顺治，谈及多尔衮反对"满汉一家"的政策，而且涉嫌皇太极和肃亲王之死，更逼迫太后下嫁等事件，使得顺治下决心设私宴杀死多尔衮。多尔衮临死遗言暗示出顺治是多尔衮的亲子。杀死多尔衮之后，董小宛不小心撞见太后和洪承畴私通，洪承畴借太后之手除掉董小宛。太后给顺治交代董小宛之死的时候，说出了多尔衮与顺治的父子关系。影片结尾，情节上又一陡转，董小宛只是被太后藏于冷宫修行，在顺治赶往冷宫处的时候，洪承畴抢先与董小宛见面，在刺杀不成后，劝赶来的皇后火烧道观，以烧死董小宛，毁尸灭迹。结尾部分，顺治因董小宛之死和杀死亲生父亲而内疚出家。影片以持"满汉一家"理念的顺治为正面形象，以顺治和董小宛的真挚感情为主线，中间将阴谋诡计的汉奸洪承畴和念及父子情义的权臣多尔衮的斗争为副线，片尾"以除大患成仁去，未竟全功遗恨深。满汉一家终梦想，可怜天子弃红尘"的唱词，将影片的主题定位在董小宛的牺牲精神和与顺治的爱情上。

而凤凰1963年版《董小宛》，主题为反抗满清异族和南明汉奸的斗争精神。一开始就展现钱谦益和冒辟疆、吴应箕等江南文士感时忧国的慨叹，在"秦淮八艳"（片中出现柳如是、郑妥娘、李香君和董小宛）的盒子会上，吴应箕等士人殴打朝中投降派阮大铖。冒辟疆之后三顾董小宛家没有遇到，突得家信离开，董小宛得知后，为其从良寓于苏州。当时洪承畴、吴三桂投清，南明王朝马士英、阮大铖当道，唯有扬州史可法抗清。董小宛与冒辟疆追随史可法守扬州，史可法让冒辟疆携信去北京找起义军李将军（李自成？）。在逃难中，董小宛被钱谦益所救，董不知道钱谦益已经成了汉奸，随行到了北京，被洪承畴献给顺治，董小宛绝食断水求死。后冒辟疆来寻她，董小宛以治病为由与冒在宫中相见，并力劝冒勿因儿女私事误了国家大事。冒辟疆听得董小宛的双关语后，与她含泪告别，待冒辟疆远去后，董小宛拔刀自杀。

这部电影中，编剧在史实上下了很多工夫。电影中出现的复社领袖吴应箕殴打阮大铖，钱谦益的老成圆滑，李香君的刚烈性格，柳如是的革命一面也被加强了，投湖自尽，并没有像史书上记载的投湖未遂。整部影片中，无性爱场面，少日常生活，冒辟疆、董小宛可谓明末的一对革命伴侣。片中董小宛怒骂洪承畴一段，也是把少年英雄夏完淳怒斥洪承畴的历史故事置换到她身上。而片末的唱词"丹心碧血照红颜，浩气长存天地间"，特别是史可法殉国后的一段"天苍苍，地茫茫，山河变色，日月无光,扬州军民八十万,誓与孤城共存亡,头可断,志不屈,宁战死,不投降,血染沙场,惨烈悲壮,忠臣义士,万古流芳"的唱词,与电懋版《董小宛》的主题截然不同。

三 意识形态弱化:"南洋三部曲"对中联左派传统的反拨

当年南洋商人跨地区投资的三大影业公司,除了电懋和邵氏,还有以"南洋三部曲"闻名的新加坡何氏兄弟[①]投资专营粤语片的光艺影业,其口号是"粤艺出品,有声有色",以一种迎合香港年轻人口味立足,适应着战后初期香港中产阶级的兴起和年轻时代的青春期年华,取得了票房上的巨大成功。在冷战格局下,三大电影公司选择以当时流行的"三毫子小说"、报纸连载小说和电台广播的"天空小说"为电影剧本的蓝本,《血染相思谷》改编自香港《星岛晚报》连载的连环画小说,《湖畔草》改编自三毫子小说《私生子》,《遗腹子》故事来自丽的呼声的广播小说,《难兄难弟》则改编自"环球图书杂志社"刊于1959年的"三毫子小说"。这种电影题材的选择,也是对拍摄粤语片的另外三家左派影片以拍摄五四文学作品为主的反拨,即以一种轻松、摩登的青春题材,来区别继承五四新文学反封建主义、反殖民地、批判社会不合理制度的现实主义传统,特别是以拍摄巴金"激流三部曲"而闻名于世的中联电影。

在20世纪五六十年代的香港影片曾出现的"南洋",这里不断出现的南洋,或是华人先辈南下谋生之处,如《风雨牛车水》(植利,1956)中新加坡谋生的王根生;或是代表西方开放的生活态度,如《后门》(邵氏,1959)中新加坡来的表弟;或是新兴东南亚诸国推销的旅游景点,如《空中小姐》(电懋,1959)中葛兰、叶枫的行踪;或是主人公逃避现实的天地,如《零雁》(邵氏,1956)中的修女李雁鸣(尤敏饰)。除了影片主题和情节上对"南洋"的利用之外,港制新马题材影片(参见附录一)将大量的南洋人文景观、地景地貌、饮食习惯及族群杂处的本土特色植入影片中,许永顺将这类影片称为"新马风情影片","所谓'风情'是指一个地方特有自然环境(土地、山川、物产、气候等),风俗与人情"。这些有意植入的"南洋"以其异域风光吸引着外地观众,同时也以"陌生化"的新

[①] 何启荣(1901—1966)、启湘(1904—卒年不详),祖籍广东大浦,其父何曾奎年轻时在新加坡开拓典当和金矿业。何启荣1911年随父南渡,1924年在新加坡组织大星影业公司,1937年合资成立新加坡光艺有限公司。战后何氏继续经营放映业,亲任光艺公司总经理及大华戏院经理,1955年在香港投资成立了"光艺制片公司"。与新加坡邵氏、国泰/电懋三足鼎立。

鲜感让东南亚市场所向披靡。① 最早以南洋题材入电影的是《娘惹》（长城，1952），主演夏梦是香港影星中穿纱笼的第一人，不过影片没用到新马取外景。《海角芳魂》（海燕，1954）是第一部在新加坡实地拍外景的香港国语片。《槟城艳》（植利，1954）是第一部在新马实地取景的香港粤语片。《番婆弄》（华厦，1958）是第一部在新马取景的厦语片。"南洋三部曲"在粤语电影史上有过两个系列："邵氏版南洋三部曲"，包括首映于1959年的《独立桥之恋》《过埠新娘》和《榴莲飘香》；"光艺版南洋三部曲"，由首映于1957年的《血染相思谷》《唐山阿嫂》和《椰林月》组成。② 从演员角色和故事情节的设置上看，"南洋三部曲"可以让我们一窥他们有意规避意识形态之争的一些冷战禁忌。

《血染相思谷》的故事改编自关山美的连图小说，是秦剑光艺初期作品《九九九海滩命案》风格的延续，注意内心写实，影片以主人公叶清（谢贤）倒叙故事的方式构成。前三分之一写马来亚华侨叶清与马来少女苏丽娜（胡笳）热恋，遭同是马来人的阿李（姜中平）妒嫉。之后叶清回港，苏丽娜在她临走前说如果他不返马的话，就会给他下降头。回港后叶清宣布自己和表妹紫薇（江雪）婚讯的时候，紫薇母亲突然去世，他以为是苏丽娜暗下"降头"，心中存有阴影。后来叶清陷入紫薇、蓝怡（嘉玲）的三角恋情中不能自拔，至紫薇坠崖丧命。叶清坚信降头作祟，于是重回马来亚报仇，错杀了苏丽娜，结果发现一切都是蓝怡在幕后行凶。这部影片中充满着马来风情，但其中很多情节对马来人或者马来亚取的是一种俯视的看不起的眼光。片中马来少女苏丽娜的性感和异域风情被充分展现出来。比起《血染相思谷》中的异族交往，降头故事，《唐山阿嫂》讲的是女子庄素贞（南红）遵守妇德，孝敬家婆，千里寻夫；其丈夫何阿九（姜中平）背叛婚姻，为生活出卖良心上位的道德故事，是典型的秦香莲和陈世美故事的翻版。最后，杀妻未遂的何阿九入狱，得到了应有的报应。但片尾又平添了一笔出狱后的何阿九得到了庄素贞的原谅，这个大团圆结局让人感受不到作品批判人性的力度。

如果说前两部多少有南洋传奇的特征，那《椰林月》就具有很强的现实意义，故事是华侨办教育，岳鸣（谢贤）矢志教育工作，与程子和（姜中平）、淑荷（嘉玲）兄妹在马来西亚各地热衷办学。岳鸣找华侨富商梁道

---

① 许永顺：《新马华文电影》，新加坡许永顺工作厅2015年版，第68页。
② 还有一个是"荣华版南洋三部曲"（厦语片），包括《马来亚之恋》（1959）、《泪洒树栀山》（1960）和《马六甲姑娘》（1961），不过已经失传。

然筹款，认识了其女儿采莲（南红），与之相恋并成婚。岳鸣婚后心系教育，暗中支持程氏兄妹，被采莲误会岳鸣与程淑荷有情，在找荷理论的路上，不幸遇上交通意外，诞下女儿后去世，岳鸣带着女儿继续办学。这部影片开场除了新马风光，还有新加坡南华女子中学的客串演出。值得注意的是，这部电影中的故事明显承继了第一部南洋题材粤语片《槟城艳》的主题，而《槟城艳》的导演紫罗莲，包括演员吴回、张活游、张瑛、吴楚帆、黄曼梨都是中联成员，这也可见左、右派一些有趣的关联与借鉴。除了华人教育这个主题之外，影片中出现了大量的新加坡、马来西亚柔佛州新山的地景、割胶现场，影片中的地景为马来亚历史留下了珍贵的影像资料。

邵氏的三部曲目前笔者只能看到一些电影片段，从已有资料来看，影片走的也是光艺版的青春、世俗和摩登的路子。在《独立桥之恋》中的歌曲《任你抱我》："任我抱你（哈），哥哥想抱就抱啦（哈），胭脂揩满面，笑得轻松共歌舞，愿你永远爱歌舞，最爽一双双舞蹈，随着节拍跳一跳，鬓边幽香甚醒脑。任你抱我（哈），哥哥想抱就抱啦（哈），胭脂揩满面，笑得轻松共歌舞。大家跳舞我都跳，跳得轻飘飘似雾。情热那怕吻一吻，醉乡之中任摆布。任你抱我（哈），哥哥想抱就抱啦（哈），胭脂揩满面，笑得轻松共歌舞，大众唱野我都唱，唱得声娇娇带傲。情调那怕唱一唱，唱得开心就不老。任你抱我（哈），哥哥想抱就抱啦（哈），胭脂揩满面，笑得轻松共歌舞，愿你永远爱歌舞，最好一双双舞蹈，甜蜜快意笑一笑，半樽乡槟换拥抱。任你抱我（哈），哥哥想抱就抱啦（哈），胭脂揩满面，笑得轻松共歌舞。"另外，像《榴莲飘香》也出现过类似的歌词内容。对比起中联等左派影业的电影插曲，我们可以一窥右派影业在争夺市场方面的时候，弱化意识形态的努力，以一种延续老上海的软性音乐，同时又吸收马来民歌的曲调的风格吸引观众。

两个版本的"南洋三部曲"捧红了谢贤、嘉玲、南红、林凤等粤语片新人，特别是"光艺南洋三部曲"在星港两地卖座奇佳，使得谢贤等人与左派"中联"的粤语前辈吴楚帆、白燕等人分庭抗礼。因各种原因，香港粤语片20世纪60年代末开始走下坡路，其重要原因是电影市场的萎缩。就新马市场来看，新加坡政府于1966年推行母语政策，所有学校都要落实双语教学——即英语/华语、英语/马来语，英语/淡米尔语。1979年李光耀正式在华人社群中推行"华语运动"，各种华人方言开始被整合。"搞华语运动后，每拍一部粤语片，就要重新做一个（国语）对白本，重新配音，成本加重了，于是片商便被逼减少拍粤语片。当年正好台湾的李行拍了《养鸭人家》（1964）等一类影片，在新加坡很卖座，于是

五　影视与文学

台湾片便乘势而起。结果，在70年代，粤语片变没落了。"① 而马来西亚则在1969年前后，华人与马来人之间关系紧张，特别是"五·一三事件"之后，新一代马来人领导以族群政治来压制华人群体。如果从整体的冷战格局来看，当年新马两地推行的相关语言政策和文化政策，其背后的动因都是为了隔绝本国草根阶层与活跃于马来亚半岛60多年马共势力的关系，让新建的政权能够建立符合新的统治阶级的需要（新加坡是以李光耀为代表的受英文教育的华人精英阶层，马来西亚是以马哈迪为代表的新一代受英文教育的马来精英）的国家制度和体系，这也是我们在论及粤语片兴衰历程的时候，不得不考虑的一个冷战因素。

结　语

冷战文化，一种亟待深化的研究视野，北上的新加坡派，南下的中国知识分子，两相碰撞，陆运涛、邵逸夫，一个文化范，一个商业为先，一个以中产阶级为服务对象，一个以电影娱乐为追求，在20世纪五六十年代，这两位南洋老板的个人品位对香港电影的发展影响巨大；而另一方面，南下文人成分复杂得多，有秉持革命理想，以宣传先进思想为己任的左派影人；也有接受美援、亲台的右派影人，他们旨在反抗大陆日益僵化的文艺创作路线。在整体的冷战氛围中，1967年的港英政府基本上是以不闹事就行的心态应对各方政治势力，这也使得香港成了中国最后一块文艺自由的地方，也使得这个时期的文学界关系复杂，文学创作也有了丰富的内涵。同时，也引发我们去关心更多的相关问题：亲台的右派影业公司与台湾政府的关系究竟如何？左派电影公司与新中国的关系如何？台湾政府对亲共的长、凤、新影业公司有无具体的应对策略？还有，像张善琨这种历史关系复杂的影人，他们的人生历程如何？这些似乎在在召唤着我们去追缅那段似水年华，丰富我们的香港文学方面的相关研究。

附录一　　　　**港制南洋题材影片（20世纪50—70年代）**

	发行年份	片名	导演	演员	出品	题材	语言	片长
1	1952年6月1日	《娘惹》	岳枫	严俊、夏梦、龚秋霞、苏秦、罗兰、平凡	长城	马来亚华侨娶当地华裔女子回乡	国语	75分钟

---

① 郑子宏整理：《口述历史：何建业》，《现代万岁：光艺的都市风华》，香港电影资料馆2006年版，第164页。

续表

	发行年份	片名	导演	演员	出品	题材	语言	片长
2	1954年3月11日	《槟城艳》	李铁	芳艳芬、罗剑郎、郑碧影、李月清	植利	槟城华侨的恋爱和礼教	粤语	108分钟
3	1954年9月10日	《马来亚之恋》	紫罗莲	紫罗莲、张瑛、吴楚帆、张活游	紫罗莲影片公司	赴马来亚取景,香港厂景,侨胞生活	粤语	121分钟
4	1956年9月18日	《风雨牛车水》	严俊	李丽华、严俊、刘恩甲	电懋	赴新加坡取景	国语	60分钟
5	1956年12月29日	《娘惹与峇峇》	严俊	严俊、李丽华、刘恩甲	国泰	赴马六甲取景,写华侨爱情	国语	不详
6	1957年7月11日	《唐山阿嫂》	陈文	南红、姜中平、谢贤、嘉玲	光艺	新加坡和怡保取景,写唐山女子南洋寻夫	粤语	103分钟
7	1957年5月16日	《血染相思谷》	秦剑	谢贤、嘉玲、姜中平	光艺	马来西亚怡保取景,写华侨的多角恋爱	粤语	90分钟
8	1957年8月22日	《椰林月》	秦剑	谢贤、嘉玲、南红	光艺	星马拍摄,华人在南洋办教育	粤语	93分钟
9	1958年2月5日	《南洋阿伯》（又名《吉隆坡之夜》）	林川	梁醒波、周坤玲、张清、凤凰女	国际	赴东南亚取景	粤语	110分钟
10	1959年3月11日	《湖畔草》	楚原兼编剧	南红、嘉玲、谢贤、姜中平	光艺	南洋华人与港人的恋爱	粤语	107分钟
11	1959年6月17日	《独立桥之恋》	周诗禄	林凤、麦基、张英才	邵氏		粤语	109分钟

五 影视与文学

续表

	发行年份	片名	导演	演员	出品	题材	语言	片长
12	1959年10月21日	《过埠新娘》	周诗禄	龙刚、林凤、张英才	邵氏	星马拍摄，南洋背景	粤语	不详
13	1959年12月22日	《榴莲飘香》	周诗禄、吴丹	林凤、麦基、龙刚、李鹏飞	邵氏	星马拍摄，南洋背景	粤语	不详
13	1960年4月28日	《蕉风椰雨》	何梦华	乐蒂、张冲、杜鹃、高原	邵氏	星马拍摄，南洋背景	国语	70分钟
14	1960年3月17日	《南岛相思》	何梦华	陈厚、丁宁、张冲	邵氏	星马拍摄，南洋背景	国语	90分钟
15	1965年3月17日	《毒降头》	陈云	张瑛、南红	联华	南洋巫蛊传说	粤语	96分钟
16	1969年3月3日	《娘惹之恋》	吕奇	陈宝珠、吕奇	红宝	香港人与马来亚华侨恋爱	粤语	108分钟
17	1976年1月8日	《春满芭提雅》	吴家骧	李昆、刘雅英	嘉禾	香港人艳遇	国语	96分钟
18	1976年9月18日	《油鬼子》	何梦华	李修贤、陈萍	邵氏	巫蛊奇闻	国语	80分钟
19	1976年12月9日	《勾魂降头》	何梦华	狄龙、恬妮	邵氏	降头、巫蛊	国语	89分钟
20	1978年2月17日	《南洋唐人街》	罗棋	陈星、陈惠敏	亚洲	功夫动作片	国语	90分钟

（原载《当代电影》2016年第9期）

六

出版与文化

社群效应与图书出版产业新态

陈 洁

伴随移动互联网的发展，移动终端成为名副其实的人的身体之"延伸"，人们越来越离不开小型、轻捷的电子移动终端。依赖其为生活、工作带来的便利，人与人之间的交流变得更容易实现。对于阅读而言，移动终端改变了传统封闭式的阅读体验，使阅读变得碎片化、快餐化、开放化。阅读习惯的变化悄然间推动着出版产业的革新，从图书的选题策划、编辑排版、装帧到印刷发行、营销，出版产业链上几乎每一个环节都不可避免地要迎合移动时代的需求。阅读需求的改变不断冲击和形塑着现有的图书出版产业，使之从内涵、结构到外延都呈现出新的业态，并在创新中不断探索开辟出版的蓝海。

一 从社区到社群：移动互联网引发的变革

互联网的出现，创造了一个公共、开放、自由的网络虚拟世界，网民抛开现实生活中身份，用匿名或"网名"进行信息的创造、加工、分享、利用。起初，初具"社区"规模的、以网络论坛为代表的人际交流网站相继出现。移动互联技术以高速、便捷的信息交流方式促使网络"社区"向成熟社群的转型。由此产生的交互式的阅读分享方式，为图书出版行业带来了新的机遇与挑战。社群聚合效应，让不少出版商看到了新的销售之路。利用口碑分享、人人传递路径让读者对品牌形成好感从而产生消费意愿的营销方式，逐渐取代了大众传播时代单向度的广告模式。

（一）移动互联：社群形成的技术基础

现代社会是陌生人社会，人们擦肩而过却互不熟识；互联网社会是熟人社会，网络不仅使人们的联系更为便利，对于社交圈子来说，这种联系能够保持其稳定性，由此社群关系成为时下新的主题。互联网最开始兴盛的时候，涌现出了许多社区性质的网站，比如百度贴吧、天涯社区、猫

六　出版与文化

扑。这些网站划分出不同的主题，各地的网民都可以在自己感兴趣的主题下发帖交流，现实空间被虚拟技术压缩，人与人之间仿佛就是楼上楼下的距离。但这时的"社区"并非"社群"，"社区"以区域划分，而"社群"以关系区别。社区中的人们仅仅是在"网名"的外衣下彼此就某些话题发言探讨，互相并不了解，也未必会产生信任，"陌生人"的状况并未彻底改变。只有到了移动互联网阶段，智能手机和社交软件打破了使用电脑的时空限制，亲密好友之间得以随时、随地地保持交流。人数不等的网络人际圈子是移动化交流的中心地带，网络"群体"观念逐渐浮出地表，人与人之间被"关系"连接，"社区"才走向"社群"，频繁的联络沟通则加强"陌生人"之间的相互信任。

社会群体可泛指通过持续的社会互动或社会关系拥有共同利益并进行共同活动的人类集合体。互联网中的社群是一种虚拟社群，它"不是实质的社群，它不会遵循实质社群的那种沟通和互动模式。但虚拟社群并非'不真实'，而是在不一样的现实层面上运作"。[①] 尽管虚拟社群多数情况下是依托虚拟空间进行跨时空的交流，但"虚拟"不等于"虚假"，虚拟社群的稳定性和凝聚力建立在成员之间坦诚、用心的交往之上，信任源于情感。

美国作家、纽约大学互动电信项目客座讲师克莱·舍基认为，社群至少要具备三个条件：共同目标、高效协同和一致行动。目标是基础、协同是连接、行动是保障。互联网中的社群也有人将其特称"互联网社群"或"数字社群"，其内部成员通常通过共同的兴趣爱好、价值取向、消费需求等来连接，并呈现出去中心化、自由化等特性。移动互联网的崛起为社群的聚合提供了有利条件，借助于移动终端让协同变得更便捷，人们能够随时随地保持"在线"状态；微信、微博等实时交互工具方便人们随时获得社群最新动态，或随时向社群寻求帮助。这种及时性体验使社群成员间的亲密度迅速提升，也保证了社群成员之间对交换的信息的信任度的提高。克莱·舍基在《未来是湿的》一书中探讨了互联网社群的集体创造力，通过分享、对话、协作、集体行动四个步骤可以使一群人的集体行动——哪怕是闲暇、业余的，产生巨大的社会影响力[②]。包括他在内的许多西方学者，都一致认为一个人人参与时代已经来临，分享与创造是它的显著特征。旧有的单向、统一的生产消费模式开始向适应社群分享和创造

---

① 陈晓强：《虚拟社群：一种新的、真实的社会群体形式》，《苏州大学学报》2002年第4期。
② ［美］克莱·舍基：《未来是湿的》，胡泳、沈满琳译，中国人民大学出版社2009年版，第9—10页。

的方向调整转型,图书出版业面临着同样的挑战。

(二)社群评介:阅读分享的新型方式

面对生产和消费多元化,人们的消费行为比以往任何时候都自由得多。不管是物质消费还是文化消费,人们的消费选择不再是营销广告就能左右,读者自主选择能力在提升。与此同时,社群内部的人际推荐对个人的消费行为产生了重要的影响。在浩如烟海的图书市场,一批图书上架后短短几周被下架换上其他图书的现象并不罕见,很多出版的精品图书因为营销不足等问题而无缘被大众熟知,个人的图书消费取向亟待新的推动力。因此,能够为大众提供图书阅读建议的选书人,或是一群值得信任的读书分享伙伴,正日渐契合现代社会中人们的心理诉求。社群内部出于信任的相互评介,对于优秀图书的分享有着积极推动的作用,成为一种新型的阅读分享方式。

社群中每位成员都或多或少受到他人的影响,也同样有机会成为影响他人的人。正是这种交互影响的状态,让社群成员组成了图书评介与阅读分享的"联盟"。一个以某西方作家为偶像建立的豆瓣组群,当该作家有新的译作出版,或是旧作再版时,成员之间的相互通告往往比出版社的资讯发布要快得多;个人的阅读感受会立即分享在组群中,无论是好评或是差评,都会在组群中快速传递,相互累加,最终反映到豆瓣网上该图书的总体评分之中。尤其在互联网的"病毒式"传播影响下,"当数字社群的成员一旦发现有什么不合理的地方,数字社群自己就会同时扮演法官、陪审团和行刑官的角色,保护他们的成员"[1]。这也是社群效应的突出体现之一。在社群面前,一切产品都能够被堂而皇之地进行审视、解读甚至解构。同样地,社群的"病毒式"分享也可以为图书的传播带来轰动的效应:社群好评会策动整个社群的人购买图书,社群一致给出的差评则会阻止社群之外的更多人尝试新书。

(三)社群聚合:出版营销的创新模式

社群聚合,简单来说指的是网络人群和关系围绕某一核心形成聚集。利用社群聚合的效应,出版商们创造了围绕出版资源形成的社群聚合。在出版产业中存在三种社群聚合方式,一是围绕某本图书或某位作者的聚合,二是围绕某领域图书的聚合,三是围绕某家出版社或集团的聚合。三种聚合相互交织、缠绕,共同构成了图书出版的社群效应,但在具体的表

---

[1] [美]查克·布莱默:《互联网营销的本质:点亮社群》,曾虎翼译,东方出版社2010年版,第9页。

六　出版与文化

现上千差万别，各个社群的聚合度也不尽相同。

社群能够产生的消费价值远大于单个读者的购买力，《哈利·波特》的畅销离不开对"哈迷"这一群体的"经营"。"我爱哈利·波特"网站经常开办"哈迷"聚会，让"哈迷"们找到了组织与归属。出版社也同样需要吸引忠实的读者群。像广西师范大学出版社"理想国"系列图书创立豆瓣小站：在站内，除了图书推介、阅读交流；还整合了"理想国沙龙"和相关作家签售会等资讯；凡是关注小站的书友们都可以标记是否"参加"或"感兴趣"，积极地引导社群成员互动。哈珀柯林斯集团2014年首次开启网络直销纸质书和有声读物，以在线形式进行售卖，利用行业便利建立读者与作者的连接，这样不仅把渠道商对读者资源的控制进行了引流，而且以"粉丝"与个人喜好为基础，形成了多个社群平台，集团也因此获得丰富的读者资源。社群往往能够让沉默的读者勇于发出自己的声音，能动性大小成为读者消费意愿的重要指标，社群聚合引发的营销模式多带有参与性的特征。

二　基于不同社群意志的定制出版

出版业需要时刻与市场保持紧密联系，当市场从"卖方"倒向"买方"时，对消费者需求的把握成为决定盈亏的关键。在社群聚合引导生产的思路下，从编辑、装帧到发行、销售的整条出版产业链都应该充分发挥社群功能，既要善于拿捏社群的偏好，又要有效地对社群舆论进行引导，满足不同社群的不同文化需求。社群定制出版就是一种以社群需求为导向的具体出版模式。

（一）定制出版激活社群需求

英美国家将定制出版称为"第八种媒介"，"它涉及广告、公关、市场营销、数字、个人出版、媒介策略、教育等诸多领域"。[①] 在美国，定制出版一般服务于公司、大学、非营利组织，是为实现品牌推广、产品传播、营销而特定出版的内刊或杂志，像罗岱尔出版公司为其目标客户定制的如《24小时健身》《威斯汀酒店与度假胜地》等杂志。[②] 而在我国，专业从事定制出版的公司相对较少，屈指可数的一个典型是北京的天合星联定制传媒专门为中国航空油料集团、中国移动等企业制定企业内刊、报纸、杂志、网站、电子杂志等。这些定制出版读物不会公开发行，所能覆

[①]　翁亚欣：《定制出版在我国的发展》，《出版参考》2010年第11期。
[②]　庞远燕、叶新：《美国定制出版模式》，《中国出版》2007年第10期。

盖的一般是对该公司或其产品感兴趣的消费者。

互联网的本质之一，是以"网络民主"的方式对个体个性化需求进行满足，即在隐去现实身份元素的终端面前，每个人都是平等的，每个人的声音都会被听见并尊重。基于对互联网思维的考量，未来的定制出版应该通过移动互联网真正"点亮"社群，刺激社群关系链的燃烧。因而需要一种专门服务于互联网社群的定制出版，通过与社群终端合作，直接面向社群需求。很多人遇到这样的问题：市场上有许多高质量的图书因为种种原因未能被大众所知，如何能让它们真正"复活"，并重新推向市场？学林出版社就正式开通"人文社科学术著作自出版平台"来解决这个问题。该社的用户群以人文社科图书爱好者为主，所上线的数百本学林图书已经没有库存，读者如需要可在线下单，由出版社"一本起印"、快递发货。

这是针对个人进行的按需印刷，带来的也只能是图书的瞬时"复活"。单独个体的影响力毕竟渺小，如果能够在互联网社群中推广营销特别针对社群成员的、小众的、高质量的图书，既可满足社群需求，也能激活出版市场。尤其是当前版权产业高歌猛进，一部十多年前出版的文学作品如果被搬上大荧幕，而读者想"情怀式"地获得该作品的初版，那么定制出版显然是最好的选择。

（二）移动互联端的定制实践

移动互联网的迅速发展，引发不少数字出版商开展围绕移动互联端的出版和营销实践，面向社群的定制出版就是其典型的代表。从简单的通过移动互联网让作品在社群内部、社群之间传播，到自成体系的社群平台，社群对于内容的活跃性在一步步增强。这些情况在现实中有大量鲜活的案例，如前者可以是新浪微博上的热搜话题、发布新书榜单，诗集《摇摇晃晃的人间》和《月光落在左手上》是社群发布的内容被出版。"罗辑思维"正是基于微信社群功能建立起来的公众号品牌，通过社群用户对这一品牌的信任，"罗辑思维"在定制出版上颇有建树。

微信让社群变得可视化，从而使社群内部的交流也更加便捷、通畅，以品牌为核心的移动端社群聚合效应便开始发力。"罗辑思维"公众号通过内容丰富的视频、每天坚持不断的60秒语音、高质量的文章、图书推荐，吸收了百万订阅用户，迅速积淀起围绕该公众号的铁杆会员。此时"罗辑思维"以荐书人、出版人的身份出现，很容易激起这批会员的消费热情。"罗辑思维"以"未来站在你身后"为主题，特别设计制作了8000套单价499元的图书包，在不剧透图书包内容的前提下，仅用90分钟就被抢购一空。购买者以订阅用户为多，图书包中非常小众的社科类书

六　出版与文化

籍着实"火"了一把。社群聚合可以带动新兴网络出版商和传统出版社共赢互补。"罗辑思维"通过与出版社合作，在其微店商城推出了一系列特别定制版的图书，如《正义的成本》《富兰克林传》《登高四书》。当定制出版积累起口碑，反过来又可以推进大众冷门图书的销售，其中的《战天京》一书刚出版时销量惨淡，在节目中被"罗胖"倾情推荐并独家出售后，仅上线70个小时2万册就宣告售罄。社群用户与社群建立者的紧密联系，造就了"罗辑思维"的消费黏性。

定制出版真正吸引读者的地方，还在于定制图书本身的特殊性——例如特殊的包装和排版、附加的内容等，它们往往是一般发行的图书所没有的。在"罗辑思维"的个案中，尽管罗振宇是这个社群连接的组织者，但是真正影响社群成员的是"罗辑思维"自媒体本身的品格，内容和书本的质量永远是最根本的因素。出售定制版图书的一般做法是进行重新包装，然后借用出版社的装帧、发行渠道进行发售。如最新上线的由北京联合出版集团出版的熊逸《逍遥游》采用羌背装订工艺，即全手工线装，让图书能完全摊平，解放了双手，取得了良好的销售业绩。定制出版可以集中现有的资源，来实现这种特殊化的图书生产。

（三）社群于出版的多重影响

社群对于出版的影响并非单方面的，通过社群的信任基础实现图书营销的推介只是社群出版的第一步。社群既是营销渠道，也是内容的创作者、产品的生产者、发布的平台等，这种需求的结构性变动，要求新旧出版商对自己的组织架构、功能设置做出调整，以适应社群诸如多媒体、小众化、强交互的阅读需求。社群平台自发内容的出版已作为一部分在线出版平台的主要业务。沃帕德（Wattpad）、红屋（RedRoom）、"时光流影"等社群平台即是这种业务的具体表现，他们为用户在社群网络上日常发布内容的出版提供专业的出版服务，后续还有构建全新内容创作和出版发行产业链的空间。社群推动了用户需求与出版社的对接，出版社根据内容的特色和用户的喜好，生产制作专门的图书。

社群出版还对现有的出版政策和法规提出了新的要求。以社群为来源的用户创造内容涉及版权保护对于"合理使用"和盗版侵权的界定；社群"病毒式"的营销传播也容易触犯道德和法律的底线，需要施以严格的监管；社群出版中多方主体合作的生产活动，尤其是自媒体、非出版单位参与的，在读者合法权益受到侵害时，难以找到对等的责任人等。这些问题都对我国出版制度的健全完善具有引导和指向作用。因此，社群效应正催动我国出版业自下而上进行多方面的自我调整。

三 社群力量推动的网络自出版与众筹

网络自出版放低了出版的门槛，借助于网络平台的跨地域、无边界的优势，任何原创作品都可以搬到网络上进行出版。社群对网络出版的影响力愈加显著，当传统出版社难以掌控网络出版的生杀大权时，社群便成为网络阅读内容的"守门人"和推动者，如果出版商能够顺势而动，个人读者能动性得到满足的同时，新的商机又孕育而生。社群网络本身是巨大的生产出版资源，在出版环节上，社群成员既可以是编辑、作者，也可以是筹资人，在极大地提高社群用户对图书出版兴趣的同时，也提高出版生产的效率。

（一）作为编辑者的社群

传统编辑在互联网冲击下逐渐"祛魅"，被迫进行角色转型，社群中的千亿网民用户则反过来扮演起编辑的作用。社群聚会效应使网民协同工作变得更加普遍，通过特定的平台互动方式，每个人都能够平等地参与内容的编辑加工，贡献自己的知识和力量。既提高了效率，又激起了社群用户对于图书出版的兴趣。

在这一领域首先实现突破的是外文图书的译介工作。国外优秀图书如果仅靠专业翻译队伍译介不仅工作量大，而且出版周期长。纤阅科技（Fiberead）由江苑薇创办，试图直接绕过出版社来译介国外图书，为国外图书进入中国市场提供快捷便利的渠道。纤阅从作者手中获得版权后，将原文节选一部分挂在网上，有兴趣的译者可以进行试译，合格者成为该书的正式译者。一本外文书一般需要配置2—4名译者和一名编辑，翻译完成后还要进行大量的校对工作以保证图书质量。最后会制作成电子书，在多看、豆瓣阅读、亚马逊点火阅读器（kindle）等图书阅读销售渠道进行出版，并同时代理纸质版权。目前纤阅已经与120多位作者签约，上架书目40多本，正在翻译130余本。纤阅所实践的正是社群化的图书出版营销，利用共同兴趣爱好的推动，将分布在全国各地的资源汇集起来，实现了社群效应的最大化。

当然这并不意味着传统编辑职能的彻底丧失，除了一如既往地为用户提供专业性的出版服务之外，上文所提及的选书人、评价体系也是传统编辑发光发热的点，从把关图书变为把关好书，从事前"守门"转为事后"守门"。面对鱼龙混杂的数字出版物，传统编辑、出版人的"过滤""灯塔"作用将会愈发明显。

（二）作为创作者的社群

社群中本身就存在大量具有专业知识和艺术修养的用户，将他们公开

六　出版与文化

交互的信息以出版资源的眼光去看待时，这些信息便成为优秀的内容资源，而这些用户则是创作者。用户创造内容模式（User Generated Content，UGC）在网络出版中的提出与应用，这是社群用户作为创作者价值被发现的印证。例如，沃帕德是文学类社群创作平台，"时光流影"是生活类社群自助出版平台，维基百科、百度百科则集大众与专业特色于一身。

许多新媒体网站变身为数字自出版的活跃者，例如知乎、雪球、穷游等。在基于网站形成的虚拟社群中，人与人之间搭建起亲密并且相互信任的伙伴关系，所产生的图书阅读及购买效应会在彼此交流与推荐中实现链条式生长。同时，这些新媒体网站本身就是一个丰富的资源库，存在于网站中的优质资源一旦被整合，便是十分有内容的电子读物。而内容也不再决定在一个权威作家手中，社群中的每个人都有能力成为内容的贡献者、分享者，参与度得到跨越式提升。《知乎"盐"系列》是知乎网站将"知友"的精彩回答和专栏文章进行汇总并编订为电子书，让来自各行各业的思想在书中产生碰撞。穷游网推出的《穷游锦囊》自我定位为"这个星球上更新最快的出境旅行指南"，以"原创""便携""国人视角"为其关键词，将六大洲的旅行圣地囊括其中，为穷游者们提供尽可能全面的出行建议。当网站专注于某一领域的经营，实际上也是对其用户进行了初步筛选和细分，为网站的增值业务做好了社群准备。

此外，各种媒体制作软件的普及，让普通消费者化身为"专业消费者"，他们能够自行处理文本、剪辑视频、绘制图片，制作出不亚于传媒从业者的作品。这些具有专业水准的业余作品，在社群中通常具有很高的人气，像《哈利·波特》系列的同人自制电影《伏地魔：后裔之源》制作水平极高，在社交平台广为流传并受到好评。由于可能存在的版权纠纷，以及出版商的未加重视，这一部分用户创造内容仍处于粉丝社群自娱自乐的层面。但是，它们潜藏着巨大的开发空间，作为原作的延伸，很可能在将来成为一条成熟产业链而与原作方实现互利共赢。

（三）作为筹资人的社群

社群的力量还表现在出版资金筹措市场的高效性上，"众筹出版"就是其中之典型。"众筹出版"作为面对社群的出版服务，社群在其中同样扮演了筹资人的角色，它以共同目标和利益为驱动，引导社群为有价值、感兴趣的项目投资并获得回报。美国启思达（Kickstarter）平台被认为是全球众筹的源头，面向大众针对游戏、音乐、影视、漫画、舞台剧等项目筹集小额资金，引发了一场互联网众筹的热潮。仅在2014年，启思达就孵化成功了22252个创意项目，筹集了过亿的资金。其中以音乐、影视居多，图书出版相关的项目仅占 9%。如果说启思达是综合类的众筹网站，那么荷兰的十页（Ten Pages）、英国的无邦（Unbound）、美国沃帕德社交阅读平台发布的粉筹（Fan Funding）则是专门服务于写作者的众筹业务。众筹出版以作者及作品为核心，利用"粉丝"效应集合了众多社群，并直接通过社群为作品内容付费，"不仅可以帮助出版商提前预测市场风向标，还可以预先通过预定、认购、赞助等方式在图书出版前众筹资金"①。

"众筹出版"在我国刚刚起步，常见的有众筹网、追梦网、中国梦网、乐童音乐等，另外，淘宝众筹、京东众筹等也相继介入众筹出版领域。在众筹网上，成功的图书项目已超过 60%。图书类型以社科类居多，如《玩出来的产业——王志纲谈旅游》《新经济、新规则》《社交红利》，还有紧跟网络小说、影视剧的，如《盗墓笔记》有声小说、《甄嬛传》画集。如果把这些图书放到传统出版社中，未必能被出版，但在互联网时代，社群为它们重新估定了价值。

四　O2O 模式下的图书社群服务

数字出版作为互联网经济中的一环，受到整个互联网行业商业模式趋势的影响。O2O（O2O 是英文 Online To Offline 的缩写，指的是离线商务模式）正在逐步成为电子商务的新宠，通过网络平台汇集海量资源，以自由化、跨地域等优势满足用户多方面需求，再将虚拟选择与支付转化为实体产品或服务，充分实现线上筛选与线下消费的对接。对于出版产业而言，O2O 或许会颠覆以往的产业模式，从大众销售走向以社群为导向的精准营销。

（一）渠道商的用户信息垄断

在传统的图书出版市场中，出版社会对图书类型和目标读者进行粗线条的划分，并根据图书成本和预期的销售情况进行印刷发行。当图书投入市场中，谁是真正的购买者和阅读者几乎不可能知道，所谓的读者是一个概念的集合。传统出版在很多时候就是这样一种满足受众综合性、均值审美需求的文化生产活动。而电子商务则通过消费者数据库，让销售能够精准落地，如亚马逊、当当、京东等网络书城可以实时跟踪每一位用户的消费记录，并根据浏览、购买偏好进行图书推荐。长尾效应使消费者的个性需求取代众口铄金。与此同时，"大数据"的利用进一步使得作为渠道商的电商平台对于每一位消费者的喜好、每一本图书的市场有着精确的把

---

① 张晓瑜：《传统出版的重生——O2O 出版模式的探索》，《科技传播》2015 年第 2 期。

握,"进什么书""书卖给谁"完全掌握在电商平台手中。

显然,内容商和渠道商所拥有的信息并不对等,信息鸿沟让内容商在互联网时代处于竞争的下游。然而,O2O"大数据"的应用并非电商平台的"专利",互联网终究是一个公共、开放的平台,越来越多数据资料、分析报告的流出,为出版商的"逆袭"带来了契机。社群的巨大需求犹如公开的市场数据,出版商必须抓住社群在移动互联、定制出版、自出版等方面的切实需求,通过对社群的分析,或是与社群平台的合作,实现自身处境的扭转。

(二)垂直式的图书社群营销

在社群效应下,出版商作为内容提供方,将重新占据十分主动的地位。社群本身就是良好的传播与营销渠道,每一条连接都容易产生共鸣。出版商将来要面对的可能就是由社群组成的市场,如果能够为某个社群提供专门的阅读建议、图书推介,销售才会更有效地投向目标读者。一方面,出版社需要树立打造品牌社群的观念,以社群为单位推荐图书。尽管目前依然是技术商、渠道商更有优势,如亚马逊点火阅读器旗下吸引了一大批"铁杆粉丝",但品牌价值的商业潜力却如同暗藏在海面下的冰山,不可估量。品牌造就信任,信任沉淀用户,用户集合社群。通过着力创建出版社网络平台,在对用户分别建立社群的基础上,线上推荐与线下销售结合,点对点进行服务。

出版商必须找到与社群对接的切入口,与社群平台合作便是其中之一。微信公众平台是当前具有时效性、垂直性、快捷性优势的图书宣传平台,出版社可以利用这一平台提供好书推荐、书目查询等服务,甚至可以进一步实行会员制度,将平台作为社群组织来经营,处理好线上线下的实时对接。自建平台也是一种选择,但是前期投入大,市场竞争激烈,需要出版商慎重考虑。通过社群实现的垂直式图书营销,能够让作为内容提供者的出版商绕过渠道商对信息的垄断把控,从而摆脱数字出版产业链中的不利位置。

(三)多维技术融合的阅读体验

电商交易平台因其规模、效应、容量等因素,往往是多维技术融合的"试验田",因而O2O模式下的图书出版活动,也不断以多维技术融合的阅读体验为创新实践。阿里巴巴、京东等电商巨头正在力推的虚拟现实体验购物、人工智能导购等,出版商们在O2O模式中也会自然而然地尝试运用多维技术改善用户的阅读质量。这就涉及出版业O2O模式的另一方面,即多媒体化、多感官化的读书方式,二维码、虚拟现实技术、增强现实技术都是当前数字出版较为关注的领域，对于增强社群阅读积极性有着强大的推动作用。用技术的方式，拉近社群中用户与用户之间、用户与图书之间的距离，用"身临其境""绘声绘色"的方式增强其亲密度。于是，阅读体验的创新转而化为读者消费的动力。

将二维码技术引入图书中即是阅读体验的创新实践之一，它让读者线上线下的互动更加便利。人们因质感、触感、深度阅读、书香等原因不愿放弃纸质书，这也是纸质书存在的价值。将纸质书中嵌入二维码，借助移动客户端，如智能手机、平板电脑等，通过特定应用程序扫描，获得有关的扩展解读或其他衍生内容，同时基于社群构建讨论区。在图书中嵌入二维码的做法目前在教材中较为常见，每一个二维码对应着与题目或知识点相关的视频、测试题、讨论区，从而及时巩固知识，延展知识面。"开课吧"作为在线信息科技教育平台，所研发的"跃读"产品正是通过这种方式进行O2O实验。二维码中包含的不只是文字，还有视频、社交平台、书友会等多种交互形式，这是对社群协同功能最大化的发挥。

尽管O2O模式方兴未艾，成熟的体系并未建立，但却为传统出版社的数字化转型提供了可能的方向。不过，O2O的实现并不轻松，这需要出版社背靠庞大的图书数据库、多媒体资源，并有引导社群交流协作的品牌魅力。这一切最终也有赖于一条主体完整、合作协同、标准规范的全媒体、跨行业的数字出版产业链。

社群的崛起伴随着权威祛魅、中心消解，图书出版产业需要敏锐地嗅到这种发展趋势并勇敢地拥抱社群。正如查克·布莱默所说："我们人类正在经历一次史无前例的转变，从一群各自独立的芸芸众生变成一个相互连接的社群。若想要在将来取得成功，就一定要学着去影响这个社群，而不是简简单单地只向那些独立的个体推销产品。"[1] 社群不仅是出版产业的传播、营销对象，也能主导出版的发展方向，甚至决定出版内容和方式。出版业不能够忽视社群，而应该利用全媒体主动构建社群，并充分发挥社群影响力，从而实现整条产业链的可持续发展。

（原载《中国出版》2017年第20期，《新华文摘》2018年4月全文转载）

---

[1] ［美］查克·布莱默：《互联网营销的本质：点亮社群》，曾虎翼译，东方出版社2010年版，第6页。

数字出版赢利模式研究

陈 洁

  数字出版是数字内容产业的有机组成部分，其产品形式包括电子出版物、数据库及在线内容的服务及增值应用等。数字出版赢利既指经济收入，又指无形效益。在传统出版赢利计算方式亟待转变之余，须保证从数字内容的市场需求到流通消费各环节链条的真正贯通。在对影响数字出版赢利因素分析的基础上，提出基于群组信任的数字内容在线支付模式、门户网站读书频道阅读收费模式等可行赢利模式。在传统出版发展数字出版的赢利模式探寻中，针对具体数字出版形态特征，可采用的赢利模式不尽相同，如教育出版对应教育信息服务模式、大众出版发展与内容相应市场互动模式、专业出版则适合基于知识结构的定制模式。出版与手机的紧密结合是数字出版实现赢利的重要途径，但也存在争议和挑战。

  移动阅读为用户带来了全新的阅读体验，数字出版时代即将来临。目前对数字出版的界定主要是从流程技术表征，各界对数字出版的内涵仍是不为统一，或许从数字出版产业所涉及的范围更能明晰这一研究对象。数字出版产业是数字内容产业中的一部分，数字内容产业由影视制作、交互数字电视应用和内容制作、在线交互式游戏、基于互联网的市场营销、基于互联网的数字内容出版和发行、在线教育内容研发、移动内容研发和出版、版权和内容管理及其他软件应用相关的创意产业等组成。[1] 其中直接相关部分有基于互联网的数字内容出版和发行、在线教育内容发展、移动内容研发和出版等，这些都是数字出版所涵盖的内容，其产品形式包括电子报、电子期刊、电子书、数据库及在线出版内容的服务及增值应用等。实则传统出版与数字出版并非对立割裂，而应是有机融合的整体，如所谓

---

[1] "Centre for International Economics", "Australian Digital Content Industry Futures", 11 May 2005.

代表传统出版的印刷书同样也可是在线出版内容服务诸多终端表现形式中的一种。基于目前出版业数字出版发展现状，数字出版赢利模式研究内容侧重点，是传统出版向数字出版全面转型过程中如何赢利。

一　数字出版赢利状况概述

赢利是数字出版持久发展的动力，而影响出版赢利的因素又是多种多样的，包括付费障碍、产业链贯通、版权问题等。只有认真分析这些要素，找到制约产业链贯通的节点，才能让出版赢利的过程畅通化。

（一）出版赢利计算方式的转变

近年各大出版集团财务报表不免使人产生疑问：赢利到底在何处？数字出版赢利既指经济上的收入，又指无形中的效益。从当前数字出版发展现状来看，更多的赢利是指产生的效益，不能忽视发展数字出版为出版社培养潜在用户、为社内其他部门提供增值服务以及新科技人员储备等方面的作用。

传统出版主要依靠销售图书实现赢利，单种图书销售额是其主要收入来源，高发行量、高重印率是赢利关键。追求单种图书的毛利率方式，使畅销书的作用显得尤为突出。而数字出版的理念则是从销售产品到提供服务，按照原有的赢利计算方式，数字出版的增值效应部分根本无从计算。目前全国各大出版集团纷纷成立数字出版部门，这些新成立的机构在整体格局中被当作"公益事业"，背负着可有可无的口碑。传统赢利计算方式和出版人观念转变，在数字出版先期发展阶段显得尤为关键。

（二）赢利实现的基础是数字出版流程的真正贯通

在出版赢利计算方式亟待转变之余，要实现数字出版赢利，须保证数字内容在数字出版全程生产、流通等各环节的贯通，从数字内容的市场需求调研、生产控制、版权保护到流通，均要紧扣各环节之间的链条。

第一，数字内容的生产。在数字出版生产过程中，以数字内容为核心，终端呈现的是不同形式的产品，如数据库、课件、动画、有声读物、电子书等产品及信息订阅服务等。在生产数字内容之时，首先要考虑客户需求、市场销售再决定采用的介质形态。因数字内容输出须具有兼容性，其次还要保证同一种文件格式能在不同终端、不同运行系统上适用，如确保计算机、PDA、移动电话等介质都能阅读同一格式内容。再次，须建立版权明晰的数字内容仓库，同时对存储的每一项数字内容进行价值评估。这项数字内容价值评估工作待进一步标准化，须综合考虑当前市场价值、销售价值等各要素。

六　出版与文化

第二，数字内容的流通消费。如用数字内容为核心来表述数字出版流程，可称其为数字内容提供链。在这提供链中，数字内容的流通消费同内容生产一样重要。销售系统须预见到在线系统、阅读内容的全球性与移动设备、语言的本土性，需要保证同一内容拥有不同的格式与语言。米歇尔·霍尔兹沃思认为数字内容供应链正在形成，新的数字化标准和数字化产品识别方法亟待制定。国际标准文本代码 ISTC 有望引入美国出版业，可将不同版本的数字内容转化成统一的格式。①

第三，数字内容的合法使用。数字内容是否合法使用是出版业的一大难题，需要对数字内容实施数字使用权管理，在移动数字内容中还要对普通内容对象的传送实行有效控制。数字使用权管理可防止非法传播，还能实现数字内容预览、使用权更新等商业模式，可保证数字内容供应链中各角色的权利，为数字内容的流通和销售提供保护。

第四，移动数字内容的分发。除了互联网和其他终端设备，数字内容还可通过移动虚拟网络运营商分发，如音乐、新闻、小说、动漫等。内容提供商的内容通过制作商的内容整合、营销发送至移动虚拟网络运营，用户通过订阅方式获取内容。

数字出版流程贯通离不开运用人工智能的数字内容管理平台，这一平台涵盖数字内容库建设、内容编辑加工排版、内容拆分和标注、XML 格式的内容输出及再度开发内容等各部分②。在这一平台的终端，出版商可根据需要直接提供数字内容下载，或制成印刷出版物，或加工成移动数字内容。

（三）影响数字出版赢利因素分析

第一，版权问题。众多技术商和出版社着力推广数字内容，却并没有太多用户愿意为此买单，其中版权就是个很大的障碍。在调研访谈中流传着一比喻："数字内容传播如一高速公路，而版权授权是收费口。我们费劲修建了高速公路，但高速路入口处却只有一个收费口，结果大量的车都堵在收费口外上不了高速，导致整条路都无法正常运行。"版权制度的发展滞后限制和降低了数字内容的传播效率，是当前数字出版产业发展的瓶颈。在寻求解决这一问题时，Creative Commons 授权许可机制可成为协调途径之一。这种网络自发采用的许可合同形式能促进建立全新的合法使用

---

① Michael Holdsworth,"Identifying, Discoveringand Trading Digital Publications：Challenges for the Book Industry","BISG Annua Meeting of Members", New York City, November 6, 2007.

② 陈洁：《出版社数字内容管理平台的构架与实施》，《科技与出版》2009 年第 1 期。

法律体系，建立有效的权利保障模式。①

第二，在线支付障碍。数字内容在线流通是数字出版实现赢利的重要保证，而当前在线支付存在多种障碍，数字内容管理平台和电子商务平台的对接几乎仍是一种理想。据艾瑞咨询公司调查数据显示，网民不使用网上支付的原因有担心交易安全性、办理和使用过程麻烦、收款方不支持网上支付等原因。其中，担心交易的安全性占57.9%，收款方不支持网上支付占12.7%。

第三，数字内容提供链未能真正贯通。在数字出版发展如火如荼时，困惑也在所难免。《信息时代的出版》一书将其中一项困惑描述为："出版的定义变得宽泛，被新技术扩大了范围。如果出版意味着不连续的物理产品包装和销售，像报纸、图书、杂志，现在有声唱片、视频软件和光盘，那么通过通信或卫星传输的电子数据库又是什么？如果出版包括数字产品的包装和发行，包括数据库、视频和音频节目，那么怎样区分和广播的区别呢？按次付费的卫星电视也是出版的一种形式么？这些之间的区分又是什么呢？"② 或许这种混淆不清正是内容融合引发产业融合的体现，因此需要在发展数字出版之时要有整合的思维，贯通产业链条，在数字内容产业的大视野中发展。

二 数字出版可行赢利模式分析

商业模式、赢利模式、营销模式等词汇的内涵和界定纷繁杂乱。本文将赢利模式界定为商业模式的一部分，将如何实现收益的方法称为赢利模式。

（一）产业互动增值模式

根据出版内容类别不同形成各领域的服务体系，发展线下增值服务模式。在不同主题内容的基础上，提供多种形式的衍生服务，基础知识的内容通过在线提供互动问答，同类主题的内容资料可在线提供相关索引，通过类别不同提供各行业的服务体系。这种产业互动增值模式，实则体现出数字内容产业中媒介融合趋势及各产业链条的贯通。

在这种模式中，整合网络平台建设是不可忽视的措施。我国目前出版社网站只有简单的内容介绍，功能齐全的方拥有印刷本图书的网上销售功

---

① 肖龙丹：《网络环境下多元著作权保护制度的建构——以"Creative Comments"机制与合理使用为视角》，《图书情报知识》2007年第3期。

② Douglas M Eisenhart, "Publishing in the Information Age: A New Management Framework for the digital Era", "Praeger", 1996, p.4.

六　出版与文化

能。整合网络平台的建设则须突破原有出版社网站思维条框，以内容为中心进行新的拓展。如旅游类数字内容服务，可围绕一定主题开展在线服务体系的研发，增加赢利来源。突破行业思维局限，像携程、e龙等旅游类专题网站可作为发展的合作伙伴，将数字内容研发与旅游专题网站的度假线路、服务信息紧密结合。

（二）移动通信网络的销售与订阅模式

手机是提供数字化内容的绝佳场所，尤其是对日本和中国而言。手机用户的数量奠定了手机内容销售的基础，移动网络使用率也是形成数字内容市场的一项重要指标。手机在小额支付方面具有网络无法企及的优势，用户们倾向于为手机阅读付费。在日本，通过在手机上安装阅读器阅读图书的手机小说已在五年间从零发展为每年100亿日元的市场，并仍在快速增长。我国手机用户使用的主要增值服务有短信内容订阅、铃声图片下载、手机游戏、移动搜索、手机动漫等业务。2008年初我国出版业首次采用双轨出版的方式，将《吃什么，怎么吃》和《眉姐》这两本书实现"手机书、纸书"的同步发行上市。在数字出版进一步发展过程中，可积极开拓由网络整合平台直接向移动终端提供数字内容服务的模式。通过和各领域的合作，形成了专门为手机出版市场提供针对性内容的业务，成为出版社的经济增长点。如教育出版社可尝试和移动通信合作，推出针对家长和学生的每日一练信息服务。

由于移动通信业与出版业结合可见的赢利模式，兰登书屋介入移动电话信息服务。其旗下的兰登书屋投资公司对专门研究向手机传输文本互动信息问题的软件提供商沃赛尔公司注资，还将下属的 Living Language 和 Prima Games 两个系列图书的手机版权授予该公司。公司创始人卡尔·沃什布恩说，五分钟是用户阅读手机信息的极限时间。为了争取更多内容资源，还将与其他出版商和内容提供商进行商谈。目前向公众传输信息的价格采用包月的形式付费，每月5.75美元。[①]

（三）基于群组信任的数字内容在线支付模式

在Web2.0时代，数字内容的在线分发收益除了广告模式外，还有基于分享的群组信任模式。在线社区使具有某一种特定联系的人聚集在一起，虚拟网络中这种信任的人际关系会成为赢利的保证。这种基于群组信任的在线支付模式用人际传播、组织传播的方式提升了信任机制。www.yeeyan.com 是在线学习、用户创造内容的典范。通过社会化网络的

[①] 季风：《兰登书屋介入移动电话信息服务》，《中国图书商报》2005年2月25日。

形式，根据兴趣爱好建立群组，建立对应的博客，翻译外文文章。通过在群组中发翻译帖的方式，探讨相同兴趣话题下的子话题，并形成一定的体系。在翻译帖页面上有原文的链接，其他会员可以根据翻译情况对其进行打分。这种在线学习方式对内容创意颇有助益，是中文读者阅读其他语言内容的窗口，是翻译外语内容的平台，同样也是相关洋为中用的在线交流社区。目前已出版《从零到百亿——Facebook 创业故事》，并直接链接至淘宝网上出售，可用支付宝、快钱等第三方在线支付服务。

数字内容在线支付同样可用于主题营销网站的会员充值。出版单位纷纷将整合网络平台投入运营，通过会员制的模式吸引资金，数字内容的多种销售更是带来诸多赢利。借鉴起点中文网、红袖添香等原创文学网站采用会员制的方式，除了在网站上放置密切相关的广告位之外，主要依靠VIP 会员充值收益。

（四）门户网站读书频道阅读收费模式

新浪、搜狐、腾讯三大门户网站的读书频道相继开辟收费阅读业务，为数字内容的传播增加又一种收入来源。腾讯网自 2007 年 5 月起正式推出 VIP 收费阅读服务，既可在线观看，还可在手机上阅读。收费价格分为包月和单本，包月暂时为 5 元，单本底价为 2 元起。据报道，这项服务推出两个月之后便已发展 10 余万包月用户，单本的阅读量大约每本几百人[1]。此举在初期招来习惯免费的读者一片骂声，收费的阅读习惯正在进一步培养之中。来自出版业内外的人士对这一现象几乎是各执己见，比较统一的看法是，这种阅读收费模式也不失为一种营销加运营的手段。在此基础上发展自助出版模式亦不失为赢利之举。

三　传统出版社发展数字出版采用的赢利模式建议

由于不同出版领域的内容具有自身的独特性，对应引发的数字出版形态特征亦有所不同。在探讨数字出版可行赢利模式的基础上，针对具体数字出版形态特征，可采用的赢利模式不尽相同。目前专业出版和参考书出版比较成熟，教育出版、学术出版以及大众出版均在摸索之中[2]。参照我国出版实际情况，将参考书出版、学术出版并在专业出版领域进行探讨，主要从教育出版、专业出版和大众出版三个领域来探索数字化具体发展问

---

[1]《腾讯新浪搜狐推网站读书收费模式网友强烈反对》，《东方早报》2007 年 7 月 31 日。

[2]［美］约翰·汤普森的分类，详见 John B. Thompson, "Books intheDigital Age", Politiy Press, 2005。

六　出版与文化

题。总体而言，专业出版领域和数字技术契合程度最高，教育出版次之，大众出版为低。如哈珀·柯林斯大众出版领域数字化业务收入占营业收入的1%，高等教育是10%，专业出版达85%—90%[①]。但不难发现，这三大领域发展数字出版之时仍具有各自特色和优势。

（一）教育出版：数字信息服务模式

移动阅读在数字化时代是一种新型的学习方式，用户通过无线移动通信设备获取教育信息、教育资源和教育服务。面对这种移动学习方式和网络化学习环境，教育出版需要根据这种移动性的特点，提供更为有效的信息服务内容。

第一，数字出版时代教材功能创新特点和发展现状。

教育出版物主要以教材教辅为主，此处统称为教材。教材具有自身独特的体系结构，教材是知识的载体，知识结构是教材的基本架构。数字出版立体开发的教材内容，不再是只有图书形态，而是知识整合体。知识结构指"在学科结构的基础上，根据教学任务或课程目标选择符合需要的不同性质、不同层次、不同类型的并以一定方式组织起来的整体"[②]。与学术专著体现知识理论严谨性、系统性有所不同，教材集应用性、系统性于一体，重知识系统传授，并对学生能力训练提供应用。传统图书教材体系结构重心往往落在知识传授上，而忽略了对学生的应用培养体系。数字出版立体开发的教材内容和用于教学的数字内容平台，强调教学中的学，知识传授关系更为互动。

目前我国教育出版主要依托方正阿帕比、超星等技术公司所做的数字化教材，面向图书馆等机构用户采取复本数的赢利模式。这仅仅只是将印刷书数字化，尚没有真正发挥数字出版的功效。高等教育出版社还尝试使用其他方式来促进教材的销售，运用数字技术开发在线学习卡服务。学生可以获得针对教学辅助的大量信息，和老师实现互动问答，实现在线测试。并积极探索从组稿到发行整体运营模式，目前增值业务这一块相对比较成熟。更多的教育出版社目前是投入大量的资金来研发网络学习平台，只为未雨绸缪以应出版业可能之巨变。

第二，海外教育出版发展数字出版重管理、资本、技术、服务。

首先须协调好出版机构内部组织关系，在技术研发上投入大量资金。在当前赢利计算模式下，数字出版投入产出比的悬殊，使投入资金比重始

---

① 《哈珀·柯林斯：困惑中的坚定探索》，《出版商务周报》2008年3月3日。
② 范印哲：《教材设计与编写》，高等教育出版社1997年版，第220页。

终成为各社发展数字出版的掣肘因素。管理者观念的转变和管理体制上的保障，是当前颇为重要的问题。培生教育出版集团桑建平认为，教育与信息技术的结合是历史的必然。在技术仍然是内容的辅助性工具之时，管理者就需要有胆识与在实践中创新的前瞻性，预见技术对于教育的影响与应用，积极说服股东投入大量资金发展数字出版[1]。一些赞同改革的编辑认为，与其做其他奢侈和与出版无关的消费，不如用来作为数字出版研发基金。

其次，在保证资金投入的基础上，同时也要吸收业外资本融入教育出版数字化新领域。如风险投资公司 Apax Partners、OMERS Capital Partners 以 77.5 亿美元收购汤姆森学习集团，Bridge point 技术公司以 10 亿美元收购威科教育板块，爱尔兰教育软件出版商里佛迪普并购美国教材出版社休顿·米扶林公司。吸引业外资本进入本领域，亮点在于教育出版拥有庞大内容资产和升值空间。美国 HM – River deep 软件开发公司涉足网络教学，开发交互功能教学软件，将有限的产品开发成在线互动模式。管理者认为提供可下载软件、互联网产品等形式的服务，并没有印刷和运输成本。

再次，积极建设标准化数据库。通过搭建整合各类内容的在线学习平台，为原有图书销售提供增值服务，并开展终身学习计划和远程学习服务，寻找新的利润增长空间。标准化数据库是内容整合平台的资源来源，培生教育集团数千种信息类图书在线数据库便是为机构客户提供的一种在线服务。

最后，教育出版所采用的赢利模式须落实到基于服务的数字信息模式。教育出版区别于其他出版领域的特点是服务意识，为教学服务是其宗旨。在发展数字出版过程中，教育出版从最初的提供增值服务，形成独立于印刷教材的信息服务。例如麦格劳·希尔的免费黑板服务，通过这一软件平台不同的教育资源可实现交流共享。麦格劳·希尔免费为这个平台提供内容资源，为老师提供免费 WebCT 教学管理系统。Page Out 互动交流在线服务则是指导老师建立和学生交流的讨论区，加强师生沟通。并通过网络提供多种素材，指导老师定制教学所用数字化教材的 Primis Online 服务。另如有出版商开发的 CourseMart 平台，用于和学生交流以了解学习中存在的切实困难并以此优化教育信息服务。这些平台的建设既巩固了原有教材的市场份额，又为远程学习、终身学习提供服务。

第三，我国教育出版探寻的三大赢利模式。

我国学校教育以应试为主，文化强调共性而非个性。在探索教育出版

---

[1] 渠竞帆：《欧美大牌社占领数字出版市场》，《中国图书商报》2007 年 7 月 6 日。

六　出版与文化

数字化的道路上，借鉴国外先进经验，在实际中更要结合本国、本社的自身状况来实施。

首先，考虑数据库服务模式：将资源按照统一的标准，分门别类数字化，建设标准化数据库，为网络平台的查询服务及在线测评提供基本条件。数据库是重要的出版资源，对其进行内容整合开发，实现多种利用，切不可将其内容全部兜售，而要考虑售卖数据库的服务和开发多形态产品。

其次，网络整合平台模式：借用网络平台实现互动教学，将测试、教学资源、教学管理有机融合。研发平台的建设和应用推广，须得到对应学校相关部门配合。尼葛洛庞蒂的数字化生存畅想曾提出"在游戏中学习，一边玩一边学"，致力于教育学习游戏的开发亦大有可为。结合网络平台上的原创文字、课件进行重新组合，发行数字化教材或提供短版印刷。

再次，移动学习定制模式：出版社和通信运营商合作，开发教学短信包定制服务、原创内容手机定制。可在一定范围内的手机群组中开展千人共创一教材之类的活动，在同一年级或学校范围内，发挥每人的聪明才智，对特定教材提供增改意见。此举能满足特定师生的个性化需求，以解决当前教材地域性局限。

最后，网络营销长尾效应模式：实现网络营销，组建永不下架的销售平台，充分发挥长尾效应。在新课标重组教材出版市场、招投标压缩教材出版利润空间等现实之下，运用数字技术吸引更多的教育出版原有份额，提供电子教材、网络教育资源、互动学习等技术支撑，为内容的输出提供保障。

（二）大众出版：与内容相应市场互动模式

第一，数字化背景下大众出版的新动向和发展现状。

大众出版涵盖小说、非小说文学作品、艺术、政治、生活用书、基础知识读物等。这些琳琅满目的出版物和当下社会的大众文化紧密关联。批量生产的大众文化不断以通俗的、重复的、单纯的方式，给受众带来阅读时的文化消费快感。

扫描加工再版书提供按需印刷，利用网站合作营销图书。出版社尝试过这些相对初级的数字出版方式，在此基础上只是考虑如何和移动通信商合作提供内容。而移动通信商已建立移动阅读基地，开始尝试自主开发内容，这对出版社是个重大挑战。在此挑战面前，出版社唯有找寻大众出版数字化之后的特点，把握大众出版文化新动向，力求形式与内容的创新。

大众出版发展数字出版的优势在于可碎片化、方便携带和可提供多媒体的立体化视觉感受。互联网为获取信息提供了极大便利，手机、阅读器的使用也正在加速和深化新一轮阅读革命。这些都打破了印刷书的线性阅读方式,及其所对应的线性、系统的思维方式。当前大众文化与出版的重要特征,更多的表现为跳跃性、碎片化、非线性乃至快餐式的阅读。快节奏的工作使大众总在寻求高效实用的信息,紧张高压的生活使受众始终在寻找大众文化消费所带来的阅读快感。大众文化正是这样"一种带有明显消费特性的文化。作为现代都市人休闲生活的娱乐享受,它被商业机制完全掌控着;以通俗化、游戏化和批量复制化满足市民阶层的欲望、心理和情感宣泄需求,以急功近利的实用性刺激和强化了大众的浮躁心态;以迎合多社会阶层、多文化品位人群的共同需求而获得广泛受众青睐"①。

这种文化之下的大众阅读需求所对应的图书出版,在内容上趣味化逐渐增量,更新内容更快。除内容之外,大众出版物的阅读时间和地点也有所变化。现代社会快节奏移动性的生活、日益庞大的城市规模,使大众阅读时间经常呈现出碎片化的趋势。在出差途中、上下班路上、喝咖啡之时等均成为典型的阅读时空。由于免费的互联网信息日益成为大众图书阅读的替代品,大众出版所涉及的内容大多不属于收藏型,提供短小、相对廉价的信息成为大众出版发展数字出版的一大领域。

在大众出版物内容设计上,数字技术无疑更能简便地实现视觉的刺激要求。如面向儿童的大众图书在书的外观设计上需要别出心裁、色彩鲜明艳丽,以吸引读者。如兰登书屋"问路石"系列丛书,封面不仅设计了箭头记号,还加上圆形"纽扣"标识图案。七种不同颜色的纽扣标识代表七大类别的图书,分别为经典、幻想、小说、纪实、幽默、历史和神秘题材。除此之外,听觉的刺激需求同样不能忽略。开发有声读物为代表的数字出版产品同样是值得考虑的。有声读物能巩固文字阅读的效果,并且能用一种娱乐的方式欣赏作品。尤其是对处于悠长假期的孩子而言,听书更是具有独特的魅力。很多孩子在假期里抛开书本尽情地玩耍,会造成孩子阅读能力的减退。有声读物能够保持孩子们的阅读能力、提高辩论水平、提高阅读兴趣、增强词汇记忆。Stonington 免费图书馆经理南希·杨说强调,对于一些学习困难的孩子,有声读物更是他们享受书本乐趣的唯一之路。

第二,海外大众出版发展数字出版重资本投入、立体化开发。

国际四大大众出版社的代表人物,企鹅出版公司约翰·马金森、兰登书屋彼得·奥尔森、哈珀·柯林斯主席布里恩·莫里和霍兹布林克董事会

---

① 郦锁林:《论原创出版物的生成环境及动力》,《出版发行研究》2005 年第 1 期。

六　出版与文化

成员鲁迪戈·萨拉，一致认为出版社对数字化投资是必要的。海外大众出版发展数字出版的启示有如下四方面：首先，和搜索引擎实现共赢。哈珀·柯林斯总裁 Brian Murray 说："我们认为年轻人喜欢用上网浏览的方式进行阅读，当下在美国每月大约有 100 亿个搜索问题在网上得到解答。所以有必要和搜索引擎建立关系，让大家可在网上搜索到我们的书，这是机遇所在。"[①] 其次，特定领域实施网站营销，建立直销渠道。哈珀·柯林斯市场营销计划是创建一个爱情小说作者的网站，大约 40 位作者进入网站，放上他们的作品和新书等，编辑对内容进行加工。读者可以通过这个平台浏览、看视频、买书等。再次，不同版本图书实现立体化开发。影、视、书立体开发逐渐成为趋势，利用图书的内容创意，拍摄电影、电视剧，实现融合发展。如动画片《极地特快》的内容创意来源于经典童书《北极特快车》。华纳兄弟电影公司和汉克斯的公司合作又将其改编成动画片，再一次激活了该书的文化效应。随着动画片的拍摄，这本历久弥新的《北极特快车》在市面上便出现了精装书的最新版本。最后，和专业出版、教育出版一样，大众出版领域数字内容库的建立和积累是开展数字化的基础，大型出版集团相对雄厚的经济基础和数字出版人才储备同样具有优势。

第三，我国大众出版可探寻的赢利模式。

发展与相应市场互动的赢利模式是我国大众出版可大力推广的。以旅游类出版物为例，传统出版周期过长使其承载信息失效是一大弊端，同时还缺乏互动性。受众往往又需要购买全面的指南类图书，其中所提供的景点、车次及餐馆信息均须是当下时新的。由于传统出版信息更新需要花费高额成本，难以满足受众需求，更无法满足其个性化需求。www.phsea.com.tw 是提供权威的关于澎湖地区旅游信息的网站，包含互享的丰富旅游资料，吸引了众多旅游产品厂商和手持电子地图导航仪制造商，同时还将推出印刷版本的旅游出版物。

大众出版发展数字出版时，更须从数字内容产业整体的思维考虑，不能囿于传统出版业范围的条条框框。发展与相应市场互动的赢利模式，考虑多种形式的数字出版拓展空间。传统出版机构与硬件制造商之间的商机同样不容忽视，如导航仪制造商欲付费取得出版机构相关信息使用版权，并且可考虑从内容提供到涉足生产硬件设备。台湾大舆出版社从事地图与旅游内容，当地排名前十的汽车制造厂生产的汽车均能看到大舆的数字地

[①] 陈昕：《哈珀·柯林斯：困惑中的坚定探索》，《出版商务周报》2008 年 3 月 3 日。

图产品，并于 2001 年开始研制手持电子地图导航器。

国内大众出版市场在这十年间传记文学得到快速发展，明星人物的经历、观点和思想成为图书出版的丰富资源。图书与相应的影视市场相结合，进行立体开发是当前一大热门。出版人可考虑鼓励传记作者开通与图书相关的网站，创办与此内容相关的电子杂志。徐静蕾在出版博客书之后还创办电子杂志《开啦》，并有意打造开啦娃娃品牌，将其塑造成卡通的标志，印制于服装、茶杯等物品之上，通过广告、下载售卖、会员制等方式实现赢利，并以此举办像春季运动会之类的活动，争取赞助。这些举措自然而然贯通了产业链，堪称与内容相应的市场互动模式的典范。

（三）专业出版：基于知识结构的定制模式

专业图书包括法律、金融、科技、医疗等行业的专业用书，包括行业性专著、学术性专著和专业性工具书，为行业从业人员从事专业技术工作服务。专业出版提供功能性较强、能解决问题的信息产品。这一领域图书的受众群体定位清晰，从事研究、教学领域的专家、学者会主动通过互联网搜求相关信息。相对其他领域，专业图书出版数字化发展的制约因素不在于技术，而在于经费及相关政策配合。国际上学术期刊开放存取模式已相对成熟，而在图书领域却值得进一步探究。

第一，专业出版特点和出版特色。

专业出版在发展数字出版时，其基于知识之间关联的搜索、链接特点，是不可小觑的增值属性。出版体现了知识生产、传播、共享和创新的循环过程。在数字出版时代，人们获取知识的途径大为拓展，知识的生产速度加快，对知识的共享、整合、管理等的知识网络体系需求逐渐提到日程上来。知识之间的关联，是对知识进行有效管理须认识到的重要属性。这种关联性在专业出版领域显得尤为突出，专业期刊已在这方面做了比较成功的探索。在图书领域同样涉及科学、技术、医学等各专业领域，每个领域之中知识和知识之间的关联性非常强。

专业图书涵盖的内容使其不仅在结构上具有自身特点，而且在受众群、销售等各方面都有不同的特色。STM 出版是科学（Science）、技术（Technology）、医学（Medicine）出版的简称，科学、技术、医学出版商国际协会（简称 STM 协会）有 30 个国家的 200 多家出版商参加。我国中央、地方科技类出版社和部分大学出版社所出书的品种均在此范围之内。

专业出版受众群定位清晰，从事研究、教学领域的专家、学者会主动通过互联网搜索寻找相关资料，在阅读和使用过程之中往往需要部分专业相关信息，而非全部内容。专业图书出版的受众群多为各行专业技术人

六　出版与文化

员，一般具有较高的文化水平及计算机、网络使用能力。尽管专业图书涵盖各行业创新技术和知识，但由于利润率低，在我国市场份额不足 10%。由于面向受众群相对较窄，专业图书一般印刷数量少，各种直接成本较高。专业图书主要是销售给各大学、研究机构的图书馆，使用人群相对有限。

第二，专业出版受数字技术影响现状。

数字技术对传统专业出版构成了一定程度的威胁，知识的快速更新使得专业出版满足不了读者的需求。图书可能还在印刷厂，书中的观点和知识已被后来者更新，读者宁可选择其他途径获取知识。大学图书馆是专业出版所对应的主要销售对象，由于信息检索技术高速发展，读者能极其便捷地在各数据库中搜索资料。习惯用计算机写作的一代，喜欢将所有的资料存储于硬盘之中，方便携带、快速查询内容。

然而社会上对新知识、新技术的需求使这种独特的信息产品具有稳定的市场和持续的发展潜力。随着科学的发展、社会分工的日益细化，专业出版的市场前景看好。在美国行业高度集中，三家出版集团占据 90% 的份额，深度细分。目前我国存在专业出版大众化、专业出版不专业的弊端，为此应强化形成自身专业的特色，使专业出版真正在本领域起到引领知识创新的作用。有的行业面临出版资源市场化的挑战，需要面对垄断资源减少的问题。市场还可采取直销的形式，建立读者数据库。

由于专业图书读者面窄，一旦断档、绝版、脱销就很难再次印刷，POD 可解决专业图书出版生命周期不断缩短等问题，可及时修订，实现随时更新。按需印刷还能为个性化和特色化的服务提供良好的平台，拓宽发行范围，缩短出版周期。在台湾出版界总结出获利平衡点的衡量标准，认为印数 1000 本以下的适合 POD，事实上早期的标准约为 350 到 500 本，但因为技术的不断提高，这个衡量标准的数量将不断提高。在内地出版界总结的获利平衡点标准一般为 300 本左右。[①]

第三，专业出版发展数字出版的赢利模式。

基于知识结构的定制模式是专业出版发展数字出版的契机。专业图书内容呈现出链接的重要性，知识之间的关联是专业内容的一大特色。《哈佛商业评论》原执行编辑尼古拉斯·卡尔曾在不列颠百科的博客上写道："那种逐句逐段地去理解世界的深思冥想者，已经一去不返了。他被那种在链接和链接之间冲撞的飘忽不定之人所取代，此人在连续不断地成排更

[①] 陈绮贞：《POD 生产机制对出版社之影响》，《印刷科技学会会讯》2006 年总第 78 期。

新的孤立元素之间以及在映象中更新的映象之间变魔术似的将世界显现出来。思维的线性变化成了印象的非线性。"① 正是基于这种知识之间的关联,清华同方从 1996 年开始做知识内容整合的工作,按照知识体系及其内在联系,将分散无序的各类文献资源整合在一起。在高等教育出版社研究生著作和学术出版中心,如能进一步推广高教社在其他分社进行试点的数字化经验,其专业出版数字化定制也不失为可探索的项目。在内容结构化基础之上,法律、金融、卫生等专业出版领域的出版社可发展信息定制。

定制模式离不开以客户为中心的理念,约翰·威立的 Steven Miron 认为,过去出版社出版图书都是以产品为中心,现在已变成以客户为中心的经营理念,即网络技术创新使其能为客户提供更加符合需要的内容和服务②。以客户为中心,面向特定人群的信息定制模式是当前出版业亟待探寻的一种赢利模式。在单纯满足受众知识结构单元内容的提供基础上,面向特定专业人群,提供某一具体领域之内的文献综述、信息定制,将不失为一种赢利选择。

四 数字出版实现赢利的重要途径及展望

出版与智能移动终端的紧密结合是数字出版实现赢利的重要途径。无论是门户网站、技术提供商还是传统出版商,移动终端的应用是重要的一环。在诸多移动终端之中,手机无疑集诸多功能于一体。在媒介发展史上,电视可实现广播的所有功能却胜于广播,手机不同于互联网却能实现互联网所有的功能。手机还具便捷性、移动性、信用性和私密性等诸多互联网无法企及的优点。搜索引擎和手机制造商之间的较量已见端倪,在 2008 年世界移动通信展览会上,谷歌展示了基于 Android 操作系统的 Gphone 手机,旨在为用户提供质量更高的网络服务,也意味着人们将能利用手机高效率地进行网络阅读。毋庸置疑的是,出版业与手机的结合会是一大亮点。用手机流通数字内容、用手机便捷支付,甚至用手机直接创造内容。

日本手机电子图书市场增长迅速,畅销小说有半数来源于手机用户创作。先在手机上创作原创的新故事,用小说的概念,使受众怀着极大的热情来创作更短的故事,通过手机首次发布③。内容创意在手机传播中获得

---

① 来自 2007 年 8 月 28 日北京国际出版论坛上霍和·高兹题为《参考工具书的划时代转变及其对书籍、阅读和书面语言的未来意义》的发言。
② 陈昕:《约翰·威立:商业模式不断丰富和升级》,《出版商务周报》2008 年 4 月 15 日。
③ Tomi Ahonen, "Communities Dominate Brands: Business and Marketing Challenges for the 21st Century", http: //communities-dominate. blogs. com/brands, 2007 年 6 月 1 日。

六　出版与文化

认同之后,印刷版本的图书、创作电影剧本、出版同步的漫画书以及上电视节目等产品形式接踵而至。有位评论家预言:到2012年,《纽约时报》的畅销书榜上会有日本畅销手机小说作家 Keitai Shousetsuk 的作品[①]。或许这种预言有些保守,随着手机数据服务的日益成熟,内容产业融合日益紧密,利用手机生产、流通和销售数字内容会成为平常之事,只要在手机屏幕上轻轻点击就能获得数字内容,就如日常生活之中去便利店购买消费品一样方便。浙江移动近日推出的手机动漫服务,通过动漫集数零售和包月两种支付方式,实现数字内容在线支付零障碍。

移动通信商积极筹建移动阅读基地,为手机提供特定的原创内容;亚马逊在网络书店运营的基础上,进一步推出 Kindle 二代电子阅读器;一些液晶显示屏研发公司逐渐关注阅读器领域的开发。一场移动终端的战火日渐转移至内容生产领域,也为出版业发展带来巨大的挑战。数字出版赢利模式的探寻之路仍是一段漫漫征程,技术的支撑同样需要不断更新换代,然而始终不变的主题是需要出版人具有数字内容产业的整体思维,充分发挥想象空间。

（原载《求索》2009年第7期,《新华文摘》2009年第21期全文转载）

[①]　《日本半数畅销小说源自手机》,《中国图书商报》2007年12月7日。

出版社数字内容管理平台的构架与实施

陈 洁

数字内容管理具有双重意义，既是一种对资源的管理，又是一种生产方式。出版社数字内容管理平台的组成包括数字内容库、数字内容管理系统和数字内容发布系统，具有数据采集、处理、加工、存储、传输等综合功能。从国内外相关数字内容管理平台实施的现状经验可以发现，数字内容管理平台的赢利模式、管理模式、人才培养模式和标准模式是数字内容管理平台实施过程中的关键点。

数字内容是将图像、字节、影像、语音等资料加以数字化并整合使用的服务、产品。欧盟"INFO2000 计划"中把内容产业的主体定义为那些制造、开发、包装和销售信息产品及其服务的产业。内容产业的范围包括各种媒介上所传播的印刷品内容（报纸、书籍、杂志等），音像电子出版物内容（联机数据库、音像制品、电子游戏等），影视传播内容（电视、录像、广播和影院）等。[①] 内容产业涵盖印刷、电子、音像等多种媒介上的传播内容，而数字内容则是将内容数字化整合使用的服务或产品。

对于内容管理，目前尚无统一定义。一般认为它是借助信息技术对内容进行创建、储存、分享、应用、更新等，实现原本分散的内容资源的重组、综合管理和深度开发，在企业、组织、业务等诸方面产生价值的过程，包括网站内容管理、出版（或媒体）内容管理、企业内容管理等。同时，内容管理还广泛应用于数字资产管理、电子政务、数字图书馆、企业信息门户等。内容管理系统是能够支撑内容管理的一种或一系列工具的组合。从分类上看，内容管理主要有媒体内容、企业内容、网站内容管理等，适用于数字化的政务管理、图书馆、商企信息、资产管理等，其支撑

[①] 参见 European Commission，Final Evaluation of INFO 2000 programme，http：//www.cordis. lu/econtent，2015 – 06 – 18。

性（一种或一系列）工具组合则是内容管理系统。出版社对数字内容资源的管理是数字出版赢利模式运作和优化的保障，也是图书出版行业将数字化免费内容转变为收益价值的契机。

一 出版社数字内容管理平台的组成及功能

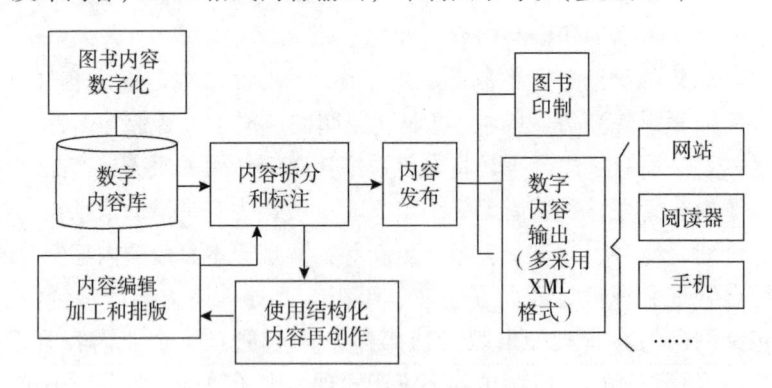

出版社数字内容管理平台包括数字内容库、数字内容管理系统和数字内容发布系统。数字内容库是指存储原始信息和成品信息的集合体，对数字内容具有管理和应用双重作用。数字内容管理系统具有数据采集、处理、加工、存储、传输等综合功能，如高等教育出版社在引进基础上加以改造研发的适合我国出版社的内容管理系统。数字内容发布系统则是负责数字内容的展示，主要有网站、阅读器、手机等终端形式。

数字内容管理平台能够创建、发布、传递数据和信息，导入和创建文档及多媒体素材，能确认多级别的用户身份，包含内容提供者、内容服务者和用户，并实现有效管理。能对书稿加工任务实现全程协作和沟通，并能发布内容到可检索的数字内容库。数字内容管理平台同样也可以是数字出版生产主体交换有无、资源共享的手段方式，通过平台之间的相互关联，内容资源能够线上存取，有利于其协同开发。数字内容管理平台的建设步骤主要分以下几点：建设数字内容库；编辑加工内容；拆分标注内容；发布内容；XML 格式内容输出；印刷图书等。（参见图 1）

图 1 出版社数字内容管理平台

从图 1 可以看到，出版社数字内容管理平台包括数字内容库、内容编辑加工和排版、内容拆分和标注、数字内容输出及内容再度开发等各部分。其中，数字内容库的建设是基础性工作，主要包括两项工作内容：一是把没有数字文档的原有图书内容进行数字化，另一项工作是对已有数字文档的图书内容进行格式统一等整理工作，支持批量检索和统一调用。例如，2012年哈珀·柯林斯360项目中包括的电子书已有4万种，丰富的库存内容保证了出版公司得以在网络销售平台自如地发行数字内容产品。又如，西蒙·舒斯特网站上拥有超过1.7万种电子图书供读者购买。[①] 2015年4月，西蒙·舒斯特宣布和Playster合作，由此成为在数字内容平台上以订阅模式提供电子书服务的第二家主流出版商。尽管在合作初期西蒙·舒斯特只提供再版图书的电子书，但是今后随着合作的扩大，美国及全球畅销书都会得到无限量提供。[②] 另外，其他一些出版集团不满足于与亚马逊、Google的合作，开始致力于建设自身数字内容库。Hachette出版集团在亚马逊"可查找项目"中有数千种图书，在谷歌图书搜索项目有14000种，霍尔茨布林克（Holtzbrinck）出版集团则有10000种图书为谷歌图书搜索项目所涵盖。阿歇特出版集团的Maja Thomas在2007年对外公开表示要建设自身的数字内容库，霍尔茨布林克出版集团的Brian Napack则表示要朝着兰登书屋和哈珀·柯林斯的方向努力，从建设数字内容库做起。[③] 内容库不仅存贮着出版作品的各式版本，也需要为作者的原始稿件留底保存，以应对可能存在的版权问题。在线数字内容库可以减少纸质图书的库存问题，也能够发挥长尾效应，发掘小众图书价值。

数字内容管理平台的另一个主要功能就是在线进行内容的编辑加工、排版和校对。针对同一书稿，出版社可实现多用户协同加工，并能保留各阶段修改数据，在技术上能在此平台上完全实现三审三校。除了编辑加工的内容，内容管理平台往往需要核对元数据记录，能够在内容呈现不符合预期效果时准确找到错误的编辑操作，或是在某一进程失败或不良修改之后恢复上一版本的编辑内容。通过数字内容管理系统和数字内容库、数字内容发布系统的联通，同一内容资源可以在内容管理平台中被反复加工使用，多次发行，真正实现"一种内容，多种出版"。高等教育出版社的内容管理系统（CMS）能够对图书、期刊、多媒体素材、试题库、数字课程等结构化内容和非结构化内容进行统一存储、查询和管理，支持数字化资源的社内共享和二次集成，为对外运营服务提供内容支持；此外，能够

[①] 西蒙·舒斯特Simon & Schuster网站ebook栏目：http://www.simonandschuster.com/search/books/Format-eBook/_/N-i8f/Ne-i7h，访问时间：2015年6月5日。

[②] 李慧楠：《西蒙舒斯特在Playster订阅平台上提供电子书》，http://www.bkpcn.com/Web/ArticleShow.aspx?artid=123220&cateid=A1804，访问时间：2015年4月22日。

[③] Rachel Deahl, Publishers Join the Digital File Race：Assembling assets for marketing and distribution, Publishers Weekly, 2007-3-29.

分离内容和版式的中文自动排版系统也已投入应用，做到了与不同输出格式的兼容性能。

此外，数字内容管理平台还能实现与营销网站的对接，省去了传统图书发行中必须经由库存、运输、分销的烦琐步骤。通过数字内容发布系统制作的书稿，能自动保存封面、摘要、版权页、目录等数字内容，在营销网站上自动生成图书基本信息。更进一步地，出版社可以把平台上生成的数字产品直接链接到电子商务网站上在线销售，例如出版社网站上的图书售卖页面，或是亚马逊、当当、京东等电商平台。

数字内容管理平台特别适用于按需出版、定制出版、自助出版等新型数字出版模式。以自助出版为例，作者将自己的作品原始稿件上传到内容库进行数字化存档，在线签订相应的出版协议并支付出版服务费用后，编辑加工人员即从内容库中调取出稿件线上完成编校与排版工作。作者自主选择封面风格，数字内容管理平台自动生成版权页、目录等内容，作者即可从数字内容发布系统上获得作品电子版，同时备份存入数字内容库。该系统支持各类阅读器所需的格式转换，也能按需打印成纸质图书，邮寄给作者。一些自助出版平台则将这些电子作品向公众销售，利益与作者分成。内容出版在这一模式下完全地在线化，出版的门槛大大降低，因此有人认为：数字出版的高效化将实现人人出版、全民出版。

二 国内外数字内容管理平台实施现状

数字内容库是数字内容管理平台建设的基础，包括统一原有数字文档的格式、积累数字内容以及数字化已有图书。英美等国的出版商预见了未来出版社将以出售数字内容为主要业务，所以他们在十几年前便开始数字内容的积累，并首先着力于建设自己的数字内容库。早在 2005 年底，哈珀·柯林斯就出资数百万美元，创建了全球出版业的首个"数字仓库"，将 1.2 万种图书扫描入库。兰登书屋每本新书都是纸质版和电子版同时推出，到 2013 年兰登已有 4 万多种电子书。2015 年 6 月 6 日西蒙·舒斯特的电子书库存量也达到 17784 种。又如，约翰·威立公司 1997 年即开设了科学、技术、医学和学术专业出版在线平台 Wiley InterScience，有近 500 种期刊、33 种回溯文档集、3200 种在线图书、83 种参考工具书、13 种数据库和 15 种实验室指南。在成功地并购布莱克维尔后，约翰·威立又将布莱克维尔的图书添入在线平台，2008 年 InterScience 的在线图书超过 5000 种。2009 年，威立－布莱克维尔在保留目前 Wiley InterScience 和布莱克维尔 Synergy 的界面和功能的基础上提供全新的在线平台，在线提供 1300

多种期刊和 5000 多种图书以及各种参考工具书、数据库和实验室指南。

一些大型出版集团，尤其是专业出版集团数字内容管理平台建设的效果已经显现。汤姆森集团在其 2006 年财务年报中谈到业务亮点时指出，数字内容业务汤姆森 Plus 在进入 2007 年之际已经产生了 2500 万美元的收入，2008 年年底，它还将产生约 1.5 亿美元的收入。约翰·威立集团将其出版内容通过交互式工具和平台传输给消费者，人们能够直接得到他们需要的职业和专业信息。德国霍尔茨布林克出版集团与美国 Ingram 数字集团在 2007 年 6 月宣布双方开展新的合作，前者将使用 Ingram 的数字内容管理平台 CoreSouce，作为其下属出版社数字化的延伸。这一平台将管理文档，开展有声读物以及数字内容的营销，并且长期负责管理数字内容及数字化发行等服务[1]。在英国，剑桥大学出版社、牛津大学出版社的数字出版业务方面的收入增速也明显超过了传统出版业务，数字内容出版将成为其未来的主要利润来源。

在国内，高等教育出版社、电子工业出版社、商务印书馆等众多出版单位也在加快建设数字内容管理平台。高等教育出版社将"数字化兴社"作为高教社未来发展的三大战略之一，其数字化内容管理系统（CMS）通过统一的信息化管理平台，建立了资源共享和个性化定制服务的体系，达到集成多媒体内容资源进行"多元同步出版"的目的；同时建立了新的数字出版流程，集图书内容结构化、元数据标注、入库管理、多渠道发布于一体。2004 年，高教社在"高等教育百门精品课程教材建设计划"项目实施的基础上启动了"资源库和教学内容集成方案建设项目"，即出版者根据不同的教学要求，在资源库中寻找合适的内容，结合教学经验集成出对应的教学内容集成方案。为更有效地实现数字内容服务，2005 年他们又启动了"内容管理系统建设工程"，是集数字内容素材采集、制作、应用于一体的资源共享的管理系统。而在 2013 年 10 月正式投入使用的"高等教育出版社产品信息检索系统"是一款专门服务于用户了解高教社最新图书及其相关产品的应用系统，通过针对工作人员的 Mimi iPad 和针对用户的定制 U 盘两种不同终端将产品信息及时、准确、便捷地传达给用户，创新地做到了数字化推送印刷书目。[2] 截至 2015 年 6 月，高等教育出版社根据不同专业教学需求制作了本科院校适用的数字化产品

---

[1] Ingram Digital Group and Holtzbrinck Publishers an-nounce long term alliance，http：//www.ingramdigital. com/index. php? option = com-idvnews&id = 22，2007 - 06 - 01.

[2] 白静：《技术一小步，营销一大步——"高等教育出版社产品信息检索系统"发布》，《出版人》2014 年第 1 期。

88 种。

  首先，这个系统能将各类多媒体资源按照统一标准汇集，为内部资源共享、二次研发提供强有力的保障。其次，研发基于 XML 结构化的自动中文排版系统，已成功应用。与目前国内广泛使用的排版系统相比，这一系统能够实现内容和版式分离，内容颗粒度可随意定义，支持定制出版，实现和多种输出格式的兼容。在高教社理工、高职、中职等分社试点运行中，第一期已全部上线。目前正在开发的第二代电子图书，不仅在内容上实现了和第一代电子图书一样的数字化，而且与别的图书内容实现关联，与内容管理系统中的多媒体资源也能动态关联，随着系统中内容的变化而变化[①]。从最终输出产品形态来看，能够根据用户喜好，开发不同载体的图书内容。除此之外，内容管理系统还能为各分社的销售平台提供图书基本素材，从编者按到目录应有尽有，省去了下属网站维护更新的精力和时间。

  在此基础之上，高教社还积极发展在线学习服务平台，其中的代表产品为 4A 网络教学平台，它创立了"学习卡"增值服务模式。这一平台能够根据读者不同的要求，实现灵活的自我测评、界面定制、互动问答等功能，有效提高学习效率。目前，他们新开发了基于 JSP 技术的 4A 网络教学平台。新平台能适用于多种操作系统，如 Windows、Linux 和 Unix，多种浏览器，如 IE 和 Firefox，支持多种数据库，可以与学校教务管理共享数据。目前还需进一步研究与开发数字内容与纸质图书结合的功能。高等教育出版社委托中启智源公司研制了电子商务平台高教社网上书城，从而使数字内容的管理平台有了输出渠道，内容产品的分发有了可行的途径。通过高教社网上书城的新书上架、畅销榜、大中专教材馆、教师读物馆、外语馆、考试馆、学术著作馆展示等栏目，用户能够清楚全面地在网站上获取高教社的数字内容产品和数字化服务信息，经销商在登录平台后，可以获取订单处理状态、产品运输状态等各类信息。

  与数字技术公司合作是高教社数字化转型飞速的重要原因，高教社正是充分利用了蓝色畅想图书发行公司的渠道优势。该公司的电子商务平台，为高教社的数字内容管理平台提供了输出的渠道，为数字内容的分发提供了有效的途径。通过学林网的新产品、推荐产品、畅销产品、获奖产品、重点产品等展示栏目，建立可全面展示数字化产品和数字内容服务的虚拟空间，提供全面而准确的产品信息服务，使经销商可以通过登录该信

---

① 陈洁：《教育出版数字化发展探索》，《中国出版》2008 年第 5 期。

息平台及时获取订单处理状态和产品运输状态等方面的准确信息。

另一些出版社则委托技术开发商研制数字内容管理系统,浙江联合出版集团等的数字内容管理系统委托九州时讯公司研发。电子工业出版社资源管理系统2012年3月起始招标,到2013年6月全系统验收通过投入使用,目前电子工业出版社正依托资源管理系统进行数字产品的策划和设计,探索如何依托互联网开展知识服务和信息出版。① 在我国台湾地区,目前同样有多种数字出版管理系统及数字版权管理系统。除出版商自行研发的管理系统外,还有系统厂商、DRM厂商为数字出版物设计的管理系统和数字版权管理系统,例如汉世纪、凯旋、凯立、伟硕、永丰数字等研发的数字内容管理平台。总而言之,国内诸多出版社已经在数字内容管理平台建设上有所成效,迈出了传统出版数字化转型的重要一步。

三 数字内容管理平台实施过程中的关键点

数字内容管理平台的实施建设并不只是一个技术的问题,尽管出版社可以出资请技术公司全权负责数字内容管理平台的建设,但是落实到使用和运营,终究绕不过赢利模式、组织结构、人才管理和标准格式,这些方面都离不开出版社通过自身的努力并进行不断的尝试。

(一) 鼓励、扶持创新,积极探索赢利模式

出版社在建设数字内容管理平台的过程中,短期内可能不会有预期的投资回报率,于是,如何实现赢利成为数字化主管们当前最为困惑的问题。传统出版社收入主要来源于纸质书的出版,每年用于数字内容管理平台建设的投资正是来源于此。而每个出版部门需要自负盈亏,由此会带来一些传统出版业务人员的不满——在他们看来,从事数字内容管理平台建设的人就是在用他们辛苦的经营收入来做没有结果的项目。虽然几乎所有的人都能预见数字化的趋势,但是没人能用确切的数据来证明这种投入怎样能带来额外的赢利,而不仅仅只是原有图书内容的增值。

数字时代,内容是读者消费的根本动力,但却不一定是利润的直接来源。除了在线阅读付费是直接从内容获利的,服务、终端、衍生产品、版权、流量等都是目前数字出版产业可以获利的因素。国外大型出版企业,如爱思唯尔、施普林格、约翰·威利、亚马逊等,几年来都建立起了成熟的赢利模式,国内不少数字出版产业主体也通过多种方式形成了稳定自主的赢利模式。根据利润来源的环节和与出版产业的相关程度,数字出版赢

---

① 李宏:《如何建设数字资源管理系统》,《出版参考》2014年第10期。

六　出版与文化

利模式可以分为数字出版内部与内外互动两大块。在内部，从数字加工出版、内容产品到数字阅读服务、阅读终端，每一项都可以是出版企业实现赢利的点；在外部，周边衍生和交叉补贴是内部出版企业和相关产业实现赢利的途径。具体模式分类包括基于作者收入点的"数字加工出版＋数字阅读服务"型，基于读者收入点的"内容产品＋数字阅读服务"型、"内容产品/数字阅读服务＋数字阅读终端"型、线上线下IP产业互动模式、广告租赁模式。具体又可以再细分为开放存取期刊模式、在线网络自我出版模式、数据库模式、在线付费阅读模式、在线教育模式、电子阅读器模式、移动增值服务模式、平板电脑模式。（参见图2）

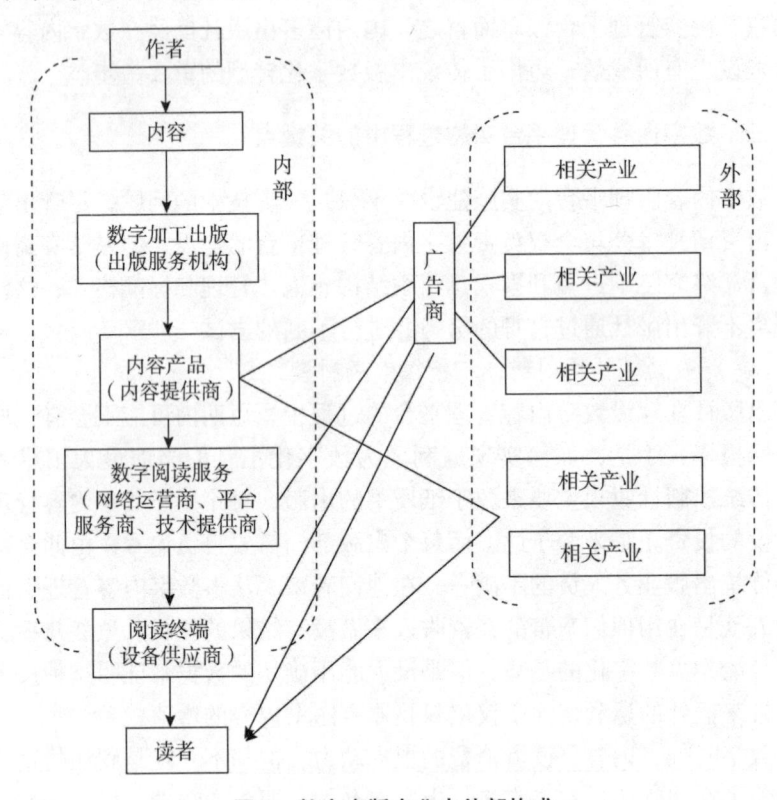

图2　数字出版产业内外部构成

不同出版企业掌握的资源不同，导致其能够成为收入源的也千差万别，这种多收入源叠加的赢利模式态势既是我国数字出版产业的常态，也对产业链各主体合作提出了要求。目前国内许多实现赢利的数字出版商都以延伸产业链角色、跨领域合作的方式达到编辑加工、内容产品、平台服务、终端设备、广告、衍生产业等多种收入源叠加的模式来满足消费者全面的阅读体验需求，大模式套小模式的复合结构亦成为赢利模式的外在呈现。对于出版社来说，开展数字出版业务和与相关文化产业主体合作分成，是相对可行的赢利方式。前者的具体形式可以包括在线自主出版收取服务费、按需印刷服务费、电子书付费下载等。后者则更加多种多样，例如许多出版社与大型阅读平台合作，授权其优质图书的版权，或是授权影视制作商进行作品改编，参与收益分成。在多种媒体融合发展的趋势下，出版社的优质图书版权是其优势资源，通过新媒体的渠道和营销资源可以推动这部分优质内容资源的传播发行，这也是出版社赢利模式创新的关键所在。

此外，数字化的过程经常会受到传统生产实践经验的限制，影响数字化相应配套的组织结构建设。赢利模式的架构尤其需要注意不落传统出版思维窠臼，出版社的定位应当是内容提供商、出版服务商，而不是图书销售商。与此同时，还要消除对数字化实践失败的恐惧心理，应鼓励和支持创新，有尝试和突破的决心。数字出版赢利模式探索中的失败在所难免，但是前途是无限光明的。

（二）整合各部门力量，寻求配套的管理模式

在数字内容管理平台的实际建设过程中，科学管理、资金分配、计算机技术水平、专业化人才配置，以及管理者的主观认识，都是影响数字内容管理平台最终成果的关键因素。在数字内容管理平台的建设活动中，出版社的管理层往往会发觉许多决策皆涉及传统出版文化与新兴数字出版文化的矛盾。目前国内传统出版社通常采用设立数字出版部门的方式，进行数字化建设，例如广东人民出版社于2008年成立了"新媒体内容编辑室"负责数字出版业务，南京大学出版社在2012年初创设了数字出版中心，北师大出版集团成立数字出版部。新出现的数字出版部门主任角色在整个出版社组织系统中的地位日益提升，很快不再是编辑或印刷产品市场营销主任的附属，而且对印刷版本的编辑和营销越来越起着重要作用，更重要的是在出版一切格式内容的组织结构中起着关键作用。[1] 出版社传统的图书生产部门或是出于对数字出版的不看好、不理解，或是出于害怕被新兴数字部门所取代，会对数字出版部门产生排斥心理。

---

[1] 参见 Martyn Daniels, *Digitisation of Content: the Opportunities for Booksellers and The Booksellers Association*, The Booksellers Association of the United Kingdom & Ireland Limited, First edition November, 2006, p. 43.

出版社数字内容管理平台的实施，不能只依赖出版社的一个部门，而需要全新配套的运行机制与管理模式。各部门之间的配合是数字内容管理平台实施过程中重要的方面，可往往被人们忽略。出版社领导层总是过分关注数字出版部的技术研发情况，而这种过分关注从另外一方面也给新兴部门带来压力。负责数字内容管理平台建设的部门均是新设立的，表现为崭新的办公硬件和新进人员，无形之中，与出版社业务主要负责人可能会产生心理隔阂。传统出版和数字出版的巨大差异必然导致两方部门人员观念和生产上的矛盾冲突，上层管理者既要吸收传统出版的经验又不能被其所束缚，在出版社上下建立起对数字出版未来的普遍信心。因此，数字出版部门与其他部门之间的合作和沟通需要花费更多的精力、物力来实现。

从组织管理上来看，项目制能改善这种情况。具体来说，当数字出版部需要选调各部门的精品图书进行标注时，可以成立一个机动的项目组，成员由各相关部门选调。如此一来可切实解决内容与技术之间交流不畅的问题，使选调的图书真正是值得进行拆分和标注的。比如有的书尽管是部门的年度精品书，但是来年已计划改版，这种信息往往不会传达到数字出版部，而项目组就可以很快获得这一信息。另外，收益直接和项目挂钩，也能解决数字出版部员工只能靠基本工资和补贴收入的问题。浙江教育出版社新成立的数字出版部，在与原有部门的协调方面做得可圈可点。如为了能在数字化建设中获得其他部门的鼎力支持，为全社各部门提供信息服务也成了数字出版部门的必要工作。

国内目前的出版社大多尚停留在冀望于社内一个部门统管数字出版的一般事业单位管理模式，工资、奖金也是原来的目标责任绩效提成，这样的结果是数字化进程缓慢、数字内容产品生产效率低下。必须采用与IT企业相类似的、对于出版社来说是全新的运行机制和管理模式。

（三）积极投身出版教育和培训，探索数字出版人才培养模式

面对出版业数字化新动向，数字出版人才需求问题日益凸显。在数字内容管理平台建设等具体环节，也需要配备技术、管理相通的复合型人才。出版社本身自然需要引进这种复合型人才，同时运营各种激励制度留住人才。但是从根本和长远来考虑，出版社的数字化转型需要出版教育界的鼎力相助。政府的支持和经费的资助诚然是对出版社开展数字出版的最大帮助，但是这种补助并非万能，督促、引导数字出版人才的培养才是长远大计。

由于培养和引进机制的限制，当前出版社极其缺乏相关技术人员。一

方面，全国目前从事网络内容出版的人员约30万，没有受过系统的职业培训，奇缺数字出版产品的研发、营销、管理等专业的人才；在政府管理层，既懂技术又懂管理的高级复合型人才同样极其匮乏，因此对数字出版单位的宏观管理和监督不是特别到位。另一方面，却是有的高校出版专业本、专科毕业生就业形势日益严峻。鉴于此，出版专业的产学研合作显得更为重要。可惜出版社面对当前的数字出版人才市场，只能以模糊化的表述来提出人才的要求。在培训方面，出版社的工作人员，由于掌握丰富的从业经验和专业知识，所以无论出版形态如何转变，他们都是不可或缺的，但是，他们仍然需要再培训，需要知识结构的补充和完善。

产学研一体化是当前较为理想的人才培养思路，它在更多时候是从高校教育者、编辑出版专业学科建设者的角度提出的，出版社同样也可以以此为方式进行人才引入，高校在读学生是出版社最好的人才源泉。具体而言，出版社与当地高校建立合作关系，委派一线工作人员到校内课堂为本专业学生答疑解惑，或是让一些行业专家长期担任校外讲师，开设课程。同时制定一系列的出版社考察参观和实习计划，从实习生中挑选高素质的学生，使其毕业后留在出版社工作。出版社与高校合作建立起的品牌口碑，又能够吸引其他学科专业的应届毕业生求职应聘。定期展开研讨活动，与高校教师共同研商专业培养方案，旨在使学生的培养结果符合产业对复合型人才的素质要求。

（四）加强业内电子书格式协商，推动确立行业统一的数字出版标准模式

标准格式的统一除了能够起到规范和共识的基础作用之外，还是促进行业良性发展的前提与外部保障。五花八门的电子书格式，纷繁复杂的数字出版参与主体，不惜成本和远期利益的扩张性竞争，以及鱼龙混杂的数字出版物内容和种类，在没有权威标准格式的市场状态下，使整个数字出版产业的畸形发展渐露端倪。行业统一的数字出版标准模式是以数字出版领域的秩序化实现有限资源利用效益的最大化[1]，有了统一标准格式之后的数字出版物可以顺利地经由内容提供商之手，推送给下游的读者和用户，中间不需要再对其进行反复加工和资源的整理，一次加工之后就可以多次利用，大大节省了中间环节的成本和时间投入。格式本身即是一种规范，所有参与数字出版生产的主体，都需要按照格式的标准对数字出版物加以修正。

---

[1] 黄宪蓉、郝婷：《数字出版标准与法规体系研究》，《科技与出版》2012年第3期。

六　出版与文化

　　以电子书格式为例，目前数字出版市场上可用的格式种类繁多，常见的有 epub、html、txt、mobi、caj、pdf、exe 等。电子书市场格式的混乱，不仅对用户的阅读体验造成不良影响，各个出版商内容库无法实现资源共享，成为阻碍电子书及其他同类数字出版物发展的一大问题。如果要将一本电子书被多个主体使用，就需要对其进行多次的格式加工，费用很高。但是，从数字出版商的心态来看，如果采取了统一的标准，有可能会对优势企业造成竞争上的威胁，之前依靠格式和内容积累起来的优势会逐步丧失，因此不愿意进行格式统一。

　　数字出版标准格式是置于同一个语境下来探讨的，面对严峻的数字化生存问题，出版社"抱团取暖"同样少不了在标准格式方面达成共识，确立全行业统一的数字出版标准模式。其中，epub 格式是目前全球普及率很高的电子书格式之一，该格式也是国际数字出版联盟主要推广的格式，与苹果、谷歌、索尼等诸多大型企业有深度的合作，在英美国家的认可程度也很高。人民出版社主要采用 epub、pdf 和 xml 格式，上海世纪出版集团在辞书阅读器上使用 epub 格式，与 pdf 一样，也有很广泛的应用。因此，数家出版社可以小范围地结成行业同盟，统一使用 epub 格式以实现出版社数字内容管理平台的资源互通、共享，再逐渐扩大影响力推动全行业的协商和统一。对于一些小型出版社来说，这一举措尤为重要，它们必须主动适应大环境的标准格式，标准格式的参差不齐会大大增加其出版成本，使其在数字出版转型中雪上加霜。当然，数字出版标准格式不只是业界出版单位的问题，行业统一的数字出版标准模式也需要政府管理部门的积极推动，提供各大出版商坐下来对谈的平台，同时出台相关政策，制定相应的法律，为标准模式创造良好的外部环境。

　　出版社内容管理平台是传统出版生产环节通过数字技术高效化的手段，但是它并不会从根本上动摇出版社作为文化传播者的角色定位。有研究者曾提出，出版生产活动包括流程工艺和学术评价两个部分，编辑加工和营销发行属于前者，选题策划与守正品质则属于后者。传统出版流程工艺被数字化技术取代可谓是大势所趋，数字内容管理平台的构架与实施是其中重要的一步，只要保证了出版内容的精品质量，出版社就应当相信自己在数字出版产业链中不可或缺的地位和价值，也就不需要对数字出版转型充满疑虑。

（原载《科技与出版》2009 年第 1 期）

数字出版人才培育的多维探讨

陈 洁

传统出版数字化转型对出版工作者提出了新的素质要求，出版单位内部传统出版单位人设更迭依然阻力重重。传统出版知识和数字化技术双修的复合型人才是培养的目标，然而目前数字出版市场需求和人才供给出现了严重的失衡。从源头看，高校编辑出版学专业缺少相应的培养模式，进一步导致专业师资队伍的匮乏。在产学研一体化思想的视角下，课程教学改革模式应当引入学科交叉模式、第二课堂模式、专题训练模式、案例分享模式、积分制考核模式等五种具体模式以培养复合型人才。人才培养是百年大计，需要管理部门、教育界、出版界长期通力合作。

有着600年历史的法兰克福书展，历来是全球出版业的风向标。近期书展主题是"数字出版"，召开之前，主办方所做的调查表明，40%的人认为在2018年，数字出版将会赶上传统出版。面对出版业新动向，数字出版人才需求问题日益凸显。出版界需要数字出版人才，但又对此需求既质疑又茫然；教育界意识到数字出版新动向，又不知从何做起或是如何采用激进的改革措施一蹴而就；管理层倡导业界尝试数字化转型，并对转型有所资助固然重要，但促进出版与教育的有机结合，督促数字出版人才的培养方是长远之策。以产学研一体化为指导思想，从源头的高校教育切入进行数字出版人才培养的改革，或成为解决这一矛盾的可行之径。

一 传统出版的茫然与人才培养的失衡

面对数字出版的巨大浪潮，传统出版单位往往经历了从质疑到焦虑的心态转变，当他们发现数字化趋势不可逆时，除了投入大量资金引进人才，便只能对高校的人才培养报以期望。但是结果可想而知，眼下高校的编辑出版学教学体系、课程设置却仍然在陈述一个若干年前的产业模式，课堂理论和应试考核难以提供数字出版所需的专业人才。于是，产业需求和人才培养发生了结构失衡,高端出版人才供不应求。

(一)传统出版单位人设更迭阻力重重

尽管出版界都意识到数字出版的重要性,但是对于很多从事具体出版实务的出版人而言,数字出版仍然是孤立于传统出版之外的一个新奇却又不知明确内容的事物。不少出版社已经招兵买马开展专门的数字出版研发工作,但在出版社数字出版工作中,领导层会发现诸多简单的决策都涉及新旧两种文化的冲突,这种文化冲突成为传统出版单位人员设置及时更新换代的重要阻力。

数字出版从本质上而言,是整合原先互相独立的印刷纸质图书和数字内容生产的现代出版形式。一方面,在出版社数字化发展过程中,人们的思维经常会被传统生产实践经验所限制,制约了数字化所配套的组织结构建设。与此同时,很多出版人怀有对原有数字化实践失败的恐惧心理。另一方面,新兴的技术部门每天都在自娱自乐地生产着在他们看来代表未来方向的数字内容产品。乃至于有的员工对传统出版和数字出版部门形成了泾渭分明的认识,觉得数字出版部门的人都是在打造"概念车",而原来的部门都是在务实生产、苦心经营。

实际上,新出现的数字出版部门在整个出版社组织系统中的地位应该是日益提升的,不应是编辑或印刷产品市场营销的附属,而是对印刷版本的编辑和营销起着重要作用的关键角色。更重要的是在整个出版社起着关键作用,而未来的出版社则是可以出版多种格式内容的组织结构。

在对开展数字出版的出版社调研中发现,新旧文化的冲突还表现在出版社组织中部门之间的差异。一般而言,负责数字内容管理平台建设的部门总是新设立的,外在形象表现为崭新的办公硬件和新进人员。无形之中,组织中原有负责目前主营业务的人员会与其产生心理隔阂,两个团队之间的合作和沟通需要花费更多的精力、物力来实现。目前出版社收入主要来源于印刷纸质图书的生产和发行,每年用于数字出版研发的诸多投资正是来源于此。而每个出版部门需要自负盈亏,由此会带来传统出版业务诸多人员的不满,在很多人看来,从事数字出版的人员有时只是在用他们的辛苦经营收入来做没有结果的摆设。几乎所有的人都能预见数字化的趋势,但是没人能用确切的数据来证明这种投入能带来额外的赢利,而不仅仅只是原有图书内容的增值。

这种新旧文化的冲突,对人才需求提出了更全面的要求。技术固然重要,但技术人才的培养须与内容紧密结合。对数字出版人才的需求总是过分强调了技术方面的需求,而忽视了对创作、编辑各流程原有编辑的培养，有的学校甚至要秉承颠覆出版专业的理念来办数字出版，本人认为是切不可行的。一个对传统出版的历史现状不明白的人如何能做好数字出版，电子阅读器、数字内容确实很新潮，殊不知千年前纸张又是何等的高科技产品。所以在专业设置之时一定不忘对原有专业的培养，起码要在现在设置的中国编辑出版史课程中加入传统出版的主要内容。因此，既掌握数字网络技术，又深谙传统出版工艺和流程，懂得互联网时代市场营销的复合型人才，成为数字出版市场竞争中又一块战略高地。

（二）技术与教育的结合是人才培养的方向

出版社由于培养和引进机制的限制，没能跟上新兴人才的需求。一方面，全国目前从事网络内容出版的人员约30万，没有受到系统的职业培训，奇缺数字出版产品的研发、营销、管理专业人才；在管理层，既懂技术又懂管理的新型复合高级人才同样稀少，对数字出版单位的宏观管理和监督不是特别到位。另一方面，有的高校出版专业本、专科毕业生就业形势日益严峻。北京大学肖东发教授认为，中国的出版业越成熟，对人才的专业化程度要求就越高，长远来看，"科班出身"的人才应该更有优势。然而，当前的现状似乎是"科班出身"反而影响学生就业，在"高校—企业"的人才推送环节之中，断裂现象十分突出。据北京大学组织的一项调查显示，被调查的164家出版单位中，明确表示需要编辑出版专业毕业生的只有15%。[①] 学习与就业之间的矛盾和失衡，让编辑出版专业这一学科进退两难。鉴于当前业界的数字出版人才之需，学界的数字出版人才培养之紧迫，出版专业的产学研合作显得更为重要。

《2007—2008年中国数字出版产业年度报告》就已经指出，对传统出版流程和数字技术及经营管理都比较熟悉或精通的复合型人才极度匮乏，这一问题至今依然严峻。目前，数字出版正在从加强认识阶段向实际操作和实施阶段转型，仅仅懂得数字出版很重要已经没有意义。但目前的人才结构多是单一型的，表现在传统出版单位的人员不了解技术开发和数字出版的运营模式，技术提供商不了解传统出版流程，特别是在细节上不了解。业务之间的相互不了解固然是产业发展的不利因素，但是更为深刻的问题是两种人员的互不信任，相互轻视，本能地对传统出版或是数字出版产生排斥情绪，使尝试的第一步就难以跨出。

媒介融合时代，图书、报纸、期刊等传统分类和运作模式深刻改变，

---

① 向敏：《略论增强编辑出版专业学生就业竞争力之策略》，《中州大学学报》2012年第3期。

内容生产和表现形式的分类日趋模糊。传统出版业正在迅速向现代出版媒介转型，普遍缺乏数字出版产品的研发、营销、管理专业人才。例如，前些年某大学出版社公开招聘数字出版编辑，这个职位是负责数字出版中心的教学资源库建设、电子书、网络期刊等数字出版业务，E-learning 产品策划。职位要求需要人文、社会科学类专业大学本科及以上学历，对网络出版业务有浓厚的兴趣等。这样的职位要求实则是比较泛化的，面对当前的数字出版人才市场，只能以这种模糊化的表述来提出人才的要求。试想，如果出版社和高校合作培训，既能解决学校的业界师资开展实践性教学，又能为其自身员工的二次学习提供便利条件，还能为其量身定制后备之军。

（三）现有编辑出版专业人才培养方式的窘境

高等教育体系之中的编辑出版学专业，是近年相关学者研究的重点之一，如何突破限制和瓶颈，提出可行建议，逐步对其进行试验和改革，关系到整个出版行业的未来。究其根本原因，还在于专业教学环节的不合理，现阶段的专业课程设置和教学安排亟待进行教学改革。随着行业整体向数字化推进，对从业人员的素质和能力也提出了全新的要求。编辑出版的知识体系正面临重新建构，原有的教育方式，尤其是课程模式，已经不能与当下的行业相适应。从国内已开设出版学专业的高等院校的学科设置来看，大多归属在新闻传媒学院、信息管理学院或者人文学院之下，着重培养学生的写作能力和媒介素养，突出专业的文化性与传播性。然而，"只听不说"和"埋头苦记"的培养模式过于单一，学生的专业优势模糊，弊端十分明显，难以完全满足现今数字出版新趋势的需要。

除了本科教学以外，专业硕士和博士的培养数量也非常不足。在中国高校范围内，数字出版人才的培养多是在硕士生和博士生阶段才开始系统化地进行。尽管我国已有超过 200 所高等院校设立了编辑出版学本科专业，但是硕士点和博士点的设立则少之又少，并且在研究方向上，也多侧重于传统的图书发行、出版营销和出版史等。而挂靠性的学位点也很难找到自己的定位。另外，几乎没有学校采用本硕博一体的培养方式，"半路出家"是编辑出版专业人员的常态。结果，高校产出的学生要么只学会一点技术操作上的皮毛，要么是仅仅空谈传播学、经济学、管理学或是社会学的理论。

高校编辑出版专业人才培养方式的窘境，直接导致了该专业师资力量的薄弱。由于编辑出版学自身发展的时间性和阶段性，数量充足、知识专业的教师队伍本来就已成问题，更不要说具有数字出版专长的教育研究人才了。专业挂靠的现状常常使得编辑出版学培养方案内的课程由该院系其他相关专业的老师任课，比如市场营销专业老师教授出版营销课程，中国古代文学专业老师教授中国古代出版史课程，传播学专业老师教授出版传播原理等。尽管有的高校已经有意识地将数字出版融入传统编辑出版学教学之中，但是体系完整、符合时代、专业针对的数字出版教材仍然非常稀少。

二 产学研一体化视角下的人才培养与教学改革思路

产学研一体化的指导思想对编辑出版专业而言，是新形势下必然的选择。产学研一体化，即形成以市场需求为导向，整合出版报业集团、高校研究所、相关系科专业三者资源，发挥各自特点与优势，将编辑出版学的课堂理论教育与实际的编辑与出版工作、科研实践有机结合起来，最终实现高校（包括教师与学生）与出版报业单位的对接，形成人才、科研与市场的良性循环，实现双赢。从课程改革与设计的角度出发，改变单向传授的传统教学模式，激发学生创造力和综合实践能力，拓宽学生的产业视野，培养其成为既符合市场需要又具备突出素质的复合型人才，以提高就业竞争力和拓展职业发展前景。探索有益的教学模式与考核标准，通过引入企业单位资源、筹办相关出版实验室等，提高课程丰富性和实践性。

在一些开设编辑出版学专业的高等院校，此种教学模式已经有成功推广和实施的经验。1983 年，新华书店总店与武汉大学联合创办图书发行管理学专业，开创了我国编辑出版专业产学研结合的办学模式。[1] 此后，南京大学、上海理工大学、北京印刷学院等学校的编辑出版学专业，也正逐步将其纳入课程的设计与设置上，武汉大学则是始终保持这一传统。

联系自身教学经验，结合国内高校教学实际，建议可将以下五种模式引入到编辑出版学专业的课程改革中来。

（一）学科交叉模式

复合型出版人才的培养已经成为学界和业界的共识。原新闻出版总署署长柳斌杰曾明确表示："培养一批既熟悉专业出版知识，又掌握现代数字出版技术和善于经营管理的复合型出版人才，是刻不容缓的艰巨任务。"[2] 数字出版是文化与技术、软件与硬件的双重结合，技术作为文化

---

[1] 黄先蓉、陶莉：《我国编辑出版学教育的发展趋势》，《出版科学》2004 年第 6 期。
[2] 柳斌杰：《加强复合型出版人才培养是数字出版发展的当务之急》，《中国新闻出版报》2009 年 7 月 21 日第 1 版。

传播的载体越来越起着关键性的作用,因此掌握基本的计算机操作能力是必需的。此外,业界最匮乏的版权贸易人才、创意策划人才、跨媒体出版人才等,都要求从业人员具有全局视野,在管理营销、人际沟通和专业知识方面均有较高素养。根据一抽样调查的数据,10所国内高校中,有60%的院校应用性课程不到选修课程总数的1/4,① 因此学生主要修读的还是基础理论类的课程,这显然与业界用人要求不符。

针对这种现状,辅修、选修其他专业方向的学位或课程是必然的选择,也是近年来学界所呼吁的。基于我国的编辑出版学专业主要在综合性大学设立的现实,应给予学生较多选择的空间。学生可结合自己的兴趣,跨专业和跨方向修读课程,其中心理学、管理学、数字媒体技术、市场营销学、传播学等都是可列入的专业。从课程建设来讲,即使不能新增部分课程,也需要对原有的课程内容进行更新,以课程组的方式整合教师资源,通过课堂加以呈现。

(二)第二课堂模式

通过搭建实践与实习平台,设置一定的实践课时,案例教学,筹备出版实验室,提高学生的实际操作能力,拓展理论视野。编辑出版是讲究实践和应用的学科,既要与传统出版单位对接,加速其数字化的进程,又要和新媒体公司、电信运营商、平台终端商等媒体进行合作。实践的形式也可多样化,除鼓励学生到出版社进行实习之外,还可通过社会调查、项目研究等其他方式把握出版行业最新动态。如香港城市大学,其媒体与传播系学生可参加由学校或者教师提供的实习项目,也可自行寻找相关企业进行实习。学校与广告公关公司、新闻出版单位或是信息技术行业均建立有合作关系,同时还注重开拓海外实习。而实习若只停留在出版单位为学生提供几个见习的岗位,学生做的多是没有技术含量和素质要求的工作,不能真正发挥特长并得到锻炼。

为使课堂教授的知识转化为现实的成果和生产力,出版实验室是创造和整合资源的较佳方式。各高校可以依据自身的条件与资金水平,借助于出版单位的优势资源和技术条件,建立不同规模的出版实验室,以让学生在校期间就能够熟悉出版流程、掌握编辑知识,以按需印刷的方式出版图书。尤其在新媒体环境下,编辑的分工发生变化,强调复合能力,很多时候编辑需要掌握策划、组稿、编辑、排版、印刷、发行、营销等各个环节

---

① 潘文年、张岑岑、丁林:《我国编辑出版学本科教育课程体系分析》,《合肥学院学报》(社会科学版)2012年第5期。

的知识，成立出版实验室就旨在提高学生的多元能力。

（三）专题训练模式

创意、创造能力、策划能力、产品意识、媒介素养等都是现代出版人的基本素质，除基础知识和技能的学习之外，这部分能力的培养往往不是常规性的课堂教学就可以完成的，因而要探寻其他的模式。就课堂设计而言，提高案例分析、专题策划、项目分析的比重，培养学生问题意识；通过小组合作的方式，就前沿领域或热点问题以课题制的方式进行项目研究，挖掘学术潜力，培养学生基础科研能力。

改变课堂单向教学的一般方法，充分利用有限的课堂时间，为学生创造平等展示想法和观点的平台。将学生分成多个小组，以项目合作的形式，共同完成一本电子书、一份报纸或是一个数字产品的策划与制作，让学生在实际操作中熟悉出版业务，提高学习的自主性和主动性，加强与人沟通的社交能力。对于其中有可能进行实际成果转化的，或是蕴涵市场潜力的，还可与出版单位一起开展深度开发。

培养科研能力的问题意识也是教学的一个重点，这是很多高校在教学过程中极易忽视的，过分重视学生技术层面能力的提升，反而会限制未来的职业发展，很难有突破的空间。尽管科研训练和研究能力是研究生阶段教育的重点，但从本科阶段开始就逐步让学生接触相关训练，既能发现自己的兴趣，又能从中培养发现和解决问题的能力。浙江大学的学生科研项目与授课前沿相结合，锻炼学生发现问题的能力，目前已出了一批学生成果，获未来编辑杯竞赛一等奖、网络编辑竞赛最佳设计奖，也有获得浙江省新苗计划等资助的。

（四）案例分享模式

邀请一线出版单位资深从业人员及其他高校专业教师，共同制定培养方案和课程内容，以课堂讲学、开设讲座、实践指导等方式，共同探讨出版前沿话题。现代美国出版教育的特点是出版教育与出版行业紧密结合，课程设置注重职业技能和实际操作，教师多由业界资深人士兼职，所以美国的出版课程中没有出版理论和出版历史方面的内容。[①] 美国的模式不必照搬照抄，但解决地区间高校教学资源的共享和流动、最大程度争取出版单位的资源，是很有必要的。

编辑出版专业师资力量一直有限，具有博士及以上学历水平的人才稀缺，而高校的准入门槛日益提高，青黄不接或是少数几位专业教师单挑大

[①] 练小川：《美国的出版教育紧扣行业注重实际》，《出版参考》2009年第6期。

梁的情况并不少见。富有实践经验的一线工作者深谙出版行业，却受限于职称、学历等硬性考评指标，得不到制度支持，无法进入高校教学。自设立出版学专业硕士以来，不少高校采用了校外兼职导师制，弥补自身教师资源的不足。复旦大学聘请新闻出版系统的专家学者，与校内导师一起，为学生提供论文、实践和教学方面的指导。浙江大学编辑学、出版学等部分课程在学校教学允许范围内，邀请浙江出版联合集团下属出版社社长、总编对学生图书策划进行案例点评。非专职导师不但有从业多年的经验，更有大量生动丰富的出版案例，尤其是在图书选题策划、畅销书生产及运作、市场营销策略等涉及出版流程的具体环节上，与学生和教师进行分享，对学生清晰理解出版产业的总体认知和微观把握大有裨益。教学相长，同时也能促进一线出版人员对于本领域的理论思考，进一步丰富出版理论的发展。从出版单位的角度出发，走进校园，面对学生，也有利于发现和培养目标人才。

（五）积分制考核模式

传统的课程考核模式以考试成绩为主要参考指标，也会结合课堂表现、课程作业等设置一定比例的平时分。尤其是对于出版学原理、编辑学概论、编辑出版史等原理类课程而言，课程内容比较枯燥，多以考试为主，就很容易出现上课应付、考前突击的现象，致使教学效果流于表面。很多高校《编辑出版学》课程的考核形式是平时作业、期末项目报告与期末考试相结合，平时成绩（含出勤情况、作业、参与课堂讨论的表现）占30%—40%，期末考试占60%—70%。这样的考核标准是一般高校都会采用的，易于执行和操作，但形式上较为刻板，比重上平时表现一项太轻，书面考试比例过大。

学生考核中引入积分制，课堂参与情况、实习表现、科研项目合作成果以及课程考试、课程论文等都设置一定的比重，弱化书面考试所占比重，对于部分应用技术类课程则直接取消考试环节。积分制可以对学生进行全面的评价，有利于激发其积极性与创造性。

新型编辑出版人才在市场竞争中拥有很大的优势，是出版单位争抢的对象，只有从根本上转变教学模式，探索课程改革，才能顺利推送人才。产学研一体化的教育模式既符合专业设置和人才培养的初衷，又是出版行业未来发展的后备人才保障所在。

三 面向未来的数字出版人才培养是百年大计

面对数字出版的新动向，高校的编辑出版专业开始尝试转型，犹如十年前纷纷在各属院系开设出版专业的热潮。作为一门应用学科，出版专业培养的人才确实需要以应时需。开设数字出版专业的方向是非常正确的，但是如果是对出版专业采取这种连根拔起、一蹴而就的举措，那实属可悲。投身教育的老师，尤其是从事教育的管理者们，切不可忘记十年树木，百年树人，万万不能急功近利，出版专业的发展需要长期的孕育过程。

　　这种趋势迫使高校要深思，如何才能准确地把握数字出版方向的学科定位。在高等教育发展历史上，由于新兴科技推动业界发展，促使学科逐渐转型的例子屡见不鲜。但一般专业转型更多的都是通过多学科课程整合得以实现。数字出版的业界实践需要的不仅是技术方面的专门人才，更多的是需要与数字内容相关的版权、技术、设计、营销等方面的通识型人才。数字出版不应是与传统出版割裂的，也不仅仅是传统出版的延伸与增值，而是能够切实融入选题策划、编辑加工等各种出版环节的创新之中。由此推出，数字出版方向的教育应该是紧密围绕数字内容的选择、编辑、保护、分发等各流程而展开的。一方面是如何将数字技术运用到传统的出版加工之中；另一方面，也要跳出传统出版的思维，数字时代的市场思维方式更为跳跃，或打破原有的出版流程工艺，需要对尝试性探索给予包容。诚然，高等教育并非职业教育，所有的课程设置并不是只停留在技术性操作层面，需要保留原来编辑出版专业或所属学科的理论课程部分，理论课程中往往包含着出版业不变的内容品质。

　　无论是注重编辑专业性的北京印刷学院、武汉大学，还是强调跨学科复合型的浙江大学、清华大学，或多或少都会强调编辑出版专业的理论核心课程。有的业界人士戏称，这样的课程设置是培养运筹帷幄的出版家，并非出版社所需人才。笔者认为，是否需要设为核心课程尚待商榷，可无论专业方向如何转变，这些课程是不可缺少的，是中国出版学之根本。西方的出版学教育注重技能训练，开设课程强调微观层面的操作，而我国的出版学教育比较宏观，注重理论的提高和总体的把握。有人呼吁，数字时代世界是平的，而我国的出版专业仍然是国家总体文化格局中的重要组成部分，对专业人才的理论培养仍然是必要的。因此，在数字出版方向的课程转型中，同样要兼顾总体和局部、宏观和微观，注重多种学科的综合凝练。

　　依照产学研一体化的思路，在高校层面将教学改革模式落到实处，仍需要一系列步步推进、层层堆叠的具体措施去实现。从课堂内走向课堂之外，从基础理论到应用实践，从校园优势扩大到地区优势，从专业全面发

— 693 —

展为专业特色，笔者认为存在四条可行路径。

第一，完善编辑出版学学科和教材体系。

完善数字时代的编辑出版学学科体系是第一步。全国各高校现有的师资队伍需要进一步扩充，除了尽可能地引进国内外高校博士毕业的理论性教学人才，更重要的是将数字出版涉及的各个领域的专家、第一线的编辑与出版人纳入师资力量中去，用他们的工作经验与战略眼光为数字出版教育注入活力。另一方面，从各高等院校的实际情况来看，教师资源存在着分配不均的问题，全国范围内教学资源的共享与交流也需要有所关注。可以组织本学科专家编纂完整的数字时代的编辑出版学教材体系，建立本硕博一体的学位制度，通过校外实践基地让课堂学习与产业实践能够有效对接。

第二，建立人才培养"1+N"的新模式。

在培养方案和课程设置上保证"1+N"的新模式。"1"即传媒与文学的基本素养，无论出版的媒介发生如何变化，文化的传播与传承终究是出版业的最终归宿，所以传媒与文学的素养始终是人才培养的基点，文学、传播学相关课程要放在突出位置。"N"的范围比较广泛，包括一定的计算机技术、管理学知识、营销学知识，可以适当地要求辅修第二专业掌握如法律、金融、建筑等某一专门学科，同时注重计算机实际操作的能力。国内已开设编辑出版专业的高等院校，归属于人文学院、新闻传媒学院、信息管理学院的居多，重媒介素养和写作能力，强调出版的文化功能。人才培养"1+N"的新模式是向出版业输送出版理论知识、出版实务经验、出版发行营销之道和数字技术兼具的复合型专门人才的必由之径。

第三，搭建产学研一体的全媒体应用平台。

高校需要主动地与新媒体公司、传统出版社建立长期的合作关系，成立数个固定的学生见习基地，挖掘在读学生的潜在价值。在高校的教育优势支持下，充分发挥学生科研、产业、学习主体三合一的特色，进行数字出版教育的探索，其成果可用于反哺整个数字出版产业。虽然各高校或多或少都拥有一定的实习课程安排，但是如若没有一个体制上的保证，很容易造成机会的浪费。因此，可以参考西方国家的教学经验，将实践环节纳入课程体系，确保其作为必修课程或者选修课的一个环节，给予一定量的学分。即便不是校外实习，校内自办的刊物、数字发布平台、图书编纂同样也具有操作空间。

第四，发挥综合性大学优势发展数字出版专业。

综合性大学一般指的是文理科皆备、学科门类齐全、教学与科研并重的大学。综合性大学具有多学科交叉和融合的先天优势，此类大学的编辑出版专业能够依托各学院、各科系的资源以发展自身。此外，目前国内的综合性大学一般理工科实力较为强势，编辑出版专业正好能够与计算机学院、软件学院等技术类学院开展合作，使其技术研发实力和成果为我所用；与经济学院、管理学院、公共管理学院等形成良好的互动，将社会学、管理学、营销学方面的理论知识引入出版类课程教学。同时，在人文与科技结合的基础上，发挥综合性大学的辐射作用，组织团结所在区域各个高校的师资队伍和教学力量，通过学术会议、实践项目、企业考察等方式，带动整个区域高校编辑出版学的建设发展，进而形成具有本区域特色的学术专长。

新闻出版总署原署长柳斌杰教授在纪念中国新闻教育、新闻学研究事业 90 周年之际，发表题为《中国新闻事业需新闻教育界鼎力相助》的主题演讲，进一步阐明了业界与教育界的密切关系。业界与教育界应当是一个相辅相成的循环体，而不是各自为营的封闭体。笔者认为传统出版转型同样需要出版教育界的鼎力相助，政府的支持和经费的资助诚然是对传统出版转型的最大帮助，但是这种补助并非万能，督促引导数字出版人才的培养才是长远大计。例如，政府出面组织业界与学界有关人才培养的研讨交流活动，对高校的出版人才教育进行定期考核，调整原有的学科设置和布局等。

当然也有专家指出，传统出版迈向数字出版的进程中，须原有人员大换血。笔者认为此举会引起从业人员无谓的不安，管理层和技术研发部门可能需要重新配置，而原有的其他专业技术人员，由于掌握丰富的从业经验和专业知识，无论出版形态如何转变，他们是不可或缺的。他们需要的是重新培训，对其知识结构进行再次的补充和完善。通过这种合作的平台，教育界能够进一步认识到业界从业经验在教学中的重要性，使出版专业的教与学既立足于书海又能从书斋之中走出来。与此同时，管理部门也应当与教育界、出版界合作，为其自身培养管理层面的数字出版高级人才，实现多方互赢。

（原载《中国出版》2009 年第 3 期）

数字阅读产业版权秩序的构建

于 文

近年来，数字阅读产业在我国蓬勃兴起，阅文、咪咕、掌阅、亚马逊等各类型数字阅读服务商的作品数量、用户规模、IP营收和资本热度都持续走高。数字阅读产业的繁荣与良性版权秩序的建立密不可分。随着我国数字版权领域的行政执法和司法保护不断加强，数字出版企业初步形成了自觉的版权规范；版权许可机制的持续创新，也进一步为上游版权供应和后续版权开发提供了多方共赢的运营模式。然而，随着数字阅读与互联网的融合不断深化，"用户"日益成为活跃而重要的产业主体。因此，要构建完整的数字阅读产业版权秩序，就必须探索和完善基于用户使用行为的版权规则创新。

一 数字阅读产业中的用户：问题与意义

区别于传统出版中的读者，"用户"在数字阅读产业中有着重要的产业功能与主体地位。数字阅读产业实践的不断丰富使"用户"广泛参与到内容的使用、传播和再生产中。而数字阅读"用户"的海量性和分散性特征又使得无论是用户著作权益的保障还是对其不当使用行为的规范都成为重要而棘手的问题。

（一）用户在数字阅读中的地位

虽然数字阅读产业属于数字出版范畴，在行政管理上亦属"网络出版服务"，但"数字阅读产业"之称谓依然超越了"数字出版""网络出版"，成为产业的通称。语词的转变折射出网络时代的出版本质："用户"中心的内容服务模式取代了"图书"中心的产品供销模式。[①] 这也正是出

[①] ［澳］约翰·哈特利：《数字时代的文化》，李琳、黄晓波译，浙江大学出版社2014年版，第40—41页。

版业自古都是阅读行业，但却鲜有"阅读业"之称谓的原因："书业""出版业"以产品生产为主体，而"阅读业"则以用户服务为中心。在数字阅读服务商编织的全新出版之"网"上，不仅有打造文化精品的出版商和直接发布原创作品的作者，还有积极参与意义生产传播的海量用户。文本因用户互动而变化，信息因用户需求而聚散。用户成为数字阅读价值链中的重要一极，因此也是阅读产业版权秩序构建中不应忽视的利益主体。

（二）用户权益保护与产业生态繁荣

在数字阅读平台中，阅读从一种无关版权、"不会侵犯著作权人对作品的任何专有权利"[1]的纯消费行为转变成为对作品的传播性使用、创作性使用等各种使用行为的集合，也因此进入版权的控制范围。但与此同时，用户的评论、转发和再创作无论是对于作者的创作出版还是对于作品和平台的营销都具有重要价值，是构筑数字阅读社区网络生态性的重要力量。因此，如何保障数字环境下海量用户的版权利益和使用自由，不仅是出版法制之所向，而且是产业繁荣之所需。

（三）用户行为规范与产业利益平衡

在用户权益亟待保护的同时，数字阅读用户的个人使用行为也不可避免地会侵犯其他权利人的合法权益。用户在获得技术赋予的更大自由的同时，应当履行相应的义务，产业的健康发展亦需要对用户的个人使用行为进行必要的规范，从而真正实现作者、出版商、阅读平台商和用户的利益平衡和多方共赢。

二 版权视阈下的数字阅读用户行为

数字阅读服务商为营造阅读社区的网络生态性，在技术架构上对阅读平台实施了多样化的功能设计，为作者、版权方和用户提供互动性、社交性的阅读服务。从具体的运营实践看，数字阅读用户的内容使用行为主要包括消费性使用、创作性使用两大类。在数字网络环境下，这两类行为的边界与现行版权制度的调控范围均有冲突之处，许多问题亟待规范。

（一）消费性使用及其版权问题

数字阅读用户的"消费性使用"主要包括对作品的接触、欣赏（主要是阅读）、分享（家人朋友之间）和基于个人目的的复制，其共同点是使用过程中不产生新的表达，用户是单纯的被动消费者。在传统环境下，读者通过图书物权的买卖获取内容，其阅读、转借、转售行为不会受到任

---

[1] 王迁：《著作权法》，中国人民大学出版社2015年版，第181页。

六 出版与文化

何法律和技术的限制,即便是涉及版权专有权利的复制行为,只要不超出个人私域,也都被合理使用规则所豁免。但在数字阅读平台中,用户的消费性使用则是另一番场景。按照莱斯格的理论,网络空间的秩序并不是由法律单方面构建,而是由法律、市场、代码(技术架构)和准则四种控制性力量共同作用。[①] 在数字阅读产业中,任何用户只有获得服务商的许可并支付对价才能接触作品,这里的"许可"并非版权许可(因为版权不控制阅读行为),而是建立在"身份密码验证"和"数字锁定"等数字权利管理系统(DRM)之上的作品接触许可。[②] 阅读活动也被限于DRM构筑的"围墙花园"(walled garden)内,用户不仅丧失了为学习研究之便而对作品进行下载、备份和转换格式的自由,而且除了百度文库、豆丁等少数C2C阅读平台外,用户无法自由选择设备或软件来阅读作品。例如,用户在亚马逊、掌阅、当当等平台购买了不同的电子书,就要相应地在手机上安装三款阅读APP或分别购置三台专属阅读器,而无法用同款软件或阅读器浏览所有合法获取的作品(除非少数精通技术的用户自行突破限制,但破解行为本身被各阅读平台用户协议所禁止)。

因为"发行权一次用尽"原则和"个人使用"的合理使用条款在我国均不适用于网络传播,传统阅读环境下常见的图书借阅分享和转售转赠等消费性使用行为也就很难通过网络传输来进行。虽然各阅读平台均为用户提供了分享功能,但用户只能通过微博、微信等社交平台分享作品链接,其本质是一种营销手段,即通过用户个人关系网络进行作品推广。当然,数字阅读平台为实现多设备无缝阅读体验而允许在不同设备上同时登录同一账号,实际上为家人密友间通过共享账号密码的方式分享作品提供了可能。而且用户间私下转让交易账号密码的行为也很常见,实际上等同转售已购买的作品。上述行为因为限于私域或权限替代(账号受让人会修改密码限制他人访问)而被阅读服务商所容忍(尽管如QQ阅读等平台的用户协议明文禁止账号的多人使用和转让)。

(二)创作性使用及其版权问题

读者对作品的评论与反馈古已有之,但数字阅读平台的出现使原本作者读者间或不同读者间的跨时空对话(通过传统书刊发表评论)或小范围交流(如读书会)变成了实时的在线互动。数字阅读强烈的社交属性

[①] [美]劳伦斯·莱斯格:《代码2.0》,李旭、沈伟伟译,清华大学出版社2009年版,第135—152页。

[②] 李杨:《著作权法个人使用问题研究:以数字环境为中心》,社会科学文献出版社2014年版,第68页。

蕴育了阅读平台的参与式文化。虽然数字平台中依然有人偏爱沉默阅读，但至少阅读不再寂静，读者不再孤独，众多用户积极地参与到意义的再生产，甚至是作品的创作过程之中。因此，版权视角中的"用户"既可能是会侵犯原作权利的积极使用者，又可能是被侵权的新作品所有者。用户创作主要表现在评论性使用和演绎性使用两方面。

1. 评论性使用

用户之间围绕作品的评论与互动是平台社交性、生态性的基石，也是数字阅读平台的功能设计重点。以主流数字阅读平台"掌阅"为例，其所有社交功能被归入名为"圈子"的基本模块下，并按主题分门别类。有围绕单部作品的"书圈"，知名作者的"作者圈"，作品类型的"科幻圈""历史圈"以及兴趣爱好的"唯美圈""影视圈"等。每部作品详情页下方的"书圈"中又包含"书评"和"想法"两类评论，前者是针对整部作品的评论，后者是针对作品中某一页、某一段的评论，读者可以在具体的段落或页面发表随时想法或查看其他用户的评论。这些林林总总的在线社区成为用户间评论交流和推荐分享的集散地。此外，用户的评论性使用并不局限于平台软件内，还可以通过微博、微信、QQ 空间等社交平台分享转发评论。所有这些用户评论涉及的版权问题主要有两类：

其一是用户评论作品的许可使用问题。数字阅读是一个众声喧哗的平台，许多热门作品的书评数量都在 10 万以上。虽然大多数评论都因为非常简单的事实描述或意见表达而难以达到版权法所规定的独创性要求，不属于受版权法保护的作品，但其中也不乏篇幅较长、语言生动的书评，构成版权法意义的作品。而且由于基数庞大，数字阅读平台中受版权保护的评论，虽然比例不大但也数以百万计。例如，"QQ 阅读"会对高质量的书评进行加精，一则热门精华书评的点赞、回复数量往往是数以千计。这些"用户生成内容"不仅对创造平台生态和粉丝效应至关重要，而且有着很高的利用价值。许多阅读平台会许可战略合作方或搜索引擎使用这些书评，也可以对优质书评进行汇编，用以营销宣传。然而，数字阅读服务商是否有权对其用户创作的评论作品进行网络传播、复制发行或代理授权，这在产业实践中是一个模糊的问题，存在版权隐患。虽然像作者向报刊社投稿一样，用户使用阅读平台发表书评的行为本身表明其许可服务商在平台内使用作品，但该许可所包含的权利类型、范围和期限以及是否专有等问题，法律并无明确规定。近年来各个阅读平台不仅加强了作者授权管理，在用户的注册协议中也添加了版权许可条款，即以格式化的点击合同形式获得用户许可。然而，用户并没有获得与作者平等的权利人地位，

六 出版与文化

绝大多数阅读平台都为作者提供了菜单式的版权许可协议,但用户除了接受格式化的单方面条款外别无选择。更重要的是大多数平台的相关条款都规定用户许可网站在全球范围内独家地、免费地使用用户发布的信息,并涵盖复制、发行、网络传播、改编等版权法规定的所有财产权利。还有如"QQ阅读"等平台为实现快捷注册,直接省略了用户阅读并同意服务协议的流程(用户可用QQ等已有账号直接登录),并将协议文本置于软件内的不醒目位置。[①] 而有的平台与服务协议则没有对用户提交信息的归属和许可做出规定。就阅读平台的市场地位而言,这些不公平的条款和合同缔结方式使这些许可存在很大的无效风险。

其二是评论中的合理使用问题。版权法中的合理使用规则是权利垄断和使用自由之间的权利分界线。在数字网络环境下,这条分界线变得越来越模糊而复杂。因为任何人都具备了公开传播的能力,体现在数字阅读中就是任何评论行为都是面向不特定公众的网络传播活动(用户自行设置为不公开的除外),新的不确定性既会导致用户的"合理使用"空间遭受挤压,也会造成权利人因用户的不当"合理使用"而被侵权。例如在张海崃诉于建嵘侵害著作权案中,[②] 学者于建嵘转发他人微博并发表评论,但原微博中包含某培训学校的课堂录像链接,造成对涉案授课教师口述作品的广泛传播。法院判决于建嵘转发评论是对授课老师的不当言论进行批评而构成合理使用。显然,法院运用版权限制规则保障了于建嵘的表达自由,这也是版权法的基本目标。但这是否意味着个人用户只要出于批评目的就能转发包含完整作品或者作品链接的微博呢?实际上这种转发行为是大量存在的,百度文库等数字阅读平台都可以通过微博、微信等社交平台转发完整作品,社交网络空间中还存在大量未经许可的上传作品。而现行《信息网络传播权保护条例》的合理使用条款中不包含"个人使用",完整作品的转发行为也明显超出"适当引用"的限度。那么在法律落后于现实时,即便法官运用一般原理进行判决,也只能保护具体案件当事人,而无法使广大用户形成确定预期而阻碍行动。

2. 演绎性使用

数字阅读的参与式文化不仅体现在评论互动上,还表现为活跃的粉丝文化。粉丝们不再满足于单纯地消费,他们从作品中选取他们喜爱的文

[①] 参见豆瓣阅读《用户使用协议》,《腾讯手机QQ阅读软件许可及服务协议》等。
[②] 北京知识产权法研究会编著:《知识产权案件裁判理念与疑难案例解析》,法律出版社2014年版,第221—232页。

本，在此基础上加以挪用、拼贴并增加新的故事，形成同人作品（粉丝小说）或者是改编成"山寨电影"。① 虽然读者的改编创作自古就有，但数字阅读用户所创作的演绎作品并不再是好友间的私下分享，而是面向公众的线上传播。尽管创作型粉丝在整体用户中比例很小，但他们构成了参与文化中最活跃的部分，而且对服务商而言也是付费意愿最高的核心用户。作为权利人的数字阅读服务商和粉丝之间关系因此变得非常微妙。有时他们会挥舞大棒对粉丝过度的作品使用进行司法封杀，有时他们又默许甚至暗中支持非营利的粉丝创作行为，从而吸引更多的粉丝和关注。然而这种"暧昧"关系因为不同作品、不同服务商和不同使用方式而各不相同，是敌是友并没有统一的标准，使得用户的演绎性使用成为版权纠纷的高发地。

三　用户视角下的秩序再调整

在数字阅读用户所涉及的版权问题中，有的依靠既有法律就可以调整，只不过要进行新的解释，还有一部分则是新的作品使用关系所导致，需要完善法律规则和许可机制方能解决。然而在现实中，版权权利人往往不是作者本人，而是获得许可的数字阅读服务商，他们具有很强的游说立法的能力。相反，作为使用者的用户由于力量分散，缺乏统一有力的意见代表，反而在立法博弈中居于弱势。因此，本文从用户权益出发，对数字阅读产业的版权秩序完善提出建议。

（一）规范数字权利管理系统

在数字阅读产业的商业模式构建和运行中，技术在实际中起到的保障作用甚至要超过法律。数字权利管理系统通过接触控制措施、版权保护措施等技术搭建了数字阅读产业的底层规则。正因如此，技术措施应当受到法律规制。因为数字阅读服务商实施技术措施的正当性基础并不是拥有控制一切作品使用行为的权利，而是技术措施"可保障权利人在版权法中的正当利益，即从他人对作品的利用中获得合理报酬"。② 也就是说，如果技术措施并不与权利人获得经济回报的主要方式相冲突，其限制使用者自由的正当性就值得怀疑了。无论是法律层面还是企业层面，数字权利管理都应该从保护使用者权益的角度受到规范。

---

① ［美］亨利·詹金斯：《"干点正事吧！"——粉丝、盗猎者、游牧民》，陶东风主编：《粉丝文化读本》，北京大学出版社2009年版，第44页。

② 王迁：《版权法保护技术措施的正当性》，《法学研究》2011年第4期。

六　出版与文化

首先，在立法上限制技术措施滥用。我国《信息网络传播权保护条例》只列举了课堂教学/科研、服务盲人、执行公务和网络安全测试等4种情形可以规避技术措施，并没有从一般意义上承认合理使用均可规避而备受质疑。① 因为根据三步检测法，只要构成合理使用的使用行为，都不会与权利人正常使用作品的方式及其合法权益相冲突，完全有理由规避技术措施。实际上，美国、加拿大等国的司法判决都明确合理使用可以对抗技术措施。因此，我国立法也应该增加相应条款，从而保障数字阅读用户的合理使用，例如用户在适当引用作品内容进行评论或者转换电子书格式以使用不同设备欣赏作品时，可以规避技术措施。

其次，企业本身为了行业的良性发展，也应当承担保障使用者权益的主体责任。例如，对用户复制作品中的文字和图片的使用权利应当予以保障，这是保障个人学习、研究和再创作的重要方式。目前部分服务商的阅读软件已经允许用户选择并复制作品中的文字，这应成为行业规则，并进一步降低对字数的限制。企业定制的电子书阅读器也应该打破围墙，允许作者阅读任何渠道合法获得的作品，保障使用者接触阅读作品的自由。企业间的竞争应该是通过创新服务来实现，而不是通过彼此封闭。

(二) 完善合理使用制度

首先，我国合理使用制度要调整立法模式，增加弹性同时保证可预期性。合理使用制度是版权法保障使用者利益最主要的方式。如上所述，网络环境下数字阅读用户的许多合理使用行为都突破了法律对具体情形的规定，这就需要改变全封闭式的立法技术，引入开放式条款，允许法官根据一般原理认定合理使用。实际上，在我国的司法诉讼中已经多次出现法律未列举的"合理使用"情形，表明法院已经在事实上突破了立法规定，如果立法不及时作出回应，一方面会损害立法权威，使当事人难以预见自己的行为后果；另一方面由于缺乏立法的原则性指引，司法裁量可能行使不当。② 例如，上述于建嵘案中，法官实际上就是采用三步检测法，认定于建嵘虽然转发完整作品但不构成对作品正常使用和潜在市场的替代（不会有人通过于的微博学习司法考试内容）为由判定于的评论行为构成合理使用。我国目前的《著作权法》修订草案中增加了类似条款，此款修改应当保留并明确表述针对"其他特殊情形"（现草案仅表述为"其他情形"），应综合考虑相关因素是否构成合理使用。

----

① 冯晓青：《技术措施与著作权保护探讨》，《法学杂志》2007年第4期。
② 李琛：《论我国著作权法修订中"合理使用"的立法技术》，《知识产权》2013年第1期。

其次，在指导案例和司法解释中将"转换性使用"规则纳入合理使用判断标准。"转换性使用"是美国法院判定合理使用的重要规则，是指虽然"在创作中使用了原作品，但通过增加新的表达、视角和观点，使原作品在被使用过程中具有了新的价值或功能"。① 正是因为价值和功能上的转换，转换性使用构成对原作品的合理使用。数字用户的演绎性使用中，部分以反讽、戏仿为目的的创作实际上就是转换性使用。规则的引入有利于保护用户的表达自由，并营造更加活跃的产业生态。

（三）创新版权许可机制

相对于牵一发而动全身的法律制度完善，以私人间的合同自治为基础的版权许可制度创新更能适应数字阅读产业中复杂的作品使用关系。例如，针对用户生产内容的版权使用许可乱象，可以通过规范和创新开放式许可或半开放式许可来解决。具体而言，一方面，通过在用户注册协议中添加菜单式合同选项，用户可以自行勾选自创内容的许可方式，如许可的形式（专有还是非专有）、权利的种类（改编权、汇编权等）、地域范围、时间、许可费（是否免费，费用结算方式）和是否代理许可等。另一方面，确立"默示许可"规则，对没有订立服务协议的使用，推定用户许可服务商在相同方式内（一般只有网络传播权）免费地、非专有地使用作品，其他使用方式或代理授权要另行协商，从而保护双方的权益。

同时，数字阅读平台可利用自身的集约性发展基于网络平台的集中式许可模式。例如对于用户的粉丝创作，可以在作者的服务协议中增设是否许可用户进行同人创作的勾选条款，从而由平台集中向用户发放许可，甚至可以由服务商制定统一标准向原作者付酬。如亚马逊推出了出版平台Kindle Worlds鼓励粉丝小说创作。为解决侵权问题，亚马逊尝试向原著作者支付版权费，从而提升平台的繁荣度。② 实际上，许多作者支持粉丝进行同人创作，网络作家南派三叔曾主动发布对其作品进行漫画同人创作的"开放许可"。总之，数字阅读产业的各方力量应该共同探索多元化的许可方式，从而释放多元化的权利供给与需求。

（原载《中国出版》2017年第4期）

---

① 王迁：《著作权法》，中国人民大学出版社2015年版，第334页。

② Here's proof Amazon's fanfic venture is working，http：//www.dailydot.com/fandom/neal-pollack-kindle-worlds-fanfic/.

论融合趋势下的出版法制建设

于 文

"推动传统出版与新兴出版融合发展"被上升为国家产业政策表达了一项基本共识，即对二元出版产业格局的否定。当互联网逻辑取代工业逻辑成为出版业的底层架构之时，"传统出版""新兴出版""数字出版"这些过渡时期的"相对概念"终将散去，出版成为自由地以各种形式呈现、传递内容的产业。因此，任何二元化区隔都是出版转型发展之大碍，传统出版与新兴出版在内容、生产、渠道、经营和管理等各环节的"一体化"成为大势所趋，[①] 法制管理自然也不应例外。

然而，出版融合发展的另一政策意涵即传统出版与新兴出版之融合并非易事，两者在思想和实践层面的二元化根深蒂固、比比皆是，当举各方之力推动。

商务印书馆总经理于殿利在其《数字出版七问》[②] 中就曾以七个设问列数现实中将传统出版与数字出版相分隔对立之种种表现及危害。而其中"著作权怎么可以被分割？""出版权怎么可以分裂？"之二问尤为发人深省。因为近年来对出版融合的研究主要集中在产业平台和企业经营层面，对相关法制问题则关注不多。而事实上，法律是政府、企业和个人之一切行动的准则与指南，没有出版法制的一体化，传统出版与新兴出版的融合发展就是无本之木。

一 二元"版权"的成因与影响

数字出版伊始，"著作权被分割业已成为事实，即面对纸质书出版和数字出版，著作权被割裂开来分别授予，从而出现了纸质书版权授予传统出

[①] 关于推动传统出版和新兴出版融合发展的指导意见（新广发［2015］32号）。
[②] 于殿利：《数字出版"七问"》，《出版参考》2013年第13期。

版社，而数字版权授予不具备纸质图书出版资质的互联网出版机构的情况"。① 也即是说，一部文字作品的出版发行在现行《中华人民共和国著作权法》（以下简称《著作权法》）中因为载体差异而被视为两种不同性质的传播活动。由此造成了出版业在版权归属、交易和经营上的二元化，传统出版与新兴出版也因此而更加泾渭分明。

需要特别强调的是，版权虽然是作者的私权，但版权制度亦是出版业法制管理的重要制度工具。因为没有文化产业，版权不会成为一项成熟的社会制度，也无法实现其社会功能。与此同时，版权也会形塑产业的规则与形态。版权的历史与实践表明，"在立法层面，版权法律规范表达了一国产业政策的目的，反映了一定时期产业界的利益诉求；在司法执法层面，版权的运用落实了产业政策目标，形成与产业发展的互动"。② 因此，版权法制建设不仅要与产业政策一致，其本身也是实现国家产业政策的法制保障。

（一）二元化版权的成因

从立法技术而言，按传播方式设置不同类型的版权具有合理性。版权是特殊的财产权，因为作品不具有天然排他性，只能以"用"设权，即禁止他人未经许可使用作品而确立财产权。但由于文化的公共性，也即文化产品的共享性，版权并未设置控制一切使用行为的绝对使用权（在不损害作者经济利益的情况下，发挥文化产品应有的正外部性），而是根据界定特定的作品使用方式来限定财产权的内容与范围，从而使各国版权法中的著作财产权通常由几项到十几项不等的专有权利构成。

我国《著作权法》规定了复制权、表演权、改编权、信息网络传播权等十三种财产权，采取的是与概括模式相对应的分解立法模式，即为作品的每一种使用方式设置一项专门权利。③ 这种模式的好处是有利于侵权判定和提高实施效率，每一种财产权利对应一种可能涉及作者经济利益的使用行为，而缺点是难以适应社会发展而缺乏稳定性，特别是难以适应媒介融合等复杂趋势的发展。在数字世界中，所有的传播方式都有了统一的代码语言，过去界限分明的使用行为变得模糊而交叉。那么按分解立法模式，传统出版行为所涉及的复制权与发行权很难涵盖互联网环境的数字出版行为。首先通过互联网传播作品，虽然需要将作品复制到服务器，但通

---

① 于殿利：《数字出版"七问"》，《出版参考》2013年第13期。
② 张平：《论知识产权制度的"产业政策原则"》，《北京大学学报》（哲学社会科学版）2012年第3期。
③ 刘银良：《论著作权法中作者经济权利的重塑》，《知识产权》2011年第8期。

过复制权难以有效保护权利人利益,因为互联网传播是持续互动行为,通过复制行为界定侵权只能认定传播者进行了一次服务器复制行为,且已实施完毕。而公众获取过程中的复制并不是由侵权者实施,而且对于海量受众的使用行为很难进行控制。① 其次,通过互联网向公众传播数字出版物也不构成版权法意义上的"发行"。因为版权法上的发行行为相对狭义,发行权是指向公众提供作品的原件和复制件的权利,即必须是有形载体在物理空间上的转移,而数字出版中的网络传播行为则不符合"发行权"的行为界定,只能通过设置新的专有权利类型——"信息网络传播权"来加以规范和保护。②

（二）二元化版权的消极影响

虽然出版活动中的版权二元化具有法理依据,但从产业运行角度而言,出版传播活动内部两种版权权利的并存不利于出版业的发展,特别是不利于传统出版与新兴出版的融合发展。

首先,二元化版权大幅提高了出版经营的版权管理成本。一方面,传统出版社遭遇数字转型的版权困局。据文著协不完全统计,我国出版社出版的图书中拥有数字版权的比例平均为20%左右。③ 因为我国《著作权法》中所界定的"出版"即作品的"复制、发行",而出版单位的"专有出版权"即"专有复制权"+"专有发行权",所以图书出版合同中的专有出版权无法自然延伸到网络传播行为,致使出版社难以对其最重要的竞争资源——存量版权资产——进行互联网经营开发,特别是对于信息网络传播权设置之前的重版书目而言。另一方面,出版企业探索新型数字出版模式会遭遇传播效率与许可效率的矛盾,特别是基于用户生成内容的社群出版模式,存在主体分散、交易频繁、即时互动等特点,版权使用行为错综复杂,而版权权项的分散无疑会进一步增大版权归属认定、交易的成本和侵权风险,从而提高制度成本而阻碍创新融合。

其次,二元化版权导致了产业利益失衡。因为数字版权与出版社的专有出版权分离,致使我国许多数字出版企业基本上依靠经营传统出版社纸质书的数字版权为生。即便这些企业很多已经拥有了网络出版资质,但除网络文学外,他们很少出版原创作品,基本上只与出版社或直接与作者签约获取那些被传统出版社正式出版图书的数字版权。这是因为数字出版企

---

① 王迁:《论在网吧等局域网范围内传播作品的法律性质——兼论"信息网络传播权"与"放映权"及"复制权"的区别》,《中国版权》2009年第2期。
② 王迁:《论著作权法中"发行"行为的界定》,《华东政法学院学报》2006年第3期。
③ 张洪波:《求解数字版权的授权之道》,《出版参考》2011年第5期。

业深知这些畅销作品才是真正有价值的优质版权资源,图书经过了传统出版社的市场调研、选题论证、组稿审稿、编辑加工等专业化生产流程,而且还经过了图书发行的市场需求检验。[①] 因此,相对于作品原稿,这些图书的产品价值大为提升。而这部分价值的发现和创造,是由传统出版企业贡献的,并且成本极高。而二元化版权制度使数字出版企业能直接通过作者获得作品的网络传播许可,从而使图书中原本由出版社专业服务而产生的价值被数字出版企业所攫取,导致利益分配失衡。即便出版社获得数字版权并分销,但由于平台商掌握了分成与定价,出版社获得的收益与之付出的成本和贡献的价值并不匹配。

二 二元"出版权"的成因与影响

相对于版权制度隐含的政策意涵,出版行政管理则具有更鲜明的国家意志与政策导向。然而,行政法意义的"出版权"也因为历史与现实的原因在我国政府管理中被一分为二。我国规范出版活动位阶最高的法律《出版管理条例》中的"出版"并不包括互联网出版,相应的"出版权"也只限于报纸、期刊、图书、音像制品和电子出版物等传统出版领域。另外,我国政府颁布《互联网出版管理暂行规定》(2012年版修订意见稿更名为《网络出版服务管理办法》),对相关单位授予"互联网出版权"。出版权的二元化同样具有特定的原因与合理性,但也制约了我国传统出版与新兴出版的融合发展。

(一)二元化出版权的成因

二元出版权的形成与我国传媒管理体制和互联网信息服务管理体制的二元化有关。自中华人民共和国成立以来,我国党和政府确立并长期坚持以新闻出版主管主办制和广播电视政府台制为代表的国有传媒体制。通过将出版单位置于党政机关主管、国有单位主办的垂直管理系统之中,把出版活动纳入国家政权体制,从而确保出版活动的"党委领导"与"国资控制",保证引导正面舆论、弘扬社会主义核心价值观等出版业基本功能的实现。[②]《出版管理条例》在2011年修订中增列第49条明确主管机关和主办单位的管理责任,表明了我国坚持"党管出版"底线不动摇的制度自信。

然而,我国的互联网出版管理则并不是从国有传媒管理体制内部生成,而是来自另一路径——互联网管理体制。因为最初的网站只提供简单

---

① 于文:《风险、利润与现代出版业的起源》,《出版科学》2012年第6期。
② 魏永征:《新闻传播法教程》第4版,中国人民大学出版社2002年版,第215—216页。

的综合信息服务，所以与传统媒体的国有专营不同，互联网行业从一开始就面向各类资本开放。随着国家互联网管理体系不断完善，网站的内容管理才开始与传统媒体的"归口"管理相结合，将一些具有公共性的特殊互联网信息服务交由相应行政主管部门前置审批，由其发放专项行政许可，如网络文化经营许可、网络视听许可、互联网新闻信息服务许可、互联网出版许可等。在此背景下，新闻出版总署联合信息产业部颁布了《互联网出版管理暂行规定》（2002）（以下简称《规定》），对从事在线出版活动的信息网络服务者设置了准入资格的审批，即设立"互联网出版权"的行政许可。

由于规定颁布前，从事在线出版业务的网站，特别是网络文学、网络期刊、网络游戏等新兴出版服务的提供者多为民营企业，《规定》对"互联网出版机构"准入条件的设置采取了务实态度，依然对民营资本开放，而没有将主管主办制等国有传媒管理方式延伸至互联网出版。这在一定程度上保护了互联网和媒介融合趋势下的出版创新环境。相反，由于我国《出版管理条例》中所规定的"出版"不包括在线开展的互联网出版服务，即便是已经具备《出版管理条例》之"出版权"的国有出版单位，如果要从事互联网出版业务，也要同其他数字出版企业一样，依法通过审批方可获得"互联网出版权"。

（二）二元化出版权的消极影响

"出版权"是国家基于意识形态安全重要性与特殊性而赋予新闻出版单位的特许经营权，具有严肃性与权威性。"出版权"的二元分化不利于出版管理，特别是不利于推动传统出版与新兴出版的融合发展。

首先，二元化出版权不符合互联网时代的出版业发展规律。互联网不只是新的媒介与传播方式，互联网出版更不是继图书出版、音像出版、电子出版之后又一独立并列的出版形态。互联网出版是对包括书报刊出版、音像出版和电子出版在内的所有出版产业模式的颠覆与重构，是一种以用户为中心基于所有人在线互动与共同创作的全新内容生产与分享模式。在新时代，互联网成为一切出版活动的底层操作系统，"通过信息网络传递出版物"的行为将成为一切出版活动的经营日常。无论最后的呈现形式是纸质还是数字，所有出版流程都将是在"线上"、在"云端"，因此将出版业按照"线上"和"线下"分头授予出版权的出版行政管理模式显然违背了互联网出版的发展逻辑，也势必从观念认识和管理实践上造成传统出版与新兴出版的分隔对立。

其次，二元化出版权引发出版行政管理的监管失衡。出版权的分裂导致传统出版单位与互联网出版机构既有交叉重叠，又不完全相同，很难保证出版行政管理部门针对传统"出版单位"在出版物编校质量保障、审读工作管理、专项出版物的出版规范、选题备案、样本缴送等各方面的法规、规章和规范性文件与互联网出版行政管理自然衔接与覆盖，特别是企业性质的多元化难以保障政令畅通和监督有效。同样内容的图书，就因为载体和传播方式不同，受到了不同程度和形式的监管。长此以往，必然会出现传统出版和互联网出版"一头紧一头松的状况，紧的一头有管理，有自觉，有担当，而松的一头疏于管理，不问责任，不讲担当……已经引起了人们的关注和担忧"。[①]

三 出版法制一体化的对策

"版权"与"出版权"的二元化反映了在立法和行政等层面的出版法制建设上普遍存在二元化思维和二元化管理问题。法制的二元化加深了产业运行层面传统出版与新兴出版的二元对立，阻碍了两者的融合发展。因此，推动出版融合首要要实现出版法制一体化。通过对版权二元化和出版权二元化之成因和影响的深入分析，本文认为出版法制一体化可从三方面入手。

（一）观念一体化

思想是行动的先导，传统出版与数字出版的二元化思维是出版法制二元化的根源。反映在版权制度层面，立法者过于执迷在立法技术上区分有形载体出版活动和互联网在线出版活动在作品使用行为上的差异，而"忽略了并不是技术更迭而是文化生产方式的根本转型才是版权制度与产业现实相脱节的根本原因"。[②] 因此才会出现依然将"出版"定义为作品的复制和（复制件的）发行（《著作权法》第58条），将出版者对作品的"专有出版权"限定为纸质图书的出版（《著作权法》第58条）等与产业实践脱节的法律表述。至于是将"专有出版权"扩充至"复制权"、"发行权"和"信息网络出版权"，还是对版权法上的"发行权"进行重构，涵盖在线提供作品的行为，有待法学界的深入探讨。[③] 但无论何种改革方案，目标都是要建议涵盖传统与新兴出版的一体化出版观念，以克服版权二元化带来的诸如传统出版企业存量版权资源之数字版权困境等不利影响。

---

① 于殿利：《数字出版"七问"》，《出版参考》2013年第13期。
② 于文：《创意产业发展中的版权困境及解决路径》，《出版发行研究》2014年第12期。
③ 参见何怀文《网络环境下的发行权》，《浙江大学学报》（人文社会科学版）2013年第5期；胡开忠《关于出版合同立法的反思与重构——兼议著作权法修改草案中的相关规定》，《当代法学》2013年第3期。

六 出版与文化

反映在行政法层面，出版行政法规中对出版和互联网出版等关键概念的界定自相矛盾，理念陈旧。《出版管理条例》中出版与出版物的定义只包括有形载体的出版物出版，而《网络出版服务管理规定》（征求意见稿）中对网络出版定义同样与互联网出版的本质不完全符合。因此，出版行政管理部门的政策制定者必须从互联网时代出版的本质等基本观念的更新入手，重新定义对出版的认识，并推动出版行政法规的一体化，建立《出版管理条例》与《网络出版服务管理规定》等出版行政管理法规的观念衔接与思想统一，以争取早日出台统一的、涵盖互联网时代所有出版行为的新出版法。

（二）制度一体化

法制一体化建设必须依靠制度创新。就版权法律制度而言，应当以利益平衡原则来重建数字网络时代的作品传播新秩序，以消除二元化版权带来的传统出版与新兴出版的利益冲突。例如，有学者提出完善互联网时代的出版者邻接权，即"出版者权"。[①] 因为出版者对作品之产品价值的贡献，出版者邻接权的权利客体表述不应当只限于"版式设计权"，权利内容也不应当只限于复制权和发行权，而应该扩大到一切网络传播行为，从而使出版者与作者一样享有作品的信息网络传播权。这就意味着即便数字版权在作者手中，数字出版企业要传播出版社编辑制作的版本必须获得作者与首次纸质出版者的双重许可，支付双重报酬。事实上，版权本质上就是通过垄断权来分配作品市场收益的制度。出版者邻接权还可扩展对出版物的二次传播行为，因为数字出版商首次出版中投入的资金与劳动同样应该得到合理的回报。

就出版行政管理而言，应当积极探索非公有资本进入出版领域的政策途径，为"出版权"一体化扫清障碍。出版权一体化的障碍之一是传统出版与互联网出版对待民营资本准入的分野。行政管理部门和业界学界应当联合探索坚持"党管出版"原则与开放民营资本参与出版相结合的制度方案，这既是一个重大的现实问题，也是一个重要的理论问题。例如，可以按照《中共中央关于全面深化改革若干重大问题的决定》中提出的"在坚持出版权、播出权特许经营前提下，允许制作和出版、制作和播出分开"的指导精神，[②] 尝试制定完善出版权特许经营与非公有出版者制作

[①] 参见张颖《论出版者信息网络传播权的建立》，《学习与实践》2015 年第 9 期；周玉林《略论互联网环境下出版者权的保护》，《社会科学家》2010 年第 12 期。

[②] 刘大年、李贞：《出版权和制作权分开的现状、问题和对策》，《现代出版》2015 年第 3 期。

— 710 —

经营相结合的相关法律规范，以及探索建立有中国特色的国有文化企业"出资人"制度，从而为统一出版权的建立奠定体制基础。

（三）经营一体化

法制一体化与经营一体化相辅相成，法律制度一体化离不开产业经营层面的转变与革新。例如，目前许多传统出版社在纸质书的编辑出版和发行上能力非常强，但在数字出版上渠道弱或根本没有积极开展数字经营，那么如果法律上将出版者的"专有出版权"扩张至作品的数字版权和网络传播，那么现实中就可能会影响作者的利益，使作者无法自主选择擅长数字出版的企业对其作品进行数字开发而影响作品的传播范围和经济收益。因此，要推动出版版权的一体化，就应当首先推动经营一体化，传统出版企业应该自身练好数字出版的内功，为权利一体化扫除障碍，而不是一味抱怨数字版权分离带来的损害。

同样，对于推动"出版权"一体化，也不能一味地质疑民营互联网出版机构在出版质量、出版精品意识和文化自觉、文化担当方面的缺陷，而反对互联网出版权放宽资本准入。事实上，任何新生事物都要经历由萌芽到成熟的过程，其间会伴随许多不规范的问题都在所难免。对于民营出版经营者而言，应当按照正规出版单位的标准要求自己，通过创新性经营来规范自我，承担应有的社会责任和文化使命。在曾乱象丛生的民营纸质书出版领域，一大批有理想有担当的民营出版公司的崛起就是明证。因此，只有国有和民营出版机构首先在经营上的一体化，才能建立以坚持党性原则与鼓励创新原则相结合为基础的"出版权"一体化，从法制层面实现传统出版与新兴出版的融合发展。

（原载《出版发行研究》2016年第2期）

创意产业发展中的版权困境及解决路径

于 文

创意产业是文化产业在新经济与新媒体时代产业升级的产物,它所蕴含的全新运作方式与现行版权制度的基本原则相冲突,其根源是创意产业内部的矛盾性。虽然历史上文化产业的每一次产业变局都会引发版权法律制度的调整,从而确立新的产业利益平衡,但创意产业版权危机具有特殊复杂性。传统的危机解决办法难以奏效,因此必须深入到创意产业的内部规律和版权制度的演进脉络,才能寻求化解新版权困境的正确路径,为进一步夯实创意产业的制度基石奠定理论基础。

一 创意产业中的融合文化

创意产业首先是作为发展经济和增强文化实力的政策术语被提出并被广泛接受。因此,一方面,创意产业的定义并不稳定,各国各地政府因发展阶段不同,对创意产业有着不同的理解与表述。另一方面,作为理论术语的创意产业随着学术研究深入逐渐形成较为清晰的内涵。"创意产业"被用来指代一种与传统文化产业相区分的新经济形态,即由创意群体(包括艺术家和消费者)围绕创意内容的互动传播而产生的经济活动,这与传统文化产业依靠集中化工业生产的单一模式有本质不同。创意产业首先是"新经济"的重要组成,因此它同样以信息社会为运行基础,由网络基础设施和实现连接性与交互性的软件应用组成,[1] 这些"自由技术"削弱了垄断组织及其高成本结构,引导了一个文化丰富、充满选择的时代。[2] 其

---

[1] [澳]约翰·哈特利:《创意产业读本》,曹书乐等译,清华大学出版社2007年版,第16—17页。

[2] Nicholas Garnham. From cultural to creative industries: An analysis of the implications of the "creative industries" approach to arts and media policy making in the United Kingdom, *The Cultural Industries and Cultural Policy*, 2005 (11).

次，创意产业的生产方式以去中心化的集体生产为特征，创意者既是生产者又是消费者，创意内容在互动传播过程中被生产并实现价值。也就是说，虽然文化产业和创意产业都以"创意"为核心资源，但在创意产业中，"创意的产生、分布、消费和使用已经有了很大的不同"。[1] 公民个人同企业一样成为创意产业商品与服务的价值生产者和价值传播者。正因如此，以"公民—消费者"为基础的"创意公民"社会被视为创意产业的基本社会架构。[2] 在创意产业中，普通个人的创造才能和创意行为获得了与传统文化产业中资本、技术一样的重要性。詹姆斯·凯瑞20世纪70年代提出与"传递观"相区别的传播"仪式观"，即"传播不是一种告知信息的活动，而是共同信念的表达"。[3] 创意产业的产业生态无疑使传播的仪式观得到彰显，即传播成为双向的文化共享过程，传播主体的受传二元对立因此消解，每一个主体都是传播的参与者，传播行为成了人们共同参与、共同体验和共同建构的"仪式"。新文化结构还催生了新经济模式，用户的积极性变得有利可图，Web 2.0 网站依靠用户自主生成内容自主传播来提升平台价值，进而获得附加收益。

其次，创意产业并不是对文化产业的彻底颠覆。创意产业虽然在内容供给方面实现了多元化，购买作品的消费者可以通过新技术参与到意义的再生产中。这仿佛回到了传统社会的文化生产，所有个人包括艺术家和消费者都主动地通过传播互动来共同生产创意内容，但是绝大多数创意内容要实现商业价值的发掘、推广与兑现，还需依靠以大媒介公司为中心的产业化运作。也就是说，创意产业是一个复杂的融合体，它是"基于个人才能的创意艺术与基于大众媒介的文化工业的融合"。[4] 创意产业时代虽已降临，但以大型出版、传媒、娱乐公司为代表的大众传播方式依然并行不悖，而且文化工业也努力收编、利用和限制粉丝的文化生产力。亨利·詹金斯和马克·迪耶兹用"融合文化"来概括创意产业文化生产方式构成的混合性与复杂性。在融合文化中，"新媒介和旧媒体相互碰撞、草根媒体和公司化大媒体相互交织、媒体制作人和媒体消费者的权利相互作用"。[5] 詹金斯

---

[1] [澳] 约翰·哈特利：《创意产业读本》，曹书乐等译，清华大学出版社2007年版，第15页。

[2] 参见 [美] 理查德·佛罗里达《创意阶层的崛起》，司徒爱勤译，中信出版社2010年版。

[3] [美] 詹姆斯·凯瑞：《作为文化的传播》，丁未译，华夏出版社2005年版，第10页。

[4] [澳] 约翰·哈特利：《创意产业读本》，曹书乐等译，清华大学出版社2007年版，第16—17页。

[5] [美] 亨利·詹金斯：《融合文化：新媒体和旧媒体的冲突地带》，杜永明译，商务印书馆2012年版，第50页。

的"参与性文化"与"集体智慧"等重要概念也都是置于融合文化的场域中进行阐释,参与主体除了新媒体平台中积极能动的用户,也包括公司化大媒体中的制作人。大众传播体系正在逐渐让位于一种互动性更强、受众面更窄或更多点传送的媒介生态,而这种媒介生态是由大型跨国集团和基层组织之间的一种奇妙融合所控制的。[①] 因此,"创意产业"这个概念的意义在于"当媒介生产日益增长的个人的、小规模的、基于项目的概念同文化生产的制度化概念同时出现在文化产业中时,使两者协调一致"。[②] 创意产业的关键在于文化生产和消费的融合,以及文化产业中个体创意同大规模生产的整合。

二 创意产业的版权危机与困境

创意产业自身的混合性在给文化产业注入新生命力的同时,也埋下了版权冲突的根源。借助新技术平台,任何有想法的公民个人都能参与到文化商品的共同创作中来,并与专业作者平等互动。这种以全民参与、多样性、自由平等为特征的新文化生态大大弱化了文化产业千篇一律、单调肤浅、操纵控制等负面形象。然而个体创意与工业生产的融合并非看上去那般相得益彰、融洽无间,融合本身是一个充满对抗的矛盾体。不论是参与性媒介生产,还是个性化媒介消费,基于个人创意的文化创造与再创造具有更为丰富的意义内涵,它包含了个体表达的自由追求,交往互动的精神满足。这种对于独立性和协作性的强调,与商业文化所追求的复制重复、私有垄断背道而驰。创意产业的内部矛盾表现在版权制度领域,就是创意产业时代的版权危机及化解困境。

(一) 版权制度与创意产业的冲突

版权不同于普通的物质财产权,它的历史非常短,是作为文化产业化的制度工具而在近代出现。因此,其具体形态特征有一定的历史偶然性,表现为其法律构造中深刻的工业时代烙印。这些时代印记使版权制度与基于新媒体的创意产业生产方式产生巨大的裂痕,突出表现在以下两方面:

一是个人创意与"公司本位"法律构造的冲突。参与性文化中的消费者集创作者、复制者和传播者等多重身份于一身,他们不再是单纯的购买者,而是直接成为版权交易的权利主体和义务主体,然而这与版权法的

[①] Mark Deuze, Convergence culture in the creative industries, *International Journal of Cultural Studies*, 2007 (2): 243-263.

[②] Mark Deuze, Convergence culture in the creative industries, *International Journal of Cultural Studies*, 2007 (2): 243-263.

"公司本位"法律构造形成了激烈的冲突。虽然版权法以"鼓励创作,服务公众"为宗旨,以"著作权属于作者"为权属原则,但从萌芽期的印刷特许权到《安妮法》背后的书商推动再到针对广播电视、音像电影等各产业设立的专门权项和强制许可规定等制度扩张来看,现代版权制度的法律构造实际上是一种以激励投资为基础的"公司本位"法律构造,版权是"一个专业性权利,即一个机构对抗另一个专业机构的权利"。[1] 专业机构有足够的资金和专业人员来处理版权问题,这为版权复杂性的滋长创造了条件。加之作为无形财产的版权具有边界模糊等先天缺陷(例如独创性原则和思想—表达二分法的模糊性),导致著作财产权体系杂乱无章,逻辑矛盾的权利束充斥其中,权利的起算点和归属关系也各不相同,从而使现行的版权法发展成一项庞杂臃肿的专家法律,普通公众难以理解和掌握,也有失公平。涉及日常生活的法律如果不能做到清晰明白并具有充分的可预测性,要求个人掌握法律并将任何侵权定为非法,是极不合理的。"如果有什么要改变,应该改变的是现在的版权法而不是公众行为。"[2]

二是集体协作与个人主义作品观的冲突。创意产业的兴起使被版权制度所掩盖的人类文化生产的集体主义本质得以再度彰显。在前工业社会,文化生产向来是集体的合作和阐发的过程。然而,现代版权制度一个鲜明的时代印记则是与之相反的个人主义作品观。古代中国与西方均推崇尚古与模仿的集体主义作品观。现代版权诞生的18世纪正值将作者视为作品主人的个人主义浪漫思潮的产生期,个人主义作品观经由"独创性"概念进入法律领域,成为版权正当性来源而被固定在版权法律制度中。"现代人把文学创造力同独创性等同起来,在很大程度上是浪漫主义时代的遗产。"[3] 这一略带偶然性的制度安排虽然在文化生产的工业化时代发挥了明晰产权、促进分工与交易的作用,但当任何作品都能在新媒体平台上被即时快速地分享、评论和再创作的时候,特别是当这些分享行为是完全出于被欣赏的愉悦,而无关商业竞争的时候,对文化的"封建私有"无疑成为新媒体文化生产模式的发展障碍。

总之,在创意产业时代,版权法的法律构造会造成对新的不相容的作品类型、传播目的和创作模式的排挤,使之边缘化。正如亨利·詹金斯在

---

[1] Daniel Gervais testifies before Congress regarding Copyright Act,http://law.vanderbilt.edu/news/daniel-gervais-testifies-before-congress-regarding-copyright-act/.

[2] 吴伟光:《版权制度与新媒体技术之间的裂痕与弥补》,《现代法学》2011年第3期。

[3] [美]理查德·A. 波斯纳:《法律与文学(增订版)》,李国庆译,中国政法大学出版社2002年版,第532—533页。

六　出版与文化

《融合文化》一书中的中文版序言中所言："我们关于知识产权的理解所形成的社会背景是，极少有人拥有广泛传播的能力，即版权旨在保护体制化的传媒制作人的一系列规则。创意产业根本上改变了这种情况，虽然普通个人还需要把相应通俗文化作为他们创造性表达的起点，但他们需要引用和参考的那些内容成了原始素材。媒体制作人会试图利用已有的法律体系来保护他们对内容的控制。如果法律不反思这个问题，法律就会脱离实际。"[1] 例如，"美国《桑尼·博诺法案》将版权保护期延长了20年，但颁布后最初20年只有2%的作品依然具有商业价值"。[2] 也就是说，法律为2%的长销作品及其权利人（往往是大公司）而设计。这在传统文化产业时代有一定合理性，因为其余98%的作品因为缺乏足够商业价值而不会被公司出版，难逃被湮没的命运。然而在创意产业时代，个性化的网民创作与传播互动会让许多经济寿命已终结的文化产品依然有利用价值，他们的非商业性创造最终将与文化产业汇流，创造出新的价值。但因为财产权的限制，这些本不知名的作品难以被个人获权使用，甚至无法被人知晓。同样，对于创意产业中的许多草根创作者而言，财产权的保护并不会增加他们的收入，相反，新媒体环境下的免费经济能够为他们带来更多的声誉和间接收入。[3] 创意产业中存在大量不想控制作品传播权利的创作者，创意产业为他们创造了可能，但工业时代的版权法却横插一杠。

（二）创意产业版权危机的化解困境

从历史上看版权制度并不是一个具有前瞻性和深思熟虑的制度，它总是跟随产业发展与技术进步而不断修补。然而创意产业所引发的版权危机与19、20世纪所遭遇的每一次版权变革有本质区别。从音像电影、广播电视到第一代互联网产业，这些产业变局引发的版权问题主要是赋权问题，即版权是否需要延伸到新产业领域。这是纯粹的法律问题，因而主要靠法律回应，即通过增设如摄制权、广播电视组织权等新权项以及制定新的强制许可规则等方式就可以有效地恢复产业利益平衡。然而创意产业的版权危机却没那么简单。以参与性、互动性和共享性为新特征的创意产业首先是人类文化生产模式的整体升级，它触及的是版权制度的私有制、控

---

[1] ［美］亨利·詹金斯：《融合文化：新媒体和旧媒体的冲突地带》，杜永明译，商务印书馆2012年版，第7—8页。

[2] ［美］劳伦斯·莱斯格：《免费文化：创意产业的未来》，王师译，中信出版社2009年版，第184页。

[3] ［美］克里斯·安德森：《免费：商业的未来》，蒋旭峰等译，中信出版社2009年版，第176页。

制权等基本问题，甚至是版权制度的存废问题。[①]

然而，问题的复杂性还不止于此。因为创意产业内部的杂糅性与矛盾性，即便是按照新生产方式进行大刀阔斧的改革，版权改革方案都会顾此失彼，反过来伤及传统大媒介公司的利益，进一步激化创意生产与文化产业之间的对抗。毕竟，创意产业的创意生产并没有完全脱离文化大生产的产业链条，传统大型文化企业至今依然发挥着整合资本与生产的主力作用。法律所应具备的普遍主义要求版权制度改革必须一视同仁，同时兼顾工业化的文化生产与创意文化生产。然而这两者本身不可调和的矛盾，决定了创意产业时代的版权危机注定陷入困境。创意产业让原本泾渭分明的两种文化生产变得难分彼此，"法律规制第一次触及了普通人的文化创造和分享，并将范围扩展到了它以前不曾涉及的大量文化和创造领域"。[②]而历史上维持自由文化和许可文化使用者之间平衡的技术也因为两者的分野消除而失灵。

三 版权困境的解决路径

本文的研究目的是通过解析创意产业版权危机陷入困境的深层原因与症结所在，为明确解决危机的方向路径提供建议。因为具体的解决方案尚可待后续研究深入，而当务之急在于目前大多数版权改革理论和实践没有认识到创意产业的本质特征，而存在方向性偏差与混乱等问题，必先补偏扶正之。

（一）现有改革方案的偏差

从现有解决方案看来，路径之一是延用工业时代化解版权危机的修补技术，从修法层面来调整新的利益关系。例如通过增设"信息网络传播权"等新权项、或者是增设新的例外规则；路径之二是试图通过技术来驯服创意产业所导致的失控，"代码以及架构就是一种法律"，[③]如通过技术手段来重新制造媒介稀缺，或是阻止未经许可的使用；路径之三则是直接呼吁废除阻碍创意产业发展的"腐朽"版权制度，重建全新的自由文化。然而以上三种改革方案都存在致命缺陷，难以从根本上化解创意产业

[①] [荷]斯密尔斯、斯海恩德尔:《抛弃版权：文化产业的未来》，刘金海译，人民出版社2010年版。

[②] [美]劳伦斯·莱斯格:《免费文化：创意产业的未来》，王师译，中信出版社2009年版，第159页。

[③] [美]劳伦斯·莱斯格:《思想的未来：网络时代公共知识领域的警示喻言》，李旭译，中信出版社2004年版，第117页。

六　出版与文化

发展中的版权困境。传统修法路径的问题在于忽略了新版权危机与过往危机的本质不同。传统版权冲突是统一产业模式之下的内部利益调整，而创意时代的版权危机是多种生产模式、多元价值观的冲突。如果强行将各方利益融于版权法，会导致立法逻辑更加混乱，是法律形同虚设。因为版权仅仅是通过信息产权化的激励机制来克服市场失灵的制度工具，版权法不是文化产业的基本法，它作为一部法律不应该也无法承受多元价值观。技术路径也注定难以付诸实际，因为历史经验告诉我们，"技术是人的观念的载体，与同时代生活具有同构性"，[①] 限制新技术其实就是压制人的本性与需求，或者说用旧产业模式扼制新产业模式即创意产业的发展，更何况也没有无坚不摧的限制技术。废除重建的观点虽然能警醒人们对版权改革的重视，但对人类智慧结晶的版权制度在现代经济运行中的基础作用与历史贡献视而不见，其思想意义大于实际意义。总之，这些方案的共同问题在于忽视了创意产业本身的复杂性与特殊性。

（二）以市场机制为导向的解决路径

鉴于现有方案的偏颇与缺陷，破解创意产业发展中的版权困境应当从困境的根源——创意产业的混合文化特征入手。混合性使扩张版权或是削弱版权的改革方向都会顾此失彼，造成了创意产业与现今版权制度若即若离的棘手关系。在创意产业的发展实际中，相对居于主导的文化公司一直对普通用户的创意性文化生产表现为一种非常微妙的状态。这种紧张状态在《哈利·波特》的粉丝与媒介公司的互动等一系列故事中得到了充分的展示：出版公司支持粉丝使用故事进行开拓性创造，对版权原则的触碰双方都视而不见，而电影公司则对粉丝的行为进行了扼杀。[②] 媒介公司既想通过创意性文化生产来发掘新的创意价值，又害怕失控而导致的利益损失。这种又爱又怕的微妙心态将创意产业版权利益格局的混合性展现得一览无遗。

正因如此，解决创新性文化生产和工业性文化生产的衔接问题，实现作品在两者之间的自由流转应当成为创意产业时代版权改革的切入点。这也意味着改革重点不在于法律本身、不在于权利的扩张与限制，而在于权利的流通与实现。创意产业的发展需要的是一种更为灵活、更具弹性的版权制度。为此，破解创意产业发展中的版权困境应当将版权制度的市场机制改革作为基本的路径方向。

[①] ［英］雷蒙德·威廉斯：《电视：技术与文化形式（一）》，《世界电影》2000年第3期。
[②] ［美］亨利·詹金斯：《融合文化：新媒体和旧媒体的冲突地带》，杜永明译，商务印书馆2012年版，第256—304页。

一直以来，版权法的权利平衡都是从两个层面来得以实现：法律机制和市场机制。法律机制即权利的初始分配，国家以立法的形式将权利在不同主体之间进行配置。市场机制即权利的再分配，是指权利人以自由协商的形式，通过合同契约向他人许可和转让权利。显然，从具体私人利益出发，充分借助公民智慧，由私人协商创立权利关系的市场机制，能够为创意产业提供其发展所必需的"制度弹性"，是最契合产业发展实际的权利配置方式。具体而言，市场机制为导向的改革路径是将维护版权制度在创意产业整体运行中的正面作用与消除版权制度在创意性生产中的负面作用相结合，通过推进市场机制导向的版权法律制度改革和推进版权交易制度创新两个层面的工作，来破解创意产业时代的版权之困。

一方面，以市场机制导向的版权法律机制改革是指停止和减少通过版权权项扩张或版权限制规则等立法手段伤害大文化企业或个人的不同利益，而是通过法律修订为市场机制的实施提供制度保障。法律的普遍主义使其无力关照个体，只能作为规则底线，为市场机制提供基础保障，尽量缩小干预范围。针对创意产业文化生产方式与版权制度的冲突，版权法修改应该以确立市场机制基础，即产权的排他性为首要任务。坚持版权的私权属性，是创意产业生产方式的多元混合决定的，也是财产权的市场功能决定的。首先，应该设立版权法的登记与续展制度，为排他性设置更清晰的边界。在网络化的今天，登记成本已经降到极低，而登记的好处却大于负担。同时版权保护期限应当缩短，并设立续展制度。"版权保护应留给愿意承担续展成本的权利人，而让其他作品能尽早进入公共领域。"[①] 其次，应该设立更简洁的上位权利，重构权利的排他性，解决因子权利的无尽增长而导致的交易成本。如进一步完善《伯尔尼公约》和《罗马公约》中"公开传播权"，[②] 涵盖所有公开传播行为，从而确立版权客体的直接排他性，而不因利用方式不同而不同，从而改变了工业时代版权扩张的混乱，更适应创意时代的文化生产。

另一方面，更为重要的是结合创意产业的混合文化特征，有针对性地推进版权市场交易制度的创新完善。例如，版权交易平台的建设应当侧重于服务文化创意产业中小企业与个人利益，减少版权制度对创意性文化生产的阻碍作用。因为主流版权资源的交易制度已经相对完善，而创意性文

[①] [美] 劳伦斯·莱斯格：《免费文化：创意产业的未来》，王师译，中信出版社 2009 年版，第 208 页。

[②] 参见 [匈] 米哈伊·菲切尔《版权法与因特网》，相靖译，中国大百科全书出版社 2009 年版，第 291—299 页。

化生产则面临版权作品数量巨大，主体众多，而且版权作品的经济价值有待市场开发而不明确。同时，个人在使用版权作品进行再创作比大企业面临更多阻碍。北川善太郎提出的"版权集市"（Copymart）构想到英国政府正在实施的"版权集成中心"（Copyright Hub）等理论与实践就体现了对新文化生产关怀。[1] 版权交易制度的创新还体现在积极发展以市场创制为基础的版权集中许可模式与版权公共许可模式，以适应创意产业文化生产的多元特征。以版权集体管理组织、iTunes 和亚马逊电子书店为代表的集中许可模式，既保证权利人的控制权，又借助集体力量降低了创意产业时代高频次、多主体版权交易的搜寻成本与协商成本。因此，要根据市场原则进一步推进版权集体管理制度改革，淡化政府干预，保证权利人对许可模式和定价机制的决定权和使用者的选择权。以知识共享（CC 协议）、维基百科为代表的公共许可模式虽然具有"去产权化"的表征，同样以版权私权属性为前提，只是通过权利释放机制来适应创意产业环境下分散主体的"微创作""集体创作"等文化生产模式，也因此成为许多媒介商业公司征战新市场的新型竞争策略。所以说，市场效率并非不公正性的来源，市场效率一定程度上能促进大企业与创意公民之间的公平。再比如创意产业发展中新出现的电视节目版式产业，并没有通过在立法层面创设保护节目版式的专有权，而是通过保密合同等商业策略和纠纷解决的行业规范同样实现了该产业的繁荣。[2]

综上所述，创意产业的版权困境源自创意产业自身所具有的矛盾性。其内部两种文化的紧张对抗意味着传统的依靠修改法律来化解危机的硬性方式已经失效。"在可以预见的未来，融合会是一种草率的拼凑关系，而不是一个完全整合的系统。"[3] 创意产业时代的版权应当着重采用市场化的解决路径，由参与主体依靠合同契约和市场规则创制来为创意产业发展提供更具弹性的版权制度环境，这是本文对化解创意产业时代版权困境的启示。

（原载《出版发行研究》2013 年第 12 期）

---

[1] 参见［日］北川善太郎《著作权交易市场——信息社会的法律基础》，郭慧琴译，华中科技大学出版社 2011 年版；于文《在线版权交易平台的创新趋势及评价——以英国"版权集成中心"为例》，《编辑之友》2013 年第 7 期。

[2] 参见刘海虹《欧美电视版式产业的繁荣之道探析：以文化创意产业的知识产权保护策略为视角》，《新闻大学》2013 年第 2 期。

[3] Henry Jenkins, "The Cultural Logic of Media Convergence", *International Journal of Cultural Studies*, 2004 (1).

语言、阅读与出版变迁

于 文

威廉·卡克斯顿（William Caxton, 1422？—1491）是英国历史上声名显赫的人物。2002年由英国广播公司（BBC）组织民众票选的"100名最伟大的英国人"中，卡克斯顿不仅是出版业的唯一入选者，也是唯一以商人身份当选的千年伟人[①]。1473年他在布鲁日印刷了全球第一本英语印刷书，将英语引入印刷世界；[②] 1476年他在伦敦开设了英国第一家印刷所，将英国带入印刷时代。这些功绩对英国而言是划时代的里程碑，但对中国而言则过于"他者"。而且，事实上卡克斯顿对印刷技术或出版制度的创新性贡献并不多，但这并不意味着我们的出版史书写就能将卡克斯顿一笔带过。因为当我们将人物置于时代情境中，深入其出版活动细节，会发现许多细节意蕴悠长，卡克斯顿完美诠释了时代转型期出版开拓者形象，并由此揭示社会变迁与出版业发展的内在关系，具有不可忽略的出版史意义。

一 语言共同体与出版商机

即使没有印刷术，卡克斯顿依然能史上留名。他是位成功的英国商人，侨居海外30余年，以欧洲名城布鲁日为中心，在"低地国家"（荷兰、比利时、卢森堡）从事英国与欧陆间的商业贸易。他不仅于1462—1469年担任低地国家英国商人冒险家公会（Company of Merchant Adventurers）会长，且常作为外交特使，代表英王就国际贸易管制进行谈判，可谓显赫一时。但就在他功成名就之时，年过半百的卡克斯顿投资了一桩

[①] BBC reveals 100 great British heroes—BBC News article, http://news.bbc.co.uk/2/hi/entertainment/2208532.stm.

[②] 具体出版时间被推定在1473年底至1474年初之间。参见David Scott Kastan, *The Oxford Encyclopedia of British Literature*, Oxford University Press, 2006, 413。

六 出版与文化

英国人从未涉足、却影响历史进程的新生意,即开办印刷所,经营印刷业务。这桩生意对卡克斯顿而言,是一次成功的商业冒险,而对英吉利民族而言,却是历史的里程碑。对于本文,前者的意义同样重大。因为商业成功的背后隐含着出版业变迁的"自然法则"。

这是一桩成功的生意,卡克斯顿在十余年间印刷出版了110多种书。卡翁离世后,他的印刷铺在助手的经营下继续生意兴隆。但这份"成功"本身其实包含了许多极易被忽视而非常重要的细节。从当时的大环境看,卡克斯顿的成功似乎理所当然。15世纪末,西欧正处于印刷术早期传播的第一个高潮,1450年前后谷腾堡金属活字印刷术问世,至1480年拥有印刷机的西欧城镇已逾110个,印刷术在数十年间遍及德、法、意、瑞、英等西欧诸国。[①] 卡克斯顿的事业正是这场传播运动的一部分,可谓时运所致。

但从英国本土来看,卡克斯顿的成功却非比寻常。因为在当时欧洲印刷匠看来,英国绝非理想的谋生之所。中世纪晚期,书籍世界虽然日渐丰富起来,但依然是封闭而单调的小圈子。书的语言种类稀少,以拉丁文和希腊文等古文献语为主;书的内容有限,大多是宗教典籍与古希腊罗马经典;书的读者也相对固定,多半是神职人员与学者。书籍此时具有典型的奢侈品特征:类型固定、消费者稀少。因此,在一个处于文化和地理双重边缘的岛国开设印刷所,在商业上显然不合时宜。因为如同法国红酒、意大利天鹅绒等奢侈品一样,英国国内的图书需求依靠来自欧洲大陆的进口就能基本满足。早在卡克斯顿接触印刷术前,来自欧陆的精美手抄本与印刷书就时常出现在卡克斯顿的货物清单中,它们与其他商品无异。这些图书的产地自然集中在威尼斯、科隆等地,这些城市在文化上是文艺复兴的兴盛之地,有足够的学者和大学师生充当编辑和读者;在经济上是贸易中心城市,商业繁荣,交通便利,造纸业发达。总之,他们满足了印刷业规模经济的特征,也提供了图书生产所需的智力支持。

但这一切都基于一个前提,那就是当时所有读书人都看相同的书。这的确是中世纪欧洲的基本景象:所有的书面文化都被教会控制,以至于社会生活的各种世俗领域也必须有教士参加才能运转,王宫贵族们目不识丁。虽然语言的发展使得拉丁语作为口语已在民间消失,不再通用。但拉丁文作为学术、文学和教会的专用语言控制着文字的世界,使读书写字对常人而言遥不可及。到了中世纪末期,城市、大学与知识分子的兴起,扩

[①] [法]费夫贺、马尔坦:《印刷书的诞生》,李鸿志译,广西师范大学出版社2006年版,第176页。

大了读书人的范围，书籍也不再只为信仰而存在。但教育依然以接近死亡的语言——拉丁文为重心，以能够用古代拉丁文写作阅读为目标，拉丁文是包括新兴文人阶层在内的欧洲文化精英之间的强劲韧带。

尽管如此，卡克斯顿还是选择将印刷所开在英国，并大获成功。卡克斯顿凭借商人天赋捕捉到一个全新的商机——英文图书的印刷发行，并将其经营成一桩红火的生意。英文出版是今日全球出版业规模最大也是获利最丰的市场板块，但在中世纪末的欧洲人看来，神圣的书籍与粗俗的英语并不相干。因此，这个商机的发现，展现了卡克斯顿的洞察力以及社会变迁对出版业发展的影响。

改变源于卡克斯顿的一次人生转折。1469年，由于约克王朝在英国玫瑰战争中暂败，亲约克的卡克斯顿不再任英商公会会长，应邀任法国勃艮第公爵夫人、英国公主玛格丽特（Margaret Rose）的商业顾问。① 这个转折说明卡克斯顿一直与王室贵族保持密切的私人关系，也意味着卡克斯顿有更多闲暇来从事他的爱好——文学翻译。根据卡克斯顿为其印刷的《特洛伊历史故事集》（Recuyell of the Histories of Troy）撰写的前言，他自1469年开始赋闲，有时间阅读一些通俗文学作品，萌生了将其译成英文的念头：

> 为了克服懒惰与懈怠，我开始阅读一本法文书，这本书里的历史故事非常新奇有趣。同样新奇的是这本书是（拉丁文版的）法文译本，语言平实流畅，以至于我能读懂所有内容……这本书未曾有过英语版，所以我觉得把它翻译成英语是件很好的事。这样可以让英国人和其他地方的人一样阅读这本书。②

很显然，卡克斯顿注意到这本书的好处在于其语言能让"平民百姓"无障碍地阅读。对卡翁而言，将拉丁文书籍译成法文在当时还是件新鲜事。受此启发，他决意将这些书带入英语世界，使更多英国人也能阅读。卡克斯顿自小家境殷实，受过较好的教育，加之爱好文艺，使他有能力完成翻译工作，具备成功出版商必备的文化修养。

但实际上，卡克斯顿的翻译是在两年后完成的。仅凭一时兴起的卡克斯顿在翻译了七八页后，便因畏难而搁置计划。真正促使他完成此事的是玛格丽特公爵夫人。一向热衷于赞助文学创作和手抄书出版的公爵夫人看

---

① 当时的勃艮第公国包括了尼德兰西部地区。
② Alfred W. Pollard, *Fifteenth Century Prose and Verse*, London: Archibald Constable, 1903, p.214.

过他的英文译稿后,鼓励卡克斯顿继续翻译此书。消息传出后,许多人都来索要这部图书。于是卡克斯顿想到了采用当时刚刚兴起的印刷技术。

> 为了抄写重复的内容,我的笔磨秃了,手也握不稳了,视力更是因长期看白纸而模糊,身体也变得越发力不从心。而且我还答应了很多绅士和朋友尽快给他们提供此书。为此我花了不少钱去学习如何印刷这些书……这些书可在一天内印刷完。我将印刷本献给玛格丽特夫人后,她很欣赏,并奖赏了我。①

卡克斯顿能想到印刷术,还因为翻译的完稿阶段他正在科隆逗留。作为宗教与大学名城,科隆是当时欧洲第三大并且距低地国家最近的印刷中心。因此,卡克斯顿学习印刷术的动机和条件都已具备。在科隆学成印刷术后,卡克斯顿于1473年回布鲁日组织工人印刷了世界第一部英语印刷书《特洛伊历史故事集》,开了英文印刷出版的先河。

很显然,卡克斯顿是在得到公爵夫人和其他朋友的反馈后,才投资印刷书生产的。卡克斯顿的伟大在于他能察觉阅读风尚的转向,并抓住其中的商机。虽然卡克斯顿也自认为英语是粗俗的语言,并自谦英文粗陋,但他并没有墨守成规,毅然将英语带入印刷世界,并批量生产。实际上,印刷术并不是卡克斯顿唯一的选择,当时通行的做法是请手抄书坊来代劳。但卡克斯顿却花重金去学习印刷术,显然他确知这些书的需求量之大。他注意到身边越来越多的人,主要是那些王公贵族朋友——开始有阅读需求,而且是使用地方语言的阅读。一个新的阅读共同体正在形成。

这或许是卡克斯顿在已过"知天命"之年转向陌生行业的原因。阅读的世界已开始变化,但大多数印刷商仍按部就班,重复着手抄时代的工作。虽然英语书籍的阅读市场与拉丁文书籍相比很微小,但这是个鲜有竞争者的新大陆,恰如现代营销学中的"利基市场"(Niche market)。卡克斯顿的成功是利基市场的成功。他的成功还基于其自身的条件,首先是他的文化修养,作为文化生产者,对文化消费趋势有着敏锐的把握;其次是他的社会地位和商业头脑,使他能够成为新兴读者群中的活跃分子,并藉此发现商机。

二 阅读风貌与出版扩张

纪念威廉·卡克斯顿,今天的伦敦依然有迹可循。在威斯敏斯特大教

---

① Alfred W. Pollard, *Fifteenth Century Prose and Verse*, London: Archibald Constable, 1903, p. 215.

堂（Westminster Abbey）的南门外墙上，卡克斯顿的纪念碑与著名的"诗人之角"相毗邻，与乔叟、莎士比亚、狄更斯等大文豪并肩共承英吉利民族的最高荣光；而大教堂北门外的圣·玛格丽特教堂（St. Margaret's Church）便是卡克斯顿的安葬之处，在教堂南面的彩饰玻璃窗上，只要细心观察还可以找到纪念卡克斯顿的镶嵌画，画面上是卡克斯顿指挥工人操作印刷机，向来访的英王爱德华四世和伊丽莎白王后展示印刷术。在教堂以西500米，有一条僻静的小街，名为卡克斯顿街（Caxton Street），街上有著名的卡克斯顿厅（Caxton Hall），是伦敦西敏区的老市政厅。所有这些纪念都集中于此，是因为卡克斯顿的印刷出版活动皆以威斯敏斯特教堂辖区为中心。而卡克斯顿的经营选址同样是耐人寻味的细节。

1476年卡克斯顿决定回英国开办印刷所。英国本岛对英语书的需求显然比勃艮第宫廷要多，还可节省运输成本。威斯敏斯特教堂的档案中记录了1476年向卡克斯顿出租房屋的登记。按当时英国图书业的情况，这个选址并不寻常。伦敦的商业性图书生产于13世纪末出现，至15世纪中期伦敦城内登记的与图书业相关的商贾工匠达五十余家，以抄写铺、插画师、装订匠和纸张文具商为主。[①] 当时的伦敦泾渭分明，东区是由城郭围成的伦敦市，是商业活动和市民生活的中心。西区的威斯敏斯特市则是王室和政府所在地。图书业和其他行业一样集中于商业繁华的伦敦城内，自13世纪末就聚集在圣保罗大教堂至旗舰街一带。早在1403年这些以书为业的商人就自发组成了书商行会（Guild of stationers）——英国书商公会（Stationers Company）的前身。然而卡克斯顿回国后，并没将印刷铺开在伦敦城，而是在威斯敏斯特大教堂以西的教堂避难区内开设印刷坊和书店。

卡克斯顿虽未必刻意区分自己与手抄书商，但他绕开商业中心，另辟蹊径的做法显然是意有所图。这表明他的经营具有很强的针对性，目标读者即活动在威斯敏斯特市的王公大臣们。据说卡克斯顿回国开办印刷所，即是受爱德华四世的召请。无论是否相邀，他之前的特殊地位使他很早就和英国王室关系密切，卡翁回国正是冲他们而来。威斯敏斯特教堂当时已是王室御用教堂，历代国王都在此加冕安葬，东侧紧邻的威斯敏斯特宫是王室居住和贵族议事之所。卡克斯顿的印刷所和书店皆位于这些政治中心的步行范围内，显然是近水楼台。这个读者群看上去十分有限，但已是历

---

① James Raven, *The Business of Books: Booksellers and the English Book Trade*, Yale University Press, 2007, p. 12.

六　出版与文化

史的大进步。卡克斯顿印刷所的开张，不仅是英国图书生产方式的革命，而且宣示了新的阅读时代降临不列颠，揭开了英国出版史的新篇章。

首先，这意味着统治集团内部的阅读方式开始转变。在中世纪的英国，书面文化被教会控制，以至于社会生活的世俗领域也必须有教士参与才能运转，甚至连王宫贵族也大多目不识丁。不仅宗教的传播依靠教士布道，即便是浪漫传奇与史诗故事也要靠牧师等博学者向听众朗读。包括王公贵族在内的上层阶级，"被动听读是中世纪阅读的本质特征"[①]。随着城市、大学与知识分子的兴起，读书人范围扩大，书籍也不再只为信仰而存在。但教育依然以拉丁文为重心，拉丁文是包括新兴文人阶层在内的欧洲文化精英之间的强劲韧带。然而从15世纪末起，读者开始追求个人默读，独自探索文本的意义。这是书面传统战胜口头传统（Oral tradition）的关键一役。这些变化与文艺复兴的时代背景相关，文艺复兴的本质是人和世界的重新发现，人们通过写作与阅读来反对教会势力，创立新人文思想与文化，"用民族的语言、民族的文学、民族的宗教观来完成从'从属时代'向'自我时代'的转变"[②]。

其次，由于英语书籍的出版，书籍的受众变得更为广泛。卡克斯顿萌生印刷英语书的念头具有划时代的意义。书籍变成人与人交流的工具，而不再是少数特权阶层服务上帝的"传声筒"。这说明中世纪的丧钟已经敲响，以民族国家为载体、以新商业经济为代表的近代文明开始降临欧洲。民间的文学和思想交流不再局限于口头传统，而是成为日常生活的一部分。当人与人之间信息传递的密度和广度完全压倒口语传播的承受范围，生活经验、通俗文学便开始经由英语书籍传播，赋予书籍新的社会功能。

虽然在学术领域还没有动摇迹象，至17世纪，英国许多哲学家和科学家依然使用拉丁文来表达严肃的主题，但文学和与日常生活相关的著作开始以英语书写。人们开始使用日常语言写作与阅读。卡克斯顿的事业不仅肇始于此，而且对以英语为共同体的民族意识的觉醒和民族国家的形成起到了推波助澜的作用。自谷腾堡印刷术兴起的50年里，全欧洲生产的"摇篮本"[③]印刷书中70%是拉丁文书籍。但卡克斯顿印刷的上百本书

[①] [新西兰]斯蒂文·罗杰·费希尔：《阅读的历史》，李瑞林等译，商务印书馆2009年版，第187页。

[②] 钱乘旦、许洁明：《英国通史》，上海社会科学院出版社2007年版，第107页。

[③] "摇篮本"为西方目录学家对谷腾堡印刷术发明后至1501年间在欧洲出版的印刷文献的统称。

中，拉丁文书不到28%，英文书却达68%以上。[1] 其中二十多本由卡克斯顿亲自译成英文，除了莎士比亚，卡克斯顿对英语定型化的影响之深，无出其右者。把一种口头语言转化为印刷出版的语言，规范化和统一化是首先要解决的问题，印刷术因批量复制并经由传播而产生的固化、强化功能，进一步放大了卡克斯顿对英语的影响。今天英语中的许多词汇依然烙有卡克斯顿的印记，这是一个印刷商的历史贡献。

三　旧商人与新行当

透过历史细节，我们会发现卡克斯顿是那个时代的特例。因为与同时期的欧洲印刷商相比，他是非典型的。1500年以前的欧洲印刷商有着相近的身份特征与商业模式。他们是一群手工匠人，所不同的是他们掌握的技术在当时还算稀奇——用机器复制书籍。在书与手抄书还是同义词的年代，印刷一开始只是辅助技术。人们只有在需要大批量复制手抄书时才会找到印刷师傅。所以，印刷工匠总是四处流浪，接受教会或政府的邀请生产印刷品，印完后便继续流浪。但卡克斯顿的情况则截然不同，较之于他的时代，卡克斯顿是一个"矛盾的统一体"。[2]

一方面，他是超前的。因为他超越了同时代的旧式印刷商，而更接近现代出版商。首先，卡克斯顿的生产是开拓性的，他很少等着订单上门，而是主动开发新书，带有资本主义生产的雏形。我们今天能读到诗人乔叟的传世篇章、马洛礼爵士的《亚瑟王之死》，正是经卡克斯顿之手首次成为印刷品。其次，他的出版活动实现了出版、印刷与发行的相对分离。作为出入宫廷的"红顶商人"，以卡克斯顿的身份绝不会直接接触油墨和铅字，他聘请了熟练的印刷师傅和学徒来从事生产。他的印刷工沃德（Wynkyn de Worde）和柯普兰（Copland）等都是外国人，他们在卡克斯顿去世后沿袭了卡翁的经营方针，个个事业有成。卡克斯顿还在教堂南侧另租一处开设书店，经营图书发行。书店不仅销售自己印的书，还卖他进口的拉丁文印刷书与手抄书。卡克斯顿本人则承担主要的翻译、编辑和校对工作，并做投资决策，这些都带有现代出版商的行为特征。

另一方面，他是守旧的。卡克斯顿并未完全脱离旧式文化生产，经常寻求赞助人的资助而不是市场回报。相比同时期印刷商的生存状态，他更像是被贵族供养的文人，而不是在市场上征战的商人。恩主制是贵族对文

---

[1] http://www.bl.uk/treasures/caxton/english.html.
[2] John Feather, *A History of British Publishing*, Routledge, 2005, pp. 15 – 16.

六 出版与文化

学艺术创作进行保护和资助的制度，带有浓厚的中世纪色彩。近代以前的绝大多数欧洲艺术作品都是通过赞助人的资助得以问世。在现存的卡克斯顿印刷书中，大多数作品的前言中都出现了题献恩主的赞词。与卡克斯顿保持密切关系的赞助人包括勃艮第公爵夫妇、伍德威尔家族、牛津伯爵约翰·维尔等。有时是卡克斯顿为他的译著寻求赞助人，有时是赞助人制定出版计划或提供书稿。这些非市场的出版活动，使卡克斯顿相比那些为生计奔波的印刷匠，更显旧式老派。

这对矛盾特征是基于卡克斯顿与同时代印刷商的横向比较。解释这个矛盾，还需深入历史情境。首先卡克斯顿并没超越他的时代性。传统印刷商与现代出版商的本质区别之一是他们的书稿来源。现代出版商主要是对新书进行风险投资。卡克斯顿虽然捕捉到新读者与新阅读旨趣，但他几乎未出版过在世作家的手稿。卡克斯顿钟情出版乔叟的作品，是因为乔叟的诗篇在他去世后以手抄等各种方式在上层阶级中广为流传；卡克斯顿版的《亚瑟王之死》虽在很长时间被认为是该书的最早版本，但后来的发现表明马洛礼这部遗嘱是经过了十多年的手抄传播才被卡克斯顿编辑印刷。[①] 因此卡克斯顿和同时代的印刷商一样，印刷的都是那些广为流传、有确定需求的旧书。这与现代出版商的冒险特征相去甚远，充其量是"带有资本主义萌芽性质的出版商"。

其次，对于卡克斯顿的守旧也需具体而论。卡克斯顿的时代几乎还没为市场写作的观念，虽然印刷术赋予了这种获利的可能，但作为那个时代的一员，卡克斯顿为他翻译的作品寻求赞助人是很自然的。且有研究表明，卡克斯顿所受的赞助与文学创作的赞助有很大区别，他的本意很可能是假借赞助人的声名，向读者显示该书的水准。[②] 因为用英语写成的书在当时并不登大雅之堂，而名望贵族的赞助就是图书质量的保证。事实上，鲜有证据表明赞助人真的奖赏过富裕的卡克斯顿。对卡克斯顿而言，赞助人就是"代言人"，营销的意义胜过实际的恩赐。

所以无论超前与保守，卡克斯顿的与众不同恰恰揭示了出版历史变迁的复杂性。出版是文字的买卖、阅读的生意，语言文字与大众阅读的转向对出版而言意味着市场结构的变迁。英国从中世纪向近代的社会转型孕育了新的书籍语言、新的作者与读者、新的写作目的与阅读需求。卡克斯顿

[①] Norman Francis Blake, *William Caxton and English literary culture*, Hambledon Press, 1991, p. 202.

[②] Russell Rutter, *William Caxton and Literary Patronage*, Studies in Philology, 1987, No. 4.

依靠其长期积累的文化资本把握住了转型期的市场机遇,借助新出版技术开拓新出版市场。所以卡克斯顿的出版史意义不仅是传播先进的印刷技术,而是开创了顺应时代潮流的出版理念与出版形态。在每个时代,那些能够为社会的"阅读转向"提供新的出版解决方案的人,都是当之无愧的出版家,是出版历史的缔造者。

(原载《中国出版》2013年第12期)

上海《晨报》副刊《每日电影》的公共领域分析

盘 剑

《每日电影》是20世纪30年代上海《晨报》的一个副刊，该副刊在中国电影史上发生过极其重要的作用：它曾经是左翼电影评论的重要阵地，有力地推动了中国左翼电影运动的发展。但这个副刊又非常复杂，因为它所依附的《晨报》是当时国民党上海市教育局的"机关报"。一张国民党政府"机关报"的副刊为什么会成为共产党所领导的左翼电影运动的重要阵地？这无疑是一个耐人寻味的问题。更加耐人寻味的是，它还不仅仅是左翼电影运动的阵地，也同样是反左翼电影的阵地，而其反左翼电影又不是简单地受命于国民党政府。这使人想到了哈贝马斯的"公共领域"。然而，一份从一开始就完全按照大众传播媒介经营的当时政府"机关报"的副刊有可能成为公共领域吗？我们知道，在1961年出版的《公共领域的结构转型》一书中，哈贝马斯不仅对政府直接主办的报纸而且对大众传媒的公共领域性质和功能都是持怀疑态度的。

哈贝马斯之所以认为大众传播媒介已与"自由资本主义时代的报刊"——一种他所认为真正具有批判精神的"资产阶级公共领域"——有所区别，甚至在另一些场合指责所谓的大众传媒公共领域只是一种"准公共领域"或"伪公共领域"，主要是因为在"商业化以及在经济、技术和组织上的一体化"[1]的背景下，大众传媒在"私人利益"注入的同时公众批判的"私人立场"消失了。或者说，在他看来，大众传媒公共领域的"批判"是组织起来的，并且是受某些"完全受市场调节"的"私人利益之间的竞争"影响的；而不是像资产阶级自由主义公共领域的

---

[1] ［德］哈贝马斯：《公共领域的结构转型》，曹卫东、王晓珏、刘北城、宋伟杰译，学林出版社1999年版，第224页。

批判那样是公众自发的"公共舆论的冲突",既不受"私人利益"影响也"不受公共权力机关的干涉"[①]。

不可否定,大众传媒公共领域确实存在着策划、组织式的批判,其批判立场也不能说不代表媒体本身和媒体背后的支撑势力,但实际情况又是很复杂的,并不能就此便认为其"私人"或"私人立场"完全不存在了,需要具体分析,其中最关键的是编者、作者的身份,以及编者、作者与媒体、与其所代表的集团之间的实际关系——只有弄清楚这些关系才能断定其是不是真的公共领域,或有没有可能成为真正的公共领域。

本文便拟从编者、作者的身份,以及编者、作者与媒体、与其所代表的集团之间的实际关系的角度,尝试对 20 世纪 30 年代的上海《晨报》副刊《每日电影》进行分析和讨论,试图以此对中国现代电影史、报刊史乃至文化史上的一些长期以来令人困惑的问题做出比较合理的解释,还历史以真实。

一

作为大众传播媒介,或大众传媒公共领域,《每日电影》上的许多有关电影的评论、批判都是由编辑部组织开展的,如对影片《人道》的批判、对美国电影的经济和文化侵略的揭露与抨击,以及关于"软""硬"电影的论争和穆时英对左翼"社会主义的现实主义"电影观的批判,等等。即使是每天的新片评论,也大多由编辑部约请专人撰写。如果从《晨报》创办副刊的目的来看,《每日电影》的诞生也与当时沪上报纸行业的市场竞争有关。还有,《每日电影》不论发起人还是特约作者许多都归属于或代表着特定的社会(政治、经济、文化)集团,如潘公展、王新命属于国民党政府,卜少夫也有国民党背景;洪深、夏衍、郑伯奇、鲁思、唐纳、舒湮等则是受共产党领导的左翼作家或评论家;穆时英、刘呐鸥是新感觉派作家——后现代主义与大众文化的代表,其意识形态与当时的政府当局比较接近;严独鹤、周瘦鹃等属于文化观念新、旧夹杂的鸳鸯蝴蝶派文人。除此之外,主编姚苏凤还曾在"天一影片公司""明星影片公司"任职,洪深、夏衍、郑伯奇等也都同时是"明星影片公司"的编剧。最后,《每日电影》的媒体立场当然也是非常鲜明的,虽然该刊也选用自由来稿,甚至设立了"读者俱乐部"栏目,并在栏目中明确标示

[①] 以上引文均见[德]哈贝马斯《公共领域的结构转型》,曹卫东、王晓珏、刘北城、宋伟杰译,学林出版社 1999 年版,第 224—225 页。

六 出版与文化

"此栏所载稿件,由投稿者自己负责",但从各期情况来看,其选用的稿件立场也是与《每日电影》的总体立场相一致的。

由此可见,《每日电影》具备了哈贝马斯所指出的大众传媒公共领域的所有"伪公共领域"特征。然而,问题却并不是那么简单。其实,上面所列举的各方面情况中就存在着令人难以理解的地方:为什么《每日电影》要聚集来自或代表不同社会(政治、经济、文化)集团的人?为什么这些来自或代表不同(有些还是截然对立的)"集团"的人能够在《每日电影》上形成统一的"媒体立场"?当然,关于前者,我们似乎可以从《晨报》作为政府/政党"机关报"的改革思路上来理解,即其试图通过企业化经营、通过走市场化的道路来增强报纸的活力和竞争力;而要想报纸能够在多元的海派大众文化语境中赢得市场、赢得读者,就必须建立多元的话语平台。事实上,《每日电影》正是利用这样的互动关系将报纸的经济效益和社会影响都做得非常之大。然而,关于《每日电影》的"媒体立场"仍然是一个必须回答的问题。这不仅是因为大众传媒的"媒体立场"直接关系到其"公共领域"真伪的辨别,而且,在《每日电影》的"媒体立场"中还隐藏着其编者、作者与媒体、各社会集团之间的真实关系——当然,也正是这种关系在某种程度上决定着其所创建的大众传媒公共领域的真伪。

二

翻阅了全部的《每日电影》后我们发现,该报以 1934 年 12 月为界分为前、后两个阶段:前一阶段其推崇的是"左翼式"(虽然批评者并不全是左翼文人)的意识形态批评;而从 1935 年 1 月份开始,该刊则反了过来,通过穆时英对左翼"社会主义的现实主义"电影观的批判建立了另一套截然不同的批评话语。由此便可以清楚地看到《每日电影》"媒体立场"的转变。与"媒体立场"的转变相关,1935 年前后《每日电影》的作者群也发生了很大的变化:1935 年以前其作者群是以左翼作家为主体——当时号称《每日电影》的"十五员大将",分别为洪深、沈西苓、柯灵、席耐芳(郑伯奇)、张常人、鲁思、尘无、孟令、黑星、蔡叔声(夏衍)、张凤梧(阿英)、朱公吕(朱端钧)、舒湮、陈鲤庭、姚苏凤,其中大多数是左翼作家。1934 年 12 月以后,左翼作家基本上全部退出了《每日电影》,取而代之的是穆时英、刘呐鸥、周楞伽等新感觉派文人。

非常有意思的是,《每日电影》之所以会发生这样的"媒体立场"转变和作者"大换班",按照大众传媒的惯常机制应是其背后的利益集团或支撑势力的作用所致，尤其是像《每日电影》这样的副刊，其所依附的《晨报》本来就是国民党上海市教育局的机关报。但事实上却并非如此。当然，对于左翼作家以《每日电影》为阵地开展左翼影评活动并以此推动左翼电影运动国民党当局并不是没有注意，1933年上述《每日电影》的"十五员大将"联名发表《我们的陈述：今后的批判是"建设的"》后就曾招致国民党CC文人卜少夫的攻击，并最终导致洪深从《每日电影》引退，但却并没有从整体上影响到《每日电影》的作者队伍和媒体立场，"自洪深去后，《每日电影》继续保持它一贯的作风，而且写作班子阵容愈益壮大"。[1] 实际上，当时国民党政府在意识形态控制方面应该说是不严的，曾在《图画晨报》上发表长篇连环漫画《王先生别传》的著名漫画家叶浅予在其回忆录中写道："《晨报》主编对'别传'内容从不过问，任作者自由发挥，因而我感到精神十分舒畅。记得有一期画的是王先生当了警官，带部下去监视学生示威游行，表现了一幕向学生求饶的丑剧，显然是讽刺政府当局的，事后却并未受到指责。另一次画学生募航空救国捐，王先生躲躲藏藏逃避募捐，意味着对募捐的反感，也并无反应。时间愈久，我愈明白，国民党的统治，也像只纸老虎，并不可怕。"[2] 或许正是因为国民党在意识形态方面控制不力，而左翼的意识形态批评在当时又极有"市场"——据夏衍回忆，姚苏凤曾亲口对他说，自从1932年7月（此时夏衍他们和姚苏凤还不相识）《每日电影》开始连载他和席耐芳（郑伯奇）分别翻译的苏联著名电影导演普特符金（即普多夫金）的《电影导演论》《电影脚本论》之后，《晨报》的销路增加得很快。[3] 所以作为《每日电影》背后支撑势力的国民党当局（包括潘公展的CC派）和作为其利益集团的《晨报》社当时都没有能够（也许是为了其经济利益而不愿意）左右《每日电影》的"媒体立场"和作者群——甚至，当《晨报》为"中国第一有声影片公司"刊登大幅广告进行商业宣传时，《每日电影》却连续发表长篇文章对"中国第一有声影片公司"展开猛烈的政治、文化抨击。那么，究竟是谁在主宰着《每日电影》的"媒体立场"和作者群的变化呢？我们想到了其主编姚苏凤。

姚苏凤，名庚夔，江苏苏州人，毕业于苏州工业专科学校建筑科。曾作为发起人之一在苏州创立文化团体星社，并在该社社刊《小说家言》

---

[1] 舒湮：《电影的"轮回"——纪念左翼电影运动60周年》，《新文学史料》1994年第1期。
[2] 叶浅予：《细叙沧桑记流年》：天涯在线书库（tianyabook.com）。
[3] 参见《夏衍电影文集》第2卷，中国电影出版社2000年版，第502页。

六　出版与文化

上发表小说《穷雕刻师》等作品。20世纪20年代末到上海，做了五个月建筑工程师之后便辞职从影，先后在上海影戏公司、慧冲影片公司、天一影片公司和明星影片公司任宣传、编辑、编剧，并亲自导演过几部影片，期间曾为苏州《星报》写影评，还主编过《民国日报》的《电影周刊》。离开天一影片公司后到上海教育局担任督学（也有说是科长），并主编《晨报》副刊《每日电影》。从上可知，姚苏凤的经历不算曲折，但身份却有点复杂：既是影片公司的编剧、导演，又是电影副刊的编辑和作者；既有鸳鸯蝴蝶派文人血统（"星社"和《星报》属于鸳鸯蝴蝶派的社团和报纸，所以舒湮将其归为与严独鹤、周瘦鹃一类的"礼拜流派文人"[1]），又在国民党的上海教育局里任职；既是潘公展的手下和所委任的副刊主编，却又并不是那么听命于他的上司。关于他的身份及其与左翼文人的关系夏衍有如下回忆：

> 当时，国民党在上海负责文化工作的叫潘公展。此人是CC派，文化特务头目。他发现明星公司有共产党员活动，就向周剑云（明星公司"三巨头"之一——引者注）提出要派一个人来当编剧。实际上，就是监视、控制我们的活动。派来的这个人叫姚苏凤，是潘公展办的《晨报》电影副刊的编辑。在这之前，我们一些影评工作者常在《晨报》上发表文章，我译的那篇普多夫金的《电影导演论》就是在这个副刊上连载的。但姚苏凤究竟是什么人呢？我们心中还无数。周剑云说，此人他管得住，不会反对我们。这话使我们有了点底。因为在当时只有两条路，一条是我们全体辞职不干，既干脆又省事，但结果等于把地盘全部让给国民党；另一条就是让他们进来一个人，我们还继续活动，并根据情况，做做这个人的工作。出于这种考虑，我们选择了第二条路。
>
> 姚苏凤来后，第一次编辑会议，大家都有些拘束，因为他毕竟是国民党派来的人。会后，姚苏凤单独找我，说他虽是潘公展派来的，但可以用人格保证，决不会反对我们，也不会反对我们的剧本。为了表示诚意，他还提出他掌握的《晨报》电影副刊，可以交给我们去编。后来，我们确实派电影小组成员之一的王尘无去编了一个时期。利用这一角天地，我们刊登了一些苏联电影的情况，并发表了不少影

---

[1] 见舒湮《电影的"轮回"——纪念左翼电影运动60周年》，《新文学史料》1994年第1期。

评。如果不了解这个历史真相,看到国民党办的报纸上竟介绍苏联的东西,一定会感到非常奇怪的。

姚苏凤进来后,先搞编剧,后来想当导演,他编导了一部影片《青春线》不太成功。但他逐渐靠近了我们,把我们当成他的朋友。抗战期间,他没有离开上海。胜利后,我回上海,姚苏凤来找我,见面第一句话就是"我没有辜负老朋友,没有做汉奸"。①

但当年一同给《每日电影》写文章的著名左翼影评人舒湮却对夏衍的这段回忆不太认同,他说:"姚苏凤在夏衍等参加'明星'之前,早已是该公司的编剧,而且并非由潘公展介绍而来。这是苏凤亲口对我说的,也是客观事实。他和洪深是支持夏衍等参加合作的。他和潘公展的关系,不过因为他在潘任'上海市教育局局长'时期当科长,并在潘任《晨报》社长时当副刊《每日电影》的主编。(姚始终是这个副刊的实际主编人。他从未说过什么'我挂名,发表什么文章,全由尘无兄负责'的话,遑论尘无曾任《每日电影》'主编'的事了。正如苏凤在抗战发生后即赴武汉复刊《辛报》,后又迁至香港,香港沦陷后即转往重庆,在《新民报》供职,并未'滞留孤岛'。夏衍对此记忆有误)《每日电影》原先是左翼'电影小组'的阵地,后夏、姚发生龃龉,夏等集体退出,姚仍主编该刊,一变而为'软性电影'的地盘②。"

两人对姚苏凤的回忆确实存在一定的差距。到底谁更接近事实的真相呢?姚苏凤曾经应《明星》月刊(明星影片公司出版的刊物)编者之约写过一篇《投入银色的海里——无聊的自传》(发表于《明星》1933年第1卷第2期),在这篇"自传"里姚苏凤主要介绍了自己从事电影事业的经过,其中提到了他曾经供职的几家影片公司,却没有明星公司,他只写到自己离开天一公司后便进了《每日电影》"负担起编辑的工作",也没提在教育局做督学或当科长之事。这里大抵可做这样的推测:明星公司的月刊既然"指明要"他"写'加入电影事业的经过'",显然他跟明星公司不是无关的,可能正是因为此时他刚进入"明星"——从文章发表的日期来看,他写作的时间应该是在1932年底或1933年初(当然,《明星》只是一本影片公司自己编印的内部刊物,虽是月刊,却不一定能按月准时出版,但一般情况下只会延期,因而姚苏凤写作上述"自传"或

---

① 夏衍:《从事左翼电影工作的一些回忆》,《电影文化》1980年第1—2期。
② 舒湮:《电影的"轮回"——纪念左翼电影运动60周年》,《新文学史料》1994年第1期。

六 出版与文化

进入明星公司的时间可能更晚）——这显然是在他主编《每日电影》之后。由此可见他是做了《每日电影》的主编之后才进入明星影片公司的，并且不愿意正面提及，就像不愿意提他曾经在教育局做督学或当科长的事一样；而夏衍、阿英、郑伯奇从 1932 年 5 月起就开始在明星公司做"编剧顾问"，这就证明了舒湮关于"姚苏凤在夏衍等参加'明星'之前，早已是该公司的编剧，而且并非由潘公展介绍而来"的说法有误，而不是夏衍记忆有误；同时，联系夏衍在《懒寻旧梦录》中的另一段相关但更详细、更具体的回忆①也基本上可以断定姚苏凤进入"明星"确实是在他主编《每日电影》之后并且是由潘公展派遣的。

由上我们不仅清楚地了解了姚苏凤当时的身份，而且基本能够解释为什么《每日电影》能够成为左翼影评阵地的问题：因为姚苏凤虽然是潘公展的人，既受命主编《每日电影》，又被派去明星公司做"卧底"，但他却不仅没有按照潘公展的指示监视、控制共产党在明星公司的活动，反而将自己主编的《每日电影》提供给左翼文人发表文章。由此当然可见虽是国民党政府职员但姚苏凤此时思想上却倾向于共产党及其左翼电影运动；更重要的是，这里还引申出一个似乎不可思议但却又不容置疑的事实真相：作为国民党上海市教育局机关报的《晨报》，其副刊《每日电影》的"媒体立场"竟完全取决于主编个人的立场。否则，怎么可能因为姚苏凤个人对共产党和左翼电影运动的好感而将一份国民党的报纸变成共产党的宣传阵地？作为文化特务头目的潘公展既然能够发现明星影片公司里的共产党活动难道还看不见自己经营的报纸上的左翼倾向？为什么直到 1935 年《每日电影》因为姚苏凤个人立场的转变而从左翼影评阵地变成反左翼影评阵地，在此之前潘公展一直没有出面干涉？尤其是，在《每日电影》1933 年 6 月 18 日发表 15 人（大多数为左翼文人）署名的《我们的陈述：今后的批判是"建设的"》的"宣言"后，连南京的国民党 CC 文人卜少夫都注意到

---

① 夏衍写道："在 1933 年 5、6 月间，有一次周剑云找我谈话，说自从《狂流》、《铁板红泪录》公映之后，潘公展（国民党在上海专管文教的特务头子）曾两次对他警告，前几天还打电话给他，说明星公司如不改变作风，今后就不能得到银行贷款。周剑云说，上海有一个以杜月笙为首的名叫'恒社'的银行界的俱乐部，这个机构的实际负责人是潘公展和陆京士，所以这件事使他'大伤脑筋'。他和张石川商量后，专门去向潘公展做了解释（后来有一种传说，说周曾向潘公展送了礼——明星公司的股票），最后潘提出了条件，他也要介绍一个人来当编剧顾问。……周剑云压低了声音说，派来的人叫姚苏凤。这个人我很熟，他就是《晨报》的'每日电影'的主编，你们不是常在'每日电影'上写文章吗？假使不是他，我是不会同意的。"——见《夏衍电影文集》第 2 卷，中国电影出版社 2000 年版，第 500—501 页。这是更具体的背景和事件的始末。根据这段回忆，姚苏凤进入明星公司的时间还要推迟，最早也应在 1933 年 5 月份以后。

了"在上海滩拥有一个小组合,无形中霸占影坛与剧坛的某一角落,……一会儿不彻底的农民、地主斗争,一会儿又是铁板红泪了"。而《每日电影》副刊却仍然还能够左翼影评家"名手如云"。①

这种"媒体立场"的"个人立场"化倾向无疑显示了《每日电影》编者与其依托、所属或相关的社会集团之间的实际关系,这不仅是就姚苏凤与国民党CC派及上海市教育局而言,姚苏凤与左翼电影阵营的关系也是如此:由于《每日电影》的"媒体立场"主要出于主编姚苏凤的"个人立场"(舒湮关于"姚苏凤始终是《每日电影》的实际主编"的判断应该是正确的),所以当得到姚苏凤个人认同时,《每日电影》便成为左翼电影运动的一个重要阵地;而当姚苏凤个人立场转变,或像舒湮文章所说"后夏、姚发生龃龉"(其实不是夏衍和姚苏凤之间发生龃龉,而是姚苏凤与凌鹤之间发生了龃龉②),左翼影评家们就只能从《每日电影》撤出了,1934年12月以后的情况可能就是这样——当然,导致姚苏凤个人立场转变的原因可以是多方面的,其中也不完全排除来自国民党当局的压力。但不可否认的是,后来《每日电影》不仅发表穆时英等人批判左翼电影和左翼影评的文章,姚苏凤自己也写了《骂我者的惨败》(载1935年8月3日《每日电影》)、《最后的一笑——关于活老虎与死猫狗》(载1935年8月6日《每日电影》)等文与鲁思"对骂",可见他与左翼影评者的个人关系确实恶化了。

对于相关的社会集团来说,"媒体立场"的"个人立场化"或许是有问题的,它有可能使得集团名下的媒体处于失控状态。但对于公共领

---

① 转引自舒湮《电影的"轮回"——纪念左翼电影运动60周年》,《新文学史料》1994年第1期。

② 关于姚苏凤与凌鹤之间的龃龉或二人之间的笔战及其导致《每日电影》转向的情况,日本大阪市立大学的白石(张)新民在《〈每日电影〉时期的姚苏凤》一文中有比较具体的论述:"苏凤凌鹤间的笔战"肇端于凌鹤对姚苏凤的《路柳墙花》的批判。笔战结束不久,围绕苏联电影《循环》的评价问题,姚苏凤又重新向凌鹤开火,以"苏联的影片不一定好的,犹之美国的影片不一定是坏的"对《循环》进行否定。之后左翼人士脱离《每日电影》转入《影谭》。为加强《影谭》在电影舆论界的地位和影响力,《影谭》创刊不久,尘无就以离离的笔名在《影谭》上发表了《上海电影刊物的检讨》,开始贬低《每日电影》。"苏凤凌鹤间的笔战"使《每日电影》陷入了一种孤立的困境。在一种孤立无援的处境之中,姚苏凤开始进行重新选择。穆时英的《电影批评底基础问题》一文打破了《每日电影》自《青春线》之后两个多月的沉寂,开始向《影谭》发起进攻。以此为标志,《每日电影》开始倒向"软性电影"论者一方,成为"软性电影"论者进攻左翼的主要阵地。(因网上文章错别字句很多,此处引用时根据文章原意做了一些修改和调整,特此说明,并请白石(张)新民先生谅解——引者)载Copyright© 2000—2004版权所有:华东师范大学人文学院。根据白石(张)新民的论述,《每日电影》的转向主要还是因为姚苏凤与凌鹤等左翼作家之间的个人矛盾引起。

域的建设来说，这种"媒体立场"的"个人立场化"则具有重要的意义，它在一定程度上消解了社会集团对媒体的控制，使得媒体所策划、组织的公共批判（包括一些具有集团倾向的论争和讨论）都能够保留特定的"私人立场"，从而有可能在看似属于某一社会集团的媒体上建构起非该集团话语也可以自由表达的真正的公共领域，《每日电影》就是这样。

三

除了在先是将国民党的机关报副刊做成了共产党的左翼影评阵地、后又变左翼影评阵地为反左翼电影运动的堡垒这一过程中《每日电影》充分表现了其"媒体立场"主编"个人立场化"的倾向和作用，《每日电影》"媒体立场"的"个人立场化"特点也表现在其作者的"私人"性上。或者说，《每日电影》的作者如左翼影评者、如反左翼影评的穆时英等新感觉派作家，以及如作为作者的姚苏凤本人等，虽然从表面上看来，其各自所属的社会集团非常清楚，但如果仔细分析，就会发现真实的情况并非完全如此——他们可能只是看似站在某一"集团"的阵营中，而实际上有可能表达的还是其"私人"意志和观点，也即一种"个人化立场"。因为毕竟，《每日电影》的作者大多数都是个性比较强，也比较有个人想法的作家、艺术家或学者。

以左翼影评者为例。20世纪30年代的中国左翼电影运动是在中国共产党的直接领导下开展的，这一点毋庸置疑。在左翼电影运动中，当然也有夏衍、钱杏邨、郑伯奇这样的以作家、影评者身份从事文化工作的职业革命家。但却绝不能因此便以为所有中国左翼电影运动的参加者都是这样的共产主义战士。我始终认为，发生在20世纪上海这一现代化的国际大都市中的左翼文化、文艺运动——尤其是左翼电影运动——与在古老乡村延安开展的革命文艺运动是截然不同的，尽管都是由共产党领导。在延安政治革命是"主角"，文艺革命是"配角"，而在上海则可能刚好相反。在延安有"文艺整风运动"的"洗礼"，而在上海则没有，也不可能有。经过"整风运动"的"洗礼"革命文艺队伍被"纯化"了——从思想到人员，在"纯化"的过程中所显示出来的作家们的"思想的复杂性"是令人吃惊的——这还是在革命根据地，这一点毛泽东《在延安文艺座谈会上的讲话》（以下简称《讲话》）中提到过，当然不管多么复杂的思想最终也被《讲话》完全统一；而既没有经过"整风"的"洗礼"和"纯化"，又不能像在革命根据地那样由《讲话》来进行"统一"，"上海滩"

上影评者（即使是左翼影评者）们思想的复杂性可想而知。实际上，包括一些从"文学革命"走向"革命文学"的作家、批评家，活动在现代都市上海的中国左翼文化、文艺、电影运动的参与者大多是五四新文化运动的倡导者或继承者，因此左翼文化、文艺、电影运动实质上应该是五四新文化运动的一种"复兴"和延续，而在这个"第二次新文化运动"中，不仅"反帝反封建"仍是重要的主题，而且思想启蒙、个性解放经过人们的自主反思也被推进到一个更高、更深和更广阔的层面，在这个层面上精英知识分子可以通过多元的、以大众传播为基础的现代大众文化的建立实现其最初的启蒙理想——大众的民主、自由意识全面觉醒。唯其如此，所以我认为，左翼电影人（包括影评者）的身份和思想不可能是非常单一和单纯的，即使是像夏衍、钱杏邨、郑伯奇这样的以作家、编剧、影评者身份从事文化工作的职业革命家也不例外，因为他们毕竟不是在延安，而是在上海。

总之，因为处于"多元"而复杂的上海都市大众文化环境之中，所以尽管在反帝、反封建和批判软性电影论者时表现出了某些共同立场，但"左翼电影人"（包括左翼影评者）作为一个群体其人员结构绝非"铁板一块"，其思想意识也存在着许多分歧，而其为文、行事更不乏"私人性"或"个人方式"。例如前面提到的发表在1933年6月18日《每日电影》上的《我们的陈述：今后的批判是"建设的"》一文被公认为左翼影评人的"宣言"，但其联合署名的《每日电影》的"十五员大将"却并不全是像夏衍、阿英、郑伯奇、鲁思、洪深这样的"左联"干将。事实上，正是因为其中的人员"不纯"，所以这一"'宣言'（虽然）在《中国电影发展史》和《寻梦录》中，都曾提及，但未照录全文，而且删去他们认为是'异教徒'的'中间人物'，……文件措辞温和，看来是为了适应当时环境的一种策略。……从行文笔调分析，有不少欧化的倒装句法和重叠的副词，带有30年代初期的文风"。[①] 其实，即使是被著名左翼电影人尘无列入"左翼影评名家"之中的舒湮，也自称为"自由主义者"，并在相关的文章中披露了当时左翼影评阵营内部的复杂与矛盾。根据舒湮的回忆，当时左翼影评者们是一方面与"软性电影"论者论争，另一方面则是内部相互攻讦、纠缠：

有些人从这年（1934年——引者注）11月一直骂到12月，这

[①] 舒湮：《电影的"轮回"——纪念左翼电影运动60周年》，《新文学史料》1994年第1期。

六　出版与文化

一时期是有些极左的影评人围攻《每电》和对《每电》执笔者进行人身攻击最凶猛的日子。《每电》在受到卡秋莎火箭炮狂轰滥炸下，屹然不动，在敌意的猜疑与破坏下，发表《告读者书》，声明："我们的工作精神是不变的"，并以事实表现我们对软性论者继续进行批判的态度。我于9月29日以《不是随笔》为题，批评"软性论者在理论上被驳得体无完肤以后，于是便转向村妇泼骂和告密式的卑劣手段了"。这竟又引起他们的更番轰击，反诬我们："凡是和《每电》有不同意见的，就是'阴谋'，就是'破坏'影评的统一战线。"其实，这正是有宗派情绪的人自己的写照。《影谭》曾因马国亮说了一句："批评家的'春秋之笔'吓坏了制片者"，就将马横扫了一下。一度又将矛头指向黄影呆。他们更恶意讽刺别人"明明是附属于这一政治立场的新闻纸的电影副刊，偏要隐隐地来几篇与整个新闻纸立场相反的文章"，以影射《每电》明明是国民党的报纸，却故意放烟幕弹。那么，试问《影谭》也属于国民党的《民报》，又当何以自解？

从舒湮的上述回忆可以看出，1935年以后《影谭》与《每日电影》的激烈论战实际上在1934年就开始了，稍有不同的是1935年以后是左翼影评人与以穆时英为首的新感觉派作家之战，而1934年则是"左翼"内部的宗派之争——但其尖锐、激烈程度并不相上下，《影谭》上文章中的"明明是附属于这一政治立场的新闻纸的电影副刊，偏要隐隐地来几篇与整个新闻纸立场相反的文章"的说法竟将《每日电影》长期以来所建立起来的左翼影评阵地给彻底否定了，甚至还做了完全敌对的定性。有理由推断：1934年12月以后左翼影评人之所以全部退出《每日电影》、倡导"软性电影"的新感觉派作家之所以能将他们的阵地从他们自己主办的《现代电影》杂志转到原来猛烈抨击他们的左翼影评阵地《每日电影》上来，主要原因可能在于左翼影评者们自己相互之间"打"起来了！因为这一"打"还牵扯到本已站到左翼阵营里的姚苏凤——他本来一直与左翼影评者们一起批判"软性电影论者"，却在这时遭遇了与作为左翼"电影小组"核心人物之一的凌鹤的笔墨官司，虽然两人之间的矛盾完全出于个人私见，但却显然影响到了整个《每日电影》副刊的立场转变，结果便不仅是左翼影评者和软性电影论者"一出一进"，而且还导致了后来《影谭》与《每日电影》，左翼影评者鲁思、唐纳、尘无与有姚苏凤支持的新感觉派"软性电影"论者之间的更为激烈的论战乃至相互谩骂。①

　　毫无疑问，不仅姚苏凤与凌鹤之间最终对《每日电影》"媒体立场"转变产生了重要影响的笔墨官司纯粹是出于他们的"个人私见"，左翼影评者内部所有敌对性和谩骂式的相互攻讦显然都不能代表"集团立场"——从某种意义上说，这些谩骂和攻讦甚至罔顾"集团利益"。其实，不论是左翼影评者还是姚苏凤，作为《每日电影》的编者和作者，他们从个人所认定的"媒体立场"出发，在日常编稿和撰文评论中，也会置自己所属"集团"利益于不顾：姚苏凤在《每日电影》上大量发表左翼影评文章乃至将其变成左翼影评阵地即是置其当时所属的国民党政府的"集团利益"于不顾，后来任性地偏向新感觉派作家或"软性电影论者"又是置其一向亲近并几乎成为其中一分子的"左翼阵营"的"集团利益"于不顾。当然，除了政治"集团"，他们对与自己相关的经济"集团"也往往抱同样的态度，例如姚苏凤和洪深虽然都在或曾经在明星影片公司和天一影片公司任职，但他们对两家公司影片的批评照样毫不留情，以致公司老板对他们大为不满，认为"吃老板的饭，翻脸骂东家，不讲交情"②——当然这可以被称为"铁面无私"，实际上却也是知识分子的一种个人性格。作为著名的左翼电影人，洪深的个性更强，尽管从总的方向上说他始终站在"左翼"的"集团立场"上，但在具体行事时却往往是个人率性而为。例如前文曾经提到的，当卜少夫攻击《每日电影》上的左翼影评者时，洪深非常愤怒，指斥卜少夫："我现在要通知你，除了我向法院控告你之外，还要向南京中央党部呈控你。请把你的永久地址、可以接受传票的地方告诉我。"典型的书生意气！结果是自己被迫从《每日电影》引退。他在《告别〈每电〉的读者》一文中写道："我此刻的激荡和混乱的情感，需要我的理智去制裁、去管束，所以我将暂时的静止，我将暂时的沉默。"由此可以看出他当时的"个人"行为所导致的"个人"处境以及自己在其中的"个人"感受——"集团"在此过程当中显然没有任何作为，否则洪深就不会说自己"受到重大的刺激；我感到孤独"。③ 而鲁思，则在被穆时英于《电影艺术防御战》一文中谩骂加

---

① 当时双方由论争到谩骂，你骂我"软性的动物""软性的淫妇"，我骂你"乱嚷的叫花子"，甚至连"梦呓""疯狗绝症""小丑式的政客""滚你妈的""白痴""低能儿""狗屁不通"等脏话都骂出来了，满纸秽语，全无理智——由此也可见当时论战的个人情绪性和主观随意性。

② 参见舒湮《电影的"轮回"——纪念左翼电影运动60周年》，《新文学史料》1994年第1期。

③ 洪深：《告别〈每电〉的读者》，《每日电影》1933年9月19日。

六　出版与文化

告密式地点名为"丙种罗宋老三第三号"以后，竟自作主张地在向法院提出的诉状中写道："自诉人（按，即鲁思自称）向来服膺三民主义……凡所著述均站于民族主义立场上……不特为三民主义之信徒，且服务之报馆即为素有革命历史之言论机构"①，并认为"马克思主义为与三民主义绝不相容之主义"，还将致函《妇人画报》，"声明并未加入任何反动组织云"。② 虽为自保策略，所言并不为实，但无疑也显示了其行为的非集团性或个人性——如果是"集团"所为，或站在"集团"的角度来看，这样的言行绝对是颠覆性的。

左翼影评者如此，其对手"软性电影论者"或新感觉派作家亦然。在过去的研究中，由于"软性电影"与"硬性电影"之争被认为"实质上是这一时期我国尖锐而复杂的阶级斗争和政治斗争在电影理论战线上的反映"，因此，作为左翼电影阵营对立面的"软性电影论者"便一直被认定为国民党的御用文人。③ 实际上，尽管在对抗左翼电影运动这一点上"软性电影论者"与国民党政府是一致的，但二者的立场并不是一开始就完全相同：后者当然是始终立足于政党、政府的政治立场，而前者最初所持的更主要的是一种文化立场。或者说，国民党与共产党之间是完全的政治冲突，而"软性电影论者"与左翼影评者的"软""硬"电影之争则主要源于一种文化冲突④。这里的所谓"文化冲突"实质上是围绕电影的传统"载道"功能与现代"休闲、娱乐"功能所展开的创作观念的冲突，在这一冲突中，强调电影的休闲、娱乐功能的"软性电影论者"表现了与当时作为国际大都市的上海相适应的现代大众文化精神，而左翼电影在他们看来却仍然固守着传统精英文化的启蒙、教育立场——不仅是"软、硬之争"，穆时英对左翼"社会主义的现实主义"电影观的批判其焦点也在于此。其实，从这一角度看，"软性电影论者"与同样注重电影的思想教育和意识形态传达作用的国民党政府应该也处于一种对立状态。问题的复杂性在于，穆时英、刘呐鸥等软性电影论者却既在当时表现了比较明显的亲近政府的倾向，又在后来真正成为国民党的御用文人，穆时英、刘呐鸥二人在抗日战争中还做了汉奸。这样的情况和结果便使得人们不假思索

---

① 记者：《鲁思转变》，《每日电影》1935 年 8 月 24 日。
② 见《鲁思控告穆时英案已自动撤回》，《每日电影》1935 年 8 月 27 日。
③ 参见程季华主编《中国电影发展史》（1），中国电影出版社 1980 年版，第 409—410 页。
④ 关于"软性电影"与"硬性电影"之争的文化性质与特征除了前文的相关论述之外，详见拙著《选择、互动与整合——海派文化语境中的电影及其与文学的关系》第二章："《现代电影》及其软性电影论者的文化表达"，浙江大学出版社 2006 年版。

地就可以将"软性电影论者"们划到国民党"反动派"的阵营里去,并"证据确凿"地把穆时英对左翼"社会主义的现实主义"电影观的批判当作了国民党对共产党的"文化围剿"。然而事实上不仅做汉奸与做国民党御用文人之间应该没有必然联系,而且,根据舒湮——他在左翼影评人集体撤离《每日电影》后仍受姚苏凤邀请写稿并参与编辑、组稿——的回忆,直到他从《每日电影》引退时——这时应该是1935年8月以后了,因为1935年8月26日的《每日电影》上还刊有编辑部的一"封"《信》:"黑婴、流冰、舒湮三兄:今日下午四时一刻,请来馆一谈,因有要事奉告。"可见这时他还没有完全脱离与《每日电影》的关系——穆时英等人才与潘公展见面,还是由别人引见的①。这就说明"软性电影论者"在那以前还不是国民党的御用文人,而在那时他们跟左翼影评人已经早就"斗"得天昏地暗了。不仅如此,他们的观点一开始也并没有得到国民党的认同,因为在电影的政治教化功能的强调上,作为政治集团,国民党和共产党其实态度是一致的,他们也要求电影"踏上教育与建设的新路线"②,更不用说对抗日救国的宣传,因此都是"硬性电影"论者,只不过具体内容不同而已——这也许是1935年以前任凭左翼影评人在《每日电影》上从意识形态批判的角度抨击"软性电影论"而潘公展他们并不出面干涉的原因之一。

由上可见,在《每日电影》上所开展的各种影片评论、电影批判和涉及思想、观念的激烈论争中,包括整个报纸副刊的立场变化,看似由媒体组织,而媒体又由特定的政治集团所控制,但实际上,由于其编者和作者在表面的集团立场后面都有着极其强烈的个人主体意识,或在具体思想和行为上表现出了鲜明的个人身份,所以这些观念论争或思想交锋,与其说是两个政治集团的斗争——如同以往主流电影史的分析、判断,毋宁说是一批具有不同见解(包括政见)的知识分子有意无意地从个人立场出发,通过有关电影(作品、事件、观念)的评论对当时社会政治、经济、文化的批判。当然,这些批判在某种程度上是分别与不同社会政治集团的立场相吻合的,因而又不可否定地在不同社会政治集团的斗争中发挥了重要的作用——尽管从特定政治集团的角度来看这些批判仍然存在着很大、很多的问题,如当时在延安的党组织对"左联"的工作并不是十分满意,

---

① 参见舒湮《电影的"轮回"——纪念左翼电影运动60周年》,《新文学史料》1994年第1期。

② 黄天佐:《〈流浪的孩子们〉幕前话》,上海《现代电影》1934年第7期。

而"电影小组"更是经常根据中央的文件精神检查、反省左翼电影运动中所出现的各种错误——这些不符合"集团"意志的"问题"和"错误"正是批判主体"个人身份"的表达，不管正确与否，它们与"集团立场"一起在涉及国家政治、经济、文化的批判中共同建构起《每日电影》的大众传媒公共领域。

（原载《文艺研究》2008年第6期）

主要参考文献

一 文学史和相关论著

安作璋：《中国古代史史料学》，福建人民出版社 1994 年版。

[意] 贝奈戴托·克罗齐：《历史学的理论和实际》，傅任敢译，商务印书馆 1982 年版。

[法] 布迪厄：《艺术的法则：文学场的生成和结构》，刘晖译，中央编译出版社 2001 年版。

[法] 布尔迪厄：《艺术的法则——文学场的生成和结构》，刘晖译，中央编译出版社 2001 年版。

曹喜琛等：《档案文献编纂学》，中国档案出版社 1987 年版。

陈平原：《作为学科的文学史》，北京大学出版社 2011 年版。

陈其光主编：《中国当代文学史》，广东高等教育出版社 1992 年版。

陈思和主编：《中国当代文学史教程》，复旦大学出版社 1999 年版。

陈徒手：《故国人民有所思：1949 年后知识分子思想改造侧影》，生活·读书·新知三联书店 2013 年版。

陈晓明：《中国当代文学主潮》，北京大学出版社 2009 年版。

陈子善：《从鲁迅到张爱玲：文学史内外》，北京大学出版社 2017 年版。

程光炜：《当代文学的"历史化"》，北京大学出版社 2011 年版。

程光炜：《文学讲稿："八十年代"作为方法》，北京大学出版社 2009 年版。

程光炜：《文学史二十讲》，东方出版中心 2016 年版。

程光炜：《文学想像与文学国家——中国当代文学研究：1949—1976》，河南大学出版社 2005 年版。

程千帆、徐有富：《校雠广义》，齐鲁书社 1998 年版。

[美] 戴安娜·兰克：《文化生产：媒体与都市艺术》，赵国新译，译林出

版社 2001 年版。

董健、丁帆、王彬彬主编：《中国当代文学史新稿》，人民文学出版社 2005 年版。

董丽敏主编：《视野与方法：重构当代文学研究的版图》，复旦大学出版社 2012 年版。

杜维运：《史学方法论》，北京大学出版社 2006 年版。

二十二院校编写组：《中国当代文学史》，福建人民出版社 1980 年版。

樊骏：《中国现代文学论集》，人民文学出版社 2006 年版。

［美］费正清、罗德里克·麦克法夸尔主编：《剑桥中华人民共和国史——革命的中国的兴起（1949—1965）》，王建朗等译，上海人民出版社 1990 年版。

［美］弗·雷德里克·杰姆逊：《后现代主义与文化理论》，唐小兵译，陕西师范大学出版社 1987 年版。

［美］弗·雷德里克·詹姆逊：《政治无意识》，王逢振等译，中国社会科学出版社 1999 年版。

付祥喜：《问题与方法——中国现代文学史料研究论稿》，中国社会科学出版社 2017 年版。

［德］顾彬：《二十世纪中国文学史》，范劲等译，华东师范大学出版社 2008 年版。

国家教委高教司编：《中国当代文学史教学大纲》，高等教育出版社 1998 年版。

［德］哈拉尔德·韦尔策编：《社会记忆：历史、回忆、传承》，季斌等译，北京大学出版社 2007 年版。

［美］海登·怀特：《后现代历史叙事学》，陈永国等译，中国社会科学出版社 2003 年版。

［美］海登·怀特：《元史学：十九世纪欧洲的历史想象》，陈新译，译林出版社 2004 年版。

何东：《中国现代史史料学》，求实出版社 1987 年版。

贺桂梅：《历史与现实之间》，山东文艺出版社 2008 年版。

洪子诚：《材料与注释》，北京大学出版社 2016 年版。

洪子诚：《当代文学概说》，广西教育出版社 2000 年版。

洪子诚：《问题与方法——中国当代文学史研究讲稿》，生活·读书·新知三联书店 2002 年版。

洪子诚：《中国当代文学史》，北京大学出版社 1999 年版。

华中师范学院中国语言文学系：《中国当代文学史稿》，科学出版社 1962 年版。

黄存勋等：《档案文献学》，四川大学出版社 1988 年版。

黄发有：《媒体制造》，山东文艺出版社 2005 年版。

黄发有：《中国当代文学传媒研究》，人民文学出版社 2014 年版。

黄擎：《废墟上的狂欢：文革文学的叙述研究》，作家出版社 2004 年版。

吉林省五院校编：《中国当代文学史》，吉林人民出版社 1984 年版。

蒋述卓、龙扬志主编：《文学批评与中国文学史的生成》，暨南大学出版社 2018 年版。

解志熙：《考文叙事录——中国现代文学文献校读论丛》，中华书局 2009 年版。

金大陆：《非常与正常：上海"文革"时期的社会生活 下》，上海辞书出版社 2011 年版。

金汉、冯云青、李新宇主编：《新编中国当代文学发展史》，杭州大学出版社 1992 年版。

金宏宇：《文本周边：中国现代文学副文本研究》，武汉大学出版社 2014 年版。

李红强：《〈人民文学〉十七年（1949—1966）》，当代中国出版社 2009 年版。

李洁非：《典型年度》，北京十月文艺出版社 2013 年版。

李洁非：《典型文案》，人民文学出版社 2010 年版。

李洁非：《典型文坛》，湖北人民出版社 2008 年版。

李洁非：《文学史微观察》，生活·读书·新知三联书店 2014 年版。

李杨：《50—70 年代中国文学经典再解读》，山东教育出版社 2003 年版。

李怡：《旧世纪文学》，巴蜀书社 2014 年版。

梁启超：《中国历史研究法》，上海古籍出版社 1998 年版。

林湮、金汉、邓星雨主编：《中国当代文学发展史》，江苏教育出版社 1990 年版。

刘福春：《中国当代新诗编年史》，河南大学出版社 2005 年版。

刘锡庆主编：《新中国文学史略》，北京师范大学出版社 1996 年版。

刘增杰：《中国现代文学史料学》，中西书局 2012 年版。

刘志荣：《潜在写作：1949—1976》，复旦大学出版社 2007 年版。

［法］罗贝尔·埃斯卡尔皮：《文学社会学》，符锦勇译，上海译文出版社 1988 年版。

孟繁华、程光炜：《中国当代文学发展史》，人民文学出版社 2004 年版。

孟繁华、程光炜、陈晓明：《中国当代文学六十年》，北京大学出版社 2015 年版。

［法］米歇尔·福柯：《知识考古学》，谢强等译，生活·读书·新知三联书店 1998 年版。

潘树广、黄镇伟等主编：《中国文学史料学》，华东师范大学出版社 2012 年版。

钱理群：《1977—2005：绝地守望》，香港城市大学出版社 2017 年版。

钱理群：《拒绝遗忘 "1957 年学"研究笔记》，牛津大学出版社 2007 年版。

钱理群：《毛泽东时代和后毛泽东时代（1949—2009）——另一种历史书写》，联经出版公司 2012 年版。

钱穆：《中国历史研究法》，生活·读书·新知三联书店 2001 年版。

商昌宝：《作家检讨与文学转型》，新星出版社 2011 年版。

十院校编写组：《中国当代文学史初稿》，人民文学出版社 1980 年版。

［加］斯蒂文·托托西：《文学研究的合法化》，马瑞琦译，北京大学出版社 1997 年版。

斯炎伟：《全国第一次文代会与新中国文学体制的建构》，人民文学出版社 2008 年版。

［日］藤井省三：《华语圈文学史》，贺昌盛译，南京大学出版社 2014 年版。

王本朝：《中国当代文学制度研究（1949—1976）》，新星出版社 2007 年版。

王德威主编：《哈佛新编中国现代文学史（上下）》，王德威等 155 位作者译，（台湾）麦田出版社 2021 年版。

王汎森：《中国近代思想与学术的系谱》，河北教育出版社 2001 年版。

王庆生主编：《中国当代文学史》，高等教育出版社 2003 年版。

王秀涛：《中国当代文学生产与传播制度研究》，文化艺术出版社 2013 年版。

王余光：《中国历史文献学》，武汉大学出版社 1988 年版。

［美］威廉斯编著：《文学制度》，李佳畅等译，南京大学出版社 2014 年版。

吴俊、郭战涛：《国家文学的想象和实践——以〈人民文学〉为中心的考察》，上海古籍出版社 2007 年版。

吴秀明主编：《当代中国文学五十年》，浙江文艺出版社 2004 年版。

吴秀明主编：《中国当代文学史料问题研究》，中国社会科学出版社 2016 年版。

吴秀明主编：《中国当代文学史写真》，浙江大学出版社 2003 年版；北京大学出版社 2010 年版。

吴中杰：《中国现代文艺思潮史》，复旦大学出版社 2014 年版。

［美］夏志清：《中国现代小说史》，刘绍铭等译，复旦大学出版社 2005 年版。

谢冕主编：《百年中国文学总系》（10 卷），山东教育出版社 1998 年版。

谢泳：《思想利器：当代中国研究的史料问题》，新星出版社 2013 年版。

谢泳：《中国现代文学史研究法》，广西师范大学出版社 2010 年版。

徐鹏绪：《中国现代文学文献学研究》，中国社会科学出版社 2014 年版。

徐勇：《选本编纂与八十年代文学生产》，人民文学出版社 2017 年版。

徐有富：《中国古典文学史料学》，北京大学出版社 2008 年版。

严家炎主编：《二十世纪中国文学史》，高等教育出版社 2010 年版。

杨健：《文化大革命中的地下文学》，朝华出版社 1993 年版。

杨匡汉、孟繁华主编：《共和国文学 50 年》，中国社会科学出版社 1999 年版。

杨庆祥等：《文学史的多重面孔——八十年代文学事件再讨论》，北京大学出版社 2009 年版。

姚文放：《从形式主义到历史主义：晚近文学理论"向外转"的深层机理探究》，北京大学出版社 2017 年版。

於可训：《中国当代文学概论》，武汉大学出版社 1998 年版。

张炯编著：《新中国文学史》，海峡文艺出版社 1999 年版。

张炯主编，张柠、张闳、贺仲明、洪治纲著：《共和国文学 60 年》，广东教育出版社 2009 年版。

张军：《中国当代文学史叙述研究》，中国社会科学出版社 2012 年版。

张荣翼、李松：《文学史哲学》，武汉大学出版社 2014 年版。

张舜徽：《中国文献学》，上海古籍出版社 2009 年版。

张注洪：《中国现代革命史史料学》，中共党史资料出版社 1987 年版。

周晓风：《新中国文艺政策的文化阐释》，中国社会科学出版社 2008 年版。

周一平：《中共党史文献学》，华东师范大学出版社 2002 年版。

朱栋霖、朱晓进、龙泉明主编：《中国现代文学史》，北京大学出版社 2007 年版。

朱金顺：《新文学资料引论》，北京语言学院出版社 1986 年版。

朱寨主编：《中国当代文学思潮史》，人民文学出版社1987年版。

二 选本和其他文献史料

《革命样板戏剧本汇编》（第1集），人民文学出版社1974年版。
《胡风对文艺问题的意见》，《文艺报》1955年第1、2号附发。
《胡适思想批判（论文汇编）》，生活·读书·新知三联书店1955—1956年版。
《林彪同志委托江青同志召开的部队文艺工作座谈会纪要》，人民出版社1967年版。
《毛泽东文集》（8卷），人民出版社1993、1996、1999年版。
《日丹诺夫论文学与艺术》，人民文学出版社1959年版。
《苏联文学艺术问题》，人民文学出版社1953年版。
《天安门革命诗抄（第二集）》，（香港）文化资料供应社1978年版。
《文艺界拨乱反正的一次盛会——中国文学艺术界联合会第三届全国委员会第三次扩大会议文件发言集》，人民文学出版社1979年版。
《中国当代作家研究资料丛书》（11册），天津人民出版社2005年起陆续出版。
《中国文学艺术工作者第二次代表大会资料》，中国文学艺术界联合会1953年印。
《中国文学艺术工作者第三次代表大会文件》，人民文学出版社1960年版。
《中国文学艺术工作者第四次代表大会文集》，四川人民出版社1980年版。
《中国作家协会第二次理事会会议（扩大）报告、发言集》，人民文学出版社1956年版。
《中华全国文学艺术工作者代表大会纪念文集》，新华书店1950年版。
白士弘选编：《暗流："文革"手抄本文存》，文化艺术出版社2001年版。
白烨编：《文学论争二十年》，华中师范大学出版社1998年版。
白烨主编：《中国年度文坛纪事》《中国年度文情报告》，漓江出版社、社会科学文献出版社1999年起陆续出版。
北岛、李陀主编：《七十年代》，生活·读书·新知三联书店2009年版。
薄一波：《若干重大决策与事件的回顾》，中共中央党校出版社1991、1993年版。
查建英：《八十年代访谈录》，生活·读书·新知三联书店2006年版。
陈白尘：《牛棚日记：1966—1972》，生活·读书·新知三联书店1995年版。
陈冀德：《生逢其时——文革第一文艺刊物〈朝霞〉主编回忆录》，时代国际出版有限公司 2008 年版。

陈明口述，查振科、李向东整理：《我与丁玲五十年：陈明回忆录》，中国大百科全书出版社 2010 年版。

陈思和、王德威主编：《史料与阐释》（2011—2019 年卷），复旦大学出版社从 2013 年开始陆续出版。

陈徒手：《故国人民有所思——1949 年后知识分子思想改造侧影》，生活·读书·新知三联书店 2013 年版。

陈徒手：《人有病，天知否——一九四九年后中国文坛纪实》，人民文学出版社 2000 年版。

陈为人：《唐达成文坛风雨五十年》，（香港）溪流出版社 2005 年版。

程光炜、吴圣刚主编：《中原作家群研究资料丛刊》（13 卷），河南大学出版社 2015 年版。

程光炜主编：《中国当代文学史资料丛书》（16 册），百花洲文艺出版社 2018 年版。

程永新：《一个人的文学史》，天津人民出版社 2007 年版。

从维熙：《走向混沌：从维熙回忆录》，花城出版社 2007 年版。

邓力群：《邓力群自述——十二个春秋：1975—1987》，（香港）博智出版社 2005 年版。

丁景唐等主编：《中国新文学大系史料·索引卷》，上海文艺出版社 1997 年版。

［荷］佛克马：《中国文学与苏联影响》（1956—1960），北京大学出版社 2011 年版。

复旦大学中文系资料室编：《新时期文艺学论争资料》，复旦大学出版社 1988 年版。

傅光明：《口述历史下的老舍之死》，山东画报出版社 2007 年版。

傅光明、郑实：《老舍之死口述实录》，复旦大学出版社 2009 年版。

郭沫若、周扬编：《红旗歌谣》，红旗杂志社 1959 年版。

郭晓惠、郭小林整理：《郭小川 1957 年日记》，河南人民出版社 2000 年版。

郭晓惠编：《检讨书：诗人郭小川在政治运动中的另类文字》，中国工人出版社 2001 年版。

浩然口述，郑实采写：《浩然口述自传》，天津人民出版社 2008 年版。

何启治：《文学编辑四十年》，人民文学出版社 2001 年版。

洪子诚主编：《中国当代文学史·史料选》，长江文艺出版社 2002 年版。

胡德培：《文学编辑体验》，首都师范大学出版社 2010 年版。

主要参考文献

胡平、晓山编：《名人与冤案——中国文坛档案实录》，群众出版社 1998年版。

黄继持等主编：《香港文学大事年表（1948—1969）》，香港中文大学出版社 1996 年版。

几十家单位协作编纂：《中国当代文学研究资料丛书》，几十家出版社自 1986 年起陆续出版。

季羡林：《牛棚杂忆》，工人出版社 2009 年版。

贾平凹：《我是农民》，漓江出版社 2013 年版。

江少川：《海山苍苍——海外华裔作家访谈录》，九州出版社 2014 年版。

蒋祖林、李灵源：《我的母亲丁玲》，辽宁人民出版社 2011 年版。

孔范今、雷达、吴义勤、施战军等主编：《中国新时期文学史研究资料汇编》（24 册），山东文艺出版社 2006 年版。

老鬼：《我的母亲杨沫》，北京日报出版社 2011 年版。

黎之：《文坛风云录》，河南人民出版社 1998 年版。

黎之：《文坛风云续录》，人民文学出版社 2010 年版。

李传新：《初版本——建国初期中国畅销图书版本记录解说》，金城出版社 2012 年版。

李辉：《胡风集团冤案始末》，湖北人民出版社 2003 年版。

李向东、王增如：《丁陈反党集团冤案始末》，湖北人民出版社 2006 年版。

梁秋川：《曾经的艳阳天：我的父亲浩然》，团结出版社 2014 年版。

梁庭望等主编：《20 世纪中国少数民族文学编年史》，辽宁民族出版社 2006 年版。

廖亦武主编：《沉沦的圣殿——中国 20 世纪 70 年代地下诗歌遗照》，新疆青少年出版社 1999 年版。

刘可风：《柳青传》，人民文学出版社 2016 年版。

刘锡诚：《文坛旧事》，武汉出版社 2005 年版。

刘锡城：《在文坛边缘上》，河南大学出版社 2004 年版。

陆梅林、盛同主编：《新时期文艺论争辑要》，重庆出版社 1991 年版。

路文彬主编：《中国当代文学史料文论选》，中国文联出版社 2006 年版。

潘旭澜主编：《新中国文学词典》，江苏文艺出版社 1993 年版。

山西省史志研究院编：《赵树理传》，当代中国出版社 2009 年版。

上海文艺出版社编：《重放的鲜花》，上海文艺出版社 1979 年版。

邵燕君、高寒凝主编：《中国网络文学二十年·好文集》，漓江出版社 2019 年版。

邵燕君、薛静主编：《中国网络文学二十年·典文集》，漓江出版社 2019 年版。
邵燕祥：《一个戴灰帽子的人》，江苏文艺出版社 2014 年版。
沈从文：《大小生活都在念中：十年家书》，新星出版社 2017 年版。
舒乙：《老舍正传》，江苏文艺出版社 2010 年版。
舒乙：《我的父亲老舍》，辽宁人民出版社 2011 年版。
涂光群：《五十年文坛亲历记》，辽宁教育出版社 2005 年版。
汪朗、汪明、汪朝：《老头儿汪曾祺：我们眼中的父亲》，中国青年出版社 2015 年版。
王安忆整理：《茹志鹃日记（1947—1965）》，大象出版社 2006 年版。
王保生：《〈文学评论〉编年史稿：1957—2010》，社会科学文献出版社 2015 年版。
王刚：《路遥年谱》，北京时代华文书局 2016 年版。
王景山编：《台港澳暨海外华文作家辞典》，人民文学出版社 2003 年版。
王蒙、王元化主编：《中国新文学大系史料·索引卷》，上海文艺出版社 2009 年版。
王培元：《在朝内 166 号与前辈魂灵相遇》，人民文学出版社 2007 年版。
王西彦：《焚心煮骨的日子——文革回忆录》，昆仑制作公司 1991 年版。
王尧、林建法主编：《中国当代文学批评大系》，苏州大学出版社 2012 年版。
王尧主编：《文革文学大系》（12 册），文史哲出版社 2007 年版。
韦君宜：《老编辑手记》，四川人民出版社 1985 年版。
韦君宜：《思痛录》，北京十月文艺出版社 1998 年版。
韦韬、陈小曼：《我的父亲茅盾》，辽宁人民出版社 2011 年版。
文艺报编辑部编：《再批判》，作家出版社 1958 年版。
吴俊主编：《中国当代文学史料丛刊》，华东师范大学出版社 2014 年版。
吴秀明、陈建新主编：《中国现当代文学作品与史料选》，浙江大学出版社 2012 年版。
吴秀明主编：《中国当代文学史料丛书》（5 卷），浙江大学出版社 2017、2018 年版。
晓风：《我的父亲胡风》，湖北人民出版社 2007 年版。
谢冕、洪子诚主编：《中国当代文学史料选》，北京大学出版社 1995 年版。
谢有顺主编：《中国当代作家评传丛书》，郑州大学出版社 2004 年起陆续出版。

邢小群：《丁玲与文学研究所的兴衰》，山东画报出版社 2003 年版。
徐敬亚等编：《中国现代主义诗群大观》，同济大学出版社 1988 年版。
徐强：《人间送小温——汪曾祺年谱》，广陵书社 2016 年版。
徐庆全：《风雨送春归——新时期文坛思想解放运动记事》，河南大学出版社 2005 年版。
徐庆全：《文坛拨乱反正实录》，浙江人民出版社 2004 年版。
杨沫：《自白——我的日记》，北京十月文艺出版社 1994 年版。
杨沫、徐然：《爱也温柔 爱也冷酷：〈青春之歌〉背后的杨沫》，辽宁人民出版社 2000 年版。
杨扬：《文路沧桑：中国著名作家自述》，浙江大学出版社 2008 年版。
余华：《十个词汇里的中国》，麦田出版社 2011 年版。
於可训、李遇春主编：《中国文学编年史·当代卷》，湖南人民出版社 2006 年版。
於可训等主编：《文学风雨四十年——中国当代文学作品争鸣述评》，武汉大学出版社 1989 年版。
袁鹰：《风云侧记：我在人民日报副刊的岁月》，中国档案出版社 2006 年版。
袁鹰：《风云侧记：我在人民日报副刊的岁月》，中国档案出版社 2006 年版。
张光年：《文坛回春纪事》，海天出版社 1998 年版。
张光年：《向阳日记——诗人干校蒙难纪实》，上海远东出版社 2004 年版。
张健、李怡、张清华、赵勇、张柠等主编：《中国当代文学编年史》（10 卷），山东文艺出版社 2012 年版。
张炯等主编：《中国新文艺大系·理论史料集》，中国文联出版社 1994 年版。
张柠、董外平：《思想的时差——海外学者论中国当代文学》，北京大学出版社 2013 年版。
张学正等主编：《文学争鸣档案——中国当代文学作品争鸣实录》，南开大学出版社 2002 年版。
章诒和：《往事并不如烟》，时报文化出版企业股份有限公司 2004 年版。
郑异凡主编：《"灰皮书"：回忆与研究》，漓江出版社 2015 年版。
中共中央文献研究室编：《建国以来毛泽东文稿》（13 卷），中央文献出版社 1987—1998 年版。
中共中央文献研究室编：《建国以来重要文献选编》（1949—1965，共 20

卷），中央文献出版社 1993 年版。

中国小说学会编选：《中国当代作家评传丛书》，河南文艺出版社 2008 年版。

中央档案馆、中共中央文献研究室编：《中共中央文件选集》（1949—1966，共 50 册），中共中央党校出版社 1989 年版。

仲呈祥主编：《新中国文学纪事和重要著作年表》，四川省社会科学院出版社 1984 年版。

周锦：《中国现代文学史料术语大辞典》，智燕出版社 1988 年版。

朱正：《1957 年的夏季：从百家争鸣到两家争鸣》，河南人民社 1998 年版。

卓如、鲁湘元主编：《20 世纪中国文学编年》，河北教育出版社 2013 年版。

后　记

全书由吴秀明拟定框架并统稿。

屈指算来，这也是我在中国社会科学出版社出版的第 4 部书稿。回忆自己走过的学术道路，感慨万端。在结束这篇"后记"的最后，借此机会，我要对课题组成员及所有关心本课题研究的同人道一声诚挚的感谢，同时也代表课题组对责编郭晓鸿女士的辛勤付出表示由衷的敬意。学术研究尽管是个性化的主体实践活动，但也离不开包括编辑在内的广大同人和师友的支持。本书的出版，就是因为有了这样的支持而平添了不少色彩。因此，无论日后如何，我们都不应忘记这样的支持，并将其作为自己学术人生的重要驱动力。

吴秀明
2021 年 5 月 3 日
改定于浙江大学中文系